Der große Märchenschatz

Die schönsten deutschen Märchen

Märchen.

Der große Märchenschatz

Die schönsten deutschen Märchen

von Ludwig Bechstein, Jacob und Wilhelm Grimm, Wilhelm Hauff, E. T. A. Hoffmann, Johann Karl August Musäus und Ludwig Tieck

Herausgegeben von Rut Karsten

Mit zahlreichen Illustrationen

Anaconda

Penguin Random House Verlagsgruppe FSC® N001967

Die Deutsche Nationalbibliothek verzeichnet diese Publikation in der Deutschen Nationalbibliografie; detaillierte bibliografische Daten sind im Internet unter http://dnb.d-nb.de abrufbar.

Umschlagmotive: Ruth Koser-Michaels (1896–1968), Illustrationen zu den Märchen »Hans im Glück« und »Hänsel und Gretel« der Gebrüder Grimm,
Copyright © INTERFOTO / Granger, NYC
Umschlaggestaltung: www.katjaholst.de
Satz und Layout: InterMedia – Lemke e. K., Heiligenhaus
Druck und Bindung: GGP Media GmbH, Pößneck
Printed in Germany
ISBN 978-3-7306-0786-2
www.anacondaverlag.de

Inhalt

Ludwig Bechstein

Schwan, kleb an

Es waren einmal drei Brüder, von denen hieß der älteste Jacob, der zweite Friedrich und der dritte und jüngste Gottfried. Dieser jüngste war das Stichblatt aller Neckerein seiner Brüder und der gewöhnliche Ablenker ihres Unmuts. Wenn ihnen etwas quer über den Weg lief, so mußte Gottfried es entgelten und er mußte sich das alles gefallen lassen, weil er von schwächlichem Körperbau war und sich gegen seine stärkeren Brüder nicht wehren konnte. Dadurch wurde ihm das Leben sauer gemacht und er sann Tag und Nacht darauf, sein Schicksal erträglicher zu machen. Als er einst im Walde war, um Holz zu sammeln, und bitterlich weinte, trat ein altes Weiblein zu ihm, das fragte ihn um seine Not und er vertraute ihr all seinen Kummer. »Ei, mein Junge«, sagte das Weiblein darauf, »ist die Welt nicht groß? Warum versuchst du nicht anderswo dein Glück?« Das nahm sich Gottfried zu Herzen und verließ eines Morgens frühe das väterliche Haus und machte sich auf den Weg in die weite Welt, um, wie das Weiblein gesagt hatte, sein Glück zu suchen. Aber der Abschied von dem Ort, wo er geboren worden war und wenigstens eine glückliche

Kindheit verlebt hatte, ging ihm doch nahe und er setzte sich auf einen Hügel nieder, um noch einmal recht das heimatliche Dorf zu betrachten. Siehe, da stand das Weiblein hinter ihm, schlug ihn auf die Schulter und sprach: »Das hast du einmal gut gemacht, mein Junge! Aber was willst du nun anfangen?« – Gottfried dachte jetzt erst daran, was er beginnen solle? Er hatte bis jetzt geglaubt, das Glück müsse ihm wie eine gebratne Taube in den Mund fliegen. Das Weiblein mochte seine Gedanken erraten, lächelte grinsend und sagte: »Ich will dir sagen, was du anfangen sollst. Warum? Weil ich dich lieb habe, und weil ich glaube, daß du auch mich nicht vergessen wirst, wenn du dem Glücke im Schoß sitzest.« Gottfried versprach dies mit Hand und Mund; die Alte fuhr fort: »Heute abend, wenn die Sonne untergeht, gehe an den großen Birnbaum, der dort am Kreuzweg steht. Darunter wird ein Mann liegen und schlafen, an den Baum aber wird ein großer schöner Schwan angebunden sein; den Mann hütest du dich aufzuwecken und du mußt deswegen gerade mit Sonnenuntergang kommen, den Schwan aber knüpfst du los und führst ihn mit dir fort. Die Leute werden in seine schönen Federn vernarrt sein und du magst ihnen erlauben, davon eine auszurupfen. Wenn aber der Schwan berührt wird, so wird er schreien und wenn du dann sagst: Schwan, kleb an! so wird dem, der ihn berührt, die Hand fest ankleben und nicht eher wieder loswerden, bis du sie mit diesem Stöcklein antippst, das ich dir hiermit zum Geschenk mache. Wenn du nun so einen weidlichen Zug Menschenvögel gefangen hast, so führe sie nur immer grad aus. Da wirst du an eine große Stadt kommen, da wohnt eine Königstochter, die noch nie gelacht hat. Bringst du sie zum Lachen, so ist dein Glück gemacht; aber dann vergiß auch mich nicht, mein Junge!« Gottfried gab nochmals das Versprechen und war mit Sonnenuntergang richtig an dem bezeichneten Baum. Der Mann lag da und schlief und ein großer schöner Schwan war mit einem Bande an den Baum gebunden. Gottfried knüpfte den Vogel beherzt los und führte ihn davon, ohne daß der Mann erwachte.

Nun traf es sich, daß Gottfried mit seinem Schwan an einer Baustätte vorüber kam, wo einige Männer mit aufgestreiften Beinkleidern Lehm kneteten; die bewunderten die schönen Federn des Vogels und ein vorwitziger Junge, der über und über voll Lehm war, sagte laut:

»Ach wenn ich doch nur eine solche Feder hätte.« – »Zieh dir eine aus!« sprach Gottfried freundlich; der Junge griff nach dem Schweife des Vogels, der Schwan schrie; »Schwan, kleb an!« sprach Gottfried und der Junge konnte nicht wieder los kommen, er mochte anfangen was er wollte. Die andern lachten, je mehr der Junge schrie, bis vom nahen Bache eine Magd herzugelaufen kam, die mit hoch aufgeschürztem

Rocke dort gewaschen hatte. Die fühlte Mitleid mit dem Jungen und reichte ihm die Hand, um ihn loszumachen. Der Schwan schrie; »Schwan, kleb an!« sprach Gottfried, und die Magd war ebenfalls gefangen. Als Gottfried mit seiner Beute eine Strecke gegangen war, begegnete ihm ein Schornsteinfeger, der lachte über das sonderbare Gespann und fragte die Magd, was sie denn da triebe? »Ach herzliebster Hans«, antwortete die Magd kläglich, »gib mir doch deine Hand und mach mich von dem verteufelten Jungen los.« – »Wenn's weiter nichts ist!« lachte der Schornsteinfeger und gab der Magd die Hand, der Vogel schrie; »Schwan, kleb an!« sprach Gottfried und der schwarze Mensch war ebenfalls behext. Sie kamen nun in ein Dorf, wo eben Kirchweih war; eine Seiltänzergesellschaft gab dort Vorstellungen und der Bajazzo machte eben seine Narreteidinge. Der riß Mund und Nase auf, als er das seltsame Kleeblatt sah, das an dem Schweife des Schwans festhing.

»Bist du ein Narr geworden, Schwarzer?« lachte er. – »Da ist gar nichts zu lachen!« antwortete der Schornsteinfeger. »Das Weibsbild hält mich so fest, daß meine Hand wie angenagelt ist. Mach mich los, Bajazzo; ich tu dir einmal einen andern Liebesdienst.« Der Bajazzo faßte die ausgestreckte Hand des Schwarzen, der Vogel schrie; »Schwan, kleb an!« sprach Gottfried und der Bajazzo war der Vierte im Bunde. Nun stand in der vordersten Reihe der Zuschauer der stattlich wohlbeleibte Amtmann des Dorfes, der machte ein gar ernsthaftes Gesicht dazu und er ärgerte sich gar höchlich über das Blendwerk, das nicht mit rechten Dingen zugehen könne. Sein Eifer ging so weit, daß er den Bajazzo an der ledigen Hand faßte und ihn losreißen wollte, um ihn dem Büttel zu übergeben; da schrie der Vogel, und »Schwan, kleb an!« sprach Gottfried und der Amtmann teilte das Schicksal der Vorgänger. Die Frau Amtmännin, eine lange dürre Spindel, entsetzte sich über das Mißgeschick ihres Eheherrn und riß mit Leibeskräften an dem freien Arm desselben, der Vogel schrie; »Schwan, kleb an!« sprach Gottfried und die arme Frau Amtmännin mußte trotz ihres Geschreis folgen. Hinfort hatte Niemand mehr Lust, die Gesellschaft zu vergrößern.

Gottfried sah schon die Türme der Hauptstadt vor sich; da kam ihm eine wunderschöne Equipage entgegen, in der eine schöne junge, aber ernste Dame saß. Als diese den bunten Zug erblickte, brach sie jedoch in lautes Gelächter aus und ihre Dienerschaft lachte mit. »Die Königstochter hat gelacht!« rief alles vor Freuden. Sie stieg aus, betrachtete sich die Sache noch genauer und lachte immer mehr bei den Capriolen, welche die Festgebannten machten. Der Wagen mußte umwenden und fuhr langsam neben Gottfried nach der Stadt zurück. Als der König die Kunde vernahm, daß seine Tochter gelacht habe, war er voll Entzücken und nahm selbst Gottfried, seinen Schwan und dessen wunderliches Gefolge in Augenschein, wobei er selbst lachen mußte, daß ihm die Tränen in den Augen standen. »Du närrischer Gesell«, sprach er zu Gottfried, »weißt du, was ich dem versprochen habe, der meine Tochter zum Lachen bringt?« – »Nein«, sagte Gottfried. – »So will ich dir's sagen«, antwortete der König. »Tausend Goldgulden oder ein schönes Gut. Wähle dir zwischen den beiden«. Gottfried entschied sich für das Gut. Dann berührte er den Buben, die Magd, den Schornsteinfeger, den Bajazzo, den Amtmann und die Amtmännin mit seinem

Stäbchen und alle fühlten sich frei und liefen davon, als brenne die Hölle hinter ihnen her, was neues unauslöschliches Gelächter verursachte. Da wurde die Königstochter bewegt, den schönen Schwan zu streicheln und sein Gefieder zu bewundern. Der Vogel schrie; »Schwan, kleb an!« sprach Gottfried, und so gewann er die Königstochter. Der Schwan aber erhob sich in die Lüfte und verschwand in den blauen Horizont. Gottfried erhielt nun ein Herzogtum zum Geschenk; erinnerte sich aber auch des alten Weibleins, das Schuld an seinem Glücke war und berief sie als seine und seiner auserwählten Braut Haushofmeisterin in sein stattliches Residenzschloß.

Das Märchen von den sieben Schwaben

Es waren einmal sieben Schwaben, die wollten große Helden sein und auf Abenteuer wandern durch die ganze Welt. Damit sie aber ein gut Gewaffen hätten, zogen sie zunächst in die weltberühmte Stadt Augsburg und gingen sogleich zu dem geschicktesten Meister allda, um sich mit Wehr und Waffen zu versehen. Denn sie hatten nichts Geringeres im Sinne, als das gewaltige Ungetüm zu erlegen, das zur selben Zeit in der Gegend des Bodensees gar übel hausete. Der Meister staunte schier, als er die sieben sah, öffnete aber flugs seine Waffenkammer, die für die wackeren Gesellen eine treffliche Auswahl bot. »Bygott!« rief der Allgäuer, »send des au Spieß? So oaner wär mer grad reacht zume Zahnstihrer. For mi ischt e Spieß von siebe Mannslengen noh net lang gnueg.« – Drob schaute ihn der Meister wiederum an mit einem Blick, der den Allgäuer beinahe verdroß. Denn dieser lugte zurück mit grimmigen Augen, und bei einem Haar hätt's etwas gegeben, wenn der Blitzschwab nicht just zur rechten Zeit sich ins Mittel gelegt. »Hotz Blitz!« rief er, »du hoscht Reacht und i merk doin Maining: *Wie älle siebe for oin, so for älle siebe noh oin Spieß.«* Dem Allgäuer war dies nicht ganz klar, aber weil's den andern just eben recht, so sagte er: »Joh.« Und der Meister fertigte in weniger als einer Stunde den Spieß, der sieben Mannslängen maß. – Ehe sie aber die Werkstatt verließen, kaufte sich jeder noch etwas Apartes, der Knöpflesschwab einen Bratspieß, der Allgäuer einen Sturmhut mit einer Feder drauf, der Gelbfüßler aber Sporen für seine Stiefel, indem er bemerkte: solche seien nicht nur gut zum Reiten, sondern auch zum Hintenausschlagen. Als der Seehaas sich endlich einen Harnisch gewählt, pflichtete ihm der Spiegelschwab in solcher Vorsicht vollkommen bei, meinte aber, es sei besser, den Harnisch hinten als vorn anzulegen. Und kaufte sich ein altes Barbierbekken aus der Rumpelkammer des Meisters, groß genug, um seine untere Kehrseite zu bedecken. »Merk's: han i Curasche und gang i voran, noh brauch i koan Harnisch, goht's aber hintersche und fällt mer d'Curasche anderswohnah, noh ischt der Harnisch an seinn reachte Blatz.«

Und nachdem die sieben Schwaben wie ehrliche Leute alles richtig bis auf Heller und Pfennig bezahlt, auch als gute Christen bei St. Ulrich eine Messe gehört und zuletzt noch beim Metzger am Göppinger Tore gute Augsburger Würste eingekauft hatten, so zogen sie zum Tor hinaus ihres Weges weiter. Den Spieß aber hielten sie alle sieben und gingen in einer Reihe hintereinander, daß sie schier aussahen, wie angespießte Lerchen. Voran ging der Herr Schulz, der Allgäuer, als der mannlichste unter ihnen, dann kam der Jockele, genannt der Seehaas, hierauf der Marle, genannt der Nestelschwab, dem folgte der Jerkle, war der Blitzschwab geheißen, hernach ging der Michel, Spiegelschwab zubenamset, dann kam der Hans, Knöpflesschwab, und zuletzt kam Veitle, das war der Gelbfüßler. Der Herr Schulz wurde der Allgäuer geheißen, weil er aus Allgau gebürtig war; der Seehaas hatte am Bodensee gesessen; der Nestelschwab führte darum seinen Namen, weil er statt der Knöpfe Nesteln hatte, er mußte aber bei den Hosen fast immer mit der Hand nachhelfen und halten, dieweil die Nesteln oftmalen abgerissen waren. Der Blitzschwab hieß also, weil er sich die Redensart: »Hotz Blitz!« angewöhnt hatte. Der Spiegelschwab hatte die Gewohnheit, seine Nase allezeit an dem Vorderteil seiner Jacke abzuputzen, die davon einen gewissen Spiegelglanz annahm; das schaffte jenem den saubern Namen. Knöpflesschwab war ein Mann, der verstand gute

Knöpfle oder Spätzle zu kochen, das ist im baierischen Deutsch Knötel, und im sächsischen Deutsch Klöße. Der Gelbfüßler endlich war aus der Bopfinger Landschaft, deren Einwohner die Umwohner Gehlfießler schimpfen. Darum, daß sie einstmals einen Wagen voll Eier, den sie ihrem Herzog als Abgabe bringen müssen, recht voll stampfen wollen, und die Eier mit den Füßen festgetreten, davon denn die Eier etwas weniges zerbrochen, und die Füße der Bopfinger gegilbt hätten.

Zogen nun die Sieben allesamt guten Mutes mit ihrem Spieß dahin, kamen eines Heumondtages in der späten Dämmerung über eine grüne Wiese, da hob sich eine Horniß nicht weit von ihnen mit feindlichem Gebrummel hinter einer Dornhecke hervor, und flog vorüber. Darob erschrak der Schulz, Allgäuer, mächtiglich, und begann Angstschweiß zu schwitzen, und schrie seinen Kriegsgesellen zu: »Horchet! der Feind drommelt schoh!« Da schmeckte der Jockele, der dicht hinter dem Schulzen ging, einen übeln Geruch und rief: »Wohl! wohl! 's ist ebbes in der Näche! I schmeck schaun 's Pulver!« Da nahm der Herr Schulz Reißaus, ließ den Spieß fahren und sprang über einen Zaun, kam dort aber gerade auf die Zinken eines Rechens zu springen, und da fuhr ihm der Stiel ins Gesicht und gab ihm einen ungewaschnen Schlag. Der Schulz vermeinte, der Feind haue auf ihn ein, und schrie: »Gieb Bardohn! I ergeb me.« Die andern sechs waren nachgesprungen über den Zaun, und da sie ihren Anführer also schreien hörten, so schrien sie alle: »Ergibscht du de, noh ergeb i me au! Ergibscht du de, noh ergeb i me au!« Aber es war niemand vorhanden, der die sieben Schwaben gefangen nehmen wollte; und da sie das merkten, schämten sie sich ihrer wenigen Herzhaftigkeit und verschwuren sich, diese ihre erste Heldentat nicht weiter zu erzählen.

Weiter so kamen die sieben Schwaben auf ihrem Zuge in einen Hohlweg, und wie sie so tapfer darauf losmarschierten, merkten sie nicht, daß ein großmächtiger Bär im Wege lag, bis der Allgäuer fast mit der Nase an ihn stieß. Als er ihn nun sah, war er hin vor Schreck, stolperte und stieß mit dem Spieße geradezu auf den Bären los, wozu er aber nichts konnte, und schrie dazu gottsjämmerlich: »E Bär! E Bär!« Vermeinte, sein letztes Brot wäre gebacken und bereits verzehrt. Doch rührte sich der Bär nicht, dieweil er maustot war. Des war der Allgäuer hoch erfreut, schaute nun nach seinen Brüdern, und sah mit neuem

Schreck, daß alle mäusleinstill für tot auf dem Boden lagen, meinte, er habe sie gar mit dem Spieße hinterrücks erstochen, und erhub ein Wehegeschrei. Als die am Boden Liegenden vermerkten, daß der Bär den Allgäuer nicht aufgefressen, denn sie waren nur vor Schreck dahin gepurzelt, lugten sie vorsichtig in die Höh, und wie sie sahen, daß der Bär tot war, erhoben sie sich frisch und gesund, traten um den Bären herum und auf ihn, und untersuchten, wie tief wohl die Wunde sei, die der Spieß ihm beigebracht, fanden aber keine, und der Blitzschwab sagte: »Hotz Blitz! Der Bär ischt verreckt und schoh lang tot!« – »Joh Joh«, sprach der Jockele, »mer schmeckt de Brohde.« Wurden eins, dem Bär das Fell abzuziehen und als Siegeszeichen mit sich zu führen, das Aas aber liegen zu lassen. »Jetzt kennet d'Schoof de Bäre fresse, wie er d'Schoof gfresse hod!« sprach einer unter ihnen, und so zogen sie fürbaß mit ihrem Bärenfell und ihrem Spieß.

Kamen nun just in einen Wald und gerieten tiefer und tiefer in die Stauden hinein, bis sie darin stecken blieben. Die Bäume standen zuletzt so dicht, daß des Fortkommens kein Gedanke war, bis der Allgäuer endlich vor einem derben Stamme stehen blieb, den Spieß erhob und wie ein Löw brüllte: »Bygott! durch muß e.« Sprach's und rannte den

Spieß mit solcher Gewalt zur Seite des Baums in den Boden, daß der Knöpflesschwab zwischen Baum und Spieß eingeklemmt wurde, wie ein Treibkeil, und sich weder rühren noch regen konnte. Und das war eben kein Kinderspiel, denn jetzt stockte der Zug vollends, konnte keiner vor- noch rückwärts. Zwar machten die Gesellen einige mächtige Versuche, den Knöpflesschwab aus der Klemme herauszuziehen, aber es war eitel Mühen: der Hans saß fest und wankte nicht. Da war es plötzlich, als ob dem Allgäuer ein großer Gedanke durch das Hirn dämmerte; er lugte um sich und rief: »Bygott! I mießt 's Teufels sei, wenn mer Gott et helfe tät!« Und er sagte: »Hui Ochs!« und packte den Baum mit gewaltiger Faust und riß ihn heraus samt Wurzel, Stumpf und Stiel. Der Knöpflesschwab, mehr tot als lebendig, schnellte heraus just wie der Ball beim Pritschenschlagen, flog sechs Klafter himmelwärts und plumpste hernieder, daß die Erde drob wackelte. Die fünf andern aber schauten gar ehrerbietig zu dem Allgäuer empor, denn erst jetzt ging ihnen ein Licht auf, welchen Fund sie an dem Herrn Schulz getan.

Um ein weniges weiter, zeigte sich's abermals, daß der Allgäuer das Herz nicht im Sprungriemen trug, denn als die sieben sich aus den Stauden herausgefunden, kam ein Bräuer aus München des Wegs, der trieb ein Rudel Borstenvieh vor sich her und man konnt's ihm auf hundert Schritt ansehen, wes Landes Kind er war. Blieb groß und breit stehen, als er die sieben mit dem Spieß erblickte und zog ein Gesicht, als wollt er die wackern Leut auslachen. Gleich war der Blitzschwab vor ihn her und fragte protzig: »Was luegscht Gsell? hoscht du noh koan Schwohbe gseah?« – »O genug«, gab jener zurück, »bei mir daheim auf der Malzdarre gseah?« – »O genug«, gab jener zurück, »bei mir daheim auf der Malzdarre laufen sie zu Tausenden herum.« Meinte spottweise die schwarzen Käfer, also geheißen, weiß keine Menschenseele warum. Das war genug, um dem Blitzschwab, der zu Zeiten giftig war, wie ein Maifrosch, die Laus über den Grind laufen zu lassen. Machte sich an den Baier heran, und gab ihm flugs eine Watschel, daß jenem die Augen hell aufblitzten und die Ohren summten just eben so, wie die große Horniß. Der Baier, nicht faul, langte mit den Armen weitmächtig aus, um dem Schwäblein auch eine zu versetzen; und es wär auch eine gewesen, an die er sein Lebtag gedacht hätte. Nun war

aber der Blitzschwab ein putziges Kerlchen, drehte sich auf einem Beine siebenmal herum, und hatte sein Lebtag nichts besser gelernt, als das Ausreißen. So kam es, daß der Baier gar mächtiglich in die Luft schlug, sich um und um drehte wie ein Kreisel, stolperte und zu Boden stürzte wie ein Wiesbaum. Das half ihm zum Garaus; der Blitzschwab stürzte über ihn her wie ein Queckenhamster und packte ihn an der Gurgel, während die andern Hände und Füße hielten und lustig darauf lostrommelten. Er wäre ihrer aber doch letztlich noch Herr geworden, weil er ein großer starker Kerl war, wäre nicht auch der Allgäuer über ihn hergefallen, wie ein Maltersack. Da mußte er Abbitte tun, wohl oder übel, denn das Häuflein ließ nicht eher locker und ledig.

Und es geschah, daß die guten Gesellen auf ihrer Weiterreise an einen weiten blauen See kamen, so dünkete es ihnen, denn es war alleweil etwas dämmerig geworden, der schlug Wellen im Wind, und droben an seinem Abhang standen die sieben Schwaben und lugten hinunter, wie sie wohl am geschwindesten über diesen See kommen möchten. Es war aber kein Wasser da drunten, sondern ein Feld voll Flachses, der so recht in seiner schönsten, blauen Blüte stand.

»Hotz Blitz!« rief der Blitzschwab, »was ischt doh z' tuan? Über des wild Wasser müßet mer nüber.«

»Allgäuer, trag du es nüber, wie der hoilich Krischdof ed Pilgersleut«, sagte der Seehaas. – »Bygott!« antwortete der Allgäuer, »ins Wasser gieng i wohl, wenn's net tiefer gieng als an de Hals.« Der Nestelschwab griff mit der Hand an seinen Hosenbund, das edle Kleidungsstück fest zu halten, daß es ihm nicht entfalle, während er mit der andern Hand schwimmen täte; dem Knöpflesschwab war das Ding gar nicht einerlei, er lugte scharf, ob kein Haifisch, Wallfisch oder Krokodil im Wasser brause; und so standen auch die andern ganz verlegen da, bis der Blitzschwab sich hinter ihnen herumdrückte und ein Paar hinunterstieß, indem er ausrief: »Frisch gewohgt ischt halb gschwomme. « Da die nicht untersanken, faßte sich auch der Gelbfüßler ein Herz und tat einen Hupf hinunter; ihm folgte der Blitzschwab und der Nestelschwab mit besserem Vertrauen, und zuletzt ritt der Allgäuer auf dem Spieße hinab, und plumpste drunten einer auf den andern, bis sie merkten, daß sie mit der Nase ins Feld gefallen waren, und allgemach mit etwas gequetschten Rippen sich wieder aufmachten, den Spieß auffischten und an ihm wiederum fürbaß schritten.

Bis zur Stunde hatten die sieben einträchtig an dem Spieße gehalten, war weder Unrecht noch Unfried zwischen ihnen vorgekommen. Da kam der böse Feind und säete Zwietracht zwischen dem Blitzschwab und dem Spiegelschwab mitten hinein. Das trug sich folgendermaßen zu. Als die Schar ein gut Stück weiter kam, war es schon Nacht und der Mond ging eben auf. Da wurde es dem Spiegelschwab wunderlich zu Mute, just wie daheim und meinte: »Jetzt hent mers gwonne, Memmenge ischt nemme weit.« Lugt ihn der Blitzschwab verwundert an und fragt, wie er das wissen könne. Der Spiegelschwab lachte pfiffig: »Werd joh doch de Memmenger Mond kenne.« Drob lachte jener, daß ihm das Wasser aus den Augen rannte, und schrie: »Hotz Blitz! Gsell, wie bischt du so blitzdumm!« Nun vertrug zwar der Spiegelschwab einen derben Puff, hatten ihn oft schon kurz und lang geheißen, aber für dumm gelten wollte er nicht. Das war so eben seine empfindliche Seite. Dies kaum gesagt, hatte der Blitzschwab daher auch schon seine Dachtel. Fuhren nun zusammen die beiden, gerade wie ein paar Metzgerhunde und draschen sich schier um die Wette, den andern zur Kurzweil, bis endlich der Seehaas den Allgäuer bat, Frieden zu stiften. Der ließ sich nicht lange bitten, sondern packte sogleich den Blitzschwaben am Hosenbündel und hielt ihn in der Luft, wie einen Frosch; er mochte zappeln, wie er wollte. Inzwischen ließ der Spiegelschwab nicht nach, den Blitzschwaben aufs Brett zu klopfen; daher ergriff der Allgäuer auch diesen und hielt ihn am Leibe unter der Gurgel so steif und fest, daß er bockstarr da stand und nicht mucksen konnte. »By-gott!« rief der Herr Schulz, »i will euch Mores lehre, ihr donnderschlechtige Strohlkerle.« Schüttelte den einen und drosselte den andern immer ärger und ärger, bis sie endlich einander das Wort gegeben, daß sie wieder gut Freund sein wollten, was sie denn auch geblieben von der Zeit an bis an ihren Tod.

Es wies sich auch bald aus, daß der Spiegelschwab gar nicht so dumm gewesen, wie der Blitzschwab allermeist geglaubt, denn als sie zwei Viertelstunden Weges gegangen, kamen sie richtig nach Memmingen, wie jener aus dem Monde prophezeit. Aber als ob just dieses Städtlein dem Spiegelschwaben heut nur Unglück bringen sollte, so geschah es alsbald wieder, daß es dem Armen zu Haut und Haaren ging. »Durch Memmenge ganget mer net«, hatte er gesagt und als man ihn ob der Ursache gefragt, hatte er den Kopf geschüttelt und gemeint, er wisse das selbst am besten! Gingen deshalb ringsum die Stadtmauer, die sieben, um just am andern Ende wieder die Heerstraße zu gewinnen. Aber da hat sich's denn wiederum augenfällig gezeigt, daß der Mensch seinem Schicksal nicht entgehen könne. Denn ehe sich's der Spiegelschwab versehen, sprang aus einem Hopfengarten ein Weib auf ihn zu, eine rechte Runkunkel, und schrie in einem Ton, der durch Mark und Bein ging: »Bischt endlich wieder doh, du Schlingel? Wo bischt so lang rumkalfaktert, du Galgenstrick?« Dem Spiegelschwab wurde es grün und gelb vor den Augen und vermeinte, sein Ende sei gekommen, denn die Alte war niemand anders, als seine liebwerte Ehehälfte, die er mir nichts dir nichts sitzen gelassen, als er hinausgezogen war mit den andern Gesellen auf die Wanderschaft. Hier galt's, nicht lange zu überlegen, war daher flugs mit einem Satze hinüber in die Hopfengärten zum großen Jubel der andern, die schier bersten wollten vor Lachen. Aber die Alte, schnell wie eine Bachstelze auf den spindeldürren Füßen, war hurtig hinterdrein und es hätte wohl einen argen Strauß gegeben zwischen den beiden, wenn dem Spiegelschwaben nicht gerade zu guter Stunde ein Schelmenstückchen eingefallen wäre. Er hatte nichts zu tragen, weil er nichts hatte als das Bärenfell; das tat ihm nun guten Dienst. Eilig warf er es über den Kopf, schlüpfte behend in die Tatzen und lief nun auf allen vieren, nicht anders als ein leibhaftiger Bär, rannte brummend auf das Weib zu, umfing sie mit den scharfen Krallen und drückte und herzte sie, daß ihr Hören und Sehen verging. Die Alte war froh, als sie dem Schalk entronnen, der nun freudig mit den andern von dannen zog. Von Stund an aber schreibt sich der Brauch, daß böse Männer von ihren Ehehälften gar häufig Brummbären genannt werden.

»Uf Leid folgt Freid!« rief der Allgäuer und zeigte nach dem Leutkircher Tor, wo ein Wirtshaus stand, über dessen Tür zu lesen war: »Hier schenkt man Märzenbier aus!« War keiner unter den sieben, der nicht gern einen Trunk Bier geschenkt genommen hätte, richteten daher im Nu ihre Schritte nach dem Wirtshaus und langten mit dem Spieße in der Hausflur an, in demselben Augenblick, als der dicke Bräuer vor die Tür trat, nach dem Wetter auszulugen. Als der die Schar erblickte mit dem furchtbaren Spieß, wurde es ihm eben nicht warm ums Herz, zog aber schnell sein Käppchen und fragte höflich nach ihrem Begehr. »Se wellet e bißle sei Bier brobiere«, sagte der Allgäuer und schritt schnurstracks mit den Gesellen in die Zechstube. Da ward's dem Wirt klar, daß die Gesandtschaft mit dem Spieße abgeschickt sei von der schwäbischen Kreisregierung, wie wohl zu Zeiten geschieht, um das Bier zu kosten und zu prüfen, ob es preiswürdig sei. Rannte daher spornstreichs in den Keller und holte ein Körble vom Besten herauf, wie er nur für sich und seine Leute gebraut. Das Körble war leer im Umsehen, das zweite in noch kürzerer Zeit, und als die sieben in weniger als zwei Stunden nahe an einen halben Eimer getrunken, meinte der Wirt, er sehe, daß es ihnen schmecke. Der Blitzschwab aber, der immer das Maul vorweg hatte, sagte: »'s kennt besser sei, wenn net z'wenig Malz und Hopfe drin wär.« »Das ist nicht wahr«, versetzte der Wirt, der ein

Schalk war, »Hopfen und Malz ist nicht zu wenig darin, aber zu viel Wasser.« Da merkte der Blitzschwab, daß er seinen Mann gefunden, trank noch ein Mäßle und sagte den Spruch, der ihm einfiel:

»In Langesalz, in Langesalz
(kennt au Memmenge hoiße, sagte er)
Braut mer drui Bier aus oinem Malz,
Es erschte hoißet se de Kern,
Des drinket d' Burgemoischter gern,
Es andre hoißt es Mittelbier,
Des setzt mer de gmoane Leud fir;
Es dritt des hoißt Covent,
Drink di potz Sapperment!«

Zogen dann allesamt fürbaß und der Wirt in Memmingen schwört heute noch Stein und Bein, daß das Häuflein nichts anders gewesen, als des Memminger Kreises Oberbierbeschauer.

»Uf Leid folgt Freid!« hatte der Allgäuer gesagt, ohne zu bedenken, daß das weise Sprüchlein umgekehrt sich noch bei weitem häufiger bewahrheitet. Es sollte nun einmal Regen und Sonnenschein auf der abenteuerlichen Fahrt der sieben Gesellen fast immer abwechseln, drum war's eben kein Wunder, daß das arme Häuflein gar bald wieder in die Tinte geriet. Noch drehte und wirbelte es in ihren Köpfen von dem überreichlich genossenen Märzenbier, da harrte ihrer schon wieder das tückische Geschick. Zogen eben bei Kronburg vorüber, da lauschte der gestrenge Herr Junker aus dem Fenster. Mochte ihm nicht recht geheuer vorkommen mit der lustigen Schar, die auch dem Äußern nach nicht eben allzu reputierlich einherzog. Er rief deshalb seinen Schergen und sagte: »Lug einmal nach den Landstreichern da drüben – scheint mir eine saubere Sippschaft zu sein.« Der Scherg nahm sieben Bullenbeißer mit sich, jeder groß genug, um zur Not mit einem Bären kämpfen zu können, und stieg hinab, Jagd auf die unglücklichen Schwaben zu machen. Hatte sie bald ereilt und da der Blitzschwab schnippisch war, wie immer, machte der Haltmichfest kurze Sache und nahm das Häuflein mit sich. Zwar wollte der Allgäuer nicht so ohne weiteres mitgehen, als aber die Hunde gar grimmig knurrten, da senkte er den Spieß mit den Ohren zugleich und trabte hinterdrein. Wurden nun sämtlich vor den Junker von Kronburg geführt, der ein strenges Verhör begann. Der Seehaas machte den Sprecher für alle und erzählte getreulich: Wie in der Gegend am Bodensee ein schreckliches Tier hause, und da hätten sie sich denn als brave Landsleute und biedere Männer zusammengetan aus allen schwäbischen Gauen, um das Land vom Ungeheuer zu befreien.

Das aber glaubte der Junker nicht, sondern blieb bei seiner Meinung, sie seien Strolche und Diebsgesindel, und ließ sie in das Häusle, das ist, ins Gefängnis stecken.

»So geht's in Schnitzlebutz Heusle,
Doh singet und tanzet die Meusle
Und bellet die Schnecken im Heusle –«

hat der Blitzschwab im Häusle gesungen, aber ganz still, wie ein Mäusle.

Es hatte aber der Junker erst Tags zuvor, da ihn das Zipperlein plagte, den löblichen Entschluß gefaßt, ein Zuchthaus zu stiften zum Schrecken aller Gauner und Tagediebe, zu Nutz und Frommen der Bürgerschaft und zur Aufklärung des gemeinen Volkes. Da kamen ihm die sieben Schwaben eben recht. Sonst war er ein gar frommer und milder Herr, der sogar seinen eigenen Bauern nicht mehr Wolle abschor, als er eben nötig hatte, um sich selbst warm zu kleiden. Befahl daher auch, daß man den Gefangenen Nahrung reichen solle, so weit sie des bedürften. Der Spiegelschwab aber, der ihn wohl kannte und wußte, daß Schmalhans in dessen Küche und Keller hauste, legte seinen Plan darauf an, welchen er den Gesellen mitteilte. Wie also der Scherg Mittags eine große Pfanne voll kleiner Klöße, die sie Milchspätzle nennen, brachte, sprach der Blitzschwab zum Knöpflesschwaben: »Die ghairet wohl for di?« Der Scherg meinte, das sei wohl für alle genug. Der Knöpflesschwab aber sagte, er wolle lugen, ob's für ihn lange, setzte sich und aß die Pfanne allein aus, so daß kein Krümchen noch Bröckchen übrig blieb. Der Scherg erschrak und lief zum Junker, meinend, man müsse für die Landstreicher eine ganze Braupfanne voll Spätzle auf einmal kochen, und das sei, dünke ihm, noch nicht genug. Da ging der Junker von und auf Kronburg in sich und meinte, er sei dem schwäbischen Kreis und der Menschheit kein so großes Opfer schuldig, daß er sich aushungern lassen sollte in seinem Schloß um einiger wenigen Strolche willen. Stracks wurden die sieben in Freiheit gesetzt, nur daß ihnen der Junker noch einen Steckbrief mit auf den Weg gab, um andere Behörden und Kerkerknechte pflichtschuldigst vor des Knöpflesschwaben großer Freßsucht zu warnen.

Nach mehr als einem andern Abenteuer, das zu viel wäre zu erzählen, gelangten die Schwaben an einen großen See, und da sagte der Seehaas, der ihn gleich erkannte: »Des ischt der Bodesee.« An dessen Ufer sollte, wie die Sage ging, das gefährliche Ungeheuer hausen, welches zu bekämpfen und zu erlegen die sieben Schwaben sich bekanntlich fest vorgenommen hatten. Da sie nun des Sees ansichtig geworden und zugleich des Waldes, in dem das Ungeheuer sich aufhielt, man wußte nicht, war es ein greulicher Lindwurm, oder ein feuerspeiender Drache, so fiel ihnen zumeist das Herz in die Hosen, sie machten Halt und zündeten ein Feuerlein an, auf daß der Knöpflesschwab noch zu guter Letzt (denn wer konnte wissen, ob das Untier sie nicht allesamt mit Haut und Haar verschlingen werde, mit oder ohne Spieß), eine Mahlzeit Knöpfle oder Spätzle bereite, und stellten während dem Essen Todesbetrachtungen an. »Joh«, sagte der Allgäuer und seufzte recht von unten 'rauf, »'s ischt e Sach, wenn mer bei sich so recht bedenkt, daß mer zum letzten Mohl in seim Leben z'Mittag ißt.« Und wieder seufzte er und sagte: »'s ischt e Sach!« und der Knöpflesschwab fing an still vor sich hin zu flennen, wobei er jedoch des Essens nicht vergaß. Als aber der Allgäuer zum dritten Mal ganz erschrecklich tief seufzte und sagte: »'s ischt e Sach!« da fingen sie alle an so erbärmlich zu flennen und zu heulen, daß es einen wilden Heiden hätte erbarmen können. Der Nestelschwab allein ließ sich das Sterben nicht zu Herzen gehen; denn, sagte er, mein Mutter hat mir oft gesagt, daß mein Stündlein gar niemals kommen würde. Heulte aber dennoch aus gutem Willen zur Gesellschaft mit. Als sie aber endlich nicht mehr konnten, fiel's ihnen doch ein, daß es Zeit sei, ihre Schlachtordnung herzurichten; dabei gab es aber allerlei Span und Zwietracht. Der Allgäuer sagte, er sei bislang emmer der vorderscht gwe, 's wär jetzt Zeit, daß er au emohl der henterscht sei, und es soll der Blitzschwob voran. Der meinte aber: » Curasche han i gnueg em Leib, aber net Leib gnueg for d' Curasche und dehs Bescht von Ongheuer.« Der Spiegelschwab wischte sich die Nase am Ärmel und tat den Vorschlag, es solle doch wohl besser sein, wenn einer für alle sterbe, und meinte, der Knöpflesschwab könne ihnen diesen kleinen Gefallen tun; der aber schrie Zetermordio, als habe ihn das Ungeheuer schon am Schlafittich. Und so sprachen und stritten sie noch eine Weile hin und her, bis sie sich friedsam einigten und hurtiglich mit ihrem Spieße vorwärts schritten, gerade auf den Wald zu, wo das Untier hausen sollte. Ehe sie den erreichten, kamen sie an einen Rain davor, da saß ein Has und machte ein Männlein, und streckte die langen Löffel in die Höh; das war den Schwaben grauentlich anzuschauen, hemmten darum ihren Schritt, hielten Rat und besannen sich, ob sie vorwärts rücken und aufs Untier einrücken sollten mit lang vorgestrecktem Spieß, oder ob sie sich zur Flucht wenden sollten; doch hielt jeder fest am Spieß. Da nun der Veitle hinten am meisten in Numero Sicher war, schwoll ihm der Kamm und er schrie dem Schulzen zu, der vorne stand:

»Stoßt zue in aller Schwobe Name,
Sonscht wünscht ih, daß ihr möcht erlahme!«

Der Hans, des Veitle Gehlfießlers Vordermann, Knöpflesschwab, spottete der Curasche des Veitle, indem er sagte:

»Beim Element, du hoscht gut schwätze,
Du bischt der letscht beim Drachahetze!«

Dem Michel sträubte die Herzhaftigkeit das Haar empor, er blickte gar nicht hin nach dem Ungeheuer, sondern sprach mit abgewandtem Gesicht, indem er den Ärmel seinem Gesicht näherte:

»Es wird net fehle um a Hoar,
So ist es wohl der Teufel gar!«

Jergle lugte dem Michel ins Gesicht, und schauete auch gar nicht hin nach dem Bescht von Ungeheuer, indem er zaghaft beistimmte:

»Blitz! ischt er's net, so ischt's sei Mueder,
Oder's Teufels sei Stiefbrueder!«

Dem Marle Nestelschwab, der sich schon ziemlich weit vorn am Spieß befand, daran die Schwaben gingen, gefiel sein Platz nicht, und er hatte einen guten Einfall; er kehrte sich auch um, da er nicht für nötig fand, das Ungeheuer anzusehen, und rief dem Veit zu:

»Gang, Veitle, gang, gang du vorahn,
I will dohente for di stahn!«

Veitle drückte aber seine Ohren auf und tat, als hörte er nicht, worauf der Marle zu Jockele sagte:

»Gang, Jockele, gang, gang du vorahn
Du hoscht Sporn und Stiefel ahn,
Daß di der Drach net beiße kahn!«

Aber Jockele fand seinen Trost darinnen, daß der Allgäuer an der Spitze des Spießes der sieben Schwaben und des zu bestehenden Abenteuers stand, und sagte:

»Der Schulz, der mueß der erschte sei,
Denn ehm gebiehrt die Ehr allei.«

Schulz Allgäuer faßte sich ein Herz und sprach mutig, da es nun einmal in die unvermeidliche Gefahr ging:

»So zieht denn herzhaft in de Streit,
Dohran erkennt mer tapfre Leut.«

Und so ging es in Gottes Namen und im Sturmschritt auf das Ungeheuer los, und als dem Schulzen das Herz pfupferte, konnte er sich seiner Angst nicht erwehren und schrie: »Hau huelhau! Hau, hauhau!« Da erschrak der Has und gab spornstreichs Fersengeld querfeldein, und lief, was er laufen konnte. Jetzt rief Schulz Allgäuer freudiglich:

»Potz Veitle, luag, luag, was ischt das?
Es Ohngeheuer ischt noh e Haas!«

»Hoschts gsehe? Hoschts gsehe?« fragten sich nun die andern untereinander. »Hotz Blitz! E Ding wie ne Kalb!« rief der Blitzschwab. Der Nestelschwab tat seinen größten Fluch: »Mit Verlaub! Daß dih es Meusle beiß'! E Tier wie ne Mastochs!« »Oho!« rief der Knöpfleschwab, »en Elefand ischt noh e Katz gegen des Ohntier.« »Bygott!« erwiderte der Allgäuer, »wenn des koa Haas gweh ischt, noh woiß i de Dreimänner-Wei vom Racheputzer net z' unterschaide!«

»Noh, Noh!« vermittelte der Seehaas: »Haas her! Haas hen! E Seehaas ischt halt greßer und gremmiger, als älle Haase im heilige remische Reich.« »Wie der Seewei seurer und herber als älle Wei im heilige remische Reich«, sagte hinten der Gehlfüßler, und über diese Anzüglichkeit hätte ihm der Seehaas fast ein Paar Watscheln gegeben, denn es kränkte ihn schwer, daß der Veitle über den Seewein spottete, der ihm von Kindesbeinen an geschmeckt. Mit den Seeweinen verhält es sich aber also: es gibt ihrer drei Arten, zum ersten der Sauerampfer, schmeckt nur ein weniges besser als Essig und verzieht das Maul nur ein bißchen, zumal wenn man sich daran gewöhnt hat. Die zweite Gattung ist Dreimännerwein geheißen, steht im Geschmack nach 10 Grad unter Essig und wurde so getauft, weil man behauptet, daß derjenige, so ihn zu trinken verurteilt, von zweien gehalten werden muß, während ihn ein dritter eingießt. Die dritte Sorte ist der Rachenputzer, hat die rühmliche Eigenschaft, daß er Schleim und alles andere abführt, tut aber dabei not, daß wer sich mit dem Wein im Leib schlafen legt, in der Nacht sich wecken lasse, damit er sich umkehren möge, sonst möchte ihm der Rachenputzer ein Loch in den Magen fressen.

Da nun das Abenteuer mit dem Ungeheuer von den sieben Schwaben so glückhaft bestanden war, so wurden sie eins nunmehr von ihren Taten auszuruhen und wieder friedlich heimzuziehen. Zuvor aber tat not, ein Siegeszeichen zu errichten, das der Mit- und Nachwelt ihren Triumph auf ewige Zeiten vermelde. Da nun unmöglich war, wie vor Zeiten tapfere Ritter getan, die Drachenhaut in einer Kirche aufzuhängen, dieweil kein Drache sein Fell zu Markte getragen und der Has in seinem Balg wohlbehalten entkommen war, so wurden die guten

Gesellen dahin eins, ihr Bärenfell und ihren Spieß als eine Trophäe in die nächstgelegene Kapelle zu stiften, die hieß man hernach die Kapell zum schwäbischen Heiland. Dort wird wohl der Spieß noch hängen, das Bärenfell aber haben die Motten verzehrt, und die Sperlinge haben die Haare in ihre Nester getragen.

Das Märchen vom Ritter Blaubart

Es war einmal ein gewaltiger Rittersmann, der hatte viel Geld und Gut, und lebte auf seinem Schlosse herrlich und in Freuden. Er hatte einen blauen Bart, davon man ihn nur Ritter Blaubart nannte, obschon er eigentlich anders hieß, aber sein wahrer Name ist verloren gegangen. Dieser Ritter hatte sich schon mehr als einmal verheiratet, allein man hatte gehört, daß alle seine Frauen schnell nacheinander gestorben seien, ohne daß man eigentlich ihre Krankheit erfahren hatte. Nun ging Ritter Blaubart abermals auf Freiersfüßen, und da war eine Edeldame in seiner Nachbarschaft, die hatte zwei schöne Töchter und einige ritterliche Söhne, und diese Geschwister liebten einander sehr zärtlich. Als nun Ritter Blaubart die eine dieser Töchter heiraten wollte, hatte keine von beiden rechte Lust, denn sie fürchteten sich vor des Ritters blauem Bart, und mochten sich auch nicht gern voneinander trennen. Aber der Ritter lud die Mutter, die Töchter und die Brüder samt und sonders auf sein großes schönes Schloß zu Gaste, und verschaffte ihnen dort so viel angenehmen Zeitvertreib und so viel Vergnügen durch Jagden, Tafeln, Tänze, Spiele und sonstige Freudenfeste, daß sich endlich die jüngste der Schwestern ein Herz faßte, und sich entschloß, Ritter Blaubarts Frau zu werden. Bald darauf wurde auch die Hochzeit mit vieler Pracht gefeiert.

Nach einer Zeit sagte der Ritter Blaubart zu seiner jungen Frau: »Ich muß verreisen, und übergebe dir die Obhut über das ganze

Schloß, Haus und Hof, mit allem, was dazu gehört. Hier sind auch die Schlüssel zu allen Zimmern und Gemächern, in alle diese kannst du zu jeder Zeit eintreten. Aber dieser kleine goldne Schlüssel schließt das hinterste Kabinett am Ende der großen Zimmerreihe. In dieses, meine Teure, muß ich dir verbieten zu gehen, so lieb dir meine Liebe und dein Leben ist. Würdest du dieses Kabinett öffnen, so erwartet dich die schrecklichste Strafe der Neugier. Ich müßte dir dann mit eigner Hand das Haupt vom Rumpfe trennen!« – Die Frau wollte auf diese Rede den kleinen goldnen Schlüssel nicht annehmen, indes mußte sie dies tun, um ihn sicher aufzubewahren, und so schied sie von ihrem Mann mit dem Versprechen, daß es ihr nie einfallen werde, jenes Kabinett aufzuschließen und es zu betreten.

Als der Ritter fort war, erhielt die junge Frau Besuch von ihrer Schwester und ihren Brüdern, die gerne auf die Jagd gingen; und nun wurden mit Lust alle Tage die Herrlichkeiten in den vielen, vielen Zimmern des Schlosses durchmustert, und so kamen die Schwestern auch endlich an das Kabinett. Die Frau wollte, obschon sie selbst große Neugierde trug, durchaus nicht öffnen, aber die Schwester lachte ob ihrer Bedenklichkeit, und meinte, daß Ritter Blaubart darin doch nur aus Eigensinn das Kostbarste und Wertvollste von seinen Schätzen verborgen halte. Und so wurde der Schlüssel mit einigem Zagen in das Schloß gesteckt, und da flog auch gleich mit dumpfem Geräusch die Türe auf, und in dem sparsam erhellten Zimmer zeigten sich – ein entsetzlicher Anblick! – die blutigen Häupter aller früheren Frauen Ritter Blaubarts, die ebensowenig, wie die jetzige, dem Drang der Neugier hatten widerstehen können, und die der böse Mann alle mit eigner Hand enthauptet hatte. Vom Tod geschüttelt, wichen jetzt die Frauen und ihre Schwester zurück; vor Schreck war der Frau der Schlüssel entfallen, und als sie ihn aufhob, waren Blutflecke daran, die sich nicht abreiben ließen, und ebensowenig gelang es, die Türe wieder zuzumachen, denn das Schloß war bezaubert, und indem verkündeten Hörner die Ankunft Berittner vor dem Tore der Burg. Die Frau atmete auf und glaubte, es seien ihre Brüder, die sie von der Jagd zurück erwartete, aber es war Ritter Blaubart selbst, der nichts Eiligeres zu tun hatte, als nach seiner Frau zu fragen, und als diese ihm bleich, zitternd und bestürzt entgegentrat, so fragte er nach dem Schlüssel; sie wollte den Schlüssel holen und er folgte ihr auf dem Fuße, und als er die Flecken am Schlüssel sah, so verwandelten sich alle seine Geberden, und er schrie: »Weib, du mußt nun von meinen Händen sterben! Alle Gewalt habe ich dir gelassen! Alles war dein! Reich und schön war dein Leben! Und so gering war deine Liebe zu mir, du schlechte Magd, daß du meine einzige geringe Bitte, meinen ernsten Befehl nicht beachtet hast? Bereite dich zum Tode! Es ist aus mit dir!«

Voll Entsetzen und Todesangst eilte die Frau zu ihrer Schwester, und bat sie, geschwind auf die Turmzinne zu steigen und nach ihren Brüdern zu spähen, und diesen, sobald sie sie erblicke, ein Notzeichen zu geben, während sie sich auf den Boden warf, und zu Gott um ihr Leben flehte. Und dazwischen rief sie: »Schwester! Siehst du noch niemand!« – »Niemand!« klang die trostlose Antwort. – »Weib! komm herunter!« schrie Ritter Blaubart, »deine Frist ist aus!«

»Schwester! siehst du niemand?« schrie die Zitternde. »Eine Staubwolke – aber ach, es sind Schafe!« antwortete die Schwester. – »Weib! komm herunter, oder ich hole dich!« schrie Ritter Blaubart.

»Erbarmen! Ich komme ja sogleich! Schwester! siehst du niemand?« – »Zwei Ritter kommen zu Roß daher, sie sahen mein Zeichen, sie reiten wie der Wind.« –

»Weib! Jetzt hole ich dich!« donnerte Blaubarts Stimme, und da kam er die Treppe herauf. Aber die Frau gewann Mut, warf ihre Zimmertüre ins Schloß, und hielt sie fest, und dabei schrie sie samt ihrer Schwester so laut um Hülfe, wie sie beide nur konnten. Indessen eilten die Brüder wie der Blitz herbei, stürmten die Treppe hinauf und kamen eben dazu, wie Ritter Blaubart die Türe sprengte und mit gezücktem Schwert in das Zimmer drang. Ein kurzes Gefecht und Ritter Blaubart lag tot am Boden. Die Frau war erlöst, konnte aber die Folgen ihrer Neugier lange nicht verwinden.

Die Goldmaria und die Pechmaria

Es war einmal eine Witwe, die hatte zwei Töchter, eine rechte Tochter und eine Stieftochter; beide hießen Maria. Die rechte Tochter war nicht gut und fromm, dagegen war die Stieftochter ein bescheidenes, sittiges Mädchen, das aber gar viele Kränkungen und Zurücksetzungen von Mutter und Schwester erdulden mußte. Doch sie war stets freundlich, tat die Küchenarbeiten unverdrossen, und weinte nur manchmal heimlich in ihrem Schlafkämmerlein, wenn sie von Mutter und Schwester so viel Unbilliges zu leiden hatte. Aber bald war sie dann allemal wieder heiter und frischen Mutes, und sprach zu sich selbst: »Sei ruhig, der liebe Gott wird dir schon helfen.« Dann tat sie fleißig ihre Arbeit, und machte alles nett und sauber. Ihrer Mutter arbeitete sie immer nicht genug; eines Tages sagte diese sogar: »Maria, ich kann dich nicht länger zu Hause behalten, du arbeitest wenig und issest viel, und deine Mutter hat dir kein Vermögen hinterlassen, auch dein Vater nicht, es ist alles mein, und ich kann und mag dich nicht länger ernähren, daher du ausgehen mußt, dir einen Dienst bei einer Herrschaft zu suchen.« Und sie buk von Asche und Milch einen Kuchen, füllte ein Krüglein mit Wasser, gab beides der armen Maria und schickte sie aus dem Hause.

Maria war sehr betrübt ob dieser Härte; doch schritt sie mutig durch die Felder und Wiesen, und dachte: es wird dich schon jemand als Magd aufnehmen, und vielleicht sind fremde Menschen gütiger als die eigene Mutter. Als sie Hunger fühlte, setzte sie sich in's Gras nieder, zog ihren Aschenkuchen hervor und trank aus ihrem Krüglein, und viele Vöglein flatterten herbei, pickten an ihrem Kuchen, und sie goß Wasser in ihre Hand und ließ die munteren Vöglein trinken. Und da verwandelte sich unvermerkt ihr Aschenkuchen in eine Torte, ihr Wasser in köstlichen Wein. Gestärkt und freudig zog die arme Maria weiter, und kam, als es dunkel wurde, an ein seltsam gebautes Haus, davor waren zwei Tore, eins sah pechschwarz aus, das andere glänzte von purem

Gold. Bescheiden ging Maria durch das minder schöne Tor in den Hof und klopfte an die Haustüre. Ein Mann von schreckbar wildem Ansehen tat die Türe auf und fragte barsch nach ihrem Begehren. Sie sprach zitternd: »Ich wollte nur fragen, ob Ihr nicht so gütig sein möchtet, mich über Nacht zu beherbergen?« und der Mann brummte: »Komm herein!« Sie folgte ihm, und bebte noch mehr zusammen, als sie drinnen im Zimmer nichts weiter sah und hörte als Hunde und Katzen, und deren abscheuliches Geheul. Es war außer dem wilden Thürschemann (so hieß dieser Mensch) niemand weiter in dem ganzen Hause.

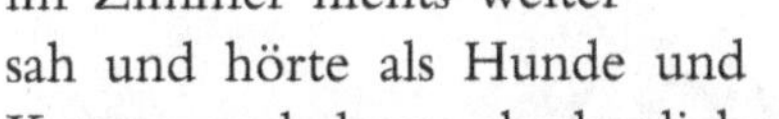

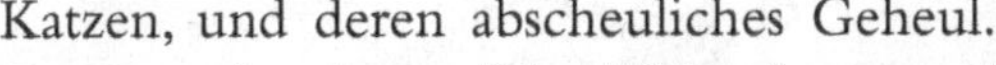

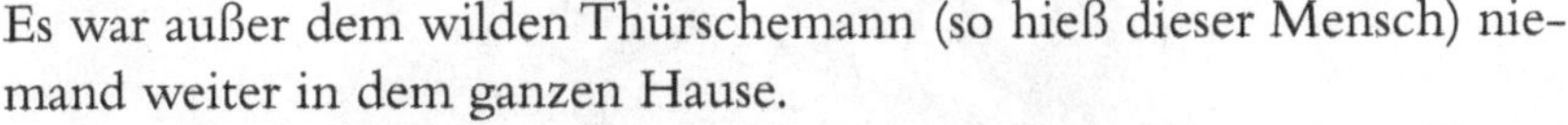

Nun brummte der Thürschemann der Maria zu: »Bei wem willst du schlafen, bei mir oder bei Hunden und Katzen?« Maria sprach: »Bei Hunden und Katzen.« Da mußte sie aber gerade neben ihm schlafen, und er gab ihr ein schönes weiches Bette, daß Maria ganz herrlich und ruhig schlief. Am Morgen brummte Thürschemann: »Mit wem willst du frühstücken, mit mir oder mit Hunden und Katzen?« Sie sprach: »Mit Hunden und Katzen.« Da mußte sie mit ihm trinken, Kaffee und süßen Rahm. Wie Maria fortgehen wollte, brummte Thürschemann abermals: »Zu welchem Tor willst du hinaus, zum Goldtor oder zum Pechtor?« und sie sprach: »Zum Pechtor.« Da mußte sie durchs goldene gehen, und wie sie durchging, saß Thürschemann oben darauf und schüttelte so derb, daß das Tor erzitterte und daß Maria ganz von Gold überdeckt war, das von dem Goldtore auf sie herabfiel.

Nun ging sie wieder heim, und ins elterliche Haus eintretend kamen ihre Hühner, die sie sonst immer gefüttert, ihr freudig entgegen geflogen und gelaufen, und der Hahn schrie: »Kikiriki, da kommt die

Goldmarie! Kikiriki!« Und ihre Mutter kam die Treppe herunter und knickste so ehrfurchtsvoll vor der goldenen Dame, als wenn es eine Prinzessin wäre, die ihr die Ehre ihres Besuches schenkte. Aber Maria sprach: »Liebe Mutter, kennst du mich denn nicht mehr? Ich bin ja die Maria.«

Jetzt kam auch die Schwester ganz erstaunt und verwundert, wie die Mutter, und beide voll Neides, und Maria mußte erzählen, wie wunderbar es ihr ergangen, und wie sie zu dem Golde gekommen war.

Nun nahm sie ihre Mutter wohl auf, und hielt sie auch besser wie zuvor, und Maria wurde von jedermann geehrt und geliebt; bald fand sich auch ein braver junger Mann, der Marien als Gattin heimführte und glücklich mit ihr lebte.

Der andern Maria aber wuchs der Neid im Herzen, und sie beschloß, auch fortzugehen und übergoldet wiederzukommen. Ihre Mutter gab ihr süßen Kuchen und Wein mit auf die Reise, und wie Maria davon aß und Vöglein geflogen kamen, um auch mit zu schmausen, jagte sie dieselben ärgerlich fort. Ihr Kuchen aber verwandelte sich unvermerkt in Asche, und ihr Wein in mattes Wasser. Am Abend kam Maria ebenfalls an Thürschemanns Tore; sie ging stolz zu dem goldenen hinein, und klopfte dann an die Haustüre. Wie Thürschemann auftat und nach ihrem Begehren fragte, sagte sie schnippisch: »Nun, ich will hier übernachten.« Und er brummte: »Komm herein!« Dann fragte er auch sie: »Bei wem willst du schlafen, bei mir oder bei Hunden und Katzen?« Sie sagte schnell: »Bei Euch, Herr Thürschemann!« Aber er führte sie in die Stube, wo Hunde und Katzen schliefen und schloß sie hinein. Am Morgen war Mariens Angesicht häßlich zerkratzt und zerbissen. Thürschemann brummte wieder: »Mit wem willst du Kaffee trinken, mit mir oder mit Hunden und Katzen?« »Ei, mit Euch«, sagte sie, und mußte nun gerade wieder mit Katzen und Hunden trinken. Nun wollte sie fort. Thürschemann brummte abermals: »Zu welchem Tor willst du hinaus, zum Goldtor oder zum Pechtor?« und sie sagte: »Zum Goldtor, das versteht sich!« Aber dieses wurde sogleich verschlossen und sie mußte zum Pechtor hinaus, und Thürschemann saß obendrauf, rüttelte und schüttelte, daß das Tor wackelte und da fiel so viel Pech auf Marien herunter, daß sie über und über voll wurde.

Als nun Maria voll Wut ob ihres häßlichen Ansehens nach Hause kam, krähte der Gluckhahn ihr entgegen: »Kikiriki, da kommt die Pechmarie! Kikiriki!« Und ihre Mutter wandte sich voll Abscheu von ihr, und konnte nun ihre häßliche Tochter nicht vor Leuten sehen lassen, die hart gestraft blieb, darum, daß sie so auf Gold erpicht gewesen.

Die verzauberte Prinzessin

(Nach mündlicher Überlieferung)

Es war einmal ein schlichter Handwerksmann, der hatte zwei Söhne, die hießen Hellmerich und Hans; dieser ging einst aus seinem Dörflein in die nahe Stadt, um Geschäfte mancherlei Art abzutun. Als er am Abend, schon auf dem Heimweg begriffen, in der äußern Schenke noch einen stärkenden Trunk tat, machte ihn ein höchst lebhaftes Gespräch, das einige junge zechende Männer führten, aufmerksam; er lauschte mit Augen und Ohren, denn die Rede jener Leute ging von nichts Geringerem als davon, daß ein herrliches Schloß

mit unermeßlichem Gold und Gütern zu gewinnen sei. In diesem Schlosse schmachte eine holde Prinzessin verzaubert nach Erlösung, welche Prinzessin dem Glücklichen, der sie durch pünktliche Erfüllung dreier Proben, die ihm auferlegt würden, erlösen würde, die königliche Hand reiche und ihn zu ihrem Gemahl erhebe. Derjenige, dies war aber der Zusatz, der die drei Aufgaben nicht löse, so er doch die Prinzessin begehrt, müsse das Leben lassen und kehre nimmer wieder.

Nachdenklich und mit hochschlagendem Herzen schritt der ehrliche Meister über die vom Abenddämmer umsponnene Heimatflur seinem Dörflein zu. Schon sah er in Gedanken seinen ältesten Sohn, Hellmerich, den er ungleich mehr liebte als seinen andern, Hans, im Königschloß, und die holde Prinzessin als seine hochverehrteste Schnur.

Daheim teilte er nun seinem lieben Weibe und seinen Söhnen die goldene Neuigkeit mit, und alle waren ganz erstaunt über diese Mär. Der Vater gebot nun gleich seinem Lieblingssohn Hellmerich, sich aufzumachen, und das Wagestück zu bestehen; die Sache litt keinen Aufschub; sollte Hellmerich das schöne Schloß gewinnen und die Prinzessin einnehmen, so mußte das Werk rasch unternommen und ausgeführt werden, denn es leuchtete dem klugen Meister als ganz natürlich ein, daß viele andere sich auch daran wagen könnten und würden. Und Hellmerich war auch so entzückt und begierig, und bereits in seinem stolzen Herzen des Sieges so gewiß, daß er schon mit Hoffart und verächtlichen Blicken die kleinliche Welt um sich her maß, und ungeduldig der Stunde entgegen harrte, da er auf einem schön gezäumten Roß davon fliegen und dem ihm bestimmten Glück in die Arme eilen sollte. Endlich schlug die ersehnte Stunde. Scheidend verhieß Hellmerich, schon im Gefühl seiner Königswürde voll unaussprechlicher Huld und Güte, seinen armen Eltern, deren ganzes Vermögen sich in das stolze Roß verwandelt hatte, er wolle sie, samt seinem dummen Bruder Hans, in einem sechsspännigen Wagen abholen lassen, sobald er die Prinzessin erlöset habe.

Hans weinte, denn er fühlte sich gar sehr zurückgesetzt und gekränkt. Indessen, er arbeitete treulich und bald wieder fröhlich für den Unterhalt seiner lieben Eltern.

Hellmerich reisete stattlich von Ort zu Ort, des Sommers blumenreiche Gefilde breiteten sich immer lieblicher und erquickender vor seinen Blicken aus; je mehr er sich dem herrlichen Ziele näherte, je zauberischer und prächtiger gestaltete sich die Natur; rauschende Wälder und trauliche Bäche, klarduftende Wiesen, spiegelnde Teiche, anmutige Höhen und wogende Saatfelder wechselten auf das angenehmste miteinander ab; hier schien es so paradiesisch, daß Hellmerich keinen Zweifel hegte, das zu gewinnende Königsgebiet bereits betreten zu haben. Und wirklich schimmerte endlich in der sonnenlichten Ferne ein goldglänzender Punkt. Da zitterte die wildeste Freude durch Hellmerichs Herz. Er jauchzte laut, und schlug mit der Reitgerte weit um sich. So trabte er am Saume eines frischen Laubwäldchens hin und scheuchte die Vöglein, die goldgefiederten, harmlosen Sänger von den Zweigen. Bald kam er an einen großen Ameisenhügel, der im Wege lag, und er ließ ihn mutwillig von seinem Roß zertreten und zerstampfen, so daß die erzürnten Geschöpfe an sein Pferd und an ihn selbst krochen und ihre Rache mit schmerzerregenden Bissen ausließen, bis Hellmerich wütend sie alle zerschlug und zertrat. Und weiter kam er an einen silberhellen Teich, da schwammen zwölf weiße Entchen. Der böse Hellmerich lockte sie ans Ufer und trat sie tot; nur ein einziges entkam. Dann kam er an einen schönen Bienenstock, und tötete aus purem Frevelmut auch die kleinen fleißigen Künstler. So übte er an allem, was ihm aufstieß, die Tücke eines bösen Herzens.

Immer herrlicher erhob sich in der Ferne das Königsschloß, sein Dach war gülden, auf den zierlichen Türmen wehten hellschimmernde Fahnen. Das Gebäude war von Marmor aufgeführt, die hohen Fenster blinkten wie Flammenspiegel, und rings war es umrauscht von schattenden Myrtenbäumen, umblüht von den herrlichsten Blumen und Rosenbüschen. Doch immer geheimnisvoller wurde das Schweigen, das sich über diesem Zauber verbreitete.

Hellmerich stand jetzt an der hohen Pforte und klopfte ungeduldig, bis ein altes Mütterlein, mit spinnenwebfarbigem Gesichte und schreckendem Gespensterputz, erschien, und mit Widerwillen nach seinem Begehren fragte. »Nun, die Prinzessin will ich erlösen«, war Hellmerichs kecke Antwort: »Sage, was soll ich tun, altes Weib?« »Da mußt du morgen früh neun Uhr wieder kommen«, sprach das Mütterlein, »wo ich dich hier erwarten, und das Weitere mit dir vornehmen werde.«

Zur bestimmten Zeit stellte sich Hellmerich ein; das Mütterlein erschien, und trug ein kleines Faß voll Leinsamen, den sie bald auf einer schönen Wiese ausstreute, und zu Hellmerich sagte: »Lese alle Körner wieder zusammen, auf daß nicht eins fehle, in einer Stunde komme ich wieder, mein Sohn, da muß diese Aufgabe gelöst sein.« Aber der hochfahrende Hellmerich mochte sich nicht bücken in seinem modisch engen Gewande und spottete der albernen Aufgabe. Er spazierte auf und ab, bis das Mütterlein wieder kam, und mit hohnlächelnden Mienen das leere Fäßlein anblickte. Nun hatte sie zwölf goldene Schlüssel, die sie in den nahen spiegelnden Teich warf, und sie sagte zu Hellmerich: »Diese Schlüssel sollst du wieder herausholen, auf daß kein einziger fehle, in einer Stunde komme ich wieder, mein Sohn, da muß diese Aufgabe gelöst sein.«

Hellmerich spähte hinein in das Wasser, er schnitt Baumzweige ab und häkelte hinein, aber er brachte keinen einzigen Schlüssel heraus. Er stieg selbst ins Wasser, und kam nur mit Mühe wieder ans Ufer, ohne einen Schlüssel gefunden zu haben. Mütterlein kam, und Hellmerich hatte seine Aufgabe nicht gelöst. Da führte sie ihn die schöne Marmortreppe hinan, und öffnete des Schlosses hohe goldene Pforte, dann schritt sie weiter voran durch herrliche Zimmer und Säle, bis sie endlich in ein anmutiges Gemach traten, wo tiefschweigend drei verschleierte Frauen saßen. Eine war wie die andere gekleidet. »Nun wähle dir eine von diesen Frauen«, sprach das Mütterlein, »zwei davon sind böse und eine ist gut; wählst du die gute, so bist du ewig glücklich, wählst du aber eine böse, so befiehl deine arme Seele. In einer Stunde komme ich wieder, mein Sohn, da muß diese Aufgabe gelöst sein.«

Nun stand Hellmerich schwankend und unschlüssig, bis es zwölf Uhr schlug, und das Mütterlein hereintrat. Da deutete er flugs nach der Rechten. Die Zaubergestalten erhoben sich, und die Schleier rauschten zur Erde. Die Mittelste war ein holdseliges Mägdlein, ihr schöner Liliennacken war umwallt von reichen Locken, ihre Hände und Brust waren mit funkelndem Geschmeide behängen, und auf dem Haupte trug sie eine goldene Krone. Ihr wehmütiger, tränender Blick haftete eine kurze Minute auf Hellmerichs Angesicht, dann senkte sie das Tränenauge, und der Schleier sank wieder leise über die zarte, holde Gestalt hin. Die beiden aber zur Rechten und Linken waren häßliche Furien, ihre Augen sprühten feurige helle Flammen, ihre Zähne schlugen knirschend aneinander und an ihren Häuptern wuchsen Hörner hervor und an den Händen abscheuliche Krallen. So stürzten sie mit höllischer Freude nach dem Unglücklichen, und schleuderten ihn zum Fenster hinaus, wo er in einem dunklen Abgrund auf immer verschwand. Und dann verschwand auch alles übrige, Schloß, Prinzessin und Zauberhain.

Ein Jahr war verflossen, und wieder schmückten des Frühlings rosige Blüten die Erde, aber bei dem armen Handwerksmann war noch kein sechsspänniger Wagen angekommen, und auch keine Kunde, daß die

Prinzessin erlöst sei. Die Eltern gaben schmerzlich ihren Sohn Hellmerich auf. Und Hans fühlte heimlich eine herzliche Lust, auch einmal sein Glück zu versuchen, wiewohl er dies Vorhaben sorglich vor seinen Eltern verbarg. In einer hellen Mondnacht schlich er sich davon, ohne Roß und ohne Reisegeld, und wanderte wohlgemut durch Länder und Städte. Er nährte sich von Waldbeeren und Wurzeln, trank aus der klaren Quelle, sang mit den frommen Vögeln, und schlief sorglos und harmlos auf dem weichen Moose des dunkeln Waldes.

So wanderte er fröhlich fort, bis er eines Mittags an ein schattiges Laubwäldchen kam; dort begann das Gebiet des Zauberschlosses. Wie selig schlug sein Herz als er dieses paradiesische Land überschaute. Verklärt von rötlichem Schimmer lag es vor seinen Blicken ausgebreitet, und von mächtigem Zauberreiz war er also ergriffen, daß er trunkenen Sinnes auf seine Knie sank. Es umfing ihn ein süßer Schlummer, und er träumte lange, auf dem kühlen Waldmoose ruhend. Eine holde Frau, umwallt von hellschimmerndem Gewande, stieg zu ihm hernieder und reichte ihm eine Schale voll süßen Wassers, das er trank, und welches ihn himmlisch erquickte; und weiter taten sich goldene Herrlichkeiten vor seinem Traumblicke auf, liebliche Mägdlein in blumigen Gewändern umtanzten ihn und trugen ihn empor auf einen goldenen Thron, wo die holde Frau saß, die ihm lächelnd und liebeseligen Blickes eine blitzende Krone überreichte.

Also ward Hansens gutes, frommes Herz im Traume von Seligkeiten erquickt.

Als er erwachte, trat die Morgensonne in rosigem Schimmer aus den dunkeln Pforten der Nacht; er wanderte rasch von dannen, und kam bald an einen großen Ameisenhügel, der halb zertreten und zerrissen im Wege lag, und er blickte sinnend den fleißigen Tierchen zu, wie sie emsig zusammentrugen und an ihrem Bau arbeiteten. Er selbst wollte helfen; allein bald krochen die Tierchen an ihn und bissen ihn. Da las er sie alle von sich herunter und tötete keines.

Weiter wandernd kam er an einen schönen Teich, und es schwammen abermals zwölf weiße Entchen darauf; ihre Federn glänzten wie Silber. Und sie schwammen ans Ufer, und er streute ihnen Futter, hatte so seine herzliche Freude an ihnen.

Bald auch kam er an einen großen Bienenstock, und freute sich über den Fleiß der Tierchen und über ihre Kunst. Still betrachtend pries er die Größe, Weisheit und Güte des liebevollen Schöpfers.

In goldener Klarheit lag nun das wundersam herrliche Schloß vor ihm, seine Augen vermochten kaum den Glanz zu ertragen, der es rings umstrahlte. Zagend schritt er näher und zweifelte gänzlich an der Erfüllung seines vermessenen Vorhabens; doch stärkte ihn mächtig der Gedanke an seinen wundersamen Traum, und es trieb ihn vorwärts, ob er auch zagte und zitterte. So stand er an der Pforte des Schlosses und klopfte leise, bis das Mütterlein erschien und nach seinem Begehr fragte. Bescheiden sprach er: »O Mütterlein, glaubst du, daß ich die Prinzessin erlösen kann? Sieh, ich bin ein armer Knecht, so du meinst, ich sei zu geringe, will ich das schöne Schloß nur anschauen und wieder heim wandern.« Mütterlein aber nahm freundlich des Jünglings Hand, und strich ihm mit ihren kalten knöchernen Fingern die Locken von der Wange, und musterte seine schöne Gestalt und bescheidene Kleidung. »So du drei Proben bestehst«, sagte sie, »ist die Prinzessin und das reiche schöne Schloß dein, und du bist König über dieses holde Land. So du sie nicht bestehst, da du sie doch begehrt, wird es dich dein Leben kosten.«

Mit dem Mute eines reinen Herzens blickte Hans empor und sprach: »Wohlan, Mütterlein, sage was ich tun soll.« Und die Alte brachte das Fäßlein voll Leinsamen, und streute ihn rings auf die grünende Wiese aus, und sprach: »Lese alle Körnlein wieder zusammen, auf daß nicht eines fehle, in einer Stunde komme ich wieder, mein Sohn, da muß diese Aufgabe gelöst sein.«

Wie unendlich fleißig las Hans die Körnlein von der Wiese; aber es schlug schon dreiviertel und er hatte das Fäßlein nicht halb voll. Da verzagte er schier, doch erwartete er das gestrenge Urteil mit Ergebung. Aber siehe, plötzlich kroch eine Schar schwarzer Ameisen heran, die trugen alle Körnlein zusammen in das Faß, daß es in wenigen Minuten so voll war wie vorher. Das Mütterlein kam; o wie freudig trug ihr Hans das Fäßlein entgegen! Darauf warf sie die zwölf Schlüssel in den nahen Teich und sprach: »Diese Schlüssel sollst du wieder herausholen, auf daß kein einziger fehle, in einer Stunde komme ich wieder, mein Sohn, da muß diese Aufgabe gelöst sein.« Nun gab sich Hans die größte Mühe, brachte aber keinen einzigen Schlüssel aus der Tiefe. Verzagend saß er am Ufer und sah schon das furchtbare Gericht über sich ergehen. Und siehe, da schwammen zwölf silberweiße Entchen heran, und ein jedes trug einen goldenen Schlüssel in seinem Schnäbelein, und warfen sie an das frischgrüne Ufer. – Glückselig trug Hans die goldenen Schlüssel dem Mütterchen entgegen und sandte still ein Dankgebet zum Himmel empor, daß ihm so wunderbare Hülfe widerfahren.

»Nun kommt die letzte Probe, mein Sohn, doch auch die schwerste«, sagte das Mütterlein und führte den Jüngling in das Zauberschloß, durch hohe herrliche Säle und Zimmer, bis sie in das Gemach der drei Schleierfrauen gelangten. »Nun wähle dir eine von diesen Frauen«, sprach das Mütterlein, »zwei davon sind böse, und eine ist gut; wählst du die gute, so bist du ewig glücklich, wählst du aber eine böse, so befiehl deine arme Seele. In einer Stunde komme ich wieder, mein Sohn, da muß diese Aufgabe gelöst sein.«

Wie zitternd und zagend blickte Hans die drei schweigsamen Zaubergestalten an! Eine wie die andere saß ruhig und geheimnisvoll. – Sein Auge verdunkelte sich, seine Seele schwebte zwischen Todesangst und glückseliger Hoffnung. Da sank er auf die Knie und betete. Ein leises Summen um sein Haupt – unterbrach die angstvolle Totenstille, es umflüsterte ihn eigentümlich, wie Geisterstimmen. Da blickte er empor und sahe unzählige Bienen sein Haupt umkreisen, und es schwirrte ganz leise aus jeglichem Bienenmund: »Die Mitt'le, die Mitt'le, die Mitt'le.« Da trat Mütterlein herein, und Hans deutete auf die mittelste Zaubergestalt.

Rauschend fielen die Schleier der Frauen zu Boden. Zu beiden Seiten standen die häßlichen Furien, und mitten innen das holdselige Mägdlein. Ein Donnerschlag erschütterte die Luft, durchbebte die Erde; und die scheußlichen Furien stürzten heulend zum Fenster hinaus, in den furchtbaren Abgrund.

Aber die Prinzessin voll unaussprechlichem Liebreiz umfing den glücklichen Jüngling, und lispelte wonneselig: »Habe Dank, du Teurer! Siehe, dein reines, frommes Herz, hat mich befreiet, und nur ein reines, frommes Herz konnte mich befreien. Du bist nun mein und ich bin dein, mein süßer Bräutigam!«

Darauf hatte Hans in seiner Freude nichts Eiligeres zu tun, als einen goldnen Wagen mit sechs Pferden bespannt in seine Heimat zu senden, und seine Eltern holen zu lassen. Und alle lebten glücklich in dem Zauberschloß bis an ihr Ende.

Die drei Wünsche

Zu den Zeiten, als der liebe Gott bisweilen noch sichtbarlich auf Erden wandelte, um die Menschen zu prüfen, und niemand weiß, ob er dies nicht noch heute tut, kam derselbe einmal in Gestalt eines armen, alten und gebrechlichen Mannes in ein Dorf und vor das Haus eines Reichen, und bat um ein wenig Trank und Speise und um ein Nachtlager, denn der Abend war da und die Nacht nicht fern, und das Wetter war wild und stürmisch.

Da trat der Reiche spottend aus seinem stattlichen Hause, und sprach zum lieben Gott: »Dumm bist du nicht, Alter! Hast etwa auf einer hohen Schule studiert? Meinst hier sei ein Wirtshaus oder ich ein Garkoch, oder meinst, hier sei ein Spittel? Denkst etwa, hier sei eine Bettelmannsherberge? Nein, ich sage Dir, hier ist Bettelmannsumkehr. Allons marsch! Gleich packe dich vom Hofe, oder ich pfeife dem Hunde, du alter Tagedieb, du Strolch und Stromer, und untersteh dich ja nicht, noch einmal in meinen Hof hereinzutreten!«

Mit einem Seufzer wendete sich der Arme vom Hofe des reichen, geizigen und hartherzigen Mannes hinweg, und wankte weiter. Da rief ihn von drüben aus einem kleinen Häuslein die Stimme eines Mannes an.

»Na Alterchen! wo willst denn du hin?« fragte der Häusler, voll Mitleid im Tone, und der Arme antwortete: »Ach, nach Nirgendheim! Nirgend hab ich ein Heim! Aber Hunger hab ich und Durst hab ich, und müde bin ich auf den Tod!«

»So komme doch herüber, Alter, zu mir!« rief wieder der Häusler. »An dem, was dir mein Nachbar da drüben gegeben hat, wirst du doch nicht zu schwer zu tragen haben. Ich bin freilich selbst ein armer Hach, aber ein Stück Brot hab ich noch, und einen Schluck Schnaps kannst du auch haben, und einen Sack voll Waldmoos zum Nachtlager, wenn du damit zufrieden bist!«

»Ihr seid sehr gütig! Ich nehm es an, und Gott gesegnet's Euch!« sagte der liebe Gott, und schlich hinüber zu dem Häusler, und aß mit ihm, und trank mit ihm, und ruhete sich aus, und weil es noch nicht Schlafenszeit war, so setzten sich die beiden Männer vor das Haus, denn der liebe Gott hatte das wilde Wetter schnell vergehen lassen, und hatte eine klare milde Mondnacht geschaffen, und ließ das Firmament leuchten, und seine Sternenheere, die ihn ewig preisen, voll Pracht über der dunkeln Erde wandeln.

Und da saßen die beiden Männer, der alte und der junge, der liebe reiche Gott und der arme Häusler, beieinander auf der steinernen Bank vor dem Häuslein, und sprachen miteinander.

Drüben aber, im Schatten, sah der reiche Mann zum Fenster heraus, platzte aus einer großmächtigen Tabakspfeife, und murmelte und grämelte: »Da hat der Lump, mein Nachbar, da drüben, richtig den alten Strolch aufgenommen und gibt ihm Quartier, und hat doch selbst nichts zu beißen und zu brechen. So was Dummes lebt nicht! Aber ich sage es ja immer: Gleich und gleich gesellt sich gern; gleiche Lumpen, gleiche Lappen. Eigentlich gehört sich's gar nicht, so einen hergelaufenen Landstreicher aufzunehmen, denn man weiß nicht, was hinter ihm steckt und ob nicht so ein Stromer das Dorf mit Feuer anstößt, daß dann seine Bande aus dem Walde bricht und plündert. Wie sie schwätzen, die beiden Taugenichtse! Ich will doch ein wenig zuhören.« –

»Du bist so gut und so fromm«, sprach der liebe Gott zu seinem Wirte, »du wärest wert, daß dir geschähe, wie vor Zeiten manchem frommen Manne, daß du drei Wünsche tun dürftest zu deinem Heile und zum Heile deiner Seele. Aber du müßtest das letztere ja nicht vergessen, damit es dir nicht ergehe, wie dem Schmied von Jüterbock.«

»Und wie erging es diesem?« fragte der Häusler.

»Kennst du das Märchen nicht?« fragte der liebe Gott zurück. »Zu diesem Schmiede kam der heilige Apostel Petrus geritten, und bat ihn, seinen Esel mit neuen Hufeisen zu beschlagen, dafür solle er drei Wünsche tun dürfen. Da wünschte sich der Schmied, daß seine Schnapsbulle niemals leer werden solle, ferner, daß, wer auf seinem Birnbaume sitze, darauf so lange sitzen müsse, bis der Schmied ihm abzusteigen erlaube, und daß endlich niemand ohne Erlaubnis in seine Stube kommen dürfe, außer etwa durchs Schlüsselloch. Damit gewann der Schmied zwar dem Tode ein langes Leben ab, weil er diesen überlistet, sich auf seinen Birnbaum zu setzen, und tat dem Teufel eine Drangsal an, weil dieser durch das Schlüsselloch in des Schmiedes Stube gewischt war, aber den besten Wunsch, die ewige Seligkeit, hatte der Schmied nicht getan, und nun starb er nicht, und Sankt Petrus ließ ihn nicht in den Himmel, und der Teufel fürchtete sich vor ihm, und schnappte vor ihm das Höllentor zu, und verriegelte es von innen – und nun muß der Schmied ewiglich unselig umherwandeln.«

»Ach du lieber Gott!« rief der Häusler, ohne zu wissen, wer neben ihm saß. »Das ist schlimm – das war gefehlt – da wollt ich schon gescheiter wünschen – wenn zu mir so ein heiliger Nothelfer oder Apostel käme! Selbiges wird aber nicht sein!«

»Man kann das nicht wissen«, erwiderte der Gast. »Nur muß der Mensch nicht töricht wünschen, wie jenes Ehepaar, zu dem der Engel Gottes kam, und ihm drei Wünsche bescherte.«

»Was geschahe da?« fragte der Häusler.

»Ein Mann und eine Frau«, erzählte der Gast: »lebten in großer Armut, und baten Gott Tag und Nacht, ihre Armut zu bessern, und ihnen zu helfen. Weil sie nun fromm und redlich waren, so wollte Gott ihr Flehen erhören, und sandte ihnen seinen Engel. Der Engel sprach: ›Drei Wünsche dürft ihr tun zu eurem Heile, aber es darf nicht der Wunsch nach Geld und Gut dabei sein, denn wenn euch solches beschieden und nütze und zuträglich wäre, so besäßet ihr dessen längst, so aber ist es euch nach Gottes weisem Ratschlusse versagt.‹ Der Mann aber sprach: ›Was sollen mir drei Wünsche helfen, wenn ich nicht wünschen dürfen soll, was mir zu meinem Glücke dienlich scheint? Was ist der Mensch ohne Geld? Da spricht man von ihm just wie von einem falschen Groschen: Er gilt nichts.‹ Darauf sprach der Engel: ›Nun so wünsche denn in Gottes Namen, doch trage selbst die Schuld, so du dir selber Unheil wünschest.‹ Nun sprach der Mann mit seinem Weibe, wie sie beiderseits die Wünsche wohl erwägen wollten. ›Was wünschen wir?‹ fragte er das Weib. ›Was brauchen wir zunächst? Ich dächte, einen ganzen Berg von Gold, und eine dicke Mauer rund herum, daß kein Vieh darauf grast, und kein Dieb danach gräbt – oder aber lieber ein Trühelein Immervoll, daraus man stetig Geldes nehmen mag, so viel man just bedarf?‹ – ›Ich dächte‹, nahm das Weib das Wort: ›du wärest vor allen Dingen so gütig, und schenktest oder überließest einen der drei Wünsche *mir*, denn ich habe genug danach geseufzt und mich wund gekniet, dann kannst du dir noch immer wünschen was du willst.‹ – ›Nun wohl‹, antwortete der Mann, ›Frauen sind oft klüger als die Männer, so wünsche denn.‹

›Ich wünsche‹, sprach die Frau, ›für mich das allerschönste Kleid, wie nie ein Weib der Welt eins getragen, schöner wie das Kleid der größten Kaiserin!‹ – Kaum hatte die Frau den Wunsch ausgesprochen, so war sie angetan mit dem herrlichsten Kleide, das war überreich besetzt mit Diamanten, Perlen, Gold und Silber, daß es nur so davon starrte.

›Ist das nicht ein dummer, unüberlegter Wunsch!‹ rief voll Unwillen der Mann. ›Du konntest damit *allen* Frauen Gewande wünschen, da wäre tausendfacher Segen auf dein Haupt vom Himmel von den Dürftigen herabgefleht worden, so hast du nur einen Wunsch des hoffärtigen und übermütigen Eigennutzes getan!‹

›Ei daß dich!‹ schrie die Frau. ›Pfui dich an, Mann, daß du mich also schiltst! Gefalle ich dir nicht in diesem schönen Kleide, so wette ich traun, daß ich andern desto besser gefallen werde. Lauf hin, du Hans Narr!‹

›Gauklerin!‹ schrie voller Zorn der Mann. ›Daß dir doch gleich das Kleid in deinen hoffärtigen Leib fahre!‹

›Wehe mir!‹ schrie die Frau – denn im Augenblicke verschwand das Kleid, das sie bedeckt hatte, und zog in ihren Leib, und schmerzte sie, daß sie laut aufheulte, und durchs Dorf lief, und allen Bauern ihr Leid klagte, wie sie durch ihres Mannes Schuld so schrecklich leiden müsse. Darauf liefen die Bauern in hellen Haufen zu dem Manne und riefen ihm drohend zu, er solle seinem Weibe von ihrem Weh helfen, oder sie wollten ihn gleich erwürgen. Und da zuckten sie schon ihre Messer und Schwerter gegen ihn.

Wie der Mann solchen großen und grimmigen Bauernzorn sah, und sahe wie sein Weib litt, da sprach er: ›Ich wünsche in Gottes Namen, daß sie ihrer Schmerzen wieder ledig werde.‹

Darob wurde das Weib heilfroh, und all ihr Schmerz war hinweg, denn der dritte Wunsch war nun getan, aber das Kleid kam nicht wieder zum Vorschein, und nun hatte der Mann keine gute Stunde mehr auf Erden, und war der Spott aller Welt, und starb bald genug vor Gram und Kummer. Darum merket wohl, mein werter Gastfreund, wenn Ihr Wünsche tut, daß Ihr nicht auf den Wegen der Toren wandelt.«

»Und welche Wege meinst du?« fragte wieder der Häusler.

»Der Toren Sitte«, sprach des Häuslers Gast, »ist Unrechtes begehren, Unrechtes trachten und nach dem Verluste Unrechtes klagen. Die Toren sind dreierlei Schlages. Toren, die nichts wissen und nichts können; Toren, die nichts wissen wollen, die wissen und können verachten, und Toren, die wissen und können, und dennoch nicht das tun, was das Rechte ist, das sie doch einsehen sollten, und ihre Seele bewahren.«

»Nun denn, dürfte ich wünschen«, sagte der Häusler, »so wünschte ich mir vorerst und vor allen andern Schätzen die ewige Seligkeit; hernach Gesundheit und Zufriedenheit bis zu meinem Tode, und dann – wenn es nicht gegen Gottes Willen wäre, möchte ich wünschen, daß mein den Einsturz drohendes Häuslein wieder in guten Stand gesetzt wäre.«

»Diese Eure Wünsche sind Gott genehm« – sagte der Gast, »und ich will Euch den Hauptwunsch dazu tun, daß sie alle drei in Erfüllung gehen!«

Nach diesem guten Gespräche verließen die beiden Männer, der arme Alte und der arme Häusler, ihren Steinsitz und gingen in die Hütte, sprachen ihr Nachtgebet, und legten sich zur Ruhe nieder.

Der Reiche drüben hatte jedes Wort gehört das jene sprachen, und machte seine Glossen darüber. »Man sollte nicht meinen«, brummelte er vor sich hin: »daß so ein alter Mann noch so kindisches Zeug auf die Bahn bringen könnte, so läppischen Märchen-Schnickschnack – aber freilich, das Alter macht kindisch und Alter schützt nicht vor Torheit. O ihr Wünschelnarren!« –

Soeben wollte der Reiche sich nun auch zur Ruhe begeben, als er wahrnahm, daß ein eigentümlicher Lichtschimmer das Häuschen des Armen umfloß, während alle andern Häuser dunkel da lagen, und doch war es kein Feuerschein, auch nicht Wirkung des Mondlichtes, sondern ein reines Ätherlicht – dann schienen auch lichte Gestalten um das

Häuschen zu schweben, und deren wurden mehr und mehr, die bewegten sich wundersam, ab und auf, als ob sie auf unsichtbaren Leitern schwebten; sie glitten um das Dach und um die Wände, und dabei war alles feierlich und tief still.

Dem Reichen gruselte es – er meinte, es seien Gespenster, schlug sein Kreuz und suchte sein Lager, aber er konnte fast die ganze Nacht nicht schlafen, und am frühen Morgen, als kaum der Tag graute, war er von einer innern Unruhe getrieben, schon wieder am Fenster – da sah er just den armen Alten an seinem Hause vorübergehen, der sich mithin früh aufgemacht hatte.

»Hm!« murmelte der Reiche, »der ist bald auf den Beinen, das hat sicher einen Haken. Und er trägt einen Sack – gestern trug er keinen. Der hat gewiß da drüben etwas mitgehen heißen, und ist durchgebrannt, derweil der Nachbar noch schläft. Geschieht dem Nachbar schon recht! Was geht es mich an?« –

Unter dieser Betrachtung wurde es draußen heller, des Reichen Weib war auch aufgestanden, und sah aus dem Fenster nach dem Wetter, der Nebel verzog sich, und beide trauten ihren Augen nicht, als sie gegenüber ein ganz stattliches neues Bauernhaus stehen sahen, das zwar noch die Gestalt des alten hatte, aber in allen Teilen größer und schöner war.

»Träum ich denn oder wach ich?« fragte der Reiche. »Ist denn wirklich der Wunsch in Erfüllung gegangen – wer war denn der Alte? Hilf Himmel! Sicherlich Sankt Petrus, oder gar der liebe Gott selbst. Dummkopf, der ich war, ihn gestern so schnöde abzuweisen.«

»Jawohl, Dummkopf!« rief die Frau. »Spute dich, reite nach, bitte ihm ab, gib ihm gute Worte. O Himmel, wie ist doch unsereins übel daran, wenn man so einen dummen Mann hat!« –

»Holla! Knecht! Pferd satteln! Ausreiten!« rief der Reiche stürmisch, steckte Geld zu sich und Eßwaren, und galoppierte durchs Dorf, die Straße entlang – und bald genug holte er den Alten ein, tat aber nicht, als habe er ihn gestern gesehen.

Gar freundlich rief er vom Pferde herunter: »Grüß Gott, Alter! Wie geht's? Ist das Leben noch frisch? Wo hinaus denn so früh? Was trägst du denn da im Sack?«

»Dank dem Gruß! Nach Gottwalte!« antwortete der Wanderer.

»Bist wohl ein recht armer Schlucker! Da hast du ein Geld!«

»Danke! Danke!« –

»Aber was du im Sacke trägst, möcht ich wissen!« –

»Ach« – schien der Alte zu scherzen, »es ist ein Sorgenbürdlein, lieber Herr, hab's einem armen Schlucker abgenommen.«

»So, so!« lachte der Reiter. »Ich will nicht wissen, was darin ist – ich wünschte bloß –«

»Aha! Ihr seid auch ein Wunschfreund« – unterbrach der arme Alte. »Das trifft sich gut – ich trage in diesem Sacke just drei Wünsche, die sich dem erfüllen, der sie tut. Er muß aber den Sack dazu nehmen.«

»Gib her! Gib her!« rief habgierig der reiche Mann, und langte nach dem Sacke. »Da – hast du auch ein Stück Brot und eine ganze Wurst! Du siehst, daß ich nicht geizig bin, wie mich meine Feinde und Neider ausschreien. Ich bin ein rechtlicher Mann, der auf Ordnung sieht und das Seinige zu Rate hält, aber ich gebe gerne den Armen, die der Gaben würdig sind. Allen kann man freilich nicht helfen.«

»Allen?- nein, das ist bei Gott unmöglich!« sagte der Alte.

»Ich habe doch immer sagen hören«, widersprach der Reiche, der den Sack bereits in der Hand hatte, »bei Gott sei kein Ding unmöglich, und sein Wille sei es, daß allen geholfen werde?« –

»O mein lieber Herr« – erwiderte der Arme, »das ist geistlich zu verstehen, nicht weltlich!«

Der Reiche wendete sein Roß, und sprengte wieder heimwärts. Der Kopf war ihm voller Wünschegedanken, es ging ihm darin herum, wie Windmühlenflügel. Was sollte er nur alles wünschen? Geld brauchte er eigentlich nicht, das hatte er vollauf, folglich gutes Leben die Fülle, gesund war er ebenfalls und zufrieden – ach Zufriedenheit sich zu wünschen, deuchte ihm nicht der Mühe wert, denn der Mensch ist doch nie zufrieden – dachte er, und ritt immer hastig darauf los, und spornte das Pferd, das schon keuchte, und jetzt stolperte es, daß es beinahe seinen Reiter abgeworfen hätte.

»Ei so wollt ich, daß du den Hals brächst! Aas vermaledeites!« rief zornig der reiche Mann – und o weh, da knickte das Roß zusammen, stürzte und brach den Hals. Ein Wunsch war dahin, und der Reiche war wütend. Er schnallte von dem toten Tiere Sattel und Zeug los, und trug das eine Strecke, aber gar nicht weit, da ward es ihm zu schwer, und wurde ihm furchtbar heiß, und da wünschte er wieder: Wenn nur das verdammte Gepäck daheim wär, und mein Weib, die mir diesen Ritt geraten, auf dem Sattel säße!

Zwei Wünsche waren dahin, der Sattel und Zaum nebst Gebiß und Steigbügel und Schabracke – alles war fort – und der Geizige atmete freier; ein Glück, daß er nicht noch einmal wünschte, und daß seine Frau kein Wünschelweiblein war, denn daheim saß sein Weib fest im Sattel, und hatte die Reitpeitsche in der Hand, wußte nicht wie ihr geschah und wünschte ihren Mann, seinen Gaul und sein Sattelzeug alles zum bösen Voland.

Wollte der Reiche wohl oder übel, so mußte er sein Weib wieder frei und ledig wünschen, da war auch der dritte Wunsch dahin.

Des Nachbars nagelneues Haus drüben stand hell glänzend im Sonnenschein, und war das schönste des Dorfes.

Neugierig öffnete der Reiche den Sack – hätte er nur das nicht getan. Im Sacke stak – des Nachbars *Armut*, die kam jetzt über ihn, wie ein gewappneter Mann.

Der starke Gottlieb

Es war einmal ein reicher Rittergutsbesitzer, dem dienten viele Knechte, und einer von diesen wollte sich verheiraten. Wie nun derselbe seinen Herrn um die Heiratserlaubnis bat, so sagte dieser: »Heirate nur zu in Gottes Namen! Ich wünsche dir einen recht starken Sohn, und wenn du einen solchen hast, so will ich ihn dir zu Liebe gern auch in meinen Dienst nehmen.« Also heiratete der Knecht und wurde Vater eines kräftigen Sohnes, dem er den Namen *Gottlieb* gab. Dem Vater blieb das Versprechen seines Herrn unvergessen, und er war darauf bedacht, Sorge zu tragen, den Jungen recht stark werden zu lassen. Zu diesem Zwecke dünkte dem Vater notwendig, daß sein Kleiner recht lange Muttermilch trinke. Erst stillte ihn daher seine Mutter in ihren Armen, dann ließ sie ihn auf ihrem Schoße sitzen, dann lernte der kleine Gottlieb laufen, und trug sich, wenn er trinken wollte, ein Hützschchen bei, auf das er trat, weil er der Mutter auf dem Schoße schon zu schwer wurde, und trank sehr flott, und trank sieben Jahre lang Muttermilch, und wurde groß und stark. Nach Verlauf der sieben Jahre nahm der Knecht seinen Gottlieb mit zum Gutsherrn und sagte: »Schaut Herr, den kapitalen Jungen! Er kann schon etwas tun für sein Alter.« Da stand im Garten, wo Vater und Sohn den Gutsbesitzer angetroffen hatten, ein junger Baum, und da sprach der Herr: »Reiße dies Bäumchen heraus, Gottlieb!«

Der Knabe versuchte seine Kraft an dem Bäumchen, aber er vermochte nicht, dasselbe auszureißen, und der Herr sprach: »Der Kleine ist noch zu jung und zu schwach. Es wäre auch zu viel von ihm verlangt, jetzt schon schwere Arbeit zu tun.«

Da ging der Knecht mit seinem Gottlieb hinweg und ließ ihn noch sieben Jahre Muttermilch trinken, und als die sieben Jahre um waren, führte der Vater seinen Sohn wieder zum Rittergutsbesitzer, dem Gottlieb nun groß und stark genug schien, um ihn in seine Dienste zu nehmen; er sollte daher einen Tag zur Probe dienen. Der Gottlieb war aber von Natur und durch die Muttermilch schreckbar stark geworden, und riß gleich als Probestück einen ziemlich dicken Baum mit dem kleinen Finger heraus, so daß alles erschrak, absonderlich die Gutsherrin, und ihm gleich abgeneigt wurde. Nun ging es an die Arbeit, die Gottlieb nur ein Spiel war; dann kam die Essenszeit; die Magd trug eine Schüssel voll Kartoffeln nebst Buttermilch auf, und ging, die übrigen Knechte zu rufen; Gottlieb, der zuerst mit seiner Arbeit fertig geworden, war schon da, und begann einstweilen allein zu speisen. Er zeigte, daß er nicht nur von Muttermilch, sondern auch von Buttermilch sich trefflich zu nähren verstehe, und mit den Kartoffeln den Magen zuspitzen könne. Als die übrigen Knechte kamen und essen wollten, und murrten, daß das Essen noch nicht aufgetragen sei, trat Gottlieb hinter dem Ofen hervor, allwo er sich ausgeruht, kraulte sich hinter den Ohren, und sagte: »Es war etwas da, aber nicht viel, ich hab gemeint, es sei für mich, und hab's derweil gegessen.« – Da kam die andern ein Grauen an vor Gottliebs Appetit, und sie verwünschten einen Mitgenossen, der nicht mit ihnen, sondern der alles allein genoß.

Nach dem Essen ging es an das Dreschen. Als neuem Ankömmling schenkte der Gutsherr dem Gottlieb einen neuen Dreschflegel, der war in Gottliebs Hand wie eine Feder, er warf ihn in die Luft und fing ihn wieder, wie Knaben mit leichten Stöckchen tun, und dann warf er ihn gar weg, riß sich einen Baum aus und drasch darauf los, daß die Körner gleich zu Mehl wurden, und das Stroh klein wie Häckerling, und schlug alles in Grund und Boden hinein. Das war dem Gutsherrn doch zu bunt – er erschrak vor dem gefährlichen Knechte und sann darauf, denselben mit einer guten Manier wieder los zu werden. Er fragte daher den Gottlieb, welchen Lohn er begehre, wenn er wirklich in den Dienst trete? Gottlieb trat nahe zu dem Herrn heran und sagte ihm etwas ins Ohr. Darauf wurde der Herr rot und sagte: »Es ist gut, aber stille davon« – und nahm Gottlieb zum Knechte an – darob sich die andern Knechte nicht im allerentferntesten freuten.

Als der Gutsherr mit seiner Frau allein war, verlangte diese zu wissen, welchen Lohn Gottlieb sich ausbedungen habe; der Herr wurde wieder rot und wollte es erst nicht sagen, wodurch seine Frau um so mehr in ihn drang, mit der Sprache herauszurücken. Der Rittergutsbesitzer war sehr geizig, gab gar zu gern so wenig Lohn als nur möglich, und das hatte Gottlieb erwogen, dem gar nichts daran gelegen war, daß er hatte so stark werden müssen, um für andere sich zu plagen und zu arbeiten. So sagte jetzt der Gutsherr etwas verlegen zu seiner Frau:

»Siehe, mein Schatz, es hat damit seine eigene Bewandtnis. So billig bekomme ich nie einen so kräftigen Arbeiter. Der Gottlieb verlangt *gar keinen Lohn.*«

»Gar keinen Lohn? Das ist nicht menschenmöglich!« rief ganz erstaunt die Gutsherrin. »Dahinter steckt etwas! Mann, du belügst mich!« –

»Nun beruhige dich nur, liebe Frau«, besänftigte der Gutsherr, »– *etwas* verlangt er schon, und ich hab's ihm zugestanden, in Betracht, daß es uns nichts kostet – doch bleibt das geheim, unter uns.«

»Unter uns!« erwiderte die Frau. »Das heißt, ich muß darum wissen!«

»Der Gottfried will *mir* etwas geben, wenn das Jahr herum ist«, stammelte der Gutsherr.

»Dir? Das wäre! Was kann der Sohn deines Knechts *dir* geben?« fragte die Frau.

»Eine Feige« – antwortete der Mann, »will er mir geben.«

»Eine Feige? Mann, du lügst, oder es rappelt bei dir!« schrie die Frau und wurde zornig. »Wo sollen denn auf unserem Gute Feigen herkommen?«

»Oh« – versetzte der Gutsherr, »– die gibt's, es regnet bisweilen derselben – der Gottlieb meint eine *Ohrfeige.*«

Wenig hätte gefehlt, so hätte der Gutsherr schon jetzt eine solche Frucht zu schmecken bekommen, aber starrer Schreck lähmte einige Minuten lang der Edelfrau Hand und Mund – bis sie endlich kreischte: »O du Tropf! Das ist wieder ein Stückchen deines Geizes! Du willst dich lieber entehren lassen, als einem Knechte Lohn zahlen. Totschlagen wird dich der Gottlieb, denn so viel habe ich gemerkt, wo *der* hinschlägt, da wächst *kein* Gras! Nein, einen solchen Vertrag einzugehen, ist himmelschreiend. Doch, laß mich nur machen, ich wende das Unglück von dir – er muß fort – ich duld ihn nicht!« –

»Wenn *du* ihn fortbringen kannst, liebe Frau«, versetzte kleinmütig der Gutsherr: »so habe ich nichts dagegen.«

Die Gutsfrau machte sich gleich ein Plänchen. Auf dem Gute befand sich eine Mühle, in der es furchtbar spukte. Vielen war in derselben von dem Spukgeiste der Hals umgedreht worden. I – dachte sie, der kann dem Gottlieb den Hals auch umdrehen, das ist *ein* Aufwaschen, und da sind wir ihn los.

»Gottlieb! Heute trägst du ein halbes Malter Korn in die Mühle und mahlst es!«

»Zu Befehl, gnädige Frau!« antwortete Gottlieb, holte einen großen Maltersack, faßte ein oder zwei Malter Korn hinein und warf sich ihn über die Schulter, ging und pfiff das Lied:

»Da droben auf jenem Berge,
Da steht ein Mühlenrad.«

Als er an die Mühle kam, war deren Türe verschlossen. Gottlieb klopfte höflich an, einmal, zweimal, dreimal. Da noch immer niemand auftat, so tat er einen sanften Tritt an die Türe, daß sie aufsprang und nebenbei entzwei krachte. Mitten im Wege zum Werke lagen eine Menge Mühlsteine; Gottlieb schob sie sanft mit den Füßen nach rechts und links, und gelangte nun an das Werk. Bevor er aufschüttete und das Werk anließ, schürte er sich ein Feuerlein und kochte sich eine Morgensuppe, in die er einen kleinen Schinken steckte, daß sie besser geschmelzt sei. Da kam eine große Katze mit feurigen Augen, die riß ihr Maul auf, starrte den starken Gottlieb an und schrie: »Miau!« – »Hui Katz!« schrie Gottlieb und gab ihr einen Tritt, daß sie eilend kehrt machte. Jetzt schüttete er auf, setzte das Mühlwerk in Gang, und verzehrte sein Frühstück. Gleich war die Katze wieder da, pfauchte und schrie abermals: »Miau!« »Hui Katz!« schrie Gottlieb und warf ihr den Schinkenknochen auf den Kopf, daß sie um und um zwirbelte und verschwand. Plötzlich stand ein schrecklicher Riese vor dem starken Gottlieb, und brüllte: »Mehlwurm! Wer heißt dich hier mahlen?« Gottlieb nicht faul, nahm einen Mühlstein, warf damit den Riesen an die Stirne, und schrie: »Mehlwurm, wer heißt dich hier prahlen?« – Da stürzte der Riese hinterrücks nieder und tat einen Brüller, daß das ganze Werk wackelte. Gottlieb aber sackte das Mehl ein, und in einen mitgebrachten zweiten Sack die Kleie, nahm die Säcke auf beide Schultern und ging nach Hause.

»Hilf Himmel!« barmte die Gutsherrin. »Der Lümmel lebt und kommt wieder!« – Und bald darauf sann sie auf neue Tücke.

»Der Ziehbrunnen muß gefegt werden!« ordnete die Frau am anderen Tage an. »Das Wasser schmeckt ganz schlecht und schlammig. Gottlieb kann hinuntersteigen.« – Und zu den andern Knechten sagte sie heimlich: »Wenn er drunten ist – nehm euch ja in Acht, daß dem Fresser, der euch alles wegfrißt – kein Stein vom Brunnenrande von ohngefähr auf den Kopf fällt!« – Die verstanden den bösen Wink und lasen ihn aus dem höhnischen Lächeln der Gutsfrau. Und wie Gottlieb drunten im Brunnen war, schoben sie, indem sie sich über den Rand bogen, die oberen Steine hinunter. Gottliebs Vater war nicht dabei, der war vor kurzem gestorben. Die Steine polterten und plumpsten in den tiefen Brunnen und fielen auf den starken Gottlieb, der aber schrie herauf: »Dummheit da droben! Wer schüttet denn Streusand in das Tintenfaß? Wartet, wenn ich hinauf komme, will ich euch ledern!« – Da liefen die Knechte erschrocken vom Brunnenrande hinweg und versteckten sich, und Gottlieb stieg heraus, wie ein Schornsteinfeger aus dem Schlot, nur weniger trocken, aber mit eben so vielem Durst.

Kaum wußte nun die Edelfrau, was sie anfangen sollte mit dem starken Gottlieb, oder vielmehr, wie sie es anfangen sollte, ihn vom Hofe zu bringen. Da fiel ihr ein, daß ja in der Nähe sich ein verwünschtes Schloß befinde, das auf dem Berge, an dessen Fuße das neue Schloß des Rittergutsbesitzers stand, in Trümmern lag. In diesem verwünschten Schlosse war es, wie schon diese Bezeichnung ausdrückt, gar nicht geheuer; es ging darin um, und es spukte in ihm der Geist eines alten Riesen, der vor urgrauen Zeiten darin gehaust und schlimme Taten genug verübt hatte, weshalb er denn auch da hinauf verwünscht und gebannt war. Eine der schlechten und schlimmen Taten des alten Riesen war die gewesen, daß er die Vorfahren des jetzigen Rittergutsbesitzers, denen er das Gut verkaufte, um eine große Summe Geldes betrogen hatte, und war das zugleich auch wieder mit ein Grund, weshalb der Riese im alten Schlosse so greulich spuken mußte.

Die Edelfrau ließ Gottlieb zu sich rufen, verstellte sich und verbarg ihre Abneigung gegen den Knecht, und sprach zu ihm: »Höre mein guter Gottlieb! Unser Herr wird dir nächstens eine ganz besondere Belohnung dafür geben, daß du so fleißig bist und so viel schaffst, dabei vertraut er dir auch ganz allein. Droben auf dem alten Schlosse, weißt du, da wohnt der alte Rittergutsbesitzer, dem mein Mann das Gut abgekauft hat; das ist ein geiziger Hund, und ist uns noch vieles Geld schuldig, zahlt es aber im guten nicht aus – so gehe du einmal hinauf, Gottlieb, und sprich im unguten mit dem alten Spuk, denn du bist stark und herzhaft – alle andern sind Hasenfüße und Hasenherzen und furchten sich. Wenn du uns das Geld bringst, so sollst du auch ein gutes Teil davon haben, und dir etwas Rechts dafür zugute tun.«

»Die Sache wird sich machen, gnädige Frau!« antwortete Gottlieb. »Ich will gleich gehen, und wenn Geld da droben zu holen ist, so bringe ich's, darauf verlaßt Euch.« –

Bald war Gottlieb droben auf dem Berggipfel und wunderte sich. »Hm, hm!« machte er. »Immer haben sie drunten gesagt, da oben stände ein altes, verfallenes Schloß, hab deswegen mir auch noch nie die Mühe genommen, hier herauf zu klettern, und nun sehe ich ein nagelneues, schönes Haus, viel schöner als das untere Schloß. Da gibt es ganz sicher Geld genug.«

Gottlieb kam an die Eingangspforte des prächtigen Gebäudes, und da kein Klingelzug daran war, so klopfte er, aber die Türe blieb, gleich jener der Mühle, fest verschlossen. – »Dumm!« brummte Gottlieb, »da muß ich schon wieder der Schlosser sein und meinen Dietrich gebrauchen.« Trat daher ein wenig an die Pforte, doch schütterte davon das ganze Torgewände und die Türe sprang mit Donnerkrachen auf. Aber wie Gottlieb in den inneren Raum trat, umschwebten ihn gleich eine Legion Geister, und an ihrer Spitze stand der greuliche Riese, welchem Gottlieb in der Mühle den Mühlstein an den Kopf geworfen hatte.

»Aha! Ein alter Bekannter!« rief Gottlieb. »Bist du vielleicht der Herr von Zahlungern, der andern Leuten ihr Geld aufhebt? Dann rücke heraus! Mein Herr braucht's, und meine Frau, das heißt, meines Herrn Frau, will's haben!«

»Menschenwurm!« brüllte der Riese, und schnitt ein entsetzliches Gesicht. »Was wagst du zu sagen? Wer ist so frech, von dem Besitzer eines alten Schlosses Geld zu verlangen? Was geht mich Geld an? Hab Acht, wie ich mit dir umspringen werde, du Knirps!«

»Holla, hoh! da werd ich auch dabei sein!« rief Gottlieb, riß einen Türflügel ab, und warf ihn dem Riesen an die Stirne, wo man noch die Schramme vom Mühlsteine sah, dann den zweiten – und da machte sich der alte Riese eilend aus dem Staube und warf mit einem Sacke voll Geld nach Gottlieb, den dieser sogleich aufraffte, und sich auf die Schulter lud.

So kam er im untern Schlosse wieder an, und wenn der Edelfrau auch Gottliebs Kommen nicht recht war, so war doch dem Edelmann das Kommen des Geldes äußerst recht, und er lobte den Gottlieb und sagte: »Einen so braven Knecht findet man selten.« Heimlich aber wünschte er doch den Gottlieb zum Kuckuck, denn bei dessen Kraft graute ihn furchtbar vor der unvermeidlichen Ohrfeige. Er nahm daher Rücksprache mit seinem Schäfer, und traf ein Übereinkommen mit diesem, daß der gegen ein gutes Stück Geld die bewußte Ohrfeige in Empfang nehmen wollte, dann rief er seine Knechte zusammen, ohne den Gottlieb, und sagte ihnen, er werde sie morgen in den Wald schicken, Holz zu holen, da möchten sie Sorge tragen, daß sie zeitig wieder herein kämen, denn wer zuletzt komme, der komme vom Dienst. Und er werde es nicht ungern sehen, wenn Gottlieb der letzte sei. Solches geschah, alles eilte nach dem Holze, und niemand weckte Gottlieb, und als er endlich noch ziemlich schlaftrunken erschien, und sich die Augen rieb, schrie ihn sein Herr an: »Ei du fauler Geselle! Alles ist schon zu Holze, und wer zuletzt nach Hause kommt, kommt vom Dienst.«

»Ah!« rief Gottlieb, und streckte die Arme hoch in die Höhe, und dehnte sich, und gähnte, und sagte: »Das ist mir etwas ganz Neues.«

»Schönen Dank, daß du mich nicht verschlungen hast, wie du dein Maul so aufrissest!« spottete der Gutsherr. »Neu oder nicht, es bleibt dabei.«

»Wohl, hin!« sagte Gottlieb, nahm sein Beil, und ging nach dem Walde zu. Da waren seine Mitgesellen schon mit der Arbeit fertig und er sah sie von weitem sich entgegen kommen. Da ging er nach einem nahen großen Teiche, über dessen Abfluß ein Steg führte, über den einzig und allein der Weg vom Walde nach dem Gute führte, riß die Schleusen auf, daß die volle Flut sich in den breiten Abflußkanal ergoß, trat mit dem Fuße den Steg in Stücken und ließ die Balken vom Wasser fortfluten, dann ging er seinen Mitknechten gemachsam entgegen, die ihn tüchtig auslachten und froh waren, ihn heute noch aus dem Dienste gejagt zu sehen; er aber rief: »Eilet nicht zu sehr, wartet ein wenig auf mich, ich komme bald wieder!« und ging nach dem Walde – jene aber eilten, was sie eilen konnten, nach dem Schlosse zu kommen, da kamen sie an die rauschend vorbeischießende Wasserflut ohne Steg und Brücke, und hätten sie den Teich umgehen wollen, hätten sie Stunden gebraucht. Sie *mußten* also warten, bis Gottlieb wieder kam, der sein Tagewerk leicht und schnell im Verlauf einer kleinen Stunde vollbracht hatte. Und wie er nun kam, brachte er einen Heubaum mit, den stemmte er in den Fluß, wie einen Turnerspringstock und schwang sich an das andere Ufer hinüber, dann warf er den Heubaum wieder über den Fluß, und schrie seinen Kameraden zu: »Macht's wie ich!« – aber von diesen hatten an dem Heubaume zwei zu heben, und sie mußten sitzen bleiben, bis der Teich alle sein Wasser vorübergeschickt hatte, welches mehr als einen Tag dauerte. – Immer lebhafter wurde der Wunsch der Gutsherrschaft den starken Gottlieb los zu sein, und daher machte ihn der Rittergutsbesitzer den Vorschlag, ihm seinen Lohn zu gewähren; er habe einen Ersatzmann als Ohrfeigenempfänger, der solle die Zahlung erhalten, und dann soll Gottlieb gehen, wohin er Lust habe und bleiben, wo er wolle.

Gottlieb sagte: »Es kommt auf eine Probe an; ich habe ja auch proben müssen.«

Jetzt stellte sich der Schäfer als Ersatzmann. Gottlieb sah ihn mit mitleidigem und spöttischem Blicke an, und sagte: »Du? Wahrlich du dauerst mich! –« nahm ihn, hob ihn leicht, wie einen Nußknacker in die Höhe und schlug ihm eine so derbe Ohrfeige ins Gesicht, daß der Schäfer in die Luft flog wie der Spielball eines Knaben, aber gar nicht wieder herunter kam. Der Gutsherr und seine Frau kreuzigten und segneten sich, und waren froh, daß *er* nicht diese Ohrfeige bekommen hatte, und sagten: »So, nun kannst du gehen.«

»Nä«, sagte Gottlieb. »Gehen? Nä – selbes kann ich nicht. Es war nicht der rechte; mit *Euch*, gnädiger Herr, hab ich gedingt. Ich liebe nicht Zichorien oder Runkelrüben statt Kaffee, ich bin kein Freund von Ersatzmannschaften. Ihr habt gesagt: ich solle gehen, wohin ich Lust habe, und bleiben, wo ich wolle. Habt Ihr nicht so gesagt?«

»Ja, allerdings, ich sagte so –« antwortete verdrüßlich der Gutsherr.

»Nun –« versetzte Gottlieb, »so gehe ich in mein Bette, und bleibe hier auf dem Gute.«

Da wurde der Gutsherr sehr böse, und rief: »So bleibe in des Kukkucks Namen, du Kobold! So gehe *ich*! Mit dir will ich nicht leben und zuletzt noch wie der arme Schäfer als Luftballon oder als Sternschnuppe am Himmel herumfahren. Nimm alles und helfe dir der böse Feind hausen und wirtschaften!«

»Nun, wenn Ihr denn nicht anders wollt, gnädiger Herr!« sprach Gottlieb sehr sanftmütig, »so bedank ich mich fein recht schön, und wünsche Euch und der gnädigen Frau recht viel Liebes und Gutes! Ihr könnt auch Eure Sachen mitnehmen, und ich will Euch bis in die nächste Stadt in *meiner* Kutsche und mit *meinen* Pferden fahren lassen.« –

»Fahre du selbst zur Hölle!« schrieen außer sich der gewesene Gutsherr und seine Ehehälfte, und enteilten. Gottlieb aber nahm die Knechte und Mägde in seinen Dienst, und ließ seine alte Mutter, an der er vierzehn Jahre getrunken hatte, in das Schloß ziehen, und gab ihr ein goldenes Bette und seidene Kissen und Bettdecken, und alle Tage den besten Wein zu trinken und alles Gute zu essen.

Ein Jahr danach, es war just Heuerntezeit, und die Knechte und die Mägde waren auf der Wiese mit Heumachen beschäftigt, kam etwas aus der Luft herunter gefallen, das war der Schäfer, der hatte so lange oben herumgezwirbelt, und war über alle Wasser und Weltteile weggeflogen; er lebte noch und blieb auch am Leben, denn er fiel auf einen großen Heuhaufen, und das war sehr gut für ihn, sonst hätte das alte Lied auf ihn gepaßt, welches anhebt:

»Kuckuck hat sich zu Tod gefallen.«

Die vier klugen Gesellen

Es waren einmal vier Reisegesellen, die wanderten miteinander und hatten sich ganz zufällig auf dem Wege getroffen. Der eine von ihnen war ein Königssohn, der zweite ein Edelmann, der dritte ein Kaufmann, der vierte ein Handarbeiter. Allen vieren war die Barschaft ausgegangen, wie das bisweilen Reichen und Armen auf Reisen zu gehen pflegt, und sie hatten nichts, als die Kleider, die sie auf dem Leibe trugen; ihre Säckel waren leer. Wie sie sich nun einer großen königlichen Residenz näherten und mächtigen Hunger verspürten, so warfen sie die Frage auf, woher sie Geld und Nahrung bekommen würden? Und da sprach der Königssohn: »Wir mögen ratschlagen, wie wir wollen, so geht es doch allein den Weg, den Gott geordnet hat, und wer an Gott hangt mit getreuer Hoffnung, der wird nicht verlassen.« Da sprach der Kaufmann: »Vorsichtigkeit mit Vernunft gepaart geht über alles!« Und der Edelmann: »Eine kräftige wohlgestalte Jugend ist noch mehr wert.« Darauf bemerkte der Wandergesell, der ein Handarbeiter war: »Nach meinem geringen Verstand halte ich dafür: Sorgsamkeit mit Übung sei das Beste.«

Wie unter solchen Gesprächen die vier Reisegefährten gegen Abend in die Nähe jener Stadt gekommen waren, ruheten sie vor dem Tore aus, und da sprachen die drei andern zu dem vierten, dem Wandergesellen: »Du rühmst vor allen Sorgsamkeit, ei so gehe du hin und trage Sorge, daß wir alle diese Nacht unsre Speisen bestreiten!« – »Das will ich tun«, antwortete der Arbeiter, »wenn ein jeder hernach auch tun will nach seiner Lehre, daß es uns allen frommt.« Das verhießen ihm die Gefährten, und so ging jener in die Stadt hinein und befragte sich, was wohl ein Mann tun müsse, um so viel zu verdienen, daß vier Männer sich einen Tag lang sättigen könnten? Da beschied man ihn, nichts sei einträglicher, als Holz zu tragen, denn Holz sei teuer, der Wald weit und die Stadtleute seien bequem. Da ging der Mann eilend in den Wald, band sich eine tüchtige schwere Bürde Holz zusammen, trug es in die Stadt, empfing dafür zwei Silberpfennige, wofür er für sich und seine Gesellen Speise und Trank bestreiten konnte, und schrieb überaus freudig mit Kreide an das Tor der Herberge, worin sie übernachteten: Die Sorgsamkeit des Redlichen hat durch Übung seiner Kraft an einem Tage zwei Silberpfennige gewonnen.

Am andern Morgen sprachen die drei Gesellen zum vierten, dem Edelmann: »Nun schaue und siehe zu, daß *du* uns heute mit Speise versorgst, und nimm deine Schönheit und Jugendkraft, und was du sonst weißt, dabei zu Hülfe.« Der ging auf die Stadt zu und dachte bei sich: Arbeiten kannst und magst du nicht, und weißt auch sonst nichts anzufangen. Und doch wäre es dir eine Schande, mit leerer Hand zu deinen Gefährten zurückzukehren. Und stellte sich in trüben Gedanken an die Säule eines Hauses, willens, sich mit Kummer von seinen Wandergesellen zu scheiden. Da ging eine junge, schöne und reiche Witwe vorüber, sah die jugendliche Wohlgestalt des Edelmanns, und wünschte zu erfahren, von wannen er sein möge? Sie sandte ihre Dienerin, ließ ihn zu Gaste bitten, erfuhr seine Umstände, und befreundete sich so mit ihm, daß sie ihm, als er von ihr schied, hundert Goldpfennige verehrte. Da kehrte er mit reicher Zehrung zu den Kameraden in die geringe Herberge vor dem Tore zurück, und schrieb an die Pforte: Mit frischer Jugend gewann einer eines Tages einhundert güldner Pfennige.

Nun am dritten Tage sprachen die drei zu dem Kaufmann: »Heute ziehe du hin und gewinne mit deiner Vorsichtigkeit, die mit Vernunft gepaart ist, uns auch einen guten Tag und erwünschte Zehrung.« Da ging der Kaufmann fort, und durch die Stadt, welche am Meere lag, hinab nach dem Hafen; da legte sich eben ein Kauffahrer im Hafen vor Anker, und die Kaufleute begrüßten den Patron des Schiffes, fragten nach seinen Waren, und wollten mit ihm handeln, aber dieser forderte ihnen allen zu viel, und sie konnten sich nicht mit ihm einigen. Da sprachen sie untereinander: »Wir wollen ihm jetzt nichts weiter bieten; in kurzer Frist gereut ihn seine hohe Forderung, und wenn auch seine Waren so viel wert sind, so ist doch außer uns keiner, der Belieben trägt, sie zu kaufen.« Und da gingen jene Kaufleute von dem Patron hinweg. Der arme Kaufmann aber, welcher der Sohn eines reichen Kaufmanns war, ging zu dem Patron hin, entdeckte sich ihm, nannte ihm den Namen seines Vaters, und kaufte ihm die ganze Schiffsladung um fünfzigtausend Gulden ab. Bald kehrten die Kaufleute noch einmal zurück, und weil sie die Waren brauchten, so bezahlten sie dem Käufer fünftausend Gulden Gewinn, und bezahlten die Kaufsumme für die Waren. Da ging der junge Kaufmann fröhlich zu seinen Gesellen, und schrieb an das Tor, wo die Schrift der Gefährten schon stand: Durch Vorsicht und Vernunft hat ein Mann eines

Tages fünftausend Gulden gewonnen. Und hielt nun mit seinen Gesellen ein stattliches Freudenmahl.

Am folgenden Morgen sprachen nun die drei zu dem Königssohn, dessen Herkunft sie nicht kannten: »Gesell, es ist an dir, daß du hingehest und uns mit Speise und Trank versorgst. Siehe zu, was Gott dir und deiner getreuen Hoffnung beschert, und möge es reichlich ausfallen!«

Da machte sich der Königssohn auf den Weg in die Stadt und dachte: Was sollst du tun und beginnen? Du hast keine Arbeit gelernt, hast keine Jugend-Schönheit, hast keinen reichen Kaufmann zum Vater, und bist nicht klug und nicht vorsichtig. Du hast nur dein Vertrauen auf Gott, und Gott wird dir helfen. Da setzte sich der Königssohn an die Straße auf einen Stein und versank in tieftrübe Gedanken.

Es war aber in dieser Königsstadt der König abermals gestorben, und man führte an diesem Tage seine Leiche aus der Stadt in ein nahes Kloster, und alles Volk folgte dem Zuge. Der Königssohn aber saß so vertieft in Nachdenken über das widerwärtige Schicksal, welches er erfahren hatte, daß ihn nichts kümmerte, was außer ihm vorging, und so versäumte er aufzustehen, als der Zug mit der königlichen Bahre vorüberging. Da trat ein Gewaltiger hinzu, der ergrimmte über diese Unschicklichkeit, gab dem Königssohn einen Backenstreich und sprach, indem er ihn von dem Stein stieß, auf dem er saß: »Du verwünschter Bösewicht! Trägst du keine Trauer im Herzen über des Königs Tod, den alle beweinen? Hinweg mit dir!«

Der Königssohn ließ schweigend den Zug vorübergehen, und als dieser zurückkam, da saß er wieder auf dem Stein, traurig und in gedankenvollem Sinnen. Da trat jener Gewaltige ihm wieder zornig nahe und fuhr ihn mit harter Rede an: »Sagte ich dir nicht vorhin, du solltest dich hier nicht mehr finden lassen?« Und er winkte den Schergen und ließ ihn in einen Kerker führen. Dort saß er, doch mit voller Hoffnung zu Gott, daß dieser ihn erlösen werde. Und als darauf das Volk zusammentrat, einen neuen König zu wählen, weil der vorige ohne Erben verstorben war, so sprach jener Gewaltige, daß er einen Mann im Kerker habe, der ein Verräter scheine, und man solle ihn öffentlich verhören und Recht über ihn sprechen. So wurde der Gefangene über alles Volk gestellt, und gefragt, wie und warum er in dieses Land gekommen sei? Und er sprach: »Wisset, daß ich eines Königs Sohn bin«, (und nannte den Namen seines Vaters) »und da mein Vater starb, so fiel an mich das Reich; aber mein jüngerer Bruder hatte mehr Anhang, darum drängte er mich vom Throne, und weil ich besorgen mußte, daß er mich töte, so bin ich entwichen aus meinem Erbe, und in dieses Land gekommen.«

Unter dem Volke, welches dies hörte, waren viele Männer, die hatten des Königssohnes Vater gekannt, und hatten auch in jenem Reiche gewandelt. Die sagten aus, daß jener König ein gerechter und frommer Mann gewesen, und daß sein älterer Sohn auch fromm und tüchtig sei, und einige schrieen: »Vivat! Es lebe der König!« Und da schrieen die andern auch so: »Vivat! Es lebe der König!« und wählten den Königssohn zu ihrem Herrn. Da wurde er erhoben und im Triumph durch die Stadt geführt, nach des Landes Brauch und Sitte, und auch um die Stadt, und da kam er mit der Menge an die nahe Herberge, wo er mit seinen Wandergesellen gehaust, und an deren Pforte die drei Denksprüche seiner Gefährten standen, und sah sie an, und befahl dazu zu schreiben: Fleißige Sorge, kräftige Jugend, vorsichtige Vernunft und was dem Menschen Gutes und Böses begegnet, das kommt alles von Gott, wie es die Menschen verdienen.

Da wunderten sich alle über den Sinn des neuen Königs, freuten sich ihrer Wahl, und erkannten, daß Gott ihnen diesen Herrscher gesendet habe. Als nun der König in den Thronsaal geführt ward, und auf dem Stuhle des Königtums saß, da sandte er nach seinen Wandergesellen, und sammelte um sich alle Edeln des Reichs, alle Weisen und alles Volk, so viel der Saal fassen konnte, und sprach: »Gepriesen sei Gott, der König der Könige, und Dank seinem heiligen Namen! Meine lieben Gefährten glaubten nicht, daß Gott unsre Schritte lenkt, nun müssen sie aber das an mir erkennen, denn weder die Kraft des Leibes, verbunden mit tätiger Sorgfalt, noch die Jugendkraft und Wohlgestalt, noch Handelwitz und Weisheit hat mir zum Throne verholfen. Nie hoffte ich von dem Tage an, als ich durch meinen Bruder aus dem Reich verstoßen wurde, solcher Ehren und Würde wieder teilhaft zu werden; arm und im Pilgerkleid kam ich hierher, aber Gottes Hand war es, die mich führte, Gott war es, der mich erhöhte, an dem mein Herz mit treuer Hoffnung gehangen!«

Auf diese Rede erhob sich ein Mann aus dem Volke und sprach: »Nun hören wir erst, wie würdig du, o König, dieses Reiches bist, da Gott dir so viel Weisheit und Vernunft verliehen hat. Wir werden mit dir, als einem weisen König, wohl beraten sein, denn seine Treue führte dich nicht ohne Ursache zu jener Gesellschaft. Ihm sei Lob und Dank!« – Da stimmte das Volk freudig bei, und der König nahm wieder das Wort, und redete: »Als ich vertrieben war, diente ich unerkannt eine Zeitlang einem Edelmann, allein ich fand mich bewogen, den Dienst zu verlassen, und als ich meinen Lohn empfing, so blieben mir nach dem, was ich für meine Kleider zu bestreiten hatte, nur zwei Pfennige. Da dachte ich in meinem Sinn: ›Einen Pfennig willst du Gott opfern, und einen zu deiner Notdurft verwenden. Da begegnete ich einem Vogelhändler, der trug ein Turteltauben-Paar zu Markt, und ich dachte: Nicht besser kann der Mensch Gott dienen, als wenn er ein Geschöpf vom Tod erlöst, und da feilschte ich um die beiden Tauben, und da der Vogler mir beide nicht um einen Pfennig geben wollte, so dachte ich bei mir selbst: Läßt du die eine gefangen, so sind sie voneinander getrennt, und das ist ihnen der schlimmste Dienst. Da gab ich meine beiden Pfennige hin um die zwei Tauben, trug sie auf einen weiten Acker, und ließ sie hinfliegen. Da flogen sie auf den Ast eines wilden Birnbaumes, unter dem ich stand, und wie ich wieder von dannen gehen wollte, so hörte ich, daß die eine Taube zu ihrer Freundin sprach: ›Dieser Mann hat uns vom Tod erlöst, und uns unser Leben um alle sein Gut, so viel er hatte, erkauft. Wir sind ihm Dank und Wiedervergeltung schuldig.‹ Und da riefen mir die Tauben und sagten: ›Du hast an uns große Barmherzigkeit geübt, und es ist unsere Pflicht, daß wir dir wieder vergelten. Unter dieses Baumes Wurzeln liegt ein großer Schatz, grabe nach, so wirst du ihn finden.‹ Ich grub und fand den Schatz, und bewahrte ihn, lobte Gott und bat ihn, die guten Tauben in seinen Schutz zu nehmen, und sie vor allem Übel zu bewahren, dann aber sprach ich zu ihnen: ›Wenn doch eure Vernunft und Weisheit so groß ist, und da ihr sogar zu fliegen vermögt, wie kam es denn, daß ihr in die Haft des Mannes geraten seid, aus dessen Händen ich euch kaufte!‹ Darauf antworteten die beiden Turteltauben: ›O du weiser Frager! Weißt du nicht, daß der Flug der Vögel, die Schnelle der Rehe, die Stärke der Stiere nichts vermag, gegen das Verhängnis oder die göttliche Anordnung! Dagegen vermag sich keine Kreatur zu schützen, und so wenig wie ein Geschöpf unsrer Art, so wenig kann auch der Mensch auf Erden göttlicher Schikkung entrinnen.‹«

Als der König den Edeln und dem Volke ausgelegt hatte, wie er zu einem ruhevollen Gottvertrauen gelangt sei, wurde er aufs neue gepriesen, und er bestellte, daß seine Wandergesellen in der Nähe blieben. Den Edelmann machte er zu einem Herrn am Hofe, den Kaufmann setzte er über die Einkünfte des Reiches, und den Handarbeiter machte er zum Oberaufseher der Gewerbe, und so war durch Verstand, Vernunft, Klugheit und Gottvertrauen ihrer aller Glück begründet.

Die Perlenkönigin

(Mündlich, in Franken)

Nicht weit von einem friedsamen Dörflein welches am Seegestade lag und meist von Fischern bewohnt war, ließ sich alle Jahre zu etlichen bestimmten Malen eine überirdisch schöne Jungfrau am Ufer sehen; dieselbe kam allemal in einem wunderschönen Schifflein, welches gerade aussah wie von puren hellfarbigen Perlen zusammengefügt, daher gesegelt, und niemand wußte woher sie kam, oder wohin sie wieder zurückkehrte, wenn sie verschwand. Die treuherzigen Fischersleute hatten sie aber gar lieb, zumal die Kinder, denen sie jedesmal schöne Perlen die Menge ans Ufer streute und ihnen zuwinkte, dieselben aufzulesen. Da waren die Kleinen dann geschäftig und lasen die Perlen auf, und erfreuten sich an deren Farbenglanz. Und dann kamen die Fischer und Fischerinnen und trugen der guten schönen Perlenkönigin eine Mahlzeit zusammen: Fische und Brot und guten Wein, und die holde Jungfrau war gegen alle freundlich, und aß einige Bissen, und trank ein wenig Wein.

Oft auch zur Zeit, da die schöne Unbekannte dort am Ufer zu landen pflegte, kamen aus andern fremden Ländern Prinzen und viele Edle herbei, um die schöne Jungfrau zu sehen und vielleicht zu freien; denn es ging von ihr weit und breit die Rede, daß sie ebenso reich an Erdenschätzen, wie an Leibesschönheit sei. Aber alle mußten auch wieder unbefriedigt von dannen ziehen. Die hohe Jungfrau verlangte von jedem, der um sie warb, daß er zuvor drei Proben bestehe, die sie ihm aufgegeben. Und diese waren bisher für alle zu schwer und hoch. Keiner vermochte sie zu lösen, und so mußten die hohen Bewerber dann zurückstehen und ein wenig beschämt und verstimmt wieder abziehen. Das erste war, was die Jungfrau aufgab, zu erraten, was für Haare sie habe; denn sie trug stets das Haupt ganz dicht verschleiert; das hatte noch keiner erraten, wiewohl schon alle Farben – schwarz, rot, blond, braun, weiß, grün, grau, blau geraten worden war. Das zweite war, die Halskette der Jungfrau umzuhängen. Wurden dann die glänzend hellen Perlen davon trübe, so war's ein böses Zeichen, dann weinte die schöne Dame allemal, und ihre Tränen wurden eine ebenso helle Perle wie die an der Kette und fügten sich derselben an. Und so wie die Perlenschnur wieder am Halse der Jungfrau hing, glänzte sie auch wieder hell und wundersam. Das dritte war, zu erraten, was die Jungfrau auf der Brust trage. Und dies erriet keiner. Und so gewann auch keiner, und wäre er auch der reichste Fürst gewesen, die Gunst der Jungfrau, also daß sie ihm Hand und Herz schenke. Sie blieb geheimnisvoll. Alle List, um etwas Näheres über sie selbst und über ihre Heimat zu erfahren, blieb fruchtlos; denn allzu schnell war das Perlenschifflein allemal vor den Blicken der Menschen auf dem Gewässer verschwunden. Doch zur bestimmten Zeit kam sie wieder, so freundlich und liebreich wie zuvor, und streute Perlen aus am Ufer.

Und da war ein Knäblein, das hatte sie unter allen Kindern am liebsten, das nahm sie allemal in ihre Arme und drückte es herzlich, und der Knabe hatte die schöne gütige Dame auch gar sehr lieb; doch als er größer wurde, wurde er verschämt und schüchtern, und wagte zuletzt gar nicht mehr Perlen aufzulesen, mußte auch meist mit seinem Vater auf die See fahren und fischen.

So war die Jungfrau schon mehrere Male dort ans Ufer gestiegen und hatte ihren lieben Fischerknaben nicht gesehen; da wurde sie betrübt, denn ach, ihr Herz hatte sich gerade diesen Jüngling auserwählt, und sie wünschte nichts mehr, als daß einst dieser schöne Fischer im Stande sein möge, die drei Aufgaben zu lösen, und ihr dann auf immer nach der schönen Perlen-Insel, ihrer Heimat, zu folgen. Sie beschloß im stillen, als sie wieder einmal, ohne den geliebten Fischerjüngling gesehen zu haben, mit ihrem Schifflein vom Ufer abstieß, am selbigen Abend wieder zu kommen, um dem Teuren unsichtbar nahe zu treten. Und ja, als der goldne Mond aufgegangen war, und sich auf den Wassern spiegelte, fuhr das Perlenschifflein wieder durch die Wellen dem befreundeten Ufer zu, wo dort in der kleinen Fischerhütte der Geliebte längst entschlummert ruhte. Die holde Jungfrau trat ein in das kleine Gemach und beugte sich sanft zu dem Schläfer, dem nur Moos zum Lager diente. Und sie lösete ihre Perlenschnur vom Hals und hing sie dem Jüngling um, und die Perlen blieben so hell und klar wie zuvor, o welche Freude durchströmte da ihr liebendes Herz! Sie küßte den Teuren segnend, und schied, und kehrte alle Abende wieder und hing allemal die Perlen um des Jünglings Hals, und die Perlen blieben allemal hell und glänzend. Der Jüngling war aber in seinem Herzen ebenfalls in Liebe zur schönen Perlenkönigin entbrannt und war dabei fromm und gut, nur war er allzu schüchtern und verzagt, um ihr öffentlich zu nahen.

Als sie nun wieder einmal des Nachts an des Jünglings Lager weilte, erwachte derselbe, blieb aber ruhig, so daß sie wähnte, er schlafe. Da nahm sie wieder die Perlenschnur vom Hals und hing sie ihm um, und weinte warme Tränen auf seine Wangen, und warf den Schleier zurück und nahm ihre Haare und trocknete die Tränen damit ab. Da sah der Jüngling, daß ihre Haare *golden* waren. Dann schlug sie das Busentuch zurück, da glänzte ein heller Spiegel auf ihrer Brust, aus welchem des Jünglings Bild sanft und schön herausblickte. Doch wann sie schied, wurde sie allemal betrübt und traurig; denn sobald die helle Perlenschnur nur ein einziges Mal trüb werden mochte am Halse ihres geliebten Fischers, hätte sie nimmer wieder ihm nahen dürfen.

So kam die bestimmte Zeit, wo die schöne Perlenkönigin wieder nahe dem Fischerdörflein ans Ufer stieg und nach ihrer gewohnten Weise für die frohen Kinder Perlen ausstreute; und dieses Mal waren viele edle Fürsten und Herren gekommen, um die reiche schöne Prinzessin zu erwerben; auch der Fischerjüngling stand von ferne, und faßte Mut, der Angebeteten zu nahen. Doch es kam erst zuletzt an ihn, als alle andern wieder beschämt von ihr gewichen waren. Da trat er bescheiden hin und bat um die drei Aufgaben, und die Jungfrau glühte vor Freude und gab sie ihm, und sandte heimlich flehende Blicke gen Himmel, daß doch ihr geliebter Jüngling die Proben bestehen möge. Kein anderer konnte sie ja lösen. Der schöne Fischer beugte sich sittsam vor der Holden und sprach: »Oh, deine Haare müssen golden sein.« Und im Augenblick fiel der Schleier herab und ihre goldnen Locken wallten hernieder. Dann hing die freudige Jungfrau die Perlenschnur um den Hals des Jünglings und sie blieb rein und glänzend. Und wieder sprach der Fischer: »Und deine Brust muß ein reiner schöner Spiegel sein, holde Jungfrau!« Und auch das Busentuch rauschte im Augenblick zur Erde, und der klare Spiegel auf der Brust der Jungfrau zeigte ein sanftes schönes Bild, das Bild des Jünglings. Da erscholl vom Perlenschifflein ein heller Jubel, und freudetönende Musik, und ein Kreis von schönen Frauen und blühenden Männern erhob sich freudevoll vom Schifflein und nahm das holde Paar auf, und der kleine schöne Perlennachen glitt auf der spiegelhellen Wasserfläche dahin, nach der wunderlieblichen Perleninsel, als der Heimat der lieben Braut des Fischerjünglings, um nimmer, nimmer wiederzukehren.

Der Wettlauf zwischen dem Hasen und dem Igel

Diese Geschichte ist ganz lügenhaft zu erzählen, Jungens, aber wahr ist sie doch, denn mein Großvater, von dem ich sie habe, pflegte immer wenn er sie erzählte, dabei zu sagen: »Wahr muß sie doch sein, meine Söhne, denn sonst könnte man sie ja nicht erzählen.« Die Geschichte aber hat sich so zugetragen:

Es war einmal an einem Sonntagmorgen in der Herbstzeit, just als der Buchweizen blühte. Die Sonne war goldig am Himmel aufgegangen, der Morgenwind ging frisch über die Stoppeln, die Lerchen sangen in der Luft, die Bienen summten in dem Buchweizen und die Leute gingen in ihren Sonntagskleidern nach der Kirche, kurz, alle Kreatur war vergnügt und der Swinegel auch.

Der Swinegel aber stand vor seiner Türe, hatte die Arme übereinander geschlagen, kuckte dabei in den Morgenwind hinaus und trällerte ein Liedchen vor sich hin, so gut und so schlecht als es nun eben am lieben Sonntagmorgen ein Swinegel zu singen vermag. Indem er nun noch so halbleise vor sich hinsang, fiel ihm auf einmal ein, er könne wohl, während seine Frau die Kinder wüsche und anzöge, ein bißchen im Felde spazieren und dabei sich umsehn, wie seine Steckrüben stünden. Die Steckrüben waren das Nächste bei seinem Hause und er pflegte mit seiner Familie davon zu essen und deshalb sah er sie denn auch als die seinigen an. Der Swinegel machte die Haustüre hinter sich zu und schlug den Weg nach dem Felde ein. Er war noch nicht sehr weit vom Hause und wollte just um den Schlehenbusch, der da vor dem Felde liegt, hinauf schlendern, als ihm der Hase begegnete, der in ähnlichen Geschäften ausgegangen war, nämlich um seinen Kohl zu besehen. Als der Swinegel des Hasen ansichtig wurde, bot er ihm einen freundlichen guten Morgen. Der Hase aber, der nach seiner Weise ein gar vornehmer Herr war und grausam hochfahrig dazu, antwortete nichts auf des Swinegels Gruß, sondern sagte zu ihm, wobei er eine gewaltig höhnische Miene annahm: »Wie kommt es denn, daß du schon bei so frühem Morgen im Felde rumläufst?«

»Ich gehe spazieren«, sagte der Swinegel. »Spazieren?« lachte der Hase, »mir deucht, du könntest die Beine auch wohl zu besseren Dingen gebrauchen.« Diese Antwort verdroß den Swinegel über alle Maßen, denn alles kann er vertragen, aber auf seine Beine läßt er nichts kommen, eben weil sie von Natur schief sind. »Du bildest dir wohl ein«, sagte nun der Swinegel, »daß du mit deinen Beinen mehr ausrichten kannst?« »Das denk ich«, sagte der Hase. »Nun es käme auf einen Versuch an«, meinte der Swinegel, »ich pariere, wenn wir Wettlaufen, ich laufe dir vorbei.« »Das ist zum Lachen, du mit deinen schiefen Beinen!« sagte der Hase, »aber meinetwegen mag es sein, wenn du so übergroße Lust hast. Was gilt die Wette?« »Einen goldnen Lujedor und eine Buttelje Schnaps«, sagte der Swinegel. »Angenommen«, sprach der Hase, »schlag ein und dann kann's gleich losgehen.« »Nein, so große Eile hat es nicht«, meinte der Swinegel, »ich bin noch ganz nüchtern; erst will ich zu Hause gehn und ein bißchen frühstücken. In einer halben Stunde bin ich auf dem Platze.« Darauf ging der Swinegel, denn der Hase war es zufrieden.

Unterwegs dachte der Swinegel bei sich: »Der Hase verläßt sich auf seine langen Beine, aber ich will ihn schon kriegen. Er dünkt sich zwar

ein vornehmer Herr zu sein, ist aber doch ein dummer Kerl und bezahlen muß er doch.« Als nun der Swinegel zu Hause ankam, sagte er zu seiner Frau: »Frau, zieh dich eilig an, du mußt mit ins Feld hinaus.« »Was gibt es denn?« sagte die Frau. »Ich habe mit dem Hasen um einen goldenen Lujedor und eine Buttelje Schnaps gewettet, ich will mit ihm um die Wette laufen und da sollst du dabei sein.« » O mein Gott, Mann!« schrie den Swinegel seine Frau, »bist du nicht klug, hast du den Verstand verloren? Wie kannst du mit dem Hasen um die Wette laufen wollen?« »Halt das Maul, Weib«, sagte der Swinegel, »das ist meine Sache. Räsonniere nicht in Männergeschäfte. Marsch, zieh dich an und dann komm mit.« Was sollte den Swinegel seine Frau machen? Sie mußte wohl folgen, sie mochte wollen oder nicht.

Als sie nun miteinander unterwegs waren, sprach der Swinegel zu seiner Frau also: »Nun paß auf, was ich dir sagen werde. Sieh, auf dem langen Acker, dort wollen wir unsern Wettlauf machen. Der Hase läuft nämlich in der einen Furche und ich in der andern, und von oben fangen wir an zu laufen. Nun hast du weiter nichts zu tun, als du stellst dich hier unten in die Furche und wenn der Hase auf der andern Seite ankommt, so rufst du ihm entgegen: ›Ich bin schon da.‹«

Damit waren sie beim Acker angelangt, der Swinegel wies seiner Frau ihren Platz an und ging nun den Acker hinauf. Als er oben ankam war der Hase schon da. »Kann es losgehen?« sagte der Hase. »Ja wohl«, erwiderte der Swinegel. »Dann man zu!« und damit stellte sich jeder in seine Furche. Der Hase zählte: »Eins, zwei, drei!« und los ging er wie ein Sturmwind den Acker hinunter. Der Swinegel aber lief nur ungefähr drei Schritte, dann duckte er sich in die Furche nieder und blieb ruhig sitzen.

Als nun der Hase im vollen Laufe unten ankam, rief ihm dem Swinegel seine Frau entgegen: »Ich bin schon da!« Der Hase stutzte und verwunderte sich nicht wenig. Er meinte nicht anders, es wäre der Swinegel selbst, der ihm das zurufe, denn bekanntlich sieht den Swinegel seine Frau geradeso aus wie ihr Mann.

Der Hase aber meinte: »Das geht nicht mit rechten Dingen zu.« Er rief: »Noch einmal gelaufen, wieder herum!« Und fort ging es wieder wie der Sturmwind, so daß ihm die Ohren am Kopfe flogen. Den Swinegel seine Frau aber blieb ruhig auf ihrem Platze. Als nun der Hase oben ankam, rief ihm der Swinegel entgegen: »Ich bin schon da!« Der Hase aber ganz außer sich vor Eifer schrie: »Nochmal gelaufen, wieder herum!« »Mir recht«, antwortete der Swinegel, »meinetwegen so oft als du Lust hast.« So lief der Hase dreiundsiebzigmal und der Swinegel hielt es immer mit ihm aus. Jedesmal, wenn der Hase unten oder oben ankam, sagte der Swinegel oder seine Frau: »Ich bin schon da.«

Zum vierundsiebzigstenmal aber kam der Hase nicht mehr zu Ende. Mitten auf dem Acker stürzte er zur Erde, das Blut floß ihm aus dem Halse und er blieb tot auf dem Platze.

Der Swinegel aber nahm seinen gewonnenen Louisdor und die Flasche Branntwein, rief seine Frau aus der Furche ab und beide gingen vergnügt nach Hause, und wenn sie nicht gestorben sind, leben sie noch.

So begab es sich, daß auf der Buxtehuder Heide der Swinegel den Hasen zu Tode gelaufen hat, und seit jener Zeit hat es sich kein Hase wieder einfallen lassen, mit dem Buxtehuder Swinegel um die Wette zu laufen.

Die Lehre aber aus dieser Geschichte ist erstens, daß keiner, und wenn er sich auch noch so vornehm dünkt, sich soll beikommen lassen, über den geringen Mann sich lustig zu machen, und wäre es auch nur ein Swinegel. Und zweitens, daß es geraten ist, wenn einer freiet, daß er sich eine Frau aus seinem Stande nimmt, die just so aussieht, als er selbst. Wer also ein Swinegel ist, der muß darauf sehen, daß seine Frau auch ein Swinegel sei.

Siebenschön

Es waren einmal in einem Dorfe ein paar arme Leute, die hatten ein kleines Häuschen und nur eine einzige Tochter, die war wunderschön und gut über alle Maßen. Sie arbeitete, fegte, wusch, spann und nähte für sieben, und war so schön wie sieben zusammen, darum ward sie Siebenschön geheißen. Aber weil sie ob ihrer Schönheit immer von den Leuten angestaunt wurde, schämte sie sich, und nahm sonntags, wenn sie in die Kirche ging – denn Siebenschön war auch frömmer wie sieben andre, und das war ihre größte Schönheit – einen Schleier vor ihr Gesicht. So sah sie einstens der Königssohn, und hatte seine Freude über ihre edle Gestalt, ihren herrlichen Wuchs, so schlank wie eine junge Tanne, aber es war ihm leid, daß er vor dem Schleier nicht auch ihr Gesicht sah, und fragte seiner Diener einen: »Wie kommt es, daß wir Siebenschöns Gesicht nicht sehen?« – »Das kommt daher« – antwortete der Diener, »weil Siebenschön so sittsam ist.« Darauf sagte der Königssohn: »Ist Siebenschön so sittsam zu ihrer Schönheit, so will ich sie lieben mein Leben lang und will sie heiraten. Gehe du hin und bringe ihr diesen goldnen Ring von mir und sage ihr, ich habe mit ihr zu reden, sie solle abends zu der großen Eiche kommen.« Der Diener tat wie ihm befohlen war, und Siebenschön glaubte, der Königssohn wolle ein Stück Arbeit bei ihr bestellen, ging daher zur großen Eiche und da sagte ihr der Prinz, daß er sie lieb habe um ihrer großen Sittsamkeit und Tugend willen, und sie zur Frau nehmen wolle; Siebenschön aber sagte: »Ich bin ein armes Mädchen und du bist ein reicher Prinz, dein Vater würde sehr böse werden, wenn du mich wolltest zur Frau nehmen.« Der Prinz drang aber noch mehr in sie, und da sagte sie endlich, sie wolle sich's bedenken, er solle ihr ein paar Tage Bedenkzeit gönnen. Der Königssohn konnte aber unmöglich ein paar Tage warten, er schickte schon am folgenden Tage Siebenschön ein Paar silberne Schuhe und ließ sie bitten, noch einmal unter die große Eiche zu kommen. Da sie nun kam, so fragte er schon, ob sie sich besonnen habe? Sie aber sagte, sie habe noch keine Zeit gehabt sich zu besinnen, es gebe im Haushalt gar viel zu tun, und sie sei ja doch ein armes Mädchen und er ein reicher Prinz, und sein Vater werde sehr böse werden, wenn er, der Prinz, sie zur Frau nehmen wolle. Aber der Prinz bat von neuem und immer mehr, bis Siebenschön versprach, sich gewiß zu bedenken und ihren Eltern zu sagen, was der Prinz im Willen habe. Als der folgende Tag kam, da schickte der Königssohn ihr ein Kleid, das war ganz von Goldstoff, und ließ sie abermals zu der Eiche bitten. Aber als nun Siebenschön dahin kam, und der Prinz wieder fragte, da mußte sie wieder sagen und klagen, daß sie abermals gar zu viel und den ganzen Tag zu tun gehabt, und keine Zeit zum Bedenken, und daß sie mit ihren Eltern von dieser Sache auch noch nicht habe reden können, und wiederholte auch noch einmal, was sie dem Prinzen schon zweimal gesagt hatte, daß sie arm, er aber reich sei, und daß er seinen Vater nur erzürnen werde. Aber der Prinz sagte ihr, das alles habe nichts auf sich, sie solle nur seine Frau werden, so werde sie später auch Königin, und da sie sah, wie aufrichtig der Prinz es mit ihr meinte, so sagte sie endlich ja, und kam nun jeden Abend zu der Eiche und zu dem Königssohne – auch sollte der König noch nichts davon erfahren. Aber da war am Hofe eine alte häßliche Hofmeisterin, die lauerte dem Königssohn auf, kam hinter sein Geheimnis und sagte es dem Könige an. Der König ergrimmte, sandte Diener aus und ließ das Häuschen, worin Siebenschöns Eltern wohnten, in Brand stecken, damit sie darin anbrenne. Sie tat dies aber nicht, sie sprang als sie das Feuer merkte heraus und alsbald in einen leeren Brunnen hinein, ihre Eltern aber, die armen alten Leute verbrannten in dem Häuschen.

Da saß nun Siebenschön drunten im Brunnen und grämte sich und weinte sehr, konnt's aber zuletzt doch nicht auf die Länge drunten im Brunnen aushalten, krabbelte herauf, fand im Schutt des Häuschens noch etwas Brauchbares, machte es zu Geld und kaufte dafür Mannskleider, ging als ein frischer Bub an des Königs Hof und bot sich zu einem Bedienten an. Der König fragte den jungen Diener nach dem Namen, da erhielt er die Antwort: »Unglück!« und dem König gefiel der junge Diener also wohl, daß er ihn gleich annahm, und auch bald vor allen andern Dienern gut leiden konnte.

Als der Königssohn erfuhr, daß Siebenschöns Häuschen verbrannt war, wurde er sehr traurig, glaubte nicht anders, als Siebenschön sei mit verbrannt, und der König glaubte das auch, und wollte haben, daß sein Sohn nun endlich eine Prinzessin heirate, und mußte dieser nun eines benachbarten Königs Tochter freien. Da mußte auch der ganze Hof und die ganze Dienerschaft mit zur Hochzeit ziehen, und für Unglück war das am traurigsten, es lag ihm wie ein Stein auf dem Herzen. Er ritt auch mit hintennach der Letzte im Zuge, und sang wehklagend mit klarer Stimme:

»*Siebenschön* war ich genannt,
Unglück ist mir jetzt bekannt.«

Das hörte der Prinz von weitem, und fiel ihm auf und hielt und fragte: »Ei wer singt doch da so schön?« – »Es wird wohl mein Bedienter, der Unglück sein«, antwortete der König, »den ich zum Diener angenommen habe.« Da hörten sie noch einmal den Gesang:

»*Siebenschön* war ich genannt,
Unglück ist mir jetzt bekannt.«

Da fragte der Prinz noch einmal, ob das wirklich niemand anders sei, als des Königs Diener? und der König sagte er wisse es nicht anders.

Als nun der Zug ganz nahe an das Schloß der neuen Braut kam, erklang noch einmal die schöne klare Stimme:

»*Siebenschön* war ich genannt,
Unglück ist mir jetzt bekannt.«

Jetzt wartete der Prinz keinen Augenblick länger, er spornte sein Pferd und ritt wie ein Offizier längs des ganzen Zugs in gestrecktem Galopp hin, bis er an Unglück kam, und Siebenschön erkannte. Da nickte er ihr freundlich zu und jagte wieder an die Spitze des Zuges, und zog in das Schloß ein. Da nun alle Gäste und alles Gefolge im großen Saal versammelt war und die Verlobung vor sich gehen sollte, so sagte der Prinz zu seinem künftigen Schwiegervater: »Herr König, ehe ich mit Eurer Prinzessin Tochter mich feierlich verlobe, wollet mir erst ein kleines

Rätsel lösen. Ich besitze einen schönen Schrank, dazu verlor ich vor einiger Zeit den Schlüssel, kaufte mir also einen neuen; bald darauf fand ich den alten wieder, jetzt saget mir Herr König, wessen Schlüssel ich mich bedienen soll?« – »Ei natürlich des alten wieder!« antwortete der König, »das Alte soll man in Ehren halten, und es über Neuem nicht hintansetzen.« – »Ganz wohl Herr König«, antwortete nun der Prinz, »so zürnt mir nicht, wenn ich Eure Prinzessin Tochter nicht freien kann, sie ist der neue Schlüssel, und dort steht der alte.« Und nahm Siebenschön an der Hand und führte sie zu seinem Vater, indem er sagte: »Siehe Vater, das ist meine Braut.« Aber der alte König rief ganz erstaunt und erschrocken aus: »Ach lieber Sohn, das ist ja Unglück, mein Diener!« – Und viele Hofleute schrieen: »Herr Gott, das ist ja ein Unglück!« – »Nein!« sagte der Königssohn, »hier ist gar kein Unglück, sondern hier ist Siebenschön, meine liebe Braut.« Und nahm Urlaub von der Versammlung und führte Siebenschön als Herrin und Frau auf sein schönstes Schloß.

Das Märchen vom Schlaraffenland

Hört zu, ich will euch von einem guten Lande sagen, dahin würde mancher auswandern, wüßte er, wo selbes läge und eine gute Schiffsgelegenheit. Aber der Weg dahin ist weit für die Jungen und für die Alten, denen es im Winter zu heiß ist und zu kalt im Sommer. Diese schöne Gegend heißt Schlaraffenland, auf Welsch Cucagna, da sind die Häuser gedeckt mit Eierfladen, und Türen und Wände sind von Lebzelten, und die Balken von Schweinebraten. Was man bei uns für einen Dukaten kauft, kostet dort nur einen Pfennig. Um jedes Haus steht ein Zaun, der ist von Bratwürsten geflochten und von bayerischen Würsteln, die sind teils auf dem Rost gebraten,

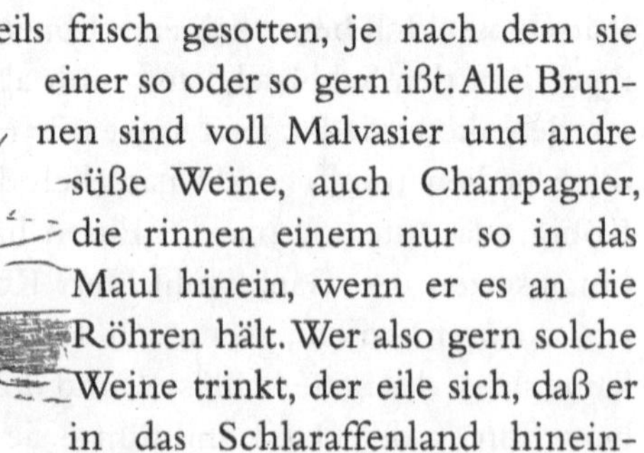

teils frisch gesotten, je nach dem sie einer so oder so gern ißt. Alle Brunnen sind voll Malvasier und andre süße Weine, auch Champagner, die rinnen einem nur so in das Maul hinein, wenn er es an die Röhren hält. Wer also gern solche Weine trinkt, der eile sich, daß er in das Schlaraffenland hineinkomme. Auf den Birken und Weiden da wachsen die Semmeln frischbacken, und unter den Bäumen fließen Milchbäche; in diese fallen die Semmeln hinein und weichen sich selbst ein für die, so sie gern einbrocken; das ist etwas für Weiber und für Kinder, für Knechte und Mägde! Holla Grethel, holla Steffel! Wollt ihr nicht auswandern? Macht euch herbei zum Semmelbach, und vergeßt nicht, einen großen Milchlöffel mitzubringen.

Die Fische schwimmen in dem Schlaraffenlande obendrauf auf dem Wasser, sind auch schon gebakken oder gesotten, und schwimmen ganz nahe am Gestade; wenn aber einer gar zu faul ist und ein echter Schlaraff, der darf nur rufen bst! bst! – So kommen die Fische auch heraus aufs Land spaziert und hüpfen dem guten Schlaraffen in die Hand, daß er sich nicht zu bücken braucht.

Das könnt ihr glauben, daß die Vögel dort gebraten in der Luft herum fliegen, Gänse und Truthähne, Tauben und Kapaunen, Lerchen und Krammetsvögel, und wenn es zu viel Mühe macht, die Hand darnach auszustrecken, dem fliegen sie schnurstracks ins Maul hinein. Die Spanferkel geraten dort alle Jahr überaus trefflich; sie laufen gebraten umher und jedes trägt ein Transchiermesser im Rücken, damit, wer da will, sich ein frisches saftiges Stück abschneiden kann.

Die Käse wachsen in dem Schlaraffenlande wie die Steine, groß und klein; die Steine selbst sind lauter Taubenkröpfe mit Gefülltem, oder auch kleine Fleischpastetchen. Im Winter, wenn es regnet, so regnet es lauter Honig in süßen Tropfen, da kann einer lecken und schlecken, daß es eine Lust ist, und wenn es schneit, so schneit es klaren Zucker, und wenn es hagelt, so hagelt es Würfelzucker, untermischt mit Feigen, Rosinen und Mandeln.

Im Schlaraffenland legen die Rosse keine Roßäpfel, sondern Eier, große, ganze Körbe voll, und ganze Haufen, so daß man tausend um einen Pfennig kauft. Und das Geld kann man von den Bäumen schütteln, wie Kästen (gute Kastanien). Jeder mag sich das Beste herunterschütteln und das minder Werte liegen lassen.

In dem Lande hat es auch große Wälder, da wachsen im Buschwerk und auf Bäumen die schönsten Kleider: Röcke, Mäntel, Schauben, Hosen und Wämser von allen Farben, schwarz, grün, gelb, (für die Postillons) blau oder rot, und wer ein neues Gewand braucht, der geht in den Wald, und wirft es mit einem Stein herunter, oder schießt mit dem Bolzen hinauf. In der Heide wachsen schöne Damenkleider von Sammet, Atlas, Gros de Naples, Barège, Madras, Taft, Nanking und so weiter. Das Gras besteht aus Bändern von allen Farben, auch ombriert. Die Wachholderstöcke tragen Brochen und goldne Chemisett- und Mantelettnadeln und ihre Beeren sind nicht schwarz, sondern echte Perlen. An den Tannen hängen Damenuhren und Chatelaines sehr künstlich. Auf den Stauden wachsen Stiefeln und Schuhe, auch Herren- und Damenhüte, Reisstrohhüte und Marabouts und allerlei Kopfputz mit Paradiesvögeln, Kolibris, Brillantkäfern, Perlen, Schmelz und Goldborten verziert.

Dieses edle Land hat auch zwei große Messen und Märkte mit schönen Freiheiten. Wer eine alte Frau hat und mag sie nicht mehr, weil sie ihm nicht mehr jung genug und hübsch ist, der kann sie dort gegen eine junge und schöne vertauschen und bekommt noch ein Draufgeld. Die alten und garstigen (denn ein Sprüchwort sagt: wenn man alt wird, wird man garstig) kommen in ein Jungbad, damit das Land begnadigt ist, das ist von großen Kräften; darin baden die alten

Weiber etwa drei Tage oder höchstens vier, da werden schmucke Dirnlein daraus von siebzehn oder achtzehn Jahren.

Auch viel und mancherlei Kurzweil gibt es in dem Schlaraffenlande. Wer hier zu Lande gar kein Glück hat, der hat es dort im Spiel und Lustschießen, wie im Gesellenstechen. Mancher schießt hier alle sein Lebtag nebenaus und weit vom Ziel, dort aber trifft er, und wenn er der allerweiteste davon wäre, doch das Beste. Auch für die Schlafsäcke und Schlafpelze, die hier von ihrer Faulheit arm werden, daß sie Bankrott machen und betteln gehen müssen, ist jenes Land vortrefflich. Jede Stunde Schlafens bringt dort einen Gulden ein, und jedesmal Gähnen einen Doppeltaler. Wer im Spiel verliert, dem fällt sein Geld wieder in die Tasche. Die Trinker haben den besten Wein umsonst, und von jedem Trunk und Schlunk drei Batzen Lohn, sowohl Frauen als Männer. Wer die Leute am besten necken und aufziehen kann, bekommt jeweil einen Gulden. Keiner darf etwas umsonst tun, und wer die größte Lüge macht der hat allemal eine Krone dafür.

Hier zu Lande lügt so mancher drauf und drein, und hat nichts für diese seine Mühe; dort aber hält man Lügen für die beste Kunst, daher lügen sich wohl in das Land allerlei Prokura-, Dok- und andre -toren, Roßtäuscher und die …r Handwerksleute, die ihren Kunden stets aufreden und nimmer Wort halten.

Wer dort ein gelehrter Mann sein will, muß auf einen Grobian studiert haben. Solcher Studenten gibt's auch bei uns zu Lande, haben aber keinen Dank davon und keine Ehren. Auch muß er dabei faul und gefräßig sein, das sind drei schöne Künste. Ich kenne einen, der kann alle Tage Professor werden.

Wer gern arbeitet, Gutes tut und Böses läßt, dem ist jedermann dort abhold, und er wird Schlaraffenlandes verwiesen. Aber wer tölpisch ist, gar nichts kann, und dabei doch voll dummen Dünkels, der ist dort als ein Edelmann angesehen. Wer nichts kann, als schlafen, essen, trinken, tanzen und spielen, der wird zum Grafen ernannt. Dem aber, welchen das allgemeine Stimmrecht als den faulsten und zu allem Guten untauglichsten erkannt, der wird König über das ganze Land, und hat ein großes Einkommen.

Nun wißt ihr des Schlaraffenlandes Art und Eigenschaft. Wer sich also auftun und dorthin eine Reise machen will, aber den Weg nicht weiß, der frage einen Blinden; aber auch ein Stummer ist gut dazu, denn der sagt ihm gewiß keinen falschen Weg.

Um das ganze Land herum ist aber eine berghohe Mauer von Reisbrei. Wer hinein oder heraus will, muß sich da erst Überzwerg durchfressen.

Die drei dummen Teufel

In der Hölle war einmal ein großes Wunder, daß nur lauter Männer und keine Weiber in die Hölle kämen und von Herzen hätten sie doch auch gerne Weiber darinne gehabt. Da warf sich ein ganz junger Teufel auf und sprach: »Was gilt's, ich schaffe eine her!« Die andern Teufel freuen sich zwar, aber sie glauben dem, was jener spricht, doch nicht recht. Der Teufel fährt sofort ab und die andern wünschen ihm großes Glück. Er kömmt also auf die Erde, und trifft eine junge Dirne; zu dieser spricht er: »He, Jungfer! hat sie nicht Lust zu heiraten?« – »Warum nicht«, sagte sie. »Meinetwegen kann morgen die Hochzeit sein.« – »Mir schon recht«, sagt der Teufel. Wie's also morgen war, geht er zum Pfarrer und läßt sich die Dirne zur Frau geben. Eh aber der Küßmond vorüber, verlangt die junge Frau Geld, Kleider und das aber schöne, und der Teufel kann kaum das Brot verdienen, muß oft über seinem Maul sparen und es seiner Frau lassen und dadurch wird er dürr und mager und ist lange nicht mehr so gutes Mutes als zuvor. Die Frau hatte sich mehr von diesem Galan versprochen – viel Geld und schöne Kleider. Sie fängt daher an und wird kalt gegen ihren Teufel. Er gibt gute Worte; – er brummt. – Sie zankt aber arg und drohet ihm mit Schlägen. Das lächert dem Teufel und er denkt: ich werde dich doch zwingen können. Zankt er aber *ein* Wort so zankt sie zehne, und das geht ein und alle Tage so fort. Was geschieht? Der Teufel bekommt zuletzt derbe Schläge. Da denkt der Teufel: ei, was sollst du dich mit der Frau plagen? gehe doch hübsch heim, und – da ging er heim. Wie er in die Hölle kömmt und bringt *kein* Weib mit, da lachen ihn die Teufel tüchtig aus, und überall rufen sie: »Dummer Teufel! dummer Teufel!« Er aber antwortet: »Ich will keine wieder und wenn ich die ganze Hölle geschenkt kriegte. Seid froh, daß ich sie nicht mitgebracht habe, die hätte uns allen die Hölle erst recht heiß gemacht!« Da spricht ein andrer etwas älterer Teufel: »Nun will *ich* fort, ich will schon eine herschaffen! «Er reiset ebenfalls ab, kömmt auf einen Erbsenacker, dort trifft er eine alte Jungfer. Da denkt er: warte, diese ist nicht so ein junger Lecker, die willst du nehmen. Er spricht also zu ihr: »He da, Jungfer! hat sie nicht Lust zu heiraten?« – »O ja! wenn er Geld und Brot für mich hat?« – »O ja!« spricht der Teufel. Als nun die beiden Hochzeit gemacht hatten, da merkte es die Frau, daß der Teufel gelogen hatte, denn er war ein armer blutarmer Teufel und hatte nichts und konnte nichts. Das kam ihm heim, denn er war an einen Geizdrachen geraten, der sparte das Salz an den Kartoffeln, und tat sonntags einen Knopf in den Klingelbeutel statt des Hellers. Die gibt dem Teufel zu tun genug und zu beißen wenig, aber Schelte konnte er haben so viel er wollte, und Streiche waren auch nicht rar. Und wenn ihm vor Hunger gleich der Bauch grimmt, und ihm die Zunge ellenlang zum Halse heraus hängt, so erbarmt sie sich seiner doch nicht. Will der Teufel etwas essen, so muß er fort und muß Kartoffeln stopfeln. Kömmt er abends und hat kein großes Säckchen voll, so kriegt er auch noch Schläge, und das geht so einen und alle Tage. Endlich wird das der arme Teufel doch müde und spricht zu sich: »Ei was, sollst du dich mit der Frau plagen? Ich gehe fort, das ist ja ein bitterböses Tier!« Er geht und kömmt in die Hölle zurück. Hier wird er gleich gefragt, wo er seine Frau habe? – »Ja, Frau! Hat sich was! Ich will keine! Ich will in meinem Leben an die, die ich droben hatte, gedenken! Die nimmt man auch noch mit in die Hölle! Bin froh, daß ich sie wieder los bin.« – Da hieß es nun überall: »Dummer Teufel! dummer Teufel!« –

Nun spricht aber ein ganz alter Teufel: »Jetzt will *ich* fort; ich will's den Weibern wohl anstreichen!« – Der alte Teufel reiset ab und kömmt auf die Erde; da geht er durch einen jungen Birkenwald, und sieht von weitem ein Frauenzimmer. Das war eine Witwe, die noch ganz stattlich sah. Er sieht sie sich an, und sie sieht ihn an, und mit höflichen Reden und artigen Widerreden werden sie handelseinig

und der Pfarrer nagelt und nietet sie zusammen, so fest wie das Herz nur begehrt. Aber nach der Hochzeit, da sah der Teufel wohl, daß man die Katz nicht im Sack kaufen muß, und die Witwen nicht freien auf der Landstraße. Die kannte schon den Rummel, da der heilige Ehestand ihr nicht neu war, schmale Kost und Brunnenwasser war das wenigste, da war offner Laden für jedermann, und der Mann mußte nur so zusehen, und ward's ihm zu arg, wie denn solches Zusehen kein Teufel vertragen kann, so hängte sie ihn an die Wand und ging mit ihren Liebsten zu Biere. Als sie dann zurückkam, nimmt sie ihn herunter und da soll er Mausen lernen, daß man die Katz sparen kann. Aber da wird's dem Teufel zu arg, er läuft fort in den Wald – denn in die Hölle zu gehen schämt er sich – und will sich Beeren suchen, die sind immer noch besser als Mäuse.

Wie er nun so in den Beeren ist, begegnet er einem Köhler, diesem klagte er seine Not und bat um etwas zu essen. Da sprach der Köhler: »Ja, lieber Alter, ich habe selbsten sieben Kinder und oft keinen Bissen Brot.« – »Du Köhler, schwarzer Kerl, gib mir einen Rat, wie ich das böse Weib bändige. Ich bitte dich um alles in der Welt, hilf mir!« – Der Köhler antwortete darauf:

»Ein böses Weib, eine herbe Buß'
Und weh dem, der ein' haben muß.«

Der Teufel denkt: ach wenn das Ding so klingt, so gehst du lieber wieder heim. Wäre ich doch vom Anfang an zu Hause geblieben! – Er sinnt auf Rache gegen die Weiber und spricht: »He! Bruder! du bist auch arm, ich will dich reich machen, du mußt mir aber folgen.« Der Köhler spricht: » O ja, reich wäre ich gerne und ich will tun, was du nur haben willst.« Da spricht der Teufel: »Höre, Bruder Köhler, ich weiß einen König, der hat drei Prinzessinnen, da will ich in die eine fahren und du sollst der Doktor sein. Wenn ich in die Prinzessin gefahren bin, so wird der König einen Aufruf ergehen lassen nach einem Doktor, der Knall und Fall austreiben kann. Da gehst du nun hin zu diesem König und sprichst: ›Herr König, ich will der Prinzessin helfen, aber ich muß mit ihr in einer Stube ganz allein sein, versteht sich in allen Ehren.‹ Wenn du dann bei der Prinzessin eingelassen wirst, so sprichst du zu mir: ›Donner und Teufel, fahr aus!‹ – öffnest ein Fenster und ich hebe mich von dannen. Das darfst du aber nur zweimal tun, wenn du es dreimal tust, muß ich dir den Hals brechen!« – Der Köhler fragte: »Auch wenn ich dir eine schöne gute Frau zeige?« – Darauf erwiderte der Teufel: »Wir wollen sehen.« Er dachte aber, das kann ich ihm gern versprechen, damit hat es keine Not. Wir Teufel kennen die Frauen. – An einem Abende kam der Köhler aus dem Walde, da sagte ihm seine Frau: »Du Mann, der reiche König hat ausgeschrieben, daß seine Prinzessin totsterbenskrank ist, ja sehr krank; wer ihr hilft, der soll das halbe Königreich von ihm bekommen oder so viel Gold, als wie der Doktor und der König beide schwer sind. Wenn du nur, Alter! ein gutes Hausmittel wüßtest und könntest der Prinzessin helfen, daß wir auch einmal aus unsrer Armut kämen!« – Hierauf sagte der Köhler zu seiner Frau: »Ich will einmal eine Probe machen, vielleicht bin ich glücklich« – und reisete ab. Als er zum König kam, so fragte dieser: »Alter, getrauest du dir meine Prinzessin gesund zu machen?« – »O ja, Herr König!« antwortete der Köhler. »Ich muß erst etliche Species aus der Apotheke haben und die muß ich selber holen und dann muß ich ganz allein bei der Prinzessin sein.« Darauf sprach der König: »Alter! Wie du es verlangst, so soll es geschehen. Machst du meine Prinzessin gesund, so bekommst du mein halbes Königreich oder so viel Gold, als ich und du schwer sind.« – Der Köhler tat nun, wie ihm der Teufel anbefohlen hatte, und die schöne Prinzessin war auf der Stelle gesund. Der König stellte dem Köhler die Wahl frei: Gold oder Land, und der Köhler nahm das Gold.

Binnen kurzem wurde nun die andere Prinzessin von dem Teufel besessen. Der König läßt den Köhler wieder kommen und spricht zu ihm: »Alter, du hast meine erste kranke Tochter gesund gemacht, hilf auch dieser!« – Der Köhler sagte: »Ich will's versuchen, Herr König!« Und siehe, er half der zweiten Prinzessin auch wieder und der König gab dem Köhler wieder ebensoviel Gold.

Der Köhler war nun sehr reich, grämte sich aber dennoch, weil er den Teufel nun nicht wieder austreiben durfte, der sich vorgenommen hatte, die Frauenzimmer recht zu plagen, und gewiß davon noch nicht abließ. Die zwei ersten Male war es ausgemacht, das dritte Mal mußte er den Teufel in der Prinzessin lassen, sonst wollte ihm der Teufel den Hals brechen; und konnte er den Teufel nicht das dritte Mal austreiben, so mußte er es wagen, daß ihn der König ums Leben bringen ließ; er sann nach, ob nicht beim dritten Mal es ihm gelingen werde, den Teufel anzuführen?

Nun wurde auch die dritte Prinzessin krank, weil der Teufel in sie gefahren war. Wiederum ließ der König den alten Köhler kommen und sprach zu ihm: »Du, Alter, hilfst du meiner Prinzessin nicht, so laß ich dich aufhenken!« Darauf antwortete der Köhler: »Mein allergnädigster Herr König! ich will eine Probe machen, aber dazu ist nötig, daß alle guten schönen Mädchen in der ganzen Stadt morgen früh in weißen Kleidern, mit roten Schärpen und in Haarlocken, auch alle eure

Geistlichen sich versammeln, vor dem Schlosse stehen und unter Gesang der Jungfrauen und Geistlichen ich neben der Prinzessin den Berg hinauf geleitet werde. Da darf aber beileibe keine darunter sein von den landläufischen Dirnen, oder von den alten Jungfern, die noch zu freien lüstert, oder den Witwen, die ihren Ehrenstuhl verrücken möchten; und das müßt ihr euren Priestern streng befehlen. Wenn wir dann auf der höchsten Höhe sind, dann will ich eine Probe machen.« Der König ließ schleunigst alle Anstalten treffen, daß diese Bedingung erfüllt werde. Den kommenden Morgen war die große Versammlung vor dem Schloß. Der Zug bewegte sich bergan, und auf der höchsten Höhe sprach der Köhler:

»Donner und Teufel, fahr aus!«

Da fuhr der Teufel zwar aus, rief aber dem Köhler zu: »Spitzbube, hältst du so dein Wort! Warte, nun breche ich dir den Hals!« Der Köhler aber verantwortete sich und sagte: »Halt! Unser Pakt hat einen Vorbehalt; du darfst mir nichts tun, wenn ich dir eine schöne gute Frau zeige. Da sieh dich nur um, sieh dir diese an.« Da sah sich der Teufel um und sah eine nach der andern an und erkannte wohl, daß er über diese keine Macht habe. Und da schämte er sich auf der Erde zu bleiben und fürchtete sich auch vor seinem Drachen, und so machte er ein Geprassel und einen Gestank und zog ab wie er gekommen war.

Und da ist der Teufel wieder heim in die Hölle gegangen und wie er kam, fragten ihn alle seine Kameraden, ob er kein Weib mitbrächte? Und wie er sagte: er bringe keine mit, da hieß es wieder: »Dummer Teufel, dummer Teufel!« und da war ein Höllenspaß und Spektakel und Teufelsgelächter, daß es krachte und prasselte, und die ganze Hölle wie eine alte Wand wackelte und platzte. Und sind noch immer keine Weiber in der Hölle drin, ausgenommen den Teufel seine alte Großmutter – darum, weil die Weiber so gar gut sind.

Die Wünschdinger

Es war einmal am Nordlandsmeere ein Seekönig, der gebot über vieles Land und viele Schiffe, und hatte drei Söhne, die zu ihren Jünglingsjahren gekommen waren, die sollten nun hinaus in die See, tapfere Taten tun, Mut erproben, und Gut erwerben. Da ließ der König drei neue, große, stattliche Schiffe bauen und wohl bemannen und ausrüsten, schenkte jedem seiner Söhne eines dieser Schiffe, und fragte nun den ältesten Sohn: »Was gedenkst du zu beginnen mit dem Schiffe, das ich dir schenkte?«

»Damit, mein Herr Vater«, antwortete der älteste Seekönigssohn, »gedenke ich weit über Meer nach Osten zu fahren, und Schätze zu gewinnen von fernen Küsten und Inseln.« –

»Wohl getan!« sprach der König. »Fahre hin und fahre wohl!«

Hierauf fragte er seinen zweiten Sohn: »Was gedenkest *du* mit dem Schiffe zu tun, das ich dir schenkte?« –

»Damit, mein Herr Vater«, antwortete der mittelste Seekönigssohn, »gedenke ich weit über Meer gen Westen zu fahren, neue Lande und Inseln zu entdecken, und von ihren Schätzen ein gutes Teil heimzuführen.«

»Wohl getan!« sprach auch zu diesem Sohne der König, »fahre auch du hin, und fahre wohl!«

Nun wandte sich der König zu seinem dritten Sohne, und fragte: »Was gedenkst *du* mit dem Schiffe zu tun, das ich dir geschenkt habe?«

»Ich gedenke, mein gnädiger König, Herr und Vater« – antwortete der jüngste Seekönigssohn, »damit auf Abenteuer auszuziehen, und mich Eures hohen Namens und Eurer Liebe würdig zu zeigen, wohin mich auch mein Fahrzeug trage, so wie immerdar.«

Diese Antwort überraschte den König, weil er sie nicht so erwartet hatte, doch ließe sich nichts dagegen sagen, er sprach daher: »Soll mich freuen! Fahre hin und fahre wohl!«

Nun wurde ein Abschiedbanket gehalten, und darauf gingen die drei Königssöhne zur See. Eine Zeitlang fuhren sie mit ihren drei Schiffen gemeinschaftlich zusammen, als sie aber in die hohe See kamen, da trennten sie sich – nach Osten, Westen und Süden. Der nach Osten fuhr, kam in das Silberland, allwo es Rubel schneite, und füllte sein Schiff mit Silber, so viel es zu tragen vermochte. Der zweite, der nach Westen gesegelt war, hatte eine ungleich längere Fahrt, kam aber in das Goldland, das man Eldorado nannte, und es gelang ihm, sein ganzes Schiff mit Golde zu befrachten, so viel es immer tragen konnte. Beide Brüder fuhren der eine mit seinem Silberschiffe, der andere mit seinem Goldschiffe wieder heimwärts nach ihres Vaters Schlosse, allwo sie wohlbehalten wieder anlangten und freudig empfangen wurden.

Der dritte Bruder, der nach Süden zu gesteuert war, fand weder ein Silberland noch ein Goldland, überhaupt schier gar kein Land, und schon gingen auf seinem Schiffe die Nahrungsmittel aus. Endlich gewahrte er von fern einen kleinen dunkeln Punkt, auf den er lossteuerte, und hoffte mit Zuversicht, dort mindestens ein Brotland zu finden, aber als er näher kam, sah er, daß es eine wüste Insel war, von Korallenriffen umgeben, voll steiler schroffer Klippen und unwirtbarer Felsen; es war das Hungerleiderland, mindestens, wenn es auch nicht so hieß, denn es schien von gar niemand bewohnt zu sein, stand auch auf keiner Land- oder Seekarte, nannte der Königssohn diese unwirtbare Insel so, nachdem er drei Tage auf derselben herumgeirrt war, für sich und seine Mannschaften Nahrung zu entdecken und nichts gefunden hatte. Vor Hunger fiel er am dritten Tage um und lag in Ohnmacht. Aus dieser erwachend, sah er eine holde Jungfrau vor sich stehen, die ihn mit Anteil betrachtete, und ihn fragte: »Wer bist denn du, und wie kommst denn du hierher?«

»Ach!« ächzte der Königssohn, »wäre ich doch lieber nicht hierher gekommen. Ich bin ein Prinz, der nichts zu essen hat, und komme um vor Hunger!«

»Ei, wenn dir sonst nichts fehlt, dafür kann ich schon tun! Folge mir, mein Prinz!« sprach das Mädchen und dem Königssohne klangen dessen Worte wie Musik.

Seine junge Führerin brachte ihn zu einem Häuschen, in welches beide eintraten, da saß ein altes Spinnfrauchen und war fleißig am Rocken, und das Mägdlein sprach zu der Alten: »Liebes Mütterlein, hier ist ein junger Prinz, der Hunger hat; wollen ihn essen und trinken lassen!«

»Mitnichten, denke nicht daran!« entgegnete die Alte. »Wünschtüchlein ist wohl im Schreine verschlossen. Geb's nicht heraus, nicht heraus!« –

Aber da fing die Tochter der Alten an zu weinen und sich kläglich zu gebärden, und rief: »Ich hab's ihm doch *versprochen*! Ich *muß* ihm Wort halten! Bitte, bitte, bitte schön, gib das Wünschtüchlein heraus!« – Darauf schloß die Alte einen Schrein auf und brachte ein leinen Tüchlein hervor, das war wundersam künstlich ausgenäht nach uralter Art, und hatte gesteppte Franzen. Das breitete die Alte auf den Tisch und murmelte die Worte:

»Decke dich, mein Wünschtüchelein
Für einen Mann mit Speis und Wein.«

Kaum hatte sie das gesagt, so stand und lag auf dem Wünschtüchlein Brot und Salz, Beizbraten und anderer Braten, gekochter Blaukohl und anderer Kohl, und eine Flasche Wein nebst Glas, und Messer und Gabel. – So gut, wie es ihm dieses Mal schmeckte, hatte es dem Königssohne selbst in seines Vaters Schlosse noch nie geschmeckt. Als er satt war, trank er unter Worten des Dankes auf die Gesundheit seiner beiden Wohltäterinnen und ging nach seinem Schiffe zu, um ehebaldigst weiter zu fahren. Da kam ihm das junge Mädchen nach, und rief: »Nimm mich mit – ich sterbe ohne dich!« Er aber antwortete: »Liebes, gutes Kind – mitnehmen kann ich dich nicht, ich würde dich nur ins Verderben führen, geht es mir aber wieder gut, so komme ich und hole dich ab.«

»Nun, so halte dein Wort!« sprach das Mädchen, »nimm zum Andenken das Wünschtüchlein; und brauche es so, wie du es meine Mutter hast brauchen sehen! Verwahre es gut, und vergiß mein nicht!« –

Der Königssohn nahm hocherfreut das werte Wünschding in Empfang, und ging auf sein Schiff, wo die Mannschaft klägliche Gesichter schnitt, vor eitel Hunger, und schon davon murmelte, das Los zu werfen und einen aus ihrer Mitte in Braten und Kochwildpret zu verwandeln. Der Königssohn aber lachte, ließ eine große Tafel auf das Verdeck schaffen, breitete das Tüchlein darauf und sprach:

»Decke dich, mein Wünschtüchelein
Für alle die Meinen mit Speis und Wein.«

Da machte die Mannschaft einmal Augen, wie die Tafel sich füllte mit Schweinebraten und anderem Braten, Gartensalat und Gurkensalat, Kuhkäse und anderem Käse, Portwein und anderem Wein. Das war ein wahres Festessen, und fröhlich stach man wieder in See. Gegen Abend wurde an einer anderen Insel angelandet, welche der Königssohn ebenfalls untersuchte. Er fand sie gleichfalls unbewohnt, und unwirtbar, wurde vom Umherwandern hungrig und müde, setzte sich daher an einen passenden Ort auf den Rasen, breitete sein Wünschtüchlein aus und nahm eine Mahlzeit ein. Da kam auf einmal ein Mann gegangen, der blieb verwundert stehen, und sprach: »Wie? Ihr speiset hier vollauf, und ich, der ich vom Sturm an diese Hungerinsel verschlagen bin, falle vor Hunger fast um!« –

»Seid mein Gast!« sprach freundlich der Königssohn, und ließ sich das Tüchlein von frischem decken, erzählte auch dem Manne, wie er zu demselben gekommen sei.

»Ach ja« – sagte der Fremde, »es gibt solche Wünschdinger, nicht alle helfen einem aber etwas. Sehet hier meinen Stab, das ist auch ein Wünschding. Drehe ich den Knopf ab, und sage: Hundert – oder tausend – oder hunderttausend Mann, zu Fuß oder zu Pferde, so sind sie da, und tun, was ich will, und drehe ich den Knopf wieder auf, so sind sie hinweg. Was hab ich aber davon? Was nützen mir Kriegsmannschaften, wenn ich sie nicht ernähren kann? Soldaten wollen auch leben – und wenn man selbst nichts hat, wie dann? Da lob ich mir so ein braves Wünschtüchlein, um das gäb ich gleich den Wünschelstab.«

»Nun, da könnten wir ja tauschen, wenn es Euch recht wäre!« sprach der Königssohn.

»Ihr kommt in der Tat meinem heimlichen Wunsche zuvor, edler Freund!« rief erfreut der Fremde und der Tausch erfolgte auf der Stelle, worauf die beiden sich trennten. Aber nach einer kleinen Weile drehte der Königssohn den Stockknopf ab und rief: »Hundert Mann zu Pferde!« Da rasselten die Reiter heran. »Holt mir schnell mein Wünschtüchlein!« gebot der König, und wie der Wind vollzog die Mannschaft seinen Befehl, wie der Wind war sie zurück, und schwenkte das Tüchlein als Standarte. Da breitete der Prinz das Kleinod aus und rief:

»Decke dich, mein Wünschtüchelein
Für hundert Mann mit Speis und Wein.«

und ließ die Mannschaft sich satt essen und satt trinken, wofür sie ihn hoch und abermals hoch und noch einmal hoch leben ließ. Hierauf bedankte sich der Prinz recht schön und schraubte seinen Stockknopf wieder auf, und alsbald verschwand die Mannschaft.

Hierauf begab sich der glückliche Besitzer der zwei Wünschdinger wieder auf sein Schiff, und fuhr weiter, und landete am nächsten Tage an einer dritten Insel, auf welcher er wieder umherging, Abenteuer zu suchen. Auf dieser Insel begegnete ihm ein altes Frauchen, das war in einen bunten Mantel von lauter einzelnen Lappen zusammengesteppt gehüllt, und sah sehr elend aus, und ächzte: »Ach, ich falle bald um vor Hunger und Durst, ich habe seit zwei Tagen nichts genossen. Habt Ihr nicht etwas Brot bei Euch?«

»Nein, altes Mütterlein«, antwortete der Prinz, »mit Brot trage ich mich nicht. Möchtet Ihr nicht sonst etwas haben von Nahrung? Ich kann Euch geben, was Ihr wünscht!«

»Ei du meine Güte!« rief das Frauchen, »wenn ich doch nur ein Schälchen Kaffee hätte! Es ist mir gar zu hohl im Leibe!«

Da zog der Königssohn sein Kleinod hervor, breitete es aus und sprach:

»Decke dich, mein Wünschtüchelein
Für uns zwei mit Kaffee, Frühstück und Wein.«

Da deckte sich das Tüchlein mit Tassen und Tellern, mit Kaffeekännchen, Sahnekännchen und Milchkännchen, alles warm, mit Semmeln und Kuchen, Brottorte und Biscuittorte, mit Rohrzucker und Kandiszucker, mit Butter und Honig, mit westfälischem Schinken und pommerscher Gänsebrust, mit Malagawein und Cyperwein. Da lachte das alte Frauchen im ganzen Gesicht, und schleckte was das Zeug hielt, und wurde ganz lustig, und warf ihren Mantel in die Höhe; da flogen alle Läppchen einzeln auseinander und fielen rings umher auf die Insel, und wo ein gelbes oder rotes Läppchen hinfiel, da stand ein stattliches Schloß oder eine Villa, wo ein grünes lag, wurde ein Park, wo ein blaues, ein schöner See, da war auf einmal die öde Insel in ein Paradies verwandelt. Das gefiel dem Königssohn über die Maßen wohl, und er sprach zu dem Frauchen: »Um dieses Kleinod, wie Euer Mantel ist, könnte ich Euch fürwahr beneiden.«

»Ja, ja – er ist recht hübsch«, erwiderte die Alte, »was hilft mir aber der schönste See, wenn nichts weiter darin ist als Wasser, was der größeste Park, wenn das Wild darin nicht gebraten ist, und was das herrlichste Schloß, wenn man in selbigem keinen Kaffee und nichts zu schnabulieren bekommt? Euer Wünschtüchlein wäre mir traun fast lieber.«

»So laßt uns die Wünschdinger tauschen!« schlug der Prinz vor, und das war die Alte gleich zufrieden, klatschte in die Hände, da wurden die Schlösser, die Parke, die Seen alle wieder bunte Läppchen, und setzten sich als Mantel zusammen, den gab das Frauchen in des Prinzen Hand und nahm erfreut aus der seinen das Wünschtüchlein.

Sie war noch nicht weit, so schraubte jener wieder den Knopf von seinem Wünschelstabe ab, befahl hundert Mann und sein Tüchlein wieder, und auf der Stelle wurde sein Befehl vollzogen. Hierauf begab sich der Königssohn wieder auf sein Schiff und segelte weiter. Am nächstfolgenden Tage wurde abermals eine südliche Insel entdeckt, auf welcher der Königssohn umherstrich. Er fand keine Schätze darauf, ging sich jedoch müde, und schlummerte an einer schönen Stelle in einem Wäldchen ein.

Da weckten ihn wundersamschöne Violinsaitenklänge, er erhob sich und sahe über sich auf einem Felsen einen Geigenspieler sitzen, den er grüßte und ihm seinen höchsten Beifall bezeugte. Der Violinist nahm die Anerkennung des Königssohnes als eine wohlverdiente Huldigung sehr artig auf. Er sagte: »Ich freue mich, daß Ihr ein so richtiges Urteil und einen so guten Geschmack habt. Die Geige ist die Königin aller Instrumente; wer nicht geigen kann, ist ein Tropf, und ich bin hinwiederum der König aller Geigenspieler; alle Violinisten der ganzen Welt sind nur Stümper gegen mich; wenn ich auf einer einzigen Saite nur streiche, man nennt sie die G-Saite, so werden die Menschen verrückt und verzückt, schließen die Augen, fallen vor Wonne um und werden hin. Wenn ich aber die A-Saite streiche, so kommen sie wieder zu sich, und schreien alle Ah! ah! und werden wütend vor Entzücken und Narrheit, und gebärden sich, als ob die Erde und die gesamte Menschheit nichts Edleres, Besseres und Erhabeneres hervorbringen könne, als solch ein bißchen Ohren- und Sinnenkitzel, weshalb ich auch die Narren alle tief verachte, und mich mit meiner Geige, nachdem ich mit Gold und Schätzen von dem dummen Volke überhäuft worden bin, in diese Einöde zurückgezogen habe, wo ich nur mir selbst lebe, mich selbst höre und mich anbete, denn eigentlich bin ich ein Gott, mindestens ist mir das, als ich mich früher vor den Völkern hören ließ, häufig zugeschrieen worden, absonderlich von verzückten Weibern, die nicht wußten, daß meine Geige eine Wünschelgeige ist, auf welcher sich alles, was ich im Sinne habe, das Erhabenste, Kühnste, Zarteste, Phantastischste und Tollste von selbst abspielt, sobald ich es nur wünsche.«

»Das *läßt sich* in jeder Beziehung *hören*!« sprach der Prinz. »Fürwahr, ich verehre Euch und Eure Geige, doch würdet Ihr mich sehr zu Danke verpflichten, wenn Ihr mir einen Imbiß reichen wolltet; ich bin hungrig und durstig, und fand auf dieser Insel nicht das mindeste Genießbare.«

»O Mann des Erdentumes!« rief der Geiger. »Also meine Töne zu hören, war Euch *kein Genuß*? Nach Irdischem nur steht Euer Sinnen und Begehren? Wahrhaftig, Ihr tut mir leid. Zu essen und zu trinken gibt es hier kaum hinreichend so viel, als mein schwacher irdischer Leib selbst bedarf. Gar zu gern möchte ich einmal wieder ein Glas Champagner trinken, der sonst an meiner Künstlertafel in Strömen floß, wenn die, welche mich bewirtet, mich vergötterten – davon ist *hier* keine Rede.«

»Hm, hm!« machte bedenklich der Königssohn. »So ist es doch gut, daß es außer der Euren auch noch andere schöne Künste gibt, dieweil zwar die Virtuosen, aber nicht die Menschheit von Tönen zur Genüge satt werden. Ich zum Beispiel bin ein Eßkünstler, ein Koch, und da es Euch hier an guten Sachen gebricht, und Ihr mich so schön erquickt habt, so will ich Euch nun auch *meine* Kunst sehen lassen, und lade Euch bei mir zu Gaste.« –

»Wo denn?« fragte der Geiger. »Gleich hier zur Stelle!« antwortete der Prinz, zog sein Kleinod, breitete es aus und sprach:

»Decke dich mein Wünschtüchelein
Für zwei Künstler mit Frühstück und bestem Wein.«

Da entwickelte das Tüchlein eine Tugend, wie noch nie; da kamen Lachs und Kaviar, Sardinen und Anchovis, Bremer Bricken und frische Matjes Heringe, Hummern und Austern auf den Tisch, und Silleri-Champagner, feinster Burgunder, Xeres und Syrakuser kamen zum Vorschein, und die beiden ließen sich's über die Maßen schmecken, und der Geiger wurde ganz fidel, schenkte sein Glas voll Champagner, daß es stark überschäumte, stieß mit dem Prinzen an, und jauchzte: »Sollst leben, Koch! Sollst mein Bruder sein! – Bruder! – Du bist *auch* ein Gott!«

»Das kann ich alle Tage haben« – lachte der Königssohn. »Alle Tage?« lallte der Virtuose. »Höre – Bruder – laß uns tau – tauschen, gib mir das Wünschtüchlein – gebe dir meine Geige dafür – schlag ein, Bruderherz! Alle Tage! Juhu! Alle Tage – ein Gott! – Ein Götterleben! «

Der Königssohn ging den Tausch ein, nahm die Geige, gab das Tüchlein und ging. Der Geiger nahm das Tüchlein, verwechselte es in seiner Götterseligkeit mit einem Nastuch, schneuzte sich hinein, stolperte, fiel und entschlief, und es war an einem einzigen Manne genug, den der Königssohn sandte, das Tüchlein wieder von ihm zu holen.

Jetzt beschloß nun der Prinz die Heimreise anzutreten. Dieselbe ging ganz glücklich vonstatten, und nach langer Fahrt wurde die Küste, die zum Lande des Seekönigs gehörte, erreicht, und der Prinz gelangte in die Nähe des Schlosses seines Vaters. Da es aber bereits Nacht geworden war, so wollte er keine Störung veranlassen, sondern suchte sich im Wildparke nahe dem Schlosse ein schönes Plätzchen, allwo er sich niederlegte und schlief.

Am nächsten Morgen hatte der König eine Jagd im Wildparke anberaumt, um für seine Tafel einen Hirsch, einiges Dammwild und einige Fasanen, die sich überflüssig vermehrten, zu schießen. Da witterten die Jagdhunde im Parke einen Fremden und stürmten kliffend und klaffend nach dem Baume, unter dem der Schläfer lag, da sie aber nahe kamen, rochen sie ihm gleich an, daß er der Königssohn war, ein Kunststück, das nur Hundenasen möglich ist, und schweifwedelten, schlugen Purzelbäume vor Freude, und wälzten sich im Grase, und trieben ein tolles Wesen. Der König hörte den Hundelärm und kam nun selbst zum Baume, und fand, daß sich alldort sein jüngster Prinz vom Schlummer erhob, von den Hunden auf das freudigste bewillkommnet. Aber der König war keineswegs erfreut über das Aussehen seines jüngsten Prinzen, vielmehr sagte er: »Ei siehe, da bist du ja wieder, und schaust aus wie einer, dem die Hunde das Brot genommen. Ich vermeine nicht, daß du Schätze erworben und mitgebracht, und lebte doch zeither der frohen Hoffnung, daß du, indem dein ältester Bruder in das Silberland, der zweite in das Goldland gekommen, in das Diamantenland gelangt seiest, und von dort mit reicher Fracht zurückkommen würdest, was mir Freude gemacht, und dem Lande zum Nutzen gedient hätte, denn ich bin in einen schändlichen Krieg verwickelt mit dem Nachbar meines Reiches, der mich hart bedrängt, und mir bereits viele Orte und Schlösser zerstört hat. Alles Silber und alles Gold, welches deine älteren Brüder mit zur Heimat gebracht, ist aufgegangen für Rüstung und Erhaltung meines Kriegsheeres, und dieses Kriegsheer ist in mehreren Schlachten schon geschlagen worden, so daß die nächste Aussicht *die* ist, daß unser Feind mein Reich ganz erobert und uns vom Thron und Lande jagt.«

»Solches wird nicht sein, mein gnädigster König, Vater und Herr!« erwiderte der jüngste Prinz. »Wir werden diesen Dingen eine neue Wendung geben, lasset uns nur gleich aufbrechen nach dem Lager des Feindes, ohne alle Mannschaft!« –

»So?« sagte der König und seine älteren Söhne. »Wir sollen uns selbst dem Leuen in den Rachen liefern? Du bist wohl unter die Mittagslinie gefahren, und die Äquatorsonne hat dir dein Hirn verbrannt? Etwas weniges verrückt bist du jedenfalls geworden.«

»Selbiges wird sich zeigen«, sprach der jüngste Königssohn. Indem so kamen Eilboten mit der Nachricht, daß der Feind mit starker Heeresmacht von drei Seiten zugleich eingefallen sei und im raschen Anmarsch begriffen, und da meinte der König und seine beiden älteren Prinzen, es bliebe somit nur die vierte Seite zur Flucht übrig. Davon wollte aber der jüngste Prinz nichts hören, vielmehr bat er jene, sie möchten nicht so sehr eilen, schraubte den Stockknopf ab und gebot: »Hunderttausend Mann zu Roß und zu Fuß! Treibt den Feind zu Paaren und reibt ihn auf wie Schnupftabak.« Da wurde die ganze Gegend von streitbarer Mannschaft überwimmelt, daß der König sich nicht genug wundern konnte, und nach einer Stunde war nicht nur kein Feind mehr im Lande, sondern auch das Land des feindlichen Nachbars völlig erobert. Hierauf breitete der Königssohn sein Wünschtüchlein aus, und sprach: »Nun feiern wir das Siegesmahl!

Decke dich, mein Wünschtüchelein
Für hunderttausend Mann mit Speis und Wein.«

Da wurde abermals gehörig reingehauen, und das Traubenblut floß in Strömen. »Zur Festfreude gehört nun auch Musik!« rief der Prinz. »Man veranstalte ein großes Konzert, ich werde mich populär machen, und mich selbst hören lassen, und zwar zum *Besten der Armen*!« Solches geschah, der Prinz gab ein Violin-Solo zum besten, erst spielte er etwas Allgemeines, wodurch er allgemeinen Beifall errang, dann etwas Besonderes, das ihm ganz besonderen Beifall erregte, dann auf der g-Saite, davon alles hin wurde, dann auf der a-Saite, dadurch alles ah! und bravo schrie. Der König, seine älteren Prinzen und sein ganzer Hofstaat kamen vor Erstaunen und vor Verwunderung gar nicht zu sich selbst. Desto mehr blieb der jüngste Prinz bei sich, er sagte: »Lasset uns was der Feind zerstört hat im Lande, schöner wieder herstellen, lasset uns unser tapferes Heer in guter Kriegsbereitschaft erhalten, lasset uns auf Landesverschönerung denken, dadurch heben wir des Landes Flor!« – Und zog den Wünschmantel hervor und warf ihn in die Luft, da wurde das ganze Land voll neuer Schlösser und Villen und Parke und Seen, und dann wurden aus einigen Schlössern schöne Kasernen gemacht, da kamen die Soldaten hinein und in die Villen die Obersten und Hauptleute, und hernach gab sich alles übrige von selbst. Mit dem Wünschtüchlein schaffte der Prinz dem Lande Nahrung und Wohlstand, mit dem Wünschelstabe, den er Generalstab nannte, schaffte er ihm eine selbstbewußte Macht und zugleich Respekt von Seiten der Nachbarn, mit dem Wünschelmantel hob er das Land zur Blüte, beförderte den Luxus und dadurch Handel und Gewerbe und dadurch nun ein wohlhabendes Bürgertum, und mit der Geige förderte er die schönen Künste und hob den Geschmack, indem er zugleich dem einseitigen und einsaitigen Ungeschmack steuerte. Zugleich fuhr er hinweg, holte jenes Mägdlein von der einsamen Insel, die ihm zuerst sich so gut und hülfreich erzeigt, und erhob sie zu seiner Gemahlin, indem er sagte: »Sie hielt mir Wort, und mir ziemet, auch ihr Wort zu halten.« – Ach, wenn doch alle Prinzen solche Wünschdinge hätten, und für diesen Fall, so guten Gebrauch von ihnen machten, wie dieses Muster vom Sohne eines Seekönigs! – Schade, daß selbiger nicht ein Landkönigssohn war!

Des Teufels Pate

(Nach mündlicher Überlieferung)

Nicht weit von einem Städtchen wohnte ein armer, aber redlicher Fischer in einer elenden Hütte, der sich und die Seinen, eine Frau mit neun Kindern, kümmerlich nährte. Es war der erste Mai, ein schöner heiterer Tag, als der Fischer auf die helle See hinausfuhr: kein Wölkchen trübte die lichte Bläue des Himmels, an dem Seegestade sangen die Nachtigall und noch andere kleine Vögelein, die sich des Frühlings freuten, in den schöngesproßten Weiden- und Erlenhecken. Ruhig fischte der Mann, bis der Abend herzu ging und die glühende Sonne hinter die den See umgebenden Berge sank; dann ruderte er heimwärts und trat eben aus dem Kahn, als der Abendstern an dem blauen Gewölbe des Himmels empor stieg. Als er nun in die niedrige Hütte eintrat, fand er seine Frau mit dem zehnten Kinde, welches ein Sohn war, niedergekommen. Der Fischer hatte eine ungemein große Freude darüber und nur eine kleine Besorgnis trübte seine heitere Seele. Er sprach: »Liebe Frau, sage mir doch, wen wollen wir zu Gevatter bitten? Unsere Freundschaft ist klein; schwer war es, für die neun früheren Kinder Paten zu finden und wie wird es nun mit dem zehnten werden? Wer wird Patenstelle an einem so armen Fischerkinde vertreten wollen?« Als er hin und her gesonnen hatte, sagte er: »Ich will morgen früh bald auf die große Landstraße gehen und die erste männliche Person, die mir begegnen wird, will ich bitten, Gevatter zu stehn.«

Mit diesem Entschlusse legte er sich ruhig nieder, und sobald der Tag graute, lief er hinaus auf die Landstraße, die vor seiner Hütte vorbeiführte, und wanderte auf derselben munter dahin. Er war aber noch nicht weit gegangen, als ein reichgeschmückter Reiter auf einem schwarzen Pferde daher und ihm entgegentrabte; diesem getraute er aber doch nicht seinen Antrag zu machen, daher lief er immer neben dem Reiter her und sah ihn bittend an. Da sprach endlich der Reiter: »Lieber Mann, ich sehe es Ihm an, Er mag gern mit mir sprechen: was will Er? Rede Er doch frei von der Leber weg.« Da sprach der Fischer: »Wenn Ihr es doch befehlt, so will ich es Euch sagen: meine Frau ist gestern mit einem Sohne niedergekommen und ich entschloß mich zuletzt, da ich nicht wußte, wem ich die Gevatterschaft antragen sollte, den ersten, welcher mir auf der Landstraße begegnen würde, als Paten für mein Söhnlein anzusprechen; nun sah ich Euch, mein lieber Herr, getraute mir aber nicht, es zu sagen.« Als der Mann ausgeredet hatte, sprach der Herr: »Da soll Er gleich meine Antwort hören. Notwendiger Geschäfte halber kann ich zwar nicht selbst kommen und Euern Sohn aus der Taufe heben; bestellt aber einen Stellvertreter, dann wird es eben so gut sein als hätte ich es selbst getan und das Kind wird mein Pate sein und bleiben. Am Abend des Tauftags aber werde ich bei Ihm einsprechen. Doch wann wird es getauft?« Der Fischer antwortete: »Morgen! Aber erlaubt, ich bin ein armer Fischer und werde nicht die Bewirtung geben können, die Euch gebührt.« – »Habe Er nur gar keine Sorge«, antwortete der Reiter, »ich werde alles besorgen und die ganze Mahlzeit ausrichten.« Da sich nun der Fischer sehr vielmal bedankt hatte, so kehrte er fröhlich nach Hause. Er war aber noch nicht weit gegangen, so kam der Reiter wieder auf ihn zugejagt und rief: »Noch habe ich was vergessen, das Kind soll in der Taufe den Namen Hans bekommen!« Nun kehrte er linksum und ritt im flüchtigen Galopp davon. Der Fischer freute sich unaussprechlich, stand noch eine Weile da und blickte ihm noch so lange nach, bis er ihn aus den Augen verlor und nur die Staubwolke noch sah, welche die flüchtigen Hufe des Rosses erregten. Als er nun nach Hause kam, erzählte er den Vorfall seiner Frau. Diese aber schüttelte den Kopf und sprach ängstlich: »Ach Mann, was für albernes Zeug wirst du gemacht haben! Du kennst doch wohl den Förster, der drüben im Holze wohnt, dem hat dieser Herr auch einen Sohn aus der Taufe gehoben; nachher ist dem Förster aber das Licht aufgegangen und er hat wahrgenommen, daß es der Teufel gewesen ist; und dem Sohn hat er den Namen Hans geben lassen.« Der Mann aber tröstete sie und sprach: »Sei nur nicht so bänglich und erwarte die Zeit, es kann dieser ja auch ein anderer Herr sein.«

Das Kind wurde nun am andern Tage getauft und alles so getan, wie der fremde Herr befohlen hatte. Als nun der Abend kam, an dem sich dieser einstellen wollte, war es den Eltern doch nicht wohl zu Mute. Auf einmal aber öffnete sich die Türe und der nämliche Herr, der dem Fischer begegnet war, trat herein, begleitet von zwei Dienern, die die kostbarsten Speisen auftrugen ohne, daß man sah, wo sie solche hernahmen. Doch als sie später auch in blitzenden Bechern den edelsten Wein herbei brachten, da wurden die Eltern endlich doch fröhlich, die Mutter aber nur zum Schein. Sie hatte nach den Füßen des Herrn gesehen und hatte wahrgenommen, daß unter seinem langen Beinkleid zuweilen ein Pferdefuß hervorkam, und da war ihr alle Freude und Hoffnung verschwunden. Als nun die Glocke in dem nahen Städtchen elf schlug und die dumpfen Schläge durch die rabenschwarze Nacht hallten, da sprach der Herr: »Bald, lieben Leute, muß ich von euch scheiden; erzieht also euern Sohn, wie es guten Eltern zukommt und behaltet ihn bis ins vierzehnte Jahr, dann werde ich kommen, um ihn zu mir zu nehmen, werde ihn etwas, worauf er sich gut nähren kann, lernen lassen und ferner für ihn sorgen.« Kaum schlug es zwölfe, so rief der Fremde dem ehrlichen Fischer noch ein Lebewohl zu, schwang sich auf seinen Rappen und jagte im sausenden Galopp davon und die heulenden Sturmwinde brausten neben ihm her. Dem Fischer aber und seiner Frau standen die Haare zu Berge und die Frau rief weinend: »Ach, wenn uns doch nur Gott beschützte! Unser geliebtes Kind ist in Teufels Klauen: wenn es klein ist, haben wir nur Mühe und Plage von ihm; wenn es dann groß ist, daß wir Freude an ihm haben sollten, dann holt es der Teufel und wir sehen es vielleicht in unserm Leben nicht wieder.« Sie lebten nun ferner so miteinander wie vorher, der Vater trieb sein Fischerhandwerk und die Mutter verrichtete ihre häuslichen Geschäfte. Indessen wuchs der Sohn heran zur Freude und zum Wohlgefallen der Eltern. Diese schickten ihn in die Schule, wo er sehr fleißig lernte und einen großen Verstand zeigte. Als er aber nun das dreizehnte Jahr zurückgelegt hatte, sagte er eines Tages zu seinem Vater (es war eben der Tag, wo er aus der Schule entlassen worden war): »Vater, ich bin nun groß genug und will nun auch etwas lernen, worauf ich mein ferneres ehrliches Fortkommen gründen kann.« – »Wozu hast du denn eigentlich Lust?« fragte da der Vater. »Wenn ich die Wahrheit sagen soll«, erwiderte der Sohn, »zu einem Jäger.« Der Vater bewilligte es durch seine Zustimmung und brachte ihn zu jenem Förster, der nicht weit von seiner Hütte in einem Walde wohnte. Bei diesem wurde er denn ein so geschickter Schütze, daß ihm kein Wild, weder Hirsch noch Hase, entrinnen konnte. Bald hatte er das vierzehnte Jahr zurückgelegt. Da besuchte er einstmals seine Eltern, und diese entdeckten ihm nun alles, was am Tage seiner Geburt und Taufe vorgefallen war und was sie ihm zeither aus gewissen Ursachen verheimlicht hatten. Der Sohn aber erschrak nicht darüber und auf seinem Gesichte glänzte Mut, daher sprach er: »Wenn es weiter nichts ist, liebe Eltern, so will ich die Sache schon abmachen! Wenn mein Geburtstag herbeikommt, wo mich der Teufel holen will, da komme ich zu dir, Vater, fahre dann mit dir hinaus auf den See und da werde ich ihn erwarten.«

Als nun der erste Mai kam, ging der junge Jäger früh, ehe der Morgen graute, zu seinem Vater und fuhr mit ihm auf den See. Es war noch dunkel, bald aber strahlte die Sonne im hellen Glanze hervor und rötete die Gewässer. Dieser Tag war wieder gerade ein so schöner Tag wie der, an welchem der Fischer den ganzen Tag gefischt und am Abend in der Hütte den neugebornen Sohn angetroffen hatte. Nichts hatte sich um den See herum geändert, die Vögel sangen wieder so anmutig wie damals und die Weidenhecken standen wieder wie damals mit neuem Leben um den See herum. Nur in dem Gemüte des Fischers war eine große Veränderung vorgegangen, denn vor vierzehn Jahren war er heiter und unbesorgt gewesen, jetzt aber war er schwermütig und besorgt um das Leben seines Sohnes. Als sie nun eine Weile auf dem See hin und her gefahren waren, ließ sich der Herr mit dem schwarzen Pferde am Ufer sehen und winkte dem Fischer mit der Hand. Schnell entriß da der Jäger seinem Vater die Ruderstange und ruderte, so sehr sich auch dieser weigerte, auf den Herrn zu. Als er nun fast das Ufer erreicht hatte, hielt er seinen Kahn an. Da sprach der Herr: »Wie geht es dir denn, mein Sohn?« Der Jäger aber antwortete: »Darnach hast du nichts zu fragen!« Darauf sprach der Herr wieder: »Hast du denn auch was gelernt?« Der Jäger erwiderte: »Ich bin ein Jäger! Aber warum fragst du?«

Der Herr sprach: »Komm mit mir, ich will dir ein besseres Weidwerk lehren!« – »Ich gehe nicht mit dir!« sprach der Jäger. Darauf sprach der Herr: »Warum duzest du mich? Ich bin ja dein Pate, komm doch einmal näher!« Nun ruderte der Jäger auf ihn zu und als er beinahe das Ufer erreicht hatte, hieb er mit seiner Ruderstange dem Teufel so auf den Kopf, daß dieser augenblicklich betäubt ins Wasser fiel und darin herumschwamm. Der Jäger lenkte nun den Kahn mitten auf den See, der Teufel aber, der einsah, daß er besiegt war, zerrte sich an dem Ufer empor, schwang sich auf seinen Rappen und galoppierte davon: er dachte aber darüber nach, wie er den losen Buben bestrafen wollte und bald fiel es ihm ein. Als der Jäger dem Teufel noch nachsah, erfaßte ihn auf einmal ein so starker Wirbelwind, daß er sich nicht mehr im Kahn erhalten konnte, sondern in die Höhe getrieben und so lange fort gejagt wurde, bis er endlich, wohl nach einer Stunde, auf einem Berge niederfiel.

Er ging nun hin und her, um den Ort zu untersuchen, und wurde gewahr, daß der Berg ganz steil wie ein Fels war. Wie komme ich hier hinab, dachte er: doch ehe er noch auf ein Rettungsmittel sinnen konnte, erfaßte ihn der Wind von neuem und trieb ihn wieder weit fort, bis er endlich, über eine hohe Mauer geworfen, in einen sehr schönen Garten niederfiel. Da lag er nun, durch die schnellen Luftreisen müde gemacht, und fiel in einen tiefen Schlaf. Als er erquickt und völlig gestärkt von diesem erwachte, ging er in dem Garten umher, um sich umzusehen. Das war aber ein herrlicher Garten. Er ging durch die zierlichsten Laubengänge, Blumenbeete und Gebüsche, um ihn und über ihm sangen wunderschöne Vögel, wie er noch keine gesehen und gehört hatte, und alle waren so kirre, daß sie ihm fast auf die Hände flogen. Blumen von unvergleichlicher Schönheit und dem süßesten Geruche standen umher, die Luft würzend, und glashelle Brünnlein und Bächlein rieselten kühl durch den Garten: kurz der Jüngling glaubte im Paradiese zu sein. Unaufhörlich wandelte er darin umher, bis er endlich in eine große, schöne, blühende Laube kam; darin fand er ein Tischchen, mit den wohlschmeckendsten Speisen und Getränken reichlich besetzt, und weil er Hunger hatte, so setzte er sich daran und aß sich satt. Als es Abend geworden war, legte er sich auf die in der Laube befindliche Ruhebank von Rasen und sank in einen tiefen Schlummer.

Früh, als die Sonne kaum aufging, weckten ihn schon der Vögel wunderbare Lieder, er stand auf und wandelte wieder durch den Garten. Da hörte er auf einmal ein furchtbar Gerassel und bald sah er, was es zu bedeuten hatte. Die dicke hohe Mauer schob sich auseinander und eine prächtige Kutsche, mit vier Apfelschimmeln bespannt, rollte herein und im Nu stand ein herrliches Schloß da; die Mauer schob sich wieder zu, und ein Herr und ein schönes Frauenzimmer stiegen vor dem Schlosse aus jener Kutsche. Der Jäger wollte nicht bemerkt sein und sich geschwind hinter einen Busch verkriechen, aber der Herr hatte ihn schon bemerkt. »Wie bist du in meinen Garten gekommen?« fragte er ihn; und der Jäger erzählte umständlich seine Geschichte. Darauf sprach der Herr: »Nun, wenn du ein Jäger bist, so sollst du bei mir bleiben! Außerhalb dieses Gartens ist ein Berg, der mir gehört, da wird sich sehr zahlreiches Wild finden und da sollst du mir täglich meinen Braten schießen«; der Jäger blieb nun bei ihm und mußte mit dem Herrn an *einem* Tisch essen.

Täglich ging er mit ihm in den Garten; der Herr trat dann jedesmal vor die Mauer und sogleich schob sie sich auseinander und sie gingen hindurch; doch jedesmal begleitete ihn der Herr und half ihm durch Auseinanderschiebung der Mauer auch wieder herein. Der Jäger hatte aber besondere Fähigkeiten, gleichsam als wären sie vom Teufel eingegeben worden; denn als ihn der Herr auf die Probe stellen wollte, machte dieser einen schwarzen Punkt an einen Baum, der Jäger schoß und traf den Punkt glücklich. Dann lief ein Hase vorbei; der Herr sprach: »Scheuß diesen Hasen!« Er aber sprach: »Wir wollen ihn noch ein wenig laufen lassen!« Als der Hase nun so weit war, daß man ihn kaum noch sehen konnte, schoß der Jäger zu und der Hase wälzte sich in seinem Blute, oder vielmehr Schweiße, wie die Weidmänner sagen. Da sprach der Herr: »Solch ein Bursche fehlte mir schon lange, du bist mir eben recht!« So verlebte denn der Jäger hier die besten Tage und seine ganze Arbeit bestand darin, daß er täglich seinem Herrn einige Hasen oder sonstiges Wild verschaffte. Bald wurde ihm dieser Aufenthalt noch angenehmer, denn die schöne Tochter seines Herrn gefiel ihm über alle Maßen und auch sie hatte ihr heimlich Wohlgefallen an dem jungen Jäger. So kam es denn endlich zwischen beiden zum Geständnis und zum treuen Angeloben ihrer Liebe. Eines Tages lustwandelten sie beide im Garten, da erlaubte ihm sogar die Prinzessin, daß er zu ihrem Vater gehe und um sie werben dürfe. Der Mittag war dazu bestimmt, und als die Mahlzeit vorüber war, brachte der Jäger sein Wort vor. Da sprach der Herr: »Mein lieber Sohn, ich liebe dich von ganzem Herzen und diese Liebe wird dir auch meine einzige Tochter nicht versagen und absprechen.« Der Jäger war außer Fassung vor Freude über diese Zusage. Die Hochzeit wurde auf die nächsten Tage festgesetzt, nur bat der Jäger noch um die Erlaubnis, zuvor mit seiner Braut zu seinen Eltern fahren zu dürfen, um sie mit seinem Glücke zu überraschen. Der Herr erlaubte ihm dieses. Schon den nächsten Tag fuhr der freudige Jäger mit seiner schönen Braut in einem glänzenden Wagen, mit vier Apfelschimmeln bespannt, durch die Mauer, die sich bei der Annäherung sogleich öffnete und hinter dem Wagen sogleich wieder schloß. Unterwegs gab die Braut dem entzückten Bräutigam einen Ring und sprach: »So oft du diesen Ring an deinem Finger drehst, öffnet sich dir die Mauer von selbst.« Sie fuhren nun lange, auf das Geratewohl durch die Länder; doch endlich kamen sie, wie von unsichtbaren Mächten geleitet, auf den Weg, der zu seiner Heimat führte. Bald gelangten sie in das kleine Dörfchen, das nur Fischer und arme Leute bewohnten. Doch wie erstaunte die Braut, als er vor einer ärmlichen Hütte Halt! rief. Er stieg aus. Sie aber sprach: »Also soll ich die Gattin eines ganz armen Menschen werden? Ich fahre nach dem Wirtshaus.« Er jedoch trat ungestört in die Hütte seiner Eltern und die Freude des Wiedersehens war groß. Als er aber die Geschichte seines Glückes ihnen erzählt hatte, begab er sich nach dem Wirtshause, um mit der geliebten Braut, die ihn zwar durch ihren Stolz gekränkt hatte, wieder zurück an den Ort seines Glücks zu fahren. Doch wie erstaunte er, als er hörte, die schöne Prinzessin sei gar nicht ausgestiegen, sie hätte sich nur durch einen kühlenden Trunk erquickt und sei dann in aller Eile fortgefahren. Da stand er wie niedergedonnert. Traurig schlich er fort, ohne zu wissen wohin, bis er endlich den Berg vor sich liegen sah, wo ihn der Wirbelwind des Teufels schon einmal hinversetzt hatte. Da regte sich die Hoffnung in dem verzagten Herzen wieder. »Vielleicht wird dir dein Pate Teufel auch diesmal helfen!« dachte er und stieg freudigen Schrittes den Berg hinan. Bald war er auf der kahlen Stelle, wo ihn ehedem der Wirbelwind so unsanft niedergesetzt hatte, aber noch fand seine Hoffnung keine Hülfe. Unter ihm brauste ein fürchterlicher Tannenwald. »Dort wird sich Rettung finden!« rief er und ging mutigen Schrittes hinein. Da sah er unter einer großen Tanne drei wilde Männer stehen, die ihm Räuber zu sein schienen, denn sie zankten und stritten heftig miteinander und schon sollte zugeschlagen werden, als er unter sie trat und sprach: »Sagt mir, weswegen ihr euch streitet? Vielleicht kann ich euch Rat erteilen oder wohl gar den Streit schlichten!« Die Räuber antworteten: »Wir haben einen Zauberer beraubt und diesem einen Mantel abgenommen, der die Eigenschaft hat, unsichtbar zu machen, wenn man ihn umtut; dann einen Wünschhut; wenn man diesen auf den Kopf setzt, wie er sitzen muß, und dazu spricht, ich wünsche, daß ich da oder dort wäre und einen Ort nennt, welcher es auch sein mag, so ist man sogleich dahin versetzt, dreht man aber dann den Hut herum und setzt ihn verkehrt auf, indem man sich an den vorigen Ort zurück wünscht, so ist man sogleich auch wieder dort; und endlich haben wir noch genommen ein Schwert, wenn man damit nur jemandem den Kopf berührt, so liegt dieser sogleich zu den Füßen, richtet man aber das Schwert mit der Spitze gegen den Himmel und steckt es dann in die Scheide, so steht der Kopf wieder an seinem alten Ort. Über die Teilung dieser kostbaren Sachen sind wir nun streitig. Jeder will den Hut, den Mantel, das Schwert, und ist es doch nicht zulässig, daß einer diese drei Stücke erhält und die andern nichts.« So sprachen die Räuber, forderten von ihm einen Ausspruch über die Teilung, dem sie sich willig unterwerfen wollten, und übergaben ihm sogar, unverständig genug, diese drei Sachen zur Probe. Er tat den Mantel um, und keiner der Räuber sah ihn mehr, dann nahm er das Schwert und schlug allen dreien die Häupter ab und endlich setzte er den Hut auf, wie es sein mußte, und sprach: »Ich wünsche wieder in dem Schlosse zu sein, wo ich ehemals war!« Und im Augenblick, ohne daß er wußte wie es zuging, war er vor der Schloßmauer. Er tat seinen Mantel ab, drehte den Fingerring und im Augenblick schob sich die Mauer auseinander und er ging ins Schloß. Er erstaunte, da er dort alles aufs herrlichste geschmückt fand; aus der Küche kam ihm der Geruch von köstlichen Speisen entgegen und darinnen herrschte rege Beweglichkeit und geschäftiges Getümmel. Da ging er hinein und fragte, was dies alles zu bedeuten habe? Darauf erhielt er zur Antwort, daß der holdseligen Prinzessin Hochzeit gefeiert werde, denn sie hätte sich von ihrer Reise einen schönen jungen Grafen, ihren Bräutigam, mitgebracht und sich geäußert, sie werde nie sich dem Sohne eines armen Fischers vermählen. Schrecklich erstaunt über das all Gehörte warf des Teufels Pate seinen Mantel über und um sich und machte sich unsichtbar. Dann ging er in die Stube, wo die Hochzeitgäste versammelt waren, und sah den neuen Bräutigam bei seiner Braut sitzen. Voller Ärger setzte er sich zwischen beide, aber sie sahen ihn nicht. Sie hatten soeben einen Teller voll Suppe vor sich stehen; den ergriff er und schüttete ihn aus. Ganz erstaunt sahen sich die Verlobten an und wußten nicht, durch welche unsichtbare Macht sich der Teller hob und die Speisen abwarf. Nun ergriff der Bräutigam ein Stück Fleisch und wollte es zum Munde führen, aber schwapp da lag es unterm Tische. Nun versuchte es die Braut, aber samt der Gabel flog der Bissen in eine Ecke. Alle Hochzeitgäste waren erstaunt und es wandelte sie Grausen und heimliche Furcht an, so daß allen die Haare zu Berge standen. Da warf der Jäger seinen Mantel ab und wie erstaunte die Braut, als sie ihn zwischen sich und dem Bräutigam sitzen sah. Er sprang auf und sprach zu dem Bräutigam: »Wer gibt dir die Erlaubnis, mir die Braut zu entführen?« und im Augenblick lag sein Kopf zu Boden. Die Braut aber fiel dem Jäger um den Hals, herzte und küßte ihn. »Ach, bester Schatz«, sprach sie, »wie sehr habe ich dich beleidigt, da ich deine reine Liebe aufgab gegen Hoheit und Würde! Noch ist der Bräutigam nicht durch Priesterhand mit mir verbunden; ach, vergib mir meinen Fehltritt, ich liebe dich noch so innig als zuvor, und nimm mich wieder als deine Braut an!« Darauf antwortete er: »Ich vergebe dir und will sogleich die Feier dieses Tages zu unserer Vermählung benutzen; dein zweiter Bräutigam aber, der mir weder als ein böser noch als ein guter Mensch bekannt ist, wird so gut sein und zurücktreten!« Sogleich ergriff er sein Schwert, richtete es mit der Spitze gegen den Himmel und steckte es in die Scheide, da stand im Nu der Kopf des Grafen wieder auf dem Halse. Alles erstaunte. Der Graf aber sank ihm gerührt zu Füßen und dankte ihm, daß er ihn wieder ins Leben zurückgerufen habe. Er erklärte, daß er freiwillig zurücktreten wolle und der Jäger möge nur immer die früher verlobte Braut behalten, nur solle er die Kopfabschlagung nicht wieder mit ihm vornehmen. Dann reiste der Graf ab. Es wurde nun ein Geistlicher herbei geholt, der das fröhliche Paar zur heiligen Ehe einsegnen sollte. Als dies geschehen war, dachte der Jäger an die drei Räuber, die Lenker seines Glücks, und es dünkte ihm unrecht, sie dem Tode auf ewig zu überlassen. Denn noch lagen die Köpfe zu ihren Füßen und er beschloß, sie wieder an den alten Ort zu stellen. Da richtete er das Schwert gegen den Himmel und stieß es in die Scheide, und war dadurch fest überzeugt, daß die Räuber wieder belebt waren, aber auch, daß sie sich nun nicht mehr über die Teilung zu streiten brauchten. Der Jäger aber lebte im ungestörten Glücke mit seiner Gattin bis an sein Ende.

Das goldene Ei

(Mündlich in Franken; Variante vom Blaubartmärchen und von dem: »Die drei Bräute«)

Es war einmal in einer Stadt ein sehr reicher Kaufmann, der hatte drei erwachsene Töchter, diese waren an Leibesgestalt eine wie die andere sehr schön, und waren auch gut und bescheiden; während andere in so glücklichen Verhältnissen manchmal gar hochmütig und berückt sind. Daß sich frühzeitig schmucke Freier um die schönen reichen Mädchen bemühten, war natürlich; doch waren diese schüchtern zurückhaltend und so kam in der Kürze keine Heirat zum Stand. Aber einmal als die reiche Kaufmannsfrau mit ihren drei schönen Töchtern einem großen Festball beiwohnte, machte sich einer unter den anwesenden jungen Herren, der sich sehr fein und anmutig zeigte, besonders um die älteste Kaufmannstochter, tanzte gar oft mit ihr, sagte ihr viel schöne Worte und war so glücklich, ihre Liebe zu gewinnen. Beim Abschied war er überaus gefällig und liebenswürdig gegen Mutter und Töchter und erhielt gerne die Erlaubnis, am andern Morgen einen Besuch bei ihnen machen zu dürfen. Als der Morgen kam, kleidete sich der junge Mann noch zierlicher als am vorigen

Abend und kam ins Haus des Kaufmanns, wo er freundlich empfangen wurde. Und es währte nicht gar lange, so war er der Bräutigam der ältesten Tochter, und auch die Hochzeit ward nicht lange hinausgeschoben, denn der Bräutigam eilte sehr zurück nach seiner Heimat, die nach seiner Aussage gar sehr weit entfernt läge. Als nun das große freudige Hochzeitsfest beendet war, sagte der neue Eidam zu seinem Schwiegervater: »Es tut mir von Herzen leid, daß ich meine liebe Frau von ihren teuren Eltern und von ihrer lieben Heimat so gar weit hinweg führen muß, doch läßt es sich nicht ändern, ich muß in mein Land zurückkehren, aber ich will gewiß so viel wie möglich Sorge tragen, daß es ihr dort Wohlgefallen möge, daß die neue Heimat ihr lieb und angenehm werde.« Die Eltern fügten sich in die Notwendigkeit, und der Vater sprach zur Mutter: »Was dünket dir, liebes Weib, wenn wir nun unsrer Tochter ihr ganzes Erbe mitgäben, denn die Entfernung ist zu groß, als daß wir Hoffnung haben könnten, sie so bald wieder zu sehen.« Die Mutter sprach: »Du hast recht, lieber Mann, ich merke, daß unser Schwiegersohn sehr reich ist und so wird unsere Tochter dann das Gleichgewicht mit ihm halten; denn immer paßt Gleiches zu Gleichen am besten. Geht die Frau nicht leer ein, so wird sie desto freundlicher von ihrem Mann dann behandelt.«

Als die Reise vor sich ging, sandten die guten Eltern ihrer Tochter sechs Wagen voll Gut und Geld und schöne Kleider und Geräte mit. Die Fahrt währte lange, die Gegend wurde immer rauher, die Wälder immer größer und dunkler; da endlich mitten im schaurigen Wald vor einem großen düstern Gebäude befahl der junge Ehemann stille zu halten; das war seine Heimat, und die neue Heimat der schönen jungen Frau, die fast ein wenig darüber betreten war, daß es hier ringsum so gar düster aussah, doch wußte der Gemahl sein liebes Weibchen gar bald wieder zu erheitern, und als sie nun erst im Haus war und die Treppe hinangestiegen, wurde sie auch mit Freuden gewahr, daß das Haus von innen gar nicht düster, sondern recht anmutig war, recht reich und schön ausgeschmückt. Sie schritt von einem Zimmer in das andere und fand alles schön und gut; doch eine Zimmertüre, die schwer von Gold war und wo darüber auf dem Gesimse ein großer goldener Schlüssel lag, wurde ihr trotz allen Bitten von ihrem Gemahl nicht aufgetan, er sagte: »Dahinein kann ich dich nicht führen, meine

Liebe, ich habe etwas darinnen, das dir zu sehen nicht frommt, auch würde es dich nicht im geringsten interessieren, wenn ich dir's zeigen wollte.« Da ließ sie zwar ab von ihren Bitten, heimlich war sie aber doch neugierig zu wissen, was wohl in diesem Zimmer sein möge, das sie durchaus nicht sehen dürfe.

Nun fügte sich's einmal, als etliche Wochen vorüber waren, daß der junge Ehemann auf die Jagd ging, und da sagte er beim Abschied: »Liebes Weibchen, ich will dir ein Spielzeug geben, daß du dir die Zeit damit angenehm vertreibest, aber du darfst ja keinen Flecken hinan bringen«, und da gab er ihr ein kleines goldenes Ei, worüber sie eine große Freude hatte. Als der Jägersmann fort war und die einsame Frau ein Weilchen mit dem Ei gespielt hatte, dachte sie jedoch: Ei, wie wär's, jetzt bin ich allein, ich will doch einmal sehen, was in jenem Zimmer verborgen ist, und sie nahm ihr Ei, und ging schnell hin nach jener goldenen Türe, nahm den goldenen Schlüssel vom Gesimse herunter und wollte aufschließen, aber in diesem Augenblick kam ein großer Papagei unter der Türschwelle hervor, stellte sich vor sie und sprach mit hohlem Ton:

»Bewahr, o bewahr das Eilein gut,
Sonst mußt du's bezahlen mit deinem Blut.«

Die junge neugierige Frau aber stieß den warnenden Vogel zur Seite und sprach: »Dummes Tier, was willst denn du?« und schloß die Türe auf. Aber welch ein Schrecken! Hier stand ein großer Kessel mit Blut angefüllt, daneben ein Block und ein Beil und zur Seite war eine lange Tafel, darauf standen lauter weibliche Totenköpfe; und o weh, da hatte die Frau vor Schrecken ihr goldenes Ei in das Blut fallen lassen. Sie zog es schnell wieder heraus, schloß die Türe zu und eilte entsetzt davon; in ihrem Zimmer wischte sie dann ihr Ei sorgfältig ab, auf daß ihr Gemahl, wenn er zurückkehrte, keine Blutflecken sehen möge, allein mit dem Blut ging auch das Gold ab, und so war das Ei zum großen Jammer der Frau doch verdorben und verriet sogleich, als der Gemahl von der Jagd nach Hause kam, was unterdessen geschehen war. Da aber zog der Jägersmann die Augenbraunen wild zusammen, packte die zitternde Frau, schleppte sie nach jenem grausigen Zimmer und sprach, indem er das Beil ergriff: »Hat es dich gelüstet, törichtes Weib, zu schauen, was ich dir verbot: so magst du büßen«, und da hieb er ihr den Kopf ab und stellte ihn neben die andern Köpfe auf die Tafel.

Nach kurzer Zeit machte sich der grausame Mann auf, reisete wieder hin in jene Stadt, wo seine reichen Schwiegereltern wohnten, und als er dort ankam, hub er ein Jammergeschrei an: sein teures Weib wäre ihm gestorben und er sei untröstlich. Den Eltern und Geschwistern war dies ein großes Leid: und nach etlichen Wochen beruhigten sie sich wieder, und der böse junge Mann heiratete die andere Schwester. Dieser ging es eben nicht besser als der ersten. Sie schloß vor Neugierde jene Türe auf; hörte nicht auf den warnenden Papageivogel; befleckte das goldene Ei mit Blut und wurde dann von dem unmenschlichen Gemahl ebenso getötet wie ihre Schwester, und wie schon viele andere auf diese Weise ihren Tod gefunden hatten, was man an der Zahl jener aufgestellten Totenköpfe ersah.

Abermals kam der Schwiegersohn in tiefer Trauer bei den Schwiegereltern an und meldete den Tod der zweiten Frau und stellte sich wie verzweifelt. Aber nach etlichen Wochen beruhigte er sich auch wieder über dieses herbe Schicksal und sprach zu seinen Schwiegereltern: »Meine teuern Eltern, ich bin von Herzen betrübt ob meines schmachvollen Geschickes und mir würde wohl nimmer wieder eine Freude auf Erden blühen, wenn ich einsam und ferne von Euch meine Tage verleben sollte, gebet mir Euren letzten Segen und gebet mir Eure jüngste Tochter, meine liebe Schwägerin, zur Frau, daß sie der Trostengel sei in meinem Leiden.« Und auch diesmal willigten die Eltern ein und die Hochzeit war bald vollzogen, und wieder folgte ein stattliches Heiratsgut den beiden Neuvermählten in die weite Ferne. Dort angelangt führte der Gemahl sein junges Weibchen wieder durch die Zimmerräume seines Schlosses, und als sie vor die goldene Tür kamen, sprach er wieder: »Liebes Weib, dieses Zimmer kann ich dir nicht öffnen, ich habe etwas darinnen, das zu sehen dir nicht frommt, laß uns zurückkehren.« Da war sie klug und dachte: Erfahren muß ich schon was darinnen ist, aber vorsichtig muß ich sein und auf meiner Hut. Als nun der Gemahl einmal auf die Jagd gegangen war und ihr zuvor zum Spielzeug und Zeitvertreib ein goldenes Ei gegeben hatte, dachte sie, als sie ein Weilchen mit dem Ei gespielt hatte: Ei, jetzt bin ich allein, ich will sehen, was in jenem Zimmer verborgen ist, und da eilte sie hin mit ihrem goldenen Ei, nahm den Schlüssel vom Gesimse herunter und wollte aufschließen; und indem schoß der Papagei wieder unter der Schwelle hervor und hub an mit hohlem Ton zu warnen:

»Bewahr, o bewahr das Eilein gut,
Sonst mußt du's bezahlen mit deinem Blut.«

Da war die junge Frau aufmerksam, nahm ein Leinentüchlein und wickelte das Ei hinein und legte es vor die Türe, dann schloß sie auf und schaute mit Schreck und Graus, was hier verborgen war. Sie erkannte sogleich die Köpfe ihrer beiden Schwestern und ein großer Jammer schnitt ihr durchs Herz; doch, dachte sie, schnell und klug mußt du handeln, wenn du diesem Bösewicht aus den Klauen entrinnen, seine bösen Taten ans Licht bringen willst – und sie nahm rasch die beiden Köpfe ihrer Schwestern und eilte hinweg und bewahrte sie heimlich auf. Dann holte sie ihr goldenes Ei und sagte zu dem Papageivogel, der daneben sitzen geblieben war: »Bester Vogel, habe Dank für deine Warnung, ich werde Sorge tragen, daß dir stets Futter und Trank gereicht werde, und du sollst von nun an nicht mehr unter dieser düstern Schwelle, sondern in meinem freundlichen Zimmer wohnen.« Aber der Vogel schüttelte den schweren Kopf und antwortete: »Ich bedarf keines Futters und keiner anderen Wohnung, denn mein Leben ist längst gelebt, und nur der goldene Schein dieses Eies vermochte mich ans Licht zu erwecken, auf daß ich als Warner den Unglücklichen erschiene. Nun aber wird diese Zeit vorüber sein. Du wirst dem Bösewicht seinen Lohn bereiten und damit zugleich auch meine Rache ausführen, die ich ihm schwur, als er mir das erste geliebte Ei stahl, worüber ich vor Kummer gestorben bin. Doch meine Seele fand im Tode keine Ruhe, und so blieb ich unter dieser Schwelle und erwachte jedesmal, wann der goldene Schein meines Eies mich beleuchtete. Aber eine Bitte kannst du mir zum Dank erfüllen: verhilf mir zu diesem meinen geliebten Ei, daß ich's ausbrüte, dann werde ich meinen Todesschlaf schlafen können.« Die junge Frau sprach: »Das soll geschehen, du sollst dein Ei bekommen, bester Vogel, und deine Rache soll gestillt werden.« Dann ging sie in ihr Zimmer, und wie ihr Gemahl von der Jagd nach Hause kam, fand er sein Weibchen mit dem schönen goldenen Ei spielend. Da ahnte der böse Mann nicht, daß er entdeckt sei; und als später seine liebe Frau wünschte, eine Reise zu ihren Eltern zu machen, willigte er ein und bekümmerte sich nicht um jenes grausenhafte Zimmer. Ehe die Reise fort ging, bat die Frau ihren Mann um das goldene Ei, und er gab es ihr zum Geschenk, und die Frau gab es dem Papagei, daß er es ausbrüte und dann Ruhe finden möge.

Nun reiseten sie fort und gelangten bald in die liebe Heimat; dort war große Freude; am nächsten Tag wurde ein Fest veranstaltet und dazu viele Freunde eingeladen, und wie die Gäste wieder fröhlich heimgezogen waren und der Schwiegersohn vom Wein berauscht in einen festen Schlaf verfallen war, winkte die Tochter den Eltern, führte dieselben in ihr Zimmer, wo sie ihre Päckereien ausgelegt hatte und zeigte ihnen die beiden Köpfe ihrer Schwestern und entdeckte ihnen die Taten des bösen grausamen Mannes, der sie so sehr überlistet und betrogen hatte. Das war ein großer Schmerz für die alten Eltern! »Doch rasch gehandelt!« sprach die Tochter, schickte eilend nach den Gerichtsdienern und ließ den trunkenen Mann ins Gefängnis bringen.

Die kluge Frau hatte vorsichtig alles Gut und Geld ihrer beiden Schwestern, wie auch das ihrige wieder mit in ihre Heimat genommen und blieb nun bei ihren alten Eltern, die vom großen Leid um ihre unglücklichen Töchter erfüllt waren.

Der böse Mann im Gefängnis dachte jedoch seinem Schicksal zu entrinnen, er ergriff die Flucht und eilte scheu und auf irren Wegen nach seinem Raubschlosse zurück, und wähnte sich dort geborgen. Doch als er ruhelos in seinen Zimmern umherwandelte und endlich auch einmal jenes grausige Zimmer besuchen wollte, saß der Papagei mit breiten Flügeln auf der Schwelle, und als er den Vogel mit dem Fuß hinweg stieß und hinein ins Zimmer schritt, rollte das goldene Ei ihm nach, zerborst, und gebar eine mächtige Schlange, die sich im Augenblick um den Leib des Bösewichtes schlang und sich mit ihm tief tief hinein in den Blutkessel versenkte. Der Papagei aber schwebte leicht empor, wie aus schweren Fesseln erlöset.

Der Müller und die Nixe

Es war einmal ein Müller, der war reich an Geld und Gut und führte mit seiner Frau ein vergnügtes Leben. Aber Unglück kommt über Nacht; der Müller wurde arm und konnte zuletzt kaum noch die Mühle, in der er saß sein eigen nennen. Da ging er am Tage voll Kummer umher, und wenn er abends sich niederlegte, fand er keine Ruhe, sondern verwachte die ganze Nacht in traurigen Gedanken. Eines Morgens stand er früh vor Tage auf und ging ins Freie; er dachte es sollte ihm leichter ums Herz werden. Als er nun auf dem Damme an seinem Mühlteiche sorgenvoll auf und nieder ging, hörte er es auf einmal in dem Weiher rauschen, und als er hinsah, da stieg eine weiße Frau daraus empor. Da erkannte er, daß es die Nixe des Weihers sein müsse und vor großer Furcht wußte er nicht, ob er davon gehen, oder stehen bleiben sollte. Indem er so zauderte, erhob die Nixe ihre Stimme, nannte ihn bei Namen und fragte ihn, warum er so traurig wäre? Als der Müller die freundlichen Worte hörte, faßte er sich ein Herz und erzählte ihr, wie er sonst so reich und glückselig gewesen wäre und jetzt sei er so arm, daß er sich vor Not und Sorgen nicht zu raten wisse. Da redete ihm die Nixe mit tröstlichen Worten zu und versprach ihm, sie wolle ihn noch reicher machen, als er je gewesen sei, wenn er ihr dagegen das gebe, was eben in seinem Hause jung geworden sei. Der Müller dachte, sie wolle ein Junges von seinem Hunde oder seiner Katze haben, sagte ihr also zu, was sie verlangte und eilte guten Mutes nach seiner Mühle. Aus der Haustür trat ihm seine Magd mit freudiger Geberde entgegen und rief ihm zu, seine Frau habe soeben einen Knaben geboren. Da stand nun der Müller und konnte sich über die Geburt seines Kindes, die er nicht so bald erwartet hatte, nicht freuen. Traurig ging er ins Haus und erzählte seiner Frau und seinen Verwandten, die herbei kamen, was er der Nixe gelobet hatte. »Mag doch alles Glück, das sie mir versprochen hat, verfliegen«, sprach er, »wenn ich nur mein Kind retten kann.« Aber niemand wußte andern Rat, als daß man das Kind sorgfältig in acht nehmen müsse, damit es niemals dem Weiher zu nahe käme.

Der Knabe wuchs fröhlich auf und unterdessen kam der Müller nach und nach zu Geld und Gut, und es dauerte nicht lange, so war er reicher als er je gewesen war. Aber er konnte sich seines Glückes nicht recht freuen, da er immer seines Gelübdes gedachte und fürchtete, die Nixe werde über kurz oder lang auf die Erfüllung dringen. Aber Jahr auf Jahr verging, der Knabe wurde groß und lernte die Jägerei, und weil er ein schmucker Jäger war, nahm ihn der Herr des Dorfes in seinen Dienst, und der Jäger freite sich ein junges Weib und lebte friedlich und in Freuden.

Einstmals verfolgte er auf der Jagd einen Hasen, der endlich auf das freie Feld ausbog. Der Jäger setzte ihm eifrig nach und streckte ihn mit einem Schusse nieder. Sogleich machte er sich ans Ausweiden und achtete nicht darauf, daß er sich in der Nähe des Weihers befand, vor dem er sich von Kind auf hatte hüten müssen. Mit dem Ausweiden war er bald fertig und ging nun an das Wasser, um seine blutigen Hände zu waschen. Kaum hatte er sie in den Weiher getaucht, als die Nixe emporstieg, ihn mit nassen Armen umfing und ihn mit sich hinabzog, daß die Wellen über ihm zusammenschlugen.

Als der Jäger nicht heimkehrte, geriet seine Frau in große Angst, und als man nach ihm suchte und am Mühlteiche seine Jagdtasche liegen fand, da zweifelte sie nicht mehr daran, wie es ihm ergangen sei. Ohne Rast und Ruhe irrte sie an dem Weiher umher und rief wehklagend Tag und Nacht ihren Mann. Endlich fiel sie vor Müdigkeit in einen Schlaf, darinnen es ihr träumte, wie sie durch eine blühende Flur zu einer Hütte wanderte, worin eine Zauberin wohnte, die ihr ihren Mann wieder zu schaffen versprach. Als sie am Morgen erwachte, beschloß sie der Eingebung zu folgen und die Zauberin aufzusuchen. So wanderte sie aus und kam bald zur blühenden Flur und dann zu der Hütte, worin die Zauberin wohnte. Sie erzählte ihren Kummer und daß ein Traum ihr Rat und Hülfe von ihr versprochen habe. Die Zauberin gab ihr zum Bescheid: sie solle beim Vollmond an den Weiher gehen und dort mit einem goldnen Kamme ihre schwarzen Haare strählen und dann den Kamm ans Ufer legen. Die junge Jägersfrau beschenkte die Zauberin reichlich und begab sich auf den Heimweg.

Die Zeit bis zum Vollmonde verging ihr langsam; als es aber endlich Vollmond war, ging sie zum Weiher und strählte sich mit einem goldnen Kamme ihre schwarzen Haare und als sie fertig war, legte sie den goldnen Kamm am Ufer nieder und sah dann ungeduldig in das Wasser. Da rauschte es und brauste es aus der Tiefe und eine Welle spülte den goldnen Kamm vom Ufer und es dauerte nicht lange, so erhob ihr Mann den Kopf aus dem Wasser und sah sie traurig an. Aber bald kam wiederum eine Welle gerauscht und der Kopf versank, ohne ein Wort gesprochen zu haben. Der Weiher lag wieder ruhig wie zuvor und glänzte im Mondscheine und die Jägersfrau war um nichts besser daran als vorher.

Trostlos durchwachte sie Tage und Nächte, bis sie wieder ermüdet in Schlaf sank, und derselbe Traum, der sie an die Zauberin gewiesen hatte, wieder über sie kam. Abermals ging sie am Morgen nach der blühenden Flur und nach der Hütte und klagte der Zauberin ihren Kummer. Die Alte gab ihr zum Bescheid: sie solle beim Vollmond an den Weiher gehen, auf einer goldnen Flöte blasen und dann die Flöte an das Ufer legen.

Als es Vollmond geworden war, ging die Jägersfrau zum Weiher, blies auf einer goldnen Flöte und legte sie dann ans Ufer. Da rauschte es und brauste es aus der Tiefe und eine Welle spülte die Flöte vom Ufer und bald erhob der Jäger den Kopf über das Wasser und tauchte immer höher empor, bis über die Brust, und breitete seine Arme nach seiner Frau aus. Da kam wieder eine rauschende Welle und zog ihn in die Tiefe zurück. Die Jägersfrau hatte voller Freude und Hoffnung am Ufer gestanden und versank in tiefen Gram, als sie ihren Mann in dem Wasser verschwinden sah.

Aber zum Troste erschien ihr wiederum der Traum, der sie zu der blühenden Flur und zu der Hütte der Zauberin verwies. Die Alte gab diesmal den Bescheid: sie solle, so bald es Vollmond sein werde, an den Weiher gehen, dort auf einem goldnen Rädchen spinnen und dann das Rädchen ans Ufer stellen. Als der Vollmond kam, befolgte die Jägersfrau das Geheiß, ging an den Weiher, setzte sich nieder und spann auf einem goldenen Rädchen und stellte dann das Rädchen ans Ufer. Da rauschte es und brauste es aus der Tiefe und eine Welle spülte das goldne Rad vom Ufer, und bald erhob der Jäger den Kopf über das Wasser und tauchte immer höher empor, bis er endlich an das Ufer stieg und seiner Frau um den Hals fiel. Da fing das Wasser an zu rauschen und brausen und überschwemmte das Ufer weit und breit und riß beide, wie sie sich umfaßt hielten, mit sich hinab. In ihrer Herzensangst rief die Jägerin den Beistand der Alten an und auf einmal war die Jägerin in eine Kröte und der Jäger in einen Frosch verwandelt. Aber sie konnten nicht beisammen bleiben, das Wasser riß sie nach verschiedenen Seiten hin, und als die Überschwemmung vergangen war, da waren zwar beide wieder zu Menschen geworden, aber der Jäger und die Jägerin waren jedes in einer fremden Gegend und sie wußten nichts voneinander.

Der Jäger entschloß sich als Schäfer zu leben, und auch die Jägerin ward eine Schäferin. So hüteten sie lange Jahre ihre Herden, eines vom andern entfernt.

Einstmals aber trug es sich zu, daß der Schäfer dahin kam, wo die Schäferin lebte. Die Gegend gefiel ihm und er sah, daß sie recht fruchtbar gelegen sei zur Weide seiner Herde. Er brachte also seine Schafe dorthin und hütete sie wie zuvor. Schäfer und Schäferin wurden gute Freunde, aber sie erkannten einander nicht.

An einem Abende aber saßen sie im Vollmond beieinander, ließen ihre Herden grasen und der Schäfer blies auf seiner Flöte. Da gedachte

die Schäferin jenes Abends, wo sie am Weiher bei Vollmond auf der goldenen Flöte geblasen; sie konnte sich nicht länger halten und brach in lautes Weinen aus. Der Schäfer fragte sie, was sie so weine und klage? – bis sie ihm erzählte, was ihr alles widerfahren sei. Da fiel es wie Schuppen von den Augen des Schäfers, er erkannte seine Jägerin und gab sich ihr zu erkennen. Nun kehrten sie fröhlich in ihre Heimat zurück und lebten zusammen ungestört und in Frieden.

Die drei Musikanten

Es zogen einmal drei junge Musikanten aus ihrer Heimat in die Fremde; sie hatten alle drei bei *einem* Meister die Musik gelernt, und wollten nun auch vereint bleiben und ihr Glück in fremden Landen versuchen. Von Ort zu Ort wanderten sie fröhlich dahin, spielten auf zu Kirmes- und Festtagtänzen, und gewannen durch ihre lustigen

Musikstücklein gar manchen schweren Batzen, neben dem stillen und lauten Beifall. So kamen sie denn auch einmal in ein Städtchen, und belustigten am Abend die Gesellschaft mit schöner Musik. Endlich hörten sie auf aufzuspielen, sondern tranken eines, taten manchem Bescheid und gaben auch zum Gespräch der Gäste ihren Teil. Da ward mancherlei Verwunderliches durcheinander geplaudert und erzählt. Zunächst ging die Rede von einem Zauberschloß, welches sich in der Nähe des Städtchens befände, und von welchem ebensoviel Wunderschönes als Wunderbares erzählt wurde. Bald hieß es: ja, dort sind ungeheure Schätze, dort ist stets Überfluß an den köstlichsten Lebensmitteln, obgleich keine Menschenseele darinnen wohnt – bald hieß es wieder: aber dort ist ein schrecklicher Gespensterspuk. Wer seinen Buckel weiß hinein trägt, bringt ihn braun und blau gefärbt wieder heraus, ohne die Schätze gehoben oder den Zauber gelöst zu haben. Dies und vieles andere wurde hin und her geredet über das verzauberte Schloß. Die drei Musikanten waren nicht sobald allein in ihrem Schlafkämmerlein, als sie sich lange unterredeten und zugleich den Gedanken erfaßten, das rätselhafte Schloß sich näher zu besehen, ja, sogar sich

hinein zu wagen, um möglicher Weise die dort verborgenen und verzauberten Schätze zu heben. Nun wurden sie einig unter sich, daß ein jeder einzeln, einer nach dem andern, sich hinein wagen sollte, je nach der Älte, und daß einem jeden ein ganzer Tag dazu vergönnt sein sollte, sein Abenteuer zu bestehen. Der erste Glücksversuch fiel dem Geiger zu. Der machte sich mutvoll und ohne Säumen auf das Schloß, und fand, als er dort anlangte, die Eingangspforten schon offen, als ob man seiner geharrt hätte; doch als er über die Schwelle geschritten war, schlug hinter ihm die schwere Türe zu, und es sprang ein riesiger Eisenriegel vor, obgleich kein lebendes Wesen zu erblicken war, doch als wenn ein strenger Pförtner hier sein Amt verrichte, und Wache halte – und dem Geiger kam ein Grausen an, so daß sein Haar sich auf dem Wirbel sträubte. Aber er konnte weder umkehren noch verweilen, und es kräftigte ihn wieder der Gedanke an das zu hoffende Glück, an Gold und Schätze. Treppe auf Treppe ab wanderte der Jüngling, durch herrliche Zimmer, kostbare Säle, trauliche Kabinettchen – alles prachtvoll ausgestattet, und in der schönsten Sauberkeit erhalten. Aber überall war eine Totenstille, auch nicht das kleinste Mückchen lebte und wohnte hier. Doch dem Jüngling wuchs der Mut aufs neue, zumal als er den untern Räumen, Küche und Gewölben, sich zuwandte, wo in Fülle die seltensten und köstlichsten Speisevorräte vorhanden waren, in den Gewölben die Weinflaschen hoch aufgespeichert lagen, und alle Sorten süßer eingemachter Früchte in großen Gläsern nach der Reihe standen. In der schönen blanken Küche knisterte vertraulich ein helles Feuerlein, und darüber ward von unsichtbarer Hand ein Bratrost gesetzt, und ein ausgesuchtes Wildbretfleisch tanzte aus dem Gewölbe herein in die Küche, und auf den Rost; und viele andre Speisen, feine Gemüse und Pasteten und köstliches Backwerk wurde ebenso schnell, als kostbar von unsichtbaren Händen zubereitet und dann in eins der schönsten Zimmer, wohin sich der Jüngling begeben hatte, ihm nachgetragen und auf einer gedeckten Tafel vor ihm ausgesetzt. Der Jüngling ergriff zuerst sein Instrument und ließ klangvoll seine schönen Melodien durch die stillen Räume schallen, worauf er sich dann ohne Zaudern zur einladenden Tafel setzte und zu schmausen anfing. Doch nicht lange, so öffnete sich die Türe und es trat ein Männlein herein, etwa drei Ellenbogen hoch, mit einem Scharlachröcklein angetan, mit verwelktem Gesichtlein und einem grauen Bart, der bis auf die großen silbernen Schuhschnallen reichte. Und das Männlein setzte sich schweigend neben den Geiger und schmausete mit. Als nun die Reihe an den schönen Wildbretbraten kam, nahm der Geiger die Schüssel, und nickte dem Männlein zu, doch zuerst zuzulangen, und dieses spießte lächelnd ein Stück Fleisch an die Gabel und nickte wieder und ließ dabei das Bratenstückchen unter den Tisch fallen. Gefällig bückte sich da gleich der gute Geiger, um es wieder aufzuheben; aber im Nu saß ihm schon das Bartmännlein auf dem Rücken und bläute so unbarmherzig auf ihn los, als ob es ihm das Lebenslicht ausblasen wolle. Und auch des Geigers Mund wurde zugehalten, bis unter unaufhörlichen Prügeln derselbe endlich zur großen Eingangspforte hinausgeschoben ward. Draußen schöpfte der halbtote Geiger frischen Odem, und schlich dann ächzend dem Gasthof zu, wo die Kameraden geblieben waren. Es war schon Nacht, als er ihn erreichte und jene beiden schliefen bereits. Am andern Morgen sahen sie ganz erstaunt den Geiger ebenfalls im Bette liegen, und bestürmten ihn bald mit vielen Fragen; doch er kraute sich Kopf und Rücken, gab sehr kurze Antworten und sprach: »Gehet hin und sehet selber zu! Es ist eine kitzliche Sache.«

Der zweite Musiker, ein *Trompeter*, trat nun den Gang nach dem Zauberschloß an, fand alles ebenso wie das gebläute Geigerlein, und wurde auch ebenso bewirtet mit Pasteten und Prügeln, so daß er am folgenden Morgen ebenfalls wie ein geprellter Fuchs auf seinem Lager lag, und klagte, es sei ihm absonderlich aufgespielt worden, aus grober Tonart. Dennoch hatte der dritte, ein *Flötenbläser*, noch Mut genug, um sein Heil im Zauberschloß zu versuchen. Er war der pfiffigste. Furchtlos durchwanderte er das ganze Schloß, es deuchte ihm recht angenehm, diese schönen Räume für immer zu besitzen; in Küche und Keller war ja Vorrat an Lebensmitteln die Hülle und Fülle. Bald ward auch für ihn eine kostbare Tafel gedeckt, und als er lange genug fröhlich singend und flöteblasend herum gewandert war, nahm er Platz und ließ es sich behagen. Da trat wieder das Bartmännlein herein und setzte sich neben den Gast. Und der unerschrockene Musikant ließ sich mit ihm in ein Gespräch ein, und tat gerade, als ob er ihn schon hundertmal hier getroffen, doch war das Männlein nicht sehr redselig. Endlich kam es wieder an den Braten, und das Männlein ließ wieder mit Absicht sein

Stück fallen; gutmütig war eben der Flötenbläser im Begriff es aufzunehmen, als er gewahrte, daß das Zwerglein flugs auf seinem Rücken springen wollte. Da wandte er sich alsbald rasch um, riß es von sich, und packte und schüttelte das Männlein an seinem Bart so derb, bis er denselben zuletzt ganz herausriß und der kleine Alte ächzend niederstürzte. Aber so wie der Jüngling den Bart in seinen Händen hatte, überkam ihn eine außerordentliche Kraft, und er erschaute im Schloß noch viel wunderbarere Dinge wie vorher; dagegen hatte das Männlein fast alles Leben verloren; es winselte und flehte: »Gib, o gib mir meinen Bart wieder, so will ich dir allen Zauber, der dieses Schloß umfaßt, kund tun, und dir dazu verhelfen, den Zauber zu lösen, so daß du dadurch reich und ewig glücklich werden wirst.« Der kluge Flötenbläser aber sprach: »Deinen Bart sollst du wieder haben, doch mußt du mir *zuvor* alles dies kund tun, sonst bist du ein Schalk. Und eher gebe ich den Bart nicht aus meinen Händen.« Da mußte der Alte sich bequemen, erst sein Versprechen zu erfüllen, ob er es gleich nicht willens gewesen war, sondern nur mit List seinen Bart wieder an sich bringen wollte. Der Jüngling mußte ihm nun folgen, durch dunkle geheime Gänge, unterirdische Gewölbe und grauliche Felsklüfte, bis sie endlich auf ein freies Gefilde kamen, das gänzlich aussah wie eine viel schönere Welt als die unsrige. Und an einen Strom kamen sie, der brausete wild; doch das Männlein zog einen kleinen Stab hervor und schlug ins Wasser, worauf alsobald die Flut auseinander trat und stille stand, bis beide trockenen Fußes hinüber waren. Drüben war es eine Pracht! – da ging es weiter durch grüne, herrliche Laubgänge, überall Blumen, Vöglein mit Silber- und Goldfedern, die sangen wundersam, und glänzende Käfer und Schmetterlinge gaukelten und tanzten herum, und andere niedliche Tiere schäkerten in Büschen und Hecken; und der Himmel über ihnen sah nicht blau, sondern wie pure Goldstrahlen, und die Sterne waren viel größer und kreiseten wie in verschlungenen Tänzen durcheinander.

Der Jüngling staunte; und staunte noch mehr, als er von dem grauen Zwerglein in ein noch weit prachtvolleres Gebäude, als das Wunderschloß, geführt wurde. Auch hier herrschte neben aller Herrlichkeit die tiefste Stille in den Gemächern, und als sie deren viele durchwandert, kamen sie in eins, welches ganz mit Schleiern behangen war, wo in der

Mitte des Zimmers ein dicht verhülltes Bette stand, darüber ein schöner Vogelbauer hing mit einem Vöglein, welches gar helle Lieder durch die einsame Stille schmetterte. Das graue Männlein hub die Schleier und Hüllen vom Bette und führte den Jüngling näher; dieser sah hier auf welchen seidenen Kissen, die reich mit Goldtroddeln behangen waren, ein gar liebliches Mädchen schlafend daliegen, das war so schön wie ein Engel, hatte ein weißes Kleidchen an und über ihre Brust und Schultern wallten die goldnen Locken herab, und auf dem Haupte blitzte eine demantne Krone; aber ein tiefer totenähnlicher Schlaf hielt die sanften Züge gefangen, und kein Geräusch vermochte die holde Schläferin zu erwecken. Da sprach das Männlein zu dem verwunderten Jüngling: »Siehe hier dieses schlafende Kind! Es ist eine hohe Prinzessin. Dieses schöne Schloß und dieses gesegnete Land ist ihr Erbgut, wann sie erlöset ist; aber seit Jahrhunderten schläft sie den festen Zauberschlaf, und auch seit Jahrhunderten fand noch keine menschliche Seele den Weg, der hierher führt, den nur ich täglich zurücklegte, um dort im Schloß, welches meine Wohnung ist, zu speisen, und etwa die goldbegierigen Menschen, die sich einfanden, mit einem Gericht Prügel zu bedienen. Ich bin der Wächter über diese Schläferin, und mußte sorgfältig verhüten, daß kein Fremder hier eindringe, und dazu ward mir mein Bart, in welchem solche übermäßige Kräfte wohnen, daß auch ich ebenfalls seit Jahrhunderten diesen Zauber zu üben vermag. Doch nun, wo mir der Bart entrissen, bin ich kraftlos, und muß dieses überschwengliche Glück lassen, welches mit der holden Prinzessin erwacht, dir entdecken und überlassen. Und so schicke dich rasch zur Ausführung des Erlösungswunders. Nimm diesen Vogel, der über der Prinzessin hängt, und der sie einst in den Zauberschlummer gesungen hat, und seitdem jene Melodien auch immerfort singen mußte – nimm ihn, schlachte ihn, und schneide ihm das kleine Herz aus, brenne es dann zu Pulver und gib dieses der Prinzessin in den Mund, alsobald wird sie davon erwachen und wird dich beglücken mit Hand und Herz, mit Land und Schloß und allen ihren Schätzen.« Das Männlein schwieg erschöpft, und der Jüngling säumte nicht an das Werk der Erlösung zu gehen. Schnell und gut wurde alles getreu nach der Angabe des kleinen Alten ausgeführt, und das Pülverlein bereitet. Nach wenigen Minuten, als es der Prinzessin gegeben war, schlug sie frisch und lächelnd die Augen auf, und hob sich vom Lager empor und sank dem glücklichen Jüngling an die Brust, liebkosete und dankte ihm und nahm ihn zu ihrem Gemahl an. Und in demselben Moment zog ein Donnern und Krachen durch das Schloß, auf allen Treppen wurde es laut, und in allen Zimmern wurde es geräuschvoll. Und endlich kam eine Schar Diener und Dienerinnen mit freundlichen Gesichtern in das Zimmer getreten, in welchem das glückliche Paar weilte und alle freuten sich, und flogen dann flink und froh in die Küchen und Kellerräume, in Zimmer und Säle und Gänge an ihre Arbeit, und waren alle wie neugeboren.

Das graue Zwerglein aber heischte nun streng seinen Bart von dem Jüngling, und gedachte immer noch in seinem boshaften Herzen dem Glücklichen einen Possen zu spielen. Denn, wenn ihm der Bart erst wieder am Kinn saß, hatte er Macht, alle Sterbliche zu überwältigen. Allein der kluge Flötenbläser gebrauchte noch immer Vorsicht mit dem tückischen Männlein, er sprach: »Oh, deinen Bart sollst du wieder haben, sei nicht bange, ich will ihn dir zum Abschied überreichen, aber erlaube, daß wir beide, meine holde Braut und ich, dich eine kleine Strecke begleiten dürfen.« Das konnte das Männlein nicht verweigern. Sie gingen nun weit durch schöne Laubgänge und Blumenbeete mit dem Zwerg, und kamen endlich an das ungeheuer tiefe, rauschende Wasser, welches viele, viele Meilen weit in der Runde um das Land der Prinzessin strömte und gleichsam die Grenzscheidung bildete. Keine Brücke und kein Nachen war rings vorhanden, worauf Menschen das jenseitige Ufer erreichen konnten; auch kein kühner Schwimmer hätte es errungen, denn die Wellenflut war zu tosend und wild. Da sprach der Jüngling zu dem Männlein: »Gib mir deinen Stab, auf daß ich dir diesmal noch zur Ehre das Wasser auseinander scheide.« Und das Männlein mußte gehorchen, weil es seine Bartkräfte noch nicht wieder hatte, und dachte auch im stillen noch in hämischer Freude: wenn er mir drüben über dem Wasser, den Bart überreicht, so bekomme ich ihn doch in meine Gewalt, nehme ihm dann den Stab wieder ab, und beide können ihr wunderschönes Land nie betreten. Aber nicht also gingen des Zwerges boshafte Gedanken aus. Der kluge, glückliche Jüngling schlug mit dem Stab ins Wasser, es teilte sich behende und stand stille, und der Zwerg ging voran und ging hinüber, und schnell hinter ihm brausete die Flut zusammen; aber der Jüngling war mit seiner lieben Braut am andern Ufer zurückgeblieben, er behielt den Zauberstab und schleuderte nur den Bart übers Wasser hinüber, so daß ihn der Zwerg drüben auffing, und sich ihn wieder ansetzte; und so ward der Alte doch um seinen Zauberstab betrogen, und durfte hinfort nimmer wieder das herrliche Gebiet betreten. Und der glückliche Jüngling kehrte zurück ins Schloß mit seiner Holden, zu steter Freude und Glückseligkeit; und keine Sehnsucht kam ihn in sein Herz, je wieder zu seinen Kameraden zurückzukehren. Die saßen lange im Wirtshaus, und als jener nicht wieder kam, sprachen sie: »Der ist flöten gegangen« – und das ist hernach zum Sprichwort geworden, wenn einer oder eine Sache abhanden und nicht wieder kommt.

Der weiße Wolf

Ein König ritt jagen in einem großen Walde, darinnen er sich verirrte, und mußte manchen Tag wandern und manche Nacht, fand immer nicht den rechten Weg und mußte Hunger und Durst leiden. Endlich begegnete ihm ein kleines schwarzes Männlein, das fragte der König nach dem rechten Weg. »Ich will dich wohl führen und geleiten«, sagte das Männlein, »aber du mußt mir auch etwas dafür geben, du mußt mir das geben, was dir aus deinem Hause zuerst entgegen kommt.« Der König war froh und sprach unterwegs: »Du bist recht brav, Männchen; wahrlich und wenn mein bester Hund mir entgegenlief, so wollt ich dir ihn doch gern zum Lohne geben.« Das Männlein

aber erwiderte: »Deinen besten Hund, den mag ich nicht, mir ist was andres lieb.« Wie sie nun beim Schlosse ankamen, so sah des Königs jüngste Tochter durchs Fenster ihren Vater geritten kommen und sprang ihm fröhlich entgegen. Da sie ihn aber in ihre Arme schloß, sprach er: »Ei wollt ich doch, daß lieber mein bester Hund mir entgegen gekommen wäre!« Über diese Rede erschrak die Königstochter gar sehr, und weinte und rief: »Wie das, mein Vater? Ist dir dein Hund lieber denn ich, und sollte er dich froher willkommen heißen?« Aber der König tröstete sie und sagte: »O liebe Tochter, so war es ja nicht gemeint!« und erzählte ihr alles. Sie aber blieb ganz standhaft und sagte: »Es ist besser so, als daß mein lieber Vater umgekommen wäre im wilden Walde«, und das Männchen sagte: »Nach acht Tagen hole ich dich.«

Und nach acht Tagen richtig, da kam ein weißer Wolf in das Königsschloß, und die Königstochter mußte sich auf seinen Rücken setzen, und heisa, da ging's durch dick und dünn, bergauf und ab, und die Königstochter konnte das Reiten auf dem Wolf nicht aushalten, und fragte: »Ist's noch weit?« – »Schweig! Weit weit ist's noch zum gläsernen Berge – schweigst du nicht, so werf ich dich herunter!« Nun ging es wieder so fort, bis die arme Königstochter wieder zagte und klagte und fragte, ob es noch weit sei? Und da sagte ihr der Wolf die nämlichen drohenden Worte, und rannte immer fort, immer weiter, bis sie zum dritten Male die Frage wagte, da warf er sie auf der Stelle von seinen Rücken herunter und rannte davon.

Nun war die arme Prinzessin ganz allein in dem finstern Walde, und ging und ging und dachte, endlich werde ich doch einmal zu Leuten kommen.

Und endlich kam sie an eine Hütte, da brannte ein Feuerchen und da saß ein altes Waldmütterchen, das hatte ein Töpfchen am Feuer. Und da fragte die Königstochter: »Mütterchen, hast du den weißen Wolf nicht gesehen?« – »Nein, da mußt du den Wind fragen, der fragt überall herum, aber bleibe erst noch ein wenig hier, und iß mit mir. Ich koche hier ein Hühnersüppchen.« Das tat die Prinzessin, und als sie gegessen hatten, sagte die Alte: »Nimm die Hühnerknöchelchen mit dir, du wirst sie gut gebrauchen können.« Dann zeigte ihr die Alte den rechten Weg nach dem Winde.

Als die Königstochter bei dem Winde ankam, fand sie ihn auch am Feuer sitzen und sich eine Hühnersuppe kochen, aber auf ihre Frage nach dem weißen Wolf antwortete er ihr: »Liebes Kind, ich habe ihn nicht gesehen, ich bin heute einmal nicht gegangen, und wollte mich einmal hübsch ausruhen. Frage die Sonne, die geht alle Tage auf und unter, aber erst mache es wie ich, ruhe dich aus, und iß mit mir, kannst hernach auch alle die Hühnerknöchlein mit dir nehmen, wirst sie wohl gut brauchen können.«

Als dies geschehen war, ging die Kleine nach der Sonne zu, und es ging da gerade wieder wie beim Winde, die Sonne kochte sich gerade eine Hühnersuppe an sich selbst, daher es damit sehr geschwind ging, hatte auch den weißen Wolf nicht gesehen, und lud die Prinzessin zum Mitessen ein. »Du mußt den Mond fragen, denn wahrscheinlich läuft der weiße Wolf nur des Nachts, und da sieht der Mond alles.« Als nun die Königstochter mit der Sonne gegessen und die Knöchlein aufgesammelt hatte, ging sie weiter und fragte den Mond. Auch er kochte Hühnersuppe und sagte: »Es ist fatal, ich habe letzt nicht geschienen, oder bin zu spät aufgegangen, ich weiß gar nichts von dem weißen Wolf.« Da weinte das Mädchen und rief: »O Himmel, wen soll ich

nun fragen?« – »Nun nur Geduld mein Kind«, sagte der Mond. »Vor Essen wird kein Tanz, setze dich und iß erst die Hühnersuppe mit mir und nimm auch die Knöchelchen mit, du wirst sie wohl brauchen. Etwas Neues weiß ich doch; im gläsernen Berge das schwarze Männchen – das hält heute Hochzeit, der Mann im Mond ist auch dazu eingeladen.« – »Ach der gläserne Berg, der gläserne Berg! dahin wollte ich ja eben, dahin hat mich ja der weiße Wolf tragen sollen!« rief die Königstochter. »Nun bis dorthin kann ich dir schon leuchten und den Weg zeigen«, sagte der Mond, »sonst könntest du dich leichtlich irren, denn ich zum Beispiel bestehe ganz und gar aus lauter gläsernen Bergen. Nimm immer deine Knöchlein hübsch alle mit.« Das tat die Prinzessin, aber in der Eile vergaß sie doch ein Knöchlein.

Bald stand sie an dem gläsernen Berge, aber der war ganz glatt und glitschig, da war nicht hinauf zu kommen, aber da nahm die Königstochter alle Hühnerknöchlein von der alten Waldmutter, von dem Wind, von der Sonne und von dem Monde, und machte sich daraus eine Leiter, die wurde sehr lang, aber o weh, zuletzt fehlte noch eine einzige Sprosse, noch ein Glied. Da schnitt sich die Prinzessin das oberste Gelenk von ihrem kleinen Finger ab, und so tat es gut, und sie konnte nun rasch zum Gipfel des gläsernen Berges klimmen. Oben war eine große Öffnung, da führte eine schöne Treppe hinunter, und war alles voll Glanz und Pracht, und war ein Saal da voll Hochzeitgäste und viele Musikanten und reichbesetzte Tafeln. Und da saß das schwarze Männlein und an seiner Seite saß eine Dame, die war seine Braut, das schwarze Männlein aber schien traurig. Und der Königstochter tat es auch so weh, so weh, daß sie nun zu spät kam, und daß das schwarze Männlein so traurig war, und dachte bei sich, ich will ein Lied vom weißen Wolf singen, vielleicht kennt er mich dann – denn er hatte sie noch gar nicht angesehen, folglich auch nicht wieder erkannt. Und da stand eine Harfe an der Wand, welche die Prinzessin gut spielte, die nahm sie nun und sang:

»Deinen besten Hund, den mag ich nicht,
Mir ist was andres lieb!
Die jüngste Königstochter.
Der weiße Wolf, der lief davon,
Sie weiß nicht, wo er blieb;
Die jüngste Königstochter«.

Da horchte das schwarze Männlein hoch auf, aber die Prinzessin fuhr fort zu spielen und zu singen.

»Sie ist dem Wolfe nachgereist,
Schnitt ab ihr Fingerglied,
Die jüngste Königstochter.
Nun ist sie da – du kennst sie nicht,
Traurig singt dir dies Lied Die jüngste Königstochter.«

Da sprang das schwarze Männlein von seinem Sitze auf und war plötzlich ein ganz schöner junger Prinz und eilte auf sie zu, und schloß sie in seine Arme.

Alles war Zauber gewesen. Der Prinz war in das alte Männlein und in den weißen Wolf und in den gläsernen Berg hinein verzaubert so lange bis eine Prinzessin, um zu ihm zu gelangen, sich's ein Glied von ihrem kleinen Finger kosten lassen würde, wenn das aber bis zu einer gewissen Zeit nicht geschähe, so müsse er eine andre freien und ein schwarzes Männlein bleiben all sein Leben lang. Nun war der Zauber gelöst, die andre Braut verschwand, der entzauberte Prinz heiratete die Königstochter, reiste darauf mit ihr zu ihrem Vater, der sich herzlich freute, sie wieder zu sehen, und lebten alle glücklich miteinander bis an ihr Ende. Sollte dieses aber nicht erfolgt sein, so ist es einigermaßen wahrscheinlich, daß sie noch heute leben.

Der Mann ohne Herz

Es sind einmal sieben Brüder gewesen, waren arme Waisen, hatten keine Schwester, mußten alles im Hause selbst tun, das gefiel ihnen nicht, wurden Rates untereinander, sie wollten heiraten. Nun gab es aber da, wo sie wohnten keine Bräute für sie, da sagten die älteren, sie wollten in die Fremde ziehen, sich Bräute suchen und ihr Jüngster sollte das Haus hüten, und dem wollten sie eine recht schöne Braut mitbringen. Das war der Jüngste gar wohl zufrieden und die sechse machten sich fröhlich und wohlgemut auf den Weg. Unterwegs kamen sie an ein kleines Häuschen, das stand ganz einsam in einem

Walde, und vor dem Häuschen stand ein alter, alter Mann, der rief die Brüder an und fragte: »Heda! Ihr jungen Gieke in die Welt! Wohin denn so lustig und so geschwind?« – »Ei, wir wollen uns jeder eine hübsche Braut holen, und unserm jüngsten Bruder daheim auch eine!« antworteten die Brüder.

»O liebe Jungen!« sprach da der Alte, »ich lebe hier so mutterseelensternallein, bringt mir doch auch eine Braut mit, aber eine junge hübsche muß es sein!«

Die Brüder gingen von dannen und dachten: Hm, was will so ein alter eisgrauer Hozelmann mit einer jungen hübschen Braut anfangen? –

Da nun die Brüder in eine Stadt gekommen waren, so fanden sie dort sieben Schwestern, so jung und so hübsch als sie sie nur wünschen konnten, die nahmen sie und die jüngste nahmen sie für ihren Bruder mit. Der Weg führte sie wieder durch den Wald, und der Alte stand wieder vor seinem Häuschen, als wartete er auf sie, und sagte: »Ei ihr braven Jungen! Das lob ich, daß ihr mir so eine junge hübsche Braut mitgebracht habt!« – »Nein!« sagten die Brüder, »die ist nicht für dich, die ist für unsern Bruder zu Hause, dem haben wir sie versprochen!« –

»So?« sagte der Alte, »versprochen? Ei daß dich! ich will euch auch versprechen!« und nahm ein weißes Stäbchen und murmelte ein paar Zauberworte, und rührte die Brüder und die Bräute mit dem Stäbchen an – bis auf die jüngste – da wurden sie alle in graue Steine verwandelt. Die jüngste aber von den Schwestern führte der Mann in das Haus, und das mußte sie nun beschicken und in Ordnung halten, tat das auch gern, aber sie hatte immer Angst, der Alte könne bald sterben, und dann werde sie in dem einsamen Häuschen im wilden öden Walde auch so mutterseelensternallein sein, wie der Alte zuvor gewesen war. Das sagte sie ihm und er antwortete: »Hab kein Bangen, fürchte nicht und hoffe nicht, daß ich sterbe. Sieh, ich habe kein Herz in der Brust! stürbe ich aber dennoch, so findest du über der Türe mein weißes Zauberstäbchen, und rührst damit an die grauen Steine, so sind deine Schwestern und ihre Freier befreit und du hast Gesellschaft genug.«

»Wo aber in aller Welt hast du denn dein Herz, wenn du es nicht in der Brust hast?« fragte die junge Braut. »Mußt du alles wissen?« fragte der Alte. »Nun wenn du es denn wissen mußt, in der Bettdecke steckt mein Herz.«

Da nähte und stickte die junge Braut, wenn der Alte fort und seinen Geschäften nachging, in ihrer Einsamkeit gar schöne Blumen auf seine Bettdecke, damit sein Herz eine Freude haben sollte. Der Alte aber lächelte darüber und sagte: »Du gutes Kind, es war ja nur mein Scherz; mein Herz das steckt – das steckt –« »Nun wo steckt es denn lieber Vater?« – »Das steckt in der – Stubentür!«

Da hat die junge Frau am andern Tage, als der Alte fort war, die Stubentüre gar schön geschmückt mit bunten Federn und frischen Blumen und hat Kränze daran gehangen. Fragte der Alte, als er heimkam, was das bedeuten solle? sagte sie: »Das tat ich, deinem Herzen was zu Liebe zu tun.« Da lächelte wieder der Alte, und sagte: »Gutes Kind, ganz wo anders, als in der Stubentüre, ist mein Herz.« Da wurde die junge Braut sehr betrübt, und sprach: »Ach Vater, so hast du doch ein Herz, und kannst sterben und ich werde dann so allein sein.« Da wiederholte der Alte alles, was er ihr schon zweimal gesagt, und sie drang aufs neue in ihn, ihr zu sagen, wo doch eigentlich sein Herz sei? Da sprach der Alte: »Weit, weit von hier liegt in tiefer Einsamkeit eine große uralte Kirche, die ist fest verwahrt mit eisernen Türen, um sie ist

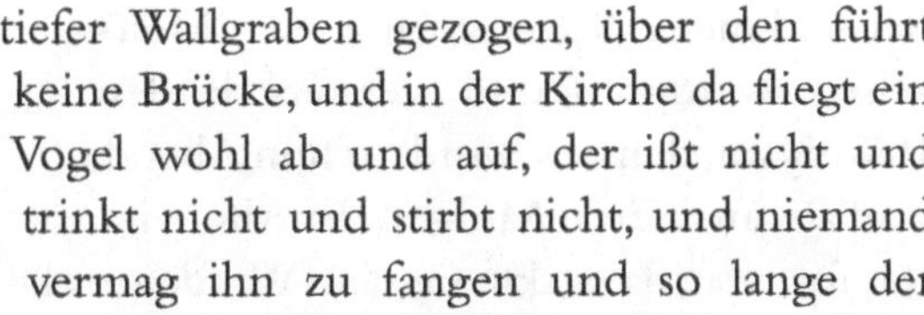

ein tiefer Wallgraben gezogen, über den führt keine Brücke, und in der Kirche da fliegt ein Vogel wohl ab und auf, der ißt nicht und trinkt nicht und stirbt nicht, und niemand vermag ihn zu fangen und so lange der Vogel lebt, so lange lebe auch ich, denn in dem Vogel ist mein Herz.«

Da wurde die Braut traurig, daß sie dem Herzen ihres Alten nichts zu Liebe tun konnte, und die Zeit wurde ihr lang, wenn sie so allein saß, denn der Alte war fast den ganzen Tag auswärts.

Da kam einmal ein junger Wandergesell am Häuschen vorüber, der grüßte sie und sie grüßte ihn und sie gefiel ihm, und er kam näher und sie fragte ihn, wohin er reise, woher er komme? – »Ach!« seufzte der junge Gesell, »ich bin gar traurig. Ich hatte noch sechs Brüder, die sind von dannen gezogen sich Bräute zu holen und mir, dem Jüngsten, wollten sie auch eine mitbringen, sind aber nimmer wieder gekommen, und da bin ich nun auch fort vom Hause, und will meine Brüder suchen.«

»Ach lieber Gesell!« rief die Braut, »da brauchst du nicht weiter zu gehen! Erst setze dich und iß und trinke etwas, und dann laß dir erzählen!« Und gab ihm zu essen und zu trinken, und erzählte ihm, wie seine Brüder in die Stadt gekommen, und wie sie ihre Schwestern und sie selbst als Bräute mit sich nach Hause hätten führen wollen, und daß sie für ihn, ihren Gast, bestimmt gewesen, und wie der Alte sie bei sich behalten, und die andern in graue Steine verwandelt habe. Das alles erzählte sie ihm aufrichtig und weinte dazu, und auch daß der Alte kein Herz in der Brust habe und daß es weit, weit weg sei in einer festen Kirche und in einem unsterblichen Vogel. Da sagte der Bräutigam: »Ich will fort, ich will den Vogel suchen, vielleicht hilft mir Gott, daß ich ihn fange.« – »Ja das tue, daran wirst du wohl tun, dann werden deine Brüder und meine Schwestern wieder Menschen werden!« und versteckte den Bräutigam, denn es wurde schon Abend, und als am andern Morgen der Alte wieder fort war, da packte sie dem Wandergesellen viel zu essen und zu trinken ein, und gab es ihm mit, und wünschte ihm alles Glück und Gottes Segen auf seine Fahrt.

Als nun der Gesell eine tüchtige Strecke gegangen war, deuchte ihm, es sei wohl Zeit zu frühstücken, packte seine Reisetasche aus, freute sich der vielen Gaben und rief: »Holla! nun wollen wir schmausen! herbei, wer mein Gast sein will!«

Da rief es hinter dem Gesellen: »Muh!« und wie er sich umsah, stand ein großer roter Ochse da und sprach: »Du hast eingeladen, ich möchte wohl dein Gast sein!« – »Sei willkommen und lange zu, so gut ich's habe!« Da legte sich der Ochse gemächlich an den Boden, und ließ sich's schmecken, und leckte sich dann mit der Zunge sein Maul recht schön ab, und als er satt war, sagte er: »Habe du großen Dank und wenn du einmal jemand brauchst, dir in Not und Gefahr zu helfen, so rufe nur in Gedanken nach mir, deinem Gast.« Und erhob sich und verschwand im Gebüsch. Der Gesell packte seine Tafelreste zusammen und pilgerte weiter; wieder eine tüchtige Strecke, da deuchte ihm nach dem kurzen Schatten den er warf, es müsse Mittag sein, und seinem Magen deuchte das nämliche. Da setzte er sich an den Boden hin, breitete sein Tafeltuch aus, setzte seine Speisen und Getränke darauf, und rief: »Wohlan! Mittagmahlzeit! Jetzt melde sich, was mittafeln will!« Da rauschte es ganz stark in den Büschen, und es brach ein wildes Schwein heraus, das grunzte: »Qui oui oui«, und sagte: »Es hat hier jemand zum Essen gerufen! Ich weiß nicht ob du es warst, und ob ich gemeint bin?«

»Immerhin, lange nur zu, was da ist!« sprach der Wandersmann und da aßen sie beide wohlgemut miteinander und schmeckte beiden gut. Darauf erhob sich das wilde Schwein und sagte: »Habe Dank, bedarfst du mein so rufe dem Schwein!« und damit trollte es in die Büsche. Nun wanderte der Gesell gar eine lange Strecke, und war schon gar weit gewandert, da wurde es gegen Abend, und er fühlte wieder Hunger und hatte auch noch Vorrat, und da dachte er: wie wär es mit dem Vespern? Zeit wär es dächt ich; und breitete wieder sein Tuch aus und legte seine Speisen darauf, hatte auch noch etwas zu trinken, und rief: »Wer Lust hat mit zu essen, der soll eingeladen sein. Es ist nicht, als wenn nichts da wäre!« Da rauschte über ihm ein schwerer Flügelschlag und wurde dunkel auf dem Boden, wie vom Schatten einer Wolke, und es ließ sich ein großer Vogel Greif sehen, der rief: »Ich hörte jemand hier unten zur Tafel einladen! Für mich wird wohl nichts abfallen?«

»Warum denn nicht? Lasse dich nieder und nimm vorlieb, viel wird's nicht mehr sein!« rief der Jüngling, und da ließ sich der Vogel Greif nieder und aß zur Genüge und dann sagte er: »Brauchst du mich, so rufe mich!« hob sich in die Lüfte und verschwand. Ei, dachte der Geselle: der hat's recht eilig; er hätte mir wohl den Weg nach der Kirche zeigen können, denn so finde ich sie wohl nimmer und raffte seine Sachen zusammen, und wollte vor dem Schlafengehen noch ein Stückchen wandern. Und wie er gar nicht lange gegangen war, so sah er mit einem Male die Kirche vor sich liegen und war bald bei ihr, das heißt, am breiten und tiefen Graben, der sie rings ohne Brücke umzog. Da suchte er sich ein hübsches Ruheplätzchen, denn er war müde von dem weiten Weg und schlief, und am andern Morgen da wünschte er sich über den Graben und dachte: Schau, wenn der rote Ochse da wär und hätte rechten Durst, so könnte der den Graben aussaufen und ich käme trokken hinüber. Kaum war dieser Wunsch getan, so stand der Ochse schon da und begann den Graben auszusaufen. Nun stand der Gesell an der Kirchenmauer, die war gar dick und die Türme waren von Eisen, da dachte er so in seinen Gedanken: ach, wer doch einen Mauerbrecher hätte! Das starke wilde Schwein könnte vielleicht hier eher etwas ausrichten, als ich. Und siehe, gleich kam das wilde Schwein daher gerannt und stieß heftig an die Mauer und wühlte mit seinen Hauern einen Stein los, und wie erst einer los war, so wühlte es immer mehr und immer mehr Steine aus der Mauer, bis ein großes tiefes Loch gewühlt war, durch das man in die Kirche einsteigen konnte. Da stieg nun der Jüngling hinein, und sah den Vogel darin herumfliegen, vermochte aber nicht ihn zu ergreifen. Da sprach er: »Wenn jetzt der Vogel Greif da wäre, der würde dich schon greifen, dafür ist er ja der Vogel Greif!« Und gleich war der Greif da und gleich griff er den Vogel, in dem des alten Mannes Herz war, und der junge Gesell verwahrte selbigen Vogel sehr gut, der Vogel Greif aber flog davon.

Nun eilte der Jüngling so sehr er konnte zur jungen Braut, kam noch vor Abends an und erzählte ihr alles, und sie gab ihm wieder zu essen und zu trinken und hieß ihn unter die Bettstelle kriechen mitsamt seinem Vogel, damit ihn der Alte nicht sähe. Dies tat er alsbald, nachdem er gegessen und getrunken hatte; der Alte kam nach Hause und klagte, daß er sich krank fühle, daß es nicht mehr mit ihm fortwolle – das mache, weil sein Herzvogel gefangen war. Das hörte der Bräutigam unter dem Bette und dachte, der Alte hat dir zwar nichts Böses getan, aber er hat deine Brüder und ihre Bräute verzaubert, und deine Braut hat er für sich behalten, das ist des Bösen nicht zu wenig, und da kneipte er den Vogel, und da wimmerte der Alte: »Ach, es kneipt mich! Ach, der Tod kneipt mich, Kind – ich sterbe!« Und fiel vom Stuhl und war ohnmächtig, und ehe sich's der Jüngling versah, hatte er den Vogel totgekneipt, und da war es aus mit dem Alten. Nun kroch er hervor, und die Braut nahm den weißen Stab, wie ihr der Alte gelehrt hatte, und schlug damit an die zwölf grauen Steine, siehe, da wurden sie wieder die sechs Brüder und die sechs Schwestern, das war eine Freude und ein Umarmen und Herzen und Küssen, und der alte Mann war tot und blieb tot, konnt ihn keine Meisterwurz wieder lebendig machen, wenn sie ihn auch hätten wieder lebendig haben wollen. Da zogen sie alle miteinander fort, und hielten Hochzeit miteinander und lebten gut und glücklich miteinander lange Jahre.

Jacob und Wilhelm Grimm

Aschenputtel

Einem reichen Manne, dem wurde seine Frau krank, und als sie fühlte, daß ihr Ende herankam, rief sie ihr einziges Töchterlein zu sich ans Bett und sprach: »Liebes Kind, bleibe fromm und gut, so wird dir der liebe Gott immer beistehen, und ich will vom Himmel auf dich herabblicken, und will um dich sein«. Darauf tat sie die Augen zu und verschied. Das Mädchen ging jeden Tag hinaus zu dem Grabe der Mutter und weinte, und blieb fromm und gut. Als der Winter kam, deckte der Schnee ein weißes Tüchlein auf das Grab, und als die Sonne im Frühjahr es wieder herabgezogen hatte, nahm sich der Mann eine andere Frau.

Die Frau hatte zwei Töchter mit ins Haus gebracht, die schön und weiß von Angesicht waren, aber garstig und schwarz von Herzen. Da ging eine schlimme Zeit für das arme Stiefkind an. »Soll die dumme Gans bei uns in der Stube sitzen!« sprachen sie, »wer Brot essen will, muß es verdienen: hinaus mit der Küchenmagd«. Sie nahmen ihm seine schönen Kleider weg, zogen ihm einen grauen alten Kittel an, und gaben ihm hölzerne Schuhe. »Seht einmal die stolze Prinzessin, wie sie geputzt ist!« riefen sie, lachten und führten es in die Küche. Da mußte es von Morgen bis Abend schwere Arbeit tun, früh vor Tag aufstehn, Wasser tragen, Feuer anmachen, kochen und waschen. Obendrein taten ihm die Schwestern alles ersinnliche Herzeleid an, verspotteten es und schütteten ihm die Erbsen und Linsen in die Asche, so daß es sitzen und sie wieder auslesen mußte. Abends, wenn es sich müde gearbeitet hatte, kam es in kein Bett, sondern mußte sich neben den Herd in die Asche legen. Und weil es darum immer staubig und schmutzig aussah, nannten sie es Aschenputtel.

Es trug sich zu, daß der Vater einmal in die Messe ziehen wollte, da fragte er die beiden Stieftöchter, was er ihnen mitbringen sollte. »Schöne Kleider«, sagte die eine, »Perlen und Edelsteine«, die zweite. »Aber du, Aschenputtel«, sprach er, »was willst du haben?« »Vater, das erste Reis, das Euch auf Eurem Heimweg an den Hut stößt, das brecht für mich ab.« Er kaufte nun für die beiden Stiefschwestern schöne Kleider, Perlen und Edelsteine, und auf dem Rückweg, als er durch einen grünen Busch ritt, streifte ihn ein Haselreis und stieß ihm den Hut ab. Da brach er das Reis ab und nahm es mit. Als er nach Haus kam, gab er den Stieftöchtern, was sie sich gewünscht hatten, und dem Aschenputtel gab er das Reis von dem Haselbusch. Aschenputtel dankte ihm, ging zu seiner Mutter Grab und pflanzte das Reis darauf, und weinte so sehr, daß die Tränen darauf niederfielen und es begossen. Es wuchs aber, und ward ein schöner Baum. Aschenputtel ging alle Tage dreimal darunter, weinte und betete, und allemal kam ein weißes Vöglein auf den Baum, und wenn es einen Wunsch aussprach, so warf ihm das Vöglein herab, was es sich gewünscht hatte.

Es begab sich aber, daß der König ein Fest anstellte, das drei Tage dauern sollte, und wozu alle schönen Jungfrauen im Lande eingeladen wurden, damit sich sein Sohn eine Braut aussuchen möchte. Die zwei Stiefschwestern, als sie hörten, daß sie auch dabei erscheinen sollten, waren guter Dinge, riefen Aschenputtel und sprachen: »Kämm uns die Haare, bürste uns die Schuhe und mache uns die Schnallen fest, wir gehen zur Hochzeit auf des Königs Schloß«. Aschenputtel gehorchte, weinte aber, weil es auch gern zum Tanz mitgegangen wäre, und bat die Stiefmutter, sie möchte es ihm erlauben. »Du Aschenputtel«, sprach sie, »bist voll Staub und Schmutz, und willst zur Hochzeit? Du hast keine Kleider und Schuhe, und willst tanzen!« Als es aber mit Bitten anhielt, sprach sie endlich: »Da habe ich dir eine Schüssel Linsen in die Asche geschüttet, wenn du die Linsen in zwei Stunden wieder ausgelesen hast, so sollst du mitgehen«. Das Mädchen ging durch die Hintertür nach dem Garten und rief: »Ihr zahmen Täubchen, ihr Turteltäubchen, all ihr Vöglein unter dem Himmel, kommt und helft mir lesen,

die guten ins Töpfchen,
die schlechten ins Kröpfchen«.

Da kamen zum Küchenfenster zwei weiße Täubchen herein, und danach die Turteltäubchen, und endlich schwirrten und schwärmten alle Vöglein unter dem Himmel herein und ließen sich um die Asche nieder. Und die Täubchen nickten mit den Köpfchen und fingen an pick, pick, pick, pick, und da fingen die übrigen auch an pick, pick, pick, pick, und lasen alle guten Körnlein in die Schüssel. Kaum war eine Stunde herum, so waren sie schon fertig und flogen alle wieder hinaus. Da brachte das Mädchen die Schüssel der Stiefmutter, freute sich und glaubte, es dürfte nun mit auf die Hochzeit gehen. Aber sie sprach: »Nein, Aschenputtel, du hast keine Kleider, und kannst nicht tanzen: du wirst nur ausgelacht«. Als es nun weinte, sprach sie:»Wenn du mir zwei Schüsseln voll Linsen in einer Stunde aus der Asche rein lesen kannst, so sollst du mitgehen«, und dachte, »das kann es ja nimmermehr«. Als sie die zwei Schüsseln Linsen in die Asche geschüttet hatte, ging das Mädchen durch die Hintertür nach dem Garten und rief:»Ihr zahmen Täubchen, ihr Turteltäubchen, all ihr Vöglein unter dem Himmel, kommt und helft mir lesen,

die guten ins Töpfchen,
die schlechten ins Kröpfchen«.

Da kamen zum Küchenfenster zwei weiße Täubchen herein und danach die Turteltäubchen, und endlich schwirrten und schwärmten alle

Vögel unter dem Himmel herein und ließen sich um die Asche nieder. Und die Täubchen nickten mit ihren Köpfchen und fingen an pick, pick, pick, pick, und da fingen die übrigen auch an pick, pick, pick, pick, und lasen alle guten Körner in die Schüsseln. Und ehe eine halbe Stunde herum war, waren sie schon fertig, und flogen alle wieder hinaus. Da trug das Mädchen die Schüsseln zu der Stiefmutter, freute sich und glaubte, nun dürfte es mit auf die Hochzeit gehen. Aber sie sprach: »Es hilft dir alles nichts: du kommst nicht mit, denn du hast keine Kleider und kannst nicht tanzen; wir müßten uns deiner schämen«. Darauf kehrte sie ihm den Rücken zu und eilte mit ihren zwei stolzen Töchtern fort.

Als nun niemand mehr daheim war, ging Aschenputtel zu seiner Mutter Grab unter den Haselbaum und rief:

»Bäumchen, rüttel dich und schüttel dich,
wirf Gold und Silber über mich.«

Da warf ihm der Vogel ein golden und silbern Kleid herunter und mit Seide und Silber ausgestickte Pantoffeln. In aller Eile zog es das Kleid an und ging zur Hochzeit. Seine Schwestern aber und die Stiefmutter kannten es nicht und meinten, es müsse eine fremde Königstochter sein, so schön sah es in dem goldenen Kleide aus. An Aschenputtel dachten sie gar nicht und dachten, es säße daheim im Schmutz und suchte die Linsen aus der Asche. Der Königssohn kam ihm entgegen, nahm es bei der Hand und tanzte mit ihm. Er wollte auch sonst mit niemand tanzen, also daß er ihm die Hand nicht losließ, und wenn ein anderer kam, es aufzufordern, sprach er: »Das ist meine Tänzerin«.

Es tanzte, bis es Abend war, da wollte es nach Haus gehen. Der Königssohn aber sprach: »Ich gehe mit und begleite dich«, denn er wollte sehen, wem das schöne Mädchen angehörte. Sie entwischte ihm aber und sprang in das Taubenhaus. Nun wartete der Königssohn, bis der Vater kam, und sagte ihm, das fremde Mädchen wär in das Taubenhaus gesprungen. Der Alte dachte: »Sollte es Aschenputtel sein?« und sie mußten ihm Axt und Hacken bringen, damit er das Taubenhaus entzweischlagen konnte: aber es war niemand darin. Und als sie ins Haus kamen, lag Aschenputtel in seinen schmutzigen Kleidern in der Asche, und ein trübes Öllämpchen brannte im Schornstein; denn Aschenputtel war geschwind aus dem Taubenhaus hinten herabgesprungen, und war zu dem Haselbäumchen gelaufen: da hatte es die schönen Kleider abgezogen und aufs Grab gelegt, und der Vogel hatte sie wieder weggenommen, und dann hatte es sich in seinem grauen Kittelchen in die Küche zur Asche gesetzt.

Am andern Tag, als das Fest von neuem anhub, und die Eltern und Stiefschwestern wieder fort waren, ging Aschenputtel zu dem Haselbaum und sprach:

»Bäumchen, rüttel dich und schüttel dich,
wirf Gold und Silber über mich.«

Da warf der Vogel ein noch viel stolzeres Kleid herab als am vorigen Tag. Und als es mit diesem Kleide auf der Hochzeit erschien, erstaunte jedermann über seine Schönheit. Der Königssohn aber hatte gewartet, bis es kam, nahm es gleich bei der Hand und tanzte nur allein mit ihm. Wenn die andern kamen und es aufforderten, sprach er: »Das ist meine Tänzerin«. Als es nun Abend war, wollte es fort, und der Königssohn ging ihm nach und wollte sehen, in welches Haus es ging: aber es sprang ihm fort und in den Garten hinter dem Haus. Darin stand ein schöner großer Baum, an dem die herrlichsten Birnen hingen, es kletterte so behend wie ein Eichhörnchen zwischen die Äste, und der Königssohn wußte nicht, wo es hingekommen war. Er wartete aber, bis der Vater kam, und sprach zu ihm: »Das fremde Mädchen ist mir entwischt, und ich glaube, es ist auf den Birnbaum gesprungen«. Der Vater dachte: »Sollte es Aschenputtel sein?« ließ sich die Axt holen und hieb den Baum um, aber es war niemand darauf. Und als sie in die Küche kamen, lag Aschenputtel da in der Asche, wie sonst auch, denn es war auf der andern Seite vom Baum herabgesprungen, hatte dem Vogel auf dem Haselbäumchen die schönen Kleider wiedergebracht und sein graues Kittelchen angezogen.

Am dritten Tag, als die Eltern und Schwestern fort waren, ging Aschenputtel wieder zu seiner Mutter Grab und sprach zu dem Bäumchen:

»Bäumchen, rüttel dich und schüttel dich,
wirf Gold und Silber über mich«.

Nun warf ihm der Vogel ein Kleid herab, das war so prächtig und glänzend, wie es noch keins gehabt hatte, und die Pantoffeln waren ganz golden. Als es in dem Kleid zur Hochzeit kam, wußten sie alle nicht, was sie vor Verwunderung sagen sollten. Der Königssohn tanzte ganz allein mit ihm, und wenn es einer aufforderte, sprach er: »Das ist meine Tänzerin«.

Als es nun Abend war, wollte Aschenputtel fort, und der Königssohn wollte es begleiten, aber es entsprang ihm so geschwind, daß er nicht folgen konnte. Der Königssohn hatte aber eine List gebraucht, und hatte die ganze Treppe mit Pech bestreichen lassen: da war, als es hinabsprang, der linke Pantoffel des Mädchens hängen geblieben. Der Königssohn hob ihn auf, und er war klein und zierlich und ganz golden. Am nächsten Morgen ging er damit zu dem Mann und sagte zu ihm: »Keine andere soll meine Gemahlin werden als die, an deren Fuß dieser goldene Schuh paßt«. Da freuten sich die beiden Schwestern, denn sie hatten schöne Füße. Die älteste ging mit dem Schuh in die Kammer und wollte ihn anprobieren, und die Mutter stand dabei. Aber sie konnte mit der großen Zehe nicht hineinkommen, und der Schuh war ihr zu klein, da reichte ihr die Mutter ein Messer und sprach: »Hau die Zehe ab: wann du Königin bist, so brauchst du nicht mehr zu Fuß zu gehen«. Das Mädchen hieb die Zehe ab, zwängte den Fuß in den Schuh, verbiß den Schmerz und ging heraus zum Königssohn. Da nahm er sie als seine Braut aufs Pferd und ritt mit ihr fort. Sie mußten aber an dem Grabe vorbei, da saßen die zwei Täubchen auf dem Haselbäumchen und riefen:

»Rucke di guck, rucke di guck,
Blut ist im Schuck (Schuh):
Der Schuck ist zu klein,
die rechte Braut sitzt noch daheim«.

Da blickte er auf ihren Fuß und sah, wie das Blut herausquoll. Er wendete sein Pferd um, brachte die falsche Braut wieder nach Hause und sagte, das wäre nicht die rechte, die andere Schwester solle den Schuh anziehen. Da ging diese in die Kammer und kam mit den Zehen glücklich in den Schuh, aber die Ferse war zu groß. Da reichte ihr die Mutter ein Messer und sprach: »Hau ein Stück von der Ferse ab: wann du Königin bist, brauchst du nicht mehr zu Fuß zu gehen«. Das Mädchen hieb ein Stück von der Ferse ab, zwängte den Fuß in den Schuh, verbiß den Schmerz und ging heraus zum Königssohn. Da nahm er sie als seine Braut aufs Pferd und ritt mit ihr fort. Als sie an dem Haselbäumchen vorbeikamen, saßen die zwei Täubchen darauf und riefen:

»Rucke di guck, rucke di guck,
Blut ist im Schuck (Schuh):
Der Schuck ist zu klein,
die rechte Braut sitzt noch daheim«.

Er blickte nieder auf ihren Fuß und sah, wie das Blut aus dem Schuh quoll und an den weißen Strümpfen ganz rot heraufgestiegen war. Da wendete er sein Pferd und brachte die falsche Braut wieder nach Haus. »Das ist auch nicht die rechte«, sprach er, »habt ihr keine andere Tochter?« »Nein«, sagte der Mann, »nur von meiner verstorbenen Frau ist noch ein kleines verbuttetes Aschenputtel da: das kann unmöglich die Braut sein.« Der Königssohn sprach, er sollte es heraufschicken, die Mutter aber antwortete: »Ach nein, das ist viel zu schmutzig, das darf sich nicht sehen lassen«. Er wollte es aber durchaus haben, und Aschenputtel mußte gerufen werden. Da wusch es sich erst Hände und Angesicht rein, ging dann hin und neigte sich vor dem Königssohn, der ihm den goldenen Schuh reichte. Dann setzte es sich auf einen Schemel, zog den Fuß aus dem schweren Holzschuh und steckte ihn in den Pantoffel, der war wie angegossen. Und als es sich in die Höhe richtete und der König ihm ins Gesicht sah, so erkannte er das schöne Mädchen, das mit ihm getanzt hatte, und rief: »Das ist die rechte Braut«. Die Stiefmutter und die beiden Schwestern erschraken und wurden bleich vor Ärger: er aber nahm Aschenputtel aufs Pferd und ritt mit ihm fort. Als sie an dem Haselbäumchen vorbeikamen, riefen die zwei weißen Täubchen:

»Rucke di guck, rucke di guck,
kein Blut im Schuck:
Der Schuck ist nicht zu klein,
die rechte Braut, die führt er heim«.

Und als sie das gerufen hatten, kamen sie beide herabgeflogen und setzten sich dem Aschenputtel auf die Schultern, eine rechts, die andere links, und blieben da sitzen.

Als die Hochzeit mit dem Königssohn sollte gehalten werden, kamen die falschen Schwestern, wollten sich einschmeicheln und teil an seinem Glück nehmen. Als die Brautleute nun zur Kirche gingen, war die älteste zur rechten, die jüngste zur linken Seite: da pickten die Tauben einer jeden das eine Auge aus. Hernach, als sie herausgingen, war die älteste zur linken und die jüngste zur rechten: da pickten die Tauben einer jeden das andere Auge aus. Und waren sie also für ihre Bosheit und Falschheit mit Blindheit auf ihr Lebtag gestraft.

Brüderchen und Schwesterchen

Brüderchen nahm sein Schwesterchen an der Hand und sprach: »Seit die Mutter tot ist, haben wir keine gute Stunde mehr; die Stiefmutter schlägt uns alle Tage, und wenn wir zu ihr kommen, stößt sie uns mit den Füßen fort. Die harten Brotkrusten, die übrig bleiben, sind unsere Speise, und dem Hündlein unter dem Tisch gehts besser: dem wirft sie doch manchmal einen guten Bissen zu. Daß Gott erbarm, wenn das unsere Mutter wüßte! Komm, wir wollen miteinander in die weite Welt gehen«. Sie gingen den ganzen Tag über Wiesen, Felder und Steine, und wenn es regnete, sprach das Schwesterchen: »Gott und unsere Herzen, die weinen zusammen!« Abends kamen sie in einen großen Wald und waren so müde von Jammer, Hunger und dem langen Weg, daß sie sich in einen hohlen Baum setzten und einschliefen.

Am andern Morgen, als sie aufwachten, stand die Sonne schon hoch am Himmel und schien heiß in den Baum hinein. Da sprach das Brüderchen: »Schwesterchen, mich dürstet, wenn ich ein Brünnlein wüßte, ich ging und tränk einmal; ich mein, ich hört eins rauschen«. Brüderchen stand auf, nahm Schwesterchen an der Hand, und sie wollten das Brünnlein suchen. Die böse Stiefmutter aber war eine Hexe und hatte wohl gesehen, wie die beiden Kinder fortgegangen waren, war ihnen nachgeschlichen, heimlich, wie die Hexen schleichen, und hatte alle Brunnen im Walde verwünscht. Als sie nun ein Brünnlein fanden, das so glitzerig über die Steine sprang, wollte das Brüderchen daraus trinken: aber das Schwesterchen hörte, wie es im Rauschen sprach: »Wer aus mir trinkt, wird ein Tiger, wer aus mir trinkt, wird ein Tiger«. Da rief das Schwesterchen: »Ich bitte dich, Brüderchen, trink nicht, sonst wirst du ein wildes Tier und zerreißest mich«. Das Brüderchen trank nicht, ob es gleich so großen Durst hatte, und sprach: »Ich will warten bis zur nächsten Quelle«. Als sie zum zweiten Brünnlein kamen, hörte das Schwesterchen, wie auch dieses sprach: »Wer aus mir trinkt, wird ein Wolf, wer aus mir trinkt, wird ein Wolf!« Da rief das Schwesterchen: »Brüderchen, ich bitte dich, trink nicht, sonst wirst du ein Wolf und frissest mich«. Das Brüderchen trank nicht, und sprach: »Ich will warten, bis wir zur nächsten Quelle kommen, aber dann muß ich trinken, du magst sagen, was du willst: mein Durst ist gar zu groß«. Und als sie zum dritten Brünnlein kamen, hörte das Schwesterlein, wie es im Rauschen sprach: »Wer aus mir trinkt, wird ein Reh, wer aus mir trinkt, wird ein Reh«. Das Schwesterchen sprach:»Ach Brüderchen, ich bitte dich, trink nicht, sonst wirst du ein Reh und läufst mir fort«. Aber das Brüderchen hatte sich gleich beim Brünnlein niedergekniet, hinabgebeugt und von dem Wasser getrunken, und wie die ersten Tropfen auf seine Lippen gekommen waren, lag es da als ein Rehkälbchen.

Nun weinte das Schwesterchen über das arme verwünschte Brüderchen, und das Rehchen weinte auch und saß so traurig neben ihm. Da sprach das Mädchen endlich: »Sei still, liebes Rehchen, ich will dich ja nimmermehr verlassen«. Dann band es sein goldenes Strumpfband ab und tat es dem Rehchen um den Hals, und rupfte Binsen und flocht ein weiches Seil daraus. Daran band er das Tierchen und führte es weiter, und ging immer tiefer in den Wald hinein. Und als sie lange, lange gegangen waren, kamen sie endlich an ein kleines Haus, und das Mädchen schaute hinein, und weil es leer war, dachte es: »Hier können wir bleiben und wohnen«. Da suchte es dem Rehchen Laub und Moos zu einem weichen Lager, und jeden Morgen ging es aus und sammelte sich Wurzeln, Beeren und Nüsse, und für das Rehchen brachte es zartes Gras mit, das fraß es ihm aus der Hand, war vergnügt und spielte vor ihm herum. Abends, wenn Schwesterchen müde war und sein Gebet gesagt hatte, legte es seinen Kopf auf den Rücken des Rehkälbchens, das war sein Kissen, darauf es sanft einschlief. Und hätte das Brüderchen nur seine menschliche Gestalt gehabt, es wäre ein herrliches Leben gewesen.

Das dauerte eine Zeitlang, daß sie so allein in der Wildnis waren. Es trug sich aber zu, daß der König des Landes eine große Jagd in dem Wald hielt. Da schallte das Hörnerblasen, Hundegebell und das lustige Geschrei der Jäger durch die Bäume, und das Rehlein hörte es und wäre gar zu gerne dabei gewesen. »Ach«, sprach es zum Schwesterlein, »laß mich hinaus in die Jagd, ich kanns nicht länger mehr aushalten«, und bat so lange, bis es einwilligte. »Aber«, sprach es zu ihm, »komm mir ja abends wieder, vor den wilden Jägern schließ ich mein Türlein; und damit ich dich kenne, so klopf und sprich: mein Schwesterlein, laß mich herein; und wenn du nicht so sprichst, so schließ ich mein Türlein nicht auf.« Nun sprang das Rehchen hinaus, und war ihm so wohl und war so lustig in freier Luft. Der König und seine Jäger sahen das schöne Tier und setzten ihm nach, aber sie konnten es nicht einholen, und wenn sie meinten, sie hätten es gewiß, da sprang es über das Gebüsch weg und war verschwunden. Als es dunkel ward, lief es zu dem Häuschen, klopfte und sprach: »Mein Schwesterlein, laß mich herein«. Da ward ihm die kleine Tür aufgetan, es sprang hinein und ruhete sich die ganze Nacht auf seinem weichen Lager aus. Am andern Morgen ging die Jagd von neuem an, und als das Rehlein wieder das Hifthorn hörte und das ho, ho! der Jäger, da hatte es keine Ruhe und sprach: »Schwesterchen, mach mir auf, ich muß hinaus«. Das Schwesterchen öffnete ihm die Türe und sprach: »Aber zu Abend mußt du wieder da sein und dein Sprüchlein sagen«. Als der König und seine Jäger das Rehlein mit dem goldenen Halsband wieder sahen, jagten sie ihm alle nach, aber es war ihnen zu schnell und behend. Das warte den ganzen Tag, endlich aber hatten es die Jäger abends umzingelt, und einer verwundete es ein wenig am Fuß, so daß es hinken mußte und langsam fortlief. Da schlich ihm ein Jäger nach bis zu dem Häuschen und hörte, wie es rief: »Mein Schwesterlein, laß mich herein«, und sah, daß die Tür ihm aufgetan und alsbald wieder zugeschlossen ward. Der Jäger behielt das alles wohl im Sinn, ging zum König und erzählte ihm, was er gesehen und gehört hatte. Da sprach der König: »Morgen soll noch einmal gejagt werden«.

Das Schwesterchen aber erschrak gewaltig, als es sah, daß sein Rehkälbchen verwundet war. Es wusch ihm das Blut ab, legte Kräuter auf und sprach: »Geh auf dein Lager, lieb Rehchen, daß du wieder heil wirst«. Die Wunde aber war so gering, daß das Rehchen am Morgen nichts mehr davon spürte. Und als es die Jagdlust wieder draußen hörte, sprach es: »Ich kanns nicht aushalten, ich muß dabei sein; so bald soll mich keiner kriegen«. Das Schwesterchen weinte und sprach: »Nun werden sie dich töten, und ich bin hier allein im Wald und bin verlassen von aller Welt: ich laß dich nicht hinaus«. »So sterb ich dir hier vor Betrübnis«, antwortete das Rehchen, »wenn ich das Hifthorn höre, so mein ich, ich müßt aus den Schuhen springen!« Da konnte das Schwesterchen nicht anders und schloß ihm mit schwerem Herzen die Tür auf, und das Rehchen sprang gesund und fröhlich in den Wald. Als es der König erblickte, sprach er zu seinen Jägern: »Nun jagt ihm nach den ganzen Tag bis in die Nacht, aber daß ihm keiner etwas zuleide tut«. Sobald die Sonne untergegangen war, sprach der König zum Jäger: »Nun komm und zeige mir das Waldhäuschen«. Und als er vor dem Türlein war, klopfte er an und rief: »Lieb Schwesterlein, laß mich herein«. Da ging die Tür auf, und der König trat herein, und da stand ein Mädchen, das war so schön, wie er noch keins gesehen hatte. Das Mädchen erschrak, als es sah, daß nicht das Rehlein, sondern ein Mann hereinkam, der eine goldene Krone auf dem Haupt hatte. Aber der König sah es freundlich an, reichte ihm die Hand und sprach: »Willst du mit mir gehen auf mein Schloß und meine liebe Frau sein?« »Ach ja«, antwortete das Mädchen, »aber das Rehchen muß auch mit, das verlaß ich nicht.« Sprach der König: »Es soll bei dir bleiben, so lange du lebst, und soll ihm an nichts fehlen«. Indem kam es hereingesprungen, da band es das Schwesterchen wieder an das Binsenseil, nahm es selbst in die Hand und ging mit ihm aus dem Waldhäuschen fort. Der König nahm das schöne Mädchen auf sein Pferd und führte es in sein Schloß, wo die Hochzeit mit großer Pracht gefeiert wurde, und war es nun die

Frau Königin, und lebten sie lange Zeit vergnügt zusammen; das Rehlein ward gehegt und gepflegt und sprang in dem Schloßgarten herum. Die böse Stiefmutter aber, um derentwillen die Kinder in die Welt hineingegangen waren, die meinte nicht anders, als Schwesterchen wäre von den wilden Tieren im Walde zerrissen worden und Brüderchen als ein Rehkalb von den Jägern totgeschossen. Als sie nun hörte, daß sie so glücklich waren und es ihnen so wohl ging, da wurden Neid und Mißgunst in ihrem Herzen rege und ließen ihr keine Ruhe, und sie hatte keinen andern Gedanken, als wie sie die beiden doch noch ins Unglück bringen könnte. Ihre rechte Tochter, die häßlich war wie die Nacht und nur ein Auge hatte, die machte ihr Vorwürfe und sprach: »Eine Königin zu werden, das Glück hätte mir gebührt«. »Sei nur still«, sagte die Alte und sprach sie zufrieden, »wenns Zeit ist, will ich schon bei der Hand sein.« Als nun die Zeit herangerückt war, und die Königin ein schönes Knäblein zur Welt gebracht hatte, und der König gerade auf der Jagd war, nahm die alte Hexe die Gestalt der Kammerfrau an, trat in die Stube, wo die Königin lag, und sprach zu der Kranken: »Kommt, das Bad ist fertig, das wird Euch wohltun und frische Kräfte geben: geschwind, eh es kalt wird«. Ihre Tochter war auch bei der Hand, sie trugen die schwache Königin in die Badstube und legten sie in die Wanne: dann schlossen sie die Tür ab und liefen davon. In der Badstube aber hatten sie ein rechtes Höllenfeuer angemacht, daß die schöne junge Königin bald ersticken mußte.

Als das vollbracht war, nahm die Alte ihre Tochter, setzte ihr eine Haube auf, und legte sie ins Bett an der Königin Stelle. Sie gab ihr auch die Gestalt und das Ansehen der Königin, nur das verlorene Auge konnte sie ihr nicht wiedergeben. Damit es aber der König nicht merkte, mußte sie sich auf die Seite legen, wo sie kein Auge hatte. Am Abend, als er heimkam und hörte, daß ihm ein Söhnlein geboren war, freute er sich herzlich, und wollte ans Bett seiner lieben Frau gehen und sehen, was sie machte. Da rief die Alte geschwind: »Beileibe, laßt die Vorhänge zu, die Königin darf noch nicht ins Licht sehen und muß Ruhe haben«. Der König ging zurück und wußte nicht, daß eine falsche Königin im Bette lag.

Als es aber Mitternacht war und alles schlief, da sah die Kinderfrau, die in der Kinderstube neben der Wiege saß und allein noch wachte, wie die Türe aufging, und die rechte Königin hereintrat. Sie nahm das Kind aus der Wiege, legte es in ihren Arm und gab ihm zu trinken. Dann schüttelte sie ihm sein Kißchen, legte es wieder hinein und deckte es mit dem Deckbettchen zu. Sie vergaß aber auch das Rehchen

nicht, ging in die Ecke, wo es lag, und streichelte ihm über den Rükken. Darauf ging sie ganz stillschweigend wieder zur Türe hinaus, und die Kinderfrau fragte am anderen Morgen die Wächter, ob jemand während der Nacht ins Schloß gegangen wäre, aber sie antworteten: »Nein, wir haben niemand gesehen«. So kam sie viele Nächte und sprach niemals ein Wort dabei; die Kinderfrau sah sie immer, aber sie getraute sich nicht, jemand etwas davon zu sagen. Als nun so eine Zeit verflossen war, da hub die Königin in der Nacht an zu reden und sprach:

»Was macht mein Kind? was macht mein Reh?
Nun komm ich noch zweimal und dann nimmermehr«.

Die Kinderfrau antwortete ihr nicht, aber als sie wieder verschwunden war, ging sie zum König und erzählte ihm alles. Sprach der König: »Ach Gott, was ist das! Ich will in der nächsten Nacht bei dem Kinde wachen«. Abends ging er in die Kinderstube, aber um Mitternacht erschien die Königin wieder und sprach:

»Was macht mein Kind? was macht mein Reh?
Nun komm ich noch einmal und dann nimmermehr«.

Und pflegte dann des Kindes, wie sie gewöhnlich tat, ehe sie verschwand. Der König getraute sich nicht, sie anzureden, aber er wachte auch in der folgenden Nacht. Sie sprach abermals:

»Was macht mein Kind? was macht mein Reh?
Nun komm ich noch diesmal und dann nimmermehr«.

Da konnte sich der König nicht zurückhalten, sprang zu ihr und sprach: »Du kannst niemand anders sein als meine liebe Frau«. Da antwortete sie: »Ja, ich bin deine liebe Frau«, und hatte in dem Augenblick durch Gottes Gnade das Leben wiedererhalten, war frisch, rot und gesund. Darauf erzählte sie dem König den Frevel, den die böse Hexe und ihre Tochter an ihr verübt hatten. Der König ließ beide vor Gericht führen, und es ward ihnen das Urteil gesprochen. Die Tochter ward in den Wald geführt, wo sie die wilden Tiere zerrissen, die Hexe aber ward ins Feuer gelegt und mußte jammervoll verbrennen. Und wie sie zu Asche verbrannt war, verwandelte sich das Rehkälbchen und erhielt seine menschliche Gestalt wieder; Schwesterchen und Brüderchen aber lebten glücklich zusammen bis an ihr Ende.

Die Bremer Stadtmusikanten

Es hatte ein Mann einen Esel, der schon lange Jahre die Säcke unverdrossen zur Mühle getragen hatte, dessen Kräfte aber nun zu Ende gingen, so daß er zur Arbeit immer untauglicher ward. Da dachte der Herr daran, ihn aus dem Futter zu schaffen, aber der Esel merkte, daß kein guter Wind wehte, lief fort und machte sich auf den Weg nach Bremen: dort, meinte er, könnte er ja Stadtmusikant werden. Als er ein Weilchen fortgegangen war, fand er einen Jagdhund auf dem Wege liegen, der jappte wie einer, der sich müde gelaufen hat. »Nun, was jappst du so, Packan?« fragte der Esel. »Ach«, sagte der Hund, »weil ich alt bin und jeden Tag schwächer werde, auch auf der Jagd nicht mehr fort kann, hat mich mein Herr wollen totschlagen, da hab ich Reißaus genommen; aber womit soll ich nun mein Brot verdienen?« »Weißt du was«, sprach der Esel, »ich gehe nach Bremen und werde dort Stadtmusikant, geh mit und laß dich auch bei der Musik annehmen. Ich spiele Laute, und du schlägst die Pauken.« Der Hund wars zufrieden, und sie gingen weiter. Es dauerte nicht lange, so saß da eine Katze an dem Weg und machte ein Gesicht wie drei Tage Regenwetter. »Nun, was ist dir in die Quere gekommen, alter Bartputzer?« sprach der Esel. »Wer kann da lustig sein, wenns einem an den Kragen geht«, antwortete die Katze, »weil ich nun zu Jahren komme, meine Zähne stumpf werden, und ich lieber hinter dem Ofen sitze und spinne, als nach Mäusen herumjage, hat mich meine Frau ersäufen wollen; ich habe mich zwar noch fortgemacht, aber nun ist guter Rat teuer: wo soll ich hin?« »Geh mit uns nach Bremen, du verstehst dich doch auf die Nachtmusik, da kannst du ein Stadtmusikant werden.« Die Katze hielt das für gut und ging mit. Darauf kamen die drei Landesflüchtigen an einem Hof vorbei, da saß auf dem Tor der Haushahn und schrie aus Leibeskräften. »Du schreist einem durch Mark und Bein«, sprach der Esel, »was hast du vor?« »Da hab ich gut Wetter prophezeit«, sprach der Hahn, »weil unserer lieben Frauen Tag ist, wo sie dem Christkindlein die Hemdchen gewaschen hat und sie trocknen will; aber weil morgen zum Sonntag Gäste kommen, so hat die Hausfrau doch kein Erbarmen, und hat der Köchin gesagt, sie wollte mich morgen in der Suppe essen, und da soll ich mir heute abend den Kopf abschneiden lassen. Nun schrei ich aus vollem Hals, solang ich noch kann.« »Ei was, du Rotkopf«, sagte der Esel, »zieh lieber mit uns fort, wir gehen nach Bremen, etwas Besseres als den Tod findest du überall; du hast eine gute Stimme, und wenn wir zusammen musizieren, so muß es eine Art haben.« Der Hahn ließ sich den Vorschlag gefallen, und sie gingen alle viere zusammen fort.

Sie konnten aber die Stadt Bremen in einem Tag nicht erreichen und kamen abends in einen Wald, wo sie übernachten wollten. Der Esel und der Hund legten sich unter einen großen Baum, die Katze und der Hahn machten sich in die Äste, der Hahn aber flog bis in die Spitze, wo es

am sichersten für ihn war. Ehe er einschlief, sah er sich noch einmal nach allen vier Winden um, da deuchte ihn, er sähe in der Ferne ein Fünkchen brennen, und rief seinen Gesellen zu, es müßte nicht gar weit ein Haus sein, denn es scheine ein Licht. Sprach der Esel: »So müssen wir uns aufmachen und noch hingehen, denn hier ist die Herberge schlecht«. Der Hund meinte, ein paar Knochen und etwas Fleisch dran täten ihm auch gut. Also machten sie sich auf den Weg nach der Gegend, wo das Licht war, und sahen es bald heller schimmern, und es ward immer größer, bis sie vor ein hell erleuchtetes Räuberhaus kamen. Der Esel, als der größte, näherte sich dem Fenster und schaute hinein. »Was siehst du, Grauschimmel?« fragte der Hahn. »Was ich sehe?« antwortete der Esel, »einen gedeckten Tisch mit schönem Essen und Trinken, und Räuber sitzen daran und lassens sich wohl sein.« »Das wäre was für uns«, sprach der Hahn. »Ja, ja, ach, wären wir da!« sagte der Esel. Da ratschlagten die Tiere, wie sie es anfangen müßten, um die Räuber hinauszujagen, und fanden endlich ein Mittel. Der Esel mußte sich mit den Vorderfüßen auf das Fenster stellen, der Hund auf des Esels Rücken springen, die Katze auf den Hund klettern, und endlich flog der Hahn hinauf, und setzte sich der Katze auf den Kopf. Wie das geschehen war, fingen sie auf ein Zeichen insgesamt an, ihre Musik zu machen: der Esel schrie, der Hund bellte, die Katze miaute, und der Hahn krähte; dann stürzten sie durch das Fenster in die Stube hinein, daß die Scheiben klirrten. Die Räuber fuhren bei dem entsetzlichen Geschrei in die Höhe, meinten nicht anders, als ein Gespenst käme herein, und flohen in größter Furcht in den Wald hinaus. Nun setzten sich die vier Gesellen an den Tisch, nahmen mit dem vorlieb, was übrig geblieben war, und aßen, als wenn sie vier Wochen hungern sollten.

Wie die vier Spielleute fertig waren, löschten sie das Licht aus und suchten sich eine Schlafstätte, jeder nach seiner Natur und Bequemlichkeit. Der Esel legte sich auf den Mist, der Hund hinter die Türe, die Katze auf den Herd bei der warmen Asche, und der Hahn setzte sich auf den Hahnenbalken: und weil sie müde waren von ihrem langen Weg, schliefen sie auch bald ein. Als Mitternacht vorbei war und die Räuber von weitem sahen, daß kein Licht mehr im Haus brannte, auch alles ruhig schien, sprach der Hauptmann: »Wir hätten uns doch nicht sollen ins Bockshorn jagen lassen«, und hieß einen hingehen und das

Haus untersuchen. Der Abgeschickte fand alles still, ging in die Küche, ein Licht anzuzünden, und weil er die glühenden, feurigen Augen der Katze für lebendige Kohlen ansah, hielt er ein Schwefelhölzchen daran, daß es Feuer fangen sollte. Aber die Katze verstand keinen Spaß, sprang ihm ins Gesicht, spie und kratzte. Da erschrak er gewaltig, lief und wollte zur Hintertüre hinaus, aber der Hund, der da lag, sprang auf und biß ihn ins Bein: und als er über den Hof an dem Miste vorbeirannte, gab ihm der Esel noch einen tüchtigen Schlag mit dem Hinterfuß; der Hahn aber, der vom Lärmen aus dem Schlaf geweckt und munter geworden war, rief vom Balken herab: »kikeriki!« Da lief der Räuber, was er konnte, zu seinem Hauptmann zurück und sprach: »Ach, in dem Haus sitzt eine greuliche Hexe, die hat mich angehaucht und mit ihren langen Fingern mir das Gesicht zerkratzt; und vor der Türe steht ein Mann mit einem Messer, der hat mich ins Bein gestochen; und auf dem Hof liegt ein schwarzes Ungetüm, das hat mit einer Holzkeule auf mich losgeschlagen; und oben auf dem Dache, da sitzt der Richter, der rief: ›Bringt mir den Schelm her‹. Da machte ich, daß ich fortkam«. Von nun an getrauten sich die Räuber nicht weiter in das Haus, den vier Bremer Musikanten gefiels aber so wohl darin, daß sie nicht wieder heraus wollten. Und der das zuletzt erzählt hat, dem ist der Mund noch warm.

Frau Holle

Eine Witwe hatte zwei Töchter, davon war die eine schön und fleißig, die andere häßlich und faul. Sie hatte aber die häßliche und faule, weil sie ihre rechte Tochter war, viel lieber, und die andere mußte alle Arbeit tun und der Aschenputtel im Hause sein. Das arme Mädchen mußte sich täglich auf die große Straße bei einem Brunnen setzen, und mußte so viel spinnen, daß ihm das Blut aus den Fingern sprang. Nun trug es sich zu, daß die Spule einmal ganz blutig war, da bückte es sich damit in den Brunnen und wollte sie abwaschen:

sie sprang ihm aber aus der Hand und fiel hinab. Es weinte, lief zur Stiefmutter und erzählte ihr das Unglück. Sie schalt es aber so heftig und war so unbarmherzig, daß sie sprach: »Hast du die Spule hinunterfallen lassen, so hol sie auch wieder herauf«. Da ging das Mädchen zu dem Brunnen zurück und wußte nicht, was es anfangen sollte: und in seiner Herzensangst sprang es in den Brunnen hinein, um die Spule zu holen. Es verlor die Besinnung, und als es erwachte und wieder zu sich selber kam, war es auf einer schönen Wiese, wo die Sonne schien und viel tausend Blumen standen. Auf dieser Wiese ging es fort und kam zu einem Backofen, der war voller Brot; das Brot aber rief: »Ach, zieh mich raus, zieh mich raus, sonst verbrenn ich: ich bin schon längst ausgebacken«. Da trat es herzu, und holte mit dem Brotschieber alles nacheinander heraus. Danach ging es weiter und kam zu einem Baum, der hing voll Äpfel und rief ihm zu: »Ach schüttel mich, schüttel mich, wir Äpfel sind alle miteinander reif«. Da schüttelte es den Baum, daß die Äpfel fielen, als regneten sie, und schüttelte, bis keiner mehr oben war; und als es alle in einen Haufen zusammengelegt hatte, ging es wieder weiter. Endlich kam es zu einem kleinen Haus, daraus guckte eine alte Frau, weil sie aber so große Zähne hatte, ward ihm angst, und es wollte fortlaufen. Die alte Frau aber rief ihm nach: »Was fürchtest du dich, liebes Kind? Bleib bei mir, wenn du alle Arbeit im Hause ordentlich tun willst, so soll dirs gut gehn. Du mußt nur acht geben, daß du mein Bett gut machst und es fleißig aufschüttelst, daß die Federn fliegen, dann schneit es in der Welt*; ich bin die Frau Holle«. Weil die Alte ihm so gut zusprach, so faßte sich das Mädchen ein Herz, willigte ein und begab sich in ihren Dienst. Es besorgte auch alles nach ihrer Zufriedenheit, und schüttelte ihr das Bett immer gewaltig auf, daß die Federn wie Schneeflocken umherflogen; dafür hatte es auch ein gut Leben bei ihr, kein böses Wort, und alle Tage Gesottenes und Gebratenes. Nun war es eine Zeitlang bei der Frau Holle, da ward es traurig und wußte anfangs selbst nicht, was ihm fehlte, endlich merkte es, daß es Heimweh war; ob es ihm hier gleich viel tausendmal besser ging als zu Hause, so hatte es doch ein Verlangen dahin. Endlich sagte es zu ihr: »Ich habe den Jammer

* Darum sagt man in Hessen, wenn es schneit, die Frau Holle macht ihr Bett.

nach Haus kriegt, und wenn es mir auch noch so gut hier unten geht, so kann ich doch nicht länger bleiben, ich muß wieder hinauf zu den Meinigen«. Die Frau Holle sagte: »Es gefällt mir, daß du wieder nach Hause verlangst, und weil du mir so treu gedient hast, so will dich selbst wieder hinaufbringen«. Sie nahm es darauf bei der Hand und führte es vor ein großes Tor. Das Tor ward aufgetan, und wie das Mädchen gerade darunter stand, fiel ein gewaltiger Goldregen, und alles Gold blieb an ihm hängen, so daß es über und über davon bedeckt war. »Das sollst du haben, weil du so fleißig gewesen bist«, sprach die Frau Holle und gab ihm auch die Spule wieder, die ihm in den Brunnen gefallen war. Darauf ward das Tor verschlossen, und das Mädchen befand sich oben auf der Welt, nicht weit von seiner Mutter Haus: und als es in den Hof kam, saß der Hahn auf dem Brunnen und rief:

»Kikeriki,
unsere goldene Jungfrau ist wieder hie.«

Da ging es hinein zu seiner Mutter, und weil es so mit Gold bedeckt ankam, ward es von ihr und der Schwester gut aufgenommen.

Das Mädchen erzählte alles, was ihm begegnet war, und als die Mutter hörte, wie es zu dem großen Reichtum gekommen war, wollte sie der andern häßlichen und faulen Tochter gerne dasselbe Glück verschaffen. Sie mußte sich an den Brunnen setzen und spinnen; und damit ihre Spule blutig ward, stach sie sich in die Finger und stieß sich die Hand in die Dornhecke. Dann warf sie die Spule in den Brunnen und sprang selber hinein. Sie kam, wie die andere, auf die schöne Wiese und ging auf demselben Pfade weiter. Als sie zu dem Backofen gelangte, schrie das Brot wieder: »Ach zieh mich raus, zieh mich raus, sonst verbrenn ich, ich bin schon längst ausgebacken«. Die Faule aber antwortete: »Da hätt ich Lust, mich schmutzig zu machen«, und ging fort. Bald kam sie zu dem Apfelbaum, der rief: »Ach schüttel mich, schüttel mich, wir Äpfel sind alle miteinander reif«. Sie antwortete aber: »Du kommst mir recht, es könnte mir einer auf den Kopf fallen«, und ging damit weiter. Als sie vor der Frau Holle Haus kam, fürchtete sie sich nicht, weil sie von ihren großen Zähnen schon gehört hatte, und verdingte sich gleich zu ihr. Am ersten Tag tat sie sich Gewalt an, war fleißig und folgte der Frau Holle, wenn sie ihr etwas sagte, denn sie dachte an das viele Gold, das sie ihr schenken würde; am zweiten Tag aber fing sie schon an zu faulenzen, am dritten noch mehr, da wollte sie morgens gar nicht aufstehen. Sie machte auch der Frau Holle das Bett nicht, wie sichs gebührte, und schüttelte es nicht, daß die Federn aufflogen. Das ward die Frau Holle bald müde und sagte ihr den Dienst auf. Die Faule war das wohl zufrieden und meinte, nun würde der Goldregen kommen; die Frau Holle führte sie auch zu dem Tor, als sie aber darunter stand, ward statt des Goldes ein großer Kessel voll Pech ausgeschüttet. »Das ist zur Belohnung deiner Dienste«, sagte die Frau Holle und schloß das Tor zu. Da kam die Faule heim, aber sie war ganz mit Pech bedeckt, und der Hahn auf dem Brunnen, als er sie sah, rief:

»Kikeriki,
unsere schmutzige Jungfrau ist wieder hie«.

Das Pech aber blieb fest an ihr hängen und wollte, solange sie lebte, nicht abgehen.

Rotkäppchen

Es war einmal eine kleine süße Dirne, die hatte jedermann lieb, der sie nur ansah, am allerliebsten aber ihre Großmutter, die wußte gar nicht, was sie alles dem Kinde geben sollte. Einmal schenkte sie ihm ein Käppchen von rotem Sammet, und weil ihm das so wohl stand und es nichts anders mehr tragen wollte, hieß es nur das Rotkäppchen. Eines Tages sprach seine Mutter zu ihm: »Komm, Rotkäppchen, da hast du ein Stück Kuchen und eine Flasche Wein, bring das der Großmutter hinaus; sie ist krank und schwach und wird sich daran laben. Mach dich auf, bevor es heiß wird, und wenn du hinauskommst, so geh hübsch sittsam und lauf nicht vom Weg ab, sonst fällst du und zerbrichst das Glas, und die Großmutter hat nichts. Und wenn du in ihre Stube kommst, so vergiß nicht, guten Morgen zu sagen, und guck nicht erst in alle Ecken herum«.

»Ich will schon alles gut machen«, sagte Rotkäppchen zur Mutter, und gab ihr die Hand darauf. Die Großmutter aber wohnte draußen im Wald, eine halbe Stunde vom Dorf. Wie nun Rotkäppchen in den Wald kam, begegnete ihm der Wolf. Rotkäppchen aber wußte nicht, was das für ein böses Tier war, und fürchtete sich nicht vor ihm. »Guten Tag, Rotkäppchen«, sprach er. »Schönen Dank, Wolf.« »Wo hinaus so früh, Rotkäppchen?« »Zur Großmutter.« »Was trägst du unter der Schürze?« »Kuchen und Wein: gestern haben wir gebacken, da soll sich die kranke und schwache Großmutter etwas zugut tun und sich damit stärken.« »Rotkäppchen, wo wohnt deine Großmutter?« »Noch eine gute Viertelstunde weiter im Wald, unter den drei großen Eichbäumen, da steht ihr Haus, unten sind die Nußhecken, das wirst du ja wissen«, sagte Rotkäppchen. Der Wolf dachte bei sich »das junge zarte Ding, das ist ein fetter Bissen, der wird noch besser schmecken als die Alte: du mußt es listig anfangen, damit du beide erschnappst«. Da ging er ein Weilchen neben Rotkäppchen her, dann sprach er: »Rotkäppchen, sieh einmal die schönen Blumen, die ringsumher stehen, warum guckst du dich nicht um? Ich glaube, du hörst gar nicht, wie die Vöglein so lieblich singen? Du gehst ja für dich hin, als wenn du zur Schule gingst, und ist so lustig haußen in dem Wald«.

Rotkäppchen schlug die Augen auf, und als es sah, wie die Sonnenstrahlen durch die Bäume hin- und hertanzten und alles voll schöner Blumen stand, dachte es: »Wenn ich der Großmutter einen frischen Strauß mitbringe, der wird ihr auch Freude machen; es ist so früh am Tag, daß ich doch zu rechter Zeit ankomme«, lief vom Wege ab in den Wald hinein und suchte Blumen. Und wenn es eine gebrochen hatte, meinte es, weiter hinaus stände eine schönere, und lief darnach, und geriet immer tiefer in den Wald hinein. Der Wolf aber ging geradewegs nach dem Haus der Großmutter, und klopfte an die Türe. »Wer ist draußen?« »Rotkäppchen, das bringt Kuchen und Wein, mach auf.« »Drück nur auf die Klinke«, rief die Großmutter, »ich bin zu schwach und kann nicht aufstehen.« Der Wolf drückte auf die Klinke, die Türe sprang auf und er ging, ohne ein Wort zu sprechen, gerade zum Bett der Großmutter und verschluckte sie. Dann tat er ihre Kleider an, setzte ihre Haube auf, legte sich in ihr Bett und zog die Vorhänge vor.

Rotkäppchen aber war nach den Blumen herumgelaufen, und als es so viel zusammen hatte, daß es keine mehr tragen konnte, fiel ihm die Großmutter wieder ein, und es machte sich auf den Weg zu ihr. Es wunderte sich, daß die Türe aufstand, und wie es in die Stube trat, so kam es ihm so seltsam darin vor, daß es dachte: »Ei, du mein Gott, wie ängstlich wird mirs heute zumut, und ich bin sonst so gerne bei der Großmutter!« Es rief: »Guten Morgen«, bekam aber keine Antwort. Darauf ging es zum Bett und zog die Vorhänge zurück: da lag die Großmutter und hatte die Haube tief ins Gesicht gesetzt und sah so

wunderlich aus. »Ei, Großmutter, was hast du für große Ohren!« »Daß ich dich besser hören kann.« »Ei, Großmutter, was hast du für große Augen!« »Daß ich dich besser sehen kann.« »Ei, Großmutter, was hast du für große Hände!« »Daß ich dich besser packen kann.« »Aber, Großmutter, was hast du für ein entsetzlich großes Maul!« »Daß ich dich besser fressen kann.« Kaum hatte der Wolf das gesagt, so tat er einen Satz aus dem Bette und verschlang das arme Rotkäppchen.

Wie der Wolf sein Gelüsten gestillt hatte, legte er sich wieder ins Bett, schlief ein und fing an überlaut zu schnarchen. Der Jäger ging eben an dem Haus vorbei und dachte: »Wie die alte Frau schnarcht, du mußt doch sehen, ob ihr etwas fehlt«. Da trat er in die Stube, und wie er vor das Bette kam, so sah er, daß der Wolf darin lag. »Finde ich dich hier, du alter Sünder«, sagte er, »ich habe dich lange gesucht.« Nun wollte er seine Büchse anlegen, da fiel ihm ein, der Wolf könnte die Großmutter gefressen haben, und sie wäre noch zu retten: schoß nicht, sondern nahm eine Schere und fing an, dem schlafenden Wolf den Bauch aufzuschneiden. Wie er ein paar Schnitte getan hatte, da sah er das rote Käppchen leuchten, und noch ein paar Schnitte, da sprang das Mädchen heraus und rief: »Ach wie war ich erschrocken, wie wars so dunkel in dem Wolf seinem Leib!« Und dann kam die alte Großmutter auch noch lebendig heraus und konnte kaum atmen. Rotkäppchen aber holte geschwind große Steine, damit füllten sie dem Wolf den Leib, und wie er aufwachte, wollte er fortspringen, aber die Steine waren so schwer, daß er gleich niedersank und sich totfiel.

Da waren alle drei vergnügt; der Jäger zog dem Wolf den Pelz ab und ging damit heim, die Großmutter aß den Kuchen und trank den Wein, den Rotkäppchen gebracht hatte, und erholte sich wieder, Rotkäppchen aber dachte: »Du willst dein Lebtag nicht wieder allein vom Wege ab in den Wald laufen, wenn dirs die Mutter verboten hat«.

Es wird auch erzählt, daß einmal, als Rotkäppchen der alten Großmutter wieder Gebackenes brachte, ein anderer Wolf ihm zugesprochen und es vom Wege habe ableiten wollen. Rotkäppchen aber hütete sich und ging gerade fort seines Wegs und sagte der Großmutter, daß es dem Wolf begegnet wäre, der ihm guten Tag gewünscht, aber so bös aus den Augen geguckt hätte: »Wenns nicht auf offner Straße gewesen wäre, er hätte mich gefressen.« »Komm«, sagte die Großmutter, »wir wollen die Türe verschließen, daß er nicht herein kann.« Bald darnach klopfte der Wolf an und rief: »Mach auf, Großmutter, ich bin das Rotkäppchen, ich bring dir Gebackenes«. Sie schwiegen aber still und machten die Türe nicht auf: da schlich der Graukopf etlichemal um das Haus, sprang endlich aufs Dach und wollte warten, bis Rotkäppchen abends nach Hause ginge, dann wollte er ihm nachschleichen und wollts in der Dunkelheit fressen. Aber die Großmutter merkte, was er im Sinn hatte. Nun stand vor dem Haus ein großer Steintrog, da sprach sie zu dem Kind: »Nimm den Eimer, Rotkäppchen, gestern hab ich Würste gekocht, da trag das Wasser, worin sie gekocht sind, in den Trog«. Rotkäppchen trug so lange, bis der große, große Trog ganz voll war. Da stieg der Geruch von den Würsten dem Wolf in die Nase, er schnupperte und guckte hinab, endlich machte er den Hals so lang, daß er sich nicht mehr halten konnte und anfing, zu rutschen: so rutschte er vom Dach herab, gerade in den großen Trog hinein, und ertrank. Rotkäppchen aber ging fröhlich nach Haus, und tat ihm niemand etwas zuleid.

Daumesdick

Es war ein armer Bauersmann, der saß abends beim Herd und schürte das Feuer, und die Frau saß und spann. Da sprach er: »Wie ists so traurig, daß wir keine Kinder haben! Es ist so still bei uns, und in den andern Häusern ists so laut und lustig«. »Ja«, antwortete die Frau und seufzte, »wenns nur ein einziges wäre, und wenns auch ganz klein wäre, nur Daumens groß, so wollte ich schon zufrieden sein; wir hättens doch von Herzen lieb.« Nun geschah es, daß die Frau kränklich ward und nach sieben Monaten ein Kind gebar, das zwar an allen Gliedern vollkommen, aber nicht länger als ein Daumen war. Da sprachen sie: »Es ist, wie wir es gewünscht haben, und es soll unser liebes Kind sein«, und nannten es nach seiner Gestalt *Daumesdick*. Sie ließens nicht an Nahrung fehlen, aber das Kind ward nicht größer, sondern blieb, wie es in der ersten Stunde gewesen war; doch schaute es verständig aus den Augen und zeigte sich bald als ein kluges und behendes Ding, dem alles glückte, was es anfing.

Der Bauer machte sich eines Tages fertig, in den Wald zu gehen und Holz zu fallen, da sprach er so vor sich hin: »Nun wollte ich, daß einer da wäre, der mir den Wagen nachbrächte«. »O Vater«, rief Daumesdick, »den Wagen will ich schon bringen, verlaßt Euch drauf, er soll zur bestimmten Zeit im Walde sein.« Da lachte der Mann und sprach: »Wie sollte das zugehen, du bist viel zu klein, um das Pferd mit dem Zügel zu leiten«. »Das tut nichts, Vater, wenn nur die Mutter anspannen will, ich setze mich dem Pferd ins Ohr und rufe ihm zu, wie es gehen soll.« »Nun«, antwortete der Vater, »einmal wollen wirs versuchen.« Als die Stunde kam, spannte die Mutter an und setzte Daumesdick ins Ohr des Pferdes, und dann rief der Kleine, wie das Pferd gehen sollte, »jüh und joh! hott und har!« Da ging es ganz ordentlich als wie bei einem Meister, und der Wagen fuhr den rechten Weg nach dem Walde. Es trug sich zu, als er eben um eine Ecke bog und der Kleine »har, har!« rief, daß zwei fremde Männer daherkamen. »Mein«, sprach der eine, »was ist das? Da fährt ein Wagen, und ein Fuhrmann ruft dem Pferde zu, und ist doch nicht zu sehen.« »Das geht nicht mit rechten Dingen zu«, sagte der andere, »wir wollen dem Karren folgen und sehen, wo er anhält.« Der Wagen aber fuhr vollends in den Wald hinein und richtig zu dem Platze, wo das Holz gehauen ward. Als Daumesdick seinen Vater erblickte, rief er ihm zu: »Siehst du, Vater, da bin ich mit dem Wagen, nun hol mich herunter«. Der Vater faßte das Pferd mit der Linken und holte mit der Rechten sein Söhnlein aus dem Ohr, das sich ganz lustig auf einen Strohhalm niedersetzte. Als die beiden fremden Männer den Daumesdick erblickten, wußten sie nicht, was sie vor Verwunderung sagen sollten. Da nahm der eine den andern beseit und sprach: »Hör, der kleine Kerl könnte unser Glück machen, wenn wir ihn in einer großen Stadt für Geld sehen ließen: wir wollen ihn kaufen«. Sie gingen zu dem Bauer und sprachen: »Verkauft uns den kleinen Mann, er solls gut bei uns haben«. »Nein«, antwortete der Vater, »es ist mein Herzblatt, und ist mir für alles Gold in der Welt nicht feil!« Daumesdick aber, als er von dem Handel gehört, war an den Rockfalten seines Vaters hinaufgekrochen, stellte sich ihm auf die Schulter und wisperte ihm ins Ohr: »Vater, gib mich nur hin, ich will schon wieder zurückkommen«. Da gab ihn der Vater für ein schönes Stück Geld den beiden Männern hin. »Wo willst du sitzen?« sprachen sie zu ihm. »Ach, setzt mich nur auf den Rand von eurem Hut, da kann ich auf und ab spazieren und die Gegend betrachten, und falle doch nicht herunter.« Sie taten ihm den Willen, und als Daumesdick Abschied von seinem Vater genommen hatte, machten sie sich mit ihm fort. So gingen sie, bis es dämmrig ward, da sprach der Kleine: »Hebt mich einmal herunter, es ist nötig«. Bleib nur droben«, sprach der Mann, auf dessen Kopf er saß, »ich will mir nichts draus machen, die Vögel lassen mir auch manchmal was drauf fallen.« »Nein«, sprach Daumesdick, »ich weiß auch, was sich schickt: hebt mich nur geschwind herab.« Der Mann nahm den Hut ab und setzte den Kleinen auf einen Acker am Weg, da sprang und kroch er ein wenig zwischen den Schollen hin und her, dann schlüpfte er plötzlich in ein Mausloch, das er sich ausgesucht hatte. »Guten Abend, ihr Herren, geht nur ohne mich heim«, rief er ihnen zu, und lachte sie aus. Sie liefen herbei und stachen mit Stöcken in das Mausloch, aber das war vergebliche Mühe: Daumesdick kroch immer weiter zurück, und da es bald ganz dunkel ward, so mußten sie mit Ärger und mit leerem Beutel wieder heim wandern.

Als Daumesdick merkte, daß sie fort waren, kroch er aus dem unterirdischen Gang wieder hervor. »Es ist auf dem Acker in der Finsternis so gefährlich gehen«, sprach er, »wie leicht bricht einer Hals und Bein.« Zum Glück stieß er an ein leeres Schneckenhaus. »Gottlob«, sagte er, »da kann ich die Nacht sicher zubringen«, und setzte sich hinein. Nicht lang, als er eben einschlafen wollte, so hörte er zwei Männer vorübergehen, davon sprach der eine »wie wirs nur anfangen, um dem reichen Pfarrer sein Geld und sein Silber zu holen?« »Das könnt ich dir sagen«, rief Daumesdick dazwischen. »Was war das?« sprach der eine Dieb erschrocken, »ich hörte jemand sprechen.« Sie blieben stehen und horchten, da sprach Daumesdick wieder: »Nehmt mich mit, so will ich euch helfen«. »Wo bist du denn?« »Sucht nur auf der Erde und merkt, wo die Stimme herkommt«, antwortete er. Da fanden ihn endlich die Diebe und hoben ihn in die Höhe. »Du kleiner Wicht, was willst du uns helfen!« sprachen sie. »Seht«, antwortete er, »ich krieche zwischen den Eisenstäben in die Kammer des Pfarrers und reiche euch heraus, was ihr haben wollt.« »Wohlan«, sagten sie, »wir wollen sehen, was du kannst.« Als sie bei dem Pfarrhaus kamen, kroch Daumesdick in die Kammer, schrie aber gleich aus Leibeskräften: »Wollt ihr alles haben, was hier ist?« Die Diebe erschraken und sagten: »So sprich doch leise, damit niemand aufwacht«. Aber Daumesdick tat, als hätte er sie nicht verstanden, und schrie von neuem: »Was wollt ihr? Wollt ihr alles haben, was hier ist?« Das hörte die Köchin, die in der Stube daran schlief, richtete sich im Bett auf und horchte. Die Diebe aber waren vor Schrecken ein Stück Wegs zurückgelaufen, endlich faßten sie wieder Mut und dachten: »Der kleine Kerl will uns necken«. Sie kamen zurück und flüsterten ihm zu: »Nun mach Ernst und reich uns etwas heraus«. Da schrie Daumesdick noch einmal, so laut er konnte: »Ich will euch ja alles geben, reicht nur die Hände herein«. Das hörte die horchende Magd ganz deutlich, sprang aus dem Bett und stolperte zur Tür herein. Die Diebe liefen fort und rannten, als wäre der wilde Jäger hinter ihnen; die Magd aber, als sie nichts bemerken konnte, ging ein Licht anzünden. Wie sie damit herbeikam, machte sich Daumesdick, ohne daß er gesehen wurde, hinaus in die Scheune. Die Magd aber, nachdem sie alle Winkel durchgesucht und nichts gefunden hatte, legte sich endlich wieder zu Bett und glaubte, sie hätte mit offenen Augen und Ohren doch nur geträumt.

Daumesdick war in den Heuhälmchen herumgeklettert und hatte einen schönen Platz zum Schlafen gefunden: da wollte er sich ausruhen, bis es Tag wäre, und dann zu seinen Eltern wieder heimgehen. Aber er mußte andere Dinge erfahren! Ja, es gibt viel Trübsal und Not auf der Welt! Die Magd stieg, als der Tag graute, schon aus dem Bett, um das Vieh zu füttern. Ihr erster Gang war in die Scheune, wo sie einen Arm voll Heu packte, und gerade dasjenige, worin der arme Daumesdick lag und schlief. Er schlief aber so fest, daß er nichts gewahr

ward, und nicht eher aufwachte, als bis er in dem Maul der Kuh war, die ihn mit dem Heu aufgerafft hatte. »Ach Gott«, rief er, »wie bin ich in die Walkmühle geraten!« merkte aber bald, wo er war. Da hieß es aufpassen, daß er nicht zwischen die Zähne kam und zermalmt ward, und hernach mußte er doch mit in den Magen hinabrutschen. »In dem Stübchen sind die Fenster vergessen«, sprach er, »und scheint keine Sonne hinein: ein Licht wird auch nicht gebracht.« Überhaupt gefiel ihm das Quartier schlecht, und was das Schlimmste war, es kam immer mehr neues Heu zur Türe hinein, und der Platz ward immer enger. Da rief er endlich in der Angst, so laut er konnte: »Bringt mir kein frisch Futter mehr, bringt mir kein frisch Futter mehr«. Die Magd melkte gerade die Kuh, und als sie sprechen hörte, ohne jemand zu sehen, und es dieselbe Stimme war, die sie auch in der Nacht gehört hatte, erschrak sie so, daß sie von ihrem Stühlchen herabglitschte und die Milch verschüttete. Sie lief in der größten Hast zu ihrem Herrn und rief: »Ach Gott, Herr Pfarrer, die Kuh hat geredet«. »Du bist verrückt«, antwortete der Pfarrer, ging aber doch selbst in den Stall und wollte nachsehen, was es da gäbe. Kaum aber hatte er den Fuß hineingesetzt, so rief Daumesdick aufs neue: »Bringt mir kein frisch Futter mehr, bringt mir kein frisch Futter mehr«. Da erschrak der Pfarrer selbst, meinte, es wäre ein böser Geist in die Kuh gefahren, und hieß sie töten. Sie ward geschlachtet, der Magen aber, worin Daumesdick steckte, auf den Mist geworfen. Daumesdick hatte große Mühe, sich hindurchzuarbeiten, und hatte große Mühe damit, doch brachte ers so weit, daß er Platz bekam, aber als er eben sein Haupt herausstrecken wollte, kam ein neues Unglück. Ein hungriger Wolf lief heran und verschlang den ganzen Magen mit einem Schluck. Daumesdick verlor den Mut nicht, »vielleicht«, dachte er, »läßt der Wolf mit sich reden«, und rief ihm aus dem Wanste zu: »Lieber Wolf, ich weiß dir einen herrlichen Fraß«. »Wo ist der zu holen?« sprach der Wolf.« In dem und dem Haus, da mußt du durch die Gosse hineinkriechen, und wirst Kuchen, Speck und Wurst finden, soviel du essen willst«, und beschrieb ihm genau seines Vaters Haus. Der Wolf ließ sich das nicht zweimal sagen, drängte sich in der Nacht zur Gosse hinein und fraß in der Vorratskammer nach Herzenslust. Als er sich gesättigt hatte, wollte er wieder fort, aber er war so dick geworden, daß er denselben Weg nicht wieder hinaus konnte. Darauf hatte Daumesdick gerechnet und fing nun an; in dem Leib des Wolfes einen gewaltigen Lärm zu machen, tobte und schrie, was er konnte. »Willst du stille sein«, sprach der Wolf, »du weckst die Leute auf.« »Ei was«, antwortete der Kleine, »du hast dich satt gefressen, ich will mich auch lustig machen«, und fing von neuem an, aus allen Kräften zu schreien. Davon erwachte endlich sein Vater und seine Mutter, liefen an die Kammer und schauten durch die Spalte hinein. Wie sie sahen, daß ein Wolf darin hauste, liefen sie davon, und der Mann holte die Axt, und die Frau die Sense. »Bleib dahinten«, sprach der Mann, als sie in die Kammer traten, »wenn ich ihm einen Schlag gegeben habe, und er davon noch nicht tot ist, so mußt du auf ihn einhauen, und ihm den Leib zerschneiden.« Da hörte Daumesdick die Stimme seines Vaters und rief: »Lieber Vater, ich bin hier, ich stecke im Leibe des Wolfs«. Sprach der Vater voll Freuden: »Gottlob, unser liebes Kind hat sich wiedergefunden«, und hieß die Frau die Sense wegtun, damit Daumesdick nicht beschädigt würde. Danach holte er aus, und schlug dem Wolf einen Schlag auf den Kopf, daß er tot niederstürzte, dann suchten sie Messer und Schere, schnitten ihm den Leib auf und zogen den Kleinen wieder hervor. »Ach«, sprach der Vater, »was haben wir für Sorge um dich ausgestanden!« »Ja, Vater, ich bin viel in der Welt herumgekommen; gottlob, daß ich wieder frische Luft schöpfe!« »Wo bist du denn all gewesen?« »Ach, Vater, ich war in einem Mauseloch, in einer Kuh Bauch und in eines Wolfes Wanst: nun bleib ich bei euch.« »Und wir verkaufen dich um alle Reichtümer der Welt nicht wieder«, sprachen die Eltern, herzten und küßten ihren lieben Daumesdick. Sie gaben ihm zu essen und trinken, und ließen ihm neue Kleider machen, denn die seinigen waren ihm auf der Reise verdorben.

Die sechs Schwäne

Es jagte einmal ein König in einem großen Wald und jagte einem Wild so eifrig nach, daß ihm niemand von seinen Leuten folgen konnte. Als der Abend herankam, hielt er still und blickte um sich, da sah er, daß er sich verirrt hatte. Er suchte einen Ausgang, konnte aber keinen finden. Da sah er eine alte Frau mit wackelndem Kopfe, die auf ihn zukam; das war aber eine Hexe. »Liebe Frau«, sprach er zu ihr, »könnt Ihr mir nicht den Weg durch den Wald zeigen?« »O ja, Herr König«, antwortete sie, »das kann ich wohl, aber es ist eine Bedingung dabei, wenn Ihr die nicht erfüllt, so kommt Ihr nimmermehr aus dem Wald und müßt darin Hungers sterben.« »Was ist das für eine Bedingung?« fragte der König. »Ich habe eine Tochter«, sagte die Alte, »die so schön ist, wie Ihr eine auf der Welt finden könnt, und wohl verdient, Eure Gemahlin zu werden, wollt Ihr die zur Frau Königin machen, so zeige ich Euch den Weg aus dem Walde.« Der König in der Angst seines Herzens willigte ein, und die Alte führte ihn zu ihrem Häuschen, wo ihre Tochter beim Feuer saß. Sie empfing den König, als wenn sie ihn erwartet hätte, und er sah wohl, daß sie sehr schön war, aber sie gefiel ihm doch nicht, und er konnte sie ohne heimliches Grausen nicht ansehen. Nachdem er das Mädchen zu sich aufs Pferd gehoben hatte, zeigte ihm die Alte den Weg, und der König gelangte wieder in sein königliches Schloß, wo die Hochzeit gefeiert wurde.

Der König war schon einmal verheiratet gewesen, und hatte von seiner ersten Gemahlin sieben Kinder, sechs Knaben und ein Mädchen, die er über alles auf der Welt liebte. Weil er nun fürchtete, die Stiefmutter möchte sie nicht gut behandeln und ihnen gar ein Leid antun, so brachte er sie in ein einsames Schloß, das mitten in einem Walde stand. Es lag so verborgen, und der Weg war so schwer zu finden, daß er ihn selbst nicht gefunden hätte, wenn ihm nicht eine weise Frau ein Knäuel Garn von wunderbarer Eigenschaft geschenkt hätte; wenn er das vor sich hinwarf, so wickelte es sich von selbst los und zeigte ihm den Weg. Der König ging aber so oft hinaus zu seinen lieben Kindern, daß der Königin seine Abwesenheit auffiel; sie war neugierig und wollte wissen, was er draußen ganz allein in dem Walde zu schaffen habe. Sie gab seinen Dienern viel Geld, und die verrieten ihr das Geheimnis und sagten ihr auch von dem Knäuel, das allein den Weg zeigen könnte. Nun hatte sie keine Ruhe, bis sie herausgebracht hatte, wo der König das Knäuel aufbewahrte, und dann machte sie kleine weißseidene Hemdchen, und da sie von ihrer Mutter die Hexenkünste gelernt hatte, so nähete sie einen Zauber hinein. Und als der König einmal auf die Jagd geritten war, nahm sie die Hemdchen und ging in den Wald, und das Knäuel zeigte ihr den Weg. Die Kinder, die aus der Ferne jemand kommen sahen, meinten, ihr lieber Vater käme zu ihnen, und sprangen ihm voll Freude entgegen. Da warf sie über ein jedes eins von den Hemdchen, und wie das ihren Leib berührt hatte, verwandelten sie sich in Schwäne und flogen über den Wald hinweg. Die Königin ging ganz vergnügt nach Haus und glaubte ihre Stiefkinder los zu sein, aber das Mädchen war ihr mit den Brüdern nicht entgegen gelaufen, und sie wußte nichts von ihm. Andern Tags kam der König und wollte seine Kinder besuchen, er fand aber niemand als das Mädchen. »Wo sind deine Brüder?« fragte der König. »Ach, lieber Vater«, antwortete es, »die sind fort und haben mich allein zurückgelassen«, und erzählte ihm, daß es aus seinem Fensterlein mit angesehen habe, wie seine Brüder als Schwäne über den Wald weggeflogen wären, und zeigte ihm die Federn, die sie in dem Hof hatten fallen lassen, und die es aufgelesen hatte. Der König trauerte, aber er dachte nicht, daß die Königin die böse Tat vollbracht hätte, und weil er fürchtete, das Mädchen würde ihm auch geraubt, so wollte er es mit fortnehmen. Aber es hatte Angst vor der Stiefmutter, und bat den König, daß es nur noch diese Nacht im Waldschloß bleiben dürfte.

Das arme Mädchen dachte: »Meines Bleibens ist nicht länger hier, ich will gehen und meine Brüder suchen«. Und als die Nacht kam, entfloh es, und ging gerade in den Wald hinein. Es ging die ganze Nacht durch und auch den andern Tag in einem fort, bis es vor Müdigkeit nicht weiter konnte. Da sah es eine Wildhütte, stieg hinauf und fand eine Stube mit sechs kleinen Betten, aber es getraute nicht sich in eins zu legen, sondern kroch unter eins, legte sich auf den harten Boden und wollte die Nacht da zubringen. Als aber die Sonne bald untergehen wollte, hörte es ein Rauschen und sah, daß sechs Schwäne

zum Fenster hereingeflogen kamen. Sie setzten sich auf den Boden, und bliesen einander an und bliesen sich alle Federn ab, und ihre Schwanenhaut streifte sich ab wie ein Hemd. Da sah sie das Mädchen an und erkannte ihre Brüder, freute sich und kroch unter dem Bett hervor. Die Brüder waren nicht weniger erfreut, als sie ihr Schwesterchen erblickten, aber ihre Freude war von kurzer Dauer. »Hier kann deines Bleibens nicht sein«, sprachen sie zu ihm, »das ist eine Herberge für Räuber, wenn die heim kommen und finden dich, so ermorden sie dich.« »Könnt ihr mich denn nicht beschützen?« fragte das Schwesterchen. »Nein«, antworteten sie, »denn wir können nur eine Viertelstunde lang jeden Abend unsere Schwanenhaut ablegen, und haben in dieser Zeit unsere menschliche Gestalt, aber dann werden wir wieder in Schwäne verwandelt.« Das Schwesterchen weinte und sagte »könnt ihr denn nicht erlöst werden?« »Ach nein«, antworteten sie, »die Bedingungen sind zu schwer. Du darfst sechs Jahre lang nicht sprechen und nicht lachen, und mußt in der Zeit sechs Hemdchen für uns aus Sternblumen zusammennähen. Kommt ein einziges Wort aus deinem Munde, so ist alle Arbeit verloren.« Und als die Brüder das gesprochen hatten, war die Viertelstunde herum, und sie flogen als Schwäne wieder zum Fenster hinaus.

Das Mädchen aber faßte den festen Entschluß, seine Brüder zu erlösen, und wenn es auch sein Leben kostete. Es verließ die Wildhütte, ging mitten in den Wald und setzte sich auf einen Baum und brachte da die Nacht zu. Am andern Morgen ging es aus, sammelte Sternblumen und fing an zu nähen. Reden konnte es mit niemand, und zum Lachen hatte es keine Lust: es saß da und sah nur auf seine Arbeit. Als es schon lange Zeit da zugebracht hatte, geschah es, daß der König des Landes in dem Wald jagte und seine Jäger zu dem Baum kamen, auf welchem das Mädchen saß. Sie riefen es an und sagten: »Wer bist du?« Es gab aber keine Antwort. »Komm herab zu uns«, sagten sie, »wir wollen dir nichts zuleid tun.« Es schüttelte bloß mit dem Kopf. Als sie es weiter mit Fragen bedrängten, so warf es ihnen seine goldene Halskette herab und dachte sie damit zufrieden zu stellen. Sie ließen aber nicht ab, da warf es ihnen seinen Gürtel herab, und als auch das nichts half, seine Strumpfbänder, und nach und nach alles, was es anhatte und entbehren konnte, so daß es nichts mehr als sein Hemdlein behielt. Die Jäger ließen sich aber damit nicht abweisen, stiegen auf den Baum, hoben das Mädchen herab und führten es vor den König. Der König fragte: »Wer bist du? Was machst du auf dem Baum?« Aber es antwortete nicht. Er fragte es in allen Sprachen, die er wußte, aber es blieb stumm wie ein Fisch. Weil es aber so schön war, so ward des Königs Herz gerührt, und er faßte eine große Liebe zu ihm. Er tat ihm seinen Mantel um, nahm es vor sich aufs Pferd und brachte es in sein Schloß. Da ließ er ihm reiche Kleider antun, und es strahlte in seiner Schönheit wie der helle Tag, aber es war kein Wort aus ihm herauszubringen. Er setzte es bei Tisch an seine Seite, und seine bescheidenen Mienen und seine Sittsamkeit gefielen ihm so sehr, daß er sprach: »Diese begehre ich zu heiraten und keine andere auf der Welt«, und nach einigen Tagen vermählte er sich mit ihr.

Der König aber hatte eine böse Mutter, die war unzufrieden mit dieser Heirat und sprach schlecht von der jungen Königin. »Wer weiß, wo die Dirne her ist«, sagte sie, »die nicht reden kann: sie ist eines Königs nicht würdig.« Über ein Jahr, als die Königin das erste Kind zur Welt brachte, nahm es ihr die Alte weg und bestrich ihr im Schlafe den Mund mit Blut. Da ging sie zum König und klagte sie an, sie wäre eine Menschenfresserin. Der König wollte es nicht glauben und litt nicht, daß man ihr ein Leid antat. Sie saß aber beständig und nähete an den Hemdchen, und achtete auf nichts anderes. Das nächste Mal, als sie wieder einen schönen Knaben gebar, übte die falsche Schwiegermutter denselben Betrug aus, aber der König konnte sich nicht entschließen, ihren Reden Glauben beizumessen. Er sprach: »Sie ist zu fromm und gut, als daß sie so etwas tun könnte, wäre sie nicht stumm und könnte sie sich verteidigen, so würde ihre Unschuld an den Tag kommen«. Als aber das drittemal die Alte das neugeborne Kind raubte und die Königin anklagte, die kein Wort zu ihrer Verteidigung vorbrachte, so konnte der König nicht anders, er mußte sie dem Gericht übergeben, und das verurteilte sie, den Tod durchs Feuer zu erleiden.

Als der Tag herankam, wo das Urteil sollte vollzogen werden, da war zugleich der letzte Tag von den sechs Jahren herum, in welchem sie nicht sprechen und nicht lachen durfte, und sie hatte ihre lieben Brüder aus der Macht des Zaubers befreit. Die sechs Hemden waren fertig geworden, nur daß an dem letzten der linke Ärmel noch fehlte.

Als sie nun zum Scheiterhaufen geführt wurde, legte sie die Hemden auf ihren Arm, und als sie oben stand und das Feuer eben sollte angezündet werden, so schaute sie sich um, da kamen sechs Schwäne durch die Luft dahergezogen. Da sah sie, daß ihre Erlösung nahte, und ihr Herz regte sich in Freude. Die Schwäne rauschten zu ihr her und senkten sich herab, so daß sie ihnen die Hemden überwerfen konnte: und wie sie davon berührt wurden, fielen die Schwanenhäute ab, und ihre Brüder standen leibhaftig vor ihr und waren frisch und schön; nur dem jüngsten fehlte der linke Arm, und er hatte dafür einen Schwanenflügel am Rücken. Sie herzten und küßten sich, und die Königin ging zu dem König, der ganz bestürzt war, und fing an zu reden und sagte: »Liebster Gemahl, nun darf ich sprechen und dir offenbaren, daß ich unschuldig bin und fälschlich angeklagt«, und erzählte ihm von dem Betrug der Alten, die ihre drei Kinder weggenommen und verborgen hätte. Da wurden sie zu großer Freude des Königs herbeigeholt, und die böse Schwiegermutter wurde zur Strafe auf den Scheiterhaufen gebunden und zu Asche verbrannt. Der König aber und die Königin mit ihren sechs Brüdern lebten lange Jahre in Glück und Frieden.

Rapunzel

Es war einmal ein Mann und eine Frau, die wünschten sich schon lange vergeblich ein Kind, endlich machte sich die Frau Hoffnung, der liebe Gott werde ihren Wunsch erfüllen. Die Leute hatten in ihrem Hinterhaus ein kleines Fenster, daraus konnte man in einen prächtigen Garten sehen, der voll der schönsten Blumen und Kräuter stand; er war aber von einer hohen Mauer umgeben, und niemand wagte hineinzugehen, weil er einer Zauberin gehörte, die große Macht hatte und von aller Welt gefürchtet ward. Eines Tages stand die Frau an diesem Fenster und sah in den Garten hinab, da erblickte sie ein Beet, das mit den schönsten Rapunzeln bepflanzt war: und sie sahen so frisch und grün aus, daß sie lüstern ward und das größte Verlangen empfand, von den Rapunzeln zu essen. Das Verlangen nahm jeden Tag zu, und da sie wußte, daß sie keine davon bekommen konnte, so fiel sie ganz ab, sah blaß und elend aus. Da erschrak der Mann und fragte: »Was fehlt dir, liebe Frau?« »Ach«, antwortete sie, »wenn ich keine Rapunzeln aus dem Garten hinter unserem Hause zu essen kriege, so sterbe ich.« Der Mann, der sie lieb hatte, dachte »eh du deine Frau sterben lassest, holst du ihr von den Rapunzeln, es mag kosten, was es will«. In der Abenddämmerung stieg er also über die Mauer in den Garten der Zauberin, stach in aller Eile eine Handvoll Rapunzeln und brachte sie seiner Frau. Sie machte sich sogleich Salat daraus und aß sie in voller Begierde auf. Sie hatten ihr aber so gut, so gut geschmeckt, daß sie den andern Tag noch dreimal soviel Lust bekam. Sollte sie Ruhe haben, so mußte der Mann noch einmal in den Garten steigen. Er machte sich also in der Abenddämmerung wieder hinab, als er aber die Mauer herabgeklettert war, erschrak er gewaltig, denn er sah die Zauberin vor sich stehen. »Wie kannst du es wagen«, sprach sie mit zornigem Blick, »in meinen Garten zu steigen und wie ein Dieb mir meine Rapunzeln zu stehlen? das soll dir schlecht bekommen.« »Ach«, antwortete er, »laßt Gnade für Recht ergehen, ich habe mich nur aus Not dazu entschlossen: meine Frau hat Eure Rapunzeln aus dem Fenster erblickt, und empfindet ein so großes Gelüsten, daß sie sterben würde, wenn sie nicht davon zu essen bekäme.« Da ließ die Zauberin in ihrem Zorne nach und sprach zu ihm: »Verhält es sich so, wie du sagst, so will ich dir gestatten, Rapunzeln mitzunehmen, soviel du willst, allein ich mache eine Bedingung: du mußt mir das Kind geben, das deine Frau zur Welt bringen wird. Es soll ihm gut gehen, und ich will für es sorgen wie eine Mutter«. Der Mann sagte in der Angst alles zu, und als die Frau in Wochen kam, so erschien sogleich die Zauberin, gab dem Kinde den Namen *Rapunzel* und nahm es mit sich fort.

Rapunzel ward das schönste Kind unter der Sonne. Als es zwölf Jahre alt war, schloß es die Zauberin in einen Turm, der in einem Walde lag, und weder Treppe noch Türe hatte, nur ganz oben war ein kleines Fensterchen. Wenn die Zauberin hinein wollte, so stellte sie sich unten hin und rief:

»Rapunzel, Rapunzel,
laß mir dein Haar herunter«.

Rapunzel hatte lange prächtige Haare, fein wie gesponnen Gold. Wenn sie nun die Stimme der Zauberin vernahm, so band sie ihre Zöpfe los, wickelte sie oben um einen Fensterhaken, und dann fielen die Haare zwanzig Ellen tief herunter, und die Zauberin stieg daran hinauf.

Nach ein paar Jahren trug es sich zu, daß der Sohn des Königs durch den Wald ritt und an dem Turm vorüberkam. Da hörte er einen Gesang, der war so lieblich, daß er still hielt und horchte. Das war Rapunzel, die in ihrer Einsamkeit sich die Zeit damit vertrieb, ihre süße Stimme erschallen zu lassen. Der Königssohn wollte zu ihr hinaufsteigen und suchte nach einer Türe des Turms, aber es war keine zu finden.

Er ritt heim, doch der Gesang hatte ihm so sehr das Herz gerührt, daß er jeden Tag hinaus in den Wald ging und zuhörte. Als er einmal so hinter einem Baum stand, sah er, daß eine Zauberin herankam und hörte, wie sie hinaufrief:

»Rapunzel, Rapunzel,
laß dein Haar herunter«.

Da ließ Rapunzel die Haarflechten herab, und die Zauberin stieg zu ihr hinauf. »Ist das die Leiter, auf welcher man hinaufkommt, so will ich auch einmal mein Glück versuchen.« Und den folgenden Tag, als es anfing dunkel zu werden, ging er zu dem Turme und rief:

»Rapunzel, Rapunzel,
laß dein Haar herunter«.

Alsbald fielen die Haare herab, und der Königssohn stieg hinauf.

Anfangs erschrak Rapunzel gewaltig, als ein Mann zu ihr hereinkam, wie ihre Augen noch nie einen erblickt hatten, doch der Königssohn fing an ganz freundlich mit ihr zu reden und erzählte ihr, daß von ihrem Gesang sein Herz so sehr sei bewegt worden, daß es ihm keine Ruhe gelassen und er sie selbst habe sehen müssen. Da verlor Rapunzel ihre Angst, und als er sie fragte, ob sie ihn zum Manne nehmen wollte, und sie sah, daß er jung und schön war, so dachte sie: »Der wird mich lieber haben als die alte Frau Gotel«, und sagte ja, und legte ihre Hand in seine Hand. Sie sprach: »Ich will gerne mit dir gehen, aber ich weiß nicht, wie ich herabkommen kann. Wenn du kommst, so bringe jedesmal einen Strang Seide mit, daraus will ich eine Leiter flechten, und wenn die fertig ist, so steige ich herunter und du nimmst mich auf dein Pferd«. Sie verabredeten, daß er bis dahin alle Abend zu ihr kommen sollte, denn bei Tag kam die Alte. Die Zauberin merkte auch nichts davon, bis einmal Rapunzel anfing und zu ihr sagte: »Sag sie mir doch, Frau Gotel, wie kommt es nur, sie wird mir viel schwerer heraufzuziehen als der junge Königssohn, der ist in einem Augenblick bei mir«. »Ach du gottloses Kind«, rief die Zauberin, »was muß ich von dir hören, ich dachte, ich hätte dich von aller Welt geschieden, und du hast mich doch betrogen!« In ihrem Zorne packte sie die schönen Haare der Rapunzel, schlug sie ein paarmal um ihre linke Hand, griff eine Schere mit der rechten, und ritsch, ratsch waren sie abgeschnitten, und die schönen Flechten lagen auf der Erde. Und sie war so unbarmherzig, daß sie die arme Rapunzel in eine Wüstenei brachte, wo sie in großem Jammer und Elend leben mußte.

Denselben Tag aber, wo sie Rapunzel verstoßen hatte, machte abends die Zauberin die abgeschnittenen Flechten oben am Fensterhaken fest, und als der Königssohn kam und rief:

»Rapunzel, Rapunzel,
laß dein Haar herunter«,

so ließ sie die Haare hinab. Der Königssohn stieg hinauf, aber er fand oben nicht seine liebste Rapunzel, sondern die Zauberin, die ihn mit bösen und giftigen Blicken ansah. »Aha«, rief sie höhnisch, »du willst die Frau Liebste holen, aber der schöne Vogel sitzt nicht mehr im Nest und singt nicht mehr, die Katze hat ihn geholt und wird dir auch noch die Augen auskratzen. Für dich ist Rapunzel verloren, du wirst sie nie wieder erblicken.« Der Königssohn geriet außer sich vor Schmerzen, und in der Verzweiflung sprang er den Turm herab: das Leben brachte er davon, aber die Dornen, in die er fiel, zerstachen ihm die Augen. Da irrte er blind im Walde umher, aß nichts als Wurzeln und Beeren, und tat nichts als jammern und weinen über den Verlust seiner liebsten Frau. So wanderte er einige Jahre im Elend umher und geriet endlich in die Wüstenei, wo Rapunzel mit den Zwillingen, die sie geboren hatte, einem Knaben und Mädchen, kümmerlich lebte. Er vernahm eine Stimme, und sie deuchte ihn so bekannt: da ging er darauf zu, und wie er herankam, erkannte ihn Rapunzel und fiel ihm um den Hals und weinte. Zwei von ihren Tränen aber benetzten seine Augen, da wurden sie wieder klar, und er konnte damit sehen wie sonst. Er führte sie in sein Reich, wo er mit Freude empfangen ward, und sie lebten noch lange glücklich und vergnügt.

Schneeweißchen und Rosenrot

Eine arme Witwe, die lebte einsam in einem Hüttchen, und vor dem Hüttchen war ein Garten, darin standen zwei Rosenbäumchen, davon trug das eine weiße, das andere rote Rosen: und sie hatte zwei Kinder, die glichen den beiden Rosenbäumchen, und das eine hieß Schneeweißchen, das andere Rosenrot. Sie waren aber so fromm und gut, so arbeitsam und unverdrossen, als je zwei Kinder auf der Welt gewesen sind: Schneeweißchen war nur stiller und sanfter als Rosenrot. Rosenrot sprang lieber in den Wiesen und Feldern umher, suchte Blumen und fing Sommervögel: Schneeweißchen aber saß daheim bei der Mutter, half ihr im Hauswesen oder las ihr vor, wenn nichts zu tun war. Die beiden Kinder hatten einander so lieb, daß sie sich immer an den Händen faßten, sooft sie zusammen ausgingen: und

wenn Schneeweißchen sagte: »Wir wollen uns nicht verlassen«, so antwortete Rosenrot: »So lange wir leben, nicht«, und die Mutter setzte hinzu: »Was das eine hat, solls mit dem andern teilen«. Oft liefen sie im Walde allein umher und sammelten rote Beeren, aber kein Tier tat ihnen etwas zuleid, sondern sie kamen vertraulich herbei: das Häschen fraß ein Kohlblatt aus ihren Händen, das Reh graste an ihrer Seite, der Hirsch sprang ganz lustig vorbei und die Vögel blieben auf den Ästen sitzen und sangen, was sie nur wußten. Kein Unfall traf sie: wenn sie sich im Walde verspätet hatten und die Nacht sie überfiel, so legten sie sich nebeneinander auf das Moos und schliefen, bis der Morgen kam, und die Mutter wußte das und hatte ihretwegen keine Sorge. Einmal, als sie im Walde übernachtet hatten und das Morgenrot sie aufweckte, da sahen sie ein schönes Kind in einem weißen glänzenden Kleidchen neben ihrem Lager sitzen. Es stand auf und blickte sie ganz freundlich an, sprach aber nichts und ging in den Wald hinein. Und als sie sich umsahen, so hatten sie ganz nahe bei einem Abgrunde geschlafen, und wären gewiß hineingefallen, wenn sie in der Dunkelheit noch ein paar Schritte weitergegangen wären. Die Mutter aber sagte ihnen, das müßte der Engel gewesen sein, der gute Kinder bewache.

Schneeweißchen und Rosenrot hielten das Hüttchen der Mutter so reinlich, daß es eine Freude war hineinzuschauen. Im Sommer besorgte Rosenrot das Haus und stellte der Mutter jeden Morgen, ehe sie aufwachte, einen Blumenstrauß vors Bett, darin war von jedem Bäumchen eine Rose. Im Winter zündete Schneeweißchen das Feuer an und hing den Kessel an den Feuerhaken, und der Kessel war von Messing, glänzte aber wie Gold, so rein war er gescheuert. Abends, wenn die Flocken fielen, sagte die Mutter: »Geh, Schneeweißchen, und schieb den Riegel vor«, und dann setzten sie sich an den Herd, und die Mutter nahm die Brille und las aus dem großen Buche vor, und die beiden Mädchen hörten zu, saßen und spannen; neben ihnen lag ein Lämmchen auf dem Boden, und hinter ihnen auf einer Stange saß ein weißes Täubchen und hatte seinen Kopf unter den Flügel gesteckt.

Eines Abends, als sie so vertraulich beisammen saßen, klopfte jemand an die Türe, als wollte er eingelassen sein. Die Mutter sprach: »Geschwind, Rosenrot, mach auf, es wird ein Wanderer sein, der Obdach sucht«. Rosenrot ging und schob den Riegel und dachte, es wäre ein armer Mann, aber der war es nicht, es war ein Bär, der seinen dikken schwarzen Kopf zur Türe hereinstreckte. Rosenrot schrie laut und sprang zurück: das Lämmchen blökte, das Täubchen flatterte auf, und Schneeweißchen versteckte sich hinter der Mutter Bett. Der Bär aber fing an zu sprechen und sagte: »Fürchtet euch nicht, ich tue euch nichts zuleid, ich bin halb erfroren und will mich nur ein wenig bei euch wärmen«. »Du armer Bär«, sprach die Mutter, »leg dich ans Feuer, und gib nur acht, daß dir dein Pelz nicht brennt.« Dann rief sie: »Schneeweißchen, Rosenrot, kommt hervor, der Bär tut euch nichts, er meints ehrlich«. Da kamen sie beide heran, und nach und nach näherten sich auch das Lämmchen und Täubchen und hatten keine Furcht vor ihm. Der Bär sprach: »Ihr Kinder, klopft mir den Schnee ein wenig aus dem Pelzwerk«, und sie holten den Besen und kehrten dem Bär das Fell rein: er aber streckte sich ans Feuer und brummte ganz vergnügt und behaglich. Nicht lange, so wurden sie ganz vertraut und trieben Mutwillen mit dem unbeholfenen Gast. Sie zausten ihm das Fell mit den Händen, setzten ihre Füßchen auf seinen Rücken und walgerten ihn hin und her, oder sie nahmen eine Haselrute und schlugen auf ihn los, und wenn er brummte, so lachten sie. Der Bär ließ sichs aber gerne gefallen, nur wenn sies gar zu arg machten, rief er »laßt mich am Leben, ihr Kinder:

Schneeweißchen, Rosenrot,
schlägst dir den Freier tot«.

Als Schlafenszeit war und die andern zu Bett gingen, sagte die Mutter zu dem Bär: »Du kannst in Gottes Namen da am Herde liegen bleiben, so bist du vor der Kälte und dem bösen Wetter geschützt«. Sobald der Tag graute, ließen ihn die beiden Kinder hinaus, und er trabte über den Schnee in den Wald hinein. Von nun an kam der Bär jeden Abend zu der bestimmten Stunde, legte sich an den Herd und erlaubte den Kindern, Kurzweil mit ihm zu treiben, so viel sie wollten; und sie waren so gewöhnt an ihn, daß die Türe nicht eher zugeriegelt ward, als bis der schwarze Gesell angelangt war.

Als das Frühjahr herangekommen und draußen alles grün war, sagte der Bär eines Morgens zu Schneeweißchen: »Nun muß ich fort und darf den ganzen Sommer nicht wiederkommen«. »Wo gehst du denn hin, lieber Bär?« fragte Schneeweißchen. »Ich muß in den Wald und meine Schätze vor den bösen Zwergen hüten: im Winter, wenn die Erde hart gefroren ist, müssen sie wohl unten bleiben und können sich nicht durcharbeiten, aber jetzt, wenn die Sonne die Erde aufgetaut und erwärmt hat, da brechen sie durch, steigen herauf, suchen und stehlen; was einmal in ihren Händen ist und in ihren Höhlen liegt, das kommt so leicht nicht wieder an des Tages Licht.« Schneeweißchen war ganz traurig über den Abschied, und als es ihm die Türe aufriegelte, und der Bär sich hinausdrängte, blieb er an dem Türhaken hängen, und ein Stück seiner Haut riß auf, und da war es Schneeweißchen, als hätte es Gold durchschimmern gesehen: aber es war seiner Sache nicht gewiß. Der Bär lief eilig fort und war bald hinter den Bäumen verschwunden.

Nach einiger Zeit schickte die Mutter die Kinder in den Wald, Reisig zu sammeln. Da fanden sie draußen einen großen Baum, der lag gefällt auf dem Boden, und an dem Stamme sprang zwischen dem Gras etwas auf und ab, sie konnten aber nicht unterscheiden, was es war. Als sie näher kamen, sahen sie einen Zwerg mit einem alten verwelkten Gesicht und einem ellenlangen schneeweißen Bart. Das Ende des Bartes war in eine Spalte des Baums eingeklemmt, und der Kleine sprang hin und her wie ein Hündchen an einem Seil und wußte nicht, wie er sich helfen sollte. Er glotzte die Mädchen mit seinen roten feurigen Augen an und schrie: »Was steht ihr da! Könnt ihr nicht herbeigehen und mir Beistand leisten?« »Was hast du angefangen, kleines Männchen?« fragte Rosenrot. »Dumme neugierige Gans«, antwortete der Zwerg, »den Baum habe ich mir spalten wollen, um kleines Holz in der Küche zu haben; bei den dicken Klötzen verbrennt gleich das bißchen Speise, das unsereiner braucht, der nicht so viel hinunterschlingt als ihr grobes, gieriges Volk. Ich hatte den Keil schon glücklich hineingetrieben, und es wäre alles nach Wunsch gegangen, aber das verwünschte Holz war zu glatt und sprang unversehens heraus, und der Baum fuhr so geschwind zusammen, daß ich meinen schönen weißen Bart nicht mehr herausziehen konnte; nun steckt er drin, und ich kann nicht fort. Da lachen die albernen glatten Milchgesichter! pfui, was seid ihr garstig!« Die Kinder gaben sich alle Mühe, aber sie konnten den Bart nicht herausziehen, er steckte zu fest. »Ich will laufen und Leute herbeiholen«, sagte Rosenrot. »Wahnsinnige Schafsköpfe«, schnarrte der Zwerg, »wer wird gleich Leute herbeirufen, ihr seid mir schon um zwei zu viel; fällt euch nicht Besseres ein?« »Sei nur nicht ungeduldig«, sagte Schneeweißchen, »ich will schon Rat schaffen«, holte sein Scherchen aus der Tasche und schnitt das Ende des Bartes ab. Sobald der Zwerg sich frei fühlte, griff er nach einem Sack, der zwischen den Wurzeln des Baumes steckte und mit Gold gefüllt war, hob ihn heraus und brummte vor sich hin: »Ungehobeltes Volk, schneidet mir ein Stück von meinem stolzen Barte ab! Lohns euch der Kuckuck!« Damit schwang er seinen Sack auf den Rücken und ging fort, ohne die Kinder nur noch einmal anzusehen.

Einige Zeit danach wollten Schneeweißchen und Rosenrot ein Gericht Fische angeln. Als sie nahe bei dem Bach waren, sahen sie, daß etwas wie eine große Heuschrecke nach dem Wasser zu hüpfte, als wollte es hineinspringen. Sie liefen heran und erkannten den Zwerg. »Wo willst du hin?« sagte Rosenrot, »du willst doch nicht ins Wasser?« »Solch ein Narr bin ich nicht«, schrie der Zwerg, »seht ihr nicht, der verwünschte Fisch will mich hineinziehen!« Der Kleine hatte da gesessen und geangelt, und unglücklicherweise hatte der Wind seinen Bart mit der Angelschnur verflochten: als gleich darauf ein großer Fisch anbiß, fehlten dem schwachen Geschöpf die Kräfte, ihn herauszuziehen: der Fisch behielt die Oberhand und riß den Zwerg zu sich hin. Zwar hielt er sich an allen Halmen und Binsen, aber das half nicht viel, er mußte den Bewegungen des Fisches folgen, und war in beständiger Gefahr, ins Wasser gezogen zu werden. Die Mädchen kamen zu rechter Zeit, hielten ihn fest und versuchten den Bart von der Schnur loszumachen, aber vergebens, Bart und Schnur waren fest ineinander verwirrt. Es blieb nichts übrig, als das Scherchen hervorzuholen und den Bart abzuschneiden, wobei ein kleiner Teil desselben verloren ging. Als der Zwerg das sah, schrie er sie an: »Ist das Manier, ihr Lorche, einem das Gesicht zu schänden? Nicht genug, daß ihr mir den Bart unten abgestutzt habt, jetzt schneidet ihr mir den besten Teil davon ab: ich darf mich vor den Meinigen gar nicht sehen lassen. Daß ihr laufen müßtet und die Schuhsohlen verloren hättet!« Dann holte er einen Sack Perlen, der im Schilfe lag, und ohne ein Wort weiter zu sagen, schleppte er ihn fort und verschwand hinter einem Stein.

Es trug sich zu, daß bald hernach die Mutter die beiden Mädchen nach der Stadt schickte, Zwirn, Nadeln, Schnüre und Bänder einzukaufen. Der Weg führte sie über eine Heide, auf der hier und da mächtige Felsenstücke zerstreut lagen. Da sahen sie einen großen Vogel in der Luft schweben, der langsam über ihnen kreiste, sich immer tiefer herabsenkte und endlich nicht weit bei einem Felsen niederstieß.

Gleich darauf hörten sie einen durchdringenden, jämmerlichen Schrei. Sie liefen herzu und sahen mit Schrecken, daß der Adler ihren alten Bekannten, den Zwerg, gepackt hatte und ihn forttragen wollte. Die mitleidigen Kinder hielten gleich das Männchen fest und zerrten sich so lange mit dem Adler herum, bis er seine Beute fahren ließ. Als der Zwerg sich von dem ersten Schrecken erholt hatte, schrie er mit seiner kreischenden Stimme: »Konntet ihr nicht säuberlicher mit mir umgehen? Gerissen habt ihr an meinem dünnen Röckchen, daß es überall zerfetzt und durchlöchert ist, unbeholfenes und täppisches Gesindel, das ihr seid!« Dann nahm er einen Sack mit Edelsteinen und schlüpfte wieder unter den Felsen in seine Höhle. Die Mädchen waren an seinen Undank schon gewöhnt, setzten ihren Weg fort und verrichteten ihr Geschäft in der Stadt. Als sie beim Heimweg wieder auf die Heide kamen, überraschten sie den Zwerg, der auf einem reinlichen Plätzchen seinen Sack mit Edelsteinen ausgeschüttet und nicht gedacht hatte, daß so spät noch jemand daherkommen würde. Die Abendsonne schien über die glänzenden Steine, sie schimmerten und leuchteten so prächtig in allen Farben, daß die Kinder stehen blieben und sie betrachteten. »Was steht ihr da und habt Maulaffen feil!« schrie der Zwerg, und sein aschgraues Gesicht war zinnoberrot vor Zorn. Er wollte mit seinen Scheltworten fortfahren, als sich ein lautes Brummen hören ließ und ein schwarzer Bär aus dem Walde herbeitrabte. Erschrocken sprang der Zwerg auf, aber er konnte nicht mehr zu seinem Schlupfwinkel gelangen, der Bär war schon in seiner Nähe. Da rief er in Herzensangst: »Lieber Herr Bär, verschont mich, ich will Euch alle meine Schätze geben, sehet, die schönen Edelsteine, die da liegen. Schenkt mir das Leben, was habt Ihr an mir kleinem schmächtigen Kerl? Ihr spürt mich nicht zwischen den Zähnen: da, die beiden gottlosen Mädchen packt, das sind für Euch zarte Bissen, fett wie junge Wachteln, die freßt in Gottes Namen«. Der Bär kümmerte sich um seine Worte nicht, gab dem boshaften Geschöpf einen einzigen Schlag mit der Tatze, und es regte sich nicht mehr.

Die Mädchen waren fortgesprungen, aber der Bär rief ihnen nach: »Schneeweißchen und Rosenrot, fürchtet euch nicht, wartet, ich will mit euch gehen«. Da erkannten sie seine Stimme und blieben stehen, und als der Bär bei ihnen war, fiel plötzlich die Bärenhaut ab, und er stand da als ein schöner Mann, und war ganz in Gold gekleidet. »Ich bin eines Königs Sohn«, sprach er, »und war von dem gottlosen Zwerg, der mir meine Schätze gestohlen hatte, verwünscht, als ein wilder Bär in dem Walde zu laufen, bis ich durch seinen Tod erlöst würde. Jetzt hat er seine wohlverdiente Strafe empfangen.«

Schneeweißchen ward mit ihm vermählt und Rosenrot mit seinem Bruder, und sie teilten die großen Schätze miteinander, die der Zwerg in seine Höhle zusammengetragen hatte. Die alte Mutter lebte noch lange Jahre ruhig und glücklich bei ihren Kindern. Die zwei Rosenbäumchen aber nahm sie mit, und sie standen vor ihrem Fenster und trugen jedes Jahr die schönsten Rosen, weiß und rot.

Hans im Glück

Hans hatte sieben Jahre bei seinem Herrn gedient, da sprach er zu ihm: »Herr, meine Zeit ist herum, nun wollte ich gerne wieder heim zu meiner Mutter, gebt mir meinen Lohn«. Der Herr antwortete: »Du hast mir treu und ehrlich gedient, wie der Dienst war, so soll der Lohn sein«, und gab ihm ein Stück Gold, das so groß als Hansens Kopf war. Hans zog ein Tüchlein aus der Tasche, wickelte den Klumpen hinein, setzte ihn auf die Schulter und machte sich auf den Weg nach Haus.

Wie er so dahinging und immer ein Bein vor das andere setzte, kam ihm ein Reiter in die Augen, der frisch und fröhlich auf einem muntern Pferd vorbeitrabte. »Ach«, sprach Hans ganz laut, »was ist das Reiten ein schönes Ding! Da sitzt einer wie auf einem Stuhl, stößt sich an keinen Stein, spart die Schuh, und kommt fort, er weiß nicht wie.« Der Reiter, der das gehört hatte, hielt an und rief: »Ei, Hans, warum laufst du auch zu Fuß?« »Ich muß ja wohl«, antwortete er, »da habe ich einen Klumpen heim zu tragen: Es ist zwar Gold, aber ich kann den Kopf dabei nicht gerad halten, auch drückt mirs auf die Schulter.« »Weißt du was«, sagte der Reiter, »wir wollen tauschen: ich gebe dir mein Pferd, und du gibst mir deinen Klumpen.« »Von Herzen gern«, sprach Hans, »aber ich sage Euch, Ihr müßt Euch damit schleppen.« Der Reiter stieg ab, nahm das Gold und half dem Hans hinauf, gab ihm die Zügel fest in die Hände und sprach: »Wenns nun recht geschwind soll gehen, so mußt du mit der Zunge schnalzen und hopp hopp rufen«.

Hans war seelenfroh, als er auf dem Pferde saß und so frank und frei dahinritt. Über ein Weilchen fiels ihm ein, es sollte noch schneller gehen, und fing an mit der Zunge zu schnalzen und hopp hopp zu rufen. Das Pferd setzte sich in starken Trab, und ehe sichs Hans versah, war er abgeworfen und lag in einem Graben, der die Äcker von der Landstraße trennte. Das Pferd wäre auch durchgegangen, wenn es nicht ein Bauer aufgehalten hätte, der des Weges kam und eine Kuh vor sich hertrieb. Hans suchte seine Glieder zusammen und machte sich wieder auf die Beine. Er war aber verdrießlich und sprach zu dem Bauer: »Es ist ein schlechter Spaß, das Reiten, zumal, wenn man auf so eine Mähre gerät, wie diese, die stößt und einen herabwirft, daß man den Hals brechen kann; ich setze mich nun und nimmermehr wieder auf. Da lob ich mir Eure Kuh, da kann einer mit Gemächlichkeit hinterhergehen, und hat obendrein seine Milch, Butter und Käse jeden Tag gewiß. Was gab ich darum, wenn ich so eine Kuh hätte!« »Nun«, sprach der Bauer, »geschieht Euch so ein großer Gefallen, so will ich Euch wohl die Kuh für das Pferd vertauschen.« Hans willigte mit tausend Freuden ein: der Bauer schwang sich aufs Pferd und ritt eilig davon.

Hans trieb seine Kuh ruhig vor sich her und bedachte den glücklichen Handel. »Hab ich nur ein Stück Brot, und daran wird mirs noch nicht fehlen, so kann ich, sooft mirs beliebt, Butter und Käse dazu essen; hab ich Durst, so melk ich meine Kuh und trinke Milch. Herz, was verlangst du mehr?« Als er zu einem Wirtshaus kam, machte er halt, aß in der großen Freude alles, was er bei sich hatte, sein Mittags- und Abendbrot, rein auf, und ließ sich für seine letzten paar Heller eine halbes Glas Bier einschenken. Dann trieb er seine Kuh weiter, immer nach dem Dorfe seiner Mutter zu. Die Hitze ward immer drückender, je näher der Mittag kam, und Hans befand sich in einer Heide, die wohl noch eine Stunde dauerte. Da ward es ihm ganz heiß, so daß ihm vor Durst die Zunge am Gaumen klebte. »Dem Ding ist zu helfen«, dachte Hans, »jetzt will ich meine Kuh melken und mich an der Milch laben.« Er band sie an einen dürren Baum, und da er keinen Eimer hatte, so stellte er seine Ledermütze unter, aber wie er sich auch bemühte, es kam kein Tropfen Milch zum Vorschein. Und weil er sich ungeschickt dabei anstellte, so gab ihm das ungeduldige Tier endlich mit einem der Hinterfüße einen solchen Schlag auf den Kopf, daß er zu Boden taumelte und eine Zeitlang sich gar nicht besinnen konnte, wo er war. Glücklicherweise kam gerade ein Metzger des Weges, der auf einem Schubkarren ein junges Schwein liegen hatte. »Was sind das für Streiche!« rief er und half dem guten Hans auf. Hans erzählte, was vorgefallen war. Der Metzger reichte ihm seine Flasche und sprach: »Da trinkt einmal und erholt Euch. Die Kuh will wohl keine Milch geben, das ist ein altes Tier, das höchstens noch zum Ziehen taugt oder zum Schlachten«. »Ei, ei«, sprach Hans und strich sich die Haare über den Kopf,

»wer hätte das gedacht! Es ist freilich gut, wenn man so ein Tier ins Haus abschlachten kann, was gibts für Fleisch! Aber ich mache mir aus dem Kuhfleisch nicht viel, es ist mir nicht saftig genug. Ja, wer so ein junges Schwein hätte! das schmeckt anders, dabei noch die Würste.« »Hört, Hans«, sprach da der Metzger, »Euch zuliebe will ich tauschen und will Euch das Schwein für die Kuh lassen.« »Gott lohn Euch Eure Freundschaft«, sprach Hans, übergab ihm die Kuh, ließ sich das Schweinchen vom Karren losmachen und den Strick, woran es gebunden war, in die Hand geben.

Hans zog weiter und überdachte, wie ihm doch alles nach Wunsch ginge, begegnete ihm ja eine Verdrießlichkeit, so würde sie doch gleich wieder gutgemacht. Es gesellte sich danach ein Bursch zu ihm, der trug eine schöne weiße Gans unter dem Arm. Sie boten einander die Zeit, und Hans fing an, von seinem Glück zu erzählen, und wie er immer so vorteilhaft getauscht hätte. Der Bursch erzählte ihm, daß er die Gans zu einem Kindtaufschmaus brächte. »Hebt einmal«, fuhr er fort und packte sie bei den Flügeln, »wie schwer sie ist, die ist aber auch acht Wochen lang genudelt worden. Wer in den Braten beißt, muß sich das Fett von beiden Seiten abwischen.« »Ja«, sprach Hans, und wog sie in der Hand,

»die hat ihr Gewicht, aber mein Schwein ist auch keine Sau.« Indessen sah sich der Bursch nach allen Seiten ganz bedenklich um, schüttelte auch wohl mit dem Kopf. »Hört«, fing er darauf an, »mit Eurem Schweine mags nicht ganz richtig sein. In dem Dorfe, durch das ich gekommen bin, ist eben dem Schulzen eins aus dem Stall gestohlen worden. Ich fürchte, ich fürchte, Ihr habts da in der Hand. Sie haben Leute ausgeschickt, und es wäre ein schlimmer Handel, wenn sie Euch mit dem Schwein erwischten: das Geringste ist, daß Ihr ins finstere Loch gesteckt werdet.« Dem guten Hans ward bang, »ach Gott«, sprach er, »helft mir aus der Not, Ihr wißt hier herum bessern Bescheid, nehmt mein Schwein da und laßt mir Eure Gans.« »Ich muß schon etwas aufs Spiel setzen«, antwortete der Bursche, »aber ich will doch nicht schuld sein, daß Ihr ins Unglück geratet.« Er nahm also das Seil in die Hand und trieb das Schwein schnell auf einen Seitenweg fort: der gute Hans aber ging, seiner Sorgen entledigt, mit der Gans unter dem Arme der Heimat zu.

»Wenn ichs recht überlege«, sprach er mit sich selbst, »habe ich noch Vorteil bei dem Tausch: erstlich den guten Braten, hernach die Menge von Fett, die herausträufeln wird, das gibt Gänsefettbrot auf ein Vierteljahr, und endlich die schönen weißen Federn, die laß ich mir in mein Kopfkissen stopfen, und darauf will ich wohl ungewiegt einschlafen. Was wird meine Mutter eine Freude haben!«

Als er durch das letzte Dorf gekommen war, stand da ein Scherenschleifer mit seinem Karren, sein Rad schnurrte emsig, und er sang dazu:

»Ich schleife die Schere und drehe geschwind,
und hänge mein Mäntelchen nach dem Wind«.

Hans blieb stehen und sah ihm zu; endlich redete er ihn an und sprach: »Euch gehts wohl, weil Ihr so lustig bei Eurem Schleifen seid«. »Ja«, antwortete der Scherenschleifer, »das Handwerk hat einen güldenen Boden. Ein rechter Schleifer ist ein Mann, der, sooft er in die Tasche greift, auch Geld darin findet. Aber wo habt Ihr die schöne Gans gekauft?« »Die hab ich nicht gekauft, sondern für mein Schwein eingetauscht.« »Und das Schwein?« »Das hab ich für eine Kuh gekriegt.« »Und die Kuh?« »Die hab ich für ein Pferd bekommen.« »Und das Pferd?« »Dafür hab ich einen Klumpen Gold, so groß als mein Kopf, gegeben.« »Und das Gold?« »Ei, das war mein Lohn für sieben Jahre Dienst.« »Ihr habt Euch jederzeit zu helfen gewußt«, sprach der Schleifer, »könnt Ihrs nun dahin bringen, daß Ihr das Geld in der Tasche springen hört, wenn Ihr aufsteht, so habt Ihr Euer Glück gemacht.« »Wie soll ich das anfangen?« sprach Hans. »Ihr müßt ein Schleifer werden wie ich; dazu gehört eigentlich nichts als ein Wetzstein, das andere findet sich schon von selbst. Da hab ich einen, der ist zwar ein wenig schadhaft, dafür sollt Ihr mir aber auch weiter nichts als Eure Gans geben; wollt Ihr das?« »Wie könnt Ihr noch fragen«, antwortete Hans, »ich werde ja zum glücklichsten Menschen auf Erden; habe ich Geld, sooft ich in die Tasche greife, was brauche ich da länger zu sorgen?« reichte ihm die Gans hin, und nahm den Wetzstein in Empfang. »Nun«, sprach der Schleifer und hob einen gewöhnlichen schweren Feldstein, der neben ihm lag, auf, »da habt Ihr noch einen tüchtigen Stein dazu, auf dem sichs gut schlagen läßt und Ihr Eure alten Nägel gerade klopfen könnt. Nehmt ihn und hebt ihn ordentlich auf.«

Hans lud den Stein auf und ging mit vergnügtem Herzen weiter; seine Augen leuchteten vor Freude, »ich muß in einer Glückshaut geboren sein«, rief er aus »alles, was ich wünsche, trifft mir ein, wie einem Sonntagskind«. Indessen, weil er seit Tagesanbruch auf den Beinen gewesen war, begann er müde zu werden; auch plagte ihn der Hunger, da er allen Vorrat auf einmal in der Freude über die erhandelte Kuh aufgezehrt hatte. Er konnte endlich nur mit Mühe weitergehen und mußte jeden Augenblick halt machen; dabei drückten ihn die Steine ganz erbärmlich. Da konnte er sich des Gedankens nicht erwehren, wie gut es wäre, wenn er sie gerade jetzt nicht zu tragen brauchte. Wie eine Schnecke kam er zu einem Feldbrunnen geschlichen, wollte da ruhen

und sich mit einem frischen Trunk laben: damit er aber die Steine im Niedersitzen nicht beschädigte, legte er sie bedächtig neben sich auf den Rand des Brunnens. Darauf setzte er sich nieder und wollte sich zum Trinken bücken, da versah ers, stieß ein klein wenig an, und beide Steine plumpsten hinab. Hans, als er sie mit seinen Augen in die Tiefe hatte versinken sehen, sprang vor Freude auf, kniete dann nieder und dankte Gott mit Tränen in den Augen, daß er ihm auch diese Gnade noch erwiesen und ihn auf eine so gute Art, und ohne daß er sich einen Vorwurf zu machen brauchte, von den schweren Steinen befreit hätte, die ihm allein noch hinderlich gewesen wären. »So glücklich wie ich«, rief er aus, »gibt es keinen Menschen unter der Sonne.« Mit leichtem Herzen und frei von aller Last sprang er nun fort, bis er daheim bei seiner Mutter war.

Rumpelstilzchen

Es war einmal ein Müller, der war arm, aber er hatte eine schöne Tochter. Nun traf es sich, daß er mit dem König zu sprechen kam, und um sich ein Ansehen zu geben, sagte er zu ihm: »Ich habe eine Tochter, die kann Stroh zu Gold spinnen«. Der König sprach zum Müller: »Das ist eine Kunst, die mir wohl gefällt, wenn deine Tochter so geschickt ist, wie du sagst, so bring sie morgen in mein Schloß, da will ich sie auf die Probe stellen«. Als nun das Mädchen zu ihm gebracht ward, führte er es in eine Kammer, die ganz voll Stroh lag, gab ihr Rad und Haspel und sprach: »Jetzt mache dich an die Arbeit, und wenn du diese Nacht durch bis morgen früh dieses Stroh nicht zu Gold gesponnen hast, so mußt du sterben«. Darauf schloß er die Kammer selbst zu, und sie blieb allein darin.

Da saß nun die arme Müllerstochter und wußte um ihr Leben keinen Rat: sie verstand gar nichts davon, wie man Stroh zu Gold spinnen konnte, und ihre Angst ward immer größer, daß sie endlich zu weinen anfing. Da ging auf einmal die Türe auf, und trat ein kleines

Männchen herein und sprach: »Guten Abend, Jungfer Müllerin, warum weint sie so sehr?« »Ach«, antwortete das Mädchen, »ich soll Stroh zu Gold spinnen und verstehe das nicht.« Sprach das Männchen: »Was gibst du mir, wenn ich dirs spinne?« »Mein Halsband«, sagte das Mädchen. Das Männchen nahm das Halsband, setzte sich vor das Rädchen, und schnurr, schnurr, schnurr, dreimal gezogen, war die Spule voll. Dann steckte es eine andere auf, und schnurr, schnurr, schnurr, dreimal gezogen, war auch die zweite voll: und so gings fort bis zum Morgen, da war alles Stroh versponnen, und alle Spulen waren voll Gold. Bei Sonnenaufgang kam schon der König, und als er das Gold erblickte, erstaunte er und freute sich, aber sein Herz ward nur noch goldgieriger. Er ließ die Müllerstochter in eine andere Kammer voll Stroh bringen, die noch viel größer war, und befahl ihr, das auch in einer Nacht zu spinnen, wenn ihr das Leben lieb wäre. Das Mädchen wußte sich nicht zu helfen und weinte, da ging abermals die Türe auf, und das kleine Männchen erschien und sprach: »Was gibst du mir, wenn ich dir das Stroh zu Gold spinne?« »Meinen Ring von dem Finger«, antwortete das Mädchen. Das Männchen nahm den Ring, fing wieder an zu schnurren mit dem Rade und hatte bis zum Morgen alles Stroh zu glänzendem Gold gesponnen. Der König freute sich über die Maßen bei dem Anblick, war aber noch immer nicht des Goldes satt, sondern ließ die Müllerstochter in eine noch größere Kammer voll Stroh bringen und sprach: »Die mußt du noch in dieser Nacht verspinnen: gelingt dirs aber, so sollst du meine Gemahlin werden«. »Wenns auch eine Müllerstochter ist«, dachte er, »eine reichere Frau finde ich in der ganzen Welt nicht.« Als das Mädchen allein war, kam das Männlein zum drittenmal wieder und sprach: »Was gibst du mir, wenn ich dir noch diesmal das Stroh spinne?« »Ich habe nichts mehr, das ich geben könnte«, antwortete das Mädchen. »So versprich mir, wenn du Königin wirst, dein erstes Kind.« »Wer weiß, wie das noch geht«, dachte die Müllerstochter und wußte sich auch in der Not nicht anders zu helfen; sie versprach also dem Männchen, was es verlangte, und das Männchen spann dafür noch einmal das Stroh zu Gold. Und als am Morgen der König kam und alles fand, wie er gewünscht hatte, so hielt er Hochzeit mit ihr, und die schöne Müllerstochter ward eine Königin.

Über ein Jahr brachte sie ein schönes Kind zur Welt und dachte gar nicht mehr an das Männchen: da trat es plötzlich in ihre Kammer und sprach: »Nun gib mir, was du versprochen hast«. Die Königin erschrak und bot dem Männchen alle Reichtümer des Königreichs an, wenn es ihr das Kind lassen wollte: aber das Männchen sprach: »Nein, etwas Lebendes ist mir lieber als alle Schätze der Welt«. Da fing die Königin so an zu jammern und zu weinen, daß das Männchen Mitleiden mit ihr hatte: »Drei Tage will ich dir Zeit lassen«, sprach er, »wenn du bis dahin meinen Namen weißt, so sollst du dein Kind behalten.«

Nun besann sich die Königin die ganze Nacht über auf alle Namen, die sie jemals gehört hatte, und schickte einen Boten über Land, der sollte sich erkundigen weit und breit, was es sonst noch für Namen gäbe. Als am andern Tag das Männchen kam, fing sie an mit Kaspar, Melchior, Balzer, und sagte alle Namen, die sie wußte, nach der Reihe her, aber bei jedem sprach das Männlein: »So heiß ich nicht«. Den zweiten Tag ließ sie in der Nachbarschaft herumfragen, wie die Leute da genannt würden, und sagte dem Männlein die ungewöhnlichsten und seltsamsten Namen vor: »Heißt du vielleicht Rippenbiest oder Hammelswade oder Schnürbein?« Aber es antwortete immer: »So heiß ich nicht«. Den dritten Tag kam der Bote wieder zurück und erzählte: »Neue Namen habe ich keinen einzigen finden können, aber wie ich an einen hohen Berg um die Waldecke kam, wo Fuchs und Has sich gute Nacht sagen, so sah ich da ein kleines Haus, und vor dem Haus brannte ein Feuer, und um das Feuer sprang ein gar zu lächerliches Männchen, hüpfte auf einem Bein und schrie:

»Heute back ich, morgen brau ich,
übermorgen hol ich der Königin ihr Kind;
ach, wie gut ist, daß niemand weiß,
daß ich Rumpelstilzchen heiß!«

Da könnt ihr denken, wie die Königin froh war, als sie den Namen hörte, und als bald hernach das Männlein herein trat und fragte: »Nun, Frau Königin, wie heiß ich?« fragte sie erst: »Heißest du Kunz?« »Nein.« »Heißest du Heinz?« »Nein.«

»Heißt du etwa Rumpelstilzchen?«

»Das hat dir der Teufel gesagt, das hat dir der Teufel gesagt«, schrie das Männlein und stieß mit dem rechten Fuß vor Zorn so tief in die Erde, daß es bis an den Leib hineinfuhr, dann packte es in seiner Wut den linken Fuß mit beiden Händen und riß sich selbst mitten entzwei.

Die zwei Brüder

Es waren einmal zwei Brüder, ein reicher und ein armer. Der reiche war ein Goldschmied und bös von Herzen: der arme nährte sich davon, daß er Besen band, und war gut und redlich. Der arme hatte zwei Kinder, das waren Zwillingsbrüder und sich so ähnlich wie ein Tropfen Wasser dem andern. Die zwei Knaben gingen in des Reichen Haus ab und zu, und erhielten von dem Abfall manchmal etwas zu essen. Es trug sich zu, daß der arme Mann, als er in den Wald ging, Reisig zu holen, einen Vogel sah, der ganz golden war und so schön, wie ihm noch niemals einer vor Augen gekommen war. Da hob er ein Steinchen auf, warf nach ihm und traf ihn glücklich: Es fiel aber nur eine goldene Feder herab, und der Vogel flog fort. Der Mann nahm die Feder und brachte sie seinem Bruder, der sah sie an und sprach: »es ist eitel Gold«, und gab ihm viel Geld dafür. Am andern Tag stieg der

Mann auf einen Birkenbaum und wollte ein paar Äste abhauen: da flog derselbe Vogel heraus, und als der Mann nachsuchte, fand er ein Nest, und ein Ei lag darin, das war von Gold. Er nahm das Ei mit heim und brachte es seinem Bruder, der sprach wiederum: »Es ist eitel Gold«, und gab ihm, was es wert war. Zuletzt sagte der Goldschmied: »Den Vogel selber möcht ich wohl haben«. Der Arme ging zum drittenmal in den Wald und sah den Goldvogel wieder auf dem Baum sitzen. Da nahm er einen Stein und warf ihn herunter und brachte ihn seinem Bruder, der gab ihm einen großen Haufen Gold dafür. »Nun kann ich mir forthelfen«, dachte er und ging zufrieden nach Haus.

Der Goldschmied war klug und listig und wußte wohl, was das für ein Vogel war. Er rief seine Frau und sprach: »Brat mir den Goldvogel und sorge, daß nichts davon wegkommt: ich habe Lust, ihn ganz allein zu essen«. Der Vogel war aber kein gewöhnlicher, sondern so wunderbarer Art, daß, wer Herz und Leber von ihm aß, jeden Morgen ein Goldstück unter seinem Kopfkissen fand. Die Frau machte den Vogel zurecht, steckte ihn an einen Spieß und ließ ihn braten. Nun geschah es, daß während er am Feuer stand und die Frau anderer Arbeiten wegen notwendig aus der Küche gehen mußte, die zwei Kinder des armen Besenbinders hereinliefen, sich vor den Spieß stellten und ihn ein paarmal herumdrehten. Und als da gerade zwei Stücklein aus dem Vogel in die Pfanne herabfielen, sprach der eine: »Die paar Bißchen wollen wir essen, ich bin so hungrig, es wirds ja niemand daran merken«. Da aßen sie beide die Stückchen auf; die Frau kam aber dazu, sah, daß sie etwas aßen, und sprach: »Was habt ihr gegessen?« »Ein paar Stückchen, die aus dem Vogel herausgefallen sind«, antworteten sie. »Das ist Herz und Leber gewesen«, sprach die Frau ganz erschrocken, und damit ihr Mann nichts vermißte und nicht böse ward, schlachtete sie geschwind ein Hähnchen, nahm Herz und Leber heraus und legte es zu dem Goldvogel. Als er gar war, trug sie ihn dem Goldschmied auf, der ihn ganz allein verzehrte und nichts übrig ließ. Am andern Morgen aber, als er unter sein Kopfkissen griff und dachte, das Goldstück hervorzuholen, war so wenig wie sonst eins zu finden.

Die beiden Kinder aber wußten nicht, was ihnen für ein Glück zuteil geworden war. Am andern Morgen, wie sie aufstanden, fiel etwas auf die Erde und klingelte, und als sie es aufhoben, da warens zwei

Goldstücke. Sie brachten sie ihrem Vater, der wunderte sich und sprach: »Wie sollte das zugegangen sein?« Als sie aber am andern Morgen wieder zwei fanden, und so jeden Tag, da ging er zu seinem Bruder und erzählte ihm die seltsame Geschichte. Der Goldschmied merkte gleich, wie es gekommen war, und daß die Kinder Herz und Leber von dem Goldvogel gegessen hatten, und um sich zu rächen, und weil er neidisch und hartherzig war, sprach er zu dem Vater: »Deine Kinder sind mit dem Bösen im Spiel, nimm das Gold nicht, und dulde sie nicht länger in deinem Haus, denn er hat Macht über sie und kann dich selbst noch ins Verderben bringen«. Der Vater fürchtete den Bösen, und so schwer es ihm ankam, führte er doch die Zwillinge hinaus in den Wald und verließ sie da mit traurigem Herzen.

Nun liefen die zwei Kinder im Wald umher und suchten den Weg nach Haus, konnten ihn aber nicht finden, sondern verirrten sich immer weiter. Endlich begegneten sie einem Jäger, der fragte: »Wem gehört ihr, Kinder?« »Wir sind eines armen Besenbinders Jungen«, antworteten sie und erzählten ihm, daß ihr Vater sie nicht länger im Hause hätte behalten wollen, weil alle Morgen ein Goldstück unter ihrem Kopfkissen läge. »Nun«, sagte der Jäger, »das ist gerade nichts Schlimmes, wenn ihr nur rechtschaffen dabei bleibt und euch nicht auf die faule Haut legt.« Der gute Mann, weil ihm die Kinder gefielen und der selbst keine hatte, so nahm er sie mit nach Haus und sprach: »Ich will euer Vater sein und euch großziehen«. Sie lernten da bei ihm die Jägerei, und das Goldstück, das ein jeder beim Aufstehen fand, das hob er ihnen auf, wenn sies in Zukunft nötig hätten.

Als sie herangewachsen waren, nahm sie ihr Pflegevater eines Tages mit in den Wald und sprach: »Heute sollt ihr euern Probeschuß tun, damit ich euch freisprechen und zu Jägern machen kann«. Sie gingen mit ihm auf den Anstand und warteten lange, aber es kam kein Wild. Der Jäger sah über sich und sah eine Kette von Schneegänsen in der Gestalt eines Dreiecks fliegen, da sagte er zu dem einen: »Nun schieß von jeder Ecke eine herab«. Der tats und vollbrachte damit seinen Probeschuß. Bald darauf kam noch eine Kette angeflogen und hatte die Gestalt der Ziffer Zwei: da hieß der Jäger den andern gleichfalls von jeder Ecke eine herunterholen, und dem gelang sein Probeschuß auch. Nun sagte der Pflegevater: »Ich spreche euch frei, ihr seid ausgelernte

Jäger«. Darauf gingen die zwei Brüder zusammen in den Wald, ratschlagten miteinander und verabredeten etwas. Und als sie abends sich zum Essen niedergesetzt hatten, sagten sie zu ihrem Pflegevater: »Wir rühren die Speise nicht an und nehmen keinen Bissen, bevor Ihr uns eine Bitte gewährt habt«. Sprach er: »Was ist denn eure Bitte?« Sie antworteten: »Wir haben nun ausgelernt, wir müssen uns auch in der Welt versuchen, so erlaubt, daß wir fortziehen und wandern«. Da sprach der Alte mit Freuden: »Ihr redet wie brave Jäger, was ihr begehrt, ist mein eigener Wunsch gewesen; zieht aus, es wird euch wohl ergehen«. Darauf aßen und tranken sie fröhlich zusammen.

Als der bestimmte Tag kam, schenkte der Pflegevater jedem eine gute Büchse und einen Hund und ließ jeden von seinen gesparten Goldstücken nehmen, so viel er wollte. Darauf begleitete er sie ein Stück Wegs, und beim Abschied gab er ihnen noch ein blankes Messer und sprach: »Wann ihr euch einmal trennt, so stoßt dies Messer am Scheideweg in einen Baum, daran kann einer, wenn er zurückkommt, sehen, wie es seinem abwesenden Bruder ergangen ist, denn die Seite, nach welcher dieser ausgezogen ist, rostet, wann er stirbt: solange er aber lebt, bleibt sie blank«. Die zwei Brüder gingen immer weiter fort und kamen in einen Wald, so groß, daß sie unmöglich in einem Tag heraus konnten. Also blieben sie die Nacht darin und aßen, was sie in die Jägertasche gesteckt hatten; sie gingen aber noch den zweiten Tag und kamen nicht heraus. Da sie nichts zu essen hatten, so sprach der eine: »Wir müssen uns etwas schießen, sonst leiden wir Hunger«, lud seine Büchse und sah sich um. Und als ein alter Hase dahergelaufen kam, legte er an, aber der Hase rief:

»Lieber Jäger, laß mich leben,
ich will dir auch zwei Junge geben«.

Sprang auch gleich ins Gebüsch und brachte zwei Junge; die Tierlein spielten aber so munter und waren so artig, daß die Jäger es nicht übers Herz bringen konnten, sie zu töten. Sie behielten sie also bei sich, und die kleinen Hasen folgten ihnen auf dem Fuße nach. Bald darauf schlich ein Fuchs vorbei, den wollten sie niederschießen, aber der Fuchs rief:

»Lieber Jäger, laß mich leben,
ich will dir auch zwei Junge geben«.

Er brachte auch zwei Füchslein, und die Jäger mochten sie auch nicht töten, gaben sie den Hasen zur Gesellschaft, und sie folgten ihnen nach. Nicht lange, so schritt ein Wolf aus dem Dickicht, die Jäger legten auf ihn an, aber der Wolf rief:

»Lieber Jäger, laß mich leben,
ich will dir auch zwei Junge geben«.

Die zwei jungen Wölfe taten die Jäger zu den anderen Tieren, und sie folgten ihnen nach. Darauf kam ein Bär, der wollte gern noch länger herumtraben und rief:

»Lieber Jäger, laß mich leben,
ich will dir auch zwei Junge geben«.

Die zwei jungen Bären wurden zu den andern gesellt und waren ihrer schon acht. Endlich, wer kam? Ein Löwe kam und schüttelte seine Mähnen. Aber die Jäger ließen sich nicht schrecken und zielten auf ihn: aber der Löwe sprach gleichfalls:

»Lieber Jäger, laß mich leben,
ich will dir auch zwei Junge geben«.

Er holte auch seine Jungen herbei, und nun hatten die Jäger zwei Löwen, zwei Bären, zwei Wölfe, zwei Füchse und zwei Hasen, die ihnen nachzogen und dienten. Indessen war ihr Hunger damit nicht gestillt worden, da sprachen sie zu den Füchsen: »Hört, ihr Schleicher, schafft uns was zu essen, ihr seid ja listig und verschlagen«. Sie antworteten: »Nicht weit von hier liegt ein Dorf, wo wir schon manches Huhn geholt haben; den Weg dahin wollen wir euch zeigen«. Da gingen sie ins Dorf, kauften sich etwas zu essen und ließen auch ihren Tieren Futter geben, und zogen dann weiter. Die Füchse aber wußten guten Bescheid in der Gegend, wo die Hühnerhöfe waren, und konnten die Jäger überall zurechtweisen.

Nun zogen sie eine Weile herum, konnten aber keinen Dienst finden, wo sie zusammengeblieben wären, da sprachen sie: »Es geht nicht anders, wir müssen uns trennen«. Sie teilten die Tiere, so daß jeder einen Löwen, einen Bären, einen Wolf, einen Fuchs und einen Hasen bekam: dann nahmen sie Abschied, versprachen sich brüderliche Liebe bis in den Tod und stießen das Messer, das ihnen ihr Pflegevater mitgegeben, in einen Baum; worauf der eine nach Osten, der andere nach Westen zog.

Der jüngste aber kam mit seinen Tieren in eine Stadt, die war ganz mit schwarzem Flor überzogen. Er ging in ein Wirtshaus und fragte den Wirt, ob er nicht seine Tiere beherbergen könnte. Der Wirt gab ihnen einen Stall, wo in der Wand ein Loch war: da kroch der Hase hinaus und holte sich ein Kohlhaupt, und der Fuchs holte sich ein Huhn, und als er das gefressen hatte, auch den Hahn dazu; der Wolf aber, der Bär und der Löwe, weil sie zu groß waren, konnten nicht hinaus. Da ließ sie der Wirt hinbringen, wo eben eine Kuh auf dem Rasen lag, daß sie sich satt fraßen. Und als der Jäger für seine Tiere gesorgt hatte, fragte er den Wirt, warum die Stadt so mit Trauerflor ausgehängt wäre. Sprach der Wirt: »Weil morgen unseres Königs einzige Tochter sterben wird«. Fragte der Jäger: »Ist sie sterbenskrank?« »Nein«, antwortete der Wirt, »sie ist frisch und gesund, aber sie muß doch sterben.« »Wie geht das zu?« fragte der Jäger. »Draußen vor der Stadt ist ein hoher Berg, darauf wohnt ein Drache, der muß alle Jahr eine reine Jungfrau haben, sonst verwüstet er das ganze Land. Nun sind schon alle Jungfrauen hingegeben, und ist niemand mehr übrig als die Königstochter, dennoch ist keine Gnade, sie muß ihm überliefert werden; und das soll morgen geschehen.« Sprach der Jäger: »Warum wird der Drache nicht getötet?« »Ach«, antwortete der Wirt, »so viele Ritter habens versucht, aber allesamt ihr Leben eingebüßt; der König hat dem, der den Drachen besiegt, seine Tochter zur Frau versprochen, und er soll auch nach seinem Tode das Reich erben.«

Der Jäger sagte dazu weiter nichts, aber am andern Morgen nahm er seine Tiere und stieg mit ihnen auf den Drachenberg. Da stand oben eine kleine Kirche, und auf dem Altar standen drei gefüllte Becher, und dabei war die Schrift: »Wer die Becher austrinkt, wird der stärkste Mann auf Erden, und wird das Schwert führen, das vor der Türschwelle vergraben liegt«. Der Jäger trank da nicht, ging hinaus und suchte das Schwert in der Erde, vermochte aber nicht, es von der Stelle zu bewegen. Da ging er hin und trank die Becher aus und war nun stark genug, das Schwert aufzunehmen, und seine Hand konnte es ganz leicht führen. Als die Stunde kam, wo die Jungfrau dem Drachen sollte ausgeliefert werden, begleitete sie der König, der Marschall und die Hofleute hinaus. Sie sah von weitem den Jäger oben auf dem Drachenberg und meinte, der Drache stände da und erwartete sie, und wollte nicht hinaufgehen, endlich aber, weil die ganze Stadt sonst wäre verloren gewesen, mußte sie den schweren Gang tun. Der König und die Hofleute kehrten voll Trauer heim, des Königs Marschall aber sollte stehen bleiben und aus der Ferne alles mit ansehen.

Als die Königstochter oben auf den Berg kam, stand da nicht der Drache, sondern der junge Jäger, der sprach ihr Trost ein und sagte, er wollte sie retten, führte sie in die Kirche und verschloß sie darin. Gar nicht lange, so kam mit großem Gebraus der siebenköpfige Drache dahergefahren. Als er den Jäger erblickte, verwunderte er sich und sprach: »Was hast du hier auf dem Berge zu schaffen?« Der Jäger antwortete: »Ich will mit dir kämpfen«. Sprach der Drache: »So mancher Rittersmann hat hier sein Leben gelassen, mit dir will ich auch fertig werden«, und atmete Feuer aus sieben Rachen. Das Feuer sollte das trockene Gras anzünden, und der Jäger sollte in der Glut und dem Dampf erstikken, aber die Tiere kamen herbeigelaufen und traten das Feuer aus. Da fuhr der Drache gegen den Jäger, aber er schwang sein Schwert, daß es in der Luft sang, und schlug ihm drei Köpfe ab. Da ward der Drache erst recht wütend, erhob sich in die Luft, spie die Feuerflammen über den Jäger aus und wollte sich auf ihn stürzen, aber der Jäger zückte nochmals sein Schwert und hieb ihm wieder drei Köpfe ab. Das Untier ward matt und sank nieder, und wollte doch wieder auf den Jäger los, aber er schlug ihm mit der letzten Kraft den Schweif ab, und weil er nicht mehr kämpfen konnte, rief er seine Tiere herbei, die zerrissen es in Stücke. Als der Kampf zu Ende war, schloß der Jäger die Kirche auf, und fand die Königstochter auf der Erde liegen, weil ihr die Sinne vor Angst und Schrecken während des Streites vergangen waren. Er trug sie hinaus, und als sie wieder zu sich selbst kam und die Augen aufschlug, zeigte er ihr den zerrissenen Drachen und sagte ihr, daß sie nun erlöst

wäre. Sie freute sich und sprach: »Nun wirst du mein liebster Gemahl werden, denn mein Vater hat mich demjenigen versprochen, der den Drachen tötet«. Darauf hing sie ihr Halsband von Korallen ab und verteilte es unter die Tiere, um sie zu belohnen, und der Löwe erhielt das goldene Schlößchen davon. Ihr Taschentuch aber, in dem ihr Name stand, schenkte sie dem Jäger, der ging hin und schnitt aus den sieben Drachenköpfen die Zungen aus, wickelte sie in das Tuch und verwahrte sie wohl.

Als das geschehen war, sprach er zur Jungfrau: »Wir sind beide so matt und müde, wir wollen ein wenig schlafen«. Da sagte sie ja, und sie ließen sich auf die Erde nieder, und der Jäger sprach zu dem Löwen:

»Du sollst wachen, damit uns niemand im Schlaf überfällt«, und beide schliefen ein. Der Löwe legte sich neben sie, um zu wachen, aber er war vom Kampf auch müde, daß er den Bären rief und sprach: »Lege dich neben mich, ich muß ein wenig schlafen, und wenn was kommt, so wecke mich auf«. Da legte sich der Bär neben ihn, aber er war auch müde und rief den Wolf und sprach: »Lege dich neben mich, ich muß ein wenig schlafen, und wenn was kommt, so wecke mich auf«. Da legte sich der Wolf neben ihn, aber er war auch müde und rief den Fuchs und sprach: »Lege dich neben mich, ich muß ein wenig schlafen, und wenn was kommt, so wecke mich auf«. Da legte sich der Fuchs neben ihn, aber er war auch müde, rief den Hasen und sprach: »Lege dich neben mich, ich muß ein wenig schlafen, und wenn was kommt, so wecke mich auf«. Da setzte sich der Hase neben ihn, aber der arme Has war auch müde, und hatte niemand, den er zur Wache herbeirufen konnte, und schlief ein. Da schlief nun die Königstochter, der Jäger, der Löwe, der Bär, der Wolf, der Fuchs und der Has, und schliefen alle einen festen Schlaf.

Der Marschall aber, der von weitem hatte zuschauen sollen, als er den Drachen nicht mit der Jungfrau fortfliegen sah und alles auf dem Berg ruhig ward, nahm sich ein Herz und stieg hinauf. Da lag der Drache zerstückt und zerrissen auf der Erde, und nicht weit davon die Königstochter und ein Jäger mit seinen Tieren, die waren alle in tiefen Schlaf versunken. Und weil er bös und gottlos war, so nahm er sein Schwert und hieb dem Jäger das Haupt ab, und faßte die Jungfrau auf den Arm und trug sie den Berg hinab. Da erwachte sie und erschrak, aber der Marschall sprach: »Du bist in meinen Händen, du sollst sagen, daß ich es gewesen bin, der den Drachen getötet hat«. »Das kann ich nicht«, antwortete sie, »denn ein Jäger mit seinen Tieren hats getan.« Da zog er sein Schwert und drohte sie zu töten, wo sie ihm nicht gehorchte, und zwang sie damit, daß sie es versprach. Darauf brachte er sie vor den König, der sich vor Freude nicht zu lassen wußte, als er sein liebes Kind wieder lebend erblickte, das er von dem Untier zerrissen glaubte. Der Marschall sprach zu ihm: »Ich habe den Drachen getötet, und die Jungfrau und das ganze Reich befreit, darum fordere ich sie zur Gemahlin, so wie es zugesagt ist«. Der König fragte die Jungfrau: »Ist das wahr, was er spricht?« »Ach ja«, antwortete sie, »es muß wohl wahr sein, aber ich halte mir aus, daß erst über Jahr und Tag die Hochzeit gefeiert wird«, denn sie dachte in der Zeit etwas von ihrem lieben Jäger zu hören.

Auf dem Drachenberg aber lagen noch die Tiere neben ihrem toten Herrn und schliefen, da kam eine große Hummel und setzte sich dem Hasen auf die Nase, aber der Hase wischte sie mit der Pfote ab und schlief weiter. Die Hummel kam zum zweitenmal, aber der Hase wischte sie wieder ab und schlief fort. Da kam sie zum drittenmal und stach ihm in die Nase, daß der aufwachte. Sobald der Hase wach war, weckte er den Fuchs, und der Fuchs den Wolf, und der Wolf den Bär, und der Bär den Löwen. Und als der Löwe aufwachte und sah, daß die Jungfrau fort war und sein Herr tot, fing er an fürchterlich zu brüllen und rief: »Wer hat das vollbracht? Bär, warum hast du mich nicht geweckt?« Der Bär fragte den Wolf: »Warum hast du mich nicht geweckt?« und der Wolf fragte den Fuchs: »Warum hast du mich nicht geweckt?« und der Fuchs den Hasen: »Warum hast du mich nicht geweckt?« Der arme Has wußte allein nichts zu antworten, und die Schuld blieb auf ihm hangen. Da wollten sie über ihn herfallen, aber er bat und sprach: »Bringt mich nicht um, ich will unsern Herrn wieder lebendig machen. Ich weiß einen Berg, da wächst eine Wurzel, wer die im Mund hat, der wird von aller Krankheit und allen Wunden geheilt. Aber der Berg liegt zweihundert Stunden von hier«. Sprach der Löwe: »In vierundzwanzig Stunden mußt du hin- und hergelaufen sein und die Wurzel mitbringen«. Da sprang der Hase fort, und in vierundzwanzig Stunden war er zurück und brachte die Wurzel mit. Der Löwe setzte dem Jäger den Kopf wieder an, und der Hase steckte ihm die Wurzel in den Mund, alsbald fügte sich alles wieder zusammen, und das Herz schlug, und das Leben kehrte zurück. Da erwachte der Jäger und erschrak, als er die Jungfrau nicht mehr sah, und dachte: »Sie ist wohl fortgegangen, während ich schlief, um mich los zu werden«. Der Löwe hatte in der großen Eile seinem Herrn den Kopf verkehrt aufgesetzt, der aber merkte es nicht bei seinen traurigen Gedanken an die Königstochter: erst zu Mittag, als er etwas essen wollte, da sah er, daß ihm der Kopf nach dem Rücken zu stand, konnte es nicht begreifen und fragte die Tiere, was ihm im Schlaf widerfahren wäre. Da erzählte ihm der Löwe, daß sie auch alle aus Müdigkeit eingeschlafen wären, und beim

Erwachen hätten sie ihn tot gefunden mit abgeschlagenem Haupte, der Hase hätte die Lebenswurzel geholt, er aber in der Eil den Kopf verkehrt gehalten; doch wollte er seinen Fehler wieder gutmachen. Dann riß er dem Jäger den Kopf wieder ab, drehte ihn herum, und der Hase heilte ihn mit der Wurzel fest.

Der Jäger aber war traurig, zog in der Welt herum und ließ seine Tiere vor den Leuten tanzen. Es trug sich zu, daß er gerade nach Verlauf eines Jahres wieder in dieselbe Stadt kam, wo er die Königstochter vom Drachen erlöst hatte, und die Stadt war diesmal ganz mit rotem Scharlach ausgehängt. Da sprach er zum Wirt: »Was will das sagen? Vorm Jahr war die Stadt mir schwarzem Flor überzogen, was soll heute der rote Scharlach?« Der Wirt antwortete: »Vorm Jahr sollte unsers Königs Tochter dem Drachen ausgeliefert werden, aber der Marschall hat mit ihm gekämpft und ihn getötet, und da soll morgen ihre Vermählung gefeiert werden; darum war die Stadt damals mit schwarzem Flor der Trauer, und ist heute mit rotem Scharlach der Freude ausgehängt«.

Am andern Tag, wo die Hochzeit sein sollte, sprach der Jäger um die Mittagszeit zum Wirt: »Glaubt er wohl, Herr Wirt, daß ich heut Brot von des Königs Tisch hier bei ihm essen will?« »Ja«, sprach der Wirt, »da wollt ich doch noch hundert Goldstücke dran setzen, daß das nicht wahr ist.« Der Jäger nahm die Wette an und setzte einen Beutel mit ebenso viel Goldstücken dagegen. Dann rief er den Hasen und sprach: »Geh hin, lieber Springer, und hol mir von dem Brot, das der König ißt«. Nun war das Häslein das geringste und konnte es keinem andern wieder auftragen, sondern mußte sich selbst auf die Beine machen. »Ei«, dachte es, »wann ich so allein durch die Straßen springe, da werden die Metzgerhunde hinter mir drein sein.« Wie es dachte, so geschah es auch, und die Hunde kamen hinter ihm drein und wollten ihm sein gutes Fell flicken. Es sprang aber, hast du nicht gesehen! und flüchtete sich in ein Schilderhaus, ohne daß es der Soldat gewahr wurde. Da kamen die Hunde und wollten es heraus haben, aber der Soldat verstand keinen Spaß und schlug mit dem Kolben drein, daß sie schreiend und heulend fortliefen. Als der Hase merkte, daß die Luft rein war, sprang er zum Schloß hinein und gerade zur Königstochter, setzte sich unter ihren Stuhl, und kratzte sie am Fuß. Da sagte sie: »Willst du fort!« und meinte, es wäre ihr Hund. Der Hase kratzte zum zweitenmal am Fuß, da sagte sie wieder: »Willst du fort!« und meinte, es wäre ihr Hund. Aber der Hase ließ sich nicht irre machen und kratzte zum drittenmal, da guckte sie herab, und erkannte den Hasen an seinem Halsband. Nun nahm sie ihn auf den Schoß, trug ihn in ihre Kammer und sprach: »Lieber Hase, was willst du?« Antwortete er: »Mein Herr, der den Drachen getötet hat, ist hier und schickt mich, ich soll um ein Brot bitten, wie es der König ißt«. Da war sie voll Freude, und ließ den Bäcker kommen und befahl ihm, ein Brot zu bringen, wie es der König aß. Sprach das Häslein: »Aber der Bäcker muß mirs auch hintragen, damit mir die Metzgerhunde nichts tun«. Der Bäcker trug es ihm bis an die Türe der Wirtsstube, da stellte sich der Hase auf die Hinterbeine, nahm alsbald das Brot in die Vorderpfoten und brachte es seinem Herrn. Da sprach der Jäger: »Sieht er, Herr Wirt, die hundert Goldstücke sind mein«. Der Wirt wunderte sich, aber der Jäger sagte weiter: »Ja, Herr Wirt, das Brot hätt ich, nun will ich aber auch von des Königs Braten essen!« Der Wirt sagte: »Das möcht ich sehen«, aber wetten wollte er nicht mehr. Rief der Jäger den Fuchs und sprach: »Mein Füchslein, geh hin und hol mir den Braten, wie ihn der König ißt«. Der Rotfuchs wußte die Schliche besser, ging an den Ecken und durch die Winkel, ohne daß ihn ein Hund sah, setzte sich unter der Königstochter Stuhl, kratzte an ihrem Fuß. Da sah sie herab und erkannte den Fuchs am Halsband, nahm ihn mit in ihre Kammer und sprach: »Lieber Fuchs, was willst du?« Antwortete er: »Mein Herr, der den Drachen getötet hat, ist hier, und schickt mich, ich soll bitten um einen Braten, wie ihn der König ißt«. Da ließ sie den Koch kommen, der mußte einen Braten, wie ihn der König aß, anrichten und dem Fuchs bis an die Türe tragen; da nahm ihm der Fuchs die Schüssel ab, wedelte mit seinem Schwanz erst die Fliegen weg, die sich auf den Braten gesetzt hatten, und brachte ihn dann seinem Herrn. »Sieht er, Herr Wirt«, sprach der Jäger, »Brot und Fleisch ist da, nun will ich auch Zugemüs essen, wie es der König ißt.« Da rief er den Wolf und sprach: »Lieber Wolf, geh hin und hol mir Zugemüs, wies der König ißt«. Da ging der Wolf geradezu ins Schloß, weil er sich vor niemand fürchtete, und als er in der Königstochter Zimmer kam, da zupfte er sie hinten am Kleid, daß sie sich umschauen mußte. Sie erkannte ihn am Halsband, und nahm ihn mit in ihre Kammer und sprach: »Lieber Wolf, was willst du?« Antwortete er:

»Mein Herr, der den Drachen getötet hat, ist hier, ich soll bitten um ein Zugemüs, wie es der König ißt«. Da ließ sie den Koch kommen, der mußte ein Zugemüs bereiten, wie es der König aß, und mußte es dem Wolf bis vor die Türe tragen, da nahm ihm der Wolf die Schüssel ab und brachte sie seinem Herrn. »Sieht er, Herr Wirt«, sprach der Jäger, »nun hab ich Brot, Fleisch und Zugemüs, aber ich will auch Zuckerwerk essen, wie es der König ißt.« Rief er den Bären und sprach: »Lieber Bär, du leckst doch gern etwas Süßes, geh hin und hol mir Zuckerwerk, wies der König ißt«. Da trabte der Bär nach dem Schlosse, und ging ihm jedermann aus dem Wege: als er aber zu der Wache kam, hielt sie die Flinten vor und wollte ihn nicht ins königliche Schloß lassen. Aber er hob sich in die Höhe und gab mit seinen Tatzen links und rechts ein paar Ohrfeigen, daß die ganze Wache zusammenfiel, und darauf ging er geradewegs zu der Königstochter, stellte sich hinter sie und brummte ein wenig. Da schaute sie rückwärts und erkannte den Bären, und hieß ihn mitgehen in ihre Kammer und sprach: »Lieber Bär, was willst du?« Antwortete er: »Mein Herr, der den Drachen getötet hat, ist hier, ich soll bitten um Zuckerwerk, wies der König ißt«. Da ließ sie den Zukkerbäcker kommen, der mußte Zuckerwerk backen, wies der König aß, und dem Bären vor die Türe tragen: da leckte der Bär erst die Zukkererbsen auf, die heruntergerollt waren, dann stellte er sich aufrecht, nahm die Schüssel und brachte sie seinem Herrn. »Sieht er, Herr Wirt«, sprach der Jäger, »nun habe ich Brot, Fleisch, Zugemüs und Zuckerwerk, aber ich will auch Wein trinken, wie ihn der König trinkt.« Er rief den Löwen herbei und sprach: »Lieber Löwe, du trinkst dir doch gerne einen Rausch, geh und hol mir Wein, wie ihn der König trinkt«. Da schritt der Löwe über die Straße, und die Leute liefen vor ihm, und als er an die Wache kam, wollte sie den Weg sperren, aber er brüllte nur einmal, so sprang alles fort. Nun ging der Löwe vor das königliche Zimmer und klopfte mit seinem Schweif an die Türe. Da kam die Königstochter heraus, und wäre fast über den Löwen erschrocken, aber sie erkannte ihn an dem goldenen Schloß von ihrem Halsbande, und hieß ihn mit in ihre Kammer gehen und sprach: »Lieber Löwe, was willst du?« Antwortete er: »Mein Herr, der den Drachen getötet hat, ist hier, ich soll bitten um Wein, wie ihn der König trinkt«. Da ließ sie den Mundschenk kommen, der sollte dem Löwen Wein geben, wie ihn der

König tränke. Sprach der Löwe: »Ich will mitgehen und sehen, daß ich den rechten kriege«. Da ging er mit dem Mundschenk hinab, und als sie unten ankamen, wollte ihm dieser von dem gewöhnlichen Wein zapfen, wie ihn des Königs Diener tranken, aber der Löwe sprach: »Halt! Ich will den Wein erst versuchen«, zapfte sich ein halbes Maß und schluckte es auf einmal hinab. »Nein«, sagte er, »das ist nicht der rechte.« Der Mundschenk sah ihn schief an, ging aber und wollte ihm aus einem andern Faß geben, das für des Königs Marschall war. Sprach der Löwe: »Halt! Erst will ich den Wein versuchen«, zapfte sich ein halbes Maß und trank es, »der ist besser, aber noch nicht der rechte.« Da ward der Mundschenk bös und sprach: »Was so ein dummes Vieh vom Wein verstehen will!« Aber der Löwe gab ihm einen Schlag hinter die Ohren, daß er unsanft zur Erde fiel, und als er sich wieder aufgemacht

hatte, führte er den Löwen ganz Stillschweigens in einen kleinen besonderen Keller, wo des Königs Wein lag, von dem sonst kein Mensch zu trinken bekam. Der Löwe zapfte sich erst ein halbes Maß und versuchte den Wein, dann sprach er: »Das kann von dem rechten sein«, und hieß den Mundschenk sechs Flaschen füllen. Nun stiegen sie herauf, wie der Löwe aber aus dem Keller ins Freie kam, schwankte er hin und her und war ein wenig trunken, und der Mundschenk mußte ihm den Wein bis vor die Türe tragen, da nahm der Löwe den Henkelkorb in das Maul und brachte ihn seinem Herrn. Sprach der Jäger: »Sieht er, Herr Wirt, da hab ich Brot, Fleisch, Zugemüs, Zuckerwerk und Wein, wie es der König hat, nun will ich mit meinen Tieren Mahlzeit halten«, und setzte sich hin, aß und trank, und gab dem Hasen, dem Fuchs, dem Wolf, dem Bär und dem Löwen auch davon zu essen und zu trinken, und war guter Dinge, denn er sah, daß ihn die Königstochter noch lieb hatte. Und als er Mahlzeit gehalten hatte, sprach er: »Herr Wirt, nun hab ich gegessen und getrunken, wie der König ißt und trinkt, jetzt will ich an des Königs Hof gehen und die Königstochter heiraten«. Fragte der Wirt: »Wie soll das zugehen, da sie schon einen Bräutigam hat und heute die Vermählung gefeiert wird?« Da zog der Jäger das Taschentuch heraus, das ihm die Königstochter auf dem Drachenberg gegeben hatte, und worin die sieben Zungen des Untiers eingewickelt waren, und sprach: »Dazu soll mir helfen, was ich da in der Hand halte«. Da sah der Wirt das Tuch an und sprach: »Wenn ich alles glaube, so glaube ich das nicht, und will wohl Haus und Hof dran setzen«. Der Jäger aber nahm einen Beutel mit tausend Goldstücken, stellte ihn auf den Tisch und sagte: »Das setze ich dagegen«.

Nun sprach der König an der königlichen Tafel zu seiner Tochter: »Was haben die wilden Tiere alle gewollt, die zu dir gekommen und in mein Schloß ein- und ausgegangen sind?« Da antwortete sie: »Ich darfs nicht sagen, aber schickt hin und laßt den Herrn dieser Tiere holen, so werdet Ihr wohl tun«. Der König schickte einen Diener ins Wirtshaus und ließ den fremden Mann einladen, und der Diener kam gerade, wie der Jäger mit dem Wirt gewettet hatte. Da sprach er: »Sieht er, Herr Wirt, da schickt der König einen Diener und läßt mich einladen, aber ich gehe so noch nicht«. Und zu dem Diener sagte er: »Ich lasse den Herrn König bitten, daß er mir königliche Kleider schickt, einen Wagen mit sechs Pferden und Diener, die mir aufwarten«. Als der König die Antwort hörte, sprach er zu seiner Tochter: »Was soll ich tun?« Sagte sie: »Laßt ihn holen, wie ers verlangt, so werdet Ihr wohl tun«. Da schickte der König königliche Kleider, einen Wagen mit sechs Pferden und Diener, die ihm aufwarten sollten. Als der Jäger sie kommen sah, sprach er: »Sieht er, Herr Wirt, nun werde ich abgeholt, wie ich es verlangt habe«, und zog die königlichen Kleider an, nahm das Tuch mit den Drachenzungen und fuhr zum König. Als ihn der König kommen sah, sprach er zu seiner Tochter: »Wie soll ich ihn empfangen?« Antwortete sie: »Geht ihm entgegen, so werdet Ihr wohl tun«. Da ging ihm der König entgegen und führte ihn herauf, und seine Tiere folgten ihm nach. Der König wies ihm einen Platz an neben sich und seiner Tochter, der Marschall saß auf der andern Seite, als Bräutigam, aber der kannte ihn nicht mehr. Nun wurden gerade die sieben Häupter des Drachen zur Schau aufgetragen, und der König sprach: »Die sieben

Häupter hat der Marschall dem Drachen abgeschlagen, darum geb ich ihm heute meine Tochter zur Gemahlin«. Da stand der Jäger auf, öffnete die sieben Rachen und sprach: »Wo sind die sieben Zungen des Drachen?« Da erschrak der Marschall, ward bleich und wußte nicht, was er antworten sollte, endlich sagte er in seiner Angst: »Drachen haben keine Zungen«. Sprach der Jäger: »Die Lügner sollten keine haben, aber die Drachenzungen sind das Wahrzeichen des Siegers«, und wickelte das Tuch auf, da lagen sie alle siebene darin, und dann steckte er jede Zunge in den Rachen, in den sie gehörte, und sie paßte genau. Darauf nahm er das Tuch, in welches der Name der Königstochter gestickt war, und zeigte es der Jungfrau und fragte sie, wem sie es gegeben hätte, da antwortete sie: »Dem, der den Drachen getötet hat«. Und dann rief er sein Getier, nahm jedem das Halsband und dem Löwen das goldene Schloß ab, und zeigte es der Jungfrau und fragte, wem es angehörte. Antwortete sie: »Das Halsband und das goldene Schloß waren mein, ich habe es unter die Tiere verteilt, die den Drachen besiegen halfen«. Da sprach der Jäger: »Als ich müde von dem Kampf geruht und geschlafen habe, da ist der Marschall gekommen und hat mir den Kopf abgehauen. Dann hat er die Königstochter fortgetragen und vorgegeben, er sei es gewesen, der den Drachen getötet habe; und daß er gelogen hat, beweise ich mit den Zungen, dem Tuch und dem Halsband«. Und dann erzählte er, wie ihn seine Tiere durch eine wunderbare Wurzel geheilt hätten, und daß er ein Jahr lang mit ihnen herumgezogen und endlich wieder hierher gekommen wäre, wo er den Betrug des Marschalls durch die Erzählung des Wirtes erfahren hätte. Da fragte der König seine Tochter: »Ist es wahr, daß dieser den Drachen getötet hat?« Da antwortete sie: »Ja, es ist wahr; jetzt darf ich die Schandtat des Marschalls offenbaren, weil sie ohne mein Zutun an den Tag gekommen ist, denn er hat mir das Versprechen zu schweigen abgezwungen. Darum aber habe ich mir ausgehalten, daß erst in Jahr und Tag die Hochzeit sollte gefeiert werden«. Da ließ der König zwölf Ratsherren rufen, die sollten über den Marschall Urteil sprechen, und die urteilten, daß er müßte von vier Ochsen zerrissen werden. Also ward der Marschall gerichtet, der König aber übergab seine Tochter dem Jäger und ernannte ihn zu seinem Statthalter im ganzen Reich. Die Hochzeit ward mit großen Freuden gefeiert, und der junge König ließ seinen Vater und

Pflegevater holen und überhäufte sie mit Schätzen. Den Wirt vergaß er auch nicht, und ließ ihn kommen und sprach zu ihm: »Sieht er, Herr Wirt, die Königstochter habe ich geheiratet, und sein Haus und Hof sind mein«. Sprach der Wirt: »Ja, das wäre nach dem Rechten«. Der junge König aber sagte: »Es soll nach Gnaden gehen: Haus und Hof soll er behalten, und die tausend Goldstücke schenke ich ihm noch dazu«.

Nun waren der junge König und die junge Königin guter Dinge und lebten vergnügt zusammen. Er zog oft hinaus auf die Jagd, weil das seine Freude war, und die treuen Tiere mußten ihn begleiten. Es lag aber in der Nähe ein Wald, von dem es hieß, er wäre nicht geheuer, und wäre einer erst darin, so käme er nicht leicht wieder heraus. Der junge König hatte aber große Lust, darin zu jagen, und ließ dem alten König keine Ruhe, bis er es ihm erlaubte. Nun ritt er mit einer großen Begleitung aus, und als er zu dem Wald kam, sah er eine schneeweiße Hirschkuh darin und sprach zu seinen Leuten: »Haltet hier, bis ich zurückkomme, ich will das schöne Wild jagen«, und ritt ihm nach in den Wald hinein, und nur seine Tiere folgten ihm. Die Leute hielten und warteten bis Abend, aber er kam nicht wieder: da ritten sie heim und erzählten der jungen Königin: »Der junge König ist im Zauberwald einer weißen Hirschkuh nachgejagt, und ist nicht wiedergekommen«. Da war sie in großer Besorgnis um ihn. Er war aber dem schönen Wild immer nachgeritten, und konnte es niemals einholen; wenn er meinte, es wäre schußgerecht, so sah er es gleich wieder in weiter Ferne dahinspringen, und endlich verschwand es ganz. Nun merkte er, daß er tief in den Wald hineingeraten war, nahm sein Horn und blies, aber er bekam keine Antwort, denn seine Leute konntens nicht hören. Und da auch die Nacht einbrach, sah er, daß er diesen Tag nicht heim kommen könnte, stieg ab, machte sich bei einem Baum ein Feuer an und wollte dabei übernachten. Als er bei dem Feuer saß, und seine Tiere sich auch neben ihn gelegt hatten, deuchte ihn, als hörte er eine menschliche Stimme: er schaute umher, konnte aber nichts bemerken. Bald darauf hörte er wieder ein Ächzen wie von oben her, da blickte er in die Höhe und sah ein altes Weib auf dem Baum sitzen, das jammerte in einem fort: »Hu, hu, hu, was mich friert!« Sprach er: »Steig herab und wärme dich, wenn dich friert«. Sie aber sagte: »Nein, deine Tiere beißen mich«. Antwortete er: »Sie tun dir nichts, altes Mütterchen, komm nur herunter«. Sie war aber eine Hexe und sprach: »Ich will dir eine Rute von dem Baum herabwerfen, wenn du sie damit auf den Rücken schlägst, tun sie mir nichts«. Da warf sie ihm ein Rütlein herab, und er schlug sie damit, alsbald lagen sie still und waren in Stein verwandelt. Und als die Hexe vor den Tieren sicher war, sprang sie herunter und rührte auch ihn mit einer Rute an und verwandelte ihn in Stein. Darauf lachte sie und schleppte ihn und die Tiere in einen Graben, wo schon mehr solcher Steine lagen.

Als aber der junge König gar nicht wiederkam, ward die Angst und Sorge der Königin immer größer. Nun trug sich zu, daß gerade in dieser Zeit der andere Bruder, der bei der Trennung gen Osten gewandelt war, in das Königreich kam. Er hatte einen Dienst gesucht und keinen gefunden, war dann herumgezogen hin und her, und hatte seine Tiere tanzen lassen. Da fiel ihm ein, er wollte einmal nach dem Messer sehen, das sie bei ihrer Trennung in einen Baumstamm gestoßen hatten, um zu erfahren, wie es seinem Bruder ginge. Wie er dahin kam, war seines Bruders Seite halb verrostet und halb war sie noch blank. Da erschrak er und dachte: »Meinem Bruder muß ein großes Unglück zugestoßen sein, doch kann ich ihn vielleicht noch retten, denn die Hälfte des Messers ist noch blank«. Er zog mit seinen Tieren gen Westen, und als er in das Stadttor kam, trat ihm die Wache entgegen und fragte, ob sie ihn bei seiner Gemahlin melden sollte: die junge Königin wäre schon seit ein paar Tagen in großer Angst über sein Ausbleiben und fürchtete, er wäre im Zauberwald umgekommen. Die Wache nämlich glaubte nicht anders, als er wäre der junge König selbst, so ähnlich sah er ihm, und hatte auch die wilden Tiere hinter sich laufen. Da merkte er, daß von seinem Bruder die Rede war, und dachte: »Es ist das beste, ich gebe mich für ihn aus, so kann ich ihn wohl leichter erretten«. Also ließ er sich von der Wache ins Schloß begleiten, und ward mit großen Freuden empfangen. Die junge Königin meinte nicht anders, als es wäre ihr Gemahl, und fragte ihn, warum er so lange ausgeblieben wäre. Er antwortete: »Ich hatte mich in einem Walde verirrt und konnte mich nicht eher wieder herausfinden«. Abends ward er in das königliche Bette gebracht, aber er legte ein zweischneidiges Schwert zwischen sich und die junge Königin. Sie wußte nicht, was das heißen sollte, getraute aber nicht zu fragen.

Da blieb er ein paar Tage und erforschte derweil alles, wie es mit dem Zauberwald beschaffen war, endlich sprach er: »Ich muß noch einmal dort jagen«. Der König und die junge Königin wollten es ihm ausreden, aber er bestand darauf und zog mit großer Begleitung hinaus. Als er in den Wald gekommen war, erging es ihm wie seinem Bruder, er sah eine weiße Hirschkuh und sprach zu seinen Leuten: »Bleibt hier und wartet, bis ich wiederkomme, ich will das schöne Wild jagen«, ritt in den Wald hinein, und seine Tiere liefen ihm nach. Aber er konnte die Hirschkuh nicht einholen, und geriet so tief in den Wald, daß er darin übernachten mußte. Und als er ein Feuer angemacht hatte, hörte er über sich ächzen: »Hu, hu, hu, wie mich friert!« Da schaute er hinauf und es saß dieselbe Hexe oben im Baum. Sprach er: »Wenn dich friert, so komm herab, altes Mütterchen, und wärme dich«. Antwortete sie: »Nein, deine Tiere beißen mich«. Er aber sprach: »Sie tun dir nichts«. Da rief sie: »Ich will dir eine Rute hinabwerfen, wenn du sie damit schlägst, so tun sie mir nichts«. Wie der Jäger das hörte, traute er der Alten nicht und sprach: »Meine Tiere schlag ich nicht, komm du herunter, oder ich hol dich«. Da rief sie: »Was willst du wohl? Du tust mir doch nichts«. Er aber antwortete: »Kommst du nicht, so schieß ich dich herunter«. Sprach sie: »Schieß nur zu, vor deinen Kugeln fürchte ich mich nicht«. Da legte er an und schoß nach ihr, aber die Hexe war fest gegen alle Bleikugeln, lachte, daß es gellte, und rief: »Du sollst mich noch nicht treffen«. Der Jäger wußte Bescheid, riß sich drei silberne Knöpfe vom Rock und lud sie in die Büchse, denn dagegen war ihre Kunst umsonst, und als er losdrückte, stürzte sie gleich mit Geschrei herab. Da stellte er den Fuß auf sie und sprach: »Alte Hexe, wenn du nicht gleich gestehst, wo mein Bruder ist, so pack ich dich auf mit beiden Händen und werfe dich ins Feuer«. Sie war in großer Angst, bat um Gnade und sagte: »Er liegt mit seinen Tieren versteinert in einem Graben«. Da zwang er sie, mit hinzugehen, drohte ihr und sprach: »Alte Meerkatze, jetzt machst du meinen Bruder und alle Geschöpfe, die hier liegen, lebendig, oder du kommst ins Feuer«. Sie nahm eine Rute und rührte die Steine an, da wurde sein Bruder mit den Tieren wieder lebendig, und viele andere, Kaufleute, Handwerker, Hirten, standen auf, dankten für ihre Befreiung und zogen heim. Die Zwillingsbrüder aber, als sie sich wiedersahen, küßten sich und freuten sich von Herzen.

Dann griffen sie die Hexe, banden sie und legten sie ins Feuer, und als sie verbrannt war, da tat sich der Wald von selbst auf, und war licht und hell, und man konnte das königliche Schloß auf drei Stunden Wegs sehen.

Nun gingen die zwei Brüder zusammen nach Haus und erzählten einander auf dem Weg ihre Schicksale. Und als der jüngste sagte, er wäre an des Königs Statt Herr im ganzen Lande, sprach der andere: »Das hab ich wohl gemerkt, denn als ich in die Stadt kam und für dich angesehen ward, da geschah mir alle königliche Ehre: Die junge Königin hielt mich für ihren Gemahl, und ich mußte an ihrer Seite essen und in deinem Bett schlafen«. Wie das der andere hörte, ward er so eifersüchtig und zornig, daß er sein Schwert zog und seinem Bruder den Kopf abschlug. Als dieser aber tot dalag, und er sein rotes Blut fließen sah, reute es ihn gewaltig: »Mein Bruder hat mich erlöst«, rief er aus, »und ich habe ihn dafür getötet!« und jammerte laut. Da kam sein Hase und erbot sich, von der Lebenswurzel zu holen, sprang fort und brachte sie noch zu rechter Zeit: und der Tote ward wieder ins Leben gebracht und merkte gar nichts von der Wunde.

Darauf zogen sie weiter, und der jüngste sprach: »Du siehst aus wie ich, hast königliche Kleider an wie ich, und die Tiere folgen dir nach wie mir: wir wollen zu den entgegengesetzten Toren eingehen und von zwei Seiten zugleich beim alten König anlangen«. Also trennten sie sich, und bei dem alten König kam zu gleicher Zeit die Wache von dem einen und dem andern Tore und meldete, der junge König mit den Tieren wäre von der Jagd angelangt. Sprach der König: »Es ist nicht möglich, die Tore liegen eine Stunde weit auseinander«. Indem aber kamen von zwei Seiten die beiden Brüder in den Schloßhof hinein und stiegen beide herauf. Da sprach der König zu seiner Tochter: »Sag an, welcher ist dein Gemahl? Es sieht einer aus wie der andere, ich kanns nicht wissen«. Sie war da in großer Angst und konnte es nicht sagen, endlich fiel ihr das Halsband ein, das sie den Tieren gegeben hatte, suchte und fand an dem einen Löwen ihr goldenes Schlößchen. Da rief sie vergnügt: »Der, dem dieser Löwe nachfolgt, der ist mein rechter Gemahl«. Da lachte der junge König und sagte: »Ja, das ist der rechte«, und sie setzten sich zusammen zu Tisch, aßen und tranken, und waren fröhlich. Abends, als der junge König zu Bett ging, sprach seine

Frau: »Warum hast du die vorigen Nächte immer ein zweischneidiges Schwert in unser Bett gelegt, ich habe geglaubt, du wolltest mich totschlagen«. Da erkannte er, wie treu sein Bruder gewesen war.

Dornröschen

Vor Zeiten war ein König und eine Königin, die sprachen jeden Tag: »Ach, wenn wir doch ein Kind hätten!« und kriegen immer keins. Da trug sich zu, als die Königin einmal in Bade saß, daß ein Frosch aus dem Wasser ans Land kroch und zu ihr sprach: »Dein Wunsch wird erfüllt werden, ehe ein Jahr vergeht, wirst du eine Tochter zur Welt bringen«. Was der Frosch gesagt hatte, das geschah, und die Königin gebar ein Mädchen, das war so schön, daß der König vor Freude sich nicht zu lassen wußte und ein großes Fest anstellte. Er ladete nicht bloß seine Verwandte, Freunde und Bekannte, sondern auch die weisen Frauen dazu ein, damit sie dem Kind hold und gewogen wären. Es waren ihrer dreizehn in seinem Reiche, weil er aber nur zwölf goldene Teller hatte, von welchen sie essen sollten, so mußte eine von ihnen daheim bleiben. Das Fest ward mit aller Pracht gefeiert, und als es zu Ende war, beschenkten die weisen Frauen das Kind mit ihren Wundergaben: die eine mit Tugend, die andere mit Schönheit, die dritte mit Reichtum, und so mit allem, was auf der Welt zu wünschen ist. Als elfe ihre Sprüche eben getan hatten, trat plötzlich die dreizehnte herein. Sie wollte sich dafür rächen, daß sie nicht eingeladen war, und ohne jemand zu grüßen oder nur anzusehen, rief sie mit lauter Stimme: »Die Königstochter soll sich in ihrem fünfzehnten Jahr an einer Spindel stechen und tot hinfallen«. Und ohne ein Wort weiter zu sprechen, kehrte sie sich um und verließ den Saal. Alle waren erschrokken, da trat die zwölfte hervor, die ihren Wunsch noch übrig hatte, und weil sie den bösen Spruch nicht aufheben, sondern nur ihn mildern konnte, so sagte sie: »Es soll aber kein Tod sein, sondern ein hundertjähriger tiefer Schlaf, in welchen die Königstochter fällt«.

Der König, der sein liebes Kind vor dem Unglück gern bewahren wollte, ließ den Befehl ausgehen, daß alle Spindeln im ganzen Königreiche sollten verbrannt werden. An dem Mädchen aber wurden die Gaben der weisen Frauen sämtlich erfüllt, denn es war so schön, sittsam, freundlich und verständig, daß es jedermann, der es ansah, lieb haben mußte. Es geschah, daß an dem Tage, wo es gerade fünfzehn Jahr alt ward, der König und die Königin nicht zu Hause waren, und das Mädchen ganz allein im Schloß zurückblieb. Da ging es allerorten herum, besah Stuben und Kammern, wie es Lust hatte, und kam endlich auch an einen alten Turm. Es stieg die enge Wendeltreppe hinauf, und gelangte zu einer kleinen Türe. In dem Schloß steckte ein verrosteter Schlüssel, und als es umdrehte, sprang die Türe auf, und saß da in einem kleinen Stübchen eine alte Frau mit einer Spindel und spann emsig ihren Flachs. »Guten Tag, du altes Mütterchen«, sprach die Königstochter, »was machst du da?« »Ich spinne«, sagte die Alte und nickte mit dem Kopf. »Was ist das für ein Ding, das so lustig herumspringt?« sprach das Mädchen, nahm die Spindel und wollte auch spinnen. Kaum hatte sie aber die Spindel angerührt, so ging der Zauberspruch in Erfüllung, und sie stach sich damit in den Finger.

In dem Augenblick aber, wo sie den Stich empfand, fiel sie auf das Bett nieder, das da stand, und lag in einem tiefen Schlaf. Und dieser Schlaf verbreitete sich über das ganze Schloß. Der König und die Königin, die eben heim gekommen waren und in den Saal getreten waren, fingen an einzuschlafen, und der ganze Hofstaat mit ihnen. Da schliefen auch die Pferde im Stall, die Hunde im Hofe, die Tauben auf dem Dache, die Fliegen an der Wand, ja, das Feuer, das auf dem Herde flackerte, ward still und schlief ein, und der Braten hörte auf zu brutzeln, und der Koch, der den Küchenjungen, weil er etwas versehen hatte, an den Haaren ziehen wollte, ließ ihn los und schlief. Und der Wind legte sich, und auf den Bäumen vor dem Schloß regte sich kein Blättchen mehr.

Rings um das Schloß aber begann eine Dornenhecke zu wachsen, die jedes Jahr höher ward, und endlich das ganze Schloß umzog und darüber hinauswuchs, daß gar nichts mehr davon zu sehen war, selbst nicht die Fahne auf dem Dach. Es ging aber die Sage in dem Land von dem schönen schlafenden Dornröschen, denn so ward die Königstochter genannt, also daß von Zeit zu Zeit Königssöhne kamen und durch die Hecke in das Schloß dringen wollten. Es war ihnen aber nicht möglich, denn die Dornen, als hätten sie Hände, hielten fest zusammen, und die Jünglinge blieben darin hängen, konnten sich nicht wieder losmachen und starben alle eines jämmerlichen Todes.

Nach langen Jahren kam wieder einmal ein Königssohn in das Land, und hörte, wie ein alter Mann von der Dornhecke erzählte, es sollte ein Schloß dahinter stehen, in welchem eine wunderschöne Königstochter, Dornröschen genannt, schon seit hundert Jahren schliefe, und mit ihr schliefe der König und die Königin und der ganze Hofstaat. Er wußte auch von seinem Großvater, daß schon viele Königssöhne gekommen wären und versucht hätten, durch die Dornenhecke zu dringen, aber sie wären darin hängen geblieben und eines traurigen Todes gestorben. Da sprach der Jüngling: »Ich fürchte mich nicht, ich will hinaus und das schöne Dornröschen sehen«. Der gute Alte mochte ihm abraten, wie er wollte, er hörte nicht auf seine Worte.

Nun waren aber gerade die hundert Jahre verflossen, und der Tag war gekommen, wo Dornröschen wieder erwachen sollte. Als der Königssohn sich der Dornenhecke näherte, waren es lauter große schöne Blumen, die taten sich von selbst auseinander und ließen ihn unbeschädigt hindurch, und hinter ihm taten sie sich wieder als eine Hecke zusammen. Im Schloßhof sah er die Pferde und scheckigen Jagdhunde liegen und schlafen, auf dem Dache saßen die Tauben und hatten das Köpfchen unter den Flügel gesteckt. Und als er ins Haus kam, schliefen die Fliegen an der Wand, der Koch hielt noch die Hand, als wollte er den Jungen anpacken, und die Magd saß vor dem schwarzen Huhn, das

sollte gerupft werden. Da ging er weiter und sah im Saale den ganzen Hofstaat liegen und schlafen, und oben bei dem Throne lag der König und die Königin. Da ging er noch weiter, und alles war so still, daß einer seinen Atem hören konnte, und endlich kam er zu dem Turm und öffnete die Türe zu der kleinen Stube, in welcher Dornröschen schlief. Da lag es und war so schön, daß er die Augen nicht abwenden konnte, und er bückte sich und gab ihm einen Kuß. Wie er es mit dem Kuß berührt hatte, schlug Dornröschen die Augen auf, erwachte, und blickte ihn ganz freundlich an. Da gingen sie zusammen herab, und der König erwachte und die Königin und der ganze Hofstaat, und sahen einander mit großen Augen an. Und die Pferde im Hof standen auf und rüttelten sich: die Jagdhunde sprangen und wedelten: die Tauben auf dem Dache zogen das Köpfchen unterm Flügel hervor, sahen umher und flogen ins Feld: die Fliegen an den Wänden krochen weiter: das Feuer in der Küche erhob sich, flackerte und kochte das Essen: der Braten fing wieder an zu brutzeln: und der Koch gab dem Jungen eine Ohrfeige, daß er schrie: und die Magd rupfte das Huhn fertig. Und da wurde die Hochzeit des Königssohns mit dem Dornröschen in aller Pracht gefeiert, und sie lebten vergnügt bis an ihr Ende.

Der Wolf und die sieben jungen Geißlein

Es war einmal eine alte Geiß, die hatte sieben junge Geißlein, und hatte sie lieb, wie eine Mutter ihre Kinder lieb hat. Eines Tages wollte sie in den Wald gehen und Futter holen, da rief sie alle sieben herbei und sprach: »Liebe Kinder, ich will hinaus in den Wald, seid auf eurer Hut vor dem Wolf, wenn er hereinkommt, so frißt er euch alle mit Haut und Haar. Der Bösewicht verstellt sich oft, aber an seiner rauhen Stimme und an seinen schwarzen Füßen werdet ihr ihn gleich erkennen«. Die Geißlein sagten: »Liebe Mutter, wir wollen uns schon in acht nehmen, Ihr könnt ohne Sorge fortgehen«. Da mekkerte die Alte und machte sich getrost auf den Weg.

Es dauerte nicht lange, so klopfte jemand an die Haustür und rief: »Macht auf, ihr lieben Kinder, eure Mutter ist da und hat jedem von euch etwas mitgebracht«. Aber die Geißerchen hörten an der rauhen Stimme, daß es der Wolf war, »wir machen nicht auf«, riefen sie, »du bist unsere Mutter nicht, die hat eine feine und liebliche Stimme, aber deine Stimme ist rauh; du bist der Wolf«. Da ging der Wolf fort zu einem Krämer und kaufte sich ein großes Stück Kreide: die aß er und machte damit seine Stimme fein. Dann kam er zurück, klopfte an die Haustür und rief: »Macht auf, ihr lieben Kinder, eure Mutter ist da und hat jedem von euch etwas mitgebracht«. Aber der Wolf hatte seine schwarze Pfote in das Fenster gelegt, das sahen die Kinder und riefen: »Wir machen nicht auf, unsere Mutter hat keinen schwarzen Fuß wie du: du bist der Wolf«. Da lief der Wolf zu einem Bäcker und sprach: »Ich habe mich an den Fuß gestoßen, streich mir Teig darüber«. Und als ihm der Bäcker die Pfote bestrichen hatte, so lief er zum Müller und sprach: »Streu mir weißes Mehl auf meine Pfote«.

Der Müller dachte, »der Wolf will einen betrügen«, und weigerte sich, aber der Wolf sprach: »Wenn du es nicht tust, so fresse ich dich«. Da fürchtete sich der Müller und machte ihm die Pfote weiß. Ja, so sind die Menschen.

Nun ging der Bösewicht zum drittenmal zu der Haustüre, klopfte an und sprach: »Macht mir auf, Kinder, euer liebes Mütterchen ist heimgekommen und hat jedem von euch etwas aus dem Walde mitgebracht«. Die Geißerchen riefen: »Zeig uns erst deine Pfote, damit wir wissen, daß du unser liebes Mütterchen bist«. Da legte er die Pfote ins Fenster, und als sie sahen, daß sie weiß war, so glaubten sie, es wäre alles wahr, was er sagte, und machten die Türe auf. Wer aber hereinkam, das war der Wolf. Sie erschraken und wollten sich verstecken. Das eine sprang unter den Tisch, das zweite ins Bett, das dritte in den Ofen, das vierte in die Küche, das fünfte in den Schrank, das sechste unter die Waschschüssel, das siebente in den Kasten der Wanduhr. Aber der Wolf fand sie alle und machte nicht langes Federlesen: eins nach dem andern schluckte er in seinen Rachen; nur das jüngste in dem Uhrkasten, das fand er nicht. Als der Wolf seine Lust gebüßt hatte, trollte er sich fort, legte sich draußen auf der grünen Wiese unter einen Baum und fing an zu schlafen.

Nicht lange danach kam die alte Geiß aus dem Walde wieder heim. Ach, was mußte sie da erblicken! Die Haustüre stand sperrweit auf: Tisch, Stühle und Bänke waren umgeworfen, die Waschschüssel lag in Scherben, Decke und Kissen waren aus dem Bett gezogen. Sie suchte ihre Kinder, aber nirgends waren sie zu finden. Sie rief sie nacheinander bei Namen, aber niemand antwortete. Endlich, als sie an das jüngste kam, da rief eine feine Stimme: »Liebe Mutter, ich stecke im Uhrkasten«. Sie holte es heraus, und es erzählte ihr, daß der Wolf gekommen wäre und die andern alle gefressen hätte. Da könnt ihr denken, wie sie über ihre armen Kinder geweint hat.

Endlich ging sie in ihrem Jammer hinaus, und das jüngste Geißlein lief mit. Als sie auf die Wiese kam, so lag da der Wolf an dem Baum und schnarchte, daß die Äste zitterten. Sie betrachtete ihn von allen Seiten und sah, daß in seinem angefüllten Bauch sich etwas regte und zappelte. »Ach Gott«, dachte sie, »sollten meine armen Kinder, die er zum Abendbrot hinuntergewürgt hat, noch am Leben sein?« Da mußte das Geißlein nach Haus laufen und Schere, Nadel und Zwirn holen. Dann schnitt sie dem Ungetüm den Wanst auf, und kaum hatte sie einen Schnitt getan, so streckte schon ein Geißlein den Kopf heraus, und als sie weiter schnitt, so sprangen nacheinander alle sechse heraus, und waren noch alle am Leben, und hatten nicht einmal Schaden gelitten,

denn das Ungetüm hatte sie in der Gier ganz hinuntergeschluckt. Das war eine Freude! Da herzten sie ihre liebe Mutter und hüpften wie ein Schneider, der Hochzeit hält. Die Alte aber sagte: »Jetzt geht und sucht Wackersteine, damit wollen wir dem gottlosen Tier den Bauch füllen, solange es noch im Schlafe liegt«. Da schleppten die sieben Geißerchen in aller Eile die Steine herbei und steckten sie ihm in den Bauch, so viel sie hineinbringen konnten. Dann nähte ihn die Alte in aller Geschwindigkeit wieder zu, daß er nichts merkte und sich nicht einmal regte.

Als der Wolf endlich ausgeschlafen hatte, machte er sich auf die Beine, und weil ihm die Steine im Magen so großen Durst erregten, so wollte er zu einem Brunnen gehen und trinken. Als er aber anfing zu gehen und sich hin und her zu bewegen, so stießen die Steine in seinem Bauch aneinander und rappelten. Da rief er:

»Was rumpelt und pumpelt
in meinem Bauch herum?
ich meinte, es wären sechs Geißlein,
so sinds lauter Wackerstein«.

Und als er an den Brunnen kam und sich über das Wasser bückte und trinken wollte, da zogen ihn die schweren Steine hinein und er mußte jämmerlich ersaufen. Als die sieben Geißlein das sahen, da kamen sie herbeigelaufen, riefen laut: »Der Wolf ist tot! Der Wolf ist tot!« und tanzten mit ihrer Mutter vor Freude um den Brunnen herum.

Hänsel und Gretel

Vor einem großen Walde wohnte ein armer Holzhacker mit seiner Frau und seinen zwei Kindern; das Bübchen hieß Hänsel und das Mädchen Gretel. Er hatte wenig zu beißen und zu brechen, und einmal, als große Teuerung ins Land kam, konnte er auch das tägliche Brot nicht mehr schaffen. Wie er sich nun abends im Bette Gedanken machte und sich vor Sorgen herumwälzte, seufzte er und sprach zu seiner Frau: »Was soll aus uns werden? Wie können wir unsere armen Kinder ernähren, da wir für uns selbst nichts mehr haben?« »Weißt du was, Mann«, antwortete die Frau, »wir wollen morgen in aller Frühe die Kinder hinaus in den Wald führen, wo er am dicksten ist: da machen wir ihnen ein Feuer an und geben jedem noch ein Stückchen Brot, dann gehen wir an unsere Arbeit und lassen sie allein. Sie finden den Weg nicht wieder nach Haus und wir sind sie los.« »Nein, Frau«, sagte der Mann, »das tue ich nicht; wie sollt ichs übers Herz bringen, meine Kinder im Walde allein zu lassen, die wilden Tiere würden bald kommen und sie zerreißen.« »O du Narr«, sagte sie, »dann müssen wir alle viere Hungers sterben, du kannst nur die Bretter für die Särge hobeln«, und ließ ihm keine Ruhe, bis er einwilligte. »Aber die armen Kinder dauern mich doch«, sagte der Mann.

Die zwei Kinder hatten vor Hunger auch nicht einschlafen können und hatten gehört, was die Stiefmutter zum Vater gesagt hatte. Gretel weinte bittere Tränen und sprach zu Hänsel: »Nun ists um uns geschehen«. »Still, Gretel«, sprach Hänsel, »gräme dich nicht, ich will uns schon helfen.« Und als die Alten eingeschlafen waren, stand er auf, zog sein Röcklein an, machte die Untertüre auf und schlich sich hinaus. Da schien der Mond ganz helle, und die weißen Kieselsteine, die vor dem Haus lagen, glänzten wie lauter Batzen. Hänsel bückte sich und steckte so viel in sein Rocktäschlein, als nur hinein wollten. Dann ging er wieder zurück, sprach zu Gretel: »Sei getrost, liebes Schwesterchen, und schlaf nur ruhig ein, Gott wird uns nicht verlassen«, und legte sich wieder in sein Bett.

Als der Tag anbrach, noch ehe die Sonne aufgegangen war, kam schon die Frau und weckte die beiden Kinder. »Steht auf, ihr Faulenzer, wir wollen in den Wald gehen und Holz holen«. Dann gab sie jedem ein Stückchen Brot und sprach: »Da habt ihr etwas für den Mittag, aber eßts nicht vorher auf, weiter kriegt ihr nichts«. Gretel nahm das Brot unter die Schürze, weil Hänsel die Steine in der Tasche hatte. Danach machten sie sich alle zusammen auf den Weg nach dem Wald. Als sie ein Weilchen gegangen waren, stand Hänsel still und guckte nach dem Haus zurück und tat das wieder und immer wieder. Der Vater sprach: »Hänsel, was guckst du da und bleibst zurück, hab acht und vergiß deine Beine nicht«. »Ach, Vater«, sagte Hänsel, »ich sehe nach meinem weißen Kätzchen, das sitzt oben auf dem Dach und will mir Ade sagen.« Die Frau sprach: »Narr, das ist dein Kätzchen nicht, das ist die Morgensonne, die auf den Schornstein scheint«. Hänsel aber hatte nicht nach dem Kätzchen gesehen, sondern immer einen von den blanken Kieselsteinen aus seiner Tasche auf den Weg geworfen.

Als sie mitten in den Wald gekommen waren, sprach der Vater: »Nun sammelt Holz, ihr Kinder, ich will ein Feuer anmachen, damit ihr nicht friert«. Hänsel und Gretel trugen Reisig zusammen, einen kleinen Berg hoch. Das Reisig ward angezündet, und als die Flamme recht hoch brannte, sagte die Frau: »Nun legt euch ans Feuer, ihr Kinder, und ruht euch aus, wir gehen in den Wald und hauen Holz. Wenn wir fertig sind, kommen wir wieder und holen euch ab«.

Hänsel und Gretel saßen am Feuer, und als der Mittag kam, aß jedes sein Stücklein Brot. Und weil sie die Schläge der Holzaxt hörten, so glaubten sie, ihr Vater wäre in der Nähe. Es war aber nicht die Holzaxt, es war ein Ast, den er an einen dürren Baum gebunden hatte, und den der Wind hin- und herschlug. Und als sie so lange gesessen hatten, fielen ihnen die Augen vor Müdigkeit zu, und sie schliefen fest ein. Als sie endlich erwachten, war es schon finstere Nacht. Gretel fing an zu weinen und sprach: »Wie sollen wir nun aus dem Wald kommen!« Hänsel aber tröstete sie, »wart nur ein Weilchen, bis der Mond aufgegangen ist, dann wollen wir den Weg schon finden«. Und als der volle Mond aufgestiegen war, so nahm Hänsel sein Schwesterchen an der Hand und ging den Kieselsteinen nach, die schimmerten wie neu geschlagene Batzen und zeigten ihnen den Weg. Sie gingen die ganze Nacht hindurch und kamen bei anbrechendem Tag wieder zu ihres Vaters Haus. Sie klopften an die Tür, und als die Frau aufmachte und sah, daß es Hänsel und Gretel war, sprach sie: »Ihr bösen Kinder, was habt ihr so lange im Walde geschlafen, wir haben geglaubt, ihr wolltet gar nicht wiederkommen«. Der Vater aber freute sich, denn es war ihm zu Herzen gegangen, daß er sie so allein zurückgelassen hatte.

Nicht lange danach war wieder Not in allen Ecken, und die Kinder hörten, wie die Mutter nachts im Bette zu dem Vater sprach »alles ist wieder aufgezehrt, wir haben noch einen halben Laib Brot, hernach hat das Lied ein Ende. Die Kinder müssen fort, wir wollen sie tiefer in den Wald hineinführen, damit sie den Weg nicht wieder herausfinden; es ist sonst keine Rettung für uns«. Dem Mann fiels schwer aufs Herz und er dachte »es wäre besser, daß du den letzten Bissen mit deinen Kindern teiltest«. Aber die Frau hörte auf nichts, was er sagte, schalt ihn und machte ihm Vorwürfe. Wer A sagt, muß auch B sagen, und weil er das erstemal nachgegeben hatte, so mußte er es auch zum zweitenmal.

Die Kinder waren aber noch wach gewesen und hatten das Gespräch mit angehört. Als die Alten schliefen, stand Hänsel wieder auf, wollte hinaus und Kieselsteine auflesen wie das vorigemal, aber die Frau hatte die Tür verschlossen, und Hänsel konnte nicht heraus. Aber er tröstete sein Schwesterchen und sprach »weine nicht, Gretel, und schlaf nur ruhig, der liebe Gott wird uns schon helfen«.

Am frühen Morgen kam die Frau und holte die Kinder aus dem Bette. Sie erhielten ihr Stückchen Brot, das war aber noch kleiner als das vorige Mal. Auf dem Wege nach dem Wald bröckelte es Hänsel in der Tasche, stand oft still und warf ein Bröcklein auf die Erde. »Hänsel, was stehst du und guckst dich um«, sagte der Vater, »geh deiner Wege.« »Ich sehe nach meinem Täubchen, das sitzt auf dem Dache und will mir Ade sagen«, antwortete Hänsel. »Narr«, sagte die Frau, »das ist dein Täubchen nicht, das ist die Morgensonne, die auf den Schornstein oben scheint.« Hänsel aber warf nach und nach alle Bröcklein auf den Weg.

Die Frau führte die Kinder noch tiefer in den Wald, wo sie ihr Lebtag noch nicht gewesen waren. Da ward wieder ein großes Feuer angemacht, und die Mutter sagte: »Bleibt nur da sitzen, ihr Kinder, und wenn ihr müde seid, könnt ihr ein wenig schlafen: wir gehen in den Wald und hauen Holz, und abends, wenn wir fertig sind, kommen wir und holen euch ab«. Als es Mittag war, teilte Gretel ihr Brot mit Hänsel, der sein Stück auf den Weg gestreut hatte. Dann schliefen sie ein, und der Abend verging, aber niemand kam zu den armen Kindern. Sie erwachten erst in der finsteren Nacht, und Hänsel tröstete sein Schwesterchen und sagte: »Wart nur, Gretel, bis der Mond aufgeht, dann werden wir die Brotbröcklein sehen, die ich ausgestreut habe, die zeigen uns den Weg nach Haus«. Als der Mond kam, machten sie sich auf, aber sie fanden kein Bröcklein mehr, denn die viel tausend Vögel, die im Walde und im Felde umherfliegen, die hatten sie weggepickt. Hänsel sagte zu Gretel »Wir werden den Weg schon finden«, aber sie fanden ihn nicht. Sie gingen die ganze Nacht und noch einen Tag von Morgen bis Abend, aber sie kamen aus dem Wald nicht heraus, und waren so hungrig, denn sie hatten nichts als die paar Beeren, die auf der Erde standen. Und weil sie so müde waren, daß die Beine sie nicht mehr tragen wollten, so legten sie sich unter einen Baum und schliefen ein.

Nun wars schon der dritte Morgen, daß sie ihres Vaters Haus verlassen hatten. Sie fingen wieder an zu gehen, aber sie gerieten immer tiefer in den Wald, und wenn nicht bald Hilfe kam, so mußten sie verschmachten. Als es mittag war, sahen sie ein schönes schneeweißes Vöglein auf einem Ast sitzen, das sang so schön, daß sie stehen blieben und ihm zuhörten. Und als es fertig war, schwang es seine Flügel und flog

vor ihnen her, und sie gingen ihm nach, bis sie zu einem Häuschen gelangten, auf dessen Dach es sich setzte, und als sie ganz nah herankamen, so sahen sie, daß das Häuslein aus Brot gebaut war und mit Kuchen gedeckt; aber die Fenster waren von hellem Zucker. »Da wollen wir uns dran machen«, sprach Hänsel, »und eine gesegnete Mahlzeit halten. Ich will ein Stück vom Dach essen, Gretel, du kannst vom Fenster essen, das schmeckt süß.« Hänsel reichte in die Höhe und brach sich ein wenig vom Dach ab, um zu versuchen, wie es schmeckte, und Gretel stellte sich an die Scheiben und knuperte daran. Da rief eine feine Stimme aus der Stube heraus:

»Knuper, knuper, kneischen,
wer knupert an meinem Häuschen?«

Die Kinder antworteten:

»Der Wind, der Wind,
das himmlische Kind«,

und aßen weiter, ohne sich irre machen zu lassen. Hänsel, dem das Dach sehr gut schmeckte, riß sich ein großes Stück davon herunter, und Gretel stieß eine ganze runde Fensterscheibe heraus, setzte sich nieder und tat sich wohl damit. Da ging auf einmal die Türe auf, und eine steinalte Frau, die sich auf eine Krücke stützte, kam herausgeschlichen. Hänsel und Gretel erschraken so gewaltig, daß sie fallen ließen, was sie in den Händen hielten. Die Alte aber wackelte mit dem Kopfe und sprach: »Ei, ihr lieben Kinder, wer hat euch hierher gebracht? Kommt nur herein und bleibt bei mir, es geschieht euch kein Leid«. Sie faßte beide an der Hand und führte sie in ihr Häuschen. Da ward gutes Essen aufgetragen, Milch und Pfannekuchen mit Zucker, Äpfel und Nüsse. Hernach wurden zwei schöne Bettlein weiß gedeckt, und Hänsel und Gretel legten sich hinein und meinten, sie wären im Himmel.

Die Alte hatte sich nur so freundlich angestellt, sie war aber eine böse Hexe, die den Kindern auflauerte, und hatte das Brothäuslein bloß gebaut, um sie herbeizulocken. Wenn eins in ihre Gewalt kam, so machte sie es tot, kochte es und aß es, und das war ihr ein Festtag. Die Hexen haben rote Augen und können nicht weit sehen, aber sie haben eine feine Witterung, wie die Tiere, und merkens, wenn Menschen herankommen. Als Hänsel und Gretel in ihre Nähe kamen, da lachte sie boshaft und sprach höhnisch: »Die habe ich, die sollen mir nicht wieder entwischen«. Frühmorgens, ehe die Kinder erwacht waren, stand sie schon auf, und als sie beide so lieblich ruhen sah, mit den vollen roten Backen, so murmelte sie vor sich hin: »Das wird ein guter Bissen werden«. Da packte sie Hänsel mit ihrer dürren Hand und trug ihn in einen kleinen Stall und sperrte ihn mit einer Gittertüre ein: er mochte schreien, wie er wollte, es half ihm nichts. Dann ging sie zur Gretel, rüttelte sie wach und rief: »Steh auf, Faulenzerin, trag Wasser und koch deinem Bruder etwas Gutes, der sitzt draußen im Stall und soll fett werden. Wenn er fett ist, so will ich ihn essen«. Gretel fing an bitterlich zu weinen, aber es war alles vergeblich, sie mußte tun, was die böse Hexe verlangte.

Nun ward dem armen Hänsel das beste Essen gekocht, aber Gretel bekam nichts als Krebsschalen. Jeden Morgen schlich die Alte zu dem Ställchen und rief: »Hänsel, streck deine Finger heraus, damit ich fühle, ob du bald fett bist«. Hänsel streckte ihr aber ein Knöchlein heraus, und die Alte, die trübe Augen hatte, konnte es nicht sehen, und meinte, es wären Hänsels Finger, und verwunderte sich, daß er gar nicht fett werden wollte. Als vier Wochen herum waren und Hänsel immer mager blieb, da übernahm sie die Ungeduld, und sie wollte nicht länger warten. »Heda, Gretel«, rief sie dem Mädchen zu, »sei flink und trag Wasser: Hänsel mag fett oder mager sein, morgen will ich ihn schlachten und kochen.« Ach, wie jammerte das arme Schwesterlein, als es das Wasser tragen mußte, und wie flossen ihm die Tränen über die Backen herunter! »Lieber Gott, hilf uns doch«, rief sie aus, »hätten uns nur die wilden Tiere im Wald gefressen, so wären wir doch zusammen gestorben.« »Spar nur dein Geblärre«, sagte die Alte, »es hilft dir alles nichts.«

Frühmorgens mußte Gretel heraus, den Kessel mit Wasser aufhängen und Feuer anzünden. »Erst wollen wir backen«, sagte die Alte, »ich habe den Backofen schon eingeheizt und den Teig geknetet!« Sie stieß das arme Gretel hinaus zu dem Backofen, aus dem die Feuerflammen schon herausschlugen. »Kriech hinein«, sagte die Hexe, »und sieh zu, ob recht eingeheizt ist, damit wir das Brot hineinschießen können.« Und wenn Gretel darin war, wollte sie den Ofen zumachen, und Gretel sollte darin braten, und dann wollte sies auch aufessen. Aber Gretel merkte, was sie im Sinn hatte, und sprach: »Ich weiß nicht, wie ichs machen soll; wie komme ich da hinein?« »Dumme Gans«, sagte die Alte, »die Öffnung ist groß genug, siehst du wohl, ich könnte selbst hinein«, krabbelte heran und steckte den Kopf in den Backofen. Da gab ihr Gretel einen Stoß, daß sie weit hineinfuhr, machte die eiserne Tür zu und schob den Riegel vor. Hu! da fing sie an zu heulen, ganz grauselig; aber Gretel lief fort, und die gottlose Hexe mußte elendiglich verbrennen.

Gretel aber lief schnurstracks zum Hänsel, öffnete sein Ställchen und rief: »Hänsel, wir sind erlöst, die alte Hexe ist tot!« Da sprang Hänsel heraus, wie ein Vogel aus dem Käfig, wenn ihm die Türe aufgemacht wird. Wie haben sie sich gefreut, sind sich um den Hals gefallen, sind herumgesprungen und haben sich geküßt! Und weil sie sich nicht mehr zu fürchten brauchten, so gingen sie in das Haus der Hexe hinein, da standen in allen Ecken Kasten mit Perlen und Edelsteinen. »Die sind noch besser als Kieselsteine«, sagte Hänsel und steckte in seine Taschen, was hinein wollte, und Gretel sagte: »Ich will auch etwas mit nach Haus bringen«, und füllte sich sein Schürzchen voll. »Aber jetzt wollen wir fort«, sagte Hänsel, »damit wir aus dem Hexenwald herauskommen.« Als sie aber ein paar Stunden gegangen waren, gelangten sie an ein großes Wasser. »Wir können nicht hinüber«, sprach Hänsel, »ich seh keinen Steg und keine Brücke.« »Hier fährt auch kein Schiffchen«, antwortete Gretel, »aber da schwimmt eine weiße Ente, wenn ich die bitte, so hilft sie uns hinüber.« Da rief sie:

»Entchen, Entchen,
da steht Gretel und Hänsel.
Kein Steg und keine Brücke,
nimm uns auf deinen weißen Rücken«.

Das Entchen kam auch heran, und Hänsel setzte sich auf und bat sein Schwesterchen, sich zu ihm zu setzen. »Nein«, antwortete Gretel, »es wird dem Entchen zu schwer, es soll uns nacheinander hinüberbringen.« Das tat das gute Tierchen, und als sie glücklich drüben waren und ein Weilchen fortgingen, da kam ihnen der Wald immer bekannter und immer bekannter vor, und endlich erblickten sie von weitem ihres Vaters Haus. Da fingen sie an zu laufen, stürzten in die Stube hinein und fielen ihrem Vater um den Hals. Der Mann hatte keine frohe Stunde gehabt, seitdem er die Kinder im Walde gelassen hatte, die Frau aber war gestorben. Gretel schüttete sein Schürzchen aus, daß die Perlen und Edelsteine in der Stube herumsprangen, und Hänsel warf eine Handvoll nach der anderen aus seiner Tasche dazu. Da hatten alle Sorgen ein Ende, und sie lebten in lauter Freude zusammen. Mein Märchen ist aus, dort lauft eine Maus, wer sie fängt, darf sich eine große, große Pelzkappe daraus machen.

Jorinde und Joringel

Es war einmal ein altes Schloß mitten in einem großen dicken Wald, darinnen wohnte eine alte Frau ganz allein, das war eine Erzzauberin. Am Tage machte sie sich zur Katze oder zur Nachteule, des Abends aber wurde sie wieder ordentlich wie ein Mensch gestaltet. Sie konnte das Wild und die Vögel herbeilocken, und dann schlachtete sie's, kochte und briet es. Wenn jemand auf hundert Schritte dem Schloß nahekam, so mußte er stille stehen und konnte sich nicht von der Stelle bewegen, bis sie ihn lossprach: wenn aber eine keusche Jungfrau in diesen Kreis kam, so verwandelte sie dieselbe in einen Vogel, und sperrte sie dann in einen Korb ein, und trug den Korb in eine Kammer des Schlosses. Sie hatte wohl siebentausend solcher Körbe mit so raren Vögeln im Schlosse.

Nun war einmal eine Jungfrau, die hieß Jorinde; sie war schöner als alle anderen Mädchen. Die und dann ein gar schöner Jüngling, namens Joringel, hatten sich zusammen versprochen. Sie waren in den Brauttagen und sie hatten ihr größtes Vergnügen eins am andern. Damit sie nun einsmalen vertraut zusammen reden könnten, gingen sie in den Wald spazieren. »Hüte dich«, sagte Joringel, »daß du nicht so nahe ans Schloß kommst.« Es war ein schöner Abend, die Sonne schien zwischen den Stämmen der Bäume hell ins dunkle Grün des Waldes, und die Turteltaube sang kläglich auf den alten Maibuchen.

Jorinde weinte zuweilen, setzte sich hin im Sonnenschein und klagte; Joringel klagte auch. Sie waren so bestürzt, als wenn sie hätten sterben sollen: sie sahen sich um, waren irre und wußten nicht, wohin sie nach Hause gehen sollten. Noch halb stand die Sonne über dem Berg und halb war sie unter. Joringel sah durchs Gebüsch und sah die alte Mauer des Schlosses nah bei sich; er erschrak und wurde todbang. Jorinde sang:

»Mein Vöglein mit dem Ringlein rot
singt Leide, Leide, Leide:
es singt dem Täubelein seinen Tod,
singt Leide, Lei – zucküth, zicküth, zicküth«.

Joringel sah nach Jorinde. Jorinde war in eine Nachtigall verwandelt, die sang: »Zicküth, zicküth«. Eine Nachteule mit glühenden Augen flog dreimal um sie herum und schrie dreimal: »Schu, hu, hu, hu«. Joringel konnte sich nicht regen: er stand da wie ein Stein, konnte nicht weinen, nicht reden, nicht Hand noch Fuß regen. Nun war die Sonne unter: die Eule flog in einen Strauch, und gleich darauf kam eine alte krumme Frau aus diesem hervor, gelb und mager: große rote Augen, krumme Nase, die mit der Spitze ans Kinn reichte. Sie murmelte, fing die Nachtigall und trug sie auf der Hand fort. Joringel konnte nichts sagen, nicht von der Stelle kommen; die Nachtigall war fort. Endlich kam das Weib wieder und sagte mit dumpfer Stimme: »Grüß dich,

Zachiel, wenn's Möndel ins Körbel scheint, bind los, Zachiel, zu guter Stund«. Da wurde Joringel los. Er fiel vor dem Weib auf die Knie und bat, sie möchte ihm seine Jorinde wiedergeben, aber sie sagte, er sollte sie nie wiederhaben, und ging fort. Er rief, er weinte, er jammerte, aber alles umsonst. »Uu, was soll mir geschehen?« Joringel ging fort und kam endlich in ein fremdes Dorf: da hütete er die Schafe lange Zeit. Oft ging er rund um das Schloß herum, aber nicht zu nahe dabei. Endlich träumte er einmal des Nachts, er fände eine blutrote Blume, in deren Mitte eine schöne große Perle war. Die Blume brach er ab, ging damit zum Schlosse: Alles, was er mit der Blume berührte, ward von der Zauberei frei: auch träumte er, er hätte seine Jorinde dadurch wiederbekommen. Des Morgens, als er erwachte, fing er an, durch Berg und Tal zu suchen, ob er eine solche Blume fände: er suchte bis an den neunten Tag, da fand er die blutrote Blume am Morgen früh. In der Mitte war ein großer Tautropfe, so groß wie die schönste Perle.

Diese Blume trug er Tag und Nacht bis zum Schloß. Wie er auf hundert Schritt nahe bis zum Schloß kam, da ward er nicht fest, sondern ging fort bis ans Tor. Joringel freute sich hoch, berührte die Pforte mit der Blume, und sie sprang auf. Er ging hinein, durch den Hof, horchte, wo er die vielen Vögel vernähme: endlich hörte ers. Er ging und fand den Saal, darauf war die Zauberin und fütterte die Vögel in den siebentausend Körben. Wie sie den Joringel sah, ward sie bös, sehr bös, schalt, spie Gift und Galle gegen ihn aus, aber sie konnte auf zwei Schritte nicht an ihn kommen. Er kehrte sich nicht an sie und ging, besah die Körbe mit den Vögeln; da waren aber viele hundert Nachtigallen, wie sollte er nun seine Jorinde wiederfinden? Indem er so zusah, merkte er, daß die Alte heimlich ein Körbchen mit einem Vogel wegnahm und damit nach der Türe ging. Flugs sprang er hinzu, berührte das Körbchen mit der Blume und auch das alte Weib. Nun konnte sie nichts mehr zaubern, und Jorinde stand da, hatte ihn um den Hals gefaßt, so schön, wie sie ehemals war. Da machte er auch alle die andern Vögel wieder zu Jungfrauen, und da ging er mit seiner Jorinde nach Hause, und sie lebten lange vergnügt zusammen.

Die sieben Raben

Ein Mann hatte sieben Söhne und immer noch kein Töchterchen, so sehr er sich's auch wünschte; endlich gab ihm seine Frau wieder gute Hoffnung zu einem Kinde, und wies zur Welt kam, war es auch ein Mädchen. Die Freude war groß, aber das Kind war schmächtig und klein, und sollte wegen seiner Schwachheit die Nottaufe haben. Der Vater schickte einen der Knaben eilends zur Quelle, Taufwasser zu holen: die andern sechs liefen mit, und weil jeder der erste beim Schöpfen sein wollte, so fiel ihnen der Krug in den Brunnen. Da standen sie und wußten nicht, was sie tun sollten, und keiner getraute sich heim. Als sie immer nicht zurückkamen, ward der Vater ungeduldig und sprach: »Gewiß haben sie's wieder über ein Spiel vergessen, die gottlosen Jungen«. Es ward ihm angst, das Mädchen müßte ungetauft verscheiden, und im Ärger rief er: »Ich wollte, daß die Jungen alle zu Raben würden«. Kaum war das Wort ausgeredet, so hörte er ein Geschwirr über seinem Haupt in der Luft, blickte in die Höhe und sah sieben kohlschwarze Raben auf- und davonfliegen.

Die Eltern konnten die Verwünschung nicht mehr zurücknehmen, und so traurig sie über den Verlust ihrer sieben Söhne waren, trösteten sie sich doch einigermaßen durch ihr liebes Töchterchen, das bald zu Kräften kam, und mit jedem Tage schöner ward. Es wußte lange Zeit nicht einmal, daß es Geschwister gehabt hatte, denn die Eltern hüteten sich, ihrer zu erwähnen, bis es eines Tags von ungefähr die Leute von sich sprechen hörte, das Mädchen wäre wohl schön, aber doch eigentlich schuld an dem Unglück seiner sieben Brüder. Da ward es ganz betrübt, ging zu Vater und Mutter und fragte, ob es denn Brüder gehabt hätte, und wo sie hingeraten wären. Nun durften die Eltern das Geheimnis nicht länger verschweigen, sagten jedoch, es sei so des Himmels Verhängnis und seine Geburt nur der unschuldige Anlaß gewesen. Allein das Mädchen machte sich täglich ein Gewissen daraus und glaubte, es müßte seine Geschwister wieder erlösen. Es hatte nicht Ruhe und Rast, bis Brüder irgendwo aufzuspüren und zu befreien, es möchte kosten, was es wollte. Es nahm nichts mit sich als ein Ringlein von seinen Eltern zum Andenken, einen Laib Brot für den Hunger, ein Krüglein Wasser für den Durst und ein Stühlchen für die Müdigkeit.

Nun ging es immerzu, weit, weit, bis an der Welt Ende. Da kam es zur Sonne, aber die war zu heiß und fürchterlich, und fraß die kleinen Kinder. Eilig lief es weg und lief hin zu dem Mond, aber der war gar zu kalt und auch grausig und bös, und als er das Kind merkte, sprach er: »Ich rieche rieche Menschenfleisch«. Da machte es sich geschwind fort und kam zu den Sternen, die waren ihm freundlich und gut, und jeder saß auf seinem besondern Stühlchen. Der Morgen-Stern aber stand auf, gab ihm ein Hinkelbeinchen und sprach »wenn du das Beinchen nicht hast, kannst du den Glasberg nicht aufschließen, und in dem Glasberg, da sind deine Brüder«.

Das Mädchen nahm das Beinchen, wickelte es wohl in ein Tüchlein, und ging wieder fort, so lange, bis es an den Glasberg kam. Das Tor war verschlossen und es wollte das Beinchen hervorholen, aber wie es das Tüchlein aufmachte, so war es leer, und es hatte das Geschenk der guten Sterne verloren. Was sollte es nun anfangen? Seine Brüder wollte es erretten und hatte keinen Schlüssel zum Glasberg.

Das gute Schwesterchen nahm ein Messer, schnitt sich ein kleines Fingerchen ab, steckte es in das Tor und schloß glücklich auf. Als es eingegangen war, kam ihm ein Zwerglein entgegen, das sprach: »Mein Kind, was suchst du?« »Ich suche meine Brüder, die sieben Raben«, antwortete es. Der Zwerg sprach: »Die Herren Raben sind nicht zu Haus, aber willst du hier so lang warten, bis sie kommen, so tritt ein«. Darauf trug das Zwerglein die Speise der Raben herein auf sieben Tellerchen und in sieben Becherchen, und von jedem Tellerchen aß das Schwesterchen ein Bröckchen, und aus jedem Becherchen trank es ein Schlückchen; in das letzte Becherchen aber ließ es das Ringlein fallen, das es mitgenommen hatte.

Auf einmal hörte es in der Luft ein Geschwirr und ein Geweh, da sprach das Zwerglein: »Jetzt kommen die Herren Raben heim geflogen«. Da kamen sie, wollten essen und trinken, und suchten ihre Tellerchen und Becherchen. Da sprach einer nach dem andern: »Wer hat von meinem Tellerchen gegessen? Wer hat aus meinem Becherchen getrunken? Das ist eines Menschen Mund gewesen«. Und wie der siebente auf den Grund des Bechers kam, rollte ihm das Ringlein entgegen. Da sah er es an und erkannte, daß es ein Ring von Vater und Mutter war, und sprach: »Gott gebe, unser Schwesterlein wäre da, so wären wir erlöst«. Wie das Mädchen, das hinter der Türe stand und lauschte, den Wunsch hörte, so trat es hervor, und da bekamen alle die Raben ihre menschliche Gestalt wieder. Und sie herzten und küßten einander, und zogen fröhlich heim.

Das tapfere Schneiderlein

An einem Sommermorgen saß ein Schneiderlein auf seinem Tisch am Fenster, war guter Dinge und nähte aus Leibeskräften. Da kam eine Bauersfrau die Straße herab und rief: »Gut Mus feil! Gut Mus feil!« Das klang dem Schneiderlein lieblich in den Ohren, er steckte sein zartes Haupt zum Fenster hinaus und rief: »Hier herauf, liebe Frau, hier wird sie ihre Ware los«. Die Frau stieg die drei Treppen mit ihrem schweren Korbe zu dem Schneider herauf und mußte

mußte die Töpfe sämtlich vor ihm auspacken. Er besah sie alle, hob sie in die Höhe, hielt die Nase dran und sagte endlich: »Das Mus scheint mir gut, wieg sie mir doch vier Lot ab, liebe Frau, wenn's auch ein Viertelpfund ist, kommt es mir nicht darauf an«. Die Frau, welche gehofft hatte, einen guten Absatz zu finden, gab ihm, was er verlangte, ging aber ganz ärgerlich und brummig fort. »Nun, das Mus soll mir Gott gesegnen«, rief das Schneiderlein, »und soll mir Kraft und Stärke geben«, holte das Brot aus dem Schrank, schnitt sich ein Stück über den ganzen Laib und strich das Mus darüber. »Das wird nicht bitter schmecken«, sprach er, »aber erst will ich den Wams fertig machen, eh ich anbeiße.« Er legte das Brot neben sich, nähte weiter und machte vor Freude immer größere Stiche. Indes stieg der Geruch von dem süßen Mus hinauf an die Wand, wo die Fliegen in großer Menge saßen, so daß sie herangelockt wurden und sich scharenweis darauf niederließen. »Ei, wer hat euch eingeladen?« sprach das Schneiderlein und jagte die ungebetenen Gäste fort. Die Fliegen aber, die kein Deutsch verstanden, ließen sich nicht abweisen, sondern kamen in immer größerer Gesellschaft wieder. Da lief dem Schneiderlein endlich, wie man sagt, die Laus über die Leber, es langte aus seiner Hölle nach einem Tuchlappen, und »wart, ich will es euch geben!« schlug es unbarmherzig drauf. Als es abzog und zählte, so lagen nicht weniger als sieben vor ihm tot und streckten die Beine. »Bist du so ein Kerl?« sprach er und mußte selbst seine Tapferkeit bewundern, »das soll die ganze Stadt erfahren.« Und in der Hast schnitt sich das Schneiderlein einen Gürtel, nähte ihn und stickte mit großen Buchstaben darauf »siebene auf einen Streich!« »Ei was Stadt!« sprach er weiter, »die ganze Welt soll's erfahren!« und sein Herz wackelte ihm vor Freude wie ein Lämmerschwänzchen.

Der Schneider band sich den Gürtel um den Leib und wollte in die Welt hinaus, weil er meinte, die Werkstätte sei zu klein für seine Tapferkeit. Eh er abzog, suchte er im Haus herum, ob nichts da wäre, was er mitnehmen könnte, er fand aber nichts als einen alten Käs, den steckte er ein. Vor dem Tore bemerkte er einen Vogel, der sich im Gesträuch gefangen hatte, der mußte zu dem Käse in die Tasche. Nun nahm er den Weg tapfer zwischen die Beine, und weil er leicht und behend war, fühlte er keine Müdigkeit. Der Weg führte ihn auf einen Berg, und als er den höchsten Gipfel erreicht hatte, so saß da ein gewaltiger Riese und schaute sich ganz gemächlich um. Das Schneiderlein ging beherzt auf ihn zu, redete ihn an und sprach: »Guten Tag, Kamerad, gelt, du sitzest da und besiehst dir die weitläufige Welt? ich bin eben auf dem Wege dahin und will mich versuchen. Hast du Lust mitzugehen?« Der Riese sah den Schneider verächtlich an und sprach: »Du Lump! du miserabler Kerl!« »Das wäre!« antwortete das Schneiderlein, knöpfte den Rock auf und zeigte dem Riesen den Gürtel, »da kannst du lesen, was ich für ein Mann bin.« Der Riese las »siebene auf einen Streich«, meinte, das wären Menschen gewesen, die der Schneider erschlagen hätte, und kriegte ein wenig Respekt vor dem kleinen Kerl. Doch wollte er ihn erst prüfen, nahm einen Stein in die Hand, und drückte ihn zusammen, daß das Wasser heraustropfte. »Das mach mir nach«, sprach der Riese, »wenn du Stärke hast.« »Ist's weiter nichts?« sagte das Schneiderlein, »das ist bei unsereinem Spielwerk«, griff in die Tasche, holte den weichen Käs und drückte ihn, daß der Saft herauslief. »Gelt«, sprach er, »das war ein wenig besser?« Der Riese wußte nicht, was er sagen sollte, und konnte es von dem Männlein nicht glauben. Da hob der Riese einen Stein auf und warf ihn so hoch, daß man ihn mit Augen kaum noch sehen konnte: »Nun, du Erpelmännchen, das tu mir nach.« »Gut geworfen«, sagte der Schneider, »aber der Stein hat doch wieder zur Erde herabfallen müssen, ich will dir einen werfen, der soll gar nicht wiederkommen«; griff in die Tasche, nahm den Vogel und warf ihn in die Luft. Der Vogel, froh über seine Freiheit, stieg auf, flog fort und kam nicht wieder. »Wie gefällt dir das Stückchen, Kamerad?« fragte der Schneider. »Werfen kannst du wohl«, sagte der Riese, »aber nun wollen wir sehen, ob du imstande bist, etwas Ordentliches zu tragen.« Er führte das Schneiderlein zu einem mächtigen Eichbaum, der da gefällt auf dem Boden lag, und sagte: »Wenn du stark genug bist, so hilf mir den Baum aus dem Walde heraustragen«. »Gerne«, antwortete der kleine Mann, »nimm du nur den Stamm auf deine Schulter, ich will die Äste mit dem Gezweig aufheben und tragen, das ist doch das Schwerste.« Der Riese nahm den Stamm auf die Schulter, der Schneider aber setzte sich auf einen Ast, und der Riese, der sich nicht umsehen konnte, mußte den ganzen Baum und das Schneiderlein noch obendrein forttragen. Es war da hinten ganz lustig und guter Dinge, pfiff das Liedchen: »Es ritten drei Schneider zum Tore hinaus«, als war das Baumtragen ein Kinderspiel. Der Riese, nachdem er ein Stück Wegs die schwere Last fortgeschleppt hatte, konnte nicht weiter und rief: »Hör, ich muß den Baum fallen lassen«. Der Schneider sprang behendiglich herab, faßte den Baum mit beiden Armen, als wenn er ihn getragen hätte, und sprach zum Riesen: »Du bist ein so großer Kerl und kannst den Baum nicht einmal tragen«.

Sie gingen zusammen weiter, und als sie an einem Kirschbaum vorbeikamen, faßte der Riese die Krone des Baums, wo die zeitigsten Früchte hingen, bog sie herab, gab sie dem Schneider in die Hand und hieß ihn essen. Das Schneiderlein aber war viel zu schwach, um den Baum zu halten, und als der Riese losließ, fuhr der Baum in die Höhe, und der Schneider ward mit in die Luft geschnellt. Als er wieder ohne Schaden herabgefallen war, sprach der Riese »was ist das, hast du nicht Kraft, die schwache Gerte zu halten?« »An der Kraft fehlt es nicht«, antwortete das Schneiderlein, »meinst du, das wäre etwas für einen, der siebene mit einem Streich getroffen hat? Ich bin über den Baum gesprungen, weil die Jäger da unten in das Gebüsch schießen. Spring nach, wenn du's vermagst.« Der Riese machte den Versuch, konnte aber nicht über den Baum kommen, sondern blieb in den Ästen hängen, also daß das Schneiderlein auch hier die Oberhand behielt.

Der Riese sprach: »Wenn du ein so tapferer Kerl bist, so komm mit in unsere Höhle und übernachte bei uns«. Das Schneiderlein war bereit und folgte ihm. Als sie in der Höhle anlangten, saßen da noch andere Riesen beim Feuer, und jeder hatte ein gebratenes Schaf in der Hand und aß davon. Das Schneiderlein sah sich um und dachte: »Es ist doch hier viel weitläufiger als in meiner Werkstatt«. Der Riese wies ihm ein Bett an und sagte, er sollte sich hineinlegen und ausschlafen. Dem Schneiderlein war aber das Bett zu groß, er legte sich nicht hinein, sondern kroch in eine Ecke. Als es Mitternacht war und der Riese meinte, das Schneiderlein läge in tiefem Schlafe, so stand er auf, nahm eine große Eisenstange und schlug das Bett mit einem Schlag durch, und meinte, er hätte dem Grashüpfer den Garaus gemacht. Mit dem frühsten Morgen gingen die Riesen in den Wald und hatten das Schneiderlein ganz vergessen, da kam es auf einmal ganz lustig und verwegen dahergeschritten. Die Riesen erschraken, fürchteten, es schlüge sie alle tot, und liefen in einer Hast fort.

Das Schneiderlein zog weiter, immer seiner spitzen Nase nach. Nachdem es lange gewandert war, kam es in den Hof eines königlichen Palastes, und da es Müdigkeit empfand, so legte es sich ins Gras und schlief ein. Während es da lag, kamen die Leute, betrachteten es von allen Seiten und lasen auf dem Gürtel »siebene auf einen Streich«. »Ach«, sprachen sie, »was will der große Kriegsheld hier mitten im Frieden? Das muß ein mächtiger Herr sein.« Sie gingen und meldeten es dem König, und meinten, wenn Krieg ausbrechen sollte, wäre das ein wichtiger und nützlicher Mann, den man um keinen Preis fortlassen dürfte. Dem König gefiel der Rat, und er schickte einen von seinen Hofleuten an das Schneiderlein ab, der sollte ihm, wenn es aufgewacht wäre, Kriegsdienste anbieten. Der Abgesandte blieb bei dem Schläfer stehen, wartete, bis er seine Glieder streckte und die Augen aufschlug, und brachte dann seinen Antrag vor. »Eben deshalb bin ich hierher gekommen«, antwortete er, »ich bin bereit, in des Königs Dienste zu treten.« Also ward er ehrenvoll empfangen und ihm eine besondere Wohnung angewiesen.

Die Kriegsleute aber waren dem Schneiderlein aufgesessen und wünschten, es wäre tausend Meilen weit weg. »Was soll daraus werden?« sprachen sie untereinander, »wenn wir Zank mit ihm kriegen und er haut zu, so fallen auf jeden Streich siebene. Da kann unsereiner nicht bestehen.« Also faßten sie einen Entschluß, begaben sich allesamt zum König und baten um ihren Abschied. »Wir sind nicht gemacht«, sprachen sie, »neben einem Mann auszuhalten, der siebene auf einen Streich schlägt.« Der König war traurig, daß er um des einen willen alle seine treuen Diener verlieren sollte, wünschte, daß seine Augen ihn nie gesehen hätten, und wäre ihn gerne wieder los gewesen. Aber er getraute sich nicht, ihm den Abschied zu geben, weil er fürchtete, er möchte ihn samt seinem Volke totschlagen und sich auf den königlichen Thron setzen. Er sann lange hin und her, endlich fand er einen Rat. Er schickte zu dem Schneiderlein und ließ ihm sagen, weil er ein so großer Kriegsheld wäre, so wollte er ihm ein Anerbieten machen. In einem Walde seines Landes hausten zwei Riesen, die mit Rauben, Morden, Sengen und Brennen großen Schaden stifteten, niemand dürfte sich ihnen nahen, ohne sich in Lebensgefahr zu setzen. Wenn er diese beiden Riesen überwände und tötete, so wollte er ihm seine einzige Tochter zur Gemahlin geben und das halbe Königreich zur Ehesteuer; auch sollten hundert Reiter mitziehen und ihm Beistand leisten. »Das wäre so etwas für einen Mann, wie du bist«, dachte das Schneiderlein, »eine schöne Königstochter und ein halbes Königreich wird einem nicht alle Tage angeboten.« »O ja«, gab er zur Antwort, »die Riesen will ich schon bändigen, und habe die hundert Reiter dabei nicht nötig: wer siebene auf einen Streich trifft, braucht sich vor zweien nicht zu fürchten.«

Das Schneiderlein zog aus, und die hundert Reiter folgten ihm. Als er zu dem Rand des Waldes kam, sprach er zu seinen Begleitern: »Bleibt hier nur halten, ich will schon allein mit den Riesen fertig werden«. Dann sprang er in den Wald hinein und schaute sich rechts und links um. Über ein Weilchen erblickte er beide Riesen: sie lagen unter einem Baume und schliefen und schnarchten dabei, daß sich die Äste auf- und niederbogen. Das Schneiderlein, nicht faul, las beide Taschen voll Steine und stieg damit auf den Baum. Als es in der Mitte war, rutschte es auf einen Ast, bis es gerade über die Schläfer zu sitzen kam, und ließ dem einen Riesen einen Stein nach dem andern auf die Brust fallen. Der Riese spürte lange nichts, doch endlich wachte er auf, stieß seinen Gesellen an und sprach: »Was schlägst du mich?« »Du träumst«, sagte der andere, »ich schlage dich nicht.« Sie legten sich wieder zum Schlaf,

da warf der Schneider auf den zweiten einen Stein herab. »Was soll das?« rief der andere, »warum wirfst du mich?« »Ich werfe dich nicht«, antwortete der erste und brummte. Sie zankten sich eine Weile herum, doch weil sie müde waren, ließen sie's gut sein, und die Augen fielen ihnen wieder zu. Das Schneiderlein fing sein Spiel von neuem an, suchte den dicksten Stein aus und warf ihn dem ersten Riesen mit aller Gewalt auf die Brust. »Das ist zu arg!« schrie er, sprang wie ein Unsinniger auf und stieß seinen Gesellen wider den Baum, daß dieser zitterte. Der andere zahlte mit gleicher Münze, und sie gerieten in solche Wut, daß sie Bäume ausrissen, aufeinander losschlugen, so lang, bis sie endlich beide zugleich tot auf die Erde fielen. Nun sprang das Schneiderlein herab. »Ein Glück nur«, sprach es, »daß sie den Baum, auf dem ich saß, nicht ausgerissen haben, sonst hätte ich wie ein Eichhörnchen auf einen andern springen müssen: doch unsereiner ist flüchtig!« Es zog sein Schwert und versetzte jedem ein paar tüchtige Hiebe in die Brust, dann ging es hinaus zu den Reitern und sprach: »Die Arbeit ist getan, ich habe beiden den Garaus gemacht: aber hart ist es hergegangen, sie haben in der Not Bäume ausgerissen und sich gewehrt, doch das hilft alles nichts, wenn einer kommt wie ich, der siebene auf einen Streich schlägt«. »Seid Ihr denn nicht verwundet?« fragten die Reiter. »Das hat gute Wege«, antwortete der Schneider, »kein Haar haben sie mir gekrümmt.« Die Reiter wollten ihm keinen Glauben beimessen und ritten in den Wald hinein: da fanden sie die Riesen in ihrem Blute schwimmend, und ringsherum lagen die ausgerissenen Bäume.

Das Schneiderlein verlangte von dem König die versprochene Belohnung, den aber reute sein Versprechen und er sann aufs neue, wie er sich den Helden vom Halse schaffen könnte. »Ehe du meine Tochter und das halbe Reich erhältst«, sprach er zu ihm, »mußt du noch eine Heldentat vollbringen. In dem Walde läuft ein Einhorn, das großen Schaden anrichtet, das mußt du erst einfangen.« »Vor einem Einhorne fürchte ich mich noch weniger als vor zwei Riesen; siebene auf einen Streich, das ist meine Sache.« Er nahm sich einen Strick und eine Axt mit, ging hinaus in den Wald, und hieß abermals die, welche ihm zugeordnet waren, außen warten. Er brauchte nicht lange zu suchen, das Einhorn kam bald daher und sprang geradezu auf den Schneider los, als wollte es ihn ohne Umstände aufspießen. »Sachte, sachte«, sprach er, »so geschwind geht das nicht«, blieb stehen und wartete, bis das Tier ganz nahe war, dann sprang er behendiglich hinter den Baum. Das Einhorn rannte mit aller Kraft gegen den Baum und spießte sein Horn so fest in den Stamm, daß es nicht Kraft genug hatte, es wieder herauszuziehen, und so war es gefangen. »Jetzt hab ich das Vöglein«, sagte der Schneider, kam hinter dem Baum hervor, legte dem Einhorn den Strick erst um den Hals, dann hieb er mit der Axt das Horn aus dem Baum, und als alles in Ordnung war, führte er das Tier ab und brachte es dem König.

Der König wollte ihm den verheißenen Lohn noch nicht gewähren, und machte eine dritte Forderung. Der Schneider sollte ihm vor der Hochzeit erst ein Wildschwein fangen, das in dem Wald großen Schaden tat; die Jäger sollten ihm Beistand leisten. »Gerne«, sprach der Schneider, »das ist ein Kinderspiel.« Die Jäger nahm er nicht mit in den Wald, und sie waren's wohl zufrieden, denn das Wildschwein hatte sie schon mehrmals so empfangen, daß sie keine Lust hatten, ihm nachzustellen. Als das Schwein den Schneider erblickte, lief es mit schäumendem Munde und wetzenden Zähnen auf ihn zu und wollte ihn zur Erde werfen: der flüchtige Held aber sprang in eine Kapelle, die in der Nähe war, und gleich oben zum Fenster in einem Satze wieder hinaus. Das Schwein war hinter ihm hergelaufen, er aber hüpfte außen herum und schlug die Türe hinter ihm zu; da war das wütende Tier gefangen, das viel zu schwer und unbehilflich war, um zu dem Fenster hinauszuspringen. Das Schneiderlein rief die Jäger herbei, die mußten den Gefangenen mit eigenen Augen sehen: der Held aber begab sich zum Könige, der nun, er mochte wollen oder nicht, sein Versprechen halten mußte und ihm seine Tochter und das halbe Königreich übergab. Hätte er gewußt, daß kein Kriegsheld, sondern ein Schneiderlein vor ihm stand, es wäre ihm noch mehr zu Herzen gegangen. Die Hochzeit ward also mit großer Pracht und kleiner Freude gehalten, und aus einem Schneider ein König gemacht.

Nach einiger Zeit hörte die junge Königin in der Nacht, wie ihr Gemahl im Traume sprach: »Junge, mach mir den Wams und flick mir die Hosen, oder ich will dir die Elle über die Ohren schlagen«. Da merkte sie, in welcher Gasse der junge Herr geboren war, klagte am andern Morgen ihrem Vater ihr Leid und bat, er möchte ihr von dem Manne helfen, der nichts anders als ein Schneider wäre. Der König sprach ihr Trost zu und sagte: »Laß in der nächsten Nacht deine Schlafkammer offen, meine Diener sollen außen stehen und, wenn er eingeschlafen ist, hineingehen, ihn binden und auf ein Schiff tragen, das ihn in die weite Welt führt«. Die Frau war damit zufrieden, des Königs Waffenträger aber, der alles mit angehört hatte, war dem jungen Herrn gewogen und hinterbrachte ihm den ganzen Anschlag. »Dem Ding will ich einen Riegel vorschieben«, sagte das Schneiderlein. Abends legte es sich zu gewöhnlicher Zeit mit seiner Frau zu Bett: als sie glaubte, er sei eingeschlafen, stand sie auf, öffnete die Türe und legte sich wieder. Das Schneiderlein, das sich nur stellte, als wenn es schlief, fing an mit heller Stimme zu rufen: »Junge, mach den Wams und flick mir die Hosen, oder ich will dir die Elle über die Ohren schlagen! Ich habe siebene mit einem Streiche getroffen, zwei Riesen getötet, ein Einhorn fortgeführt und ein Wildschwein gefangen, und sollte mich vor denen fürchten, die draußen vor der Kammer stehen!« Als diese den Schneider so sprechen hörten, überkam sie eine große Furcht, sie liefen, als wenn das wilde Heer hinter ihnen wäre, und keiner wollte sich mehr an ihn wagen. Also war und blieb das Schneiderlein sein Lebtag König.

Der Froschkönig oder der eiserne Heinrich

In den alten Zeiten, wo das Wünschen noch geholfen hat, lebte ein König, dessen Töchter waren alle schön, aber die jüngste war so schön, daß die Sonne selber, die doch so vieles gesehen hat, sich verwunderte, sooft sie ihr ins Gesicht schien. Nahe bei dem Schlosse des Königs lag ein großer dunkler Wald, und in dein Walde unter einer alten Linde war ein Brunnen: wenn nun der Tag sehr heiß war, so ging das Königskind hinaus in den Wald und setzte sich an den Rand des kühlen Brunnens: und wenn sie Langeweile hatte, so nahm sie eine

goldene Kugel, warf sie in die Höhe und fing sie wieder; und das war ihr liebstes Spielwerk.

Nun trug es sich einmal zu, daß die goldene Kugel der Königstochter nicht in ihr Händchen fiel, das sie in die Höhe gehalten hatte, sondern vorbei auf die Erde schlug und geradezu ins Wasser hineinrollte. Die Königstochter folgte ihr mit den Augen nach, aber die Kugel verschwand, und der Brunnen war tief, so tief, daß man keinen Grund sah. Da fing sie an zu weinen und weinte immer lauter und konnte sich gar nicht trösten. Und wie sie so klagte, rief ihr jemand zu: »Was hast du vor, Königstochter, du schreist ja daß sich ein Stein erbarmen möchte«. Sie sah sich um, woher die Stimme käme, da erblickte sie einen Frosch, der seinen dicken häßlichen Kopf aus dem Wasser streckte. »Ach, du bist's, alter Wasserpatscher«, sagte sie, »ich weine über meine goldene Kugel, die mir in den Brunnen hinabgefallen ist.« »Sei still und weine nicht«, antwortete der Frosch, »ich kann wohl Rat schaffen, aber was gibst du mir, wenn ich dein Spielwerk wieder heraufhole?« »Was du haben willst, lieber Frosch«, sagte sie, »meine Kleider, meine Perlen und Edelsteine, auch noch die goldene Krone, die ich trage.« Der Frosch antwortete: »Deine Kleider, deine Perlen und Edelsteine und deine goldene Krone, die mag ich nicht: aber wenn du mich lieb haben willst, und ich soll dein Geselle und Spielkamerad sein, an deinem Tischlein neben dir sitzen, von deinem goldenen Tellerlein essen, aus deinem Becherlein trinken, in deinem Bettlein schlafen: wenn du mir das versprichst, so will ich hinuntersteigen und dir die goldene Kugel wieder heraufholen«. »Ach ja«, sagte sie, »ich verspreche dir alles, was du willst, wenn du mir nur die Kugel wiederbringst.« Sie dachte aber: »Was der einfältige Frosch schwätzt, der sitzt im Wasser bei seinesgleichen und quakt, und kann keines Menschen Geselle sein«.

Der Frosch, als er die Zusage erhalten hatte, tauchte seinen Kopf unter, sank hinab, und über ein Weilchen kam er wieder heraufgerudert; hatte die Kugel im Maul und warf sie ins Gras. Die Königstochter war voll Freude, als sie ihr schönes Spielwerk wieder erblickte, hob es auf und sprang damit fort. »Warte, warte«, rief der Frosch, »nimm mich mit, ich kann nicht so laufen wie du.« Aber was half ihm, daß er ihr sein quak, quak so laut nachschrie, als er konnte! Sie hörte nicht darauf, eilte nach Haus und hatte bald den armen Frosch vergessen, der wieder in seinen Brunnen hinabsteigen mußte.

Am andern Tage, als sie mit dem König und allen Hofleuten sich zur Tafel gesetzt hatte und von ihrem goldenen Tellerlein aß, da kam, plitsch platsch, plitsch platsch, etwas die Marmortreppe heraufgekrochen, und als es oben angelangt war, klopfte es an der Tür und rief: »Königstochter, jüngste, mach mir auf«. Sie lief und wollte sehen, wer draußen wäre, als sie aber aufmachte, so saß der Frosch davor. Da warf sie die Tür hastig zu, setzte sich wieder an den Tisch, und war ihr ganz angst. Der König sah wohl, daß ihr das Herz gewaltig klopfte, und sprach: »Mein Kind, was fürchtest du dich, steht etwa ein Riese vor der Tür und will dich holen?« »Ach nein«, antwortete sie, »es ist kein Riese, sondern ein garstiger Frosch.« »Was will der Frosch von dir?« »Ach lieber Vater, als ich gestern im Wald bei dem Brunnen saß und spielte, da fiel meine goldene Kugel ins Wasser. Und weil ich so weinte, hat sie der Frosch wieder heraufgeholt, und weil er es durchaus verlangte, so versprach ich ihm, er sollte mein Geselle werden, ich dachte aber nimmermehr, daß er aus seinem Wasser heraus könnte. Nun ist er draußen und will zu mir herein.« Indem klopfte es zum zweitenmal und rief:

»Königstochter, jüngste,
mach mir auf,
weißt du nicht, was gestern
du zu mir gesagt
bei dem kühlen Brunnenwasser?
Königstochter, jüngste,
mach mir auf.«

Da sagte der König: »Was du versprochen hast, das mußt du auch halten; geh nur und mach ihm auf«. Sie ging und öffnete die Türe, da hüpfte der Frosch herein, ihr immer auf dem Fuße nach, bis zu ihrem Stuhl. Da saß er und rief: »Heb mich herauf zu dir«. Sie zauderte, bis es endlich der König befahl. Als der Frosch erst auf dem Stuhl war, wollte er auf den Tisch, und als er da saß, sprach er: »Nun schieb mir dein goldenes Tellerlein näher, damit wir zusammen essen«. Das tat sie zwar, aber man sah wohl, daß sie's nicht gerne tat. Der Frosch ließ sich's gut schmecken, aber ihr blieb fast jedes Bißlein im Halse. Endlich sprach er: »Ich habe mich satt gegessen und bin müde, nun trag mich in dein Kämmerlein und mach dein seiden Bettlein zurecht, da wollen wir uns schlafen legen«. Die Königstochter fing an zu weinen und fürchtete sich vor dem kalten Frosch, den sie nicht anzurühren getraute, und der nun in ihrem schönen reinen Bettlein schlafen sollte. Der König aber ward zornig und sprach: »Wer dir geholfen hat, als du in der Not warst, den sollst du hernach nicht verachten«. Da packte sie ihn mit zwei Fingern, trug ihn hinauf und setzte ihn in eine Ecke. Als sie aber im Bette lag, kam er gekrochen und sprach: »Ich bin müde, ich will schlafen so gut wie du: heb mich herauf, oder ich sag's deinem Vater«. Da ward sie erst bitterböse, holte ihn herauf und warf ihn aus allen Kräften wider die Wand, »nun wirst du Ruhe haben, du garstiger Frosch«.

Als er aber herabfiel, war er kein Frosch, sondern ein Königssohn mit schönen freundlichen Augen. Der war nun nach ihres Vaters Willen ihr lieber Geselle und Gemahl. Da erzählte er ihr, er wäre von einer bösen Hexe verwünscht worden, und niemand hätte ihn aus dem Brunnen erlösen können als sie allein, und morgen wollten sie zusammen in sein Reich gehen. Dann schliefen sie ein, und am andern Morgen, als die Sonne sie aufweckte, kam ein Wagen herangefahren mit acht weißen

Pferden bespannt, die hatten weiße Straußfedern auf dem Kopf und gingen in goldenen Ketten, und hinten stand ein Diener des jungen Königs, das war der treue Heinrich. Der treue Heinrich hatte sich so betrübt, als sein Herr war in einen Frosch verwandelt worden, daß er drei eiserne Bande hatte um sein Herz legen lassen, damit es ihm nicht vor Weh und Traurigkeit zerspränge. Der Wagen aber sollte den jungen König in sein Reich abholen; der treue Heinrich hob beide hinein, stellte sich wieder hinten auf und war voller Freude über die Erlösung. Und als sie ein Stück Wegs gefahren waren, hörte der Königssohn, daß es hinter ihm krachte, als wäre etwas zerbrochen. Da drehte er sich um und rief:

»Heinrich, der Wagen bricht.«
»Nein, Herr, der Wagen nicht,
es ist ein Band von meinem Herzen,
das da lag in großen Schmerzen,
als Ihr in dem Brunnen saßt,
als Ihr eine Fretsche (Frosch) wast (wart).«

Noch einmal und noch einmal krachte es auf dem Weg, und der Königssohn meinte immer, der Wagen bräche, und es waren doch nur die Bande, die vom Herzen des treuen Heinrich absprangen, weil sein Herr erlöst und glücklich war.

Die zwölf Brüder

Es war einmal ein König und eine Königin, die lebten in Frieden miteinander und hatten zwölf Kinder, das waren aber lauter Buben. Nun sprach der König zu seiner Frau: »Wenn das dreizehnte Kind, was du zur Welt bringst, ein Mädchen ist, so sollen die zwölf Buben sterben, damit sein Reichtum groß wird und das Königreich ihm allein zufällt«. Er ließ auch zwölf Särge machen, die waren schon mit Hobelspänen gefüllt, und in jedem lag das Totenkißchen, und ließ sie in eine verschlossene Stube bringen, dann gab er der Königin den Schlüssel und gebot ihr, niemand etwas davon zu sagen.

Die Mutter aber saß nun den ganzen Tag und trauerte, so daß der kleinste Sohn, der immer bei ihr war, und den sie nach der Bibel Benjamin nannte, zu ihr sprach: »Liebe Mutter, warum bist du so traurig?« »Liebstes Kind«, antwortete sie, »ich darf dir's nicht sagen.« Er ließ ihr aber keine Ruhe, bis sie ging und die Stube aufschloß, und ihm die zwölf mit Hobelspänen schon gefüllten Totenladen zeigte. Darauf sprach sie: »Mein liebster Benjamin, diese Särge hat dein Vater für dich und deine elf Brüder machen lassen, denn wenn ich ein Mädchen zur Welt bringe, so sollt ihr allesamt getötet und darin begraben werden«. Und als sie weinte, während sie das sprach, so tröstete sie der Sohn und sagte: »Weine nicht, liebe Mutter, wir wollen uns schon helfen und wollen fortgehen«. Sie aber sprach: »Geh mit deinen elf Brüdern hinaus in den Wald, und einer setze sich immer auf den höchsten Baum, der zu finden ist, und halte Wacht und schaue nach dem Turm hier im Schloß. Gebär ich ein Söhnlein, so will ich eine weiße Fahne aufstecken, und dann dürft ihr wiederkommen: gebär ich ein Töchterlein, so will ich eine rote Fahne aufstecken, und dann flieht fort, so schnell ihr könnt, und der liebe Gott behüte euch. Alle Nacht will ich aufstehen und für euch beten, im Winter, daß ihr an einem Feuer euch wärmen könnt, im Sommer, daß ihr nicht in der Hitze schmachtet«.

Nachdem sie also ihre Söhne gesegnet hatte, gingen sie hinaus in den Wald. Einer hielt um den andern Wache, saß auf der höchsten Eiche und schaute nach dem Turm. Als elf Tage herum waren und die Reihe an Benjamin kam, da sah er, wie eine Fahne aufgesteckt wurde: es war aber nicht die weiße, sondern die rote Blutfahne, die verkündete, daß sie alle sterben sollten. Wie die Brüder das hörten, wurden sie zornig und sprachen: »Sollten wir um eines Mädchens willen den Tod leiden! Wir schwören, daß wir uns rächen wollen: wo wir ein Mädchen finden, soll sein rotes Blut fließen«.

Darauf gingen sie tiefer in den Wald hinein, und mitten drein, wo er am dunkelsten war, fanden sie ein kleines verwünschtes Häuschen, das leer stand. Da sprachen sie: »Hier wollen wir wohnen, und du, Benjamin, du bist der jüngste und schwächste, du sollst daheim bleiben und haushalten, wir andern wollen ausgehen und Essen holen«. Nun zogen

sie in den Wald und schossen Hasen, wilde Rehe, Vögel und Täuberchen, und was zu essen stand: das brachten sie dem Benjamin, der mußte es ihnen zurecht machen, damit sie ihren Hunger stillen konnten. In dem Häuschen lebten sie zehn Jahre zusammen, und die Zeit ward ihnen nicht lang.

Das Töchterchen, das ihre Mutter, die Königin, geboren hatte, war nun herangewachsen, war gut von Herzen und schön von Angesicht und hatte einen goldenen Stern auf der Stirne. Einmal, als große Wäsche war, sah es darunter zwölf Mannshemden und fragte seine Mutter: »Wem gehören diese zwölf Hemden, für den Vater sind sie doch viel zu klein?« Da antwortete sie mit schwerem Herzen: »Liebes Kind, die gehören deinen zwölf Brüdern«. Sprach das Mädchen: »Wo sind meine zwölf Brüder, ich habe noch niemals von ihnen gehört«. Sie antwortete: »Das weiß

Gott, wo sie sind: Sie irren in der Welt herum«. Da nahm sie das Mädchen und schloß ihm das Zimmer auf, und zeigte ihm die zwölf Särge mit den Hobelspänen und den Totenkißchen. »Diese Särge«, sprach sie, »waren für deine Brüder bestimmt, aber sie sind heimlich fortgegangen, eh du geboren warst«, und erzählte ihm, wie sich alles zugetragen hatte. Da sagte das Mädchen: »Liebe Mutter, weine nicht, ich will gehen und meine Brüder suchen«.

Nun nahm es die zwölf Hemden und ging fort und geradezu in den großen Wald hinein. Es ging den ganzen Tag, und am Abend kam es zu dem verwünschten Häuschen. Da trat es hinein und fand einen jungen Knaben, der fragte: »Wo kommst du her und wo willst du hin?« und erstaunte, daß sie so schön war, königliche Kleider trug und einen Stern auf der Stirne hatte. Da antwortete sie: »Ich bin eine Königstochter und suche meine zwölf Brüder und will gehen, so weit der Himmel blau ist, bis ich sie finde«. Sie zeigte ihm auch die zwölf Hemden, die ihnen gehörten. Da sah Benjamin, daß es seine Schwester war, und sprach: »Ich bin Benjamin, dein jüngster Bruder«. Und sie fing an zu weinen vor Freude, und Benjamin auch, und sie küßten und herzten einander vor großer Liebe. Hernach sprach er: »Liebe Schwester, es ist noch ein Vorbehalt da, wir hatten verabredet, daß ein jedes Mädchen, das uns begegnete, sterben sollte, weil wir um ein Mädchen unser Königreich verlassen mußten«. Da sagte sie: »Ich will gerne sterben, wenn ich damit meine zwölf Brüder erlösen kann«. »Nein«, antwortete er, »du sollst nicht sterben, setze dich unter diese Bütte, bis die elf Brüder kommen, dann will ich schon einig mit ihnen werden.« Also tat sie; und wie es Nacht ward, kamen die andern von der Jagd, und die Mahlzeit war bereit. Und als sie am Tische saßen und aßen, fragten sie: »Was gibt's Neues?« Sprach Benjamin: »Wißt ihr nichts?« »Nein«, antworteten sie. Sprach er weiter: »Ihr seid im Walde gewesen, und ich bin daheim geblieben, und weiß doch mehr als ihr«. »So erzähle uns«, riefen sie. Antwortete er: »Versprecht ihr mir auch, daß das erste Mädchen, das uns begegnet, nicht soll getötet werden?« »Ja«, riefen sie alle, »das soll Gnade haben, erzähl uns nur.« Da sprach er: »Unsere Schwester ist da«, und hub die Bütte auf, und die Königstochter kam hervor in ihren königlichen Kleidern mit dem goldenen Stern auf der Stirne, und war so schön, zart und fein. Da freueten sie sich alle, fielen ihr um den Hals und küßten sie und hatten sie vom Herzen lieb.

Nun blieb sie bei Benjamin zu Haus und half ihm in der Arbeit. Die elfe zogen in den Wald, fingen Gewild, Rehe, Vögel und Täuberchen, damit sie zu essen hatten, und die Schwester und Benjamin sorgten, daß es zubereitet wurde. Sie suchte das Holz zum Kochen und die Kräuter zum Gemüs, und stellte die Töpfe ans Feuer, also daß die Mahlzeit immer fertig war, wenn die elfe kamen. Sie hielt auch sonst Ordnung im Häuschen, und deckte die Bettlein hübsch weiß und rein, und die Brüder waren immer zufrieden und lebten in großer Einigkeit mit ihr.

Auf eine Zeit hatten die beiden daheim eine schöne Kost zurechtgemacht, und wie sie nun alle beisammen waren, setzten sie sich, aßen und tranken und waren voller Freude. Es war aber ein kleines Gärtchen an dem verwünschten Häuschen, darin standen zwölf Lilienblumen, die man auch Studenten heißt: nun wollte sie ihren Brüdern ein Vergnügen machen, brach die zwölf Blumen ab und dachte jedem aufs Essen eine zu schenken. Wie sie aber die Blumen abgebrochen hatte, in demselben Augenblick waren die zwölf Brüder in zwölf Raben verwandelt und flogen über den Wald hin fort, und das Haus mit dem Garten war auch verschwunden. Da war nun das arme Mädchen allein in dem wilden Wald, und wie es sich umsah, so stand eine alte Frau neben ihm, die sprach: »Mein Kind, was hast du angefangen? Warum hast du die zwölf weißen Blumen nicht stehen lassen? Das waren deine Brüder, die sind nun auf immer in Raben verwandelt«. Das Mädchen sprach weinend: »Ist denn kein Mittel, sie zu erlösen?« »Nein«, sagte die Alte, »es ist keins auf der ganzen Welt als eins, das ist aber so schwer, daß du sie damit nicht befreien wirst, denn du mußt sieben Jahre stumm sein, darfst nicht sprechen und nicht lachen, und sprichst du ein einziges Wort, und es fehlt nur eine Stunde an den sieben Jahren, so ist alles umsonst, und deine Brüder werden von dem einen Wort getötet.«

Da sprach das Mädchen in seinem Herzen: »Ich weiß gewiß, daß ich meine Brüder erlöse«, und ging und suchte einen hohen Baum, setzte sich darauf und spann, und sprach nicht und lachte nicht. Nun trug's sich zu, daß ein König in dem Walde jagte, der hatte einen großen Windhund, der lief zu dem Baum, wo das Mädchen darauf saß, sprang herum, schrie und bellte hinauf. Da kam der König herbei und sah die schöne Königstochter mit dem goldenen Stern auf der Stirne, und war so entzückt über ihre Schönheit, daß er ihr zurief, ob sie seine Gemahlin werden wollte. Sie gab keine Antwort, nickte aber ein wenig mit dem Kopf. Da stieg er selbst auf den Baum, trug sie herab, setzte sie auf sein Pferd und führte sie heim. Da ward die Hochzeit mit großer Pracht und Freude gefeiert: aber die Braut sprach nicht und lachte nicht. Als sie ein paar Jahre miteinander vergnügt gelebt hatten, fing die Mutter des Königs, die eine böse Frau war, an, die junge Königin zu verleumden und sprach zum König: »Es ist ein gemeines Bettelmädchen, das du dir mitgebracht hast, wer weiß, was für gottlose Streiche sie heimlich treibt. Wenn sie stumm ist und nicht sprechen kann, so könnte sie doch einmal lachen, aber wer nicht lacht, der hat ein böses Gewissen«. Der König wollte zuerst nicht daran glauben, aber die Alte trieb es so lange und beschuldigte sie so viel böser Dinge, daß der König sich endlich überreden ließ und sie zum Tod verurteilte.

Nun ward im Hof ein großes Feuer angezündet, darin sollte sie verbrannt werden: und der König stand oben am Fenster und sah mit weinenden Augen zu, weil er sie noch immer so lieb hatte. Und als sie schon an den Pfahl festgebunden war, und das Feuer an ihren Kleidern mit roten Zungen leckte, da war eben der letzte Augenblick von den sieben Jahren verflossen. Da ließ sich in der Luft ein Geschwirr hören, und zwölf Raben kamen hergezogen und senkten sich nieder: und wie sie die Erde berührten, waren es ihre zwölf Brüder, die sie erlöst hatte. Sie rissen das Feuer auseinander, löschten die Flammen, machten ihre liebe Schwester frei, und küßten und herzten sie. Nun aber, da sie ihren Mund auftun und reden durfte, erzählte sie dem König, warum sie stumm gewesen wäre und niemals gelacht hätte. Der König freute sich, als er hörte, daß sie unschuldig war, und sie lebten nun alle zusammen in Einigkeit bis an ihren Tod. Die böse Stiefmutter ward vor Gericht gestellt und in ein Faß gesteckt, das mit siedendem Öl und giftigen Schlangen angefüllt war, und starb eines bösen Todes.

Sneewittchen

Es war einmal mitten im Winter, und die Schneeflocken fielen wie Federn vom Himmel herab, da saß eine Königin an einem Fenster, das einen Rahmen von schwarzem Ebenholz hatte, und nähte. Und wie sie so nähte und nach dem Schnee aufblickte, stach sie sich mit der Nadel in den Finger, und es fielen drei Tropfen Blut in den Schnee. Und weil das Rote im weißen Schnee so schön aussah, dachte sie bei sich: »Hätt ich ein Kind so weiß wie Schnee, so rot wie Blut, und so schwarz wie das Holz an dem Rahmen«. Bald darauf bekam sie ein Töchterlein, das war so weiß wie Schnee, so rot wie Blut, und so schwarzhaarig wie Ebenholz, und ward darum das Sneewittchen (Schneeweißchen) genannt. Und wie das Kind geboren war, starb die Königin.

Über ein Jahr nahm sich der König eine andere Gemahlin. Es war eine schöne Frau, aber sie war stolz und übermütig, und konnte nicht leiden, daß sie an Schönheit von jemand sollte übertroffen werden. Sie hatte einen wunderbaren Spiegel, wenn sie vor den trat und sich darin beschaute, sprach sie:

»Spieglein, Spieglein an der Wand,
wer ist die Schönste im ganzen Land?«

so antwortete der Spiegel:

»Frau Königin, Ihr seid die Schönste im Land«.

Da war sie zufrieden, denn sie wußte, daß der Spiegel die Wahrheit sagte.

Sneewittchen aber wuchs heran und wurde immer schöner, und als es sieben Jahre alt war, war es so schön wie der klare Tag, und schöner als die Königin selbst. Als diese einmal ihren Spiegel fragte:

»Spieglein, Spieglein an der Wand,
wer ist die Schönste im ganzen Land?«

so antwortete er:

»Frau Königin, Ihr seid die Schönste hier,
aber Sneewittchen ist tausendmal schöner als Ihr«.

Da erschrak die Königin und ward gelb und grün vor Neid. Von Stund an, wenn sie Sneewittchen erblickte, kehrte sich ihr das Herz im Leibe herum, so haßte sie das Mädchen. Und der Neid und Hochmut wuchsen wie ein Unkraut in ihrem Herzen immer höher, daß sie Tag und Nacht keine Ruhe mehr hatte. Da rief sie einen Jäger und sprach: »Bring das Kind hinaus in den Wald, ich will's nicht mehr vor meinen Augen sehen. Du sollst es töten und mir Lunge und Leber zum Wahrzeichen mitbringen«. Der Jäger gehorchte und führte es hinaus, und als er den Hirschfänger gezogen hatte und Sneewittchens unschuldiges Herz durchbohren wollte, fing es an zu weinen und sprach: »Ach, lieber Jäger, laß mir mein Leben; ich will in den wilden Wald laufen und nimmermehr wieder heim kommen«. Und weil es so schön war, hatte der Jäger Mitleid und sprach: »So lauf hin, du armes Kind«. ›Die wilden Tiere werden dich bald gefressen haben‹, dachte er, und doch wars ihm, als wär ein Stein von seinem Herzen gewälzt, weil er es nicht zu töten brauchte. Und als gerade ein junger Frischling dahergesprungen kam, stach er ihn ab, nahm Lunge und Leber heraus, und brachte sie als Wahrzeichen der Königin mit.

Der Koch mußte sie in Salz kochen, und das boshafte Weib aß sie auf und meinte, sie hätte Sneewittchens Lunge und Leber gegessen.

Nun war das arme Kind in dem großen Wald mutterseelig allein, und ward ihm so angst, daß es alle Blätter an den Bäumen ansah und nicht wußte, wie es sich helfen sollte. Da fing es an zu laufen und lief über die spitzen Steine und durch die Dornen, und die wilden Tiere sprangen an ihm vorbei, aber sie taten ihm nichts, Es lief, solange nur die Füße noch fort konnten, bis es bald Abend werden wollte, da sah es ein kleines Häuschen und ging hinein, sich zu ruhen. In dem Häuschen war alles klein, aber so zierlich und reinlich, daß es nicht zu sagen ist. Da stand ein weißgedecktes Tischlein mit sieben kleinen Tellern, jedes Tellerlein mit seinem Löffelein, ferner sieben Messerlein und Gäblein, und sieben Becherlein. An der Wand waren sieben Bettlein nebeneinander aufgestellt und schneeweiße Laken darüber gedeckt. Sneewittchen, weil es so hungrig und durstig war, aß von jedem Tellerlein ein wenig Gemüs und Brot, und trank aus jedem Becherlein einen Tropfen Wein; denn es wollte nicht einem allein alles wegnehmen. Hernach, weil es so müde war, legte es sich in ein Bettchen, aber keins paßte; das eine war zu lang, das andere zu kurz, bis endlich das siebente recht war: und darin blieb es liegen, befahl sich Gott und schlief ein.

Als es ganz dunkel geworden war, kamen die Herren von dem Häuslein, das waren die sieben Zwerge, die in den Bergen nach Erz hackten und gruben. Sie zündeten ihre sieben Lichtlein an, und wie es nun hell im Häuslein ward, sahen sie, daß jemand darin gewesen war, denn es stand nicht alles so in der Ordnung, wie sie es verlassen hatten. Der erste sprach: »Wer hat auf meinem Stühlchen gesessen?« Der zweite: »Wer hat von meinem Tellerchen gegessen?« Der dritte: »Wer hat von meinem Brötchen genommen?« Der vierte: »Wer hat von meinem Gemüschen gegessen?« Der fünfte: »Wer hat mit meinem Gäbelchen gestochen?« Der sechste: »Wer hat mit meinem Messerchen geschnitten?« Der siebte: »Wer hat aus meinem Becherlein getrunken?« Dann sah sich der erste um und sah, daß auf seinem Bett eine kleine Delle war, da sprach er: »Wer hat in mein Bettchen getreten?« Die andern kamen gelaufen und riefen: »In meinem hat auch jemand gelegen«. Der siebte aber, als er in sein Bett sah, erblickte

Sneewittchen, das lag darin und schlief. Nun rief er die andern, die kamen herbeigelaufen, und schrien vor Verwunderung, holten ihre sieben Lichtlein und beleuchteten Sneewittchen. »Ei, du mein Gott! ei, du mein Gott!« riefen sie, »was ist das Kind so schön!« und hatten so große Freude, daß sie es nicht aufweckten, sondern im Bettlein fortschlafen ließen. Der siebte Zwerg aber schlief bei seinen Gesellen, bei jedem eine Stunde, da war die Nacht herum.

Als es Morgen war, erwachte Sneewittchen, und wie es die sieben Zwerge sah, erschrak es. Sie waren aber freundlich und fragten: »Wie heißt du?« »Ich heiße Sneewittchen«, antwortete es. »Wie bist du in unser Haus gekommen?« sprachen weiter die Zwerge. Da erzählte es ihnen, daß seine Stiefmutter es hätte wollen umbringen lassen, der Jäger hätte ihm aber das Leben geschenkt, und da wär es gelaufen den ganzen Tag, bis es endlich ihr Häuslein gefunden hätte. Die Zwerge sprachen: »Willst du unsern Haushalt versehen, kochen, betten, waschen, nähen und stricken, und willst du alles ordentlich und reinlich halten, so kannst du bei uns bleiben, und es soll dir an nichts fehlen.« »Ja«, sagte Sneewittchen, »von Herzen gern«, und blieb bei ihnen. Es hielt ihnen das Haus in Ordnung: morgens gingen sie in die Berge und suchten Erz und Gold, abends kamen sie wieder, und da mußte ihr Essen bereit sein. Den Tag über war das Mädchen allein, da warnten es die guten Zwerglein und sprachen: »Hüte dich vor deiner Stiefmutter, die wird bald wissen, daß du hier bist; laß ja niemand herein«.

Die Königin aber, nachdem sie Sneewittchens Lunge und Leber glaubte gegessen zu haben, dachte nicht anders, als sie wäre wieder die erste und Allerschönste, trat vor ihren Spiegel und sprach:

»Spieglein, Spieglein an der Wand,
wer ist die Schönste im ganzen Land?«

Da antwortete der Spiegel:

»Frau Königin, Ihr seid die Schönste hier,
aber Sneewittchen über den Bergen
bei den sieben Zwergen
ist noch tausendmal schöner als Ihr«.

Da erschrak sie, denn sie wußte, daß der Spiegel keine Unwahrheit sprach, und merkte, daß der Jäger sie betrogen hatte und Sneewittchen noch am Leben war. Und da sann und sann sie aufs neue, wie sie es umbringen wollte; denn solange sie nicht die Schönste war im ganzen Land, ließ ihr der Neid keine Ruhe. Und als sie sich endlich etwas ausgedacht hatte, färbte sie sich das Gesicht, und kleidete sich wie eine alte Krämerin, und war ganz unkenntlich. In dieser Gestalt ging sie über die sieben Berge zu den sieben Zwergen, klopfte an die Türe und rief: »Schöne Ware feil! feil!« Sneewittchen guckte zum Fenster heraus und rief: »Guten Tag, liebe Frau, was habt Ihr zu verkaufen?« »Gute Ware, schöne Ware«, antwortete sie, »Schnürriemen von allen Farben«, und holte einen hervor der aus bunter Seide geflochten war. »Die ehrliche Frau kann ich hereinlassen«, dachte Sneewittchen, riegelte die Türe auf und kaufte sich den hübschen Schnürriemen. »Kind«, sprach die Alte »wie du aussiehst! komm, ich will dich einmal ordentlich schnüren.« Sneewittchen hatte kein Arg, stellte sich vor sie, und ließ sich mit dem neuen Schnürriemen schnüren: aber die Alte schnürte geschwind und schnürte so fest, daß dem Sneewittchen der Atem verging, und es für tot hinfiel. »Nun bist du die Schönste gewesen«, sprach sie und eilte hinaus.

Nicht lange darauf, zur Abendzeit, kamen die sieben Zwerge nach Haus, aber wie erschraken sie, als sie ihr liebes Sneewittchen auf der Erde liegen sahen; und es regte und bewegte sich nicht, als wäre es tot. Sie hoben es in die Höhe, und weil sie sahen, daß es zu fest geschnürt war, schnitten sie den Schnürriemen entzwei: da fing es an ein wenig zu atmen, und ward nach und nach wieder lebendig. Als die Zwerge hörten, was geschehen war, sprachen sie: »Die alte Krämerfrau war niemand als die gottlose Königin: hüte dich und laß keinen Menschen herein, wenn wir nicht bei dir sind«.

Das böse Weib aber, als es nach Haus gekommen war, ging vor den Spiegel und fragte:

»Spieglein, Spieglein an der Wand,
wer ist die Schönste im ganzen Land?«

Da antwortete er wie sonst:

»Frau Königin, Ihr seid die Schönste hier,
aber Sneewittchen über den Bergen
bei den sieben Zwergen
ist noch tausendmal schöner als Ihr.«

Als sie das hörte, lief ihr alles Blut zum Herzen, so erschrak sie, denn sie sah wohl, daß Sneewittchen wieder lebendig geworden war. »Nun aber«, sprach sie, »will ich etwas aussinnen, das dich zugrunde richten soll«, und mit Hexenkünsten, die sie verstand, machte sie einen giftigen Kamm. Dann verkleidete sie sich und nahm die Gestalt eines andern alten Weibes an. So ging sie hin über die sieben Berge zu den sieben Zwergen, klopfte an die Türe und rief: »Gute Ware feil! feil!« Sneewittchen schaute heraus und sprach: »Geht nur weiter, ich darf niemand hereinlassen«. »Das Ansehen wird dir doch erlaubt sein«, sprach die Alte, zog den giftigen Kamm heraus und hielt ihn in die Höhe. Da gefiel er dem Kinde so gut, daß es sich betören ließ und die Türe öffnete. Als sie des Kaufs einig waren, sprach die Alte: »Nun will ich dich einmal ordentlich kämmen«. Das arme Sneewittchen dachte an nichts, und ließ die Alte gewähren, aber kaum hatte sie den Kamm in die Haare gesteckt, als das Gift darin wirkte, und das Mädchen ohne Besinnung niederfiel. »Du Ausbund von Schönheit«, sprach das boshafte Weib, »jetzt ist's um dich geschehen«, und ging fort. Zum Glück aber war es bald Abend, wo die sieben Zwerglein nach Haus kamen. Als sie Sneewittchen wie tot auf der Erde liegen sahen, hatten sie gleich die Stiefmutter in Verdacht, suchten nach, und fanden den giftigen Kamm, und kaum hatten sie ihn herausgezogen, so kam Sneewittchen wieder zu sich und erzählte, was vorgegangen war. Da warnten sie es noch einmal, auf seiner Hut zu sein und niemand die Türe zu öffnen.

Die Königin stellte sich daheim vor den Spiegel und sprach:

»Spieglein, Spieglein an der Wand,
wer ist die Schönste im ganzen Land?«

Da antwortete er wie vorher:

»Frau Königin, Ihr seid die Schönste hier,
aber Sneewittchen über den Bergen

bei den sieben Zwergen
ist noch tausendmal schöner als Ihr«.

Als sie den Spiegel so reden hörte, zitterte und bebte sie vor Zorn. »Sneewittchen soll sterben«, rief sie, »und wenn es mein eignes Leben kostet.« Darauf ging sie in eine ganz verborgene einsame Kammer, wo niemand hinkam, und machte da einen giftigen giftigen Apfel. Äußerlich sah er schön aus, weiß mit roten Backen, daß jeder, der ihn erblickte, Lust danach bekam, aber wer ein Stückchen davon aß, der mußte sterben. Als der Apfel fertig war, färbte sie sich das Gesicht und verkleidete sich in eine Bauersfrau, und so ging sie über die sieben Berge zu den sieben Zwergen. Sie klopfte an, Sneewittchen streckte den Kopf zum Fenster heraus und sprach: »Ich darf keinen Menschen einlassen, die sieben Zwerge haben mir's verboten«. »Mir auch recht«, antwortete die Bäuerin, »meine Äpfel will ich schon los werden. Da, einen will ich dir schenken.« »Nein«, sprach Sneewittchen, »ich darf nichts annehmen.« »Fürchtest du dich vor Gift?« sprach die Alte, »siehst du, da schneide ich den Apfel in zwei Teile; den roten Backen iß du, den weißen will ich essen.« Der Apfel war aber so künstlich gemacht, daß der rote Backen allein vergiftet war. Sneewittchen lusterte den schönen Apfel an, und als es sah, daß die Bäuerin davon aß, so konnte es nicht länger widerstehen, streckte die Hand hinaus und nahm die giftige Hälfte. Kaum aber hatte es einen Bissen davon im Mund, so fiel es tot zur Erde nieder. Da betrachtete es die Königin mit grausigen Blicken und lachte überlaut und sprach: »Weiß wie Schnee, rot wie Blut, schwarz wie Ebenholz! Diesmal können dich die Zwerge nicht wieder erwecken«. Und als sie daheim den Spiegel befragte:

»Spieglein, Spieglein an der Wand,
wer ist die Schönste im ganzen Land?«

so antwortete er endlich:

»Frau Königin, Ihr seid die Schönste im Land«.

Da hatte ihr neidisches Herz Ruhe, so gut ein neidisches Herz Ruhe haben kann.

Die Zwerglein, wie sie abends nach Haus kamen, fanden Sneewittchen auf der Erde liegen, und es ging kein Atem mehr aus seinem Mund, und es war tot. Sie hoben es auf, suchten, ob sie was Giftiges fänden, schnürten es auf, kämmten ihm die Haare, wuschen es mit Wasser und Wein, aber es half alles nichts; das liebe Kind war tot und blieb tot. Sie legten es auf eine Bahre und setzten sich alle siebene daran und beweinten es, und weinten drei Tage lang. Da wollten sie es begraben, aber es sah noch so frisch aus wie ein lebender Mensch, und hatte noch seine schönen roten Backen. Sie sprachen: »Das können wir nicht in die schwarze Erde versenken«, und ließen einen durchsichtigen Sarg von Glas machen, daß man es von allen Seiten sehen konnte, legten es hinein, und schrieben mit goldenen Buchstaben seinen Namen darauf, und daß es eine Königstochter wäre. Dann setzten sie den Sarg hinaus auf den Berg, und einer von ihnen blieb immer dabei und bewachte ihn. Und die Tiere kamen auch und beweinten Sneewittchen, erst eine Eule, dann ein Rabe, zuletzt ein Täubchen.

Nun lag Sneewittchen lange lange Zeit in dem Sarg und verweste nicht, sondern sah aus, als wenn es schliefe, denn es war noch so weiß

als Schnee, so rot als Blut, und so schwarzhaarig wie Ebenholz. Es geschah aber, daß ein Königssohn in den Wald geriet und zu dem Zwergenhaus kam, da zu übernachten. Er sah auf dem Berg den Sarg und das schöne Sneewittchen darin, und las, was mit goldenen Buchstaben darauf geschrieben war. Da sprach er zu den Zwergen: »Laßt mir den Sarg, ich will euch geben, was ihr dafür haben wollt«. Aber die Zwerge antworteten: »Wir geben ihn nicht um alles Gold in der Welt«. Da sprach er: »So schenkt mir ihn, denn ich kann nicht leben, ohne Sneewittchen zu sehen, ich will es ehren und hochachten wie mein Liebstes«. Wie er so sprach, empfanden die guten Zwerglein Mitleiden mit ihm und gaben ihm den Sarg. Der Königssohn ließ ihn nun von seinen Dienern auf den Schultern forttragen. Da geschah es, daß sie über einen Strauch stolperten, und von dem Schüttern fuhr der giftige Apfelgrütz, den Sneewittchen abgebissen hatte, aus dem Hals. Und nicht lange, so öffnete es die Augen, hob den Deckel vom Sarg in die Höhe, und richtete sich auf, und war wieder lebendig. »Ach Gott, wo bin ich?« rief es. Der Königssohn sagte voll Freude: »Du bist bei mir«, und erzählte, was sich zugetragen hatte, und sprach: »Ich habe dich lieber als alles auf der Welt; komm mit mir in meines Vaters Schloß, du sollst meine Gemahlin werden«. Da war ihm Sneewittchen gut und ging mit ihm, und ihre Hochzeit ward mit großer Pracht und Herrlichkeit angeordnet.

Zu dem Fest wurde aber auch Sneewittchens gottlose Stiefmutter eingeladen. Wie sie sich nun mit schönen Kleidern angetan hatte, trat sie vor den Spiegel und sprach:

»Spieglein, Spieglein an der Wand,
wer ist die Schönste im ganzen Land?«

Der Spiegel antwortete:

»Frau Königin, Ihr seid die Schönste hier,
aber die junge Königin ist tausendmal schöner als Ihr«.

Da stieß das böse Weib einen Fluch aus, und ward ihr so angst, so angst, daß sie sich nicht zu lassen wußte. Sie wollte zuerst gar nicht auf die Hochzeit kommen: doch ließ es ihr keine Ruhe, sie mußte fort und die junge Königin sehen. Und wie sie hineintrat, erkannte sie Sneewittchen, und vor Angst und Schrecken stand sie da und konnte sich nicht regen. Aber es waren schon eiserne Pantoffeln über Kohlenfeuer gestellt und wurden mit Zangen hereingetragen und vor sie hingestellt. Da mußte sie in die rotglühenden Schuhe treten und so lange tanzen, bis sie tot zur Erde fiel.

Die Sterntaler

Es war einmal ein kleines Mädchen, dem war Vater und Mutter gestorben, und es war so arm, daß es kein Kämmerchen mehr hatte, darin zu wohnen, und kein Bettchen mehr, darin zu schlafen, und endlich gar nichts mehr als die Kleider auf dem Leib und ein

Stückchen Brot in der Hand, das ihm ein mitleidiges Herz geschenkt hatte. Es war aber gut und fromm. Und weil es so von aller Welt verlassen war, ging es im Vertrauen auf den lieben Gott hinaus ins Feld. Da begegnete ihm ein armer Mann, der sprach: »Ach, gib mir etwas zu essen, ich bin so hungerig«. Es reichte ihm das ganze Stückchen Brot und sagte: »Gott segne dir's«, und ging weiter. Da kam ein Kind, das jammerte und sprach: »Es friert mich so an meinem Kopfe, schenk mir etwas, womit ich ihn bedecken kann«. Da tat es seine Mütze ab und gab sie ihm. Und als es noch eine Weile gegangen war, kam wieder ein Kind und hatte kein Leibchen und fror: da gab es ihm seins; und noch weiter, da bat eins um ein Röcklein, das gab es auch von sich hin. Endlich gelangte es in einen Wald, und es war schon dunkel geworden, da kam noch eins und bat um ein Hemdlein, und das fromme Mädchen dachte: »Es ist dunkle Nacht, da sieht dich niemand, du kannst wohl dein Hemd weggeben«, und zog das Hemd ab und gab es auch noch hin. Und wie es so stand und gar nichts mehr hatte, fielen auf einmal die Sterne vom Himmel, und waren lauter harte blanke Taler: und ob es gleich sein Hemdlein weggegeben, so hatte es ein neues an, und das war vom allerfeinsten Linnen. Da sammelte es sich die Taler hinein und war reich für sein Lebtag.

Fundevogel

Es war einmal ein Förster, der ging in den Wald auf die Jagd, und wie er in den Wald kam, hörte er schreien, als ob's ein kleines Kind wäre. Er ging dem Schreien nach und kam endlich zu einem hohen Baum, und oben darauf saß ein kleines Kind. Es war aber die Mutter mit dem Kinde unter dem Baum eingeschlafen, und ein Raubvogel hatte das Kind in ihrem Schoße gesehen: da war er hinzugeflogen, hatte es mit seinem Schnabel weggenommen und auf den hohen Baum gesetzt.

Der Förster stieg hinauf, holte das Kind herunter und dachte: »Du willst das Kind mit nach Hause nehmen und mit deinem Lenchen zusammen aufziehn«. Er brachte es also heim, und die zwei Kinder wuchsen miteinander auf. Das aber, das auf dem Baum gefunden worden war, und weil es ein Vogel weggetragen hatte, wurde *Fundevogel* geheißen. Fundevogel und Lenchen hatten sich so lieb, nein so lieb, daß, wenn eins das andere nicht sah, ward es traurig.

Der Förster hatte aber eine alte Köchin, die nahm eines Abends zwei Eimer und fing an Wasser zu schleppen, und ging nicht einmal, sondern vielemal hinaus an den Brunnen. Lenchen sah es und sprach: »Hör einmal, alte Sanne, was trägst du denn so viel Wasser zu?« »Wenn du's keinem Menschen wiedersagen willst, so will ich dir's wohl sagen.« Da sagte Lenchen nein, sie wollte es keinem Menschen wiedersagen, so sprach die Köchin: »Morgen früh, wenn der Förster auf die Jagd ist, da koche ich das Wasser, und wenn's im Kessel siedet, werfe ich den Fundevogel nein, und will ihn darin kochen«.

Des andern Morgens in aller Frühe stieg der Förster auf und ging auf die Jagd, und als er weg war, lagen die Kinder noch im Bett. Da sprach Lenchen zum Fundevogel: »Verläßt du mich nicht, so verlaß ich dich nicht«; so sprach der Fundevogel »nun und nimmermehr«. Da sprach Lenchen: »Ich will es dir nur sagen, die alte Sanne schleppte gestern abend so viel Eimer Wasser ins Haus, da fragte ich sie, warum sie das täte, so sagte sie, wenn ich es keinem Menschen sagen wollte, so wollte sie es mir wohl sagen: sprach ich, ich wollte es gewiß keinem Menschen sagen: da sagte sie, morgen früh, wenn der Vater auf die Jagd wäre, wollte sie den Kessel voll Wasser sieden, dich hineinwerfen und kochen. Wir wollen aber geschwind aufstehen, uns anziehen und zusammen fortgehen«.

Also standen die beiden Kinder auf, zogen sich geschwind an und gingen fort. Wie nun das Wasser im Kessel kochte, ging die Köchin in die Schlafkammer, wollte den Fundevogel holen und ihn hineinwerfen. Aber als sie hineinkam und zu den Betten trat, waren die Kinder alle beide fort: da wurde ihr grausam angst, und sie sprach vor sich: »Was will ich nun sagen, wenn der Förster heim kommt und sieht, daß die Kinder weg sind? Geschwind hintennach, daß wir sie wiederkriegen«.

Da schickte die Köchin drei Knechte nach, die sollten laufen und die Kinder einlangen. Die Kinder aber saßen vor dem Wald, und als sie die Knechte von weitem laufen sahen, sprach Lenchen zum Fundevogel: »Verläßt du mich nicht, so verlaß ich dich auch nicht«. So sprach Fundevogel: »Nun und nimmermehr«. Da sagte Lenchen: »Werde du zum Rosenstöckchen, und ich zum Röschen darauf«. Wie nun die drei Knechte vor den Wald kamen, so war nichts da als ein Rosenstrauch und ein Röschen oben darauf, die Kinder aber nirgend. Da sprachen sie: »Hier ist nichts zu machen«, und gingen heim und sagten der Köchin, sie hätten nichts in der Welt gesehen als nur ein Rosenstöckchen und ein Röschen oben darauf. Da schalt die alte Köchin: »Ihr Einfaltspinsel, ihr hättet das Rosenstöckchen sollen entzweischneiden und das Röschen abbrechen und mit nach Hause bringen, geschwind und tuts«. Sie mußten also zum zweitenmal hinaus und suchen. Die Kinder sahen sie aber von weitem kommen, da sprach Lenchen: »Fundevogel, verläßt du mich nicht, so verlaß ich dich auch nicht«. Fundevogel sagte: »Nun und nimmermehr«. Sprach Lenchen: »So werde du eine Kirche und ich die Krone darin«. Wie nun die drei Knechte dahinkamen, war nichts da als eine Kirche und eine Krone darin. Sie sprachen also zueinander: »Was sollen wir hier machen, laßt uns nach Hause gehen«. Wie sie nach Hause kamen, fragte die Köchin, ob sie nichts gefunden hätten: so sagten sie nein, sie hätten nichts gefunden als eine Kirche, da wäre eine Krone darin gewesen. »Ihr Narren«, schalt die Köchin, »warum habt ihr nicht die Kirche zerbrochen und die Krone mit heim gebracht?« Nun machte sich die alte Köchin selbst auf die Beine und ging mit den drei Knechten den Kindern nach. Die Kinder sahen aber die drei Knechte von weitem kommen, und die Köchin wackelte hintennach. Da sprach Lenchen: »Fundevogel, verläßt du mich nicht, so verlaß ich dich auch nicht«. Da sprach der Fundevogel: »Nun und nimmermehr«. Sprach Lenchen: »Werde zum Teich und ich die Ente drauf«. Die Köchin aber

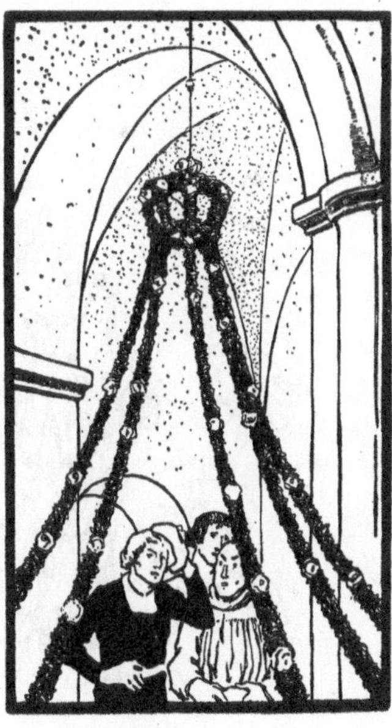

kam herzu, und als sie den Teich sah, legte sie sich drüberhin und wollte ihn aussaufen. Aber die Ente kam schnell geschwommen, faßte sie mit ihrem Schnabel beim Kopf und zog sie ins Wasser hinein: da mußte die alte Hexe ertrinken. Da gingen die Kinder zusammen nach Haus und waren herzlich froh; und wenn sie nicht gestorben sind, leben sie heute noch.

Die Gänsemagd

Es lebte einmal eine alte Königin, der war ihr Gemahl schon lange gestorben, und sie hatte eine schöne Tochter. Wie die erwuchs, wurde sie weit über Feld an einen Königssohn versprochen. Als nun die Zeit kam, wo sie vermählt werden sollten und das Kind in das fremde Reich abreisen mußte, packte ihr die Alte gar viel

köstliches Gerät und Geschmeide ein, Gold und Silber, Becher und Kleinode, kurz alles, was nur zu einem königlichen Brautschatz gehörte, denn sie hatte ihr Kind von Herzen lieb. Auch gab sie ihr eine Kammerjungfer bei, welche mitreiten und die Braut in die Hände des Bräutigams überliefern sollte, und jede bekam ein Pferd zur Reise, aber das Pferd der Königstochter hieß Falada und konnte sprechen. Wie nun die Abschiedsstunde da war, begab sich die alte Mutter in ihre Schlafkammer, nahm ein Messerlein und schnitt damit in ihre Finger, daß sie bluteten: darauf hielt sie ein weißes Läppchen unter und ließ drei Tropfen Blut hineinfallen, gab sie der Tochter und sprach: »Liebes Kind, verwahre sie wohl, sie werden dir unterwegs not tun«.

Also nahmen beide voneinander betrübten Abschied: das Läppchen steckte die Königstochter in ihren Busen vor sich, setzte sich aufs Pferd und zog nun fort zu ihrem Bräutigam. Da sie eine Stunde geritten waren, empfand sie heißen Durst und sprach zu ihrer Kammerjungfer: »Steig ab, und schöpfe mir mit meinem Becher, den du für mich mitgenommen hast, Wasser aus dem Bache, ich möchte gern einmal trinken«. »Wenn Ihr Durst habt«, sprach die Kammerjungfer, »so steigt selber ab, legt Euch ans Wasser und trinkt, ich mag Eure Magd nicht sein.« Da stieg die Königstochter vor großem Durst herunter, neigte sich über das Wasser im Bach und trank, und durfte nicht aus dem goldenen Becher trinken. Da sprach sie: »Ach Gott!« da antworteten die drei Blutstropfen: »Wenn das deine Mutter wüßte, das Herz im Leibe tät ihr zerspringen«. Aber die Königsbraut war demütig, sagte nichts und stieg wieder zu Pferde. So ritten sie etliche Meilen weiter fort, aber der Tag war warm, die Sonne stach, und sie durstete bald von neuem. Da sie nun an einen Wasserfluß kamen, rief sie noch einmal ihrer Kammerjungfer: »Steig ab und gib mir aus meinem Goldbecher zu trinken«, denn sie hatte aller bösen Worte längst vergessen. Die Kammerjungfer sprach aber noch hochmütiger: »Wollt Ihr trinken, so trinkt allein, ich mag nicht Eure Magd sein«. Da stieg die Königstochter hernieder vor großem Durst, legte sich über das fließende Wasser, weinte und sprach: »Ach Gott!« und die Blutstropfen antworteten wiederum: »Wenn das deine Mutter wüßte, das Herz im Leibe tat ihr zerspringen«. Und wie sie so trank und sich recht überlehnte, fiel ihr das Läppchen, worin die drei Tropfen waren, aus dem Busen und floß mit dem Wasser fort, ohne daß sie es in ihrer großen Angst merkte. Die Kammerjungfer hatte aber zugesehen und freute sich, daß sie Gewalt über die Braut bekäme: denn damit, daß diese die Blutstropfen verloren hatte, war sie schwach und machtlos geworden. Als sie nun wieder auf ihr Pferd steigen wollte, das da hieß Falada, sagte die Kammerfrau: »Auf Falada gehör ich, und auf meinen Gaul gehörst du«; und das mußte sie sich gefallen lassen. Dann befahl ihr die Kammerfrau mit harten Worten, die königlichen Kleider auszuziehen und ihre schlechten anzulegen, und endlich mußte sie sich unter freiem Himmel verschwören, daß sie am königlichen Hof keinem Menschen etwas davon sprechen wollte; und wenn sie diesen Eid nicht abgelegt hätte, wäre sie auf der Stelle umgebracht worden. Aber Falada sah das alles an und nahm's wohl in acht.

Die Kammerfrau stieg nun auf Falada und die wahre Braut auf das schlechte Roß, und so zogen sie weiter, bis sie endlich in dem königlichen Schloß eintrafen. Da war große Freude über ihre Ankunft, und der Königssohn sprang ihnen entgegen, hob die Kammerfrau vom Pferde und meinte, sie wäre seine Gemahlin: sie ward die Treppe hinaufgeführt, die wahre Königstochter aber mußte unten stehen bleiben. Da schaute der alte König am Fenster und sah sie im Hof halten und sah, wie sie fein war, zart und gar schön: ging alsbald hin ins königliche Gemach und fragte die Braut nach der, die sie bei sich hätte und da unten im Hofe stände, und wer sie wäre. »Die hab ich mir unterwegs mitgenommen zur Gesellschaft; gebt der Magd was zu arbeiten, daß sie nicht müßig steht.« Aber der alte König hatte keine Arbeit für sie und wußte nichts, als daß er sagte: »Da hab ich so einen kleinen Jungen, der hütet die Gänse, dem mag sie helfen«. Der Junge hieß *Kürdchen* (Konrädchen), dem mußte die wahre Braut helfen Gänse hüten.

Bald aber sprach die falsche Braut zu dem jungen König: »Liebster Gemahl, ich bitte Euch, tut mir einen Gefallen«. Er antwortete: »Das will ich gerne tun«. »Nun so laßt den Schinder rufen und da dem Pferde, worauf ich hergeritten bin, den Hals abhauen, weil es mich unterwegs geärgert hat.« Eigentlich aber fürchtete sie, daß das Pferd sprechen möchte, wie sie mit der Königstochter umgegangen war. Nun war das so weit geraten, daß es geschehen und der treue Falada sterben sollte, da kam es auch der rechten Königstochter zu Ohr, und sie versprach dem Schinder heimlich ein Stück Geld, das sie ihm bezahlen wollte, wenn er ihr einen kleinen Dienst erwiese. In der Stadt war ein großes finsteres Tor, wo sie abends und morgens mit den Gänsen durch mußte, »unter das finstere Tor möchte er dem Falada seinen Kopf hinnageln, daß sie ihn doch noch mehr als einmal sehen könnte«. Also versprach das der Schinderknecht zu tun, hieb den Kopf ab und nagelte ihn unter das finstere Tor fest.

Des morgens früh, da sie und Kürdchen unterm Tor hinaustrieben, sprach sie im Vorbeigehen:

»O du Falada, da du hangest«,

da antwortete der Kopf:

»O du Jungfer Königin, da du gangest,
wenn das deine Mutter wüßte,
ihr Herz tät ihr zerspringen«.

Da zog sie still weiter zur Stadt hinaus, und sie trieben die Gänse aufs Feld. Und wenn sie auf der Wiese angekommen war, saß sie nieder und machte ihre Haare auf, die waren eitel Gold, und Kürdchen sah sie und freute sich, wie sie glänzten, und wollte ihr ein paar ausraufen.

Da sprach sie:

»Weh, weh, Windchen,
nimm Kürdchen sein Hütchen,
und laß'n sich mit jagen,
bis ich mich geflochten und geschnatzt,
und wieder aufgesatzt«.

Und da kam ein so starker Wind, daß er dem Kürdchen sein Hütchen wegwehte über alle Land, und es mußte ihm nachlaufen. Bis es wiederkam, war sie mit dem Kämmen und Aufsetzen fertig, und er konnte keine Haare kriegen. Da war Kürdchen bös und sprach nicht mir ihr; und so hüteten sie die Gänse, bis daß es Abend ward, dann gingen sie nach Haus. Den andern Morgen, wie sie unter dem finstern Tor hinaustrieben, sprach die Jungfrau:

»O du Falada, da du hangest«,

Falada antwortete:

»O du Jungfer Königin, da du gangest,
wenn das deine Mutter wüßte,
das Herz tät ihr zerspringen«.

Und in dem Feld setzte sie sich wieder auf die Wiese und fing an ihr Haar auszukämmen, und Kürdchen lief und wollte danach greifen, da sprach sie schnell:

»Weh, weh, Windchen,
nimm Kürdchen sein Hütchen,
und laß'n sich mit jagen,
bis ich mich geflochten und geschnatzt,
und wieder aufgesatzt«.

Da wehte der Wind und wehte ihm das Hütchen vom Kopf weit weg, daß Kürdchen nachlaufen mußte; und als es wiederkam, hatte sie längst ihr Haar zurecht, und es konnte keins davon erwischen; und so hüteten sie die Gänse, bis es Abend ward.

Abends aber, nachdem sie heim gekommen waren, ging Kürdchen vor den alten König und sagte: »Mit dem Mädchen will ich nicht länger Gänse hüten«. »Warum denn?« fragte der alte König. »Ei, das ärgert mich den ganzen Tag.« Da befahl ihm der alte König zu erzählen, wies ihm denn mit ihr ginge. Da sagte Kürdchen: »Morgens, wenn wir unter dem finsteren Tor mit der Herde durchkommen, so ist da ein Gaulskopf an der Wand, zu dem redet sie:

»Falada, da du hangest«,

da antwortet der Kopf:

»O du Königsjungfer, da du gangest,
wenn das deine Mutter wüßte,
das Herz tat ihr zerspringen«.

Und so erzählte Kürdchen weiter, was auf der Gänsewiese geschähe, und wie es da dem Hut im Winde nachlaufen müßte.

Der alte König befahl ihm, den nächsten Tag wieder hinauszutreiben, und er selbst, wie es Morgen war, setzte sich hinter das finstere Tor und hörte da, wie sie mit dem Haupt des Falada sprach: und dann ging er ihr auch nach in das Feld und barg sich in einem Busch auf der Wiese. Da sah er nun bald mit eigenen Augen, wie die Gänsemagd und der Gänsejunge die Herde getrieben brachte, und wie nach einer Weile sie sich setzte und ihre Haare losflocht, die strahlten von Glanz. Gleich sprach sie wieder:

»Weh, weh, Windchen,
faß Kürdchen sein Hütchen,
und laß'n sich mit jagen,
bis daß ich mich geflochten und geschnatzt,
und wieder aufgesatzt«.

Da kam ein Windstoß und fuhr mit Kürdchens Hut weg, daß es weit zu laufen hatte, und die Magd kämmte und flocht ihre Locken still fort, welches der alte König alles beobachtete. Darauf ging er unbemerkt zurück, und als abends die Gänsemagd heim kam, rief er sie beiseite und fragte, warum sie dem allem so täte. »Das darf ich Euch nicht sagen, und darf auch keinem Menschen mein Leid klagen, denn so hab ich mich unter freiem Himmel verschworen, weil ich sonst um mein Leben gekommen wäre.« Er drang in sie und ließ ihr keinen Frieden, aber er konnte nichts aus ihr herausbringen. Da sprach er: »Wenn du mir's nicht sagen willst, so klag dem Eisenofen da dein Leid«, und ging fort. Da kroch sie in den Eisenofen, fing an zu jammern und zu weinen, schüttete ihr Herz aus und sprach: »Da sitze ich nun von aller Welt verlassen, und bin doch eine Königstochter, und eine falsche Kammerjungfer hat mich mit Gewalt dahingebracht, daß ich meine königlichen Kleider habe ablegen müssen, und hat meinen Platz bei meinem Bräutigam eingenommen, und ich muß als Gänsemagd gemeine Dienste tun. Wenn das meine Mutter wüßte, das Herz im Leib tät ihr zerspringen«. Der alte König stand aber außen an der Ofenröhre, lauerte ihr zu und hörte, was sie sprach. Da kam er wieder herein und hieß sie aus dem Ofen gehen. Da wurden ihr königliche Kleider angetan, und es schien ein Wunder, wie sie so schön war. Der alte König rief seinen Sohn und offenbarte ihm, daß er die falsche Braut hätte: die wäre bloß ein Kammermädchen, die wahre aber stände hier, als die gewesene Gänsemagd. Der junge König war herzensfroh, als er ihre Schönheit und Tugend erblickte, und ein großes Mahl wurde angestellt, zu dem alle Leute und guten Freunde gebeten wurden. Obenan saß der Bräutigam, die Königstochter zur einen Seite und die Kammerjungfer zur andern, aber die Kammerjungfer war verblendet und erkannte jene nicht mehr in dem glänzenden Schmuck. Als sie nun gegessen und getrunken hatten und guten Muts waren, gab der alte König der Kammerfrau ein Rätsel auf, was eine solche wert wäre, die den Herrn so und so betrogen hätte, erzählte damit den ganzen Verlauf und fragte: »Welches Urteils ist diese würdig?« Da sprach die falsche Braut: »Die ist nichts Besseres wert, als daß sie splitternackt ausgezogen und in ein Faß gesteckt wird, das inwendig mit spitzen Nägeln beschlagen ist: und zwei weiße Pferde müssen vorgespannt werden, die sie Gasse auf, Gasse ab zu Tode schleifen«. »Das bist du«, sprach der alte König, »und hast dein eigen Urteil gefunden, und danach soll dir widerfahren.« Und als das Urteil vollzogen war, vermählte sich der junge König mit seiner rechten Gemahlin, und beide beherrschten ihr Reich in Frieden und Seligkeit.

Die Goldkinder

Es war ein armer Mann und eine arme Frau, die hatten nichts als eine kleine Hütte und nährten sich vom Fischfang, und es ging bei ihnen von Hand zu Mund. Es geschah aber, als der Mann eines Tages beim Wasser saß und sein Netz auswarf, daß er einen Fisch herauszog, der ganz golden war. Und als er den Fisch voll Verwunderung betrachtete, hub dieser an zu reden und sprach: »Hör, Fischer, wirfst du mich wieder hinab ins Wasser, so mach ich deine kleine Hütte zu einem prächtigen Schloß«. Da antwortete der Fischer: »Was hilft mir ein Schloß, wenn ich nichts zu essen habe?« Sprach der Goldfisch weiter: »Auch dafür soll gesorgt sein, es wird ein Schrank im Schloß sein, wenn du den aufschließest, so stehen Schüsseln darin mit den schönsten Speisen, soviel du dir wünschest«. »Wenn das ist«, sprach der Mann, »so kann ich dir wohl den Gefallen tun.« »Ja«, sagte der Fisch, »es ist aber die Bedingung dabei, daß du keinem Menschen auf der Welt, wer es auch immer sein mag, entdeckst, woher dein Glück gekommen ist; sprichst du ein einziges Wort, so ist alles vorbei.«

Nun warf der Mann den wunderbaren Fisch wieder ins Wasser und ging heim. Wo aber sonst seine Hütte gestanden hatte, da stand jetzt ein großes Schloß. Da machte er ein paar Augen, trat hinein und sah seine Frau, mit schönen Kleidern geputzt, in einer prächtigen Stube sitzen. Sie war ganz vergnügt und sprach: »Mann, wie ist das auf einmal gekommen? Das gefällt mir wohl«. »Ja«, sagte der Mann, »es gefällt mir auch, aber es hungert mit auch gewaltig, gib mit erst was zu essen.« Sprach die Frau: »Ich habe nichts und weiß in dem neuen Haus nichts zu finden«. »Das hat keine Not«, sagte der Mann, »dort sehe ich einen großen Schrank, den schließ einmal auf.« Wie sie den Schrank aufschloß, stand da Kuchen, Fleisch, Obst, Wein, und lachte einen ordentlich an. Da rief die Frau voll Freude: »Herz, was begehrst du nun?« und sie setzten sich nieder, aßen und tranken zusammen. Wie sie satt waren, fragte die Frau: »Aber, Mann, wo kommt all dieser Reichtum her?« »Ach«, antwortete er, »frage mich nicht darum, ich darf dir's nicht sagen, wenn ich's jemand entdecke, so ist unser Glück wieder dahin.« »Gut«, sprach sie »wenn ich's nicht wissen soll, so begehr ich's auch nicht zu wissen«. Das war aber ihr Ernst nicht, es ließ ihr keine Ruhe Tag und Nacht, und sie quälte und stachelte den Mann so lang, bis er in der Ungeduld heraussagte, es käme alles von einem wunderbaren goldenen Fisch, den er gefangen und dafür wieder in Freiheit gelassen hätte. Und wies heraus war, da verschwand alsbald das schöne Schloß mit dem Schrank, und sie saßen wieder in der alten Fischerhütte.

Der Mann mußte von vorne anfangen, seinem Gewerbe nachgehen und fischen. Das Glück wollte es aber, daß er den goldenen Fisch noch einmal herauszog. »Hör«, sprach der Fisch, »wenn du mich wieder ins Wasser wirfst, so will ich dir noch einmal das Schloß mit dem Schrank voll Gesottenem und Gebratenem zurückgeben; nur halt dich recht fest und verrat beileibe nicht, von wem du's hast, sonst gehts wieder verloren.« »Ich will mich schon hüten«, antwortete der Fischer und warf den Fisch in sein Wasser hinab. Daheim war nun alles wieder in voriger Herrlichkeit, und die Frau war in einer Freude über das Glück; aber die Neugierde ließ ihr doch keine Ruhe, daß sie nach ein paar Tagen wieder zu fragen anhub, wie es zugegangen wäre, und wie er es angefangen habe. Der Mann schwieg eine Zeitlang still dazu, endlich aber machte sie ihn so ärgerlich, daß er herausplatzte und das Geheimnis verriet. In dem Augenblick verschwand das Schloß, und sie saßen wieder in der alten Hütte. »Nun hast du's«, sagte der Mann, »jetzt können wir wieder am Hungertuch nagen.« »Ach«, sprach die Frau, »ich will den Reichtum lieber nicht, wenn ich nicht weiß, von wem er kommt; sonst habe ich doch keine Ruhe.«

Der Mann ging wieder fischen, und über eine Zeit, so war's nicht anders, er holte den Goldfisch zum drittenmal heraus. »Hör«, sprach der Fisch, »ich sehe wohl, ich soll immer wieder in deine Hände fallen, nimm mich mit nach Haus und zerschneid mich in sechs Stücke, zwei davon gib deiner Frau zu essen, zwei deinem Pferd, und zwei leg in die Erde, so wirst du Segen davon haben.« Der Mann nahm den Fisch mit nach Haus und tat, wie er ihm gesagt hatte. Es geschah aber, daß aus den zwei Stücken, die in die Erde gelegt waren, zwei goldene Lilien aufwuchsen, und daß das Pferd zwei goldene Füllen bekam, und des Fischers Frau zwei Kinder gebar, die ganz golden waren.

Die Kinder wuchsen heran, wurden groß und schön, und die Lilien und Pferde wuchsen mit ihnen. Da sprachen sie: »Vater, wir wollen uns auf unsere goldenen Rosse setzen und in die Welt ausziehen«. Er aber antwortete betrübt: »Wie will ich's aushalten, wenn ihr fortzieht und ich nicht weiß, wies euch geht?« Da sagten sie: »Die zwei goldenen Lilien bleiben hier, daran könnt ihr sehen, wies uns geht: sind sie frisch, so sind wir gesund; sind sie welk, so sind wir krank; fallen sie um, so sind wir tot«. Sie ritten fort und kamen in ein Wirtshaus, darin waren viele Leute, und als sie die zwei Goldkinder erblickten, fingen sie an zu lachen und zu spotten. Wie der eine das Gespött hörte, so schämte er sich, wollte nicht in die Welt, kehrte um und kam wieder heim zu seinem Vater. Der andere aber ritt fort und gelangte zu einem großen Wald. Und als er hineinreiten wollte, sprachen die Leute: »Es geht nicht, daß Ihr durchreitet, der Wald ist voller Räuber, die werden übel mit Euch umgehen, und gar, wenn sie sehen, daß Ihr golden seid und Euer Pferd auch, so werden sie Euch totschlagen«. Er aber ließ sich nicht schrecken und sprach: »Ich muß und soll hindurch«. Da nahm er Bärenfelle und überzog sich und sein Pferd damit, daß nichts mehr vom Gold zu sehen war, und ritt getrost in den Wald hinein. Als er ein wenig fortgeritten war, so hörte er es in den Gebüschen rauschen und vernahm Stimmen, die miteinander sprachen. Von der einen Seite rief's: »Da ist einer«, von der anderen aber: »Laß ihn laufen, das ist ein Bärenhäuter, und arm und kahl wie eine Kirchenmaus, was sollen wir mit ihm anfangen!« So ritt das Goldkind glücklich durch den Wald, und geschah ihm kein Leid.

Eines Tages kam er in ein Dorf, darin sah er ein Mädchen, das war so schön, daß er nicht glaubte, es könnte ein schöneres auf der Welt sein. Und weil er eine so große Liebe zu ihm empfand, so ging er zu ihm und sagte: »Ich habe dich von ganzem Herzen lieb, willst du meine Frau werden?« Er gefiel aber auch dem Mädchen so sehr, daß es einwilligte und sprach: »Ja, ich will deine Frau werden und dir treu sein mein lebelang«. Nun hielten sie Hochzeit zusammen, und als sie eben in der größten Freude waren, kam der Vater der Braut heim, und als er sah, daß seine Tochter Hochzeit machte, verwunderte er sich und sprach: »Wo ist der Bräutigam?« Sie zeigten ihm das Goldkind, das hatte aber noch seine Bärenfelle um. Da sprach der Vater zornig: »Nimmermehr soll ein Bärenhäuter meine Tochter haben«, und wollte ihn ermorden. Da bat ihn die Braut, was sie konnte, und sprach: »Er ist einmal mein Mann, und ich habe ihn von Herzen lieb«, bis er sich endlich besänftigen ließ. Doch aber kams ihm nicht aus den Gedanken, so daß er am andern Morgen früh aufstand und seiner Tochter Mann sehen wollte, ob er ein gemeiner und verlumpter Bettler wäre. Wie er aber hinblickte, sah er einen herrlichen, goldenen Mann im Bette, und die abgeworfenen Bärenfelle lagen auf der Erde. Da ging er zurück und dachte: »Wie gut ist's, daß ich meinen Zorn bändigte, ich hätte eine große Missetat begangen«.

Dem Goldkind aber träumte, er zöge hinaus auf die Jagd nach einem prächtigen Hirsch, und als er am Morgen erwachte, sprach er zu seiner Braut: »Ich will hinaus auf die Jagd«. Ihr war angst, und sie bat ihn dazubleiben und sagte: »Leicht kann dir ein großes Unglück begegnen«, aber er antwortete: »Ich soll und muß fort«. Da stand er auf und zog hinaus in den Wald, und gar nicht lange, so hielt auch ein stolzer Hirsch vor ihm, ganz nach seinem Traume. Er legte an und wollte ihn schießen, aber der Hirsch sprang fort. Da jagte er ihm nach, über Graben und durch

Gebüsche, und ward nicht müde den ganzen Tag; am Abend aber verschwand der Hirsch vor seinen Augen. Und als das Goldkind sich umsah, so stand er vor einem kleinen Haus, darin saß eine Hexe. Er klopfte an, und ein Mütterchen kam heraus und fragte: »Was wollt Ihr so spät noch mitten in dem großen Wald?« Er sprach: »Habt Ihr keinen Hirsch gesehen?« »Ja«, antwortete sie, »den Hirsch kenn ich wohl«, und ein Hündlein, das mit ihr aus dem Haus gekommen war, bellte dabei den Mann heftig an. »Willst du schweigen, du böse Kröte«, sprach er, »sonst schieß ich dich tot.« Da rief die Hexe zornig: »Was, mein Hündchen willst du töten!« und verwandelte ihn alsbald, daß er dalag wie ein Stein, und seine Braut erwartete ihn umsonst und dachte »es ist gewiß eingetroffen, was mir so angst machte und so schwer auf dem Herzen lag«.

Daheim aber stand der andere Bruder vor den Goldlilien, als plötzlich eine davon umfiel. »Ach Gott«, sprach er, »meinem Bruder ist ein großes Unglück zugestoßen, ich muß fort, ob ich ihn vielleicht errette«. Da sagte der Vater: »Bleib hier, wenn ich auch dich verliere, was soll ich anfangen?« Er aber antwortete: »Ich soll und muß fort«. Da setzte er sich auf sein goldenes Pferd und ritt fort und kam in den großen Wald, wo sein Bruder lag und Stein war. Die alte Hexe kam aus ihrem Haus, rief ihn an und wollte ihn auch berücken, aber er näherte sich nicht, sondern sprach: »Ich schieße dich nieder, wenn du meinen Bruder nicht wieder lebendig machst«. Sie rührte, so ungerne sie's auch tat, den Stein mit dem Finger an, und alsbald erhielt er sein menschliches Leben zurück. Die beiden Goldkinder aber freuten sich, als sie sich wiedersahen, küßten und herzten sich, und ritten zusammen fort aus dem Wald, der eine zu seiner Braut, der andere heim zu seinem Vater. Da sprach der Vater: »Ich wußte wohl, daß du deinen Bruder erlöst hattest, denn die goldene Lilie ist auf einmal wieder aufgestanden und hat fortgeblüht«. Nun lebten sie vergnügt, und es ging ihnen wohl bis an ihr Ende.

Der Arme und der Reiche

Vor alten Zeiten, als der liebe Gott noch selber auf Erden unter den Menschen wandelte, trug es sich zu, daß er eines Abends müde war und ihn die Nacht überfiel, bevor er zu einer Herberge kommen konnte. Nun standen auf dem Weg vor ihm zwei Häuser einander gegenüber, das eine groß und schön, das andere klein und ärmlich anzusehen, und gehörte das große einem reichen, das kleine einem armen Manne. Da dachte unser Herrgott: »Dem Reichen werde ich nicht beschwerlich fallen: bei ihm will ich übernachten«. Der Reiche, als er an seine Türe klopfen hörte, machte das Fenster auf und fragte den Fremdling, was er suche. Der Herr antwortete: »Ich bitte um ein Nachtlager«. Der Reiche guckte den Wandersmann von Haupt bis zu den Füßen an, und weil der liebe Gott schlichte Kleider trug und nicht aussah wie einer, der viel Geld in der Tasche hat, schüttelte er mit dem Kopf und sprach: »Ich kann Euch nicht aufnehmen, meine Kammern liegen voll Kräuter und Samen, und sollte ich einen jeden beherbergen, der an meine Tür klopft, so könnte ich selber den Bettelstab in die Hand nehmen. Sucht Euch anderswo ein Auskommen«. Schlug damit sein Fenster zu und ließ den lieben Gott stehen. Also kehrte ihm der liebe Gott den Rücken und ging hinüber zu dem kleinen Haus. Kaum hatte er angeklopft, so klinkte der Arme schon sein Türchen auf und bat den Wandersmann einzutreten. »Bleibt die Nacht über bei mir«, sagte er, »es ist schon finster, und heute könnt Ihr doch nicht weiterkommen.« Das gefiel dem lieben Gott, und er trat zu ihm ein. Die

Frau des Armen reichte ihm die Hand, hieß ihn willkommen und sagte, er möchte sich's bequem machen und vorlieb nehmen, sie hätten nicht viel, aber was es wäre, gäben sie von Herzen gerne. Dann setzte sie Kartoffeln ans Feuer, und derweil sie kochten, melkte sie ihre Ziege, damit sie ein wenig Milch dazu hätten. Und als der Tisch gedeckt war, setzte sich der liebe Gott nieder und aß mit ihnen, und schmeckte ihm die schlechte Kost gut, denn es waren vergnügte Gesichter dabei. Nachdem sie gegessen hatten und Schlafenszeit war, rief die Frau heimlich ihren Mann und sprach: »Hör, lieber Mann, wir wollen uns heute nacht eine Streu machen, damit der arme Wanderer sich in unser Bett legen und ausruhen kann: er ist den ganzen Tag über gegangen, da wird einer müde«. »Von Herzen gern«, antwortete er, »ich will's ihm anbieten«, ging zu dem lieben Gott und bat ihn, wenn's ihm recht wäre, möchte er sich in ihr Bett legen und seine Glieder ordentlich ausruhen. Der liebe Gott wollte den beiden Alten ihr Lager nicht nehmen, aber sie ließen nicht ab, bis er es endlich tat und sich in ihr Bett legte: sich selbst aber machten sie eine Streu auf die Erde. Am andern Morgen standen sie vor Tag schon auf und kochten dem Gast ein Frühstück, so gut sie es hatten. Als nun die Sonne durchs Fensterlein schien und der liebe Gott aufgestanden war, aß er wieder mit ihnen und wollte dann seines Weges ziehen. Als er in der Türe stand, kehrte er sich um und sprach: »Weil ihr so mitleidig und fromm seid, so wünscht euch dreierlei, das will ich euch erfüllen«. Da sagte der Arme: »Was soll ich mir sonst wünschen als die ewige Seligkeit, und daß wir zwei, solang wir leben, gesund dabei bleiben und unser notdürftiges tägliches Brot haben; fürs dritte weiß ich mir nichts zu wünschen«. Der liebe Gott sprach: »Willst du dir nicht ein neues Haus für das alte wünschen?« »O ja«, sagte der Mann, »wenn ich das auch noch erhalten kann, so war mir's wohl lieb.« Da erfüllte der Herr ihre Wünsche, verwandelte ihr altes Haus in ein neues, gab ihnen nochmals seinen Segen und zog weiter.

Es war schon voller Tag, als der Reiche aufstand. Er legte sich ins Fenster und sah gegenüber ein neues reinliches Haus mit roten Ziegeln, wo sonst eine alte Hütte gestanden hatte. Da machte er große Augen, rief seine Frau herbei und sprach: »Sag mir, was ist geschehen? Gestern abend stand noch die alte elende Hütte, und heute steht da ein schönes neues Haus. Lauf hinüber und höre, wie das gekommen ist«. Die Frau ging und fragte den Armen aus: er erzählte ihr: »Gestern abend kam ein Wanderer, der suchte Nachtherberge, und heute morgen beim Abschied hat er uns drei Wünsche gewährt, die ewige Seligkeit, Gesundheit in diesem Leben und das notdürftige tägliche Brot dazu, und zuletzt noch statt unserer alten Hütte ein schönes neues Haus«. Die Frau des Reichen lief eilig zurück und erzählte ihrem Manne, wie alles gekommen war. Der Mann sprach: »Ich möchte mich zerreißen und zerschlagen: hätte ich das nur gewußt! Der Fremde ist zuvor hier gewesen und hat bei uns übernachten wollen, ich habe ihn aber abgewiesen«. »Eil dich«, sprach die Frau, »und setze dich auf dein Pferd, so kannst du den Mann noch einholen, und dann mußt du dir auch drei Wünsche gewähren lassen.«

Der Reiche befolgte den guten Rat, jagte mit seinem Pferd davon und holte den lieben Gott noch ein. Er redete fein und lieblich und bat, er möchts nicht übelnehmen, daß er nicht gleich wäre eingelassen worden, er hätte den Schlüssel zur Haustüre gesucht, derweil wäre er weggegangen: wenn er des Weges zurückkäme, müßte er bei ihm einkehren. »Ja«, sprach der liebe Gott, »wenn ich einmal zurückkomme, will ich es tun.« Da fragte der Reiche, ob er nicht auch drei Wünsche tun dürfte wie sein Nachbar. Ja, sagte der liebe Gott, das dürfte er wohl, es wäre aber nicht gut für ihn, und er sollte sich lieber nichts wünschen. Der Reiche meinte, er wollte sich schon etwas aussuchen, das zu seinem Glück gereiche, wenn er nur wüßte, daß es erfüllt würde. Sprach der liebe Gott: »Reit heim, und drei Wünsche, die du tust, die sollen in Erfüllung gehen«.

Nun hatte der Reiche, was er verlangte, ritt heimwärts und fing an nachzusinnen, was er sich wünschen sollte. Wie er sich so bedachte und die Zügel fallen ließ, fing das Pferd an zu springen, so daß er immerfort in seinen Gedanken gestört wurde und sie gar nicht zusammenbringen konnte. Er klopfte ihm an den Hals und sagte: »Sei ruhig, Liese«, aber das Pferd machte aufs neue Männerchen. Da ward er zuletzt ärgerlich und rief ganz ungeduldig: »So wollt ich, daß du den Hals zerbrächst!« Wie er das Wort ausgesprochen hatte, plump, fiel er auf die Erde, und lag das Pferd tot und regte sich nicht mehr; damit war der erste Wunsch erfüllt. Weil er aber von Natur geizig war, wollte er das Sattelzeug nicht im Stich lassen, Schnitts ab, hing's auf seinen Rücken, und mußte nun zu Fuß gehen. »Du hast noch zwei Wünsche übrig«, dachte er und tröstete sich damit. Wie er nun langsam durch den Sand dahinging und zu Mittag die Sonne heiß brannte, ward's ihm so warm und verdrießlich zumut: der Sattel drückte ihn auf den Rücken, auch war ihm noch immer nicht eingefallen, was er sich wünschen sollte. »Wenn ich mir auch alle Reiche und Schätze der Welt wünsche«, sprach er zu sich selbst, »so fällt mir hernach noch allerlei ein, dieses und jenes, das weiß ich im voraus: ich will's aber so einrichten, daß mir gar nichts mehr übrig zu wünschen bleibt.« Dann seufzte er und sprach: »Ja, wenn ich der bayerische Bauer wäre, der auch drei Wünsche frei hatte, der wußte sich zu helfen, der wünschte sich zuerst recht viel Bier, und zweitens so viel Bier, als er trinken könnte, und drittens noch ein Faß Bier dazu«. Manchmal meinte er, jetzt hätte er es gefunden, aber hernach schien's ihm doch noch zu wenig. Da kam ihm so in die Gedanken, was es seine Frau jetzt gut hätte, die säße daheim in einer kühlen Stube und ließe sich's wohl schmecken. Das ärgerte ihn ordentlich, und ohne daß er's wußte, sprach er so hin: »Ich wollte, die säße daheim auf dem Sattel und könnte nicht herunter, statt daß ich ihn da auf meinem Rücken schleppe«. Und wie das letzte Wort aus seinem Munde kam, so war der Sattel von seinem Rücken verschwunden, und er merkte, daß sein zweiter Wunsch auch in Erfüllung gegangen war. Da ward ihm erst recht heiß, er fing an zu laufen und wollte sich daheim ganz einsam in seine Kammer hinsetzen und auf etwas Großes für den letzten Wunsch sinnen. Wie er aber ankommt und die Stubentür aufmacht, sitzt da seine Frau mittendrin auf dem Sattel und kann nicht herunter jammert und schreit. Da sprach er: »Gib dich zufrieden, ich will dir alle Reichtümer der Welt herbeiwünschen, nur bleib da sitzen«. Sie schalt ihn aber einen Schafskopf und sprach: »Was helfen mir alle Reichtümer der Welt, wenn ich auf dem Sattel sitze; du hast mich daraufgewünscht, du mußt mir auch wieder herunterhelfen«. Er mochte wollen oder nicht, er mußte den dritten Wunsch tun, daß sie vom Sattel ledig wäre und heruntersteigen könnte; und der Wunsch ward alsbald erfüllt. Also hatte er nichts davon als Ärger, Mühe, Scheltworte und ein verlornes Pferd: die Armen aber lebten vergnügt, still und fromm bis an ihr seliges Ende.

Das Wasser des Lebens

Es war einmal ein König, der war krank, und niemand glaubte, daß er mit dem Leben davonkäme. Er hatte aber drei Söhne, die waren darüber betrübt, gingen hinunter in den Schloßgarten und weinten. Da begegnete ihnen ein alter Mann, der fragte sie nach ihrem Kummer. Sie sagten ihm, ihr Vater wäre so krank, daß er wohl sterben würde, denn es wollte ihm nichts helfen. Da sprach der Alte: »Ich weiß noch ein Mittel, das ist das Wasser des Lebens, wenn er davon trinkt, so wird er wieder gesund: es ist aber schwer zu finden«. Der älteste sagte: »Ich will es schon finden«, ging zum kranken König und bat ihn, er möchte ihm erlauben auszuziehen, um das Wasser des Lebens zu suchen, denn das könnte ihn allein heilen. »Nein«, sprach der König, »die Gefahr dabei ist zu groß, lieber will ich sterben.« Er bat aber so lange, bis der König einwilligte. Der Prinz dachte in seinem Herzen: »Bringe ich das Wasser, so bin ich meinem Vater der liebste und erbe das Reich«.

Also machte er sich auf, und als er eine Zeitlang fortgeritten war, stand da ein Zwerg auf dem Wege, der rief ihn an und sprach: »Wo hinaus so geschwind?« »Dummer Knirps«, sagte der Prinz ganz stolz, »das brauchst du nicht zu wissen«, und ritt weiter. Das kleine Männchen aber ward zornig geworden und hatte einen bösen Wunsch getan. Der Prinz geriet bald hernach in eine Bergschlucht, und je weiter er ritt, je enger taten sich die Berge zusammen, und endlich ward der Weg so eng, daß er keinen Schritt weiter konnte; es war nicht möglich, das Pferd zu wenden oder aus dem Sattel zu steigen, und er saß da wie eingesperrt. Der kranke König wartete lange Zeit auf ihn, aber er kam nicht. Da sagte der zweite Sohn: »Vater, laßt mich ausziehen und das Wasser suchen«, und dachte bei sich »ist mein Bruder tot, so fällt das Reich mir zu«. Der König wollt ihn anfangs auch nicht ziehen lassen, endlich gab er nach. Der Prinz zog also auf demselben Weg fort, den sein Bruder eingeschlagen hatte, und begegnete auch dem Zwerg, der ihn anhielt und fragte, wohin er so eilig wollte. »Kleiner Knirps«, sagte der Prinz, »das brauchst du nicht zu wissen«, und ritt fort, ohne sich weiter umzusehen. Aber der Zwerg verwünschte ihn, und er geriet wie

der andere in eine Bergschlucht und konnte nicht vorwärts und rückwärts. So geht's aber den Hochmütigen.

Als auch der zweite Sohn ausblieb, so erbot sich der jüngste, auszuziehen und das Wasser zu holen, und der König mußte ihn endlich ziehen lassen. Als er dem Zwerg begegnete und dieser fragte, wohin er so eilig wolle, so hielt er an, gab ihm Rede und Antwort und sagte: »Ich suche das Wasser des Lebens, denn mein Vater ist sterbenskrank«. »Weißt du auch, wo das zu finden ist?« »Nein«, sagte der Prinz. »Weil du dich betragen hast, wie sich's geziemt, nicht übermütig wie deine falschen Brüder, so will ich dir Auskunft geben und dir sagen, wie du zu dem Wasser des Lebens gelangst. Es quillt aus einem Brunnen in dem Hofe eines verwünschten Schlosses, aber du dringst nicht hinein, wenn ich dir nicht eine eiserne Rute gebe und zwei Laiberchen Brot. Mit der Rute schlag dreimal an das eiserne Tor des Schlosses, so wird es aufspringen: inwendig liegen zwei Löwen, die den Rachen aufsperren, wenn du aber jedem ein Brot hineinwirfst, so werden sie still, und dann eile dich und hol von dem Wasser des Lebens, bevor es zwölf schlägt, sonst schlägt das Tor wieder zu und du bist eingesperrt.« Der Prinz dankte ihm, nahm die Rute und das Brot, und machte sich auf den Weg. Und als er anlangte, war alles so, wie der Zwerg gesagt hatte. Das Tor sprang beim dritten Rutenschlag auf, und als er die Löwen mit dem Brot gesänftigt hatte, trat er in das Schloß und kam in einen großen schönen Saal: darin saßen verwünschte Prinzen, denen zog er die Ringe vom Finger, dann lag da ein Schwert und ein Brot, das nahm er weg. Und weiter kam er in ein Zimmer, darin stand eine schöne Jungfrau, die freute sich, als sie ihn sah, küßte ihn und sagte, er hätte sie erlöst und sollte ihr ganzes Reich haben, und wenn er in einem Jahre wiederkäme, so sollte ihre Hochzeit gefeiert werden. Dann sagte sie ihm auch, wo der Brunnen wäre mit dem Lebenswasser, er müßte sich aber eilen und daraus schöpfen, eh es zwölf schlüge. Da ging er weiter und kam endlich in ein Zimmer, wo ein schönes frischgedecktes Bett stand, und weil er müde war, wollt er erst ein wenig ausruhen. Also legte er sich und schlief ein: als er erwachte, schlug es dreiviertel auf zwölf. Da sprang er ganz erschrocken auf, lief zu dem Brunnen und schöpfte daraus mit einem Becher, der daneben stand, und eilte, daß er fortkam. Wie er eben zum eisernen Tor hinausging, da schlugs zwölf, und das Tor schlug so heftig zu, daß es ihm noch ein Stück von der Ferse wegnahm.

Er aber war froh, daß er das Wasser des Lebens erlangt hatte, ging heimwärts und kam wieder an dem Zwerg vorbei. Als dieser das Schwert und das Brot sah, sprach er: »Damit hast du ein großes Gut gewonnen, mit dem Schwert kannst du ganze Heere schlagen, das Brot aber wird niemals all«. Der Prinz wollte ohne seine Brüder nicht zu dem Vater nach Haus kommen und sprach: »Lieber Zwerg, kannst du mir nicht sagen, wo meine zwei Brüder sind? Sie sind früher als ich nach dem Wasser des Lebens ausgezogen und sind nicht wiedergekommen«. »Zwischen zwei Bergen stecken sie eingeschlossen«, sprach der Zwerg, »dahin habe ich sie verwünscht, weil sie so übermütig waren.« Da bat der Prinz so lange, bis der Zwerg sie wieder losließ, aber er warnte ihn und sprach: »Hüte dich vor ihnen, sie haben ein böses Herz«.

Als seine Brüder kamen, freute er sich und erzählte ihnen, wie es ihm ergangen wäre, daß er das Wasser des Lebens gefunden und einen Becher voll mitgenommen und eine schöne Prinzessin erlöst hätte, die wollte ein Jahr lang auf ihn warten, dann sollte Hochzeit gehalten werden, und er bekäme ein großes Reich. Danach ritten sie zusammen fort und gerieten in ein Land, wo Hunger und Krieg war, und der König glaubte schon, er müßte verderben, so groß war die Not. Da ging der Prinz zu ihm und gab ihm das Brot, womit er sein ganzes Reich speiste und sättigte: und dann gab ihm der Prinz auch das Schwert, damit schlug er die Heere seiner Feinde und konnte nun in Ruhe und Frieden leben. Da nahm der Prinz sein Brot und Schwert zurück, und die drei Brüder ritten weiter. Sie kamen aber noch in zwei Länder, wo Hunger und Krieg herrschten, und da gab der Prinz den Königen jedesmal sein Brot und Schwert, und hatte nun drei Reiche gerettet. Und danach setzten sie sich auf ein Schiff und fuhren übers Meer. Während der Fahrt, da sprachen die beiden ältesten unter sich: »Der jüngste hat das Wasser des Lebens gefunden und wir nicht, dafür wird ihm unser Vater das Reich geben, das uns gebührt, und er wird unser Glück wegnehmen«. Da wurden sie rachsüchtig und verabredeten miteinander, daß sie ihn verderben wollten. Sie warteten, bis er einmal fest eingeschlafen war, da gossen sie das Wasser des Lebens aus dem Becher und nahmen es für sich, ihm aber gossen sie bitteres Meerwasser hinein.

Als sie nun daheim ankamen, brachte der jüngste dem kranken König seinen Becher, damit er daraus trinken und gesund werden sollte. Kaum aber hatte er ein wenig von dem bittern Meerwasser getrunken, so ward er noch kränker als zuvor. Und wie er darüber jammerte, kamen die beiden ältesten Söhne und klagten den jüngsten an, er hätte ihn vergiften wollen, sie brächten ihm das rechte Wasser des Lebens, und reichten es ihm. Kaum hatte er davon getrunken, so fühlte er seine Krankheit verschwinden, und war stark und gesund wie in seinen jungen Tagen. Danach gingen die beiden zu dem jüngsten, verspotteten ihn und sagten: »Du hast zwar das Wasser des Lebens gefunden, aber du hast die Mühe gehabt und wir den Lohn; du hättest klüger sein und die Augen aufbehalten sollen, wir haben dir's genommen, während du auf dem Meere eingeschlafen warst, und übers Jahr, da holt sich einer von uns die schöne Königstocher. Aber hüte dich, daß du nichts davon verrätst, der Vater glaubt dir doch nicht, und wenn du ein einziges Wort sagst, so sollst du noch obendrein dein Leben verlieren, schweigst du aber, so soll dir's geschenkt sein«.

Der alte König war zornig über seinen jüngsten Sohn und glaubte, er hätte ihm nach dem Leben getrachtet. Also ließ er den Hof versammeln und das Urteil über ihn sprechen, daß er heimlich sollte erschossen werden. Als der Prinz nun einmal auf die Jagd ritt und nichts Böses vermutete, mußte des Königs Jäger mitgehen. Draußen, als sie ganz allein im Wald waren, und der Jäger so traurig aussah, sagte der Prinz zu ihm: »Lieber Jäger, was fehlt dir?« Der Jäger sprach: »Ich kann's nicht sagen und soll es doch«. Da sprach der Prinz: »Sage heraus, was es ist, ich will dir's verzeihen«. »Ach«, sagte der Jäger, »ich soll Euch totschießen, der König hat mir's befohlen.« Da erschrak der Prinz und sprach: »Lieber Jäger, laß mich leben, da geb' ich dir mein königliches Kleid, gib mir dafür dein schlechtes«. Der Jäger sagte: »Das will ich gerne tun, ich hätte doch nicht nach Euch schießen können«. Da tauschten sie die Kleider, und der Jäger ging heim, der Prinz aber ging weiter in den Wald hinein.

Über eine Zeit, da kamen zu dem alten König drei Wagen mit Gold und Edelsteinen für seinen jüngsten Sohn: sie waren aber von den drei Königen geschickt, die mit des Prinzen Schwert die Feinde geschlagen und mit seinem Brot ihr Land ernährt hatten, und die sich dankbar bezeigen wollten. Da dachte der alte König: »Sollte mein Sohn unschuldig gewesen sein«? und sprach zu seinen Leuten »wäre er noch am Leben, wie tut mir's so leid, daß ich ihn habe töten lassen«. »Er lebt noch«, sprach der Jäger, »ich konnte es nicht übers Herz bringen, Euern Befehl auszuführen«, und sagte dem König, wie es zugegangen war. Da fiel dem König ein Stein von dem Herzen, und er ließ in allen Reichen verkündigen, sein Sohn dürfte wiederkommen und sollte in Gnaden aufgenommen werden.

Die Königstochter aber ließ eine Straße vor ihrem Schloß machen, die war ganz golden und glänzend, und sagte ihren Leuten, wer darauf geradeswegs zu ihr geritten käme, das wäre der rechte, und den sollten sie einlassen, wer aber daneben käme, der wäre der rechte nicht, und den sollten sie auch nicht einlassen. Als nun die Zeit bald herum war, dachte der älteste, er wollte sich eilen, zur Königstochter gehen und sich für ihren Erlöser ausgeben, da bekäme er sie zur Gemahlin und das Reich daneben. Also ritt er fort, und als er vor das Schloß kam und die schöne goldene Straße sah, dachte er: »Das wäre jammerschade, wenn du darauf rittest«, lenkte ab und ritt rechts nebenher. Wie er aber vor das Tor kam, sagten die Leute zu ihm, er wäre der rechte nicht, er sollte wieder fortgehen. Bald darauf machte sich der zweite Prinz auf, und wie der zur goldenen Straße kam und das Pferd den einen Fuß daraufgesetzt hatte, dachte er: »Es wäre jammerschade, das könnte etwas abtreten«, lenkte ab und ritt links nebenher. Wie er aber vor das Tor kam, sagten die Leute, er wäre der rechte nicht, er sollte wieder fortgehen. Als nun das Jahr ganz herum war, wollte der dritte aus dem Wald fort zu seiner Liebsten reiten und bei ihr sein Leid vergessen. Also machte er sich auf, und dachte immer an sie und wäre gerne schon bei ihr gewesen, und sah die goldene Straße gar nicht. Da ritt sein Pferd mitten darüber hin, und als er vor das Tor kam, ward es aufgetan, und die Königstochter empfing ihn mit Freuden und sagte, er war ihr Erlöser und der Herr des Königreichs, und ward die Hochzeit gehalten mit großer Glückseligkeit. Und als sie vorbei war, erzählte sie ihm, daß sein Vater ihn zu sich entboten und ihm verziehen hätte. Da ritt er hin und sagte ihm alles, wie seine Brüder ihn betrogen und er doch dazu geschwiegen hätte. Der alte König wollte sie strafen, aber sie hatten sich aufs Meer gesetzt und waren fortgeschifft und kamen ihr Lebtag nicht wieder.

Tischlein deck dich, Goldesel und Knüppel aus dem Sack

Vor Zeiten war ein Schneider, der drei Söhne hatte und nur eine einzige Ziege. Aber die Ziege, weil sie alle zusammen mit ihrer Milch ernährte, mußte ihr gutes Futter haben und täglich hinaus auf die Weide geführt werden. Die Söhne taten das auch nach der Reihe. Einmal brachte sie der älteste auf den Kirchhof, wo die schönsten Kräuter standen, ließ sie da fressen und herumspringen. Abends, als es Zeit war heimzugehen, fragte er: »Ziege, bist du satt?« Die Ziege antwortete:

»Ich bin so satt,
ich mag kein Blatt: meh! meh!«

»So komm nach Haus«, sprach der Junge, faßte sie am Strickchen, führte sie in den Stall und band sie fest. »Nun«, sagte der alte Schneider, »hat die Ziege ihr gehöriges Futter?« »O«, antwortete der Sohn, »die ist so satt, sie mag kein Blatt.« Der Vater aber wollte sich selbst überzeugen, ging hinab in den Stall, streichelte das liebe Tier und fragte: »Ziege, bist du auch satt?« Die Ziege antwortete:

»Wovon sollt ich satt sein?
ich sprang nur über Gräbelein,
und fand kein einzig Blättelein: meh! meh!«

»Was muß ich hören!« rief der Schneider, lief hinauf und sprach zu dem Jungen: »Ei, du Lügner, sagst, die Ziege wäre satt, und hast sie hungern lassen?« und in seinem Zorne nahm er die Elle von der Wand und jagte ihn mit Schlägen hinaus.

Am andern Tag war die Reihe am zweiten Sohn, der suchte an der Gartenhecke einen Platz aus, wo lauter gute Kräuter standen, und die Ziege fraß sie rein ab. Abends, als er heim wollte, fragte er: »Ziege, bist du satt?« Die Ziege antwortete:

»Ich bin so satt,
ich mag kein Blatt: meh! meh!«

»So komm nach Haus«, sprach der Junge, zog sie heim und band sie im Stall fest. »Nun«, sagte der alte Schneider, »hat die Ziege ihr gehöriges Futter?« »O«, antwortete der Sohn, »die ist so satt, sie mag kein Blatt.« Der Schneider wollte sich darauf nicht verlassen, ging hinab in den Stall und fragte: »Ziege, bist du auch satt?« Die Ziege antwortete:

»Wovon sollt ich satt sein?
Ich sprang nur über Gräbelein,
und fand kein einzig Blättelein: meh! meh!«

»Der gottlose Bösewicht!« schrie der Schneider, »so ein frommes Tier hungern zu lassen!« lief hinauf und schlug mit der Elle den Jungen zur Haustüre hinaus.

Die Reihe kam jetzt an den dritten Sohn, der wollte seine Sache gut machen, suchte Buschwerk mit dem schönsten Laube aus, und ließ die Ziege daran fressen. Abends, als er heim wollte, fragte er: »Ziege, bist du auch satt?«

Die Ziege antwortete:

»Ich bin so satt,
ich mag kein Blatt: meh! meh!«

»So komm nach Haus«, sagte der Junge, führte sie in den Stall und band sie fest. »Nun«, sagte der alte Schneider, »hat die Ziege ihr gehöriges Futter?« »O«, antwortete der Sohn, »die ist so satt, sie mag kein Blatt.« Der Schneider traute nicht, ging hinab und fragte: »Ziege, bist du auch satt?« Das boshafte Tier antwortete:

»Wovon sollt ich satt sein?
Ich sprang nur über Gräbelein,
und fand kein einzig Blättelein: meh! meh!«

»O die Lügenbrut!« rief der Schneider, »einer so gottlos und pflichtvergessen wie der andere! Ihr sollt mich nicht länger zum Narren haben!« und vor Zorn ganz außer sich sprang er hinauf und gerbte dem armen Jungen mit der Elle den Rücken so gewaltig, daß er zum Haus hinaussprang.

Der alte Schneider war nun mit seiner Ziege allein. Am andern Morgen ging er hinab in den Stall, liebkoste die Ziege und sprach: »Komm, mein liebes Tierlein, ich will dich selbst zur Weide führen«. Er nahm sie am Strick und brachte sie zu grünen Hecken und unter Schafrippe, und was sonst die Ziegen gerne fressen. »Da kannst du dich einmal nach Herzenslust sättigen«, sprach er zu ihr, und ließ sie weiden bis zum Abend. Da fragte er: »Ziege, bist du satt?« Sie antwortete:

»Ich bin so satt,
ich mag kein Blatt: meh! meh!«

»So komm nach Haus«, sagte der Schneider, führte sie in den Stall und band sie fest. Als er wegging, kehrte er sich noch einmal um und sagte: »nun bist du doch einmal satt!« Aber die Ziege machte es ihm nicht besser und rief:

»Wie sollt ich satt sein?
Ich sprang nur über Gräbelein,
und fand kein einzig Blättelein: meh! meh!«

Als der Schneider das hörte, stutzte er und sah wohl, daß er seine drei Söhne ohne Ursache verstoßen hatte. »Wart«, rief er, »du undankbares Geschöpf, dich fortzujagen ist noch zu wenig, ich will dich zeichnen, daß du dich unter ehrbaren Schneidern nicht mehr darfst sehen lassen.«

In einer Hast sprang er hinauf, holte sein Bartmesser, seifte der Ziege den Kopf ein, und schor sie so glatt wie seine flache Hand. Und weil die Elle zu ehrenvoll gewesen wäre, holte er die Peitsche und versetzte ihr solche Hiebe, daß sie in gewaltigen Sprüngen davonlief.

Der Schneider, als er so ganz einsam in seinem Hause saß, verfiel in große Traurigkeit und hätte seine Söhne gerne wiedergehabt, aber niemand wußte, wo sie hingeraten waren. Der älteste war zu einem

Schreiner in die Lehre gegangen, da lernte er fleißig und unverdrossen, und als seine Zeit herum war, daß er wandern sollte, schenkte ihm der Meister ein Tischchen, das gar kein besonderes Ansehen hatte und von gewöhnlichem Holz war: aber es hatte eine gute Eigenschaft. Wenn man es hinstellte und sprach: »Tischchen, deck dich«, so war das gute Tischchen auf einmal mit einem saubern Tüchlein bedeckt, und stand da ein Teller, und Messer und Gabel daneben, und Schüsseln mit Gesottenem und Gebratenem, so viel Platz hatten, und ein großes Glas mit rotem Wein leuchtete, daß einem das Herz lachte. Der junge Gesell dachte: »Damit hast du genug für dein Lebtag«, zog guter Dinge in der Welt umher und bekümmerte sich gar nicht darum, ob ein Wirtshaus gut oder schlecht und ob etwas darin zu finden war oder nicht. Wenn es ihm gefiel, so kehrte er gar nicht ein, sondern im Felde, im Wald, auf einer Wiese, wo er Lust hatte, nahm er sein Tischchen vom Rücken, stellte es vor sich und sprach: »Deck dich«, so war alles da, was sein Herz begehrte. Endlich kam es ihm in den Sinn, er wollte zu seinem Vater zurückkehren, sein Zorn würde sich gelegt haben, und mit dem Tischchen deck dich würde er ihn gerne wieder aufnehmen. Es trug sich zu, daß er auf dem Heimweg abends in ein Wirtshaus kam, das mit Gästen angefüllt war: sie hießen ihn willkommen und luden ihn ein, sich zu ihnen zu setzen und mit ihnen zu essen, sonst würde er schwerlich noch etwas bekommen. »Nein«, antwortete der Schreiner, »die paar Bissen will ich euch nicht vor dem Munde nehmen, lieber sollt ihr meine Gäste sein.« Sie lachten und meinten, er triebe seinen Spaß mit ihnen. Er aber stellte sein hölzernes Tischchen mitten in die Stube und sprach: »Tischchen, deck dich«. Augenblicklich war es mit Speisen besetzt, so gut, wie sie der Wirt nicht hätte herbeischaffen können, und wovon der Geruch den Gästen lieblich in die Nase stieg. »Zugegriffen, liebe Freunde«, sprach der Schreiner, und die Gäste, als sie sahen, wie es gemeint war, ließen sich nicht zweimal bitten, rückten heran, zogen ihre Messer und griffen tapfer zu. Und was sie am meisten verwunderte, wenn eine Schüssel leer geworden war, so stellte sich gleich von selbst eine volle an ihren Platz. Der Wirt stand in einer Ecke und sah dem Dinge zu; er wußte gar nicht, was er sagen sollte, dachte aber: »Einen solchen Koch könntest du in deiner Wirtschaft wohl brauchen«. Der Schreiner und seine Gesellschaft waren lustig bis in die späte

Nacht, endlich legten sie sich schlafen, und der junge Geselle ging auch zu Bett und stellte sein Wünschtischchen an die Wand. Dem Wirte aber ließen seine Gedanken keine Ruhe, es fiel ihm ein, daß in seiner Rumpelkammer ein altes Tischchen stände, das gerade so aussähe: das holte er ganz sachte herbei und vertauschte es mit dem Wünschtischchen. Am andern Morgen zahlte der Schreiner sein Schlafgeld, packte sein Tischchen auf, dachte gar nicht daran, daß er ein falsches hätte, und ging seiner Wege. Zu Mittag kam er bei seinem Vater an, der ihn mit großer Freude empfing. »Nun, mein lieber Sohn, was hast du gelernt?« sagte er zu ihm. »Vater, ich bin ein Schreiner geworden.« »Ein gutes Handwerk«, erwiderte der Alte, »aber was hast du von deiner Wanderschaft mitgebracht?« »Vater, das Beste, was ich mitgebracht habe, ist das Tischchen.« Der Schneider betrachtete es von allen Seiten und sagte: »Daran hast du kein Meisterstück gemacht, das ist ein altes und schlechtes Tischchen«. »Aber es ist ein Tischchen deck dich«, antwortete der Sohn, »wenn ich es hinstelle, und sage ihm, es solle sich decken, so stehen gleich die schönsten Gerichte darauf und ein Wein dabei, der das Herz erfreut. Ladet nur alle Verwandte und Freunde ein, die sollen sich einmal laben und erquicken, denn das Tischchen macht sie alle satt.« Als die Gesellschaft beisammen war, stellte er sein Tischchen mitten in die Stube und sprach: »Tischchen, deck dich«. Aber das Tischchen regte sich nicht und blieb so leer wie ein anderer Tisch, der die Sprache nicht versteht. Da merkte der arme Geselle, daß ihm das Tischchen vertauscht war, und schämte sich, daß er wie ein Lügner dastand. Die Verwandten aber lachten ihn aus und mußten ungetrunken und ungegessen wieder heim wandern. Der Vater holte seine Lappen wieder herbei und schneiderte fort, der Sohn aber ging bei einem Meister in die Arbeit.

Der zweite Sohn war zu einem Müller gekommen und bei ihm in die Lehre gegangen. Als er seine Jahre herum hatte, sprach der Meister: »Weil du dich so wohl gehalten hast, so schenke ich dir einen Esel von einer besondern Art, er zieht nicht am Wagen und trägt auch keine Säcke«. »Wozu ist er denn nütze?« fragte der junge Geselle. »Er speit Gold«, antwortete der Müller, »wenn du ihn auf ein Tuch stellst und sprichst ›Bricklebrit‹, so speit dir das gute Tier Goldstücke aus, hinten und vorn.« »Das ist eine schöne Sache«, sprach der Geselle, dankte dem

Meister und zog in die Welt. Wenn er Gold nötig hatte, brauchte er nur zu seinem Esel »Bricklebrit« zu sagen, so regnete es Goldstücke, und er hatte weiter keine Mühe, als sie von der Erde aufzuheben. Wo er hinkam, war ihm das Beste gut genug, und je teurer je lieber, denn er hatte immer einen vollen Beutel. Als er sich eine Zeitlang in der Welt umgesehen hatte, dachte er: »Du mußt deinen Vater aufsuchen, wenn du mit dem Goldesel kommst, so wird er seinen Zorn vergessen und dich gut aufnehmen«. Es trug sich zu, daß er in dasselbe Wirtshaus geriet, in welchem seinem Bruder das Tischchen vertauscht war. Er führte seinen Esel an der Hand, und der Wirt wollte ihm das Tier abnehmen und anbinden, der junge Geselle aber sprach: »Gebt Euch keine Mühe, meinen Grauschimmel führe ich selbst in den Stall und binde ihn auch selbst an, denn ich muß wissen, wo er steht«. Dem Wirt kam es wunderlich vor und er meinte, einer, der seinen Esel selbst besorgen müßte, hätte nicht viel zu verzehren: als aber der Fremde in die Tasche griff, zwei Goldstücke herausholte und sagte, er sollte nur etwas Gutes für ihn einkaufen, so machte er große Augen, lief und suchte das Beste, das er auftreiben konnte. Nach der Mahlzeit fragte der Gast, was er schuldig wäre, der Wirt wollte die doppelte Kreide nicht sparen und sagte, noch ein paar Goldstücke müßte er zulegen. Der Geselle griff in die Tasche, aber sein Gold war eben zu Ende. »Wartet einen Augenblick, Herr Wirt«, sprach er, »ich will nur gehen und Gold holen«, nahm aber das Tischtuch mit. Der Wirt wußte nicht, was das heißen sollte, war neugierig, schlich ihm nach, und da der Gast die Stalltüre zuriegelte, so guckte er durch ein Astloch. Der Fremde breitete unter dem Esel das Tuch aus, rief »Bricklebrit«, und augenblicklich fing das Tier an, Gold zu speien von hinten und vorn, daß es ordentlich auf die Erde herabregnete. »Ei der tausend«, sagte der Wirt, »da sind die Dukaten bald geprägt! So ein Geldbeutel ist nicht übel!« Der Gast bezahlte seine Zeche und legte sich schlafen, der Wirt aber schlich in der Nacht herab in den Stall, führte den Münzmeister weg und band einen andern Esel an seine Stelle. Den folgenden Morgen in der Frühe zog der Geselle mit seinem Esel ab und meinte, er hätte seinen Goldesel. Mittags kam er bei seinem Vater an, der sich freute, als er ihn wiedersah, und ihn gerne aufnahm. »Was ist aus dir geworden, mein Sohn?« fragte der Alte. »Ein Müller, lieber Vater«, antwortete er. »Was hast du von deiner Wanderschaft mitgebracht?« »Weiter nichts als einen Esel.« »Esel gibt's hier genug«, sagte der Vater, »da wäre mir doch eine gute Ziege lieber gewesen.« »Ja«, antwortete der Sohn, »aber es ist kein gemeiner Esel, sondern ein Goldesel: wenn ich sage ›Bricklebrit‹, so speit Euch das gute Tier ein ganzes Tuch voll Goldstücke. Laßt nur alle Verwandte herbeirufen, ich mache sie alle zu reichen Leuten.« »Das laß ich mir gefallen«, sagte der Schneider, »dann brauch ich mich mit der Nadel nicht weiter zu quälen«, sprang selbst fort und rief die Verwandten herbei. Sobald sie beisammen waren, hieß der Müller Platz machen, breitete sein Tuch aus, und brachte den Esel in die Stube. »Jetzt gebt acht«, sagte er und rief »Bricklebrit«, aber es waren keine Goldstücke, was herabfiel, und es zeigte sich, daß das Tier nichts von der Kunst verstand, denn es bringt's nicht jeder Esel so weit. Da machte der arme Müller ein langes Gesicht, sah, daß er betrogen war, und bat die Verwandten um Verzeihung, die so arm heimgingen, als sie gekommen waren. Es blieb nichts übrig, der Alte mußte wieder nach der Nadel greifen, und der Junge sich bei einem Müller verdingen.

Der dritte Bruder war zu einem Drechsler in die Lehre gegangen, und weil es ein kunstreiches Handwerk ist, mußte er am längsten lernen. Seine Brüder aber meldeten ihm in einem Briefe, wie schlimm es ihnen ergangen wäre, und wie sie der Wirt noch am letzten Abend um ihre schönen Wünschdinge gebracht hätte. Als der Drechsler nun ausgelernt hatte und wandern sollte, so schenkte ihm sein Meister, weil er sich so wohl gehalten, einen Sack und sagte: »Es liegt ein Knüppel darin«. »Den Sack kann ich umhängen, und er kann mir gute Dienste leisten, aber was soll der Knüppel darin? Der macht ihn nur schwer.« »Das will ich dir sagen«, antwortete der Meister, »hat dir jemand etwas zuleid getan, so sprich nur ›Knüppel, aus dem Sack‹, so springt dir der Knüppel heraus unter die Leute und tanzt ihnen so lustig auf dem Rücken herum, daß sie sich acht Tage lang nicht regen und bewegen können; und eher läßt er nicht ab, als bis du sagst: ›Knüppel, in den Sack‹.« Der Gesell dankte ihm, hing den Sack um, und wenn ihm jemand zu nahe kam und auf den Leib wollte, so sprach er: »Knüppel, aus dem Sack«, alsbald sprang der Knüppel heraus und klopfte einem nach dem andern den Rock oder Wams gleich auf dem Rücken aus, und wartete nicht erst, bis er ihn ausgezogen hatte; und das ging so geschwind, daß, eh sich's einer versah, die Reihe schon an ihm war. Der junge Drechsler langte zur Abendzeit in dem Wirtshaus an, wo seine Brüder waren betrogen worden. Er legte seinen Ranzen vor sich auf den Tisch und fing an zu erzählen, was er alles Merkwürdiges in der Welt gesehen habe. »Ja«, sagte er, »man findet wohl ein Tischchen deck dich, einen Goldesel und dergleichen: lauter gute Dinge, die ich nicht verachte, aber das ist alles nichts gegen den Schatz, den ich mir erworben habe und mit mir da in meinem Sack führe.« Der Wirt spitzte die Ohren: »Was in aller Welt mag das sein?« dachte er, »der Sack ist wohl mit lauter Edelsteinen angefüllt; den sollte ich billig auch noch haben, denn aller guten Dinge sind drei.« Als Schlafenszeit war, streckte sich der Gast auf die Bank und legte seinen Sack als Kopfkissen unter. Der Wirt, als er meinte, der Gast läge in tiefem Schlaf, ging herbei, rückte und zog ganz sachte und vorsichtig an dem Sack, ob er ihn vielleicht wegziehen und einen andern unterlegen könnte. Der Drechsler aber hatte schon lange darauf gewartet, wie nun der Wirt eben einen herzhaften Ruck tun wollte, rief er: »Knüppel, aus dem Sack«. Alsbald fuhr das Knüppelchen heraus, dem Wirt auf den Leib, und rieb ihm die Nähte, daß es eine Art hatte. Der Wirt schrie zum Erbarmen, aber je lauter er schrie, desto kräftiger schlug der Knüppel ihm den Takt dazu auf dem Rücken, bis er endlich erschöpft zur Erde fiel. Da sprach der Drechsler: »Wo du das Tischchen deck dich und den Goldesel nicht

wieder herausgibst, so soll der Tanz von neuem angehen«. »Ach nein«, rief der Wirt ganz kleinlaut, »ich gebe alles gerne wieder heraus, laßt nur den verwünschten Kobold wieder in den Sack kriechen.« Da sprach der Geselle: »Ich will Gnade für Recht ergehen lassen, aber hüte dich vor Schaden!« dann rief er: »Knüppel, in den Sack!« und ließ ihn ruhen.

Der Drechsler zog am andern Morgen mit dem Tischchen deck dich und dem Goldesel heim zu seinem Vater. Der Schneider freute sich, als er ihn wiedersah, und fragte auch ihn, was er in der Fremde gelernt hätte. »Lieber Vater«, antwortete er, »ich bin ein Drechsler geworden.« »Ein kunstreiches Handwerk«, sagte der Vater, »was hast du von der Wanderschaft mitgebracht?« »Ein kostbares Stück, lieber Vater«, antwortete der Sohn, »einen Knüppel in dem Sack.« »Was!« rief der Vater, »einen Knüppel! Das ist der Mühe wert! Den kannst du dir von jedem Baume abhauen.« »Aber einen solchen nicht, lieber Vater: sage ich: ›Knüppel, aus dem Sack‹, so springt der Knüppel heraus und macht mit dem, der es nicht gut mit mir meint, einen schlimmen Tanz, und läßt nicht eher nach, als bis er auf der Erde liegt und um gut Wetter bittet. Seht Ihr, mit diesem Knüppel habe ich das Tischchen deck dich und den Goldesel wieder herbeigeschafft, die der diebische Wirt meinen Brüdern abgenommen hatte. Jetzt laßt sie beide rufen und ladet alle Verwandten ein, ich will sie speisen und tränken und will ihnen die Taschen noch mit Gold füllen.« Der alte Schneider wollte nicht recht trauen, brachte aber doch die Verwandten zusammen. Da deckte der Drechsler ein Tuch in die Stube, führte den Goldesel herein und sagte zu seinem Bruder »nun, lieber Bruder, sprich mit ihm«. Der Müller sagte »Bricklebrit«, und augenblicklich sprangen die Goldstücke auf das Tuch herab, als käme ein Platzregen, und der Esel hörte nicht eher auf, als bis alle so viel hatten, daß sie nicht mehr tragen konnten. (Ich sehe dir's an, du wärst auch gerne dabei gewesen.) Dann holte der Drechsler das Tischchen und sagte: »Lieber Bruder, nun sprich mit ihm«. Und kaum hatte der Schreiner »Tischchen, deck dich« gesagt, so war es gedeckt und mit den schönsten Schüsseln reichlich besetzt. Da ward eine Mahlzeit gehalten, wie der gute Schneider noch keine in seinem Hause erlebt hatte, und die ganze Verwandtschaft blieb beisammen bis in die Nacht, und waren alle lustig und vergnügt. Der Schneider verschloß

Nadel und Zwirn, Elle und Bügeleisen in einen Schrank, und lebte mit seinen drei Söhnen in Freude und Herrlichkeit.

Wo ist aber die Ziege hingekommen, die schuld war, daß der Schneider seine drei Söhne fortjagte? Das will ich dir sagen. Sie schämte sich, daß sie einen kahlen Kopf hatte, lief in eine Fuchshöhle und verkroch sich hinein. Als der Fuchs nach Haus kam, funkelten ihm ein paar große Augen aus der Dunkelheit entgegen, daß er erschrak und wieder zurücklief. Der Bär begegnete ihm, und da der Fuchs ganz verstört aussah, so sprach er: »Was ist dir, Bruder Fuchs, was machst du für ein Gesicht?« »Ach«, antwortete der Rote, »ein grimmig Tier sitzt in meiner Höhle und hat mich mit feurigen Augen angeglotzt.« »Das wollen wir bald austreiben«, sprach der Bär, ging mit zu der Höhle und schaute hinein; als er aber die feurigen Augen erblickte, wandelte ihn ebenfalls Furcht an: er wollte mit dem grimmigen Tiere nichts zu tun haben und nahm Reißaus. Die Biene begegnete ihm, und da sie merkte, daß es ihm in seiner Haut nicht wohl zumute war, sprach sie: »Bär, du machst ja ein gewaltig verdrießlich Gesicht, wo ist deine Lustigkeit geblieben?« »Du hast gut reden«, antwortete der Bär, »es sitzt ein grimmiges Tier mit Glotzaugen in dem Hause des Roten, und wir können es nicht herausjagen.« Die Biene sprach: »Du dauerst mich, Bär, ich bin ein armes schwaches Geschöpf, das ihr im Wege nicht anguckt, aber ich glaube doch, daß ich euch helfen kann«. Sie flog in die Fuchshöhle, setzte sich der Ziege auf den glatten geschorenen Kopf und stach sie so gewaltig, daß sie aufsprang, »meh! meh!« schrie, und wie toll in die Welt hineinlief; und weiß niemand auf diese Stunde, wo sie hingelaufen ist.

König Drosselbart

Ein König hatte eine Tochter, die war über alle Maßen schön, aber dabei stolz und übermütig, daß ihr kein Freier gut genug war. Sie wies einen nach dem andern ab, und trieb noch dazu

Spott mit ihnen. Einmal ließ der König ein großes Fest anstellen, und ladete dazu aus der Nähe und Ferne die heiratslustigen Männer ein. Sie wurden alle in eine Reihe nach Rang und Stand geordnet; erst kamen die Könige, dann die Herzöge, die Fürsten, Grafen und Freiherrn, zuletzt die Edelleute. Nun ward die Königstochter durch die Reihen geführt, aber an jedem hatte sie etwas auszusetzen. Der eine war ihr zu dick, »das Weinfaß!« sprach sie. Der andere zu lang, »lang und schwank hat keinen Gang«. Der dritte zu kurz, »kurz und dick hat kein Geschick«. Der vierte zu blaß, »der bleiche Tod!« der fünfte zu rot, »der Zinshahn!« der sechste war nicht gerad genug, »grünes Holz, hinterm Ofen getrocknet!« Und so hatte sie an einem jeden etwas auszusetzen, besonders aber machte sie sich über einen guten König lustig, der ganz oben stand und dem das Kinn ein wenig krumm gewachsen war. »Ei«, rief sie und lachte, »der hat ein Kinn, wie die Drossel einen Schnabel;« und seit der Zeit bekam er den Namen Drosselbart. Der alte König aber, als er sah, daß seine Tochter nichts tat als über die Leute spotten, und alle Freier, die da versammelt waren, verschmähte, ward er zornig und schwur, sie sollte den ersten besten Bettler zum Manne nehmen, der vor seine Türe käme.

Ein paar Tage darauf hub ein Spielmann an unter dem Fenster zu singen, um damit ein geringes Almosen zu verdienen. Als es der

König hörte, sprach er: »Laßt ihn heraufkommen«. Da trat der Spielmann in seinen schmutzigen verlumpten Kleidern herein, sang vor dem König und seiner Tochter, und bat, als er fertig war, um eine milde Gabe. Der König sprach: »Dein Gesang hat mir so wohl gefallen, daß ich dir meine Tochter da zur Frau geben will«. Die Königstochter erschrak, aber der König sagte: »Ich habe den Eid getan, dich dem ersten besten Bettelmann zu geben, den will ich auch halten«. Es half keine Einrede, der Pfarrer ward geholt, und sie mußte sich gleich mit dem Spielmann trauen lassen. Als das geschehen war, sprach der König: »Nun schickt sich's nicht, daß du als ein Bettelweib noch länger in meinem Schloß bleibst, du kannst nur mit deinem Manne fortziehen«.

Der Bettelmann führte sie an der Hand hinaus, und sie mußte mit ihm zu Fuß fortgehen. Als sie in einen großen Wald kamen, da fragte sie:

»Ach, wem gehört der schöne Wald?«
»Der gehört dem König Drosselbart;
hättst du'n genommen, so wär er dein«.
»Ich arme Jungfer zart,
ach, hätt ich genommen den König Drosselbart!«

Darauf kamen sie über eine Wiese, da fragte sie wieder:

»Wem gehört die schöne grüne Wiese?«
»Sie gehört dem König Drosselbart;
hättst du'n genommen, so wär sie dein«.
»Ich arme Jungfer zart,
ach, hätt ich genommen den König Drosselbart!«

Dann kamen sie durch eine große Stadt, da fragte sie wieder:

»Wem gehört diese schöne Stadt?«
»Sie gehört dem König Drosselbart;
hättst du'n genommen, so wär sie dein«.
»Ich arme Jungfer zart,
ach, hätt ich genommen den König Drosselbart!«

»Es gefällt mir gar nicht«, sprach der Spielmann, »daß du dir immer einen andern zum Mann wünschest: bin ich dir nicht gut genug?« Endlich kamen sie an ein ganz kleines Häuschen, da sprach sie:

»Ach, Gott, was ist das Haus so klein!
wem mag das elende winzige Häuschen sein?«

Der Spielmann antwortete: »Das ist mein und dein Haus, wo wir zusammen wohnen«. Sie mußte sich bücken, damit sie zu der niedrigen Tür hineinkam. »Wo sind die Diener?« sprach die Königstochter. »Was Diener!« antwortete der Bettelmann, »du mußt selber tun, was du willst getan haben. Mach nur gleich Feuer an und stell Wasser auf, daß du mir mein Essen kochst; ich bin ganz müde.« Die Königstochter verstand aber nichts vom Feueranmachen und Kochen, und der Bettelmann mußte selber mit Hand anlegen, daß es noch so leidlich ging. Als sie die schmale Kost verzehrt hatten, legten sie sich zu Bett: aber am Morgen trieb er sie schon ganz früh heraus, weil sie das Haus besorgen sollte. Ein paar Tage lebten sie auf diese Art schlecht und recht, und zehrten ihren Vorrat auf. Da sprach der Mann: »Frau, so geht's nicht länger, daß wir hier zehren und nichts verdienen. Du sollst Körbe flechten«. Er ging aus, schnitt Weiden und brachte sie heim: da fing sie an zu flechten, aber die harten Weiden stachen ihr die zarten Hände wund. »Ich sehe, das geht nicht«, sprach der Mann, »spinn lieber, vielleicht kannst du das besser.« Sie setzte sich hin und versuchte zu spinnen, aber der harte Faden schnitt ihr bald in die weichen Finger, daß das Blut daran herunterlief. »Siehst du«, sprach der Mann, »du taugst zu keiner Arbeit, mit dir bin ich schlimm angekommen. Nun will ich's versuchen, und einen Handel mit Töpfen und irdenem Geschirr anfangen: du sollst dich auf den Markt setzen und die Ware feil halten.« »Ach«, dachte sie, »wenn auf den Markt Leute aus meines Vaters Reich kommen, und sehen mich da sitzen und feil halten, wie werden sie mich verspotten!« Aber es half nichts, sie mußte sich fügen, wenn sie nicht Hungers sterben wollten. Das erstemal ging's gut, denn die Leute kauften der Frau, weil sie schön war, gern ihre Ware ab, und bezahlten, was sie forderte: ja, viele gaben ihr das Geld, und ließen ihr die Töpfe noch dazu. Nun lebten sie von dem Erworbenen, solange es dauerte, da handelte der

Mann wieder eine Menge neues Geschirr ein. Sie setzte sich damit an eine Ecke des Marktes, und stellte es um sich her und hielt feil. Da kam plötzlich ein trunkener Husar dahergejagt, und ritt geradezu in die Töpfe hinein, daß alles in tausend Scherben zersprang. Sie fing an zu weinen und wußte vor Angst nicht, was sie anfangen sollte. »Ach, wie wird mir's ergehen!« rief sie, »was wird mein Mann dazu sagen!« Sie lief heim und erzählte ihm das Unglück. »Wer setzt sich auch an die Ecke des Marktes mit irdenem Geschirr!« sprach der Mann, »laß nur das Weinen, ich sehe wohl, du bist zu keiner ordentlichen Arbeit zu gebrauchen. Da bin ich in unseres Königs Schloß gewesen und habe gefragt, ob sie nicht eine Küchenmagd brauchen könnten, und sie haben mir versprochen, sie wollten dich dazu nehmen; dafür bekommst du freies Essen.«

Nun ward die Königstochter eine Küchenmagd, mußte dem Koch zur Hand gehen und die sauerste Arbeit tun. Sie machte sich in beiden Taschen ein Töpfchen fest, darin brachte sie nach Haus, was ihr von dem Übriggebliebenen zuteil ward, und davon nährten sie sich. Es trug sich zu, daß die Hochzeit des ältesten Königssohnes sollte gefeiert werden, da ging die arme Frau hinauf, stellte sich vor die Saaltüre und wollte zusehen. Als nun die Lichter angezündet waren, und immer einer schöner als der andere hereintrat, und alles voll Pracht und Herrlichkeit war, da dachte sie mit betrübtem Herzen an ihr Schicksal und verwünschte ihren Stolz und Übermut, der sie erniedrigt und in so große Armut gestürzt hatte. Von den köstlichen Speisen, die da ein- und ausgetragen wurden, und von welchen der Geruch zu ihr aufstieg, warfen ihr Diener manchmal ein paar Brocken zu, die tat sie in ihr Töpfchen und wollte es heimtragen. Auf einmal trat der Königssohn herein, war in Samt und Seide gekleidet und hatte goldene Ketten um den Hals. Und als er die schöne Frau in der Türe stehen sah, ergriff er sie bei der Hand und wollte mit ihr tanzen, aber sie weigerte sich und erschrak, denn sie sah, daß es der König Drosselbart war, der um sie gefreit und den sie mit Spott abgewiesen hatte. Ihr Sträuben half nichts, er zog sie in den Saal: da zerriß das Band, an welchem die Taschen hingen, und die Töpfe fielen heraus, daß die Suppe floß und die Brocken umhersprangen. Und wie das die Leute sahen, entstand ein allgemeines Gelächter und Spotten, und sie war so beschämt, daß sie sich lieber tausend Klafter unter die Erde gewünscht hätte. Sie sprang zur Türe hinaus und wollte entfliehen, aber auf der Treppe holte sie ein Mann ein und brachte sie zurück: und wie sie ihn ansah, war es wieder der König Drosselbart. Er sprach ihr freundlich zu: »Fürchte dich nicht, ich und der Spielmann, der mit dir in dem elenden Häuschen gewohnt hat, sind eins: dir zuliebe habe ich mich so verstellt, und der Husar, der dir die Töpfe entzweigeritten hat, bin ich auch gewesen. Das alles ist geschehen, um deinen stolzen Sinn zu beugen und dich für deinen Hochmut zu strafen, womit du mich verspottet hast«. Da weinte sie bitterlich und sagte: »Ich habe großes Unrecht gehabt und bin nicht wert, deine Frau zu sein«. Er aber sprach: »Tröste dich, die bösen Tage sind vorüber, jetzt wollen wir unsere Hochzeit feiern«. Da kamen die Kammerfrauen und taten ihr die prächtigsten Kleider an, und ihr Vater kam und der ganze Hof, und wünschten ihr Glück zu ihrer Vermählung mit dem König Drosselbart, und die rechte Freude fing jetzt erst an. Ich wollte, du und ich, wir wären auch dabei gewesen.

Bruder Lustig

Es war einmal ein großer Krieg, und als der Krieg zu Ende war, bekamen viele Soldaten ihren Abschied. Nun bekam der *Bruder Lustig* auch seinen Abschied und sonst nichts als ein kleines Laibchen Kommißbrot und vier Kreuzer an Geld; damit zog er fort. Der heilige Petrus aber hatte sich als ein armer Bettler an den Weg gesetzt, und wie der Bruder Lustig daherkam, bat er ihn um ein Almosen. Er antwortete: »Lieber Bettelmann, was soll ich dir geben? Ich bin Soldat gewesen und habe meinen Abschied bekommen, und habe sonst nichts als das kleine Kommißbrot und vier Kreuzer Geld, wenn das alle ist, muß ich betteln, so gut wie du. Doch geben will ich dir was«. Darauf teilte er den Laib in vier Teile und gab davon dem Apostel einen und auch einen Kreuzer. Der heilige Petrus bedankte sich, ging weiter und setzte sich in einer andern Gestalt wieder als Bettelmann dem Soldaten an den Weg, und als er zu ihm kam, bat er ihn, wie das vorigemal, um eine Gabe. Der Bruder Lustig sprach wie vorher und gab ihm wieder ein Viertel von dem Brot und einen Kreuzer. Der heilige Petrus bedankte sich und ging weiter, setzte sich aber zum drittenmal in einer andern Gestalt als ein Bettler an den Weg und sprach den Bruder Lustig an. Der Bruder Lustig gab ihm auch das dritte Viertel Brot und den dritten Kreuzer. Der heilige Petrus bedankte sich, und der Bruder Lustig ging weiter und hatte nicht mehr als ein Viertel Brot und einen Kreuzer. Damit ging er in ein Wirtshaus, aß das Brot und ließ sich für den Kreuzer Bier dazu geben. Als er fertig war, zog er weiter, und da ging ihm der heilige Petrus gleichfalls in der Gestalt eines verabschiedeten Soldaten entgegen und redete ihn an: »Guten Tag, Kamerad, kannst du mir nicht ein

Stück Brot geben und einen Kreuzer zu einem Trank?« »Wo soll ich's hernehmen«, antwortete der Bruder Lustig, »ich habe meinen Abschied und sonst nichts als einen Laib Kommißbrot und vier Kreuzer an Geld bekommen. Drei Bettler sind mir auf der Landstraße begegnet, davon habe ich jedem ein Viertel von meinem Brot und einen Kreuzer Geld gegeben. Das letzte Viertel habe ich im Wirtshaus gegessen und für den letzten Kreuzer dazu getrunken. Jetzt bin ich leer, und wenn du auch nichts mehr hast, so können wir miteinander betteln gehen.« »Nein«, antwortete der heilige Petrus, »das wird just nicht nötig sein: ich verstehe mich ein wenig auf die Doktorei, und damit will ich mir schon so viel verdienen, als ich brauche.« »Ja«, sagte der Bruder Lustig, »davon verstehe ich nichts, also muß ich allein betteln gehen.« »Nun komm nur mit«, sprach der heilige Petrus, »wenn ich was verdiene, sollst du die Hälfte davon haben.« »Das ist mir wohl recht«, sagte der Bruder Lustig. Also zogen sie miteinander fort.

Nun kamen sie an ein Bauernhaus und hörten darin gewaltig jammern und schreien, da gingen sie hinein, so lag der Mann darin auf den Tod krank und war nah am Verscheiden, und die Frau heulte und weinte ganz laut. »Laßt Euer Heulen und Weinen«, sprach der heilige Petrus, »ich will den Mann wieder gesund machen«, nahm eine Salbe aus der Tasche und heilte den Kranken augenblicklich, so daß er aufstehen konnte und ganz gesund war. Sprachen Mann und Frau in großer Freude: »Wie können wir Euch lohnen? Was sollen wir Euch geben?« Der heilige Petrus aber wollte nichts nehmen, und je mehr ihn die Bauersleute baten, desto mehr weigerte er sich. Der Bruder Lustig aber stieß den heiligen Petrus und sagte: »So nimm doch was, wir brauchen's ja«. Endlich brachte die Bäuerin ein Lamm und sprach zu dem heiligen Petrus, das müßte er annehmen, aber er wollte es nicht. Da stieß ihn der Bruder Lustig in die Seite und sprach: »Nimm's doch, dummer Teufel, wir brauchen's ja«. Da sagte der heilige Petrus endlich: »Ja, das Lamm will ich nehmen, aber ich trag's nicht. Wenn du's willst, so mußt du es tragen«. »Das hat keine Not«, sprach der Bruder Lustig, »das will ich schon tragen«, und nahm's auf die Schulter. Nun gingen sie fort und kamen in den Wald, da war das Lamm dem Bruder Lustig zu schwer geworden, er aber war hungrig, also sprach er zu dem heiligen Petrus: »Schau, da ist ein schöner Platz, da könnten wir das Lamm kochen und verzehren«. »Mir ist's recht«, antwortete der heilige Petrus, »doch kann ich mit der Kocherei nicht umgehen: willst du kochen, so hast du da einen Kessel, ich will derweil auf- und abgehen, bis es gar ist. Du mußt aber nicht eher zu essen anfangen, als bis ich wieder zurück bin; ich will schon zu rechter Zeit kommen.« »Geh nur«, sagte Bruder Lustig, »ich verstehe mich aufs Kochen, ich will's schon machen.« Da ging der heilige Petrus fort, und der Bruder Lustig schlachtete das Lamm, machte Feuer an, warf das Fleisch in den Kessel und kochte es. Das Lamm war aber schon gar und der Apostel immer noch nicht zurück, da nahm es der Bruder Lustig aus dem Kessel, zerschnitt es und fand das Herz. »Das soll das Beste sein«, sprach er und versuchte es, zuletzt aber aß er es ganz auf. Endlich kam der heilige Petrus zurück und sprach: »Du kannst das ganze Lamm allein essen, ich will nur das Herz davon, das gib mir«. Da nahm Bruder Lustig Messer und Gabel, tat, als suchte er eifrig in dem Lammfleisch herum, konnte aber das Herz nicht finden; endlich sagte er kurzweg: »Es ist keins da«. »Nun, wo soll's denn sein?« sagte der Apostel. »Das weiß ich nicht«, antwortete der Bruder Lustig, »aber schau, was sind wir beide für Narren, suchen das Herz vom Lamm, und fällt keinem von uns ein, ein Lamm hat ja kein Herz!« »Ei«, sprach der heilige Petrus, »das ist was ganz Neues, jedes Tier hat ja ein Herz, warum sollt ein Lamm kein Herz haben?« »Nein, gewißlich, Bruder, ein Lamm hat kein Herz, denk nur recht nach, so wird dir's einfallen, es hat im Ernst keins.« »Nun, es ist schon gut«, sagte der heilige Petrus, »ist kein Herz da, so brauch ich auch nichts vom Lamm, du kannst's allein essen.« »Was ich halt nicht aufessen kann, das nehm ich mit in meinem Ranzen«, sprach der Bruder Lustig, aß das halbe Lamm und steckte das übrige in seinen Ranzen.

Sie gingen weiter, da machte der heilige Petrus, daß ein großes Wasser quer über den Weg floß und sie hindurch mußten. Sprach der heilige Petrus: »Geh du nur voran«. »Nein«, antwortete der Bruder Lustig, »geh du voran«, und dachte »wenn dem das Wasser zu tief ist, so bleib ich zurück«. Da schritt der heilige Petrus hindurch, und das Wasser ging ihm nur bis ans Knie. Nun wollte Bruder Lustig auch hindurch, aber das Wasser wurde größer und stieg ihm an den Hals. Da rief er: »Bruder, hilf mir«. Sagte der heilige Petrus: »Willst du auch gestehen, daß du das Herz von dem Lamm gegessen hast?« »Nein«, antwortete er, »ich hab es nicht gegessen.« Da ward das Wasser noch größer und stieg ihm bis an den Mund, »hilf mir, Bruder«, rief der Soldat. Sprach der heilige Petrus noch einmal: »Willst du auch gestehen, daß du das Herz vom Lamm gegessen hast?« »Nein«, antwortete er, »ich hab es nicht gegessen.« Der heilige Petrus wollte ihn doch nicht ertrinken lassen, ließ das Wasser wieder fallen und half ihm hinüber.

Nun zogen sie weiter, und kamen in ein Reich, da hörten sie, daß die Königstochter todkrank läge. »Holla, Bruder«, sprach der Soldat zum heiligen Petrus, »da ist ein Fang für uns, wenn wir die gesund machen, so ist uns auf ewige Zeiten geholfen«. Da war ihm der heilige Petrus nicht geschwind genug, »nun, heb die Beine auf, Bruderherz«, sprach er zu ihm, »daß wir noch zu rechter Zeit hinkommen.« Der heilige Petrus ging aber immer langsamer, wie auch der Bruder Lustig ihn trieb und schob, bis sie endlich hörten, die Königstochter wäre gestorben. »Da haben wir's«, sprach der Bruder Lustig, »das kommt von deinem schläfrigen Gang.« »Sei nur still«, antwortete der heilige Petrus, »ich kann noch mehr als Kranke gesund machen, ich kann auch Tote wieder ins Leben erwecken.« »Nun, wenn das ist«, sagte der Bruder Lustig, »so laß ich mir's gefallen, das halbe Königreich mußt du uns aber zum wenigsten damit verdienen.« Darauf gingen sie in das königliche Schloß, wo alles in großer Trauer war: der heilige Petrus aber sagte zu dem König, er wolle die Tochter wieder lebendig machen. Da ward er zu ihr geführt, und dann sprach er: »Bringt mir einen Kessel mit Wasser«, und wie der gebracht war, hieß er jedermann hinausgehen, und nur der Bruder Lustig durfte bei ihm bleiben. Darauf schnitt er alle Glieder der Toten los und warf sie ins Wasser, machte Feuer unter den Kessel und ließ sie kochen. Und wie alles Fleisch von den Knochen herabgefallen war, nahm er das schöne weiße Gebein heraus und legte es auf die Tafel, und reihte und legte es nach seiner natürlichen Ordnung zusammen. Als das geschehen war, trat er davor und sprach dreimal: »Im Namen der allerheiligsten Dreifaltigkeit, Tote, steh auf«. Und beim drittenmal erhob sich die Königstochter lebendig, gesund und schön. Nun war der König darüber in großer Freude und sprach zum heiligen Petrus: »Begehre deinen Lohn, und wenn's mein halbes Königreich wäre, so will ich dir's geben«. Der heilige Petrus aber antwortete: »Ich verlange nichts dafür«. »O, du Hans Narr!« dachte der Bruder

Lustig bei sich, stieß seinen Kameraden in die Seite und sprach: »Sei doch nicht so dumm, wenn du nichts willst, so brauch ich doch was«. Der heilige Petrus aber wollte nichts; doch weil der König sah, daß der andere gerne was wollte, ließ er ihm vom Schatzmeister seinen Ranzen mit Gold anfüllen.

Sie zogen darauf weiter, und wie sie in einen Wald kamen, sprach der heilige Petrus zum Bruder Lustig: »Jetzt wollen wir das Gold teilen«. »Ja«, antwortete er, »das wollen wir tun.« Da teilte der heilige Petrus das Gold, und teilte es in drei Teile. Dachte der Bruder Lustig: »Was er wieder für einen Sparren im Kopf hat! Macht drei Teile, und unser sind zwei«. Der heilige Petrus aber sprach: »Nun habe ich genau geteilt, ein Teil für mich, ein Teil für dich, und ein Teil für den, der das Herz vom Lamm gegessen hat«. »O, das hab ich gegessen«, antwortete der Bruder Lustig und strich geschwind das Gold ein, »das kannst du mir glauben.« »Wie kann das wahr sein«, sprach der heilige Petrus, »ein Lamm hat ja kein Herz.« »Ei, was, Bruder, wo denkst du hin! ein Lamm hat ja ein Herz, so gut wie jedes Tier, warum sollte das allein keins haben?« »Nun, es ist schon gut«, sagte der heilige Petrus, »behalt das Gold allein, aber ich bleibe nicht mehr bei dir und will meinen Weg allein gehen.« »Wie du willst, Bruderherz«, antwortete der Soldat, »leb wohl.«

Da ging der heilige Petrus eine andere Straße, Bruder Lustig aber dachte: »Es ist gut, daß er abtrabt, es ist doch ein wunderlicher Heiliger«. Nun hatte er zwar Geld genug, wußte aber nicht mit umzugehen, vertat's, verschenkt's, und wie eine Zeit herum war, hatte er wieder nichts. Da kam er in ein Land, wo er hörte, daß die Königstochter gestorben wäre. »Holla!« dachte er, »das kann gut werden, die will ich wieder lebendig machen und mir's bezahlen lassen, daß es eine Art hat.« Ging also zum König und bot ihm an, die Tote wieder zu erwekken. Nun hatte der König gehört, daß ein abgedankter Soldat herumziehe und die Gestorbenen wieder lebendig mache, und dachte, der Bruder Lustig wäre dieser Mann, doch weil er kein Vertrauen zu ihm hatte, fragte er erst seine Räte, die sagten aber, er könnte es wagen, da seine Tochter doch tot wäre. Nun ließ sich der Bruder Lustig Wasser im Kessel bringen, hieß jedermann hinausgehen, schnitt die Glieder ab, warf sie ins Wasser und machte Feuer darunter, gerade wie er es beim heiligen Petrus gesehen hatte. Das Wasser fing an zu kochen, und das Fleisch fiel herab, da nahm er das Gebein heraus und tat es auf die Tafel; er wußte aber nicht, in welcher Ordnung es liegen mußte, und legte alles verkehrt durcheinander. Dann stellte er sich davor und sprach: »Im Namen der allerheiligsten Dreifaltigkeit, Tote, steh auf«, und sprach's dreimal, aber die Gebeine rührten sich nicht. Da sprach er es noch dreimal, aber gleichfalls umsonst. »Du Blitzmädel, steh auf«, rief er, »steh auf, oder es geht dir nicht gut.« Wie er das gesprochen, kam der heilige Petrus auf einmal in seiner vorigen Gestalt, als verabschiedeter Soldat durchs Fenster hereingegangen und sprach: »Du gottloser Mensch, was treibst du da, wie kann die Tote auferstehen, da du ihr Gebein so untereinander geworfen hast?« »Bruderherz, ich hab's gemacht so gut ich konnte«, antwortete er. »Diesmal will ich dir aus der Not helfen, aber das sag ich dir, wo du noch einmal so etwas unternimmst, so bist du unglücklich, auch darfst du von dem König nicht das Geringste dafür begehren oder annehmen.« Darauf legte der heilige Petrus die Gebeine in ihre rechte Ordnung, sprach dreimal zu ihr: »Im Namen der allerheiligsten Dreifaltigkeit, Tote, steh auf«, und die Königstochter stand auf, war gesund und schön wie vorher. Nun ging der heilige Petrus wieder durchs Fenster hinaus: der Bruder Lustig war froh, daß es so gut abgelaufen war, ärgerte sich aber doch, daß er nichts dafür nehmen sollte. »Ich möchte nur wissen«, dachte er, »was der für Mucken im Kopf hat, denn was er mit der einen Hand gibt, das nimmt er mit der andern: da ist kein Verstand drin.« Nun bot der König dem Bruder Lustig an, was er haben wollte, er durfte aber nichts nehmen, doch brachte er es durch Anspielung und Listigkeit dahin, daß ihm der König seinen Ranzen mit Gold füllen ließ, und damit zog er ab. Als er hinauskam, stand vor dem Tor der heilige Petrus und sprach: »Schau, was du für ein Mensch bist, habe ich dir nicht verboten, etwas zu nehmen, und nun hast du den Ranzen doch voll Gold«. »Was kann ich dafür«, antwortete der Bruder Lustig, »wenn mir's hineingesteckt wird.« »Das sag ich dir, daß du nicht zum zweitenmal solche Dinge unternimmst, sonst soll es dir schlimm ergehen.« »Ei, Bruder, sorg doch nicht, jetzt hab ich Gold, was soll ich mich da mit dem Knochenwaschen abgeben.« »Ja«, sprach der heilige Petrus, »das Gold wird lang dauern! Damit du aber hernach nicht wieder auf unerlaubten Wegen gehst, so will ich deinem Ranzen die Kraft geben, daß alles, was du dir hineinwünschest, auch darin sein soll. Leb wohl, du siehst mich nun nicht wieder.« »Gott befohlen«, sprach der Bruder Lustig und dachte »ich bin froh, daß du fortgehst, du wunderlicher Kauz, ich will dir wohl nicht nachgehen«. An die Wunderkraft aber, die seinem Ranzen verliehen war, dachte er nicht weiter.

Bruder Lustig zog mit seinem Gold umher, und vertats und verfumfeits wie das erstemal. Als er nun nichts mehr als vier Kreuzer hatte, kam er an einem Wirtshaus vorbei und dachte: »Das Geld muß fort«, und ließ sich für drei Kreuzer Wein und einen Kreuzer Brot geben. Wie er da saß und trank, kam ihm der Geruch von gebratenen Gänsen in die Nase. Bruder Lustig schaute und guckte, und sah, daß der Wirt zwei Gänse in der Ofenröhre stehen hatte. Da fiel ihm ein, daß ihm sein Kamerad gesagt hatte, was er sich in seinen Ranzen wünschte, das sollte darin sein. »Holla, das mußt du mit den Gänsen versuchen!« Also ging er hinaus, und vor der Türe sprach er: »So wünsch ich die zwei gebratenen Gänse aus der Ofenröhre in meinen Ranzen«. Wie er das gesagt hatte, schnallte er ihn auf und schaute hinein, da lagen sie beide darin. »Ach, so ist's recht«, sprach er, »nun bin ich ein gemachter Kerl«, ging fort auf eine Wiese und holte den Braten hervor. Wie er so im besten Essen war, kamen zwei Handwerksbursche daher und sahen die eine Gans, die noch nicht angerührt war, mit hungrigen Augen an. Dachte der Bruder Lustig: »Mit einer hast du genug«, rief die zwei Bursche herbei und sprach, »da nehmt die Gans und verzehrt sie auf meine Gesundheit«. Sie bedankten sich, gingen damit ins Wirtshaus, ließen sich eine Halbe Wein und ein Brot geben, packten die geschenkte Gans aus und fingen an zu essen. Die Wirtin sah zu und sprach zu ihrem Mann: »Die zwei essen eine Gans, sieh doch nach, ob's nicht eine von unsern aus der Ofenröhre ist«. Der Wirt lief hin, da war die Ofenröhre leer. »Was, ihr Diebsgesindel, so wohlfeil wollt ihr Gänse essen! Gleich bezahlt, oder ich will euch mit grünem Haselsaft waschen«. Die zwei sprachen: »Wir sind keine Diebe, ein abgedankter Soldat hat uns die Gans draußen auf der Wiese geschenkt«. »Ihr sollt mir keine Nase drehen, der Soldat ist hier gewesen, aber als ein ehrlicher Kerl zur Tür hinausgegangen, auf den hab ich acht gehabt: ihr seid die Diebe und sollt bezahlen.« Da sie aber nicht bezahlen konnten, nahm er den Stock und prügelte sie zur Türe hinaus.

Bruder Lustig ging seiner Wege und kam an einen Ort, da stand ein prächtiges Schloß und nicht weit davon ein schlechtes Wirtshaus. Er ging in das Wirtshaus und bat um ein Nachtlager, aber der Wirt wies ihn ab und sprach: »Es ist kein Platz mehr da, das Haus ist voll vornehmer Gäste«. »Das nimmt mich wunder«, sprach der Bruder Lustig, »daß sie zu Euch kommen und nicht in das prächtige Schloß gehen.« »Ja«, antwortete der Wirt, »es hat was an sich, dort eine Nacht zu liegen, wer's noch versucht hat, ist nicht lebendig wieder herausgekommen.« »Wenn's andere versucht haben«, sagte der Bruder Lustig, »will ich's auch versuchen.« »Das laßt nur bleiben«, sprach der Wirt, »es geht Euch an den Hals.« »Es wird nicht gleich an den Hals gehen«, sagte der Bruder Lustig, »gebt mir nur die Schlüssel und brav Essen und Trinken mit.« Nun gab ihm der Wirt die Schlüssel und Essen und Trinken, und damit ging der Bruder Lustig ins Schloß, ließ sich's gut schmecken, und als er endlich schläfrig wurde, legte er sich auf die Erde, denn es war kein Bett da. Er schlief auch bald ein, in der Nacht aber wurde er von einem großen Lärm aufgeweckt, und wie er sich ermunterte, sah er neun häßliche Teufel in dem Zimmer, die hatten einen Kreis um ihn gemacht und tanzten um ihn herum. Sprach der Bruder Lustig: »Nun tanzt, solang ihr wollt, aber komm mir keiner zu nah«. Die Teufel aber drangen immer näher auf ihn ein und traten ihm mit ihren garstigen Füßen fast ins Gesicht. »Habt Ruh, ihr Teufelsgespenster«, sprach er, aber sie trieben's immer ärger. Da ward der Bruder Lustig bös und rief: »Holla, ich will bald Ruhe stiften!« kriegte ein Stuhlbein und schlug mitten hinein. Aber neun Teufel gegen einen Soldaten war doch zuviel, und wenn er auf den vordern zuschlug, so packten ihn die andern hinten bei den Haaren und rissen ihn erbärmlich. »Teufelspack«, rief er, »jetzt wird mir's zu arg: wartet aber! Alle neune in meinen Ranzen hinein!« husch, steckten sie darin, und nun schnallte er ihn zu und warf ihn in eine Ecke. Da war's auf einmal still, und Bruder Lustig legte sich wieder hin und schlief bis an den hellen Morgen. Nun kamen der Wirt und der Edelmann, dem das Schloß gehörte, und wollten sehen, wie es ihm ergangen wäre; als sie ihn gesund und munter erblickten, erstaunten sie und fragten: »Haben Euch denn die Geister nichts getan?« »Warum nicht gar«, antwortete Bruder Lustig, »ich habe sie alle neune in meinem Ranzen. Ihr könnt Euer Schloß wieder ganz ruhig bewohnen, es wird von nun an keiner mehr darin umgehen!« Da dankte ihm der Edelmann, beschenkte ihn reichlich und bat ihn, in seinen Diensten zu bleiben, er wollte ihn auf sein Lebtag versorgen. »Nein«, antwortete er, »ich bin an das Herumwandern gewöhnt, ich will weiterziehen.« Da ging der Bruder Lustig fort, trat in eine Schmiede und legte den Ranzen, worin die neun Teufel waren, auf den Amboß, und bat den Schmied und seine Gesellen zuzuschlagen. Die schlugen mit ihren großen Hämmern aus allen Kräften zu, daß die Teufel ein erbärmliches Gekreisch erhoben. Wie er danach den Ranzen aufmachte, waren achte tot, einer aber, der in einer Falte gesessen hatte, war noch lebendig, schlüpfte heraus und fuhr wieder in die Hölle.

Darauf zog der Bruder Lustig noch lange in der Welt herum, und wer's wüßte, könnte viel davon erzählen. Endlich aber wurde er alt und dachte an sein Ende, da ging er zu einem Einsiedler, der als ein frommer Mann bekannt war, und sprach zu ihm: »Ich bin das Wandern müde und will nun trachten, in das Himmelreich zu kommen«. Der Einsiedler antwortete: »Es gibt zwei Wege, der eine ist breit und angenehm und führt zur Hölle, der andere ist eng und rauh und führt zum Himmel«. »Da müßt ich ein Narr sein«, dachte der Bruder Lustig, »wenn ich den engen und rauhen Weg gehen sollte.« Machte sich auf und ging den breiten und angenehmen Weg, und kam endlich zu einem großen schwarzen Tor, und das war das Tor der Hölle. Bruder Lustig klopfte an, und der Torwächter guckte, wer da wäre. Wie er aber den Bruder Lustig sah, erschrak er, denn er war gerade der neunte Teufel, der mit in dem Ranzen gesteckt hatte und mit einem blauen Auge davongekommen war. Darum schob er den Riegel geschwind wieder vor, lief zum Obersten der Teufel und sprach: »Draußen ist ein Kerl mit einem Ranzen und will herein, aber laßt ihn beileibe nicht herein, er wünscht sonst die ganze Hölle in seinen Ranzen. Er hat mich einmal garstig darin hämmern lassen«. Also ward dem Bruder Lustig hinausgerufen, er sollte wieder abgehen, er käme nicht herein. »Wenn sie mich da nicht wollen«, dachte er, »will ich sehen, ob ich im Himmel ein Unterkommen finde, irgendwo muß ich doch bleiben.« Kehrte also um und zog weiter, bis er vor das Himmelstor kam, wo er auch anklopfte. Der heilige Petrus saß gerade dabei als Torwächter: Der Bruder Lustig erkannte ihn gleich und dachte: »Hier findest du einen alten Freund, da wirds besser gehen«. Aber der heilige Petrus sprach: »Ich glaube gar, du willst in den Himmel?« »Laß mich doch ein, Bruder, ich muß doch wo einkehren; hätten sie mich in der Hölle aufgenommen, so wär ich nicht hierher gegangen.« »Nein«, sagte der heilige Petrus, »du kommst hier nicht herein.« »Nun, willst du mich nicht einlassen, so nimm auch deinen Ranzen wieder: dann will ich gar nichts von dir haben«, sprach der Bruder Lustig. »So gib ihn her«, sagte der heilige Petrus. Da reichte er den Ranzen durchs Gitter in den Himmel hinein, und der heilige Petrus nahm ihn und hing ihn neben seinem Sessel auf.

Da sprach der Bruder Lustig: »Nun wünsch ich mich selbst in meinen Ranzen hinein«. Husch, war er darin, und saß nun im Himmel, und der heilige Petrus mußte ihn darin lassen.

Wilhelm Hauff

Die Geschichte vom kleinen Muck

In Nicea, meiner lieben Vaterstadt, wohnte ein Mann, den man den kleinen Muck hieß. Ich kann mir ihn, ob ich gleich damals noch sehr jung war, noch recht wohl denken, besonders weil ich einmal von meinem Vater wegen seiner halb totgeprügelt wurde. Der kleine Muck nämlich war schon ein alter Geselle, als ich ihn kannte, doch war er nur 3–4 Schuh hoch, dabei hatte er eine sonderbare Gestalt, denn sein Leib, so klein und zierlich er war, mußte einen Kopf tragen, viel größer und dicker, als der Kopf anderer Leute; er wohnte ganz allein in einem großen Haus, und kochte sich sogar selbst, auch hätte man in der Stadt nicht gewußt, ob er lebe oder gestorben sei, denn er ging nur alle 4 Wochen einmal aus, wenn nicht um die Mittagsstunde ein mächtiger Dampf aus dem Hause aufgestiegen wäre; doch sah man ihn oft abends auf seinem Dache auf und ab gehen, von der Straße aus glaubte man aber, nur sein großer Kopf allein laufe auf dem Dache umher. Ich und meine Kameraden waren böse Buben, die jedermann gerne neckten und belachten, daher war es uns allemal ein Festtag, wenn der kleine Muck ausging; wir versammelten uns an dem bestimmten Tage vor seinem Haus, und warteten, bis er herauskam; wenn dann die Türe aufging, und zuerst der große Kopf mit dem noch größeren Turban herausguckte, wenn dann das übrige Körperlein nachfolgte, angetan mit einem abgeschabten Mäntelein, weiten Beinkleidern und einem breiten Gürtel, an welchem ein langer Dolch hing, so lang, daß man nicht wußte, ob Muck an dem Dolch, oder der Dolch an Muck stak, wenn er so heraustrat, da ertönte die Luft von unserem Freudengeschrei, wir warfen unsere Mützen in die Höhe und tanzten wie toll um ihn her. Der kleine Muck aber grüßte uns mit ernsthaftem Kopfnicken, und ging mit langsamen Schritten die Straße hinab, dabei schlurfte er mit den Füßen, denn er hatte große, weite Pantoffeln an, wie ich sie noch nie gesehen. Wir Knaben liefen hinter ihm her und schrien immer: »Kleiner Muck, kleiner Muck!« Auch hatten wir ein lustiges Verslein, das wir, ihm zu Ehren, hie und da sangen, es hieß:

»Kleiner Muck, kleiner Muck,
Wohnst in einem großen Haus,
Gehst nur all vier Wochen aus,
Bist ein braver, kleiner Zwerg,
Hast ein Köpflein wie ein Berg,
Schau dich einmal um und guck,
Lauf und fang uns, kleiner Muck.«

So hatten wir schon oft unser Kurzweil getrieben, und zu meiner Schande muß ich es gestehen, ich trieb's am ärgsten, denn ich zupfte ihn oft am Mäntelein, und einmal trat ich ihm auch von hinten auf die großen Pantoffel, daß er hinfiel. Dies kam mir nun höchst lächerlich vor, aber das Lachen verging mir, als ich den kleinen Muck auf meines Vaters Haus zugehen sah. Er ging richtig hinein und blieb einige Zeit dort. Ich versteckte mich an der Haustüre, und sah den Muck wieder herauskommen, von meinem Vater begleitet, der ihn ehrerbietig an der Hand hielt, und an der Türe unter vielen Bücklingen sich von ihm verabschiedete. Mir war gar nicht wohl zumut, ich blieb daher lange in meinem Versteck; endlich aber trieb mich der Hunger, den ich ärger fürchtete als Schläge, heraus, und demütig und mit gesenktem Kopf trat ich vor meinen Vater: »Du hast, wie ich höre, den guten Muck geschimpft?« sprach er in sehr ernstem Tone. »Ich will dir die Geschichte dieses Muck erzählen, und du wirst ihn gewiß nicht mehr auslachen; vor- und nachher aber, bekommst du das *Gewöhnliche.*« Das Gewöhnliche aber waren 25 Hiebe, die er nur allzu richtig aufzuzählen pflegte. Er nahm daher sein langes Pfeifenrohr, schraubte die Bernsteinmundspitze ab, und bearbeitete mich ärger als je zuvor.

Als die Fünfundzwanzig voll waren befahl er mir, aufzumerken, und erzählte mir von dem kleinen Muck: »Der Vater des kleinen Muck, der eigentlich Mukrah heißt, war ein angesehener, aber armer Mann, hier in Nicea. Er lebte beinahe so einsiedlerisch als jetzt sein Sohn. Diesen konnte er nicht wohl leiden, weil er sich seiner Zwerggestalt schämte, und ließ ihn daher auch in Unwissenheit aufwachsen. Der kleine

Muck war noch in seinem sechszehnten Jahr ein lustiges Kind und der Vater, ein ernster Mann, tadelte ihn immer, daß er, der schon längst *die Kinderschuhe zertreten* haben sollte, noch so dumm und läppisch sei.

Der Alte tat aber einmal einen bösen Fall, an welchem er auch starb, und den kleinen Muck arm und unwissend zurückließ. Die harten Verwandten, denen der Verstorbene mehr schuldig war, als er bezahlen konnte, jagten den armen Kleinen aus dem Hause, und rieten ihm in die Welt hinaus zu gehen, und sein Glück zu suchen. Der kleine Muck antwortete, er sei schon reisefertig, bat sich aber nur noch den Anzug seines Vaters aus, und dieser wurde ihm auch bewilligt. Sein Vater war ein großer starker Mann gewesen, daher paßten die Kleider nicht. Muck aber wußte bald Rat; er schnitt ab was zu lang war, und zog dann die Kleider an. Er schien aber vergessen zu haben, daß er auch in der Weite davon schneiden müsse, daher sein sonderbarer Aufzug, wie er noch heute zu sehen ist; der große Turban, der breite Gürtel, die weiten Hosen, das blaue Mäntelein, alles dies sind Erbstücke seines Vaters, die er seitdem getragen; den langen Damaszenerdolch seines Vaters aber steckte er in den Gürtel, ergriff ein Stöcklein, und wanderte zum Tor hinaus.

Fröhlich wanderte er den ganzen Tag, denn er war ja ausgezogen, um sein Glück zu suchen; wenn er einen Scherben auf der Erde im Sonnenschein glänzen sah, so steckte er ihn gewiß zu sich im Glauben, daß er sich in den schönsten Diamant verwandeln werde; sah er in der Ferne die Kuppel einer Moschee wie Feuer strahlen, sah er einen See wie einen Spiegel blinken, so eilte er voll Freude darauf zu, denn er gedachte, in einem Zauberland angekommen zu sein. Aber ach! jene Trugbilder verschwanden in der Nähe, und nur allzubald erinnerte ihn seine Müdigkeit und sein vor Hunger knurrender Magen, daß er noch im Lande der Sterblichen sich befinde. So war er zwei Tage gereist, unter Hunger und Kummer, und verzweifelte sein Glück zu finden; die Früchte des Feldes waren seine einzige Nahrung, die harte Erde sein Nachtlager. Am Morgen des dritten Tages erblickte er von einer Anhöhe eine große Stadt. Hell leuchtete der Halbmond auf ihren Zinnen, bunte Fahnen schimmerten auf den Dächern, und schienen den kleinen Muck zu sich herzuwinken. Überrascht stand er stille und betrachtete Stadt und Gegend; ›Ja dort wird Klein-Muck sein Glück finden‹, sprach er zu sich, und machte trotz seiner Müdigkeit einen Luftsprung, ›*dort oder nirgends*‹. Er raffte alle seine Kräfte zusammen, und schritt auf die Stadt zu. Aber obgleich sie ganz nahe schien, konnte er sie doch erst gegen Mittag erreichen, denn seine kleinen Glieder versagten ihm beinahe gänzlich ihren Dienst, und er mußte sich oft in den Schatten einer Palme setzen, um auszuruhen. Endlich war er an dem Tor der Stadt angelangt. Er legte sein Mäntelein zurecht, band den Turban schöner um, zog den Gürtel noch breiter an, und steckte den langen Dolch schiefer; dann wischte er den Staub von den Schuhen, ergriff sein Stöcklein, und ging mutig zum Tor hinein.

Er war schon einige Straßen durchwandert, aber nirgends öffnete sich eine Türe, nirgends rief man, wie er sich vorgestellt hatte: ›Kleiner Muck, komm herein, und iß und trink und laß deine Füßlein ausruhen.‹

Er schaute gerade auch wieder recht sehnsüchtig an einem großen schönen Haus hinauf, da öffnete sich ein Fenster, eine alte Frau schaute heraus, und rief mit singender Stimme:

›Herbei, herbei
Gekocht ist der Brei,
Den Tisch ließ ich decken
Drum laßt es euch schmecken;
Ihr Nachbarn herbei
Gekocht ist der Brei.‹

Die Türe des Hauses öffnete sich, und Muck sah viele Hunde und Katzen hineingehen. Er stand einige Augenblicke in Zweifel, ob er der Einladung folgen solle, endlich aber faßte er sich ein Herz, und ging in das Haus. Vor ihm her gingen ein paar junge Kätzlein, und er beschloß ihnen zu folgen, weil sie vielleicht die Küche besser wüßten als er.

Als Muck die Treppe hinaufgestiegen war, begegnete er jener alten Frau, die zum Fenster herausgeschaut hatte. Sie sah ihn mürrisch an, und fragte nach seinem Begehr. ›Du hast ja jedermann zu deinem Brei eingeladen‹, antwortete der kleine Muck, ›und weil ich so gar hungrig bin, bin ich auch gekommen.‹ Die Alte lachte laut und sprach: ›Woher kommst du denn, wunderlicher Gesell? Die ganze Stadt weiß, daß ich für niemand koche, als für meine lieben Katzen, und hie und da lade ich ihnen Gesellschaft aus der Nachbarschaft ein, wie du siehest.‹ Der kleine Muck erzählte der alten Frau, wie es ihm nach seines Vaters Tod so hart ergangen sei, und bat sie, ihn heute mit ihren Katzen speisen zu lassen. Die Frau, welcher die treuherzige Erzählung des Kleinen wohl gefiel, erlaubte ihm, ihr Gast zu sein, und gab ihm reichlich zu essen und zu trinken. Als er gesättigt und gestärkt war, betrachtete ihn die Frau lange, und sagte dann: ›Kleiner Muck, bleibe bei mir in meinem Dienste, du hast geringe Mühe und sollst gut gehalten sein.‹ Der kleine Muck, dem der Katzenbrei geschmeckt hatte, willigte ein, und wurde also der Bediente der Frau Ahavzi. Er hatte einen leichten aber sonderbaren Dienst. Frau Ahavzi hatte nämlich zwei Kater und vier Katzen, diesen mußte der kleine Muck alle Morgen den Pelz kämmen, und mit köstlichen Salben einreiben; wenn die Frau ausging, mußte er auf die Katzen Achtung geben, wenn sie aßen, mußte er ihnen die Schüsseln vorlegen, und nachts mußte er sie auf seidene Polster legen, und sie mit samtenen Decken einhüllen. Auch waren noch einige kleine Hunde im Haus die er bedienen mußte, doch wurden mit diesen nicht so viele Umstände gemacht, wie mit den Katzen, welche Frau Ahavzi wie ihre eigenen Kinder hielt. Übrigens führte Muck ein so einsames Leben, wie in seines Vaters Haus, denn außer der Frau sah er den ganzen Tag nur Hunde und Katzen. Eine Zeitlang ging es dem kleinen Muck ganz gut, er hatte immer zu essen und wenig zu arbeiten, und die alte Frau schien recht zufrieden mit ihm zu sein; aber nach und nach wurden die Katzen unartig; wenn die Alte ausgegangen war, sprangen sie wie besessen in den Zimmern umher, warfen alles durcheinander, und zerbrachen manches schöne Geschirr, das ihnen im Weg stand. Wenn sie aber die Frau die Treppe heraufkommen hörten, verkrochen sie sich auf ihre Polster, und wedelten ihr mit den Schwänzen entgegen, wie wenn nichts geschehen wäre. Die Frau Ahavzi geriet dann in Zorn, wenn sie ihre Zimmer so verwüstet sah, und schob alles auf Muck, er mochte seine Unschuld beteuern wie er wollte, sie glaubte ihren Katzen, die so unschuldig aussahen, mehr als ihrem Diener.

Der kleine Muck war sehr traurig, daß er also auch hier sein Glück nicht gefunden habe, und beschloß bei sich, den Dienst der Frau Ahavzi zu verlassen. Da er aber auf seiner ersten Reise erfahren hatte, wie schlecht man ohne Geld lebt, so beschloß er den Lohn, den ihm seine Gebieterin immer versprochen, aber nie gegeben hatte, sich auf irgendeine Art zu verschaffen. Es befand sich in dem Hause der Frau Ahavzi ein Zimmer, das immer verschlossen war, und dessen Inneres er nie gesehen hatte, doch hatte er die Frau oft darin rumoren gehört, und er hätte oft für sein Leben gern gewußt, was sie dort versteckt habe. Als er nun an sein Reisegeld dachte, fiel ihm ein, daß dort die Schätze der Frau versteckt sein könnten, aber immer war die Türe fest verschlossen, und er konnte daher den Schätzen nie beikommen.

Eines Morgens, als die Frau Ahavzi ausgegangen war, zupfte ihn eines der Hundlein, welches von der Frau immer sehr stiefmütterlich behandelt wurde, dessen Gunst er sich aber durch allerlei Liebesdienste in hohem Grade erworben hatte, an seinen weiten Beinkleidern, und gebärdete sich dabei, wie wenn Muck ihm folgen sollte. Muck, welcher gerne mit den Hunden spielte, folgte ihm, und siehe da, das Hundlein führte ihn in die Schlafkammer der Frau Ahavzi, vor eine kleine Türe die er nie zuvor dort bemerkt hatte. Die Türe war halb offen. Das Hundlein ging hinein, und Muck folgte ihm, und wie freudig war er überrascht, als er sah, daß er sich in dem Gemach befinde, das schon lange das Ziel seiner Wünsche war. Er spähte überall umher, ob er kein Geld finden könnte, fand aber nichts, nur alte Kleider, und wunderlich geformte Geschirre standen umher. Eines dieser Geschirre zog seine besondere Aufmerksamkeit auf sich; es war von Kristall, und schöne Figuren waren darauf ausgeschnitten. Er hob es auf, und drehte es nach allen Seiten; aber, o Schrecken! er hatte nicht bemerkt, daß es einen Deckel hatte, der nur leicht darauf hingesetzt war; der Deckel fiel herab, und zerbrach in tausend Stücken.

Lange stand der kleine Muck vor Schrecken leblos; jetzt war sein Schicksal entschieden, jetzt mußte er entfliehen, sonst schlug ihn die Alte tot. Sogleich war auch seine Reise beschlossen, und nur noch einmal wollte er sich umschauen, ob er nichts von den Habseligkeiten der Frau Ahavzi zu seinem Marsch brauchen könnte; da fielen ihm ein Paar mächtig große Pantoffel ins Auge, sie waren zwar nicht schön, aber seine eigenen konnten keine Reise mehr mitmachen, auch zogen ihn jene wegen ihrer Größe an, denn hatte er diese am Fuß, so mußten ihm hoffentlich alle Leute ansehen, daß er die Kinderschuhe vertreten habe. Er zog also schnell seine Töffelein aus, und fuhr in die großen hinein, ein Spazierstöcklein mit einem schön geschnittenen Löwenkopf schien ihm auch hier allzu müßig in der Ecke zu stehen, er nahm es also mit, und eilte zum Zimmer hinaus. Schnell ging er jetzt auf seine Kammer, zog sein Mäntelein an, setzte den väterlichen Turban auf, steckte den Dolch in den Gürtel und lief, so schnell ihn seine Füße trugen, zum Haus und zur Stadt hinaus. Vor der Stadt lief er, aus Angst vor der Alten, immer weiter fort, bis er vor Müdigkeit beinahe nicht mehr konnte. So schnell war er in seinem ganzen Leben nicht gegangen, ja es schien ihm, als könne er gar nicht aufhören zu rennen, denn eine unsichtbare Gewalt schien ihn fortzureißen. Endlich bemerkte er, daß es mit den Pantoffeln eine eigene Bewandtnis haben müsse, denn diese schossen immer fort, und führten ihn mit sich. Er versuchte auf allerlei Weise, stillzustehen, aber es wollte nicht gelingen; da rief er in der höchsten Not, wie man den Pferden zuruft, sich selbst zu: ›Oh – oh, halt, oh!‹ Da hielten die Pantoffeln, und Muck warf sich erschöpft auf die Erde nieder.

Die Pantoffeln freuten ihn ungemein; so hatte er sich denn doch durch seine Dienste etwas erworben, was ihm in der Welt, auf seinem Weg das Glück zu suchen, forthelfen konnte. Er schlief, trotz seiner Freude, vor Erschöpfung ein, denn das Körperlein des kleinen Muck, das einen so schweren Kopf zu tragen hatte, konnte nicht viel aushaken. Im Traum erschien ihm das Hundlein, welches ihm im Hause der Frau Ahavzi zu den Pantoffeln verholfen hatte, und sprach zu ihm: ›Lieber Muck, du verstehst den Gebrauch der Pantoffeln noch nicht recht; wisse, daß wenn du dich in ihnen dreimal auf dem Absatz herumdrehst, so kannst du hinfliegen, wohin du nur willst, und mit dem Stöcklein kannst du Schätze finden, denn wo Gold vergraben ist, da wird es dreimal auf die Erde schlagen, bei Silber aber zweimal.‹ So träumte der kleine Muck; als er aber aufwachte, dachte er über den wunderbaren Traum nach, und beschloß alsbald einen Versuch zu machen. Er zog die Pantoffel an, lupfte einen Fuß, und begann sich auf dem Absatz umzudrehen. Wer es aber jemals versucht hat, in einem ungeheuer weiten Pantoffel dieses Kunststück dreimal hintereinander zu machen, der wird sich nicht wundern, wenn es dem kleinen Muck nicht gleich glückte, besonders wenn man bedenkt, daß ihn sein schwerer Kopf bald auf diese, bald auf jene Seite hinüberzog.

Der arme Kleine fiel einigemal tüchtig auf die Nase, doch ließ er sich nicht abschrecken, den Versuch zu wiederholen, und endlich glückte es. Wie ein Rad fuhr er auf seinem Absatz herum, wünschte sich in die nächste große Stadt, und – die Pantoffeln ruderten hinauf in die Lüfte, liefen mit Windeseile durch die Wolken, und ehe sich der kleine Muck noch besinnen konnte, wie ihm geschah, befand er sich schon auf einem großen Marktplatz, wo viele Buden aufgeschlagen waren, und unzählige Menschen geschäftig hin und her liefen. Er ging unter den Leuten hin und her, hielt es aber bald für ratsamer, sich in eine einsamere Straße zu begeben, denn auf dem Markt trat ihm bald da einer auf die Pantoffel, daß er beinahe umfiel, bald stieß er mit seinem weit hinausstehenden Dolch einen oder den andern an, daß er mit Mühen den Schlägen entging.

Der kleine Muck bedachte nun ernstlich, was er wohl anfangen könnte, um sich ein Stück Geld zu verdienen; er hatte zwar ein Stäblein, das ihm verborgene Schätze anzeigte, aber wo sollte er gleich einen Platz finden, wo Gold und Silber vergraben wäre? Auch hätte er sich zur Not für Geld sehen lassen können, aber dazu war er doch zu stolz. Endlich fiel ihm die Schnelligkeit seiner Füße ein, vielleicht, dachte er, können mir meine Pantoffel Unterhalt gewähren, und er beschloß, sich als Schnelläufer zu verdingen. Da er aber hoffen durfte, daß der König dieser Stadt solche Dienste am besten bezahle, so erfragte er den Palast. Unter dem Tor des Palastes stand eine Wache, die ihn fragte, was er hier zu suchen habe. Auf seine Antwort, daß er einen Dienst suche, wies man ihn zum Aufseher der Sklaven. Diesem trug er sein Anliegen vor, und bat ihn, ihm einen Dienst unter den königlichen Boten zu besorgen. Der Aufseher maß ihn mit seinen Augen von Kopf bis zu den Füßen, und sprach: ›Wie, mit deinen Füßlein, die kaum so lang als eine Spanne sind, willst du königlicher Schnelläufer werden? Hebe dich weg, ich bin nicht dazu da, mit jedem Narren Kurzweil zu machen.‹ Der kleine Muck versicherte ihn aber, daß es ihm vollkommen ernst sei mit seinem Antrag, und daß er es mit dem Schnellsten auf eine Wette ankommen lassen wollte. Dem Aufseher kam die Sache gar lächerlich vor; er befahl ihm, sich bis auf den Abend zu einem Wettlauf bereit zu halten, führte ihn in die Küche, und sorgte dafür, daß ihm gehörig Speis und Trank gereicht wurde; er selbst aber begab sich zum König, und er

zählte ihm vom kleinen Muck und seinem Anerbieten. Der König war ein lustiger Herr, daher gefiel es ihm wohl, daß der Aufseher der Sklaven den kleinen Menschen zu einem Spaß behalten habe, er befahl ihm, auf einer großen Wiese hinter dem Schloß Anstalten zu treffen, daß das Wettlaufen mit Bequemlichkeit von seinem ganzen Hofstaat könnte gesehen werden, und empfahl ihm nochmals große Sorgfalt für den Zwerg zu haben. Der König erzählte seinen Prinzen und Prinzessinnen, was sie diesen Abend für ein Schauspiel haben werden, diese erzählten es wieder ihren Dienern, und als der Abend herankam, war man in gespannter Erwartung, und alles, was Füße hatte, strömte hinaus auf die Wiese, wo Gerüste aufgeschlagen waren, um den großsprecherischen Zwerg laufen zu sehen.

Als der König und seine Söhne und Töchter auf dem Gerüst Platz genommen hatten, trat der kleine Muck heraus auf die Wiese, und machte vor den hohen Herrschaften eine überaus zierliche Verbeugung. Ein allgemeines Freudengeschrei ertönte, als man den Kleinen ansichtig wurde; eine solche Figur hatte man dort noch nie gesehen. Das Körperlein mit dem mächtigen Kopf, das Mäntelein und die weiten Beinkleider, der lange Dolch in dem breiten Gürtel, die kleinen Füßlein in den weiten Pantoffeln – nein! es war zu drollig anzusehen, als daß man nicht hätte laut lachen sollen. Der kleine Muck ließ sich aber durch das Gelächter nicht irremachen; er stellte sich stolz, auf sein Stöcklein gestützt, hin, und erwartete seinen Gegner. Der Aufseher der Sklaven hatte, nach Mucks eigenem Wunsche, den besten Läufer ausgesucht; dieser trat nun heraus, stellte sich neben den Kleinen, und beide harrten auf das Zeichen. Da winkte die Prinzessin Amarza, wie es ausgemacht war, mit ihrem Schleier, und wie zwei Pfeile auf dasselbe Ziel abgeschossen, flogen die beiden Wettläufer über die Wiese hin.

Von Anfang hatte Mucks Gegner einen bedeutenden Vorsprung, aber dieser jagte ihm auf seinem Pantoffelfuhrwerk nach, holte ihn ein, überfing ihn, und stand längst am Ziele, als jener noch, nach Luft schnappend, daherlief. Verwunderung und Staunen fesselte einige Augenblicke die Zuschauer, als aber der König zuerst in die Hände klatschte, da jauchzte die Menge, und alle riefen: ›Hoch lebe der kleine Muck, der Sieger im Wettlauf!‹

Man hatte indes den kleinen Muck herbeigebracht, er warf sich vor dem König nieder, und sprach: ›Großmächtigster König, ich habe dir hier nur eine kleine Probe meiner Kunst gegeben, wolle nur gestatten, daß man mir eine Stelle unter deinen Läufern gebe‹; der König aber antwortete ihm: ›Nein, du sollst mein Leibläufer, und immer um meine Person sein, lieber Muck, jährlich sollst du hundert Goldstücke erhalten als Lohn, und an der Tafel meiner ersten Diener sollst du speisen.‹

So glaubte denn Muck, endlich das Glück gefunden zu haben, das er so lange suchte, und war fröhlich und wohlgemut in seinem Herzen. Auch erfreute er sich der besonderen Gnade des Königes, denn dieser gebrauchte ihn zu seinen schnellsten und geheimsten Sendungen, die er dann mit der größten Genauigkeit und mit unbegreiflicher Schnelle besorgte.

Aber die übrigen Diener des Königes waren ihm gar nicht zugetan, weil sie sich ungern durch einen Zwerg, der nichts verstand als schnell zu laufen, in der Gunst ihres Herren zurückgesetzt sahen. Sie veranstalteten daher manche Verschwörung gegen ihn, um ihn zu stürzen, aber alle schlugen fehl an dem großen Zutrauen, das der König in seinen Geheimen Oberleibläufer (denn zu dieser Würde hatte er es in so kurzer Zeit gebracht) setzte.

Muck, dem diese Bewegungen gegen ihn nicht entgingen, sann nicht auf Rache, dazu hatte er ein zu gutes Herz, nein, auf Mittel dachte er, sich bei seinen Feinden notwendig und beliebt zu machen. Da fiel ihm sein Stäbchen, das er in seinem Glück außer acht gelassen hatte, ein; wenn er Schätze finde, dachte er, werden ihm die Herren schon geneigter werden. Er hatte schon oft gehört, daß der Vater des jetzigen Königs viele seiner Schätze vergraben habe, als der Feind sein Land überfallen, man sagte auch, er sei darüber gestorben, ohne daß er sein Geheimnis habe seinem Sohn mitteilen können. Von nun an nahm Muck immer sein Stöcklein mit, in der Hoffnung, einmal an einem Ort vorüberzugehen, wo das Gold des alten Königs vergraben sei. Eines Abends führte ihn der Zufall in einen entlegenen Teil des Schloßgartens, den er wenig besuchte, und plötzlich fühlt er das Stäblein in seiner Hand zucken, und dreimal schlug es gegen den Boden. Nun wußte er schon, was dies zu bedeuten hatte. Er zog daher seinen Dolch heraus, machte ein Zeichen in die umstehenden Bäume, und schlich sich wieder in das Schloß; dort verschaffte er sich einen Spaten, und wartete die Nacht zu seinem Unternehmen ab.

Das Schatzgraben selbst machte übrigens dem kleinen Muck mehr zu schaffen, als er geglaubt hatte. Seine Arme waren gar schwach, sein

Spaten aber groß und schwer; und er mochte wohl schon zwei Stunden gearbeitet haben, ehe er ein paar Fuß tief gegraben hatte. Endlich stieß er auf etwas Hartes, das wie Eisen klang. Er grub jetzt emsiger, und bald hatte er einen großen eisernen Deckel zutage gefördert; er stieg selbst in die Grube hinab, um nachzuspähen, was wohl der Deckel könnte bedeckt haben, und fand richtig einen großen Topf mit Goldstücken angefüllt. Aber seine schwachen Kräfte reichten nicht hin, um den Topf zu heben, daher steckte er in seine Beinkleider und seinen Gürtel soviel er zu tragen vermochte, und auch sein Mäntelein füllte er damit, bedeckte das übrige wieder sorgfältig, und lud es auf den Rükken. Aber wahrlich, wenn er die Pantoffel nicht an den Füßen gehabt hätte, er wäre nicht vom Fleck gekommen, so zog ihn die Last des Goldes nieder. Doch unbemerkt kam er bis auf sein Zimmer, und verwahrte dort sein Gold unter den Polstern seines Sofas.

Als der kleine Muck sich im Besitz so vielen Goldes sah, glaubte er das Blatt werde sich jetzt wenden, und er werde sich unter seinen Feinden am Hofe viele Gönner und warme Anhänger erwerben. Aber schon daran konnte man erkennen, daß der gute Muck keine gar sorgfältige Erziehung genossen haben mußte, sonst hätte er sich wohl nicht einbilden können, durch Gold wahre Freunde zu gewinnen. Ach! daß er damals seine Pantoffel geschmiert, und sich mit seinem Mäntelein voll Gold aus dem Staub gemacht hätte!

Das Gold, das der kleine Muck von jetzt an mit vollen Händen austeilte, erweckte den Neid der übrigen Hofbedienten. Der Küchenmeister Ahuli sagte: ›Er ist ein Falschmünzer‹, der Sklavenaufseher Achmet sagte: ›Er hat's dem König abgeschwatzt‹, Archaz der Schatzmeister aber, sein ärgster Feind, der selbst hie und da einen Griff in des Königs Kasse tun mochte, sagte geradezu: ›Er hat's gestohlen.‹ Um nun ihrer Sache gewiß zu sein, verabredeten sie sich, und der Obermundschenk Korchuz stellte sich eines Tages recht traurig und niedergeschlagen vor den Augen des Königs. Er machte seine traurigen Gebärden so auffallend, daß ihn der König fragte, was ihm fehle. ›Ach!‹ antwortete er, ›ich bin traurig, daß ich die Gnade meines Herrn verloren habe.‹ ›Was fabelst du Freund Korchuz‹, entgegnete ihm der König, ›seit wann hätte ich die Sonne meiner Gnade nicht über dich leuchten lassen?‹ Der Obermundschenk antwortete ihm, daß er ja den Geheimen Oberleibläufer mit Gold belade, seinen armen treuen Dienern aber nichts gebe.

Der König war sehr erstaunt über diese Nachricht, ließ sich die Goldausteilungen des kleinen Muck erzählen, und die Verschworenen brachten ihm leicht den Verdacht bei, daß Muck auf irgendeine Art das Geld aus der Schatzkammer gestohlen habe. Sehr lieb war diese Wendung der Sache dem Schatzmeister, der ohnehin nicht gerne Rechnung ablegte. Der König gab daher den Befehl, heimlich auf alle Schritte des kleinen Muck achtzugeben, um ihn womöglich auf der Tat zu ertappen. Als nun in der Nacht, die auf diesen Unglückstag folgte, der kleine Muck, da er durch seine Freigebigkeit seine Kasse sehr erschöpft sah, den Spaten nahm, und in den Schloßgarten schlich, um dort von seinem geheimen Schatze neuen Vorrat zu holen, folgten ihm von weitem die Wachen, von dem Küchenmeister Ahuli und Archaz, dem Schatzmeister, angeführt, und in dem Augenblick, da er das Gold aus dem Topf in sein Mäntelein legen wollte, fielen sie über ihn her, banden ihn, und führten ihn sogleich vor den König. Dieser, den ohnehin die Unterbrechung seines Schlafes mürrisch gemacht hatte, empfing seinen armen Geheimen Oberleibläufer sehr ungnädig, und stellte sogleich das Verhör über ihn an. Man hatte den Topf vollends aus der Erde gegraben, und mit dem Spaten und dem Mäntelein voll Gold vor die Füße des Königs gesetzt. Der Schatzmeister sagte aus, daß er mit seinen Wachen den Muck überrascht habe, wie er diesen Topf mit Gold gerade in die Erde gegraben habe.

Der König befragte hierauf den Angeklagten, ob es wahr sei, und woher er das Gold, das er vergraben, bekommen habe.

Der kleine Muck, im Gefühl seiner Unschuld, sagte aus, daß er diesen Topf im Garten entdeckt habe, daß er ihn habe nicht *ein-* sondern *aus*graben wollen.

Alle Anwesenden lachten laut über diese Entschuldigung, der König aber, aufs höchste erzürnt über die vermeintliche Frechheit des Kleinen, rief aus: ›Wie Elender! Du willst deinen König so dumm und schändlich belügen, nachdem du ihn bestohlen hast? Schatzmeister Archaz! Ich fordre dich auf, zu sagen, ob du diese Summe Goldes für die nämliche erkennst, die in meinem Schatze fehlt?‹

Der Schatzmeister aber antwortete: er sei seiner Sache ganz gewiß, so viel und noch mehr fehle seit einiger Zeit in dem königlichen

Schatz, und er könnte einen Eid darauf ablegen, daß dies das Gestohlene sei.

Da befahl der König den kleinen Muck in enge Ketten zu legen, und in den Turm zu führen, dem Schatzmeister aber übergab er das Gold um es wieder in den Schatz zu tragen. Vergnügt über den glücklichen Ausgang der Sache zog dieser ab, und zählte zu Hause die blinkenden Goldstücke; aber das hat dieser schlechte Mann niemals angezeigt, daß unten in dem Topf ein Zettel lag, der sagte: ›Der Feind hat mein Land überschwemmt, daher verberge ich hier einen Teil meiner Schätze; wer es auch finden mag, den treffe der Fluch seines Königs, wenn er es nicht sogleich meinem Sohne ausliefert. – König Sadi.‹

Der kleine Muck stellte in seinem Kerker traurige Betrachtungen an; er wußte, daß auf Diebstahl an königlichen Sachen, der Tod gesetzt war; und doch mochte er das Geheimnis mit dem Stäbchen dem König nicht verraten, weil er mit Recht fürchtete, dieses und seiner Pantoffel beraubt zu werden. Seine Pantoffel konnten ihm, leider! auch keine Hülfe bringen, denn da er in engen Ketten an die Mauer angeschlossen war, konnte er, sosehr er sich quälte, sich nicht auf dem Absatz umdrehen. Als ihm aber am andern Tage sein Tod angekündigt wurde, da gedachte er doch, es sei besser ohne das Zauberstäbchen zu leben, als mit ihm zu sterben, ließ den König um geheimes Gehör bitten, und entdeckte ihm das Geheimnis. Der König maß von Anfang seinem Geständnis keinen Glauben bei; aber der kleine Muck versprach eine Probe, wenn ihm der König zugestünde, daß er nicht getötet werden solle. Der König gab ihm sein Wort darauf, und ließ, von Muck ungesehen, einiges Gold in die Erde graben, und befahl diesem mit seinem Stäbchen zu suchen. In wenigen Augenblicken hatte er es gefunden: denn das Stäbchen schlug deutlich dreimal auf die Erde. Da merkte der König, daß ihn sein Schatzmeister betrogen hatte, und sandte ihm, wie es im Morgenland gebräuchlich ist, *eine seidene Schnur*, damit er sich selbst erdroßle. Zum kleine Muck aber sprach er: ›Ich habe dir zwar dein Leben versprochen, aber es scheint mir, als ob du nicht nur allein dieses Geheimnis mit dem Stäbchen besitzest; darum bleibst du in ewiger Gefangenschaft, wenn du nicht gestehst, was für eine Bewandtnis es mit deinem Schnellaufen hat.‹ Der kleine Muck, dem die einzige Nacht im Turm alle Lust zu längerer Gefangenschaft benommen hatte, bekannte, daß seine ganze Kunst in den Pantoffeln liege, doch lehrte er den König nicht das Geheimnis, von dem dreimaligen Umdrehen auf dem Absatz. Der König schlüpfte selbst in die Pantoffel, um die Probe zu machen, und jagte wie unsinnig im Garten umher; oft wollte er anhalten, aber er wußte nicht, wie man die Pantoffel zum Stehen brachte, und der kleine Muck, der diese kleine Rache sich nicht versagen konnte, ließ ihn laufen, bis er ohnmächtig niederfiel.

Als der König wieder zur Besinnung zurückgekehrt war, war er schrecklich aufgebracht über den kleinen Muck, der ihn so ganz außer Atem hatte laufen lassen. ›Ich habe dir mein Wort gegeben, dir Freiheit und Leben zu schenken, aber innerhalb 12 Stunden mußt du mein Land verlassen haben, sonst lasse ich dich aufknüpfen.‹ Die Pantoffel und das Stäbchen aber ließ er in seine Schatzkammer legen.

So arm als je wanderte der kleine Muck zum Land hinaus, seine Torheit verwünschend, die ihm vorgespiegelt hatte, er könne eine bedeutende Rolle am Hofe spielen. Das Land, aus dem er gejagt wurde, war zum Glück nicht groß, daher war er schon nach acht Stunden auf der Grenze, obgleich ihm das Gehen, da er an seine lieben Pantoffel gewöhnt war, sehr sauer ankam.

Als er über der Grenze war, verließ er die gewöhnliche Straße, um die dichteste Einöde der Wälder aufzusuchen, und dort nur sich zu leben, denn er war allen Menschen gram. In einem dichten Walde traf er auf einen Platz, der ihm zu dem Entschluß, den er gefaßt hatte, ganz tauglich schien. Ein klarer Bach, von großen schattigen Feigenbäumen umgeben, ein weicher Rasen luden ihn ein, hier warf er sich nieder, mit dem Entschluß, keine Speise mehr zu sich zu nehmen, sondern hier den Tod zu erwarten. Über traurige Todesbetrachtungen schlief er ein, als er aber wieder aufwachte, und der Hunger ihn zu quälen anfing, bedachte er doch, daß der Hungertod eine gefährliche Sache sei, und sah sich um, ob er nirgends etwas zu essen bekommen könnte.

Köstliche reife Feigen hingen an dem Baume, unter welchem er geschlafen hatte, er stieg hinauf, um sich einige zu pflücken, ließ es sich trefflich schmecken, und ging dann hinunter an den Bach, um seinen Durst zu löschen. Aber wie groß war sein Schrecken, als ihm das Wasser seinen Kopf mit zwei gewaltigen Ohren und einer dicken langen Nase geschmückt zeigte! Bestürzt griff er mit den Händen nach den Ohren, und wirklich, sie waren über eine halbe Elle lang.

›Ich verdiene Eselsohren!‹ rief er aus, ›denn ich habe mein Glück wie ein Esel mit Füßen getreten.‹ – Er wanderte nun unter den Bäumen umher, und als er wieder Hunger fühlte, mußte er noch einmal zu den Feigen seine Zuflucht nehmen, denn sonst fand er nichts Eßbares an den Bäumen. Als ihm über der zweiten Portion Feigen einfiel, ob wohl seine Ohren nicht unter seinem großen Turban Platz hätten, damit er doch nicht gar zu lächerlich aussehe, fühlte er, daß seine Ohren verschwunden seien. Er lief gleich an den Bach zurück, um sich davon zu überzeugen, und wirklich, es war so, seine Ohren hatten ihre vorige Gestalt, seine lange unförmliche Nase war nicht mehr. Jetzt merkte er aber, wie dies gekommen war; von dem ersten Feigenbaum hatte er die lange Nase und Ohren bekommen, der zweite hatte ihn geheilt; freudig erkannte er, daß ein gütiges Geschick ihm noch einmal ein Mittel in die Hand gebe, glücklich zu sein. Er pflückte daher von jedem Baum soviel er tragen konnte, und ging in das Land zurück, das er vor kurzem verlassen hatte. Dort machte er sich in dem ersten Städtchen durch andere Kleider ganz unkenntlich, und ging dann weiter auf die Stadt zu, die jener König bewohnte, und kam auch bald dort an.

Es war gerade zu einer Jahrszeit, wo reife Früchte noch ziemlich selten waren; der kleine Muck setzte sich daher unter das Tor des Palastes, denn ihm war von früherer Zeit her wohl bekannt, daß hier solche Seltenheiten von dem Küchenmeister für die königliche Tafel eingekauft wurden. Muck hatte noch nicht lange gesessen, als er den Küchenmeister über den Hof herüberschreiten sah. Er musterte die Waren der Verkäufer, die sich am Tor des Palastes eingefunden hatten, endlich fiel sein Blick auch auf Mucks Körbchen. ›Ah! ein seltener Bissen‹, sagte er, ›der Ihro Majestät gewiß behagen wird; was willst du für den ganzen Korb?‹ Der kleine Muck bestimmte einen mäßigen Preis, und sie waren bald des Handels einig. Der Küchenmeister übergab den Korb einem Sklaven, und ging weiter; der kleine Muck aber machte sich einstweilen aus dem Staub, weil er befürchtete, wenn sich das Unglück an den Köpfen des Hofes zeige, möchte man ihn als Verkäufer aufsuchen und bestrafen.

Der König war über Tisch sehr heiter gestimmt, und sagte seinem Küchenmeister einmal über das andere Lobsprüche wegen seiner guten Küche und der Sorgfalt, mit der er immer das Seltenste für ihn aussuche; der Küchenmeister aber, welcher wohl wußte, welchen Leckerbissen er noch im Hintergrund habe, schmunzelte gar freundlich, und ließ nur einzelne Worte fallen, als: ›Es ist erst noch nicht aller Tage Abend‹, oder: ›Ende gut, alles gut‹, so, daß die Prinzessinnen sehr neugierig wurden, was er wohl noch bringen werde. Als er aber die schönen einladenden Feigen aufsetzen ließ, da entfloh ein allgemeines Ah! dem Munde der Anwesenden. ›Wie reif wie appetitlich!‹ rief der König, ›Küchenmeister, du bist ein ganzer Kerl, und verdienst Unsere ganz besondere Gnade!‹ Also sprechend teilte der König, der mit solchen Leckerbissen sehr sparsam zu sein pflegte, mit eigener Hand die Feigen an seiner Tafel aus. Jeder Prinz und jede Prinzessin bekam zwei, die Hofdamen und die Veziere und Agas eine, die übrigen stellte er vor sich hin, und begann mit großem Behagen sie zu verschlingen.

›Aber lieber Gott, wie siehst du so wunderlich aus, Vater‹, rief auf einmal die Prinzessin Amarza. Alle sehen den König erstaunt an, ungeheure Ohren hingen ihm am Kopf, eine lange Nase zog sich über sein Kinn herunter; auch sich selbst betrachteten sie untereinander mit Staunen und Schrecken, alle waren mehr oder minder mit dem sonderbaren Kopfputz geschmückt.

Man denke sich den Schrecken des Hofes! Man schickte sogleich nach allen Ärzten der Stadt, sie kamen haufenweise, verordneten Pillen und Mixturen, aber die Ohren und die Nasen blieben. Man operierte einen der Prinzen, aber die Ohren wuchsen nach.

Muck hatte die ganze Geschichte in seinem Versteck, wohin er sich zurückgezogen hatte, gehört, und erkannte, daß es jetzt Zeit sei, zu handeln. Er hatte sich schon vorher von dem aus den Feigen gelösten Geld einen Anzug verschafft, der ihn als Gelehrten darstellen konnte; ein langer Bart aus Ziegenhaaren vollendete die Täuschung. Mit einem Säckchen voll Feigen wanderte er in den Palast des Königs, und bot als fremder Arzt seine Hülfe an. Man war von Anfang sehr ungläubig, als aber der kleine Muck eine Feige einem der Prinzen zu essen gab, und Ohren und Nase dadurch in den alten Zustand zurückbrachte, da wollte alles von dem fremden Arzte geheilt sein. Aber der König nahm ihn schweigend bei der Hand, und führte ihn in

sein Gemach; dort schloß er eine Türe auf, die in die Schatzkammer führte, und winkte Muck, ihm zu folgen. ›Hier sind meine Schätze‹, sprach der König, ›wähle dir was es auch sei, es soll dir gewährt werden, wenn du mich von diesem schmachvollen Übel befreist‹. Das war süße Musik in des kleinen Mucks Ohren; er hatte gleich beim Eintritt seine Pantoffel auf dem Boden stehen sehen, gleich daneben lag auch sein Stäbchen. Er ging nun umher in dem Saal, wie wenn er die Schätze des Königs bewundern wollte; kaum aber war er an seine Pantoffel gekommen, so schlüpfte er eilends hinein, ergriff sein Stäbchen, riß seinen falschen Bart herab, und zeigte dem erstaunten König das wohlbekannte Gesicht seines verstoßenen Mucks. ›Treuloser König‹, sprach er, ›der du treue Dienste mit Undank lohnst, nimm als wohlverdiente Strafe die Mißgestalt die du trägst. Die Ohren laß ich dir zurück, damit sie dich täglich erinnern an den kleinen Muck.‹ Als er so gesprochen hatte, drehte er sich schnell auf dem Absatz herum, wünschte sich weit hinweg, und ehe noch der König um Hülfe rufen konnte, war der kleine Muck entflohen. Seitdem lebt der Kleine hier in großem Wohlstand aber einsam, denn er verachtet die Menschen. Er ist durch Erfahrung ein weiser Mann geworden, welcher, wenn auch sein Äußeres etwas Auffallendes haben mag, deine Bewunderung mehr als deinen Spott verdient.«

So erzählte mir mein Vater; ich bezeugte ihm meine Reue über mein rohes Betragen gegen den guten kleinen Mann, und mein Vater schenkte mir die andere Hälfte der Strafe, die er mir zugedacht hatte. Ich erzählte meinen Kameraden die wunderbaren Schicksale des Kleinen, und wir gewannen ihn so lieb, daß ihn keiner mehr schimpfte. Im Gegenteil, wir ehrten ihn solange er lebte, und haben uns vor ihm immer so tief als vor Kadi und Mufti gebückt. –

Das Märchen vom falschen Prinzen

Es war einmal ein ehrsamer Schneidergeselle, namens Labakan, der bei einem geschickten Meister in Alessandria sein Handwerk lernte; man konnte nicht sagen, daß Labakan ungeschickt mit der Nadel war, im Gegenteil, er konnte recht feine Arbeit machen; auch tat man ihm unrecht, wenn man ihn geradezu faul schalt; aber ganz richtig war es doch nicht mit dem Gesellen, denn er konnte oft stundenweis in einem fort nähen, daß ihm die Nadel in der Hand glühend ward, und der Faden rauchte, da gab es ihm dann ein Stück, wie keinem andern; ein andermal aber, und dies geschah, leider! Öfters, saß er in tiefen Gedanken, sah mit starren Augen vor sich hin, und hatte dabei, in Gesicht und Wesen, etwas so Eigenes, daß sein Meister und die übrigen Gesellen von diesem Zustand nie anders sprachen, als: »Labakan hat wieder sein vornehmes Gesicht.«

Am Freitag aber, wenn andere Leute vom Gebet ruhig nach Haus an ihre Arbeit gingen, trat Labakan in einem schönen Kleid, das er sich mit vieler Mühe zusammengespart hatte, aus der Moschee, ging langsam und stolzen Schrittes durch die Plätze und Straßen der Stadt, und wenn ihm einer seiner Kameraden ein »Friede sei mit dir«, oder »Wie geht es Freund Labakan« bot, so winkte er gnädig mit der Hand oder nickte, wenn es hoch kam, vornehm mit dem Kopf. Wenn dann sein Meister im Spaß zu ihm sagte: »An dir ist ein Prinz verloren gegangen, Labakan«, so freute er sich darüber, und antwortete: »Habt Ihr das auch bemerkt?« oder: »Ich habe es schon lange gedacht!«

So trieb es der ehrsame Schneidergeselle Labakan schon eine geraume Zeit, sein Meister aber duldete seine Narrheit, weil er sonst ein guter Mensch und geschickter Arbeiter war. Aber eines Tages schickte Selim, der Bruder des Sultans, der gerade durch Alessandria reiste, ein Festkleid zu dem Meister, um einiges daran verändern zu lassen, und der Meister gab es Labakan, weil dieser die feinste Arbeit machte. Als abends der Meister und die Gesellen sich hinwegbegeben hatten, um nach des Tages Last sich zu erholen, trieb eine unwiderstehliche Sehnsucht Labakan wieder in die Werkstatt zurück, wo das Kleid des kaiserlichen Bruders hing. Er stand lange sinnend davor, bald den Glanz der Stickerei, bald die schillernden Farben des Sammets und der Seide an dem Kleide bewundernd. Er konnte nicht anders, er mußte es anziehen, und siehe da, es paßte ihm so trefflich, wie wenn es für ihn wäre gemacht worden. »Bin ich nicht so gut ein Prinz, als einer?« fragte er sich, indem er im Zimmer auf und ab schritt. »Hat nicht der Meister selbst schon gesagt, daß ich zum Prinzen geboren sei?« Mit den Kleidern schien der Geselle eine ganz königliche Gesinnung angezogen zu haben; er konnte sich nicht anders denken, als er sei ein unbekannter Königssohn, und als solcher beschloß er, in die Welt zu reisen und einen Ort zu verlassen, wo die Leute bisher so töricht gewesen waren, unter der Hülle seines niedern Standes, nicht seine angeborene Würde zu erkennen. Das prachtvolle Kleid schien ihm von einer gütigen Fee geschickt, er hütete sich daher wohl, ein so teures Geschenk zu verschmähen, steckte seine geringe Barschaft zu sich, und wanderte, begünstigt von dem Dunkel der Nacht, aus Alessandrias Toren.

Der neue Prinz erregte überall auf seiner Wanderschaft Verwunderung, denn das prachtvolle Kleid und sein ernstes, majestätisches Wesen, wollte gar nicht passen für einen Fußgänger. Wenn man ihn darüber befragte, pflegte er mit geheimnisvoller Miene zu antworten: daß das seine eigene Ursachen habe. Als er aber merkte, daß er sich durch seine Fußwanderungen lächerlich mache, kaufte er, um geringen Preis, ein altes Roß, welches sehr für ihn paßte, da es ihn mit seiner gesetzten Ruhe und Sanftmut nie in Verlegenheit brachte, sich als geschickten Reiter zeigen zu müssen, was gar nicht seine Sache war.

Eines Tages, als er Schritt vor Schritt auf seinem Marva, so hatte er sein Roß genannt, seine Straße zog, schloß sich ein Reiter an ihn an, und bat ihn, in seiner Gesellschaft reiten zu dürfen, weil ihm der Weg viel kürzer werde, im Gespräch mit einem andern. Der Reiter war ein fröhlicher, junger Mann, schön und angenehm im Umgang. Er hatte mit Labakan bald ein Gespräch angeknüpft, über Woher und Wohin, und es traf sich, daß auch er, wie der Schneidergeselle, ohne Plan in die Welt hinauszog. Er sagte, er heiße Omar, sei der Neffe Elfi-Beis, des unglücklichen Bassas von Kairo, und reise nun umher, um einen Auftrag, den ihm sein Oheim auf dem Sterbebette erteilt habe, auszurichten. Labakan ließ sich nicht so offenherzig über seine Verhältnisse aus, er gab ihm zu verstehen, daß er von hoher Abkunft sei, und zu seinem Vergnügen reise.

Die beiden jungen Herren fanden Gefallen aneinander, und zogen fürder. Am zweiten Tage ihrer gemeinschaftlichen Reise fragte Labakan seinen Gefährten Omar nach den Aufträgen, die er zu besorgen habe, und erfuhr zu seinem Erstaunen folgendes: Elfi-Bei, der Bassa von Kairo, hatte den Omar seit seiner frühesten Kindheit erzogen, und dieser hatte seine Eltern nie gekannt. Als nun Elfi-Bei von seinen Feinden überfallen, und nach drei unglücklichen Schlachten, tödlich verwundet, fliehen mußte, entdeckte er seinem Zögling, daß er nicht sein Neffe sei, sondern der Sohn eines mächtigen Herrschers, welcher, aus Furcht vor den Prophezeiungen seiner Sterndeuter, den jungen Prinzen von seinem Hofe entfernt habe, mit dem Schwur, ihn erst an seinem zweiundzwanzigsten Geburtstage wiedersehen zu wollen. Elfi-Bei habe ihm den Namen seines Vaters nicht genannt, sondern ihm nur aufs bestimmteste aufgetragen, am fünften Tage des kommenden Monats Ramadan, an welchem Tage er zweiundzwanzig Jahre alt werde, sich an der berühmten Säule El-Serujah, vier Tagreisen östlich von Alessandria, einzufinden; dort soll er den Männern, die an der Säule stehen werden, einen Dolch, den er ihm gab, überreichen, mit den Worten: »Hier bin ich, den ihr suchet«; wenn sie antworten: »Gelobt sei der Prophet, der dich erhielt«; so solle er ihnen folgen, sie werden ihn zu seinem Vater führen.

Der Schneidergeselle Labakan war sehr erstaunt über diese Mitteilung, er betrachtete von jetzt an den Prinzen Omar mit neidischen Augen, erzürnt darüber, daß das Schicksal jenem, obgleich er schon für den Neffen eines mächtigen Bassa galt, noch die Würde eines Fürstensohns verliehen, ihm aber, den es mit allem, was einem Prinzen not tut, ausrüstete, gleichsam zum Hohn eine dunkle Geburt und einen gewöhnlichen Lebensweg verliehen habe. Er stellte Vergleichungen zwischen sich und dem Prinzen an. Er mußte sich gestehen, es sei jener ein Mann von sehr vorteilhafter Gesichtsbildung; schöne lebhafte Augen, eine kühn gebogene Nase, ein sanftes, zuvorkommendes Benehmen, kurz so viele Vorzüge des Äußeren, die jemand empfehlen können, waren jenem eigen. Aber so viele Vorzüge er auch an seinem Begleiter fand, so gestand er sich doch bei diesen Beobachtungen, daß ein Labakan dem fürstlichen Vater wohl noch willkommener sein dürfte, als der wirkliche Prinz.

Diese Betrachtungen verfolgten Labakan den ganzen Tag, mit ihnen schlief er im nächsten Nachtlager ein, aber als er morgens aufwachte, und sein Blick auf den neben ihm schlafenden Omar fiel, der so ruhig schlafen und von seinem gewissen Glücke träumen konnte, da erwachte in ihm der Gedanke, sich durch List oder Gewalt zu erstreben, was ihm das ungünstige Schicksal versagt hatte; der Dolch, das Erkennungszeichen des heimkehrenden Prinzen, sah aus dem Gürtel des Schlafenden hervor, leise zog er ihn hervor, um ihn in die Brust des Eigentümers zu stoßen. Doch vor dem Gedanken des Mordes entsetzte sich die friedfertige Seele des Gesellen, er begnügte sich, den Dolch zu sich zu stecken, das schnellere Pferd des Prinzen für sich aufzäumen zu lassen, und ehe Omar aufwachte, und sich aller seiner Hoffnungen beraubt sah, hatte sein treuloser Gefährte schon einen Vorsprung von mehreren Meilen.

Es war gerade der erste Tag des heiligen Monats Ramadan, an welchem Labakan den Raub an dem Prinzen begangen hatte, und er hatte also noch vier Tage, um zu der Säule El-Serujah, welche ihm wohlbekannt war, zu gelangen. Obgleich die Gegend, worin sich diese Säule befand, höchstens noch zwei Tagreisen entfernt sein konnte, so beeilte er sich doch, hinzukommen, weil er immer fürchtete, von dem wahren Prinzen eingeholt zu werden.

Am Ende des zweiten Tages, erblickte Labakan die Säule El-Serujah. Sie stand auf einer kleinen Anhöhe in einer weiten Ebene, und konnte auf zwei bis drei Stunden gesehen werden. Labakans Herz pochte laut bei diesem Anblick; obgleich er die letzten zwei Tage hindurch Zeit genug hatte, über die Rolle, die er zu spielen hatte, nachzudenken, so machte ihn doch das böse Gewissen etwas ängstlich, aber der Gedanke, daß er zum Prinzen geboren sei, stärkte ihn wieder, so daß er getrösteter seinem Ziele entgegenging.

Die Gegend um die Säule El-Serujah war unbewohnt und öde, und der neue Prinz wäre wegen seines Unterhalts etwas in Verlegenheit gekommen, wenn er sich nicht auf mehrere Tage versehen hätte. Er lagert sich also neben seinem Pferd, unter einigen Palmen, und erwartete dort sein ferneres Schicksal.

Gegen die Mitte des andern Tages sah er einen großen Zug mit Pferden und Kamelen über die Ebene her, auf die Säule El-Serujah zu, ziehen. Der Zug hielt am Fuße des Hügels, auf welchem die Säule stand, man schlug prachtvolle Zelte auf, und das Ganze sah aus, wie der Reisezug eines reichen Bassa oder Scheik. Labakan ahnete, daß die vielen Leute, welche er sah, sich seinetwegen hieher bemüht haben, und hätte ihnen gerne schon heute ihren künftigen Gebieter gezeigt, aber er mäßigte seine Begierde, als Prinz aufzutreten, da ja doch der nächste Morgen seine kühnsten Wünsche vollkommen befriedigen mußte.

Die Morgensonne weckte den überglücklichen Schneider zu dem wichtigsten Augenblick seines Lebens, welcher ihn aus einem niederen, unbekannten Sterblichen, an die Seite eines fürstlichen Vaters erheben sollte; zwar fiel ihm, als er sein Pferd aufzäumte, um zu der Säule hinzureiten, wohl auch das Unrechtmäßige seines Schrittes ein, zwar führten ihm seine Gedanken den Schmerz, des in seinen schönen Hoffnungen betrogenen Fürstensohnes vor, aber – der Würfel war geworfen, er konnte nicht mehr ungeschehen machen, was geschehen war, und seine Eigenliebe flüsterte ihm zu, daß er stattlich genug aussehe, um dem mächtigsten König sich als Sohn vorzustellen; ermutigt durch diesen Gedanken, schwang er sich auf sein Roß, nahm all seine Tapferkeit zusammen, um es in einen ordentlichen Galopp zu bringen, und in weniger als einer Viertelstunde war er am Fuße des Hügels angelangt. Er stieg ab von seinem Pferd und band es an eine Staude, deren mehrere an dem Hügel wuchsen; hierauf zog et den Dolch des Prinzen Omar hervor, und stieg den Hügel hinan. Am Fuß der Säule standen sechs Männer um einen Greisen von hohem, königlichem Ansehen; ein prachtvoller Kaftan von Goldstoff, mit einem weißen Kaschmirschal umgürtet, der weiße, mit blitzenden Edelsteinen geschmückte Turban, bezeichneten ihn als einen Mann von Reichtum und Würde.

Auf ihn ging Labakan zu, neigte sich tief vor ihm und sprach, indem er ihm den Dolch darreichte: »*Hier bin ich, den Ihr suchet.*«

»*Gelobt sei der Prophet, der dich erhielt*«, antwortete der Greis mit Freudentränen, »umarme deinen alten Vater, mein geliebter Sohn, Omar!« Der gute Schneider war sehr gerührt, durch diese feierlichen Worte,

und sank, mit einem Gemisch von Freude und Scham, in die Arme des alten Fürsten.

Aber nur einen Augenblick sollte er ungetrübt die Wonnen seines neuen Standes genießen; als er sich aus den Armen des fürstlichen Greises aufrichtete, sah er einen Reiter, über die Ebene her, auf den Hügel zueilen. Der Reiter und sein Roß gewährten einen sonderbaren Anblick; das Roß schien aus Eigensinn oder Müdigkeit nicht vorwärts zu wollen, in einem stolpernden Gang, der weder Schritt noch Trab war, zog es daher, der Reiter aber trieb es mit Händen und Füßen zu schnellerem Laufe an. Nur zu bald erkannte Labakan sein Roß Marva, und den echten Prinzen Omar, aber der böse Geist der Lüge war einmal in ihn gefahren, und er beschloß, wie es auch kommen möge, mit eiserner Stirne seine angemaßten Rechte zu behaupten.

Schon aus der Ferne hatte man den Reiter winken gesehen, jetzt war er, trotz dem schlechten Trab des Rosses Marva, am Fuße des Hügels angekommen, warf sich vom Pferd, und stürzte den Hügel hinan. »Haltet ein«, rief er, »wer ihr auch sein möget, haltet ein, und laßt euch nicht von dem schändlichsten Betrüger täuschen; ich heiße Omar, und kein Sterblicher wage es, meinen Namen zu mißbrauchen!«

Auf den Gesichtern der Umstehenden malte sich tiefes Erstaunen über diese Wendung der Dinge; besonders schien der Greis sehr betroffen, indem er bald den einen, bald den andern fragend ansah; Labakan aber sprach mit mühsam errungener Ruhe: »Gnädigster Herr und Vater, laßt Euch nicht irremachen durch diesen Menschen da, es ist, soviel ich weiß, ein wahnsinniger Schneidergeselle aus Alessandria, Labakan geheißen, der mehr unser Mitleid als unsern Zorn verdient.«

Bis zur Raserei aber brachten diese Worte den Prinzen; schäumend vor Wut, wollte er auf Labakan eindringen, aber die Umstehenden warfen sich dazwischen und hielten ihn fest, und der Fürst sprach: »Wahrhaftig, mein lieber Sohn, der arme Mensch ist verrückt; man binde ihn, und setze ihn auf eines unserer Drometaren, vielleicht, daß wir dem Unglücklichen Hülfe schaffen können.«

Die Wut des Prinzen hatte sich gelegt, weinend rief er dem Fürsten zu: »Mein Herz sagt mir, daß Ihr mein Vater seid, bei dem Andenken meiner Mutter beschwöre ich Euch, hört mich an.«

»Ei, Gott bewahre uns«, antwortete dieser, »er fängt schon wieder an, irre zu reden, wie doch der Mensch auf so tolle Gedanken kommen kann!« Damit ergriff er Labakans Arm und ließ sich von ihm den Hügel hinuntergeleiten; sie setzten sich beide auf schöne, mit reichen Decken behängte Pferde, und ritten, an der Spitze des Zuges, über die Ebene hin. Dem unglücklichen Prinzen aber fesselte man die Hände, und band ihn auf ein Drometar fest, und zwei Reiter waren ihm immer zur Seite, die ein wachsames Auge auf jede seiner Bewegungen hatten.

Der fürstliche Greis war Saaud, der Sultan der Wechabiten. Er hatte lange ohne Kinder gelebt, endlich wurde ihm ein Prinz geboren, nach dem er sich so lange gesehnt hatte; aber die Sterndeuter, welche er um die Vorbedeutungen des Knabens befragte, taten den Ausspruch: daß er bis ins zweiundzwanzigste Jahr in Gefahr stehe, von einem Feinde verdrängt zu werden; deswegen, um recht sicher zu gehen, hatte der Sultan den Prinzen seinem alten erprobten Freunde Elfi-Bei zum Erziehen gegeben, und zweiundzwanzig schmerzliche Jahre auf seinen Anblick geharrt.

Dieses hatte der Sultan unterwegs seinem (vermeintlichen) Sohne erzählt, und sich ihm außerordentlich zufrieden mit seiner Gestalt und seinem würdevollen Benehmen gezeigt.

Als sie in das Land des Sultans kamen, wurden sie überall von den Einwohnern mit Freudengeschrei empfangen, denn das Gerücht von der Ankunft des Prinzen hatte sich wie ein Lauffeuer durch alle Städte und Dörfer verbreitet. Auf den Straßen, durch welche sie zogen, waren Bögen von Blumen und Zweigen errichtet, glänzende Teppiche von allen Farben, schmückten die Häuser, und das Volk pries laut Gott und seinen Propheten, der ihnen einen so schönen Prinzen gesandt habe. Alles dies erfüllte das stolze Herz des Schneiders mit Wonne; desto unglücklicher mußte sich aber der echte Omar fühlen, der noch immer gefesselt, in stiller Verzweiflung dem Zuge folgte. Niemand kümmerte sich um ihn bei dem allgemeinen Jubel, der doch ihm galt; den Namen Omar riefen tausend und wieder tausend Stimmen, aber ihn, der diesen Namen mit Recht trug, ihn beachtete keiner; höchstens fragte einer oder der andere, wen man denn so eng gebunden mit fortführe, und schrecklich tönte in das Ohr des Prinzen, die Antwort seiner Begleiter: *es sei ein wahnsinniger Schneider.*

Der Zug war endlich in die Hauptstadt des Sultans gekommen, wo alles noch glänzender zu ihrem Empfang bereitet war, als in den übrigen Städten. Die Sultanin, eine ältliche, ehrwürdige Frau, erwartete sie mit ihrem ganzen Hofstaat in dem prachtvollen Saal des Schlosses. Der Boden dieses Saales war mit einem ungeheuern Teppich bedeckt; die Wände waren mit hellblauem Tuch geschmückt, das an goldenen Quasten und Schnüren in großen silbernen Haken hing.

Es war schon dunkel, als der Zug anlangte, daher waren im Saale viele kugelrunde, farbige Lampen angezündet, welche die Nacht zum Tag erhellten. Am klarsten und vielfarbigsten strahlten sie aber im Hintergrund des Saales, wo die Sultanin auf einem Throne saß. Der Thron stand auf vier Stufen, und war von lauterem Golde und mit großen Amethisten ausgelegt. Die vier vornehmsten Emire hielten einen Baldachin von roter Seide über dem Haupte der Sultanin, und der Scheik von Medina fächelte ihr mit einer Windfuchtel von weißen Pfaufedern Kühlung zu.

So erwartete die Sultanin ihren Gemahl und ihren Sohn, auch sie hatte ihn seit seiner Geburt nicht mehr gesehen, aber bedeutsame Träume hatten ihr den Ersehnten gezeigt, daß sie ihn aus Tausenden erkennen wollte. Jetzt hörte man das Geräusch des nahenden Zuges, Trompeten und Trommeln mischten sich in das Zujauchzen der Menge, der Hufschlag der Rosse tönte im Hof des Palastes, näher und näher rauschten die Tritte der Kommenden, die Türen des Saales flogen auf, und durch die Reihen der niederfallenden Diener eilte der Sultan, an der Hand seines Sohnes, vor den Thron der Mutter.

»Hier«, sprach er, »bringe ich dir den, nach welchem du dich so lange gesehnet.« –

Die Sultanin aber fiel ihm in die Rede: »Das ist mein Sohn nicht!« rief sie aus, »das sind nicht die Züge, die mir der Prophet im Traume gezeigt hat!«

Gerade, als ihr der Sultan ihren Aberglauben verweisen wollte, sprang die Türe des Saales auf, Prinz Omar stürzte herein, verfolgt von seinen Wächtern, denen er sich mit Anstrengung aller seiner Kraft entrissen hatte, er warf sich atemlos vor dem Throne nieder. »Hier will ich sterben, laß mich töten, grausamer Vater; denn diese Schmach dulde ich nicht länger!« Alles war bestürzt über diese Reden, man drängte sich um den Unglücklichen her, und schon wollten ihn die herbeieilenden Wachen ergreifen, und ihm wieder seine Bande anlegen, als die Sultanin, die in sprachlosem Erstaunen dieses alles mit angesehen hatte, von dem Throne aufsprang. »Haltet ein«, rief sie – »dieser und kein anderer ist der Rechte, dieser ist's, den meine Augen nie gesehen, und den mein Herz doch gekannt hat!«

Die Wächter hatten unwillkürlich von Omar abgelassen, aber der Sultan, entflammt von wütendem Zorn, rief ihnen zu, den Wahnsinnigen zu binden. »Ich habe hier zu entscheiden«, sprach er mit gebietender Stimme, »und hier richtet man nicht nach den Träumen der Weiber, sondern nach gewissen, untrüglichen Zeichen; dieser hier (indem er auf Labakan zeigte) ist mein Sohn, denn er hat mir das Wahrzeichen meines Freundes Elfi, *den Dolch*, gebracht.«

»Gestohlen hat er ihn«, schrie Omar, »mein argloses Vertrauen hat er zum Verrat mißbraucht!« Der Sultan aber hörte nicht auf die Stimme seines Sohnes, denn er war in allen Dingen gewohnt, eigensinnig nur seinem Urteil zu folgen; daher ließ er den unglücklichen Omar mit Gewalt aus dem Saal schleppen, er selbst aber begab sich mit Labakan in sein Gemach, voll Wut über die Sultanin, seine Gemahlin, mit der er doch seit fünfundzwanzig Jahren im Frieden gelebt hatte.

Die Sultanin aber war voll Kummer über diese Begebenheiten; sie war vollkommen überzeugt, daß ein Betrüger sich des Herzens des Sultans bemächtigt hatte, denn jenen Unglücklichen hatten ihr so viele bedeutsame Träume als ihren Sohn gezeigt.

Als sich ihr Schmerz ein wenig gelegt hatte, sann sie auf Mittel, um ihren Gemahl von seinem Unrecht zu überzeugen. Es war dies allerdings schwierig, denn jener, der sich für ihren Sohn ausgab, hatte das Erkennungszeichen, den Dolch, überreicht, und hatte auch, wie sie erfuhr, so viel von Omars früherem Leben von diesem selbst sich erzählen lassen, daß er seine Rolle, ohne sich zu verraten, spielte.

Sie berief die Männer zu sich, die den Sultan zu der Säule El-Serujah begleitet hatten, um sich alles genau erzählen zu lassen, und hielt dann mit ihren vertrautesten Sklavinnen Rat. Sie wählten und verwarfen dies und jenes Mittel; endlich sprach Melechsalah, eine alte, kluge Zirkassierin: »Wenn ich recht gehört habe, verehrte Gebieterin, so nannte der Überbringer des Dolches den, welchen du für deinen Sohn hältst, *Labakan, einen verwirrten Schneider*?« »Ja, so ist es«, antwortete die Sultanin, »aber was willst du damit?«

»Was meint Ihr«, fuhr jene fort, »wenn dieser Betrüger Eurem Sohn seinen eigenen Namen aufgeheftet hätte? – und wenn dies ist, so gibt es ein herrliches Mittel, den Betrüger zu fangen, das ich Euch ganz im geheim sagen will«; die Sultanin bot ihrer Sklavin das Ohr hin, und diese flüsterte ihr einen Rat zu, der ihr zu behagen schien, denn sie schickte sich an, sogleich zum Sultan zu gehen.

Die Sultanin war eine kluge Frau, welche wohl die schwachen Seiten des Sultans kannte, und sie zu benützen verstand. Sie schien daher ihm nachgeben, und den Sohn anerkennen zu wollen, und bat sich nur eine Bedingung aus; der Sultan, dem sein Aufbrausen gegen seine Frau leid tat, gestand die Bedingung zu, und sie sprach: »Ich möchte gerne den beiden eine Probe ihrer Geschicklichkeit auferlegen; eine andere würde sie vielleicht reiten, fechten, oder Speere werfen lassen, aber das sind Sachen, die ein jeder kann; nein! ich will ihnen etwas geben, wozu Scharfsinn gehört. Es soll nämlich jeder von ihnen einen Kaftan, und ein Paar Beinkleider verfertigen, und da wollen wir einmal sehen, wer die schönsten macht.«

Der Sultan lachte und sprach: »Ei, da hast du ja etwas recht Kluges ausgesonnen. Mein Sohn sollte mit deinem wahnsinnigen Schneider wetteifern, wer den besten Kaftan macht? Nein, das ist nichts.« –

Die Sultanin aber berief sich darauf, daß er ihr die Bedingung zum voraus zugesagt habe, und der Sultan, welcher ein Mann von Wort war, gab endlich nach, obgleich er schwur, wenn der wahnsinnige Schneider seinen Kaftan auch noch so schön mache, könne er ihn doch nicht für seinen Sohn erkennen.

Der Sultan ging selbst zu seinem Sohn, und bat ihn, sich in die Grillen seiner Mutter zu schicken, die nun einmal durchaus einen Kaftan von seiner Hand zu sehen wünsche. Dem guten Labakan lachte das Herz vor Freude, wenn es nur an *dem* fehlt, dachte er bei sich, da soll die Frau Sultanin bald Freude an mir erleben.

Man hatte zwei Zimmer eingerichtet, eines für den Prinzen, das andere für den Schneider, dort sollten sie ihre Kunst erproben, und man hatte jedem nur ein hinlängliches Stück Seidenzeug, Schere, Nadel und Faden gegeben.

Der Sultan war sehr begierig, was für ein Ding von Kaftan wohl sein Sohn zutage fördern werde, aber auch der Sultanin pochte unruhig das Herz, ob ihre List wohl gelingen werde, oder nicht. Man hatte den beiden zwei Tage zu ihrem Geschäft ausgesetzt, am dritten ließ der Sultan seine Gemahlin rufen, und als sie erschienen war, schickte er in jene zwei Zimmer, um die beiden Kaftane und ihre Verfertiger holen zu lassen. Triumphierend trat Labakan ein, und breitete seinen Kaftan vor den erstaunten Blicken des Sultans aus. »Siehe her Vater«, sprach er, »siehe her verehrte Mutter, ob dies nicht ein Meisterstück von einem Kaftan ist? da laß ich es mit dem geschicktesten Hofschneider auf eine Wette ankommen, ob er einen solchen herausbringt.« –

Die Sultanin lächelte, und wandte sich zu Omar: »Und was hast du herausgebracht, mein Sohn?« Unwillig warf dieser den Seidenstoff und die Schere auf den Boden. »Man hat mich gelehrt ein Roß zu bändigen, und einen Säbel zu schwingen, und meine Lanze trifft auf sechzig Gänge ihr Ziel – aber die Künste der Nadel sind mir fremd, sie wären auch unwürdig für einen Zögling Elfi-Beis, des Beherrschers von Kairo.«

»O du echter Sohn meines Herrn«, rief die Sultanin, »ach! daß ich dich umarmen, dich Sohn nennen dürfte! Verzeihet, mein Gemahl und Gebieter«, sprach sie dann, indem sie sich zum Sultan wandte, »daß ich diese List gegen Euch gebraucht habe; sehet Ihr jetzt noch nicht ein, wer Prinz, und wer Schneider ist; fürwahr, der Kaftan ist köstlich, den Euer Herr Sohn gemacht hat, und ich möchte ihn gerne fragen, bei welchem Meister er gelernt habe?«

Der Sultan saß in tiefen Gedanken, mißtrauisch, bald seine Frau, bald Labakan anschauend, der umsonst sein Erröten und seine Bestürzung, daß er sich so dumm verraten habe, zu bekämpfen suchte. »Auch dieser Beweis genügt nicht«, sprach er, »aber ich weiß, Allah sei es gedankt, ein Mittel zu erfahren, ob ich betrogen bin, oder nicht.«

Er befahl, sein schnellstes Pferd vorzuführen, schwang sich auf, und ritt in einen Wald, der nicht weit von der Stadt begann. Dort wohnte, nach einer alten Sage, eine gütige Fee, Adolzaide geheißen, welche oft schon den Königen seines Stammes, in der Stunde der Not, mit ihrem Rat beigestanden war; dorthin eilte der Sultan.

In der Mitte des Waldes war ein freier Platz, von hohen Zedern umgeben. Dort wohnte, nach der Sage, die Fee, und selten betrat ein

Sterblicher diesen Platz, denn eine gewisse Scheue davor, hatte sich aus alten Zeiten vom Vater auf den Sohn vererbt.

Als der Sultan dort angekommen war, stieg er ab, band sein Pferd an einen Baum, stellte sich in die Mitte des Platzes, und sprach mit lauter Stimme: »Wenn es wahr ist, daß du meinen Vätern gütigen Rat erteiltest, in der Stunde der Not, so verschmähe nicht die Bitte ihres Enkels und rate mir, wo menschlicher Verstand zu kurzsichtig ist.«

Er hatte kaum die letzten Worte gesprochen, als sich eine der Zedern öffnete, und eine verschleierte Frau in langen weißen Gewändern hervortrat. »Ich weiß, warum du zu mir kommst, Sultan Saaud, dein Wille ist redlich, darum soll dir auch meine Hülfe werden. Nimm diese zwei Kistchen. Laß jene beiden, welche deine Söhne sein wollen, wählen, ich weiß, daß der, welcher der echte ist, das rechte nicht verfehlen wird.« So sprach die Verschleierte und reichte ihm zwei kleine Kistchen von Elfenbein, reich mit Gold und Perlen verziert; auf dem Deckel, welchen der Sultan vergebens zu öffnen versuchte, standen Inschriften von eingesetzten Diamanten. –

Der Sultan besann sich, als er nach Haus ritt, hin und her, was wohl in den Kistchen sein könnte, welche er mit aller Mühe nicht zu eröffnen vermochte, auch die Aufschrift gab ihm kein Licht in der Sache, denn auf dem einen stand: »*Ehre und Ruhm.*« Auf dem andern: »*Glück und Reichtum.*« Der Sultan dachte bei sich, da würde auch ihm die Wahl schwer werden, unter diesen beiden Dingen, die gleich anziehend, gleich lockend seien.

Als er in seinen Palast zurückgekommen war, ließ er die Sultanin rufen, und sagte ihr den Ausspruch der Fee, und eine wunderbare Hoffnung erfüllte sie, daß jener, zu dem ihr Herz sie hinzog, das Kistchen wählen würde, welches seine königliche Abkunft beweisen sollte.

Vor dem Throne des Sultans wurden zwei Tische aufgestellt; auf sie setzte der Sultan, mit eigener Hand, die beiden Kistchen, bestieg dann den Thron, und winkte einem seiner Sklaven, die Pforte des Saales zu öffnen. Eine glänzende Versammlung von Bassas und Emiren des Reiches, die der Sultan berufen hatte, strömte durch die geöffnete Pforte. Sie ließen sich auf prachtvollen Polstern nieder, welche die Wände entlang aufgestellt waren.

Als sie sich alle niedergelassen hatten, winkte der König zum zweitenmal, und Labakan wurde hereingeführt; mit stolzem Schritte ging er durch den Saal, warf sich vor dem Throne nieder, und sprach: »Was befiehlt mein Herr und Vater?«

Der Sultan erhob sich auf seinem Throne und sprach: »Mein Sohn! es sind Zweifel an der Echtheit deiner Ansprüche auf diesen Namen erhoben worden; eines jener Kistchen enthält die Bestätigung deiner echten Geburt, wähle! ich zweifle nicht, du wirst das rechte wählen!«

Labakan erhob sich und trat vor die Kistchen, er erwog lange, was er wählen sollte, endlich sprach er: »Verehrter Vater! was kann es Höheres geben, als das *Glück*, dein Sohn zu sein, was Edleres, als den *Reichtum* Deiner Gande? Ich wähle das Kistchen, das die Aufschrift: ›*Glück und Reichtum*‹ zeigt.«

»Wir werden nachher erfahren, ob du recht gewählt hast, einstweilen setze dich dort auf das Polster, zum Bassa von Medina«, sagte der Sultan, und winkte seinen Sklaven.

Omar wurde hereingeführt; sein Blick war düster, seine Miene traurig, und sein Anblick erregte allgemeine Teilnahme unter den Anwesenden. Er warf sich vor dem Throne nieder, und fragte nach dem Willen des Sultans.

Der Sultan deutete ihm an, daß er eines der Kistchen zu wählen habe, er stand auf und trat vor den Tisch.

Er las aufmerksam beide Inschriften und sprach: »Die letzten Tage haben mich gelehrt, wie unsicher das Glück, wie vergänglich der Reichtum ist, sie haben mich aber auch gelehrt, daß ein unzerstörbares Gut in der Brust des Tapfern wohnt, *die Ehre*, und daß der leuchtende Stern *des Ruhmes* nicht mit dem Glück zugleich vergeht. Und sollte ich einer Krone entsagen, der Würfel liegt, *Ehre* und *Ruhm* ich wähle euch!« –

Er setzte seine Hand auf das Kistchen, das er erwählt hatte, aber der Sultan befahl ihm einzuhalten, er winkte Labakan gleichfalls vor seinen Tisch zu treten, und auch dieser legte seine Hand auf sein Kistchen.

Der Sultan aber ließ sich ein Becken mit Wasser von dem heiligen Brunnen Zemzem in Mekka bringen, wusch seine Hände zum Gebet, wandte sein Gesicht nach Osten, warf sich nieder und betete: »Gott meiner Väter! der du seit Jahrhunderten unsern Stamm rein und unverfälscht bewahrtest, gib nicht zu, daß ein Unwürdiger den Namen der Abassiden schände, sei mit deinem Schutze meinem echten Sohne nahe in dieser Stunde der Prüfung.«

Der Sultan erhob sich und bestieg seinen Thron wieder; allgemeine Erwartung fesselte die Anwesenden, man wagte kaum zu atmen, man hätte ein Mäuschen über den Saal gehen hören, so still und gespannt waren alle, die Hintersten machten lange Hälse, um über den Vordem nach den Kistchen sehen zu können. Jetzt sprach der Sultan: »Öffnet die Kistchen«, und diese, die vorher keine Gewalt zu öffnen vermochte, sprangen von selbst auf.

In dem Kistchen, das Omar gewählt hatte, lag auf einem samtenen Kissen eine kleine goldene Krone und ein Szepter; in Labakans Kistchen – eine große Nadel und ein wenig Zwirn! Der Sultan befahl den beiden, ihre Kästchen vor ihn zu bringen. Er nahm das Krönchen von dem Kissen in seine Hand, und wunderbar war es anzusehen: wie er es nahm, wurde es größer und größer, bis es die Größe einer rechten Krone erreicht hatte. Er setzte die Krone seinem Sohn Omar, der vor ihm kniete, auf das Haupt, küßte ihn auf die Stirne und hieß ihn zu seiner Rechten sich niedersetzen. Zu Labakan aber wandte er sich und sprach: »Es ist ein altes Sprüchwort: ›Der Schuster bleibe bei seinem Leist‹, es scheint als solltest du bei der Nadel bleiben.

Zwar hast du meine Gnade nicht verdient, aber es hat jemand für dich gebeten, dem ich heute nichts abschlagen kann; drum schenke ich dir dein armseliges Leben, aber wenn ich dir guten Rates bin, so beeile dich, daß du aus meinem Land kommst.«

Beschämt, vernichtet wie er war, vermochte der arme Schneider nichts zu erwidern; er warf sich vor dem Prinzen nieder, und Tränen drangen ihm aus den Augen. »Könnt Ihr mir vergeben, Prinz?« sagte er. –

»Treue gegen den Freund, Großmut gegen den Feind ist des Abassiden Stolz«, antwortete der Prinz, indem er ihn aufhob, »gehe hin im Frieden.« »O du mein echter Sohn!« rief gerührt der alte Sultan, und sank an die Brust des Sohnes, die Emiren und Bassa und alle Großen des Reiches standen auf von ihren Sitzen und riefen: »Heil dem neuen Königssohn«, und unter dem allgemeinen Jubel schlich sich Labakan, sein Kistchen unter dem Arm, aus dem Saal.

Er ging hinunter in die Ställe des Sultans, zäumte sein Roß Marva auf, und ritt zum Tore hinaus, Alessandria zu. Sein ganzes Prinzenleben kam ihm wie ein Traum vor, und nur das prachtvolle Kistchen, reich mit Perlen und Diamanten geschmückt, erinnerte ihn, daß er doch nicht geträumt habe.

Als er endlich wieder nach Alessandria kam, ritt er vor das Haus seines alten Meisters, stieg ab, band sein Rößlein an die Türe, und trat in die Werkstatt. Der Meister, der ihn nicht gleich kannte, machte ein großes Wesen und fragte, was ihm zu Dienst stehe; als er aber den Gast näher ansah, und seinen alten Labakan erkannte, rief er seine Gesellen und Lehrlinge herbei, und alle stürzten sich wie wütend auf den armen Labakan, der keines solchen Empfangs gewärtig war, stießen und schlugen ihn mit Biegeleisen und Eilenmeß, stachen ihn mit Nadeln, und zwickten ihn mit scharfen Scheren, bis er erschöpft auf einen Haufen alter Kleider niedersank.

Und als er nun so dalag, hielt ihm der Meister eine Strafrede über das gestohlene Kleid; vergebens versicherte Labakan, daß er nur deswegen wiedergekommen sei, um ihm alles zu ersetzen, vergebens bot er ihm den dreifachen Schadenersatz, der Meister und seine Gesellen fielen wieder über ihn her, schlugen ihn weidlich und warfen ihn zur Türe hinaus; zerschlagen und zerfetzt stieg er auf das Roß Marva und ritt in ein Karawanserei. Dort legte er sein müdes zerschlagenes Haupt nieder, und stellte Betrachtungen an über die Leiden der Erde, über das so oft verkannte Verdienst und über die Nichtigkeit und Flüchtigkeit aller Güter. Er schlief mit dem Entschluß ein, aller Größe zu entsagen, und ein ehrsamer Bürger zu werden.

Und den andern Tag gereute ihn sein Entschluß nicht, denn die schweren Hände des Meisters und seiner Gesellen schienen alle Hoheit aus ihm herausgeprügelt zu haben.

Er verkaufte um einen hohen Preis sein Kistchen an einen Juwelenhändler, kaufte sich ein Haus und richtete eine Werkstatt zu seinem Gewerbe ein. Als er alles gut eingerichtet und auch einen Schild mit der Aufschrift »*Labakan, Kleidermacher*« vor sein Fenster gehängt hatte, setzte er sich, und begann mit jener Nadel und dem Zwirn, die er in dem Kistchen gefunden, den Rock zu flicken, welchen ihm sein Meister so grausam zerfetzt hatte. Er wurde von seinem Geschäft abgerufen, und als er sich wieder an die Arbeit setzen wollte, welch sonderbarer Anblick bot sich ihm dar! Die Nadel nähte emsig fort, ohne von jemand geführt zu werden, sie machte feine, zierliche Stiche, wie sie selbst Labakan in seinen kunstreichsten Augenblicken nicht gemacht hatte!

Wahrlich, auch das geringste Geschenk einer gütigen Fee ist nützlich und von großem Wert! Noch einen anderen Wert hatte aber dies Geschenk, nämlich: das Stückchen Zwirn ging nie aus, die Nadel mochte so fleißig sein, als sie wollte.

Labakan bekam viele Kunden, und war bald der berühmteste Schneider weit und breit; er schnitt die Gewänder zu, und machte den ersten Stich mit der Nadel daran, und flugs arbeitete diese weiter, ohne Unterlaß, bis das Gewand fertig war. Meister Labakan hatte bald die ganze Stadt zu Kunden, denn er arbeitete schön und außerordentlich billig, und nur über *eines* schüttelten die Leute von Alessandria den Kopf, nämlich: daß er ganz ohne Gesellen und bei verschlossenen Türen arbeite.

So war der Spruch des Kistchens, *Glück* und *Reichtum* verheißend, in Erfüllung gegangen; Glück und Reichtum begleiteten, wenn auch in bescheidenem Maße, die Schritte des guten Schneiders, und wenn er von dem Ruhm des jungen Sultans Omar, der in aller Munde lebte, hörte, wenn er hörte, daß dieser Tapfere der Stolz und die Liebe seines Volkes und der Schrecken seiner Feinde sei, da dachte der ehemalige Prinz bei sich: »Es ist doch besser, daß ich ein Schneider geblieben bin, denn um die Ehre und den Ruhm ist es eine gar gefährliche Sache.« So lebte Labakan, zufrieden mit sich, geachtet von seinen Mitbürgern, und wenn die Nadel indes nicht ihre Kraft verloren, so näht sie noch jetzt mit dem ewigen Zwirn der gütigen Fee Adolzaide.

Die Geschichte vom Kalif Storch

1

Der Kalif Chasid zu Bagdad saß einmal an einem schönen Nachmittag behaglich auf seinem Sofa; er hatte ein wenig geschlafen, denn es war ein heißer Tag, und sah nun nach seinem Schläfchen recht heiter aus. Er rauchte aus einer langen Pfeife von Rosenholz, trank hie und da ein wenig Kaffe, den ihm ein Sklave einschenkte und strich sich allemal vergnügt den Bart, wenn es ihm geschmeckt hatte. Kurz, man sah dem Kalifen an, daß es ihm recht wohl war. Um diese Stunde konnte man gar gut mit ihm reden, weil er da immer recht mild und leutselig war, deswegen besuchte ihn auch sein Großvezier Mansor alle Tage um diese Zeit. An diesem Nachmittag nun kam er auch, sah aber sehr nachdenklich aus, ganz gegen seine Gewohnheit. Der Kalif tat die Pfeife ein wenig aus dem Mund und sprach: »Warum machst du ein so nachdenkliches Gesicht, Großvezier.«

Der Großvezier schlug seine Arme kreuzweis über die Brust, verneigte sich vor seinem Herrn, und antwortete: »Herr! ob ich ein nachdenkliches Gesicht mache, weiß ich nicht, aber da drunten am Schloß steht ein Krämer, der hat so schöne Sachen, daß es mich ärgert, nicht viel überflüssiges Geld zu haben.«

Der Kalif, der seinem Großvezier schon lange gern eine Freude gemacht hätte, schickte seinen schwarzen Sklaven hinunter, um den Krämer heraufzuholen. Bald kam der Sklave mit dem Krämer zurück. Dieser war ein kleiner dicker Mann, schwarzbraun im Gesicht und in zerlumptem Anzug. Er trug einen Kasten, in welchem er allerhand Waren hatte. Perlen und Ringe, reichbeschlagene Pistolen, Becher und Kämme. Der Kalif und sein Vezier musterten alles durch, und der Kalif kaufte endlich für sich und Mansor schöne Pistolen, für die Frau des Veziers aber einen Kamm. Als der Krämer seinen Kasten schon wieder zumachen wollte, sah der Kalif eine kleine Schublade, und fragte: ob da auch noch Waren seien? Der Krämer zog die Schublade heraus, und zeigte darin eine Dose mit schwärzlichem Pulver und ein Papier mit sonderbarer Schrift, die weder der Kalife noch Mansor lesen konnten. »Ich bekam einmal diese zwei Stücke von einem Kaufmann, der sie in Mekka auf der Straße fand«, sagte der Krämer, »ich weiß nicht, was sie enthalten; Euch stehen sie um geringen Preis zu Dienst, ich kann doch nichts damit anfangen.« Der Kalif, der in seiner Bibliothek gerne alte Manuskripte hatte, wenn er sie auch nicht lesen konnte, kaufte Schrift und Dose und entließ den Krämer. Der Kalif aber dachte, er möchte gerne wissen, was die Schrift enthalte, und fragte den Vezier, ob er keinen kenne, der es entziffern könnte. »Gnädigster Herr und Gebieter«, antwortete dieser, »an der großen Moschee wohnt ein Mann, er heißt *Selim, der Gelehrte*, der versteht alle Sprachen, laß ihn kommen, vielleicht kennt er diese geheimnisvollen Züge.«

Der Gelehrte Selim war bald herbeigeholt. »Selim«, sprach zu ihm der Kalif, »Selim, man sagt du seiest sehr gelehrt; guck einmal ein wenig in diese Schrift, ob du sie lesen kannst; kannst du sie lesen, so bekommst du ein neues Festkleid von mir, kannst du es nicht, so bekommst du zwölf Backenstreiche und fünfundzwanzig auf die Fußsohlen, weil man dich dann umsonst Selim, den Gelehrten, nennt.« Selim verneigte sich und sprach: »Dein Wille geschehe, o Herr!« Lange betrachtete er die Schrift, plötzlich aber rief er aus: »Das ist lateinisch, o Herr, oder ich laß mich hängen.« »Sag was drin steht«, befahl der Kalif, »wenn es lateinisch ist.«

Selim fing an zu übersetzen: »Mensch, der du dieses findest, preise Allah für seine Gnade. Wer von dem Pulver in dieser Dose schnupft, und dazu spricht: Mutabor, der kann sich in jedes Tier verwandeln, und versteht auch die Sprache der Tiere. Will er wieder in seine menschliche Gestalt zurückkehren, so neige er sich dreimal gen Osten, und spreche jenes Wort; aber hüte dich, wenn du verwandelt bist, daß du nicht lachest, sonst verschwindet das Zauberwort gänzlich aus deinem Gedächtnis und du bleibst ein Tier.«

Als Selim, der Gelehrte, also gelesen hatte, war der Kalif über die Maßen vergnügt. Er ließ den Gelehrten schwören, niemand etwas von dem Geheimnis zu sagen, schenkte ihm ein schönes Kleid und entließ ihn. Zu seinem Großvezier aber sagte er: »Das heiß ich gut einkaufen, Mansor! Wie freue ich mich bis ich ein Tier bin. Morgen früh kommst du zu mir; wir gehen dann miteinander aufs Feld, schnupfen etwas weniges aus meiner Dose und belauschen dann, was in der Luft und im Wasser, im Wald und Feld gesprochen wird!«

2

Kaum hatte am andern Morgen der Kalif Chasid gefrühstückt und sich angekleidet, als schon der Großvezier erschien, ihn, wie er befohlen, auf dem Spaziergang zu begleiten. Der Kalif steckte die Dose mit dem Zauberpulver in den Gürtel, und nachdem er seinem Gefolge befohlen, zurückzubleiben, machte er sich mit dem Großvezier ganz allein auf den Weg. Sie gingen zuerst durch die weiten Gärten des Kalifen, spähten aber vergebens nach etwas Lebendigem, um ihr Kunststück zu probieren. Der Vezier schlug endlich vor, weiter hinaus an einen Teich zu gehen, wo er schon oft viele Tiere, namentlich Störche, gesehen habe, die durch ihr gravitätisches Wesen und ihr Geklapper immer seine Aufmerksamkeit erregt haben.

Der Kalif billigte den Vorschlag seines Veziers, und ging mit ihm dem Teich zu. Als sie dort angekommen waren, sahen sie einen Storchen ernsthaft auf und ab gehen, Frösche suchend, und hie und da etwas vor sich hinklappernd. Zugleich sahen sie auch weit oben in der Luft einen andern Storchen dieser Gegend zuschweben.

»Ich wette meinen Bart, gnädigster Herr«, sagte der Großvezier, »wenn nicht diese zwei Langfüßler ein schönes Gespräch miteinander führen werden. Wie wäre es für uns beide, wenn wir Störche würden?«

»Wohl gesprochen!« antwortete der Kalif. »Aber vorher wollen wir noch einmal betrachten, wie man wieder Mensch wird. – Richtig! dreimal gen Osten geneigt und Mutabor gesagt, so bin ich wieder Kalif und du Vezier. Aber nur ums Himmels willen nicht gelacht, sonst sind wir verloren!«

Während der Kalif also sprach, sah er den andern Storchen über ihrem Haupt schweben, und langsam sich zur Erde lassen. Schnell zog er die Dose aus dem Gürtel, nahm eine gute Prise, bot sie dem Großvezir dar, der gleichfalls schnupfte, und beide riefen: »Mutabor.«

Da schrumpften ihre Beine ein, und wurden dünn und rot, die schönen gelben Pantoffel des Kalifen und seines Begleiters wurden unförmliche Storchfüße, die Arme wurden zu Flügeln, der Hals fuhr aus den Achseln und ward eine Elle lang, der Bart war verschwunden und den Körper bedeckten weiche Federn.

»Ihr habt einen hübschen Schnabel, Herr Großvezier«, sprach nach langem Erstaunen der Kalif. »Beim Bart des Propheten, so etwas habe ich in meinem Leben nicht gesehen.«

»Danke untertänigst«, erwiderte der Großvezier, indem er sich bückte, »aber wenn ich es wagen darf zu behaupten, Eure Hoheit sehen als Storch beinahe noch hübscher aus, denn als Kalif. Aber kommt, wenn es Euch gefällig ist, daß wir unsere Kameraden dort belauschen, und erfahren, ob wir wirklich *Storchisch* können?«

Indem war der andere Storch auf der Erde angekommen; er putzte sich mit dem Schnabel seine Füße, legte seine Federn zurecht, und ging auf den ersten Storchen zu. Die beiden neuen Störche aber beeilten sich in ihre Nähe zu kommen, und vernahmen zu ihrem Erstaunen folgendes Gespräch:

»Guten Morgen, Frau *Langbein*, so früh schon auf der Wiese?«

»Schönen Dank, liebe *Klapperschnabel*! Ich habe mir nur ein kleines Frühstück geholt. Ist Euch vielleicht ein Viertelchen Eidechs gefällig, oder ein Froschschenkelein?«

»Danke gehorsamst; habe heute gar keinen Appetit. Ich komme auch wegen etwas ganz anderem auf die Wiese. Ich soll heute vor den Gästen meines Vaters tanzen, und da will ich mich im stillen ein wenig üben.«

Zugleich schritt die junge Störchin in wunderlichen Bewegungen durch das Feld. Der Kalif und Mansor sahen ihr verwundert nach; als sie aber in malerischer Stellung auf einem Fuß stand, und mit den Flügeln anmutig dazu wedelte, da konnten sich die beiden nicht mehr halten, ein unaufhaltsames Gelächter brach aus ihren Schnäbeln hervor, von dem sie sich erst nach langer Zeit erholten. Der Kalif faßte sich zuerst wieder. »Das war einmal ein Spaß«, rief er, »der nicht mit Gold zu bezahlen ist; schade! daß die dummen Tiere durch unser Gelächter sich haben verscheuchen lassen, sonst hätten sie gewiß auch noch gesungen!«

Aber jetzt fiel es dem Großvezier ein, daß das Lachen während der Verwandlung verboten war. Er teilte seine Angst deswegen dem Kalifen mit. »Potz Mekka und Medina! das wäre ein schlechter Spaß, wenn ich ein Storch bleiben müßte! Besinne dich doch auf das dumme Wort, ich bring es nicht heraus.«

»Dreimal gen Osten müssen wir uns bücken, und dazu sprechen: Mu – Mu – Mu –«

Sie stellten sich gegen Osten und bückten sich in einem fort, daß ihre Schnäbel beinahe die Erde berührten; aber, o Jammer! das Zauberwort war ihnen entfallen und sooft sich auch der Kalife bückte, so sehnlich auch sein Vezier Mu – Mu dazu rief, jede Erinnerung daran war verschwunden, und der arme Chasid und sein Vezier waren und blieben Störche. –

3

Traurig wandelten die Verzauberten durch die Felder, sie wußten gar nicht, was sie in ihrem Elend anfangen sollten. Aus ihrer Storchenhaut

konnten sie nicht heraus, in die Stadt zurück konnten sie auch nicht um sich zu erkennen zu geben, denn wer hätte einem Storchen geglaubt, daß er der Kalif sei, und wenn man es auch geglaubt hätte, würden die Einwohner von Bagdad einen Storchen zum Kalifen gewollt haben?

So schlichen sie mehrere Tage umher, und ernährten sich kümmerlich von Feldfrüchten, die sie aber wegen ihrer langen Schnäbel nicht gut verspeisen konnten. Zu Eidechsen und Fröschen hatten sie übrigens keinen Appetit, denn sie befürchteten, mit solchen Leckerbissen sich den Magen zu verderben. Ihr einziges Vergnügen in dieser traurigen Lage war, daß sie fliegen konnten, und so flogen sie oft auf die Dächer von Bagdad, um zu sehen, was darin vorging.

In den ersten Tagen bemerkten sie große Unruhe und Trauer in den Straßen; aber ungefähr am vierten Tag nach ihrer Verzauberung saßen sie auf dem Palast des Kalifen, da sahen sie unten in der Straße einen prächtigen Aufzug; Trommeln und Pfeifen ertönten, ein Mann in einem goldgestickten Scharlachmantel saß auf einem geschmückten Pferd, umgeben von glänzenden Dienern; halb Bagdad sprang ihm nach, und alle schrien: »Heil Mizra! dem Herrscher von Bagdad!« Da sahen die beiden Störche auf dem Dache des Palastes einander an, und der Kalife Chasid sprach: »Ahnst du jetzt, warum ich verzaubert bin, Großvezier? Dieser Mizra ist der Sohn meines Todfeindes, des mächtigen Zauberers Kaschmir, der mir in einer bösen Stunde Rache schwur. Aber noch gebe ich die Hoffnung nicht auf. Komm mit mir, du treuer Gefährte meines Elends, wir wollen zum Grab des Propheten wandern, vielleicht daß an heiliger Stätte der Zauber gelöst wird.«

Sie erhoben sich vom Dach des Palastes, und flogen der Gegend von Medina zu.

Mit dem Fliegen wollte es aber gar nicht gut gehen, denn die beiden Störche hatte noch wenig Übung. »O Herr«, ächzte nach ein paar Stunden der Großvezier, »ich halte es, mit Eurer Erlaubnis, nicht mehr lange aus, Ihr fliegt gar zu schnell! Auch ist es schon Abend, und wir täten wohl, ein Unterkommen für die Nacht zu suchen.«

Chasid gab der Bitte seines Dieners Gehör; und da er unten im Tale eine Ruine erblickte, die ein Obdach zu gewähren schien, so flogen sie dahin. Der Ort, wo sie sich für diese Nacht niedergelassen hatten,

schien ehemals ein Schloß gewesen zu sein. Schöne Säulen ragten unter den Trümmern hervor, mehrere Gemächer, die noch ziemlich erhalten waren, zeugten von der ehemaligen Pracht des Hauses. Chasid und sein Begleiter gingen durch die Gänge umher, um sich ein trockenes Plätzchen zu suchen; plötzlich blieb der Storch Mansor stehen. »Herr und Gebieter«, flüsterte er leise, »wenn es nur nicht töricht für ein Großvezier, noch mehr aber für einen Storchen wäre, sich vor Gespenstern zu fürchten! Mir ist ganz unheimlich zumut, denn hier neben hat es ganz vernehmlich geseufzt und gestöhnt.« Der Kalif blieb nun auch stehen, und hörte ganz deutlich ein leises Weinen, das eher einem Menschen, als einem Tiere anzugehören schien. Voll Erwartung wollte er der Gegend zugehen, woher die Klagetöne kamen, der Vezier aber packte ihn mit dem Schnabel am Flügel, und bat ihn flehentlich, sich nicht in neue unbekannte Gefahren zu stürzen. Doch vergebens! Der Kalif, dem auch unter dem Storchenflügel ein tapferes Herz schlug, riß sich mit Verlust einiger Federn los, und eilte in einen finstern Gang. Bald war er an einer Türe angelangt, die nur angelehnt schien, und woraus er deutliche Seufzer, mit ein wenig Geheul, vernahm. Er stieß mit dem Schnabel die Türe auf, blieb aber überrascht auf der Schwelle stehen. In dem verfallenen Gemach, das nur durch ein kleines Gitterfenster spärlich erleuchtet war, sah er eine große Nachteule am Boden sitzen. Dicke Tränen rollten ihr aus den großen runden Augen, und mit heiserer Stimme stieß sie ihre Klagen zu dem krummen Schnabel heraus. Als sie aber den Kalifen und seinen Vezier, der indes auch herbeigeschlichen war, erblickte, erhob sie ein lautes Freudengeschrei. Zierlich wischte sie mit dem braungefleckten Flügel die Tränen aus dem Auge, und zu dem großen Erstaunen der beiden, rief sie in gutem menschlichem Arabisch: »Willkommen ihr Störche, ihr seid mir ein gutes Zeichen meiner Errettung, denn durch Störche werde mir ein großes Glück kommen, ist mir einst prophezeit worden!«

Als sich der Kalif von seinem Erstaunen erholt hatte, bückte er sich mit seinem langen Hals, brachte seine dünnen Füße in eine zierliche Stellung, und sprach: »Nachteule! deinen Worten nach, darf ich glauben, eine Leidensgefährtin in dir zu sehen. Aber ach! Deine Hoffnung, daß durch uns deine Rettung kommen werde, ist vergeblich. Du wirst unsere Hülflosigkeit selbst erkennen, wenn du unsere Geschichte hörst.« Die Nachteule bat ihn zu erzählen, der Kalif aber hub an und erzählte, was wir bereits wissen.

4

Als der Kalif der Eule seine Geschichte vorgetragen hatte, dankte sie ihm und sagte: »Vernimm auch meine Geschichte und höre, wie ich nicht weniger unglücklich bin als du. Mein Vater ist der König von Indien, ich, seine einzige, unglückliche Tochter, heiße Lusa. Jener Zauberer Kaschmir, der euch verzauberte, hat auch mich ins Unglück gestürzt. Er kam eines Tags zu meinem Vater und begehrte mich zur Frau für seinen Sohn Mizra. Mein Vater aber, der ein hitziger Mann ist, ließ ihn die Treppe hinunterwerfen. Der Elende wußte sich unter einer andern Gestalt, wieder in meine Nähe zu schleichen, und als ich einst in meinem Garten Erfrischungen zu mir nehmen wollte, brachte er mir, als Sklave verkleidet, einen Trank bei, der mich in diese abscheuliche Gestalt verwandelte. Vor Schrecken ohnmächtig, brachte er mich hieher und rief mir mit schrecklicher Stimme in die Ohren:

›Da sollst du bleiben, häßlich, selbst von den Tieren verachtet, bis an dein Ende, oder bis einer aus freiem Willen dich, selbst in dieser schrecklichen Gestalt, zur Gattin begehrt. So räche ich mich an dir und deinem stolzen Vater.‹

Seitdem sind viele Monate verflossen. Einsam und traurig lebe ich als Einsiedlerin in diesem Gemäuer, verabscheut von der Welt, selbst den Tieren ein Greuel; die schöne Natur ist vor mir verschlossen, denn ich bin blind am Tage, und nur, wenn der Mond sein bleiches Licht über dies Gemäuer ausgießt, fällt der verhüllende Schleier von meinem Auge.«

Die Eule hatte geendet, und wischte sich mit dem Flügel wieder die Augen aus, denn die Erzählung ihrer Leiden hatte ihr Tränen entlockt.

Der Kalif war bei der Erzählung der Prinzessin in tiefes Nachdenken versunken. »Wenn mich nicht alles täuscht«, sprach er, »so findet zwischen unserem Unglück ein geheimer Zusammenhang statt; aber wo finde ich den Schlüssel zu diesem Rätsel?« Die Eule antwortete ihm: »O Herr! auch mir ahnet dies; denn es ist mir einst in meiner frühesten Jugend von einer weisen Frau prophezeit worden, daß ein Storch mir ein großes Glück bringen werden, und ich wüßte vielleicht, wie wir uns retten könnten.« Der Kalif war sehr erstaunt und fragte, auf welchem Wege sie meine? »Der Zauberer, der uns beide unglücklich gemacht hat«, sagte sie, »kommt alle Monate einmal in diese Ruinen. Nicht weit von diesem Gemach ist ein Saal. Dort pflegt er dann mit vielen Genossen zu schmausen. Schon oft habe ich sie dort belauscht. Sie erzählen dann einander ihre schändlichen Werke, vielleicht daß er dann das Zauberwort, das ihr vergessen habt, ausspricht.«

»Oh, teuerste Prinzessin«, rief der Kalif, »sag an, *wann* kommt er, und *wo* ist der Saal?«

Die Eule schwieg einen Augenblick, und sprach denn: »Nehmet es nicht ungütig, aber nur unter *einer* Bedingung kann ich Euern Wunsch erfüllen.«

»Sprich aus! sprich aus!« schrie Chasid, »befiehl, es ist mir jede recht –«

»Nämlich ich möchte auch gerne zugleich frei sein, dies kann aber nur geschehen, wenn einer von euch mir seine Hand reicht.«

Die Störche schienen über den Antrag etwas betroffen zu sein, und der Kalif winkte seinem Diener, ein wenig mit ihm hinauszugehen.

»Großvezier«, sprach vor der Türe der Kalif, »das ist ein dummer Handel, aber Ihr könntet sie schon nehmen.«

»So?« antwortete dieser, »daß mir meine Frau, wenn ich nach Haus komme, die Augen auskratzt. Auch bin ich ein alter Mann, und Ihr seid noch jung und unverheiratet, und könnet eher einer jungen schönen Prinzeß die Hand geben.«

»Das ist es eben«, seufzte der Kalif, indem er traurig die Flügel hängen ließ, »wer sagt dir denn, daß sie jung und schön ist? Das heißt eine Katze im Sack kaufen!«

Sie redeten einander gegenseitig noch lange zu, endlich aber, als der Kalif sah, daß sein Vezier lieber Storch bleiben, als die Eule heiraten wollte, entschloß er sich, die Bedingung lieber selbst zu erfüllen. Die Eule war hoch erfreut. Sie gestand ihnen, daß sie zu keiner bessern Zeit hätten kommen können, weil wahrscheinlich in dieser Nacht die Zauberer sich versammeln werden.

Sie verließ mit den Störchen das Gemach, um sie in jenen Saal zu führen; sie gingen lange in einem finstern Gang hin, endlich strahlte ihnen aus einer halbverfallenen Mauer ein heller Schein entgegen. Als sie dort angelangt waren, riet ihnen die Eule, sich ganz ruhig zu verhalten. Sie konnten von der Lücke, an welcher sie standen, einen großen Saal übersehen. Er war ringsum mit Säulen geschmückt und prachtvoll verziert. Viele farbige Lampen ersetzten das Licht des Tages. In der Mitte des Saales stand ein runder Tisch, mit vielen und ausgesuchten Speisen besetzt. Rings um den Tisch zog sich ein Sofa, auf welchem 8 Männer saßen. In einem dieser Männer erkannten die Störche jenen Krämer wieder, der ihnen das Zauberpulver verkauft hatte. Sein Nebensitzer forderte ihn auf, ihnen seine neuesten Taten zu erzählen. Er erzählte unter andern auch die Geschichte des Kalifen und seines Veziers.

»Was für ein Wort hast du ihnen denn aufgegeben?« fragte ihn ein anderer Zauberer. »Ein recht schweres lateinisches, es heißt *Mutabor.*«

5

Als die Störche an ihrer Mauerlücke dieses hörten, kamen sie vor Freuden beinahe außer sich. Sie liefen auf ihren langen Füßen so schnell dem Tor der Ruine zu, daß die Eule kaum folgen konnte. Dort sprach der Kalif gerührt zu der Eule: »Retterin meines Lebens und des Lebens meines Freundes, nimm zum ewigen Dank für das, was du an uns getan, mich zum Gemahl an.« Dann aber wandte er sich nach Osten. Dreimal bückten die Störche ihre langen Hälse der Sonnen entgegen, die soeben hinter dem Gebirge heraufstieg; »*Mutabor*«, riefen sie, im Nu waren sie verwandelt, und in der hohen Freude des neugeschenkten Lebens, lagen Herr und Diener lachend und weinend einander in den Armen. Wer beschreibt aber ihr Erstaunen, als sie sich umsahen. Eine schöne Dame, herrlich geschmückt, stand vor ihnen. Lächelnd gab sie dem Kalifen die Hand.

»Erkennt Ihr Eure Nachteule nicht mehr?« sagte sie. Sie war es; der Kalif war von ihrer Schönheit und Anmut so entzückt, daß er ausrief: es sei sein größtes Glück, daß er Storch geworden sei.

Die drei zogen nun miteinander auf Bagdad zu. Der Kalif fand in seinen Kleidern nicht nur die Dose mit Zauberpulver, sondern auch seinen Geldbeutel. Er kaufte daher im nächsten Dorfe, was zu ihrer Reise nötig war, und so kamen sie bald an die Tore von Bagdad. Dort aber erregte die Ankunft des Kalifen großes Erstaunen. Man hatte ihn für tot ausgegeben, und das Volk war daher hoch erfreut, seinen geliebten Herrscher wiederzuhaben.

Um so mehr aber entbrannte ihr Haß gegen den Betrüger Mizra. Sie zogen in den Palast, und nahmen den alten Zauberer und seinen Sohn gefangen. Den Alten schickte der Kalif in dasselbe Gemach der Ruine, das die Prinzessin als Eule bewohnt hatte, und ließ ihn dort aufhängen. Dem Sohn aber, welcher nichts von den Künsten des Vaters verstand, ließ der Kalif die Wahl, ob er sterben oder schnupfen wolle. Als er das letztere wählte, bot ihm der Großvezier die Dose. Eine tüchtige Prise, und das Zauberwort des Kalifen verwandelte ihn in einen Storchen. Der Kalif ließ ihn in ein eisernes Käfig sperren und in seinem Garten aufstellen.

Lange und vergnügt lebte Kalif Chasid mit seiner Frau, der Prinzessin; seine vergnügtesten Stunden waren immer die, wenn ihn der Großvezier nachmittags besuchte; da sprachen sie dann oft von ihrem Storchenabenteuer, und wenn der Kalif recht heiter war, ließ er sich herab, den Großvezier nachzuahmen, wie er als Storch aussah. Er stieg dann ernsthaft, mit steifen Füßen im Zimmer auf und ab, klapperte, wedelte mit den Armen, wie mit Flügeln und zeigte, wie jener sich vergeblich nach Osten geneigt und Mu – Mu – dazu gerufen habe. Für die Frau Kalifin und ihre Kinder war diese Vorstellung allemal eine große Freude; wenn aber der Kalif gar zu lange klapperte und nickte und Mu – Mu – schrie, dann drohte ihm lächelnd der Vezier: er wolle das, was vor der Türe der Prinzessin *Nachteule* verhandelt worden sei, der *Frau Kalifin* mitteilen.

Die Geschichte von dem Gespensterschiff

Mein Vater hatte einen kleinen Laden in Balsora; er war weder arm noch reich und war einer von jenen Leuten, die nicht gerne etwas wagen, aus Furcht das wenige zu verlieren, das sie haben. Er erzog mich schlicht und recht, und brachte es bald so weit, daß ich ihm an die Hand gehen konnte. Gerade als ich achtzehn Jahr alt war, als er die erste größere Spekulation machte, starb er, wahrscheinlich aus Gram, tausend Goldstücke dem Meere anvertraut zu haben. Ich mußte ihn bald nachher wegen seines Todes glücklich preisen, denn wenige Wochen hernach, lief die Nachricht ein, daß das Schiff, dem mein Vater seine Güter mitgegeben hatte, versunken sei. Meinen jugendlichen Mut konnte aber dieser Unfall nicht beugen. Ich machte alles vollends zu Geld, was mein Vater hinterlassen hatte, und zog aus, um in der Fremde mein Glück zu probieren, nur von einem alten Diener meines Vaters begleitet, der sich aus alter Anhänglichkeit nicht von mir und meinem Schicksal trennen wollte.

Im Hafen von Balsora schifften wir uns mit günstigem Winde ein. Das Schiff, auf dem ich mich eingemietet hatte, war nach Indien bestimmt. Wir waren schon fünfzehn Tage auf der gewöhnlichen Straße gefahren, als uns der Kapitän einen Sturm verkündete. Er machte ein bedenkliches Gesicht, denn es schien, er kenne in dieser Gegend das Fahrwasser nicht genug, um einem Sturm mit Ruhe begegnen zu können. Er ließ alle Segel einziehen, und wir trieben ganz langsam hin. Die Nacht war angebrochen, war hell und kalt, und der Kapitän glaubte schon, sich in den Anzeichen des Sturmes getäuscht zu haben. Auf einmal schwebte ein Schiff, das wir vorher nicht gesehen hatten, dicht an dem unsrigen vorbei. Wildes Jauchzen und Geschrei erscholl aus dem Verdeck herüber, worüber ich mich zu dieser angstvollen Stunde, vor einem Sturm, nicht wenig wunderte. Aber der Kapitän an meiner Seite wurde blaß, wie der Tod. »Mein Schiff ist verloren«, rief er, »dort segelt der Tod!« Ehe ich ihn noch über diesen sonderbaren Ausruf befragen konnte, stürzten schon heulend und schreiend die Matrosen herein: »Habt ihr ihn gesehn?« schrien sie, »jetzt ist's mit uns vorbei.«

Der Kapitän aber ließ Trostsprüche aus dem Koran vorlesen, und setzte sich selbst ans Steuerruder. Aber vergebens! Zusehends brauste der Sturm auf, und ehe eine Stunde verging, krachte das Schiff und blieb sitzen. Die Boote wurden ausgesetzt, und kaum hatten sich die letzten Matrosen gerettet, so versank das Schiff vor unsern Augen, und als ein Bettler fuhr ich in die See hinaus. Aber der Jammer hatte noch kein Ende. Fürchterlicher tobte der Sturm, das Boot war nicht mehr zu regieren. Ich hatte meinen alten Diener fest umschlungen und wir versprachen uns, nie voneinander zu weichen. Endlich brach der Tag an; aber mit dem ersten Blick der Morgenröte faßte der Wind das Boot, in welchem wir saßen, und stürzte es um. Ich habe keinen meiner Schiffsleute mehr gesehen. Der Sturz hatte mich betäubt; und als ich aufwachte, befand ich mich in den Armen meines alten treuen Dieners, der sich auf das umgeschlagene Boot gerettet, und mich nachgezogen hatte. Der Sturm hatte sich gelegt. Von unserem Schiff war nichts mehr zu sehen, wohl aber entdeckten wir, nicht weit von uns, ein anderes Schiff, auf das die Wellen uns hintrieben. Als wir näher hinzukamen, erkannte ich das Schiff als dasselbe, das in der Nacht an uns vorbeifuhr, und welches den Kapitän so sehr in Schrecken gesetzt hatte. Ich empfand ein sonderbares Grauen vor diesem Schiffe. Die Äußerung des Kapitäns, die sich so furchtbar bestätigt hatte, das öde Aussehen des Schiffes, auf dem sich, so nahe wir auch herankamen, so laut wir schrien, niemand zeigte, erschreckten mich. Doch es war unser einziges Rettungsmittel, darum priesen wir den Propheten, der uns so wundervoll erhalten hatte.

Am Vorderteil des Schiffes hing ein langes Tau herab. Mit Händen und Füßen ruderten wir darauf zu, um es zu erfassen. Endlich glückte es. Noch einmal erhob ich meine Stimme, aber immer blieb es still auf dem Schiff. Da klimmten wir an dem Tau hinauf, ich als der Jüngste voran. Aber Entsetzen! Welches Schauspiel stellte sich meinem Auge dar, als ich das Verdeck betrat. Der Boden war mit Blut gerötet, 20–30 Leichname in türkischen Kleidern lagen auf dem Boden, am mittleren Mastbaum stand ein Mann, reich gekleidet, den Säbel in der Hand, aber das Gesicht war blaß und verzerrt, durch die Stirne ging ein großer

Nagel, der ihn an den Mastbaum heftete, auch er war tot. Schrecken fesselte meine Schritte, ich wagte kaum zu atmen. Endlich war auch mein Begleiter heraufgekommen. Auch ihn überraschte der Anblick des Verdeckes, das gar nichts Lebendiges, sondern nur so viele schreckliche Tote zeigte. Wir wagten es endlich, nachdem wir in der Seelenangst zum Propheten gefleht hatten, weiter vorzuschreiten. Bei jedem Schritte sahen wir uns um, ob nicht etwas Neues, noch Schrecklicheres sich darbiete; aber alles blieb, wie es war; weit und breit nichts Lebendiges, als wir und das Weltmeer. Nicht einmal laut zu sprechen wagten wir, aus Furcht, der tote, am Mast angespießte Kapitano, möchte seine starre Augen nach uns hindrehen, oder einer der Getöteten möchte seinen Kopf umwenden. Endlich waren wir bis an eine Treppe gekommen, die in den Schiffsraum führte. Unwillkürlich machten wir dort halt und sahen einander an, denn keiner wagte es recht, seine Gedanken zu äußern.

»O Herr«, sprach mein treuer Diener, »hier ist etwas Schreckliches geschehen. Doch, wenn auch das Schiff da unten voll Mörder steckt, so will ich mich ihnen doch lieber auf Gnade und Ungnade ergeben, als längere Zeit unter diesen Toten zubringen.« Ich dachte wie er, wir faßten ein Herz und stiegen voll Erwartung hinunter. Totenstille aber auch hier, und nur unsere Schritte hallten auf der Treppe. Wir standen an der Türe der Kajüte. Ich legte mein Ohr an die Türe und lauschte, es war nichts zu hören. Ich machte auf. Das Gemach bot einen unordentlichen Anblick dar. Kleider, Waffen und anderes Geräte lag untereinander. Nichts in Ordnung. Die Mannschaft, oder wenigstens der Kapitano, mußte vor kurzem gezecht haben, denn es lag alles noch umher. Wir gingen weiter von Raum zu Raum, von Gemach zu Gemach, überall fanden wir herrliche Vorräte in Seide, Perlen, Zucker usw. Ich war vor Freude über diesen Anblick außer mir, denn da niemand auf dem Schiff war, glaubte ich, alles mir zueignen zu dürfen, Ibrahim aber machte mich aufmerksam darauf, daß wir wahrscheinlich noch sehr weit vom Land seien, wohin wir allein und ohne menschliche Hülfe nicht kommen können.

Wir labten uns an den Speisen und Getränken, die wir in reichlichem Maß vorfanden, und stiegen endlich wieder aufs Verdeck. Aber hier schauderte uns immer die Haut, ob dem schrecklichen Anblick der Leichen. Wir beschlossen, uns davon zu befreien und sie über Bord zu werfen; aber wie schauerlich ward uns zumut, als wir fanden, daß sich keiner aus seiner Lage bewegen ließ. Wie festgebannt lagen sie am Boden, und man hätte den Boden des Verdecks ausheben müssen, um sie zu entfernen, und dazu gebrach es uns an Werkzeugen. Auch der

Kapitano ließ sich nicht von seinem Mast losmachen, nicht einmal seinen Säbel konnten wir der starren Hand entwinden. Wir brachten den Tag in trauriger Betrachtung unserer Lage zu, und als es Nacht zu werden anfing, erlaubt ich dem alten Ibrahim, sich schlafen zu legen, ich selbst aber wollte auf dem Verdeck wachen, um nach Rettung auszuspähen. Als aber der Mond heraufkam und ich nach den Gestirnen berechnete, daß es wohl um die elfte Stunde sei, überfiel mich ein so unwiderstehlicher Schlaf, daß ich unwillkürlich hinter ein Faß, das auf dem Verdeck stand, zurückfiel. Doch war es mehr Betäubung als Schlaf, denn ich hörte deutlich die See an der Seite des Schiffes anschlagen, und die Segel vom Winde knarren und pfeifen. Auf einmal glaubte ich Stimmen und Männertritte auf dem Verdeck zu hören. Ich wollte mich aufrichten, um darnach zu schauen; aber eine unsichtbare Gewalt hielt meine Glieder gefesselt, nicht einmal die Augen konnte ich aufschlagen. Aber immer deutlicher wurden die Stimmen, es war mir, als wenn ein fröhliches Schiffsvolk auf dem Verdeck sich umhertriebe; mitunter glaubte ich, die kräftige Stimme eines Befehlenden zu hören, auch hörte ich Taue und Segel deutlich auf- und abziehen. Nach und nach aber schwanden mir die Sinne, ich verfiel in einen tieferen Schlaf, in dem ich nur noch ein Geräusch von Waffen zu hören glaubte, und erwachte erst, als die Sonne schon hoch stand und mir aufs Gesicht brannte. Verwundert schaute ich mich um, Sturm, Schiff, die Toten und was ich in dieser Nacht gehört hatte, kam mir wie ein Traum vor, aber als ich aufblickte, fand ich alles wie gestern. Unbeweglich lagen die Toten, unbeweglich war der Kapitano an den Mastbaum geheftet. Ich lachte über meinen Traum und stand auf, um meinen Alten zu suchen.

Dieser saß ganz nachdenklich in der Kajüte. »O Herr!« rief er aus, als ich zu ihm hereintrat, »ich wollte lieber im tiefsten Grund des Meeres liegen als in diesem verhexten Schiff noch eine Nacht zubringen.« Ich fragte ihn nach der Ursache seines Kummers, und er antwortete mir: »Als ich einige Stunden geschlafen hatte, wachte ich auf und vernahm, wie man über meinem Haupt hin und her lief. Ich dachte zuerst Ihr wäret es, aber es waren wenigstens zwanzig, die oben umherliefen, auch hörte ich rufen und schreien. Endlich kamen schwere Tritte die Treppe herab. Da wußte ich nichts mehr von mir, nur hie und da kehrte auf einige Augenblicke meine Besinnung zurück, und da sah ich dann denselben Mann, der oben am Mast angenagelt ist, an jenem Tisch dort sitzen, singend und trinkend, aber der, der in einem roten Scharlachkleid nicht weit von ihm am Boden liegt, saß neben ihm und half ihm trinken.« Also erzählte mir mein alter Diener.

Ihr könnt es mir glauben, meine Freunde, daß mir gar nicht wohl zumut war; denn es war keine Täuschung, ich hatte ja auch die Toten gar wohl gehöret. In solcher Gesellschaft zu schiffen, war mir greulich. Mein Ibrahim aber versank wieder in tiefes Nachdenken.

»Jetzt hab ich's«, rief er endlich aus; es fiel ihm nämlich ein Sprüchlein ein, das ihn sein Großvater, ein erfahrener, weitgereister Mann gelehrt hatte, und das gegen jeden Geister- und Zauberspuk helfen sollte; auch behauptete er jenen unnatürlichen Schlaf, der uns befiel, in der nächsten Nacht verhindern zu können, wenn wir nämlich recht eifrig Sprüche aus dem Koran beteten. Der Vorschlag des alten Mannes gefiel mir wohl. In banger Erwartung sahen wir die Nacht herankommen. Neben der Kajüte war ein kleines Kämmerchen, dorthin beschlossen wir uns zurückzuziehen. Wir bohrten mehrere Löcher in die Türe, hinlänglich groß, um durch sie die ganze Kajüte zu überschauen; dann verschlossen wir die Türe, so gut es ging, von innen, und Ibrahim schrieb den Namen des Propheten in alle vier Ecken. So erwarteten wir die Schrecken der Nacht. Es mochte wieder ungefähr elf Uhr sein, als es mich gewaltig zu schläfern anfing. Mein Gefährte riet mir daher, einige Sprüche des Korans zu beten, was mir auch half. Mit einem Male schien es oben lebhaft zu werden, die Taue knarrten, Schritte gingen über das Verdeck und mehrere Stimmen waren deutlich zu unterscheiden. Mehrere Minuten hatten wir so in gespannter Erwartung gesessen, da hörten wir etwas die Treppe der Kajüte herabkommen. Als dies der Alte hörte, fing er an, seinen Spruch, den ihn sein Großvater gegen Spuk und Zauberei gelehrt hatte, herzusagen:

»Kommt ihr herab aus der Luft,
Steigt ihr aus tiefem Meer,
Schlieft ihr in dunkler Gruft
Stammt ihr vom Feuer her:
Allah ist euer Herr und Meister
Ihm sind gehorsam alle Geister.«

Ich muß gestehen, ich glaubte gar nicht recht an diesen Spruch und mir stieg das Haar zu Berg, als die Türe aufflog. Herein trat jener große, stattliche Mann, den ich am Mastbaum angenagelt gesehen hatte. Der Nagel ging ihm auch jetzt mitten durchs Hirn, das Schwert aber hatte er in die Scheide gesteckt, hinter ihm trat noch ein anderer herein, weniger kostbar gekleidet; auch ihn hatte ich oben liegen sehen. Der Kapitano, denn dies war er unverkennbar, hatte ein bleiches Gesicht, einen großen schwarzen Bart, wildrollende Augen, mit denen er sich im ganzen Gemach umsah. Ich konnte ihn ganz deutlich sehen, als er an unserer Türe vorüberging; er aber schien gar nicht auf die Türe zu achten, die uns verbarg. Beide setzten sich an den Tisch, der in der Mitte der Kajüte stand, und sprachen laut und fast schreiend miteinander in einer unbekannten Sprache. Sie wurden immer lauter und eifriger, bis endlich der Kapitano mit geballter Faust auf den Tisch hineinschlug, daß das Zimmer dröhnte. Mit wildem Gelächter sprang der andere auf und winkte dem Kapitano, ihm zu folgen. Dieser stand auf, riß den Säbel aus der Scheide und beide verließen das Gemach. Wir atmeten freier als sie weg waren; aber unsere Angst hatte noch lange kein Ende. Immer lauter und lauter ward es auf dem Verdeck. Man hörte eilends hin und her laufen und schreien, lachen und heulen. Endlich ging ein wahrhaft höllischer Lärm los, so daß wir glaubten, das Verdeck mit allen Segeln komme zu uns herab, Waffengeklirr und Geschrei – auf einmal aber tiefe Stille. Als wir es nach vielen Stunden wagten hinauszugehen, trafen wir alles wie sonst; nicht *einer* lag anders als früher, alle waren steif wie Holz.

So waren wir mehrere Tage auf dem Schiffe, es ging immer nach Osten, wohin zu, nach meiner Berechnung, Land liegen mußte, aber wenn es auch bei Tag viele Meilen zurückgelegt hatte, bei Nacht schien es immer wieder zurückzukehren, denn wir befanden uns immer wieder am nämlichen Fleck, wenn die Sonne aufging. Wir konnten uns dies nicht anders erklären, als daß die Toten jede Nacht mit vollem Winde zurücksegelten. Um nun dies zu verhüten, zogen wir, ehe es Nacht wurde, alle Segel ein und wandten dasselbe Mittel an, wie bei der Türe in der Kajüte; wir schrieben den Namen des Propheten auf Pergament und auch das Sprüchlein des Großvaters dazu, und banden es um die eingezogenen Segel. Ängstlich warteten wir in unserem

Kämmerchen den Erfolg ab. Der Spuk schien diesmal noch ärger zu toben, aber siehe, am anderen Morgen waren die Segel noch aufgerollt, wie wir sie verlassen hatten. Wir spannten den Tag über nur so viele Segel auf, als nötig waren, das Schiff sanft fortzutreiben, und so legten wir in fünf Tagen eine gute Strecke zurück.

Endlich am Morgen des sechsten Tages, entdeckten wir in geringer Ferne Land, und wir dankten Allah und seinem Propheten, für unsere wunderbare Rettung. Diesen Tag und die folgende Nacht trieben wir an einer Küste hin, und am siebenten Morgen glaubten wir in geringer Entfernung eine Stadt zu entdecken; wir ließen mit vieler Mühe einen Anker in die See, der alsobald Grund faßte, setzten ein kleines Boot, das auf dem Verdeck stand, aus, und ruderten mit aller Macht der Stadt zu. Nach einer halben Stunde liefen wir in einen Fluß ein, der sich in die See ergoß, und stiegen ans Ufer. Im Stadttor erkundigten wir uns, wie die Stadt heiße, und erfuhren, daß es eine indische Stadt sei, nicht weit von der Gegend, wohin ich zuerst zu schiffen willens war. Wir begaben uns in eine Karawanserei und erfrischten uns von unserer abenteuerlichen Reise. Ich forschte daselbst auch nach einem weisen und verständigen Mann, indem ich dem Wirt zu verstehen gab, daß ich einen solchen haben möchte, der sich ein wenig auf Zauberei verstehe. Er führte mich in eine abgelegene Straße, an ein unscheinbares Haus, pochte an und man ließ mich eintreten, mit der Weisung, ich solle nur nach Muley fragen.

In dem Hause kam mir ein altes Männlein mit grauem Bart und langer Nase entgegen, und fragte nach meinem Begehr. Ich sagte ihm, ich suche den weisen Muley und er antwortete mir, er seie es selbst. Ich fragte ihn nun um Rat, was ich mit den Toten machen solle, und wie ich es angreifen müsse, um sie aus dem Schiff zu bringen? Er antwortete mir: die Leute des Schiffes seien wahrscheinlich wegen irgendeines Frevels auf das Meer verzaubert; er glaube, der Zauber werde sich lösen, wenn man sie ans Land bringe; dies könne aber nicht geschehen, als wenn man die Bretter, auf denen sie liegen, losmache. Mir gehöre, von Gott und Rechts wegen, das Schiff samt allen Gütern, weil ich es gleichsam gefunden habe; doch solle ich alles sehr geheimhalten, und ihm ein kleines Geschenk von meinem Überfluß machen, er wolle dafür mit seinen Sklaven mir behülflich sein, die Toten wegzuschaffen.

Ich versprach ihn reichlich zu belohnen, und wir machten uns mit fünf Sklaven, die mit Sägen und Beilen versehen waren, auf den Weg. Unterwegs konnte der Zauberer Muley unseren glücklichen Einfall, die Segel mit den Sprüchen des Korans zu umwinden, nicht genug loben. Er sagte, es sei dies das einzige Mittel gewesen, uns zu retten.

Es war noch ziemlich früh am Tage, als wir beim Schiff ankamen. Wir machten uns alle sogleich ans Werk, und in einer Stunde lagen schon vier in dem Nachen. Einige der Sklaven mußten sie ans Land rudern, um sie dort zu verscharren. Sie erzählten als sie zurückkamen, die Toten haben ihnen die Mühe des Begrabens erspart, indem sie, sowie man sie auf die Erde gelegt habe, in Staub zerfallen seien. Wir fuhren fort, die Toten abzusägen, und bis vor Abend waren alle ans Land gebracht. Es war endlich keiner mehr an Bord als der, welcher am Mast angenagelt war. Umsonst suchten wir den Nagel aus dem Holz zu ziehen, keine Gewalt vermochte ihn, auch nur ein Haarbreit zu verrücken. Ich wußte nicht, was anzufangen war, man konnte doch nicht den Mastbaum abhauen, um ihn ans Land zu führen. Doch aus dieser Verlegenheit half Muley. Er ließ schnell einen Sklaven ans Land rudern, um einen Topf mit Erde zu bringen. Als dieser herbeigeholt war, sprach der Zauberer geheimnisvolle Worte darüber aus, und schüttete die Erde auf das Haupt des Toten. Sogleich schlug dieser die Augen auf, holte tief Atem, und die Wunde des Nagels in seiner Stirne, fing an zu bluten. Wir zogen den Nagel jetzt leicht heraus, und der Verwundete fiel einem der Sklaven in die Arme.

»Wer hat mich hieher geführt?« sprach er, nachdem er sich ein wenig erholt zu haben schien. Muley zeigte auf mich, und ich trat zu ihm. »Dank dir unbekannter Fremdling, du hast mich von langen Qualen errettet. Seit fünfzig Jahren schifft mein Leib durch diese Wogen, und mein Geist war verdammt, jede Nacht in ihn zurückzukehren. Aber jetzt hat mein Haupt die Erde berührt, und ich kann versöhnt zu meinen Vätern gehen.« Ich bat ihn, uns doch zu sagen, wie er zu diesem schrecklichen Zustand gekommen sei, und er sprach: »Vor fünfzig Jahren war ich ein mächtiger, angesehener Mann und wohnte in Algier; die Sucht nach Gewinn trieb mich, ein Schiff auszurüsten und Seeraub zu treiben. Ich hatte dieses Geschäft schon einige Zeit fortgeführt, da nahm ich einmal auf Zante einen Derwisch an Bord, der umsonst reisen wollte. Ich und meine Gesellen waren rohe Leute und achteten nicht auf die Heiligkeit des Mannes, vielmehr trieb ich mein Gespött mit ihm. Als er aber einst in heiligem Eifer mir meinen sündigen Lebenswandel verwiesen hatte, übermannte mich nachts in meiner Kajüte, als ich mit meinem Steuermann viel getrunken hatte, der Zorn. Wütend über das, was mir ein Derwisch gesagt hatte, und was ich mir von keinem Sultan hätte sagen lassen, stürzte ich aufs Verdeck und stieß ihm meinen Dolch in die Brust. Sterbend verwünschte er mich und meine Mannschaft, nicht sterben und nicht leben zu können, bis wir unser Haupt auf die Erde legen. Der Derwisch starb, und wir warfen ihn in die See und verlachten seine Drohungen; aber noch in derselben Nacht erfüllten sich seine Worte. Ein Teil meiner Mannschaft empörte sich gegen mich. Mit fürchterlicher Wut wurde gestritten, bis meine Anhänger unterlagen, und ich an den Mast genagelt wurde. Aber auch die Empörer unterlagen ihren Wunden, und bald war mein Schiff nur ein großes Grab. Auch mir brachen die Augen, mein Atem hielt an und ich meinte zu sterben. Aber es war nur eine Erstarrung, die mich gefesselt hielt; in der nächsten Nacht, zur nämlichen Stunde, da wir den Derwisch in die See geworfen, erwachte ich und alle meine Genossen, das Leben war zurückgekehrt, aber wir konnten nichts tun und sprechen, als was wir in jener Nacht gesprochen und getan hatten. So segeln wir seit fünfzig Jahren, können nicht leben, nicht sterben; denn wie konnten wir das Land erreichen. Mit toller Freude segelten wir allemal mit vollen Segeln in den Sturm, weil wir hofften, endlich an einer Klippe zu zerschellen und das müde Haupt, auf dem Grund des Meeres, zur Ruhe zu legen. Es ist uns nicht gelungen. Jetzt aber werde ich sterben. Noch einmal meinen Dank, unbekannter Retter, wenn Schätze dich lohnen können, so nimm mein Schiff, als Zeichen meiner Dankbarkeit.«

Der Kapitano ließ sein Haupt sinken, als er so eben gesprochen hatte, und verschied. Sogleich zerfiel er auch, wie seine Gefährten, in Staub. Wir sammelten diesen in ein Kästchen und begruben ihn am Lande; aus der Stadt nahm ich aber Arbeiter, die mir mein Schiff in guten Zustand setzten. Nachdem ich die Waren, die ich an Bord hatte, gegen andere mit großem Gewinn eingetauscht hatte, mietete ich Matrosen, beschenkte meinen Freund Muley reichlich, und schiffte mich nach meinem Vaterland ein. Ich machte aber einen Umweg, indem ich an vielen Inseln und Ländern landete und meine Waren zu Markt brachte. Der Prophet segnete mein Unternehmen. Nach dreiviertel Jahren lief ich noch einmal so reich, als mich der sterbende Kapitän gemacht hatte, in Balsora ein. Meine Mitbürger waren erstaunt, über meine Reichtümer und mein Glück, und glaubten nicht anders, als ich habe das Diamantental des berühmten Reisenden Sindbad gefunden. Ich ließ sie auf ihrem Glauben, von nun an aber mußten die jungen Leute von Balsora, wenn sie kaum achtzehn Jahre alt waren, in die Welt hinaus, um, gleich mir, ihr Glück zu machen. Ich aber lebte ruhig und im Frieden, und alle fünf Jahre machte ich eine Reise nach Mekka, um dem Herrn, an heiliger Stätte, für seinen Segen zu danken, und für den Kapitano und seine Leute zu bitten, daß er sie in sein Paradies aufnehme.

Die Geschichte von der abgehauenen Hand

Ich bin in Konstantinopel geboren; mein Vater war ein Dragoman (Dolmetscher) bei der Pforte (dem türkischen Hof), und trieb nebenbei einen ziemlich einträglichen Handel mit wohlriechenden Essenzen und seidenen Stoffen. Er gab mir eine gute Erziehung, indem er mich teils selbst unterrichtete, teils von einem unserer Priester mir Unterricht geben ließ. Er bestimmte mich anfangs, seinen Laden einmal zu übernehmen, als ich aber größere Fähigkeiten zeigte, als er erwartet hatte, bestimmte er mich, auf das Anraten seiner Freunde, zum Arzt; weil ein Arzt, wenn er etwas mehr gelernt hat, als die gewöhnlichen Marktschreier, in Konstantinopel sein Glück machen kann. Es kamen viele Franken in unser Haus, und einer davon überredete meinen Vater, mich in sein Vaterland, nach der Stadt Paris, reisen zu lassen, wo man solche Sachen unentgeltlich und am besten lernen könne. Er selbst aber wolle mich, wenn er zurückreise, umsonst mitnehmen. Mein Vater, der in seiner Jugend auch gereist war, schlug ein, und der Franke sagte mir, ich könne mich in drei Monaten bereit halten. Ich war außer mir vor Freuden, fremde Länder zu sehen, und konnte den Augenblick nicht erwarten, wo wir uns einschiffen würden. Der Franke hatte endlich seine Geschäfte abgemacht und sich zur Reise bereitet; am Vorabend der Reise, führte mich mein Vater in sein Schlafkämmerlein. Dort sah ich schöne Kleider und Waffen auf dem Tische liegen. Was meine Blicke aber noch mehr anzog, war ein großer Haufe Goldes, denn ich hatte noch nie so viel beieinander gesehen. Mein Vater umarmte mich dort, und sagte: »Siehe mein Sohn, ich habe dir Kleider zu der Reise besorgt. Jene Waffen sind dein, es sind die nämlichen, die mir dein Großvater umhing, als ich in die Fremde auszog. Ich weiß, du kannst sie führen; gebrauche sie aber nie, als wenn du angegriffen wirst; dann aber schlage auch tüchtig drauf. Mein Vermögen ist nicht groß; siehe, ich habe es in drei Teile geteilt, einer davon ist dein, einer davon sei mein Unterhalt und Notpfennig, der dritte aber sei mir ein heiliges unantastbares Gut, er diene *dir* in der Stunde der Not.« So sprach mein alter Vater, und Tränen hingen ihm im Auge, vielleicht aus Ahnung, denn ich habe ihn nie wiedergesehen.

Die Reise ging gut vonstatten, wir waren bald im Lande der Franken angelangt; und sechs Tagreisen hernach, kamen wir in die große Stadt Paris. Hier mietete mir mein fränkischer Freund ein Zimmer, und riet mir, mein Geld, das in allem zweitausend Taler betrug, vorsichtig anzuwenden. Ich lebte drei Jahre in dieser Stadt, und lernte, was ein tüchtiger Arzt wissen muß, ich müßte aber lügen, wenn ich sagte, daß ich gerne dort gewesen sei, denn die Sitten dieses Volkes gefielen mir nicht; auch hatte ich nur wenige gute Freunde dort, diese aber waren edle junge Männer.

Die Sehnsucht nach der Heimat, wurde endlich mächtig in mir, in der ganzen Zeit hatte ich nichts von meinem Vater gehört, und ich ergriff daher eine günstige Gelegenheit, nach Hause zu kommen.

Es ging nämlich eine Gesandtschaft aus Frankenland, nach der Hohen Pforte. Ich verdang mich als Wundarzt in das Gefolge der Gesandten, und kam glücklich wieder nach Stambul. Das Haus meines Vaters aber fand ich verschlossen, und die Nachbarn staunten, als sie mich sahen und sagten mir, mein Vater sei vor zwei Monaten gestorben. Jener Priester, der mich in meiner Jugend unterrichtet hatte, brachte mir den Schlüssel, allein und verlassen zog ich in das verödete Haus ein. Ich fand noch alles, wie es mein Vater verlassen hatte, nur das Gold, das er mir zu hinterlassen versprach, fehlte. Ich fragte den Priester darüber, und dieser verneigte sich, und sprach: »Euer Vater ist als ein heiliger Mann gestorben; denn er hat sein Gold der Kirche vermacht.« Dies war und blieb mir unbegreiflich; doch was wollte ich machen; ich hatte keine Zeugen gegen den Priester und mußte froh sein, daß er nicht auch das Haus und die Waren meines Vaters als Vermächtnis angesehen hatte. Dies war das erste Unglück, das mich traf. Von jetzt an aber, kam es Schlag auf Schlag. Mein Ruf als Arzt, wollte sich gar nicht ausbreiten, weil ich mich schämte, den Marktschreier zu machen, und überall fehlte mir die Empfehlung meines Vaters, der mich bei den Reichsten und Vornehmsten eingeführt hätte, die jetzt nicht mehr an den armen Zaleukos dachten. Auch die Waren meines Vaters fanden keinen Abgang, denn die Kunden hatten sich nach seinem Tode verlaufen, und neue bekommt man nur langsam. Als ich einst trostlos über meine Lage nachdachte, fiel mir ein, daß ich oft in Franken Männer meines Volkes gesehen hatte, die das Land durchzogen und ihre Waren auf den Märkten der Städte auslegten; ich erinnerte mich, daß man ihnen gerne abkaufte, weil sie aus der Fremde kamen, und daß man bei solchem Handel das Hundertfache erwerben könne. Sogleich war auch mein Entschluß gefaßt. Ich verkaufte mein väterliches Haus, gab einen Teil des gelösten Geldes einem bewährten Freunde zum Aufbewahren, von dem übrigen aber kaufte ich, was man in Franken selten hat, als: Shawls, seidene Zeuge, Salben und Öle, mietete einen Platz auf einem Schiff, und trat so meine zweite Reise nach Franken an. Es schien, als ob das Glück, sobald ich die Schlösser der Dardanellen im Rücken hatte, mir wieder günstig geworden wäre. Unsere Fahrt war kurz und glücklich. Ich durchzog die großen und kleinen Städte der Franken, und fand überall willige Käufer meiner Waren. Mein Freund in Stambul sandte mir immer wieder frische Vorräte, und ich wurde von Tag zu Tag wohlhabender. Als ich endlich so viel erspart hatte, daß ich glaubte, ein größeres Unternehmen wagen zu können, zog ich mit meinen Waren nach Italien. Etwas muß ich aber noch gestehen, was mir auch nicht wenig Geld einbrachte, ich nahm auch meine Arzneikunst zu Hülfe. Wenn ich in eine Stadt kam, ließ ich durch Zettel verkünden, daß ein griechischer Arzt da sei, der schon viele geheilt habe; und wahrlich, mein Balsam und meine Arzneien haben mir manche Zechine eingebracht. So war ich endlich nach der Stadt Florenz, in Italien, gekommen. Ich nahm mir vor, längere Zeit in dieser Stadt zu bleiben, teils weil sie mir sehr wohl gefiel, teils auch, weil ich mich von den Strapazen meines Umherziehens erholen wollte. Ich mietete mir ein Gewölbe in dem Stadtviertel St. Croce und nicht weit davon ein paar schöne Zimmer, die auf einen Altan führten, in einem Wirtshaus. Sogleich ließ ich auch meine Zettel umhertragen, die mich als Arzt und Kaufmann ankündigten. Ich hatte kaum mein Gewölbe eröffnet, so strömten auch die Käufer herzu, und ob ich gleich ein wenig hohe Preise hatte, so verkaufte ich doch mehr als andere, weil ich gefällig und freundlich gegen meine Kunden war. Ich hatte schon vier Tage vergnügt in Florenz verlebt, als ich eines Abends, da ich schon mein Gewölbe schließen, und nur die Vorräte in meinen Salbenbüchsen, nach meiner Gewohnheit, noch einmal mustern wollte, in einer kleinen Büchse einen Zettel fand, den ich mich nicht erinnerte, hineingetan zu haben. Ich öffnete den Zettel und fand darin eine Einladung: diese Nacht, Punkt zwölf Uhr, auf der Brücke, die man Ponte Vecchio heißt, mich einzufinden. Ich sann lange darüber nach, wer es wohl sein könnte, der mich dorthin einlud, da ich aber keine Seele in Florenz kannte, dachte ich, man werde mich vielleicht heimlich zu irgendeinem Kranken führen wollen, was schon öfter geschehen war. Ich beschloß also, hinzugehen, doch hing ich zur Vorsicht den Säbel um, den mir einst mein Vater geschenkt hatte.

Als es stark gegen Mitternacht ging, machte ich mich auf den Weg, und kam bald auf die Ponte Vecchio. Ich fand die Brücke verlassen und öde, und beschloß zu warten, bis der erscheinen würde, der mich rief. Es war eine kalte Nacht; der Mond schien hell und ich schaute hinab in die Wellen des Arno, die weithin im Mondlicht schimmerten. Auf den Kirchen der Stadt schlug es jetzt zwölf Uhr, ich richtete mich auf, und

vor mir stand ein großer Mann, ganz in einen roten Mantel gehüllt, dessen einen Zipfel er vor das Gesicht hielt.

Ich war von Anfang etwas erschrocken, weil er so plötzlich hinter mir stand, faßte mich aber sogleich wieder und sprach: »Wenn Ihr mich habt hieher bestellt, so sagt an, was steht zu Eurem Befehl?« Der Rotmantel wandte sich um, und sagte langsam: »Folge.« Da ward mir's doch etwas unheimlich zumut, mit diesem Unbekannten allein zu gehen, ich blieb stehen, und sprach: »Nicht also, lieber Herr, wollet Ihr mir vorerst sagen, wohin; auch könnet Ihr mir Euer Gesicht ein wenig zeigen, daß ich sehe, ob Ihr Gutes mit mir vorhabt.« Der Rote aber schien sich nicht darum zu kümmern: »Wenn du nicht willst, Zaleukos, so bleibe«, antwortete er und ging weiter. Da entbrannte mein Zorn. »Meinet Ihr«, rief ich aus, »ein Mann wie ich, lasse sich von jedem Narren foppen, und ich werde in dieser kalten Nacht umsonst gewartet haben.« In drei Sprüngen hatte ich ihn erreicht, packte ihn an seinem Mantel, und schrie noch lauter, indem ich die andere Hand an den Säbel legte; aber der Mantel blieb mir in der Hand, und der Unbekannte war um die nächste Ecke verschwunden. Mein Zorn legte sich nach und nach, ich hatte doch den Mantel, und dieser sollte mir schon den Schlüssel zu diesem wunderlichen Abenteuer geben. Ich hing ihn um, und ging meinen Weg weiter nach Hause. Als ich kaum noch hundert Schritte davon entfernt war, streifte jemand dicht an mir vorüber und flüsterte in fränkischer Sprache: »Nehmt Euch in acht, Graf, heute nacht ist nichts zu machen.« Ehe ich mich aber umsehen konnte, war dieser Jemand schon vorbei, und ich sah nur noch einen Schatten an den Häusern hinschweben. Daß dieser Zuruf den Mantel und nicht mich anging, sah ich ein, doch gab er mir kein Licht über die Sache. Am andern Morgen überlegte ich, was zu tun sei. Ich war von Anfang gesonnen, den Mantel ausrufen zu lassen, als hätte ich ihn gefunden, doch da konnte der Unbekannte ihn durch einen Dritten holen lassen, und ich hätte dann keinen Aufschluß über die Sache gehabt. Ich besah, indem ich so nachdachte, den Mantel näher. Er war von schwerem genuesischem Samt, purpurrot, mit astrachanischem Pelz verbrämt und reich mit Gold gestickt. Der prachtvolle Anblick des Mantels brachte mich auf einen Gedanken, den ich auszuführen beschloß. – Ich trug ihn in mein Gewölbe und legte ihn zum Verkauf aus, setzte aber auf ihn einen so hohen Preis, daß ich gewiß war, keinen Käufer zu finden. Mein Zweck dabei war, jeden, der nach dem Pelz fragen würde, scharf ins Auge zu fassen; denn die Gestalt des Unbekannten, die sich mir, nach Verlust des Mantels, wenn auch nur flüchtig, doch bestimmt zeigte, wollte ich aus Tausenden erkennen. Es fanden sich viele Kauflustige zu dem Mantel, dessen außerordentliche Schönheit alle Augen auf sich zog, aber keiner glich entfernt dem Unbekannten, keiner wollte den hohen Preis von zweihundert Zechinen dafür bezahlen. Auffallend war mir dabei, daß, wenn ich einen oder den andern fragte, ob denn sonst kein solcher Mantel in Florenz sei, alle mit Nein antworteten und versicherten, eine so kostbare und geschmackvolle Arbeit nie gesehen zu haben.

Es wollte schon Abend werden, da kam endlich ein junger Mann, der schon oft bei mir gewesen war, und auch heute viel auf den Mantel geboten hatte, warf einen Beutel mit Zechinen auf den Tisch, und rief: »Bei Gott! Zaleukos, ich muß deinen Mantel haben, und sollte ich zum Bettler darüber werden.« Zugleich begann er, seine Goldstücke aufzuzählen. Ich kam in große Not, ich hatte den Mantel nur ausgehängt, um vielleicht die Blicke meines Unbekannten darauf zu ziehen, und jetzt kam ein junger Tor, um den ungeheuren Preis zu zahlen. Doch was blieb mir übrig; ich gab nach, denn es tat mir auf der andern Seite der Gedanke wohl, für mein nächtliches Abenteuer so schön entschädigt zu werden. Der Jüngling hing sich den Mantel um und ging; er kehrte aber auf der Schwelle wieder um, indem er ein Papier, das am Mantel befestigt war, losmachte, mir zuwarf, und sagte: »Hier Zaleukos, hängt etwas, das wohl nicht zu dem Mantel gehört.« Gleichgültig nahm ich den Zettel, aber siehe da, dort stand geschrieben: »Bringe heute nacht, um die bewußte Stunde, den Mantel auf die Ponte Vecchio, vierhundert Zechinen warten deiner.« Ich stand, wie niedergedonnert. So hatte ich also mein Glück selbst verscherzt und meinen Zweck gänzlich verfehlt! Doch ich besann mich nicht lange, raffte die zweihundert Zechinen zusammen, sprang dem, der den Mantel gekauft hatte, nach, und sprach: »Nehmt Eure Zechinen wieder, guter Freund, und laßt mir den Mantel, ich kann ihn unmöglich hergeben.« Dieser hielt die Sache von Anfang für Spaß, als er aber merkte, daß es Ernst war, geriet er in Zorn über meine Forderung, schalt mich einen Narren, und so kam es endlich zu Schlägen. Doch ich war so glücklich im Handgemeng, ihm den Mantel zu entreißen, und wollte schon mit davoneilen, als der junge Mann die Polizei zu Hülfe rief, und mich mit sich vor Gericht zog. Der Richter war sehr erstaunt über die Anklage, und sprach meinem Gegner den Mantel zu. Ich aber bot dem Jüngling zwanzig, fünfzig achtzig, ja hundert Zechinen über seine zweihundert, wenn er mir den Mantel ließe. Was meine Bitten nicht vermochten, bewirkte mein Gold. Er nahm meine guten Zechinen, ich aber zog mit dem Mantel triumphierend ab und mußte mir gefallen lassen, daß man mich in ganz Florenz für einen Wahnsinnigen hielt. Doch die Meinung der Leute war mir gleichgültig, ich wußte es ja besser, als sie, daß ich an dem Handel noch gewann.

Mit Ungeduld erwartete ich die Nacht. Um dieselbe Zeit, wie gestern, ging ich, den Mantel unter dem Arm, auf die Ponte Vecchio. Mit dem letzten Glockenschlag kam die Gestalt aus der Nacht heraus, auf mich zu. Es war unverkennbar der Mann von gestern. »Hast du den Mantel?« wurde ich gefragt. »Ja Herr«, antwortete ich, »aber er kostete mich bar hundert Zechinen.« »Ich weiß es«, entgegnete jener. »Schau auf, hier sind vierhundert.« Er trat mit mir an das breite Geländer der Brücke, und zählte die Goldstücke hin. Vierhundert waren es; prächtig blitzten sie im Mondschein, Ihr Glanz erfreute mein Herz, ach! Es ahnete nicht, daß es seine letzte Freude sein werde. Ich steckte mein Geld in die Tasche, und wollte mir nun auch den gütigen Unbekannten recht betrachten; aber er hatte eine Larve vor dem Gesicht, aus der mich dunkle Augen furchtbar anblitzten. »Ich danke Euch Herr, für Eure Güte«, sprach ich zu ihm, »was verlangt Ihr jetzt von mir! das sage ich Euch aber vorher, daß es nichts Unrechtes sein darf.« »Unnötige Sorge«, antwortete er, indem er den Mantel um die Schultern legte. »Ich bedarf Eurer Hülfe als Arzt, doch nicht für einen Lebenden, sondern für einen Toten.«

»Wie kann das sein?« rief ich voll Verwunderung.

»Ich kam mit meiner Schwester aus fernen Landen«, erzählte er, und winkte mir zugleich, ihm zu folgen. »Ich wohnte hier mit ihr, bei einem Freund meines Hauses. Meine Schwester starb gestern schnell an einer Krankheit, und die Verwandten wollen sie morgen begraben. Nach einer alten Sitte unserer Familie aber, sollen alle in der Gruft der Väter ruhen; viele, die in fremdem Lande starben, ruhen dennoch dort einbalsamiert. Meinen Verwandten gönne ich nun ihren Körper, meinem Vater aber muß ich wenigstens den Kopf seiner Tochter bringen, damit er sie noch einmal sehe.« Diese Sitte, die Köpfe geliebter Anverwandten abzuschneiden, kam mir zwar etwas schrecklich vor, doch wagte ich nichts dagegen einzuwenden, aus Furcht, den Unbekannten zu beleidigen. Ich sagte ihm daher, daß ich mit dem Einbalsamieren der Toten wohl umgehen könne, und bat ihn, mich zu der Verstorbenen zu führen. Doch konnte ich mich nicht enthalten, zu fragen: warum denn dies alles so geheimnisvoll und in der Nacht geschehen müsse? Er antwortete mir, daß seine Verwandten, die seine Absicht für grausam halten, bei Tage ihn abhalten würden. Sei aber nur erst einmal der Kopf abgenommen, so können sie wenig mehr darüber sagen. Er hätte mir zwar den Kopf bringen können, aber ein natürliches Gefühl halte ihn ab, ihn selbst abzunehmen.

Wir waren indes bis an ein großes, prachtvolles Haus gekommen. Mein Begleiter zeigte es mir, als das Ziel unseres nächtlichen Spaziergangs. Wir gingen an dem Haupttor des Hauses vorbei, traten in eine kleine Pforte, die der Unbekannte sorgfältig hinter sich zumachte, und stiegen nun im Finstern eine enge Wendeltreppe hinan. Sie führte in einen spärlich erleuchteten Gang, aus welchem wir in ein Zimmer gelangten, das eine Lampe, die an der Decke befestigt war, erleuchtete.

In diesem Gemach stand ein Bett, in welchem der Leichnam lag. Der Unbekannte wandte sein Gesicht ab, und schien Tränen verbergen zu wollen. Er deutete nach dem Bett, befahl mir, mein Geschäft gut und schnell zu verrichten, und ging wieder zur Türe hinaus.

Ich packte meine Messer, die ich als Arzt immer bei mir führte, aus, und näherte mich dem Bett. Nur der Kopf war von der Leiche sichtbar, aber dieser war so schön, daß mich unwillkürlich das innigste Mitleiden ergriff. In langen Flechten hing das dunkle Haar herab, das Gesicht war bleich, die Augen geschlossen. Ich machte zuerst einen Einschnitt in die Haut, nach der Weise der Ärzte, wenn sie ein Glied abschneiden; sodann nahm ich mein schärfstes Messer, und schnitt, mit *einem* Zug, die Kehle durch. Aber welcher Schrecken; die Tote schlug die Augen auf, schloß sie aber gleich wieder, und in einem tiefen Seufzer schien sie jetzt erst ihr Leben auszuhauchen. Zugleich schoß mir ein Strahl heißen Blutes aus der Wunde entgegen. Ich überzeugte mich, daß ich erst die Arme getötet hatte; denn daß sie tot sei, war kein Zweifel, da es von dieser Wunde keine Rettung gab. Ich stand einige Minuten in banger Beklommenheit über das, was geschehen war. Hatte

der Rotmantel mich betrogen? Oder war die Schwester vielleicht nur scheintot gewesen? das letztere schien mir wahrscheinlicher. Aber ich durfte dem Bruder der Verstorbenen nicht sagen, daß vielleicht ein weniger rascher Schnitt sie erweckt hätte, ohne sie zu töten, darum wollte ich den Kopf vollends ablösen, aber noch einmal stöhnte die Sterbende, streckt sich in schmerzhafter Bewegung aus, und starb; da übermannte mich der Schrecken, und ich stürzte schaudernd aus dem Gemach. Aber draußen im Gang war es finster; denn die Lampe war verlöscht, keine Spur von meinem Begleiter war zu entdecken, und ich mußte aufs ungefähr mich im Finstern an der Wand fortbewegen, um an die Wendeltreppe zu gelangen. Ich fand sie endlich, und kam halb fallend, halb gleitend hinab. Auch unten war kein Mensch. Die Türe fand ich nur angelehnt, und ich atmete freier, als ich auf der Straße war; denn in dem Hause war mir ganz unheimlich geworden. Von Schrecken gespornt, rannte ich in meine Wohnung und begrub mich in die Polster meines Lagers, um das Schreckliche zu vergessen, das ich getan hatte. Aber der Schlaf floh mich, und erst der Morgen ermahnte mich wieder, mich zu fassen. Es war mir wahrscheinlich, daß der Mann, der mich zu dieser verruchten Tat, wie sie mir jetzt erschien, geführt hatte, mich nicht angeben würde. Ich entschloß mich gleich, in mein Gewölbe an mein Geschäft zu gehen, und wo möglich eine sorglose Miene anzunehmen. Aber ach! ein neuer Umstand, den ich jetzt erst bemerkte, vermehrte noch meinen Kummer. Meine Mütze und mein Gürtel, wie auch meine Messer fehlten mir, und ich war ungewiß, ob ich sie in dem Zimmer der Getöteten gelassen oder erst auf meiner Flucht verloren hatte. Leider schien das erste wahrscheinlicher, und man konnte mich also als Mörder entdecken.

Ich öffnete zur gewöhnlichen Zeit mein Gewölbe. Mein Nachbar trat zu mir her, wie er alle Morgen zu tun pflegte, denn er war ein gesprächiger Mann. »Ei, was sagt Ihr zu der schrecklichen Geschichte«, hub er an, »die heute nacht vorgefallen ist?« Ich tat, als ob ich von nichts wüßte. »Wie solltet Ihr nicht wissen, von was die ganze Stadt erfüllt ist? Nicht wissen, daß die schönste Blume von Florenz, Bianca, die Tochter des Gouverneurs, in dieser Nacht ermordet wurde. Ach! ich sah sie gestern noch so heiter durch die Straßen fahren mit ihrem Bräutigam, denn heute hätten sie Hochzeit gehabt.« Jedes Wort des Nachbarn war mir ein Stich ins Herz; und wie oft kehrte meine Marter wieder, denn jeder meiner Kunden erzählte mir die Geschichte, immer einer schrecklicher als der andere, und doch konnte keiner so

Schreckliches sagen, als ich selbst gesehen hatte. Um Mittag ungefähr, trat ein Mann vom Gericht in mein Gewölbe und bat mich, die Leute zu entfernen. »Signore Zaleukos«, sprach er, indem er die Sachen, die ich vermißt, hervorzog, »gehören diese Sachen Euch zu?« Ich besann mich, ob ich sie nicht gänzlich ableugnen sollte, aber als ich durch die halbgeöffnete Türe meinen Wirt und mehrere Bekannte, die wohl gegen mich zeugen konnten, erblickte, beschloß ich, die Sache nicht noch durch eine Lüge zu verschlimmern, und bekannte mich, zu den vorgezeigten Dingen. Der Gerichtsmann bat mich, ihm zu folgen, und führte mich in ein großes Gebäude, das ich bald für das Gefängnis erkannte. Dort wies er mir, bis auf weiteres, ein Gemach an.

Meine Lage war schrecklich, als ich so in der Einsamkeit darüber nachdachte. Der Gedanke, gemordet zu haben, wenn auch ohne Willen, kehrte immer wieder; auch konnte ich mir nicht verhehlen, daß der Glanz des Goldes meine Sinne befangen gehalten hatte, sonst hätte ich nicht so blindlings in die Falle gehen können. Zwei Stunden nach meiner Verhaftung, wurde ich aus meinem Gemach geführt. Mehrere Treppen ging es hinab, dann kam man in einen großen Saal. Um einen langen, schwarzbehängten Tisch, saßen dort zwölf Männer, meistens Greise. An den Seiten des Saales zogen sich Bänke herab, angefüllt mit den Vornehmsten von Florenz; auf den Galerien, die in der Höhe angebracht waren, standen, dicht gedrängt, die Zuschauer. Als ich bis vor den schwarzen Tisch getreten war, erhob sich ein Mann mit finsterer, trauriger Miene, es war der Gouverneur. Er sprach zu den Versammelten, daß er als Vater in dieser Sache nicht richten könne, und daß er seine Stelle für diesmal, an den ältesten der Senatoren, abtrete. Der älteste der Senatoren war ein Greis von wenigstens neunzig Jahren; er stand gebückt, und seine Schläfe waren mit dünnem, weißem Haar umhängt, aber feurig brannten noch seine Augen, und seine Stimme war stark und sicher. Er hub an, mich zu fragen: ob ich den Mord gestehe. Ich bat ihn um Gehör, und erzählte unerschrocken und mit vernehmlicher Stimme, was ich getan hatte, und was ich wußte. Ich bemerkte, daß der Gouverneur, während meiner Erzählung, bald blaß bald rot wurde, und als ich geschlossen, fuhr er wütend auf. »Wie, Elender!« rief er mir zu, »so willst du ein Verbrechen, das du aus Habgier begangen, noch einem andern aufbürden?« Der Senator verwies ihm seine Unterbrechung, da er sich freiwillig seines

Rechtes begeben habe, auch sei es gar nicht so erwiesen, daß ich aus Habgier gefrevelt, denn nach seiner eigenen Aussage, sei ja der Getöteten nichts gestohlen worden. Ja, er ging noch weiter; er erklärte dem Gouverneur, daß er über das frühere Leben seiner Tochter Rechenschaft geben müsse. Denn nur so könne man schließen, ob ich die Wahrheit gesagt habe oder nicht. Zugleich hob er für heute das Gericht auf, um sich, wie er sagte, aus den Papieren der Verstorbenen, die ihm der Gouverneur übergeben werde, Rat zu holen. Ich wurde wieder in mein Gefängnis zurückgeführt, wo ich einen traurigen Tag verlebte, immer mit dem heißen Wunsch beschäftigt, daß man doch irgendeine Verbindung, zwischen der Toten und dem Rotmantel, entdecken möchte. Voll Hoffnung trat ich den andern Tag in den Gerichtssaal. Es lagen mehrere Briefe auf dem Tisch; der alte Senator fragte mich, ob sie meine Handschrift seien. Ich sah sie an, und fand, daß sie von derselben Hand sein müssen, wie jene beiden Zettel, die ich erhalten habe. Ich äußerte dies den Senatoren, aber man schien nicht darauf zu achten, und antwortete, daß ich beides geschrieben haben könne und müsse, denn der Namenszug unter den Briefen seie unverkennbar, ein Z, der Anfangsbuchstabe meines Namens. Die Briefe aber enthielten Drohungen, an die Verstorbene, und Warnungen vor der Hochzeit, die sie zu vollziehen im Begriff war.

Der Gouverneur schien sonderbare Aufschlüsse, in Hinsicht auf meine Person, gegeben zu haben; denn man behandelte mich an diesem Tage mißtrauischer und strenger. Ich berief mich, zu meiner Rechtfertigung, auf meine Papiere, die sich in meinem Zimmer finden müssen, aber man sagte mir, man habe nachgesucht und nichts gefunden. So schwand mir, am Schlusse dieses Gerichts, alle Hoffnung, und als ich am dritten Tag wieder in den Saal geführt wurde, las man mir das Urteil vor, daß ich eines vorsätzlichen Mordes überwiesen, zum Tode verurteilt sei. Dahin also war es mit mir gekommen; verlassen von allem, was mir auf Erden noch teuer war, fern von meiner Heimat sollte ich unschuldig, in der Blüte meiner Jahre, vom Beile sterben!

Ich saß am Abend dieses schrecklichen Tages, der über mein Schicksal entschieden hatte, in meinem einsamen Kerker, meine Hoffnungen waren dahin, meine Gedanken ernsthaft auf den Tod gerichtet, da tat sich die Türe meines Gefängnisses auf, und ein Mann trat herein, der mich lange schweigend betrachtete. »So finde ich dich wieder, Zaleukos«, sagte er; ich hatte ihn bei dem matten Schein meiner Lampe nicht erkannt, aber der Klang seiner Stimme erweckte alte Erinnerungen in mir, es war Valetty, einer jener wenigen Freunde, die ich in der Stadt Paris, während meiner Studien, kannte. Er sagte, daß er zufällig nach Florenz gekommen sei, wo sein Vater als angesehener Mann wohne, er habe von meiner Geschichte gehört, und seie gekommen, um mich noch einmal zu sehen, und von mir selbst zu erfahren, wie ich mich so schwer hätte verschulden können. Ich erzählte ihm die ganze Geschichte. Er schien darüber sehr verwundert, und beschwor mich, ihm, meinem einzigen Freunde, alles zu sagen, und nicht mit einer Lüge von hinnen zu gehen. Ich schwor ihm mit dem teuersten Eid, daß ich wahr gesprochen, und daß keine andere Schuld mich drücke, als daß ich, von dem Glanze des Goldes geblendet, das Unwahrscheinliche der Erzählung des Unbekannten nicht erkannt habe. »So hast du Bianka nicht gekannt?« fragte jener. Ich beteuerte ihm, sie nie gesehen zu haben. Valetty erzählte mir nun, daß ein tiefes Geheimnis auf der Tat liege, daß der Gouverneur meine Verurteilung sehr hastig betrieben habe, und es sei nur ein Gerücht unter die Leute gekommen, daß ich Bianka schon längst gekannt, und, aus Rache über ihre Heirat mit einem andern, sie ermordet habe. Ich bemerkte ihm: daß dies alles ganz auf den Rotmantel passe, daß ich aber seine Teilnahme an der Tat mit nichts beweisen könne. Valetty umarmte mich weinend, und versprach mir, alles zu tun, um wenigstens mein Leben zu retten. Ich hatte wenig Hoffnung, doch wußte ich, daß Valetty ein weiser und der Gesetze kundiger Mann seie, und daß er alles tun werde, mich zu retten. Zwei Tage war ich in Ungewißheit: endlich erschien auch Valetty. »Ich bringe Trost, wenn auch einen schmerzlichen. Du wirst leben und frei sein, aber mit Verlust einer Hand.« Gerührt dankte ich meinem Freund für mein Leben. Er sagte mir, daß der Gouverneur unerbittlich gewesen sei, die Sache noch einmal untersuchen zu lassen, daß er aber endlich, um nicht ungerecht zu erscheinen, bewilligt habe, wenn man in den Büchern der florentinischen Geschichte einen ähnlichen Fall finde, so solle meine Strafe sich nach der Strafe, die dort ausgesprochen sei, richten. Er und sein Vater haben nun Tag und Nacht in den alten Büchern gelesen, und endlich einen, ganz dem meinigen ähnlichen Fall, gefunden. Dort laute die Strafe: Es soll ihm die linke Hand abgehauen, seine Güter eingezogen, er selbst auf ewig verbannt werden. So laute jetzt auch meine

Strafe, und ich solle mich jetzt bereiten, zu der schmerzhaften Stunde, die meiner warte. Ich will euch nicht diese schreckliche Stunde vors Auge führen, wo ich auf offenem Markte meine Hand auf den Block legte, wo mein eigenes Blut, in weiten Bogen mich überströmte!

Valetty nahm mich in sein Haus auf, bis ich genesen war, dann versah er mich edelmütig mit Reisegeld; denn alles, was ich mir so mühsam erworben, war eine Beute des Gerichts geworden. Ich reiste von Florenz nach Sizilien, und von da, mit dem ersten Schiff, das ich fand, nach Konstantinopel. Meine Hoffnung war auf die Summe gerichtet, die ich meinem Freund übergeben hatte, auch bat ich ihn, bei ihm wohnen zu dürfen; aber wie erstaunte ich, als dieser mich fragte, warum ich denn nicht mein Haus beziehe? Er sagte mir, daß ein fremder Mann, unter meinem Namen, ein Haus in dem Quartier der Griechen gekauft habe, derselbe habe auch den Nachbarn gesagt, daß ich bald selbst kommen werde. Ich ging sogleich mit meinem Freunde dahin, und wurde von allen meinen alten Bekannten freudig empfangen. Ein alter Kaufmann gab mir einen Brief, den der Mann, der für mich gekauft hatte, hiergelassen habe.

Ich las ihn: »Zaleukos! zwei Hände stehen bereit, rastlos zu schaffen, daß Du nicht fühlest den Verlust der einen. Das Haus, das Du siehest, und alles, was darin ist, ist Dein, und alle Jahre wird man Dir so viel reichen, daß Du zu den Reichen Deines Volks gehören wirst. Mögest Du dem vergeben, der unglücklicher ist als Du.« Ich konnte ahnen, wer es geschrieben, und der Kaufmann sagte mir auf meine Frage: es seie ein Mann gewesen, den er für einen Franken gehalten, er habe einen roten Mantel angehabt. Ich wußte genug, um mir zu gestehen, daß der Unbekannte doch nicht ganz von aller edlen Gesinnung entblößt sein müsse. In meinem neuen Haus fand ich alles aufs beste eingerichtet, auch ein Gewölbe mit Waren, schöner als ich sie je gehabt. Zehn Jahre sind seitdem verstrichen; mehr aus alter Gewohnheit, als weil ich es nötig hätte, setze ich meine Handelsreisen fort, doch habe ich jenes Land, wo ich so unglücklich wurde, nie mehr gesehen. Jedes Jahr erhielt ich seitdem 1000 Goldstücke; aber wenn es mir auch Freude macht, jenen Unglücklichen edel zu wissen, so kann er mir doch den Kummer meiner Seele nicht abkaufen, denn ewig lebt in mir das grauenvolle Bild der ermordeten Bianka.

Das kalte Herz

Erste Abteilung

Wer durch Schwaben reist, der sollte nie vergessen, auch ein wenig in den Schwarzwald hineinzuschauen; nicht der Bäume wegen, obgleich man nicht überall solch unermeßliche Menge herrlich aufgeschossener Tannen findet, sondern wegen der Leute, die sich von den andern Menschen ringsumher merkwürdig unterscheiden. Sie sind größer als gewöhnliche Menschen, breitschultrig, von starken Gliedern, und es ist als ob der stärkende Duft, der morgens durch die Tannen strömt, ihnen von Jugend auf einen freieren Atem, ein klareres Auge und einen festeren, wenn auch rauheren Mut, als den Bewohnern der Stromtäler und Ebenen gegeben hätte. Und nicht nur durch Haltung und Wuchs, auch durch ihre Sitten und Trachten sondern sie sich von den Leuten, die außerhalb des Waldes wohnen, streng ab. Am schönsten kleiden sich die Bewohner des badenschen Schwarzwaldes; die Männer lassen den Bart wachsen, wie er von Natur dem Mann ums Kinn gegeben ist, ihre schwarzen Wämser, ihre ungeheuren, enggefalteten Pluderhosen, ihre roten Strümpfe und die spitzen Hüte, von einer weiten Scheibe umgeben, verleihen ihnen etwas Fremdartiges, aber etwas Ernstes, Ehrwürdiges. Dort beschäftigen sich die Leute gewöhnlich mit Glasmachen; auch verfertigen sie Uhren und tragen sie in der halben Welt umher.

Auf der andern Seite des Waldes wohnt ein Teil desselben Stammes, aber ihre Arbeiten haben ihnen andere Sitten und Gewohnheiten gegeben, als den Glasmachern. Sie handeln mit ihrem Wald; sie fällen und behauen ihre Tannen, flößen sie durch die Nagold in den Neckar, und von dem obern Neckar den Rhein hinab, bis weit hinein nach Holland, und am Meer kennt man die Schwarzwälder und ihre langen Flöße; sie halten an jeder Stadt, die am Strom liegt, an, und erwarten stolz, ob man ihnen Balken und Bretter abkaufen werde; ihre stärksten und längsten Balken aber verhandeln sie um schweres Geld an die Mynheers, welche Schiffe daraus bauen. Diese Menschen nun sind an ein rauhes, wanderndes Leben gewöhnt. Ihre Freude ist, auf ihrem Holz die Ströme hinabzufahren, ihr Leid, am Ufer wieder heraufzuwandeln. Darum ist auch ihr Prachtanzug so verschieden von dem der Glasmänner im andern Teil des Schwarzwaldes. Sie tragen Wämser von dunkler Leinwand, einen handbreiten grünen Hosenträger über die breite Brust, Beinkleider von schwarzem Leder, aus deren Tasche ein Zollstab von Messing wie ein Ehrenzeichen hervorschaut; ihr Stolz und ihre Freude aber sind ihre Stiefeln, die größten wahrscheinlich, welche auf irgendeinem Teil der Erde Mode sind; denn sie können zwei Spannen weit über das Knie hinaufgezogen werden, und die »Flözer« können damit in drei Schuh tiefem Wasser umherwandeln, ohne sich die Füße naß zu machen.

Noch vor kurzer Zeit glaubten die Bewohner dieses Waldes an Waldgeister, und erst in neuerer Zeit hat man ihnen diesen törichten Aberglauben benehmen können. Sonderbar ist es aber, daß auch die Waldgeister, die der Sage nach im Schwarzwalde hausen, in diese verschiedenen Trachten sich geteilt haben. So hat man versichert, daß das »Glasmännlein«, ein gutes Geistchen von 3½ Fuß Höhe, sich nie anders zeige, als in einem spitzen Hütlein mit großem Rand, mit Wams und Pluderhöschen und roten Strümpfchen. Der »Holländer-Michel« aber, der auf der andern Seite des Waldes umgeht, soll ein riesengroßer, breitschultriger Kerl in der Kleidung der Flözer sein, und mehrere, die ihn gesehen haben, wollen versichern, daß sie die Kälber nicht aus ihrem Beutel bezahlen möchten, deren Felle man zu seinen Stiefeln brauchen würde. »So groß, daß ein gewöhnlicher Mann bis an den Hals hineinstehen könnte«, sagten sie, und wollten nichts übertrieben haben.

Mit diesen Waldgeistern soll einmal ein junger Schwarzwälder eine sonderbare Geschichte gehabt haben, die ich erzählen will: Es lebte nämlich im Schwarzwald eine Witwe, Frau Barbara Munkin; ihr Gatte war Kohlenbrenner gewesen, und nach seinem Tod hielt sie ihren 16-jährigen Knaben nach und nach zu demselben Geschäft an.

Der junge Peter Munk, ein schlauer Bursche, ließ es sich gefallen, weil er es bei seinem Vater auch nicht anders gesehen hatte, die ganze Woche über am rauchenden Meiler zu sitzen, oder schwarz und berußt und den Leuten ein Abscheu hinab in die Städte zu fahren und seine Kohlen zu verkaufen. Aber ein Köhler hat viel Zeit zum Nachdenken über sich und andere, und wenn Peter Munk an seinem Meiler saß, stimmten die dunkeln Bäume umher und die tiefe Waldesstille sein Herz zu Tränen und unbewußter Sehnsucht. Es betrübte ihn etwas, es ärgerte ihn etwas, er wußte nicht recht was. Endlich merkte er sich aber was ihn ärgerte, und das war – sein Stand. »Ein schwarzer, einsamer Kohlenbrenner!« sagte er sich, »es ist ein elend Leben. Wie angesehen sind die Glasmänner, die Uhrenmacher, selbst die Musikanten am Sonntag abend! Und wenn Peter Munk, rein gewaschen und geputzt, in des Vaters Ehrenwams mit silbernen Knöpfen und mit nagelneuen roten Strümpfen erscheint, und wenn dann einer hinter mir her geht und denkt, wer ist wohl der schlanke Bursche? und lobt bei sich die Strümpfe und meinen stattlichen Gang – sieh, wenn er vorübergeht und schaut sich um, sagt er gewiß: ›Ach es ist *nur* der Kohlen-Munk-Peter.‹«

Auch die Flözer auf der andern Seite waren ein Gegenstand seines Neides. Wenn diese Waldriesen herüberkamen, mit stattlichen Kleidern, und an Knöpfen, Schnallen und Ketten einen halben Zentner Silber auf dem Leib trugen, wenn sie mit ausgespreizten Beinen und vornehmen Gesichtern dem Tanz zuschauten, holländisch fluchten und wie die vornehmsten Mynheers aus ellenlangen kölnischen Pfeifen rauchten, da stellte er sich als das vollendetste Bild eines glücklichen Menschen solch einen Flözer vor. Und wenn diese Glücklichen dann erst in die Taschen fuhren, ganze Hände voll großer Taler herauslangten und um Sechsbätzner würfelten, fünf Gulden hin, zehen her, so wollten ihm die Sinne vergehen, und er schlich trübselig nach seiner Hütte; denn an manchem Feiertagabend hatte er einen oder den andern dieser »Holzherren« mehr verspielen sehen, als der arme Vater Munk in einem Jahr verdiente. Es waren vorzüglich drei dieser Männer, von welchen er nicht wußte, welchen er am meisten bewundern sollte. Der eine war ein dicker, großer Mann, mit rotem Gesicht, und galt für den reichsten Mann in der Runde. Man hieß ihn den dicken Ezechiel. Er reiste alle Jahre zweimal mit Bauholz nach Amsterdam, und hatte das Glück es immer um so viel teurer als andere zu verkaufen, daß er, wenn die übrigen zu Fuß heimgingen, stattlich herauffahren konnte. Der andere war der längste und magerste Mensch im ganzen Wald, man nannte ihn den langen Schlurker, und diesen beneidete Munk wegen seiner ausnehmenden Kühnheit; er widersprach den angesehensten Leuten, brauchte, wenn man noch so gedrängt im Wirtshaus saß, mehr Platz als vier der Dicksten, denn er stützte entweder beide Ellbogen auf den Tisch oder zog eines seiner langen Beine zu sich auf die Bank, und doch wagte ihm keiner zu widersprechen, denn er hat unmenschlich viel Geld. Der dritte aber war ein schöner, junger Mann, der am besten tanzte weit und breit, und daher den Namen Tanzbodenkönig hatte. Er war ein armer Mensch gewesen, und hatte bei einem Holzherren als Knecht gedient; da wurde er auf einmal steinreich; die einen sagten er habe unter einer alten Tanne einen Topf voll Geld gefunden, die andern behaupteten, er habe unweit Bingen im Rhein mit der Stechstange, womit die Flözer zuweilen nach den Fischen stechen, einen Pack mit Goldstücken heraufgefischt, und der Pack gehöre zu dem großen Nibelungenhort, der dort vergraben liegt, kurz, er war auf einmal reich geworden, und wurde von jung und alt angesehen wie ein Prinz.

An diese drei Männer dachte Kohlen-Munk-Peter oft, wenn er einsam im Tannenwald saß. Zwar hatten alle drei einen Hauptfehler, der sie bei den Leuten verhaßt machte, es war dies ihr unmenschlicher Geiz, ihre Gefühllosigkeit gegen Schuldner und Arme, denn die Schwarzwälder sind ein gutmütiges Völklein; aber man weiß wie es mit solchen Dingen geht; waren sie auch wegen ihres Geizes verhaßt, so standen sie doch wegen ihres Geldes in Ansehen; denn wer konnte Taler wegwerfen, wie sie, als ob man das Geld von den Tannen schüttelte?

»So geht es nicht mehr weiter«, sagte Peter eines Tages schmerzlich betrübt zu sich, denn tags zuvor war Feiertag gewesen, und alles Volk in der Schenke; »wenn ich nicht bald auf den grünen Zweig komme, so tu ich mir etwas zuleid; wär ich doch nur so angesehen und reich, wie der dicke Ezechiel, oder so kühn und so gewaltig wie der lange Schlurker, oder so berühmt, und könnte den Musikanten Taler statt Kreuzer zuwerfen, wie der Tanzbodenkönig! Wo nur der Bursche das Geld her hat?« Allerlei Mittel ging er durch, wie man sich Geld erwerben könne, aber keines wollte ihm gefallen; endlich fielen ihm auch die Sagen von Leuten bei, die vor alten Zeiten durch den »Holländer-Michel« und durch das »Glasmännlein« reich geworden waren. Solang sein Vater noch lebte, kamen oft andere arme Leute zum Besuch, und da wurde lang und breit von reichen Menschen gesprochen, und wie sie reich geworden; da spielte nun oft das Glasmännlein eine Rolle; ja, wenn er recht nachsann, konnte er sich beinahe noch des Versleins erinnern, das man am Tannenbühl in der Mitte des Waldes sprechen mußte, wenn es erscheinen sollte. Es fing an:

»Schatzhauser im grünen Tannenwald,
Bist schon viel' hundert Jahre alt,
Dir gehört all' Land wo Tannen stehn –«

Aber er mochte sein Gedächtnis anstrengen wie er wollte, weiter konnte er sich keines Verses mehr entsinnen. Er dachte oft, ob er nicht diesen oder jenen alten Mann fragen sollte, wie das Sprüchlein heiße; aber immer hielt ihn eine gewisse Scheu seine Gedanken zu verraten ab, auch schloß er, es müsse die Sage vom Glasmännlein nicht sehr bekannt sein und den Spruch müssen nur wenige wissen, denn es gab nicht viele reiche Leute im Wald, und – warum hatten denn nicht sein Vater und die andern armen Leute ihr Glück versucht? Er brachte endlich einmal seine Mutter auf das Männlein zu sprechen, und diese erzählte ihm was er schon wußte, kannte auch nur noch die erste Zeile von dem Spruch, und sagte ihm endlich, nur Leuten, die an einem Sonntag zwischen elf und zwei Uhr geboren seien, zeige sich das Geistchen. Er selbst würde wohl dazu passen, wenn er nur das Sprüchlein wüßte, denn er sei Sonntag mittags zwölf Uhr geboren.

Als dies der Kohlen-Munk-Peter hörte, war er vor Freude und vor Begierde, dies Abenteuer zu unternehmen, beinahe außer sich. Es schien ihm hinlänglich, einen Teil des Sprüchleins zu wissen und am Sonntag geboren zu sein, und Glasmännlein mußte sich ihm zeigen. Als er daher eines Tages seine Kohlen verkauft hatte, zündete er keinen neuen Meiler an, sondern zog seines Vaters Staatswams und neue rote Strümpfe an, setzte den Sonntagshut auf, faßte seinen fünf Fuß hohen Schwarzdornstock in die Hand und nahm von der Mutter Abschied: »Ich muß aufs Amt in die Stadt, denn wir werden bald spielen müssen wer Soldat wird, und da will ich dem Amtmann nur noch einmal einschärfen, daß Ihr Witwe seid, und ich Euer einziger Sohn.« Die Mutter lobte seinen Entschluß, er aber machte sich auf nach dem Tannenbühl. Der Tannenbühl liegt auf der höchsten Höhe des Schwarzwaldes, und auf zwei Stunden im Umkreis stand damals kein Dorf, ja nicht einmal eine Hütte, denn die abergläubischen Leute meinten es sei dort »unsicher«. Man schlug auch, so hoch und prachtvoll dort die Tannen standen, ungern Holz in jenem Revier, denn oft waren den Holzhauern, wenn sie dort arbeiteten, die Äxte vom Stiel gesprungen und in den Fuß gefahren, oder die Bäume waren schnell umgestürzt und hatten die Männer mit umgerissen und beschädigt oder gar getötet; auch hätte man die schönsten Bäume von dorther nur zu Brennholz brauchen können, denn die Floßherren nahmen nie einen Stamm aus dem Tannenbühl unter ein Floß auf, weil die Sage ging, daß Mann und Holz verunglücke, wenn ein Tannenbühler mit im Wasser sei. Daher kam es, daß im Tannenbühl die Bäume so dicht und so hoch standen, daß es am hellen Tag beinahe Nacht war, und Peter Munk wurde es ganz schaurig dort zumut; denn er hörte keine Stimme, keinen Tritt als den seinigen, keine Axt; selbst die Vögel schienen diese dichte Tannennacht zu vermeiden.

Kohlen-Munk-Peter hatte jetzt den höchsten Punkt des Tannenbühls erreicht, und stand vor einer Tanne von ungeheurem Umfang, um die ein holländischer Schiffsherr an Ort und Stelle viele hundert Gulden gegeben hätte. Hier, dachte er, wird wohl der Schatzhauser wohnen, zog seinen großen Sonntagshut, machte vor dem Baum eine tiefe Verbeugung, räusperte sich und sprach mit zitternder Stimme: »Wünsche glückseligen Abend, Herr Glasmann.« Aber es erfolgte keine Antwort, und alles umher war so still wie zuvor. Vielleicht muß ich doch das Verslein sprechen, dachte er weiter und murmelte:

»Schatzhauser im grünen Tannenwald,
Bist schon viel'hundert Jahre alt
Dir gehört all' Land wo Tannen stehn –«

Indem er diese Worte sprach, sah er zu seinem großen Schrecken eine ganz kleine, sonderbare Gestalt hinter der dicken Tanne hervorschauen; es war ihm, als habe er das Glasmännlein gesehen, wie man ihn beschrieben, das schwarze Wämschen, die roten Strümpfchen, das Hütchen, alles war so, selbst das blasse, aber feine und kluge Gesichtchen, wovon man erzählte, glaubte er gesehen zu haben. Aber, ach, so schnell es hervorgeschaut hatte, das Glasmännlein, so schnell war es auch wieder verschwunden! »Herr Glasmann«, rief nach einigem Zögern Peter Munk, »seid so gütig und haltet mich nicht für Narren. – Herr Glasmann, wenn Ihr meint, ich habe Euch nicht gesehen, so täuschet Ihr Euch sehr, ich sah Euch wohl hinter dem Baum hervorgucken.« – Immer keine Antwort, nur zuweilen glaubte er ein leises, heiseres Kichern hinter dem Baum zu vernehmen. Endlich überwand seine Ungeduld die Furcht, die ihn bis jetzt noch abgehalten hatte. »Warte du kleiner Bursche«, rief er, »dich will ich bald haben«, sprang mit einem Satz hinter die Tanne, aber da war kein Schatzhauser im grünen Tannenwald, und nur ein kleines zierliches Eichhörnchen jagte an dem Baum hinauf.

Peter Munk schüttelte den Kopf; er sah ein, daß er die Beschwörung bis auf einen gewissen Grad gebracht habe, und daß ihm vielleicht nur noch ein Reim zu dem Sprüchlein fehle, so könne er das Glasmännlein hervorlocken, aber er sann hin, er sann her, und fand nichts. Das Eichhörnchen zeigte sich an den untersten Ästen der Tanne und schien ihn aufzumuntern oder zu verspotten. Es putzte sich, es rollte den schönen Schweif, es schaute ihn mit klugen Augen an, aber endlich fürchtete er sich doch beinahe mit diesem Tier allein zu sein, denn bald schien das Eichhörnchen einen Menschenkopf zu haben und einen dreispitzigen Hut zu tragen, bald war es ganz wie ein anderes Eichhörnchen, und hatte nur an den Hinterfüßen rote Strümpfe und schwarze Schuhe. Kurz es war ein lustiges Tier, aber dennoch graute Kohlen-Peter, denn er meinte *es gehe nicht mit rechten Dingen zu.*

Mit schnelleren Schritten, als er gekommen war, zog Peter wieder ab. Das Dunkel des Tannenwaldes schien immer schwärzer zu werden, die Bäume standen immer dichter, und ihm fing an so zu grauen, daß er im Trab davonjagte und erst als er in der Ferne Hunde bellen hörte und bald darauf zwischen den Bäumen den Rauch einer Hütte erblickte, wurde er wieder ruhiger. Aber als er näher kam und die Tracht der Leute in der Hütte erblickte, fand er, daß er aus Angst gerade die entgegengesetzte Richtung genommen, und statt zu den Glasleuten zu den Flözern gekommen sei. Die Leute, die in der Hütte wohnten, waren Holzfäller; ein alter Mann, sein Sohn, der Hauswirt, und einige erwachsene Enkel. Sie nahmen Kohlen-Munk-Peter, der um ein Nachtlager bat, gut auf, ohne nach seinem Namen und Wohnort zu fragen, gaben ihm Apfelwein zu trinken, und abends, wurde ein großer Auerhahn, die beste Schwarzwaldspeise, aufgesetzt.

Nach dem Nachtessen setzten sich die Hausfrau und ihre Töchter mit ihren Kunkeln um den großen Lichtspan, den die Jungen mit dem feinsten Tannenharz unterhielten, der Großvater, der Gast und der Hauswirt rauchten und schauten den Weibern zu, die Burschen aber waren beschäftigt, Löffel und Gabeln aus Holz zu schnitzeln. Draußen im Wald heulte der Sturm und raste in den Tannen, man hörte da und dort sehr heftige Schläge, und es schien oft, als ob ganze Bäume abgeknickt würden und zusammenkrachten. Die furchtlosen Jungen wollten hinaus in den Wald laufen, und dieses furchtbar-schöne Schauspiel mit ansehen, ihr Großvater aber hielt sie mit strengem Wort und Blick zurück. »Ich will keinem raten, daß er jetzt von der Tür geht«, rief er ihnen zu; »bei Gott, der kommt nimmermehr wieder; denn der Holländer-Michel haut sich heute nacht ein neues ›G'stair‹ (Floßgelenke) im Wald.«

Die Kleinen staunten ihn an; sie mochten von dem Holländer-Michel schon gehört haben, aber sie baten jetzt den Ehni einmal recht schön, von jenem zu erzählen. Auch Peter Munk, der vom Holländer-Michel auf der andern Seite des Waldes nur undeutlich hatte sprechen gehört, stimmte mit ein und fragte den Alten, wer und wo er sei. »Er ist der Herr dieses Waldes, und nach dem zu schließen, daß Ihr in Eurem Alter dies noch nicht erfahren, müßt Ihr drüben über dem Tannenbühl oder wohl gar noch weiter zu Hause sein. Vom Holländer-Michel will ich Euch aber erzählen was ich weiß, und wie die Sage von ihm geht. Vor etwa hundert Jahren, so erzählte es wenigstens mein Ehni, war weit und breit kein ehrlicher Volk auf Erden, als die Schwarzwälder. Jetzt, seit so viel Geld im Land ist, sind die Menschen unredlich und schlecht. Die jungen Burschen tanzen und johlen am Sonntag und fluchen, daß es ein Schrecken ist; damals war es aber anders, und wenn er jetzt zum Fenster dort hereinschaute, so sag ich's, und hab es oft gesagt, der Holländer-Michel ist schuld an all dieser Verderbnis. Es lebte also vor hundert Jahr und drüber ein reicher Holzherr, der viel Gesind hatte; er handelte bis weit in den Rhein hinab, und sein Geschäft war gesegnet, denn er war ein frommer Mann. Kommt eines Abends ein Mann an seine Türe, dergleichen er noch nie gesehen. Seine Kleidung war wie der Schwarzwälder Bursche, aber er war einen guten Kopf höher als alle, und man hatte noch nie geglaubt, daß es einen solchen Riesen geben könne. Dieser bittet um Arbeit bei dem Holzherrn, und der Holzherr, der ihm ansah, daß er stark und zu großen Lasten tüchtig sei, rechnet mit ihm seinen Lohn, und sie schlagen ein. Der Michel war ein Arbeiter, wie selbiger Holzherr noch keinen gehabt. Beim Baumschlagen galt er für drei, und wenn sechs am einen End schleppten, trug er allein das andere. Als er aber ein halb Jahr Holz geschlagen, trat er eines Tags vor seinen Herrn, und begehrte von ihm: ›Hab jetzt lange genug hier Holz gehackt, und so möcht ich auch sehen, wohin meine Stämme kommen, und wie wär es, wenn Ihr mich auch mal auf den Floß ließet?‹

Der Holzherr antwortete: ›Ich will dir nicht im Weg sein, Michel, wenn du ein wenig hinaus willst in die Welt, und zwar beim Holzfällen brauche ich starke Leute wie du bist, auf dem Floß aber kommt es auf Geschicklichkeit an, aber es sei für diesmal.‹

Und so war es; der Floß, mit dem er abgehen sollte, hatte 8 Glaich (Glieder), und waren im letzten von den größten Zimmerbalken. Aber was geschah? Am Abend zuvor bringt der lange Michel noch acht Balken ans Wasser, so dick und lang, als man keinen je sah, und jeden trug er so leicht auf der Schulter, wie eine Flözerstange, so daß sich alles entsetzte. Wo er sie gehauen, weiß bis heute noch niemand. Dem Holzherrn lachte das Herz, als er dies sah, denn er berechnete, was die Balken kosten könnten; Michel aber sagte: ›So, die sind für mich zum Fahren, auf den kleinen Spänen dort kann ich nicht fortkommen‹. Sein Herr wollte ihm zum Dank ein Paar Flözerstiefeln schenken, aber er warf sie auf die Seite, und brachte ein Paar hervor, wie es sonst noch keine gab; mein Großvater hat versichert, sie haben hundert Pfund gewogen und seien 5 Fuß lang gewesen.

Der Floß fuhr ab, und hatte der Michel früher die Holzhauer in Verwunderung gesetzt, so staunten jetzt die Flözer; denn statt daß der Floß, wie man wegen der ungeheuren Balken geglaubt hatte, langsamer auf dem Fluß ging, flog er, sobald sie in den Neckar kamen, wie ein

Pfeil; machte der Neckar eine Wendung, und hatten sonst die Flözer Mühe gehabt, den Floß in der Mitte zu halten und nicht auf Kies oder Sand zu stoßen, so sprang jetzt Michel allemal ins Wasser, rückte mit einem Zug den Floß links oder rechts, so daß er ohne Gefahr vorüberglitt, und kam dann eine gerade Stelle, so lief er aufs erste G'stair (Gelenk) vor, ließ alle ihre Stangen beisetzen, steckte seinen ungeheuren Weberbaum ins Kies, und mit *einem* Druck flog der Floß dahin, daß das Land und Bäume und Dörfer vorbeizujagen schienen. So waren sie in der Hälfte der Zeit, die man sonst brauchte, nach Köln am Rhein gekommen, wo sie sonst ihre Ladung verkauft hatten; aber hier sprach Michel: ›Ihr seid mir rechte Kaufleute, und versteht euren Nutzen! Meinet ihr denn die Kölner brauchen all dies Holz, das aus dem Schwarzwald kömmt, für sich? Nein, um den halben Wert kaufen sie es euch ab, und verhandeln es teuer nach Holland. Lasset uns die kleinen Balken hier verkaufen, und mit den großen nach Holland gehen; was wir über den gewöhnlichen Preis lösen, ist unser eigener Profit.‹

So sprach der arglistige Michel, und die andern waren es zufrieden; die einen, weil sie gerne nach Holland gezogen wären, es zu sehen, die andern des Geldes wegen. Nur ein einziger war redlich und mahnte sie ab, das Gut ihres Herrn der Gefahr auszusetzen, oder ihn um den höheren Preis zu betrügen, aber sie hörten nicht auf ihn und vergaßen seine Worte, aber der Holländer-Michel vergaß sie nicht. Sie fuhren auch mit dem Holz den Rhein hinab, Michel leitete den Floß und brachte sie schnell bis nach Rotterdam. Dort bot man ihnen das Vierfache von dem früheren Preis, und besonders die ungeheuren Balken des Michel wurden mit schwerem Geld bezahlt. Als die Schwarzwälder so viel Geld sahen, wußten sie sich vor Freude nicht zu fassen. Michel teilte ab; einen Teil dem Holzherrn, die drei andern unter die Männer. Und nun setzten sie sich mit Matrosen und anderem schlechtem Gesindel in die Wirtshäuser, verschlemmten und verspielten ihr Geld, den braven Mann aber, der ihnen abgeraten, verkaufte der Holländer-Michel an einen Seelenverkäufer, und man hat nichts mehr von ihm gehört. Von da an war den Burschen im Schwarzwald Holland das Paradies, und Holländer-Michel ihr König; die Holzherren erfuhren lange nichts von dem Handel, und unvermerkt kamen Geld, Flüche, schlechte Sitten, Trunk und Spiel aus Holland herauf.

Der Holländer-Michel war aber, als die Geschichte herauskam, nirgends zu finden, aber tot ist er auch nicht; seit hundert Jahren treibt er seinen Spuk im Wald, und man sagt, daß er schon vielen behülflich gewesen sei, reich zu werden, aber – auf Kosten ihrer armen Seele, und mehr will ich nicht sagen. Aber soviel ist gewiß, daß er noch jetzt in solchen Sturmnächten im Tannenbühl, wo man nicht hauen soll, überall die schönsten Tannen aussucht, und mein Vater hat ihn eine vier Schuh dicke umbrechen sehen, wie ein Rohr. Mit diesen beschenkt er die, welche sich vom Rechten abwenden, und zu ihm gehen; um Mitternacht bringen sie dann die G'stair ins Wasser, und er rudert mit ihnen nach Holland. Aber wäre ich Herr und König in Holland, ich ließe ihn mit Kartätschen in den Boden schmettern, denn alle Schiffe, die von dem Holländer-Michel auch nur *einen* Balken haben, müssen untergehen. Daher kommt es, daß man so viel von Schiffbrüchen hört; wie könnte denn sonst ein schönes, starkes Schiff, so groß wie eine Kirche, zu Grund gehen auf dem Wasser? Aber sooft Holländer-Michel in einer Sturmnacht im Schwarzwald eine Tanne fällt, springt eine seiner alten aus den Fugen des Schiffes; das Wasser dringt ein, und das Schiff ist mit Mann und Maus verloren. Das ist die Sage vom Holländer-Michel, und wahr ist es, alles Böse im Schwarzwald schreibt sich von ihm her; oh! er kann einen reich machen!« setzte der Greis geheimnisvoll hinzu, »aber ich möchte nichts von ihm haben; ich möchte um keinen Preis in der Haut des dicken Ezechiel, und des langes Schlurkers stecken; auch der Tanzbodenkönig soll sich ihm ergeben haben!«

Der Sturm hatte sich während der Erzählung des Alten gelegt; die Mädchen zündeten schüchtern die Lampen an, und gingen weg; die Männer aber legten Peter Munk einen Sack voll Laub als Kopfkissen auf die Ofenbank, und wünschten ihm gute Nacht.

Kohlen-Munk-Peter hatte noch nie so schwere Träume gehabt, wie in dieser Nacht; bald glaubte er der finstere riesige Holländer-Michel reiße die Stubenfenster auf, und reiche mit seinem ungeheuer langen Arm einen Beutel voll Goldstücke herein, die er untereinander schüttelte, daß es hell und lieblich klang; bald sah er wieder das kleine, freundliche Glas männlein auf einer ungeheuren, grünen Flasche im

Zimmer umherreiten, und er meinte das heisere Lachen wieder zu hören, wie im Tannenbühl; dann brummte es ihm wieder ins linke Ohr:

»In Holland gibt's Gold,
Könnet's haben, wenn Ihr wollt
Um geringen Sold
Gold, Gold.«

Dann hörte er wieder in sein rechtes Ohr das Liedchen vom Schatzhauser im grünen Tannenwald, und eine zarte Stimme flüsterte: »Dummer Kohlen-Peter, dummer Peter Munk kannst kein Sprüchlein reimen auf ›stehen‹, und bist doch am Sonntag geboren Schlag zwölf Uhr. Reime, dummer Peter, reime!«

Er ächzte, er stöhnte im Schlaf, er mühte sich ab, einen Reim zu finden, aber da er in seinem Leben noch keinen gemacht hatte, war seine Mühe im Traum vergebens. Als er aber mit dem ersten Frührot erwachte, kam ihm doch sein Traum sonderbar vor; er setzte sich mit verschränkten Armen hinter den Tisch, und dachte über die Einflüsterungen nach, die ihm noch immer im Ohr lagen. »Reime, dummer Kohlen-Munk-Peter, reime«, sprach er zu sich, und pochte mit dem Finger an seine Stirne, aber es wollte kein Reim hervorkommen. Als er noch so dasaß, und trübe vor sich hinschaute, und an den Reim auf »stehen« dachte, da zogen drei Burschen vor dem Haus vorbei in den Wald, und einer sang im Vorübergehen:

»Am Berge tat ich stehen
Und schaute in das Tal,
Da hab ich sie gesehen
Zum allerletztenmal.«

Das fuhr wie ein leuchtender Blitz durch Peters Ohr, und hastig raffte er sich auf, stürzte aus dem Haus, weil er meinte, nicht recht gehört zu haben, sprang den drei Burschen nach, und packte den Sänger hastig und unsanft beim Arm. »Halt Freund!« rief er, »was habt Ihr da auf ›stehen‹ gereimt, tut mir die Liebe und sprecht, was Ihr gesungen.«

»Was ficht's dich an, Bursche?« entgegnete der Schwarzwälder. »Ich kann singen was ich will, und laß gleich meinen Arm los, oder –«

»Nein, sagen sollst du, was du gesungen hast!« schrie Peter beinahe außer sich und packte ihn noch fester an; die zwei andern aber, als sie dies sahen, zögerten nicht lange, sondern fielen mit derben Fäusten über den armen Peter her, und walkten ihn derb, bis er vor Schmerzen das Gewand des dritten ließ, und erschöpft in die Knie sank. »Jetzt hast du dein Teil«, sprachen sie lachend, »und merk dir, toller Bursche, daß du Leute, wie wir sind, nimmer anfällst auf offenem Wege.«

»Ach, ich will es mir gewißlich merken!« erwiderte Kohlen-Peter seufzend; »aber so ich die Schläge habe, seid so gut und saget deutlich, was jener gesungen.«

Da lachten sie aufs neue, und spotteten ihn aus; aber der das Lied gesungen hatte, sagte es ihm vor, und lachend und singend zogen sie weiter.

»Also ›*sehen*‹«, sprach der arme Geschlagene, indem er sich mühsam aufrichtete; »›sehen‹ und ›stehen‹, jetzt, Glasmännlein, wollen wir wieder ein Wort zusammen sprechen.« Er ging in die Hütte, holte seinen Hut und den langen Stock, nahm Abschied von den Bewohnern der Hütte, und trat seinen Rückweg nach dem Tannenbühl an. Er ging langsam und sinnend seine Straße, denn er mußte ja seinen Vers ersinnen; endlich, als er schon in dem Bereich des Tannenbühls ging, und die Tannen höher und dichter wurden, hatte er auch seinen Vers gefunden, und machte vor Freuden einen Sprung in die Höhe. Da trat ein riesengroßer Mann in Flözerkleidung, und eine Stange, so lang wie ein Mastbaum in der Hand, hinter den Tannen hervor. Peter Munk sank beinahe in die Knie, als er jenen langsamen Schrittes neben sich wandeln sah; denn er dachte, das ist der Holländer-Michel, und kein anderer. Noch immer schwieg die furchtbare Gestalt, und Peter schielte zuweilen furchtsam nach ihm hin. Er war wohl einen Kopf größer, als der längste Mann, den Peter je gesehen, sein Gesicht war nicht mehr jung, doch auch nicht alt, aber voll Furchen und Falten; er trug ein Wams von Leinwand, und die ungeheuren Stiefeln, über die Lederbeinkleider heraufgezogen, waren Peter aus der Sage wohlbekannt.

»Peter Munk, was tust du im Tannenbühl?« fragte der Waldkönig endlich mit tiefer, dröhnender Stimme.

»Guten Morgen, Landsmann«, antwortete Peter, indem er sich unerschrocken zeigen wollte, aber heftig zitterte, »ich will durch den Tannenbühl nach Haus zurück.«

»Peter Munk«, erwiderte jener, und warf einen stechenden furchtbaren Blick nach ihm herüber, »dein Weg geht nicht durch diesen Hain.«

»Nun, so gerade just nicht«, sagte jener, »aber es macht heute warm, da dachte ich, es wird hier kühler sein.«

»Lüge nicht, du, Kohlen-Peter!» rief Holländer-Michel mit donnernder Stimme, »oder ich schlag dich mit der Stange zu Boden; meinst, ich hab dich nicht betteln sehen bei dem Kleinen?« setzte er sanft hinzu. »Geh, geh, das war ein dummer Streich, und gut ist es, daß du das Sprüchlein nicht wußtest; er ist ein Knauser, der kleine Kerl, und gibt nicht viel, und wem er gibt, der wird seines Lebens nicht froh. – Peter du bist ein armer Tropf, und dauerst mich in der Seele; so ein munterer, schöner Bursche, der in der Welt was anfangen könnte, und sollst Kohlen brennen! Wenn andere große Taler oder Dukaten aus dem Ärmel schütteln, kannst du kaum ein paar Sechser aufwenden; 's ist ein ärmlich Leben.«

»Wahr ist's; und recht habt Ihr; ein elendes Leben.«

»Na, mir soll's nicht drauf ankommen«, fuhr der schreckliche Michel fort; »hab schon manchem braven Kerl aus der Not geholfen, und du wärst nicht der erste. Sag einmal, wieviel hundert Taler brauchst du fürs erste?«

Bei diesen Worten schüttelte er das Geld in seiner ungeheuren Tasche untereinander, und es klang wieder wie diese Nacht im Traum. Aber Peters Herz zuckte ängstlich und schmerzhaft bei diesen Worten, es wurde ihm kalt und warm, und der Holländer-Michel sah nicht aus, wie wenn er aus Mitleid Geld wegschenkte, ohne etwas dafür zu verlangen. Es fielen ihm die geheimnisvollen Worte des alten Mannes über die reichen Menschen ein, und von unerklärlicher Angst und Bangigkeit gejagt, rief er: »Schönen Dank, Herr! aber mit Euch will ich nichts zu schaffen haben, und ich kenn Euch schon«, und lief was er laufen konnte. – Aber der Waldgeist schritt mit ungeheuren Schritten neben ihm her, und murmelte dumpf und drohend: »Wirst's noch bereuen, Peter, wirst noch zu mir kommen; auf deiner Stirne steht's geschrieben, in deinem Auge ist's zu lesen; du entgehst

mir nicht. – Lauf nicht so schnell, höre nur noch ein vernünftig Wort, dort ist schon meine Grenze.« Aber als Peter dies hörte, und unweit vor ihm einen kleinen Graben sah, beeilte er sich nur noch mehr, über die Grenze zu kommen, so daß Michel am Ende schneller laufen mußte und unter Flüchen und Drohungen ihn verfolgte. Der junge Mann setzte mit einem verzweifelten Sprung über den Graben, denn er sah, wie der Waldgeist mit seiner Stange ausholte, und sie auf ihn niederschmettern lassen wollte; er kam glücklich jenseits an, und die Stange zersplitterte in der Luft, wie an einer unsichtbaren Mauer, und ein langes Stück fiel zu Peter herüber.

Triumphierend hob er es auf, um es dem groben Holländer-Michel zuzuwerfen, aber in diesem Augenblick fühlte er das Stück Holz in seiner Hand sich bewegen, und zu seinem Entsetzen sah er, daß es eine ungeheure Schlange sei, was er in der Hand hielt, die sich schon mit geifernder Zunge und blitzenden Augen an ihm hinaufbäumte. Er ließ sie los, aber sie hatte sich schon fest um seinen Arm gewickelt und kam mit schwankendem Kopf seinem Gesicht immer näher; da rauschte auf einmal ein ungeheurer Auerhahn nieder, packte den Kopf der Schlange mit dem Schnabel, erhob sich mit ihr in die Lüfte, und Holländer-Michel, der dies alles von dem Graben aus gesehen hatte, heulte und schrie und raste, als die Schlange von einem Gewaltigern entführt ward.

Erschöpft und zitternd setzte Peter seinen Weg fort; der Pfad wurde steiler, die Gegend wilder, und bald fand er sich wieder an der ungeheuren Tanne. Er machte wieder wie gestern seine Verbeugungen gegen das unsichtbare Glasmännlein, und hub dann an:

»Schatzhauser im grünen Tannenwald
Bist schon viel' hundert Jahre alt,
Dein ist all' Land wo Tannen stehn,
Läßt dich nur Sonntagskindern sehn.«

»Hast's zwar nicht ganz getroffen, aber weil du es bist, Kohlen-Munk-Peter, so soll es so hingehen«, sprach eine zarte, feine Stimme neben ihm. Erstaunt sah er sich um, und unter einer schönen Tanne saß ein kleines, altes Männlein, in schwarzem Wams und roten Strümpfen, und den großen Hut auf dem Kopf. Er hatte ein feines, freundliches Gesichtchen, und ein Bärtchen so zart wie aus Spinnweben; er rauchte, was sonderbar anzusehen war, aus einer Pfeife von blauem Glas und als

Th. Weber

Peter näher trat, sah er zu seinem Erstaunen, daß auch Kleider, Schuhe und Hut des Kleinen aus gefärbtem Glas bestanden; aber es war geschmeidig, als ob es noch heiß wäre, denn es schmiegte sich wie ein Tuch nach jeder Bewegung des Männleins.

»Du hast dem Flegel begegnet, dem Holländer-Michel?« sagte der Kleine, indem er zwischen jedem Wort sonderbar hüstelte; »er hat dich recht ängstigen wollen, aber seinen Kunstprügel habe ich ihm abgejagt, den soll er nimmer wiederkriegen.«

»Ja, Herr Schatzhauser«, erwiderte Peter mit einer tiefen Verbeugung, »es war mir recht bange. Aber Ihr seid wohl der Herr Auerhahn gewesen, der die Schlange totgebissen; da bedanke ich mich schönstens. – Ich komme aber, um mich Rats zu erholen bei Euch; es geht mir gar schlecht und hinderlich; ein Kohlenbrenner bringt es nicht weit; und da ich noch jung bin, dächte ich doch, es könnte noch was Besseres aus mir werden; und wenn ich oft andere sehe, wie weit die es in kurzer Zeit gebracht haben; wenn ich nur den Ezechiel nehme und den Tanzbodenkönig; die haben Geld wie Heu.«

»Peter«, sagte der Kleine sehr ernst, und blies den Rauch aus seiner Pfeife weit hinweg; »Peter, sag mir nichts von *diesen*. Was haben sie davon, wenn sie hier ein paar Jahre dem Schein nach glücklich, und dann nachher desto unglücklicher sind? Du mußt dein Handwerk nicht verachten; dein Vater und Großvater waren Ehrenleute und haben es auch getrieben, Peter Munk! ich will nicht hoffen, daß es Liebe zum Müßiggang ist, was dich zu mir führt.«

Peter erschrak vor dem Ernst des Männleins und errötete. »Nein«, sagte er, »Müßiggang, weiß ich wohl, Herr Schatzhauser im Tannenwald, Müßiggang ist aller Laster Anfang, aber das könnet Ihr mir nicht übelnehmen, wenn mir ein anderer Stand besser gefällt, als der meinige. Ein Kohlenbrenner ist halt so gar etwas Geringes auf der Welt, und die Glasleute und Flözer und Uhrmacher und alle sind angesehener.«

»Hochmut kommt oft vor dem Fall«, erwiderte der kleine Herr vom Tannenwald etwas freundlicher; »ihr seid ein sonderbar Geschlecht, ihr Menschen! Selten ist einer mit dem Stand ganz zufrieden, in dem er geboren und erzogen ist, und was gilt's, wenn du ein Glasmann wärest, möchtest du gern ein Holzherr sein, und wärest du Holzherr, so stünde dir des Försters Dienst, oder des Amtmanns Wohnung an. Aber es sei;

wenn du versprichst, brav zu arbeiten, so will ich dir zu etwas Besserem verhelfen, Peter. Ich pflege jedem Sonntagskind, das sich zu mir zu finden weiß, drei Wünsche zu gewähren; die ersten zwei sind frei; den dritten kann ich verweigern, wenn er töricht ist. So wünsche dir also jetzt etwas; aber – Peter, etwas Gutes und Nützliches.«

»Heisa! Ihr seid ein treffliches Glasmännlein, und mit Recht nennt man Euch Schatzhauser, denn bei Euch sind die Schätze zu Hause. Nu – und also darf ich wünschen, wonach mein Herz begehrt, so will ich denn fürs erste, daß ich noch besser tanzen könne, als der Tanzbodenkönig, und jedesmal noch einmal soviel Geld ins Wirtshaus bringe als der dicke Ezechiel.«

»Du Tor!« erwiderte der Kleine zürnend. »Welch ein erbärmlicher Wunsch ist dies, gut tanzen zu können, und Geld zum Spiel zu haben. Schämst du dich nicht, dummer Peter, dich selbst so um dein Glück zu betrügen? Was nützt es dir und deiner armen Mutter, wenn du tanzen kannst? Was nützt dir dein Geld, das nach deinem Wunsch nur für das Wirtshaus ist, und wie das des elenden Tanzbodenkönigs dort bleibt. Dann hast du wieder die ganze Woche nichts, und darbst wie zuvor. Noch *einen* Wunsch gebe ich dir frei, aber sieh dich vor, daß du vernünftiger wünschest.«

Peter kraulte sich hinter den Ohren, und sprach nach einigem Zögern: »Nun so wünsche ich mir die schönste und reichste Glashütte im ganzen Schwarzwald, mit allem Zugehör, und Geld, sie zu leiten.«

»Sonst nichts?« fragte der Kleine mit besorglicher Miene. »Peter, sonst nichts?«

»Nu – Ihr könnet noch ein Pferd dazutun, und ein Wägelchen –«

»Oh, du dummer Kohlen-Munk-Peter!« rief der Kleine, und warf seine gläserne Pfeife im Unmut an eine dicke Tanne, daß sie in hundert Stücke sprang, »Pferde, Wägelchen? Verstand, sag ich dir, Verstand, gesunden Menschenverstand und Einsicht hättest du wünschen sollen, aber nicht Pferdchen und Wägelchen. Nun, werde nur nicht so traurig, wir wollen sehen, daß es auch so nicht zu deinem Schaden ist; denn der zweite Wunsch war im ganzen nicht töricht; eine gute Glashütte nährt auch ihren Mann und Meister, nur hättest du Einsicht und Verstand dazu mitnehmen können, Wagen und Pferde wären dann wohl von selbst gekommen.«

»Aber, Herr Schatzhauser«, erwiderte Peter, »ich habe ja noch einen Wunsch übrig; da könnte ich ja Verstand wünschen, wenn er mir so überaus nötig ist, wie Ihr meinet.«

»Nichts da; du wirst noch in manche Verlegenheit kommen, wo du froh sein wirst, wenn du noch einen Wunsch frei hast; und nun mache dich auf den Weg nach Hause. Hier sind«, sprach der kleine Tannengeist, indem er ein kleines Beutelein aus der Tasche zog, »hier sind zweitausend Gulden, und damit genug, und komm mir nicht wieder um Geld zu fordern, denn dann müßte ich dich an die höchste Tanne aufhängen; so hab ich's gehalten, seit ich in dem Wald wohne. Vor drei Tagen aber ist der alte Winkfritz gestorben, der die große Glashütte gehabt hat im Unterwald. Dorthin gehe morgen frühe, und mach ein Bot auf das Gewerbe, wie es recht ist. Halt dich wohl, sei fleißig und ich will dich zuweilen besuchen, und dir mit Rat und Tat an die Hand gehen, weil du dir doch keinen Verstand erbeten; aber, und das sag ich dir ernstlich, dein erster Wunsch war böse; nimm dich in acht vor dem Wirthauslaufen; Peter! 's hat noch bei keinem lange gut getan.« Das Männlein hatte, während es dies sprach, eine neue Pfeife vom schönsten Beinglas hervorgezogen, sie mit gedörrten Tannenzapfen gestopft, und in den kleinen, zahnlosen Mund gesteckt. Dann zog er ein ungeheures Brennglas hervor, trat in die Sonne, und zündete seine Pfeife an. Als er damit fertig war, bot er dem Peter freundlich die Hand, gab ihm noch ein paar gute Lehren auf den Weg, rauchte und blies immer schneller, und verschwand endlich in einer Rauchwolke, die nach echtem holländischen Tabak roch, und langsam sich kräuselnd in den Tannenwipfeln verschwebte.

Als Peter nach Haus kam, fand er seine Mutter sehr in Sorgen um ihn, denn die gute Frau glaubte nicht anders, als ihr Sohn sei zum Soldaten ausgehoben worden. Er aber war fröhlich und guter Dinge, und erzählte ihr, wie er im Wald einen guten Freund getroffen, der ihm Geld vorgeschossen habe, um ein anderes Geschäft, als Kohlenbrennen, anzufangen. Obgleich seine Mutter schon seit dreißig Jahren in der Köhlerhütte wohnte, und an den Anblick berußter Leute so gewöhnt war, als jede Müllerin an das Mehlgesicht ihres Mannes, so war sie doch eitel genug, sobald ihr Peter ein glänzenderes Los zeigte, ihren früheren

Stand zu verachten, und sprach: »Ja, als Mutter eines Mannes, der eine Glashütte besitzt, bin ich doch etwas anderes, als Nachbarin Grete und Bete, und setze mich in Zukunft vornehin in der Kirche, wo rechte Leute sitzen.« Ihr Sohn aber wurde mit den Erben der Glashütte bald handelseinig; er behielt die Arbeiter, die er vorfand, bei sich, und ließ nun Tag und Nacht Glas machen. Anfangs gefiel ihm das Handwerk wohl; er pflegte gemächlich in die Glashütte hinabzusteigen, ging dort mit vornehmen Schritten, die Hände in die Taschen gesteckt, hin und her, guckte dahin, guckte dorthin, sprach dies und jenes, worüber seine Arbeiter oft nicht wenig lachten, und seine größte Freude war das Glasblasen zu sehen, und oft machte er sich selbst an die Arbeit, und formte aus der noch weichen Masse die sonderbarsten Figuren. Bald aber war ihm die Arbeit entleidet, und er kam zuerst nur noch eine Stunde des Tages in die Hütte, dann nur alle zwei Tage, endlich die Woche nur einmal, und seine Gesellen machten was sie wollten. Das alles kam aber nur vom Wirtshauslaufen; den Sonntag, nachdem er vom Tannenbühl zurückgekommen war, ging er ins Wirtshaus, und wer schon auf dem Tanzboden sprang, war der Tanzbodenkönig, und der dicke Ezechiel saß auch schon hinter der Maßkanne, und knöchelte um Kronentaler. Da fuhr Peter schnell in die Tasche, zu sehen, ob ihm das Glasmännlein Wort gehalten, und siehe, seine Tasche strotzte von Silber und Gold; auch in seinen Beinen zuckte und drückte es, wie wenn sie tanzen und springen wollten, und als der erste Tanz zu Ende war, stellte er sich mit seiner Tänzerin obenan, neben den Tanzbodenkönig, und sprang dieser drei Schuh hoch, so flog Peter vier, und machte dieser wunderliche und zierliche Schritte, so verschlang und drehte Peter seine Füße, daß alle Zuschauer vor Lust und Verwunderung beinahe außer sich kamen. Als man aber auf dem Tanzboden vernahm, daß Peter eine Glashütte gekauft habe, als man sah, daß er, sooft er an den Musikanten vorbeitanzte, ihnen einen Sechsbätzner zuwarf, da war des Staunens keine Ende; die einen glaubten, er habe einen Schatz im Wald gefunden, die andern meinten, er habe eine Erbschaft getan, aber alle verehrten ihn jetzt, und hielten ihn für einen gemachten Mann, nur weil er Geld hatte. Verspielte er doch noch an demselben Abend zwanzig Gulden, und nichtsdestominder rasselte und klang es in seiner Tasche, wie wenn noch hundert Taler darin wären.

Als Peter sah, wie angesehen er war, wußte er sich vor Freude und Stolz nicht zu fassen. Er warf das Geld mit vollen Händen weg, und teilte es den Armen reichlich mit, wußte er doch, wie ihn selbst einst die Armut gedrückt hatte. Des Tanzbodenkönigs Künste wurden vor den übernatürlichen Künsten des neuen Tänzers zuschanden, und Peter führte jetzt den Namen Tanzkaiser. Die unternehmendsten Spieler am Sonntag wagten nicht so viel wie er, aber sie verloren auch nicht so viel. Und je mehr er verlor, desto mehr gewann er; das verhielt sich aber ganz so, wie er es vom kleinen Glasmännlein verlangt hatte; er hatte sich gewünscht, immer so viel Geld in der Tasche zu haben, wie der dicke Ezechiel, und gerade dieser war es, an welchen er sein Geld verspielte; und wenn er zwanzig, dreißig Gulden auf einmal verlor, so hatte er sie alsobald wieder in der Tasche, wenn sie Ezechiel einstrich. Nach und nach brachte er es aber im Schlemmen und Spielen weiter, als die schlechtesten Gesellen im Schwarzwald, und man nannte ihn öfter Spiel-Peter, als Tanzkaiser, denn er spielte jetzt auch beinahe an allen Werktagen. Darüber kam aber seine Glashütte nach und nach in Verfall, und daran war Peters Unverstand schuld. Glas ließ er machen, soviel man immer machen konnte, aber er hatte mit der Hütte nicht zugleich das Geheimnis gekauft, wohin man es am besten verschleißen könne. Er wußte am Ende mit der Menge Glas nichts anzufangen, und verkaufte es um den halben Preis an herumziehende Händler, nur um seine Arbeiter bezahlen zu können.

Eines Abends ging er auch wieder vom Wirtshaus heim, und dachte trotz des vielen Weines, den er getrunken, um sich fröhlich zu machen, mit Schrecken und Gram an den Verfall seines Vermögens; da bemerkte er auf einmal, daß jemand neben ihm gehe, er sah sich um, und siehe da – es war das Glasmännlein. Da geriet er in Zorn und Eifer, vermaß sich hoch und teuer, und schwur, der Kleine sei an all seinem Unglück schuld. »Was tu ich nun mit Pferd und Wägelchen?« rief er, »was nutzt mich die Hütte und all mein Glas? Selbst als ich noch ein elender Köhlersbursch war, lebte ich froher, und hatte keine Sorgen; jetzt weiß ich nicht, wenn der Amtmann kommt, und meine Habe schätzt, und mir vergantet der Schulden wegen!«

»So?« entgegnete das Glasmännlein; »so? Ich also soll schuld daran sein, wenn du unglücklich bist? Ist dies der Dank für meine Wohltaten?

Wer hieß dich auch so töricht wünschen? Ein Glasmann wolltest du sein, und wußtest nicht wohin dein Glas verkaufen? Sagte ich dir nicht, du solltest behutsam wünschen? Verstand, Peter, Klugheit hat dir gefehlt.«

»Was Verstand und Klugheit!« rief jener, »ich bin ein so kluger Bursche als irgendeiner, und will es dir zeigen, Glasmännlein«, und bei diesen Worten faßte er das Männlein unsanft am Kragen und schrie: »Hab ich dich jetzt, Schatzhauser im grünen Tannenwald? Und den dritten Wunsch will ich jetzt tun, den sollst du mir gewähren; und so will ich hier auf der Stelle zweimal hunderttausend harte Taler, und ein Haus und – o weh!« schrie er und schüttelte die Hand, denn das Waldmännchen hatte sich in glühendes Glas verwandelt und brannte in seiner Hand wie sprühendes Feuer. Aber von dem Männlein war nichts mehr zu sehen.

Mehrere Tage lang erinnerte ihn seine geschwollene Hand an seine Undankbarkeit und Torheit; dann aber übertäubte er sein Gewissen und sprach: »Und wenn sie mir die Glashütte und alles verkaufen, so bleibt mir doch noch immer der dicke Ezechiel; solange der Geld hat am Sonntag, kann es mir nicht fehlen.«

Ja Peter! Aber wenn er keines hat? Und so geschah es eines Tages und war ein wunderliches Rechenexempel. Denn eines Sonntags kam er angefahren ans Wirtshaus, und die Leute streckten die Köpfe durch die Fenster, und der eine sagte: »Da kommt der Spiel-Peter«, und der andere: »Ja der Tanzkaiser, der reiche Glasmann«, und ein dritter schüttelte den Kopf und sprach: »Mit dem Reichtum kann man es machen, man sagt allerlei von seinen Schulden, und in der Stadt hat einer gesagt, der Amtmann werde nicht mehr lang säumen zum Auspfänden.« Indessen grüßte der reiche Peter die Gäste am Fenster vornehm und gravitätisch, stieg vom Wagen und schrie: »Sonnenwirt, guten Abend, ist der dicke Ezechiel schon da?« Und eine tiefe Stimme rief: »Nur herein Peter! Dein Platz ist dir aufbehalten, wir sind schon da und bei den Karten.« So trat Peter Munk in die Wirtsstube, und fuhr gleich in die Tasche, und merkte, daß Ezechiel gut versehen sein müsse, denn seine Tasche war bis oben angefüllt.

Er setzte sich hinter den Tisch zu den andern, und spielte und gewann und verlor hin und her, und so spielten sie, bis andere ehrliche

Leute, als es Abend wurde, nach Hause gingen, und spielten bei Licht, bis zwei andere Spieler sagten: »Jetzt ist's genug, und wir müssen heim zu Frau und Kind.« Aber Spiel-Peter forderte den dicken Ezechiel auf zu bleiben; dieser wollte lange nicht, endlich aber rief er: »Gut, jetzt will ich mein Geld zählen und dann wollen wir knöcheln, den Satz um 5 Gulden, denn niederer ist es doch nur Kinderspiel.« Er zog den Beutel und zählte, und fand hundert Gulden bar, und Spiel-Peter wußte nun wieviel er selbst habe und brauchte es nicht erst zu zählen. Aber hatte Ezechiel vorher gewonnen, so verlor er jetzt Satz für Satz, und fluchte greulich dabei. Warf er einen Pasch, gleich warf Spiel-Peter auch einen, und immer zwei Augen höher. Da setzte er endlich die letzten fünf Gulden auf den Tisch und rief: »Noch einmal, und wenn ich auch den noch verliere, so höre ich doch nicht auf, dann leihst du mir von deinem Gewinn, Peter, ein ehrlicher Kerl hift dem andern!«

»Soviel du willst, und wenn es hundert Gulden sein sollten«, sprach der Tanzkaiser, fröhlich über seinen Gewinn, und der dicke Ezechiel schüttelte die Würfel und warf 15. »Pasch!« rief er, »jetzt wollen wir sehen!« Peter aber warf 18, und eine heisere bekannte Stimme hinter ihm sprach: »So, das war der *letzte.*«

Er sah sich um, und riesengroß stand der Holländer-Michel hinter ihm; erschrocken ließ er das Geld fallen, das er schon eingezogen hatte. Aber der dicke Ezechiel sah den Waldmann nicht, sondern verlangte, der Spiel-Peter solle ihm 10 Gulden vorstrecken zum Spiel; halb im Traum fuhr dieser mit der Hand in die Tasche, aber da war kein Geld, er suchte in der andern Tasche, aber auch da fand sich nichts, er kehrte den Rock um, aber es fiel kein roter Heller heraus, und jetzt erst gedachte er seines eigenen ersten Wunsches, immer doppelt soviel Geld zu haben, als der dicke Ezechiel. Wie Rauch war alles verschwunden.

Der Wirt und Ezechiel sahen in staunend an, als er immer suchte und sein Geld nicht finden konnte, sie wollten ihm nicht glauben, daß er keines mehr habe, aber als sie endlich selbst in seinen Taschen suchten, wurden sie zornig und schwuren, der Spiel-Peter sei ein böser Zauberer, und habe all das gewonnene Geld und sein eigenes nach Hause gewünscht. Peter verteidigte sich standhaft, aber der Schein war gegen ihn; Ezechiel sagte, er wolle die schreckliche Geschichte allen Leuten im Schwarzwald erzählen, und der Wirt versprach ihm, morgen

mit dem frühesten in die Stadt zu gehen, und Peter Munk als Zauberer anzuklagen, und er wolle es erleben, setzte er hinzu, daß man ihn verbrenne. Dann fielen sie wütend über ihn her, rissen ihm das Wams vom Leib und warfen ihn zur Türe hinaus.

Kein Stern schien am Himmel, als Peter trübselig seiner Wohnung zuschlich, aber dennoch konnte er eine dunkle Gestalt erkennen, die neben ihm her schritt und endlich sprach: »Mit dir ist's aus, Peter Munk, all deine Herrlichkeit ist zu Ende, und das hätt ich dir schon damals sagen können, als du nichts von mir hören wolltest, und zu dem dummen Glaszwerg liefst. Da siehst du jetzt, was man davon hat, wenn man meinen Rat verachtet. Aber versuch es einmal mit mir, ich habe Mitleiden mit deinem Schicksal; noch keinen hat es gereut, der sich an mich wandte, und wenn du den Weg nicht scheust, morgen den ganzen Tag bin ich am Tannenbühl zu sprechen, wenn du mich rufst.« Peter merkte wohl, wer so zu ihm spreche, aber es kam ihn ein Grauen an; er antwortete nichts, sondern lief seinem Haus zu.

Zweite Abteilung

Als Peter am Montagmorgen in seine Glashütte ging, da waren nicht nur seine Arbeiter da, sondern auch andere Leute, die man nicht gerne sieht, nämlich der Amtmann und drei Gerichtsdiener. Der Amtmann wünschte Petern einen guten Morgen, fragte wie er geschlafen, und zog dann ein langes Register heraus, und darauf waren Peters Gläubiger verzeichnet. »Könnt Ihr zahlen oder nicht?« fragte der Amtmann mit strengem Blick, »und macht es nur kurz, denn ich habe nicht viel Zeit zu versäumen, und in den Turm ist es drei gute Stunden.« Da verzagte Peter, gestand, daß er nichts mehr habe, und überließ es dem Amtmann, Haus und Hof, Hütte und Stall, Wagen und Pferde zu schätzen; und als die Gerichtsdiener und der Amtmann umhergingen und prüften und schätzten, dachte er, bis zum Tannenbühl ist's nicht weit, hat mir der *Kleine* nichts geholfen, so will ich es einmal mit dem *Großen* versuchen. Er lief dem Tannenbühl zu, so schnell, als ob die Gerichtsdiener ihm auf den Fersen wären, es war ihm, als er an dem Platz vorbeirannte, wo er das Glasmännlein zuerst gesprochen, als halte ihn eine unsichtbare Hand auf, aber er riß sich los und lief weiter, bis an die Grenze, die er sich früher wohl gemerkt hatte, und kaum hatte er, beinahe atemlos, »Holländer-Michel, Herr Holländer-Michel« gerufen, als auch schon der riesengroße Flözer mit seiner Stange vor ihm stand.

»Kommst du?« sprach dieser lachend; »haben sie dir die Haut abziehen und deinen Gläubigern verkaufen wollen? Nu, sei ruhig; dein ganzer Jammer kommt, wie gesagt, von dem kleinen Glasmännlein, von dem Separatisten und Frömmler her. Wenn man schenkt, muß man gleich recht schenken, und nicht wie dieser Knauser. Doch komm«, fuhr er aufmunternd fort, und wandte sich gegen den Wald, »folge mir in mein Haus, dort wollen wir sehen, ob wir *handelseinig* werden.«

Handelseinig? dachte Peter. Was kann er denn von mir verlangen, was kann ich an ihn verhandeln? Soll ich ihm etwa dienen, oder was will er? Sie gingen zuerst über einen steilen Waldsteig hinan, und standen dann mit einemmal an einer dunkeln, tiefen, abschüssigen Schlucht; Holländer-Michel sprang den Felsen hinab, wie wenn es eine sanfte Marmortreppe wäre; aber bald wäre Peter in Ohnmacht gesunken, denn als jener unten angekommen war, machte er sich so groß wie ein Kirchturm und reichte ihm einen Arm, so lange als ein Weberbaum, und eine Hand daran, so breit als der Tisch im Wirtshaus, und rief mit einer Stimme, die heraufschallte wie eine tiefe Totenglocke: »Setz dich nur auf meine Hand und halte dich an den Fingern, so wirst du nicht fallen.« Peter tat zitternd, wie jener befohlen, nahm Platz auf der Hand, und hielt sich am Daumen des Riesen.

Es ging weit und tief hinab, aber dennoch ward es zu Peters Verwunderung nicht dunkler, im Gegenteil, die Tageshelle schien sogar zuzunehmen in der Schlucht, aber er konnte sie lange in den Augen nicht ertragen. Der Holländer-Michel hatte sich, je weiter Peter herabkam, wieder kleiner gemacht, und stand nun in seiner früheren Gestalt vor einem Haus, so gering oder gut, als es reiche Bauern aus dem Schwarzwald haben. Die Stube, worein Peter geführt wurde, unterschied sich durch nichts von den Stuben anderer Leute, als dadurch, daß sie einsam schien.

Die hölzerne Wanduhr, der ungeheure Kachelofen, die breiten Bänke, die Gerätschaften auf den Gesimsen, waren hier wie überall. Michel wies ihm einen Platz hinter dem großen Tisch an, ging dann hinaus, und kam bald mit einem Krug Wein und Gläsern wieder. Er goß ein und nun schwatzten sie, und Holländer-Michel erzählte von den Freuden der Welt, von fremden Ländern, schönen Städten und Flüssen, daß Peter, am Ende große Sehnsucht darnach bekommend, dies auch offen dem Holländer erzählte.

»Wenn du im ganzen Körper Mut und Kraft etwas zu unternehmen hattest, da konnten ein paar Schläge des dummen Herzens dich zittern machen; und dann die Kränkungen der Ehre, das Unglück, für was soll sich ein vernünftiger Kerl um dergleichen bekümmern? hast du's im Kopf empfunden, als dich letzthin einer einen Betrüger und schlechten Kerl nannte? hat es dir im Magen wehe getan, als der Amtmann kam, dich aus dem Haus zu werfen? Was? sag an, was hat dir wehe getan?«

»Mein Herz«, sprach Peter, indem er die Hand auf die pochende Brust preßte, denn es war ihm, als ob sein Herz sich ängstlich hin und her wendete.

»Du hast, nimm mir es nicht übel, du hast viele hundert Gulden an schlechte Bettler und anderes Gesindel weggeworfen; was hat es dich genützt? Sie haben dir dafür Segen und einen gesunden Leib gewünscht; ja bist du deswegen gesünder geworden? Um die Hälfte des verschleuderten Geldes hättest du einen Arzt gehalten. Segen, ja ein schöner Segen, wenn man ausgepfändet und ausgestoßen wird! Und was war es, das dich getrieben, in die Tasche zu fahren, sooft ein Bettelmann seinen zerlumpten Hut hinstreckte? – Dein Herz, auch wieder dein Herz, und weder deine Augen, noch deine Zunge, deine Arme noch deine Beine, sondern dein Herz. Du hast dir es, wie man richtig sagt, zu sehr zu Herzen genommen.«

»Aber wie kann man sich denn angewöhnen, daß es nicht mehr so ist? Ich gebe mir jetzt alle Mühe, es zu unterdrücken, und dennoch pocht mein Herz und tut mir wehe.«

»*Du* freilich«, rief jener mit Lachen, »du armer Schelm, kannst nichts dagegen tun; aber gib mir das kaum pochende Ding und du wirst sehen, wie gut du es dann hast.«

»Euch, mein Herz?« schrie Peter mit Entsetzen. »Da müßte ich ja sterben auf der Stelle! Nimmermehr!«

»Ja, wenn dir einer eurer Herrn Chirurgen das Herz aus dem Leib operieren wollte, da müßtest du wohl sterben; bei mir ist dies ein anderes Ding; doch komm herein und überzeuge dich selbst.« Er stand bei diesen Worten auf, öffnete eine Kammertüre und führte Peter hinein. Sein Herz zog sich krampfhaft zusammen, als er über die Schwelle trat, aber er achtete es nicht, denn der Anblick, der sich ihm bot, war sonderbar und überraschend. Auf mehreren Gesimsen von Holz standen Gläser,

mit durchsichtiger Flüssigkeit gefüllt, und in jedem dieser Gläser lag ein Herz, auch waren an den Gläsern Zettel angeklebt und Namen darauf geschrieben, die Peter neugierig las; da war das Herz des Amtmanns in F.; das Herz des dicken Ezechiel, das Herz des Tanzbodenkönigs, das

Herz des Oberförsters; da waren sechs Herzen von Kornwucherern, acht von Werboffizieren, drei von Geldmäklern – kurz es war eine Sammlung der angesehensten Herzen in der Umgegend von zwanzig Stunden.

»Schau!« sprach Holländer-Michel, »diese alle haben des Lebens Ängsten und Sorgen weggeworfen, keines dieser Herzen schlägt mehr ängstlich und besorgt und ihre ehemaligen Besitzer befinden sich wohl dabei, daß sie den unruhigen Gast aus dem Hause haben.«

»Aber was tragen sie denn jetzt dafür in der Brust?« fragte Peter, den dies alles, was er gesehen, beinahe schwindeln machte.

»Dies«, antwortete jener, und reichte ihm aus einem Schubfach – ein *steinernes Herz.*

»So?« erwiderte er, und konnte sich eines Schauers, der ihm über die Haut ging, nicht erwehren. »Ein Herz von Marmelstein? Aber, horch einmal, Herr Holländer-Michel, das muß doch gar kalt sein in der Brust.«

»Freilich, aber ganz angenehm kühl; warum soll denn ein Herz warm sein; im Winter nützt dich die Wärme nichts, da hilft ein guter Kirschgeist mehr als ein warmes Herz, und im Sommer, wenn alles schwül und heiß ist – du glaubst nicht, wie dann solch ein Herz abkühlt; und wie gesagt, weder Angst noch Schrecken, weder törichtes Mitleiden noch anderer Jammer pocht an solch ein Herz.«

»Und das ist alles, was Ihr mir geben könnet«, fragte Peter unmutig; »ich hoff auf Geld, und Ihr wollet mir einen Stein geben!«

»Nu, ich denke an hunderttausend Gulden hättest du fürs erste genug; wenn du es geschickt umtreibst, kannst du bald ein Millionär werden.«

»Hunderttausend?« rief der arme Köhler freudig, »nun so poche doch nicht so ungestüm in meiner Brust, wir werden bald fertig sein miteinander. Gut, Michel; gebt mir den Stein und das Geld und die Unruh könnet Ihr aus dem Gehäuse nehmen.«

»Ich dachte es doch, daß du ein vernünftiger Bursche seist«, antwortete der Holländer freundlich lächelnd, »komm, laß uns noch eins trinken, und dann will ich das Geld auszahlen.«

So setzten sie sich wieder in die Stube zum Wein, tranken und tranken wieder, bis Peter in einen tiefen Schlaf verfiel.

Kohlen-Munk-Peter erwachte beim fröhlichen Schmettern eines Posthorns und siehe da, er saß in einem schönen Wagen, fuhr auf einer breiten Straße dahin, und als er sich aus dem Wagen bog, sah er in blauer Ferne hinter sich den Schwarzwald liegen. Anfänglich wollte er gar nicht glauben, daß er es selbst sei, der in diesem Wagen sitze; denn auch seine Kleider waren gar nicht mehr dieselben, die er gestern getragen, aber er erinnerte sich doch an alles so deutlich, daß er endlich sein Nachsinnen aufgab und rief: »Der Kohlen-Munk-Peter bin ich, das ist ausgemacht, und kein anderer.« Er wunderte sich über sich selbst, daß er gar nicht wehmütig werden konnte, als er jetzt zum erstenmal aus der stillen Heimat, aus den Wäldern, wo er so lange gelebt, auszog; selbst nicht, als er an seine Mutter dachte, die jetzt wohl hülflos und im Elend saß, konnte er eine Träne aus dem Auge pressen oder nur seufzen: denn es war ihm alles so gleichgültig. »Ach freilich«, sagte er dann, »Tränen und Seufzer, Heimweh und Wehmut kommen ja aus dem Herzen, und Dank dem Holländer-Michel – das meine ist kalt und von Stein.«

Er legte seine Hand auf die Brust, und es war ganz ruhig dort, und rührte sich nichts. »Wenn er mit den Hunderttausenden so gut Wort hielt, wie mit dem Herz, so soll es mich freuen«, sprach er und fing an seinen Wagen zu untersuchen. Er fand Kleidungsstücke von aller Art, wie er sie nur wünschen konnte, aber kein Geld; endlich stieß er auf eine Tasche und fand viele tausend Taler in Gold und Scheinen, auf Handlungshäuser in allen großen Städten. Jetzt hab ich's, wie ich's wollte, dachte er, setzte sich bequem in die Ecke des Wagens, und fuhr in die weite Welt.

Er fuhr zwei Jahre in der Welt umher, und schaute aus seinem Wagen links und rechts an den Häusern hinauf, schaute, wenn er anhielt, nichts als den Schild seines Wirtshauses an, lief dann in der Stadt umher, und ließ sich die schönsten Merkwürdigkeiten zeigen; aber es freute ihn nichts, kein Bild, kein Haus, keine Musik, kein Tanz, sein Herz von Stein nahm an nichts Anteil und seine Augen, seine Ohren waren abgestumpft für alles Schöne. Nichts war ihm mehr geblieben, als die Freude an Essen und Trinken und der Schlaf und so lebte er, indem er ohne Zweck durch die Welt reiste, zu seiner Unterhaltung speiste und aus Langerweile schlief. Hie und da erinnert er sich zwar, daß er fröhlicher, glücklicher gewesen sei, als er noch arm war und arbeiten mußte, um sein Leben zu fristen. Da hatte ihn jede schöne Aussicht ins Tal, Musik und Gesang hatten ihn ergötzt, da hatte er sich stundenlang auf die einfache Kost, die ihm die Mutter zu dem Meiler bringen sollte, gefreut; wenn er so über die Vergangenheit nachdachte, so kam es ihm ganz sonderbar vor, daß er jetzt nicht einmal lachen konnte, und sonst hatte er über den kleinsten Scherz gelacht; wenn andere lachten, so verzog er nur aus Höflichkeit den Mund, aber sein Herz – lächelte nicht mit. Er fühlte dann, daß er zwar überaus ruhig sei – aber zufrieden fühlte er sich doch nicht. Es war nicht Heimweh oder Wehmut, sondern Öde, Überdruß, freudenloses Leben, was ihn endlich wieder zur Heimat trieb.

Als er von Straßburg herüberfuhr und den dunkeln Wald seiner Heimat erblickte, als er zum erstenmal wieder jene kräftigen Gestalten, jene freundlichen Gesichter der Schwarzwälder sah, als sein Ohr die heimatlichen Klänge, stark, tief, aber wohltönend vernahm, da fühlte er schnell an sein Herz, denn sein Blut wallte stärker, und er glaubte, er müsse sich freuen, und müsse weinen zugleich, aber – wie konnte er nur so töricht sein, er hatte ja ein Herz von Stein; und Steine sind tot und lächeln und weinen nicht.

Sein erster Gang war zum Holländer-Michel, der ihn mit alter Freundlichkeit aufnahm. »Michel«, sagte er zu ihm, »gereist bin ich nun, und habe alles gesehen, ist aber alles dummes Zeug und ich hatte nur Langeweile. Überhaupt, Euer steinernes Ding, das ich in der Brust trage, schützt mich zwar vor manchem; ich erzürne mich nie, bin nie traurig, aber ich freue mich auch nie, und es ist mir, als wenn ich nur halb lebte. Könnet Ihr das Steinherz nicht ein wenig beweglicher machen, oder – gebt mir lieber mein altes Herz; ich hatte mich in fünfundzwanzig Jahren daran gewöhnt, und wenn es zuweilen auch einen dummen Streich machte, so war es doch munter und ein fröhliches Herz.«

Der Waldgeist lachte grimmig und bitter. »Wenn du einmal tot bist, Peter Munk«, antwortete er, »dann soll es dir nicht fehlen, dann sollst du dein weiches, rührbares Herz wiederhaben und du kannst dann fühlen was kommt, Freud oder Leid; aber hier oben kann es nicht mehr dein werden! Doch, Peter! gereist bist du wohl, aber, so wie du lebtest, konnte es dich nichts nützen. Setze dich jetzt hier irgendwo im Wald, bau ein Haus, heirate, treibe dein Vermögen um, es hat dir nur an Arbeit gefehlt, weil du müßig warst hattest du Langeweile, und schiebst jetzt alles auf dieses unschuldige Herz.« Peter sah ein, daß Michel recht habe, was den Müßiggang beträfe, und nahm sich vor, reich und immer reicher zu werden; Michel schenkte ihm noch einmal hunderttausend Gulden und entließ ihn als seinen guten Freund.

Bald vernahm man im Schwarzwald die Märe, der Kohlen-Munk-Peter oder Spiel-Peter sei wieder da, und noch viel reicher, als zuvor. Es ging auch jetzt wie immer; als er am Bettelstab war, wurde er in der »Sonne« zur Türe hinausgeworfen, und als er jetzt an einem Sonntagnachmittag seinen ersten Einzug dort hielt, schüttelten sie ihm die Hand, lobten sein Pferd, fragten nach seiner Reise, und als er wieder mit dem dicken Ezechiel um harte Taler spielte, stand er in der Achtung so hoch, als je. Er trieb jetzt aber nicht mehr das Glashandwerk, sondern den Holzhandel, aber nur zum Schein. Sein Hauptgeschäft war mit Korn und Geld zu handeln. Der halbe Schwarzwald wurde ihm nach und nach schuldig, aber er lieh Geld nur auf zehn Prozente aus, oder verkaufte Korn an die Armen, die nicht gleich zahlen konnten, um den dreifachen Wert. Mit dem Amtmann stand er jetzt in enger Freundschaft, und wenn einer Herrn Peter Munk nicht auf den Tag bezahlte, so ritt der Amtmann mit seinen Schergen heraus, schätzte Haus und Hof, verkaufte es flugs, und trieb Vater, Mutter und Kind in den Wald. Anfangs machte dies dem reichen Peter einige Unlust, denn die armen Ausgepfändeten belagerten dann haufenweise seine Türe, die Männer flehten um Nachsicht, die Weiber suchten das steinerne Herz zu erweichen und die Kinder winselten um ein Stücklein Brot; aber als er sich ein paar tüchtige Fleischerhunde angeschafft hatte, hörte diese Katzenmusik, wie er es nannte, bald auf; er pfiff und hetzte, und die Bettelleute flogen schreiend auseinander. Am meisten Beschwerde machte ihm das »alte Weib«. Das war aber niemand anders als Frau Munkin, Peters Mutter. Sie war in Not und Elend geraten, als man ihr Haus und Hof verkauft hatte, und ihr Sohn, als er reich zurückgekehrt war, hatte nicht mehr nach ihr umgesehen; da kam sie nun zuweilen, alt, schwach und gebrechlich an einem Stock vor das Haus; hinein wagte sie sich nimmer, denn er hatte sie einmal weggejagt, aber es tat ihr wehe, von den Guttaten anderer Menschen leben zu müssen, da der eigene Sohn ihr ein sorgenloses Alter hätte bereiten können. Aber das kalte Herz wurde nimmer gerührt von dem Anblicke der bleichen, wohlbekannten Züge, von den bittenden Blicken, von der welken, ausgestreckten Hand, von der hinfälligen Gestalt; mürrisch zog er, wenn sie sonnabends an die Türe pochte, einen Sechsbätzner heraus, schlug ihn in ein Papier und ließ ihn hinausreichen durch einen Knecht. Er vernahm ihre zitternde Stimme, wenn sie dankte und wünschte, es möge ihm wohl gehen auf Erden, er hörte sie hüstelnd von der Türe schleichen, aber er dachte weiter nicht mehr daran, als daß er wieder sechs Batzen umsonst ausgegeben.

Endlich kam Peter auch auf den Gedanken zu heiraten. Er wußte, daß im ganzen Schwarzwald jeder Vater ihm gerne seine Tochter geben werde; aber er war schwierig in seiner Wahl, denn er wollte, daß man auch hierin sein Glück und seinen Verstand preisen sollte; daher ritt er umher, im ganzen Wald, schaute hier, schaute dort, und keine der schönen Schwarzwälderinnen deuchte ihm schön genug. Endlich, nachdem er auf allen Tanzböden umsonst nach der Schönsten ausgeschaut hatte, hörte er eines Tages, die Schönste und Tugendsamste im ganzen Wald sei eines armen Holzhauers Tochter. Sie lebe still und für sich, besorge geschickt und emsig ihres Vaters Haus, und lasse sich nie auf dem Tanzboden sehen, nicht einmal zu Pfingsten oder Kirmes. Als Peter von diesem Wunder des Schwarzwalds hörte, beschloß er, um sie zu werben, und ritt nach der Hütte, die man ihm bezeichnet hatte. Der Vater der schönen Lisbeth empfing den vornehmen Herrn mit Staunen, und er staunte noch mehr, als er hörte, es sei dies der reiche Herr Peter und er wolle sein Schwiegersohn werden. Er besann sich auch nicht lange, denn er meinte, all seine Sorge und Armut werde nun ein Ende haben, sagte zu, ohne die schöne Lisbeth zu fragen, und das gute Kind war so folgsam, daß sie ohne Widerrede Frau Peter Munkin wurde.

Aber es wurde der Armen nicht so gut, als sie sich geträumt hatte. Sie glaubte ihr Hauswesen wohl zu verstehen, aber sie konnte Herrn Peter nichts zu Dank machen, sie hatte Mitleiden mit armen Leuten, und da ihr Eheherr reich war, dachte sie, es sei keine Sünde, einem armen Bettelweib einen Pfennig, oder einem alten Mann einen Schnaps zu reichen; aber als Herr Peter dies eines Tages merkte, sprach er mit zürnenden Blicken und rauher Stimme:

»Warum verschleuderst du mein Vermögen an Lumpen und Straßenläufer? Hast du was mitgebracht ins Haus, das du wegschenken könntest? Mit deines Vaters Bettelstab kann man keine Suppe wärmen, und wirfst das Geld aus, wie eine Fürstin? Noch einmal laß dich betreten, so sollst du meine Hand fühlen!« Die schöne Lisbeth weinte in ihrer Kammer über den harten Sinn ihres Mannes, und sie wünschte oft lieber heim zu sein, in ihres Vaters ärmlicher Hütte, als bei dem reichen, aber geizigen, hartherzigen Peter zu hausen. Ach, hätte sie gewußt, daß er ein Herz von Marmor habe, und weder sie noch irgendeinen Menschen lieben könnte, so hätte sie sich wohl nicht gewundert. Sooft sie aber jetzt unter der Türe saß, und es ging ein Bettelmann vorüber, und zog den Hut, und hub an seinen Spruch, so drückte sie die Augen zu, das Elend nicht zu schauen, sie ballte die Hand fester, damit sie nicht unwillkürlich in die Tasche fahre, ein Kreuzerlein herauszulangen. So kam es, daß die schöne Lisbeth im ganzen Wald verschrien wurde, und es hieß, sie sei noch geiziger als Peter Munk. Aber eines Tages saß Frau Lisbeth wieder vor dem Haus und spann und murmelte ein Liedchen dazu; denn sie war munter, weil es schön Wetter und Herr Peter ausgeritten war über Feld. Da kömmt ein altes Männlein des Weges daher, der trägt einen großen, schweren Sack, und sie hört ihn schon von weitem keuchen. Teilnehmend sieht ihm Frau Lisbeth zu und denkt, einem so alten kleinen Mann sollte man nicht mehr so schwer aufladen.

Indes keucht und wankt das Männlein heran, und als es gegenüber von Frau Lisbeth war, brach es unter dem Sack beinahe zusammen. »Ach habt die Barmherzigkeit, Frau, und reichet mir nur einen Trunk Wasser«, sprach das Männlein, »ich kann nicht weiter, muß elend verschmachten.«

»Aber Ihr solltet in Eurem Alter nicht mehr so schwer tragen«, sagte Frau Lisbeth.

»Ja, wenn ich nicht Boten gehen müßte, der Armut halber und um mein Leben zu fristen«, antwortete er, »ach so eine reiche Frau, wie Ihr, weiß nicht, wie wehe Armut tut, und wie wohl ein frischer Trunk bei solcher Hitze.«

Als sie dies hörte, eilte sie ins Haus, nahm einen Krug vom Gesims und füllte ihn mit Wasser; doch als sie zurückkehrte, und nur noch wenige Schritte von ihm war, und das Männlein sah, wie es so elend und verkümmert auf dem Sack saß, da fühlte sie inniges Mitleid, bedachte, daß ja ihr Mann nicht zu Hause sei, und so stellte sie den Wasserkrug beiseite, nahm einen Becher und füllte ihn mit Wein, legte ein gutes Roggenbrot darauf, und brachte es dem Alten. »So, und ein Schluck Wein mag Euch besser frommen, als Wasser, da Ihr schon so gar alt seid«, sprach sie, »aber trinket nicht zu hastig, und esset auch Brot dazu.«

Das alte Männlein sah sie staunend an, bis große Tränen in seinen alten Augen standen, er trank und sprach dann:

»Ich bin alt geworden, aber ich hab wenige Menschen gesehen, die so mitleidig wären, und ihre Gaben so schön und herzig zu spenden wußten, wie Ihr, Frau Lisbeth. Aber es wird Euch dafür auch recht wohl gehen auf Erden; solch ein Herz bleibt nicht unbelohnt.«

»Nein und den Lohn soll sie zur Stelle haben«, schrie eine schreckliche Stimme, und als sie sich umsahen, war es Herr Peter mit blutrotem Gesicht.

»Und sogar meinen Ehrenwein gießest du aus an Bettelleute und meinen Mundbecher gibst du an die Lippen der Straßenläufer? Da, nimm deinen Lohn!« Frau Lisbeth stürzte zu seinen Füßen, und bat um Verzeihung, aber das steinerne Herz kannte kein Mitleid, er drehte die Peitsche um, die er in der Hand hielt, und schlug sie mit dem Handgriff von Ebenholz so heftig vor die schöne Stirne, daß sie leblos dem alten Mann in die Arme sank. Als er dies sah, war es doch als reuete ihn die Tat auf der Stelle; er bückte sich herab zu schauen, ob noch Leben in ihr sei, aber das Männlein sprach mit wohlbekannter Stimme: »Gib dir keine Mühe, Kohlen-Peter; es war die schönste und lieblichste Blume im Schwarzwald, aber du hast sie zertreten und nie mehr wird sie wieder blühen.«

Da wich alles Blut aus Peters Wangen und er sprach: »Also Ihr seid es, Herr Schatzhauser? Nun, was geschehen ist, ist geschehen, und es hat wohl so kommen müssen. Ich hoffe aber, Ihr werdet mich nicht bei dem Gericht anzeigen als Mörder.«

»Elender!« erwiderte das Glasmännlein. »Was würde es mir frommen, wenn ich deine sterbliche Hülle an den Galgen brächte? Nicht irdische Gerichte sind es, die du zu fürchten hast, sondern andere und strengere; denn du hast deine Seele an den Bösen verkauft.«

»Und hab ich mein Herz verkauft«, schrie Peter, »so ist niemand daran schuld, als du, und deine betrügerischen Schätze; du tückischer Geist hast mich ins Verderben geführt, mich getrieben daß ich bei einem andern Hülfe suchte, und auf dir liegt die ganze Verantwortung.« Aber kaum hatte er dies gesagt, so wuchs und schwoll das Glasmännlein und wurde hoch und breit, und seine Augen sollen so groß gewesen sein, wie Suppenteller und sein Mund war wie ein geheizter Backofen und Flammen blitzten daraus hervor. Peter warf sich auf die Knie, und sein steinernes Herz schützte ihn nicht, daß nicht seine Glieder zitterten, wie eine Espe. Mit Geierskrallen packte ihn der Waldgeist im Nacken, drehte ihn um, wie ein Wirbelwind dürres Laub, und warf ihn dann zu Boden, daß ihm alle Rippen knackten. »Erdenwurm!« rief er mit einer Stimme, die wie der Donner rollte, »ich könnte dich zerschmettern, wenn ich wollte, denn du hast gegen den Herrn des Waldes gefrevelt. Aber um dieses toten Weibes willen, die mich gespeist und getränkt hat, gebe ich dir acht Tage Frist; bekehrst du dich zum nicht Guten, so komme ich und zermalme dein Gebein und du fahrst hin in deinen Sünden.«

Es war schon Abend, als einige Männer, die vorbeigingen, den reichen Peter Munk an der Erde liegen sahen. Sie wandten ihn hin und her, und suchten, ob noch Atem in ihm sei, aber lange war ihr Suchen vergebens. Endlich ging einer in das Haus und brachte Wasser herbei, und besprengte ihn. Da holte Peter tief Atem, stöhnte und schlug die Augen auf, schaute lange um sich her, und fragte dann nach Frau Lisbeth, aber keiner hatte sie gesehen. Er dankte den Männern für ihre Hülfe, schlich in sein Haus und schaute sich um, aber Frau Lisbeth war weder im Keller noch auf dem Boden, und das was er für einen schrecklichen Traum gehalten, war bittere Wahrheit. Wie er nun so ganz allein war, da kamen ihm sonderbare Gedanken; er fürchtete sich vor nichts, denn sein Herz war ja kalt, aber wenn er an den Tod seiner Frau dachte – kam ihm sein eigenes Hinscheiden in den Sinn, und wie belastet er dahinfahren werde, schwer belastet mit Tränen der Armen, mit tausend ihrer Flüche, die sein Herz nicht erweichen konnten, mit dem

Jammer der Elenden, auf die er seinen Hund gehetzt, belastet mit der stillen Verzweiflung seiner Mutter, mit dem Blut der schönen, guten Lisbeth; und konnte er doch nicht einmal dem alten Mann, ihrem Vater Rechenschaft geben, wann er käme und fragte: »Wo ist meine Tochter, dein Weib?« Wie wollte er einem andern Frage stehen, dem alle Wälder, alle Seen, alle Berge gehören, und – die Leben der Menschen?

Es quält ihn auch nachts im Traume, und alle Augenblicke wachte er auf an einer süßen Stimme, die ihm zurief: »Peter, schaff dir ein wärmeres Herz!« und wenn er erwacht war, schloß er doch schnell wieder die Augen, denn der Stimme nach mußte es Frau Lisbeth sein, die ihm diese Warnung zurief. Den andern Tag ging er ins Wirtshaus, um seine Gedanken zu zerstreuen und dort traf er den dicken Ezechiel. Er setzte sich zu ihm, sie sprachen dies und jenes, vom schönen Wetter, vom Krieg, von den Steuern und endlich auch vom Tod, und wie da und dort einer so schnell gestorben sei. Da fragte Peter den Dicken, was er denn vom Tod halte, und wie es nachher sein werde? Ezechiel antwortete ihm, daß man den Leib begrabe, die Seele aber fahre entweder auf zum Himmel oder hinab in die Hölle.

»Also begrabt man das Herz auch?« fragte Peter gespannt.

»Ei freilich, das wird auch begraben.«

»Wenn aber einer sein Herz nicht mehr hat?« fuhr Peter fort.

Ezechiel sah ihn bei diesen Worten schrecklich an. »Was willst du damit sagen? willst du mich foppen? Meinst du, ich habe kein Herz?«

»Oh, Herz genug, so fest wie ein Stein«, erwiderte Peter.

Ezechiel sah ihn verwundert an; schaute sich um, ob es niemand gehört habe, und sprach dann: »Woher weißt du es? Oder pocht vielleicht das deinige auch nicht mehr!«

»Pocht nicht mehr, wenigstens nicht hier in meiner Brust«, antwortete Peter Munk. »Aber sag mir, da du jetzt weißt, was ich meine, wie wird es gehen mit *unseren* Herzen?«

»Was kümmert dich dies Gesell!?« fragte Ezechiel lachend. »Hast ja auf Erden vollauf zu leben und damit genug. Das ist ja gerade das Bequeme in unsern kalten Herzen, daß uns keine Furcht befällt, vor solchen Gedanken.«

»Wohl wahr, aber man denkt doch daran, und wenn ich auch jetzt keine Furcht mehr kenne, so weiß ich doch wohl noch, wie sehr ich mich vor der Hölle gefürchtet, als ich noch ein kleiner unschuldiger Knabe war.«

»Nun – gut wird es uns gerade nicht gehen«, sagte Ezechiel. »Hab mal einen Schulmeister darüber befragt, der sagte mir, daß nach dem Tod die Herzen gewogen werden, wie schwer sie sich versündiget hätten. Die leichten steigen auf, die schweren sinken hinab, und ich denke, unsere Steine werden ein gutes Gewicht haben.«

»Ach freilich«, erwiderte Peter, »und es ist mir oft selbst unbequem, daß mein Herz so teilnahmslos und ganz gleichgültig ist, wenn ich an solche Dinge denke.«

So sprachen sie; aber in der nächsten Nacht hörte er fünf- oder sechsmal die bekannte Stimme in sein Ohr lispeln: »Peter, schaff dir ein wärmeres Herz!« Er empfand keine Reue, daß er sie getötet, aber wenn er dem Gesinde sagte, seine Frau sei verreist, so dachte er immer dabei, wohin mag sie wohl gereist sein? Sechs Tage hatte er es so getrieben, und immer hörte er nachts diese Stimme und immer dachte er an den Waldgeist und seine schreckliche Drohung; aber am siebenten Morgen sprang er auf von seinem Lager, und rief: »Nun ja, will sehen, ob ich mir ein wärmeres schaffen kann, denn der gleichgültige Stein in meiner Brust macht mir das Leben nur langweilig und öde.« Er zog schnell seinen Sonntagsstaat an, und setzte sich auf sein Pferd und ritt dem Tannenbühl zu.

Im Tannenbühl, wo die Bäume dichter standen, saß er ab, band sein Pferd an, und ging schnellen Schrittes dem Gipfel des Hügels zu, und als er vor der dicken Tanne stand, hub er seinen Spruch an:

»Schatzhauser im grünen Tannenwald
Bist viele hundert Jahre alt
Dein ist all' Land, wo Tannen stehen,
Läßt dich nur Sonntagskindern sehen.«

Da kam das Glasmännlein hervor, aber nicht freundlich und traulich, wie sonst, sondern düster und traurig; es hatte ein Röcklein an von schwarzem Glas und ein langer Trauerflor flatterte herab vom Hut und Peter wußte wohl, um wen es traure.

»Was willst du von mir, Peter Munk?« fragte es mit dumpfer Stimme.

»Ich hab noch einen Wunsch, Herr Schatzhauser«, antwortete Peter, mit niedergeschlagenen Augen.

»Können Steinherzen noch wünschen?« sagte jener; »du hast alles, was du für deinen schlechten Sinn bedarfst, und ich werde schwerlich deinen Wunsch erfüllen.«

»Aber Ihr habt mir doch drei Wünsche zugesagt; einen hab ich immer noch übrig.«

»Doch kann ich ihn versagen, wenn er töricht ist«, fuhr der Waldgeist fort; »aber wohlan, ich will hören, was du willst?«

»So nehmet mir den toten Stein heraus und gebet mir mein lebendiges Herz«, sprach Peter.

»Hab ich den Handel mit dir gemacht?« fragte das Glasmännlein; »bin ich der Holländer-Michel, der Reichtum und kalte Herzen schenkt? Dort, bei ihm mußt du dein Herz suchen!«

»Ach, er gibt es nimmer zurück«, antwortete Peter.

»Du dauerst mich, so schlecht du auch bist«, sprach das Männlein nach einigem Nachdenken. »Aber weil dein Wunsch nicht töricht ist, so kann ich dir wenigstens meine Hülfe nicht abschlagen. So höre. Dein Herz kannst du mit keiner Gewalt mehr bekommen, wohl aber durch List, und es wird vielleicht nicht schwer halten; denn Michel bleibt doch nur der dumme Michel, obgleich er sich ungemein klug dünkt. So gehe denn geraden Weges zu ihm hin, und tue, wie ich dir heiße.« Und nun unterrichtete er ihn in allem, und gab ihm ein Kreuzlein aus reinem Glas. »Am Leben kann er dir nicht schaden, und er wird dich freilassen, wenn du ihm dies vorhalten und dazu beten wirst. Und hast du denn, was du verlangt hast, erhalten, so komm wieder zu mir an diesen Ort.«

Peter Munk nahm das Kreuzlein, prägte sich alle Worte ins Gedächtnis, und ging weiter nach Holländer-Michels Behausung. Er rief dreimal seinen Namen und alsobald stand der Riese vor ihm. »Du hast dein Weib erschlagen?« fragte er ihn, mit schrecklichem Lachen, »hätt es auch so gemacht, sie hat dein Vermögen an das Bettelvolk gebracht. Aber du wirst auf einige Zeit außer Landes gehen müssen, denn es wird Lärm machen, wenn man sie nicht findet; und du brauchst wohl Geld, und kommst, um es zu holen?«

»Du hast's erraten«, erwiderte Peter, »und nur recht viel diesmal, denn nach Amerika ist's weit.«

Michel ging voran, und brachte ihn in seine Hütte, dort schloß er eine Truhe auf, worin viel Geld lag und langte ganze Rollen Gold heraus. Während er es so auf den Tisch hinzählte, sprach Peter: »Du bist doch ein loser Vogel, Michel, daß du mich belogen hast, ich hätte einen Stein in der Brust, und du habest mein Herz!«

»Und ist es denn nicht so?« fragte Michel staunend; »fühlst du denn dein Herz? ist es nicht kalt, wie Eis? Hast du Furcht oder Gram, kann dich etwas reuen?«

»Du hast mein Herz nur stillestehen lassen, aber ich hab es noch wie sonst in meiner Brust und Ezechiel auch, der hat es mir gesagt, daß du uns angelogen hast; du bist nicht der Mann dazu, der einem das Herz so unbemerkt und ohne Gefahr aus der Brust reißen könnte! da müßtest du zaubern können.«

»Aber ich versichere dich«, rief Michel unmutig, »du und Ezechiel und alle reichen Leute, die es mit mir gehalten, haben solche kalte Herzen wie du, und ihre rechten Herzen habe ich hier in meiner Kammer.«

»Ei, wie dir das Lügen von der Zunge geht!« lachte Peter. »Das mach du einem andern weis. Meinst du, ich hab auf meinen Reisen nicht solche Kunststücke zu Dutzenden gesehen? Aus Wachs nachgeahmt sind deine Herzen hier in der Kammer. Du bist ein reicher Kerl, das geb ich zu; aber zaubern kannst du nicht.«

Da ergrimmte der Riese, und riß die Kammertüre auf. »Komm herein, und lies die Zettel alle und jenes dort, schau, das ist Peter Munks Herz; siehst du, wie es zuckt? kann man das auch aus Wachs machen?«

»Und doch ist es aus Wachs«, antwortete Peter. »So schlägt ein rechtes Herz nicht, ich habe das meinige noch in der Brust. Nein, zaubern kannst du nicht!«

»Aber ich will es dir beweisen!« rief jener ärgerlich; »du sollst es selbst fühlen, daß dies dein Herz ist.« Er nahm es, riß Peters Wams auf, und nahm einen Stein aus seiner Brust, und zeigte ihn vor. Dann nahm er das Herz, hauchte es an, und setzte es behutsam an seine Stelle und alsobald fühlte Peter, wie es pochte, und er konnte sich wieder darüber freuen.

»Wie ist es dir jetzt?« fragte Michel lächelnd.

»Wahrhaftig, du hast doch recht gehabt«, antwortete Peter, indem er behutsam sein Kreuzlein aus der Tasche zog. »Hätt ich doch nicht geglaubt, daß man dergleichen tun könne!«

»Nicht wahr? und zaubern kann ich, das siehst du; aber komm, jetzt will ich dir den Stein wieder hineinsetzen.«

»Gemach, Herr Michel!« rief Peter, trat einen Schritt zurück, und hielt ihm das Kreuzlein entgegen. »Mit Speck fängt man Mäuse und diesmal bist du der Betrogene.« Und zugleich fing er an zu beten, was ihm nur beifiel.

Da wurde Michel kleiner und immer kleiner, fiel nieder und wand sich hin und her wie ein Wurm und ächzte und stöhnte, und alle Herzen umher fingen an zu zucken und zu pochen, daß es tönte, wie in der Werkstatt eines Uhrenmachers. Peter aber fürchtete sich, es wurde ihm ganz unheimlich zumut, er rannte zur Kammer und zum Haus hinaus, und klimmte, von Angst getrieben, die Felsenwand hinan; denn er hörte, daß Michel sich aufraffte, stampfte und tobte, und ihm schreckliche Flüche nachschickte. Als er oben war, lief er dem Tannenbühl zu; ein schreckliches Wetter zog auf, Blitze fielen links und rechts an ihm nieder, und zerschmetterten die Bäume, aber er kam wohlbehalten in dem Revier des Glasmännleins an.

Sein Herz pochte freudig, und nur darum, *weil es pochte*. Dann aber sah er mit Entsetzen auf sein Leben zurück, wie auf das Gewitter, das hinter ihm rechts und links den schönen Wald zersplitterte. Er dachte an Frau Lisbeth, sein schönes, gutes Weib, das er aus Geiz gemordet, er kam sich selbst wie der Auswurf der Menschen vor, und er weinte heftig, als er an Glasmännleins Hügel kam.

Schatzhauser saß schon unter dem Tannenbaum und rauchte aus seiner kleinen Pfeife, doch sah er munterer aus, als zuvor. »Warum weinst du, Kohlen-Peter?« fragte er, »hast du dein Herz nicht erhalten? liegt noch das kalte in deiner Brust?«

»Ach Herr!« seufzte Peter; »als ich noch das kalte Steinherz trug, da weinte ich nie, meine Augen waren so trocken, als das Land im Juli; jetzt aber will es mir beinahe das alte Herz zerbrechen, was ich getan! Meine Schuldner hab ich ins Elend gejagt, auf Arme und Kranke die Hunde gehetzt, und, Ihr wißt es ja selbst – wie meine Peitsche auf ihre schöne Stirne fiel!«

»Peter! Du warst ein großer Sünder!« sprach das Männlein. »Das Geld und der Müßiggang haben dich verderbt, bis dein Herz zu Stein wurde, nicht Freud, nicht Leid, keine Reue, kein Mitleid mehr kannte. Aber Reue versöhnt, und wenn ich nur wüßte, daß dir dein Leben recht leid tut, so könnte ich schon noch was für dich tun.«

»Will nichts mehr«, antwortete Peter und ließ traurig sein Haupt sinken. »Mit mir ist es aus; kann mich mein Lebtag nicht mehr freuen; was soll ich so allein auf der Welt tun? Meine Mutter verzeiht mir nimmer, was ich ihr getan und vielleicht hab ich sie unter den Boden gebracht, ich Ungeheuer! Und Lisbeth, meine Frau! Schlaget mich lieber auch tot, Herr Schatzhauser, dann hat mein elend Leben mit einmal ein Ende.«

»Gut«, erwiderte das Männlein, »wenn du nicht anders willst, so kannst du es haben; meine Axt hab ich bei der Hand.« Er nahm ganz ruhig sein Pfeiflein aus dem Mund, klopfte es aus und steckte es ein. Dann stand er langsam auf und ging hinter die Tannen. Peter aber setzte sich weinend ins Gras, sein Leben war ihm nichts mehr und er erwartete geduldig den Todesstreich. Nach einiger Zeit hörte er leise Tritte hinter sich und dachte: jetzt wird er kommen.

»Schau dich noch einmal um, Peter Munk!« rief das Männlein. Er wischte sich die Tränen aus den Augen, und schaute sich um, und sah – seine Mutter und Lisbeth seine Frau, die ihn freundlich anblickten. Da sprang er freudig auf. »So bist du nicht tot, Lisbeth; und auch Ihr seid da, Mutter und habt mir vergeben?«

»Sie wollen dir verzeihen«, sprach das Glasmännlein, »weil du wahre Reue fühlst und alles soll vergessen sein. Zieh jetzt heim in deines Vaters Hütte, und sei ein Köhler wie zuvor; bist du brav und bieder, so wirst du dein Handwerk ehren und deine Nachbarn werden dich mehr lieben und achten, als wenn du zehen Tonnen Goldes hättest.« So sprach das Glasmännlein und nahm Abschied von ihnen.

Die drei lobten und segneten ihn und gingen heim.

Das prachtvolle Haus des reichen Peters stand nicht mehr; der Blitz hatte es angezündet und mit all seinen Schätzen niedergebrannt; aber nach der väterlichen Hütte war es nicht weit; dorthin ging jetzt ihr Weg und der große Verlust bekümmerte sie nicht.

Aber wie staunten sie, als sie an die Hütte kamen! Sie war zu einem schönen Bauernhaus geworden, und alles darin war einfach, aber gut und reinlich.

»Das hat das gute Glasmännlein getan!« rief Peter.

»Wie schön!« sagte Frau Lisbeth, »und hier ist mir viel heimischer, als in dem großen Haus mit dem vielen Gesinde.«

Von jetzt an wurde Peter Munk ein fleißiger und wackerer Mann. Er war zufrieden mit dem, was er hatte, trieb sein Handwerk unverdrossen und so kam es, daß er durch eigene Kraft wohlhabend wurde, und angesehen und beliebt im ganzen Wald. Er zankte nie mehr mit Frau Lisbeth, ehrte seine Mutter und gab den Armen, die an seine Türe pochten. Als nach Jahr und Tag Frau Lisbeth von einem schönen Knaben genas, ging Peter nach dem Tannenbühl und sagte sein Sprüchlein. Aber das Glasmännlein zeigte sich nicht. »Herr Schatzhauser«, rief er laut, »hört mich doch; ich will ja nichts anderes, als Euch zu Gevatter bitten bei meinem Söhnlein!« Aber er gab keine Antwort; nur ein kurzer Windstoß sauste durch die Tannen, und warf einige Tannzapfen herab ins Gras. »So will ich dies zum Andenken mitnehmen, weil Ihr Euch doch nicht sehen lassen wollet«, rief Peter, steckte die Zapfen in die Tasche, und ging nach Hause; aber als er zu Hause das Sonntagswams auszog, und seine Mutter die Taschen umwandte, und das Wams in den Kasten legen wollte, da fielen vier stattliche Geldrollen heraus, und als man sie öffnete, waren es lauter gute, neue badische Taler, und kein einziger falscher darunter. Und das war das Patengeschenk des Männleins im Tannenwald für den kleinen Peter.

So lebten sie still und unverdrossen fort, und noch oft nachher, als Peter Munk schon graue Haare hatte, sagte er: »Es ist doch besser zufrieden sein mit wenigem, als Gold und Güter haben, und ein *kaltes Herz.*«

E. T. A. Hoffmann

Klein Zaches genannt Zinnober

Erstes Kapitel

Der kleine Wechselbalg. – Dringende Gefahr einer Pfarrersnase. – Wie Fürst Paphnutius in seinem Lande die Aufklärung einführte und die Fee Rosabelverde in ein Fräuleinstift kam.

Unfern eines anmutigen Dorfes, hart am Wege, lag auf dem von der Sonnenglut erhitzten Boden hingestreckt ein armes zerlumptes Bauernweib. Vom Hunger gequält, vor Durst lechzend, ganz verschmachtet war die Unglückliche unter der Last des im Korbe hoch aufgetürmten dürren Holzes, das sie im Walde unter den Bäumen und Sträuchern mühsam aufgelesen, niedergesunken, und da sie kaum zu atmen vermochte, glaubte sie nicht anders, als daß sie nun wohl sterben, so sich aber ihr trostloses Elend auf einmal enden werde. Doch gewann sie bald so viel Kraft, die Stricke, womit sie den Holzkorb auf ihrem Rücken befestigt, loszunesteln und sich langsam heraufzuschieben auf einen Grasfleck, der gerade in der Nähe stand. Da brach sie nun aus in laute Klagen. »Muß«, jammerte sie, »muß mich und meinen armen Mann allein denn alle Not und alles Elend treffen? Sind wir denn nicht im ganzen Dorfe die einzigen, die aller Arbeit, alles sauer vergossenen Schweißes ungeachtet in steter Armut bleiben und kaum so viel erwerben, um unsern Hunger zu stillen? – Vor drei Jahren, als mein Mann beim Umgraben unseres Gartens die Goldstücke

in der Erde fand, ja da glaubten wir, das Glück sei endlich eingekehrt bei uns und nun kämen die guten Tage; aber was geschah! – Diebe stahlen das Geld, Haus und Scheune brannten uns über dem Kopfe weg, das Getreide auf dem Acker zerschlug der Hagel, und um das Maß unseres Herzeleids voll zu machen bis über den Rand, strafte uns der Himmel noch mit diesem kleinen Wechselbalg, den ich zu Schand und Spott des ganzen Dorfs gebar. – Zu St. Laurenz Tag ist nun der Junge drittehalb Jahre gewesen, und miaut, statt zu reden, wie eine Katze. Und dabei frißt die unselige Mißgeburt wie der stärkste Knabe von wenigstens acht Jahren, ohne daß es ihm im mindesten was anschlägt. Gott erbarme sich über ihn und über uns, daß wir den Jungen großfüttern müssen uns selbst zur Qual und größerer Not; denn essen und trinken immer mehr und mehr wird der kleine Däumling wohl, aber arbeiten sein Lebetage nicht! – Nein nein, das ist mehr als ein Mensch aushalten kann auf dieser Erde! – Ach könnt ich nur sterben – nur sterben!« – Und damit fing die Arme an zu weinen und zu schluchzen, bis sie endlich vom Schmerz übermannt, ganz entkräftet, einschlief. –

Mit Recht konnte das Weib über den abscheulichen Wechselbalg klagen, den sie vor drittehalb Jahren geboren. Das, was man auf den ersten Blick sehr gut für ein seltsam verknorpeltes Stückchen Holz hätte ansehen können, war nämlich ein kaum zwei Spannen hoher, mißgestalteter Junge, der von dem Korbe, wo er querüber gelegen, heruntergekrochen, sich jetzt knurrend im Grase wälzte. Der Kopf stak dem Dinge tief zwischen den Schultern, die Stelle des Rückens vertrat ein kürbisähnlicher Auswuchs, und gleich unter der Brust hingen die haselgertdünnen Beinchen herab, daß der Junge aussah wie ein gespalteter Rettich. Vom Gesicht konnte ein stumpfes Auge nicht viel entdecken, schärfer hinblikkend wurde man aber wohl die lange spitze Nase, die aus schwarzen struppigen Haaren hervorstarrte, und ein Paar kleine schwarz funkelnde Äuglein gewahr, die, zumal bei den übrigens ganz alten eingefurchten Zügen des Gesichts, ein klein Alräunchen kundzutun schienen. –

Als nun, wie gesagt, das Weib über ihren Gram in tiefen Schlaf gesunken war und ihr Söhnlein sich dicht an sie herangewälzt hatte, begab es sich, daß das Fräulein von Rosenschön, Dame des nahe gelegenen Stifts, von einem Spaziergange heimkehrend des Weges daherwandelte. Sie blieb stehen, und wurde, da sie von Natur fromm und mitleidig, bei dem Anblick des Elends, der sich ihr darbot, sehr gerührt. »O du gerechter Himmel«, fing sie an, »wie viel Jammer und Not gibt es doch auf dieser Erde! – Das arme unglückliche Weib! – Ich weiß, daß sie kaum das liebe Leben hat, da arbeitet sie über ihre Kräfte und ist vor Hunger und Kummer hingesunken! – Wie fühle ich jetzt erst recht empfindlich meine Armut und Ohnmacht! – Ach könnt ich doch nur helfen wie ich wollte! – Doch das, was mir noch übrigblieb, die wenigen Gaben, die das feindselige Verhängnis mir nicht zu rauben, nicht zu zerstören vermochte, die mir noch zu Gebote stehen, die will ich kräftig und getreu nützen, um dem Leidwesen zu steuern. Geld, hätte ich auch darüber zu gebieten, würde dir gar nichts helfen, arme Frau, sondern deinen Zustand vielleicht noch gar verschlimmern. Dir und deinem Mann, euch beiden ist nun einmal Reichtum nicht beschert, und wem Reichtum nicht beschert ist, dem verschwinden die Goldstücke aus der Tasche, er weiß selbst nicht wie, er hat davon nichts als großen Verdruß, und wird, je mehr Geld ihm zuströmt, nur desto ärmer. Aber ich weiß es, mehr als alle Armut, als alle Not, nagt an deinem Herzen, daß du jenes kleine Untierchen gebarst, das sich wie eine böse unheimliche Last an dich hängt, die du durch das Leben tragen mußt. – Groß – schön – stark – verständig, ja das alles kann der Junge nun einmal nicht werden, aber es ist ihm vielleicht noch auf andere Weise zu helfen.« – Damit setzte sich das Fräulein nieder ins Gras und nahm den Kleinen auf den Schoß. Das böse Alräunchen sträubte und spreizte sich, knurrte und wollte das Fräulein in den Finger beißen, *die* sprach aber: »Ruhig ruhig, kleiner Maikäfer!« und strich leise und linde mit der flachen Hand ihm über den Kopf von der Stirn herüber bis in den Nacken. Allmählich glättete sich während des Streichelns das struppige Haar des Kleinen aus, bis es gescheitelt, an der Stirne fest anliegend in hübschen weichen Locken hinabwallte auf die hohen Schultern und den Kürbisrücken. Der Kleine war immer ruhiger geworden und endlich fest eingeschlafen. Da legte ihn das Fräulein Rosenschön behutsam dicht neben der Mutter hin ins Gras, besprengte diese mit einem geistigen Wasser aus dem Riechfläschchen, das sie aus der Tasche gezogen, und entfernte sich dann schnellen Schrittes.

Als die Frau bald darauf erwachte, fühlte sie sich auf wunderbare Weise erquickt und gestärkt. Es war ihr, als habe sie eine tüchtige Mahlzeit gehalten und einen guten Schluck Wein getrunken. »Ei«, rief sie aus, »wie ist mir doch in dem bißchen Schlaf so viel Trost, so viel Munterkeit gekommen! – Aber die Sonne ist schon bald herab hinter den Bergen, nun fort nach Hause!« – Damit wollte sie den Korb aufpacken, vermißte aber, als sie hineinsah, den Kleinen, der in demselben Augenblick sich aus dem Grase aufrichtete und weinerlich quäkte. Als nun die Mutter sich nach ihm umschaute, schlug sie vor Erstaunen die Hände zusammen und rief: »Zaches – Klein Zaches, wer hat dir denn unterdessen die Haare so schön gekämmt! – Zaches – Klein Zaches, wie hübsch würden dir die Locken kleiden, wenn du nicht solch ein abscheulich garstiger Junge wärst! – Nun komm nur, komm! – hinein in den Korb!« Sie wollte ihn fassen und quer über das Holz legen, da strampelte aber Klein Zaches mit den Beinen, grinste die Mutter an und maulte sehr vernehmlich: »Ich mag nicht!« – »Zaches! – Klein Zaches«, schrie die Frau ganz außer sich, »wer hat dich denn unterdessen reden gelehrt? Nun! wenn du solch schön gekämmte Haare hast, wenn du so artig redest, so wirst du auch wohl laufen können.« Die Frau huckte den Korb auf den Rücken, Klein Zaches hing sich an ihre Schürze, und so ging es fort nach dem Dorfe.

Sie mußten bei dem Pfarrhause vorüber, da begab es sich, daß der Pfarrer mit seinem jüngsten Knaben, einem bildschönen goldlockigen Jungen von drei Jahren, in seiner Haustüre stand. Als *der* nun die Frau mit dem schweren Holzkorbe und mit Klein Zaches, der an ihrer Schürze baumelte, daherkommen sah, rief er ihr entgegen: »Guten Abend, Frau Liese, wie geht es Euch – Ihr habt ja eine gar zu schwere Bürde geladen, Ihr könnt ja kaum mehr fort, kommt her, ruht Euch ein wenig aus auf dieser Bank vor meiner Türe, meine Magd soll Euch einen frischen Trunk reichen!« – Frau Liese ließ sich das nicht zweimal sagen, sie setzte ihren Korb ab, und wollte eben den Mund öffnen, um dem ehrwürdigen Herrn all ihren Jammer, ihre Not zu klagen, als Klein Zaches bei der raschen Wendung der Mutter das Gleichgewicht verlor und dem Pfarrer vor die Füße flog. Der bückte sich rasch nieder und hob den Kleinen auf, indem er sprach: »Ei Frau Liese, Frau Liese, was habt Ihr da für einen bildschönen allerliebsten Knaben. Das ist ja ein wahrer Segen des Himmels, ein solch wunderbar schönes Kind zu besitzen.« Und damit nahm er den Kleinen in die Arme und liebkoste ihn, und schien es gar nicht zu bemerken, daß der unartige Däumling gar häßlich knurrte und mauzte und den ehrwürdigen Herrn sogar in die Nase beißen wollte. Aber Frau Liese stand ganz verblüfft vor dem Geistlichen und schaute ihn an mit weit aufgerissenen und starren Augen, und wußte gar nicht was sie denken sollte. »Ach lieber Herr Pfarrer«, begann sie endlich mit weinerlicher Stimme, »ein Mann Gottes, wie Sie, treibt doch wohl nicht seinen Spott mit einem armen unglücklichen Weibe, das der Himmel, mag er selbst wissen warum, mit diesem abscheulichen Wechselbalge gestraft hat!« »Was spricht«, erwiderte der Geistliche sehr ernst, »was spricht Sie da für tolles Zeug, liebe Frau! von Spott – Wechselbalg – Strafe des Himmels – ich verstehe Sie gar nicht, und weiß nur, daß Sie ganz verblendet sein muß, wenn Sie ihren hübschen Knaben nicht recht herzlich liebt. – Küsse mich, artiger kleiner Mann!«

Der Pfarrer herzte den Kleinen, aber Zaches knurrte: »Ich mag nicht!« und schnappte aufs neue nach des Geistlichen Nase. – »Seht die arge Bestie!« rief Liese erschrocken; aber in dem Augenblick sprach der Knabe des Pfarrers: »Ach lieber Vater, du bist so gut, du tust so schön mit den Kindern, die müssen wohl alle dich recht herzlich liebhaben!« »O hört doch nur«, rief der Pfarrer, indem ihm die Augen vor Freude glänzten, »o hört doch nur, Frau Liese, den hübschen verständigen Knaben, Euren lieben Zaches, dem Ihr so übel wollt. Ich merk es schon, Ihr werdet Euch nimmermehr was aus dem Knaben machen, sei er noch so hübsch und verständig. Hört, Frau Liese, überlaßt mir Euer hoffnungsvolles Kind zur Pflege und Erziehung. Bei Eurer Armut ist Euch der Knabe nur eine Last, und mir macht es Freude ihn zu erziehen wie meinen eignen Sohn!«

Liese konnte vor Erstaunen gar nicht zu sich selbst kommen, ein Mal über das andere rief sie: »Aber, lieber Herr Pfarrer – lieber Herr Pfarrer, ist denn das wirklich Ihr Ernst, daß Sie die kleine Ungestalt zu sich nehmen und erziehen und mich von der Not befreien wollen, die ich mit dem Wechselbalg habe?« – Doch, je mehr die Frau die abscheuliche Häßlichkeit ihres Alräunchens dem Pfarrer vorhielt, desto eifriger behauptete dieser, daß sie in ihrer tollen Verblendung gar nicht verdiene, vom Himmel mit dem herrlichen Geschenk eines solchen Wunderknaben gesegnet zu sein, bis er zuletzt ganz zornig mit Klein Zaches auf dem Arm hineinlief in das Haus und die Türe von innen verriegelte.

Da stand nun Frau Liese wie versteinert vor des Pfarrers Haustüre, und wußte gar nicht was sie von dem allem denken sollte. »Was um aller Welt willen«, sprach sie zu sich selbst, »ist denn mit unserm würdigen Herrn Pfarrer geschehen, daß er in meinen Klein Zaches so ganz und gar vernarrt ist, und den einfältigen Knirps für einen hübschen verständigen Knaben hält? – Nun! helfe Gott dem lieben Herrn, er hat mir die Last von den Schultern genommen und sie sich selbst aufgeladen, mag er nun zusehen, wie er sie trägt! – Hei! wie leicht geworden ist nun der Holzkorb, da Klein Zaches nicht mehr darauf sitzt und mit ihm die schwerste Sorge!« –

Damit schritt Frau Liese, den Holzkorb auf dem Rücken, lustig und guter Dinge fort ihres Weges! –

Wollte ich auch zur Zeit noch gänzlich darüber schweigen, du würdest, günstiger Leser, dennoch wohl ahnen, daß es mit dem Stiftsfräulein von Rosenschön, oder wie sie sich sonst nannte, Rosengrünschön, eine ganz besondere Bewandtnis haben müsse. Denn nichts anders war es wohl, als die geheimnisvolle Wirkung ihres Kopfstreichelns und Haarausglättens, daß Klein Zaches von dem gutmütigen Pfarrer für ein schönes und kluges Kind angesehn und gleich wie sein eignes aufgenommen wurde. Du könntest, lieber Leser, aber doch, trotz deines vortrefflichen Scharfsinns, in falsche Vermutungen geraten oder gar zum großen Nachteil der Geschichte viele Blätter überschlagen, um nur gleich mehr von dem mystischen Stiftsfräulein zu erfahren; besser ist es daher wohl, ich erzähle dir gleich alles, was ich selbst von der würdigen Dame weiß.

Fräulein von Rosenschön war von großer Gestalt, edlem majestätischen Wuchs, und etwas stolzem, gebietendem Wesen. Ihr Gesicht, mußte man es gleich vollendet schön nennen, machte, zumal wenn sie wie gewöhnlich in starrem Ernst vor sich hinschaute, einen seltsamen, beinahe unheimlichen Eindruck, was vorzüglich einem ganz besondern fremden Zuge zwischen den Augenbraunen zuzuschreiben, von dem man durchaus nicht recht wußte, ob ein Stiftsfräulein dergleichen wirklich auf der Stirne tragen könne. Dabei lag aber auch oft, vorzüglich zur Rosenzeit bei heiterm schönen Wetter, so viel Huld und

Anmut in ihrem Blick, daß jeder sich von süßem unwiderstehlichen Zauber befangen fühlte. Als ich die Gnädige zum ersten und letzten Mal zu schauen das Vergnügen hatte, war sie dem Ansehen nach eine Frau in der höchsten vollendetsten Blüte ihrer Jahre, auf der höchsten Spitze des Wendepunktes, und ich meinte, daß mir großes Glück beschieden, die Dame noch eben auf dieser Spitze zu erblicken und über ihre wunderbare Schönheit gewissermaßen zu erschrecken, welches sich dann bald nicht mehr würde zutragen können. Ich war im Irrtum. Die ältesten Leute im Dorfe versicherten, daß sie das gnädige Fräulein gekannt hätten schon so lange als sie dächten, und daß die Dame niemals anders ausgesehen habe, nicht älter, nicht jünger, nicht häßlicher, nicht hübscher als eben jetzt. Die Zeit schien also keine Macht zu haben über sie, und schon dieses konnte manchem verwunderlich vorkommen. Aber noch manches andere trat hinzu, worüber sich jeder, überlegte er sich es recht ernstlich, ebensosehr wundern, ja zuletzt aus der Verwunderung, in die er verstrickt, gar nicht herauskommen mußte. Fürs erste offenbarte sich ganz deutlich bei dem Fräulein die Verwandtschaft mit den Blumen, deren Namen sie trug. Denn nicht allein, daß kein Mensch auf Erden solche herrliche tausendblättrige Rosen zu ziehen vermochte, als sie, so sprießten auch aus dem schlechtesten dürrsten Dorn, den sie in die Erde steckte, jene Blumen in der höchsten Fülle und Pracht hervor. Dann war es gewiß, daß sie auf einsamen Spaziergängen im Wald laute Gespräche führte mit wunderbaren Stimmen, die aus den Bäumen, aus den Büschen, aus den Quellen und Bächen zu tönen schienen. Ja ein junger Jägersmann hatte sie belauscht, wie sie einmal mitten im dicksten Gehölz stand und seltsame Vögel mit buntem glänzenden Gefieder, die gar nicht im Lande heimisch, sie umflatterten und liebkosten, und in lustigem Singen und Zwitschern ihr allerlei fröhliche Dinge zu erzählen schienen, worüber sie lachte und sich freute. Daher kam es denn auch, daß Fräulein von Rosenschön zu jener Zeit, als sie in das Stift gekommen, bald die Aufmerksamkeit aller Leute in der Gegend anregte. Ihre Aufnahme in das Fräuleinstift hatte der Fürst befohlen; der Baron Prätextatus von Mondschein, Besitzer des Gutes, in dessen Nähe jenes Stift lag, dem er als Verweser vorstand, konnte daher nichts dagegen einwenden, ungeachtet ihn die entsetzlichsten Zweifel quälten. Vergebens war nämlich sein Mühen geblieben, in Rixners Turnierbuch und andern Chroniken die Familie Rosengrünschön aufzufinden. Mit Recht zweifelte er aus diesem Grunde an der Stiftsfähigkeit des Fräuleins, die keinen Stammbaum mit zweiunddreißig Ahnen aufzuweisen hatte, und bat sie zuletzt ganz zerknirscht, die hellen Tränen in den Augen, doch sich um des Himmels willen wenigstens nicht Rosengrünschön, sondern Rosenschön zu nennen, denn in diesem Namen sei doch noch einiger Verstand und ein Ahnherr möglich. – Sie tat ihm das zu Gefallen. – Vielleicht äußerte sich des gekränkten Prätextatus Groll gegen das ahnenlose Fräulein auf diese – jene Weise und gab zuerst Anlaß zu der bösen Nachrede, die sich immer mehr und mehr im Dorfe verbreitete. Zu jenen zauberhaften Unterhaltungen im Walde, die indessen sonst nichts auf sich hatten, kamen nämlich allerlei bedenkliche Umstände, die von Mund zu Mund gingen und des Fräuleins eigentliches Wesen in gar zweideutiges Licht stellten. Mutter Anne, des Schulzen Frau, behauptete keck, daß, wenn das Fräulein stark zum Fenster heraus niese, allemal die Milch im ganzen Dorfe sauer würde. Kaum hatte sich dies aber bestätigt, als sich das Schreckliche begab. Schulmeisters Michel hatte in der Stiftsküche gebratene Kartoffeln genascht und war von dem Fräulein darüber betroffen worden, die ihm lächelnd mit dem Finger drohte. Da war dem Jungen das Maul offen stehen geblieben, gerade als hätt er eine gebratene brennende Kartoffel darin sitzen immerdar, und er mußte fortan einen Hut mit vorstehender breiter Krempe tragen, weil es sonst dem Armen ins Maul geregnet hätte. Bald schien es gewiß zu sein, daß das Fräulein sich darauf verstand, Feuer und Wasser zu besprechen, Sturm und Hagelwolken zusammenzutreiben, Wechselzöpfe zu flechten etc., und niemand zweifelte an der Aussage des Schafhirten, der zur Mitternachtsstunde mit Schauer und Entsetzen gesehen haben wollte, wie das Fräulein mit einem Besen brausend durch die Lüfte fuhr, vor ihr her ein ungeheurer Hirschkäfer, zwischen dessen Hörnern blaue Flammen hoch aufleuchteten! – Nun kam alles in Aufruhr, man wollte der Hexe zu Leibe und die Dorfgerichte beschlossen nichts Geringeres, als das Fräulein aus dem Stift zu holen und sie ins Wasser zu werfen, damit sie die gewöhnliche Hexenprobe bestehe. Der Baron Prätextatus ließ alles geschehen und sprach lächelnd zu sich selbst: »So geht es simplen Leuten ohne Ahnen, die nicht von solch altem guten Herkommen sind, wie der Mondschein.« Das Fräulein, unterrichtet von dem bedrohlichen Unwesen, flüchtete nach der Residenz, und bald darauf erhielt der Baron Prätextatus einen Kabinettsbefehl vom Fürsten des Landes, mittels dessen ihm bekannt gemacht, daß es keine Hexen gäbe, und befohlen wurde, die Dorfgerichte für die naseweise Gier, Schwimmkünste eines Stiftsfräuleins zu schauen, in den Turm werfen, den übrigen Bauern und ihren Weibern aber andeuten zu lassen, bei empfindlicher Leibesstrafe von dem Fräulein Rosenschön nicht schlecht zu denken. Sie gingen in sich, fürchteten sich vor der angedrohten Strafe und dachten fortan gut von dem Fräulein, welches für beide, für das Dorf und für die Dame Rosenschön die ersprießlichsten Folgen hatte.

In dem Kabinett des Fürsten wußte man recht gut, daß das Fräulein von Rosenschön niemand anders war, als die sonst berühmte weltbekannte Fee Rosabelverde. Es hatte mit der Sache folgende Bewandtnis:

Auf der ganzen weiten Erde war wohl sonst kaum ein anmutigeres Land zu finden, als das kleine Fürstentum, worin wiederum das Gut des Baron Prätextatus von Mondschein lag, worin das Fräulein von Rosenschön hauste, kurz, worin sich das alles begab, was ich dir, geliebter Leser! Des breiteren zu erzählen eben im Begriff stehe.

Von einem hohen Gebirge umschlossen, glich das Ländchen mit seinen grünen, duftenden Wäldern, mit seinen blumigen Auen, mit seinen rauschenden Strömen und lustig plätschernden Springquellen, zumal da es gar keine Städte, sondern nur freundliche Dörfer und hin und wieder einzeln stehende Paläste darin gab, einem wunderbar herrlichen Garten, in dem die Bewohner wie zu ihrer Lust wandelten, frei von jeder drükkenden Bürde des Lebens. Jeder wußte, daß Fürst Demetrius das Land beherrschte; niemand merkte indessen das mindeste von der Regierung, und alle waren damit gar wohl zufrieden. Personen, die die volle Freiheit in all ihrem Beginnen, eine schöne Gegend, ein mildes Klima liebten, konnten ihren Aufenthalt gar nicht besser wählen, als in dem Fürstentum, und so geschah es denn, daß unter andern auch verschiedene vortreffliche Feen von der guten Art, denen Wärme und Freiheit bekanntlich über alles geht, sich dort angesiedelt hatten. Ihnen mocht es zuzuschreiben sein, daß sich beinahe in jedem Dorfe, vorzüglich aber in den Wäldern, sehr oft die angenehmsten Wunder begaben, und daß jeder, von dem Entzücken, von der Wonne dieser Wunder ganz umflossen, völlig an das Wunderbare glaubte, und ohne es selbst zu wissen, eben deshalb ein froher, mithin guter Staatsbürger blieb. Die guten Feen, die sich in freier Willkür ganz dschinnistanisch eingerichtet, hätten dem vortrefflichen Demetrius gern ein ewiges Leben bereitet. Das stand indessen nicht in ihrer Macht. Demetrius starb und ihm folgte der junge Paphnutius in der Regierung. Paphnutius hatte schon zu Lebzeiten seines Herrn Vaters einen stillen innerlichen Gram darüber genährt, daß Volk und Staat nach seiner Meinung auf die heilloseste Weise vernachlässigt, verwahrlost wurde. Er beschloß zu regieren, und ernannte sofort seinen Kammerdiener Andres, der ihm einmal, als er im Wirtshause hinter den Bergen seine Börse hatte liegen lassen, sechs Dukaten geborgt und dadurch aus großer Not gerissen hatte, zum ersten Minister des Reichs. »Ich will regieren, mein Guter!« rief ihm Paphnutius zu. Andres las in den Blicken seines Herrn, was in ihm vorging, warf sich ihm zu

Füßen und sprach feierlich: »Sire! die große Stunde hat geschlagen! – durch Sie steigt schimmernd ein Reich aus nächtigem Chaos empor! – Sire! hier fleht der treueste Vasall, tausend Stimmen des armen unglücklichen Volkes in Brust und Kehle! – Sire! – führen Sie die Aufklärung ein!« – Paphnutius fühlte sich durch und durch erschüttert von dem erhabenen Gedanken seines Ministers. Er hob ihn auf, riß ihn stürmisch an seine Brust und sprach schluchzend: »Minister – Andres – ich bin dir sechs Dukaten schuldig – noch mehr – mein Glück – mein Reich! – o treuer, gescheiter Diener!« –

Paphnutius wollte sofort ein Edikt mit großen Buchstaben drukken und an allen Ecken anschlagen lassen, daß von Stund an die Aufklärung eingeführt sei und ein jeder sich darnach zu achten habe. »Bester Sire!« rief indessen Andres, »bester Sire! so geht es nicht!« – »Wie geht es denn, mein Guter?« sprach Paphnutius, nahm seinen Minister beim Knopfloch und zog ihn hinein in das Kabinett, dessen Türe er abschloß.

»Sehen Sie«, begann Andres, als er seinem Fürsten gegenüber, auf einem kleinen Taburett Platz genommen, »sehen Sie, gnädigster Herr! – die Wirkung Ihres fürstlichen Edikts wegen der Aufklärung würde vielleicht verstört werden auf häßliche Weise, wenn wir nicht damit eine Maßregel verbinden, die zwar hart scheint, die indessen die Klugheit gebietet. – Ehe wir mit der Aufklärung vorschreiten, d. h. ehe wir die Wälder umhauen, den Strom schiffbar machen, Kartoffeln anbauen, die Dorfschulen verbessern, Akazien und Pappeln anpflanzen, die Jugend ihr Morgen- und Abendlied zweistimmig absingen, Chausseen anlegen und die Kuhpocken einimpfen lassen, ist es nötig, alle Leute von gefährlichen Gesinnungen, die keiner Vernunft Gehör geben und das Volk durch lauter Albernheiten verführen, aus dem Staate zu verbannen. – Sie haben Tausendundeine Nacht gelesen, bester Fürst! denn ich weiß, daß Ihr durchlauchtig seliger Herr Papa, dem der Himmel eine sanfte Ruhe im Grabe schenken möge, dergleichen fatale Bücher liebte und Ihnen, als Sie sich noch der Steckenpferde bedienten und vergoldete Pfefferkuchen verzehrten, in die Hände gab. Nun also! – Aus jenem völlig konfusen Buche werden Sie, gnädigster Herr, wohl die sogenannten Feen kennen, gewiß aber nicht ahnen, daß sich verschiedene von diesen gefährlichen Personen in Ihrem eigenen lieben Lande hier ganz in der

Nähe Ihres Palastes angesiedelt haben und allerlei Unfug treiben.« »Wie? – was sagt Er? – Andres! Minister! – Feen! – hier in meinem Lande?« – So rief der Fürst, indem er ganz erblaßt in die Stuhllehne zurücksank. – »Ruhig, mein gnädigster Herr!« fuhr Andres fort, »ruhig können wir bleiben, sobald wir mit Klugheit gegen jene Feinde der Aufklärung zu Felde ziehen. Ja! – Feinde der Aufklärung nenne ich sie, denn nur sie sind, die Güte Ihres seligen Herrn Papas mißbrauchend, daran schuld, daß der liebe Staat noch in gänzlicher Finsternis darniederliegt. Sie treiben ein gefährliches Gewerbe mit dem Wunderbaren und scheuen sich nicht, unter dem Namen Poesie, ein heimliches Gift zu verbreiten, das die Leute ganz unfähig macht zum Dienste in der Aufklärung. Dann haben sie solche unleidliche polizeiwidrige Gewohnheiten, daß sie schon deshalb in keinem kultivierten Staate geduldet werden dürften. So z. B. entblöden sich die Frechen nicht, so wie es ihnen einfällt, in den Lüften spazieren zu fahren mit vorgespannten Tauben, Schwänen, ja sogar geflügelten Pferden. Nun frage ich aber, gnädigster Herr! verlohnt es sich der Mühe, einen gescheuten Akzise-Tarif zu entwerfen und einzuführen, wenn es Leute im Staate gibt, die imstande sind, jedem leichtsinnigem Bürger unversteuerte Waren in den Schornstein zu werfen, wie sie nur wollen? – Darum, gnädigster Herr! – sowie die Aufklärung angekündigt wird, fort mit den Feen! – Ihre Paläste werden umzingelt von der Polizei, man nimmt ihnen ihre gefährliche Habe und schafft sie als Vagabunden fort nach ihrem Vaterlande, welches, wie Sie, gnädigster Herr, aus Tausendundeiner Nacht wissen werden, das Ländchen Dschinnistan ist.« »Gehen Posten nach diesem Lande, Andreas?« so fragte der Fürst. »Zur Zeit nicht«, erwiderte Andres, »aber vielleicht läßt sich nach eingeführter Aufklärung eine Journaliere dorthin mit Nutzen einrichten.« – »Aber Andres«, fuhr der Fürst fort, »wird man unser Verfahren gegen die Feen nicht hart finden? – Wird das verwöhnte Volk nicht murren?« – »Auch dafür«, sprach Andres, »auch dafür weiß ich ein Mittel. Nicht alle Feen, gnädigster Herr! wollen wir fortschicken nach Dschinnistan, sondern einige im Lande behalten, sie aber nicht allein aller Mittel berauben, der Aufklärung schädlich zu werden, sondern auch zweckdienliche Mittel anwenden, sie zu nützlichen Mitgliedern des aufgeklärten Staats umzuschaffen. Wollen sie sich nicht auf solide Heiraten einlassen, so mögen sie unter strenger Aufsicht irgendein nützliches Geschäft treiben, Socken stricken für die Armee, wenn es Krieg gibt, oder sonst. Geben Sie acht, gnädigster Herr, die Leute werden sehr bald an die Feen, wenn sie unter ihnen wandeln, gar nicht mehr glauben, und das ist das Beste. So gibt sich alles etwaige Murren von selbst. – Was übrigens die Utensilien der Feen betrifft, so fallen sie der fürstlichen Schatzkammer heim, die Tauben und Schwäne werden als köstliche Braten in die fürstliche Küche geliefert, mit den geflügelten Pferden kann man aber auch Versuche machen, sie zu kultivieren und zu bilden zu nützlichen Bestien, indem man ihnen die Flügel abschneidet und sie zur Stallfütterung gibt, die wir doch hoffentlich zugleich mit der Aufklärung einführen werden.« –

Paphnutius war mit allen Vorschlägen seines Ministers auf das höchste zufrieden, und schon andern Tages wurde ausgeführt, was beschlossen war.

An allen Ecken prangte das Edikt wegen der eingeführten Aufklärung, und zu gleicher Zeit brach die Polizei in die Paläste der Feen, nahm ihr ganzes Eigentum in Beschlag und führte sie gefangen fort.

Mag der Himmel wissen, wie es sich begab, daß die Fee Rosabelverde die einzige von allen war, die wenige Stunden vorher, ehe die Aufklärung hereinbrach, Wind davon bekam und die Zeit nutzte, ihre Schwäne in Freiheit zu setzen, ihre magischen Rosenstöcke und andere Kostbarkeiten beiseite zu schaffen. Sie wußte nämlich auch, daß sie dazu erkoren war, im Lande zu bleiben, worin sie sich, wiewohl mit großem Widerwillen, fügte.

Überhaupt konnten es weder Paphnutius noch Andres begreifen, warum die Feen, die nach Dschinnistan transportiert wurden, eine solche übertriebene Freude äußerten und ein Mal über das andere versicherten, daß ihnen an aller Habe, die sie zurücklassen müssen, nicht das mindeste gelegen. »Am Ende«, sprach Paphnutius entrüstet, »am Ende ist Dschinnistan ein viel hübscherer Staat wie der meinige, und sie lachen mich aus mitsamt meinem Edikt und meiner Aufklärung, die jetzt erst recht gedeihen soll!« –

Der Geograph sollte mit dem Historiker des Reichs über das Land umständlich berichten.

Beide stimmten darin überein, daß Dschinnistan ein erbärmliches Land sei, ohne Kultur, Aufklärung, Gelehrsamkeit, Akazien und Kuhpocken, eigentlich auch gar nicht existiere. Schlimmeres könne aber einem Menschen oder einem ganzen Lande wohl nicht begegnen, als gar nicht zu existieren.

Paphnutius fühlte sich beruhigt.

Als der schöne blumige Hain, in dem der verlassene Palast der Fee Rosabelverde lag, umgehauen wurde, und Beispiels halber Paphnutius selbst sämtlichen Bauerlümmeln im nächsten Dorfe die Kuhpocken eingeimpft hatte, paßte die Fee dem Fürsten in dem Walde auf, durch den er mit dem Minister Andres nach seinem Schloß zurückkehren wollte. Da trieb sie ihn mit allerlei Redensarten, vorzüglich aber mit einigen unheimlichen Kunststückchen, die sie vor der Polizei geborgen, dermaßen in die Enge, daß er sie um des Himmels willen bat, doch mit einer Stelle des einzigen und daher besten Fräuleinstifts im ganzen Lande vorliebzunehmen, wo sie, ohne sich an das Aufklärungs-Edikt zu kehren, schalten und walten könne nach Belieben.

Die Fee Rosabelverde nahm den Vorschlag an, und kam auf diese Weise in das Fräuleinstift, wo sie sich, wie schon erzählt worden, das Fräulein von Rosengrünschön, dann aber, auf dringendes Bitten des Baron Prätextatus von Mondschein, das Fräulein von Rosenschön nannte.

ZWEITES KAPITEL

Von der unbekannten Völkerschaft, die der Gelehrte Ptolomäus Philadelphus auf seinen Reisen entdeckte. – Die Universität Kerepes. – Wie dem Studenten Fabian ein Paar Reitstiefel um den Kopf flogen und der Professor Mosch Terpin den Studenten Balthasar zum Tee einlud.

In den vertrauten Briefen, die der weltberühmte Gelehrte Ptolomäus Philadelphus an seinen hochverehrten Freund Rufin schrieb, als er sich auf weiten Reisen befand, ist folgende merkwürdige Stelle enthalten:

»Du weißt, mein lieber Rufin, daß ich nichts in der Welt so fürchte und scheue, als die brennenden Sonnenstrahlen des Tages, welche die Kräfte meines Körpers aufzehren und meinen Geist dermaßen abspannen und ermatten, daß alle Gedanken in ein verworrenes Bild zusammenfließen und ich vergebens darnach ringe, auch nur irgendeine deutliche Gestaltung in meiner Seele zu erfassen. Ich pflege daher in dieser heißen Jahreszeit des Tages zu ruhen, nachts aber meine Reise fortzusetzen, und so befand ich mich denn auch in voriger Nacht auf der Reise. Mein Fuhrmann hatte sich in der dicken Finsternis von dem rechten, bequemen Wege verirrt und war unversehens auf die Chaussee geraten. Ungeachtet ich aber durch die harten Stöße, die es hier gab, in dem Wagen hin und her geschleudert wurde, so daß mein Kopf voller Beulen einem mit Walnüssen gefüllten Sack nicht unähnlich war, erwachte ich doch aus dem tiefen Schlafe, in den ich versunken, nicht eher, bis ich mit einem entsetzlichen Ruck aus dem Wagen heraus auf den harten Boden stürzte. Die Sonne schien mir hell ins Gesicht, und durch den Schlagbaum, der dicht vor mir stand, gewahrte ich die hohen Türme einer ansehnlichen Stadt. Der Fuhrmann lamentierte sehr, da nicht allein die Deichsel, sondern auch ein Hinterrad des Wagens an dem großen Stein, der mitten auf der Chaussee lag, gebrochen, und schien sich wenig oder gar nicht um mich zu kümmern. Ich hielt, wie es dem Weisen ziemt, meinen Zorn zurück und rief dem Kerl bloß sanftmütig zu, er sei ein verfluchter Schlingel, er möge bedenken, daß Ptolomäus Philadelphus, der berühmteste Gelehrte seiner Zeit, auf dem St – säße, und Deichsel Deichsel und Rad Rad sein lassen. Du kennst, mein lieber Rufin, die Gewalt, die ich über das menschliche Herz übe, und so geschah es denn auch, daß der Fuhrmann augenblicklich aufhörte zu lamentieren und mir mit Hülfe des Chaussee-Einnehmers, vor dessen Häuslein sich der Unfall begeben, auf die Beine half. Ich hatte zum Glück keinen sonderlichen Schaden gelitten und war imstande langsam auf der Straße fortzuwandeln, während der Fuhrmann den zerbrochenen Wagen mühsam nachschleppte. Unfern des Tors der Stadt, die ich in blauer Ferne gesehen, begegneten mir nun aber viele Leute von solch wunderlichem Wesen und in solch seltsamer Kleidung, daß ich mir die Augen rieb, um zu erforschen, ob ich wirklich wache, oder ob nicht vielleicht ein toller neckhafter Traum mich eben in ein fremdes fabelhaftes Land versetze. – Diese Leute, die ich mit Recht für Bewohner der Stadt, aus deren Tor ich sie kommen sah, halten durfte, trugen lange, sehr weite Hosen nach Art der Japaneser zugeschnitten, von köstlichem Zeuge,

Samt, Manchester, feinem Tuch oder auch wohl bunt durchwirkter Leinwand mit Tressen oder hübschen Bändern und Schnüren reichlich besetzt, dazu kleine Kinderröcklein, kaum den Unterleib bedekkend, meistens von sonnenheller Farbe, nur wenige gingen schwarz. Die Haare hingen ungekämmt in natürlicher Wildheit auf Schultern und Rücken herab, und auf dem Kopf saß ein kleines seltsames Mützchen. Manche hatten den Hals ganz entblößt nach der Weise der Türken und Neugriechen, andere dagegen trugen um Hals und Brust ein Stückchen weiße Leinwand, beinahe einem Hemdekragen ähnlich, wie Du, geliebter Rufin! sie auf den Bildern unserer Vorfahren gesehen haben wirst. Ungeachtet diese Leute sämtlich sehr jung zu sein schienen, war doch ihre Sprache tief und rauh, jede ihrer Bewegungen ungelenk und mancher hatte einen schmalen Schatten unter der Nase, als sitze dort ein Stutzbärtchen. Aus den Hinterteilen der kleinen Röcke mancher ragte ein langes Rohr hervor, an dem große seidene Quasten baumelten. Andere hatten diese Röhre hervorgezogen, und kleine – größere – manchmal auch sehr große wunderlich geformte Köpfe unten daran befestigt, aus denen sie, oben durch ein ganz spitz zulaufendes Röhrchen hineinblasend, auf geschickte Weise künstliche Dampfwolken aufsteigen zu lassen wußten. Andre trugen breite blitzende Schwerter in den Händen, als wollten sie dem Feinde entgegenziehen; noch andere hatten kleine Behältnisse von Leder oder Blech umgehängt oder über den Rücken geschnallt. Du kannst denken, lieber Rufin! daß ich, der ich durch sorgliches Betrachten jeder mir neuen Erscheinung mein Wissen zu bereichern suche, still stand und mein Auge fest auf die seltsamen Leute heftete. Da versammelten sie sich um mich her, schrien ganz gewaltig: ›Philister – Philister!‹ – und schlugen eine entsetzliche Lache auf. – Das verdroß mich. Denn, geliebter Rufin! gibt es für einen großen Gelehrten etwas Kränkenderes, als für einen von dem Volke gehalten zu werden, das vor vielen tausend Jahren mittelst eines Eselkinnbackens erschlagen wurde? – Ich nahm mich zusammen in der mir angebornen Würde, und sprach laut zu dem sonderbaren Volk um mich her, daß ich hoffe, mich in einem zivilisierten Staat zu befinden, und daß ich mich an Polizei und Gerichtshöfe wenden würde, um die mir zugefügte Unbill zu rächen. Da brummten sie alle; auch die, die bisher noch nicht gedampft, zogen die dazu bestimmten Maschinen aus der Tasche und alle bliesen mir die dicken Dampfwolken ins Gesicht, welche, wie ich nun erst merkte, ganz unerträglich stanken und meine Sinne betäubten. Dann sprachen sie eine Art Fluch über mich aus, dessen Worte ich ihrer Gräßlichkeit halber Dir, geliebter Rufin! gar nicht wiederholen mag. Nur mit tiefem Grausen kann ich selbst daran denken. Endlich verließen sie mich unter lautem Hohngelächter, und mir war's, als wenn das Wort: Hetzpeitsche, in den Lüften verhalle! – Mein Fuhrmann, der alles mit angehört, mit angesehen, rang die Hände und sprach: ›Ach mein lieber Herr! nun das geschehen ist was geschah, so gehen Sie beileibe nicht in jene Stadt hinein! Kein Hund, wie man zu sagen pflegt, würde ein Stück Brot von Ihnen nehmen und stete Gefahr Sie bedrohen, geprü –‹ Ich ließ den Wackern nicht ausreden, sondern wandte meine Schritte so schnell als es nur gehen mochte, nach dem nächsten Dorfe. In dem einsamen Kämmerlein des einzigen Wirtshauses dieses Dorfs sitze ich, und schreibe Dir, mein geliebter Rufin, dieses alles! – Soviel es möglich ist, werde ich Nachrichten einziehen von dem fremden barbarischen Volke, das in jener Stadt hauset. Von ihren Sitten – Gebräuchen – von ihrer Sprache usw. habe ich mir schon manches höchst Seltsame erzählen lassen und werde Dir getreulich alles mitteilen etc., etc.«

Du gewahrst, o mein geliebter Leser, daß man ein großer Gelehrter und doch mit sehr gewöhnlichen Erscheinungen im Leben unbekannt sein, und doch über Weltbekanntes in die wunderlichsten Träume geraten kann. Ptolomäus Philadelphus hatte studiert und kannte nicht einmal Studenten, und wußte nicht einmal, daß er in dem Dorfe Hoch-Jakobsheim saß, das bekanntlich dicht bei der berühmten Universität Kerepes liegt, als er seinem Freunde von einer Begebenheit schrieb, die sich in seinem Kopfe zum seltsamsten Abenteuer umgeformt hatte. Der gute Ptolomäus erschrak, als er Studenten begegnete, die fröhlich und guter Dinge über Land zogen zu ihrer Lust. Welche Angst hätte ihn überfallen, wäre er eine Stunde früher in Kerepes angekommen, und hätte ihn der Zufall vor das Haus des Professors der Naturkunde Mosch Terpin geführt! – Hunderte von Studenten hätten aus dem Hause herausströmend ihn umringt, lärmend disputierend etc., und noch wunderlichere Träume wären ihm in den Kopf gekommen über diesem Gewirr, über diesem Getreibe.

Die Kollegia Mosch Terpins wurden nämlich in ganz Kerepes am häufigsten besucht. Er war, wie gesagt, Professor der Naturkunde, er erklärte, wie es regnet, donnert, blitzt, warum die Sonne scheint bei Tage und der Mond des Nachts, wie und warum das Gras wächst etc., so daß jedes Kind es begreifen mußte. Er hatte die ganze Natur in ein kleines niedliches Kompendium zusammengefaßt, so daß er sie bequem nach Gefallen handhaben und daraus für jede Frage die Antwort wie aus einem Schubkasten herausziehen konnte. Seinen Ruf begründete er zuerst dadurch, als er es nach vielen physikalischen Versuchen glücklich herausgebracht hatte, daß die Finsternis hauptsächlich von Mangel an Licht herrühre. Dies, so wie, daß er eben jene physikalischen Versuche mit vieler Gewandtheit in nette Kunststückchen umzusetzen wußte und gar ergötzlichen Hokuspokus trieb, verschaffte ihm den unglaublichen Zulauf. – Erlaube, mein günstiger Leser, daß, da du viel besser wie der berühmte Gelehrte Ptolomäus Philadelphus Studenten kennst, da du nichts von seiner träumerischen Furchtsamkeit weißt, ich dich nun nach Kerepes führe vor das Haus des Professors Mosch Terpin, als er eben sein Kollegium beendet. Einer unter den herausströmenden Studenten fesselt sogleich deine Aufmerksamkeit. Du gewahrst einen wohlgestalteten Jüngling von drei- bis vierundzwanzig Jahren, aus dessen dunkel leuchtenden Augen ein innerer reger, herrlicher Geist mit beredten Worten spricht. Beinahe keck würde sein Blick zu nennen sein, wenn nicht die schwärmerische Trauer, wie sie auf dem ganzen blassen Antlitz liegt, einem Schleier gleich die brennenden Strahlen verhüllte. Sein Rock von schwarzem feinen Tuch mit gerissenem Samt besetzt ist beinahe nach altdeutscher Art zugeschnitten, wozu der zierliche blendendweiße Spitzenkragen, so wie das Samtbarett, das auf den schönen kastanienbraunen Locken sitzt, ganz gut paßt. Gar hübsch steht ihm diese Tracht deshalb, weil er seinem ganzen Wesen, seinem Anstande in Gang und Stellung, seiner bedeutungsvollen Gesichtsbildung nach wirklich einer schönen frommen Vorzeit anzugehören scheint und man daher nicht eben an die Ziererei denken mag, wie sie in kleinlichem Nachäffen mißverstandener Vorbilder in ebenso mißverstandenen Ansprüchen der Gegenwart oft an der Tagesordnung ist. Dieser junge Mann, der dir, geliebter Leser, auf den ersten Blick so wohlgefällt, ist niemand anders, als der Student

Balthasar, anständiger, vermögender Leute Kind, fromm-verständig – fleißig – von dem ich dir, o mein Leser! in der merkwürdigen Geschichte, die ich aufzuschreiben unternommen, gar vieles zu erzählen gedenke. –

Ernst, in Gedanken vertieft, wie es seine Art war, wandelte Balthasar aus dem Kollegium des Professors Mosch Terpin dem Tore zu, um sich, statt auf den Fechtboden, in das anmutige Wäldchen zu begeben, das kaum ein paar hundert Schritte von Kerepes liegt. Sein Freund Fabian, ein hübscher Bursche von muntrem Ansehen und ebensolcher Gesinnung, rannte ihm nach und ereilte ihn dicht vor dem Tore.

»Balthasar!« – rief nun Fabian laut, »Balthasar, nun, willst du wieder heraus in den Wald und wie ein melancholischer Philister einsam umherirren, während tüchtige Burschen sich wacker üben in der edlen Fechtkunst! – Ich bitte dich, Balthasar, laß doch endlich ab von deinem närrischen, unheimlichen Treiben, und sei wieder recht munter und froh, wie du es sonst wohl warst. Komm! – wir wollen uns in ein paar Gängen versuchen, und willst du denn noch heraus, so lauf ich wohl mit dir.«

»Du meinst es gut«, erwiderte Balthasar, »du meinst es gut, Fabian, und deswegen will ich nicht mit dir grollen, daß du mir manchmal auf Steg und Weg nachläufst wie ein Besessener und mich um manche Lust bringst, von der du keinen Begriff hast. Du gehörst nun einmal zu den seltsamen Leuten, die jeden, den sie einsam wandeln sehn, für einen melancholischen Narren halten und ihn auf ihre Weise handhaben und kurieren wollen, wie jener Hofschranz den würdigen Prinzen Hamlet, der dem Männlein dann, als er versicherte sich nicht auf das Flötenblasen zu verstehen, eine tüchtige Lehre gab. Damit will ich dich, lieber Fabian, nun zwar verschonen, übrigens dich aber recht herzlich bitten, daß du dir zu deiner edlen Fechterei mit Rapier und Hieber einen andern Kumpan suchen und mich ruhig meinen Weg fortwandeln lassen mögest.« – »Nein nein«, rief Fabian lachend, »so entkommst du mir nicht, mein teurer Freund! – Willst du mit mir nicht auf den Fechtboden, so gehe ich mit dir heraus in das Wäldchen. Es ist die Pflicht des treuen Freundes, dich in deinem Trübsinn aufzuheitern. Komm nur, lieber Balthasar, komm nur, wenn du es denn nicht anders haben willst.« Damit faßte er den Freund unter den Arm, und schritt rüstig mit ihm von dannen. Balthasar biß in stillem Ingrimm die Zähne zusammen und beharrte in finsterm Schweigen, während Fabian in einem Zuge Lustiges und Lustiges erzählte. Es lief viel Albernes mit unter, welches immer zu geschehen pflegt beim lustigen Erzählen in einem Zuge.

Als sie nun endlich in die kühlen Schatten des duftenden Waldes traten, als die Büsche wie in sehnsüchtigen Seufzern flüsterten, als die wunderbaren Melodien der rauschenden Bäche, die Lieder des Waldgeflügels fernhin tönten und den Widerhall weckten, der ihnen aus den Bergen antwortete, da stand Balthasar plötzlich still und rief, indem er die Arme weit ausbreitete, als wolle er Baum und Gebüsch liebend umfangen: »O nun ist mir wieder wohl! – unbeschreiblich wohl!« – Fabian schaute den Freund etwas verblüfft an, wie einer, der nicht klug werden kann aus des andern Rede, der gar nicht weiß, was er damit anfangen soll. Da faßte Balthasar seine Hand und rief voll entzücken: »Nicht wahr, Bruder, nun geht dir auch das Herz auf, nun begreifst du auch das selige Geheimnis der Waldeinsamkeit?« – »Ich verstehe dich nicht ganz, lieber Bruder«, erwiderte Fabian, »aber wenn du meinst, daß dir ein Spaziergang hier im Walde wohltut, so bin ich völlig deiner Meinung. Gehe ich nicht auch gern spazieren, zumal in guter Gesellschaft, in der man ein vernünftiges lehrreiches Gespräch führen kann? – Z. B. ist es wohl eine wahre Lust mit unserm Professor Mosch Terpin über Land zu gehen. Der kennt jedes Pflänzchen, jedes Gräschen, und weiß wie es heißt mit Namen und in welche Klasse es gehört, und versteht sich auf Wind und Wetter –« »Halt ein«, rief Balthasar, »ich bitte dich, halt ein! – Du berührst etwas, das mich toll machen könnte, gab es sonst keinen Trost dafür. Die Art, wie der Professor über die Natur spricht, zerreißt mein Inneres. Oder vielmehr mich faßt dabei ein unheimliches Grauen, als säh ich den Wahnsinnigen, der in geckenhafter Narrheit König und Herrscher ein selbst gedrehtes Strohpüppchen liebkost, wähnend, die königliche Braut zu umhalsen! Seine sogenannten Experimente kommen mir vor wie eine abscheuliche Verhöhnung des göttlichen Wesens, dessen Atem uns in der Natur anweht und in unserm innersten Gemüt die tiefsten heiligen Ahnungen aufregt. Oft gerat ich in Versuchung, ihm seine Gläser, seine Phiolen, seinen ganzen Kram zu zerschmeißen, dächt ich nicht daran, daß der Affe ja nicht abläßt mit dem Feuer zu spielen, bis er sich die Pfoten verbrennt. – Sieh, Fabian, diese Gefühle ängstigen mich, pressen mir das Herz zusammen in Mosch Terpins Vorlesungen, und wohl mag ich euch dann tiefsinniger und menschenscheuer vorkommen als jemals. Mir ist dann zumute, als wollten die Häuser über meinem Kopf zusammenstürzen, eine unbeschreibliche Angst treibt mich heraus aus der Stadt. Aber hier, hier erfüllt bald mein Gemüt eine süße Ruhe. Auf den blumigen Rasen gelagert, schaue ich herauf in das weite Blaue des Himmels, und über mir, über den jubelnden Wald hinweg ziehen die goldnen Wolken wie herrliche Träume aus einer fernen Welt voll seliger Freuden! – O mein Fabian, dann erhebt sich aus meiner eignen Brust ein wunderbarer Geist, und ich vernehm es, wie er in geheimnisvollen Worten spricht mit den Büschen – mit den Bäumen, mit den Wogen des Waldbachs und nicht vermag ich die Wonne zu nennen, die dann in süßem wehmütigen Bangen mein ganzes Wesen durchströmt!« – »Ei«, rief Fabian, »ei das ist nun wieder das alte ewige Lied von Wehmut und Wonne und sprechenden Bäumen und Waldbächen. Alle deine Verse strotzen von diesen artigen Dingen, die ganz passabel ins Ohr fallen und mit Nutzen verbraucht werden, sobald man nichts weiter dahinter sucht. – Aber sage mir, mein vortrefflichster Melancholikus, wenn dich Mosch Terpins Vorlesungen in der Tat so entsetzlich kränken und ärgern, sage mir nur, warum in aller Welt du in jede hineinläufst, warum du keine einzige versäumst, und dann freilich jedesmal stumm und starr mit geschlossenen Augen dasitzest wie ein Träumender?« – »Frage mich«, erwiderte Balthasar, indem er die Augen niederschlug, »frage mich darum nicht, lieber Freund! – Eine unbekannte Gewalt zieht mich jeden Morgen hinein in Mosch Terpins Haus. Ich fühle im voraus meine Qualen und doch kann ich nicht widerstehen, ein dunkles Verhängnis reißt mich fort!« – »Haha –« lachte Fabian hell auf, »ha, ha ha – wie fein – wie poetisch, wie mystisch! Die unbekannte Gewalt, die dich hineinzieht in Mosch Terpins Haus, liegt in den dunkelblauen Augen der schönen Candida! – Daß du bis über die Ohren verliebt bist in des Professors niedliches Töchterlein, das wissen wir alle längst, und darum halten wir dir deine Fantasterei, dein närrisches Wesen zugute. Mit Verliebten ist es nun nicht anders. Du befindest dich im ersten Stadium der Liebeskrankheit und mußt in späten Jünglingsjahren dich zu all den seltsamen Possen bequemen, die wir, ich und viele andere, dem Himmel sei es gedankt! ohne ein großes Publikum auf der Schule durchmachten. Aber glaube mir, mein süßes Herz –«

Fabian hatte indessen seinen Freund Balthasar wieder beim Arme gefaßt und war mit ihm rasch weitergeschritten. Eben jetzt traten sie heraus aus dem Dickicht auf den breiten Weg, der mitten durch den Wald führte. Da gewahrte Fabian, wie aus der Ferne ein Pferd ohne Reiter in eine Staubwolke gehüllt herantrabte. – »Hei hei! –« rief er, sich in seiner Rede unterbrechend, »hei hei, da ist eine verfluchte Schindmähre durchgegangen und hat ihren Reiter abgesetzt – *die* müssen wir fangen und nachher den Reiter suchen im Walde.« Damit stellte er sich mitten in den Weg.

Näher und näher kam das Pferd, da war es, als wenn von beiden Seiten ein Paar Reitstiefel in der Luft auf und nieder baumelten und auf dem Sattel etwas Schwarzes sich rege und bewege. Dicht vor Fabian erschallte ein langes gellendes Prrr – Prrr – und in demselben Augenblick flogen ihm auch ein Paar Reitstiefel um den Kopf und ein kleines seltsames schwarzes Ding kugelte hin, ihm zwischen die Beine. Mauerstill stand das große Pferd und beschnüffelte mit lang vorgestrecktem Halse sein winziges Herrlein, das sich im Sande wälzte und endlich mühsam auf die Beine richtete. Dem kleinen Knirps steckte der Kopf tief zwischen den hohen Schultern, er war mit seinem Auswuchs auf Brust und Rücken, mit seinem kurzen Leibe und seinen hohen Spinnenbeinchen anzusehen wie ein auf eine Gabel gespießter Apfel, dem man ein Fratzengesicht eingeschnitten. Als nun Fabian dies seltsame kleine Ungetüm vor sich stehen sah, brach er in ein lautes Gelächter aus. Aber der Kleine drückte sich das Barettlein, das er vom Boden aufgerafft, trotzig in die Augen und fragte, indem er Fabian mit wilden Blicken durchbohrte, in rauhem tief heiserem Ton: »Ist dies der rechte Weg nach Kerepes?« »Ja, mein Herr!« antwortete Balthasar mild und ernst, und reichte dem Kleinen die Stiefel hin, die er zusammengesucht hatte. Alles Mühen des Kleinen, die Stiefel anzuziehen, blieb vergebens, er stülpte ein Mal übers andere um und wälzte sich stöhnend im Sande. Balthasar stellte beide Stiefel aufrecht zusammen, hob den Kleinen sanft in die Höhe und steckte ihn ebenso niederlassend, beide Füßchen in die zu schwere und weite Futterale. Mit stolzem Wesen, die eine

Hand in die Seite gestemmt, die andere ans Barett gelegt, rief der Kleine: »*Gratias*, mein Herr!« und schritt nach dem Pferde hin, dessen Zügel er faßte. Alle Versuche, den Steigbügel zu erreichen oder hinaufzuklimmen auf das große Tier, blieben indessen vergebens. Balthasar, immer ernst und mild, trat hinzu und hob den Kleinen in den Steigbügel. Er mochte sich wohl einen zu starken Schwung gegeben haben, denn in demselben Augenblick, als er oben saß, lag er auf der andern Seite auch wieder unten. »Nicht so hitzig, allerliebster Mosje!« rief Fabian, indem er aufs neue in ein schallendes Gelächter ausbrach. »Der Teufel ist Ihr allerliebster Mosje«, schrie der Kleine ganz erbost, indem er sich den Sand von den Kleidern klopfte, »ich bin Studiosus, und wenn Sie desgleichen sind, so ist es Tusch, daß Sie mir wie ein Hasenfuß ins Gesicht lachen, und Sie müssen sich morgen in Kerepes mit mir schlagen!« »Donner«, rief Fabian immerfort lachend, »Donner, das ist mal ein tüchtiger Bursche, ein Allerweltskerl, was Courage betrifft und echten Komment.« Und damit hob er den Kleinen, alles Zappelns und Sträubens ungeachtet, in die Höhe und setzte ihn aufs Pferd, das sofort mit seinem Herrlein lustig wiehernd davontrabte! – Fabian hielt sich beide Seiten, er wollte vor Lachen ersticken. – »Es ist grausam«, sprach Balthasar, »einen Menschen auszulachen, den die Natur auf solche entsetzliche Weise verwahrlost hat, wie den kleinen Reiter dort. Ist er wirklich Student, so mußt du dich mit ihm schlagen, und zwar, läuft's auch sonst gegen alle akademische Sitte, auf Pistolen, da er weder Rapier noch Hieber zu führen vermag.« – »Wie ernst«, sprach Fabian, »wie ernst, wie trübselig du das alles wieder nimmst, mein lieber Freund Balthasar. Nie ist's mir eingefallen, eine Mißgeburt auszulachen. Aber sage mir, darf solch ein knorpliger Däumling sich auf ein Pferd setzen, über dessen Hals er nicht wegzuschauen vermag? Darf er die Füßlein in solch verrucht weite Stiefel stecken? darf er eine knapp anschließende Kurtka mit tausend Schnüren und Troddeln und Quasten, darf er solch ein verwunderliches Samtbarett tragen? darf er solch ein hochmütiges trotziges Wesen annehmen? darf er sich solche barbarische heisere Laute abzwingen? – Darf er das alles, frage ich, ohne mit Recht als eingefleischter Hasenfuß ausgelacht zu werden? – Aber ich muß hinein, ich muß den Rumor mit anschauen, den es geben wird, wenn der ritterliche Studiosus einzieht auf seinem stolzen Rosse! – Mit dir ist doch heute einmal nichts anzufangen! – Gehab dich wohl!« – Spornstreichs rannte Fabian durch den Wald nach der Stadt zurück. –

Balthasar verließ den offenen Weg und verlor sich in das dichteste Gebüsch, da sank er hin auf einen Moossitz, erfaßt, ja überwältigt von den bittersten Gefühlen. Wohl mocht es sein, daß er die holde Candida wirklich liebte, aber er hatte diese Liebe wie ein tiefes, zartes Geheimnis in dem Innersten seiner Seele vor allen Menschen, ja vor sich selbst verschlossen. Als nun Fabian so ohne Hehl, so leichtsinnig darüber sprach, war es ihm, als rissen rohe Hände in frechem Übermut die Schleier von dem Heiligenbilde herab, die zu berühren er nicht gewagt, als müsse nun die Heilige auf *ihn* selbst ewig zürnen. Ja Fabians Worte schienen ihm eine abscheuliche Verhöhnung seines ganzen Wesens, seiner süßesten Träume.

»Also«, rief er im Übermaß seines Unmuts aus, »also für einen verliebten Gecken hältst du mich, Fabian! – für einen Narren, der in Mosch Terpins Vorlesungen läuft, um wenigstens eine Stunde hindurch mit der schönen Candida unter einem Dache zu sein, der in dem Walde einsam umherstreift, um auf elende Verse zu sinnen an die Geliebte und sie noch erbärmlicher aufzuschreiben, der die Bäume verdirbt, alberne Namenszüge in ihre glatten Rinden einschneidend, der in Gegenwart des Mädchens kein gescheites Wort zu Markte bringt, sondern nur seufzt und ächzt und weinerliche Gesichter schneidet, als litt er an Krämpfen, der verwelkte Blumen, die sie am Busen trug, oder gar den Handschuh, den sie verlor, auf der bloßen Brust trägt – kurz, der tausend kindische Torheiten begeht! – Und darum, Fabian, neckst du mich, und darum lachen mich wohl alle Burschen aus, und darum bin ich samt der innern Welt, die mir aufgegangen, vielleicht ein Gegenstand der Verspottung. – Und die holde – liebliche – herrliche Candida –«

Als er diesen Namen aussprach, fuhr es ihm durchs Herz, wie ein glühender Dolchstich! – Ach! – eine innere Stimme flüsterte ihm in dem Augenblick sehr vernehmlich zu, daß er ja nur eben Candidas wegen in Mosch Terpins Haus gehe, daß er Verse mache an die Geliebte, daß er ihre Namen einschneide in das Laubholz, daß er in ihrer Gegenwart verstumme, seufze, ächze, daß er verwelkte Blumen, die sie verlor, auf der Brust trage, daß er mithin ja wirklich in alle Torheiten verfalle, wie sie ihm Fabian nur vorrücken könne. – Erst jetzt fühlt er es recht, wie unaussprechlich er die schöne Candida liebe, aber auch zugleich, daß seltsam genug sich die reinste innigste Liebe im äußern Leben etwas geckenhaft gestalte, welches wohl der tiefen Ironie zuzurechnen, die die Natur in alles menschliche Treiben gelegt. Er mochte recht haben, ganz unrecht war es indessen, daß er sich darüber sehr zu ärgern begann. Träume, die ihn sonst umfingen, waren verloren, die Stimmen des Waldes klangen ihm wie Hohn und Spott, er rannte zurück nach Kerepes.

»Herr Balthasar – mon cher Balthasar« – rief es ihn an. Er schlug den Blick auf und blieb festgezaubert stehen, denn ihm entgegen kam der Professor Mosch Terpin, der seine Tochter Candida am Arme führte. Candida begrüßte den zur Bildsäule Erstarrten mit der heitern freundlichen Unbefangenheit, die ihr eigen. »Balthasar, mon cher Balthasar«, rief der Professor, »Sie sind in der Tat der fleißigste, mir der liebste von meinen Zuhörern! – O mein Bester, ich merk es Ihnen an, Sie lieben die Natur mit all ihren Wundern, wie ich, der ich einen wahren Narren daran gefressen! – Gewiß wieder botanisiert in unserm Wäldchen! – Was Ersprießliches gefunden? – Nun! – lassen Sie uns nähere Bekanntschaft machen. – Besuchen Sie mich – jederzeit willkommen – Können zusammen experimentieren – Haben Sie schon meine Luftpumpe gesehen? – Nun! – mon cher – morgen abend versammelt sich ein freundschaftlicher Zirkel in meinem Hause, welcher Tee mit Butterbrot konsumieren und sich in angenehmen Gesprächen erlustigen wird, vermehren Sie ihn durch Ihre werte Person – Sie werden einen sehr anziehenden jungen Mann kennenlernen, der mir ganz besonders empfohlen – Bon soir, mon cher – Guten Abend, vortrefflicher – au revoir – Auf Wiedersehen! – Sie kommen doch morgen in die Vorlesung? – Nun – mon cher, Adieu!« – Ohne Balthasars Antwort abzuwarten, schritt der Professor Mosch Terpin mit seiner Tochter von dannen.

Balthasar hatte in seiner Bestürzung nicht gewagt, die Augen aufzuschlagen, aber Candidas Blicke brannten hinein in seine Brust, er fühlte den Hauch ihres Atems und süße Schauer durchbebten sein innerstes Wesen.

Entnommen war ihm aller Unmut, er schaute voll Entzücken der holden Candida nach, bis sie in den Laubgängen verschwand. Dann kehrte er langsam in den Wald zurück, um herrlicher zu träumen als jemals.

Drittes Kapitel

Wie Fabian nicht wußte, was er sagen sollte. – Candida und Jungfrauen, die nicht Fische essen dürfen. – Mosch Terpins literarischer Tee. – Der junge Prinz.

Fabian gedachte, als er den Richtsteig quer durch den Wald lief, dem kleinen wunderlichen Knirps, der vor ihm davongetrabt, doch wohl noch zuvorzukommen. Er hatte sich geirrt, denn aus dem Gebüsch heraustretend, gewahrte er ganz in der Ferne, wie noch ein anderer stattlicher Reiter sich zu dem Kleinen gesellte und wie nun beide in das Tor von Kerepes hineinritten. – »Hm!« – sprach Fabian zu sich selbst, »ist der Nußknacker auf seinem großen Pferde auch schon vor mir angelangt, so komme ich doch noch zeitig genug zu dem Spektakel, den es geben wird bei seiner Ankunft. Ist das seltsame Ding wirklich ein Studiosus, so weiset man nach dem geflügelten Roß, und hält er dort an mit seinem gellenden Prr – Prr! – und wirft die Reitstiefel voran und sich selbst nach, und tut, wenn die Burschen lachen, wild und trotzig – nun! – dann ist das tolle Possenspiel fertig!« –

Als Fabian nun die Stadt erreicht, glaubte er in den Straßen, auf dem Wege nach dem geflügelten Roß, lauter lachenden Gesichtern zu begegnen. Dem war aber nicht so. Alle Leute gingen ruhig und ernst vorüber. Ebenso ernsthaft spazierten auf dem Platz vor dem geflügelten Roß mehrere Akademiker, die sich dort versammelt, miteinander sprechend auf und nieder. Fabian war überzeugt, daß der Kleine wenigstens hier nicht angekommen sein müsse, da gewahrte er, einen Blick ins Tor des Gasthauses werfend, daß soeben das sehr kennbare Pferd des Kleinen nach dem Stall geführt wurde. Auf den ersten besten seiner Bekannten sprang er nun los und fragte, ob denn nicht ein ganz seltsamer wunderlicher Knirps herangetrabt sei? – Der, den Fabian fragte, wußte ebensowenig etwas davon als die übrigen, denen Fabian nun erzählte, was sich mit ihm und dem Däumling, der ein Student sein wollen, begeben. Alle lachten sehr, versicherten indessen, daß ein solches Ding, wie das, was er beschreibe, keineswegs angelangt. Wohl wären aber vor kaum zehn Minuten zwei sehr stattliche Reiter auf schönen Pferden im Gasthause zum geflügelten Roß abgestiegen. »Saß der eine von ihnen auf dem Pferde, das eben nach dem Stall geführt wurde?« so fragte Fabian. »Allerdings«, erwiderte einer, »allerdings. Der, der auf jenem Pferde saß, war von etwas kleiner Statur, aber von zierlichem Körperbau, angenehmen Gesichtszügen und hatte die schönsten Lokkenhaare, die man sehen kann. Dabei zeigte er sich als den vortrefflichsten Reiter, denn er schwang sich mit einer Behendigkeit, mit einem Anstande vom Pferde herab, wie der erste Stallmeister unseres Fürsten.« »Und«, rief Fabian, »und verlor nicht die Reitstiefel und kugelte euch nicht vor die Füße?« – »Gott behüte«, erwiderten alle einstimmig, »Gott behüte! – was denkst du Bruder! solch ein tüchtiger Reiter wie der Kleine!« – Fabian wußte gar nicht was er sagen sollte. Da kam Balthasar die Straße herab. Auf den stürzte Fabian los, zog ihn heran und erzählte, wie der kleine Knirps, der ihnen vor dem Tor begegnet und vom Pferde herabgefallen, hier eben angekommen sei und von allen für einen schönen Mann von zierlichem Gliederbau und für den vortrefflichsten Reiter gehalten werde. »Du siehst«, erwiderte Balthasar ernst und gelassen, »du siehst, lieber Bruder Fabian, daß nicht alle so wie du, über unglückliche von der Natur verwahrloste Menschen lieblos spottend herfallen« – »Aber du mein Himmel«, fiel ihm Fabian ins Wort, »hier ist ja gar nicht von Spott und Lieblosigkeit die Rede, sondern nur davon, ob ein drei Fuß hohes Kerlein, der einem Rettich gar nicht unähnlich, ein schöner zierlicher Mann zu nennen?« – Balthasar mußte, was Wuchs und Ansehen des kleinen Studenten betraf, Fabians Aussage bestätigen. Die andern versicherten, daß der kleine Reiter ein hübscher zierlicher Mann sei, wogegen Fabian und Balthasar fortwährend behaupteten, sie hätten nie einen scheußlicheren Däumling erblickt. Dabei blieb es, und alle gingen voll Verwunderung auseinander.

Der späte Abend brach ein, die beiden Freunde begaben sich zusammen nach ihrer Wohnung. Da fuhr es dem Balthasar, selbst wußte er nicht wie, heraus, daß er dem Professor Mosch Terpin begegnet, der ihn auf den folgenden Abend zu sich geladen. »Ei du glücklicher«, rief Fabian, »ei du überglücklicher Mensch! – da wirst du dein Liebchen, die hübsche Mamsell Candida sehen, hören, sprechen!« – Balthasar, aufs neue tief verletzt, riß sich los von Fabian und wollte fort. Doch besann er sich, blieb stehen und sprach, seinen Verdruß mit Gewalt niederkämpfend: »Du magst recht haben, lieber Bruder, daß du mich für einen albernen verliebten Gecken hältst, ich bin es vielleicht wirklich. Aber diese Albernheit ist eine tiefe schmerzhafte Wunde, die meinem Gemüt geschlagen, und die, auf unvorsichtige Weise berührt, im heftigeren Weh mich zu allerlei Tollheit aufreizen könnte. Darum Bruder! wenn du mich wirklich liebhast, so nenne mir nicht mehr den Namen Candida!« – »Du nimmst«, erwiderte Fabian, »du nimmst, mein lieber Freund Balthasar, die Sache wieder entsetzlich tragisch, und anders läßt sich das auch in deinem Zustande nicht erwarten. Aber um mit dir nicht in allerlei häßlichen Zwiespalt zu geraten, verspreche ich, daß der Name Candida nicht eher über meine Lippen kommen soll, bis du selbst mir Gelegenheit dazu gibst. Nur so viel erlaube mir heute noch zu sagen, daß ich allerlei Verdruß voraussehe, in den dich dein Verliebtsein stürzen wird. Candida ist ein gar hübsches herrliches Mägdlein, aber zu deiner melancholischen, schwärmerischen Gemütsart paßt sie ganz und gar nicht. Wirst du näher mit ihr bekannt, so wird ihr unbefangenes heitres Wesen dir Mangel an Poesie, die du überall vermissest, scheinen. Du wirst in allerlei wunderliche Träumereien geraten, und das Ganze wird mit entsetzlichem eingebildeten Weh und genügender Verzweiflung tumultuarisch enden. – Übrigens bin ich ebenso wie du auf morgen zu unserm Professor eingeladen, der uns mit sehr schönen Experimenten unterhalten wird! – Nun gute Nacht, fabelhafter Träumer! Schlafe, wenn du schlafen kannst vor solch wichtigem Tage wie der morgende!« –

Damit verließ Fabian den Freund, der in tiefes Nachdenken versunken. – Fabian mochte nicht ohne Grund allerlei pathetische Unglücksmomente voraussehen, die sich mit Candida und Balthasar wohl zutragen konnten; denn beider Wesen und Gemütsart schien in der Tat Anlaß genug dazu zu geben.

Candida war, jeder mußte das eingestehen, ein bildhübsches Mädchen, mit recht ins Herz hinein strahlenden Augen und etwas aufgeworfenen Rosenlippen. Ob ihre übrigens schönen Haare, die sie in wunderlichen Flechten gar fantastisch aufzunesteln wußte, mehr blond oder mehr braun zu nennen, habe ich vergessen, nur erinnere ich mich sehr gut der seltsamen Eigenschaft, daß sie immer dunkler und dunkler

wurden, je länger man sie anschaute. Von schlankem hohen Wuchs, leichter Bewegung, war das Mädchen, zumal in lebenslustiger Umgebung die Huld, die Anmut selbst, und man übersah es bei so vielem körperlichen Reiz sehr gern, daß Hand und Fuß vielleicht kleiner und zierlicher hätten gebaut sein können. Dabei hatte Candida Goethes Wilhelm Meister, Schillers Gedichte und Fouqués Zauberring gelesen, und beinahe alles, was darin enthalten, wieder vergessen; spielte ganz passabel das Pianoforte, sang sogar zuweilen dazu; tanzte die neuesten Françoisen und Gavotten, und schrieb die Waschzettel mit einer feinen leserlichen Hand. Wollte man durchaus an dem lieben Mädchen etwas aussetzen, so war es vielleicht, daß sie etwas zu tief sprach, sich zu fest einschnürte, sich zu lange über einen neuen Hut freute und zu viel Kuchen zum Tee verzehrte. Überschwenglichen Dichtern war freilich noch vieles andere an der hübschen Candida nicht recht, aber was verlangen die auch alles. Fürs erste wollen sie, daß das Fräulein über alles, was sie von sich verlauten lassen, in ein somnambules Entzücken gerate, tief seufze, die Augen verdrehe, gelegentlich auch wohl was weniges ohnmächtle oder gar zur Zeit erblinde als höchste Stufe der weiblichsten Weiblichkeit. Dann muß besagtes Fräulein des Dichters Lieder singen nach der Melodie, die ihm (dem Fräulein) selbst aus dem Herzen geströmt, augenblicklich aber davon krank werden, und selbst auch wohl Verse machen, sich aber sehr schämen wenn es herauskommt, ungeachtet die Dame dem Dichter ihre Verse auf sehr feinem wohlriechenden Papier mit zarten Buchstaben geschrieben selbst in die Hände spielte, der dann auch seinerseits vor Entsetzen darüber erkrankt, welches ihm gar nicht zu verdenken ist. Es gibt poetische Aszetiker, die noch weiter gehen und es aller weiblichen Zartheit entgegen finden, daß ein Mädchen lachen, essen und trinken und sich zierlich nach der Mode kleiden sollte. Sie gleichen beinahe dem heiligen Hieronymus, der den Jungfrauen verbietet Ohrgehänge zu tragen und Fische zu essen. Sie sollen, so gebietet der Heilige, nur etwas zubereitetes Gras genießen, beständig hungrig sein ohne es zu fühlen, sich in grobe, schlecht genähte Kleider hüllen, die ihren Wuchs verbergen, vorzüglich aber eine Person zur Gefährtin wählen, die ernsthaft, bleich, traurig und etwas schmutzig ist! –

Candida war durch und durch ein heitres unbefangenes Wesen, deshalb ging ihr nichts über ein Gespräch, das sich auf den leichten luftigen Schwingen des unverfänglichsten Humors bewegte. Sie lachte recht herzlich über alles Drollige; sie seufzte nie, als wenn Regenwetter ihr den gehofften Spaziergang verdarb, oder aller Vorsicht ungeachtet, der neue Shawl einen Fleck bekommen hatte. Dabei blickte, gab es wirklichen Anlaß dazu, ein tiefes inniges Gefühl hindurch, das nie in schale Empfindelei ausarten durfte, und so mochte mir und dir, geliebter Leser! die wir nicht zu den Überschwenglichen gehören, das Mädchen eben ganz recht sein. Sehr leicht konnte es mit Balthasar sich anders verhalten! – Doch bald muß es sich ja wohl zeigen, inwiefern der prosaische Fabian richtig prophezeit hatte oder nicht! –

Daß Balthasar vor lauter Unruhe, vor unbeschreiblichem süßen Bangen die ganze Nacht hindurch nicht schlafen konnte: was war natürlicher als das. Ganz erfüllt von dem Bilde der Geliebten, setzte er sich hin an den Tisch und schrieb eine ziemliche Anzahl artiger wohlklingender Verse nieder, die in einer mystischen Erzählung von der

Liebe der Nachtigall zur Purpurrose seinen Zustand schilderten. Die wollt er mitnehmen in Mosch Terpins literarischen Tee und damit losfahren auf Candidas unbewahrtes Herz, wenn und wie es nur möglich.

Fabian lächelte ein wenig, als er der Verabredung gemäß zur bestimmten Stunde kam, um seinen Freund Balthasar abzuholen, und ihn zierlicher geputzt fand, als er ihn jemals gesehen. Er hatte einen gezackten Kragen von den feinsten Brüßler Kanten umgetan, sein kurzes Kleid mit geschlitzten Ärmeln war von gerissenem Samt. Und dazu trug er französische Stiefeln mit hohen spitzen Absätzen und silbernen Franzen, einen englischen Hut vom feinsten Kastor, und dänische Handschuhe. So war er ganz deutsch gekleidet, und der Anzug stand ihm über alle Maßen gut, zumal er sein Haar schön kräuseln lassen und das kleine Stutzbärtchen wohl aufgekämmt hatte.

Das Herz bebte dem Balthasar vor Entzücken, als in Mosch Terpins Hause Candida ihm entgegentrat, ganz in der Tracht der altdeutschen Jungfrau, freundlich, anmutig in Blick und Wort, im ganzen Wesen, wie man sie immer zu sehen gewohnt. »Mein holdseligstes Fräulein!« seufzte Balthasar aus dem Innersten auf, als Candida, die süße Candida selbst, eine Tasse dampfenden Tee ihm darbot. Candida schaute ihn aber an mit leuchtenden Augen und sprach: »Hier ist Rum und Maraschino, Zwieback und Pumpernickel, lieber Herr Balthasar! greifen Sie doch nur gefälligst zu nach Ihrem Belieben!« Statt aber auf Rum und Maraschino, Zwieback oder Pumpernickel zu schauen oder gar zuzugreifen, konnte der begeisterte Balthasar den Blick voll schmerzlicher Wehmut der innigsten Liebe nicht abwenden von der holden Jungfrau, und rang nach Worten, die aus tiefster Seele aussprechen sollten, was er eben empfand. Da faßte ihn aber der Professor der Ästhetik, ein großer baumstarker Mann, mit gewaltiger Faust von hinten, drehte ihn herum, daß er mehr Teewasser auf den Boden verschüttete, als eben schicklich, und rief mit donnernder Stimme: »Bester Lukas Kranach, saufen Sie nicht das schnöde Wasser, Sie verderben sich den deutschen Magen total – dort im andern Zimmer hat unser tapfere Mosch eine Batterie der schönsten Flaschen mit edlem Rheinwein aufgepflanzt, die wollen wir sofort spielen lassen!« – Er schleppte den unglücklichen Jüngling fort.

Doch aus dem Nebenzimmer trat ihnen der Professor Mosch Terpin entgegen, ein kleines sehr seltsames Männlein an der Hand führend und laut rufend: »Hier, meine Damen und Herren, stelle ich Ihnen einen mit den seltensten Eigenschaften hochbegabten Jüngling vor, dem es nicht schwerfallen wird, sich Ihr Wohlwollen, Ihre Achtung zu erwerben. Es ist der junge Herr Zinnober, der erst gestern auf unsere Universität gekommen, und die Rechte zu studieren gedenkt!« – Fabian und Balthasar erkannten auf den ersten Blick den kleinen wunderlichen Knirps, der vor dem Tore ihnen entgegengesprengt und vom Pferde gestürzt war.

»Soll ich«, sprach Fabian leise zu Balthasar, »soll ich denn noch das Alräunchen herausfordern auf Blasrohr oder Schusterpfriem? Anderer Waffen kann ich mich doch nicht bedienen wider diesen furchtbaren Gegner.«

»Schäme dich«, erwiderte Balthasar, »schäme dich, daß du den verwahrlosten Mann verspottest, der, wie du hörst, die seltensten Eigenschaften besitzt, und *so* durch geistigen Wert das ersetzt, was die Natur ihm an körperlichen Vorzügen versagte.« Dann wandte er sich zum Kleinen und sprach: »Ich hoffe nicht, bester Herr Zinnober, daß Ihr gestriger Fall vom Pferde etwa schlimme Folgen gehabt haben wird?« Zinnober hob sich aber, indem er einen kleinen Stock, den er in der Hand trug, hinten unterstemmte, auf den Fußspitzen in die Höhe, so daß er dem Balthasar beinahe bis an den Gürtel reichte, warf den Kopf in den Nacken, schaute mit wildfunkelnden Augen herauf und sprach in seltsam schnarrendem Baßton: »Ich weiß nicht was Sie wollen, wovon Sie sprechen, mein Herr! – Vom Pferde gefallen? – *ich* vom Pferde gefallen? – Sie wissen wahrscheinlich nicht, daß ich der beste Reiter bin, den es geben kann, daß ich niemals vom Pferde falle, daß ich als Freiwilliger unter den Kürassieren den Feldzug mitgemacht und Offizieren und Gemeinen Unterricht gab im Reiten in der Manege! – hm hm – vom Pferde fallen – ich vom Pferde fallen!« – Damit wollte er sich rasch umwenden, der Stock, auf den er sich gestützt, glitt aber aus, und der Kleine torkelte um und um, dem Balthasar vor die Füße. Balthasar griff herab nach dem Kleinen, ihm aufzuhelfen, und berührte dabei unversehens sein Haupt. Da stieß der Kleine einen gellenden Schrei aus, daß es im ganzen Saal widerhallte und die Gäste erschrokken auffuhren von ihren Sitzen. Man umringte den Balthasar und fragte durcheinander, warum er denn um des Himmels willen so ent-

setzlich geschrien. »Nehmen Sie es nicht übel, bester Herr Balthasar«, sprach der Professor Mosch Terpin, »aber das war ein etwas wunderlicher Spaß. Denn wahrscheinlich wollten Sie uns doch glauben machen, es trete hier jemand einer Katze auf den Schwanz!« »Katze – Katze – weg mit der Katze!« rief eine nervenschwache Dame und fiel sofort in Ohnmacht, und mit dem Geschrei: »Katze – Katze –« rannten ein paar alte Herren, die an derselben Idiosynkrasie litten, zur Türe hinaus.

Candida, die ihr ganzes Riechfläschchen auf die ohnmächtige Dame ausgegossen, sprach leise zu Balthasar: »Aber was richten Sie auch für Unheil an mit Ihrem häßlichen gellenden Miau, lieber Herr Balthasar!«

Dieser wußte gar nicht, wie ihm geschah. Glutrot im ganzen Gesicht vor Unwillen und Scham, vermochte er kein Wort herauszubringen, nicht zu sagen, daß es ja der kleine Herr Zinnober und nicht *er* gewesen, der so entsetzlich gemauzt.

Der Professor Mosch Terpin sah des Jünglings schlimme Verlegenheit. Er nahte sich ihm freundlich und sprach: »Nun nun, lieber Herr Balthasar, sein Sie doch nur ruhig. Ich habe wohl alles bemerkt. Sich zur Erde bückend, auf allen vieren hüpfend, ahmten Sie den gemißhandelten grimmigen Kater herrlich nach. Ich liebe sonst sehr dergleichen naturhistorische Spiele, doch hier im literarischen Tee« – »Aber«, platzte Balthasar heraus, »aber vortrefflichster Herr Professor, ich war es ja nicht« – »Schon gut – schon gut«, fiel ihm der Professor in die Rede. Candida trat zu ihnen. »Tröste mir«, sprach der Professor zu dieser, »tröste mir doch den guten Balthasar, der ganz betreten ist über alles Unheil, was geschehen.«

Der gutmütigen Candida tat der arme Balthasar, der ganz verwirrt mit niedergesenktem Blick vor ihr stand, herzlich leid. Sie reichte ihm die Hand und lispelte mit anmutigem Lächeln: »Es sind aber auch recht komische Leute, die sich so entsetzlich vor Katzen fürchten.«

Balthasar drückte Candidas Hand mit Inbrunst an die Lippen. Candida ließ den seelenvollen Blick ihrer Himmelsaugen auf ihm ruhen. Er war verzückt in den höchsten Himmel und dachte nicht mehr an Zinnober und Katzengeschrei. – Der Tumult war vorüber, die Ruhe wiederhergestellt. Am Teetisch saß die nervenschwache Dame und genoß mehreren Zwieback, den sie in Rum tunkte, versichernd, an dergleichen erlabe sich das von feindlicher Macht bedrohte Gemüt, und dem jähen Schreck folge sehnsüchtig Hoffen! –

Auch die beiden alten Herren, denen draußen wirklich ein flüchtiger Kater zwischen die Beine gelaufen, kehrten beruhigt zurück, und suchten, wie mehrere andere, den Spieltisch.

Balthasar, Fabian, der Professor der Ästhetik, mehrere junge Leute setzten sich zu den Frauen. Herr Zinnober hatte sich indessen eine Fußbank herangerückt und war mittelst derselben auf den Sofa gestiegen, wo er nun in der Mitte zwischen zwei Frauen saß und stolze funkelnde Blicke um sich warf.

Balthasar glaubte, daß der rechte Augenblick gekommen, mit seinem Gedicht von der Liebe der Nachtigall zur Purpurrose hervorzurücken. Er äußerte daher mit der gehörigen Verschämtheit, wie sie bei jungen Dichtern im Brauch ist, daß er, dürfe er nicht fürchten, Überdruß und Langeweile zu erregen, dürfe er auf gütige Nachsicht der geehrten Versammlung hoffen, es wagen wolle, ein Gedicht, das jüngste Erzeugnis seiner Muse, vorzulesen.

Da die Frauen schon hinlänglich über alles verhandelt, was sich Neues in der Stadt zugetragen, da die Mädchen den letzten Ball bei dem Präsidenten gehörig durchgesprochen und sogar über die Normalform der neuesten Hüte einig worden, da die Männer unter zwei Stunden nicht auf weitere Speis- und Tränkung rechnen durften: so wurde Balthasar einstimmig aufgefordert, der Gesellschaft ja den herrlichen Genuß nicht vorzuenthalten.

Balthasar zog das sauber geschriebene Manuskript hervor und las.

Sein eignes Werk, das in der Tat aus wahrhaftem Dichtergemüt mit voller Kraft, mit regem Leben hervorgeströmt, begeisterte ihn mehr und mehr. Sein Vortrag, immer leidenschaftlicher steigend, verriet die innere Glut des liebenden Herzens. Er bebte vor Entzücken, als leise Seufzer – manches leise Ach – der Frauen, mancher Ausruf der Männer: »Herrlich – vortrefflich – göttlich!« ihn überzeugten, daß sein Gedicht alle hinriß.

Endlich hatte er geendet. Da riefen alle: »Welch ein Gedicht! – welche Gedanken – welche Fantasie – was für schöne Verse – welcher Wohlklang – Dank – Dank Ihnen, bester Herr Zinnober für den göttlichen Genuß –«

»Was? wie?« rief Balthasar; aber niemand achtete auf ihn, sondern stürzte auf Zinnober zu, der sich auf dem Sofa blähte wie ein kleiner Puter und mit widriger Stimme schnarchte: »Bitte recht sehr – bitte recht sehr – müssen so vorliebnehmen! – ist eine Kleinigkeit, die ich erst vorige Nacht aufschrieb in aller Eil!« – Aber der Professor der Ästhetik schrie: »Vortrefflicher – göttlicher Zinnober! – Herzensfreund, außer mir bist du der erste Dichter, den es jetzt gibt auf Erden! – Komm an meine Brust, schöne Seele!« – Damit riß er den Kleinen vom Sofa auf in die Höhe und herzte und küßte ihn. Zinnober betrug sich dabei sehr ungebärdig. Er arbeitete mit den kleinen Beinchen auf des Professors dickem Bauch herum und quäkte: » Laß mich los – laß mich los – es tut mir weh – weh – weh – ich kratz dir die Augen aus – ich beiß dir die Nase entzwei!« – »Nein«, rief der Professor, indem er den Kiemen niedersetzte auf den Sofa, »nein, holder Freund, keine zu weit getriebene Bescheidenheit!« – Mosch Terpin war nun auch vom Spieltisch herangetreten, der nahm Zinnobers Händchen, drückte es und sprach sehr ernst: »Vortrefflich junger Mann! – nicht zuviel, nein, nicht genug sprach man mir von dem hohen Genius, der Sie beseelt« – »Wer ist's«, rief nun wieder der Professor der Ästhetik in voller Begeisterung aus, »wer ist's von euch Jungfrauen, der dem herrlichen Zinnober sein Gedicht, das das innigste Gefühl der reinsten Liebe ausspricht, lohnt durch einen Kuß?«

Da stand Candida auf, nahete sich, volle Glut auf den Wangen, dem Kleinen, kniete nieder und küßte ihn auf den garstigen Mund mit blauen Lippen. »Ja«, schrie nun Balthasar wie vom Wahnsinn plötzlich erfaßt, »ja Zinnober – göttlicher Zinnober, du hast das tiefsinnige Gedicht gemacht von der Nachtigall und der Purpurrose, dir gebührt der herrliche Lohn, den zu erhalten!«

Und damit riß er den Fabian ins Nebenzimmer hinein und sprach: »Tu mir den Gefallen und schaue mich recht fest an und dann sage mir offen und ehrlich, ob ich der Student Balthasar bin oder nicht, ob du wirklich Fabian bist, ob wir in Mosch Terpins Hause sind, ob wir im Traume liegen – ob wir närrisch sind – zupfe mich an der Nase oder rüttle mich zusammen, damit ich nur erwache aus diesem verfluchten Spuk!«

»Wie magst«, erwiderte Fabian, »wie magst du dich denn nur so toll gebärden aus purer heller Eifersucht, weil Candida den Kleinen küßte. Gestehen mußt du doch selbst, daß das Gedicht, welches der Kleine vorlas, in der Tat vortrefflich war.« – »Fabian«, rief Balthasar mit dem Ausdruck des tiefsten Erstaunens, »was sprichst du denn?« »Nun ja«, fuhr Fabian fort, »nun ja, das Gedicht des Kleinen war vortrefflich, und gegönnt hab ich ihm Candidas Kuß. – Überhaupt scheint hinter dem seltsamen Männlein allerlei zu stecken, das mehr wert ist als eine schöne Gestalt. Aber was auch selbst seine Figur betrifft, so kommt er mir jetzt nichts weniger als so abscheulich vor wie anfangs. Beim Ablesen des Gedichts verschönerte die innere Begeisterung seine Gesichtszüge, so daß er mir oft ein anmutiger wohlgewachsener Jüngling zu sein schien, ungeachtet er doch kaum über den Tisch hervorragte. Gib deine unnütze Eifersucht auf, befreunde dich als Dichter mit dem Dichter!«

»Was«, schrie Balthasar voll Zorn, »was? – noch befreunden mit dem verfluchten Wechselbalge, den ich erwürgen möchte mit diesen Fäusten?«

»So«, sprach Fabian, »so verschließest du dich denn aller Vernunft. Doch laß uns in den Saal zurückkehren, wo sich etwas Neues begeben muß, da ich laute Beifallsrufe vernehme.«

Mechanisch folgte Balthasar dem Freunde in den Saal.

Als sie eintraten, stand der Professor Mosch Terpin allein in der Mitte, die Instrumente noch in der Hand, womit er irgendein physikalisches Experiment gemacht, starres Staunen im Gesicht. Die ganze Gesellschaft hatte sich um den kleinen Zinnober gesammelt, der, den Stock untergestemmt, auf den Fußspitzen dastand und mit stolzem Blick den Beifall einnahm, der ihm von allen Seiten zuströmte. Man wandte sich wieder zum Professor, der ein anderes sehr artiges Kunststückchen machte. Kaum war er fertig, als wiederum alle den Kleinen umringend riefen: »Herrlich – vortrefflich, lieber Herr Zinnober!« –

Endlich sprang auch Mosch Terpin zu dem Kleinen hin und rief zehnmal stärker als die übrigen: »Herrlich – vortrefflich, lieber Herr Zinnober!«

Es befand sich in der Gesellschaft der junge Fürst Gregor, der auf der Universität studierte. Der Fürst war von der anmutigsten Gestalt, die man nur sehen konnte, und dabei war sein Betragen so edel und ungezwungen, daß sich die hohe Abkunft, die Gewohnheit, sich in den vornehmsten Kreisen zu bewegen, darin deutlich aussprach.

Fürst Gregor war es nun, der gar nicht von Zinnober wich und ihn als den herrlichsten Dichter, den geschicktesten Physiker über alle Maßen lobte.

Seltsam war die Gruppe, die beide zusammenstehend bildeten. Gegen den herrlich gestalteten Gregor stach gar wunderlich das winzige Männlein ab, das mit hoch emporgereckter Nase sich kaum auf den dünnen Beinchen zu erhalten vermochte. Alle Blicke der Frauen waren hingerichtet, aber nicht auf den Fürsten, sondern auf den Kleinen, der sich auf den Fußspitzen hebend immer wieder hinabsank und so hinauf und hinunter wankte wie ein Cartesianisches Teufelchen.

Der Professor Mosch Terpin trat zu Balthasar und sprach: »Was sagen Sie zu meinem Schützling, zu meinem lieben Zinnober? Viel steckt hinter dem Mann, und nun ich ihn so recht anschaue, ahne ich wohl die eigentliche Bewandtnis, die es mit ihm haben mag. Der Prediger, der ihn erzogen und mir empfohlen hat, drückt sich über seine Abkunft sehr geheimnisvoll aus. Betrachten Sie aber nur den edlen Anstand, sein vornehmes ungezwungenes Betragen. Er ist gewiß von fürstlichem Geblüt, vielleicht gar ein Königssohn!« – In dem Augenblick wurde gemeldet, das Mahl sei angerichtet. Zinnober torkelte ungeschickt hin zur Candida, ergriff täppisch ihre Hand und führte sie nach dem Speisesaal.

In voller Wut rannte der unglückliche Balthasar durch die finstre Nacht, durch Sturmwind und Regen fort nach Hause.

VIERTES KAPITEL

Wie der italienische Geiger Sbiocca den Herrn Zinnober in den Kontrabaß zu werfen drohte, und der Referendarius Pulcher nicht zu auswärtigen Angelegenheiten gelangen konnte. – Von Maut-Offizianten und zurückbehaltenen Wundern fürs Haus. – Balthasars Bezauberung durch einen Stockknopf.

Auf einem hervorragenden bemoosten Gestein im einsamsten Walde saß Balthasar und schaute gedankenvoll hinab in die Tiefe, in der ein Bach schäumend fortbrauste zwischen Felsstücken und dichtverwachsenem Gestrüpp. Dunkle Wolken zogen daher und tauchten nieder hinter den Bergen; das Rauschen der Bäume, der Gewässer ertönte wie ein dumpfes Winseln, und dazwischen kreischten Raubvögel, die aus dem finstern Dickicht aufstiegen in den weiten Himmelsraum und sich nachschwangen dem fliehenden Gewölk. –

Dem Balthasar war, als vernehme er in den wunderbaren Stimmen des Waldes die trostlose Klage der Natur, als müsse er selbst untergehen in dieser Klage, als sei sein ganzes Sein nur das Gefühl des tiefsten un-

verwindlichsten Schmerzes. Das Herz wollte ihm springen vor Wehmut, und indem häufige Tränen aus seinen Augen tröpfelten, war es, als blickten die Geister des Waldstroms zu ihm herauf und streckten schneeweiße Arme empor aus den Wellen, ihn hinabzuziehen in den kühlen Grund.

Da schwebte aus weiter Ferne durch die Lüfte daher heller fröhlicher Hörnerklang und legte sich tröstend an seine Brust, und die Sehnsucht erwachte in ihm und mit ihr süßes Hoffen. Er sah umher, und indem die Hörner forttönten, dünkten ihm die grünen Schatten des

Waldes nicht mehr so traurig, nicht mehr so klagend das Rauschen des Windes, das Flüstern der Gebüsche. Er kam zu Worten.

»Nein«, rief er aus, indem er aufsprang von seinem Sitz und mit leuchtendem Blick in die Ferne schaute, »nein, noch verschwand nicht alle Hoffnung! – Nur zu gewiß ist es, daß irgendein düstres Geheimnis, irgendein böser Zauber verstörend in mein Leben getreten ist, aber ich breche diesen Zauber, und sollt ich darüber untergehen! – Als ich endlich hingerissen, übermannt von dem Gefühl, das meine Brust zersprengen wollte, der holden, süßen Candida meine Liebe gestand, las ich denn nicht in ihren Blicken, fühlte ich nicht an dem Druck ihrer Hand meine Seligkeit? – Aber sowie das verdammte kleine Ungetüm sich sehen läßt, ist *ihm* alle Liebe zugewandt. An ihr, der vermaledeiten Mißgeburt, hängen Candidas Augen, und sehnsüchtige Seufzer entfliehen ihrer Brust, wenn der täppische Junge sich ihr nähert, oder gar ihre Hand berührt. – Es muß mit ihm irgendeine geheimnisvolle Bewandtnis haben, und sollt ich an alberne Ammenmärchen glauben, ich würde behaupten, der Junge sei verhext und könne es, wie man zu sagen pflegt, den Leuten antun. Ist es nicht toll, daß alle über das mißgestaltete, durch und durch verwahrloste Männlein spotten und lachen, und dann wieder, tritt der Kleine dazwischen, ihn als den verständigsten, gelehrtesten, ja wohlgestaltesten Herrn Studiosum ausschreien, der sich eben unter uns befindet? – Was sage ich! geht es mir nicht beinahe selbst so, kommt es mir nicht auch oft vor, als sei Zinnober gescheut und hübsch? – Nur in Candidas Gegenwart hat der Zauber keine Macht über mich, da ist und bleibt Herr Zinnober ein dummes, abscheuliches Alräunchen. – Doch! – ich stemme mich entgegen der feindlichen Macht, eine dunkle Ahnung ruht tief in meinem Innern, irgend etwas Unerwartetes werde mir die Waffe in die Hand geben wider den bösen Unhold!« –

Balthasar suchte den Rückweg nach Kerepes. In einem Baumgange fortwandernd bemerkte er auf der Landstraße einen kleinen bepackten Reisewagen, aus dem ihm jemand mit einem weißen Tuch freundlich zuwinkte. Er trat heran und erkannte Herrn Vincenzo Sbiocca, weltberühmten Virtuosen auf der Geige, den er wegen seines vortrefflichen ausdrucksvollen Spiels über alle Maßen hochschätzte und bei dem er schon seit zwei Jahren Unterricht genommen. »Gut«, rief Sbiocca, indem er aus dem Wagen sprang, »gut, mein lieber Herr Balthasar, mein teurer Freund und Schüler, gut, daß ich Sie hier noch treffe, um von Ihnen herzlichen Abschied nehmen zu können.«

»Wie«, sprach Balthasar, »wie Herr Sbiocca, Sie verlassen doch nicht Kerepes, wo alles Sie ehrt und achtet, wo keiner Sie missen mag?«

»Ja«, erwiderte Sbiocca, indem ihm alle Glut des innern Zorns ins Gesicht trat, »ja Herr Balthasar, ich verlasse einen Ort, in dem die Leute sämtlich närrisch sind, der einem großen Irrenhause gleicht. – Sie waren gestern nicht in meinem Konzert, da Sie über Land gegangen, sonst hätten Sie mir beistehen können gegen das rasende Volk, dem ich unterlegen!«

»Was ist geschehen, um tausend Himmels willen, was ist geschehen!« rief Balthasar.

»Ich spiele«, fuhr Sbiocca fort, »das schwierigste Konzert von Viotti. Es ist mein Stolz, meine Freude. Sie haben es von mir gehört, es hat Sie nie unbegeistert gelassen. Gestern war ich, wohl mag ich es sagen, ganz vorzüglich bei guter Laune – *anima* mein ich, heitren Geistes – *spirito alato* mein ich. Kein Violinspieler auf der ganzen weiten Erde, Viotti selbst hätte mir nicht nachgespielt. Als ich geendet, bricht der Beifall mit aller Wut los – *furore* mein ich, wie ich erwartet. Geige unter dem Arm trete ich vor, mich höflichst zu bedanken. – Aber! was muß ich sehen, was muß ich hören! – Alles, ohne mich nur im mindesten zu beachten, drängt sich nach einer Ecke des Saals und schreit: ›*Bravo – bravissimo*, göttlicher Zinnober! – welch ein Spiel – welche Haltung, welcher Ausdruck, welche Fertigkeit!‹ – Ich renne hin, dränge mich durch! – da steht ein drei Spannen hoher verwachsener Kerl und schnarrt mit widriger Stimme: ›Bitte, bitte recht sehr, habe gespielt wie es in meinen Kräften stand, bin freilich nunmehr der stärkste Violinist in Europa und den übrigen bekannten Weltteilen.‹ ›Tausend Teufel‹, schrie ich, wer hat denn gespielt, ich oder der Erdwurm da!‹ – Und als der Kleine immer fortschnarcht: ›Bitte, bitte ergebenst‹, will ich auf ihn los und ihn fassen, in die ganze Applikatur greifend. Aber da stürzen sie auf mich los, und reden wahnsinniges Zeug von Neid, Eifersucht und Mißgunst. Unterdessen ruft einer: ›Und welche Komposition!‹ und alle einstimmig rufen hinterdrein: ›Und welche Komposition – göttlicher Zinnober! – sublimer Komponist!‹ Noch ärger als zuvor schrie ich: ›Ist denn alles rasend – besessen? das Konzert war von Viotti, und ich – ich – der weltberühmte Vincenzo Sbiocca hat es gespielt!‹ Aber nun packen sie mich fest, sprechen von italienischer Tollheit – *rabbia* mein ich, von seltsamen Zufällen, bringen mich mit Gewalt in ein Nebenzimmer, behandeln mich wie einen Kranken, wie einen Wahnsinnigen. Nicht lange dauert es, so stürzt Signora Bragazzi hinein und fällt ohnmächtig nieder. Ihr war es ergangen wie mir. Sowie sie ihre Arie geendet, erdröhnte der Saal von dem ›*Brava* – *bravissima* – Zinnober‹, und alle schrien, keine solche Sängerin gab es mehr auf Erden als Zinnober, und der schnarchte wieder sein verfluchtes: ›Bitte – bitte!‹ – Signora Bragazzi liegt im Fieber und wird baldigst verscheiden; ich meinesteils rette mich durch die Flucht vor dem wahnsinnigen Volke. Leben Sie wohl, bester Herr Balthasar! – Sehn Sie etwa den Signorino Zinnober, so sagen Sie ihm gefälligst, er möge sich nicht irgendwo in einem Konzert blicken lassen, in dem ich zugegen. Unfehlbar würd ich ihn sonst bei seinen Käferbeinchen packen und durchs F-Loch in den Kontrabaß schmeißen, da könne er denn zeit seines Lebens Konzerte spielen und Arien singen, wie er nur Lust hätte. Leben Sie wohl, mein geliebter Balthasar, und legen Sie die Violine nicht beiseite!« – Damit umarmte Herr Vincenzo Sbiocca den vor Staunen erstarrten Balthasar und stieg in den Wagen, der schnell davonrollte.

»Hab ich denn nicht recht«, sprach Balthasar zu sich selbst, »hab ich denn nicht recht, das unheimliche Ding, der Zinnober, ist verhext und tut es den Leuten an.« – In dem Augenblick rannte ein junger Mensch vorüber, bleich-verstört, Wahnsinn und Verzweiflung im Antlitz. Dem Balthasar fiel es schwer aufs Herz. Er glaubte in dem Jüngling einen seiner Freunde erkannt zu haben und sprang ihm daher schnell nach in den Wald.

Kaum zwanzig – dreißig Schritte gelaufen, wurde er den Referendarius Pulcher gewahr, der unter einem großen Baume stehengeblieben und mit himmelwärts gerichtetem Blick also sprach: »Nein! – nicht länger dulden diese Schmach! – Alle Hoffnung des Lebens ist dahin! – jede Aussicht nur ins Grab gerichtet – Fahre wohl – Leben – Welt – Hoffnung – Geliebte –«

Und damit riß der verzweiflungsvolle Referendarius eine Pistole aus dem Busen und drückte sie sich an die Stirne.

Balthasar stürzte mit Blitzesschnelle auf ihn zu, schleuderte ihm die Pistole weit weg aus der Hand und rief: »Pulcher! um Gottes willen, was ist dir, was tust tu!«

Der Referendarius konnte einige Minuten hindurch nicht zu sich selbst kommen. Er war halb ohnmächtig niedergesunken auf den Rasen; Balthasar hatte sich zu ihm gesetzt und sprach tröstende Worte, wie er es nur vermochte, ohne die Ursache von Pulchers Verzweiflung zu wissen.

Hundertmal hatte Balthasar gefragt, was dem Referendarius denn Schreckliches geschehen, das den schwarzen Gedanken des Selbstmords in ihm rege gemacht. Da seufzte Pulcher endlich tief auf und begann: »Du kennst, lieber Freund Balthasar, meine bedrängte Lage, du weißt, wie ich all meine Hoffnung auf die Stelle des geheimen Expedienten gesetzt, die bei dem Minister der auswärtigen Angelegenheiten offen; du weißt, mit welchem Eifer, mit welchem Fleiß ich mich darauf vorbereitet. Ich hatte meine Ausarbeitungen eingereicht, die, wie ich zu meiner Freude erfuhr, den vollsten Beifall des Ministers erhalten. Mit welcher Zuversicht stellte ich mich heute vormittag zur mündlichen Prüfung! – Ich fand im Zimmer einen kleinen, mißgeschaffenen Kerl, den du wohl unter dem Namen des Herrn Zinnober kennen wirst. Der Legationsrat, dem die Prüfung übertragen, trat mir freundlich entgegen und sagte mir, zu derselben Stelle, die ich zu erhalten wünsche, habe sich auch Herr Zinnober gemeldet, er werde uns *beide* daher prüfen. Dann raunte er mir leise ins Ohr: ›Sie haben von Ihrem Mitbewerber nichts zu befürchten, bester Referendarius, die Arbeiten, die der kleine Zinnober eingereicht, sind erbärmlich!‹ – Die Prüfung begann, keine Frage des Rats ließ ich unbeantwortet. Zinnober wußte nichts, gar nichts; statt zu antworten, schnarchte und quäkte er unvernehmliches Zeug, das niemand verstand, fiel auch, indem er ungebärdig mit den Beinchen strampelte, ein paarmal vom hohen Stuhl herab, so daß ich ihn wieder hinaufheben mußte. Mir bebte das Herz vor Vergnügen; die freundlichen Blicke, die der Rat dem Kleinen zuwarf, hielt ich für die bitterste Ironie. – Die Prüfung war beendigt. Wer schildert meinen Schreck, mir war es, als wenn ein jäher Blitz mich klaftertief hineinschlüge in den Boden, als der Rat den Kleinen umarmte, zu ihm sprach: ›Herrlicher Mensch! – welche Kenntnis – welcher Verstand –

weicher Scharfsinn!‹ – dann zu mir: ›Sie haben mich sehr getäuscht, Herr Referendarius Pulcher – Sie wissen ja gar nichts! – Und – nehmen Sie es mir nicht übel, die Art, wie Sie sich zur Prüfung ermutigt haben mögen, läuft gegen alle Sitte, gegen allen Anstand! – Sie konnten sich ja gar nicht auf dem Stuhl erhalten, Sie fielen ja herab, und Herr Zinnober mußte sie aufrichten. Diplomatische Personen müssen fein nüchtern sein und besonnen. – Adieu Herr Referendarius!‹ – Noch hielt ich alles für ein tolles Gaukelspiel. Ich wagte es, ich ging hin zum Minister. Er ließ mir heraus sagen, wie ich mich unterstehen könne, ihn noch mit meinem Besuch zu behelligen, nach der Art, wie ich mich in der Prüfung bewiesen – er wisse schon alles! Der Posten, zu dem ich mich gedrängt, sei schon vergeben an Herrn Zinnober! – So hat mir irgendeine höllische Macht alle Hoffnung geraubt und ich will ein Leben freiwillig opfern, das dem dunklen Verhängnis anheimgefallen! – Verlaß mich!« –

»Nimmermehr«, rief Balthasar, »erst höre mich an!«

Er erzählte nun alles, was er von Zinnober wußte seit seiner ersten Erscheinung vor dem Tor von Kerepes; wie es ihm mit dem Kleinen ergangen in Mosch Terpins Hause; was er eben jetzt von Vincenzo Sbiocca vernommen. »Es ist nur zu gewiß«, sprach er dann, »daß allem Beginnen der unseligen Mißgeburt irgend etwas Geheimnisvolles zu Grunde liegt, und glaube mir Freund Pulcher! – ist irgendein höllischer Zauber im Spiele, so kommt es nur darauf an, ihm mit festem Sinn entgegenzutreten, der Sieg ist gewiß, wenn nur der Mut vorhanden. – Darum nicht verzagt, kein zu rascher Entschluß. Laß uns vereint dem kleinen Hexenkerl zu Leibe gehen!« –

»Hexenkerl«, rief der Referendarius mit Begeisterung, »ja Hexenkerl, ein ganz verfluchter Hexenkerl ist der Kleine, das ist gewiß! – Doch Bruder Balthasar, was ist uns denn, liegen wir im Traume? – Hexenwesen – Zaubereien – ist es denn damit nicht vorbei seit langer Zeit? Hat denn nicht vor vielen Jahren Fürst Paphnutius der Große die Aufklärung eingeführt, und alles tolle Unwesen, alles Unbegreifliche aus dem Lande verbannt, und doch soll noch dergleichen verwünschte Contrebande sich eingeschlichen haben? – Wetter! das müßte man ja gleich der Polizei anzeigen und dem Maut-Offizianten! – Aber nein, nein – nur der Wahnsinn der Leute oder, wie ich beinahe fürchte, ungeheure Bestechung ist schuld an unserm Unglück. – Der verwünschte Zinnober soll unermeßlich reich sein. Er stand neulich vor der Münze und da zeigten die Leute mit Fingern nach ihm und riefen: ›Seht den kleinen hübschen Papa! – dem gehört alles blanke Gold, was da drinnen geprägt wird!‹«

»Still«, erwiderte Balthasar, »still Freund Referendarius, mit dem Golde zwingt es der Unhold nicht, es ist etwas anderes dahinter! – Wahr, daß Fürst Paphnutius die Aufklärung einführte zu Nutz und Frommen seines Volks, seiner Nachkommenschaft, aber manches Wunderbare, Unbegreifliche ist doch noch zurückgeblieben. Ich meine, man hat noch so fürs Haus einige hübsche Wunder zurückbehalten. Z. B. noch immer wachsen aus lumpichten Samenkörnern die höchsten, herrlichsten Bäume, ja sogar die mannigfaltigsten Früchte und Getreidearten, womit wir uns den Leib stopfen. Erlaubt man ja wohl noch gar den bunten Blumen, den Insekten auf ihren Blättern und Flügeln die glänzendsten Farben, selbst die allerverwunderlichsten Schriftzüge zu tragen, von denen kein Mensch weiß, ob es Öl ist, Gouache oder Aquarell-Manier, und kein Teufel von Schreibmeister kann die schmucke Kurrentschrift lesen, geschweige denn nachschreiben! – Hoho! Referendarius, ich sage dir, es geht in meinem Innern zuweilen Absonderliches vor! – Ich lege die Pfeife weg und schreite im Zimmer auf und ab, und eine seltsame Stimme flüstert, ich sei selbst ein Wunder, der Zauberer Mikrokosmus hantiere in mir und treibe mich an zu allerlei tollen Streichen! – Aber Referendarius, dann laufe ich fort und schaue hinein in die Natur, und verstehe alles, was die Blumen, die Gewässer zu mir sprechen, und mich umfängt selige Himmelslust!«

»Du sprichst im Fieber«, rief Pulcher; aber Balthasar, ohne auf ihn zu achten, streckte die Arme aus wie von inbrünstiger Sehnsucht erfaßt, nach der Ferne. »Horche doch nur«, rief Balthasar, »horche doch nur, o Referendarius! Welche himmlische Musik im Rauschen des Abendwindes durch den Wald ertönt! – Hörst du wohl, wie die Quellen stärker erheben ihren Gesang? Wie die Büsche, die Blumen einfallen mit lieblichen Stimmen?« –

Der Referendarius hielt das Ohr hin, um die Musik zu erhorchen, von der Balthasar sprach. »In der Tat«, fing er dann an, »in der Tat, es wehen Töne durch den Wald, die die anmutigsten, herrlichsten sind, welche ich in meinem Leben gehört und die mir tief in die Seele dringen. Doch ist es nicht der Abendwind, nicht die Büsche, nicht die Blumen sind es, die so singen, vielmehr deucht es mir, als wenn jemand in der Ferne die tiefsten Glocken einer Harmonika anstriche.«

Pulcher hatte recht. Wirklich glichen die vollen, immer stärker und stärker anschwellenden Akkorde, die immer näher hallten, den Tönen einer Harmonika, deren Größe und Stärke aber unerhört sein mußte. Als nun die Freunde weiter vorschritten, bot sich ihnen ein Schauspiel dar, so zauberhaft, daß sie vor Erstaunen erstarrt – festgewurzelt – stehenblieben. In geringer Entfernung fuhr ein Mann langsam durch den Wald, beinahe chinesisch gekleidet, nur trug er ein weitbauschiges Barett mit schönen Schwungfedern auf dem Haupte. Der Wagen glich einer offenen Muschel von funkelndem Kristall, die beiden hohen Räder schienen von gleicher Masse. Sowie sie sich drehten, erklangen die herrlichen Harmonikatöne, die die Freunde schon aus der Ferne

gehört. Zwei schneeweiße Einhörner mit goldenem Geschirr zogen den Wagen, auf dem statt des Fuhrmanns ein Silberfasan saß, die goldnen Leinen im Schnabel haltend. Hinten auf saß ein großer Goldkäfer, der mit den flimmernden Flügeln flatternd dem wunderbaren Mann in der Muschel Kühlung zuzuwehen schien. Sowie er bei den Freunden vorüberkam, nickte er ihnen freundlich zu. In dem Augenblick fiel aus dem funkelnden Knopf des langen Rohrs, das der Mann in der Hand trug, ein Strahl auf Balthasar, so daß er einen brennenden Stich tief in der Brust fühlte und mit einem dumpfen Ach! zusammenfuhr.

Der Mann blickte ihn an und lächelte und winkte noch freundlicher als zuvor. Sowie das zauberische Fuhrwerk im dichten Gebüsch verschwand, noch im sanften Nachhallen der Harmonikatöne, fiel Balthasar ganz außer sich vor Wonne und Entzücken dem Freunde um den Hals und rief: »Referendarius! wir sind gerettet! – jener ist's, der Zinnobers verruchten Zauber bricht!«

»Ich weiß nicht«, sprach Pulcher, »ich weiß nicht, wie mir in diesem Augenblick zumute, ob ich wache, ob ich träume; aber so viel ist gewiß, daß ein unbekanntes Wonnegefühl mich durchdringt und daß Trost und Hoffnung in meine Seele wiederkehrt.«

Fünftes Kapitel

Wie Fürst Barsanuph Leipziger Lerchen und Danziger Goldwasser frühstückte, einen Butterfleck auf die Kasimirhose bekam und den Geheimen Sekretär Zinnober zum Geheimen Spezialrat erhob. – Die Bilderbücher des Doktors Prosper Alpanus. – Wie ein Portier den Studenten Fabian in den Finger biß, dieser ein Schleppkleid trug und deshalb verhöhnt wurde. – Balthasars Flucht.

Es ist nicht länger zu verhehlen, daß der Minister der auswärtigen Angelegenheiten, bei dem Herr Zinnober als Geheimer Expedient angenommen, ein Abkömmling jenes Barons Prätextatus von Mondschein war, der den Stammbaum der Fee Rosabelverde in den Turnierbüchern und Chroniken vergebens suchte. Er hieß, wie sein Ahnherr, Prätextatus von Mondschein, war von der feinsten Bildung, den angenehmsten

Sitten, verwechselte niemals das Mich und Mir, das Ihnen und Sie, schrieb seinen Namen mit französischen Lettern, so wie überhaupt eine leserliche Hand, und arbeitete sogar zuweilen *selbst*, vorzüglich wenn das Wetter schlecht war. Fürst Barsanuph, ein Nachfolger des großen Paphnutz, liebte ihn zärtlich, denn er hatte auf jede Frage eine Antwort, spielte in den Erholungsstunden mit dem Fürsten Kegel, verstand sich herrlich aufs Geld-Negoz, und suchte in der Gavotte seinesgleichen.

Es begab sich, daß Baron Prätextatus von Mondschein den Fürsten eingeladen hatte zum Frühstück auf Leipziger Lerchen und ein Gläschen Danziger Goldwasser. Als er nun hinkam in Mondscheins Haus, fand er im Vorsaal unter mehreren angenehmen diplomatischen Herren den kleinen Zinnober, der auf seinem Stock gestemmt ihn mit seinen Äugelein anfunkelte und ohne sich weiter an ihn zu kehren, eine gebratene Lerche ins Maul steckte, die er soeben vom Tische gemaust. Sowie der Fürst den Kleinen erblickte, lächelte er ihn gnädig an und sprach zum Minister: »Mondschein! was haben Sie da für einen kleinen, hübschen, verständigen Mann in Ihrem Hause? – Es ist gewiß derselbe, der die wohl stilisierten und geschriebenen Berichte verfertigt, die ich seit einiger Zeit von Ihnen erhalte?« »Allerdings, gnädigster Herr«, erwiderte Mondschein. »Mir hat das Geschick ihn zugeführt als den geistreichsten, geschicktesten Arbeiter in meinem Bureau. Er nennt sich Zinnober, und ich empfehle den jungen herrlichen Mann ganz vorzüglich Ihrer Huld und Gnade, mein bester Fürst! – Erst seit wenigen Tagen ist er bei mir.« »Und eben deshalb«, sprach ein junger hübscher Mann, der sich indessen genähert, »und eben deshalb hat, wie Ew. Exzellenz zu bemerken erlauben werden, mein kleiner Kollege noch gar nichts expediert. Die Berichte, die das Glück hatten, von Ihnen, mein durchlauchtigster Fürst, mit Wohlgefallen bemerkt zu werden, sind von mir verfaßt.« »Was wollen Sie!« fuhr der Fürst ihn zornig an. – Zinnober hatte sich dicht an den Fürsten geschoben und schmatzte, die Lerche verzehrend, vor Gier und Appetit. – Der junge Mensch war es wirklich, der jene Berichte verfaßt, aber: »Was wollen Sie«, rief der Fürst, »Sie haben ja noch gar nicht die Feder angerührt? – Und daß Sie dicht bei mir gebratene Lerchen verzehren, so daß, wie ich zu meinem großen Ärger bemerken muß, meine neue Kasimirhose bereits einen Butterfleck bekommen, daß Sie dabei so unbillig schmatzen, ja! – alles das beweist hinlänglich Ihre völlige Untauglichkeit zu jeder diplomatischen Laufbahn! – Gehen Sie fein nach Hause und lassen Sie sich nicht wieder vor mir sehen, es sei denn, Sie brächten mir eine nützliche Fleckkugel für meine Kasimirhose – Vielleicht wird mir dann wieder gnädig zumute!« Dann zum Zinnober: »Solche Jünglinge, wie Sie, werter Zinnober, sind eine Zierde des Staats und verdienen ehrenvoll ausgezeichnet zu werden! – Sie sind Geheimer Spezialrat, mein Bester!« – »Danke schönstens«, schnarrte Zinnober, indem er den letzten Bissen hinunterschluckte und sich das Maul wischte mit beiden Händchen, »danke schönstens, ich werd das Ding schon machen wie es mir zukommt.«

»Wackres Selbstvertrauen«, sprach der Fürst mit erhobener Stimme, »wackres Selbstvertrauen zeugt von der innern Kraft, die dem würdigen Staatsmann inwohnen muß!« – Und auf diesen Spruch nahm der Fürst ein Schnäpschen Goldwasser, welches der Minister selbst ihm darreichte und das ihm sehr wohl bekam. – Der neue Rat mußte Platz nehmen zwischen dem Fürsten und Minister. Er verzehrte unglaublich viel Lerchen und trank Malaga und Goldwasser durcheinander und schnarrte und brummte zwischen den Zähnen, und hantierte, da er kaum mit der spitzen Nase über den Tisch reichen konnte, gewaltig mit den Händchen und Beinchen.

Als das Frühstück beendigt, riefen beide, der Fürst und der Minister: »Es ist ein englischer Mensch, dieser Geheime Spezialrat!« –

»Du siehst«, sprach Fabian, zu seinem Freunde Balthasar, »du siehst so fröhlich aus, deine Blicke leuchten in besonderm Feuer. – Du fühlst dich glücklich? – Ach Balthasar, du träumst vielleicht einen schönen Traum, aber ich muß dich daraus erwecken, es ist Freundes Pflicht!« –

»Was hast du, was ist geschehen?« fragte Balthasar bestürzt.

»Ja«, fuhr Fabian fort, »ja! – ich muß es dir sagen! Fasse dich nur, mein Freund! – Bedenke, daß vielleicht kein Unfall in der Welt schmerzlicher trifft und doch leichter zu verwinden ist, als eben dieser! – Candida –«

»Um Gott«, schrie Balthasar entsetzt, »Candida! – was ist mit Candida? – ist sie hin – ist sie tot?«

»Ruhig«, sprach Fabian weiter, »ruhig mein Freund! – nicht tot ist Candida, aber so gut als tot für dich! – Wisse, daß der kleine Zinnober Geheimer Spezialrat geworden und so gut als versprochen ist mit der schönen Candida, die, Gott weiß wie, in ihn ganz vernarrt sein soll.«

Fabian glaubte, daß Balthasar nun losbrechen werde in ungestüme, verzweiflungsvolle Klagen und Verwünschungen. Statt dessen sprach er mit ruhigem Lächeln: »Ist es nichts weiter als das, so gibt es keinen Unfall, der mich betrüben könnte.«

»Du liebst Candida nicht mehr?« fragte Fabian voll Erstaunen.

»Ich liebe«, erwiderte Balthasar, »ich liebe das Himmelskind, das herrliche Mädchen mit aller Inbrunst, mit aller Schwärmerei, die nur in eines Jünglings Brust sich entzünden kann! Und ich weiß – ach ich weiß es, daß Candida mich wiederliebt, daß nur ein verruchter Zauber sie umstrickt hält, aber bald löse ich die Bande dieses Hexenwesens, bald vernichte ich den Unhold, der die Arme betört.« –

Balthasar erzählte nun dem Freunde ausführlich von dem wunderbaren Mann, dem er in dem seltsamsten Fuhrwerk im Walde begegnet. Er schloß damit, daß, sowie aus dem Stockknopf des zauberischen Wesens ein Strahl in seine Brust gefunkelt, der feste Gedanke in ihm aufgegangen, daß Zinnober nichts sei als ein Hexenmännlein, dessen Macht jener Mann vernichten werde.

»Aber«, rief Fabian, als der Freund geendet, »aber Balthasar, wie kannst du nur auf solches tolles wunderliches Zeug verfallen? – Der Mann, den du für einen Zauberer hältst, ist niemand anders, als der Doktor Prosper Alpanus, der unfern der Stadt auf seinem Landhause wohnt. Wahr ist es, daß die wunderlichsten Gerüchte von ihm verbreitet werden, so daß man ihn beinahe für einen zweiten Cagliostro halten möchte; aber daran ist er selbst schuld. Er liebt es, sich in mystisches Dunkel zu hüllen, den Schein eines mit den tiefsten Geheimnissen der Natur vertrauten Mannes anzunehmen, der unbekannten Kräften gebietet, und dabei hat er die bizarrsten Einfälle. So ist zum Beispiel sein Fuhrwerk so seltsam beschaffen, daß ein Mensch, der von lebhafter feuriger Fantasie ist, wie du mein Freund, wohl dahin gebracht werden kann, alles für eine Erscheinung aus irgendeinem tollen Märchen zu halten. Höre also! – Sein Kabriolett hat die Form einer Muschel und ist über und über versilbert, zwischen den Rädern ist eine Drehorgel angebracht, welche, sowie der Wagen fährt, von selbst spielt. Das, was du für einen Silberfasan hieltest, war gewiß sein kleiner weißgekleideter Jockey, so wie du gewiß die Blätter des ausgespreiteten Sonnenschirms für die Flügeldecken eines Goldkäfers hieltest. Seinen beiden weißen Pferdchen läßt er große Hörner anschrauben, damit es nur recht fabelhaft aussehn soll. Übrigens ist es richtig, daß der Doktor Alpanus ein schönes spanisches Rohr trägt mit einem herrlich funkelnden Kristall, der oben darauf sitzt als Knopf und von dessen wunderlicher Wirkung man viel Fabelhaftes erzählt oder vielmehr lügt. Den Strahl dieses Kristalls soll nämlich kaum ein Auge ertragen. Verhüllt ihn der Doktor mit einem dünnen Schleier und richtet man nun den festen Blick darauf, so soll das Bild der Person, das man in dem innersten Gedanken trägt, außerhalb wie in einem Hohlspiegel erscheinen.«

»In der Tat«, fiel Balthasar dem Freunde ins Wort, »in der Tat? Erzählt man das? – Was spricht man denn wohl noch weiter von dem Herrn Doktor Prosper Alpanus?«

»Ach«, erwiderte Fabian, »verlange doch nur nicht, daß ich von den tollen Fratzen und Possen viel reden soll. Du weißt ja, daß es noch bis jetzt abenteuerliche Leute gibt, die, der gesunden Vernunft entgegen, an alle sogenannte Wunder alberner Ammenmärchen glauben.«

»Ich will dir gestehen«, fuhr Balthasar fort, »daß ich genötigt bin, mich selbst zu der Partie dieser abenteuerlichen Leute ohne gesunde Vernunft zu schlagen. Versilbertes Holz ist kein glänzendes durchsichtiges Kristall, eine Drehorgel tönt nicht wie eine Harmonika, ein Silberfasan ist kein Jockey und ein Sonnenschirm kein Goldkäfer. Entweder war der wunderbare Mann, dem ich begegnete, nicht der Doktor Prosper Alpanus, von dem du sprichst, oder der Doktor herrscht wirklich über die außerordentlichsten Geheimnisse.«

»Um«, sprach Fabian, »um dich ganz von deinen seltsamen Träumereien zu heilen, ist es am besten, daß ich dich geradezu hinführe zu dem Doktor Prosper Alpanus. Dann wirst du es selbst verspüren, daß der Herr Doktor ein ganz gewöhnlicher Arzt ist, und keineswegs spazierenfährt mit Einhörnern, Silberfasanen und Goldkäfern.«

»Du sprichst«, erwiderte Balthasar, indem ihm die Augen hell auffunkelten, »du sprichst, mein Freund, den innigsten Wunsch meiner Seele aus. – Wir wollen uns nur gleich auf den Weg machen.«

Bald standen sie vor dem verschlossenen Gattertor des Parks, in dessen Mitte das Landhaus des Doktor Alpanus lag. »Wie kommen wir nur hinein«, sprach Fabian. »Ich denke, wir klopfen«, erwiderte Balthasar und faßte den metallenen Klöpfel, der dicht beim Schlosse angebracht war.

Sowie er den Klöpfel aufhob, begann ein unterirdisches Murmeln wie ein ferner Donner und schien zu verhallen in der tiefsten Tiefe. Das Gattertor drehte sich langsam auf, sie traten ein, und wanderten fort durch einen langen, breiten Baumgang, durch den sie das Landhaus erblickten. »Spürst du«, sprach Fabian, »hier etwas Außerordentliches, Zauberisches?« »Ich dächte«, erwiderte Balthasar, »die Art, wie sich das Gattertor öffnete, wäre doch nicht so ganz gewöhnlich gewesen, und dann weiß ich nicht, wie mich hier alles so wunderbar, so magisch anspricht. – Gibt es denn wohl auf weit und breit solche herrlichen Bäume, als eben hier in diesem Park? – Ja mancher Baum, manches Gebüsch scheint ja mit seinen glänzenden Stämmen und smaragdenen Blättern einem fremden unbekannten Lande anzugehören.« –

Fabian bemerkte zwei Frösche von ungewöhnlicher Größe, die schon von dem Gattertor an zu beiden Seiten der Wandelnden mitgehüpft waren. »Schöner Park«, rief Fabian, »in dem es solch Ungeziefer gibt!« und bückte sich nieder, um einen kleinen Stein aufzuheben, mit dem er nach den lustigen Fröschen zu werfen gedachte. Beide sprangen ins Gebüsch und guckten ihn mit glänzenden menschlichen Augen an. »Wartet, wartet!« rief Fabian, zielte nach dem einen und warf. In dem Augenblick quäkte aber ein kleines häßliches Weib, das am Wege saß: »Grobian! schmeiß Er nicht ehrliche Leute, die hier im Garten mit saurer Arbeit ihr bißchen Brot verdienen müssen.« – »Komm nur, komm«, murmelte Balthasar entsetzt, denn er merkte wohl, daß der Frosch sich gestaltet zum alten Weibe. Ein Blick ins Gebüsch überzeugte ihn, daß der andere Frosch, jetzt ein kleines Männlein geworden, sich mit Ausjäten des Unkrauts beschäftigte. –

Vor dem Landhause befand sich ein großer schöner Rasenplatz, auf dem die beiden Einhörner weideten, während die herrlichsten Akkorde in den Lüften erklangen.

»Siehst du wohl, hörst du wohl?« sprach Balthasar.

»Ich sehe nichts weiter«, erwiderte Fabian, »als zwei kleine Schimmel, die Gras fressen, und was so in den Lüften tönt, sind wahrscheinlich aufgehängte Äolsharfen.«

Die herrliche einfache Architektur des mäßig großen, einstöckigen Landhauses entzückte den Balthasar. Er zog an der Klingelschnur, sogleich ging die Türe auf, und ein großer straußartiger, ganz goldgelb gleißender Vogel stand als Portier vor den Freunden.

»Nun, seh«, sprach Fabian zu Balthasar, »nun seh einmal einer die tolle Livree! – Will man auch nachher dem Kerl ein Trinkgeld geben, hat er wohl eine Hand, es in die Westentasche zu schieben?«

Und damit wandte er sich zu dem Strauß, packte ihn bei den glänzenden Pflaumfedern, die unter dem Schnabel an der Kehle wie ein reiches Jabot sich aufplusterten, und sprach: »Meld Er uns bei dem Herrn Doktor, mein charmanter Freund!« – Der Strauß sagte aber nichts als: »*Quirrrr*« – und biß den Fabian in den Finger. »Tausend Sapperment«, schrie Fabian, »der Kerl ist doch wohl am Ende ein verfluchter Vogel!«

In demselben Augenblick ging eine innere Türe auf, und der Doktor selbst trat den Freunden entgegen. – Ein kleiner dünner blasser Mann! – Er trug ein kleines samtnes Mützchen auf dem Haupte, unter dem schönes Haar in langen Locken hervorströmte, ein langes erdgelbes indisches Gewand und kleine rote Schnürstiefelchen, ob mit buntem Pelz oder dem glänzenden Federbalg eines Vogels besetzt, war nicht zu unterscheiden. Auf seinem Antlitz lag die Ruhe, die Gutmütigkeit selbst, nur schien es seltsam, daß, wenn man ihn recht nahe, recht scharf anblickte, es war, als schaue aus dem Gesicht noch ein kleineres Gesichtchen wie aus einem gläsernen Gehäuse heraus.

»Ich erblickte«, sprach nun leise und etwas gedehnt mit anmutigem Lächeln Prosper Alpanus, »ich erblickte Sie, meine Herrn! aus dem Fenster, ich wußte auch wohl schon früher, wenigstens was Sie betrifft, lieber Herr Balthasar, daß Sie zu mir kommen würden. – Folgen Sie mir gefälligst!« –

Prosper Alpanus führte sie in ein hohes rundes Zimmer, ringsumher mit himmelblauen Gardinen behängt. Das Licht fiel durch ein oben in der Kuppel angebrachtes Fenster herab und warf seine Strahlen auf den glänzend polierten von einer Sphinx getragenen Marmortisch, der mitten im Zimmer stand. Sonst war durchaus nichts Außerordentliches in dem Gemach zu bemerken.

»Worin kann ich Ihnen dienen?« fragte Prosper Alpanus.

Da faßte sich Balthasar zusammen, erzählte, was sich mit dem kleinen Zinnober begeben von seinem ersten Erscheinen in Kercpes an, und schloß mit der Versicherung, wie in ihm der feste Gedanke aufgegangen, daß er, Prosper Alpanus, der wohltätige Magus sei, der Zinnobers verworfenem, abscheulichem Zauberwerk Einhalt tun werde.

Prosper Alpanus blieb schweigend in tiefen Gedanken stehen. Endlich, nachdem wohl ein paar Minuten vergangen, begann er mit ernster Miene und tiefem Ton: »Nach allem, was Sie mir erzählt, Balthasar! Unterliegt es gar keinem Zweifel, daß es mit dem kleinen Zinnober eine besondere geheimnisvolle Bewandtnis hat. – Aber man muß fürs erste den Feind kennen, den man bekämpfen, die Ursache wissen, deren Wirkung man zerstören will. – Es steht zu vermuten, daß der kleine Zinnober nichts anders ist, als ein Wurzelmännlein. Wir wollen doch gleich nachsehen.«

Damit zog Prosper Alpanus an einer von den seidenen Schnüren, die rundumher an der Decke des Zimmers herabhingen. Eine Gardine rauschte auseinander, große Folianten in ganz vergoldeten Einbänden wurden sichtbar und eine zierliche luftig leichte Treppe von Zedernholz rollte hinab. Prosper Alpanus stieg diese Treppe heran und holte aus der obersten Reihe einen Folianten, den er auf den Marmortisch legte, nachdem er ihn mit einem großen Büschel blinkender Pfauenfedern sorgfältig abgestäubt. »Dies Werk«, sprach er dann, »handelt von den Wurzelmännern, die sämtlich darin abgebildet; vielleicht finden Sie Ihren feindlichen Zinnober darunter, und dann ist er in unsere Hände geliefert.«

Als Prosper Alpanus das Buch aufschlug, erblickten die Freunde eine Menge sauber illuminierter Kupfertafeln, die die allerverwunderlichsten mißgestaltesten Männlein mit den tollsten Fratzengesichtern darstellten, die man nur sehen konnte. Aber sowie Prosper eins dieser Männlein auf dem Blatt berührte, wurde es lebendig, sprang heraus und gaukelte und hüpfte auf dem Marmortisch gar possierlich umher, und schnippte mit den Fingerchen und machte mit den krummen Beinchen die allerschönsten Pirouetten und Entrechats, und sang dazu

Quirr, Quapp, Pirr, Papp, bis es Prosper bei dem Kopfe ergriff und wieder ins Buch legte, wo es sich alsbald ausglättete und ausplättete zum bunten Bilde.

Auf dieselbe Weise wurden alle Bilder des Buchs durchgesehen, aber so oft schon Balthasar rufen wollte: »Dies ist er, dies ist Zinnober!« so mußte er doch, genauer hinblickend, zu seinem Leidwesen wahrnehmen, daß das Männlein keineswegs Zinnober war.

»Das ist doch wunderlich genug«, sprach Prosper Alpanus, als das Buch zu Ende. – »Doch«, fuhr er fort, »mag Zinnober vielleicht gar ein Erdgeist sein. Sehen wir nach.«

Damit hüpfte er mit seltener Behendigkeit abermals die Zederntreppe herauf, holte einen andern Folianten, stäubte ihn säuberlich ab, legte ihn auf den Marmortisch und schlug ihn auf, sprechend: »Dies Werk handelt von den Erdgeistern, vielleicht haschen wir den Zinnober in diesem Buche.« Die Freunde erblickten wiederum eine Menge sauber illuminierter Kupfertafeln, die abscheulich häßliche braungelbe Unholde darstellten. Und wie sie Prosper Alpanus berührte, erhoben sie weinerlich quäkende Klagen, und krochen endlich schwerfällig heraus und wälzten sich knurrend und ächzend auf dem Marmortische herum, bis der Doktor sie wieder hineindrückte ins Buch.

Auch unter diesen hatte Balthasar den Zinnober nicht gefunden.

»Wunderlich, höchst wunderlich«, sprach der Doktor, und versank in stummes Nachdenken.

»Der Käferkönig«, fuhr er dann fort, »der Käferkönig kann es nicht sein, denn der ist, wie ich gewiß weiß, eben jetzt anderswo beschäftigt; Spinnenmarschall auch nicht, denn Spinnenmarschall ist zwar häßlich, aber verständig und geschickt, lebt auch von seiner Hände Arbeit, ohne sich andrer Taten anzumaßen. – Wunderlich – sehr wunderlich –«

Er schwieg wieder einige Minuten, so daß man allerlei wunderbare Stimmen, die bald in einzelnen Lauten, bald in vollen anschwellenden Akkorden ringsumher ertönten, deutlich vernahm. »Sie haben überall und immerfort recht artige Musik, lieber Herr Doktor«, sprach Fabian. Prosper Alpanus schien gar nicht auf Fabian zu achten, er faßte nur den Balthasar ins Auge, indem er erst beider Arme nach ihm ausstreckte und dann die Fingerspitzen gegen ihn hin bewegte, als besprenge er ihn mit unsichtbaren Tropfen.

Endlich faßte der Doktor Balthasars beide Hände und sprach mit freundlichem Ernst: »Nur die reinste Konsonanz des psychischen Prinzips im Gesetz des Dualismus begünstigt die Operation, die ich jetzt unternehmen werde. Folgen Sie mir!«

Die Freunde folgten dem Doktor durch mehrere Zimmer, die außer einigen seltsamen Tieren, die sich mit Lesen – Schreiben – Malen – Tanzen beschäftigten, eben nichts Merkwürdiges enthielten, bis sich zwei Flügeltüren öffneten, und die Freunde vor einen dichten Vorhang traten, hinter den Prosper Alpanus verschwand, und sie in dicker Finsternis ließ. Der Vorhang rauschte auseinander, und die Freunde befanden sich in einem, wie es schien, eirunden Saal, in dem ein magisches Helldunkel verbreitet. Es war, betrachtete man die Wände, als verlöre sich der Blick in unabsehbare grüne Haine und Blumenauen mit plätschernden Quellen und Bächen. Der geheimnisvolle Duft eines unbekannten Aroma wallte auf und nieder und schien die süßen Töne der Harmonika hin und her zu tragen. Prosper Alpanus erschien ganz weiß gekleidet wie ein Brahmin und stellte in die Mitte des Saals einen großen runden Kristallspiegel, über den er einen Flor warf.

»Treten Sie«, sprach er dumpf und feierlich, »treten Sie vor diesen Spiegel, Balthasar, richten Sie Ihre festen Gedanken auf Candida – *wol-*

len Sie mit ganzer Seele, daß sie sich Ihnen zeige in dem Moment, der jetzt existiert in Raum und Zeit« –

Balthasar tat wie ihm geheißen, indem Prosper Alpanus sich hinter ihn stellte und mit beiden Händen Kreise um ihn beschrieb.

Wenige Sekunden hatte es gedauert, als ein bläulicher Duft aus dem Spiegel wallte. Candida, die holde Candida erschien in ihrer lieblichen Gestalt mit aller Fülle des Lebens! Aber neben ihr, dicht neben ihr saß der abscheuliche Zinnober und drückte ihr die Hände, küßte sie – Und Candida hielt den Unhold mit einem Arm umschlungen und liebkoste ihn! – Balthasar wollte laut aufschreien, aber Prosper Alpanus faßte ihn bei beiden Schultern hart an, und der Schrei erstickte in der Brust. »Ruhig«, sprach Prosper leise, »ruhig Balthasar! – Nehmen Sie dies Rohr und führen Sie Streiche gegen den Kleinen, doch ohne sich von der Stelle zu rühren.« Balthasar tat es, und gewahrte zu seiner Lust, wie der Kleine sich krümmte, umstülpte, sich auf der Erde wälzte! – In

der Wut sprang er vorwärts, da zerrann das Bild in Dunst und Nebel, und Prosper Alpanus riß den tollen Balthasar mit Gewalt zurück, laut rufend: »Halten Sie ein! – zerschlagen Sie den magischen Spiegel, so sind wie alle verloren! – Wir wollen in das Helle zurück.« – Die Freunde verließen auf des Doktors Geheiß den Saal und traten in ein anstoßendes helles Zimmer.

»Dem Himmel«, rief Fabian tief Atem schöpfend, »dem Himmel sei gedankt, daß wir aus dem verwünschten Saal heraus sind. Die schwüle Luft hat mir beinahe das Herz abgedrückt, und dann die albernen Taschenspielereien dazu, die mir in tiefer Seele zuwider sind.« –

Balthasar wollte antworten, als Prosper Alpanus eintrat.

»Es ist«, sprach er, »es ist nunmehr gewiß, daß der mißgestaltete Zinnober weder ein Wurzelmann noch ein Erdgeist ist, sondern ein gewöhnlicher Mensch. Aber es ist eine geheime zauberische Macht im Spiele, die zu erkennen mir bis jetzt noch nicht gelungen, und eben deshalb kann ich auch noch nicht helfen – Besuchen Sie mich bald wieder, Balthasar, wir wollen dann sehen, was weiter zu beginnen. Auf Wiedersehen!«

»Also«, sprach Fabian dicht an den Doktor hinantretend, »also ein Zauberer sind Sie, Herr Doktor, und können mit all Ihrer Zauberkunst nicht einmal dem kleinen erbärmlichen Zinnober zu Leibe? – Wissen Sie wohl, daß ich Sie mitsamt Ihren bunten Bildern, Püppchen, magischen Spiegeln, mit all ihrem fratzenhaften Kram für einen rechten ausgemachten Scharlatan halte? – Der Balthasar, der ist verliebt und macht Verse, dem können Sie allerlei Zeug einreden, aber bei mir kommen Sie schlecht an! – Ich bin ein aufgeklärter Mensch und statuiere durchaus keine Wunder!«

»Halten Sie«, erwiderte Prosper Alpanus, indem er stärker und herzlicher lachte, als man es ihm nach seinem ganzen Wesen wohl zutrauen konnte, »halten Sie das wie Sie wollen. Aber – bin ich gleich nicht eben ein Zauberer, so gebiete ich doch über hübsche Kunststückchen« –

»Aus Wieglebs Magie wohl oder sonst!« – rief Fabian. »Nun da finden Sie an unserm Professor Mosch Terpin Ihren Meister und dürfen sich mit ihm nicht vergleichen, denn der ehrliche Mann zeigt uns immer, daß alles natürlich zugeht und umgibt sich gar nicht mit solcher geheimnisvoller Wirtschaft, als Sie, mein Herr Doktor. – Nun, ich empfehle mich Ihnen gehorsamst!«

»Ei«, sprach der Doktor, »Sie werden doch nicht so im Zorn von mir scheiden?«

Und damit strich er dem Fabian an beiden Armen einigemal leise herab von der Schulter bis zum Handgelenk, daß diesem ganz besonders zumute wurde und er beklommen rief: »Was machen Sie denn, Herr Doktor!« – »Gehen Sie meine Herrn«, sprach der Doktor, »Sie Herr Balthasar hoffe ich recht bald wiederzusehen. – Bald wird die Hülfe gefunden sein!«

»Er bekommt *doch* kein Trinkgeld, mein Freund«, rief Fabian im Herausgehen dem goldgelben Portier zu, und faßte ihm nach dem Jabot. Der Portier sagte aber wieder nichts als: »Quirrr «, und biß abermals den Fabian in den Finger.

»Bestie!« rief Fabian, und rannte von dannen.

Die beiden Frösche ermangelten nicht, die beiden Freunde höflich zu geleiten bis ans Gattertor, das sich mit einem dumpfen Donner öffnete und schloß. – »Ich weiß«, sprach Balthasar, als er auf der Landstraße hinter dem Fabian herwandelte, »ich weiß gar nicht Bruder, was du heute für einen seltsamen Rock angezogen hast mit solch entsetzlich langen Schößen und solch kurzen Ärmeln.«

Fabian gewahrte zu seinem Erstaunen, daß sein kurzes Röckchen hinterwärts bis zur Erde herabgewachsen, daß dagegen die sonst über die Gnüge langen Ärmel hinaufgeschrumpft waten bis an die Ellbogen.

»Tausend Donner, was ist das!« rief er, und zog und zupfte an den Ärmeln und rückte die Schultern. Das schien auch zu helfen, aber wie sie nun durchs Stadttor gingen, so schrumpften die Ärmel herauf, so wuchsen die Rockschöße, daß alles Ziehens und Zupfens und Rükkens ungeachtet die Ärmel bald hoch oben an der Schulter saßen, Fabians nackte Arme preisgebend, daß bald sich ihm eine Schleppe nachwälzte, länger und länger sich dehnend. Alle Leute standen still und lachten aus vollem Halse, die Straßenbuben rannten dutzendweise jubelnd und jauchzend über den langen Talar und rissen Fabian um, und wie er sich wieder aufraffte, fehlte kein Stückchen von der Schleppe, nein! – sie war noch länger geworden. Und immer toller und toller wurde Gelächter, Jubel und Geschrei, bis sich endlich Fabian halb wahnsinnig in ein offnes Haus stürzte. – Sogleich war auch die Schleppe verschwunden.

Balthasar hatte gar nicht Zeit, sich über Fabians seltsame Verzauberung viel zu verwundern; denn der Referendarius Pulcher faßte ihn, riß ihn fort in eine abgelegene Straße und sprach: »Wie ist es möglich, daß du nicht schon fort bist, daß du dich hier noch sehen lassen kannst, da der Pedell mit dem Verhaftsbefehl dich schon verfolgt.« – »Was ist das, wovon sprichst du?« fragte Balthasar voll Erstaunen. »So weit«, fuhr der Referendarius fort, »so weit riß dich der Wahnsinn der Eifersucht hin, daß du das Hausrecht verletztest, feindlich einbrechend in Mosch Terpins Haus, daß du den Zinnober überfielst bei seiner Braut, daß du den mißgestalteten Däumling halbtot prügeltest!« – »Ich bitte dich«, schrie Balthasar, »den ganzen Tag war ich ja nicht in Kerepes, schändliche Lügen.« – »O still still«, fiel ihm Pulcher ins Wort, »Fabians toller unsinniger Einfall, ein Schleppkleid anzuziehen, rettet dich. Niemand achtet jetzt deiner! – Entziehe dich nur der schimpflichen Verhaftung, das übrige wollen wir denn schon ausfechten. Du darfst nicht mehr in deine Wohnung! – Gib mir die Schlüssel, ich schicke dir alles nach. – Fort nach Hoch-Jakobsheim!«

Und damit riß der Referendarius den Balthasar fort durch entlegene Gassen, durchs Tor hin nach dem Dorfe Hoch-Jakobsheim, wo der berühmte Gelehrte Ptolomäus Philadelphus sein merkwürdiges Buch über die unbekannte Völkerschaft der Studenten schrieb.

Sechstes Kapitel

Wie der Geheime Spezialrat Zinnober in seinem Garten frisiert wurde und im Grase ein Taubad nahm. – Der Orden des grüngefleckten Tigers. – Glücklicher Einfall eines Theaterschneiders. – Wie das Fräulein von Rosenschön sich mit Kaffee begoß und Prosper Alpanus ihr seine Freundschaft versicherte.

Der Professor Mosch Terpin schwamm in lauter Wonne. »Konnte«, sprach er zu sich selbst, »konnte mir denn etwas Glücklicheres begegnen, als daß der vortreffliche Geheime Spezialrat in mein Haus kam als

Studiosus? – Er heiratet meine Tochter – er wird mein Schwiegersohn, durch ihn erlange ich die Gunst des vortrefflichen Fürsten Barsanuph und steige nach auf der Leiter, die mein herrliches Zinnoberchen hinaufklimmt. – Wahr ist es, daß es mir oft selbst unbegreiflich vorkommt, wie das Mädchen, die Candida, so ganz und gar vernarrt sein kann in den Kleinen. Sonst sieht das Frauenzimmer wohl mehr auf ein hübsches Äußere, als auf besondere Geistesgaben, und schaue ich denn nun zuweilen das Spezialmännlein an, so ist es mir, als ob er nicht ganz hübsch zu nennen – sogar – *bossu* – still – St – St – die Wände haben Ohren – Er ist des Fürsten Liebling, wird immer höher steigen – höher hinauf, und ist mein Schwiegersohn!« –

Mosch Terpin hatte recht, Candida äußerte die entschiedenste Neigung für den Kleinen, und sprach, gab hie und da einer, den Zinnobers seltsamer Spuk nicht berückt hatte, zu verstehen, daß der Geheime Spezialrat doch eigentlich ein fatales mißgestaltetes Ding sei, sogleich von den wunderschönen Haaren, womit ihn die Natur begabt.

Niemand lächelte aber, wenn Candida also sprach, hämischer, als der Referendarius Pulcher.

Dieser stellte dem Zinnober nach auf Schritten und Tritten, und hierin stand ihm getreulich der Geheime Sekretär Adrian bei, eben derselbe junge Mensch, den Zinnobers Zauber beinahe aus dem Bureau des Ministers verdrängt hätte, und der des Fürsten Gunst nur durch die vortreffliche Fleckkugel wiedergewann, die er ihm überreichte.

Der Geheime Spezialrat Zinnober bewohnte ein schönes Haus mit einem noch schöneren Garten, in dessen Mitte sich ein mit dichtem Gebüsch umgebener Platz befand, auf dem die herrlichsten Rosen blühten. Man hatte bemerkt, daß allemal den neunten Tag Zinnober bei Tagesanbruch leise aufstand, sich, so sauer es ihm werden mochte, ohne alle Hülfe des Bedienten ankleidete, in den Garten hinabstieg und in den Gebüschen verschwand, die jenen Platz umgaben.

Pulcher und Adrian, irgendein Geheimnis ahnend, wagten es in einer Nacht, als Zinnober, wie sie von seinem Kammerdiener erfahren, vor neun Tagen jenen Platz besucht hatte, die Gartenmauer zu übersteigen und sich in den Gebüschen zu verbergen.

Kaum war der Morgen angebrochen, als sie den Kleinen daherwandeln sahen, schnupfend und prustend, weil ihm, da er mitten durch ein

Blumenbeet ging, die tauichten Halme und Stauden um die Nase schlugen.

Als er auf dem Rasenplatz bei den Rosen angekommen, ging ein süßtönendes Wehen durch die Büsche und durchdringender wurde der Rosenduft. Eine schöne verschleierte Frau mit Flügeln an den Schultern schwebte herab, setzte sich auf den zierlichen Stuhl, der mitten unter den Rosenbüschen stand, nahm mit den leisen Worten: »Komm mein liebes Kind«, den kleinen Zinnober und kämmte ihm mit einem

goldenen Kamm sein langes Haar, das den Rücken hinabwallte. Das schien dem Kleinen sehr wohlzutun, denn er blinzelte mit den Äugelein und streckte die Beinchen lang aus, und knurrte und murrte beinahe wie ein Kater. Das hatte wohl fünf Minuten gedauert, da strich noch einmal die zauberische Frau mit einem Finger dem Kleinen die Scheitel entlang, und Pulcher und Adrian gewahrten einen schmalen feuerfarb glänzenden Streif auf dem Haupte Zinnobers. Nun sprach die Frau: »Lebe wohl, mein süßes Kind! – Sei klug, sei klug, so wie du kannst!« Der Kleine sprach: »Adieu Mütterchen, klug bin ich genug, du brauchst mir das gar nicht so oft zu wiederholen.«

Die Frau erhob sich langsam und verschwand in den Lüften. –

Pulcher und Adrian waren starr vor Erstaunen. Als nun aber Zinnober davonschreiten wollte, sprang der Referendarius hervor und rief laut: »Guten Morgen, Herr Geheimer Spezialrat! ei, wie schön haben Sie sich frisieren lassen!« Zinnober schaute sich um, und wollte, als er den Referendarius erblickte, schnell davonrennen. Ungeschickt und schwächlich auf den Beinchen, wie er nun aber war, stolperte er und fiel in das hohe Gras, das die Halme über ihn zusammenschlug, und er lag im Taubade. Pulcher sprang hinzu und half ihm auf die Beine, aber Zinnober schnarrte ihn an: »Herr, wie kommen Sie hier in meinen Garten! scheren Sie sich zum Teufel!« Und damit hüpfte und rannte er, so rasch er nur vermochte, hinein ins Haus.

Pulcher schrieb dem Balthasar diese wunderbare Begebenheit und versprach seine Aufmerksamkeit auf das kleine zauberische Ungetüm zu verdoppeln. Zinnober schien über das, was ihm widerfahren, trostlos. Er ließ sich zu Bette bringen und stöhnte und ächzte so, daß die Kunde, wie er plötzlich erkrankt, bald zum Minister Mondschein, bald zum Fürsten Barsanuph gelangte.

Fürst Barsanuph schickte sogleich seinen Leibarzt zu dem kleinen Liebling.

»Mein vortrefflichster Geheimer Spezialrat«, sprach der Leibarzt, als er den Puls befühlt, »Sie opfern sich auf für den Staat. Angestrengte Arbeit hat Sie aufs Krankenbett geworfen, anhaltendes Denken Ihnen das unsägliche Leiden verursacht, das Sie empfinden müssen. Sie sehen im Antlitz sehr blaß und eingefallen aus, aber Ihr wertes Haupt glüht schrecklich! – Ei ei! – doch keine Gehirnentzündung? Sollte das Wohl des Staats dergleichen hervorgebracht haben? Kaum möglich – Erlauben Sie doch!« –

Der Leibarzt mochte wohl denselben roten Streif auf Zinnobers Haupte gewahren, den Pulcher und Adrian entdeckt hatten. Er wollte, nachdem er einige magnetische Striche aus der Ferne versucht, den Kranken auch verschiedentlich angehaucht, worüber dieser merklich mauzte und quinkelierte, nun mit der Hand hinfahren über das Haupt, und berührte dasselbe unversehens. Da sprang Zinnober schäumend vor Wut in die Höhe und gab mit seinem kleinen Knochenhändchen dem Leibarzt, der sich gerade ganz über ihn hingebeugt, eine solche derbe Ohrfeige, daß es im ganzen Zimmer widerhallte.

»Was wollen Sie«, schrie Zinnober, »was wollen Sie von mir, was krabbeln Sie mir herum auf meinem Kopfe! Ich bin gar nicht krank, ich bin gesund, ganz gesund, werde gleich aufstehen und zum Minister fahren in die Konferenz; scheren Sie sich fort!« –

Der Leibarzt eilte ganz erschrocken von dannen. Als er aber dem Fürsten Barsanuph erzählte, wie es ihm ergangen, rief dieser entzückt aus: »Was für ein Eifer für den Dienst des Staats! – welche Würde, welche Hoheit im Betragen! – welch ein Mensch, dieser Zinnober!« –

»Mein bester Geheimer Spezialrat«, sprach der Minister Prätextatus von Mondschein zu dem kleinen Zinnober, »wie herrlich ist es, daß Sie Ihrer Krankheit nicht achtend in die Konferenz kommen. Ich habe in der wichtigen Angelegenheit mit dem Kakatukker Hofe ein Memoire entworfen – *selbst* entworfen, und bitte, daß *Sie* es dem Fürsten vortragen, denn Ihr geistreicher Vortrag hebt das Ganze, für dessen Verfasser mich dann der Fürst anerkennen soll.« – Das Memoire, womit Prätextatus glänzen wollte, hatte aber niemand anders verfaßt, als Adrian.

Der Minister begab sich mit dem Kleinen zum Fürsten. – Zinnober zog das Memoire, das ihm der Minister gegeben, aus der Tasche, und fing an zu lesen. Da es damit aber nun gar nicht recht gehen wollte und er nur lauter unverständliches Zeug murrte und schnurrte, nahm ihm der Minister das Papier aus den Händen und las selbst.

Der Fürst schien ganz entzückt, er gab seinen Beifall zu erkennen, ein Mal über das andere rufend: »Schön – gut gesagt – herrlich – treffend!« –

Sowie der Minister geendet, schritt der Fürst geradezu los auf den kleinen Zinnober, hob ihn in die Höhe, drückte ihn an seine Brust, gerade dahin, wo ihm (dem Fürsten) der große Stern des grüngefleckten Tigers saß, und stammelte und schluchzte, während ihm häufig Tränen aus den Augen flossen: »Nein! – solch ein Mann – solch ein Talent! – solcher Eifer – solche Liebe – es ist zu viel – zu viel!« Dann gefaßter: »Zinnober! – ich erhebe Sie hiermit zu meinem Minister! – Bleiben Sie dem Vaterlande hold und treu, bleiben Sie ein wackrer Diener der Barsanuphe, von denen Sie geehrt – geliebt werden.« Und nun sich mit verdrüßlichem Blick zum Minister wendend: »Ich bemerke, lieber Baron von Mondschein, daß seit einiger Zeit Ihre Kräfte nachlassen. Ruhe auf Ihren Gütern wird Ihnen heilbringend sein! – Leben Sie wohl!« –

Der Minister von Mondschein entfernte sich, unverständliche Worte zwischen den Zähnen murmelnd und funkelnde Blicke werfend auf Zinnober, der sich nach seiner Art sein Stöckchen in den Rücken gestemmt, auf den Fußspitzen hoch in die Höhe hob und stolz und keck umherblickte.

»Ich muß«, sprach nun der Fürst, »ich muß Sie, mein lieber Zinnober, gleich Ihrem hohen Verdienst gemäß auszeichnen; empfangen Sie daher aus meinen Händen den Orden des grüngefleckten Tigers!«

Der Fürst wollte ihm nun das Ordensband, das er sich in der Schnelligkeit von dem Kammerdiener hatte reichen lassen, umhängen; aber Zinnobers mißgestalteter Körperbau bewirkte, daß das Band durchaus nicht normalmäßig sitzen wollte, indem es sich bald ungebührlich heraufschrob, bald ebenso hinabschlotterte.

Der Fürst war in dieser so wie in jeder andern solchen Sache, die das eigentlichste Wohl des Staats betraf, sehr genau. Zwischen dem Hüftknochen und dem Steißbein, in schräger Richtung drei Sechszehntel Zoll aufwärts vom letztern, mußte das am Bande befindliche Ordenszeichen des grüngefleckten Tigers sitzen. Das war nicht herauszubringen. Der Kammerdiener, drei Pagen, der Fürst legten Hand an, alles Mühen blieb vergebens. Das verräterische Band rutschte hin und her, und Zinnober begann unmutig zu quäken: »Was hantieren Sie doch so schrecklich an meinem Leibe herum, lassen Sie doch das dumme Ding hängen wie es will, Minister bin ich doch nun einmal und bleib es!«

»Wofür«, sprach nun der Fürst mit zorniger Stimme, »wofür habe ich denn Ordensräte, wenn rücksichts der Bänder solche tolle Einrichtungen existieren, die ganz meinem Willen entgegenlaufen? – Geduld, mein lieber Minister Zinnober! Bald soll das anders werden!«

Auf Befehl des Fürsten mußte sich nun der Ordensrat versammeln, dem noch zwei Philosophen, so wie ein Naturforscher, der eben vom Nordpol kommend durchreiste, beigesellt wurden, die über die Frage, wie auf die geschickteste Weise dem Minister Zinnober das Band des grüngefleckten Tigers anzubringen, beratschlagen sollten. Um für diese wichtige Beratung gehörige Kräfte zu sammeln, wurde sämtlichen Mitgliedern aufgegeben, acht Tage vorher nicht zu denken; um dies besser ausführen zu können, und doch tätig zu bleiben im Dienste des Staats, aber sich indessen mit dem Rechnungswesen zu beschäftigen. Die Straßen vor dem Palast, wo die Ordensräte, Philosophen und Naturforscher ihre Sitzung halten sollten, wurden mit dickem Stroh belegt, damit das Gerassel der Wagen die weisen Männer nicht störe, und eben daher durfte auch nicht getrommelt, Musik gemacht, ja nicht einmal laut gesprochen werden in der Nähe des Palastes. Im Palast selbst tappte alles auf dicken Filzschuhen umher und man verständigte sich durch Zeichen.

Sieben Tage hindurch vom frühesten Morgen bis in den späten Abend hatten die Sitzungen gedauert, und noch war an keinen Beschluß zu denken.

Der Fürst, ganz ungeduldig, schickte ein Mal über das andere hin und ließ ihnen sagen, es solle in des Teufels Namen ihnen doch endlich etwas Gescheites einfallen. Das half aber ganz und gar nichts.

Der Naturforscher hatte soviel wie möglich Zinnobers Natur erforscht, Höhe und Breite seines Rückenauswuchses genommen und die genaueste Berechnung darüber dem Ordensrat eingereicht. Er war es auch, der endlich vorschlug, ob man nicht den Theaterschneider bei der Beratung zuziehen wolle.

So seltsam dieser Vorschlag erscheinen mochte, wurde er doch in der Angst und Not, in der sich alle befanden, einstimmig angenommen.

Der Theaterschneider Herr Kees war ein überaus gewandter, pfiffiger Mann. Sowie ihm der schwierige Fall vorgetragen worden, sowie er die Berechnungen des Naturforschers durchgesehen, war er mit dem herrlichsten Mittel, wie das Ordensband zum normalmäßigen Sitzen gebracht werden könne, bei der Hand.

An Brust und Rücken sollten nämlich eine gewisse Anzahl Knöpfe angebracht und das Ordensband darangeknöpft werden. Der Versuch gelang über die Maßen wohl.

Der Fürst war entzückt, und billigte den Vorschlag des Ordensrates, den Orden des grüngefleckten Tigers nunmehr in verschiedene Klassen zu teilen, nach der Anzahl der Knöpfe, womit er gegeben wurde. Z B. Orden des grüngefleckten Tigers mit zwei Knöpfen – mit drei Knöpfen etc. Der Minister Zinnober erhielt als ganz besondere Auszeichnung, die sonst kein anderer verlangen könne, den Orden mit zwanzig brillantierten Knöpfen, denn gerade zwanzig Knöpfe erforderte die wunderliche Form seines Körpers.

Der Schneider Kees erhielt den Orden des grüngefleckten Tigers mit zwei goldnen Knöpfen, und wurde, da der Fürst ihn seines glücklichen Einfalls ungeachtet für einen schlechten Schneider hielt und sich daher nicht von ihm kleiden lassen wollte, zum Wirklichen Geheimen Groß-Kostümierer des Fürsten ernannt. –

Aus dem Fenster seines Landhauses sah der Doktor Prosper Alpanus gedankenvoll herab in seinen Park. Er hatte die ganze Nacht hindurch sich damit beschäftigt, Balthasars Horoskop zu stellen und manches dabei herausgebracht, was sich auf den kleinen Zinnober bezog. Am wichtigsten war ihm aber das, was sich mit dem Kleinen im Garten begeben, als er von Adrian und Pulcher belauscht wurde. Eben wollte Prosper Alpanus seinen Einhörnern zurufen, daß sie die Muschel herbeiführen möchten, weil er fort wolle nach Hoch-Jakobsheim, als ein Wagen daherrasselte und vor dem Gattertor des Parks stillhielt. Es hieß, das Stiftsfräulein von Rosenschön wünsche den Herrn Doktor zu sprechen. »Sehr willkommen«, sprach Prosper Alpanus, und die Dame trat hinein. Sie trug ein langes schwarzes Kleid und war in Schleier gehüllt wie eine Matrone. Prosper Alpanus, von einer seltsamen Ahnung ergriffen, nahm sein Rohr und ließ die funkelnden Strahlen des Knopfs auf die Dame fallen. Da war es, als zuckten Blitze um sie her, und sie stand da im weißen durchsichtigen Gewande, glänzende Libellenflügel an den Schultern, weiße und rote Rosen durch das Haar geflochten. – »Ei, ei«, lispelte Prosper, nahm das Rohr unter seinen Schlafrock, und sogleich stand die Dame wieder im vorigen Kostüm da.

Prosper Alpanus lud sie freundlich ein, sich niederzulassen. Fräulein von Rosenschön sagte nun, wie es längst ihre Absicht gewesen, den Herrn Doktor in seinem Landhause aufzusuchen, um die Bekanntschaft eines Mannes zu machen, den die ganze Gegend als einen hochbegabten, wohltätigen Weisen rühme. Gewiß werde er ihre Bitte gewähren, sich des nahe gelegenen Fräuleinstifts ärztlich anzunehmen, da die alten Damen darin oft kränkelten und ohne Hülfe blieben. Prosper Alpanus erwiderte höflich, daß er zwar schon längst die Praxis aufgegeben, aber doch ausnahmsweise die Stiftsdamen besuchen wolle, wenn es not täte, und fragte dann, ob sie selbst, das Fräulein von Rosenschön, vielleicht an irgendeinem Übel leide? Das Fräulein versicherte, daß sie nur dann und wann ein rheumatisches Zucken in den Gliedern fühle, wenn sie sich in der Morgenluft erkältet, jetzt aber ganz gesund sei; und begann irgendein gleichgültiges Gespräch. Prosper fragte, ob sie, da es noch früher Morgen, vielleicht eine Tasse Kaffee nehmen wolle; die Rosenschön meinte, daß Stiftsfräuleins dergleichen niemals verschmähten. Der Kaffee wurde gebracht, aber sosehr sich auch Prosper mühen mochte, einzuschenken, die Tassen blieben leer, ungeachtet der Kaffee aus der Kanne strömte. »Ei ei –« lächelte Prosper Alpanus, »das ist böser Kaffee! – Wollten Sie, mein bestes Fräulein, doch nur lieber selbst den Kaffee eingießen.«

»Mit Vergnügen«, erwiderte das Fräulein, und ergriff die Kanne. Aber ungeachtet kein Tropfen aus der Kanne quoll, wurde doch die Tasse voller und voller, und der Kaffee strömte über auf den Tisch, auf das Kleid des Stiftsfräuleins. – Sie setzte schnell die Kanne hin, sogleich war der Kaffee spurlos verschwunden. Beide, Prosper Alpanus und das Stiftsfräulein, schauten sich nun eine Weile schweigend an mit seltsamen Blicken.

»Sie waren«, begann nun die Dame, »Sie waren, mein Herr Doktor, gewiß mit einem sehr anziehenden Buche beschäftigt, als ich eintrat.«

»In der Tat«, erwiderte der Doktor, »enthält dieses Buch merkwürdige Dinge.«

Damit wollte er das kleine Buch in vergoldetem Einbande, das vor ihm auf dem Tische lag, aufschlagen. Doch das blieb ein ganz vergebliches Mühen, denn mit einem lauten Klipp Klapp schlug das Buch sich immer wieder zusammen. »Ei ei«, sprach Prosper Alpanus, »versuchen *Sie* sich doch mit dem eigensinnigen Dinge hier, mein wertes Fräulein!«

Er reichte der Dame das Buch hin, das, sowie sie es nur berührte, sich von selbst aufschlug. Aber alle Blätter lösten sich los und dehnten sich aus zum Riesenfolio und rauschten umher im Zimmer.

Erschrocken fuhr das Fräulein zurück. Nun schlug der Doktor das Buch zu mit Gewalt und alle Blätter verschwanden.

»Aber«, sprach nun Prosper Alpanus mit sanftem Lächeln, indem er sich von seinem Sitze erhob, »aber mein bestes gnädiges Fräulein, was verderben wir die Zeit mit solchen schnöden Tafelkünsten; denn anders als ordinäre Tafelkunststücke sind es doch nicht, die wir bis jetzt getrieben, schreiten wir doch lieber zu höheren Dingen.«

»Ich will fort!« rief das Fräulein, und erhob sich vom Sitze.

»Ei«, sprach Prosper Alpanus, »das möchte doch wohl nicht recht gut angehen ohne meinen Willen; denn meine Gnädige, ich muß es Ihnen nur sagen, Sie sind jetzt ganz und gar in meiner Gewalt.«

»In Ihrer Gewalt«, rief das Fräulein zornig, »in Ihrer Gewalt, Herr Doktor? – Törichte Einbildung!«

Und damit breitete sich ihr seidnes Kleid aus und sie schwebte als der schönste Trauermantel auf zur Decke des Zimmers. Doch sogleich sauste und brauste auch Prosper Alpanus ihr nach als tüchtiger Hirschkäfer. Ganz ermattet flatterte der Trauermantel herab und rannte als kleines Mäuschen auf dem Boden umher. Aber der Hirschkäfer sprang miauend und prustend ihm nach als grauer Kater. Das Mäuschen erhob sich wieder als glänzender Kolibri, da erhoben sich allerlei seltsame Stimmen rings um das Landhaus und allerlei wunderbare Insekten sumseten herbei, mit ihnen seltsames Waldgeflügel, und ein goldnes Netz spann sich um die Fenster. Da stand mit einemmal die Fee Rosabelverde in aller Pracht und Hoheit strahlend im glänzenden weißen Gewande, den funkelnden Diamantgürtel umgetan, weiße und rote Rosen durch die dunkeln Locken geflochten, mitten im Zimmer. Vor ihr der Magus im goldgestickten Talar, eine glänzende Krone auf dem Haupt, das Rohr mit dem feuerstrahlenden Knopf in der Hand.

Rosabelverde schritt zu auf den Magus, da entfiel ihrem Haar ein goldner Kamm und zerbrach, als sei er von Glas, auf dem Marmorboden.

»Weh mir! – weh mir!« rief die Fee.

Plötzlich saß wieder das Stiftsfräulein von Rosenschön im schwarzen langen Kleide am Kaffeetisch, und ihr gegenüber der Doktor Prosper Alpanus.

»Ich dächte«, sprach Prosper Alpanus sehr ruhig, indem er in die chinesischen Tassen den herrlichsten dampfenden Kaffee von Mokka ohne Hindernis einschenkte, »ich dächte, mein bestes gnädiges Fräulein, wir wüßten beide nun hinlänglich, wie wir miteinander daran sind. – Sehr leid tut es mir, daß Ihr schöner Haarkamm zerbrach auf meinem harten Fußboden.«

»Nur meine Ungeschicklichkeit«, erwiderte das Fräulein, mit Behagen den Kaffee einschlürfend, »ist schuld daran. Auf *diesen* Boden muß man sich hüten etwas fallen zu lassen, denn irr ich nicht, so sind diese Steine mit den wunderbarsten Hieroglyphen beschrieben, welche manchem nur gewöhnliche Marmoradern bedünken möchten.«

»Abgenutzte Talismane, meine Gnädige«, sprach Prosper, »abgenutzte Talismane sind diese Steine, nichts weiter.«

»Aber bester Doktor«, rief das Fräulein, »wie ist es möglich, daß wir uns nicht kennenlernten seit der frühesten Zeit, daß wir nicht ein einziges Mal zusammentrafen auf unseren Wegen?«

»Diverse Erziehung, beste Dame«, erwiderte Prosper Alpanus, »diverse Erziehung ist lediglich daran schuld! Während Sie als das hoffnungsvollste Mädchen in Dschinnistan sich ganz Ihrer reichen Natur, Ihrem glücklichen Genie überlassen konnten, war ich, ein trübseliger Student, in den Pyramiden eingeschlossen und hörte Kollegia bei dem Professor Zoroaster, einem alten Knasterbart, der aber verdammt viel wußte. Unter der Regierung des würdigen Fürsten Demetrius nahm ich meinen Wohnsitz in diesem kleinen anmutigen Ländchen.«

»Wie«, sprach das Fräulein, »und wurden nicht verwiesen, als Fürst Paphnutius die Aufklärung einführte.«

»Keineswegs«, antwortete Prosper, »es gelang mir vielmehr, mein eignes Ich ganz zu verhüllen, indem ich mich mühte, Aufklärungssachen betreffend, ganz besondere Kenntnisse zu beweisen in allerlei Schriften, die ich verbreitete. Ich bewies, daß ohne des Fürsten Willen es niemals donnern und blitzen müsse, und daß wir schönes Wetter und eine gute Ernte einzig und allein seinen und seiner Noblesse Bemühungen zu verdanken, die in den innern Gemächern darüber sehr weise beratschlagt, während das gemeine Volk draußen auf dem Acker gepflügt und gesäet. Fürst Paphnutius erhob mich damals zum Geheimen Oberaufklärungs-Präsidenten, eine Stelle, die ich mit meiner Hülle wie eine lästige Bürde abwarf, als der Sturm vorüber. – Insgeheim war ich nützlich wie ich konnte. Das heißt, was *wir*, ich und Sie, meine Gnädige, wahrhaft nützlich nennen. – Wissen Sie wohl, bestes Fräulein, daß *ich* es war, der Sie warnte vor dem Einbrechen der Aufklärungs-Polizei? – daß *ich* es bin, dem Sie noch das Besitztum der artigen Sächelchen verdanken, die Sie mir vorhin gezeigt? – O mein Gott! liebe Stiftsdame, schauen Sie doch nur aus diesen Fenstern! – Erkennen Sie denn nicht mehr diesen Park, in dem Sie so oft lustwandelten und mit den freundlichen Geistern sprachen, die in den Büschen – Blumen – Quellen wohnen? – Diesen Park hab ich gerettet durch meine Wissenschaft. Er steht noch da wie zur Zeit des alten Demetrius. Fürst Barsanuph bekümmert sich, dem Himmel sei es gedankt, nicht viel um das Zauberwesen, er ist ein leutseliger Herr und läßt jeden gewähren, jeden zaubern soviel er Lust hat, sobald er es sich nur nicht merken läßt und die Abgaben richtig zahlt. So leb ich hier, wie Sie, liebe Dame, in Ihrem Stift, glücklich und sorgenfrei!«

»Doktor«, rief das Fräulein, indem ihr die Tränen aus den Augen stürzten, »Doktor, was sagen Sie! – welche Aufklärungen! – Ja ich erkenne diesen Hain, wo ich die seligsten Freuden genoß! – Doktor! – edelster Mann, dem ich so viel zu verdanken! – Und Sie können meinen kleinen Schützling so hart verfolgen?«

»Sie haben«, erwiderte der Doktor, »Sie haben, mein bestes Fräulein, von Ihrer angebornen Gutmütigkeit hingerissen, Ihre Gaben an einen Unwürdigen verschleudert. Zinnober ist und bleibt, Ihrer gütigen Hülfe ungeachtet, ein kleiner mißgestalteter Schlingel, der nun, da der goldne Kamm zerbrochen, ganz in meine Hand gegeben ist.«

»Haben Sie Mitleid, o Doktor!« flehte das Fräulein.

»Aber schauen Sie doch nur gefälligst her«, sprach Prosper, indem er dem Fräulein Balthasars Horoskop, das er gestellt hatte, vorhielt.

Das Fräulein blickte hinein und rief dann voll Schmerz: »Ja! – wenn es so beschaffen ist, so muß ich wohl weichen der höheren Macht. – Armer Zinnober!«

»Gestehen Sie, bestes Fräulein«, sprach der Doktor lächelnd, »gestehen Sie, daß die Damen oft sich in dem Bizarrsten sehr wohl gefallen, den Einfall, den der Augenblick gebar, rastlos und rücksichtslos verfolgend und jedes schmerzliche Berühren anderer Verhältnisse nicht achtend! – Zinnober muß sein Schicksal verbüßen, aber *dann* soll er noch zu unverdienter Ehre gelangen. Damit huldige ich Ihrer Macht, Ihrer Güte, Ihrer Tugend, mein sehr wertes gnädigstes Fräulein!«

»Herrlicher, vortrefflicher Mann«, rief das Fräulein, »bleiben Sie mein Freund!«

»Immerdar«, erwiderte der Doktor. »Meine Freundschaft, meine innige Zuneigung zu Ihnen, holde Fee, wird nie aufhören. Wenden Sie sich getrost an mich in allen bedenklichen Fällen des Lebens, und – o trinken Sie Kaffee bei mir, sooft es Ihnen zu Sinne kommt.«

»Leben Sie wohl, mein würdigster Magus, nie werd ich Ihre Huld, nie diesen Kaffee vergessen!« So sprach das Fräulein und erhob sich, von innerer Rührung ergriffen, zum Scheiden.

Prosper Alpanus begleitete sie ans Gattertor, während alle wunderbare Stimmen des Waldes auf die lieblichste Weise erklangen.

Vor dem Tor stand, statt des Fräuleins Wagen, die mit den Einhörnern bespannte Kristall-Muschel des Doktors, hinter der der Goldkäfer seine glänzenden Flügel ausbreitete. Auf dem Bock saß der Silberfasan und guckte, die goldnen Zügel im Schnabel haltend, das Fräulein mit klugen Augen an.

In die seligste Zeit ihres herrlichsten Feenlebens fühlte sich die Stiftsdame versetzt, als der Wagen herrlich tönend durch den duftenden Wald rauschte.

Siebtes Kapitel

Wie der Professor Mosch Terpin im fürstlichen Weinkeller die Natur erforschte. – Mycetes Belzebub. – Verzweiflung des Studenten Balthasar. – Vorteilhafter Einfluß eines wohleingerichteten Landhauses auf das häusliche Glück. – Wie Prosper Alpanus dem Balthasar eine schildkrötene Dose überreichte und davonritt.

Balthasar, der sich in dem Dorfe Hoch-Jakobsheim versteckt hielt, bekam von dem Referendarius Pulcher aus Kerepes einen Brief des Inhalts: »Unsere Angelegenheiten, bester Freund Balthasar! gehen immer schlechter und schlechter. Unser Feind, der abscheuliche Zinnober, ist Minister der auswärtigen Angelegenheiten geworden und hat den großen Orden des grüngefleckten Tigers mit zwanzig Knöpfen erhalten. Er hat sich aufgeschwungen zum Liebling des Fürsten und setzt alles durch, was er will. Professor Mosch Terpin ist ganz außer sich, er bläht sich auf im dummen Stolz. Durch seines künftigen Schwiegersohns Vermittlung hat er die Stelle des Generaldirektors sämtlicher natürlicher Angelegenheiten im Staate erhalten, eine Stelle, die ihm viel Geld und eine Menge anderer Emolumente einbringt. Als benannter Generaldirektor zensiert und revidiert er die Sonnen- und Mondfinsternisse, so wie die Wetterprophezeiungen in den im Staate erlaubten Kalendern, und erforscht insbesondere die Natur in der Residenz und deren Bereich. Dieser Beschäftigung halber bekommt er aus den fürstlichen Waldungen das seltenste Geflügel, die raresten Tiere, die er, um eben ihre Natur zu erforschen, braten läßt und auffrißt. Ebenso schreibt er jetzt (wenigstens gibt er es vor) eine Abhandlung darüber, warum der Wein anders schmeckt als Wasser und auch andere Wirkungen äußert, die er seinem Schwiegersohn zueignen will. Zinnober hat es bewirkt, daß Mosch Terpin der Abhandlung wegen alle Tage im fürstlichen Weinkeller studieren darf. Er hat schon einen halben Oxhoft alten Rheinwein, so wie mehrere Dutzend Flaschen Champagner verstudiert, und ist jetzt an ein Faß Alikante geraten. – Der Kellermeister ringt die Hände! – So ist dem Professor, der, wie du weißt, das größte Leckermaul auf Erden, geholfen, und er würde das bequemste Leben von der Welt führen, müßte er oft nicht, wenn ein Hagelschlag die Felder verwüstet hat, plötzlich über Land, um den fürstlichen Pächtern zu erklären, warum es gehagelt hat, damit die dummen Teufel ein bißchen Wissenschaft bekommen, sich künftig vor dergleichen hüten können und nicht immer Erlaß der Pacht verlangen dürfen, einer Sache halber, die niemand verschuldet, als sie selbst.

Der Minister kann die Tracht Schläge, die Du ihm erteilt, nicht verwinden. Er hat Dir Rache geschworen. Du wirst Dich gar nicht mehr in Kerepes sehen lassen dürfen. Auch mich verfolgt er sehr, weil ich seine geheimnisvolle Art, sich von einer geflügelten Dame frisieren zu lassen, erlauscht habe. – Solange Zinnober des Fürsten Liebling bleibt, werde ich wohl auf keinen ordentlichen Posten Anspruch machen können. Mein Unstern will es, daß ich immer mit der Mißgeburt zusammengerate, wo ich es gar nicht ahne, und auf eine Weise, die mir fatal werden muß. Neulich ist der Minister in vollem Staat, mit Degen, Stern und Ordensband im zoologischen Kabinett, und hat sich nach seiner gewöhnlichen Weise, den Stock untergestemmt, auf den Fußspitzen schwebend, an den Glasschrank hingestellt, wo die seltensten amerikanischen Affen stehen. Fremde, die das Kabinett besehen, treten heran, und einer, den kleinen Wurzelmann erblikkend, ruft laut aus: ›Ei! – was für ein allerliebster Affe! – welch niedliches Tier! – die Zierde des ganzen Kabinetts! – Ei wie heißt das hübsche Äfflein? woher des Landes?‹

Da spricht der Aufseher des Kabinetts sehr ernsthaft, indem er Zinnobers Schulter berührt: ›Ja ein sehr schönes Exemplar, ein vortrefflicher Brasilianer, der sogenannte *Mycetes Belzebub – Simia Belzebub Linnei – niger, barbatus, podiis candaque apice brunneis* – Brüllaffe –‹

›Herr –‹ prustet nun der Kleine den Aufseher an, ›Herr, ich glaube Sie sind wahnsinnig oder neunmal des Teufels, ich bin kein *Belzebub caudaque* – kein Brüllaffe, ich bin Zinnober, der Minister Zinnober, Ritter des grüngefleckten Tigers mit zwanzig Knöpfen!‹ – Nicht weit davon stehe ich, und breche – hätt es das Leben gekostet auf der Stelle, ich konnte mich nicht zurückhalten – aus in ein wieherndes Gelächter.

›Sind Sie auch da, Herr Referendarius?‹ schnarcht er mich an, indem rote Glut aus seinen Hexenaugen funkelt.

Gott weiß, wie es kam, daß die Fremden ihn immerfort für den schönsten seltensten Affen hielten, den sie jemals gesehen, und ihn durchaus mit Lampertsnüssen füttern wollten, die sie aus der Tasche gezogen. Zinnober geriet nun so ganz außer sich, daß er vergebens nach Atem schnappte und die Beinchen ihm den Dienst versagten. Der herbeigerufene Kammerdiener mußte ihn auf den Arm nehmen und hinabtragen in die Kutsche.

Selbst kann ich mir aber nicht erklären, warum mir diese Geschichte einen Schimmer von Hoffnung gibt. Es ist der erste Tort, der dem kleinen verhexten Unding geschehen.

So viel ist gewiß, daß Zinnober neulich am frühen Morgen sehr verstört aus dem Garten gekommen ist. Die geflügelte Frau muß ausgeblieben sein, denn vorbei ist es mit den schönen Locken. Das Haar soll ihm struppig auf dem Rücken herabhängen und Fürst Barsanuph gesagt haben: ›Vernachlässigen Sie nicht so sehr Ihre Toilette, bester Minister, ich werde Ihnen meinen Friseur schikken!‹ worauf denn Zinnober sehr höflich geäußert, er werde den Kerl zum Fenster herausschmeißen lassen,

wenn er käme. ›Große Seele! man kommt Ihnen nicht bei‹, hat dann der Fürst gesprochen und dabei sehr geweint!

Lebe wohl, liebster Balthasar! gib nicht alle Hoffnung auf, und verstecke Dich gut, damit sie Dich nicht greifen!« –

Ganz in Verzweiflung darüber, was ihm der Freund geschrieben, rannte Balthasar tief hinein in den Wald und brach aus in laute Klagen. »Hoffen soll ich«, rief er, »hoffen soll ich noch, da jede Hoffnung verschwunden, da alle Sterne untergegangen und düstere – düstere Nacht mich Trostlosen umfängt? – Unseliges Verhängnis! – ich unterliege der finstren Macht, die verderblich in mein Leben getreten! – Wahnsinn, daß ich auf Rettung hoffte von Prosper Alpanus, von diesem Prosper Alpanus, der mich selbst mit höllischen Künsten verlockte und mich forttrieb von Kerepes, indem er die Prügel, die ich dem Spiegelbilde erteilen mußte, auf Zinnobers wahrhaftigen Rücken regnen ließ! – Ach Candida! – Könnt ich nur das Himmelskind vergessen! – Aber mächtiger, stärker als jemals glüht der Liebesfunke in mir! – Überall sehe ich die holde Gestalt der Geliebten, die mit süßem Lächeln sehnsüchtig die Arme nach mir ausstreckt! – Ich weiß es ja! – du liebst mich, holde süße Candida, und das ist eben mein hoffnungsloser tötender Schmerz, daß ich dich nicht zu retten vermag aus der heillosen Verzauberung, die dich befangen! – Verräterischer Prosper! Was tat ich dir, daß du mich so grausam äfftest!« –

Die tiefe Dämmerung war eingebrochen, alle Farben des Waldes schwanden hin in dumpfes Grau. Da war es, als leuchte ein besonderer Glanz wie aufflammender Abendschein durch Baum und Gebüsch, und tausend Insektlein erhoben sich mit rauschendem Flügelschlage sumsend in die Lüfte. Leuchtende Goldkäfer schwangen sich hin und her, und dazwischen flatterten buntgeputzte Schmetterlinge und streuten duftenden Blumenstaub um sich her. Das Wispern und Sumsen wurde zu sanfter, süßflüsternder Musik, die sich tröstend legte an Balthasars zerrissene Brust. Über ihm funkelte stärker strahlend der Glanz. Er schaute hinauf, und erblickte staunend Prosper Alpanus, der auf einem wunderbaren Insekt, das einer in den herrlichsten Farben prunkenden Libelle nicht unähnlich, daherschwebte.

Prosper Alpanus senkte sich herab zu dem Jüngling, an dessen Seite er Platz nahm, während die Libelle aufflog in ein Gebüsch und in den Gesang einstimmte, der durch den ganzen Wald tönte.

Er berührte des Jünglings Stirne mit den wundervoll glänzenden Blumen, die er in der Hand trug, und sogleich entzündete sich in Balthasars Innerm frischer Lebensmut.

»Du tust«, sprach nun Prosper Alpanus mit sanfter Stimme, »du tust mir großes Unrecht, lieber Balthasar, da du mich grausam und verräterisch schiltst in dem Augenblick, als es mir gelungen ist, Herr zu werden des Zaubers, der dein Leben verstört, als ich, um nur schneller dich zu finden, dich zu trösten, mich auf mein buntes Lieblingsrößlein schwinge und herbeireite, mit allem versehen, was zu deinem Heil dienen kann. – Doch nichts ist bittrer als Liebesschmerz, nichts gleicht der Ungeduld eines in Liebe und Sehnsucht verzweifelnden Gemüts. – Ich verzeihe dir, denn mir ist es selbst nicht besser gegangen, als ich vor ungefähr zweitausend Jahren eine indische Prinzessin liebte, Balsamine geheißen, und dem Zauberer Lothos, der mein bester Freund war, in der Verzweiflung den Bart ausriß, weshalb ich, wie du siehst, selbst keinen trage, damit mir nicht Ähnliches geschehe. – Doch dir dies alles weitläufig zu erzählen, würde wohl hier an sehr unrechtem Orte sein, da jeder Liebende nur von *seiner* Liebe hören mag, die er allein der Rede wert hält, so wie jeder Dichter nur *seine* Verse gern vernimmt. Also zur Sache! – Wisse, daß Zinnober die verwahrloste Mißgeburt eines armen Bauernweibes ist und eigentlich Klein Zaches heißt. Nur aus Eitelkeit hat er den stolzen Namen Zinnober angenommen. Das Stiftsfräulein von Rosenschön, oder eigentlich die berühmte Fee Rosabelverde, denn niemand anders ist jene Dame, fand das kleine Ungetüm am Wege. Sie glaubte, alles, was die Natur dem Kleinen stiefmütterlich versagt, dadurch zu ersetzen, wenn sie ihn mit der seltsamen geheimnisvollen Gabe beschenkte, vermöge der alles, was in seiner Gegenwart irgendein anderer Vortreffliches denkt, spricht oder tut, auf *seine* Rechnung kommen, ja daß er in der Gesellschaft wohlgebildeter, verständiger, geistreicher Personen auch für wohlgebildet, verständig und geistreich geachtet werden und überhaupt allemal für den vollkommensten der Gattung, mit der er im Konflikt, gelten muß. Dieser sonderbare Zauber liegt in drei feuerfarbglänzenden Haaren, die sich über den Scheitel des Kleinen ziehen. Jede Berührung dieser Haare, so wie überhaupt des Hauptes, mußte dem Kleinen schmerzhaft, ja verderblich sein. Deshalb ließ die Fee sein von Natur dünnes, struppiges Haar in dicken anmutigen Locken hinabwallen, die des Kleinen Haupt schützend zugleich jenen roten Streif versteckten und den Zauber stärkten. Jeden neunten Tag frisierte die Fee selbst den Kleinen mit einem goldnen magischen Kamm, und diese Frisur vernichtete jedes auf Zerstörung des Zaubers gerichtete Unternehmen. Aber den Kamm selbst hat ein kräftiger Talisman, den ich der guten Fee, als sie mich besuchte, unterzuschieben wußte, vernichtet.

Es kommt jetzt nur darauf an, ihm jene drei feuerfarbnen Haare auszureißen, und er sinkt zurück in sein voriges Nichts! – Dir, mein lieber Balthasar, ist diese Entzauberung vorbehalten. Du hast Mut, Kraft und Geschicklichkeit, du wirst die Sache ausführen, wie es sich gehört. Nimm dieses kleine geschliffene Glas, nähere dich dem kleinen Zinnober, wo du ihn findest, richte deinen scharfen Blick durch dieses Glas auf sein Haupt, frei und offen werden die drei roten Haare sich über das Haupt des Kleinen ziehen. Packe ihn fest an, achte nicht auf das gellende Katzengeschrei, das er ausstoßen wird, reiße ihm mit einem Ruck die drei Haare aus und verbrenne sie auf der Stelle. Es ist notwendig, daß die Haare mit *einem* Ruck ausgerissen und *sogleich* verbrannt werden, denn sonst könnten sie noch allerlei verderbliche Wirkungen äußern. Richte daher dein vorzüglichstes Augenmerk darauf, daß du die Haare geschickt und fest erfassest und den Kleinen überfällst, wenn gerade ein Feuer oder ein Licht in der Nähe befindlich.«

»O Prosper Alpanus«, rief Balthasar, »wie schlecht habe ich diese Güte, diesen Edelmut durch mein Mißtrauen verdient. – Wie fühle ich es so in tiefer Brust, daß nun mein Leiden endigt, daß alles Himmelsglück: mir die goldnen Tore erschließt!«

»Ich liebe«, fuhr Prosper Alpanus fort, »ich liebe Jünglinge, die so wie du, mein Balthasar, Sehnsucht und Liebe im reinen Herzen tragen, in deren Innerm noch jene herrlichen Akkorde widerhallen, die dem fernen Lande voll göttlicher Wunder angehören, das meine Heimat ist. Die glücklichen mit dieser inneren Musik begabten Menschen sind die einzigen, die man Dichter nennen kann, wiewohl viele auch so gescholten werden, die den ersten besten Brummbaß zur Hand nehmen, darauf herumstreichen und das verworrene Gerassel der unter ihrer Faust stöhnenden Saiten für herrliche Musik halten, die aus ihrem eignen Innern heraustönt. – Dir ist, ich weiß es, mein geliebter Balthasar, dir ist es zuweilen so, als verstündest du die murmelnden Quellen, die rauschenden Bäume, ja als spräche das aufflammende Abendrot zu dir mit verständlichen Worten! – Ja mein Balthasar! in diesen Momenten verstehst du wirklich die wunderbaren Stimmen der Natur, denn aus deinem eignen Innern erhebt sich der göttliche Ton, den die wundervolle Harmonie des tiefsten Wesens der Natur entzündet. – Da du Klavier spielst, o Dichter, so wirst du wissen, daß dem angeschlagenen Ton die ihm verwandten Töne nachklingen. – Dieses Naturgesetz dient zu mehr als zum schalen Gleichnis! – Ja, o Dichter, du bist ein viel besserer, als es manche glauben, denen du deine Versuche, die innere Musik mit Feder und Tinte zu Papier zu bringen, vorgelesen. Mit diesen Versuchen ist es nicht weit her. Doch hast du im historischen Stil einen guten Wurf getan, als du mit pragmatischer Breite und Genauigkeit die Geschichte von der Liebe der Nachtigall zur Purpurrose aufschriebst, welche sich unter meinen Augen begeben. – Das ist eine ganz artige Arbeit –«

Prosper Alpanus hielt inne, Balthasar blickte ihn ganz verwundert an mit großen Augen, er wußte gar nicht, was er dazu sagen sollte, daß Prosper das Gedicht, welches er für das fantastischte hielt, das er jemals aufgeschrieben, für einen historischen Versuch erklärte.

»Du magst«, fuhr Prosper Alpanus fort, indem ein anmutiges Lächeln sein Gesicht überstrahlte, »du magst dich wohl über meine Reden verwundern, dir mag überhaupt manches seltsam an mir vorkommen. Bedenke aber, daß ich nach dem Urteil aller vernünftigen Leute eine Person bin, die nur im Märchen auftreten darf, und du weißt, geliebter Balthasar, daß solche Personen sich wunderlich gebärden und tolles Zeug schwatzen können, wie sie nur mögen, vorzüglich wenn hinter allem doch etwas steckt, was gerade nicht zu verwerfen. – Nun aber weiter! – Nahm sich die Fee Rosabelverde des mißgestalteten Zinnober so eifrig an, so bist du, mein Balthasar, nun ganz und gar mein lieber Schützling. Höre also, was ich für dich zu tun gesonnen! – Der Zauberer Lothos besuchte mich gestern, er brachte mir tausend Grüße, aber auch tausend Klagen von der Prinzessin Balsamine, die aus dem Schlafe erwacht ist, und in den süßen Tönen des Chartah Bhade, jenes herrlichen Gedichts, das unsere erste Liebe war, sehnende Arme nach mir ausstreckt. Auch mein alter Freund, der Minister Yuchi, winkt mir freundlich zu vom Polarstern. – Ich muß fort nach dem fernsten Indien! – Mein Landgut, das ich verlasse, wünsche ich in keines andern Besitz zu sehen, als in dem deinigen. Morgen gehe ich nach Kerepes und lasse eine förmliche Schenkungsurkunde ausfertigen, in der ich als dein Oheim auftrete. Ist nun Zinnobers Zauber gelöst; trittst du vor den Professor Mosch Terpin hin als Besitzer eines vortrefflichen Landguts, eines beträchtlichen Vermögens, und wirbst du um die Hand der schönen Candida, so wird er in voller Freude dir alles gewähren. Aber noch mehr! – Ziehst du mit deiner Candida ein in mein Landhaus, so ist das Glück deiner Ehe gesichert. Hinter den schönen Bäumen wächst alles, was das Haus bedarf; außer den herrlichsten Früchten, der schönste Kohl und tüchtiges schmackhaftes Gemüse überhaupt, wie man es weit und breit nicht findet. Deine Frau wird immer den ersten Salat, die ersten Spargel haben. Die Küche ist so eingerichtet, daß die Töpfe niemals überlaufen, und keine Schüssel verdirbt, solltest du auch einmal eine ganze Stunde über die Essenszeit ausbleiben. Teppiche, Stuhl- und Sofa-Bezüge sind von der Beschaffenheit, daß es bei der größten Ungeschicklichkeit der Dienstboten unmöglich bleibt, einen Fleck hineinzubringen, ebenso zerbricht kein Porzellan, kein Glas, sollte sich auch die Dienerschaft deshalb die größte Mühe geben und es auf den härtesten Boden werfen. Jedesmal endlich, wenn deine Frau waschen läßt, ist auf dem großen Wiesenplan hinter dem Hause das allerschönste heiterste Wetter, sollte es auch ringsumher regnen, donnern und blitzen. Kurz, mein Balthasar! es ist dafür gesorgt, daß du das häusliche Glück an deiner holden Candida Seite ruhig und ungestört genießest! –

Doch nun ist es wohl an der Zeit, daß ich heimkehre und in Gemeinschaft mit meinem Freunde Lothos die Anstalten zu meiner baldigen Abreise beginne. Lebe wohl, mein Balthasar!« –

Damit pfiff Prosper ein- zweimal der Libelle, die alsbald sumsend herbeiflog. Er zäumte sie auf und schwang sich in den Sattel. Aber schon im Davonschweben hielt er plötzlich an und kehrte um zu Balthasar. –

»Beinahe«, sprach er, »hätte ich deinen Freund Fabian vergessen. In einem Anfall schalkischer Laune habe ich ihn für seinen Vorwitz zu hart gestraft. In dieser Dose ist das enthalten, was ihn tröstet!« –

Prosper reichte dem Balthasar ein kleines blankpoliertes schildkrötenes Döschen hin, das er ebenso einsteckte, wie die kleine Lorgnette, die er erst zur Entzauberung Zinnobers von Prosper erhalten.

Prosper Alpanus rauschte nun fort durch das Gebüsch, indem die Stimmen des Waldes stärker und anmutiger ertönten.

Balthasar kehrte zurück nach Hoch-Jakobsheim, alle Wonne, alles Entzücken der süßesten Hoffnung im Herzen.

Achtes Kapitel

Wie Fabian seiner langen Rockschöße halber für einen Sektierer und Tumultuanten gehalten wurde. – Wie Fürst Barsanuph hinter den Kaminschirm trat und den Generaldirektor der natürlichen Angelegenheiten kassierte. – Zinnobers Flucht aus Mosch Terpins Hause. – Wie Mosch Terpin auf einem Sommervogel ausreifen und Kaiser werden wollte, dann aber zu Bette ging.

In der frühesten Morgendämmerung, als Wege und Straßen noch einsam, schlich sich Balthasar hinein nach Kerepes und lief augenblicklich zu seinem Freunde Fabian. Als er an die Stubentüre pochte, rief eine kranke matte Stimme: »Herein!« –

Bleich – entstellt, hoffnungslosen Schmerz im Antlitz, lag Fabian auf dem Bette. »Um des Himmels willen«, rief Balthasar, »um des Himmels willen – Freund! sprich! – was ist dir widerfahren?«

»Ach Freund«, sprach Fabian mit gebrochener Stimme, indem er sich mühsam in die Höhe richtete, »mit mir ist es aus, rein aus. Der verfluchte Hexenspuk, den, ich weiß es, der rachsüchtige Prosper Alpanus über mich gebracht, stürzt mich ins Verderben!«

»Wie ist das möglich?« fragte Balthasar; »Zauberei, Hexenspuk, du glaubtest sonst an dergleichen nicht.«

»Ach«, fuhr Fabian mit weinerlicher Stimme fort, »ach ich glaube jetzt an alles, an Zauberer und Hexen und Erdgeister und Wassergeister, an den Rattenkönig und die Alraunwurzel – an alles was du willst. Wem das Ding so auf den Hals tritt, wie mir, der gibt sich wohl! – Du erinnerst dich an den höllischen Skandal mit meinem Rocke, als wir von Prosper Alpanus kamen! – Ja! war es nur dabei geblieben! – Sieh dich doch etwas um in meinem Zimmer, lieber Balthasar!« –

Balthasar tat es, und gewahrte an allen Wänden ringsumher eine Unzahl von Fracks, Überröcken, Kurtken, von allem möglichen Zuschnitt, von allen möglichen Farben. »Wie«, rief er, »willst du einen Kleiderkram anlegen, Fabian?«

»Spotte nicht«, erwiderte Fabian, »spotte nicht, lieber Freund. Alle diese Kleider ließ ich anfertigen von den berühmtesten Schneidern, immer hoffend, endlich einmal der unseligen Verdammnis zu entgehen, die auf meinen Röcken ruht, aber umsonst. Sowie ich den schönsten Rock, der mir steht wie angegossen an den Leib, nur einige Minuten trage, rutschen die Ärmel mir an die Schultern herauf und die Schöße schwänzeln mir nach sechs Ellen lang. In der Verzweiflung ließ ich mir jenen Spenzer mit den eine Welt langen Pierrots-Ärmeln machen. ›Rutscht nur Ärmel‹, dacht ich, ›dehnt euch nur aus Schöße, so kommt alles ins gleiche‹; aber! – ganz dasselbe wie mit allen andern Röcken war es in wenigen Minuten! Alle Kunst und Kraft der mächtigsten Schneider richtete nichts aus gegen den verwünschten Zauber! Daß ich verhöhnt, verspottet wurde, wo ich mich nur blicken ließ, versteht sich von selbst, aber bald veranlaßte meine unverschuldete Hartnäckigkeit, immer wieder in einem solch verteufelten Rock zu erscheinen, ganz andere Urteile. Das geringste war noch, daß die Frauen mich grenzenlos eitel und abgeschmackt schalten, da ich aller Sitte entgegen mich durchaus mit nackten Armen, sie wahrscheinlich für sehr schön haltend, sehen lassen wolle. Die Theologen aber schrien mich bald für einen Sektierer aus, stritten sich nur, ob ich zur Sekte der Ärmelianer oder Schößianer zu rechnen, waren aber darin einig, daß beide Sekten höchst gefährlich zu nennen, da beide vollkommene Freiheit des Willens statuierten und sich erfrechten zu denken was sie wollten. Diplomatiker hielten mich für einen schnöden Aufwiegler. Sie behaupteten, ich wolle durch meine langen Rockschöße Unzufriedenheit im Volke erregen und es aufsässig machen gegen die Regierung, gehöre überhaupt zu einem geheimen Bunde, dessen Zeichen ein kurzer Ärmel sei. Schon seit langer Zeit fänden sich hie und da Spuren der Kurzärmler, die ebenso zu fürchten als die Jesuiten, ja noch mehr, da sie sich bemühten, überall die jedem Staate schädliche

Poesie einzuführen und an der Infallibilität der Fürsten zweifelten. Kurz! – das Ding wurde ernster und ernster, bis mich der Rektor zitieren ließ. Ich sah mein Unglück vorher, wenn ich einen Rock anzog, erschien also in der Weste. Darüber wurde der Mann zornig, er glaubte, ich wolle ihn verhöhnen, und fuhr auf mich los: ich solle binnen acht Tagen in einem vernünftigen anständigen Rock vor ihm erscheinen, widrigenfalls er ohne alle Gnade die Relegation über mich aussprechen würde. – Heute geht der Termin zu Ende! – O ich Unglücklicher! – O verdammter Prosper Alpanus –«

»Halt ein«, rief Balthasar, »halt ein, lieber Freund Fabian, schmäle nicht auf meinen teuern lieben Oheim, der mir ein Landgut geschenkt hat. Auch mit *dir* meint er es gar nicht so böse, ungeachtet er, ich muß es gestehen, den Vorwitz, womit du ihm begegnetest, zu hart gestraft hat. – Doch ich bringe Hülfe! – er sendet dir dies Döschen, welches alle deine Leiden enden soll.«

Damit zog Balthasar das kleine schildkrötene Döschen, welches er von Prosper Alpanus erhalten, aus der Tasche und überreichte es dem trostlosen Fabian.

»Was soll«, sprach dieser, »was soll mir denn der dumme Quark helfen? wie kann ein kleines schildkrötenes Döschen Einfluß haben auf die Gestaltung meiner Röcke?«

»Das weiß ich nicht«, erwiderte Balthasar, »aber mein lieber Oheim kann und wird mich nicht täuschen, ich habe das vollste Zutrauen zu ihm; darum öffne nur die Dose, lieber Fabian, wir wollen sehen, was darin enthalten.«

Fabian tat es – und aus der Dose quoll ein herrlich gemachter schwarzer Frack von dem feinsten Tuche hervor. Beide, Fabian und Balthasar, konnten sich des lauten Ausrufs der höchsten Verwunderung nicht erwehren.

»Ha, ich verstehe dich«, rief Balthasar begeistert, »ha ich verstehe dich, mein Prosper, mein teurer Oheim! Dieser Rock wird passen, wird allen Zauber lösen.« –

Fabian zog den Rock ohne weiteres an, und was Balthasar geahnet, traf wirklich ein. Das schöne Kleid saß dem Fabian, wie noch niemals ihm eins gesessen, und an Rutschen der Ärmel, an Verlängerung der Schöße war nicht zu denken.

Ganz außer sich vor Freude, beschloß Fabian nun sogleich in seinem neuen wohlpassenden Rock zum Rektor hinzulaufen und alles ins gleiche zu bringen.

Balthasar erzählte nun seinem Freunde Fabian ausführlich, wie sich alles begeben mit Prosper Alpanus, und wie dieser ihm die Mittel in die Hand gegeben, dem heillosen Unwesen des mißgestalteten Däumlings ein Ende zu machen. Fabian, der ein ganz anderer geworden, da ihn alle Zweifelsucht ganz verlassen, rühmte Prospers hohen Edelmut über alle Maßen, und erbot sich bei Zinnobers Entzauberung hülfreiche Hand zu leisten. In dem Augenblick gewahrte Balthasar aus dem Fenster seinen Freund, den Referendarius Pulcher, der ganz trübsinnig um die Ecke schleichen wollte.

Fabian steckte auf Balthasars Geheiß den Kopf zum Fenster heraus und winkte und rief dem Referendarius zu, er möge doch nur gleich heraufkommen.

Sowie Pulcher eintrat, rief er gleich: »Was hast du denn für einen herrlichen Rock an, lieber Fabian!« Dieser sagte aber, Balthasar werde ihm alles erklären, und lief fort zum Rektor.

Als nun Balthasar dem Referendarius alles ausführlich erzählt, was sich zugetragen, sprach dieser: »Gerade an der Zeit ist es nun, daß der abscheuliche Unhold totgemacht wird. Wisse, daß er heute seine feierliche Verlobung mit Candida feiert, daß der eitle Mosch Terpin ein großes Fest gibt, wozu er selbst den Fürsten geladen. Gerade bei diesem Feste wollen wir eindringen in des Professors Haus und den Kleinen überfallen. An Lichtern im Saal wird's nicht fehlen zum augenblicklichen Verbrennen der feindseligen Haare.« –

Noch manches hatten die Freunde gesprochen und miteinander verabredet, als Fabian eintrat mit vor Freude glänzendem Gesicht.

»Die Kraft«, sprach er, »die Kraft des Rocks, der der schildkrötenen Dose entquollen, hat sich herrlich bewährt. Sowie ich eintrat bei dem Rektor, lächelte er zufrieden. ›Ha‹, redete er mich an, ›ha! – ich gewahre, mein lieber Fabian, daß Sie zurückgekommen sind von Ihrer seltsamen Verirrung! – Nun! Feuerköpfe wie Sie, lassen sich leicht hinreißen zu dem Extremen! – Für religiöse Schwärmerei habe ich Ihr Beginnen niemals gehalten – mehr falsch verstandener Patriotismus – Hang zum Außerordentlichen, gestützt auf das Beispiel der Heroen des

Altertums. – Ja das lasse ich gelten, solch ein schöner, wohlpassender Rock! – Heil dem Staate, Heil der Welt, wenn hochherzige Jünglinge solche Röcke tragen, mit solchen passenden Ärmeln und Schößen. Bleiben Sie treu, Fabian, bleiben Sie treu solcher Tugend, solchem wackren Sinn, daraus entsproßt wahre Heldengröße!‹ – Der Rektor umarmte mich, indem helle Tränen ihm in die Augen traten. Selbst weiß ich nicht, wie ich dazu kam, die kleine schildkrötene Dose, aus der der Rock entstanden und die ich nun in dessen Tasche gesteckt, hervorzuziehen. ›Bitte!‹ sprach der Rektor, indem er Daum und Zeigefinger zusammenspitzte. Ohne zu wissen, ob wohl Tabak darin enthalten, klappte ich die Dose auf. Der Rektor griff hinein, schnupfte, faßte meine Hand, drückte sie stark, Tränen liefen ihm über die Wangen; er sprach tiefgerührt: ›Edler Jüngling! – eine schöne Prise! – Alles ist vergeben und vergessen, speisen Sie bei mir heut mittags!‹ – Ihr seht, Freunde! all mein Leiden hat ein Ende, und gelingt uns heute, wie es anders gar nicht zu erwarten steht, die Entzauberung Zinnobers, so seid auch *ihr* fortan glücklich!« –

In dem mit hundert Kerzen erleuchteten Saal stand der kleine Zinnober im scharlachroten gestickten Kleide, den großen Orden des grüngefleckten Tigers mit zwanzig Knöpfen umgetan, Degen an der Seite, Federhut unterm Arm. Neben ihm die holde Candida bräutlich geschmückt, in aller Anmut und Jugend strahlend. Zinnober hatte ihre Hand gefaßt, die er zuweilen an den Mund drückte und dabei recht widrig grinste und lächelte. Und jedesmal überflog dann ein höheres Rot Candidas Wangen und sie blickte den Kleinen an mit dem Ausdruck der innigsten Liebe. Das war denn wohl recht graulich anzusehen, und nur die Verblendung, in die Zinnobers Zauber alle versetzte, war schuld daran, daß man nicht, ergrimmt über Candidas heillose Verstrickung, den kleinen Hexenkerl packte und ins Kaminfeuer warf. Rings um das Paar im Kreise in ehrerbietiger Entfernung hatte sich die Gesellschaft gesammelt. Nur Fürst Barsanuph stand neben Candida und mühte sich, bedeutungsvolle gnädige Blicke umherzuwerfen, auf die indessen niemand sonderlich achtete. Alles hatte nur Augen für das Brautpaar und hing an Zinnobers Lippen, der hin und wieder einige unverständliche Worte schnurrte, denen jedesmal ein leises Ach! der höchsten Bewunderung, das die Gesellschaft ausstieß, folgte.

Es war an dem, daß die Verlobungsringe gewechselt werden sollten. Mosch Terpin trat in den Kreis mit einem Präsentierteller, auf dem die Ringe funkelten. Er räusperte sich – Zinnober hob sich auf den Fußspitzen so hoch als möglich, beinahe reichte er der Braut an den Ellbogen. – Alles stand in der gespanntesten Erwartung – da lassen sich plötzlich fremde Stimmen hören, die Türe des Saals springt auf, Balthasar dringt ein, mit ihm Pulcher – Fabian! – Sie brechen durch den Kreis – »Was ist das, was wollen die Fremden?« ruft alles durcheinander.

Fürst Barsanuph schreit entsetzt: »Aufruhr – Rebellion – Wache!« und springt hinter den Kaminschirm. – Mosch Terpin erkennt den Balthasar, der dicht bis zum Zinnober vorgedrungen, und ruft: »Herr Studiosus! – Sind Sie rasend – sind Sie von Sinnen? – wie können Sie sich unterstehen hier einzudringen in die Verlobung! – Leute – Gesellschaft – Bediente, werft den Grobian zur Türe hinaus!« –

Aber ohne sich nur im mindesten an irgend etwas zu kehren, hat Balthasar schon Prospers Lorgnette hervorgezogen und richtet durch dieselbe den festen Blick auf Zinnobers Haupt. Wie vom elektrischen Strahl getroffen, stößt Zinnober ein gellendes Katzengeschrei aus, daß der ganze Saal widerhallt. Candida fallt ohnmächtig auf einen Stuhl; der eng geschlossene Kreis der Gesellschaft stäubt auseinander. – Klar vor Balthasars Augen liegt der feuerfarbglänzende Haarstreif, er springt zu auf Zinnober – faßt ihn, *der* strampelt mit den Beinchen und sträubt sich und kratzt und beißt.

»Angepackt – angepackt!« ruft Balthasar; da fassen Fabian und Pulcher den Kleinen, daß er sich nicht zu regen und zu bewegen vermag, und Balthasar faßt sicher und behutsam die roten Haare, reißt sie mit einem Ruck vom Haupte herab, springt an den Kamin, wirft sie ins Feuer, sie prasseln auf, es geschieht ein betäubender Schlag, alle erwachen wie aus dem Traum. – Da steht der kleine Zinnober, der sich mühsam aufgerafft von der Erde, und schimpft und schmält, und befiehlt, man solle die frechen Ruhestörer, die sich an der geheiligten Person des ersten Ministers im Staate vergriffen, sogleich packen und ins tiefste Gefängnis werfen! Aber einer fragt den andern: »Wo kommt denn mit einemmal der kleine purzelbäumige Kerl her? – was will das kleine Ungetüm?« – Und wie der Däumling immerfort tobt und mit den Füßchen den Boden stampft und immer dazwischen ruft: »Ich bin

der Minister Zinnober – ich bin der Minister Zinnober – der grüngefleckte Tiger mit zwanzig Knöpfen!« da bricht alles in ein tolles Gelächter aus. Man umringt den Kleinen, die Männer heben ihn auf und werfen sich ihn zu wie einen Fangball; ein Ordensknopf nach dem andern springt ihm vom Leibe – er verliert den Hut – den Degen, die Schuhe. – Fürst Barsanuph kommt hinter dem Kaminschirm hervor und tritt hinein mitten in den Tumult. Da kreischt der Kleine: »Fürst Barsanuph – Durchlaucht – retten Sie Ihren Minister – Ihren Liebling! – Hülfe – Hülfe – der Staat ist in Gefahr – der grüngefleckte Tiger – Weh – weh!« – Der Fürst wirft einen grimmigen Blick auf den Kleinen und schreitet dann rasch vorwärts nach der Türe. Mosch Terpin kommt ihm in den Weg, den faßt er, zieht ihn in die Ecke und spricht mit zornfunkelnden Augen: »Sie erdreisten sich, Ihrem Fürsten, Ihrem Landesvater hier eine dumme Komödie vorspielen zu wollen? – Sie laden mich ein zur Verlobung Ihrer Tochter mit meinem würdigen

Minister Zinnober, und statt meines Ministers finde ich hier eine abscheuliche Mißgeburt, die Sie in glänzende Kleider gesteckt? – Herr, wissen Sie, daß das ein landesverräterischer Spaß ist, den ich strenge ahnden würde, wenn Sie nicht ein ganz alberner Mensch wären, der ins Tollhaus gehört. – Ich entsetze Sie des Amts als Generaldirektor der natürlichen Angelegenheiten, und verbitte mir alles weitere Studieren in meinem Keller! – Adieu!«

Damit stürmte er fort.

Aber Mosch Terpin stürzte zitternd vor Wut los auf den Kleinen, faßte ihn bei den langen struppigen Haaren und rannte mit ihm hin nach dem Fenster. »Hinunter mit dir«, schrie er, »hinunter mit dir, schändliche heillose Mißgeburt, die mich so schmachvoll hintergangen, mich um alles Glück des Lebens gebracht hat!«

Er wollte den Kleinen hinabstürzen durch das geöffnete Fenster, doch der Aufseher des zoologischen Kabinetts, der auch zugegen, sprang mit Blitzesschnelle hinzu, faßte den Kleinen und entriß ihn Mosch Terpins Fäusten. »Halten Sie ein«, sprach der Aufseher, »halten Sie ein, Herr Professor, vergreifen Sie sich nicht an fürstlichem Eigentum. Es ist keine Mißgeburt, es ist der *Mycetes Belzebub, Simia Belzebub*, der dem Museo entlaufen.« »*Simia Belzebub – Simia Belzebub*!» ertönte es von allen Seiten unter schallendem Gelächter. Doch kaum hatte der Aufseher den Kleinen auf den Arm genommen und ihn recht angesehen, als er unmutig ausrief: » Was sehe ich! – das ist ja nicht *Simia Belzebub*, das ist ja ein schnöder häßlicher Wurzelmann! Pfui! – pfui!« –

Und damit warf er den Kleinen in die Mitte des Saals. Unter dem lauten Hohngelächter der Gesellschaft rannte der Kleine quiekend und knurrend durch die Türe fort – die Treppe herab – fort fort nach Hause, ohne daß ihn ein einziger von seinen Dienern bemerkt.

Währenddessen, daß sich dies alles im Saale begab, hatte sich Balthasar in das Kabinett entfernt, wo man, wie er wahrgenommen, die ohnmächtige Candida hingebracht. Er warf sich ihr zu Füßen, drückte ihre Hände an seine Lippen, nannte sie mit den süßesten Namen. Sie erwachte endlich mit einem tiefen Seufzer, und als sie den Balthasar erblickte, da rief sie voll Entzücken: »Bist du endlich – endlich da, mein geliebter Balthasar! Ach ich bin ja beinahe vergangen vor Sehnsucht und Liebesschmerz! – und immer erklangen mir die Töne der Nachtigall, von denen berührt der Purpurrose das Herzblut entquillt!« –

Nun erzählte sie, alles alles um sich her vergessend, wie ein böser abscheulicher Traum sie verstrickt, wie es ihr vorgekommen, als habe sich ein häßlicher Unhold an ihr Herz gelegt, dem sie ihre Liebe schenken müsse, weil sie nicht anders gekonnt. Der Unhold habe sich zu verstellen gewußt, daß er ausgesehen wie Balthasar; und wenn sie recht lebhaft an Balthasar gedacht, habe sie zwar gewußt, daß der Unhold nicht Balthasar, aber dann sei es ihr wieder auf unbegreifliche Weise gewesen, als müsse sie den Unhold lieben, eben um Balthasars willen.

Balthasar klärte ihr so viel auf, als es geschehen konnte, ohne ihre ohnehin aufgeregten Sinne ganz und gar zu verwirren. Dann folgten, wie es unter Liebesleuten nicht anders zu geschehen pflegt, tausend Versicherungen, tausend Schwüre ewiger Liebe und Treue. Und dabei umfingen sie sich und drückten sich mit der Inbrunst der innigsten Zärtlichkeit an die Brust, und waren ganz und gar umflossen von aller Wonne, von allem Entzücken des höchsten Himmels.

Mosch Terpin trat ein, händeringend und lamentierend, mit ihm kamen Pulcher und Fabian, die immerfort vergebens trösteten.

»Nein«, rief Mosch Terpin, »nein, ich bin ein total geschlagener Mann! – nicht mehr Generaldirektor der natürlichen Angelegenheiten im Staate. – Kein Studium mehr im fürstlichen Keller – die Ungnade des Fürsten – ich gedachte Ritter zu werden des grüngefleckten Tigers wenigstens mit fünf Knöpfen – Alles aus! – Was wird nur Se. Exzellenz der würdige Minister Zinnober dazu sagen, wenn er hört, daß ich eine schnöde Mißgeburt, den *Simia Belzebub cauda prehensili*, oder was weiß ich sonst, für ihn gehalten! – O Gott, auch sein Haß wird auf mich lasten! – Alikante! – Alikante!« –

»Aber, bester Professor«, trösteten die Freunde – »verehrter Generaldirektor, bedenken Sie doch nur, daß es gar keinen Minister Zinnober mehr gibt! – Sie haben sich ganz und gar nicht vergriffen, der ungestaltete Knirps hat vermöge der Zaubergabe, die er von der Fee Rosabelverde erhalten, sie ebenso gut getäuscht, wie uns alle!« –

Nun erzählte Balthasar, wie sich alles begeben von Anfang an. Der Professor horchte und horchte, bis Balthasar geendet, da rief er: »Wach

ich! – träum ich – Hexen – Zauberer – Feen – magische Spiegel – Sympathien – soll ich an den Unsinn glauben –«

»Ach liebster Herr Professor«, fiel Fabian ein, »hätten Sie nur eine Zeitlang einen Rock getragen mit kurzen Ärmeln und langer Schleppe, so wie ich, Sie würden schon an alles glauben, daß es eine Lust wäre!«

»Ja«, rief Mosch Terpin, »ja es ist alles so – ja! – ein verhextes Untier hat mich getäuscht – ich stehe nicht mehr auf den Füßen – ich schwebe auf zur Decke – Prosper Alpanus holt mich ab – ich reite aus auf einem Sommervogel – ich laß mich frisieren von der Fee Rosabelverde – von dem Stiftsfräulein Rosenschön, und werde Minister! – König – Kaiser!« –

Und damit sprang er im Zimmer umher und schrie und juchzte, daß alle für seinen Verstand fürchteten, bis er ganz erschöpft in einen Lehnstuhl sank. Da nahten sich ihm Candida und Balthasar. Sie sprachen davon, wie sie sich so innig, so über alles liebten, wie sie gar nicht ohne einander leben könnten, und das war recht wehmütig anzuhören, weshalb Mosch Terpin auch wirklich etwas weinte. »Alles«, sprach er schluchzend, »alles was ihr wollt, Kinder! – heiratet euch, liebt euch – hungert zusammen, denn ich gebe der Candida keinen Groschen mit –«

Was das Hungern beträfe, sprach Balthasar lächelnd, so hoffe er morgen den Herrn Professor zu überzeugen, daß davon wohl niemals die Rede sein könne, da sein Oheim Prosper Alpanus hinlänglich für ihn gesorgt.

»Tue das«, sprach der Professor matt, »tue das, mein lieber Sohn, wenn du kannst, und zwar morgen; denn soll ich nicht in Wahnsinn verfallen, soll mir der Kopf nicht zerspringen, so muß ich sofort zu Bette gehen!« –

Er tat das wirklich auf der Stelle.

Neuntes Kapitel

Verlegenheit eines treuen Kammerdieners. – Wie die alte Liese eine Rebellion anzettelte und der Minister Zinnober auf der Flucht ausglitschte. – Auf welche merkwürdige Weise der Leibarzt des Fürsten Zinnobers jähen Tod erklärte. – Wie Fürst Barsanuph sich betrübte, Zwiebeln aß, und wie Zinnobers Verlust unersetzlich blieb.

Der Wagen des Ministers Zinnober hatte beinahe die ganze Nacht vergeblich vor Mosch Terpins Hause gehalten. Ein Mal über das andere versicherte man dem Jäger, Se. Exzellenz müßten schon lange die Gesellschaft verlassen haben; der meinte aber dagegen, das sei ganz unmöglich, da Se. Exzellenz doch wohl nicht im Regen und Sturm zu Fuß nach Hause gerannt sein würden. Als nun endlich alle Lichter ausgelöscht und die Türen verschlossen wurden, mußte der Jäger zwar fortfahren mit dem leeren Wagen, im Hause des Ministers weckte er aber sogleich den Kammerdiener, und fragte, ob denn ums Himmels willen und auf welche Art der Minister nach Hause gekommen. »Se. Exzellenz«, erwiderte der Kammerdiener leise dem Jäger ins Ohr,

»Se. Exzellenz sind gestern eingetroffen in später Dämmerung, das ist ganz gewiß – liegen im Bette und schlafen. – Aber! – o mein guter Jäger! – wie – auf welche Weise! – ich will Ihnen alles erzählen – doch Siegel auf den Mund – ich bin ein verlorner Mann, wenn Se. Exzellenz erfahren, daß ich es war, auf dem finstern Korridor! – ich komme um meinen Dienst, denn Se. Exzellenz sind zwar von kleiner Statur, besitzen aber außerordentlich viel Wildheit, alterieren sich leicht, kennen sich selbst nicht im Zorn, haben noch gestern eine schnöde Maus, die durch Sr. Exzellenz Schlafzimmer zu hüpfen sich unterfangen, mit dem blankgezogenen Degen durch und durch gerannt. – Nun gut! – Also in der Dämmerung nehme ich mein Mäntelchen um, und will ganz sachte hinüberschleichen ins Weinstübchen zu einer Partie Tric-Trac, da schurrt und schlurrt mir etwas auf der Treppe entgegen, und kommt mir auf dem finstern Korridor zwischen die Beine und schlägt hin auf den Boden und erhebt ein gellendes Katzengeschrei, und grunzt dann wie – o Gott – Jäger! – halten Sie das Maul, edler Mann, sonst bin ich hin! – kommen Sie ein wenig näher – und grunzt dann wie unsere gnädige Exzellenz zu grunzen pflegt, wenn der Koch die Kälberkeule verbraten oder ihm sonst im Staate was nicht recht ist.«

Die letzten Worte hatte der Kammerdiener dem Jäger mit vorgehaltener Hand ins Ohr gesprochen. Der Jäger fuhr zurück, schnitt ein bedenkliches Gesicht und rief: »Ist es möglich!«

»Ja«, fuhr der Kammerdiener fort, »es war unbezweifelt unsere gnädige Exzellenz, was mir auf dem Korridor durch die Beine fuhr. Ich vernahm nun deutlich, wie der Gnädige in den Zimmern die Stühle heranrückte und sich die Türe eines Zimmers nach dem andern öffnete, bis er in sein Schlafkabinett angekommen. Ich wagte es nicht nachzugehen, aber ein paar Stündchen nachher schlich ich mich an die Türe des Schlafkabinetts und horchte. Da schnarchten die liebe Exzellenz ganz auf die Weise, wie es zu geschehen pflegt, wenn Großes im Werke. – Jäger! es gibt mehr Dinge im Himmel und auf Erden, als unsere Weisheit sich träumt, das hört ich einmal auf dem Theater einen melancholischen Prinzen sagen, der ganz schwarz ging und sich vor einem ganz in grauen Pappendeckel gekleideten Mann sehr fürchtete. – Jäger! – es ist gestern irgend etwas Erstaunliches geschehen, das die Exzellenz nach Hause trieb. Der Fürst ist bei dem Professor gewesen, vielleicht äußerte er das und das – irgendein hübsches Reformchen – und da ist nun der Minister gleich drüber her, läuft aus der Verlobung heraus, und fängt an zu arbeiten für das Wohl der Regierung. – Ich hört's gleich am Schnarchen; ja Großes, Entscheidendes wird geschehen! – O Jäger – vielleicht lassen wir alle über kurz oder lang uns wieder die Zöpfe wachsen! – Doch, teurer Freund, lassen Sie uns hinabgehen und als treue Diener an der Türe des Schlafzimmers lauschen, ob Se. Exzellenz auch ruhig im Bette liegen und die inneren Gedanken ausarbeiten.«

Beide, der Kammerdiener und der Jäger, schlichen sich hin an die Türe und horchten. Zinnober schnurrte und orgelte und pfiff durch die wundersamsten Tonarten. Beide Diener standen in stummer Ehrfurcht, und der Kammerdiener sprach tief gerührt: »Ein großer Mann ist doch unser gnädige Herr Minister!«

Schon am frühsten Morgen entstand unten im Hause des Ministers ein gewaltiger Lärm. Ein altes erbärmlich in längst verblichenen Sonntagsstaat gekleidetes Bauernweib hatte sich ins Haus gedrängt und dem Portier angelegen, sie sogleich zu ihrem Söhnlein, zu Klein Zaches zu fuhren. Der Portier hatte sie bedeutet, daß Se. Exzellenz der Herr Minister von Zinnober, Ritter des grüngefleckten Tigers mit zwanzig Knöpfen, im Hause wohne, und niemand von der Dienerschaft Klein Zaches heiße oder so genannt werde. Da hatte das Weib aber ganz toll jubelnd geschrien, der Herr Minister Zinnober mit zwanzig Knöpfen das sei eben ihr liebes Söhnlein, der Klein Zaches. Auf das Geschrei des Weibes, auf die donnernden Flüche des Portiers war alles aus dem ganzen Hause zusammengelaufen und das Getöse wurde ärger und ärger. Als der Kammerdiener hinabkam, um die Leute auseinanderzujagen, die Se. Exzellenz so unverschämt in der Morgenruhe störten, warf man eben das Weib, die alle für wahnsinnig hielten, zum Hause heraus.

Auf die steinernen Stufen des gegenüberstehenden Hauses setzte sich nun das Weib hin, und schluchzte und lamentierte, daß das grobe Volk da drinnen sie nicht zu ihrem Herzenssöhnlein, zu dem Klein Zaches, der Minister geworden, lassen wolle. Viele Leute versammelten sich nach und nach um sie her, denen sie immer und immer wiederholte, daß der Minister Zinnober niemand anders sei, als ihr Sohn, den sie in der Jugend Klein Zaches geheißen; so daß die Leute zuletzt nicht wußten, ob sie die Frau für toll halten, oder gar ahnen sollten, daß wirklich was an der Sache.

Die Frau wandte nicht die Augen weg von Zinnobers Fenster. Da schlug sie mit einemmal eine helle Lache auf, klopfte die Hände zusammen und rief jubelnd überlaut: »Da ist er – da ist er, mein Herzensmännlein – mein kleines Koboldchen – Guten Morgen Klein Zaches! – Guten Morgen Klein Zaches!« – Alle Leute guckten hin, und als sie den kleinen Zinnober gewahrten, der in seinem gestickten Scharlachkleide, das Ordensband des grüngefleckten Tigers umgehängt, vor dem Fenster stand, das hinabging bis an den Fußboden, so daß seine ganze Figur durch die großen Scheiben deutlich zu sehen, lachten sie ganz übermäßig und lärmten und schrien: »Klein Zaches – Klein Zaches! Ha, seht doch den kleinen geputzten Pavian – die tolle Mißgeburt – das Wurzelmännlein – Klein Zaches! Klein Zaches!« – Der Portier, alle Diener Zinnobers rannten heraus, um zu erschauen, worüber das Volk denn so unmäßig lache und jubiliere. Aber kaum erblickten sie ihren Herrn, als sie noch ärger als das Volk im tollsten Gelächter schrien: »Klein Zaches – Klein Zaches – Wurzelmann – Däumling – Alraun!« –

Der Minister schien erst jetzt zu gewahren, daß der tolle Spuk auf der Straße niemand anderm gelte, als ihm selbst. Er riß das Fenster auf, schaute mit zornfunkelnden Augen herab, schrie, raste, machte seltsame Sprünge vor Wut – drohte mit Wache – Polizei – Stockhaus und Festung.

Aber je mehr die Exzellenz tobte im Zorn, desto ärger wurde Tumult und Gelächter, man fing an mit Steinen – Obst – Gemüse, oder was man eben zur Hand bekam, nach dem unglücklichen Minister zu werfen – er mußte hinein! –

»Gott im Himmel«, rief der Kammerdiener entsetzt, »aus dem Fenster der gnädigen Exzellenz guckte ja das kleine abscheuliche Ungetüm heraus – Was ist das? – wie ist der kleine Hexenkerl in die Zimmer gekommen?« – Damit rannte er hinauf, aber so wie vorher fand er das Schlafkabinett des Ministers fest verschlossen. Er wagte leise zu pochen! – Keine Antwort! –

Indessen war, der Himmel weiß, auf welche Weise, ein dumpfes Gemurmel im Volke entstanden, das kleine lächerliche Ungetüm dort oben sei wirklich Klein Zaches, der den stolzen Namen Zinnober angenommen und sich durch allerlei schändlichen Lug und Trug aufgeschwungen. Immer lauter und lauter erhoben sich die Stimmen: »Hinunter mit der kleinen Bestie – hinunter – klopft dem Klein Zaches die Ministerjacke aus – sperrt ihn in den Käficht – laßt ihn für Geld sehen auf dem Jahrmarkt! – Beklebt ihn mit Goldschaum und beschert ihn den Kindern zum Spielzeug! – Hinauf – hinauf!« – Und damit stürmte das Volk an gegen das Haus.

Der Kammerdiener rang verzweiflungsvoll die Hände. »Rebellion – Tumult – Exzellenz – machen Sie auf – retten Sie sich!« – so schrie er; aber keine Antwort, nur ein leises Stöhnen ließ sich vernehmen.

Die Haustüre wurde eingeschlagen, das Volk polterte unter wildem Gelächter die Treppe herauf.

»Nun gilt's«, sprach der Kammerdiener, und rannte mit aller Macht an gegen die Türe des Kabinetts, daß sie klirrend und rasselnd aus den Angeln sprang. – Keine Exzellenz – kein Zinnober zu finden! –

»Exzellenz – gnädigste Exzellenz – vernehmen Sie denn nicht die Rebellion? – Exzellenz – gnädigste Exzellenz, wo hat Sie denn der – Gott verzeih' mir die Sünde, wo geruhen Sie sich denn zu befinden!«

So schrie der Kammerdiener in heller Verzweiflung durch die Zimmer rennend. Aber keine Antwort, kein Laut, nur der spottende Widerhall tönte von den Marmorwänden. Zinnober schien spurlos, tonlos verschwunden. – Draußen war es ruhiger geworden, der Kammerdiener vernahm die tiefe klangvolle Stimme eines Frauenzimmers, die zum Volke sprach, und gewahrte durchs Fenster blickend, wie die Menschen nach und nach leise miteinander murmelnd das Haus verließen, bedenkliche Blicke hinaufwerfend nach den Fenstern.

»Die Rebellion scheint vorüber«, sprach der Kammerdiener, »nun wird die gnädige Exzellenz wohl hervorkommen aus ihrem Schlupfwinkel.«

Er ging nach dem Schlafkabinett zurück, vermutend, dort werde der Minister sich doch wohl am Ende befinden.

Er warf spähende Blicke ringsumher, da wurde er gewahr, wie aus einem schönen silbernen Henkelgefäß, das immer dicht neben der Toilette zu stehen pflegte, weil es der Minister als ein teures Geschenk des Fürsten sehr werthielt, ganz kleine dünne Beinchen hervorstarrten. –

»Gott – Gott«, schrie der Kammerdiener entsetzt, »Gott! – Gott! – täuscht mich nicht alles, so gehören die Beinchen dort Sr. Exzellenz dem Herrn Minister Zinnober, meinem gnädigen Herrn!« – Er trat hinan, er rief, durchbebt von allen Schauern des Schrecks, indem er herabschaute: »Exzellenz – Exzellenz – um Gott, was machen Sie – was treiben Sie da unten in der Tiefe!« –

Da aber Zinnober still blieb, sah der Kammerdiener wohl die Gefahr ein, in der die Exzellenz schwebte und daß es an der Zeit sei, allen Respekt beiseite zu setzen. Er packte den Zinnober bei den Beinchen – zog ihn heraus! – Ach tot – tot war die kleine Exzellenz! Der Kammerdiener brach aus in lautes Jammern; der Jäger, die Dienerschaft eilte herbei, man rannte nach dem Leibarzt des Fürsten. Indessen trocknete der Kammerdiener seinen armen unglücklichen Herrn ab mit saubern Handtüchern, legte ihn ins Bette, bedeckte ihn mit seidenen Kissen, so daß nur das kleine verschrumpfte Gesichtchen sichtbar blieb.

Hinein trat nun das Fräulein von Rosenschön. Sie hatte erst, der Himmel weiß auf welche Art, das Volk beruhigt. Nun schritt sie zu auf den entseelten Zinnober, ihr folgte die alte Liese, des kleinen Zaches leibliche Mutter. – Zinnober sah in der Tat hübscher aus im Tode, als er jemals in seinem ganzen Leben ausgesehen. Die kleinen Äugelein waren geschlossen, das Näschen sehr weiß, der Mund zum sanften Lächeln ein wenig verzogen, aber vor allen Dingen wallte das dunkelbraune Haar in den schönsten Locken herab. Über das Haupt hin strich das Fräulein den Kleinen, und in dem Augenblick blitzte in mattem Schimmer ein roter Streif hervor.

»Ha«, rief das Fräulein, indem ihr die Augen vor Freude glänzten, »ha, Prosper Alpanus! – hoher Meister, du hältst Wort! –Verbüßt ist sein Verhängnis und mit ihm alle Schmach!«

»Ach«, sprach die alte Liese, »ach du lieber Gott, das ist ja doch wohl nicht mein kleiner Zaches, so hübsch hat *der* niemals ausgesehen. Da bin ich doch nun ganz umsonst nach der Stadt gegangen und Ihr habt mir gar nicht gut geraten, mein gnädiges Fräulein!«

»Murrt nur nicht, Alte«, erwiderte das Fräulein, »hättet Ihr nur meinen Rat ordentlich befolgt, und wäret Ihr nicht früher, als ich hier war, in dies Haus gedrungen, alles stünde für Euch besser. – Ich wiederhole es, der Kleine, der dort tot im Bette liegt, ist gewiß und wahrhaftig Euer Sohn, Klein Zaches!«

»Nun«, rief die Frau mit leuchtenden Augen, »nun wenn die kleine Exzellenz dort wirklich mein Kind ist, so erb ich ja wohl all die schönen Sachen, die hier rings umherstehen, das ganze Haus mit allem, was drinnen ist?«

»Nein«, sprach das Fräulein, »das ist nun ganz und gar vorbei, Ihr habt den rechten Augenblick verfehlt, Geld und Gut zu gewinnen. – Euch ist, ich habe es gleich gesagt, Euch ist nun einmal Reichtum nicht beschieden.«

»So darf ich«, fuhr die Frau fort, indem ihr die Tränen in die Augen traten, »so darf ich denn nicht wenigstens mein armes kleines Männlein in die Schürze nehmen und nach Hause tragen? – Unser Herr Pfarrer hat so viel hübsche ausgestopfte Vögelein und Eichkätzchen, der soll mir meinen Klein Zaches ausstopfen lassen, und ich will ihn auf meinen Schrank stellen, wie er da ist im roten Rock mit dem breiten

Bande und dem großen Stern auf der Brust, zum ewigen Andenken!«

»Das ist«, rief das Fräulein beinahe unwillig, »das ist ein ganz einfältiger Gedanke, das geht ganz und gar nicht an!«

Da fing das Weib an zu schluchzen, zu klagen, zu lamentieren. »Was hab ich«, sprach sie, »nun davon, daß mein Klein Zaches zu hohen Würden, zu großem Reichtum gelangt ist! – Wär er nur bei mir geblieben, hätt ich ihn nur aufgezogen in meiner Armut, niemals wär er in jenes verdammte silberne Ding gefallen, er lebte noch, und ich hätt vielleicht Freude und Segen von ihm gehabt. Trug ich ihn so herum in meinem Holzkorb, Mitleiden hätten die Leute gefühlt und mir manches schöne Stücklein Geld zugeworfen, aber nun –«

Es ließen sich Tritte im Vorsaal vernehmen, das Fräulein trieb die Alte heraus, mit der Weisung, sie solle unten vor der Türe warten, im Wegfahren wolle sie ihr ein untrügliches Mittel vertrauen, wie sie all ihre Not, all ihr Elend mit einem Mal enden könne.

Nun trat Rosabelverde noch einmal dicht an den Kleinen heran, und sprach mit der weichen bebenden Stimme des tiefen Mitleids: »Armer Zaches! – Stiefkind der Natur! – ich hätt es gut mit dir gemeint! – Wohl mocht es Torheit sein, daß ich glaubte, die äußere schöne Gabe, womit ich dich beschenkt, würde hineinstrahlen in dein Inneres, und eine Stimme erwecken, die dir sagen müßte: ›Du bist nicht der, für den man dich hält, aber strebe doch nur an, es dem gleichzutun, auf dessen Fittigen du Lahmer, Unbefiederter dich aufschwingst!‹ – Doch keine innere Stimme erwachte. Dein träger toter Geist vermochte sich nicht emporzurichten, du ließest nicht nach in deiner Dummheit, Grobheit, Ungebärdigkeit – Ach! – wärst du nur ein geringes Etwas weniger, ein kleiner ungeschlachter Rüpel geblieben, du entgingst dem schmachvollen Tode! – Prosper Alpanus hat dafür gesorgt, daß man dich jetzt im Tode wieder dafür hält, was du im Leben durch meine Macht zu sein schienst. Sollt ich dich vielleicht gar noch wiederschauen als kleiner Käfer – flinke Maus, oder behende Eichkatze, so soll es mich freuen! – Schlafe wohl, Klein Zaches!« – Indem Rosabelverde das Zimmer verließ, trat der Leibarzt des Fürsten mit dem Kammerdiener hinein.

»Um Gott«, rief der Arzt, als er den toten Zinnober erblickte und sich überzeugte, daß alle Mittel ihn ins Leben zu rufen vergeblich bleiben würden, »um Gott, wie ist das zugegangen, Herr Kämmerer?«

»Ach«, erwiderte dieser, »ach lieber Herr Doktor, die Rebellion oder die Revolution, es ist all eins, wie Sie es nennen wollen, tobte und hantierte draußen auf dem Vorsaale ganz fürchterlich. Se. Exzellenz, besorgt um ihr teures Leben, wollten gewiß in die Toilette hineinflüchten, glitschten aus, und –«

»So ist«, sprach der Doktor feierlich und bewegt, »so ist er aus Furcht zu sterben gar gestorben!«

Die Türe sprang auf und hinein stürzte Fürst Barsanuph mit verbleichtem Antlitz, hinter ihm her sieben noch bleichere Kammerherrn.

»Ist es wahr, ist es wahr?« rief der Fürst; aber sowie er des Kleinen Leichnam erblickte, prallte er zurück und sprach, die Augen gen Himmel gerichtet, mit dem Ausdruck des tiefsten Schmerzes: »O Zinnober!«–

Und die sieben Kammerherrn riefen dem Fürsten nach: »O Zinnober!« und holten, wie es der Fürst tat, die Schnupftücher aus der Tasche und hielten sie sich vor die Augen.

»Welch ein Verlust«, begann nach einer Weile des lautlosen Jammers der Fürst, »welch ein unersetzlicher Verlust für den Staat! – Wo einen Mann finden, der den Orden des grüngefleckten Tigers mit zwanzig Knöpfen mit *der* Würde trägt, als mein Zinnober! – Leibarzt, und Sie konnten mir *den* Mann sterben lassen! – Sagen Sie – wie ging das zu, wie mochte das geschehen – was war die Ursache – woran starb der Vortreffliche?« –

Der Leibarzt beschaute den Kleinen sehr sorgsam, befühlte manche Stellen ehemaliger Pulse, strich das Haupt entlang, räusperte sich und begann: »Mein gnädigster Herr! Sollte ich mich begnügen auf der Oberfläche zu schwimmen, ich könnte sagen, der Minister sei an dem gänzlichen Ausbleiben des Atems gestorben, dies Ausbleiben des Atems sei bewirkt durch die Unmöglichkeit Atem zu schöpfen, und diese Unmöglichkeit wieder nur herbeigeführt durch das Element, durch den Humor, in den der Minister stürzte. Ich könnte sagen, der Minister sei auf diese Weise einen humoristischen Tod gestorben, aber fern von mir sei diese Seichtigkeit, fern von mir die Sucht alles aus schnöden physischen Prinzipien erklären zu wollen, was nur im Gebiet des rein Psychischen seinen natürlichen unumstößlichen Grund findet. – Mein gnädigster Fürst, frei sei des Mannes Wort! – Den ersten Keim des Todes fand der Minister im Orden des grüngefleckten Tigers mit zwanzig Knöpfen!«

»Wie«, rief der Fürst, indem er den Leibarzt mit zornglühenden Augen anfunkelte, »wie! – was sprechen Sie? – der Orden des grüngefleckten Tigers mit zwanzig Knöpfen, den der Selige zum Wohl des Staats mit so vieler Anmut, mit so vieler Würde trug? – *der* Ursache seines Todes? – Beweisen Sie mir das, oder – Kammerherrn, was sagt ihr dazu?«

»Er muß beweisen, er muß beweisen, oder –« riefen die sieben blassen Kammerherrn, und der Leibarzt fuhr fort:

»Mein bester gnädigster Fürst, ich werd es beweisen, also kein *oder*! – Die Sache hängt folgendermaßen zusammen: Das schwere Ordenszeichen am Bande, vorzüglich aber die Knöpfe auf dem Rücken, wirkten nachteilig auf die Ganglien des Rückgrats. Zu gleicher Zeit verursachte der Ordensstern einen Druck auf jenes knotige fadichte Ding zwischen dem Dreifuß und der obern Gekröspulsader, das wir das Sonnengeflecht nennen, und das in dem labyrinthischen Gewebe der Nervengeflechte prädominiert. Dies dominierende Organ steht in der mannigfaltigsten Beziehung mit dem Zerebralsystem, und natürlich war der Angriff auf die Ganglien auch diesem feindlich. Ist aber nicht die freie Leitung des Zerebralsystems die Bedingung des Bewußtseins, der Persönlichkeit, als Ausdruck der vollkommensten Vereinigung des Ganzen in einem Brennpunkt? Ist nicht der Lebensprozeß die Tätigkeit in beiden Sphären, in dem Ganglien- und Zerebralsystem? – Nun! genug, jener Angriff störte die Funktionen des psychischen Organism. Erst kamen finstre Ideen von unerkannten Aufopferungen für den Staat durch das schmerzhafte Tragen jenes Ordens usw., immer verfänglicher wurde der Zustand, bis gänzliche Disharmonie des Ganglien- und Zerebralsystems endlich gänzliches Aufhören des Bewußtseins, gänzliches Aufgeben der Persönlichkeit herbeiführte. Diesen Zustand bezeichnen wir aber mit dem Worte *Tod*! – Ja, gnädigster Herr! – der Minister hatte bereits seine Persönlichkeit aufgegeben, war also schon mausetot, als er hineinstürzte in jenes verhängnisvolle Gefäß. – So hatte sein Tod keine physische, wohl aber eine unermeßlich tiefe psychische Ursache.«

»Leibarzt«, sprach der Fürst unmutig, »Leibarzt, Sie schwatzen nun schon eine halbe Stunde, und ich will verdammt sein, wenn ich eine Silbe davon verstehe. Was wollen Sie mit Ihrem Physischen und Psychischen?«

»Das physische Prinzip«, nahm der Arzt wieder das Wort, »ist die Bedingung des rein vegetativen Lebens, das psychische bedingt dagegen den menschlichen Organism, der nur in dem Geiste, in der Denkkraft das Triebrad der Existenz findet.«

»Noch immer«, rief der Fürst im höchsten Unmut, »noch immer verstehe ich Sie nicht, Unverständlicher!«

»Ich meine«, sprach der Doktor, »ich meine, Durchlauchtiger, daß das Physische sich bloß auf das rein vegetative Leben ohne Denkkraft, wie es in Pflanzen stattfindet, das Psychische aber auf die Denkkraft bezieht. Da diese nun im menschlichen Organism vorwaltet, so muß der Arzt immer bei der Denkkraft, bei dem Geist anfangen und den Leib nur als Vasallen des Geistes betrachten, der sich fügen muß, sobald der Gebieter es will.«

»Hoho!« rief der Fürst, »hoho Leibarzt, lassen Sie das gut sein! – Kurieren Sie meinen Leib, und lassen Sie meinen Geist ungeschoren, von dem habe ich noch niemals Inkommoditäten verspürt. Überhaupt Leibarzt, Sie sind ein konfuser Mann, und stünde ich hier nicht an der Leiche meines Ministers und wäre gerührt, ich wüßte was ich täte! – Nun Kammerherrn! vergießen wir noch einige Zähren hier am Katafalk des Verewigten und gehen wir dann zur Tafel.«

Der Fürst hielt das Schnupftuch vor die Augen und schluchzte, die Kammerherrn taten desgleichen, dann schritten sie alle von dannen.

Vor der Türe stand die alte Liese, welche einige Reihen der allerschönsten goldgelben Zwiebeln über den Arm gehängt hatte, die man nur sehen konnte. Des Fürsten Blick fiel zufällig auf diese Früchte. Er blieb stehen, der Schmerz verschwand aus seinem Antlitz, er lächelte mild und gnädig, er sprach: »Hab ich doch in meinem Leben keine solche schöne Zwiebeln gesehen, die müssen von dem herrlichsten Geschmack sein. Verkauft Sie die Ware, hebe Frau?«

»O ja«, erwiderte Liese mit einem tiefen Knix, »o ja, gnädigste Durchlaucht, von dem Verkauf der Zwiebeln nähre ich mich dürftig, so gut es gehn will! – Sie sind süß wie purer Honig, belieben Sie, gnädigster Herr?«

Damit reichte sie eine Reihe der stärksten glänzendsten Zwiebeln dem Fürsten hin. Der nahm sie, lächelte, schmatzte ein wenig und rief dann: »Kammerherrn! geb mir einer einmal sein Taschenmesser her.« Ein Messer erhalten, schälte der Fürst nett und sauber eine Zwiebel ab und kostete etwas von dem Mark.

»Welch ein Geschmack, welche Süße, welche Kraft, welches Feuer!« rief er, indem ihm die Augen glänzten vor Entzücken, »und dabei ist es mir, als sähe ich den verewigten Zinnober vor mir stehen, der mir zuwinkte und zulispelte: ›Kaufen Sie – essen Sie diese *Zwiebeln*, mein Fürst – das Wohl des Staats erfordert es!‹« – Der Fürst drückte der alten Liese ein paar Goldstücke in die Hand und die Kammerherrn mußten sämtliche Reihen Zwiebeln in die Taschen schieben. Noch mehr! – er verordnete, daß niemand anders die Zwiebellieferung für die fürstlichen Dejeuners haben sollte, als Liese. So kam die Mutter des Klein

Zaches, ohne gerade reich zu werden, aus aller Not, aus allem Elend, und gewiß war es wohl, daß ihr ein geheimer Zauber der guten Fee Rosabelverde dazu verhalf.

Das Leichenbegängnis des Ministers Zinnober war eins der prächtigsten, das man jemals in Kerepes gesehen; der Fürst, alle Ritter des grüngefleckten Tigers folgten der Leiche in tiefer Trauer. Alle Glocken wurden gezogen, ja sogar die beiden Böller, die der Fürst behufs der Feuerwerke mit schweren Kosten angeschafft, mehrmals gelöst. Bürger – Volk – alles weinte und lamentierte, daß der Staat seine beste Stütze verloren und wohl niemals mehr ein Mann von dem tiefen Verstande, von der Seelengröße, von der Milde, von dem unermüdlichen Eifer für das allgemeine Wohl, wie Zinnober, an das Ruder der Regierung kommen werde.

In der Tat blieb auch der Verlust unersetzlich; denn niemals fand sich wieder ein Minister, dem der Orden des grüngefleckten Tigers mit zwanzig Knöpfen so an den Leib gepaßt haben sollte, wie dem verewigten unvergeßlichen Zinnober.

LETZTES KAPITEL

Wehmütige Bitten des Autors. – Wie der Professor Mosch Terpin sich beruhigte und Candida niemals verdrießlich werden konnte. – Wie ein Goldkäfer dem Doktor Prosper Alpanus etwas ins Ohr summte, dieser Abschied nahm und Balthasar eine glückliche Ehe führte.

Es ist nun an dem, daß der, der für dich, geliebter Leser! diese Blätter aufschreibt, von dir scheiden will, und dabei überfällt ihn Wehmut und Bangen. – Noch vieles, vieles wüßte er von den merkwürdigen Taten des kleinen Zinnober, und er hätte, wie er denn nun überhaupt zu der Geschichte aus dem Innern heraus unwiderstehlich angeregt wurde, wahre Lust daran gehabt, dir, o mein Leser, noch das alles zu erzählen. Doch! – rückblickend auf alle Ereignisse, wie sie in den neun Kapiteln vorgekommen, fühlt er wohl, daß darin schon so viel Wunderliches,

Tolles, der nüchternen Vernunft Widerstrebendes enthalten, daß er, noch mehr dergleichen anhäufend, Gefahr laufen müßte, es mit dir, geliebter Leser, deine Nachsicht mißbrauchend, ganz und gar zu verderben. Er bittet dich in jener Wehmut, in jenem Bangen, das plötzlich seine Brust beengte, als er die Worte: Letztes Kapitel, schrieb, du mögest mit recht heitrem unbefangenem Gemüt es dir gefallen lassen, die seltsamen Gestaltungen zu betrachten, ja sich mit ihnen zu befreunden, die der Dichter der Eingebung des spukhaften Geistes, Phantasus geheißen, verdankt, und dessen bizarrem launischem Wesen er sich vielleicht zu sehr überließ. – Schmolle deshalb nicht mit beiden, mit dem Dichter und mit dem launischen Geiste! – Hast du, geliebter Leser! hin und wieder über manches recht im Innern gelächelt, so warst du in der Stimmung, wie sie der Schreiber dieser Blätter wünschte, und dann, so glaubt er, wirst du ihm wohl vieles zugute halten! –

Eigentlich hätte die Geschichte mit dem tragischen Tode des kleinen Zinnober schließen können. Doch, ist es nicht anmutiger, wenn statt eines traurigen Leichenbegängnisses, eine fröhliche Hochzeit am Ende steht?

So werde denn noch kürzlich der holden Candida und des glücklichen Balthasars gedacht. –

Der Professor Mosch Terpin war sonst ein aufgeklärter, welterfahrner Mann, der dem weisen Spruch: *Nil admirari*, gemäß sich seit vielen vielen Jahren über nichts in der Welt zu verwundern pflegte. Aber jetzt geschah es, daß er, all seine Weisheit aufgebend, sich immer fort und fort verwundern mußte, so daß er zuletzt klagte, wie er nicht mehr wisse, ob er wirklich der Professor Mosch Terpin sei, der ehemals die natürlichen Angelegenheiten im Staate dirigiert, und ob er noch wirklich, Kopf in die Höhe, auf seinen lieben Füßen einherspaziere.

Zuerst verwunderte er sich, als Balthasar ihm den Doktor Prosper Alpanus als seinen Oheim vorstellte und dieser ihm die Schenkungsurkunde vorwies, vermöge der Balthasar Besitzer des eine Stunde von Kerepes entfernten Landhauses nebst Waldung, Äcker und Wiesen wurde; als er in dem Inventario, kaum seinen Augen trauend, köstliche Gerätschaften, ja Gold- und Silberbarren erwähnt gewahrte, deren Wert den Reichtum der fürstlichen Schatzkammer bei weitem überstieg. Dann verwunderte er sich, als er den prächtigen Sarg, in dem Zinnober lag, durch Balthasars Lorgnette anschaute, und es ihm auf einmal war, als habe es nie einen Minister Zinnober, sondern nur einen kleinen ungeschlachten ungebärdigen Knirps gegeben, den man fälschlicherweise für einen verständigen, weisen Minister Zinnober gehalten.

Bis auf den höchsten Grad stieg aber Mosch Terpins Verwunderung, als Prosper Alpanus ihn im Landhause umherführte, ihm seine Bibliothek und andere sehr wunderbare Dinge zeigte, ja selbst einige sehr anmutige Experimente machte mit seltsamen Pflanzen und Tieren.

Dem Professor ging der Gedanke auf, es sei wohl mit seinem Naturforschen ganz und gar nichts, und er säße in einer herrlichen bunten Zauberwelt wie in einem Ei eingeschlossen. Dieser Gedanke beunruhigte ihn so sehr, daß er zuletzt klagte und weinte wie ein Kind. Balthasar führte ihn sofort in den geräumigen Weinkeller, in dem er glänzende Fässer und blinkende Flaschen erblickte. Besser als in dem fürstlichen Weinkeller, meinte Balthasar, könne er hier studieren, und in dem schönen Park die Natur hinlänglich erforschen.

Hierauf beruhigte sich der Professor.

Balthasars Hochzeit wurde auf dem Landhause gefeiert. Er – die Freunde Fabian – Pulcher – alle erstaunten über Candidas hohe Schönheit, über den zauberischen Reiz, der in ihrem Anzuge, in ihrem ganzen Wesen lag. – Es war auch wirklich ein Zauber, der sie umfloß, denn die Fee Rosabelverde, die allen Groll vergessend der Hochzeit als Stiftsfräulein von Rosenschön beiwohnte, hatte sie selbst gekleidet und mit den schönsten herrlichsten Rosen geschmückt. Nun weiß man aber wohl, daß der Anzug gut stehen muß, wenn eine Fee dabei Hand anlegt. Außerdem hatte Rosabelverde der holden Braut einen prächtig funkelnden Halsschmuck verehrt, der eine magische Wirkung dahin äußerte, daß sie, hatte sie ihn umgetan, niemals über Kleinigkeiten, über ein schlecht genesteltes Band, über einen mißratenen Haarschmuck, über einen Fleck in der Wäsche oder sonst verdrießlich werden konnte. Diese Eigenschaft, die ihr der Halsschmuck gab, verbreitete eine besondere Anmut und Heiterkeit auf ihrem ganzen Antlitz.

Das Brautpaar stand im höchsten Himmel der Wonne, und – so herrlich wirkte der geheime weise Zauber Alpans – hatte doch noch Blick und Wort für die Herzensfreunde, welche versammelt. Prosper Alpanus und Rosabelverde, beide sorgten dafür, daß die schönsten

Wunder den Hochzeitstag verherrlichten. Überall tönten aus Büschen und Bäumen süße Liebeslaute, während sich schimmernde Tafeln erhoben mit den herrlichsten Speisen, mit Kristallflaschen belastet, aus denen der edelste Wein strömte, welcher Lebensglut durch alle Adern der Gäste goß.

Die Nacht war eingebrochen, da spannten sich feuerflammende Regenbogen über den ganzen Park, und man sah schimmernde Vögel und Insekten, die sich auf und ab schwangen, und wenn sie die Flügel schüttelten, stäubten Millionen Funken hervor, die in ewigem Wechsel allerlei holde Gestalten bildeten, welche in der Luft tanzten und gaukelten und im Gebüsch verschwanden. Und dabei tönte stärker die Musik des Waldes, und der Nachtwind strich daher, geheimnisvoll säuselnd und süße Düfte aushauchend.

Balthasar, Candida, die Freunde erkannten den mächtigen Zauber Alpans, aber Mosch Terpin halb berauscht, lachte laut, und meinte, hinter allem stecke niemand anders, als der Teufelskerl, der Operndekorateur und Feuerwerker des Fürsten.

Schneidende Glockentöne erhallten. Ein glänzender Goldkäfer schwang sich herab, setzte sich auf Prosper Alpanus' Schulter und schien ihm leise etwas ins Ohr zu sumsen.

Prosper Alpanus erhob sich von seinem Sitz und sprach ernst und feierlich: »Geliebter Balthasar – holde Candida – meine Freunde! – Es ist nun an der Zeit – Lothos ruft – ich muß scheiden.« –

Darauf nahte er sich dem Brautpaar und sprach leise mit ihnen. Beide, Balthasar und Candida, waren sehr gerührt, Prosper schien ihnen allerlei gute Lehren zu geben, er umarmte sie beide mit Inbrunst.

Dann wandte er sich an das Fräulein von Rosenschön und sprach ebenfalls leise mit ihr – wahrscheinlich gab sie ihm Aufträge in Zauber- und Feen-Angelegenheiten, die er willig übernahm.

Indessen hatte sich ein kleiner kristallner Wagen, mit zwei schimmernden Libellen bespannt, die der Silberfasan führte, aus den Lüften hinabgesenkt.

»Lebt wohl – lebt wohl!« rief Prosper Alpanus, stieg in den Wagen und schwebte empor über die flammenden Regenbogen hinweg, bis sein Fuhrwerk zuletzt in den höchsten Lüften erschien wie ein kleiner funkelnder Stern, der sich endlich hinter den Wolken verbarg.

»Schöne Mongolfiere«, schnarchte Mosch Terpin, und versank von der Kraft des Weines übermannt in tiefen Schlaf.

Balthasar, der Lehren des Prosper Alpanus eingedenk, den Besitz des wunderbaren Landhauses wohl nutzend, wurde in der Tat ein guter Dichter, und da die übrigen Eigenschaften, die Prosper rücksichts der holden Candida an dem Besitztum gerühmt, sich ganz und gar bewährten, Candida auch niemals den Halsschmuck, den ihr das Stiftsfräulein von Rosenschön als Hochzeitsgabe bescherte, ablegte, so könnt es nicht fehlen, daß Balthasar die glücklichste Ehe in aller Wonne und Herrlichkeit führte, wie sie nur jemals ein Dichter mit einer hübschen jungen Frau geführt haben mag –

So hat aber das Märchen von Klein Zaches genannt Zinnober nun wirklich ganz und gar ein fröhliches

ENDE

Johann Karl August Musäus

Legenden von Rübezahl

Erste Legende

Zwischen den Klüften der oft und matt besungenen Sudeten, dem Parnaß der Schlesier, hauset in friedlicher Eintracht neben Apollo und seinen neun Musen der berufene Berggeist, Rübezahl genannt, der das Riesengebirge traun berühmter gemacht hat als die schlesischen Dichter allzumal. Dieser Fürst der Gnomen besitzt zwar auf der Oberfläche der Erde nur ein kleines Gebiet von wenig Meilen im Umfang mit einer Kette von Bergen umschlossen, und teilt dies Eigentum noch mit zwei mächtigen Monarchen, die sein Kondominium nicht einmal anerkennen. Aber wenige Lachter unter der urbaren Erdrinde hebt seine Alleinherrschaft an, die kein Partagetraktat zu schmälern vermag, und erstreckt sich auf achthundertsechzig Meilen in die Tiefe, bis zum Mittelpunkt der Erde. Zuweilen gefällt es dem unterirdischen Starosten, seine weitgedehnten Provinzen in dem Abgrunde zu durchkreuzen, die unerschöpflichen Schatzkammern edler Fälle und Flöze zu beschauen, die Knappschaft der Gnomen zu mustern und in Arbeit zu setzen, teils um die Gewalt der Feuerströme im Eingeweide der Erde durch feste Dämme aufzuhalten, teils mineralische Dämpfe zu fahen, mit reichhaltigen Schwaden taubes Gestein zu beschwängern und es in edles Erz zu verwandeln. Zuweilen entschlägt er sich aller unterirdischen Regierungssorgen, erhebt sich zur Erholung auf die Grenzfeste seines Gebiets und hat sein Wesen auf dem Riesengebirge, treibt da Spiel und Spott mit den Menschenkindern, wie ein froher Übermütler, der, um einmal zu lachen, seinen Nachbar zu Tode kitzelt.

Denn Freund Rübezahl, sollt ihr wissen, ist geartet wie ein Kraftgenie, launisch, ungestüm, sonderbar; bengelhaft, roh, unbescheiden; stolz, eitel, wankelmütig, heute der wärmste Freund, morgen fremd und kalt; zuzeiten gutmütig, edel und empfindsam; aber mit sich selbst in stetem Widerspruch; albern und weise, oft weich und hart in zween Augenblicken, wie das Ei, das in siedend Wasser fällt; schalkhaft und bieder, störrisch und beugsam; nach der Stimmung, wie ihn Humor und innerer Drang beim ersten Anblick jedes Ding ergreifen läßt.

Von Olims Zeiten her, ehe noch Japhets Nachkömmlinge so weit nordwärts gedrungen waren, daß sie diese Gegenden wirtbar machten, tosete Rübezahl schon in dem wilden Gebirge, hetzte Bären und Auerochsen aneinander, daß sie zusammen kämpften, oder scheuchte mit grausendem Getöse das scheue Wild vor sich her und stürzte es von den steilen Felsenklippen hinab ins tiefe Tal. Dieser Jagden müde, zog er

wieder seine Ehrichsstraße durch die Regionen der Unterwelt und weilte da Jahrhunderte, bis ihm von neuem die Lust anwandelte, sich an die Sonne zu legen und des Anblicks der äußern Schöpfung zu genießen. Wie nahm's ihn wunder, als er einst bei seiner Rückkehr, von dem beschneiten Gipfel des Riesengebirges umherschauend, die Gegend ganz verändert fand! Die düstern undurchdringlichen Wälder waren ausgehauen und in fruchtbares Ackerfeld verwandelt, wo reiche Ernten reiften. Zwischen den Pflanzungen blühender Obstbäume ragten die Strohdächer geselliger Dörfer hervor, aus deren Schlot friedlicher Hausrauch in die Luft wirbelte; hier und da stund eine einsame Warte auf dem Abhang eines Berges zu Schutz und Schirm des Landes; in den blumenreichen Auen weideten Schafe und Hornvieh, und aus den lichten Hainen tönten melodische Schalmeien.

Die Neuheit der Sache und die Annehmlichkeit des ersten Anblicks ergötzten, den verwunderten Territorialherrn so sehr, daß er über die eigenmächtigen Pflanzer, die ohne seine Vergünstigung hier wirtschafteten, nicht unwillig ward, noch in ihrem Tun und Wesen sie zu stören begehrte, sondern sie so ruhig im Besitz ihres angemaßten Eigentums ließ, wie ein gutmütiger Hausvater der geselligen Schwalbe oder selbst den überlästigen Spatz unter seinem Obdach Aufenthalt gestattet. Sogar ward er Sinnes, mit den Menschen, dieser Zwittergattung von Geist und Tier, Bekanntschaft zu machen, ihre Art und Natur zu erforschen und mit ihnen Umgang zu pflegen. Er nahm die Gestalt eines rüstigen Ackerknechtes an und verdung sich bei dem ersten besten Landwirt in Arbeit. Alles, was er unternahm, gedieh wohl unter seiner Hand, und Rips, der Ackerknecht, war für den besten Arbeiter im Dorfe bekannt.

Aber sein Brotherr war ein Prasser und Schlemmer, der den Erwerb des treuen Knechts verschwendete und ihm seine Mühe und Arbeit wenig Dank wußte; darum schied er von ihm und kam zu dessen Nachbar, der ihm seine Schafherde untergab; er wartete dieser fleißig, trieb sie in Einöden und auf steile Berge, wo gesunde Kräuter wuchsen. Die Herde gedieh gleichfalls unter seiner Hand und mehrte sich, kein Schaf stürzte vom Felsen herab das Genicke, und keins zerriß der Wolf. Aber sein Brotherr war ein karger Filzer, der seinen treuen Knecht nicht lohnte, wie er sollte; denn er stahl den besten Widder aus der Herde und kürzte dafür das Hirtenlohn. Darum entlief er dem Geizhals und diente dem Richter als Herrenknecht, ward die Geißel der Diebe und frönte der Justiz mit strengem Eifer. Aber der Richter war ein ungerechter Mann, beugte das Recht, richtete nach Gunst und spottete der Gesetze. Weil Rips nun nicht das Werkzeug der Ungerechtigkeit sein wollte, sagt er dem Richter den Dienst auf und ward in den Kerker geworfen, aus welchem er doch auf dem gewöhnlichen Wege der Geister, durchs Schlüsselloch, leicht einen Ausgang fand.

Dieser erste Versuch, das Studium der Menschenkunde zu treiben, konnte ihn unmöglich zur Menschenliebe erwärmen; er kehrte mit Verdruß auf seine Felsenzinne zurück, überschaute von da die lachenden Gefilde, welche die menschliche Industrie verschönert hatte, und wunderte sich, daß die Mutter Natur ihre Spenden an solche Bastardbrut verlieh. Demungeachtet wagte er noch eine Ausflucht ins Land fürs Studium der Menschheit, schlich unsichtbar herab ins Tal und lauschte in Busch und Hecken. Da stund vor ihm die Gestalt eines reizvollen Mädchens, lieblich anzuschauen, wie die Mediceische Venus, und auch ohne alle Draperie, denn sie stieg eben ins Bad. Rings um sie hatten sich ihre Gespielinnen ins Gras gelagert an einem Wasserfall, der seine Silberflut in ein kunstloses Becken goß, scherzten und koseten mit ihrer Gebieterin in unschuldsvoller Fröhlichkeit. Dieser Anblick wirkte so wundersam auf den lauschenden Berggeist, daß er schier seiner geistigen Natur und Eigenschaft vergaß, sich das Los der Sterblichkeit wünschte und mit eben der Lüsternheit wie ehedem seine Konsorten in der ersten Welt nach den Töchtern der Menschen sah. Aber die Organe der Geister sind so fein, daß sie keinen festen und bleibenden Eindruck annehmen; der Gnome fand, daß es ihm an Körper gebrach, das Bild der badenden Schönen durch die verfinsterte Kammer des Auges aufzufassen und in seiner Imagination zu fixieren. Deshalb verwandelte er sich in einen schwarzen Kolkraben und schwang sich auf einen hohen Eschenbaum, der das Bad überschattete, des anmutsvollen Schauspiels zu genießen. Doch dieser Fund war nicht zum besten ausgedacht; er sah alles mit Rabenaugen und empfand als Rabe; ein Nest Waldmäuse hatte jetzt für ihn mehr Anziehendes als die badende Nymphe; denn die Seele wirkt in ihrem Denken und Wollen nie anders als in Gemäßheit des Körpers, der sie umgibt.

Diese psychologische Bemerkung war nicht sobald gemacht, als der Fehler auch verbessert war; der Rabe flog ins Gebüsche und gestaltete sich in einen blühenden Jüngling um. Das war der rechte Weg, ein Mädchenideal in seiner ganzen Vollkommenheit zu umfassen. Es erwachten Gefühle in seiner Brust, davon er seit seiner Existenz noch nichts geahnt hatte; alle Ideen bekamen einen neuen Schwung, er empfand eine gewisse Unruhe, sein Verlangen rang und strebte nach einem Etwas außer sich, dafür er keinen Namen hatte. Ein unwiderstehlicher Trieb zog ihn mechanisch wie ein Flaschenzug nach dem Wasserfalle hin, und doch fand er in sich eine ebenso mächtige Gegenwirkung, einen gewissen Scheu, der Mediceerin im Bade sich in der Verkörperung zu nahen oder durchs Gesträuch hervorzubrechen, durch welches sein Auge gleichwohl eine verstohlene Aussicht auszuspähen strebte.

Die schöne Nymphe war die Tochter des schlesischen Pharao, der in der Gegend des Riesengebirges damals herrschte. Sie pflegte oft mit den Jungfrauen ihres Hofes in den Hainen und Büschen des Gebirges zu lustwandeln, Blumen und Wohlgeruch duftende Kräuter zu sammeln oder für die Tafel ihres Vaters in jenem frugalen Zeitalter ein Körbchen Waldkirschen oder Erdbeeren zu pflücken und, wenn der Tag heiß war, sich bei der Felsenquelle am Wasserfalle zu erfrischen und darin zu baden. Von jeher scheinen die Bäder der Tummelplatz verliebter Abenteuer gewesen zu sein, und in diesem Rufe stehen sie noch bis auf den heutigen Tag. Das Bad im Riesengebirge veranlaßte wenigstens die heterogene Liebesintrige zwischen einem Gnomen und einem sterblichen Mädchen. Von diesem Augenblick an bannte die Liebe durch ihren süßen Zauber den inokulierten Berggeist an diesen Platz, den er nicht mehr verließ und täglich der Wiederkehr der reizenden Badegesellschaft mit Ungeduld entgegenharrte.

Die Nymphe zögerte lange, doch in der Mittagsstunde eines schwülen Sommertages besuchte sie wieder mit ihrem Gefolge die kühlen Schatten am Wasserfalle. Ihre Verwunderung ging über alles, da sie den Ort ganz verändert fand; die rohen Felsen waren mit Marmor und Alabaster bekleidet, das Wasser stürzte nicht mehr in einem wilden Strom von der steilen Bergwand, sondern rauschte, durch viele Abstufungen gebrochen, mit sanftem Gemurmel in ein weites Marmorbecken herunter, aus dessen Mitte ein reicher Wasserstrahl emporstrebte und, in einen dichten Platzregen verwandelt, den ein laues Lüftchen bald auf diese, bald auf jene Seite warf, in den Wasserbehälter zurückplätscherte. Maßlieben, Zeitlosen und das romantische Blümlein Vergißmeinnicht blüheten an dessen Rande, Rosenhecken, mit wildem Jasmin und Silberblüten vermengt, zogen sich in einiger Entfernung umher und bildeten das angenehmste Luststück. Rechts und links der Kaskade öffnete sich der doppelte Eingang einer prächtigen Grotte, deren Wände und Bogengewölbe mit mosaischer Bekleidung prangten von farbigen Erzstufen, Bergkristall und Frauenglas, alles funkelnd und flimmernd, daß der Abglanz davon das Auge blendete. In verschiedenen Nischen waren die niedlichsten Erfrischungen aufgetischt, deren Anblick zum Genuß einladete.

Die Prinzessin stand lange in stummer Verwunderung da, wußte nicht, ob sie ihren Augen trauen, diesen bezauberten Ort betreten oder fliehen sollte. Aber sie war Mutter Evens Tochter und konnte der Begierde nicht widerstehen, alles zu beschauen und von den herrlichen Früchten zu kosten, die für sie aufgetragen zu sein schienen. Nachdem sie mit ihrem Gefolge in diesem kleinen Tempel sich sattsam erlustigt und alles fleißig durchgemustert hatte, lüstete ihr, in dem Bassin zu baden. Sie befahl den Dirnen Wacht zu halten und umherzuschauen, damit kein verwegener Blick irgendeines Lauschers im Gebüsche ihre jungfräuliche Verschämtheit entweihen möchte.

Kaum war die liebliche Nymphe über den glatten Rand des Marmorbeckens hinabgeschlüpft, so sank sie in eine endlose Tiefe, obgleich der betrügliche Silberkies, der aus dem seichten Grunde hervorschien, keine Gefahr vermuten ließ. Schneller als die herzueilenden Jungfrauen das goldgelbe Haar der blonden Gebieterin erfassen konnten, hatte die gefräßige Flut sie schon verschlungen. Laut ließ die bange Schar der erschrockenen Mädchen Klage, Ach und Weh erschallen, als ihr Fräulein vor ihren sichtlichen Augen dahinschwand; sie rangen und wanden die schneeweißen Hände, flehten die Najaden vergebens um Erbarmung an und liefen ängstlich am marmornen Gestade hin und wider, indes das Springwasser recht geflissentlich sie mit einem Platzregen nach dem andern übergoß. Doch wagte es keine, der Entschwommenen nachzuspringen, außer Brinhild, ihre liebste Gespielin, die nicht säumte, in den bodenlosen Mälstrom sich zu stürzen, gleiches Schicksal mit ihrem geliebten Fräulein erwartend. Aber sie schwamm als ein leichter Kork auf dem Wasser, und alles Bestrebens ungeachtet war sie nicht vermögend unterzutauchen.

Hier war kein anderer Rat, als dem Könige die traurige Begebenheit mit seiner Tochter zu hinterbringen. Wehklagend begegneten ihm die zagenden Dirnen, da er eben mit seinen Jägern zu Walde zog. Der König zerriß sein Kleid vor Betrübnis und Entsetzen, nahm die goldene Krone vom Haupte, verhüllte sein Angesicht mit dem Purpurmantel, weinte und stöhnte laut über den Verlust der schönen Emma.

Nachdem er der Vaterliebe den ersten Tränenzoll entrichtet hatte, stärkte er seinen Mut und eilte, das Abenteuer am Wasserfalle selbst zu beschauen. Aber der angenehme Zauber war verschwunden, die rohe Natur stand wieder da in ihrer vorigen Wildheit, da war keine Grotte, kein Marmorbad, kein Rosengehege, keine Jasminlaube. Dem guten König ahndete zum Glück nichts von einer Entführung seiner Tochter durch irgendeinen irrenden Ritter, denn Entführungen waren damals noch nicht Sitte im Lande; also erpreßte er von den Dirnen weder durch Drohungen noch Folter ein Geständnis von dem plötzlichen

Verschwinden der Prinzessin, das glaubwürdiger gewesen wäre als die Wahrheit. Vielmehr nahm er ihren Bericht auf Treu und Glauben an und meinte, Thor oder Wodan oder sonst einer der Götter sei bei dieser wunderbaren Begebenheit mit im Spiel gewesen, setzte darauf die Jagdpartie fort und tröstete sich bald über seinen Verlust; denn die Erdenkönige fühlen eigentlich keinen Kummer, als den Verlust ihrer Krone.

Unterdessen befand sich die liebreizende Emma in den Armen ihres geistigen Liebhabers nicht übel. Meister Schwimmart hatte sie durch das Gaukelspiel einer theatermäßigen Versenkung nur den Augen ihres Gefolges entzogen und führte sie durch einen unterirdischen Weg in einen prächtigen Palast, mit welchem die väterliche Residenz in keine Vergleichung kam. Als sich die Lebensgeister der Prinzessin wieder erholt hatten, befand sie sich auf einem gemächlichen Sofa, angetan mit einem Gewand von rosenfarbenem Satin und einem jungfräulichen Gürtel von himmelblauer Seide, der aus der Garderobe der Liebesgöttin entwendet zu sein schien. Ein junger Mann von anlockender Physiognomie lag zu ihren Füßen und tat ihr mit dem wärmsten Gefühl das Geständnis der Liebe, welches sie mit schamhaftem Erröten annahm. Der entzückte Gnome unterrichtete sie hierauf von seinem Stand und seiner Herkunft, von den unterirdischen Staaten, die er beherrschte, führte sie durch die Zimmer und Säle des Schlosses und zeigte ihr alle Pracht und Reichtum desselben. Ein herrlicher Lustgarten umgab das Schloß von drei Seiten, der mit seinen Blumenstücken und Rasenplätzen, auf deren grüner Fläche ein kühler Schatten schwamm, dem Fräulein vornehmlich zu behagen schien. Alle Obstbäume trugen purpurrote mit Gold gesprenkte oder zur Hälfte übergüldete Äpfel, dergleichen weder Hirschfelds Gartenkunst noch sonst ein Gartengenie heutzutage der Natur abzulocken vermag. Das Gebüsch war mit Sangvögeln angefüllt, die ihre hundertstimmigen Sinfonien hervortönten. In den traulichen Bogengängen lustwandelte das empfindsame Paar, sah zuzeiten in den Mond, oder der Gnome parentierte einer am Busen seiner Geliebten welkenden Blume. Sein Blick hing an ihren Lippen, und sein Ohr trank gierig die sanften Töne aus ihrem melodischen Munde; jedes Wort ging ihm glatt ein wie Honigseim; in einem äonenlangen Leben hatte er dergleichen selige Stunden noch nie genossen, als ihm jetzt die erste Liebe gab.

Nicht gleiches Wonnegefühl empfand die reizende Emma in ihrem Busen. Ein gewisser Trübsinn hing über ihrer Stirn, sanfte Schwermut und zärtliches Hinschmachten, welches der weiblichen Gestalt so viel Zauberreiz mitteilt, veroffenbarten allgenugsam, daß geheime Wünsche in ihrem Herzen verborgen lagen, die nicht völlig mit den seinigen sympathisierten. Er machte gar bald diese Entdeckung und bestrebte sich, durch tausend Liebkosungen diese Wolken zu zerstreuen und die Schöne aufzuheitern, wiewohl vergebens. Der Mensch, dachte er bei sich selbst, ist ein geselliges Tier wie die Biene und die Ameise; der schönen Sterblichen gebricht's an Unterhaltung. Mann und Weib mag wohl in die Länge eine tote Gesellschaft sein. Wem soll sich Madame mitteilen? Für wen ihren Putz ordnen? Mit wem darüber zu Rate gehen, und was soll ihre Eitelkeit nähren? Konnt's doch das erste Weib in Edens Gefilden nicht lange mit ihrem ernsthaften Konsorten aushalten und wählte darum die Schlange zur Konfidente. Flugs ging er hinaus ins Feld, zog auf einem Acker ein Dutzend Rüben aus, legte sie in einen zierlich geflochtenen Deckelkorb und brachte diesen der schönen Emma, die melancholisch einsam in der beschatteten Laube eine Rose entblätterte. Schönste der Erdentöchter, redete sie der Gnome an, verbanne allen Trübsinn aus deiner Seele und öffne dein Herz der geselligen Freude; du sollst nicht mehr die einsam Trauernde in meiner Wohnung sein. In diesem Korbe ist alles, was du bedarfst, diesen Aufenthalt dir angenehm zu machen. Nimm den kleinen bunt geschälten Stab und gib durch die Berührung mit demselben den Erdgewächsen im Korbe die Gestalten, welche dir gefallen.

Hierauf verließ er die Prinzessin, und sie weilte keinen Augenblick, mit dem Zauberstabe laut Instruktion zu verfahren, nachdem sie den Deckelkorb eröffnet hatte. Brinhild, rief sie, liebe Brinhild, erscheine! Und Brinhild lag zu ihren Füßen, umfaßte die Knie ihrer Gebieterin und benetzte ihren Schoß mit Freudenzähren, liebkoste ihr freundlich, wie sie sonst zu tun pflegte. Die Täuschung war so vollkommen, daß Fräulein Emma selbst nicht wußte, wie sie mit ihrer Schöpfung dran war; ob sie die wahre Brinhild hergezaubert hatte oder ob ein Blendwerk das Auge betrog. Sie überließ sich indessen ganz den Empfindun-

gen der Freude, ihre liebste Gespielin um sich zu haben, lustwandelte mit ihr Hand in Hand im Garten umher, ließ ihr dessen herrliche Anlagen bewundern und pflückte ihr goldgesprengte Äpfel von den Bäumen. Hierauf führte sie ihre Freundin durch alle Zimmer im Palast bis in die Kleiderkammer, wo der weibliche Kontemplationsgeist so viel Nahrung fand, daß sie bis zu Sonnenuntergang darin verweilten. Alle Schleier, Gürtel, Ohrenspangen wurden gemustert und anprobiert. Die postische Brinhild wußte sich dabei so gut zu benehmen und zeigte so viel Geschmack in der Wahl und Anordnung des weiblichen Putzes, daß, wenn sie ihrer Natur und Wesen nach nichts als eine Rübe war, ihr wenigstens niemand den Ruhm absprechen konnte, die Krone ihres Geschlechts zu sein.

Der spähende Gnome war entzückt über den Tiefblick, den er in das weibliche Herz getan zu haben vermeinte, und freute sich über den guten Fortgang in der Menschenkunde. Die schöne Emma dünkte ihm jetzt schöner, freundlicher und heiterer zu sein als jemals. Sie unterließ nicht, ihren ganzen Rübenvorrat mit dem Zauberstabe zu beleben, gab ihnen die Gestalt der Jungfrauen, die ihr vordem aufzuwarten pflegten, und weil noch zwei Rüben übrig waren, bildete sie die eine zu einer Zyperkatze um, so schön und zutätig, als weiland Fräulein Rosaurens Murner war, und aus der andern schuf sie einen niedlichen hüpfenden Beni. Sie richtete nun ihren Hofstaat wieder an, teilte einer jeden der aufwartenden Dirnen ein gewisses Geschäft zu, und nie wurde eine

Herrschaft besser bedient; das Gesinde kam ihren Wünschen zuvor, gehorchte auf den Wink und vollstreckte ihre Befehle ohne den mindesten Widerspruch. Einige Wochen lang genoß sie die Wonne des gesellschaftlichen Vergnügens ungestört, Reihentänze, Sang und Saitenspiel wechselten in dem Harem des Gnomen vom Morgen bis zum Abend, nur merkte das Fräulein nach Verlauf einiger Zeit, daß die frische Gesichtsfarbe ihrer Gesellschafterinnen etwas abbleichte, der Spiegel im Marmorsaal ließ ihr zuerst bemerken, daß sie allein wie eine Rose aus der Knospe frisch hervorblühte, da die geliebte Brinhild und die übrigen Jungfrauen welkenden Blumen glichen; gleichwohl versicherten sie alle, daß sie sich wohlbefänden, und der freigebige Gnome ließ sie an seiner Tafel auch keinen Mangel leiden. Dennoch zehrten sie sichtbarlich ab, Leben und Tätigkeit schwand von Tag zu Tag mehr dahin, und alles Jugendfeuer erlosch.

Als die Prinzessin an einem heiteren Morgen, durch gesunden Schlaf gestärkt, fröhlich ins Gesellschaftszimmer trat, wie schauderte sie zurück, da ihr ein Haufen eingeschrumpfter Matronen an Stäben und Krücken entgegenzitterte, mit Dumpf und Keuchhusten beladen, unvermögend, sich aufrecht zu erhalten. Der schäkernde Beni hatte alle viere von sich gestreckt, und der schmeichelnde Zyper konnte sich vor Kraftlosigkeit kaum noch regen und bewegen. Bestürzt eilte die Prinzessin aus dem Zimmer, der schaudervollen Gesellschaft zu entfliehen, trat heraus auf den Söller des Portals und rief laut den Gnomen, welcher alsbald in demütiger Stellung auf ihr Geheiß erschien. Boshafter Geist, redete sie ihn zornmütig an, warum mißgönnst du mir die einzige Freude meines harmlosen Lebens, die Schattengesellschaft meiner ehemaligen Gespielinnen? Ist diese Einöde nicht genug, mich zu quälen, willst du sie noch in ein Spital verwandeln? Augenblicklich gib meinen Dirnen Jugend und Wohlgestalt wieder, oder Haß und Verachtung soll deinen Frevel rächen. Schönste der Erdentöchter, gegenredete der Gnome, zürne nicht über die Gebühr! Alles, was in meiner Gewalt ist, steht in deiner Hand; aber das Unmögliche fordere nicht von mir. Die Kräfte der Natur gehorchen mir, doch mag ich nichts gegen ihre unwandelbaren Gesetze. Solange vegetierende Kraft in den Rüben war, konnte der magische Stab ihr Pflanzenleben nach deinem Gefallen verwandeln; aber ihre Säfte sind nun vertrocknet, und ihr Wesen neigt sich

nach der Zerstörung hin, denn der belebende Elementargeist ist verraucht. Jedoch das soll dich nicht kümmern, Geliebte, ein frisch gefüllter Deckelkorb kann den Schaden leicht ersetzen; du wirst daraus alle die Gestalten wieder hervorrufen, die du begehrst. Gib jetzt der Mutter Natur ihre Geschenke zurück, die dich so angenehm unterhalten haben; auf dem großen Rasenplatze im Garten wirst du bessere Gesellschaft finden. Der Gnome entfernte sich darauf, und Fräulein Emma nahm ihren bunt geschälten Stab zur Hand, berührte damit die gerunzelten Weiber, las die eingeschrumpften Rüben zusammen und tat damit, was Kinder, die eines Spielzeugs, oder auch Fürsten, die ihrer Favoriten müde sind, zu tun pflegen: sie warf den Plunder ins Kehricht und dachte nicht mehr daran.

Leichtfüßig hüpfte sie nun über die grünen Matten dahin, den frisch gefüllten Deckelkorb in Empfang zu nehmen, den sie gleichwohl nirgends fand. Sie ging den Garten auf und nieder, spekulierte fleißig umher, aber es wollte kein Korb zum Vorschein kommen. Am Traubengeländer kam ihr der Gnome entgegen mit so sichtbarer Verlegenheit, daß sie seine Bestürzung schon von ferne wahrnahm. Du hast mich getäuscht, sprach sie, wo ist der Deckelkorb geblieben? Ich suche ihn schon seit einer Stunde vergebens. Holde Gebieterin meines Herzens, antwortete der Geist, wirst du mir meinen Unbedacht verzeihen? Ich versprach mehr, als ich geben konnte, ich habe das Land durchzogen, Rüben aufzusuchen, aber sie sind längst geerntet und welken in dumpfigen Kellern. Die Fluren trauern, unten im Tale ist's Winter, nur deine Gegenwart hat den Frühling an diesen Felsen gefesselt, und unter deinem Fußtritt sprossen Blumen hervor. Harre nur drei Mondenwechsel in Geduld aus, dann soll dir's nie an Gelegenheit gebrechen, mit deinen Puppen zu spielen. Ehe noch der beredsame Gnome mit dieser Rede zu Ende war, drehte ihm seine Schöne unwillig den Rücken zu und begab sich in ihr Klosett, ohne ihn einer Antwort zu würdigen. Er aber hob sich von dannen in die nächste Marktstadt innerhalb seines Gebietes, kaufte, als ein Pachter gestaltet, einen Esel, den er mit schweren Säcken Sämerei belud, womit er einen ganzen Morgen Landes besäete. Dabei bestellte er einen seiner dienstbaren Geister als Hüter, dem er aufgab, ein unterirdisches Feuer anzuschüren, um die Saat von unten herauf mit linder Wärme zu treiben, wie Ananaspflanzen in einem Lohkasten.

Die Rübensaat schoß lustig auf und versprach in kurzer Zeit eine reiche Ernte, Fräulein Emma ging täglich hinaus auf ihr Ackerfeld, welches zu besehen sie mehr lüstete als die goldnen Äpfel, die aus dem Garten der Hesperiden in den ihrigen verpflanzt zu sein schienen. Aber Spleen und Mißmut trübte ihre kornblumfarbenen Augen. Sie weilte am liebsten in einem düstern melancholischen Tannenwäldchen, am Rande eines Quellbaches, der sein silberhelles Gewässer ins Tal rauschen ließ, und warf Blumen hinein, die in den Odergrund hinabflossen, und daß diese melancholische Zeitkürzung auf geheimen Liebesgram deute, wissen alle, die sich auf die Symbolik der Liebe verstehen.

Der Gnome sah wohl, daß bei dem sorgfältigen Bestreben, durch tausend kleine Gefälligkeiten sich in der schönen Emma Herz zu stehlen, ihr keine Liebe abzugewinnen war. Demungeachtet ermüdete seine hartnäckige Geduld nicht, durch die pünktlichste Erfüllung ihrer Wünsche sie auszuharren und ihren spröden Sinn zu überwinden. Seine gänzliche Unerfahrenheit in der Liebe bildete ihm ein, die Schwierigkeiten, die sich seinem Verlangen entgegenstellten, möchten wohl in den Roman irdischer Liebe gehören; denn er bemerkte sehr fein und richtig, daß dieser Widerstand auch einen gewissen Reiz habe und sehr geschickt sei, den zu hoffenden Triumph dereinst desto mehr zu verherrlichen. Aber der Neuling in der Menschenkunde hatte keine Gedanken von der wahren Ursache dieser Widerspenstigkeit seiner Herzensgebieterin; er nahm als etwas Ausgemachtes an, daß ihr Herz so frei und unbefangen sei als das seine, und war der Meinung, dieses noch unberührte Grundstück gehöre nach allen Rechten ihm als dem ersten Besitznehmer zu.

Doch das war ein großer Irrtum. Ein junger Grenznachbar an den Gestaden der Oder, Fürst Ratibor, hatte den süßen Minnetrieb in dem Herzen der holden Emma bereits angefacht und zur Ausbeute ihre erste Liebe davongetragen, welche, wie behauptet wird, unzerstörbarer sein soll als das Grundwesen der vier Elemente. Schon sah das glückliche Paar dem Tage der Vollziehung ihrer Gelübde entgegen, da die Braut mit einem Male verschwand. Diese peinliche Nachricht verwandelte den liebenden Ratibor in einen rasenden Roland. Er verließ seine Residenz, zog menschenscheu in einsamen Wäldern umher, klagte den Felsen sein Unglück und trieb alle den Unfug eines modernen Romanhelden, den der boshafte Amor schikaniert. Die treue Emma seufzte unterdessen ihren geheimen Gram in dem anmutigen Gefängnis aus, verschloß aber ihre Herzgefühle so fest in ihren Busen, daß der spähende Gnome nicht enträtseln konnte, was für Empfindungen sich darin regten. Lange schon hatte sie darauf gesonnen, wie sie ihn überlisten und der lästigen Gefangenschaft entrinnen möchte. Nach mancher durchwachten Nacht sann sie endlich einen Plan aus, der des Versuchs würdig schien, ihn auszuführen.

Der Lenz kehrte in die gebirgischen Täler zurück, der Gnome ließ das unterirdische Feuer in seinem Treibhaus abgehen, und die Rüben, die durch Einflüsse des Winters in ihrem Wachstum nicht waren gehindert worden, gediehen zur Reife. Die schlaue Emma zog täglich einige davon aus und machte damit Versuche, ihnen allerlei beliebige Gestalten zu geben, dem Anschein nach, sich damit zu belustigen; aber ihre Absicht ging weiter. Sie ließ eines Tages eine kleine Rübe zur Biene werden, um sie abzuschicken, Kundschaft von ihrem Geliebten einzuziehen. Fleuch, liebes Bienchen, gegen Aufgang, sprach sie, zu Ratibor, dem Fürsten des Landes, und sumse ihm sanft ins Ohr, daß Emma noch für ihn lebt, aber eine Sklavin ist des Fürsten der Gnomen, der das Gebirge bewohnet; verlier kein Wort von diesem Gruße und bring mir Botschaft von seiner Liebe. Die Biene flog alsbald von dem Finger ihrer Gebieterin, wohin sie beordert war; aber kaum hatte sie ihren Flug begonnen, so stach eine gierige Schwalbe auf sie herab und verschlang zum großen Leidwesen des Fräuleins die Botschafterin der Liebe mit allen Depeschen. Darauf formte sie vermöge des wunderbaren Stabes eine Grille, lehrte ihr gleichen Spruch und Gruß: Hüpfe, kleine Grille, über das Gebirge zu Ratibor, dem Fürsten des Landes, und zirpe ihm ins Ohr, die getreue Emma begehre Entledigung ihrer Banden durch seinen starken Arm. Die Grille flog und hüpfte, so schnell sie konnte, auszurichten, was ihr befohlen war; aber ein langbeiniger Storch promenierte eben an dem Wege, darauf die Zirpe zog, erfaßte sie mit seinem langen Schnabel und begrub sie in das Verlies seines weiten Kropfes.

Diese mißlungenen Versuche schreckten die entschlossene Emma nicht ab, einen neuen zu wagen, sie gab der dritten Rübe die Gestalt einer Elster. Schwanke hin, beredsamer Vogel, sprach sie, von Baum zu Baum, bis du gelangest zu Ratibor, meinem Sponsen, sag ihm an meine Gefangenschaft und gib ihm Bescheid, daß er meiner harre mit Roß und Mann, den dritten Tag von heute, an der Grenze des Gebirges im Maientale, bereit, den Flüchtling aufzunehmen, der seine Ketten zu zerbrechen wagt und Schutz von ihm begehrt. Die zwiefarbige Aglaster gehorchte, flatterte von einem Ruheplatze zum andern, und die sorgsame Emma begleitete ihren Flug, so weit das Auge trug. Der harmvolle Ratibor irrte noch immer melancholisch in den Wäldern herum; die Rückkehr des Lenzen und die wiederauflebende Natur

hatten seinen Kummer nur gemehret. Er saß unter einer schattenreichen Eiche, dachte an seine Prinzessin und seufzte laut: Emma! Alsbald gab das vielstimmige Echo ihm diesen geliebten Namen schmeichelhaft zurück; aber zugleich rief auch eine unbekannte Stimme den seinigen aus. Er horchte hoch auf, sah niemand, wähnte eine Täuschung und hörte den nämlichen Ruf wiederholen. Kurz darauf erblickte er eine Elster, die auf den Zweigen hin und wider flog, und ward inne, daß der gelehrige Vogel ihn beim Namen rief. Armer Schwätzer, sprach er, wer hat dich gelehrt, diesen Namen auszusprechen, der einem Unglücklichen zugehört, welcher wünscht, von der Erde vertilgt zu sein wie sein Gedächtnis? Hierauf faßte er wütig einen Stein und wollte ihn nach dem Vogel schleudern, als dieser den Namen Emma hören ließ. Dieser Talisman entkräftete den Arm des Prinzen, frohes Entzücken durchschauerte alle seine Glieder, und in seiner Seele bebte es leise nach: Emma! Aber der Sprecher auf dem Baume begann mit der dem Elstergeschlechte eignen Wohlredenheit den Spruch, der ihm gelehrt war. Fürst Ratibor vernahm nicht sobald diese fröhliche Botschaft, so ward's hell in seiner Seele; der tödliche Gram, der die Sinne umnebelt und die Federkraft der Nerven erschlafft hatte, verschwand; er kam wieder zu Gefühl und Besinnung und forschte mit Fleiß von der Glücksverkünderin nach den Schicksalen der holden Emma; aber die gesprächige Elster konnte nichts als mechanisch ihre Lektion ohne Aufhören wiederholen und flatterte davon. Schnellfüßig wie Hasael eilte der auflebende Waldmisanthrop zu seinem Hoflager zurück, rüstete eilig das Geschwader der Reisigen, saß auf und zog mit ihnen hin ans Vorgebirge seiner guten Hoffnung, das Abenteuer zu bestehen.

Fräulein Emma hatte unterdessen mit weiblicher Schlauheit alles vorbereitet, ihr Vorhaben auszuführen. Sie ließ ab, den duldsamen Gnomen mit tötendem Kaltsinn zu quälen, ihr Auge sprach Hoffnung, und ihr spröder Sinn schien beugsamer zu werden. Solche glückliche Adspekten läßt ein seufzender Liebhaber nicht leicht ungenutzt; der geistige Philogyn empfand vermöge seiner geistigen Empfindsamkeit gar bald diese scheinbare Sinnesänderung der holden Spröden. Ein holdseliger Blick, eine freundliche Miene, ein bedeutsames Lächeln setzten sein entzündbares Wesen in volle Flammen wie elektrische Funken einen Löffel voll Weingeist. Er wurde dreister, erneuerte sein Liebesgewerbe, das lange geruhet hatte, bat um Erhörung und wurde nicht zurückgewiesen. Die Präliminarien waren so gut als unterzeichnet; das Fräulein begehrte nur jungfräulichen Wohlstands halber noch einen Tag Bedenkzeit, welchen ihr der wonnetrunkene Gnome bereitwillig zugestand.

Den folgenden Morgen, kurz nach Sonnenaufgang, trat die schöne Emma geschmückt wie eine Braut hervor, mit allem Geschmeide belastet, das sie in ihrem Schmuckkästlein gefunden hatte. Ihr blondes Haar war in einen Knoten geschürzt, welchen eine Myrtenkrone überschattete; der Besatz ihres Kleides flinkerte von Juwelen, und da ihr der harrende Gnome auf der großen Terrasse im Lustgarten entgegenwandelte, bedeckte sie züchtiglich mit dem Ende des Schleiers ihr schamhaftes Angesicht. Himmlisches Mädchen, stammelte er ihr entgegen, laß mich die Seligkeit der Liebe aus deinen Augen trinken und weigere mir nicht länger den bejahenden Blick, der mich zum glücklichsten Wesen macht, das jemals die rote Morgensonne bestrahlt hat! Hierauf wollte er ihr Antlitz enthüllen, um sein Glück aus ihren Augen zu lesen, denn er erdreistete sich nicht, ein mündliches Geständnis von ihr zu erpressen. Das Fräulein aber machte ihre Schleierwolke noch dichter um sich her und gegenredete gar bescheidentlich also: Vermag eine Sterbliche dir zu widerstehen, Gebieter meines Herzens? Deine Standhaftigkeit hat obgesiegt. Nimm dies Geständnis von meinen Lippen; aber laß mein Erröten und meine Zähren diesen Schleier auffassen. Warum Zähren, o Geliebte? fiel der beunruhigte Geist ihr ein, jede deiner Zähren fällt wie ein brennender Naphthatropfen mir aufs Herz, ich heische Lieb um Liebe und will nicht Aufopferung. Ach, erwiderte Emma, warum mißdeutest du meine Tränen? Mein Herz lohnt deiner Zärtlichkeit; aber bange Ahndung zerreißt meine Seele. Das Weib hat nicht stets die Reize einer Geliebten; du alterst nimmer; aber irdische Schönheit ist eine Blume, die bald dahinwelkt. Woran soll ich erkennen, daß du der zärtliche, liebevolle, gefällige, duldsame Gemahl sein werdest, wie du als Liebhaber wärest? Er antwortete: Fordere einen Beweis meiner Treue oder des Gehorsams in Ausrichtung deiner Befehle, oder stelle meine Geduld auf die Probe und urteile daraus von der Stärke meiner unwandelbaren Liebe. Es sei also! beschloß die schlaue Emma, ich heische nur einen Beweis deiner Gefälligkeit. Gehe hin und zähle die Rüben alle auf dem Acker; mein Hochzeittag soll nicht ohne Zeugen sein, ich will sie beleben, damit sie mir zu Kränzeljungfrauen dienen; aber hüte dich, mich zu täuschen, und verzähle dich nicht um eine, denn das ist die Probe, woran ich deine Treue prüfen will.

So ungern sich der Gnome in diesem Augenblick von seiner reizenden Braut schied, so gehorchte er doch sonder Verzug, machte sich rasch an sein Geschäft und hüpfte so hurtig unter den Rüben herum wie ein französischer Lazarettarzt unter den Kranken, die er auf den Kirchhof zu spendieren hat. Er war durch diese Geschäftigkeit mit seinem Additionsexempel bald zustande; doch um der Sache recht gewiß zu sein, wiederholte er die Operation nochmals und fand zu seinem Verdruß einen Varianten in der Rechnung, welcher ihn nötigte, zum dritten Mal den Rübenpöbel durchzumustern. Aber auch diesmal ergab sich eine neue Differenz, und das war eben nicht zu verwundern; ein schöner Mädchenkopf kann den besten arithmetischen Hirnkasten verwirren, und selbst dem infallibeln Kästner soll's ehedem unter gleichen Umständen oft begegnet sein, sich verrechnet zu haben.

Die verschmitzte Emma hatte ihren Paladin nicht sobald aus den Augen verloren, als sie zur Flucht Anstalt machte. Sie hielt eine saftvolle wohlgenährte Rübe in Bereitschaft, welche sie flugs in ein mutiges Roß mit Sattel und Zeug metamorphosierte. Rasch schwang sie sich in den Sattel, flog über die Heiden und Steppen des Gebirges dahin, und der flüchtige Pegasus wiegte sie ohne zu straucheln auf seinem sanften Rücken hinab ins Maiental, wo sie dem geliebten Ratibor, der der Kommenden ängstlich entgegenharrete, sich fröhlich in die Arme warf.

Der geschäftige Gnome hatte sich indessen so in seine Zahlen vertieft, daß er von dem, was um und neben ihm geschah, so wenig wußte als der kalkulierende Newton von dem geräuschvollen Siegesgepränge der Blendheimer Schlacht, das unter seinem Fenster vorüberzog. Nach langer Mühe und Anstrengung seiner Geisteskraft war's ihm endlich gelungen, die wahre Zahl aller Rüben auf dem Ackerfelde, klein und groß mit eingerechnet, gefunden zu haben. Er eilte nun froh zurück, sie seiner Herzensgebieterin gewissenhaft zu berechnen und durch die pünktliche Erfüllung ihrer Befehle sie zu überzeugen, daß er der gefälligste und unterwürfigste Gemahl sein werde, den jemals Phantasie und Kaprize einer Adamstochter beherrscht hat. Mit Selbstzufriedenheit

trat er auf den Rasenplatz; aber da fand er nicht, was er suchte; er lief durch die bedeckten Lauben und Gänge, auch da war nicht, was er begehrte; er kam in den Palast, durchspähte alle Winkel desselben, rief den holden Namen Emma aus, den ihm die einsamen Hallen zurücktönten, begehrte einen Laut von dem geliebten Munde; doch da war weder Stimme noch Rede. Das fiel ihm auf, er merkte Unrat; flugs warf er das schwerfällige Phantom der Verkörperung ab, wie ein träger Ratsherr seinen Schlafrock, wenn vom Turme der Feuerwächter Lärm bläst, schwang sich hoch in die Luft und sah den geliebten Flüchtling in der Ferne, als eben der rasche Gaul über die Grenze setzte. Wütend ballte der ergrimmte Geist ein paar friedlich vorüberziehende Wolken zusammen und schleuderte einen kräftigen Blitz der Fliehenden nach, der eine tausendjährige Grenzeiche zersplitterte; aber jenseit derselben war des Gnomen Rache unkräftig, und die Donnerwolke zerfloß in einen sanften Heiderauch.

Nachdem er die obern Luftregionen verzweiflungsvoll durchkreuzt, seine unglückliche Liebe den vier Winden geklagt und seine stürmende Leidenschaft ausgetobt hatte, kehrte er trübsinnig in den Palast zurück, schlich durch alle Gemächer und erfüllte sie mit Seufzen und Stöhnen. Nachher besuchte er noch einmal den Lustgarten, doch diese ganze Zauberschöpfung hatte keinen Reiz mehr für ihn; ein einziger Fußtapfen der geliebten Ungetreuen, in den Sand gedrückt, welchen er bemerkte, beschäftigte seine Aufmerksamkeit mehr als die goldnen Äpfel an den Bäumen und die buntfarbige mosaische Ausfüllung der Buchsbaumschnörkel auf den Blumenstücken. Die Ideen des wonniglichen Genusses erwachten wieder an jedem Platze, wo sie vormals ging und stand, wo sie Blumen gepflückt oder ausgezupft, wo er sie oft unsichtbar belauscht, oft, mit der körperlichen Hülle umgeben, trauliche Unterredung mit ihr gepflogen hatte. Alles das würgte und knotete ihn so zusammen, preßte und drückte ihn dergestalt auf die Zirbeldrüse, daß er unter der Last seiner Gefühle in dumpfes Hinbrüten versank. Bald hernach brach sein Unmut in gräßliche Verwünschungen aus, nachdem er seiner ersten Liebe eine stattliche Parentation gehalten, und er vermaß sich höchlich, der Menschenkenntnis ganz zu entsagen und von diesem argen betrüglichen Geschlechte fürohin keine weitere Notiz zu nehmen. In dieser Entschließung stampfte er dreimal auf die Erde, und der ganze Zauberpalast mit all seiner Herrlichkeit kehrte in sein ursprüngliches Nichts zurück. Der Abgrund aber sperrte seinen weiten Rachen auf, und der Gnome fuhr hinab in die Tiefe bis an die entgegengesetzte Grenze seines Gebietes, in den Mittelpunkt der Erde, und nahm Spleen und Menschenhaß mit dahin.

Während dieser Katastrophe im Gebirge war Fürst Ratibor geschäftig, die herrliche Beute seiner Wegelagerung in Sicherheit zu bringen, führte die schöne Emma mit triumphalischen Pomp an den Hof ihres Vaters zurück, vollzog daselbst seine Vermählung, teilte mit ihr den Thron seines Erbes und erbaute die Stadt Ratibor, die noch seinen Namen trägt bis auf diesen Tag. Das sonderbare Abenteuer der Prinzessin, das ihr auf dem Riesengebirge begegnet war, ihre kühne Flucht und glückliche Entrinnung wurde das Märchen des Landes, pflanzte sich von Geschlecht zu Geschlecht fort bis in die entferntesten Zeiten, und die schlesischen Damen nebst ihren Nachbarinnen zur Rechten und Linken und von Aufgang zum Niedergang fanden so vielen Geschmack daran, daß sie das Stratagem der schlauen Emma noch oft benutzen und den unbehaglichen Ehekonsorten wegschicken, Rüben zu zählen, wenn sie den Buhlen beschieden haben. Und die Inwohner der umliegenden Gegenden, die den Nachbar Berggeist bei seinem Geisternamen nicht zu nennen wußten, legten ihm einen Spottnamen auf, riefen ihn Rübenzähler oder kurzab Rübezahl.

ZWEITE LEGENDE

Die Mutter Erde war also von jeher der Zufluchtsort, wohin sich gestörte Liebe barg. Die unglücklichen Wichte unter den Adamskindern, welche Wunsch und Hoffnung täuscht, öffnen sich unter solchen Umständen den Weg dahin durch Strick und Dolch, durch Blei und Gift, durch Darrsucht und Bluthusten oder sonst auf eine unbequeme Art. Aber die Geister bedürfen all der Umständlichkeiten nicht und genießen überdies des Vorteils, daß sie nach Belieben in die Oberwelt zurückkehren können, wenn sie ausgetrotzt oder ihre Leidenschaft ausgetobt haben, da den Sterblichen der Weg zur Rückkehr auf ewig verschlossen ist. Der unmutsvolle Gnome verließ die Oberwelt mit dem Entschluß, nie wieder das Tageslicht zu schauen; doch die wohltätige Zeit verwischte nach und nach die Eindrücke seines Grams; gleichwohl erforderte diese langwierige Operation einen Zeitraum von neunhundertundneunundneunzig Jahren, ehe die alte Wunde ausheilte. Endlich, da ihn die Beschwerde der Langeweile drückte und er einsmal sehr übel aufgeräumt war, brachte sein Favorit und Hofschalksnarr in der Unterwelt, ein drolliger Kobold, eine Lustpartie aufs Riesengebirge in Vorschlag, welchen Seine Herrlichkeit zu goutieren nicht ermangelte. Es brauchte nicht mehr als den Zeitblick einer Minute, so war die weite Reise vollendet, und er befand sich mitten auf dem großen Rasenplatze seines ehemaligen Lustgartens, dem er nebst dem übrigen Zubehör die vorige Gestalt gab; doch blieb alles für menschlichen Augen verborgen: die Wanderer, die übers Gebirge zogen, sahen nichts als eine fürchterliche Wildnis. Der Anblick dieser Objekte, die er in der ehemaligen Liebesepoche in einem rosenfarbenen Lichte schimmern sah, erneuerte alle Ideen der verjährten Liebschaft, und ihm dünkte, die Geschichte mit der schönen Emma sei erst seit ehegestern vorgefallen; ihr Bild schwebte ihm noch so deutlich vor, als stünde sie neben ihm. Aber die Erinnerung, wie sie ihn überlistet und hintergangen hatte, machte seinen Groll gegen die ganze Menschheit wieder rege. Unseliges Erdengewürm, rief er aus, indem er aufschaute und vom hohen Gebirge die Türme der Kirchen und Klöster in Städten und Flecken erblickte, treibst, sehe ich, dein Wesen noch immer unten im Tale. Hast mich baß geäfft durch Tücke und Ränke, sollst mir nun büßen; will dich auch hetzen und wohl plagen, daß dir soll bange werden vor dem Treiben des Geistes im Gebirge.

Kaum hatte er diese Worte gesagt, so vernahm er in der Ferne Menschenstimmen. Drei junge Gesellen wanderten durchs Gebirge, und der keckste unter ihnen rief ohne Unterlaß: Rübezahl, komm herab! Rübezahl, Mädchendieb! Von undenklichen Jahren her hatte die Lästerchronik die Liebesgeschichte des Berggeistes in mündlichen Überlieferungen getreulich aufbewahrt, sie wie gewöhnlich mit lügenhaften Zusätzen vermehrt, und jeder Reisende, der das Riesengebirge betrat, unterhielt sich mit seinem Gefährten von den Abenteuern desselben. Man trug sich mit unzähligen Spukhistörchen, die sich niemals begeben hatten, machte damit zaghafte Wanderer zu fürchten, und die starken Geister, Witzlinge und Philosophen, die am hellen Tage und in zahlreicher Gesellschaft keine Gespenster glauben und sich darüber lustig machen, pflegten aus Übermut, oder um ihre Herzhaftigkeit zu beweisen, den Geist oft zu zitieren, aus Schäkerei bei seinem Ekelnamen zu rufen und auf ihn zu schimpfen. Man hatte nie gehört, daß dergleichen Insulten von dem friedsamen Berggeiste wären gerügt worden, denn in den Tiefen des Abgrundes erfuhr er von diesem mutwilligen Hohn kein Wort. Desto mehr war er betroffen, da er seine ganze chronique scandaleuse jetzt so kurz und bündig ausrufen hörte. Wie der Sturmwind raste er durch den düstern Fichtenwald und war schon im Begriff, den armen Tropf, der sich ohne Absicht über ihn lustig gemacht hatte, zu erdrosseln, als er in dem Augenblick bedachte, daß eine so exemplarische Rache großes Geschrei im Lande erregen, alle Wanderer aus dem Gebirge wegbannen und ihm die Gelegenheit rauben würde, sein Spiel mit den Menschen zu treiben. Darum ließ er ihn nebst seinen Konsorten geruhig ihre Straße ziehen, mit dem Vorbehalt, seinen verübten Mutwillen ihm doch nicht ungenossen hingehen zu lassen.

Auf dem nächsten Scheidewege trennte sich der Hohnsprecher von seinen beiden Kameraden und gelangte diesmal mit heiler Haut in Hirschberg, seiner Heimat, an. Aber der unsichtbare Geleitsmann war ihm bis zur Herberge gefolgt, um ihn zu gelegener Zeit dort zu finden. Jetzt trat er seinen Rückweg ins Gebirge an und sann auf Mittel, sich zu rächen. Von ungefähr begegnete ihm auf der Landstraße ein reicher Israelit, der nach Hirschberg wollte; da kam ihm in den Sinn, diesen zum Werkzeuge seiner Rache zu gebrauchen. Also gesellte er sich zu ihm in Gestalt des losen Gesellen, der ihn gefoppt hatte, und koste freundlich mit ihm, führte ihn unvermerkt seitab von der Straße, und da sie ins Gebüsch kamen, fiel er dem Juden mörderisch in den Bart, zausete ihn weidlich, riß ihn zu Boden, knebelte ihn und raubte ihm

seinen Säckel, worin er viel Geld und Geschmeide trug. Nachdem er ihn mit Faustschlägen und Fußtritten zum Valet noch gar übel traktiert hatte, ging er davon und ließ den armen geplünderten Juden, der sich seines Lebens verzieh, halbtot im Busche liegen.

Als sich der Israelit von seinem Schrecken erholet hatte und wieder Leben in ihm war, fing er an zu wimmern und laut um Hülfe zu rufen, denn er fürchtete, in der grausenvollen Einöde zu verschmachten. Da trat ein feiner ehrbarer Mann zu ihm, dem Ansehen nach ein Bürger aus einer der umliegenden Städte, fragte, warum er also beginne, und wie er ihn geknebelt fand, leistete er ihm die Bande von Händen und Füßen und leistete ihm alles das, was der barmherzige Samariter im Evangelium dem Manne tat, der unter die Mörder gefallen war. Nachher labte er ihn mit einem herrlichen Schluck Kordialwasser, das er bei sich trug, führte ihn wieder auf die Landstraße und geleitete ihn freundlich, wie der Engel Raphael den jungen Tobias, bis er ihn brachte gen Hirschberg an die Tür der Herberge, dort reichte er ihm einen Zehrpfennig und schied von ihm. Wie erstaunte der Jud, da er beim Eintritt in den Krug seinen Räuber am Zechtisch erblickte, so frei und unbefangen, als ein Mensch sein kann, der sich keiner Übeltat bewußt ist. Er saß hinter einem Schoppen Landwein, trieb Scherz und gute Schwänke mit andern lustigen Zechbrüdern, und neben ihm lag der nämliche Watsack, in welchen er den geraubten Säckel geborgen hatte. Der bestürzte Jud wußte nicht, ob er seinen Augen trauen sollte, schlich sich in einen Winkel und ging mit sich selbst zu Rate, wie er wieder zu seinem Eigentum gelangen möchte. Es schien ihm unmöglich, sich in der Person geirrt zu haben, darum drehte er unbemerkt sich zur Tür hinaus, ging zum Richter und brachte seinen Diebesgruß an.

Die Hirschberger Justiz stund damals in dem Ruf, daß sie schnell und tätig sei, Recht und Gerechtigkeit zu handhaben, wenn's was zu liquidieren gab; wo sie aber ex officio ihrer Pflicht Genüge leisten mußte, ging sie, wie anderwärts, ihren Schneckengang. Der erfahrene Israelit war mit dem gewöhnlichen Gang derselben schon bekannt und verwies den unentschlossenen Richter, der lange zögerte, die Denunziation niederzuschreiben, auf das blendende corpus delicti, und diese güldne Hoffnung unterließ nicht, einen Verhaftungsbefehl auszuwirken. Häscher bewaffneten sich mit Spießen und Stangen, umringten das Schenkhaus, griffen den unschuldigen Verbrecher und führten ihn vor die Schranken der Ratsstube, wo sich die weisen Väter indes versammelt hatten. Wer bist du? frug der ernsthafte Stadtrichter, als der Inquisit hereintrat, und von wannen kommst du? Er antwortete freimütig und unerschrocken: Ich bin ein ehrlicher Schneider meines Handwerks, Benedix genannt, komme von Liebenau und stehe hier in Arbeit bei meinem Meister.

Hast du nicht diesen Juden im Walde mörderisch überfallen, übel geschlagen, gebunden und seines Säckels beraubt?

Ich habe diesen Juden nie mit Augen gesehen, hab ihn auch weder geschlagen, noch gebunden, noch seines Säckels beraubt. Ich bin ein ehrlicher Zünftler und kein Straßenräuber.

Womit kannst du deine Ehrlichkeit beweisen?

Mit meiner Kundschaft und dem Zeugnis meines guten Gewissens.

Weis auf deine Kundschaft.

Benedix öffnete getrost den Watsack, denn er wußte wohl, daß er nichts als sein wohlerworbenes Eigentum darin verwahrte. Doch wie er ihn ausleerte, siehe da! da klingelt's unter dem herausstürzenden Plunder wie Geld. Die Häscher griffen hurtig zu, störten den Kram auseinander und zogen den schweren Säckel hervor, welchen der erfreute Jud alsbald als sein Eigentum, deductis deducendis, reklamierte. Der Wicht stund da wie vom Donner gerührt, wollte vor Schrecken umsinken, ward bleich um die Nase, die Lippen bebten, die Knie wankten, er verstummte und sprach kein Wort. Des Richters Stirn verfinsterte sich, und eine drohende Gebärde weissagte einen strengen Bescheid.

Wie nun, Bösewicht! donnerte der Stadtvogt, erfrechst du dich noch, den Raub zu leugnen?

Erbarmung, gestrenger Herr Richter! winselte der Inkulpat auf den Knien, mit hoch aufgehobenen Händen. Alle Heiligen im Himmel ruf ich zu Zeugen an, daß ich unschuldig bin an dem Raube, weiß nicht, wie des Juden Säckel in meinen Watsack gekommen ist, Gott weiß es. Du bist überwiesen redete der Richter fort, der Säckel zeihet dich genugsam des Verbrechens, tue Gott und der Obrigkeit die Ehre und bekenne freiwillig, ehe der Peiniger kommt, dir das Geständnis der Wahrheit abzufoltern.

Der geängstigte Benedix konnte nichts als auf seine Unschuld provozieren, aber er predigte tauben Ohren; man hielt ihn für einen hartnäckigen Gaudieb, der sich nur aus der Halsschlinge herausleugnen wollte. Meister Hämmerling, der fürchterliche Wahrheitsforscher, wurde hereinberufen, durch die stählernen Argumente seiner Beredsamkeit ihn zu vermögen, Gott und der Obrigkeit die Ehre anzutun, sich um den Hals zu bekennen. Jetzt verließ den armen Wicht die standhafte Freudigkeit seines guten Gewissens, er bebte zurück vor den Qualen, die seiner warteten. Da der Peiniger im Begriff war, ihm die Daumenstöcke anzulegen, bedachte er, daß diese Operation ihn untüchtig machen würde, jemals wieder mit Ehren die Nadel zu führen, und ehe er wollte ein verdorbener Kerl bleiben sein Leben lang, meinte er, es sei besser, der Marter mit einem Mal abzukommen, und gestund das Bubenstück ein, davon sein Herz nichts wußte. Der Kriminalprozeß wurde hierauf brevi manu abgetan, der Inquisit, ohne daß sich das Gericht teilte, von Richter und Schöppen zum Strange verurteilt, welcher Rechtsspruch, zu Pflegung prompter Justiz und zu Ersparung der Atzungskosten, gleich tags darauf bei frühem Morgen vollzogen werden sollte.

Alle Zuschauer, welche das hochnotpeinliche Halsgericht herbeigelockt hatte, fanden das Urteil des wohlweisen Magistrats gerecht und billig; doch keiner rief den Richtern lautern Beifall zu als der barmherzige Samariter, der sich mit in die Kriminalstube eingedrungen hatte und nicht satt werden konnte, die Gerechtigkeitsliebe der Herren von Hirschberg zu erheben; und in der Tat hatte auch niemand nähern Anteil an der Sache als eben dieser Menschenfreund, der mit unsichtbarer Hand des Juden Säckel in des Schneiders Watsack verborgen hatte und kein anderer als Rübezahl selbst war. Schon am frühen Morgen lauerte er am Hochgericht in Rabengestalt auf den Leichenzug, der das Opfer seiner Rache dahin begleiten sollte, und es regte sich bereits in ihm der Rabenappetit, dem neuen Ankömmling die Augen auszuhacken; aber diesmal harrte er vergebens. Ein frommer Ordensbruder, der von dem Werte der Bekehrungen auf dem Rabensteine ganz andere Gedanken hegte als einige neoterische Theologen und alle Malifikanten, die er zum Tode bereitete, mit dem Geruch der Heiligkeit zu imbibieren sich beeiferte, fand an dem unwissenden Benedix einen so rohen wüsten

Klotz, daß es ihm unmöglich schien, in so kurzer Zeit, als ihm zu dem Bekehrungsgeschäfte übrigblieb, einen Heiligen daraus zu schnitzeln; er bat deshalb das Kriminalgericht um einen dreitägigen Aufschub, den er dem frommen Magistrat nicht ohne große Mühe und unter Androhung des Kirchenbannes endlich abzwang. Als Rübezahl davon hörte, flog er ins Gebirge, den Exekutionstermin daselbst zu erwarten.

In diesem Zwischenraume durchstrich er nach Gewohnheit die Wälder und erblickte auf dieser Streiferei eine junge Dirne, die sich unter einen schattenreichen Baum gelagert hatte. Ihr Haupt sank schwermütig in den Busen hinab, und sie unterstützte solches mit einem schwanenweißen Arm; ihre Kleidung war nicht kostbar, aber reinlich, und der Zuschnitt daran bürgerlich. Von Zeit zu Zeit verwischte sie mit der Hand eine herabrollende Zähre von den Wangen, und stöhnende Seufzer quollen aus der vollen Brust hervor. Schon ehemals hatte der Gnome die mächtigen Eindrücke jungfräulicher Zähren empfunden; auch jetzt war er so gerührt davon, daß er von dem Gesetz, welches er sich auferlegt hatte, alle Adamskinder, die durchs Gebirge ziehen würden, zu tücken und zu quälen, die erste Ausnahme machte, die Empfindung des Mitleidens sogar als ein wohltuend Gefühl erkannte und Verlangen trug, die Schöne zu trösten. Er gestaltete sich wieder als ein reputierlicher Bürger, trat die junge Dirne freundlich an und sprach: Mägdlein, was trauerst du hier in der Wüste so einsam? Verhehle mir nicht deinen Kummer, daß ich zusehe, wie dir zu helfen stehe.

Die Dirne, die ganz in Schwermut verschwebt war, schreckte auf, da sie diese Stimme hörte, und erhob ihr erdwärts gesenktes Haupt. Ha, was für ein schmachtendes lasurfarbenes Augenpaar blickte da hervor, deren sanft gebrochenes Licht ein Herz von Stahl zu schmelzen fähig war! Zwo helle Tränen glänzten darin wie Karfunkeln, und das holde jungfräuliche Antlitz war mit dem Ausdruck banger Schmerzensgefühle übergossen, wodurch die Reize des lieblichen Nonnengesichtes nur noch mehr erhoben wurden. Da sie den ehrsamen Mann vor sich stehen sah, öffnete sie ihren Purpurmund und sprach: Was kümmert Euch mein Schmerz, guter Mann, sintemal mir nicht zu helfen stehet. Ich bin eine Unglückliche, eine Mörderin, habe den Mann meines Herzens gemordet und will abbüßen meine Schuld mit Jammer und Tränen, bis mir der Tod das Herz zerbricht.

Der ehrbare Mann staunte. Du eine Mörderin? rief er, bei diesem himmlischen Gesicht trügst du die Hölle im Herzen? Unmöglich! – Zwar die Menschen sind aller Ränke und Bosheit fähig, das weiß ich; gleichwohl ist mir's hier ein Rätsel.

So will ich's Euch lösen, erwiderte die trübsinnige Jungfrau, wenn Ihr es zu wissen begehrt.

Er sprach: Sag an!

Sie: Ich hatte einen Gespielen von Jugend an, den Sohn einer tugendsamen Wittib, meiner Nachbarin, der mich zu seinem Liebchen erkor, als er heranwuchs. Er war so lieb und gut, so treu und bieder, liebte so standhaft und herzig, daß er mir das Herz stahl und ich ihm ewige Treue gelobte. – Ach, das Herz des lieben Jungen habe ich Natter vergiftet, hab ihn der Tugendlehren seiner frommen Mutter vergessen gemacht und ihn zu einer Übeltat verleitet, wofür er das Leben verwirkt hat!

Der Gnome rief emphatisch: Du?

Ja, Herr, sprach sie, ich bin seine Mörderin, hab ihn gereizt, einen Straßenraub zu begehen und einen schelmischen Juden zu plündern; da haben ihn die Herren von Hirschberg gegriffen, Halsgericht über ihn gehegt, und o Herzeleid! morgen wird er abgetan.

Und das hast du verschuldet? frug verwundernd Rübezahl.

Ja, Herr! Ich hab's auf meinem Gewissen, das junge Blut!

Wie das?

Er zog auf die Wanderschaft übers Gebirge, und als er beim Valet an meinem Halse hing, sprach er: Fein Liebchen, bleib mir treu. Wenn der Apfelbaum zum dritten Male blühet und die Schwalbe zu Neste trägt, kehr ich von der Wanderschaft zurück, dich heimzuholen als mein junges Weib; und das gelobte ich ihm zu werden durch einen teuern Eid. Nun blühte der Apfelbaum zum dritten Male, und die Schwalbe nistete, da kam Benedix wieder, erinnerte mich meiner Zusage und wollte mich zur Trauung führen. Ich aber neckt und höhnt ihn, wie die Mädchen oft den Freiern tun, und sprach: Dein Weib kann ich nicht werden, mein Bettlein hat für zwei nicht Raum, und du hast weder Herd noch Obdach. Schaff dir erst blanke Batzen an, dann frage wieder zu. Der arme Junge wurde durch diese Rede sehr betrübt. Ach, Klärchen! seufzte er tief, mit einer Träne im Auge, steht dir dein Sinn nach Geld und Gut, so bist du nicht das biedere Mädchen mehr, das du vormals warest! Schlugst du nicht ein in diese Hand, da du mir deine Treue schwurest? Und was hatte ich mehr als diese Hand, dich einst damit zu nähren? Woher dein Stolz und spröder Sinn? Ach, Klärchen, ich verstehe dich; ein reicher Buhler hat dir dein Herz entwendet; lohnst du mir also, Ungetreue? Drei Jahre habe ich mit Sehnsucht und Harren traurig verlebt, habe jede Stunde gezählt bis auf diesen Tag, da ich kam, dich heimzuführen. Wie leicht und rasch machte meinen Fuß Hoffnung und Freude, da ich übers Gebirge wandelte, und nun verschmähst du mich! Er bat und flehete, doch ich blieb fest auf meinem Sinn. Mein Herz verschmäht dich nicht, o Benedix! antwortete ich, nur meine Hand versag ich dir vorjetzt; zieh hin, erwirb dir Gut und Geld, und hast du das, so komm, dann will ich gern mein Bettlein mit dir teilen. Wohlan, sprach er mit Unmut, du willst es so, ich gehe in die Welt, will laufen, will rennen, will betteln, stehlen, schmorgen, sorgen, und eher sollst du mich nicht wiedersehen, bis ich erlange den schnöden Preis, um den ich dich erwerben muß. Leb wohl, ich fahre hin, Ade! So hab ich ihn betört, den armen Benedix; er ging ergrimmt davon; da verließ ihn sein guter Engel, daß er tat, was nicht recht war und was sein Herz gewiß verabscheute.

Der ehrsame Mann schüttelte den Kopf über diese Rede und rief nach einer Pause mit nachdenklicher Miene: Wunderbar! Hierauf wendete er sich zu der Dirne. Warum, frug er, erfüllst du aber hier den leeren Wald mit deinen Wehklagen, die dir und deinem Buhlen nichts nützen noch frommen können?

Lieber Herr, fiel sie ihm ein, ich war auf dem Wege nach Hirschberg, da wollte mir der Jammer das Herz abdrücken, darum weilte ich unter diesem Baume.

Und was willst du in Hirschberg tun?

Ich will dem Blutrichter zu Fuße fallen, will mit meinem Klaggeschrei die Stadt erfüllen, und die Töchter der Stadt sollen mir wehklagen helfen, ob das die Herren erbarmen möchte, dem unschuldigen Blut das Leben zu schenken; und so mir's nicht gelingt, meinen Buhlen dem schmählichen Tode zu entreißen, will ich freudig mit ihm sterben.

Der Geist wurde durch diese Rede so bewegt, daß er von Stund an seiner Rache ganz vergaß und der Trostlosen ihren Buhlen wiederzugeben beschloß. Trockne ab deine Tränen, sprach er mit teilnehmender Gebärde, und laß deinen Kummer schwinden. Ehe die Sonne zu Rüste gehet, soll dein Buhle frank und frei sein. Morgen um das erste Hahnengeschrei sei wach und horchsam, und wenn ein Finger ans Fenster klopft, so tu auf die Tür zu deinem Kämmerlein; denn es ist Benedix, der davor stehet. Hüte dich, ihn nicht wieder wild zu machen durch deinen spröden Sinn. – Du sollst auch wissen, daß er das Bubenstück nicht begangen hat, dessen du ihn zeihest, und du hast des gleichfalls keine Schuld; denn er hat sich durch deinen Eigensinn zu keiner bösen Tat reizen lassen.

Die Dirne, verwundert über diese Rede, sah ihm starr und steif ins Gesicht, und weil darin das Fältchen der Schälkelei oder des Trugs sich nicht veroffenbarte, gewann sie Zutrauen, ihre trübe Stirn klärte sich auf, und sie sprach mit froher Zweifelmütigkeit: Lieber Herr, wenn Ihr mein nicht spottet und dem also ist, wie Ihr saget, so müßt Ihr ein Seher oder der gute Engel meines Buhlen sein, daß Ihr das alles so wisset.

Sein guter Engel? versetzte Rübezahl betroffen, nein, der bin ich wahrlich nicht; aber ich kann's werden, und du sollst's erfahren! Ich bin ein Bürger aus Hirschberg, habe mit zu Rate gesessen, als der arme

Sünder verurteilt wurde; aber seine Unschuld ist ans Licht gebracht, fürchte nichts für sein Leben. Ich will hin, ihn seiner Banden zu entledigen, denn ich vermag viel in der Stadt. Sei gutes Muts und kehre heim in Frieden. Die Dirne machte sich alsbald auf und gehorchte, obgleich Furcht und Hoffnung in ihrer Seele kämpften.

Der ehrwürdige Pater Graurock hatte sich's die drei Tage des Aufschubs blutsauer werden lassen, den Delinquenten behörig zu beschikken, um seine arme Seele der Hölle zu entreißen, der sie, seiner Meinung nach, verpfändet war von Jugend auf. Denn der gute Benedix war ein unwissender Laie, der um Nadel und Schere ungleich bessern Bescheid wußte als um den Rosenkranz. Den Engelgruß und das Paternoster mengte er stets durcheinander, und vom Credo wußte er keine Silbe; der eifrige Mönch hatte alle Mühe von der Welt, ihn das letztere zu lehren, und brachte mit dieser Arbeit zwei volle Tage zu. Denn wenn er sich die Formel aufsagen ließ und das Gedächtnis des armen Sünders auch nicht strauchelte, so unterbrach doch oft ein Gedanke an das Irdische und der halblaute Seufzer: Ach, Klärchen! die ganze Lektion, darum es die religiöse Politik des frommen Bruders zuträglich fand, dem verlorenen Schafe die Hölle recht heiß zu machen, und das gelang ihm auch dergestalt, daß der geängstigte Benedix kalten Todesschweiß schwitzte und zu geheiligter Freude seines Bekehrers Klärchen rein darüber vergaß. Aber die Vorstellung der angedrohten Martern in der Hölle folterten ihn so unablässig, daß er nichts als bocksfüßige gehörnte Teufel vor Augen sah, die mit Kärsten und Hacken die fasenackten Scharen verdammter Seelen in den ungeheuren Walfischrachen des höllischen Feuerschlundes hineinlotseten. Diesen qualvollen Zustand seines Seelenpfleglings ließ der eifrige Ordensmann insoweit sich zu Herzen gehen, daß er der geistlichen Klugheit gemäß erachtete, den Vorhang im Hintergrunde fallen zu lassen und sie gräßliche Teufelsszene zu verbergen. Dagegen hitzte er den Schmelzofen des Fegefeuers nun desto stärker, welches für den feuerscheuen Benedix ein leidiger Trost war.

Deine Missetat, mein Sohn, ist groß, sprach er, aber verzage drum nicht, die Flammen des Fegefeuers werden dich davon reinigen. Wohl dir, daß du das Verbrechen nicht an einem rechtgläubigen Christen verübt hast; denn da würdest du tausend Jahre in dem siedenden Schwefelpfuhle bis an den Hals versenkt dafür büßen müssen. Weil du aber nur einen verworfenen Juden geplündert hast, so wird in hundert Jahren deine Seele rein wie ausgebranntes Silber sein, und ich will so viel Seelmessen für dich lesen, daß du nicht tiefer als bis an den Gürtel in der unauslöschlichen Lava waten sollst. Ob sich nun wohl Benedix völlig unschuldig wußte, so glaubte er doch so fest an den Binde- und Löseschlüssel seines Beichtigers, daß er auf der Revision seines Prozesses in jener Welt gar nicht rechnete, und in dieser Welt nochmals darauf zu provozieren, schreckte ihn die Furcht für der Folter ab. Darum legte er sich auf Bitten, flehete seinen geistlichen Rhadamanth um Barmherzigkeit an und suchte von den Qualen des Fegefeuers so viel abzudingen als möglich; wodurch sich denn der strenge Pönitentiarius bewogen fand, ihn endlich nur bis an die Knie ins Feuerbad zu versenken. Aber dabei hatte es sein Verbleiben; denn aller Lamenten ungeachtet ließ er sich weiter keinen Zoll breit abnegoziieren.

Eben verließ der unerbittliche Sündenrüger den Kerker, nachdem er dem trostlosen Delinquenten zum letzten Male gute Nacht gewünscht hatte, als ihm Rübezahl unsichtbarerweise beim Eingange begegnete, noch unentschlossen, wie er sein Vorhaben, den armen Schneider in

Freiheit zu setzen, so auszuführen vermöchte, daß den Herren von Hirschberg der Spaß nicht verdorben würde, einen Aktus ihrer verjährten Kriminaljurisdiktion auszuüben; denn der Magistrat hatte sich durch die sträckliche Gerechtigkeitspflege bei ihm in guten Kredit gesetzt. In dem Augenblick geriet er auf einen Einfall, der recht nach seinem Sinne war. Er schlich dem Mönche ins Kloster nach, stahl aus der Kleiderkammer ein Ordenskleid, fuhr hinein und begab sich in Gestalt des Bruder Graurock ins Gefängnis, welches ihm der Kerkermeister ehrerbietig öffnete.

Das Heil deiner Seelen, redete er den Gefangenen an, treibt mich nochmals hierher, da ich dich kaum verlassen habe. Sag an, mein Sohn, was hast du noch auf deinem Herzen und Gewissen, damit ich dich tröste! Ehrwürdiger Vater, antwortete Benedix, mein Gewissen beißt mich nicht; aber Euer Fegefeuer bangt und ängstet mich und preßt mir das Herz zusammen, als läg's zwischen den Daumenstöcken. Freund Rübezahl hatte von kirchlichen Lehrmeinungen sehr unvollständige und verworrene Begriffe, daher war ihm die Querfrage: Wie meinst du das? wohl zu verzeihen. Ach, gegenredete Benedix, in dem Feuerpfuhl bis an die Knie zu waten, Herr, das halt ich nicht aus! Narr, versetzte Rübezahl, so bleib davon, wenn dir das Bad zu heiß ist. Benedix ward an dieser Rede irre und sah dem Pfaffen so starr ins Gesicht, daß dieser merkte, er habe irgendeine Unschicklichkeit vorgebracht; darum lenkte er ein: Davon ein andermal; denkst du auch noch an Klärchen? Liebst du sie noch als deine Braut? Und hast du ihr etwas vor deiner Hinfahrt zu sagen, so vertraue es mir. Benedix staunte bei diesem Namen noch mehr; der Gedanke an sie, den er mit großer Gewissenhaftigkeit in seiner Seele zu ersticken bemüht gewesen war, wurde auf einmal wieder so heftig angefacht, besonders da vom Abschiedsgruße die Rede war, daß er überlaut anfing zu weinen und zu schluchzen und kein Wort vorzubringen vermögend war. Diese herzbrechende Gebärdung jammerte den mitleidigen Pfaffen also, daß er beschloß, dem Spiel ein Ende zu machen. Armer Benedix, sprach er, gib dich zufrieden und sei getrost und unverzagt, du sollst nicht sterben. Ich habe in Erfahrung gebracht, daß du unschuldig bist an dem Raube und deine Hand mit keinem Laster befleckt hast, darum bin ich kommen, dich aus dem Kerker zu reißen und der Banden zu entledigen. Er zog einen

Schlüssel aus der Tasche; laß sehen, fuhr er fort, ob er schließe. Der Versuch gelang, der Entfesselte stund da frank und frei, das Geschmeide fiel ab von Händen und Füßen. Hierauf wechselte der gutmütige Pfaff mit ihm die Kleider und sprach: Gehe gemachsam wie ein frommer Mönch durch die Schar der Wächter vor der Tür des Gefängnisses und durch die Straßen, bis du der Stadt Weichbild hinter dir hast; dann schürze dich hurtig und schreite rüstig zu, daß du gelangest ins Gebirge endlich, und raste nicht, bis du in Liebenau vor Klärchens Tür stehest, klopfe leise an, dein Liebchen harret deiner mit ängstlichem Verlangen.

Der gute Benedix wähnte, das alles sei nur ein Traum, rieb sich die Augen, zwickte sich in die Arme und Waden, um zu versuchen, ob er wache oder schlafe, und da er inne ward, daß sich alles so verhalte, fiel er seinem Befreier zu Fuße und umfing seine Knie, wollte eine Danksagung stammeln und lag da in stummer Freude, denn die Worte versagten ihm. Der liebreiche Pfaff trieb ihn endlich fort und reichte ihm noch ein Laib Brot und eine Knackwurst zur Zehrung auf den Weg. Mit wankendem Knie schritt der Entledigte über die Schwelle des traurigen Kerkers und fürchtete immer, erkannt zu werden. Aber sein ehrwürdiger Rock gab ihm einen solchen Wohlgeruch von Frömmigkeit und Tugend, daß die Wächter nichts von Delinquentenschaft darunter witterten.

Klärchen saß indessen bänglich einsam in ihrem Kämmerlein, horchte auf jedes Rauschen des Windes und spähete jeden Fußtritt der Vorübergehenden. Oft dünkte ihr, es rege sich was am Fensterladen oder es klinge der Pfortenring; sie schreckte auf mit Herzklopfen, sah durch die Luke, und es war Täuschung. Schon schüttelten die Hähne in der Nachbarschaft die Flügel und verkündeten durch ihr Krähen den kommenden Tag; das Glöcklein im Kloster läutete zur Frühmetten, das ihr wie Totenruf und Grabesklang tönte; der Wächter stieß zum letzten Mal ins Horn und weckte die schnarchenden Bäckermägde zu ihrem frühen Tagewerke. Klärchens Lämpchen fing an dunkel zu brennen, weil's ihm an Öl gebrach, ihre Unruhe mehrte sich mit jedem Augenblick und ließ ihr nicht die herrliche Rose von guter Vorbedeutung bemerken, die an dem glimmenden Docht brannte. Sie saß auf ihrer Bettlade, weinte bitterlich und erseufzete: Benedix! Benedix! Was für ein bänglicher Tag für dich und mich dämmert jetzt heran! Sie lief ans Fenster, ach! blutrot war der

Himmel nach Hirschberg hin, und schwarze Nebelwolken schwebten wie Trauerflor und Leichentücher hin und wider am Horizonte. Ihre Seele bebte von diesem ahndungsvollen Anblick zurück, sie sank in dumpfes Hinbrüten, und Totenstille war um sie her.

Da pocht's dreimal leise an ihr Fenster, als ob sich's eignete. Ein froher Schauer durchlief ihre Glieder, sie sprang auf, tat einen lauten Schrei; denn eine Stimme flüsterte durch die Luke: Fein Liebchen, bist du wach? – Husch war sie an die Tür. – Ach, Benedix, bist du's oder ist's dein Geist? Wie sie aber den Bruder Graurock erblickte, sank sie zurück und starb vor Entsetzen hin. Da umschlang sie sanft sein treuer Arm, und der Kuß der Liebe, das große Mittel gegen alle hysterischen Ohnmachten, brachte sie bald wieder ins Leben.

Nachdem die stumme Szene des Erstaunens und die Ergießungen der ersten freudigen Herzensgefühle vorüber waren, erzählte ihr Benedix seine wunderbare Errettung aus dem peinlichen Kerker; doch die Zunge klebte ihm am Gaumen vor großem Durst und Ermattung. Klärchen ging ihm einen Trunk frisch Wasser zu holen, und nachdem er sich damit gelabt hatte, fühlte er Hunger, aber sie hatte nichts zum Imbiß als die Panazee der Liebenden, Salz und Brot, wobei sie voreilig geloben, zufrieden und glücklich miteinander zu sein ihr Leben lang. Da gedachte Benedix an seine Knackwurst, zog sie aus der Tasche und wunderte sich baß, daß sie schwerer war als ein Hufeisen, brach sie voneinander, siehe! da fielen eitel Goldstücke heraus, worüber Klärchen nicht wenig erschrak, meinte, das Gold sei eine schändliche Reliquie von dem Raube des Juden, und Benedix sei nicht so unschuldig, als ihn der ehrsame Mann gemacht habe, der ihr im Gebirge erschienen war. Allein der truglose Gesell beteuerte höchlich, daß der fromme Ordensmann ihm diesen verborgenen Schatz vermutlich als eine Hochzeitsteuer verliehen habe, und sie glaubte seinen Worten. Drauf segneten beide mit dankbarem Herzen den edelmütigen Wohltäter, verließen ihre Vaterstadt und zogen gen Prag, wo Meister Benedix mit Klärchen, seinem Weibe, lange Jahre als ein wolbehaltner Mann in friedlicher Ehe bei reichem Kindersegen lebte. Die Galgenscheu war so tief bei ihm eingewurzelt, daß er seinen Kunden nie etwas veruntreute und, wider Natur und Brauch seiner Zunftgenossen, auch nicht den kleinsten Abschnitt in die Hölle warf.

In der frühen Morgenstunde, da Klärchen mit schauervoller Freude den Finger ihres Buhlen am Fenster vermerkte, klopfte auch in Hirschberg ein Finger an die Tür des Gefängnisses. Das war der Bruder Graurock, der, von frommem Eifer aufgeweckt, den Anbruch des Tages kaum erwarten konnte, die Bekehrung des armen Sünders zu vollenden und ihn als einen halben Heiligen dem gewaltsamen Arm des Henkers zu überantworten. Rübezahl hatte einmal die Delinquentenrolle übernommen und war entschlossen, sie zur Ehre der Justiz rein auszuspielen. Er schien wohlgefaßt zum Sterben zu sein, und der fromme Mönch freute sich darüber und erkannte diese Standhaftigkeit alsbald für die gesegnete Frucht seiner Arbeit an der Seele des armen Sünders; darum ermangelte er nicht, ihn in dieser Gemütsfassung durch seinen geistlichen Zuspruch zu erhalten, und beschloß seinen Sermon mit dem tröstlichen Weidespruch: So viel Menschen du bei deiner Ausführung erblicken wirst, die dich an die Gerichtsstätte geleiten, siehe, so viel Engel stehen schon bereit, deine Seele in Empfang zu nehmen und sie einzuführen ins schöne Paradeis. Drauf ließ er ihn der Fesseln entledigen, wollte ihn Beicht hören und dann absolvieren; doch fiel ihm ein, vorher noch die gestrige Lektion zu rekapitulieren, damit der arme Sünder unterm Galgen im geschlossenen Kreise sein Glaubensbekenntnis frei und ohne Anstoß zur Erbauung der Zuschauer hersagen möchte. Aber wie erschrak der Ordensmann, da er inne ward, daß der ungelehrige Delinquent sein Credo die Nacht über völlig ausgeschwitzt hatte! Der fromme Mönch war völlig der Meinung, der Satanas sei hier im Spiel und wolle dem Himmel die gewonnene Seele entreißen, darum fing er kräftig an zu exorzisieren; aber der Teufel wollte sich nicht austreiben und das Credo nicht in des Malefikanten Kopf hineinzwingen lassen.

Die Zeit war darüber verlaufen, das peinliche Gericht hielt dafür, daß es nun an der Stunde sei, den Leib zu töten, und kümmerte sich nicht weiter um den Seelenzustand seines Schlachtopfers. Ohne der Exekution länger Aufschub zu gestatten, wurde der Stab gebrochen, und obwohl Rübezahl als ein verstockter Sünder ausgeführt wurde, so unterwarf er sich doch allen übrigen Formalitäten der Hinrichtung ganz willig. Wie er von der Leiter gestoßen wurde, zappelte er am Strange nach Herzenslust und trieb das Spiel so arg, daß dem Henker

dabei übel zumute ward; denn es erhob sich ein plötzliches Getöse im Volk, und einige schrien, man solle den Hangmann steinigen, weil er den armen Sünder über die Gebühr martere. Um also Unglück zu verhüten, streckte sich Rübezahl lang aus und stellte sich an, als sei er tot. Da sich aber das Volk verlaufen hatte und nachher einige Leute in der Gegend des Hochgerichts hin und her wandelten, aus Vorwitz hinzutraten und das Kadaver beschauen wollten, fing der Scherztreiber am Galgen sein Spiel von neuem an und erschreckte die Beschauer durch fürchterliche Grimassen. Daher lief gegen Abendzeit in der Stadt ein Gerücht um, der Gehangene könne nicht ersterben und tanze noch immer am Hochgericht, welches den Senat bewog, des Morgens in aller Frühe durch einige Deputierten die Sache genau untersuchen zu lassen. Wie sie nun dahin kamen, fanden sie nichts als ein Wischlein Stroh am Galgen, mit alten Lumpen bedeckt, als man pflegt in die Erbsen zu stellen, die genäschigen Spatzen damit zu scheuchen. Worüber sich die Herren von Hirschberg baß wunderten, ließen in aller Stille den Strohmann abnehmen und breiteten aus, der große Wind habe zur Nachtzeit den leichten Schneider vom Galgen über die Grenze gewehet.

Dritte Legende

Nicht immer war Rübezahl bei der Laune, denen, die er durch seine Neckereien in Schaden und Nachteil gebracht hatte, einen so edelmütigen Ersatz zu geben; oft machte er nur den Plagegeist aus boshafter Schadenfreude und kümmerte sich wenig darum, ob er einen Schurken oder Biedermann foppte. Oft gesellte er sich zu einem einsamen Wanderer als Geleitsmann, führte unvermerkt den Fremdling irre, ließ ihn an dem Absturz einer Bergzinne oder in einem Sumpfe stehen und verschwand mit höhnendem Gelächter. Zuweilen erschreckte er die furchtsamen Marktweiber durch abenteuerliche Gestalten wildfremder chimärischer Tiere, welches Blendwerk zu dem scherzhaften Irrtum Anlaß gegeben, daß neulich unser Produktensammler, unter Büschings Firma, den leibhaften Rübezahl mit unter Europens Produkte aufgenommen hat; denn das fabelhafte leopardenähnliche Tier, das sich zuzeiten im sudetischen Gebirge soll sehen lassen, von den Butterweibern Rysow genannt, ist nichts anders als ein Phantom von Rübezahl. Oft lähmt' er den Reisigen das Roß, daß es nicht aus der Stelle konnte, zerbrach den Fuhrleuten ein Rad oder eine Achse am Wagen, ließ vor ihren Augen ein abgerissenes Felsenstück in einen Hohlweg hinabrollen, das die mit unendlicher Mühe auf die Seite räumen mußten, um sich freie Bahn zu machen. Oft hielt eine unsichtbare Kraft einen ledigen Wagen, daß sechs rasche Pferde ihn nicht fortzuziehen vermochten, und ließ der Fuhrmann merken, daß er eine Neckerei von Rübezahl wähne, oder brach er aus Unwillen in Invektiven gegen den Berggeist aus, so hatte er ein Hornissenheer, das die Pferde wütig machte, einen Steinhagel oder eine reichhaltige Bastonade von unsichtbarer Hand zu gewarten.

Mit einem alten Schäfer, der ein gerader treuherziger Mann war, hatte er Bekanntschaft gemacht und sogar eine Art von vertraulicher Freundschaft errichtet. Er gestattete ihm, mit der Herde bis an die Hecken seiner Gärten zu treiben, welches ein anderer nicht hätte waghalsen dürfen. Der Geist hörte dem Graukopf bisweilen mit eben dem Vergnügen zu, wenn ihm dieser seinen unbedeutenden Lebenslauf erzählte, als Hans Hubrigs Biograph die Leiden und Freuden dieses alten sächsischen Bauers verschlang, obgleich Rübezahl diese Geschichten nicht so ekelhaft wie jener wiederkäuete. Demungeachtet versah's der Alte doch einmal. Da er eines Tages nach Gewohnheit seine Herde in des Gnomen Gehege trieb, brachen einige Schafe durch die Hecken und weideten auf den Grasplätzen des Gartens; darüber ergrimmete Freund Rübezahl dergestalt, daß er alsbald ein panisches Schrecken auf die Herde fallenließ und sie in wildem Getümmel den Berg herabscheuchte, wodurch sie größtenteils verunglückten und der Nahrungsstand des alten Schäfers in solchen Verfall kam, daß er sich darüber zu Tode grämte.

Ein Arzt aus Schmiedeberg, der auf dem Riesengebirge zu botanisieren pflegte, genoß gleichfalls zuweilen die Ehre, mit seiner prahlerischen Gesprächigkeit den Gnomen unbekannterweise zu unterhalten, der bald als Holzhauer, bald als ein Reisender sich zu ihm fand und den Schmiedeberger Äskulap seine Wunderkuren mit Vergnügen sich vordozieren ließ. Er war zuzeiten so gefällig, das schwere Kräuterbündel ihm ein gut Stück Weges nachzutragen und ihm manche noch unbekannte Heilkräfte derselben kundzumachen. Der Arzt, der sich in der Kräuterkunde weiser dünkte als ein Holzhauer, empfand einst diese Belehrung übel und sprach mit Unwillen: Der Schuster soll bei seinem Leisten bleiben, und der Holzhauer soll den Arzt nicht lehren. Weil du aber der Kräuter und Pflanzen kundig bist, vom Ysop an, der auf der Mauer wächst, bis auf die Zeder zu Libanon, so sag mir doch, du weiser Salomon, was war eher, die Eichel oder der Eichbaum? Der Geist antwortete: Doch wohl der Baum, denn die Frucht kommt vom Baume. Narr, sprach der Arzt, wo kam denn der erste Baum her, wenn er nicht aus dem Samen sproßte, der in der Frucht verschlossen liegt? Der Holzhauer erwiderte: Das ist, seh ich, eine Meisterfrage, die mir schier zu hoch ist. Aber ich will Euch auch eine Frage vorlegen: wem gehört dieser Erdengrund zu, darauf wir stehen, dem Könige von Böheim oder dem Herrn vom Berge? (So nennten die Nachbarn den Berggeist, nachdem sie waren gewitziget worden, daß der Name Rübezahl im Gebirge konterband war und nur Stöße und blaue Mäler einbrachte). Der Arzt bedachte sich nicht lange: Ich vermeine, dieser Grund und Boden gehöre meinem Herrn, dem König von Böhmen, zu; denn Rübezahl ist ja nur ein Hirngespinste, ein Nonsens oder Popanz, die Kinder damit fürchten zu machen. Kaum war das Wort aus seinem Munde, so verwandelte sich der Holzhauer in einen scheußlichen Riesen mit feuerfunkelnden Augen und wütiger Gebärde, schnauzte den Arzt grimmig an und sprach mit rauher Stimme: Hier ist Rübezahl, der dich non-ensen wird, daß dir sollen die Rippen krachen; erwischte ihn darauf beim Kragen, rannt ihn gegen die Bäume und Felsenwände, riß und warf ihn hin und her, wie der Teufel dem Doktor Faust weiland in der Komödie tät, schlug ihm letztlich ein Aug aus und ließ ihn für tot auf dem Platze liegen, daß sich der Arzt nachher hoch vermaß, nie wieder ins Gebirge botanisieren zu gehen.

So leicht war's, Rübezahls Freundschaft zu verscherzen; doch ebenso leicht war's auch, sie zu gewinnen. Einem Bauer in der Amtspflege Reichenberg hatte ein böser Nachbar sein Hab und Gut abgerechtet, und nachdem sich die Justiz seiner letzten Kuh bemächtiget hatte, blieb ihm nichts übrig als ein abgehärmtes Weib und ein halbes Dutzend Kinder, davon er gern den Gerichten die Hälfte für sein letztes Stückchen Vieh verpfändet hätte. Zwar gehörten ihm noch ein paar rüstige gesunde Arme zu, aber sie waren nicht hinreichend, sich und die Seinigen davon zu ernähren. Es schnitt ihm durchs Herz, wenn die jungen Raben nach Brot schrien und er nichts hatte, ihren quälenden Hunger zu stillen. Mit hundert Talern, sprach er zu dem kummervollen Weibe, wär uns geholfen, unsern zerfallenen Haushalt wieder anzurichten und fern von dem streitsüchtigen Nachbar ein neues Eigentum zu gewinnen. Du hast reiche Vettern jenseits des Gebirges, ich will hin und ihnen unsere Not klagen; vielleicht, daß sich einer erbarmet und aus gutem Herzen von seinem Überfluß uns auf Zinsen leiht, so viel wir bedürfen.

Das niedergedrückte Weib willigte mit schwacher Hoffnung eines glücklichen Erfolgs in diesen Vorschlag, weil sie keinen bessern wußte. Der Mann aber gürtete frühe seine Lenden, und indem er Weib und Kinder verließ, sprach er ihnen Trost ein: Weinet nicht! Mein Herz sagt es mir, ich werde einen Wohltäter finden, der uns förderlicher sein wird als die vierzehn Nothelfer, zu welchen ich so oft vergeblich gewallfahrtet bin. Hierauf steckte er eine harte Brotrinde zur Zehrung in die Tasche und ging davon. Müde und matt von der Hitze des Tages und dem weiten Wege gelangte er zur Abendzeit in dem Dorfe an, wo die reichen Vettern wohnten; aber keiner wollte ihn kennen, keiner wollte ihn herbergen. Mit heißen Tränen klagt' er ihnen sein Elend; aber die hartherzigen Filze achteten nicht darauf, kränkten den armen Mann mit Vorwürfen und beleidigenden Sprichwörtern. Einer sprach: Junges Blut, spar dein Gut, der andere: Hoffahrt kommt vor den Fall, der dritte: Wie du's treibst, so geht's, der vierte: Jeder ist seines Glückes Schmied. So höhnten und spotteten sie seiner, nannten ihn einen Prasser und Faulenzer, und endlich stießen sie ihn gar zur Tür hinaus. Einer solchen Aufnahme hatte sich der arme Vetter zu der reichen Sippschaft seines Weibes nicht versehen; stumm und traurig schlich er von dannen, und weil er nichts hatte, um das Schlafgeld in der Herberge zu bezahlen, mußte er auf einem Heuschober im Felde übernachten. Hier erwartete er schlaflos des zögernden Tages, um sich auf den Heimweg zu begeben.

Da er nun wieder ins Gebirge kam, übernahm ihn Harm und Bekümmernis so sehr, daß er der Verzweiflung nahe war. Zwei Tage Arbeitslohn verloren, dacht er bei sich selber, matt und entkräftet von Gram und Hunger, ohne Trost, ohne Hoffnung! Wenn du nun heimkehrest und die sechs armen Würmer dir entgegenschmachten, ihre Hände aufheben, von dir Labsal zu begehren, und du für einen Bissen Brot ihnen einen Stein bieten mußt: Vaterherz! Vaterherz! wie kannst du's tragen! Brich entzwei, armes Herz, eh du diesen Jammer fühlest! Hierauf warf er sich unter einen Schlehenbusch, seinen schwermütigen Gedanken weiter nachzuhangen.

Wie aber am Rande des Verderbens die Seele noch die letzten Kräfte anstrengt, ein Rettungsmittel auszukundschaften, jede Hirnfaser auf- und niederläuft, alle Winkel der Phantasie durchspähet, Schutz oder Frist für den hereinbrechenden Untergang zu suchen; gleich einem Bootsmann, der sein Schiff sinken sieht, schnell die Strickleiter hinaufrennt, sich in den Mastkorb zu bergen, oder wenn er unter Verdeck ist, aus der Luke springt, in der Hoffnung, ein Brett oder eine ledige Tonne zu erhaschen, um sich über Wasser zu halten – so verfiel unter tausend nichtigen Anschlägen und Einfällen der trostlose Veit auf den Gedanken, sich an den Geist des Gebirges in seinem Anliegen zu wenden. Er hatte viel abenteuerliche Geschichten von ihm gehört, wie er zuweilen die Reisenden gedrillt und gehudelt, ihnen manchen Tort und Dampf angetan, doch auch mitunter Gutes erwiesen habe. Es war ihm nicht unbekannt, daß er sich bei seinem Spottnamen nicht ungestraft rufen lasse, dennoch wußte er ihm auf keine andere Weise beizukommen; Rübezahl! Rübezahl!

Auf diesen Ruf erschien alsbald eine Gestalt gleich einem rußigen Köhler mit einem fuchsroten Barte, der bis an den Gürtel reichte, feurigen stieren Augen und mit einer Schürstange bewaffnet gleich einem Weberbaum, die er mit Grimm erhob, den frechen Spötter zu erschlagen. Mit Gunst, Herr Rübezahl, sprach Veit ganz unerschrocken, verzeiht, wenn ich Euch nicht recht tituliere, hört mich nur an, dann tut, was Euch gefällt. Diese dreiste Rede und die kummervolle Miene des Mannes, die weder auf Mutwillen noch Vorwitz deutete, besänftigten den Zorn des Geistes in etwas. Erdenwurm, sprach er, was treibt dich, mich zu beunruhigen? Weißt du auch, daß du mir mit Hals und Haut für deinen Frevel büßen mußt? Herr, antwortete Veit, die Not treibt mich zu Euch, hab eine Bitte, die Ihr mir leicht gewähren könnt. Ihr sollt mir hundert Taler leihen, ich zahl sie Euch mit landüblichen Zinsen in drei Jahren wieder, so wahr ich ehrlich bin! Tor, sprach der Geist, bin ich ein Wucherer oder Jude, der auf Zinsen leiht? Geh hin zu deinen Menschenbrüdern und borge da, so viel dir not tut, mich aber laß in Ruh. Ach, erwiderte Veit, mit der Menschenbrüderschaft ist's aus! Auf mein und dein gilt keine Brüderschaft. Hierauf erzählte er ihm seine Geschichte nach der Länge und schilderte ihm sein drückendes Elend so rührend, daß ihm der Gnome seine Bitte nicht versagen konnte; und wenn der arme Tropf auch weniger Mitleid verdient hätte, so schien doch dem Geist das Unterfangen, von ihm ein Kapital zu leihen, so neu und sonderbar, daß er um des guten Zutrauens willen geneigt war, des Mannes Bitte zu gewähren. Komm, folge mir, sprach er und führte ihn darauf waldeinwärts in ein abgelegenes Tal zu einem schroffen Felsen, dessen Fuß ein dichter Busch bedeckte.

Nachdem sich Veit nebst seinem Begleiter mit Mühe durchs Gesträuche gearbeitet hatte, gelangten sie zum Eingang einer finstern Höhle. Dem guten Veit war nicht wohl dabei zumute, da er so im Dunkeln tappen mußte; es lief ihm ein kalter Schauer nach dem andern den Rücken herab, und seine Haare sträubten sich empor. Rübezahl hat schon manchen betrogen, dacht er, wer weiß, was für ein Abgrund mir vor den Füßen liegt, in welchen ich beim nächsten Schritte hinabstürze; dabei hörte er ein fürchterliches Brausen als eines Tagewassers, das sich in den tiefen Schacht ergoß. Je weiter er fortschritt, je mehr engten ihm Furcht und Grausen das Herz ein. Doch bald sah er zu seinem Trost in der Ferne ein blaues Flämmchen hüpfen, das Berggewölbe erweiterte sich zu einem geräumigen Saale, das Flämmchen brannte helle und schwebte als ein Hängeleuchter in der Mitte der Felsenhalle. Auf dem Pflaster derselben fiel ihm eine kupferne Braupfanne in die Augen, mit eitel harten Talern bis an den Rand gefüllt. Da Veit den Geldschatz erblickte, schwand alle seine Furcht dahin, und das

Herz hüpfte ihm vor Freuden. Nimm, sprach der Geist, was du bedarfst, es sei wenig oder viel, nur stelle mir einen Schuldbrief aus, wofern du der Schreiberei kundig bist. Der Debitor bejahete das und zählte sich gewissenhaft die hundert Taler zu, nicht einen mehr und keinen weniger. Der Geist schien auf das Zählungsgeschäft gar nicht zu achten, drehete sich weg und suchte indes seine Schreibmaterialien hervor. Veit schrieb den Schuldbrief so bündig als ihm möglich war; der Gnome schloß solchen in einen eisernen Schatzkasten und sagte zum Valet: Zieh hin, mein Freund, und nütze dein Geld mit arbeitsamer Hand. Vergiß nicht, daß du mein Schuldner bist, und merke dir den Eingang in das Tal und diese Felsenkluft genau. Sobald das dritte Jahr verflossen ist, zahlst du mir Kapital und Zins zurück; ich bin ein strenger Gläubiger, hältst du nicht ein, so fordere ich es mit Ungestüm. Der ehrliche Veit versprach, auf den Tag gute Zahlung zu leisten, versprach's mit seiner biedern Hand, doch ohne Schwur, verpfändete nicht seine Seele und Seligkeit, wie lose Bezahler zu tun pflegen, und schied mit dankbarem Herzen von seinem Schuldherrn in der Felsenhöhle, aus der er leicht den Ausgang fand.

Die hundert Taler wirkten bei ihm so mächtig auf Seele und Leib, daß ihm nicht anders zumute war, da er das Tageslicht wieder erblickte, als ob er Balsam des Lebens in der Felsenkluft eingesogen habe. Freudig und gestärkt an allen Gliedern schritt er nun seiner Wohnung zu und trat in die elende Hütte, indem sich der Tag zu neigen begann. Sobald ihn die abgezehrten Kinder erblickten, schrien sie ihm einmütig entgegen: Brot, Vater, einen Bissen Brot! Hast uns lange darben lassen. Das abgehärmte Weib saß in einem Winkel und weinte, fürchtete nach der Denkungsart der Kleinmütigen das Schlimmste und vermutete, daß der Ankömmling eine traurige Litanei anstimmen werde. Er aber bot ihr freundlich die Hand, hieß ihr Feuer anschüren auf dem Herde, denn er trug Grütze und Hirsen aus Reichenberg im Zwerchsack, davon die Hausmutter einen steifen Brei kochen mußte, daß der Löffel innen stand. Nachher gab er ihr Bericht von dem guten Erfolg seines Geschäftes. Deine Vettern, sprach er, sind gar rechtliche Leute, sie haben mir nicht meine Armut vorgerückt, haben mich nicht verkannt oder mich schimpflich vor der Tür abgewiesen, sondern mich freundlich beherbergt, Herz und Hand mir eröffnet und hundert bare Taler vorschußweise auf den Tisch gezählt. Da fiel dem guten Weib ein schwerer Stein vom Herzen, der sie lange gedrückt hatte. Wären wir, sagte sie, eher vor die rechte Schmiede gegangen, so hätten wir uns manchen Kummer ersparen können. Hierauf rühmte sie ihre Freundschaft, von der sie sich vorher so wenig Gutes versehen hatte, und tat recht stolz auf die reichen Vettern.

Der Mann ließ ihr nach so vielen Drangsalen gern die Freude, die ihrer Eitelkeit so schmeichelhaft war. Da sie aber nicht aufhörte, von den reichen Vettern zu kosen, und das viele Tage so antrieb, wurde Veit des Lobposaunens der Geizdrachen satt und müde und sprach zum Weibe: Als ich vor der rechten Schmiede war, weißt du, was mir der Meister Schmied für eine weise Lehre gab? Sie sprach: Welche? Jeder, sagte er, sei seines Glückes Schmied, und man müsse das Eisen schmieden, weil's heiß sei; drum laß uns nun die Hände rühren und unserm

Beruf fleißig obliegen, daß wir was vor uns bringen, in drei Jahren den Vorschuß nebst den Zinsen abzahlen können und aller Schuld quitt und ledig sein. Drauf kaufte er einen Acker und einen Heuschlag, dann wieder einen und noch einen, dann eine ganze Hufe; es war ein Segen in Rübezahls Gelde, als wenn ein Hecktaler drunter wäre. Veit säete und erntete, wurde schon für einen wohlhabenden Mann im Dorfe gehalten, und sein Säckel vermochte noch immer ein klein Kapital zur Erweiterung seines Eigentums. Im dritten Sommer hatte er schon zu seiner Hufe ein Herrengut gepachtet, das ihm reichen Wucher brachte; kurz, er war ein Mann, dem alles, was er tat, zu gutem Glück gedieh.

Der Zahlungstermin kam nun heran, und Veit hatte so viel erübriget, daß er ohne Beschwerde seine Schuld abtragen konnte; er legte das Geld zurechte, und auf den bestimmten Tag war er früh auf, weckte das Weib und alle seine Kinder, hieß sie waschen und kämmen und ihre Sonntagskleider anziehen, auch die neuen Schuhe und die scharlachenen Mieder und Brusttücher, die sie noch nicht auf den Leib gebracht hatten. Er selbst holte seinen Gottestischrock herbei und rief zum Fenster hinaus: Hans, spann an! Mann, was hast du vor? fragte die Frau, es ist heute weder Feiertag noch ein Kirchweihfest, was macht dich so guten Mutes, daß du uns ein Wohlleben bereitet hast, und wo gedenkest du uns hinzuführen? Er antwortete: Ich will mit euch die reichen Vettern jenseits des Gebirges heimsuchen und dem Gläubiger, der mir durch seinen Vorschub wieder geholfen hat, Schuld und Zins bezahlen, denn heute ist der Zahltag. Das gefiel der Frau wohl, sie putzte sich und die Kinder stattlich heraus, und damit die reichen Vettern eine gute Meinung von ihrem Wohlstande bekämen und sich ihrer nicht schämen dürften, band sie eine Schnur gekrümmter Dukaten um den Hals. Veit rüttelte den schweren Geldsack zusammen, nahm ihn zu sich, und da alles in Bereitschaft war, saß er auf mit Frau und Kind. Hans peitschte die vier Hengste an, und sie trabten mutig über das Blachfeld nach dem Riesengebirge zu.

Vor einem steilen Hohlwege ließ Veit den Rollwagen halten, stieg ab und hieß den andern gleiches tun, dann gebot er dem Knechte: Hans, fahr gemachsam den Berg hinan, oben bei den drei Linden sollst du unser warten, und ob wir auch verziehen, so laß dich's nicht anfechten, laß die Pferde verschnauben und einsweils grasen, ich weiß hier einen

Fußpfad, er ist etwas um, doch lustig zu wandeln! Darauf schlug er sich in Geleitschaft des Weibes und der Kinder waldein durch dicht verwachsenes Gebüsch und spekulierte hin und her, daß die Frau meinte, ihr Mann habe sich verirrt, ermahnte ihn darum, zurückzukehren und der Landstraße zu folgen. Veit aber hielt plötzlich still, versammelte seine sechs Kinder um sich her und redete also: Du wähnst, liebes Weib, daß wir zu deiner Freundschaft ziehen, dahin steht jetzt nicht mein Sinn. Deine reichen Vettern sind Knauser und Schurken, die, als ich weiland in meiner Armut Trost und Zuflucht bei ihnen suchte, mich gefoppt, gehöhnet und mit Übermut von sich gestoßen haben. – Hier wohnt der reiche Vetter, dem wir unsern Wohlstand verdanken, der mir aufs Wort das Geld geliehen, das in meiner Hand so wohl gewuchert hat. Auf heute hat er mich herbeschieden, Zins und Kapital ihm wiederzuerstatten. Wißt ihr nun, wer unser Schuldherr ist? Der Herr vom Berge, Rübezahl genannt! Das Weib entsetzte sich heftig über diese Rede, schlug ein groß Kreuz vor sich, und die Kinder bebten und gebärdeten sich ängstlich vor Furcht und Schrecken, daß sie der Vater vor Rübezahl führen wollte. Sie hatten viel in den Spinnstuben von ihm gehört, daß er sei ein scheußlicher Riese und Menschenfresser. Veit erzählte ihnen sein ganzes Abenteuer, wie ihm der Geist in Gestalt eines Köhlers auf sein Rufen erschienen sei und was er mit ihm verhandelt habe in der Höhle, pries seine Mildtätigkeit mit dankbarem Herzen und so inniger Rührung, daß ihm die warmen Tränen über die freundlichen rotbraunen Backen herabträufelten. Verzieht hier, fuhr er fort, jetzt geh ich hin in die Höhle, mein Geschäft auszurichten. Fürchtet nichts, ich werde nicht lange aussein, und wenn ich's vom Gebirgherrn erlangen kann, so bring ich ihn zu euch. Scheuet euch nicht, eurem Wohltäter treuherzig die Hand zu schütteln, ob sie gleich schwarz und rußig ist; er tut euch nichts zuleide und freut sich seiner guten Tat und unsers Danks gewiß! Seid nur beherzt, er wird euch goldne Äpfel und Pfeffernüsse austeilen.

Ob nun gleich das bängliche Weib viel gegen die Wallfahrt in die Felsenhöhle einzuwenden hatte und auch die Kinder jammerten und weinten, sich um den Vater herlagerten und, da er sie auf die Seite schob, ihn an den Rockfalten zurückzuziehen sich anstemmten, so riß er sich doch mit Gewalt von ihnen in den dicht verwachsenen Busch

und gelangte zu dem wohlbekannten Felsen. Er fand alle Merkzeichen der Gegend wieder, die er sich wohl ins Gedächtnis geprägt hatte; die alte halb erstorbene Eiche, an deren Wurzel die Kluft sich öffnete, stund noch, wie sie vor drei Jahren gestanden hatte, doch von einer Höhle war keine Spur mehr vorhanden. Veit versucht's auf alle Weise, sich den Eingang in den Berg zu eröffnen, er nahm einen Stein, klopfte an den Felsen; er sollte, meint' er, sich auftun; er zog den schweren Geldsack hervor, klingelte mit den harten Talern und rief, so laut er nur konnte: Geist des Gebirges, nimm hin, was dein ist; doch der Geist ließ sich weder hören noch sehen. Also mußte sich der ehrliche Schuldner entschließen, mit seinem Säckel wieder umzukehren. Sobald ihn das Weib und die Kinder von ferne erblickten, eilten sie ihm freudevoll entgegen; er war mißmutig und sehr bekümmert, daß er seine Zahlung nicht an die Behörde abliefern konnte, setzte sich zu den Seinen auf einen Rasenrain und überlegte, was nun zu tun sei. Da kam ihm sein altes Wagestück wieder ein. Ich will, sprach er, den Geist bei seinem Ekelnamen rufen; wenn's ihm auch verdreußt, mag er mich bläuen und zupfen, wie er Lust hat, wenigstens hört er auf diesen Ruf gewiß, schrie darauf aus Herzenskraft: Rübezahl! Rübezahl! Das angstvolle Weib bat ihn zu schweigen, wollt ihm den Mund zuhalten; er ließ sich nicht wehren und trieb's immer ärger. Plötzlich drängte sich jetzt der jüngste Bube an die Mutter an, schrie bänglich: Ach, der schwarze Mann! Getrost fragte Veit: Wo? Dort lauscht er hinter jenem Baume hervor; und alle Kinder krochen in einen Haufen zusammen, bebten vor Furcht und schrien jämmerlich. Der Vater blickte hin und sah nichts; es war Täuschung, nur ein leerer Schatten, kurz, Rübezahl kam nicht zum Vorschein, und alles Rufen war umsonst.

Die Familienkarawane trat nun den Rückweg an, und Vater Veit ging ganz betrübt und schwermütig auf der breiten Landstraße vor sich hin. Da erhob sich vom Walde her ein sanftes Rauschen in den Bäumen, die schlanken Birken neigten ihre Wipfel, das bewegliche Laub der Espen zitterte, das Brausen kam näher, und der Wind schüttelte die weit ausgestreckten Äste der Steineichen, trieb dürres Laub und Grashalmen vor sich her, kräuselte im Wege kleine Staubwolken empor, an welchem artigen Schauspiel die Kinder, die nicht mehr an Rübezahl dachten, sich belustigten und nach den Blättern haschten, womit der Wirbelwind spielte. Unter dem dürren Laube wurde auch ein Blatt Papier über den Weg gewehet, auf welches der kleine Geisterseher Jagd machte; doch wenn er darnach griff, hob es der Wind auf und führte es weiter, daß er's nicht erlangen konnte. Drum warf er seinen Hut darnach, der's endlich bedeckte; weil's nun ein schöner weißer Bogen war und der ökonomische Vater jede Kleinigkeit in seinem Haushalt zu nutzen pflegte, so brachte ihm der Knabe den Fund, um sich ein kleines Lob zu verdienen. Als dieser das zusammengerollte Papier aufschlug, um zu sehen, was es wäre, fand er, daß es der Schuldbrief war, den er an den Berggeist ausgestellt hatte, von oben herein zerrissen, und unten stund geschrieben: Zu Dank bezahlt.

Wie das Veit innen ward, rührt's ihn tief in der Seele, und er rief mit freudigem Entzücken: Freue dich, liebes Weib, und ihr Kinder allesamt, freuet euch; er hat uns gesehen, hat unsern Dank gehöret, unser guter Wohltäter, der uns unsichtbar umschwebte, weiß, daß Veit ein ehrlicher Mann ist. Ich bin meiner Zusage quitt und ledig, nun laßt uns mit frohem Herzen heimkehren. Eltern und Kinder weinten noch viele Tränen der Freude und des Dankes, bis sie wieder zu ihrem Fuhrwerk gelangten, und weil die Frau groß Verlangen trug, ihre Freundschaft heimzusuchen, um durch ihren Wohlstand die filzigen Vettern zu beschämen – denn der Bericht des Mannes hatte ihre Galle gegen die Knauser rege gemacht –, so rollten sie frisch den Berg hinab, gelangten in der Abendstunde in die Dorfschaft und hielten bei dem nämlichen Bauerhofe an, aus welchem Veit vor drei Jahren war herausgestoßen worden. Er pochte diesmal ganz herzhaft an und frug nach dem Wirte.

Es kam ein unbekannter Mann zum Vorschein, der gar nicht zur Freundschaft gehörte; von diesem erfuhr Veit, daß die reichen Vettern ausgewirtschaftet hatten. Der eine war gestorben, der andere verdorben, der dritte davongegangen, und ihre Stätte ward nicht mehr gefunden in der Gemeine. Veit übernachtete nebst seiner Rollwagengesellschaft bei dem gastfreien Hauswirt, der ihm und seinem Weibe das alles weitläufiger erzählte, kehrte Tages darauf in seine Heimat und an seine Berufsgeschäfte zurück, nahm zu an Reichtum und Gütern und blieb ein rechtlicher wohlbehaltener Mann sein Lebelang.

Vierte Legende

So sehr sich's auch des Gnomen Günstling hatte angelegen sein lassen, den wahren Ursprung seines Glücks zu verhehlen, um nicht ungestüme Sollizitanten anzureizen, den gebirgischen Patron um ähnliche Spenden mit dreister Zudringlichkeit zu überlaufen, so wurde die Sache doch endlich ruchbar; denn wenn das Geheimnis des Mannes der Frau zwischen den Lippen schwebt, weht es das kleinste Lüftchen fort, wie eine Seifenblase vom Strohhalm. Veitens Frau vertraut's einer verschwiegenen Nachbarin, diese ihrer Gevatterin, diese ihrem Herrn Paten, dem Dorfbarbier, und der allen seinen Bartkunden, so kam's im Dorfe und hernach im ganzen Kirchspiel herum. Da spitzten die verdorbenen Hauswirte, die Lungerer und Müßiggänger das Ohr, zogen scharenweise ins Gebirge, insultierten den Gnomen, hoben an, ihn zu zitieren und zu beschwören; zu ihnen gesellten sich Schatzgräber und Landfahrer, die das Gebirge durchkreuzten, allenthalben einschlugen und den Schatz in der Braupfanne zu heben vermeinten. Rübezahl ließ sie eine Zeitlang ihr Wesen treiben, wie sie Lust hatten, achtet's der Mühe nicht wert, sich über die Gauche zu erzürnen, trieb nur seinen Spott mit ihnen, ließ zur Nachtzeit da und dort ein blaues Flämmchen auflodern, und wenn die Laurer kamen, ihre Mützen und Hüte darauf warfen, ließ er ihnen manchen schweren Geldtopf ausgraben, den sie mit Freuden heimtrugen, neun Tage lang stillschweigend verwahrten, und wenn sie nun hinkamen, den Schatz zu besehen, fanden sie Stank und Unrat im Topf oder Scherben und Steine. Gleichwohl ermüdeten sie nicht, das alte Spiel wieder anzuheben und Unfug zu treiben. Darüber wurde der Geist endlich unwillig, stäupte das lose Gesindel durch einen kräftigen Steinhagel aus seinem Gebiete hinaus und wurde gegen alle Wanderer so barsch und grämisch, daß keiner ohne Furcht das Gebirge betrat, auch selten ohne Staupe entrann, und der Name Rübezahl wurde nicht mehr gehört im Gebirge bei Menschengedenken.

Eines Tages sonnete sich der Geist an der Hecke seines Gartens; da kam ein Weiblein ihres Weges daher in großer Unbefangenheit, die durch ihren sonderbaren Aufzug seine Aufmerksamkeit auf sich zog. Sie hatte ein Kind an der Brust liegen, eins trug sie auf dem Rücken, eins leitete sie an der Hand, und ein etwas größerer Knabe trug einen ledigen Korb nebst einem Rechen, denn sie wollte eine Last Laub fürs Vieh laden. Eine Mutter, dachte Rübezahl, ist doch wahrlich ein gutes Geschöpf, schleppt sich mit vier Kindern und wartet dabei ihres Berufs ohne Murren, wird sich noch mit der Bürde des Korbes belasten müssen; das heißt die Freuden der Liebe teuer bezahlen! Diese Betrachtung versetzte ihn in eine gutmütige Stimmung, die ihn geneigt machte, sich mit der Frau in eine Unterredung einzulassen. Sie setzte ihre Kinder auf den Rasen und streifte Laub von den Büschen; indes wurde den Kleinen die Zeitlang, und sie fingen an, heftig zu schreien. Alsbald verließ die Mutter ihre Geschäfte, spielte und tändelte mit den Kindern, nahm sie auf, hüpfte mit ihnen singend und scherzend herum, wiegte sie in Schlaf und ging wieder an ihre Arbeit. Bald darauf stachen die Mücken die kleinen Schläfer, sie fingen ihre Symphonien von neuem an; die Mutter wurde darüber nicht ungeduldig, sie lief ins Holz, pflückte Erdbeeren und Himbeeren und legte das kleinste Kind an die Brust. Diese mütterliche Behandlung gefiel dem Gnomen ungemein wohl. Allein der Schreier, der vorher auf der Mutter Rücken ritt, wollte sich durch nichts befriedigen lassen, war ein störrischer eigensinniger Junge, der die Erdbeeren, die ihm die liebreiche Mutter darreichte, von sich warf und dazu schrie, als wenn er gespießt wäre. Darüber riß ihr doch endlich die Geduld aus. Rübezahl, rief sie, komm und friß mir den Schreier. Augenblicks versichtbarte sich der Geist in der Köhlergestalt, trat zum Weibe und sprach: Hie bin ich, was ist dein Begehr? Die Frau geriet über diese Erscheinung in groß Schrecken; wie sie aber ein frisches, herzhaftes Weib war, sammelte sie sich bald und faßte Mut. Ich rief dich nur, sprach sie, meine Kinder schweigen zu machen; nun sie ruhig sind, bedarf ich deiner nicht, sei bedankt für deinen guten Willen. Weißt du auch, gegenredete der Geist, daß man mich hier nicht ungestraft ruft? Ich halte dich beim Wort, gib mir deinen Schreier, daß ich ihn fresse; so ein leckerer Bissen ist mir lange nicht vorgekommen. Darauf streckte er die rußige Hand aus, den Knaben in Empfang zu nehmen.

Wie eine Gluckhenne, wenn der Weih hoch über dem Dache in den Lüften schwebt oder der schäkerhafte Spitz auf dem Hofe hetzt, mit

ängstlichem Gluchsen vorerst ihre Kücklein in den sichern Hühnerkorb lockt, dann ihr Gefieder emporsträubt, die Flügel ausbreitet und mit dem stärkern Feinde einen ungleichen Kampf beginnt, so fiel das Weib dem schwarzen Köhler wütig in den Bart, ballte die kräftige Faust und rief: Ungetüm! Das Mutterherz mußt du mir erst aus dem Leibe reißen, eh du mir mein Kind raubest. Eines so mutvollen Angriffs hatte sich Rübezahl nicht versehen, er wich gleichsam schüchtern zurück; dergleichen handfeste Erfahrung in der Menschenkunde war ihm noch nie vorgekommen. Er lächelte das Weib freundlich an: Entrüste dich nicht! Ich bin kein Menschenfresser, wie du wähnest, will dir und deinen Kindern auch kein Leids tun; aber laß mir den Knaben; der Schreier gefällt mir, will ihn halten wie einen Junker, will ihn in Sammet und Seide kleiden und einen wackern Kerl aus ihm ziehen, der Vater und Brüder einst nähren soll. Fordere hundert Schreckenberger, ich zahle sie dir.

Ha! lachte das rasche Weib, gefällt Euch der Junge? Ja, das ist ein Junge wie'n Daus, der wäre mir nicht um aller Welt Schätze feil.

Törin! versetzte Rübezahl, hast du nicht noch drei Kinder, die dir Last und Überdruß machen? Mußt sie kümmerlich nähren und dich mit ihnen plagen Tag und Nacht.

Das Weib: Wohl wahr, aber davor bin ich Mutter, muß tun, was meines Berufs ist. Kinder machen Überlast, aber auch manche Freude.

Der Geist: Schöne Freude! Sich mit den Bälgen tagtäglich zu schleppen, sie zu gängeln, zu säubern, ihre Unart und Geschrei zu ertragen!

Sie: Wahrlich, Herr, Ihr kennt die Mutterfreuden wenig. Alle Arbeit und Mühe versüßt ein einziger freundlicher Anblick, das holde Lächeln und Lallen der kleinen unschuldigen Würmer. – Seht mir nur den Goldjungen da, wie er an mir hängt, der kleine Schmeichler! Nun ist er's nicht gewesen, der geschrien hat. – Ach, hätte ich doch hundert Hände, die euch heben und tragen und für euch arbeiten könnten, ihr lieben Kleinen!

Der Geist: So! Hat denn dein Mann keine Hände, die arbeiten können?

Sie: O ja, die hat er! Er rührt sie auch, und ich fühl's zuweilen.

Der Geist, aufgebracht: Wie? Dein Mann erkühnt sich, die Hand gegen dich aufzuheben? Gegen solch ein Weib? Das Genick will ich ihm brechen, dem Mörder!

Sie, lachend: Da hättet Ihr traun viel Hälse zu brechen, wenn alle Männer mit dem Halse büßen sollten, die sich an der Frau vergreifen. Die Männer sind eine schlimme Nation: drum heißt's: Ehstand, Wehstand; muß mich drein ergeben, warum hab ich gefreit.

Der Geist: Nun ja, wenn du wußtest, daß die Männer eine schlimme Nation sind, so war's auch ein dummer Streich, daß du freitest.

Sie: Mag wohl! Aber Steffen war ein flinker Kerl, der guten Erwerb hatte, und ich eine arme Dirne ohne Heiratsgut. Da kam er zu mir, begehrte mich zur Eh, gab mir einen Wildemannstaler auf den Kauf, und der Handel war gemacht. Nachher hat er mir den Taler wieder abgenommen, aber den wilden Mann hab ich noch.

Der Geist lächelte: Vielleicht hast du ihn wild gemacht durch deinen Starrsinn.

Sie: Oh, den hat er mir schon ausgetrieben! Aber Steffen ist ein Knauser, wenn ich ihm einen Engelgroschen abfordere, so rasaunt er im Hause ärger als Ihr zuzeiten im Gebirge, wirft mir meine Armut vor, und da muß ich schweigen. Wenn ich ihm eine Aussteuer zugebracht hätte, wollt ich ihm schon den Daumen aufs Auge halten.

Der Geist: Was treibt dein Mann für ein Gewerbe?

Sie: Er ist ein Glashändler, muß sich seinen Erwerb auch lassen sauer werden; schleppt der arme Tropf die schwere Bürde aus Böhmen herüber jahraus, jahrein; wenn ihm nun unterwegs ein Glas zerbricht, muß ich's und die armen Kinder freilich entgelten; aber Liebesschläge tun nicht weh.

Der Geist: Du kannst den Mann noch lieben, der dir so übel mitspielt?

Sie: Warum nicht lieben? Ist er nicht der Vater meiner Kinder? Die werden alles gut machen und uns wohl lohnen, wenn sie groß sind.

Der Geist: Leidiger Trost! Die Kinder danken auch der Eltern Müh und Sorgen! Werden dir die Jungen den letzten Heller aus dem Schweißtuch pressen, wenn sie der Kaiser zum Heere schickt ins ferne Ungerland, daß die Türken sie erschlagen.

Das Weib: Ei nun, das kümmert mich auch nicht; werden sie erschlagen, so sterben sie für den Kaiser und fürs Vaterland in ihrem Beruf; können aber auch Beute machen und der alten Eltern pflegen.

Hierauf erneuerte der Geist den Knabenhandel nochmals, doch das Weib würdigte ihn keiner Antwort, raffte das Laub in den Korb, band oben drauf den kleinen Schreier mit der Leibschnur fest, und Rübezahl wandte sich, als wollt er fürder gehen. Weil aber die Bürde zu schwer war, daß das Weib nicht hochkommen konnte, rief sie ihn zurück. Ich hab Euch einmal gerufen, sprach sie, helft mir nun auch auf, und wenn Ihr ein Übriges tun wollt, so schenkt dem Knaben, der Euch gefallen hat, ein Gutfreitagsgröschel zu einem paar Semmeln; morgen kommt der Vater heim, der wird uns Weißbrot aus Böhmen mitbringen. Der Geist antwortete: Aufhelfen will ich dir wohl, aber gibst du mir den Knaben nicht, so soll er auch keine Spende haben. Auch gut! versetzte das Weib und ging ihres Weges.

Je weiter sie ging, je schwerer wurde der Korb, daß sie unter der Last schier erlag und alle zehn Schritte verschnauben mußte. Das schien ihr

nicht mit rechten Dingen zuzugehen; sie wähnte, Rübezahl habe ihr einen Possen gespielt und eine Last Steine unter das Laub praktiziert; darum setzte sie den Korb ab auf dem nächsten Rande und stürzte ihn um. Doch es fielen eitel Laubblätter heraus und keine Steine. Also füllte sie ihn wieder zur Hälfte und raffte noch so viel Laub ins Vortuch, als sie darein fassen konnte; aber bald ward ihr die Last von neuem zu schwer, und sie mußte nochmals ausleeren, welches die rüstige Frau groß wunder nahm; denn sie hatte gar oft hochgepanste Graslasten heimgetragen und solche Mattigkeit noch nie gefühlt. Demungeachtet beschickte sie bei ihrer Heimkunft den Haushalt, warf den Ziegen und den jungen Hipplein das Laub vor, gab den Kindern das Abendbrot, brachte sie in Schlaf, betete ihren Abendsegen und schlief flugs und fröhlich ein.

Die frühe Morgenröte und der wache Säugling, der mit lauter Stimme sein Frühstück heischte, weckten das geschäftige Weib zu ihrem Tagewerk aus dem gesunden Schlaf. Sie ging zuerst mit dem Melkfasse ihrer Gewohnheit nach zum Ziegenstalle. Welch schreckensvoller Anblick! Das gute nahrhafte Haustier, die alte Ziege, lag da rohhart und steif, hatte alle viere von sich gestreckt und war verschieden; die Hipplein aber verdreheten die Augen gräßlich im Kopfe, steckten die Zunge weit von sich, und gewaltsame Zuckungen verrieten, daß sie der Tod ebenfalls schüttelte. So ein Unglücksfall war der guten Frau noch nicht begegnet, seitdem sie wirtschaftete; ganz betäubt von Schrecken sank sie auf ein Bündlein Stroh hin, hielt die Schürze vor die Augen, denn sie konnte den Jammer der Sterblinge nicht ansehen, und erseufzte tief: Ich unglückliches Weib, was fang ich an! Und was wird mein harter Mann beginnen, wenn er nach Hause kommt? Ach, hin ist mein ganzer Gottessegen auf dieser Welt! – Augenblicklich strafte sie das Herz dieses Gedankens wegen. Wenn das liebe Vieh dein ganzer Gottessegen ist auf dieser Welt, was ist denn Steffen, und was sind deine Kinder? Sie schämte sich ihrer Übereilung; laß fahren dahin aller Welt Reichtum, dachte sie, hast du doch noch deinen Mann und deine vier Kinder. Ist doch die Milchquelle für den lieben Säugling noch nicht versiegt, und für die übrigen Kinder ist Wasser im Brunnen. Wenn's auch einen Strauß mit Steffen absetzt und er mich übel schlägt, was ist's mehr als ein böses Ehestündlein? Habe ich doch nichts verwahrloset. Die Ernte steht bevor, da kann ich schneiden gehn, und auf den Winter will ich spinnen bis in die tiefe Mitternacht; eine Ziege wird ja wohl wieder zu erwerben sein, und habe ich die, so wird's auch nicht an Hipplein fehlen.

Indem sie das bei sich gedachte, ward sie wieder frohen Mutes, trocknete ab ihre Tränen, und wie sie die Augen aufhob, lag da vor ihren Füßen ein Blättlein, das fütterte und blinkte so hell, so hochgelb wie gediegen Gold; sie hob es auf, besah's, und es war schwer wie Gold. Rasch sprang sie auf, lief damit zu ihrer Nachbarin, der Judenfrau, zeigte ihr den Fund mit großer Freude, und die Jüdin erkannte es für reines Gold, schacherte es ihr ab und zählte ihr dafür zwei Dicktaler bar auf den Tisch. Vergessen war nun all ihr Herzeleid. Solchen Schatz an Barschaft hatte das arme Weib noch nie im Besitz gehabt. Sie lief zum Bäcker, kaufte Strözel und Butterkringel und eine Hammelkeule für Steffen, die sie zurichten wollte, wenn er müde und hungrig auf den Abend von der Reise käme. Wie zappelten die Kleinen der fröhlichen Mutter entgegen, da sie hereintrat und ihnen ein so ungewohntes Frühstück austeilte. Sie überließ sich ganz der mütterlichen Freude, die hungrige Kinderschar abzufüttern; und nun war ihre erste Sorge, das ihrer Meinung nach von einer Unholdin gesterbte Vieh beiseite zu schaffen und dieses häusliche Unglück vor dem Manne so lange als möglich zu verheimlichen. Aber ihr Erstaunen ging über alles, als sie von ohngefähr in den Futtertrog sahe und einen ganzen Haufen goldner Blätter darin erblickte. Wenn sie der griechischen Volksmärchen kundig gewesen wäre, so würde sie leicht darauf geraten haben, daß ihr liebes Hausvieh an der Indigestion des Königs Midas gestorben sei. Ihr ahndete gleichwohl so etwas; darum schärfte sie geschwind das Küchenmesser, brach den Ziegenleichnam auf und fand im Magenschlunde einen Klumpen Gold, so groß als einen Paulinerapfel, und so auch nach Verhältnis in den Magen der Zicklein.

Jetzt wußte sie ihres Reichtums kein Ende; doch mit der Besitznehmung empfand sie auch die drückenden Sorgen desselben; sie wurde unruhig, scheu, fühlte Herzklopfen, wußte nicht, ob sie den Schatz in die Lade verschließen oder in den Keller vergraben sollte, fürchtete Diebe und Schatzgräber, wollte auch dem Knauser Steffen nicht gleich alles wissen lassen, aus gerechter Besorgnis, daß er, vom Wuchergeist angetrieben, den Mammon an sich nehmen und sie dennoch nebst den Kindern darben lassen möchte. Sie sann lange, wie sie's klug genug damit anstellen möchte, und fand keinen Rat.

Der Pfaff im Dorfe war der Schutzpatron aller bedrängten Weiber, der aus Gutmütigkeit oder aus Neigung dem weibischen, als dem schwächsten Werkzeug seine gebührende Ehre gab und durchaus nicht gestattete, daß bengelhafte Ehekonsorten seine Beichttöchter mißhandelten, sondern legte den ungestümen Haustyrannen, wenn Klage einlief, schwere Bußen auf und nahm stets der Weiber Partei; auch hatte er die magische Hechtleber der Pönitenz bei dem mürrischen Steffen nie geschont, zu Nutz und Frommen des guten Weibes den Asmodi aus der Ehekammer damit wegzuräuchern. Sie nahm also ihre Zuflucht zu dem trostreichen Seelenpfleger, berichtete ihm unverhohlen das Abenteuer mit Rübezahl, wie er ihr zu großem Reichtum verholfen und was sie dabei für Anliegen habe, belegte auch die Wahrheit der Sache mit dem ganzen Schatze, den sie bei sich trug. Der Pfaff kreuzte sich über das Wunderbare dieser Begebenheit mächtig, freute sich gleichwohl über das Glück des armen Weibes und rückte darauf sein Käpplein hin und her, für sie guten Rat zu suchen, um ohne Spuk und Aufsehen sie im ruhigen Besitz ihres Reichtums zu erhalten und auch

Mittel auszufinden, daß der zähe Steffen sich desselben nicht bemächtigen könne.

Nachdem er lange simuliert hatte, redete er also: Hör an, meine Tochter, ich weiß guten Rat für alles. Wäge mir das Gold zu, daß ich's dir getreulich aufbewahre; dann will ich einen Brief schreiben in welscher Sprache, der soll dahin lauten: dein Bruder, der vor Jahren in die Fremde ging, sei in der Venediger Dienst nach Indien geschifft und daselbst gestorben und habe all sein Gut dir im Testament vermacht, mit dem Beding, daß der Pfarrer des Kirchspiels dich bevormunde, damit es dir allein und keinem andern zu Nutz komme. Ich begehre weder Lohn noch Dank von dir; nur gedenke, daß du der heiligen Kirche einen Dank schuldig bist für den Segen, den dir der Himmel beschert hat, und gelobe ein reiches Meßgewand in die Sakristei. Dieser Rat behagte dem Weib herrlich; sie gelobte dem Pfarrer das Meßgewand; er wog in ihrem Beisein das Gold gewissenhaft bis auf ein Quintlein aus, legte es in den Kirchenschatz, und das Weib schied mit frohem und leichtem Herzen von ihm.

Rübezahl war nicht minder Weiberpatron als der gutmütige Parochus zu Kirsdorf, doch mit Unterschied. Der letztere verehrte das weibliche Geschlecht überhaupt, weil, wie er sagte, die Heilige Jungfrau

dazu gehöre, ohne gegen einzelne Dirnen eine Vorliebe blicken zu lassen, weshalb das lästerzüngige Gerücht seinen guten Ruf hätte verdächtig machen können; jener im Gegenteil haßte das ganze Geschlecht um eines Mädchens willen, das ihn überlistet hatte, ob ihn gleich seine Launen zuweilen auf den milden Ton stimmten, ein einzelnes Weiblein in Schutz zu nehmen und ihr gefällig zu sein. So sehr die wackere Dörferin mit ihren Gesinnungen und Benehmen seine Gewogenheit erworben hatte, so ungehalten war er auf den barschen Steffen, trug groß Verlangen, das biedere Weib an ihm zu rächen, ihm einen Possen zu spielen, daß ihm angst und weh dabei würde, und ihn dadurch so kirre zu machen, daß er der Frau untertan würde und sie ihm nach Wunsche den Daumen aufs Auge halten könne. Zu diesem Behuf sattelte er den raschen Morgenwind, saß auf und galoppierte über Berg und Tal, spionierte wie ein Ausreuter auf allen Landstraßen und Kreuzwegen von Böhmen her, und wo er einen Wanderer erblickte, der eine Bürde trug, war er hinter ihm her und forschte mit dem Scharfblick eines Korbbeschauers nach seiner Ladung. Zum Glück führte kein Wanderer, der diese Straße zog, Glasware, sonst hätte er für Schaden und Spott nicht sorgen dürfen, ohne einen Ersatz zu hoffen, wenn er auch gleich der Mann nicht gewesen wäre, den Rübezahl suchte.

Bei diesen Anstalten konnte ihm der schwer beladene Steffen allerdings nicht entgehen. Um Vesperzeit kam ein rüstiger frischer Mann angeschritten, mit einer großen Bürde auf dem Rücken. Unter seinem festen sichern Tritt ertönte jedesmal die Last, die er trug. Der Lauerer freute sich, sobald er ihn in der Ferne witterte, daß ihm nun seine Beute gewiß war, und rüstete sich, seinen Meisterstreich auszuführen. Der keuchende Steffen hatte beinahe das Gebirge erstiegen; nur die letzte Anhöhe war noch zu gewinnen, so ging es bergab nach der Heimat zu, darum sputete er sich, den Gipfel zu erklimmen; aber der Berg war steil, und die Last war schwer. Er mußte mehr als einmal ruhen, stützte den knotigen Stab unter den Korb, um das drückende Gewicht desselben zu mindern, und trocknete den Schweiß, der ihm in großen Tropfen vor der Stirne stund. Mit Anstrengung der letzten Kräfte erreichte er endlich die Zinne des Berges, und ein schöner gerader Pfad führte zu dessen Abhang. Mitten am Wege lag ein abgesägter Fichtenbaum, und der Überrest des Stammes stund daneben, kerzengerade und aufrecht, oben geebnet wie ein Tischblatt. Ringsumher grünte Tunkagras, Schwallenzagel und Marienflachs. Dieser Anblick war dem ermüdeten Lastträger so anlockend und zu einem Ruheplatz so bequem, daß er alsbald den schweren Korb auf den Klotz absetzte und sich gegenüber im Schatten auf das weiche Gras streckte. Hier übersann er, wieviel reinen Gewinn ihm seine Ware diesmal einbringen würde, und fand nach genauem Überschlag, daß, wenn er keinen Groschen ins Haus verwendete und die fleißige Hand seines Weibes für Nahrung und Kleider sorgen ließe, er gerade so viel lösen würde, auf dem Markte zu Schmiedeberg sich einen Esel zu kaufen und zu befrachten. Der Gedanke, wie er in Zukunft dem Grauschimmel die Last aufbürden und gemächlich nebenher gehen würde, war ihm zu der Zeit, wo seine Schultern eben wund gedrückt waren, so herzerquickend, daß er ihm, wie es bei frohen Idealen sehr natürlich ist, weiter nachhing. Ist einmal der Esel da, dachte er, so soll mir bald ein Pferd draus werden, und hab ich nun den Rappen im Stalle, so wird sich auch ein Acker dazu finden, darauf sein Hafer wächst. Aus einem Acker werden dann leicht zwei, aus zweien vier, mit der Zeit eine Hufe und endlich ein Bauerngut, und dann soll Ilse auch einen neuen Rock haben.

Er war mit seinen Projekten beinahe soweit wie Herzog Michel oder das Milchmädchen, da tummelte Rübezahl seinen Wirbelwind um den Holzstock herum und stürzte mit einem Mal den Glaskorb herunter, daß der zerbrechliche Kram in tausend Stücken zerfiel. Das war ein Donnerschlag in Steffens Herz! Zugleich vernahm er in der Ferne ein lautes Gelächter, wenn's anders nicht Täuschung war und das Echo den Laut der zerschollenen Gläser nur wieder zurückgab. Er nahm's für Schadenfreude, und weil ihm der unmäßige Windstoß unnatürlich schien, auch, da er recht zusah, Klotz und Baum verschwunden war, so riet er leicht auf den Unglücksstifter. Oh! wehklagte er, Rübezahl, du Schadenfroh, was habe ich dir getan, daß du mein Stückchen Brot mir nimmst, meinen sauren Schweiß und Blut! Ach ich geschlagener Mann auf Lebenszeit! Hierauf geriet er in eine Art von Wut, stieß alle erdenkliche Schmähreden gegen den Berggeist aus, um ihn zum Zorn zu reizen. Halunke, rief er, komm und erwürge mich, nachdem du mir mein Alles auf der Welt genommen hast! In der Tat war ihm auch das Leben in dem Augenblick nicht mehr wert als ein zer-

brochen Glas; Rübezahl ließ indessen weiter nichts von sich sehen noch hören.

Der verarmte Steffen mußte sich entschließen, wenn er nicht den ledigen Korb nach Hause tragen wollte, die Bruchstücke zusammenzulesen, um auf der Glashütte wenigstens ein paar Spitzgläser zu Anfang eines neuen Gewerbes dafür einzutauschen. Tiefsinnig wie ein Reeder, dessen Schiff der gefräßige Ozean mit Mann und Maus verschlungen hat, ging er das Gebirg hinab, schlug sich mit tausend schwermütigen Gedanken, machte zwischenein dennoch auch allerlei Spekulationen, wie er den Schaden ersetzen und seinem Handel wieder aufhelfen könne. Da fielen ihm die Ziegen ein, die seine Frau im Stalle hatte; doch sie liebte sie schier wie ihre Kinder, und im Guten, wußte er, waren sie ihr nicht abzugewinnen. Darum erdachte er diesen Kniff, sich seines Verlustes gar nicht daheim auszutun, auch nicht bei Tage in seine Wohnung zurückzukehren, sondern um Mitternacht sich ins Haus zu stehlen, die Ziegen nach Schmiedeberg auf den Markt zu treiben und das daraus gelöste Geld zum Ankauf neuer Ware zu verwenden, bei seiner Zurückkunft aber mit dem Weibe zu hadern und sich bärbeißig zu stellen, als habe sie durch Unachtsamkeit das Vieh in seiner Abwesenheit stehlen lassen.

Mit diesem wohlersonnenen Vorhaben schlich der unglückliche Fragmentensammler nahe beim Dorfe in einen Busch und erwartete mit sehnlichem Verlangen die Mitternachtsstunde, um sich selbst zu bestehlen. Mit dem Schlag zwölfe machte er sich auf den Diebsweg, kletterte über die niedrige Hoftür, öffnete sie von innen und schlich mit Herzpochen zum Ziegenstalle; er hatte doch Scheu und Furcht vor seinem Weibe, auf einer unrechten Tat sich erfinden zu lassen. Wider Gewohnheit war der Stall unverschlossen, welches ihn wunder nahm, ob's ihn gleich freute, denn er fand in dieser Fahrlässigkeit einen Schein Rechtens, sein Vornehmen damit zu beschönigen. Aber im Stalle fand er alles öde und wüst; da war nicht, was Leben und Odem hatte, weder Ziege noch Böcklein. Im ersten Schrecken vermeinte er, es habe ihm bereits ein Diebskonsorte vorgegriffen, dem das Stehlen geläufiger sei als ihm; denn Unglück kommt selten allein. Bestürzt sank er auf die Streu und überließ sich, da ihm auch der letzte Versuch, seinen Handel wieder in Gang zu bringen, mißlungen war, einer dumpfen Traurigkeit.

Seitdem die geschäftige Ilse vom Pfaffen wieder zurück war, hatte sie mit frohem Mute alles fleißig zugeschickt, ihren Mann mit einer guten Mahlzeit zu empfangen, wozu sie den geistlichen Weiberfreund auch eingeladen hatte, welcher verhieß, ein Kännlein Speisewein mitzubringen, um beim fröhlichen Gelag dem aufgemunterten Steffen von der reichen Erbschaft des Weibes Bericht zu geben, und unter welcherlei Bedingungen er daran Genuß und Anteil haben solle. Sie sah gegen Abendzeit fleißig zum Fenster hinaus, ob Steffen käme, lief aus Ungeduld hinaus vors Dorf, blickte mit ihren schwarzen Augen gegen die Landstraße hin, war bekümmert, warum er so lange weile, und da die Nacht hereinbrach, folgten ihr bange Sorgen und Ahndungen in die Bettkammer, ohne daß sie ans Abendbrot gedachte. Lange kam ihr kein Schlaf in die ausgeweinten Augen, bis sie gegen Morgen in einen unruhigen matten Schlummer fiel. Den armen Steffen quälten Verdruß und Langeweile im Ziegenstalle nicht minder; er war so niedergedrückt und kleinlaut, daß er sich nicht traute, an die Tür zu klopfen. Endlich kam er doch hervor, pochte ganz verzagt an und rief mit wehmütiger Stimme: Liebes Weib, erwache und tue auf deinem Manne! Sobald Ilse seine Stimme vernahm, sprang sie flink vom Lager wie ein muntres Reh, lief an die Tür und umhalsete ihren Mann mit Freuden; er aber erwiderte diese herzigen Liebkosungen gar kalt und frostig, setzte seinen Korb ab und warf sich mißmutig auf die Höllbank. Wie das fröhliche Weib das Jammerbild sah, ging's ihr ans Herz. Was schad't dir, lieber Mann, sprach sie bestürzt, was hast du? Er antwortete nur durch Stöhnen und Seufzen; dennoch frug sie ihm bald die Ursache seines Kummers ab, und weil ihm das Herz zu voll war, konnte er sein erlittenes Unglück dem trauten Weibe nicht länger verhehlen. Da sie vernahm, daß Rübezahl den Schabernack verübt hatte, erriet sie leicht die wohltätige Absicht des Geistes und konnte sich des Lachens nicht erwehren, welches Steffen bei mutigerer Gemütsverfassung ihr übel würde gelohnt haben. Jetzt ahndete er den scheinbaren Leichtsinn nicht weiter und frug nur ängstlich nach dem Ziegenvieh. Das reizte noch mehr des Weibes Zwerchfell, da sie merkte, daß der Hausvogt schon allenthalben umherspioniert hatte. Was kümmert dich mein Vieh? sprach sie, hast du doch noch nicht nach den Kindern gefragt; das Vieh ist wohl aufgehoben draußen auf der Weide. Laß dich auch den Tück von Rübezahl nicht anfechten und gräme dich nicht, wer weiß, wo er oder ein anderer uns reichen Ersatz dafür gibt. Da kannst du lange warten, sprach der Hoffnungslose. Ei nun, versetzte das Weib, unverhofft kommt oft. Sei unverzagt, Steffen! hast du gleich keine Gläser und ich keine Ziegen mehr, so haben wir doch vier gesunde Kinder und vier gesunde Arme, sie und uns zu nähren, das ist unser ganzer Reichtum. Ach, daß es Gott erbarme! rief der bedrängte Mann, sind die Ziegen fort, so trage die vier Bälger nur gleich ins Wasser, nähren kann ich sie nicht. Nun, so kann ich's, sprach Ilse.

Bei diesen Worten trat der freundliche Pfaff herein, hatte vor der Tür schon die ganze Unterredung abgelauscht, nahm das Wort, hielt Steffen eine lange Predigt über den Text, daß der Geiz eine Wurzel alles Übels sei, und nachdem er ihm das Gesetz genugsam geschärft hatte, verkündigte er ihm nun auch das Evangelium von der reichen Erbschaft des Weibes, zog den welschen Brief heraus und verdolmetschte ihm daraus, daß der zeitige Parochus in Kirsdorf zum Vollstrecker des Testaments bestellt sei und die Verlassenschaft des abgeschiedenen Schwagers zu sicherer Hand bereits empfangen habe.

Steffen stund da wie ein stummer Ölgötz, konnte nichts, als sich dann und wann verneigen, wenn bei Erwähnung der durchlauchten Republik Venedig der Pfaff ehrerbietig ans Käpplein griff. Nachdem er wieder zu mehrerer Besonnenheit gelangt war, fiel er dem trauten Weibe herzig in die Arme und tat ihr die zwote Liebeserklärung in seinem Leben, so warm als die erste, und ob sie wohl jetzt aus andern Beweggründen abstammte, so nahm sie Ilse doch für gut auf. Steffen wurde von nun an der schmeidigste, gefälligste Ehemann, ein liebevoller Vater seiner Kinder und dabei ein fleißiger ordentlicher Wirt, denn Müßiggang war nicht seine Sache.

Der redliche Pfaff verwandelte nach und nach das Gold in klingende Münze und kaufte davon ein großes Bauerngut, worauf Steffen und Ilse wirtschafteten ihr Leben lang. Den Überschuß lieh er auf Zins aus und verwaltete das Kapital seiner Kurandin so gewissenhaft als den Kirchenschatz, nahm keinen andern Lohn dafür als ein Meßgewand, das Ilse so prächtig machen ließ, daß kein Erzbischof sich desselben hätte schämen dürfen.

Die zärtliche treue Mutter erlebte noch im Alter große Freude an ihren Kindern, und Rübezahls Günstling wurde gar ein wackrer Mann, diente im Heer des Kaisers lange Zeit unter Wallenstein im Dreißigjährigen Kriege und war ein so berühmter Parteigänger als Stalhantsch.

FÜNFTE LEGENDE

Seitdem Mutter Ilse von dem Gnomen so herrlich war dotiert worden, ließ er lange Zeit nichts wieder von sich hören. Zwar trug sich das Volk mit allerlei Wundergeschichten, welche die Phantasie der Hausmütter in geselligen Winterabenden so lang und fein ausspann als den Faden am Rocken; es war aber eitel Fabelei zur Kurzweil ausgedacht. Wie's immer hundert Narren und Tollhäusler gegen einen Besessenen, hundert Fanatiker gegen einen Inspirierten, hundert Träumer gegen einen Geisterseher geben soll, so gab's auch im Riesengebirge von jeher hundert lügenhafte Volkssagen vom Rübezahl gegen eine authentische Geschichte. Der Gräfin Cäcilie, Voltairens

Zeitgenossin und Schülerin, war noch in unsern Tagen die letzte Entrevue mit dem Gnomen aufbehalten, bevor er seine jüngste Hinabfahrt in die Unterwelt antrat.

Diese Dame, mit all den Gichtern und vornehmen Gebrechen beladen, welche die gallische Küche und Sitte den verzärtelten Töchtern Teuts zur Ausbeute gibt, machte nebst zwei gesunden blühenden Töchtern die Reise ins Karlsbad. Die Mutter verlangte so sehr nach der Badekur und die Fräuleins nach der Badegesellschaft, nach den Bällen, Serenaden und den übrigen Lustbarkeiten des Bades, daß sie sonder Rast Tag und Nacht reisten. Es traf sich, daß sie gerade mit Sonnenuntergang ins Riesengebirge gelangten. Es war ein schöner warmer Sommerabend, kein Lüftchen regte sich. Der nächtliche Himmel, mit funkelnden Sternen besäet, die goldne Mondssichel, deren milchfarbenes Licht die schwarzen Waldschatten der hohen Fichten milderte, und die beweglichen Funken unzähliger leuchtenden Insekten, die in den Gebüschen scherzten, gaben die Beleuchtung zu einer der schönsten Naturszenen, wiewohl die Reisegesellschaft wenig davon wahrnahm; denn Mama war, da es gemachsam bergan ging, von der schaukelnden Bewegung des Wagens in sanften Schlummer gewiegt worden, und die Töchter nebst der Zofe hatten sich jede in ein Eckchen gedrückt und schlummerten gleichfalls. Nur dem wachsamen Johann kam auf der hohen Warte des Kutschbockes kein Schlaf in die Augen; alle Geschichten von Rübezahl, die er vorzeiten so inbrünstig angehört hatte, kamen ihm jetzt auf dem Tummelplatz dieser Abenteuer wieder in den Sinn, und er hätte wohl gewünscht, nie etwas davon gehört zu haben. Ach wie sehnte er sich nach dem sichern Breslau zurück, wohin sich nicht leicht ein Gespenst wagte! Er sah schüchtern auf alle Seiten umher und durchlief mit den Augen oft alle zweiunddreißig Regionen der Windrose in weniger als einer Minute, und wenn er etwas ansichtig wurde, das ihm bedenklich schien, lief ihm ein kalter Schauer den Rücken herunter, und die Haare stiegen ihm zu Berge. Zuweilen ließ er seine Besorgnisse dem Schwager Postillion merken und forschte mit Fleiß von ihm, ob's auch geheuer sei im Gebirge. Wiewohl ihm dieser nun die heile Haut durch einen kräftigen Fuhrmannsschwur assekurierte, bangte ihm doch das Herz unablässig.

Nach einer langen Pause der Unterredung hielt der Postkutscher die Pferde an, murmelte etwas zwischen den Zähnen und fuhr weiter, hielt nochmals an und wechselte so verschiedentlich. Johann, der seine Augen fest geschlossen hatte, ahndete aus diesem Kutschermanöver nichts Gutes, blickte schüchtern auf und sah mit Entsetzen in der Weite eines Steinwurfs vor dem Wagen eine pechrabenschwarze Gestalt daherwandeln, von übermenschlicher Größe, mit einem weißen spanischen Halskragen angetan, und das Bedenklichste bei der Sache war, daß der Schwarzmantel keinen Kopf hatte. Hielt der Wagen, so stund der Wanderer, und regte Wipprecht die Pferde an, so ging er auch fürder. Schwager, siehst du was? rief der zaghafte Tropf vom hohen Kutschbock herab mit bergan stehendem Haar. Freilich seh ich was, antwortete dieser ganz kleinlaut; aber schweig nur, daß wir's nicht irren. Johann waffnete sich mit allen Stoßgebetlein, die er wußte, das Benedicite und Gratias mit eingeschlossen, schwitzte dabei vor Angst kalten Todesschweiß. Und wie ein Blitzscheuer, wenn's in der Nacht wetterleuchtet und der Donner noch in der Ferne rollt, schon das ganze Haus rege macht, um sich durch die Geselligkeit vor der gefürchteten Gefahr zu sichern, so suchte aus dem nämlichen Instinkt der verzagte Diener Trost und Schutz bei seiner schlummernden Herrschaft und klopfte hastig ans Fensterglas. Die erwachende Gräfin, unwillig, daß sie aus ihrem sanften Schlummer gestöret wurde, fragte: Was gibt's? Ihr Gnaden, schaun Sie einmal aus, rief Johann mit zagender Stimme, dort geht ein Mann ohne Kopf. Dummkopf, der du bist, antwortete die Gräfin, was träumt deine Pöbelphantasie für Fratzen! Und wenn dem so wäre, fuhr sie scherzhaft fort, so ist ja ein Mann ohne Kopf keine Seltenheit, es gibt deren in Breslau und außerhalb genug. Die Fräuleins konnten indessen den Witz der gnädigen Mama diesmal nicht schmecken; ihr Herz war beklommen vor Schrekken, sie schmiegten sich schüchtern an die Mutter an, bebten und jammerten: Ach, das ist Rübezahl, der Bergmönch! Die Dame aber, die von der Geisterwelt eine ganz andere Theorie hatte als die Töchter und keine Geister glaubte, als Schöngeister und starke Geister, strafte die Fräuleins dieser pfahlbürgerischen Vorurteile halber, bewies, daß alle Gespenster- und Spukgeschichten Ausgeburten einer kranken Einbildungskraft wären, und erklärte mit H-ngsscher Weisheit die Geistererscheinungen samt und sonders aus natürlichen Ursachen.

Ihre Suada war eben im vollen Gange, als der Schwarzmantel, der auf einige Augenblicke dem Gespensterspäher aus den Augen geschwunden war, wieder aus dem Busch hervor an den Weg trat. Da war nun deutlich wahrzunehmen, daß Johann falsch gesehen hatte; der Wandersmann hatte allerdings einen Kopf, nur daß er ihn nicht wie gewöhnlich zwischen den Schultern, sondern wie einen Schoßhund im Arme trug. Dieses Schreckbild in der Weite von drei Schritten erregte innerhalb und außerhalb des Wagens groß Entsetzen. Die holden Fräuleins und die Zofe, welche sonst nicht gewohnt war, mit einzureden, wenn ihre junge Herrschaft das Wort führte, taten aus einem Munde einen lauten Schrei, ließen den seidenen Vorhang herabrollen, um nichts zu sehen, und verbargen ihr Angesicht wie der Vogel Strauß, wenn er dem Jäger nicht mehr entrinnen kann. Mama schlug mit stummem Schrecken die Hände zusammen, und ihre unphilosophische Gebärdung ließ vermuten, daß sie insgeheim die Palinodie ihrer zuversichtlichen Behauptungen gegen die Gespenster anstimmte. Johann, auf den der furchtbare Schwarzmantel ein besonderes Absehen gerichtet zu haben schien, erhob in der Angst seines Herzens das gewöhnliche Feldgeschrei, womit die Gespenster begrüßt zu werden pflegen: Alle guten Geister –; doch ehe er ausgeredet hatte, schleuderte ihm das Ungetüm den abgehauenen Kopf gegen die Stirn, daß er überzwerch von der

Zinne des Polsters über dem Ringnagel herabstürzte; in dem nämlichen Augenblicke lag auch der Postkutscher durch einen kräftigen Keulenschlag zu Boden gestreckt, und das Phantom keuchte aus hohler Brust in dumpfem Ton diese Worte aus: Nimm das von Rübezahl, dem Bannwart des Gebirges, daß du ihm ins Gehege fuhrst! Verfallen ist mir Schiff, Geschirr und Ladung. Hierauf schwang sich das Gespenst auf den Sattel, trieb die Pferde an und fuhr bergab, bergan, über Stock und Stein, daß vor dem Rasseln der Räder und dem Schnauben der Rosse von dem Angstgeschrei der Damen nichts hörbar war.

Urplötzlich vermehrte sich die Gesellschaft um eine Person; ein Reiter trabte ganz unbefangen neben dem Fuhrmann vorbei und schien es gar nicht zu bemerken, daß diesem der Kopf fehle; ritt vor dem Wagen her, als wenn er dazu gedungen wäre. Dem Schwarzmantel schien diese Gesellschaft eben nicht zu behagen, er lenkte nach einer andern Direktion um, der Reiter tat dasselbe, und so oft auch jener aus dem Wege bog, so konnte er den lästigen Geleitsmann nicht loswerden, der wie zum Wagen gebannt war. Das nahm den Fuhrmann groß wunder, absonderlich, da er deutlich wahrnahm, daß der Schimmel des Reisigen einen Fuß zu wenig hatte, obgleich der dreibeinige Rosinant übrigens ganz schulgerecht traversierte. Dabei wurde dem schwarzen Kondukteur auf dem Sattelgaule nicht wohl zumute, und er fürchtete, seine Rübezahlsrolle dürfte bald ausgespielt sein, da der wahre Rübezahl sich ins Spiel zu mischen schien.

Nach Verlauf einiger Zeit drehte sich der Reiter, daß er dicht neben den Fuhrmann kam, und frug ihn ganz traulich: Landsmann ohne Kopf, wo geht die Reise hin? Wo wird's hingehen, antwortete das Kutschergespenst mit furchtsamem Trutz, wie Ihr seht, der Nase nach. Wohl! sprach der Reiter, laß sehen, Gesell, wo du die Nase hast! Drauf fiel er den Pferden in die Zügel, packte den Schwarzmantel beim Leibe und warf ihn so kräftig zur Erde, daß ihm alle Glieder dröhnten; denn das Gespenst hatte Fleisch und Bein, wie sie ordentlicherweise zu haben pflegen. Behend war der Tavarro demaskiert, da kam ein wohlproportionierter Krauskopf zum Vorschein, der gestaltet war wie ein gewöhnlicher Mensch. Weil sich nun der Schalk entdeckt sah und die schwere Hand seines Gegners fürchtete, auch nicht zweifelte, der Reisige sei der leibhafte Rübezahl, den er nachzuäffen sich unterfangen

hatte, ergab er sich auf Diskretion und bat flehentlich um sein Leben. Gestrenger Gebirgsherr, sprach er, habt Erbarmen mit einem Unglücklichen, der die Fußtritte des Schicksals von Jugend auf erfahren hat, der nie sein durfte, was er wollte, der jederzeit aus dem Charakter mit Gewalt herausgestoßen wurde, in den er sich mit Mühe hineinstudiert hatte, und nachdem seine Existenz unter den Menschen vernichtet ist, auch nicht einmal Gespenst sein darf.

Diese Anrede war ein Wort geredt zu seiner Zeit. Der Gnome war gegen seinen Rival so ergrimmt als weiland König Philipp gegen den Pseudo-Sebastian oder der Zar Boris gegen den Mönch Griska, der den falschen Demetrius spielte, und würde, nach Maßgabe der oft belobten Hirschberger Justizpflege, augenblicklich mit sträcklicher Exekution gegen den Wicht verfahren sein und ihn erdrosselt haben, wenn nicht seine Neugierde wäre rege gemacht worden, die Schicksale des Abenteurers zu vernehmen. Sitz auf, Gesell, sprach er, und tue, was du geheißen wirst. Drauf zog er vorerst dem Schimmel den vierten Fuß zwischen den Rippen hervor, trat an den Schlag, öffnete solchen und wollte die Reisegesellschaft freundlich salutieren.

Aber drinnen war's stille wie in einer Totengruft; das übermäßige Schrecken hatte das weibliche Nervensystem so gewaltsam erschüttert, daß alle Lebensgeister aus den äußern Werkzeugen der Empfindung hinter das Schutzgatter der Herzkammern sich geflüchtet hatten; alles, was innerhalb des Wagens Leben und Odem hatte, von der gnädigen

Frau bis auf die Zofe, lag in ohnmächtigem Hinbrüten. Der Reisige wußte indessen bald Rat zu schaffen; er schöpfte aus dem vorüberrieselnden Bächlein einer frischen Bergquelle seinen Hut voll Wasser, sprengte den erstorbenen Damen davon ins Gesicht, hielt ihnen das Riechglas vor, rieb ihnen von der flüchtigen Essenz in die Schläfe und brachte sie wieder ins Leben. Sie schlugen eine nach der andern die Augen auf und erblickten einen wohlgestalten Mann von unverdächtigem Ansehen, der durch seine Dienstbeflissenheit sich bald Zutrauen erwarb. Es tut mir leid, meine Damen, redete er sie an, daß Sie in meinem Gerichtsbezirk von einem verlarvten Bösewicht sind insultiert worden, der ohne Zweifel die Absicht hatte, Sie zu bestehlen; aber Sie sind in Sicherheit, ich bin der Oberste von Riesental. Erlauben Sie, daß ich Sie zu meiner Wohnung geleite, die nicht fern ist. Diese Einladung kam der Gräfin sehr gelegen, sie nahm solche mit Freuden an; der Krauskopf bekam Befehl fortzufahren und gehorchte mit zagender Bereitwilligkeit. Um den Damen Zeit zu lassen, sich von ihrem Schrecken zu erholen, gesellte sich der Kavalier wieder zum Fuhrmann, hieß ihn bald rechts, bald links wenden, und dieser bemerkte ganz eigentlich, daß der Ritter zuweilen eine von den herumschwirrenden Fledermäusen zu sich berief und ihr geheime Ordre erteilte, welches sein Grausen noch vermehrte.

In Zeit von einer Stunde blinkte in der Ferne ein Lichtlein, daraus wurden zwei und endlich vier; es kamen vier Jäger herangesprengt mit brennenden Windlichtern, die ihren Herrn, wie sie sagten, ängstlich gesucht hatten und erfreut schienen, ihn zu finden. Die Gräfin war nun wieder in vollem Gleichgewichte, und da sie sich außer Gefahr sah, dachte sie an den ehrlichen Johann und war um sein Schicksal bekümmert. Sie eröffnete ihrem Schutzpatron dieses Anliegen, der alsbald zwei von den Jägern fortschickte, die beiden Unglückskameraden aufzusuchen und ihnen benötigten Beistand zu leisten. Bald darauf rollte der Wagen durchs düstere Burgtor in einen geraumen Vorhof hinein und hielt vor einem herrlichen Palast, der durchaus erleuchtet war; der Kavalier bot der Gräfin den Arm und führte sie in die Prachtgemächer seines Hauses in eine große Gesellschaft ein, die daselbst versammelt war. Die Fräuleins befanden sich in keiner geringen Verlegenheit, daß sie in Reisekleidern in einen so illüstern Zirkel traten, ohne vorher ihre Toilette gemacht zu haben.

Nach den ersten Höflichkeitsbezeugungen gruppierte sich die Assemblee wieder in verschiedene kleine Zirkel, einige setzten sich zum Spiel, andere unterhielten sich durch Gespräche. Das Abenteuer wurde viel beredet und, wie es bei Erzählungen überstandener Gefahren gewöhnlich der Fall ist, zu einer kleinen Epopöe ausgebildet, in welcher Mama sich gern die Rolle der Heldin zugeteilt hätte, wenn sich das Riechfläschchen des hülfreichen Ritters hätte wegräsonieren lassen. Bald darauf führte der aufmerksame Wirt einen Mann ein, der recht wie gerufen kam; es war ein Arzt, der nach dem Gesundheitszustande der Gräfin und ihrer schönen Töchter forschte, den Puls prüfte und mit bedeutender Miene mancherlei bedenkliche Symptomen ahndete. Ob sich die Dame nach Beschaffenheit ihrer Umstände gleich so wohl befand als jemals, so machte ihr doch die angedrohte Gefahr für das Leben bange; denn aller Leibesbeschwerden ungeachtet war ihr der gebrechliche Körper noch so lieb wie ein langgewohntes Kleid, das man nicht gern entbehrt, ob es gleich abgetragen ist. Auf Verordnung des Arztes verschluckte sie starke Dosen temperierender Pulver und Tropfen, und die gesunden Töchter mußten wider Willen und Dank dem Beispiel der besorgten Mutter gleichfalls folgen.

Allzu nachgiebige Patienten machen strenge Ärzte: der blutsüchtige Theophrast bestund nun sogar auf einer Aderlässe, zog in Ermangelung seines Handlangers, des Wundarztes, die rote Binde hervor, und die Gräfin bequemte sich zu dem angerühmten Präservativ gegen alle schädliche Wirkungen des Schreckens unweigerlich; sie würde nicht widersprochen haben, wenn seine Forderungen für die Gesundheitspflege bis zum Klistier gestiegen wären. Zum Glück kam er nicht auf den Einfall, dieses heroische Mittel zu verordnen, welches die schamhaften Fräuleins zur Verzweiflung würde gebracht haben; denn nur mit Mühe vermochte es die Überredungskunst des Arztes und die mütterliche Autorität über sie, daß sie die Furcht für den stählernen Zahn des Schneppers überwanden und den Fuß ins Wasser setzten. Die verschleimte Lymphe der Mutter und der purpurfarbene Balsam der Gesundheit aus den Adern der Töchter rieselte nun ohne Verzug in das silberne Becken. Zuletzt kam auch die Kammerjungfer noch an den Reihen; ob sie gleich hoch beteuerte, sie sei so blutscheu, daß die kleinste Verwundung von einer Nähnadel ihr Schwindel und Ohn

machten zu erregen pflege, so kehrte sich der unerbittliche Arzt doch an kein Protestieren, entstrumpfte den Fuß des niedlichen Mädchens ohne Barmherzigkeit und bediente sie so kunstmäßig und sorgfältig als ihre Herrschaft.

Diese chirurgische Operation war kaum vollendet, so begab man sich zur Tafel in den Speisesaal, wo ein königliches Mahl aufgetischt wurde. Die Schenktische waren bis an den Karnies des Deckengewölbes mit Silberwerk aufgeputzt; es prangten da goldene und übergüldete Pokale und giganteske Willkommen nebst den dazugehörigen Kredenzschalen von getriebener Arbeit. Eine herrliche Symphonie tönte aus den Nebenzimmern und flötete den leckerhaften Schmaus und die feinen Weine den Gästen lieblich hinunter. Nach dem Abhub der Schüsseln ordnete der Speisemeister das bunte Dessert, das aus Bergen und Felsen von gefärbtem Zucker und Gummi-Tragant bestund. Der tändelhafte Zuckerbäckerwitz, der den Gaumen und das Auge immer leichter zu befriedigen weiß als den Verstand, hatte das ganze Abenteuer der Gräfin in kindischen Wachsfiguren, wie sie oft auf den Tafeln der Großen zu paradieren pflegen, darauf abgebildet. Die Gräfin unterließ nicht, das alles in der Stille bei sich bewundernd zu beherzigen. Sie wandte sich an ihren bebänderten Stuhlnachbar, seiner Angabe nach einen böhmischen Grafen, frug neugierig, was für ein Galatag hier gefeiert werde, und erhielt zur Antwort, daß nichts Außerordentliches vorgehe, es sei nur eine freundschaftliche Koalition guter Bekannten, die hier zufälligerweise zusammenträfen. Es nahm sie wunder, von dem wohlhabenden gastfreien Obersten von Riesental weder in noch außerhalb Breslau nie ein Wort gehört zu haben, und so emsig sie auch die genealogischen Geschlechtstafeln durchlief, davon ihr Gedächtnis einen reichen Vorrat aufbewahrte, konnte sie doch diesen Namen darunter nicht ausfindig machen. Sie gedachte das von dem Wirte selbst zu erforschen, wovon sie Aufschluß und Belehrung begehrte; aber dieser wußte ihr so geschickt auszuweichen, daß sie nie mit ihm zum Zwecke kam. Geflissentlich riß er den genealogischen Faden ab und zog die Unterredung in die luftigen Regionen des Geisterreichs hinüber; und in einer Gesellschaft, die sich auf den Ton der Vademekumsgeschichtchen und Geisterseherei stimmt, wird's selten bald Feierabend, wenigstens gebrichts in diesen Fächern nie an Worthaltern und horchsamen Zuhörern.

Ein wohlgenährter Domherr wußte viel wundersame Geschichten von Rübezahl zu erzählen; man stritt für und wider die Wahrheit derselben; die Gräfin, die recht in ihrem Elemente war, wenn sie den Lehrton anstimmen und gegen Vorurteile zu Felde ziehen konnte, setzte sich an die Spitze der philosophischen Partei und trieb einen gelähmten Finanzrat, an dem nichts Gelenkes war als die Zunge und der sich zu Rübezahls rechtlichem Anwalt aufwarf, durch ihre Starkgeisterei sehr in die Enge. Meine eigene Geschichte, fügte sie zum Beschlusse noch hinzu, ist ein augenscheinlicher Beweis, daß alles, was man von dem berufenen Berggeiste sagt, leere Träume sind. Wenn er hier im Gebirge sein Wesen hätte und die edlen Eigenschaften besäße, die ihm Fabler und müßige Köpfe zueignen, so würde er einem Schurken nicht gestattet haben, solchen Unfug auf seine Rechnung mit uns zu treiben. Aber das armselige Unding von Geist konnte seine Ehre nicht retten, und ohne den edelmütigen Beistand des Herrn von Riesental hätte der freche Bube sein Spiel so weit mit uns treiben können, als er Lust hatte. – Der Herr vom Hause hatte an diesen philosophischen Debatten bisher wenig Anteil genommen; jetzt aber mischte er sich mit ins Gespräch und nahm das Wort. Sie haben die Geisterwelt völlig entvölkert, gnädige Frau, die ganze Schöpfung der Einbildungskraft ist durch Ihre Belehrung wie ein leichter Nebel vor unsern Augen dahingeschwunden. Sie haben auch das Nichtsein des alten Bewohners dieser Gegenden mit guten Gründen allgenugsam bewährt, und sein rechtlicher Beistand, unser Finanzrat, ist verstummt. Dennoch dünkt mich, ließen sich gegen Ihren letzten Beweis noch einige Einwürfe machen. Wie, wenn der fabelhafte Gebirgsgeist bei Ihrer Befreiung aus der Hand des verlarvten Räubers dennoch mit im Spiel gewesen wäre? Wie, wenn dem Freund Nachbar beliebt hätte, meine Gestalt anzunehmen, um Sie unter dieser unverdächtigen Maske in Sicherheit zu bringen? Und wenn ich Ihnen sagte, daß ich von dieser Gesellschaft, als Wirt vom Hause, mich nicht einen Fußbreit entfernt habe? Daß Sie durch einen Unbekannten in meine Wohnung sind eingeführt worden, der nicht mehr vorhanden ist. Sonach wär's doch möglich, daß der Nachbar Berggeist seine Ehre gerettet hätte, und daraus würde folgen, daß er nicht ganz das Unding wäre, wofür Sie ihn halten.

Diese Rede brachte die Gräfin einigermaßen aus der Fassung, und die schönen Fräuleins legten vor Erstaunen die Gabel aus der Hand und sahen dem Tischwirt starr ins Angesicht, um ihm aus den Augen zu lesen, ob das im Scherz gesagt oder geernstet sei. Die nähere Erörterung dieses Problems unterbrach die Ankunft des wieder aufgefundenen Bedienten und des Postkutschers. Der letztere fühlte eben die Wonne bei Erblickung seiner vier Rappen im Stalle, die der Erstere empfand, als er frohlockend ins Tafelgemach eintrat und daselbst seine Herrschaft vergnügt und wohlbehalten antraf. Triumphierend trug er das Corpus Delicti, das ungeheure Riesenhaupt des Schwarzmantels, einher, durch welches er wie von einer Bombe zu Boden geschmettert worden war. Das Haupt wurde dem Arzte übergeben, um es als Landphysikus legal zu zerlegen und sein visum repertum darüber auszustellen. Doch ohne sein anatomisches Messer anzusetzen, erkannte er es alsbald für einen ausgehöhlten Kürbis, der mit Sand und Steinen angefüllt und durch den Zusatz einer hölzernen Nase und eines langen Flachsbartes zu einem grotesken Menschenantlitz aufgestutzt war.

Nach aufgehobener Tafel schied die Gesellschaft auseinander, da der Morgen bereits herandämmerte. Die Damen fanden ein köstlich zubereitetes Nachtlager in seidenen Prunkbetten, wo sie der Schlaf so geschwind überraschte, daß die Phantasie nicht Zeit hatte, ihnen die

Schreckbilder der Gespenstergeschichte wieder vorzugaukeln und durch ihr gewöhnliches Schattenspiel ängstliche Träume anzuspinnen. Es war hoch am Tage, als Mama erwachte, der Zofe klingelte und die Fräuleins weckte, die gern noch einen Versuch gemacht hätten, in den weichen Dunen auch auf dem andern Ohr zu schlafen. Allein der Gräfin verlangte so sehr, die Heilkräfte des Bades aufs baldeste zu versuchen, daß sie durch keine Einladung des gastfreien Hauswirtes zu bewegen war, einen Tag zu verweilen, so gern auch die Fräuleins dem Balle beigewohnt hätten, den er ihnen zu geben verhieß. Sobald das Frühstück eingenommen war, schickten sich die Damen zur Abreise an. Gerührt durch die freundschaftliche Aufnahme, die sie in dem Schlosse des Herrn von Riesental genossen hatten, der auf die höflichste Art bis an die Grenzen seines Gebietes ihnen das Geleite gab, beurlaubten sie sich mit der Verheißung, auf der Rückreise wieder einzusprechen.

Kaum war der Gnome in seiner Burg angelangt, so wurde der Krauskopf ins Verhör geführt, der unter Furcht und Erwartung der Dinge, die da kommen würden, die Nacht in einem unterirdischen Keller zugebracht hatte. Elender Erdenwurm, redete ihn der Geist an, was hält mich ab, daß ich dich nicht zertrete für die in meinem Eigentum mir zu Spott und Hohn verübte Gaukelei? Büßen sollst du mir mit Haut und Haar für diese Frechheit. Großguter Regent des Riesengebirges, fiel der Schlaukopf ihm ein, so allprätendierend Eure Gerechtsame über diesen Grund und Boden sein mögen, die ich Euch auch nicht streitig mache, so sagt mir erst, wo Eure Gesetze angeschlagen sind, die ich übertreten habe, und dann verurteilt mich. Diese Virtuosensprache und die dreiste Ausflucht, die der Gefangene seinem strengen Richter im Wege Rechtens entgegenstellte, ließen ein sonderbares Original und keinen gewöhnlichen Menschen vermuten. Darum mäßigte der Geist seinen Unwillen einigermaßen und sprach: Meine Gesetze hat dir die Natur ins Herz geschrieben; aber damit du nicht sagen kannst, daß ich dich unverhörter Sache verurteilt habe, so rede und bekenne mir frei: wer bist du, und was trieb dich, hier im Gebirge als ein Gespenst zu tosen?

Das war dem Verhafteten lieb zu hören, daß er zum Worte kommen sollte, hoffte, durch die getreue Erzählung seiner Schicksale sich von der verwirkten Rache des Geistes loszuschwatzen oder die Strafe doch wenigstens zu mindern.

Weiland, fing er an, hieß ich der arme Kunz und lebte in der Sechsstadt Lauban als ein ehrlicher Beutler meiner Profession kümmerlich von meiner Hände Arbeit; denn es gibt kein Gewerbe, das kärglicher nährt als die Ehrlichkeit. Obgleich meine Beutel guten Vertrieb fanden, weil die Rede ging, das Geld ruhe darinnen wohl, indem ich als der siebente Sohn meines Vaters eine glückliche Hand hätte, so widerlegte sich doch dieser Glaube durch mich selbst; mein eigener Beutel blieb immer leer und ledig wie ein gewissenhafter Magen am Fasttage. Daß aber bei meinen Kunden sich das Geld in den von mir erhandelten Beuteln so wohl konservierte, lag meinem Bedünken nach weder an der glücklichen Hand des Meisters, noch an der Güte der Arbeit, sondern an der Materie meiner Beutel: sie waren von Leder. Ihr sollt wissen, Herr, daß ein lederner Beutel das Geld allzeit fester hält als ein netzförmiger durchlöcherter von Seide. Wem an einem ledernen Beutel genügt, der ist nicht leicht ein Verschwender, sondern ein Mann, der, wie das Sprüchwort sagt, den Knopf auf den Beutel hält; die durchsichtigen aber von Seide und Goldzwirn befinden sich in den Händen vornehmer Prasser, und da ist's kein Wunder, wenn sie an allen Orten ausrinnen wie ein durchlöchert Faß und, so viel man auch hineinschüttet, dennoch immer leer und ledig bleiben.

Mein Vater prägte seinen sieben Buben fleißig die goldene Lehre ein: Kinder, was ihr tut, das treibt mit Ernst; darum trieb ich mein Gewerbe unverdrossen, ohne daß mein Nahrungsstand dadurch gefördert wurde. Es kam Teurung, Krieg und bös Geld ins Land, meine Mitmeister dachten: leicht Geld, leichte Ware, ich aber dachte: ehrlich währt am längsten, gab gute Ware für schlecht Geld, arbeitete mich an den Bettelstab, ward in den Schuldturm geworfen, aus der Innung gestoßen und, als mich meine Gläubiger nicht länger ernähren wollten, ehrlich des Landes verwiesen. Auf dieser Wanderschaft ins Elend begegnete mir einer meiner alten Kunden; er ritt auf einem stolzen Roß stattlich einher, rief mich an und höhnte mich: Du Pfuscher, du Lump, bist, sehe ich wohl, deiner Kunst nicht Meister, verstehst sie gar schlecht, weißt den Darm aufzublasen und ihn nicht zu füllen, machst den Topf und kannst nicht drin kochen, hast Leder und keine Leisten dazu, machst so herrliche Beutel und hast kein Geld. Höre, Gesell, antwortete ich dem Spötter, du bist ein elender Schütz, triffst mit deinen Pfeilen nicht ans Ziel. Es sind mehr Dinge in der Welt, die zusammengehören und die man nicht beieinander findet; hat mancher einen Stall und kein Pferd hineinzuziehen, oder eine Scheuer und keine Garben auszudreschen, einen Brotschrank und kein Brot, oder einen Keller und keinen Haustrunk, und so sagt auch das Sprüchwort: Einer hat den Beutel, der andere das Geld. Besser ist doch beides zusammen, versetzte er; bist du gesonnen, bei mir in die Lehre zu treten, so will ich einen vollkommenen Meister aus dir machen, und weil du das Beutelmachen so wohl verstehst, will ich dich auch lehren, den Beutel zu füllen; denn ich bin ein Geldmacher meines Handwerks; da nun beide Professionen einander in die Hand arbeiten, ist's billig, daß die Kunstverwandten gemeine Sache machen. Wohl, sprach ich, seid Ihr ein zünftiger Meister in irgendeiner Münzstadt, so mag's drum sein, aber münzt Ihr auf Eure eigene Rechnung, so ist's halsbrechende Arbeit, die mit dem Galgen lohnt, dann scheide ich davon. Wer nicht wagt, der nicht gewinnt, sprach er, und wer bei der Schüssel sitzt und nicht zulangt, der mag darben. Am Ende läuft's auf eins hinaus, ob du erstickst oder verhungerst, einmal muß es doch gestorben sein. Nur mit Unterschied, fiel ich ihm ein, ob einer als ein ehrlicher Mann stirbt oder als ein Übeltäter. Vorurteil, rief er, was kann das für eine Übeltat sein, wenn einer ein Stück Metall rundet?

Der Jud Ephraim hat dessen von dem nämlichen Schrot und Korn als das unsere genug gerundet; was dem einen recht ist, das ist dem andern billig.

Kurz, der Mann hatte eine Gabe zu überreden, daß ich mir seinen Vorschlag gefallen ließ. Ich fand mich bald ins Metier, war eingedenk der väterlichen Lehre, mein Geschäfte mit Ernst zu treiben, und erfuhr, daß die Geldmacherkunst besser und gemächlicher nähre als die Beutlerprofession. Aber im besten Fortgange unserer Fabrik wachte der Handwerksneid auf; der Jud Ephraim erregte eine schwere Verfolgung gegen seinen Aftergenossen; der Verräter schlief nicht, wir wurden entdeckt und der kleine Umstand, daß wir nicht zünftig waren wie Meister Ephraim, brachte uns auf den Festungsbau, laut Urtel und Recht auf Lebenszeit.

Hier lebte ich einige Jahre nach der Regel der büßenden Brüder, bis ein guter Engel, der damals im Lande herumzog, alle Gefangenen los und ledig zu machen, die knochenfest und rüstig waren, mir die Tür des Gefängnisses auftat. Es war ein Werbeoffizier, der mir, anstatt für den König zu karren, den edlern Beruf gab, für ihn zu fechten, und mich unter die Freipartie enrollierte. Mit diesem Tausch war ich wohlzufrieden; ich nahm mir nun vor, ganz Soldat zu sein, zeichnete mich bei jeder Gelegenheit aus, war immer der Erste beim Angriff, und wenn wir retirierten, war ich so gewandt, daß mich der Feind nie einholen konnte. Das Glück wollte mir wohl, schon führte ich eine Rotte Reiter an und hoffte bald höher zu steigen. Da ward ich einsmals auf Fouragierung ausgeschickt und befolgte meine Ordre so streng und pünktlich, daß ich nicht nur Speicher und Scheuern, sondern auch Kisten und Kasten in Häusern und Kirchen rein ausfouragierte. Zum Unglück war's in Freundes Land, das gab großen Lärm; gehässige Leute nannten die Expedition eine Plünderung, man machte mir als Marodeur den Prozeß, ich wurde degradiert und durch eine Gasse von fünfhundert Mann eilends aus dem ehrsamen Stande herausgestäupt, in welchem ich gedachte Fortüne zu machen.

Jetzt wußte ich keinen andern Rat, als wieder zu meiner ersten Profession zu greifen, aber es fehlte mir an Barschaft, Leder einzukaufen, und an Lust zu arbeiten. Weil ich nun wegen des allzu wohlfeilen Verkaufs ein unstreitiges Recht auf meine ehemalige Ware zu haben vermeinte, so faßte ich den Anschlag, mich derselben mit guter Art wieder zu bemächtigen, und ob sie schon durch langen Gebrauch abgenutzt wäre, mich dennoch meines Schadens in etwas dadurch zu erholen. Darum fing ich an, die Taschen zu sondieren, und hielt jeden Beutel, den ich witterte, für einen von meiner Arbeit, machte Jagd darauf, und alle, deren ich mich bemächtigen konnte, kondemnierte ich alsbald als gute Prisen. Bei dieser Gelegenheit hatte ich die Freude, einen guten Teil meiner eignen Münze wieder einzukassieren; denn ob sie gleich verrufen war, so kursierte sie doch nach wie vor in Handel und Wandel. Dies Gewerbe ging eine Zeitlang wohl vonstatten; ich besuchte unter mancherlei Gestalten, bald als Kavalier, bald als Handelsmann oder Jude, Messen und Märkte, hatte mich so gut in mein Fach einstudiert, meine Hand war so geübt und behend, daß sie nie einen Fehlgriff tat und mich reichlich nährte. Diese Lebensart behagte mir trefflich, daß ich beschloß, dabei zu verharren; doch der Eigensinn meines Geschicks gestattete mir nie, das zu sein, was ich wollte. Ich bezog den Jahrmarkt zu Liegnitz und hatte da den Beutel eines reichen Pächters aufs Korn genommen, der von Geld strotzte wie der Bauch seines Besitzers von Schmer. Durch die Unbehülflichkeit des schweren Säckels mißriet der Kunstgriff meiner Hand, ich wurde auf der Tat ergriffen und unter der gehässigen Anklage als ein Beutelschneider vor Gericht gestellt, ob ich schon diesen Namen nicht in einer unehrlichen Bedeutung verdiente. Ich hatte zwar ehedem Beutel genug zugeschnitten, aber nie hatte ich einem Menschen den Geldbeutel abgeschnitten, wie man mich doch beschuldigte, sondern alle, die ich erbeutet hatte, waren mir gleichsam freiwillig in die Hände gelaufen, als wenn sie zu ihrem ersten Eigentümer zurückkehren wollten. Diese Ausreden halfen zu nichts, ich wurde in den Stock gelegt, und mein Unstern wollte, daß ich abermals nach Urtel und Recht aus meinem Nahrungsstande hinausgestäupt werden sollte. Diesem lästigen Zeremoniell kam ich zuvor, ersah meine Gelegenheit und strich mich in der Stille aus dem Gefängnis.

Ich war unentschlossen, was ich nun anheben und treiben sollte, um nicht zu hungern; auch der Versuch, ein Bettler zu werden, mißriet. Die Polizei in Großglogau nahm mich in Anspruch, wollte mich wider Willen und Dank verpflegen und mit Gewalt in einen Beruf hineinzwängen, der mir widerstund. Mit Mühe und Not entkam ich dieser strengen Gerichtsbarkeit, die sich herausnimmt, die ganze Welt zu bevormunden; denn mein Grundsatz ist von jeher gewesen: mit der Polizei unbeworren. Ich mied darum die Städte und trieb mich als ein peregrinierender Weltbürger auf dem Lande herum. Hier traf sich's, daß die Gräfin gerade durch den Flecken reiste, wo ich meinen Aufenthalt hatte; es war etwas an ihrem Wagen zerbrochen, das wieder ausgebessert werden mußte, und unter mehrern müßigen Leuten, welche die Neugierde trieb, nach der fremden Herrschaft zu gaffen, trat ich auch mit unter den Haufen und machte Bekanntschaft mit dem schäfernen Bedienten, der mir in der Einfalt seines Herzens anvertraute, daß ihm für Euch, Herr Rübezahl, gewaltig bange sei, weil wegen des Verzugs die Reise nun in der Nacht durchs Gebirge gehen würde. Das brachte mich auf den Einfall, die Zaghaftigkeit der Reisegesellschaft zu nutzen und in der Geisterwelt meine Talente zu versuchen. Ich schlich mich seitab in die Wohnung meines Patrons und Pflegers, des Dorfküsters, der eben abwesend war, bemächtigte mich seiner Amtskleidung, eines schwarzen Mantels, zugleich fiel mir ein Kürbis ins Gesicht, der zum Aufputz des Kleiderschrankes diente. Mit dieser Zurüstung und einem handfesten Bläuel versehen, begab ich mich in den Wald und staffierte da meine Maske aus. Welchen Gebrauch ich davon gemacht habe, ist Euch genugsam bekannt, und daß ich ohne Eure Dazwischenkunft meinen Meisterstreich glücklich ausgeführt hätte, ist außer Zweifel; mein Spiel war bereits gewonnen. Nachdem ich mich der beiden feigen Kerle entledigt hatte, war meine Absicht, den Wagen tief in den Wald hineinzuführen und, ohne den Damen das Geringste zuleide zu tun, nur einen kleinen Trödelmarkt zu eröffnen und den schwarzen Mantel, der in Absicht seiner mir geleisteten Dienste von keinem geringen Wert war, gegen ihre Barschaft und Geschmeide zu vertauschen, ihnen eine glückliche Reise anzuwünschen und mich bestens zu empfehlen.

Aufrichtig gesprochen, Herr, von Euch fürchtete ich am wenigsten, daß Ihr mir den Markt verderben würdet. Die Welt ist so ungläubig, daß man nicht einmal die Kinder mit Euch mehr zu fürchten machen kann, und wenn nicht etwa noch hier und da ein Tropf, wie der Bediente der Gräfin, oder ein Weib hinter dem Rocken Eurer zuweilen erwähnte, so hätte Euch die Welt längst vergessen. Ich gedachte, wer Rübezahl sein wollte, der dürft es, bin nun eines andern belehrt und befinde mich in Eurer Gewalt, habe mich auf Gnade und Ungnade ergeben und hoffe, daß meine offenherzige Erzählung Euren Unwillen mildern werde. Euch wär's ein kleines, einen ehrlichen Kerl aus mir zu machen. Wenn Ihr mich mit einem guten Zehrpfennig aus Eurer Braupfanne begabt entließet oder mir so wie jenem hungerigen Passagier ein Schock Heckschlehen von Eurem Zaune pflücktet, der sich auf Eurem Obst zwar einen Zahn ausbiß, aber die Schlehen hernach in eitel goldne Knöpfe verwandelt fand, oder wenn Ihr von den acht goldnen Kegeln, die Euch noch übrig sind, mir einen verehrtet, davon Ihr den neunten weiland einem Prager Studenten schenktet, der mit Euch boselte, oder den Milchkrug, dessen geronnene Milch sich in

Goldkäse verwandelte, oder wenn ich straffällig bin, mich so wie jenen wandernden Schuster schulmeisterhaft mit der goldnen Rute strichet und mir solche hernach zum Andenken verehrtet, wie die Handwerker auf ihren Gelagen und Herbergen von Euch zu erzählen wissen, so wäre mein Glück mit einem Mal gemacht. Wahrlich, Herr! Wenn Ihr die Bedürfnisse der Menschen fühltet, wo würdet Ihr ermessen, daß es schwerhält, ein Biedermann zu sein, wenn man an allem Mangel leidet; denn wenn man zum Exempel Hunger fühlt und keinen Scherf im Beutel hat, so ist es eine Heldentugend, eine Semmel nicht zu stehlen von dem Brotvorrat, den ein reicher Bäckerkrösus auf seinem Laden zur Schau aufgestellt hat. Das Sprüchwort sagt: Not hat kein Gebot.

Geh, Schurke, sprach der Gnome, nachdem der Krauskopf ausgeredet hatte, so weit dich deine Füße tragen, und ersteige den Gipfel deines Glücks am Galgen! Hierauf verabschiedete er seinen Arrestanten mit einem kräftigen Fußtritte, und dieser war froh, daß er mit so gelinder Strafe abkam, und pries seine Suada, die seiner Meinung nach ihn diesmal aus einer sehr kritischen Lage gezogen hatte. Er sputete sich fleißigst, dem gestrengen Gebirgsherrn aus den Augen zu kommen, und ließ aus Eilfertigkeit den schwarzen Mantel zurück. Sosehr er aber eilte, so schien es doch nicht, als wenn er aus der Stelle käme, er sah immer die nämlichen Gegenden und Berge vor sich, ob er gleich die Burg, in welcher er ein Gefangener gewesen war, aus dem Gesichte verloren hatte. Abgemattet von diesem endlosen Kreislauf, streckte er sich unter einen Baum im Schatten, ein wenig auszuruhen und auf irgendeinen Wanderer zu lauern, der ihm zum Wegweiser dienen könnte. Darüber fiel er in einen festen Schlaf, und als er erwachte, war um ihn her dicke Finsternis, er wußte gar wohl, daß er unter einem Baume eingeschlafen war, gleichwohl hörte er kein Säuseln des Windes in den Ästen, sah auch keinen Stern durch das Laub schimmern, noch die geringste Nachtheilung. Im ersten Schrecken wollte er aufspringen, da hielt ihn eine unbekannte Kraft zurück, und die Bewegung, die er machte, gab ein lautes widerhallendes Geräusch als das Geklirr von Ketten; nun wurde er gewahr, daß er in Fesseln lag, und vermeinte, viel hundert Lachter unter der Erde wieder in Rübezahls Gewahrsam zu sein, worüber ihm große Furcht und Entsetzen ankam.

Nach einigen Stunden begann es um ihn her zu tagen, doch fiel das Licht nur kärglich durch das eiserne Gitter eines kleinen Fensters zwischen den Mauern herein. Ohne zu wissen, wo er sich eigentlich befand, kam ihm der Kerker doch nicht ganz fremd vor; er hoffte auf den Gefangenwärter, wiewohl vergebens. Es verlief eine lange Stunde nach der andern, Hunger und Durst peinigten den Verhafteten, er fing an Lärm zu machen, rasselte mit den Ketten, pochte an die Wand, rief ängstlich um Hülfe und vernahm Menschenstimmen in der Nähe; aber

niemand wollte die Tür des Gefängnisses auftun. Endlich waffnete sich der Kerkermeister mit einem Gespenstersegen, öffnete die Tür, schlug ein großes Kreuz vor sich und fing an den Teufel zu exorzieren, der seiner Einbildung nach in dem ledigen Kerker tobte. Doch da er die Spukerei näher betrachtete, erkannte er seinen entwichenen Gefangenen, den Beutelschneider, und Kunz den Kerkermeister in Liegnitz. Jetzt wurde er innen, daß ihn Rübezahl wieder ad locum unde zurückspediert hatte. Sieh da, Krauskopf! redete ihn der Gerichtsfron an, bist du wieder in deinen Käfig gehüpft? Woher des Landes? Immer da zum Tor herein, antwortete Kunz, bin des Herumlaufens müde, habe mich, wie Ihr seht, in Ruhe gesetzt und mein altes Quartier wieder aufgesucht, so Ihr mich beherbergen wollt. Obgleich niemand begreifen konnte, wie der Gefangene wieder in den Turm gekommen sei und wer ihm die Fesseln angelegt habe, so behauptete Kunz, der sein Abenteuer nicht wollte kund werden lassen, dennoch dreist, er habe sich freiwillig wieder eingefunden, ihm sei die Gabe verliehen, nach Gefallen durch verschlossene Türen aus- und einzugehen, die Fesseln anzulegen und sich derselben, wenn er wolle, wieder zu entledigen; denn ihm sei kein Schloß zu fest. Durch diesen scheinbaren Gehorsam bewogen, verschonten ihn die Richter mit der verwirkten Strafe und legten ihm nur auf, so lange für den König zu karren, bis er sich nach Gefallen der Fesseln entledigen würde. Man hat aber nicht vernommen, daß er von dieser Verwilligung jemals Gebrauch gemacht hätte.

Die Gräfin Cäcilie war indessen mit ihrer Begleitung glücklich und wohlbehalten im Karlsbad angelangt. Das Erste, was sie tat, war, den Badearzt zu sich zu berufen und ihn wie gewöhnlich über ihren Gesundheitszustand und die Einrichtung der Kur zu konsultieren. Trat herein der weiland hochberühmte Arzt, Doktor Springsfeld aus Merseburg, der die güldene Quelle des Karlsbades nicht mit dem paradiesischen Fluß Pison würde vertauscht haben. Sein Sie uns willkommen, lieber Doktor, riefen Mama und die holden Fräuleins ihm traulich und freudig entgegen. Sie sind uns zuvorgekommen, fügte erstere hinzu, wir vermuteten Sie noch bei dem Herrn von Riesental; aber loser Mann, warum haben Sie uns dort verschwiegen, daß Sie der Badearzt sind? Ach, Herr Doktor, fiel Fräulein Hedwig ein, Sie haben mir die Ader durchgeschlagen, der Fuß schmerzt mich, ich werde hier nur hinken und nicht walzen können. Der Arzt stutzte, sann lange hin und her und erinnerte sich nicht, die Damen irgendwo gesehen zu haben. Ihro Gnaden verwechseln ohne Zweifel mich mit einem andern, sprach er, ich habe vordem nicht die Ehre gehabt, Ihnen persönlich bekannt zu sein; der Herr von Riesental gehört auch nicht zu meiner Bekanntschaft, und während der Kurzeit pflege ich mich nie von hier zu entfernen. Die Gräfin konnte keinen andern Grund von diesem strengen Inkognito, das der Arzt so ernsthaft behauptete, sich angeben, als daß er ganz gegen die Denkungsart seiner Kollegen für seine geleisteten Dienste nicht wollte belohnt sein. Sie erwiderte lächelnd: Ich verstehe Sie, lieber Doktor; Ihre Delikatesse geht aber zu weit, sie soll mich nicht abhalten, mich für Ihre Schuldnerin zu bekennen und für Ihren guten Beistand dankbar zu sein. Sie nötigte ihm darauf eine goldne Dose mit Gewalt auf, die der Arzt jedoch nur als Vorausbezahlung annahm, und um die Dame als eine gute Kunde nicht unwillig zu machen, ihr nicht weiter widersprach. Er erklärte sich übrigens das Rätsel ganz leicht durch die medizinische Hypothese, daß die ganze gräfliche Familie von einer Art Kribbelkrankheit befallen sei, wobei seltsame und unbegreifliche Wirkungen der Imagination nichts Ungewöhnliches sind, und verordnete viel gelinde Abführungen.

Doktor Springsfeld war keiner der unbehülflichen Ärzte, die außer der Gabe, ihre Pillen und Latwergen anzupreisen, keine andere besitzen, sich ihren Patienten lieb und angenehm zu machen; er wußte seine Kunden mit artigen Geschichtchen, Stadtneuigkeiten und kleinen Anekdoten wohl zu unterhalten und ihre Lebensgeister dadurch aufzumuntern. Da er vom Besuch der Gräfin seine medizinische Ronde ging, gab er die sonderbare Entrevue mit der neuen Kundschaft in jedem Besuchzimmer zum besten, ließ bei der oftmaligen Wiederholung die Sache unvermerkt wachsen und kündigte die Dame bald als eine Kranke, bald als Schweberin oder Seherin an. Man war begierig, eine so außerordentliche Bekanntschaft zu machen, und die Gräfin Cäcilie wurde im Karlsbad das Märchen des Tages. Alles drängte sich in der Assemblee zu ihr, da sie mit ihren schönen Töchtern zum ersten Mal erschien. Es war ihr und den Fräuleins ein höchst überraschender Anblick, die ganze Gesellschaft hier anzutreffen, in welche sie vor einigen Tagen in dem Schlosse des Herrn von Riesental waren eingeführt worden. Der bebänderte Graf, der wohlbebauchte Domherr, der gelähmte Finanzrat fielen ihnen gleich zuerst in die Augen. Sie waren des steifen Zeremoniells überhoben, gegen Unbekannte sich zu beknicksen; es war für sie kein fremdes Gesicht im Saale. Mit freimütiger Unbefangenheit wendete sich die gesprächige Dame bald zu dem, bald zu jenem von der Gesellschaft, nannte jeden bei seinem Namen und Charakter, sprach viel vom Herrn von Riesental, bezog sich auf die bei diesem gastfreien Manne mit ihnen allerseits gepflogenen Unterredungen und wußte sich nicht zu erklären, wohin das fremde und kalte Betragen aller der Herren und Damen deuten sollte, die vor kurzem so viel Freundschaft und Vertraulichkeit gegen sie geäußert hatten. Natürlich geriet sie auf den Wahn, das sei eine abgeredete Sache und der Herr von Riesental würde der Schäkerei dadurch ein Ende machen, daß er unvermutet selbst zum Vorschein käme. Sie wollte ihm gleichwohl nicht den Triumph gönnen, über ihren Scharfsinn gesiegt zu haben, und gab dem bekrückten Finanzrat scherzweise den Auftrag, seine vier Füße in Bewegung zu setzen und den Obersten aus dem verborgenen Hinterhalt hervorzurufen und zu introduzieren.

Alle diese Reden bewiesen nach der Meinung der Badegesellschaft so sehr eine überspannte Phantasie, daß sie samt und sonders die Gräfin bemitleideten, die nach dem Urteil aller Anwesenden eine sehr vernünftige Frau schien und in ihren Reden und dem Gange der Gedanken nichts Ausschweifendes verriet, wenn ihre Phantasie nicht den Weg über das Riesengebirge nahm. Die Gräfin ihrerseits erriet aus den bedeutsamen Gesichtszügen, Winken und Blicken der um sie her versammelten Aristarchen, daß man sie schief beurteile und daß man wähne, ihre Krankheit habe sich aus den Gliedern ins Hirn versetzt. Sie glaubte, die beste Widerlegung dieses kränkenden Vorurteils sei die aufrichtige Erzählung ihres Abenteuers auf der schlesischen Grenze. Man hörte sie mit der Aufmerksamkeit, mit der man ein Märchen anhört, das auf einige Augenblicke angenehm unterhält, davon man aber kein Wort glaubt. Sie hatte das Schicksal der Seherin Cassandra, welcher Apoll die Gabe der Wahrsagung verliehen, aber den Aussprüchen seiner

spröden Priesterin aus Verdruß über ihre wenige Gefälligkeit die Glaubwürdigkeit entzogen hatte. Wunderbar! riefen alle Zuhörer aus einem Munde und sahen bedeutsam den Doktor Springsfeld an, der verstohlen die Achsel zuckte und sich gelobte, die Patientin nicht eher seiner Pflege zu entlassen, bis das mineralische Wasser das abenteuerliche Riesengebirge aus ihrer Phantasie rein würde weggespült haben. Das Bad leistete indessen alles, was der Arzt und die Kranke davon erwartet hatten. Da die Gräfin sah, daß ihre Geschichte bei dem Karlsbader Israel wenig Glauben fand und sogar ihren gesunden Menschenverstand verdächtig machte, redete sie nicht mehr davon, und Doktor Springsfeld unterließ nicht, dieses Schweigen den Heilkräften des Bades zuzuschreiben, das doch auf eine ganz andere Art gewirkt und die Gräfin aller Gichter und Gliederschmerzen entledigt hatte.

Nachdem die Badekur geendigt war, die schönen Fräuleins sich genug hatten begaffen und bewundern lassen, den lieblichen Weihrauch der Schmeichelei von den süßen Herren reichlich eingeatmet und sich satt und müde gewalzt hatten, kehrten Mutter und Töchter nach Breslau zurück. Sie nahmen mit gutem Vorbedacht den Weg wieder durchs Riesengebirge, um dem gastfreien Obersten Wort zu halten, bei der Rückreise bei ihm vorzusprechen, denn von ihm hoffte die Gräfin Auflösung des ihr unbegreiflichen Rätsels, wie sie zur Bekanntschaft der Badegesellschaft gelangt sei, die sich so wildfremd gegen sie gebärdete, und wodurch das seltsame Alibi wäre veranlaßt worden, das sich nicht bunter träumen ließ. Aber niemand wußte den Weg nach dem Schlosse des Herrn von Riesental nachzuweisen, noch war der Besitzer zu erfragen, dessen Name sogar weder diesseit noch jenseit des Gebirges bekannt war. Dadurch wurde die verwunderte Dame endlich überzeugt, daß der Unbekannte, der sie in Schutz genommen und beherbergt hatte, kein anderer gewesen sei als Rübezahl, der Berggeist. Sie gestund, daß er das Gastrecht auf eine edelmütige Art an ihr ausgeübt hätte, verzieh ihm seine Neckerei mit der Badegesellschaft und glaubte nun von ganzem Herzen an die Existenz der Geister, ob sie gleich um der Spötter willen Bedenken trug, ihren Glauben vor der Welt offenbar werden zu lassen.

Seit der Vision der Gräfin Cäcilie hat Rübezahl nichts mehr von sich hören lassen. Er kehrte in seine unterirdischen Staaten zurück, und da bald nach dieser Begebenheit der große Erdbrand ausbrach, der Lissabon und nachher Guatimala zerstörte, seitdem immer weiter fortgewütet und sich neuerlich bis an die Grundfeste des deutschen Vaterlandes verbreitet hat, so fanden die Erdgeister so viel Arbeit in der Tiefe, den Fortgang der Feuerströme zu hemmen, daß sich seitdem keiner mehr auf der Oberfläche der Erde hat blicken lassen. Denn daß die Weissagung des Buchs Chevilla nicht in Erfüllung gegangen und der berüchtigte Seher zu Zellerfeld ein Lügenprophet worden ist, daß die Länder am Rheinufer und Neckarstrom auf ihrer alten Erdscholle noch so grund- und bodenfest stehen als der Brocken und das Riesengebirge, und daß die Herren von Hirschberg noch keine Flotte in See stechen lassen und an dem amerikanischen Seekrieg Anteil genommen haben: das ist das Werk der wachsamen Gnomen und ihrer unermüdeten Arbeit.

Ludwig Tieck

Liebesgeschichte der schönen Magelone

1
Vorbericht

Ist es dir wohl schon je, vielgeliebter Leser, so recht traurig in die Seele gefallen, wie betrübt es sei, daß das rauschende Rad der Zeit sich immer weiter dreht, und daß bald das zuunterst gekehrt wird, was ehemals hoch oben war? So fährt Ruhm, Glanz, Pracht und weltberühmte Schönheit hin, wie goldene Abendwolken, die hinter fernen Bergen niedersinken, und nur auf kurze Zeit noch schwachen gelblichen Schimmer hinter sich lassen: die Nacht tritt ernst und feierlich herauf, die schwarzen Heere von Wolken ziehn unter Sternenglanz auf und ab, und der letzte Schein erlöscht furchtsam; Wind fährt durch den Eichenforst und kein Hüttenbewohner denkt an die Röte des Abends zurück. Im Winkel sitzt wohl ein Knabe in sich versunken und sieht im dämmernden Widerschein der Lampe ein Bild der fröhlichen Morgenröte; ihm dünkt, der höre schon die muntern Hähne krähen, und wie ein kühler Wind durch die Blätter rauscht und alle Blumen der Wiese aus ihrem stillen Schlafe weckt; er vergißt sich selbst und nickt nach und nach ein, indem das Feuer ausbrennt. Dann kommen Träume über ihn, dann sieht er alles im Glanze der Sonne vor sich: die wohlbekannte Heimat, über die wunderbare fremde Gestalten schreiten, Bäume wachsen hervor, die er nie gesehn, sie scheinen zu reden und menschlichen Sinn, Liebe und Vertrauen zu ihm ausdrücken zu wollen. Wie fühlt er sich der Welt befreundet, wie schaut ihn alles mit zärtlichem Wohlgefallen an! die Büsche flüstern ihm liebe Worte ins Ohr, indem er vorübergeht, fromme Lämmer drängen sich um ihn, die Quelle scheint mit lockendem Murmeln ihn mit sich nehmen zu wollen, das Gras unter seinen Füßen quillt frischer und grüner hervor.

Unter diesem Bilde mag dir, geliebter Leser, der Dichter erscheinen, und er bittet, daß du ihm vergönnen mögest, dir seinen Traum vorzuführen. Jene alte Geschichte, die manchen sonst ergötzte, die vergessen ward, und die er gern mit neuem Lichte bekleiden möchte.

Der Dichter sieht bemooste Leichensteine,
Die keiner seiner Freunde kennt,
Dann fühlt er, daß beim Mondenscheine
Im Busen fromme Ahndung brennt:
Er steht und sinnt, es rauschen alle Haine,
Es flieht, was ihn von den Gestorbnen trennt,
Freudigen Schrecks er sie als alte Freunde nennt.

Gern wandl' ich in der stillen Ferne,
In unsrer Väter frommen Zeit,
Ich seh, wie jeder sich so gerne
der alten guten Märchen freut,
Oft wiederholt ergötzen sie noch immer,
Sie kehren wieder wie dasselbe Mal,
Der Hörer fühlt des Lebens Lust und Qual,
Der Liebe holden Frühlingsschimmer.

Ob ihr die alten Töne gerne hört?
Das Lied aus längst verfloßnen Tagen?
Verzeiht dem Sänger, den es so betört,
Daß er beginnt das Märchen anzusagen.

2
Wie ein fremder Sänger an den Hof des Grafen von Provence kam

In der Provence herrschte vor langer Zeit ein Graf, der einen überaus schönen und herrlichen Sohn hatte, welcher als die Freude des Vaters und der Mutter erwuchs. Er war groß und stark, und glänzende blonde Haare flossen um seinen Nacken und beschatteten sein zartes jugendliches Gesicht; dabei war er in aller Waffenübung wohlerfahren, keiner führte im Lande und auch außerhalb die Lanze und das Schwert so wie er, so daß ihn Jung und Alt, Groß und Klein, Adel und Unadel bewunderte.

Er war oft gern in sich gekehrt, als wenn er irgendeinem geheimen Wunsche nachginge, und viele erfahrene Leute glaubten und schlossen daher, er sei in Liebe; es wollte ihn darum keiner aus seinen Träumen aufwecken, weil sie wohl wußten, daß die Liebe ein süßer Ton ist, der im Ohre schläft und wie aus einem Traume seine phantasiereiche Melodie fortredet, so daß ihn der Beherberger selbst nur wie ein dunkles Rätsel versteht, geschweige denn ein Fremder, und daß er oft nur allzuschnell entflieht, und seine Wohnung in dem Äther und goldenen Morgenwolken wieder sucht.

Aber der junge Graf Peter kannte seine eigenen Wünsche nicht; es war ihm, als wenn ferne Stimmen unvernehmlich durch einen Wald riefen, er wollte folgen, und Furcht hielt ihn zurück, doch Ahndung drängte ihn vor.

Sein Vater gab ein großes Turnier, zu welchem viele Ritter geladen wurden. Es war ein Wunder anzusehn, wie der zarte Jüngling die Erfahrensten aus dem Sattel hob, so daß es auch allen Zuschauern unbegreiflich schien. Er ward von allen gerühmt und für den Besten und Stärksten geachtet; aber kein Lob machte ihn stolz, sondern er schämte sich manchmal selber, daß er so alte und würdige Rittersmänner sollte überwunden haben.

Unter andern war auch ein Sänger mit herbeigekommen, der viele fremde Länder gesehen hatte; er war kein Ritter, aber an Einsicht und Erfahrung übertraf er manchen Edlen. Dieser gesellte sich zu Graf Peter und lobte ihn ungemein, schloß aber seine Rede mit diesen Worten: »Ritter, wenn ich Euch raten sollte, so müßt Ihr nicht hier bleiben, sondern fremde Gegenden und Menschen sehn und wohl betrachten, auf daß sich Eure Einsichten, die in der Heimat nur immer einheimisch bleiben, verbessern, und Ihr am Ende das Fremde mit dem Bekannten verbinden könnt.«

Er nahm seine Laute und sang:

»Keinen hat es noch gereut,
Der das Roß bestiegen,
Um in frischer Jugendzeit
Durch die Welt zu fliegen.

Berge und Auen,
Einsamer Wald,
Mädchen und Frauen
Prächtig im Kleide,
Golden Geschmeide,
Alles erfreut ihn mit schöner Gestalt.

Wunderlich fliehen
Gestalten dahin,
Schwärmerisch glühen
Wünsche in jugendlich trunkenem Sinn.

Ruhm streut ihm Rosen,
Schnell in die Bahn,
Lieben und Kosen,
Lorbeer und Rosen
Führen ihn höher und höher hinan.

Rund um ihn Freuden,
Feinde beneiden,
Erliegend, den Held –
Dann wählt er bescheiden
Das Fräulein, das ihm nur vor allen gefällt.

Und Berge und Felder
Und einsame Wälder
Mißt er zurück.
Die Eltern in Tränen,
Ach alle ihr Sehnen –
Sie alle vereinigt das lieblichste Glück.

Sind Jahre verschwunden,
Erzählt er dem Sohn
In traulichen Stunden,
Und zeigt seine Wunden,
Der Tapferkeit Lohn.
So bleibt das Alter selbst noch jung,
Ein Lichtstrahl in der Dämmerung.«

Der Jüngling hörte still dem Gesange zu; als er geendigt war, blieb er eine Weile in sich gekehrt, dann sagte er: »Ja, nunmehr weiß ich, was mir fehlt, ich kenne nun alle meine Wünsche, in der Ferne wohnt mein Sinn, und mancherlei wechselnde buntfarbige Bilder ziehn durch mein Gemüt. Keine größere Wollust für den jungen Rittersmann, als durch Tal und über Feld dahinziehn: hier liegt eine hoch erhabene Burg im Glanz der Morgensonne, dort tönt über die Wiese durch den dichten Wald des Schäfers Schalmei, ein edles Fräulein fliegt auf einem weißen Zelter vorüber, Ritter und Knappen begegnen mir in blanker Rüstung und Abenteuer drängen sich; ungekannt zieh ich durch die berühmten Städte, der wunderbarste Wechsel, ein ewig neues Leben umgibt mich, und ich begreife mich selber kaum, wenn ich an die Heimat und den stets wiederkehrenden Kreis der hiesigen Begebenheiten zurückdenke. O ich möchte schon auf meinem guten Rosse sitzen, ich möchte sogleich dem väterlichen Hause Lebewohl sagen.«

Er war von diesen neuen Vorstellungen erhitzt, und ging sogleich in das Gemach seiner Mutter, wo er auch den Grafen, seinen Vater, traf. Peter ließ sich alsbald demütig auf ein Knie nieder und trug seine Bitte vor, daß seine Eltern ihm erlauben möchten zu reisen und Abenteuer aufzusuchen; »denn«, so schloß er seine Rede: »Wer immer nur in der Heimat bleibt, behält auch für seine Lebenszeit nur einen einheimischen Sinn, aber in der Fremde lernt man das Niegesehene mit dem Wohlbekannten verbinden, darum versagt mir eure Erlaubnis nicht.«

Der alte Graf erschrak über den Antrag seines Sohnes, noch mehr aber die Mutter, denn sie hatten sich dessen am wenigsten versehn. Der Graf sagte: »Mein Sohn, deine Bitte kömmt mir ungelegen, denn du bist mein einziger Erbe; wenn ich nun während deiner Abwesenheit mit Tode abginge, was sollte da aus meinem Lande werden?« Aber Peter blieb bei seinem Gesuch, worüber die Mutter anfing zu weinen und zu ihm sagte: »Lieber, einziger Sohn, du hast noch kein Ungemach des Lebens gekostet und siehst nur deine schönen Hoffnungen vor dir; allein bedenke, daß es gar wohl sein kann, daß, wenn du abreisest, tausend Mühseligkeiten schon bereit stehn, um dir in den Weg zu treten; du hast dann vielleicht mit Elend zu kämpfen, und wünschest dich zu uns zurück.«

Peter lag noch immer demütig auf den Knien und antwortete: »Vielgeliebte Eltern, ich kann nicht dafür, aber es ist jetzt mein einziger Wunsch, in die weite fremde Welt zu reisen, um Freud und Mühseligkeit zu erleben, und dann als ein bekannter und geehrter Mann in die Heimat zurückzukehren. Dazu seid Ihr ja auch, mein Vater, in Eurer Jugend in der Fremde gewesen, und habt Euch weit und breit einen Namen gemacht; aus einem fremden Lande habt Ihr Euch meine Mutter zum Gemahl geholt, die damals für die größte Schönheit geachtet wurde; laßt mich ein gleiches Glück versuchen, seht, mit Tränen bitte ich Euch darum.«

Er nahm eine Laute, die er sehr schön zu spielen verstand, und sang das Lied, das er vom Harfenspieler gelernt hatte, und am Schlusse weinte er heftig. Die Eltern waren auch gerührt, besonders aber die Mutter; sie sagte: »Nun, so will ich dir meinerseits meinen Segen geben, geliebter Sohn, denn es ist freilich alles wahr, was du da gesagt hast.« Der Vater stand gleichfalls auf und segnete ihn, und Peter war im Herzen vergnügt, daß er so die Einwilligung seiner Eltern erhalten hatte.

Es ward nun Befehl gegeben, alles zu seinem Zuge zu rüsten, und die Mutter ließ Petern heimlich zu sich kommen. Sie gab ihm drei kostbare Ringe und sagte: »Siehe, mein Sohn, diese drei kostbaren Ringe habe ich von meiner Jugend an sorgfältig bewahrt; nimm sie mit dir und halte sie in Ehren, und so du ein Fräulein findest, das du liebst und das dir wieder gewogen ist, so darfst du sie ihr schenken.«

Er küßte dankbar ihre Hand, und es kam der Morgen, an welchem er von dannen schied.

3
Wie der Ritter Peter von seinen Eltern zog

Als Peter sein Pferd besteigen wollte, segnete ihn sein Vater noch einmal, und sagte zu ihm: »Mein Sohn, immer möge dich das Glück begleiten, so daß wir dich gesund und wohlbehalten wiedersehn; denke stets meiner Lehren, die ich deiner zarten Jugend einprägte: suche die gute und meide die böse Gesellschaft; halte immer die Gesetze des Ritterstandes in Ehren, und vergiß sie in keinem Augenblicke, denn sie sind das Edelste, was die edelsten Männer in ihren besten Stunden erdacht haben; sei immer redlich, wenn du auch betrogen wirst, denn das ist der Probierstein des Wackern, daß er selten auf rechtliche Menschen trifft, und doch sich selber gleichbleibt. – Lebewohl!« –

Peter ritt fort, allein und ohne Knappen, denn er wollte allenthalben, wie es oft die jungen Ritter zu tun pflegten, unbekannt bleiben. Die Sonne war herrlich aufgegangen, und der frische Tau glänzte auf den Wiesen. Peter war frohen Mutes und spornte sein gutes Roß, daß es oft mutig aufsprang. Es lag ihm ein altes Lied im Sinne und er sang es laut:

»Traun! Bogen und Pfeil
Sind gut für den Feind,
Hülflos alleweil
Der Elende weint;
Dem Edlen blüht Heil
Wo Sonne nur scheint,
Die Felsen sind steil,
Doch Glück ist sein Freund.«

Er kam nach vielen Tagereisen in die edle und vornehme Stadt Neapolis. Schon unterwegs hatte er viel vom Könige und seiner überaus schönen Tochter Magelone reden hören, so daß er sehr begierig war, sie von Angesicht zu Angesicht zu sehn. Er stieg in einer Herberge ab, und erkundigte sich nach Neuigkeiten; da hörte er vom Wirte, daß ein vornehmer Ritter, Herr Heinrich von Carpone, angekommen sei, und daß ihm zu Ehren ein schönes Turnier gehalten werden solle. Er erfuhr zugleich, daß auch den Fremden der Zutritt erlaubt sei, wenn sie nach den Turniergesetzen geharnischt erschienen. Da nahm sich Peter sogleich vor, auch dabeizusein, und seine Geschicklichkeit und Stärke zu versuchen.

4
Peter sieht die schöne Magelone

Als der Tag des Turniers erschienen war, legte Peter seine Waffenrüstung an, und begab sich in die Schranken. Er hatte sich auf seinen Helm zwei schöne silberne Schlüssel setzen lassen, von ungemein feiner Arbeit, so war auch sein Schild mit Schlüsseln geziert, auch die Decke seines Pferdes. Dies hatte er seinem Namen zu Gefallen getan und zu Ehren des Apostels Petrus, den er sehr liebte. Von Jugend auf hatte er sich ihm zum Schirm und Schutz empfohlen, und deswegen wählte er sich auch jetzt dieses Wahrzeichen, da er unbekannt bleiben wollte.

Unter Trompetenschall trat ein Herold auf, der das Turnier ausrief, das zu Ehren der schönen Magelone eröffnet wurde. Sie selbst saß auf einem erhabenen Söller und sah auf die Versammlung der Ritter hinab. Peter schaute hinauf, er konnte sie aber nicht genau betrachten, weil sie zu entfernt war.

Herr Heinrich von Carpone trat zuerst in die Schranken und gegen ihn stellte sich ein Ritter des Königes. Sie trafen aufeinander und der Königsche wurde bügellos, aber er traf zufälligerweise mit seiner Lanze das Pferd des Herrn Heinrich vorn an den Schienbeinen, so daß das Roß mit seinem Reiter zu Boden stürzte. Darüber wurde dem Diener des Königes der Sieg zugesprochen, als einem, der den Herrn Heinrich umgerennt hätte. Das verdroß Petern gar sehr, denn Herr Heinrich war ein namhafter Renner; dazu so berühmte sich der Diener laut und öffentlich seines Sieges, den er doch nur dem Zufall zu danken hatte. Peter stellte sich also gegen ihn in die Schranken und rannte ihn vom Pferde hinunter, daß sich alle über seine Kraft verwundern mußten; er tat aber zu aller Erstaunen noch mehr, denn er machte auch bald die übrigen Sättel ledig, so daß sich in kurzer Zeit kein Gegner vor ihm mehr finden ließ. Darüber waren alle begierig, den Namen des fremden Ritters zu wissen, und der König von Neapel schickte selbst seinen Herold an ihn ab, um ihn zu erfahren; aber Peter bat in Demut um die Erlaubnis, daß man ihm noch ferner erlauben möchte, unbekannt zu bleiben, denn sein Name sei dunkel und von keinen Taten verherrlicht; dazu so sei er ein armer geringer Edelmann aus Frankreich, er wolle seinen Namen daher so lange verschweigen, bis er es durch Taten wert geworden sei, sich nennen zu dürfen. Den König freute diese Antwort, weil sie ein Beweis von der Bescheidenheit des Ritters war.

Es währte nicht lange, so wurde ein zweites Turnier gehalten, und die schöne Magelone wünschte heimlich im Herzen, daß sie des Ritters mit den silbernen Schlüsseln wieder ansichtig werden möchte; denn sie war ihm zugetan, hatte es aber noch niemand anvertraut, ja sich selber kaum, denn die erste Liebe ist zaghaft, und hält sich selbst für einen Verräter. Sie ward rot, als Peter wieder mit seiner kenntlichen Waffenrüstung in die Schranken trat, und nun die Trompeten schmetterten, und bald darauf die Spieße an den Schilden krachten. Unverwandt blickte sie auf Peter, und er blieb in jedem Kampfe Sieger; sie verwunderte sich endlich darüber nicht mehr, weil ihr war, als könne es nicht anders sein. Die Feierlichkeit war geendigt, und Peter hatte von neuem großes Lob und große Ehre eingesammelt.

Der König ließ ihn an seine Tafel laden, wo Peter der Prinzessin gegenübersaß und über ihre Schönheit erstaunte, denn er sah sie jetzt zum erstenmal in der Nähe. Sie blickte immer freundlich auf ihn hin, und dadurch kam er in große Verwirrung; sein Sprechen belustigte den König, und sein edler und kräftiger Anstand setzte das Hofgesinde in Erstaunen. Im Saale kam er nachher mit der Prinzessin allein zu sprechen, und sie lud ihn ein, öfter wiederzukommen, worauf er Abschied nahm, und sie ihn noch zuletzt mit einem sehr freundlichen Blicke entließ.

Peter ging wie berauscht durch die Straßen; er eilte in einen schönen Garten und wandelte mit verschränkten Armen auf und nieder, bald langsam, bald schnell, und die Zeit verfloß, ohne daß er begreifen konnte, wie die Stunden vorüber waren. Er hörte nichts um sich her, denn eine innerliche Musik übertönte das Flüstern der Bäume und das rieselnde Plätschern der Wasserkünste. Tausendmal sagte er sich in Gedanken den Namen Magelone vor, und erschrak dann plötzlich, weil er glaubte, er habe ihn laut durch den Garten ausgerufen. Gegen Abend erscholl in der Gegend eine süße Musik, und nun setzte er sich in das frische Gras hinter einem Busche und weinte und schluchzte; es war ihm, als wenn sich der Himmel umgewendet und nun seine Schönheit und paradiesische Seite zum erstenmal herausgekehrt hätte; und doch machte ihn diese Empfindung so unglücklich, unter allen Freuden fühlte er sich so gänzlich verlassen. Die Musik floß wie ein murmelnder Bach durch den stillen Garten, und er sah die Anmut der Fürstin auf den silbernen Wellen hoch einherschwimmen, wie die Wogen der Musik den Saum ihres Gewandes küßten, und wetteiferten, ihr nachzufolgen; gleich einer Morgenröte schien sie in die dämmernde Nacht hinein, und die Sterne standen in ihrem Laufe still, die Bäume hielten sich ruhig und die Winde schwiegen; die Musik war jetzt die einzige Bewegung, das einzige Leben in der Natur, und alle Töne schlüpften so süß über die Grasspitzen und durch die Baumwipfel hin, als wenn sie die schlafende Liebe suchten und sie nicht wecken wollten, als wenn sie, so wie der weinende Jüngling, zitterten, bemerkt zu werden.

Jetzt erklangen die letzten Akzente, und wie ein blauer Lichtstrom versank der Ton, und die Bäume rauschten wieder, und Peter erwachte aus sich selber und fühlte, daß seine Wange von Tränen naß sei. Die Springbrunnen plätscherten stärker und führten von den entferntesten Gegenden des Gartens her laute Gespräche. Peter sang leise folgendes Lied:

»Sind es Schmerzen, sind es Freuden,
Die durch meinen Busen ziehn?
Alle alten Wünsche scheiden,
Tausend neue Blumen blühn.

Durch die Dämmerung der Tränen
Seh ich ferne Sonnen stehn –
Welches Schmachten! welches Sehnen!
Wag ich's? soll ich näher gehn?

Ach, und fällt die Träne nieder,
Ist es dunkel um mich her;
Dennoch kömmt kein Wunsch mir wieder,
Zukunft ist von Hoffnung leer.

So schlage denn, strebendes Herz,
So fließet denn, Tränen, herab,
Ach Lust ist nur tieferer Schmerz,
Leben ist dunkeles Grab. –
Ohne Verschulden
Soll ich erdulden?
Wie ist's, daß mir im Traum
Alle Gedanken
Auf und nieder schwanken!
Ich kenne mich noch kaum.

O hört mich, ihr gütigen Sterne,
O höre mich, grünende Flur,
Du, Liebe, den heiligen Schwur:
Bleib ich ihr ferne,
Sterb ich gerne.
Ach! nur im Licht von ihrem Blick
Wohnt Leben und Hoffnung und Glück!«

Er hatte sich selber etwas getröstet, und schwur sich, Magelonens Liebe zu erwerben, oder unterzugehn. Spät in der Nacht ging er nach Hause und setzte sich in seinem Zimmer nieder, und sprach sich jedes Wort wieder vor, das sie ihm gesagt hatte; bald glaubte er Ursach zu finden, sich zu freuen, dann wurde er wieder betrübt, und war von neuem im Zweifel. Er wollte seinem Vater schreiben und richtete in Gedanken die Worte an Magelonen, und trauerte dann über seine Zerstreuung, daß er es wage, ihr zu schreiben, die er nicht kenne. Nun erschrak er vor dem Gedanken, daß ihm das Wesen fremd sei, welches er vor allen übrigen in der Welt so unaussprechlich teuer liebe.

Ein süßer Schlummer überraschte ihn endlich und durchstrich seine Zweifel und Schmerzen, und wunderbare Träume von Liebe und Entführungen, einsamen Wäldern und Stürmen auf dem Meere tanzten in seinem Gemach auf und nieder, und bedeckten wie schöne bunte Tapeten die leeren Wände.

5
Wie der Ritter der schönen Magelone Botschaft sandte

In derselben Nacht war Magelone ebenso bewegt als ihr Ritter. Es däuchte ihr, als könne sie sich auf ihrem einsamen Zimmer nicht lassen; sie ging oft an das Fenster und sah nachdenklich in den Garten hinab, und alles war ihr trübe und schwermütig; sie behorchte die Bäume, die gegeneinanderrauschten, dann sah sie nach den Sternen, die sich im Meere spiegelten; sie warf es dem Unbekannten vor, daß er nicht im Garten unter ihrem Fenster stehe, dann weinte sie, weil sie gedachte, daß es ihm unmöglich sei. Sie warf sich auf ihr Bett, aber sie konnte nur wenig schlafen, und wenn sie die Augen schloß, sah sie das Turnier und den geliebten Unbekannten, welcher Sieger ward und mit sehnsüchtiger Hoffnung zu ihrem Altan hinaufblickte. Bald weidete sie sich an diesen Phantasieen, bald schalt sie auf sich selber; erst gegen Morgen fiel sie in einen leichten Schlummer.

Sie beschloß, ihre Zuneigung ihrer geliebten Amme zu entdecken, vor der sie kein Geheimnis hatte. In einer traulichen Abendstunde sagte sie daher zu ihr: »Liebe Amme, ich habe schon seit lange etwas auf dem Herzen, welches mir fast das Herz zerdrückt; ich muß es dir nur endlich sagen und du mußt mir mit deinem mütterlichen Rate beistehn, denn ich weiß mir selber nicht mehr zu raten.« Die Amme antwortete: »Vertraue dich mir, geliebtes Kind, denn eben darum bin ich älter und liebe dich wie eine Mutter, daß ich dir guten Anschlag geben möge, denn freilich weiß sich die Jugend nie selber zu helfen.«

Da die Prinzessin diese freundlichen Worte von ihrer Amme hörte, ward sie noch dreister und zutraulicher, und fuhr daher also fort: »O Gertraud, hast du wohl den unbekannten Ritter mit den silbernen Schlüsseln bemerkt? Gewiß hast du ihn gesehn, denn er ist der einzige, der bemerkenswert war, alle übrigen dienten nur, ihn zu verherrlichen, allen Sonnenschein des Ruhms auf ihn zu häufen, und selbst in dunkler einsamer Nacht zu wohnen. Er ist der einzige Mann, der schönste Jüngling, der tapferste Held. Seit ich ihn gesehn habe, sind meine Augen unnütz, denn ich sehe nur meine Gedanken, in denen er wohnt, wie er in aller seiner Herrlichkeit vor mir steht. Wüßte ich noch, daß er aus einem hohen Geschlechte sei, so wollte ich alle meine Hoffnung auf ihn setzen. Aber er kann aus keinem unedlen Hause stammen, denn wer wäre alsdann edel zu nennen? O antworte mir, tröste mich, liebe Amme, und gib mir nun Rat.«

Die Amme erschrak sehr, als sie diese Rede verstanden hatte; sie antwortete: »Liebes Kind, schon seit lange waren meine Erwartungen so wie meine Neugier darauf gerichtet, daß du mir gestehn solltest, welchen von den Edlen des Königreichs, oder welchen Auswärtigen du liebtest, denn selbst die Höchsten und sogar Könige begehren dein. Aber warum hast du nun deine Neigung auf einen Unbekannten geworfen, von dem niemand weiß, woher er gekommen? Ich zittre, wenn der König, dein Vater, deine Liebe bemerkt.«

»Nun und warum zitterst du?« fiel ihr Magelone mit heftigem Weinen in die Rede. »Wenn er sie bemerkt, so wird er zürnen, der fremde Ritter wird den Hof und das Land verlassen, und ich werde in treuer hoffnungsloser Liebe sterben; und sterben muß ich, wenn der Unbekannte mich nicht wiederliebt, wenn ich auf ihn nicht die Hoffnung der ganzen Zukunft setzen darf. Alsdann bin ich zur Ruhe, und weder mein Vater noch du, keiner wird mich je mehr verfolgen.«

Da die Amme diese Worte hörte, ward sie sehr betrübt und weinte ebenfalls. »Höre auf mit deinen Tränen, liebes Kind«, so rief sie schluchzend aus: »Alles will ich ertragen, nur kann ich dich unmöglich weinen sehn; es ist mir, als müßte ich das größte Elend der Erden erdulden, wenn dein liebes Gesicht nicht freundlich ist.«

»Nicht wahr, man muß ihn lieben?« sagte Magelone, und umarmte ihre Amme. »Ich hätte nie einen Mann geliebt, wenn mein Auge *ihn* nicht gesehn hätte; wär es also nicht Sünde, ihn nicht zu lieben, da ich so glücklich gewesen bin, ihn zu finden? Gib nur acht auf ihn, wie alle Vortrefflichkeiten, die sonst schon einzeln andre Ritter edel machen, in ihm vereinigt glänzen; wie einnehmend sein fremder Anstand ist, daß er die hiesige italienische Sitte nicht in seiner Gewalt hat, wie seine stille Bescheidenheit weit mehr wahre Höflichkeit ist, als die studierte und gewandte Galanterie der hiesigen Ritter. Er ist immer in Verlegenheit, daß er niemand Besseres ist, als er, und doch sollte er stolz darauf sein, daß er niemand anders ist, denn so wie er ist, ist er das Schönste, was die Natur nur je hervorgebracht hat. O such ihn auf,

Gertraud, und frage ihn nach seinem Stand und Namen, damit ich weiß, ob ich leben oder sterben muß; wenn ich ihn fragen lasse, wird er kein Geheimnis daraus machen, denn ich möchte vor ihm kein Geheimnis haben.«

Als der Morgen kam, ging die Amme in die Kirche und betete; sie sah den Ritter, der auch in einem andächtigen Gebete auf den Knien lag. Als er geendet hatte, näherte er sich der Amme und grüßte sie höflich, denn er kannte sie und hatte sie am Hofe gesehn. Die Amme richtete den Auftrag des Fräuleins aus, daß sie ihn um seinen Stand und Namen ersuche, weil es einem so edlen Manne nicht gezieme, sich verborgen zu halten.

Peter bekam eine große Freude und das Herz schlug ihm, denn er sah aus diesen Worten, daß ihn Magelone liebe; worauf er sagte: »Man erlaube mir, meinen Namen noch zu verschweigen, aber das könnt Ihr der Prinzessin sagen, daß ich aus einem hohen adelichen Geschlechte bin, und daß der Name meiner Ahnherrn in den Geschichtsbüchern rühmlich bekannt ist. Nehmt indes dies zum Angedenken meiner, laßt es einen kleinen Lohn sein für die fröhliche Botschaft, so Ihr mir wider alles Verhoffen gebracht habt.«

Er gab hierauf der Amme einen von den dreien köstlichen Ringen, und Gertraud eilte sogleich zur Prinzessin, ihr die erhaltene Kundschaft anzusagen, auch zeigte sie ihr den köstlichen Ring, der allein schon bewies, daß der Ritter aus einem vornehmen Hause stammen müsse. Er hatte der Amme zugleich ein Pergamentblatt mitgegeben, in Hoffnung, daß Magelone die Worte lesen würde, die er im Gefühl seiner Liebe niedergeschrieben hatte.

Liebe kam aus fernen Landen
Und kein Wesen folgte ihr,
Und die Göttin winkte mir,
Schlang mich ein mit süßen Banden.

Da begonn ich Schmerz zu fühlen,
Tränen dämmerten den Blick:
»Ach! was ist der Liebe Glück«,
Klagt ich, »wozu dieses Spielen?«

»Keinen hab ich weit gefunden«,
Sagte lieblich die Gestalt,
»Fühle du nun die Gewalt,
Die die Herzen sonst gebunden.«

Alle meine Wünsche flogen
In der Lüfte blauen Raum,
Ruhm schien mir ein Morgentraum,
Nur ein Klang der Meereswogen.

Ach! wer löst nun meine Ketten?
Denn gefesselt ist der Arm,
Mich umfleucht der Sorgen Schwarm;
Keiner, keiner will mich retten?

Darf ich in den Spiegel schauen,
Den die Hoffnung vor mir hält?
Ach, wie trügend ist die Welt!
Nein, ich kann ihr nicht vertrauen.

O und dennoch laß nicht wanken
Was dir nur noch Stärke gibt,
Wenn die Einzge dich nicht liebt,
Bleibt nur bittrer Tod dem Kranken.

Dieses Lied rührte Magelonen; sie las es und las es von neuem, es war ganz ihre eigene Empfindung, wie von einem Echo nachgesprochen. Sie betrachtete den köstlichen Ring, und bat die Amme flehentlich, ihr denselben gegen ein andres Kleinod auszutauschen; die Amme wurde betrübt, da sie sahe, daß das Herz der Prinzessin so ganz von Liebe eingenommen sei, sie sagte daher: »Mein Kind, es schmerzt mich innig, daß du dich einem Fremden gleich so willig und ganz hingeben willst.« Magelone wurde sehr zornig, als sie diese Worte hörte. »Fremd?« rief sie aus; »o wer ist dann meinem Herzen nahe, wenn er mir fremd ist? Wehe müsse dir deine Zunge auf lange tun, für diese Rede, denn sie hat mein Herz gespalten. Wie kann er mir denn fremd sein, wenn ich selbst mein eigen bin, da er nichts ist, als was ich bin, da ich nur das sein kann, was er mir zu sein vergönnt? Die Luft, den Atem, das Leben, alles, alles darf ich ihm nur danken, mein Herz gehört mir selbst nicht mehr, seit ich ihn kenne; oh, liebe Gertraud, was wär ich in der Welt, und was wäre die ganze unermeßliche Welt mir, wenn er mir fremd sein müßte?«

Gertraud tröstete sie, und die Prinzessin legte sich schlafen, vorher aber hing sie an einer feinen Perlenschnur den Ring um den Nacken, daß er ihr auf der Brust zu liegen kam. Im Schlafe sah sie sich in einem schönen und lustigen Garten, der hellste Sonnenschein flimmerte auf allen grünen Blättern, und wie von Harfensaiten tönte das Lied ihres Geliebten aus dem blauen Himmel herunter, und goldbeschwingte Vögel staunten zum Himmel hinauf und merkten auf die Noten; lichte Wolken zogen unter der Melodie hinweg und wurden rosenrot gefärbt und tönten wider. Dann kam der Unbekannte in aller Lieblichkeit aus einem dunkeln Gange, er umarmte Magelonen und steckte ihr einen noch köstlichem Ring an den Finger, und die Töne vom Himmel herunter schlangen sich um beide wie ein goldenes Netz, und die Lichtwolken umkleideten sie, und sie waren von der Welt getrennt nur bei sich selber und in ihrer Liebe wohnend, und wie ein fernes Klaggetön hörten sie Nachtigallen singen und Büsche flüstern, daß sie von der Wonne des Himmels ausgeschlossen waren.

Als Magelone von ihrem schönen Traume erwachte, erzählte sie alles der Amme, und diese sah jetzt ein, daß sie ihren ganzen Sinn auf den Unbekannten gesetzt hätte, und daß er ihr Glück oder Unglück sein müsse, worüber sie sehr nachdenklich wurde.

6

Wie der Ritter Magelonen einen Ring übersandte

Die Amme wandte vielen Fleiß an, den Ritter wieder anzutreffen, und es geschah, daß sie sich in derselben Kirche wiederfanden. Peter war froh, als er die Amme ansichtig wurde, und ging sogleich auf sie zu und erkundigte sich nach dem Fräulein. Sie erzählte ihm alles, wie sie für großer Liebe den Ring für sich behalten, und die geschriebenen

Worte gelesen, und wie sie in der Nacht von ihm geträumt. Peter ward rot vor Freuden, als er diese Umstände erzählen hörte und sagte: »Ach, liebe Amme, sagt ihr doch die Empfindungen meines Herzens, und daß ich vor Sehnsucht verschmachten muß, wenn ich sie nicht bald sprechen kann; spreche ich sie aber mündlich, so will ich ihr, wie ich sonst niemand tue, meinen Stand und Namen entdecken; aber ich liebe sie mit einer Liebe, wie kein andres Herz es fähig ist, und alle meine Gebete zum Himmel sind nur der Wunsch, daß ich sie zum ehelichen Gemahl überkommen möchte, und daß ihre Gedanken nur etlichermaßen so nach mir gerichtet wären, wie die meinigen zu ihr. Gebt ihr auch diesen Ring, und bittet sie, ihn als ein geringes Andenken von mir zu tragen.«

Die Amme eilte schnell zu Magelonen zurück, die vor übergroßer Liebe krank war und auf ihrem Ruhebette lag. Sie sprang auf, als sie ihre Kundschafterin erblickte, umarmte sie und fragte nach Neuigkeiten. Die Amme erzählte ihr alles und gab ihr auch den kostbaren Ring. »Sieh!« rief die Prinzessin aus, »das ist eben der Ring, von dem ich geträumt habe; oh! so muß auch das übrige in Erfüllung gehn.« Ein Blatt enthielt dieses Lied:

Willst du des Armen
Dich gnädig erbarmen?
So ist es kein Traum?
Wie rieseln die Quellen,
Wie tönen die Wellen,
Wie rauschet der Baum!

Tief lag ich in bangen
Gemäuern gefangen,
Nun grüßt mich das Licht;
Wie spielen die Strahlen!
Sie blenden und malen
Mein schüchtern Gesicht.

Und soll ich es glauben?
Wird keiner mir rauben

Den köstlichen Wahn?
Doch Träume entschweben,
Nur lieben heißt leben:
Willkommene Bahn!

Wie frei und wie heiter!
Nicht eile nun weiter,
Den Pilgerstab fort!
Du hast überwunden,
Du hast ihn gefunden,
Den seligsten Ort!

Magelone sang das Lied, dann küßte sie den Ring, und dann auch den ersten, um ihn nicht zu kränken; dann las sie die Worte von neuem, und sprach sie laut, und so trieb sie es in der Einsamkeit bis spät in die Nacht.

7
Wie der edle Ritter wieder eine Botschaft empfing von der schönen Magelone

Der Ritter befand sich am folgenden Morgen wieder in der Kirche, weil er hoffte, von der Geliebten seiner Seele dort eine Nachricht zu überkommen. Die Amme fand ihn, und es traf sich, daß sie beide in der Kirche allein waren. Er erkundigte sich nach Magelonen und die Amme Gertraud erzählte ihm alles, worauf sie sagte: »Wenn Ihr mir versichert, Herr Ritter, daß Ihr mein Fräulein in aller Zucht und Tugend lieben wollt, so will ich Euch auch nunmehr sagen, wo Ihr sie sprechen könnt.« Peter ließ sich auf ein Knie nieder und hob seine Finger in die Höhe. »Ich schwöre«, sagte er, »daß meine reinsten Gedanken stets um Magelone sind; ich liebe sie in aller Zucht und Anständigkeit, wie es dem ehrbaren Ritter ziemt, und so dies nicht wahr ist, so verlasse mich Gott in meiner allergrößten Not. Amen!« Die Amme war mit diesem Schwure wohl zufrieden, sie vertraute ihm nun gänzlich und sagte: »Ich sehe, daß Ihr nicht nur der tapferste, sondern auch der edelste Ritter seid auf Gottes weiter Erde; Ihr sollt Euch daher auch alles Beistandes von mir gewärtiget sein. Ihr seid glücklich in Magelonen und sie ist glücklich in Euch; macht Euch daher morgen nachmittag fertig, durch die heimliche Pforte des Gartens zu gehn, und sie dann auf meiner Kammer zu sprechen. Ich will euch allein lassen, damit ihr ganz unverhohlen eure Herzensmeinungen ausreden könnt.«

Sie nannte ihm die Stunde, und verließ ihn. Der Ritter stand noch lange und sah ihr im trunkenen Staunen nach, denn er vertraute dem nicht, was er gehört hatte. Das Glück, das er so sehnlichst erharrt, rückte ihm nun so unerwartet näher, daß er es im frohen Entsetzen nicht zu genießen wagte. Der Mensch erschrickt über den Zufall, selbst wenn er ihn glücklich macht; wenn unser Schicksal sich plötzlich zur Wonne umändert, so zweifeln wir in diesem Augenblicke gar zu leicht an der Wirklichkeit des Lebens. Dies dachte auch Peter bei sich, als er alle seine Sinne in trüber Verwirrung bemerkte. »Wie bin ich so vom Glücke überschüttet«, rief er aus, »daß ich gar nicht zu mir selber kommen kann! Wie wohl würde mir jetzt ein Besinnen auf meinen Zustand tun, aber es ist unmöglich! Wenn wir unsre kühnen Hoffnungen in der Ferne sehn, so freuen wir uns an ihrem edlen Gange, an ihren goldnen Schwingen, aber jetzt flattern sie mir plötzlich so nahe ums Haupt, daß ich weder sie noch die übrige Welt wahrzunehmen vermag.«

Er ging nach Hause, und glaubte in manchen Augenblicken, die Zeit stehe seit der Stunde still, in der er die treue Amme gesprochen hatte, denn es wollte nicht Abend werden; als es Abend war, saß er ohne Licht in seiner Kammer und betrachtete die Wolken und Sterne, und sein Herz schlug ihm ungestüm, wenn er dann plötzlich an sich und Magelonen dachte. Er glaubte nicht, daß es wieder Tag werden könne, und daß es die bezeichnete Stunde wagen werde, heraufzukommen. Eingedämmert von Erwartungen, banger Sehnsucht und ängstlicher Hoffnung, schlief er auf seinem Ruhebette ein, und erwachte, als muntre Sonnenstrahlen in seine Kammer hereinspielten, und hell und fröhlich an den Wänden zuckten.

Er raffte sich auf, und dachte, was er ihr sagen wolle; er erschrak jetzt vor dem Gedanken, daß er sie sprechen müsse; dennoch war es sein herzinniglichster Wunsch, er konnte sich nicht besänftigen, nahm seine Laute und sang:

»Wie soll ich die Freude,
Die Wonne denn tragen?
Daß unter dem Schlagen
Des Herzens die Seele nicht scheide?

Und wenn nun die Stunden
Der Liebe verschwunden,
Wozu das Gelüste,
In trauriger Wüste
Noch weiter ein lustleeres Leben zu ziehn,
Wenn nirgend dem Ufer mehr Blumen entblühn?

Wie geht mit bleibehangnen Füßen
Die Zeit bedächtig Schritt vor Schritt!
Und wenn ich werde scheiden müssen,
Wie federleicht fliegt dann ihr Tritt!

Schlage, sehnsüchtige Gewalt,
In tiefer treuer Brust!
Wie Lautenton vorüberhallt,
Entflieht des Lebens schönste Lust.
Ach, wie bald
Bin ich der Wonne mir kaum noch bewußt.

Rausche, rausche weiter fort,
Tiefer Strom der Zeit,
Wandelst bald aus Morgen Heut,
Gehst von Ort zu Ort;
Hast du mich bisher getragen,
Lustig bald, dann still,
Will es nun auch weiter wagen,
Wie es werden will.
Darf mich doch nicht elend achten,

Da die Einzge winkt,
Liebe läßt mich nicht verschmachten,
Bis dies Leben sinkt;
Nein, der Strom wird immer breiter,
Himmel bleibt mir immer heiter,
Fröhlichen Ruderschlags fahr ich hinab,
Bring Liebe und Leben zugleich an das Grab.«

8
Wie Peter die schöne Magelone besuchte

Jetzt war die Zeit da, und die Stunde gekommen, in welcher der Ritter seine geliebte Magelone besuchen sollte. Er ging heimlicherweise durch die Pforte des Gartens und auf die Kammer der Amme, wo er die Prinzessin fand. Magelone saß auf einem Ruhebett und wollte aufstehn, als sie den Ritter eintreten sah, und ihm um den Hals fallen, und ihn mit Tränen und Küssen in die Wette bedecken. Doch mäßigte sie sich und blieb sitzen, aber eine scharlachene Röte überzog ihr ganzes Gesicht, so daß sie aussah wie eine Rose, die sich noch nicht entfaltet hat, und die jetzt der warme Sonnenschein badet, und ihre Blätter auseinanderlockt. Ebenso war auch der Ritter, der mit verschämtem Gesicht vor ihr stand, auf welchem holdselige Freude und Verwirrung sich wechselsweise ablösten.

Die Amme verließ das Gemach, und Peter warf sich ohne zu sprechen auf ein Knie nieder; Magelone reichte ihm die schöne Hand, hieß ihn aufstehn und sich neben sie niedersetzen. Peter tat es, und zitterte an ihrer Seite; seine Augen waren wie zwei glänzende Sterne, so trunken war er vor Entzückung, daß er nun die Geliebteste seiner Seele so dicht vor seinen Augen sah. Lange wollte kein Gespräch in den Gang kommen; ihre zärtlichen Blicke, die sich verstohlen begegneten, störten die Worte; aber endlich entdeckte sich ihr der Jüngling, und sagte, daß er sich ihr ganz zu eigen ergeben habe, seit er sie zuerst gesehn, daß ihr sein ganzes Leben gewidmet sei, und daß er sich durch ihre Liebe wie von Engelshänden berührt, aus einem tiefen Schlafe erwacht fühle.

Er schenkte ihr den dritten Ring, welcher der kostbarste von allen war, wobei er ihre lilienweiße Hand küßte. Sie war über seine Treue innig bewegt, stand auf und holte eine köstliche güldene Kette, die sie ihm um den Hals legte und sagte: »Hiemit erkenne ich Euch für mein und mich für die Eurige, nehmt dieses Andenken, und tragt es immer, so lieb Ihr mich habt.« Dann nahm sie den erschrockenen Ritter in die Arme und küßte ihn herzlich auf den Mund, und er erwiderte den Kuß und drückte sie gegen sein Herz.

Sie mußten scheiden, und Peter eilte sogleich nach seinem Zimmer, als wenn er seinen Waffenstücken und seiner Laute sein Glück erzählen müsse; er war so froh, als er noch nie gewesen war. Er ging mit großen Schritten auf und ab und griff in die Saiten, küßte das Instrument und weinte heftig. Dann sang er mit großer Inbrunst:

»War es dir, dem diese Lippen bebten,
Dir der dargebotne süße Kuß?
Gibt ein irdisch Leben so Genuß?
Ha! wie Licht und Glanz vor meinen Augen schwebten,
Alle Sinne nach den Lippen strebten!

In den klaren Augen blinkte
Sehnsucht, die mir zärtlich winkte,
Alles klang im Herzen wider,
Meine Blicke sanken nieder,
Und die Lüfte tönten Liebeslieder!

Wie ein Sternenpaar
Glänzten die Augen, die Wangen
Wiegten das goldene Haar,
Blick und Lächeln schwangen
Flügel, und die süßen Worte gar
Weckten das tiefste Verlangen:
O Kuß! wie war dein Mund so brennend rot!
Da starb ich, fand ein Leben erst im schönsten Tod.«

9
Turnier zu Ehren der schönen Magelone

Der König Magelon von Neapel wünschte jetzt, daß seine schöne Tochter in kurzer Zeit mit Herrn Heinrich von Carpone vermählt würde, der sich in dieser Absicht schon seit lange am Hofe aufhielt. Es ward daher wieder ein glänzendes Turnier ausgeschrieben, welches alle vorhergehenden an Pracht übertreffen sollte, und viele berühmte Ritter aus Italien und Frankreich versammelten sich. Ein Oheim Peters kam auch aus der Provence, um dem Turniere beizuwohnen: es war derselbe, der den jungen Grafen zum Ritter geschlagen hatte.

Das Kampfspiel nahm seinen Anfang, und alle die großen Ritter zogen auf den Plan, und hielten sich männlich. Peter war ungeduldig und einer der ersten, welche aufzogen. Er hielt sich so wacker, daß er viele Ritter von ihren Rossen stach, unter andern auch den Herrn Heinrich. Magelone stand oben auf dem Altane, und wurde vor Furcht und herzinnigen Wünschen bald rot und bald blaß. Gegen Peter stellte sich endlich sein Oheim, der ihn nicht kannte; aber Peter kannte ihn gar wohl, er rief deshalb den Herold zu sich, und schickte ihn mit diesen Worten an seinen Vetter: er habe ihm einst in der Ritterschaft einen großen Dienst erwiesen, deshalb möchte er nicht gegen ihn rennen, sondern er erkenne ihn ohnedies für den besseren Ritter. Aber der alte Rittersmann ward über den Antrag zornig, und sagte: »Habe ich ihm je einen Dienst erwiesen, so sollte er um so lieber eine Lanze mit mir brechen, um auch mir zu Gefallen zu leben; meint er denn, daß ich seiner nicht wert sei. Denn er wird hier für einen überaus tapfern Ritter geachtet, wie auch seine Taten genugsam an den Tag legen, daß dem wirklich so sei.« Blieb also mit seinem Rosse auf der Bahn stehn, und dem jungen Ritter ward vom Herolde die zornige Antwort überbracht. Sie rannten gegeneinander, aber Peter trug seine Lanze in der Quere, um seinen Verwandten nicht zu verletzen. Jener, Herr Jakob genannt, rannte den Peter so an, daß die Lanze zersplitterte, und er selber fast bügellos wurde. Alle verwunderten sich und die beiden Gegner maßen noch einmal die Bahn zurück, dann ritten sie wieder gegeneinander, und Peter trug seine Lanze wie das erstemal; alle waren in Erstaunen, nur Magelone sah die Ursach ein, und wußte wohl, warum es geschah. Herr Jakob rannte wieder mit heftiger Gewalt auf seinen Gegner, seine Lanze traf auf Peters Brustharnisch, aber der junge Ritter blieb unbeweglich im Sattel sitzen, und der Stoß war so gewaltig, daß Herr Jakob dadurch von sich selber vom Pferde abfiel. Da das Jakob merkte, zog er sich zurück, und hatte keine Lust mehr mit dem jungen Ritter zu stechen. Peter besiegte auch die übrigen Ritter, so daß ihm der Preis mußte zuerkannt werden; der König und alle vom Hofe waren in Erstaunen, und die übrigen Herren zogen ergrimmt nach ihrer Heimat zurück, da sie den Namen des unbekannten Siegers durchaus nicht erfahren konnten. –

Peter hatte seine Geliebte indessen schon zum öftern heimlich besucht, und so nahm er sich einmal vor, ihre Liebe auf die Probe zu stellen. Als er sie daher wieder sah, tat er sehr betrübt, und sagte mit kläglicher Stimme, daß er bald scheiden müsse, denn seine Eltern würden seinetwegen in der größten Betrübnis leben, da sie ihn so lange nicht gesehn, auch keine Nachricht von ihm bekommen hätten. Als Magelone diese Worte hörte, ward sie blaß, dann fing sie heftig an zu weinen, und sank in den Sessel zurück. »Ja, reiset nur ab«, sagte sie, »und alle meine traurigen Ahndungen sind dann in Erfüllung gegangen, ich sehe Euch nicht wieder und mein Tod ist gewiß. Was kümmert er Euch? Nun also, was kümmert er mich? – O verzeiht, mein Geliebter, nein, es ist wahr, Ihr müßt Eure Eltern wiedersehn, Ihr habt Euch meinetwegen schon zu lange hier aufgehalten; wie werden sie um Euch trauern, wie sehr nach Eurer Anwesenheit seufzen. Ja, lebt dann wohl, auf ewig wohl!«

Peter sagte: »Nein, meine teuerste Magelone, ich bleibe; wie könnte ich fortziehn, und dich nicht mehr sehn, nicht mehr diese teuren Augen erblicken und Hoffnung und Stärke in ihnen finden, diese liebe Stimme nicht mehr hören, die wie ein Gesang aus dem Paradiese in mein Ohr dringt? Nein, ich bleibe; kein Gedanke nach meiner Heimat und meinen Eltern, denn alle meine Gedanken wohnen hier.«

Magelone wurde wieder fröhlicher, dann besann sie sich eine Weile. »Wenn Ihr mich liebt«, fing sie wieder an, »so sollt Ihr dennoch reisen. Eure Worte haben einen Gedanken in mir erweckt, der schon seit lange in meiner Seele schlummert, denn ich muß Euch sagen, es ist jetzt an dem, daß mich mein Vater mit dem Herrn Heinrich von Carpone vermählen will. Darum flieht von hier, und nehmt mich mit Euch, denn ich traue Eurem Edelmute; haltet morgen in der Nacht mit zwei starken Pferden vor der Gartenpforte, aber laßt es Pferde sein, die eine weite und schnelle Reise wohl vertragen können, denn so man uns einholte, wären wir alle elend.«

Der Jüngling hörte mit frohem Erstaunen diese Worte. »Ja«, rief er aus, »wir fliehen schnell zu meinem Vater, und das schönste Band soll uns dann auf ewig verbinden.«

Er eilte sogleich fort, um die nötigen Anstalten schnell und heimlich zu treffen. Magelone besorgte ihrerseits auch das Nötige, sagte aber ihrer Amme kein Wort von ihrem Entschlusse, aus Furcht, daß sie alles verraten möchte.

Peter nahm Abschied von seiner Kammer, von den Gegenden der Stadt, durch die er so oft in seliger Trunkenheit gewandelt war, und die er alle als Zeugen seiner Liebe betrachtete. Es war ihm rührend, als er die getreue Laute auf seinem Tische liegen sah, die so oft von seinen Fingern gerührt die Gefühle seines Herzens ausgesprochen hatte, die eine Mitwisserin des süßen Geheimnisses war. Er nahm sie noch einmal und sang:

»Wir müssen uns trennen,
Geliebtes Saitenspiel,
Zeit ist es, zu rennen
Nach dem fernen erwünschten Ziel.

Ich ziehe zum Streite,
Zum Raube hinaus,
Und hab ich die Beute,
Dann flieg ich nach Haus.

Im rötlichen Glanze
Entflieh ich mit ihr,
Es schützt uns die Lanze,
Der Stahlharnisch hier.

Kommt, liebe Waffenstücke,
Zum Scherz oft angetan,
Beschirmet jetzt mein Glücke
Auf dieser neuen Bahn.

Ich werfe mich rasch in die Wogen,
Ich grüße den herrlichen Lauf,
Schon mancher ward niedergezogen,
Der tapfere Schwimmer bleibt oben auf.

Ha! Lust zu vergeuden
Das edele Blut!
Zu schützen die Freuden,
Mein köstliches Gut!
Nicht Hohn zu erleiden,
Wem fehlt es an Mut?

Senke die Zügel,
Glückliche Nacht!
Spanne die Flügel,
Daß über ferne Hügel
Uns schon der Morgen lacht!«

10
Wie Magelone mit ihrem Ritter entfloh

Die Nacht war gekommen. Magelone schlich mit einigen Kostbarkeiten durch den Garten; der Himmel war mit Wolken bedeckt, und ein sparsames Mondlicht drang durch die Finsternis. Sie ging mit wehmütigen Empfindungen an ihren lieben Blumen vorüber, die sie nun auf immer verlassen wollte. Ein feuchter Wind wehte durch den Garten und ihr war, als wenn die Gesträuche winselten und klagten, und ihr ein zärtliches Lebewohl nachriefen.

Vor der Pforte hielt Peter mit drei Pferden, darunter war ein Zelter von einem leichten und bequemen Gange für das Fräulein; auf einem andern Pferde waren Lebensmittel, damit sie auf der Flucht nicht nötig hätten in Herbergen einzukehren. Peter hob das Fräulein auf den Zelter, und so flohen sie heimlicherweise und unter dem Schutze der Nacht davon.

Die Amme vermißte am Morgen die Prinzessin, und so fand sich auch bald, daß der Ritter in der Nacht abgereiset sei; der König merkte daraus, daß er seine Tochter entführt habe. Er schickte daher viele Leute aus, um sie aufzusuchen; diese forschten fleißig nach, aber alle kamen nach verschiedenen Tagen unverrichteter Sache zurück.

Peter hatte die Vorsicht gebraucht, daß er nach den Wäldern zugeritten war, die in der Nähe des Meeres lagen; dort waren die Wege am einsamsten und fast gar nicht besucht, hier floh er mit seiner Geliebten sicher unter dem dichten Schutze der Nacht hinweg. Der Tritt von den Pferden hallte im Forste weit hinab, die Wipfel der Bäume rauschten furchtbar in der Dunkelheit, aber Magelonens Herz war frei und fröhlich, denn sie hatte immer ihren Geliebten neben sich. Sie weidete sich an seinem Antlitze, wenn sie über einen freien Platz trabten; sie fragte ihn mancherlei von seinen Eltern und seiner Heimat, und so verging ihnen unter banger Erwartung, Gespräch und schönen Hoffnungen die langwierige Nacht.

Beim Anbruch des Morgens zogen dichte weiße Nebel durch den Wald, wie Gottes Segen, der seine Reise antrat und durch unwegsame Büsche den Saatfeldern zueilte, wo er als Tau niederregnete. Sie zogen durch den Flug des Nebels weiter, und durch den Morgenwind, der die ganze Natur aus ihrem tiefen Schlafe wachschüttelte. Magelone klagte über keine Beschwer, denn sie empfand keine.

Jetzt brach die liebliche Sonne hervor, und äugelte mit glühendem Funkeln durch den dichten Wald; das grüne Gras schien am Boden zu brennen, und der wankende Tau erbebte mit tausend blendenden Strahlen. Die Rosse wieherten, die Vögel erwachten und sprangen mit ihren Liedern von Zweig zu Zweig, gelbbeschwingte badeten sich im Tau der Wiesen und flatterten im Glanz des jungen Lichtes dicht über dem Boden hinweg; durch den blauen Himmel zogen goldene Streifen herauf und bahnten der aufgegangenen Sonne den Weg; Gesänge ertönten aus allen Büschen, die muntern Lerchen flogen empor und sangen von oben in die rotdämmernde Welt hinein.

Auch Peter stimmte ein fröhliches Lied an, und der schönen Magelone ging darüber das Herz vor Freuden auf. Seine Stimme zitterte durch alle Bäume hinab, und ein ferner Widerhall sang ihm nach. Die beiden Reisenden sahen in der Glut des Himmels, im Glanz des frischen Waldes nur einen Widerschein ihrer Liebe; jeder Ton rief ihr Herz an, und erfüllte es mit wehmütiger Freude.

Die Sonne stieg höher hinauf, und gegen Mittag fühlte Magelone eine große Müdigkeit; beide stiegen daher an einer schönen kühlen Stelle des Waldes von ihren Pferden. Weiches Gras und Moos war auf einer kleinen Anhöhe zart emporgeschossen; hier setzte sich Peter nieder und breitete seinen Mantel aus, auf diesen lagerte sich Magelone und ihr Haupt ruhte in dem Schoße des Ritters. Sie blickten sich beide mit zärtlichen Augen an, und Magelone sagte: »Wie wohl ist mir hier, mein Geliebter, wie sicher ruht sich's hier unter dem Schirmdach dieses grünen Baums, der mit allen seinen Blättern, wie mit ebenso vielen Zungen, ein liebliches Geschwätz macht, dem ich gerne zuhöre; aus dem dichten Walde schallt Vogelgesang herauf, und vermischt sich mit den rieselnden Quellen; es ist hier so einsam und tönt so wunderbar aus den Tälern unter uns, als wenn sich mancherlei Geister durch die Einsamkeit zuriefen und Antwort gäben; wenn ich dir ins Auge sehe, ergreift mich ein freudiges Erschrecken, daß wir nun hier sind; von den Menschen fern und einer dem andern ganz eigen. Laß noch deine süße Stimme durch dieses harmonische Gewirr ertönen, damit die schöne Musik vollständig sei, ich will versuchen ein wenig zu schlafen; aber wecke mich ja zur rechten Zeit, damit wir bald bei deinen lieben Eltern anlangen können.«

Peter lächelte, er sah wie ihr die schönen Augen zufielen, und die langen schwarzen Wimpern einen lieblichen Schatten auf dem holden Angesichte bildeten; er sang:

»Ruhe, Süßliebchen im Schatten
Der grünen dämmernden Nacht,
Es säuselt das Gras auf den Matten,
Es fächelt und kühlt dich der Schatten,

Und treue Liebe wacht.
Schlafe, schlaf ein,
Leiser rauschet der Hain –
Ewig bin ich dein.

Schweigt, ihr versteckten Gesänge,
Und stört nicht die süßeste Ruh!
Es lauscht der Vögel Gedränge,
Es ruhen die lauten Gesänge,
Schließ, Liebchen, dein Auge zu.
Schlafe, schlaf ein,
Im dämmernden Schein –
Ich will dein Wächter sein.

Murmelt fort ihr Melodieen,
Rausche nur, du stiller Bach,
Schöne Liebesphantasieen
Sprechen in den Melodieen,
Zarte Träume schwimmen nach,
Durch den flüsternden Hain
Schwärmen goldene Bienelein,
Und summen zum Schlummer dich ein.«

11
Wie Peter die schöne Magelone verließ

Peter war durch seinen Gesang beinahe auch eingeschläfert, aber er ermunterte sich wieder, und betrachtete das holdselige Angesicht der schönen Magelone, die im Schlafe süß lächelte. Dann sah er über sich und bemerkte, wie eine Menge schöner und zarter Vögel oben in den Zweigen sich versammelten, die nicht scheu taten, sondern hin und her hüpften, auch jezuweilen auf den kleinen Grasplatz zu ihm herunterkamen. Es ergötzte ihn, daß diese unvernünftigen Kreaturen an der schönen Magelone ein Wohlgefallen zu bezeigen schienen. Da sah er aber in dem Baume einen schwarzen Raben sitzen, und dachte bei sich: »Wie kommt doch dieser häßliche Vogel in die Gesellschaft dieser bunten Tierchen, es dünkt mir nicht anders, als wenn sich ein grober ungeschliffener Knecht unter edle Ritter eindrängen wollte.«

Ihm däuchte, als wenn Magelone mit Bangigkeit Atem holte, er schnürte sie daher etwas auf, und ihr weißer schöner Busen trat aus den verhüllenden Gewändern hervor. Peter war über die unaussprechliche Schönheit entzückt, er glaubte im Himmel zu sein, und alle seine Sinne wandten sich um; er konnte nicht aufhören seine Augen zu weiden und sich an dem Glanze zu berauschen. Mit jedem Atemzuge hob sich die zarte Brust und sank wieder. Der Ritter fühlte, daß er Magelonen noch nie so geliebt habe, daß er noch niemals so glücklich gewesen sei. Zwischen den Brüsten versteckt, bemerkte er einen roten Zindel; er war neugierig zu erfahren, was es sein möchte; er nahm ihn und wickelte ihn auseinander. Da fand er die drei kostbaren Ringe, die er seiner Geliebten geschenkt hatte, und er war innig gerührt, daß sie sie so liebevoll und sorgfältig bewahrte. Er wickelte sie wieder ein, und legte sie neben sich in das Gras; aber plötzlich flog der Rabe vom Baume hernieder und führte den Zindel hinweg, den er für ein Stück Fleisch ansehn mochte. Peter erschrak sehr und besorgte, daß Magelone unwillig werden möchte, wenn ihr beim Erwachen die Ringe fehlten. Er legte ihr also sorgfältig seinen Mantel unter das Haupt zusammen, und stand leise auf, um zu sehn, wo der Vogel mit den Ringen bleiben würde. Der Rabe flog vor ihm her, und Peter warf nach ihm mit Steinen, in der Meinung, ihn zu töten, oder ihn wenigstens zu zwingen, seinen Raub wieder fallen zu lassen. Aber der Vogel flog immer weiter und Peter verfolgte ihn unermüdet, doch keiner von den Steinwürfen wollte den Raben treffen. So war ihm Peter schon eine ziemliche Weile gefolgt, und kam jetzt an das Meerufer. Nicht weit vom Ufer stand im Meere eine spitzige Klippe, auf diese setzte sich der Rabe, und Peter warf von neuem nach ihm mit Steinen; der Vogel ließ endlich den Zindel fallen, und flog mit großem Geschrei davon. Peter sah im Meere nicht weit vom Ufer rot den Zindel schwimmen; er ging am Lande hin und her, um etwas zu finden, worauf er die wenigen Schritte in das Wasser hineinfahren könne. Er fand auch endlich einen kleinen, alten, verwitterten Kahn, den die Fischer hier hatten stehenlassen, weil er ihnen nichts mehr nützte. Peter stieg rasch hinein, nahm einen Zweig, und ruderte damit, so gut er nur konnte, nach dem Zindel hin.

Aber plötzlich erhob sich vom Lande her ein starker Wind, die Wellen jagten sich übereinander und ergriffen den kleinen Kahn, in welchem Peter stand. Peter setzte sich mit allen Kräften dagegen, aber das Schiff ward dennoch der Klippe vorüber, ins Meer hinein getrieben, und weiter und immer weiter. Peter sah zurück, und kaum bemerkte er noch den roten Flecken, den der Zindel im Meere machte, und jetzt verschwand er völlig, auch das Land lag schon ziemlich entfernt. Nun gedachte Peter an seine Magelone zurück, die er im wüsten Holze schlafend verlassen hatte; das Schiff trug ihn wider Willen immer weiter in die See hinein, und er kam in Angst und Verzweiflung. Er war im Begriff, sich in das Meer zu stürzen, er schrie und klagte, und alle seine Töne gab ein Echo zurück, und die Wellen plätscherten laut dazwischen.

Das Land lag nun schon weit zurück in einer unkenntlichen Ferne, die Dämmerung des Abends brach herein. »Ach teuerste Magelone!« rief Peter in der höchsten Betrübnis seiner Seelen heftig aus, »wie wunderlich werden wir voneinander geschieden! Eine schwarze Hand treibt mich von deiner Seite in das wüste Meer hinaus, und du bist allein und ohne Hülfe. Was willst du Unglückselige im wüsten Walde beginnen? Ach! ich bin schuld an deinem Tode! Mußte ich dich darum, dich Königstochter von deinen Eltern entführen, um dich der härtesten Not preiszugeben? Bist du darum so zart und edel erzogen, daß du nun vielleicht eine Beute der wilden Tiere werden mußt? Was wird sie nun machen, wenn sie erwacht, und den vermißt, den sie für den Getreuesten auf der ganzen Erde hielt? Warum mußte mein Vorwitz nur die Ringe hervorsuchen, konnte ich sie nicht an ihrem schönsten Platze lassen, wo sie so sicher waren? O weh mir, nun ist alles verloren und ich muß mich in mein Verderben finden!«

Solche Klagen trieb er, und gebärdete sich auf dem wüsten Meere äußerst trübselig. Er verlor alle Hoffnung, und gab sein Leben auf. Der Mond schien vom Himmel herab und erfüllte die Welt mit goldener Dämmerung; alles war still, nur die Wellen seufzten und plätscherten, und Vögel flatterten zuzeiten mit seltsamen Tönen über ihn dahin. Die Sterne standen ernst am Himmel und die Wölbung spiegelte sich in der wogenden Flut. Peter warf sich nieder, und sang mit lauter Stimme:

»So tönet dann, schäumende Wellen,
Und windet euch rund um mich her!
Mag Unglück doch laut um mich bellen,
Erbost sein das grausame Meer!

Ich lache den stürmenden Wettern,
Verachte den Zorngrimm der Flut;
O mögen mich Felsen zerschmettern!
Denn nimmer wird es gut.

Nicht klag ich, und mag ich nun scheitern,
In wäßrigen Tiefen vergehn!
Mein Blick wird sich nie mehr erheitern,
Den Stern meiner Liebe zu sehn.

So wälzt euch bergab mit Gewittern,
Und raset, ihr Stürme, mich an,
Daß Felsen an Felsen zersplittern!
Ich bin ein verlorener Mann.«

Er lag im Kahne ausgestreckt, und eine dumpfe Betäubung ergriff ihn; er wußte vor Übermaß des Schmerzes nicht mehr, wo er war, und ließ sich gleichgültig von Wind und Wellen weitertreiben; endlich verfiel er in einen Zustand, der fast einem Schlafe glich.

12
Die Klagen der schönen Magelone

Magelone erwachte, nachdem sie sich durch einen süßen Schlaf erquickt hatte, und meinte, daß ihr Geliebter noch bei ihr säße. Sie erschrak, als sie sich aufrichtete und ihn nicht mehr fand; sie wartete erst eine Weile, ob er nicht wiederkommen möchte, dann ging sie hin und her, und rief seinen Namen mit lauter Stimme aus. Da sie keine Antwort vernahm, fing sie an zu weinen und zu schluchzen, wandte sich dann im Holze nach allen Orten hin, und rief so lange, bis sie heiser war, aber sie erhielt keine Antwort. Da wurde sie so betrübt, daß sie einen heftigen Schmerz im Haupt empfand, sie sank auf den Boden nieder, und lag eine Weile in einer schmerzlichen Ohnmacht. Als sie wieder zu sich erwachte, däuchte ihr, daß es ein leichtes sein müsse, jetzt gar zu sterben; nun sah sie nicht mehr auf die Vögel, die scherzend um sie hüpften, denn wenn sie die Augen aufschlug, war es ihr zu Sinne, daß jede Kreatur, die sich regte und bewegte, glücklicher sei, als sie.

Mit vieler Mühe stieg sie auf einen Baum, um sich in der Gegend umzusehn, ob sie nichts entdecken könne, aber sie sah nichts als Wälder auf der einen Seite, keine Wohnung, kein Dorf, so weit ihr Auge reichte, auf der andern Seite das wüste unabsehliche Meer. Trostlos stieg sie wieder herab, und weinte und klagte von neuem. »O ungetreuer Ritter«, rief sie aus, »warum hast du deine unschuldige Geliebte verlassen? Hast du mich darum meinen Eltern geraubt, damit ich hier in der Wüstenei verschmachten soll? Was hab ich dir getan? Hab ich dich zu sehr geliebt? Bist du mein überdrüssig, weil ich dir mein schwaches Herz zu früh zu erkennen gab? Oh, so bist du der Elendeste unter den Menschen!«

Sie ging wie wahnsinnig im Walde hin und her; da traf sie die Rosse, die noch so angebunden standen, wie Peter sie festgemacht hatte. »O vergib mir, mein Geliebter!« rief sie aus, »jetzt werde ich wohl gewahr, daß du unschuldig bist und daß du mich nicht vorsätzlicherweise verlassen hast. Welches Abenteuer hat uns denn voneinander getrennt?«

Die Finsternis brach mit der Nacht herein, und der Mond warf gebrochne Strahlen durch den Wald; seltsame fremde Stimmen ließen sich in der Ferne hören, und Magelone fürchtete, daß es das Geschrei wilder Tiere sei. Mühsam stieg sie wieder auf einen Baum. Die Wolken wechselten am Himmel wunderlich vom Monde beglänzt, und jagten sich durcheinander; bald sah sie in diesen Lufterscheinungen ihren Ritter, der mit Ungeheuern kämpfte und sie besiegte; dann verwandelte sich im Zuge das Wolkengebilde in ein andres; ihr dämmerndes Auge glaubte dann am Himmel Städte mit hohen Türmen zu erblicken, oder Berge, auf denen feurige Kastelle brannten, Reiter, die in Geschwadern auszogen, und dem Feinde im Tale begegneten. Wie Blitze flatterte es dann durch die Landschaft, und die hellgrüne Himmelsebene lag prächtig zwischen den getrennten Wolkenbildern; dann fühlte sie, daß sie nur geschwärmt habe, und mit bangem Grauen warf sie den Blick auf die Wälder unter sich, die schwarz in ernsten unbeweglichen Gestalten ruhten; sie sah nach der See hinab, die in unermeßlicher Fläche vor ihren Augen bebte und dämmerte. In der stillen Nacht kam das Plätschern der Wellen zu ihrem Ohre, das bald wie Gewinsel, bald wie zürnende Scheltworte klang; dann glaubte sie die Stimme ihres Vaters und ihrer Mutter zu hören, und so trieb sich ihr Gemüt unter Phantasieen auf und ab, bis der Morgen emporkam. Wie verschieden war diese Morgenröte von der gestrigen! Wie weit stand jetzt die Hoffnung weg, die gestern noch mit leichten Flügeln wie ein blauer Schmetterling vor ihr hintanzte, die ihr den Weg nach einer lieben Heimat wies, und alle Blumen am Wege aufsuchte und auf sie hindeutete.

Das Waldgeflügel ließ seine Gesänge wieder klingen, das frühe Rot arbeitete sich durch den dichten Wald, schlich gebückt und wundersam durch die niedrigen Gesträuche, und weckte Gras und Blumen auf; der Wald brannte in dunkelroten Flammen und der Nebel wand sich in goldenen Säulen um die Baumstämme. Magelone hatte in der Nacht beschlossen, nicht zu ihrem Vater zurückzukehren, denn sie fürchtete seinen Zorn, sie wollte irgendeine stille Wohnung aufsuchen, von den Menschen abgesondert, dort immer an ihren Geliebten denken und so in Frömmigkeit und Treue hinsterben. Sie stieg daher vom Baum herunter und ging wieder zu den treuen Pferden, die noch angebunden standen, und den Kopf betrübt zur Erde senkten. Sie löste ihre Zügel, so daß sie gehn konnten, wohin sie wollten, indem sie sagte: »So wandert nun auch hin durch die weite traurige Welt, und suchet euren Herrn wieder, so wie ich ihn suchen will.« Die Rosse gingen betrübt fort, jedes einen andern Weg.

Magelone wanderte durch die dichten Wälder, sie hatte einige Nahrung mit sich genommen. Um sich unkenntlich zu machen, verbarg sie ihre langen goldenen Haare und zog einen Schleier über ihr Gesicht; sie suchte auch ihre Kleidung zu verändern. So kam sie durch manche Dörfer und Städte und blieb immer betrübt.

Nach einer Wanderung von vielen Tagen stand sie gegen Abend auf einer freundlichen stillen Wiese, gegenüber lag eine kleine Hütte, und Vieh weidete auf den nahen Hügeln, das mit seinen Glocken ein angenehmes Getöne durch die Ruhe des Abends machte: auf der andern

Seite lag ein Wald, und Magelonens Seele wurde hier zum ersten Male nach langer Zeit ruhig und heiter. Sie faßte daher den Wunsch, in dieser friedlichen Gegend zu wohnen. Sie ging auf die Hütte zu, aus der ihr ein alter Schäfer entgegentrat, der hier mit seiner Frau sich angesiedelt hatte, und fern von der Welt und den Menschen fromme Lämmer großzog, und einen kleinen Acker baute. Sie redete ihn an, und flehte als eine Unglückliche um Schutz und Hülfe. Er nahm sie gerne auf, und sie unterzog sich den Diensten willig, die sie leisten konnte, dabei aber verschwieg sie ihrem Wirte ihre Geschichte. Es geschah manchmal, daß sie einem Unglücklichen beistehn konnten, wenn ihn der Schiffbruch an die nahgelegene Küste trieb, und dann zeigte sich besonders Magelone hülfreich und tätig. Wenn die Alten ausgingen, bewachte sie das Haus, und sang dann manchmal in der Einsamkeit mit der Spindel vor der Türe sitzend:

»Wie schnell verschwindet
So Licht als Glanz,
Der Morgen findet
Verwelkt den Kranz,

Der gestern glühte
In aller Pracht,
Denn er verblühte
In dunkler Nacht.
Es schwimmt die Welle
Des Lebens hin,
Und färbt sich helle,
Hat's nicht Gewinn;

Die Sonne neiget,
Die Röte flieht,
Der Schatten steiget
Und Dunkel zieht:
So schwimmt die Liebe
Zu Wüsten ab,
Ach! daß sie bliebe
Bis an das Grab!

Doch wir erwachen
Zu tiefer Qual:
Es bricht der Nachen,
Es löscht der Strahl,

Vom schönen Lande
Weit weggebracht
Zum öden Strande,
Wo um uns Nacht.«

13
Peter unter den Heiden

Peter erholte sich aus seiner Betäubung, als die Sonne eben in aller Majestät über die große Meeresflut heraufstieg. Ein furchtbarer Glanz schwang sich durch den Himmel und löschte Mond und Sterne mit glühenden Strahlen aus; die Wasser erklangen und verwandelten sich in Purpur, Wolkenzüge trieben vor der Sonne her und segelten, wie von der Majestät geschreckt, über das Meer hinweg, und ein sprühender Regen von Funken verbreitete sich weit umher, und ergoß sich in Bogen über die Flut. Peter fühlte wieder männlichen Mut in seiner Brust, die Qualen des Lebens so wie seine Freuden zu erdulden.

Ein großes Schiff segelte auf ihn zu, das von Mohren und Heiden besetzt war; sie nahmen ihn ein und freuten sich über diese Beute, denn Peter war gar schön und herrlich von Gestalt, dazu gab ihm seine Jugend ein zartes und einnehmendes Wesen, so daß niemand sein Feind sein konnte. Der Anführer des Schiffes beschloß, ihn dem Sultan als ein Geschenk mitzubringen.

Man landete, und Peter ward sogleich dem Sultan vorgestellt, der einen großen Gefallen an ihm fand, und ihn bei der Tafel aufwarten ließ, ihm auch die Aufsicht über einen schönen Garten anvertraute. Peter war allgemein beliebt, weil er vom Sultan so gnädig angesehen wurde. Oft ging er einsam zwischen den Blumen des Gartens, und dachte an seine geliebte Magelone, oft nahm er auch in der Abendstunde eine Zither und sang:

»Muß es eine Trennung geben,
Die das treue Herz zerbricht?
Nein dies nenne ich nicht leben,
Sterben ist so bitter nicht.

Hör ich eines Schäfers Flöte,
Härme ich mich inniglich,
Seh ich in die Abendröte,
Denk ich brünstiglich an dich.

Gibt es denn kein wahres Lieben?
Muß denn Schmerz und Trauer sein?
Wär ich ungeliebt geblieben,
Hätt ich doch noch Hoffnungsschein.

Aber so muß ich nun klagen:
Wo ist Hoffnung, als das Grab?
Fern muß ich mein Elend tragen,
Heimlich stirbt das Herz mir ab.«

14
Die Heidin Sulima liebt den Ritter

Peter mochte hier vergnügt leben, wenn die Liebe nicht seine Jugend verzehrt hätte. Er war nun schon seit lange am Hofe des Sultans und von ihm und den übrigen geschätzt; er hatte viele Freiheit und ward von manchem Hofdiener beneidet; aber er verdiente diesen Neid nicht, denn er ward von seiner Unruhe hin und her getrieben, er seufzte und klagte laut, wenn er sich im Garten allein befand.

So verstrich eine Woche nach der andern und er war nun beinahe zwei Jahr unter den Heiden, ohne daß er Hoffnung hatte, jemals in sein geliebtes Vaterland zurückzukehren, denn der Sultan liebte ihn so sehr, daß er ihn durchaus nicht von sich entfernen wollte. Dies zog sich Peter auch zu Sinne und ward darüber mit jedem Tage betrübter, denn er dachte unaufhörlich an seine Eltern und seine Geliebte. Nichts machte ihm Freude, und da der Frühling wiederkam, weinte er bei seiner Ankunft, und trauerte tief, indem die ganze Natur ihr holdseligstes Fest beging.

Der Sultan hatte eine Tochter, die im ganzen Lande ihrer Schönheit wegen berühmt war, mit Namen Sulima. Sie fand oft Gelegenheit, den Fremden zu sehn, und ohne daß sie es anfangs wußte, hatte sich eine heftige Liebe zu ihm in ihr Herz geschlichen. Die Traurigkeit des Ritters zog sie vorzüglich an, sie wünschte ihn trösten zu können, ihm näherzukommen, und mit ihm zu reden. Die Gelegenheit dazu fand sich bald. Eine vertraute Sklavin führte den Jüngling heimlich in einen Saal des Gartens zu ihr. Peter war erstaunt und in Verlegenheit; er verwunderte sich über die Schönheit der Sulima, aber sein Herz hing an Magelonen fest.

Doch der süße Trieb, sein Vaterland wiederzusehn, bemeisterte sich bald aller seiner Sinnen so sehr, daß er einem kühnen Anschlage nachdachte. Er sah das Heidenmädchen öfter, und sie sagte ihm, daß sie aus Liebe zu ihm mit ihm entfliehen wolle, erst zu einem Verwandten, der ein Schiff segelfertig liegen habe, das auf ihren Wink sogleich die Anker lichten würde; sie wolle ihm in der bestimmten Nacht durch eine Laute und ein kleines Lied ein Zeichen geben, wann er kommen und sie abholen solle. Peter überlegte diesen Vorschlag und willigte endlich ein, denn er überzeugte sich, daß Magelone gewiß gestorben sei, und er komme doch so in die Christenheit und zu seinen Eltern zurück.

Der Garten des Sultans lag am Ufer des Meeres, und die bestimmte Nacht war jetzt herbeigekommen. Gegen Abend hatte Peter ein wenig unter den kühlen Bäumen geschlummert, und Magelone war ihm in aller Herrlichkeit, aber mit einer drohenden Gebärde, im Traum erschienen. Die ganze Vergangenheit zog mit den lebhaftesten Bildern durch seinen Busen, jede Stunde seiner glücklichen Liebe kam mit allen seligen Empfindungen zurück, und als er nun erwachte, erschrak er vor sich selber und seinem Vorsatze. Er hätte sich selber entfliehen mögen, und das Andenken an sich und sein Bewußtsein aus seinem Busen vertilgen.

Die Nacht brach indes herein, und alle Sterne glänzten schon am Himmel; der Mond ging auf und warf sein goldenes Netz über das Meer hin, als Peter nachdenklich am Ufer auf und nieder ging. Ein frischer Wind blies vom Lande her durch den Garten, und die Bäume rauschten munter und fröhlich, aber Peter ward dadurch nur desto betrübter.

»O ich Treuloser! Ich Undankbarer!« rief er aus, »will ich so ihre Liebe belohnen, will ich als ein Meineidiger in mein Vaterland zurückkehren? Das wäre mir ein schlechter Ruhm unter meinen Verwandten und der ganzen Ritterschaft; und wie sollte ich gegen Magelonen die Augen aufschlagen dürfen, wenn sie noch lebt? Und warum sollte sie nicht leben, da ich so wunderbar erhalten bin? O ich bin ein feiger Sklave, daß ich für mich selber noch nichts gewagt habe! Warum überlaß ich mich nicht dem gütigen Schicksal, und fahre in einem dieser Nachen in das Meer hinein? Überließ ich mich nicht auf einem zerbrochenen Brette der empörten Flut, und kam an dies Gestade? Soll ich nicht auf Gott vertraun, wenn von Vaterland, wenn von meiner Liebe die Rede ist?«

Er stieg beherzt in ein kleines Boot, das er vom Lande ablöste, dann nahm er ein Ruder und arbeitete sich in die See hinein. Es war die schönste Sommernacht; alle Gestirne sahen freundlich in die mondbeglänzte Welt hinein, das Meer war eine stille ebene Fläche, und warme Lüfte spielten über dem ruhigen Spiegel hin. Peters Herz ward groß von Sehnsucht, er überließ sich dem Zufall und den Sternen, und ruderte mutig weiter; da hörte er das verabredete Zeichen, eine Zither erklang aus dem Garten her, und eine liebliche Stimme sang dazu:

»Geliebter, wo zaudert
Dein irrender Fuß?
Die Nachtigall plaudert
Von Sehnsucht und Kuß.

Es flüstern die Bäume
Im goldenen Schein,
Es schlüpfen mir Träume
Zum Fenster herein.

Ach! kennst du das Schmachten
Der klopfenden Brust?
Dies Sinnen und Trachten
Voll Qual und voll Lust?

Beflügle die Eile
Und rette mich dir,
Bei nächtlicher Weile
Entfliehn wir von hier.

Die Segel sie schwellen,
Die Furcht ist nur Tand:
Dort, jenseit den Wellen,
Ist väterlich Land.

Die Heimat entfliehet; –
So fahre sie hin!
Die Liebe sie ziehet
Gewaltig den Sinn.

Horch! wollüstig klingen
Die Wellen im Meer,
Sie hüpfen und springen
Mutwillig einher,

Und sollten sie klagen?
Sie rufen nach dir!
Sie wissen, sie tragen
Die Liebe von hier.«

Peter erschrak im Herzen, als er diesen Gesang vernahm; das Lied rief ihm seine Untreue und seinen Wankelmut nach. Er ruderte stärker, um sich vom Lande zu entfernen und dem Kreise zu entfliehen, den die lieblich lockenden Töne in der stillen Abendluft bildeten. Der Geist der Liebe schwang sich durch den goldenen Himmel; Liebe wollte ihn rückwärts ziehn, Liebe trieb ihn vorwärts, die Wellen murmelten melodisch dazwischen, und klangen wie ein Lied in fremder Sprache, dessen Sinn man aber dennoch errät.

Der Gesang vom Ufer her ward immer schwächer. Schon sah Peter die Bäume am Gestade nicht mehr; es war, als wenn sich ihm die Musik über das Meer nacharbeitete, und endlich matt und kraftlos nicht weiterzuschwimmen wagte, sondern zum einheimischen Ufer zurückschlich; denn jetzt hörte er den Gesang nur noch wie ein leises Wehen des Windes, und jetzt erlosch auch die letzte Spur, und die Wellen rieselten nur, und der Ruderschlag ertönte durch die einsame Stille.

15
Wie Peter wieder zu Christen kam

Wie der Gesang verschollen war, faßte Peter wieder frischen Mut; er ließ das Schifflein vom Winde hintreiben, setzte sich nieder und sang:

»Wie froh und frisch mein Sinn sich hebt,
Zurück bleibt alles Bangen,
Die Brust mit neuem Mute strebt,
Erwacht ein neu Verlangen.

Die Sterne spiegeln sich im Meer,
Und golden glänzt die Flut. –
Ich rannte taumelnd hin und her,
Und war nicht schlimm, nicht gut.

Doch niedergezogen
Sind Zweifel und wankender Sinn,
O tragt mich, ihr schaukelnden Wogen,
Zur längst ersehnten Heimat hin.
In lieber dämmernder Ferne,
Dort rufen einheimische Lieder,
Ausjeglichem Sterne
Blickt sie mit sanftem Auge nieder.

Ebne dich, du treue Welle,
Führe mich auf fernen Wegen
Zu der vielgeliebten Schwelle,
Endlich meinem Glück entgegen!«

Als das Morgenrot aufging, sah er das Land nur noch wie eine unkenntliche blaue Wolke weit hinunter liegen, und er erschrak beinah, als ihn das allmächtige Meer und der gewölbte Himmel so unermeßlich umgab. In der Ferne segelte ein Schiff auf ihn zu, und er hätte beinah geglaubt, daß er sein ehemaliges Unglück nur von neuem träume; aber als es näher gekommen, sah er, daß die Schiffer Christen waren, die ihn sogleich willig aufnahmen. Er freute sich, als er hörte, daß sie nach Frankreich segelten.

16
Der Ritter auf der Reise

Um die Zeit war der Graf von der Provence nebst seiner Gemahlin sehr betrübt, weil sie noch gar keine Nachrichten von ihrem geliebten Sohne bekommen hatten. Besonders aber war die Mutter in Angst, denn sie hatte eine große Sehnsucht, ihren einzigen Sohn nach so langer Zeit wiederzusehn. Sie sprach oft mit dem Grafen von ihrem Kummer, und daß ihr schöner Sohn wahrscheinlich umgekommen sei. Da sollte ein Fest gegeben werden, und ein Fischer brachte einen großen Fisch in die gräfliche Küche; als ihn der Koch aufschnitt, fand er drei Ringe in dessen Bauche, die er der Gräfin überbrachte. Die Gräfin verwunderte sich über die Maßen, denn sie erkannte sie für eben diejenigen, die sie ihrem Sohne gegeben hatte. Sie sagte daher zu ihrem Gemahl: »Jetzt bin ich getröstet, denn da ich so unvermutet und auf so wunderbare Weise Kundschaft von meinem Sohn bekommen habe, so bin ich auch überzeugt, daß Gott ihn nicht verlassen hat, sondern daß er ihn nach vielen überstandenen Mühseligkeiten in unsre Arme zurückführen wird.« –

Peter stand im Schiffe und sah immer nach der Gegend hin, wo die erwünschte Heimat lag. Die Fahrt war glücklich, und man landete an einer kleinen unbewohnten Insel, um süßes Wasser einzunehmen. Alles Schiffsvolk stieg an das Land, und auch Peter. Er ging durch ein anmutiges Tal und verlor sich hinter einigen Hügeln in das Land hinein; da setzte er sich nieder und sah viele schöne Blumen um sich stehn. Alle blickten ihn wie mit freundlichen, lieblichen Augen an, und er dachte innig an Magelonen, und wie sie ihn geliebt hatte. »Wie kann der Liebende«, rief er aus, »sich nur jemals einsam fühlen?

Erinnern mich nicht diese blauen Kelche an ihre holdseligen Augen, dieses goldene Blatt an ihr Haar, die Pracht dieser Lilie und Rose nebeneinander, an ihre zarten Wangen? Ist es doch, als wenn der Wind in den Blumen sich bewegt, und es, wie auf Saiten versuchen will, ihren süßen Namen auszusprechen; Quellen und Bäume nennen ihn, für die übrigen Menschen unverständlich, aber mir laut und vernehmlich.«

Er erinnerte sich eines Gesanges, den er vor langer Zeit gedichtet hatte, und wiederholte ihn jetzt:

»Süß ist's, mit Gedanken gehn,
Die uns zur Geliebten leiten,
Wo von blumbewachsnen Höhn
Sonnenstrahlen sich verbreiten.

Lilien sagen: ›Unser Licht
Ist es, was die Wange schmücket‹;
›Unsern Schein die Liebste blicket‹:
So das blaue Veilchen spricht.

Und mit sanfter Röte lächeln
Rosen ob dem Übermut,
Kühle Abendwinde fächeln
Durch die liebevolle Glut.

All ihr süßen Blümelein,
Sei es Farbe, sei's Gestalt,
Malt mit liebender Gewalt
Meiner Liebsten hellen Schein,
Zankt nicht, zarte Blümelein.

Rosen, duftende Narzissen,
Alle Blumen schöner prangen,
Wenn sie ihren Busen küssen
Oder in den Locken hangen,

Blaue Veilchen, bunte Nelken,
Wenn sie sie zur Zierde pflückt,
Müssen gern als Putz verwelken,
Durch den süßen Tod beglückt.

Lehrer sind mir diese Blüten,
Und ich tue wie sie tun,
Folge ihnen, wie sie rieten,
Ach! ich will gern alles bieten,
Kann ich ihr am Busen ruhn.

Nicht auf Jahre sie erwerben,
Nein, nur kurze, kleine Zeit,
Dann in ihren Armen sterben,
Sterben ohne Wunsch und Neid.

Ach! wie manche Blume klaget
Einsam hier im stillen Tal,
Sie verwelket eh es taget,
Stirbt beim ersten Sonnenstrahl:

Ach, so bitter herzlich naget
Auch an mir die scharfe Qual,
Daß ich sie und all mein Glücke,
Nimmer, nimmermehr erblicke.«

Er weinte heftig, indem er die letzten Worte sang, denn er glaubte sein Herz zu verstehn, das ihm ein Unglück vorhersagte. Er betrachtete mit tränenden Blicken das Blumenlabyrinth um sich her, und es war ihm ein Ergötzen, die Blumen in seiner Einbildung so zu ordnen, daß sie den Namenszug Magelonens ausdrückten. Dann horchte er auf das lispelnde Gras, das ihm etwas zu sagen schien, auf die Blüten, die sich oft zärtlich zueinander neigten, als wenn sie ein herzliches Gespräch von Liebe führen wollten. In der ganzen Natur sah er liebevolle Eintracht, und jedes Geräusch klang seinem Ohre wie ein melodischer Gesang. Darüber verlor er sich immer mehr in Träumen; von den Tränen ermüdet, schlief er endlich unter den Blumen ein, und es war ihm im Traum, als wenn er laut den Namen Magelone ausrufen hörte; darüber ging ihm sein Herz wie eine zugeschlossene Knospe auf, und er fühlte eine übergroße Freude.

17
Peter wird von Fischern aufgefunden

Aber der Wind blies indes lustig in die Segel, und das Schiffsvolk eilte wieder in das Schiff, um abzufahren, nur Peter blieb aus; man rief ihn, aber da er nicht kam, fuhren die übrigen fort.

Als sie schon weit vom Ufer entfernt waren, erwachte Peter aus seinem erquickenden Schlafe; er erschrak, als er gewahr ward, daß er geschlafen hatte. Er eilte an das Ufer, aber niemand war da, und das Schiff nirgend zu sehn. Da senkte sich eine große Traurigkeit in sein Herz, alle seine Hoffnungen waren wieder verschwunden: er stürzte nieder und lag am Ufer des Meeres ohne Besinnung und in tiefer Ohnmacht, so daß es finstre Nacht wurde und er es nicht bemerkte.

Als es nach Mitternacht kam, ging der Mond auf, und einige Fischer fuhren mit einem Kahne an die Insel, um ihre Arbeit hier vorzunehmen; sie fanden den Jüngling, der für tot auf der Erde ausgestreckt lag. Das feste Land war nicht weit von dieser Insel, sie luden ihn daher in ihr kleines Schiff, und fuhren wieder ab, um ihn ins Leben zurückzubringen. Schon unterwegs erwachte Peter; es dünkte ihm seltsam, als ihm der Mond ins Angesicht schien und er die Ruder seufzen hörte, und wie er vernahm, daß zwei fremde Männer miteinander verabredeten, wie sie ihn zu einem alten Schäfer bringen wollten, der sein pflegen würde. Oft kam es ihm vor wie ein Traum, oft wieder wie Wahrheit, und er zweifelte so lange, bis sie endlich mit dem Aufgang der Sonne landeten.

Als Peter eine Weile in den erquickenden Sonnenstrahlen gelegen hatte, ward er wieder munter und richtete sich auf; er dankte in einem Gebete Gott, daß er ihm wieder von der menschenleeren Insel geholfen habe, dann gab er den guten Fischern eine Menge Goldes, und ließ sich den Weg nach der Hütte des Schäfers beschreiben.

Er ging durch einen dichten, angenehmen Wald, durch dessen dunkle Schatten der Morgen noch dämmerte. Er folgte einem geschlängelten Fußpfade, und überdachte schwermütig sein Schicksal; alles Ungemach, das er erlitten, kam frisch in seine Seele, und er ward darüber so unmutig, daß er von Herzen wünschte, endlich zu sterben.

Mit diesen Gedanken trat er aus dem Walde und stand vor einer schönen grünen Wiese, die im Morgenlicht glänzte; gegenüber lag eine kleine einsame Hütte, und Schafe wurden von einem alten Manne einen Hügel hinangetrieben. Alles schimmerte rot und freundlich, und die stille Ruhe umher brachte auch in Peters Seele Ruhe zurück. Er merkte, daß dies die Hütte sei, die ihm die Fischer bezeichnet hatten, und er wünschte, hier einige Tage zu rasten und sich zu erquicken. Er ging daher über die Wiese, auf der viele wilde Blumen rot und gelb und himmelblau blühten, der kleinen Hütte näher. Vor der Türe saß ein schlankes, schönes Mägdlein, zu deren Füßen ein Lamm im Grase spielte; diese sang, indem er über die Wiese schritt:

»Beglückt, wer vom Getümmel
Der Welt sein Leben schließt,
Das dorten im Gewimmel
Verworren abwärts fließt.
Hier sind wir all befreundet,
Mensch, Tier und Blumenreich,
Von keinem angefeindet
Macht uns die Liebe gleich.

Die zarten Lämmer springen
Vergnügt um meinen Fuß,
Die Turteltauben singen
Und girren Morgengruß.

Der Rosenstrauch mit Grüßen
Beut seine Kinder dar,
Im Tale dort der süßen
Violen blaue Schar.

Und wenn ich Kränze winde,
Ertönt und rauscht der Hain,
Es duftet mir die Linde
Im goldnen Mondenschein.

Die Zwietracht bleibt dahinten,
Und Stolz, Verfolgung, Neid,
Kann nicht die Wege finden
Hieher zur goldnen Zeit.

Vor mir stehn holde Scherze
Und trübe Sorge weicht;
Allein mein innres Herze
Wird darum doch nicht leicht.

Weil ich die Liebe kannte
Und Blick und Kuß verstand,
So bin ich nun Verbannte
Weitab im fernen Land.

Die Freude macht mich trübe,
Dunkelt den stillen Sinn,
Denn meine zarte Liebe
Ist nun auf ewig hin. –

Erinnre und erquicke
Dich an vergangner Lust,
Am schwermutsvollen Glücke,
Denn sonst zerspringt die Brust.

Die Morgenröte lächelt
Mir zwar noch ofte zu,
Und matte Hoffnung fächelt
Mich dann in schönre Ruh:

Daß ich ihn wiederfinde,
Den ich wohl sonst gekannt,
Und daß sich um uns winde
Ein glückgewirktes Band.

Wer weiß, durch welche Schatten
Sein Fuß schon heute geht,
Dann kömmt er über Matten
Und alles ist verweht,

Die Seufzer und die Tränen,
Sie löscht das neue Glück,
Und Hoffen, Fürchten, Sehnen
Verschmilzt in *einen* Blick.«

18
Beschluß

Peter fühlte sich von dem Gesange wie von einer lieblichen Gewalt nach der Hütte hingezogen. Die Schäferin, welche vor der Tür saß, nahm ihn freundlich auf, und ließ ihn in der Hütte ausruhn und sich erquicken. Die beiden Alten kamen auch bald zurück, und hießen ihren edlen Gast von Herzen willkommen.

Magelone ging indessen im Felde nachdenklich auf und ab, denn sie hatte auf den ersten Blick den Ritter erkannt; alle ihre Sorgen waren nun wie Schnee vor der Frühlingssonne hinweggeschmolzen, und ihr Lebenslauf lag grün und erfrischt vor ihr, so weit nur ihr Auge reichte. Sie ging in die Hütte zurück, und gab sich noch nicht zu erkennen.

Nach zweien Tagen war Peter wieder ganz zu Kräften gekommen. Er saß mit Magelonen, ohne daß er sie kannte, vor der Tür der Hütte. Bienen und Schmetterlinge schwärmten um sie, und Peter faßte Zutrauen zu seiner Verpflegerin, so daß er ihr seine Geschichte und sein ganzes Unglück erzählte. Magelone stand plötzlich auf und ging in ihre Kammer, da löste sie ihre goldenen Locken auf, und machte sie von den Banden frei, die sie bisher gehalten hatten, dann zog sie ihre köstliche Kleidung an, die sie eingeschlossen hielt, und so kam sie plötzlich wieder vor die Augen Peters. Er war vor Erstaunen außer sich, er umarmte die wiedergefundene Geliebte, dann erzählten sie sich ihre Geschichte wieder, und weinten und küßten sich, so daß man hätte ungewiß sein sollen, ob sie vor Jammer oder übergroßer Freude so herzbrechend schluchzten. So verging ihnen der Tag.

Dann reiste Peter mit Magelonen zu seinen Eltern, sie wurden vermählt, und alles war in der größten Freude; auch der König von Neapel versöhnte sich mit seinem neuen Sohne, und war mit der Heirat wohl zufrieden.

Auf dem Orte, wo Peter seine Magelone wiedergefunden hatte, ließ er einen prächtigen Sommerpalast bauen, und setzte den Schäfer zum Aufseher hinein, den er mit vielem Lohne überhäufte. Vor dem Palast pflanzte er mit seiner jungen Gattin einen Baum; dann sangen sie folgendes Lied, welches sie nachher auf derselben Stelle in jedem Frühjahre wiederholten:

»Treue Liebe dauert lange,
Überlebet manche Stund,
Und kein Zweifel macht sie bange,
Immer bleibt ihr Mut gesund.

Dräuen gleich in dichten Scharen,
Fordern gleich zum Wankelmut
Sturm und Tod, setzt den Gefahren
Lieb entgegen treues Blut.

Und wie Nebel stürzt zurücke
Was den Sinn gefangenhält,
Und dem heitern Frühlingsblicke
Öffnet sich die weite Welt.

Errungen
Bezwungen
Von Lieb ist das Glück,
Verschwunden
Die Stunden
Sie fliehen zurück;
Und selige Lust
Sie stillet
Erfüllet
Die trunkene wonneklopfende Brust,
Sie scheide
Von Leide
Auf immer,
Und nimmer
Entschwinde die liebliche, selige, himmlische Lust!«

Der blonde Eckbert

In einer Gegend des Harzes wohnte ein Ritter, den man gewöhnlich nur den blonden Eckbert nannte. Er war ohngefähr vierzig Jahr alt, kaum von mittler Größe, und kurze hellblonde Haare lagen schlicht und dicht an seinem blassen eingefallenen Gesichte. Er lebte sehr ruhig für sich und war niemals in den Fehden seiner Nachbarn verwickelt, auch sah man ihn nur selten außerhalb den Ringmauern seines kleinen Schlosses. Sein Weib liebte die Einsamkeit ebensosehr, und beide schienen sich von Herzen zu lieben, nur klagten sie gewöhnlich darüber, daß der Himmel ihre Ehe mit keinen Kindern segnen wolle.

Nur selten wurde Eckbert von Gästen besucht, und wenn es auch geschah, so wurde ihretwegen fast nichts in dem gewöhnlichen Gange des Lebens geändert, die Mäßigkeit wohnte dort, und die Sparsamkeit selbst schien alles anzuordnen. Eckbert war alsdann heiter und aufgeräumt, nur wenn er allein war, bemerkte man an ihm eine gewisse Verschlossenheit, eine stille zurückhaltende Melancholie.

Niemand kam so häufig auf die Burg als Philipp Walther, ein Mann, dem sich Eckbert angeschlossen hatte, weil er an diesem ohngefähr dieselbe Art zu denken fand, der auch er am meisten zugetan war. Dieser wohnte eigentlich in Franken, hielt sich aber oft über ein halbes Jahr in der Nähe von Eckberts Burg auf, sammelte Kräuter und Steine, und beschäftigte sich damit, sie in Ordnung zu bringen, er lebte von einem kleinen Vermögen und war von niemand abhängig.

Eckbert begleitete ihn oft auf seinen einsamen Spaziergängen, und mit jedem Jahre entspann sich zwischen ihnen eine innigere Freundschaft.

Es gibt Stunden, in denen es den Menschen ängstigt, wenn er vor seinem Freunde ein Geheimnis haben soll, was er bis dahin oft mit vieler Sorgfalt verborgen hat, die Seele fühlt dann einen unwiderstehlichen Trieb, sich ganz mitzuteilen, dem Freunde auch das Innerste aufzuschließen, damit er um so mehr unser Freund werde. In diesen Augenblicken geben sich die zarten Seelen einander zu erkennen, und zuweilen geschieht es wohl auch, daß einer vor der Bekanntschaft des andern zurückschreckt.

Es war schon im Herbst, als Eckbert an einem neblichten Abend mit seinem Freunde und seinem Weibe Bertha um das Feuer eines Kammes saß. Die Flamme warf einen hellen Schein durch das Gemach und spielte oben an der Decke, die Nacht sah schwarz zu den Fenstern herein, und die Bäume draußen schüttelten sich vor nasser Kälte. Walther klagte über den weiten Rückweg, den er habe, und Eckbert schlug ihm vor, bei ihm zu bleiben, die halbe Nacht unter traulichen Gesprächen hinzubringen, und dann in einem Gemache des Hauses bis am Morgen zu schlafen. Walther ging den Vorschlag ein, und nun ward Wein und die Abendmahlzeit hereingebracht, das Feuer durch Holz vermehrt, und das Gespräch der Freunde heitrer und vertraulicher.

Als das Abendessen abgetragen war, und sich die Knechte wieder entfernt hatten, nahm Eckbert die Hand Walthers und sagte: »Freund, Ihr solltet Euch einmal von meiner Frau die Geschichte ihrer Jugend erzählen lassen, die seltsam genug ist.« – »Gern«, sagte Walther, und man setzte sich wieder um den Kamin.

Es war jetzt gerade Mitternacht, der Mond sah abwechselnd durch die vorüberflatternden Wolken. »Ihr müßt mich nicht für zudringlich halten«, fing Bertha an, »mein Mann sagt, daß Ihr so edel denkt, daß es unrecht sei, Euch etwas zu verhehlen. Nur haltet meine Erzählung für kein Märchen, so sonderbar sie auch klingen mag.

Ich bin in einem Dorfe geboren, mein Vater war ein armer Hirte. Die Haushaltung bei meinen Eltern war nicht zum besten bestellt, sie wußten sehr oft nicht, wo sie das Brot hernehmen sollten. Was mich aber noch weit mehr jammerte, war, daß mein Vater und meine Mutter sich oft über ihre Armut entzweiten, und einer dem andern dann bittere Vorwürfe machte. Sonst hört ich beständig von mir, daß ich ein einfältiges dummes Kind sei, das nicht das unbedeutendste Geschäft auszurichten wisse, und wirklich war ich äußerst ungeschickt und unbeholfen, ich ließ alles aus den Händen fallen, ich lernte weder nähen noch spinnen, ich konnte nichts in der Wirtschaft helfen, nur die Not meiner Eltern verstand ich sehr gut. Oft saß ich dann im Winkel und füllte meine Vorstellungen damit an, wie ich ihnen helfen wollte, wenn ich plötzlich reich würde, wie ich sie mit Gold und Silber überschütten und mich an ihrem Erstaunen laben möchte, dann sah ich Geister heraufschweben, die mir unterirdische Schätze entdeckten, oder mir kleine Kiesel gaben, die sich in Edelsteine verwandelten, kurz, die wunderbarsten Phantasien beschäftigten mich, und wenn ich nun aufstehn mußte, um irgend etwas zu helfen, oder zu tragen, so zeigte ich mich noch viel ungeschickter, weil mir der Kopf von allen den seltsamen Vorstellungen schwindelte.

Mein Vater war immer sehr ergrimmt auf mich, daß ich eine so ganz unnütze Last des Hauswesens sei, er behandelte mich daher oft ziemlich grausam, und es war selten, daß ich ein freundliches Wort von ihm vernahm. So war ich ungefähr acht Jahre alt geworden, und es wurden nun ernstliche Anstalten gemacht, daß ich etwas tun, oder lernen sollte. Mein Vater glaubte, es wäre nur Eigensinn oder Trägheit von mir, um meine Tage in Müßiggang hinzubringen, genug, er setzte mir mit Drohungen unbeschreiblich zu, da diese aber doch nichts fruchteten, züchtigte er mich auf die grausamste Art, indem er sagte, daß diese Strafe mit jedem Tage wiederkehren sollte, weil ich doch nur ein unnützes Geschöpf sei.

Die ganze Nacht hindurch weint ich herzlich, ich fühlte mich so außerordentlich verlassen, ich hatte ein solches Mitleid mit mir selber, daß ich zu sterben wünschte. Ich fürchtete den Anbruch des Tages, ich wußte durchaus nicht, was ich anfangen sollte, ich wünschte mir alle mögliche Geschicklichkeit und konnte gar nicht begreifen, warum ich einfältiger sei, als die übrigen Kinder meiner Bekanntschaft. Ich war der Verzweiflung nahe.

Als der Tag graute, stand ich auf und eröffnete, fast ohne daß ich es wußte, die Tür unsrer kleinen Hütte. Ich stand auf dem freien Felde, bald darauf war ich in einem Walde, in den der Tag kaum noch hineinblickte. Ich lief immerfort, ohne mich umzusehn, ich fühlte keine Müdigkeit, denn ich glaubte immer, mein Vater würde mich noch wieder einholen, und, durch meine Flucht gereizt, mich noch grausamer behandeln.

Als ich aus dem Walde wieder heraustrat, stand die Sonne schon ziemlich hoch, ich sah jetzt etwas Dunkles vor mir liegen, welches ein dichter Nebel bedeckte. Bald mußte ich über Hügel klettern, bald durch einen zwischen Felsen gewundenen Weg gehn, und ich erriet nun, daß ich mich wohl in dem benachbarten Gebirge befinden müsse, worüber ich anfing mich in der Einsamkeit zu fürchten. Denn ich hatte in der Ebene noch keine Berge gesehn, und das bloße Wort Gebirge, wenn ich davon hatte reden hören, war meinem kindischen Ohr ein fürchterlicher Ton gewesen. Ich hatte nicht das Herz zurückzugehn, meine Angst trieb mich vorwärts; oft sah ich mich erschrokken um, wenn der Wind über mir weg durch die Bäume fuhr, oder ein ferner Holzschlag weit durch den stillen Morgen hintönte. Als mir Köhler und Bergleute endlich begegneten und ich eine fremde Aussprache hörte, wäre ich vor Entsetzen fast in Ohnmacht gesunken.

Ich kam durch mehrere Dörfer und bettelte, weil ich jetzt Hunger und Durst empfand, ich half mir so ziemlich mit meinen Antworten durch, wenn ich gefragt wurde. So war ich ohngefähr vier Tage fortgewandert, als ich auf einen kleinen Fußsteig geriet, der mich von der großen Straße immer mehr entfernte. Die Felsen um mich her gewannen jetzt eine andre, weit seltsamere Gestalt. Es waren Klippen, so aufeinandergepackt, daß es das Ansehn hatte, als wenn sie der erste Windstoß durcheinanderwerfen würde. Ich wußte nicht, ob ich weitergehn sollte. Ich hatte des Nachts immer im Walde geschlafen, denn es war gerade zur schönsten Jahrszeit, oder in abgelegenen Schäferhütten; hier traf ich aber gar keine menschliche Wohnung, und konnte auch nicht vermuten, in dieser Wildnis auf eine zu stoßen; die Felsen wurden immer furchtbarer, ich mußte oft dicht an schwindlichten Abgründen vorbeigehn, und endlich hörte sogar der Weg unter meinen Füßen auf. Ich war ganz trostlos, ich weinte und schrie, und in den Felsentälern hallte meine Stimme auf eine schreckliche Art zurück. Nun brach die Nacht herein, und ich suchte mir eine Moosstelle aus, um dort zu ruhn. Ich konnte nicht schlafen; in der Nacht hörte ich die seltsamsten Töne, bald hielt ich es für wilde Tiere, bald für den Wind, der durch die Felsen klage, bald für fremde Vögel. Ich betete, und ich schlief nur spät gegen Morgen ein.

Ich erwachte, als mir der Tag ins Gesicht schien. Vor mir war ein steiler Felsen, ich kletterte in der Hoffnung hinauf von dort den Ausgang aus der Wildnis zu entdecken, und vielleicht Wohnungen oder Menschen gewahr zu werden. Als ich aber oben stand, war alles, so weit nur mein Auge reichte, ebenso, wie um mich her, alles war mit einem neblichten Dufte überzogen, der Tag war grau und trübe, und keinen Baum, keine Wiese, selbst kein Gebüsch konnte mein Auge erspähn, einzelne Sträucher ausgenommen, die einsam und betrübt in engen Felsenritzen emporgeschossen waren. Es ist unbeschreiblich, welche Sehnsucht ich empfand, nur eines Menschen ansichtig zu werden, wäre es auch, daß ich mich vor ihm hätte fürchten müssen. Zugleich fühlte ich einen peinigenden Hunger, ich setzte mich nieder und beschloß zu sterben. Aber nach einiger Zeit trug die Lust zu leben dennoch den Sieg davon, ich raffte mich auf und ging unter Tränen, unter abgebrochenen Seufzern den ganzen Tag hindurch; am Ende war ich mir meiner kaum noch bewußt, ich war müde und erschöpft, ich wünschte kaum noch zu leben, und fürchtete doch den Tod.

Gegen Abend schien die Gegend umher etwas freundlicher zu werden, meine Gedanken, meine Wünsche lebten wieder auf, die Lust zum Leben erwachte in allen meinen Adern. Ich glaubte jetzt das Gesause einer Mühle aus der Ferne zu hören, ich verdoppelte meine Schritte, und wie wohl, wie leicht ward mir, als ich endlich wirklich die Grenzen der öden Felsen erreichte; ich sah Wälder und Wiesen mit fernen angenehmen Bergen wieder vor mir liegen. Mir war, als wenn ich aus der Hölle in ein Paradies getreten wäre, die Einsamkeit und meine Hülflosigkeit schienen mir nun gar nicht fürchterlich.

Statt der gehofften Mühle stieß ich auf einen Wasserfall, der meine Freude freilich um vieles minderte; ich schöpfte mit der Hand einen Trunk aus dem Bache, als mir plötzlich war, als höre ich in einiger Entfernung ein leises Husten. Nie bin ich so angenehm überrascht worden, als in diesem Augenblick, ich ging näher und ward an der Ecke des Waldes eine alte Frau gewahr, die auszuruhen schien. Sie war fast ganz schwarz gekleidet und eine schwarze Kappe bedeckte ihren Kopf und einen großen Teil des Gesichtes, in der Hand hielt sie einen Krückenstock.

Ich näherte mich ihr und bat um ihre Hülfe; sie ließ mich neben sich niedersitzen und gab mir Brot und etwas Wein. Indem ich aß, sang sie mit kreischendem Ton ein geistliches Lied. Als sie geendet hatte, sagte sie mir, ich möchte ihr folgen.

Ich war über diesen Antrag sehr erfreut, so wunderlich mir auch die Stimme und das Wesen der Alten vorkam. Mit ihrem Krückenstocke ging sie ziemlich behende, und bei jedem Schritte verzog sie ihr Gesicht so, daß ich im Anfange darüber lachen mußte. Die wilden Felsen traten immer weiter hinter uns zurück, wir gingen über eine angenehme Wiese, und dann durch einen ziemlich langen Wald. Als wir heraustraten, ging die Sonne gerade unter, und ich werde den Anblick und die Empfindung dieses Abends nie vergessen. In das sanfteste Rot und Gold war alles verschmolzen, die Bäume standen mit ihren Wipfeln in der Abendröte, und über den Feldern lag der entzückende Schein, die Wälder und die Blätter der Bäume standen still, der reine Himmel sah aus wie ein aufgeschlossenes Paradies, und das Rieseln der Quellen und von Zeit zu Zeit das Flüstern der Bäume tönte durch die heitre Stille wie in wehmütiger Freude. Meine junge Seele bekam jetzt zuerst eine Ahnung von der Welt und ihren Begebenheiten. Ich vergaß mich und meine Führerin, mein Geist und meine Augen schwärmten nur zwischen den goldnen Wolken.

Wir stiegen nun einen Hügel hinan, der mit Birken bepflanzt war, von oben sah man in ein grünes Tal voller Birken hinein, und unten mitten in den Bäumen lag eine kleine Hütte. Ein munteres Bellen kam uns entgegen, und bald sprang ein kleiner behender Hund die Alte an, und wedelte, dann kam er zu mir, besah mich von allen Seiten, und kehrte mit freundlichen Gebärden zur Alten zurück.

Als wir vom Hügel heruntergingen, hörte ich einen wunderbaren Gesang, der aus der Hütte zu kommen schien, wie von einem Vogel, es sang also:

›Waldeinsamkeit,
Die mich erfreut,
So morgen wie heut
In ewger Zeit,
O wie mich freut
Waldeinsamkeit.‹

Diese wenigen Worte wurden beständig wiederholt; wenn ich es beschreiben soll, so war es fast, als wenn Waldhorn und Schalmeie ganz in der Ferne durcheinanderspielen.

Meine Neugier war außerordentlich gespannt; ohne daß ich auf den Befehl der Alten wartete, trat ich mit in die Hütte. Die Dämmerung war schon eingebrochen, alles war ordentlich aufgeräumt, einige Becher standen auf einem Wandschränke, fremdartige Gefäße auf einem Tische, in einem glänzenden Käfig hing ein Vogel am Fenster, und er war es wirklich, der die Worte sang. Die Alte keuchte und hustete, sie schien sich gar nicht wieder erholen zu können, bald streichelte sie den kleinen Hund, bald sprach sie mit dem Vogel, der ihr nur mit seinem gewöhnlichen Liede Antwort gab; übrigens tat sie gar nicht, als wenn ich zugegen wäre. Indem ich sie so betrachtete, überlief mich mancher Schauer: denn ihr Gesicht war in einer ewigen Bewegung, indem sie dazu wie vor Alter mit dem Kopfe schüttelte, so daß ich durchaus nicht wissen konnte, wie ihr eigentliches Aussehn beschaffen war.

Als sie sich erholt hatte, zündete sie Licht an, deckte einen ganz kleinen Tisch und trug das Abendessen auf. Jetzt sah sie sich nach mir um, und hieß mir einen von den geflochtenen Rohrstühlen nehmen. So saß ich ihr nun dicht gegenüber und das Licht stand zwischen uns. Sie faltete ihre knöchernen Hände und betete laut, indem sie ihre Gesichtsverzerrungen machte, so daß es mich beinahe wieder zum Lachen gebracht hätte; aber ich nahm mich sehr in acht, um sie nicht zu erbosen.

Nach dem Abendessen betete sie wieder, und dann wies sie mir in einer niedrigen und engen Kammer ein Bett an; sie schlief in der Stube. Ich blieb nicht lange munter, ich war halb betäubt, aber in der Nacht wachte ich einigemal auf, und dann hörte ich die Alte husten und mit dem Hunde sprechen, und den Vogel dazwischen, der im Traum zu sein schien, und immer nur einzelne Worte von seinem Liede sang. Das machte mit den Birken, die vor dem Fenster rauschten, und mit dem Gesang einer entfernten Nachtigall ein so wunderbares Gemisch, daß es mir immer noch nicht so war, als sei ich erwacht, sondern als fiele ich nur in einen andern noch seltsamem Traum.

Am Morgen weckte mich die Alte, und wies mich bald nachher zur Arbeit an. Ich mußte spinnen, und ich begriff es auch bald, dabei hatte ich noch für den Hund und für den Vogel zu sorgen. Ich lernte mich schnell in die Wirtschaft finden, und alle Gegenstände umher wurden mir bekannt; nun war mir, als müßte alles so sein, ich dachte gar nicht mehr daran, daß die Alte etwas Seltsames an sich habe, daß die Wohnung abenteuerlich und von allen Menschen entfernt liege, und daß an dem Vogel etwas Außerordentliches sei. Seine Schönheit fiel mir zwar immer auf, denn seine Federn glänzten mit allen möglichen Farben, das schönste Hellblau und das brennendste Rot wechselten an seinem Halse und Leibe, und wenn er fröhlich sang, blähte er sich stolz auf, so daß sich seine Federn noch prächtiger zeigten.

Oft ging die Alte aus und kam erst am Abend zurück, ich ging ihr dann mit dem Hunde entgegen, und sie nannte mich Kind und Tochter. Ich ward ihr endlich von Herzen gut, wie sich unser Sinn denn an alles, besonders in der Kindheit, gewöhnt. In den Abendstunden lehrte sie mich lesen, ich fand mich leicht in die Kunst, und es ward nachher in meiner Einsamkeit eine Quelle von unendlichem Vergnügen, denn sie hatte einige alte geschriebene Bücher, die wunderbare Geschichten enthielten.

Die Erinnerung an meine damalige Lebensart ist mir noch bis jetzt immer seltsam: von keinem menschlichen Geschöpfe besucht, nur in einem so kleinen Familienzirkel einheimisch, denn der Hund und der Vogel machten denselben Eindruck auf mich, den sonst nur längst gekannte Freunde hervorbringen. Ich habe mich immer nicht wieder auf den seltsamen Namen des Hundes besinnen können, sooft ich ihn auch damals nannte.

Vier Jahre hatte ich so mit der Alten gelebt, und ich mochte ohngefähr zwölf Jahr alt sein, als sie mir endlich mehr vertraute, und mir ein Geheimnis entdeckte. Der Vogel legte nämlich an jedem Tage ein Ei, in dem sich eine Perle oder ein Edelstein befand. Ich hatte schon immer bemerkt, daß sie heimlich in dem Käfige wirtschafte, mich aber nie genauer darum bekümmert. Sie trug mir jetzt das Geschäft auf, in ihrer Abwesenheit diese Eier zu nehmen und in den fremdartigen Gefäßen wohl zu verwahren. Sie ließ mir meine Nahrung zurück, und blieb nun länger aus, Wochen, Monate; mein Rädchen schnurrte, der Hund bellte, der wunderbare Vogel sang und dabei war alles so still in der Gegend umher, daß ich mich in der ganzen Zeit keines Sturmwindes, keines Gewitters erinnere. Kein Mensch verirrte sich dorthin, kein Wild kam unserer Behausung nahe, ich war zufrieden und arbeitete mich von einem Tage zum andern hinüber. – Der Mensch wäre vielleicht recht glücklich, wenn er so ungestört sein Leben bis ans Ende fortführen könnte.

Aus dem wenigen, was ich las, bildete ich mir ganz wunderliche Vorstellungen von der Welt und den Menschen, alles war von mir und meiner Gesellschaft hergenommen: wenn von lustigen Leuten die Rede war, konnte ich sie mir nicht anders vorstellen wie den kleinen Spitz, prächtige Damen sahen immer wie der Vogel aus, alle alten Frauen wie meine wunderliche Alte. Ich hatte auch von Liebe etwas gelesen, und spielte nun in meiner Phantasie seltsame Geschichten mit mir selber. Ich dachte mir den schönsten Ritter von der Welt, ich schmückte ihn mit allen Vortrefflichkeiten aus, ohne eigentlich zu wissen, wie er nun nach allen meinen Bemühungen aussah: aber ich konnte ein rechtes Mitleid mit mir selber haben, wenn er mich nicht wieder liebte; dann sagte ich lange rührende Reden in Gedanken her, zuweilen auch wohl laut, um ihn nur zu gewinnen. – Ihr lächelt! wir sind jetzt freilich alle über diese Zeit der Jugend hinüber.

Es war mir jetzt lieber, wenn ich allein war, denn alsdann war ich selbst die Gebieterin im Hause. Der Hund liebte mich sehr und tat alles was ich wollte, der Vogel antwortete mir in seinem Liede auf alle meine Fragen, mein Rädchen drehte sich immer munter, und so fühlte ich im Grunde nie einen Wunsch nach Veränderung. Wenn die Alte von ihren langen Wanderungen zurückkam, lobte sie meine Aufmerksamkeit, sie sagte, daß ihre Haushaltung, seit ich dazugehöre, weit ordentlicher geführt werde, sie freute sich über mein Wachstum und mein gesundes Aussehn, kurz, sie ging ganz mit mir wie mit einer Tochter um.

›Du bist brav, mein Kind!‹ sagte sie einst zu mir mit einem schnarrenden Tone; ›wenn du so fortfährst, wird es dir auch immer gut gehn: aber nie gedeiht es, wenn man von der rechten Bahn abweicht, die Strafe folgt nach, wenn auch noch so spät.‹ – Indem sie das sagte, achtete ich eben nicht sehr darauf, denn ich war in allen meinen Bewegungen und meinem ganzen Wesen sehr lebhaft; aber in der Nacht fiel es mir wieder ein, und ich konnte nicht begreifen, was sie damit hatte sagen wollen. Ich überlegte alle Worte genau, ich hatte wohl von Reichtümern gelesen, und am Ende fiel mir ein, daß ihre Perlen und Edelsteine wohl etwas Kostbares sein könnten. Dieser Gedanke wurde mir bald noch deutlicher. Aber was konnte sie mit der rechten Bahn meinen? Ganz konnte ich den Sinn ihrer Worte noch immer nicht fassen.

Ich war jetzt vierzehn Jahr alt, und es ist ein Unglück für den Menschen, daß er seinen Verstand nur darum bekömmt, um die Unschuld seiner Seele zu verlieren. Ich begriff nämlich wohl, daß es nur auf mich ankomme, in der Abwesenheit der Alten den Vogel und die Kleinodien zu nehmen, und damit die Welt, von der ich gelesen hatte, aufzusuchen. Zugleich war es mir dann vielleicht möglich, den überaus schönen Ritter anzutreffen, der mir immer noch im Gedächtnisse lag.

Im Anfange war dieser Gedanke nichts weiter als jeder andre Gedanke, aber wenn ich so an meinem Rade saß, so kam er mir immer wider Willen zurück, und ich verlor mich so in ihm, daß ich mich schon herrlich geschmückt sah, und Ritter und Prinzen um mich her. Wenn ich mich so vergessen hatte, konnte ich ordentlich betrübt werden, wenn ich wieder aufschaute, und mich in der kleinen Wohnung antraf. Übrigens, wenn ich meine Geschäfte tat, bekümmerte sich die Alte nicht weiter um mein Wesen.

An einem Tage ging meine Wirtin wieder fort, und sagte mir, daß sie diesmal länger als gewöhnlich ausbleiben werde, ich solle ja auf alles ordentlich achtgeben und mir die Zeit nicht lang werden lassen. Ich nahm mit einer gewissen Bangigkeit von ihr Abschied, denn es war mir, als würde ich sie nicht wiedersehn. Ich sah ihr lange nach und wußte selbst nicht, warum ich so beängstigt war; es war fast, als wenn mein Vorhaben schon vor mir stände, ohne mich dessen deutlich bewußt zu sein.

Nie hab ich des Hundes und des Vogels mit einer solchen Emsigkeit gepflegt, sie lagen mir näher am Herzen, als sonst. Die Alte war schon einige Tage abwesend, als ich mit dem festen Vorsatze aufstand, mit dem Vogel die Hütte zu verlassen, und die sogenannte Welt aufzusuchen. Es war mir enge und bedrängt zu Sinne, ich wünschte wieder dazubleiben, und doch war mir der Gedanke widerwärtig; es war ein seltsamer Kampf in meiner Seele, wie ein Streiten von zwei widerspenstigen Geistern in mir. In einem Augenblicke kam mir die ruhige Einsamkeit so schön vor, dann entzückte mich wieder die Vorstellung einer neuen Welt, mit allen ihren wunderbaren Mannigfaltigkeiten.

Ich wußte nicht, was ich aus mir selber machen sollte, der Hund sprang mich unaufhörlich an, der Sonnenschein breitete sich munter über die Felder aus, die grünen Birken funkelten: ich hatte die Empfindung, als wenn ich etwas sehr Eiliges zu tun hätte, ich griff also den

kleinen Hund, band ihn in der Stube fest, und nahm dann den Käfig mit dem Vogel unter den Arm. Der Hund krümmte sich und winselte über diese ungewohnte Behandlung, er sah mich mit bittenden Augen an, aber ich fürchtete mich, ihn mit mir zu nehmen. Noch nahm ich eins von den Gefäßen, das mit Edelsteinen angefüllt war, und steckte es zu mir, die übrigen ließ ich stehn.

Der Vogel drehte den Kopf auf eine wunderliche Weise, als ich mit ihm zur Tür hinaustrat, der Hund strengte sich sehr an, mir nachzukommen, aber er mußte zurückbleiben.

Ich vermied den Weg nach den wilden Felsen und ging nach der entgegengesetzten Seite. Der Hund bellte und winselte immerfort, und es rührte mich recht inniglich, der Vogel wollte einigemal zu singen anfangen, aber da er getragen war, mußte es ihm wohl unbequem fallen.

So wie ich weiter ging, hörte ich das Bellen immer schwächer und endlich hörte es ganz auf. Ich weinte und wäre beinahe wieder umgekehrt, aber die Sucht etwas Neues zu sehn, trieb mich vorwärts.

Schon war ich über Berge und durch einige Wälder gekommen, als es Abend ward, und ich in einem Dorfe einkehren mußte. Ich war sehr blöde, als ich in die Schenke trat, man wies mir eine Stube und ein Bette an, ich schlief ziemlich ruhig, nur daß ich von der Alten träumte, die mir drohte.

Meine Reise war ziemlich einförmig, aber je weiter ich ging, je mehr ängstigte mich die Vorstellung von der Alten und dem kleinen Hunde; ich dachte daran, daß er wahrscheinlich ohne meine Hülfe verhungern müsse, im Walde glaubt ich oft, die Alte würde mir plötzlich entgegentreten. So legte ich unter Tränen und Seufzern den Weg zurück; sooft ich ruhte, und den Käfig auf den Boden stellte, sang der Vogel sein wunderliches Lied, und ich erinnerte mich dabei recht lebhaft des schönen verlassenen Aufenthalts. Wie die menschliche Natur vergeßlich ist, so glaubt ich jetzt, meine vormalige Reise in der Kindheit sei nicht so trübselig gewesen als meine jetzige; ich wünschte wieder in derselben Lage zu sein.

Ich hatte einige Edelsteine verkauft und kam nun nach einer Wanderschaft von vielen Tagen in einem Dorfe an. Schon beim Eintritt ward mir wundersam zumute, ich erschrak und wußte nicht worüber; aber bald erkannt ich mich, denn es war dasselbe Dorf, in welchem ich geboren war. Wie ward ich überrascht! Wie liefen mir vor Freuden, wegen tausend seltsamer Erinnerungen, die Tränen von den Wangen! Vieles war verändert, es waren neue Häuser entstanden, andre, die man damals erst errichtet hatte, waren jetzt verfallen, ich traf auch Brandstellen; alles war weit kleiner, gedrängter als ich erwartet hatte. Unendlich freute ich mich darauf, meine Eltern nun nach so manchen Jahren wiederzusehn; ich fand das kleine Haus, die wohlbekannte Schwelle, der Griff der Tür war noch ganz so wie damals, es war mir, als hätte ich sie nur gestern angelehnt; mein Herz klopfte ungestüm, ich öffnete sie hastig – aber ganz fremde Gesichter saßen in der Stube umher und stierten mich an. Ich fragte nach dem Schäfer Martin, und man sagte mir, er sei schon seit drei Jahren mit seiner Frau gestorben. – Ich trat schnell zurück, und ging laut weinend aus dem Dorfe hinaus.

Ich hatte es mir so schön gedacht, sie mit meinem Reichtume zu überraschen; durch den seltsamsten Zufall war das nun wirklich geworden, was ich in der Kindheit immer nur träumte – und jetzt war alles umsonst, sie konnten sich nicht mit mir freuen, und das, worauf ich am meisten immer im Leben gehofft hatte, war für mich auf ewig verloren.

In einer angenehmen Stadt mietete ich mir ein kleines Haus mit einem Garten, und nahm eine Aufwärterin zu mir. So wunderbar, als ich es vermutet hatte, kam mir die Welt nicht vor, aber ich vergaß die Alte und meinen ehemaligen Aufenthalt etwas mehr, und so lebt ich im ganzen recht zufrieden.

Der Vogel hatte schon seit lange nicht mehr gesungen; ich erschrak daher nicht wenig, als er in einer Nacht plötzlich wieder anfing, und zwar mit einem veränderten Liede. Er sang:

›Waldeinsamkeit
Wie liegst du weit!
O dich gereut
Einst mit der Zeit. –
Ach einzge Freud
Waldeinsamkeit!‹

Ich konnte die Nacht hindurch nicht schlafen, alles fiel mir von neuem in die Gedanken, und mehr als jemals fühlt ich, daß ich Unrecht getan hatte. Als ich aufstand, war mir der Anblick des Vogels ordentlich zuwider, er sah immer nach mir hin, und seine Gegenwart ängstigte mich. Er hörte nun mit seinem Liede gar nicht wieder auf, und er sang es lauter und schallender, als er es sonst gewohnt gewesen war. Je mehr ich ihn betrachtete, je bänger machte er mich; ich öffnete endlich den Käfig, steckte die Hand hinein und faßte seinen Hals, herzhaft drückte ich die Finger zusammen, er sah mich bittend an, ich ließ los, aber er war schon gestorben. – Ich begrub ihn im Garten.

Jetzt wandelte mich oft eine Furcht vor meiner Aufwärterin an, ich dachte an mich selbst zurück, und glaubte, daß sie mich auch einst berauben oder wohl gar ermorden könne. – Schon lange kannt ich einen jungen Ritter, der mir überaus gefiel, ich gab ihm meine Hand – und hiermit, Herr Walther, ist meine Geschichte geendigt.«

»Ihr hättet sie damals sehn sollen«, fiel Eckbert hastig ein – »ihre Jugend, ihre Schönheit, und welch einen unbeschreiblichen Reiz ihr ihre einsame Erziehung gegeben hatte. Sie kam mir vor wie ein Wunder, und ich liebte sie ganz über alles Maß. Ich hatte kein Vermögen, aber durch ihre Liebe kam ich in diesen Wohlstand, wir zogen hierher, und unsere Verbindung hat uns bis jetzt noch keinen Augenblick gereut.«

»Aber über unser Schwatzen«, fing Bertha wieder an, »ist es schon tief in die Nacht geworden – wir wollen uns schlafen legen.«

Sie stand auf und ging nach ihrer Kammer. Walther wünschte ihr mit einem Handkusse eine gute Nacht und sagte: »Edle Frau, ich danke Euch, ich kann mir Euch recht vorstellen, mit dem seltsamen Vogel, und wie Ihr den kleinen *Strohmian* füttert.«

Auch Walther legte sich schlafen, nur Eckbert ging noch unruhig im Saale auf und ab. – »Ist der Mensch nicht ein Tor?« fing er endlich an; »ich bin erst die Veranlassung, daß meine Frau ihre Geschichte erzählt, und jetzt gereut mich diese Vertraulichkeit! – Wird er sie nicht mißbrauchen? Wird er sie nicht andern mitteilen? Wird er nicht vielleicht, denn das ist die Natur des Menschen, eine unselige Habsucht nach unsern Edelgesteinen empfinden, und deswegen Pläne anlegen und sich verstellen?«

Es fiel ihm ein, daß Walther nicht so herzlich von ihm Abschied genommen hatte, als es nach einer solchen Vertraulichkeit wohl natürlich gewesen wäre. Wenn die Seele erst einmal zum Argwohn gespannt ist, so trifft sie auch in allen Kleinigkeiten Bestätigungen an. Dann warf sich Eckbert wieder sein unedles Mißtrauen gegen seinen wackern Freund vor, und konnte doch nicht davon zurückkehren. Er schlug sich die ganze Nacht mit diesen Vorstellungen herum, und schlief nur wenig.

Bertha war krank und konnte nicht zum Frühstück erscheinen; Walther schien sich nicht viel darum zu kümmern, und verließ auch den Ritter ziemlich gleichgültig. Eckbert konnte sein Betragen nicht begreifen; er besuchte seine Gattin, sie lag in einer Fieberhitze und sagte, die Erzählung in der Nacht müsse sie auf diese Art gespannt haben.

Seit diesem Abend besuchte Walther nur selten die Burg seines Freundes, und wenn er auch kam, ging er nach einigen unbedeutenden Worten wieder weg. Eckbert ward durch dieses Betragen im äußersten Grade gepeinigt; er ließ sich zwar gegen Bertha und Walther nichts davon merken, aber jeder mußte doch seine innerliche Unruhe an ihm gewahr werden.

Mit Berthas Krankheit ward es immer bedenklicher; der Arzt ward ängstlich, die Röte von ihren Wangen war verschwunden, und ihre Augen wurden immer glühender. – An einem Morgen ließ sie ihren Mann an ihr Bette rufen, die Mägde mußten sich entfernen.

»Lieber Mann«, fing sie an, »ich muß dir etwas entdecken, das micht fast um meinen Verstand gebracht hat, das meine Gesundheit zerrüttet, so eine unbedeutende Kleinigkeit es auch an sich scheinen möchte. – Du weißt, daß ich mich immer nicht, sooft ich von meiner Kindheit sprach, trotz aller angewandten Mühe auf den Namen des kleinen Hundes besinnen konnte, mit welchem ich so lange umging; an jenem Abend sagte Walther beim Abschiede plötzlich zu mir: ›Ich kann mir Euch recht vorstellen, wie Ihr den kleinen Strohmian füttert‹. Ist das Zufall? Hat er den Namen erraten, weiß er ihn und hat er ihn mit Vorsatz genannt? Und wie hängt dieser Mensch dann mit meinem Schicksale zusammen? Zuweilen kämpfe ich mit mir, als ob ich mir diese Seltsamkeit nur einbilde, aber es ist gewiß, nur zu gewiß. Ein gewaltiges Entsetzen befiel mich, als mir ein fremder Mensch so zu meinen Erinnerungen half. Was sagst du, Eckbert?«

Eckbert sah seine leidende Gattin mit einem tiefen Gefühle an; er schwieg und dachte bei sich nach, dann sagte er ihr einige tröstende

Worte und verließ sie. In einem abgelegenen Gemache ging er in unbeschreiblicher Unruhe auf und ab. Walther war seit vielen Jahren sein einziger Umgang gewesen, und doch war dieser Mensch jetzt der einzige in der Welt, dessen Dasein ihn drückte und peinigte. Es schien ihm, als würde ihm froh und leicht sein, wenn nur dieses einzige Wesen aus seinem Wege gerückt werden könnte. Er nahm seine Armbrust, um sich zu zerstreuen und auf die Jagd zu gehn.

Es war ein rauher stürmischer Wintertag, tiefer Schnee lag auf den Bergen und bog die Zweige der Bäume nieder. Er streifte umher, der Schweiß stand ihm auf der Stirne, er traf auf kein Wild, und das vermehrte seinen Unmut. Plötzlich sah er sich etwas in der Ferne bewegen, es war Walther, der Moos von den Bäumen sammelte; ohne zu wissen was er tat, legte er an, Walther sah sich um, und drohte mit einer stummen Gebärde, aber indem flog der Bolzen ab, und Walther stürzte nieder.

Eckbert fühlte sich leicht und beruhigt, und doch trieb ihn ein Schauder nach seiner Burg zurück; er hatte einen großen Weg zu machen, denn er war weit hinein in die Wälder verirrt. – Als er ankam, war Bertha schon gestorben; sie hatte vor ihrem Tode noch viel von Walther und der Alten gesprochen.

Eckbert lebte nun eine lange Zeit in der größten Einsamkeit; er war schon sonst immer schwermütig gewesen, weil ihn die seltsame Geschichte seiner Gattin beunruhigte, und er irgendeinen unglücklichen Vorfall, der sich ereignen könnte, befürchtete: aber jetzt war er ganz mit sich zerfallen. Die Ermordung seines Freundes stand ihm unaufhörlich vor Augen, er lebte unter ewigen innern Vorwürfen.

Um sich zu zerstreuen, begab er sich zuweilen nach der nächsten großen Stadt, wo er Gesellschaften und Feste besuchte. Er wünschte durch irgendeinen Freund die Leere in seiner Seele auszufüllen, und wenn er dann wieder an Walther zurückdachte, so erschrak er vor dem Gedanken, einen Freund zu finden, denn er war überzeugt, daß er nur unglücklich mit jedwedem Freunde sein könne. Er hatte so lange mit Bertha in einer schönen Ruhe gelebt, die Freundschaft Walthers hatte ihn so manches Jahr hindurch beglückt, und jetzt waren beide so plötzlich dahingerafft, daß ihm sein Leben in manchen Augenblicken mehr wie ein seltsames Märchen, als wie ein wirklicher Lebenslauf erschien.

Ein junger Ritter, Hugo, schloß sich an den stillen betrübten Eckbert, und schien eine wahrhafte Zuneigung gegen ihn zu empfinden. Eckbert fand sich auf eine wunderbare Art überrascht, er kam der Freundschaft des Ritters um so schneller entgegen, je weniger er sie vermutet hatte. Beide waren nun häufig beisammen, der Fremde erzeigte Eckbert alle möglichen Gefälligkeiten, einer ritt fast nicht mehr ohne den andern aus; in allen Gesellschaften trafen sie sich, kurz, sie schienen unzertrennlich.

Eckbert war immer nur auf kurze Augenblicke froh, denn er fühlte es deutlich, daß ihn Hugo nur aus einem Irrtume liebe; jener kannte ihn nicht, wußte seine Geschichte nicht, und er fühlte wieder denselben Drang, sich ihm ganz mitzuteilen, damit er versichert sein könne, ob jener auch wahrhaft sein Freund sei. Dann hielten ihn wieder Bedenklichkeiten und die Furcht, verabscheut zu werden, zurück. In manchen Stunden war er so sehr von seiner Nichtswürdigkeit überzeugt, daß er glaubte, kein Mensch, für den er nicht ein völliger Fremdling sei, könne ihn seiner Achtung würdigen. Aber dennoch konnte er sich nicht widerstehn; auf einem einsamen Spazierritte entdeckte er seinem Freunde seine ganze Geschichte, und fragte ihn dann, ob er wohl einen Mörder lieben könne. Hugo war gerührt, und suchte ihn zu trösten; Eckbert folgte ihm mit leichterm Herzen zur Stadt.

Es schien aber seine Verdammnis zu sein, gerade in der Stunde des Vertrauens Argwohn zu schöpfen, denn kaum waren sie in den Saal getreten, als ihm beim Schein der vielen Lichter die Mienen seines Freundes nicht gefielen. Er glaubte ein hämisches Lächeln zu bemerken, es fiel ihm auf, daß er nur wenig mit ihm spreche, daß er mit den Anwesenden viel rede, und seiner gar nicht zu achten scheine. Ein alter Ritter war in der Gesellschaft, der sich immer als den Gegner Eckberts gezeigt, und sich oft nach seinem Reichtum und seiner Frau auf eine eigne Weise erkundigt hatte; zu diesem gesellte sich Hugo, und beide sprachen eine Zeitlang heimlich, indem sie nach Eckbert hindeuteten. Dieser sah jetzt seinen Argwohn bestätigt, er glaubte sich verraten, und eine schreckliche Wut bemeisterte sich seiner. Indem er noch immer hinstarrte, sah er plötzlich Walthers Gesicht, alle seine Mienen, die ganze, ihm so wohlbekannte Gestalt, er sah noch immer hin und ward überzeugt, daß niemand als Walther mit dem Alten spreche. – Sein Entsetzen war unbeschreiblich; außer sich stürzte er hinaus, verließ noch in der Nacht die Stadt, und kehrte nach vielen Irrwegen auf seine Burg zurück.

Wie ein unruhiger Geist eilte er jetzt von Gemach zu Gemach, kein Gedanke hielt ihm stand, er verfiel von entsetzlichen Vorstellungen auf noch entsetzlichere, und kein Schlaf kam in seine Augen. Oft dachte er, daß er wahnsinnig sei, und sich nur selber durch seine Einbildung alles erschaffe; dann erinnerte er sich wieder der Züge Walthers, und alles ward ihm immer mehr ein Rätsel. Er beschloß eine Reise zu machen, um seine Vorstellungen wieder zu ordnen; den Gedanken an Freundschaft, den Wunsch nach Umgang hatte er nun auf ewig aufgegeben.

Er zog fort, ohne sich einen bestimmten Weg vorzusetzen, ja er betrachtete die Gegenden nur wenig, die vor ihm lagen. Als er im stärksten Trabe seines Pferdes einige Tage so fortgeeilt war, sah er sich plötzlich in einem Gewinde von Felsen verirrt, in denen sich nirgend ein Ausweg entdecken ließ. Endlich traf er auf einen alten Bauer, der ihm einen Pfad, einem Wasserfall vorüber, zeigte: er wollte ihm zur Danksagung einige Münzen geben, der Bauer aber schlug sie aus. – »Was gilt's«, sagte Eckbert zu sich selber, »ich könnte mir wieder einbilden, daß dies niemand anders als Walther sei.« – Und indem sah er sich noch einmal um, und es war niemand anders als Walther. – Eckbert spornte sein Roß so schnell es nur laufen konnte, durch Wiesen und Wälder, bis es erschöpft unter ihm zusammenstürzte. – Unbekümmert darüber setzte er nun seine Reise zu Fuß fort.

Er stieg träumend einen Hügel hinan; es war, als wenn er ein nahes munteres Bellen vernahm, Birken säuselten dazwischen, und er hörte mit wunderlichen Tönen ein Lied singen:

»Waldeinsamkeit
Mich wieder freut,
Mir geschieht kein Leid,
Hier wohnt kein Neid,
Von neuem mich freut
Waldeinsamkeit.«

Jetzt war es um das Bewußtsein, um die Sinne Eckberts geschehn; er konnte sich nicht aus dem Rätsel herausfinden, ob er jetzt träume, oder ehemals von einem Weibe Bertha geträumt habe; das Wunderbarste vermischte sich mit dem Gewöhnlichsten, die Welt um ihn her war verzaubert, und er keines Gedankens, keiner Erinnerung mächtig.

Eine krummgebückte Alte schlich hustend mit einer Krücke den Hügel heran. »Bringst du mir meinen Vogel? Meine Perlen? Meinen Hund?« schrie sie ihm entgegen. »Siehe, das Unrecht bestraft sich selbst: Niemand als ich war dein Freund Walther, dein Hugo.«

»Gott im Himmel!« sagte Eckbert stille vor sich hin – »in welcher entsetzlichen Einsamkeit hab ich dann mein Leben hingebracht!«

»Und Bertha war deine Schwester.«

Eckbert fiel zu Boden.

»Warum verließ sie mich tückisch? Sonst hätte sich alles gut und schön geendet, ihre Probezeit war ja schon vorüber. Sie war die Tochter eines Ritters, die er bei einem Hirten erziehn ließ, die Tochter deines Vaters.«

»Warum hab ich diesen schrecklichen Gedanken immer geahndet?« rief Eckbert aus.

»Weil du in früher Jugend deinen Vater einst davon erzählen hörtest; er durfte seiner Frau wegen diese Tochter nicht bei sich erziehn lassen, denn sie war von einem andern Weibe.«

Eckbert lag wahnsinnig und verscheidend auf dem Boden; dumpf und verworren hörte er die Alte sprechen, den Hund bellen, und den Vogel sein Lied wiederholen.

Die Elfen

Wo ist denn die Marie, unser Kind?« fragte der Vater. »Sie spielt draußen auf dem grünen Platze«, antwortete die Mutter, »mit dem Sohne unsers Nachbars.«

»Daß sie sich nicht verlaufen«, sagte der Vater besorgt; »sie sind unbesonnen.«

Die Mutter sah nach den Kleinen und brachte ihnen ihr Vesperbrot. »Es ist heiß!« sagte der Bursche, und das kleine Mädchen langte begierig nach den roten Kirschen. »Seid nur vorsichtig, Kinder«, sprach die Mutter, »lauft nicht zu weit vom Hause, oder in den Wald hinein, ich und der Vater gehn aufs Feld hinaus.« Der junge Andres antwortete: »O sei ohne Sorge, denn vor dem Walde fürchten wir uns, wir bleiben hier beim Hause sitzen, wo Menschen in der Nähe sind.«

Die Mutter ging und kam bald mit dem Vater wieder heraus. Sie verschlossen ihre Wohnung und wandten sich nach dem Felde, um nach den Knechten und zugleich auf der Wiese nach der Heuernte zu sehn. Ihr Haus lag auf einer kleinen grünen Anhöhe, von einem zierlichen Stakete umgeben, welches auch ihren Frucht- und Blumengarten umschloß; das Dorf zog sich etwas tiefer hinunter, und jenseit erhob sich das gräfliche Schloß. Martin hatte von der Herrschaft das große Gut gepachtet, und lebte mit seiner Frau und seinem einzigen Kinde vergnügt, denn er legte jährlich zurück, und hatte die Aussicht, durch Tätigkeit ein vermögender Mann zu werden, da der Boden ergiebig war und der Graf ihn nicht drückte.

Indem er mit seiner Frau nach seinen Feldern ging, schaute er fröhlich um sich, und sagte: »Wie ist doch die Gegend hier so ganz anders, Brigitte, als diejenige, in der wir sonst wohnten. Hier ist es so grün, das ganze Dorf prangt von dichtgedrängten Obstbäumen, der Boden ist voll schöner Kräuter und Blumen, alle Häuser sind munter und reinlich, die Einwohner wohlhabend, ja mir dünkt, die Wälder hier sind schöner und der Himmel blauer, und so weit nur das Auge reicht, sieht man seine Lust und Freude an der freigebigen Natur.«

»Sowie man nur«, sagte Brigitte, »dort jenseits des Flusses ist, so befindet man sich wie auf einer andern Erde, alles so traurig und dürr; jeder Reisende behauptet aber auch, daß unser Dorf weit und breit in der Runde das schönste sei.«

»Bis auf jenen Tannengrund«, erwiderte der Mann; »schau einmal dorthin zurück, wie schwarz und traurig der abgelegene Fleck in der ganzen heitern Umgebung liegt; hinter den dunkeln Tannenbäumen die rauchige Hütte, die verfallenen Ställe, der schwermütig vorüberfließende Bach.«

»Es ist wahr«, sagte die Frau, indem beide stillstanden, »sooft man sich jenem Platze nur nähert, wird man traurig und beängstigt, man weiß selbst nicht warum. Wer nur die Menschen eigentlich sein mögen, die dort wohnen, und warum sie sich doch nur so von allen in der Gemeinde entfernt halten, als wenn sie kein gutes Gewissen hätten.«

»Armes Gesindel«, erwiderte der junge Pachter, »dem Anschein nach Zigeunervolk, die in der Ferne rauben und betrügen, und hier vielleicht ihren Schlupfwinkel haben. Mich wundert nur, daß die gnädige Herrschaft sie duldet.«

»Es können auch wohl«, sagte die Frau weichmütig, »arme Leute sein, die sich ihrer Armut schämen, denn man kann ihnen doch eben nichts Böses nachsagen; nur ist es bedenklich, daß sie sich nicht zur

Kirche halten, und man auch eigentlich nicht weiß, wovon sie leben, denn der kleine Garten, der noch dazu ganz wüst zu liegen scheint, kann sie unmöglich ernähren, und Felder haben sie nicht.«

»Weiß der liebe Gott«, fuhr Martin fort, indem sie weitergingen, »was sie treiben mögen; kommt doch auch kein Mensch zu ihnen, denn der Ort, wo sie wohnen, ist ja wie verbannt und verhext, so daß sich auch die vorwitzigsten Burschen nicht hingetrauen.«

Dieses Gespräch setzten sie fort, indem sie sich in das Feld wandten. Jene finstre Gegend, von welcher sie sprachen, lag abseits vom Dorfe. In einer Vertiefung, welche Tannen umgaben, zeigte sich eine Hütte und verschiedene fast zertrümmerte Wirtschaftsgebäude, nur selten sah man Rauch dort aufsteigen, noch seltener wurde man Menschen gewahr; jezuweilen hatten Neugierige, die sich etwas näher gewagt, auf der Bank vor der Hütte einige abscheuliche Weiber in zerlumptem Anzüge wahrgenommen, auf deren Schoß ebenso häßliche und schmutzige Kinder sich wälzten; schwarze Hunde liefen vor dem Reviere, in Abendstunden ging wohl ein ungeheurer Mann, den niemand kannte, über den Steg des Baches und verlor sich in die Hütte hinein; dann sah man in der Finsternis sich verschiedene Gestalten, wie Schatten um ein ländliches Feuer bewegen. Dieser Grund, die Tannen und die verfallene Hütte machten wirklich in der heitern grünen Landschaft, gegen die weißen Häuser des Dorfes und gegen das prächtige neue Schloß, den sonderbarsten Abstich.

Die beiden Kinder hatten jetzt die Früchte verzehrt; sie verfielen darauf, in die Wette zu laufen, und die kleine behende Marie gewann dem langsameren Andres immer den Vorsprung ab. »So ist es keine Kunst!« rief endlich dieser aus, »aber laß es uns einmal in die Weite versuchen, dann wollen wir sehen, wer gewinnt!« »Wie du willst«, sagte die Kleine, »nur nach dem Strome dürfen wir nicht laufen.« »Nein«, erwiderte Andres, »aber dort auf jenem Hügel steht der große Birnbaum, eine Viertelstunde von hier, ich laufe hier links um den Tannengrund vorbei, du kannst rechts in das Feld hineinrennen, daß wir nicht eher als oben wieder zusammenkommen, so sehen wir dann, wer der Beste ist.«

»Gut«, sagte Marie, und fing schon an zu laufen, »so hindern wir uns auch nicht auf demselben Wege, und der Vater sagt ja, es sei zum Hügel hinauf gleich weit, ob man diesseits, ob man jenseits der Zigeunerwohnung geht.«

Andres war schon vorangesprungen und Marie, die sich rechts wandte, sah ihn nicht mehr. »Er ist eigentlich dumm«, sagte sie zu sich selbst, »denn ich dürfte nur den Mut fassen, über den Steg, bei der Hütte vorbei, und drüben wieder über den Hof hinaus zu laufen, so käme ich gewiß viel früher an.« Schon stand sie vor dem Bache und dem Tannenhügel. »Soll ich? Nein, es ist doch zu schrecklich«, sagte sie. Ein kleines weißes Hündchen stand jenseit und bellte aus Leibeskräften. Im Erschrecken kam das Tier ihr wie ein Ungeheuer vor, und sie sprang zurück. »O weh!« sagte sie, »nun ist der Bengel weit voraus, weil ich hier steh und überlege.« Das Hündchen bellte immerfort, und da sie es genauer betrachtete, kam es ihr nicht mehr fürchterlich, sondern im Gegenteil ganz allerliebst vor: es hatte ein rotes Halsband um, mit einer glänzenden Schelle, und sowie es den Kopf hob und sich im Bellen schüttelte, erklang die Schelle äußerst lieblich. »Ei! es will nur gewagt sein!« rief die kleine Marie, »ich renne was ich kann, und bin schnell, schnell jenseit wieder hinaus, sie können mich doch eben nicht gleich von der Erde weg auffressen!« Somit sprang das muntere mutige Kind auf den Steg, rasch an den kleinen Hund vorüber, der still ward und sich an ihr schmeichelte, und nun stand sie im Grunde, und rundumher verdeckten die schwarzen Tannen die Aussicht nach ihrem elterlichen Hause und der übrigen Landschaft.

Aber wie war sie verwundert. Der bunteste, fröhlichste Blumengarten umgab sie, in welchem Tulpen, Rosen und Lilien mit den herrlichsten Farben leuchteten, blaue und goldrote Schmetterlinge wiegten sich in den Blüten, in Käfigen aus glänzendem Draht hingen an den Spalieren vielfarbige Vögel, die herrliche Lieder sangen, und Kinder in weißen kurzen Röckchen, mit gelockten gelben Haaren und hellen Augen, sprangen umher, einige spielten mit kleinen Lämmern, andere fütterten die Vögel, oder sammelten Blumen und schenkten sie einander, andere wieder aßen Kirschen, Weintrauben und rötliche Aprikosen. Keine Hütte war zu sehn, aber wohl stand ein großes schönes Haus mit eherner Tür und erhabenem Bildwerk leuchtend in der Mitte des Raumes. Marie war vor Erstaunen außer sich und wußte sich nicht zu finden; da sie aber nicht blöde war, ging sie gleich zum ersten Kinde, reichte ihm die Hand und bot ihm guten Tag. »Kommst du uns auch einmal zu besuchen?« sagte das glänzende Kind; »ich habe dich draußen

rennen und springen sehn, aber vor unserm Hündchen hast du dich gefürchtet.« – »So seid ihr wohl keine Zigeuner und Spitzbuben«, sagte Marie, »wie Andres immer spricht? O freilich ist der nur dumm, und redet viel in den Tag hinein.« – »Bleib nur bei uns«, sagte die wunderbare Kleine, »es soll dir schon gefallen.« – »Aber wir laufen ja in die Wette.« – »Zu ihm kommst du noch früh genug zurück. Da nimm, und iß!« – Marie aß, und fand die Früchte so süß, wie sie noch keine geschmeckt hatte, und Andres, der Wettlauf, und das Verbot ihrer Eltern waren gänzlich vergessen.

Eine große Frau in glänzendem Kleide trat herzu, und fragte nach dem fremden Kinde. »Schönste Dame«, sagte Marie, »von ohngefahr bin ich hereingelaufen, und da wollen sie mich hierbehalten.« »Du weißt, Zerina«, sagte die Schöne, »daß es ihr nur kurze Zeit erlaubt ist, auch hättest du mich erst fragen sollen.« »Ich dachte«, sagte das glänzende Kind, »weil sie doch schon über die Brücke gelassen war, könnt ich es tun; auch haben wir sie ja oft im Felde laufen sehn, und du hast dich selber über ihr muntres Wesen gefreut; wird sie uns doch früh genug verlassen müssen.«

»Nein, ich will hierbleiben«, sagte die Fremde, »denn hier ist es schön, auch finde ich hier das beste Spielzeug und dazu Erdbeeren und Kirschen, draußen ist es nicht so herrlich.«

Die goldbekleidete Frau entfernte sich lächelnd, und viele von den Kindern sprangen jetzt um die fröhliche Marie mit Lachen her, neckten sie und ermunterten sie zu Tänzen, andre brachten ihr Lämmer oder wunderbares Spielgerät, andre machten auf Instrumenten Musik und sangen dazu. Am liebsten aber hielt sie sich zu der Gespielin, die ihr zuerst entgegengegangen war, denn sie war die freundlichste und holdseligste von allen. Die kleine Marie rief ein Mal über das andre: »Ich will immer bei euch bleiben und ihr sollt meine Schwestern sein«, worüber alle Kinder lachten und sie umarmten. »Jetzt wollen wir ein schönes Spiel machen«, sagte Zerina. Sie lief eilig in den Palast und kam mit einem goldenen Schächtelchen zurück, in welchem sich glänzender Samenstaub befand. Sie faßte mit den kleinen Fingern, und streute einige Körner auf den grünen Boden. Alsbald sah man das Gras wie in Wogen rauschen, und nach wenigen Augenblikken schlugen glänzende Rosengebüsche aus der Erde, wuchsen schnell empor und entfalteten sich plötzlich, indem der süßeste Wohlgeruch den Raum erfüllte. Auch Marie faßte von dem Staube, und als sie ihn ausgestreut hatte, tauchten weiße Lilien und die buntesten Nelken hervor. Auf einen Wink Zerinas verschwanden die Blumen wieder und andre erschienen an ihrer Stelle. »Jetzt«, sagte Zerina, »mache dich auf etwas Größeres gefaßt.« Sie legte zwei Pinienkörner in den Boden und stampfte sie heftig mit dem Fuße ein. Zwei grüne Sträucher standen vor ihnen. »Fasse dich fest mit mir«, sagte sie, und Marie schlang die Arme um den zarten Leib. Da fühlte sie sich emporgehoben, denn die Bäume wuchsen unter ihnen mit der größten Schnelligkeit; die hohen Pinien bewegten sich und die beiden Kinder hielten sich hin und wider schwebend in den roten Abendwolken umarmt und küßten sich; die andern Kleinen kletterten mit behender Geschicklichkeit an den Stämmen der Bäume auf und nieder, und stießen und neckten sich, wenn sie sich begegneten, unter lautem Gelächter. Stürzte eins der Kinder im Gedränge hinunter, so flog es durch die Luft und senkte sich langsam und sicher zur Erde hinab. Endlich fürchtete sich Marie; die andre Kleine sang einige laute Töne, und die Bäume versenkten sich wieder ebenso allgemach in den Boden, und setzten sie nieder, als sie sich erst in die Wolken gehoben hatten.

Sie gingen durch die erzene Tür des Palastes. Da saßen viele schöne Frauen umher, ältere und junge, im runden Saal, sie genossen die lieblichsten Früchte, und eine herrliche unsichtbare Musik erklang. In der Wölbung der Decke waren Palmen, Blumen und Laubwerk gemalt, zwischen denen Kinderfiguren in den anmutigsten Stellungen kletterten und schaukelten; nach den Tönen der Musik verwandelten sich die Bildnisse und glühten in den brennendsten Farben; bald war das Grüne und Blaue wie helles Licht funkelnd, dann sank die Farbe erblassend zurück, der Purpur flammte auf und das Gold entzündete sich; dann schienen die nackten Kinder in den Blumengewinden zu leben, und mit den rubinroten Lippen den Atem einzuziehn und auszuhauchen, so daß man wechselnd den Glanz der weißen Zähnchen wahrnahm, so wie das Aufleuchten der himmelblauen Augen.

Aus dem Saale führten eherne Stufen in ein großes unterirdisches Gemach. Hier lag viel Gold und Silber, und Edelsteine von allen Farben funkelten dazwischen. Wundersame Gefäße standen an den Wänden umher, alle schienen mit Kostbarkeiten angefüllt. Das Gold war in mannigfaltigen Gestalten gearbeitet und schimmerte mit der freundlichsten Röte. Viele kleine Zwerge waren beschäftigt, die Stücke auseinanderzusuchen und sie in die Gefäße zu legen; andre, höckricht und krummbeinicht, mit langen roten Nasen, trugen schwer und vornübergebückt Säcke herein, so wie die Müller Getreide, und schütteten die Goldkörner keuchend auf dem Boden aus. Dann sprangen sie ungeschickt rechts und links, und griffen die rollenden Kugeln, die sich verlaufen wollten, und es geschah nicht selten, daß einer den andern im Eifer umstieß, so daß sie schwer und tölpisch zur Erde fielen. Sie machten verdrüßliche Gesichter und sahen scheel, als Marie über ihre Gebärden und Häßlichkeit lachte. Hinten saß ein alter eingeschrumpfter kleiner Mann, welchen Zerina ehrerbietig grüßte, und der nur mit ernstem Kopfnicken dankte. Er hielt ein Zepter in der Hand und trug eine Krone auf dem Haupte, alle übrigen Zwerge schienen ihn für ihren Herren anzuerkennen und seinen Winken zu gehorchen. »Was gibt's wieder?« fragte er mürrisch, als die Kinder ihm etwas näher kamen. Marie schwieg furchtsam, aber ihre Gespielin antwortete, daß sie nur gekommen seien, sich in den Kammern umzuschauen. »Immer die alten Kindereien!« sagte der Alte; »wird der Müßiggang nie aufhören?«

Darauf wandte er sich wieder an sein Geschäft und ließ die Goldstücke wägen und aussuchen; andre Zwerge schickte er fort, manchen schalt er zornig. »Wer ist der Herr?« fragte Marie; »unser Metallfürst«, sagte die Kleine, indem sie weitergingen.

Sie schienen sich wieder im Freien zu befinden, denn sie standen an einem großen Teiche, aber doch schien keine Sonne, und sie sahen keinen Himmel über sich. Ein kleiner Nachen empfing sie, und Zerina ruderte sehr emsig. Die Fahrt ging schnell. Als sie in die Mitte des Teiches gekommen waren, sah Marie, daß tausend Röhren, Kanäle und Bäche sich aus dem kleinen See nach allen Richtungen verbreiteten. »Diese Wasser rechts«, sagte das glänzende Kind, »fließen unter euren Garten hinab, davon blüht dort alles so frisch; von hier kömmt man in den großen Strom hinunter.« Plötzlich kamen aus allen Kanälen und aus dem See unendlich viele Kinder auftauchend angeschwommen, viele trugen Kränze von Schilf und Wasserlilien, andre hielten rote Korallenzacken, und wieder andre bliesen auf krummen Muscheln; ein verworrenes Getöse schallte lustig von den dunkeln Ufern wider; zwischen den Kleinen bewegten sich schwimmend die schönsten Frauen, und oft sprangen viele Kinder zu der einen oder der andern, und hingen ihnen mit Küssen um Hals und Nacken. Alle begrüßten die Fremde; zwischen diesem Getümmel hindurch fuhren sie aus dem See in einen kleinen Fluß hinein, der immer enger und enger ward. Endlich stand der Nachen. Man nahm Abschied und Zerina klopfte an den Felsen. Wie eine Tür tat sich dieser voneinander, und eine ganz rote weibliche Gestalt half ihnen aussteigen. »Geht es recht lustig zu?« fragte Zerina. »Sie sind eben in Tätigkeit«, antwortete jene, »und so freudig, wie man sie nur sehn kann, aber die Wärme ist auch äußerst angenehm.«

Sie stiegen eine Wendeltreppe hinauf, und plötzlich sah sich Marie in dem glänzendsten Saal, so daß beim Eintreten ihre Augen vom hellen Lichte geblendet waren. Feuerrote Tapeten bedeckten mit Purpurglut die Wände, und als sich das Auge etwas gewöhnt hatte, sah sie zu ihrem Erstaunen, wie im Teppich sich Figuren tanzend auf und nieder in der größten Freude bewegten, die so lieblich gebaut und von so schönen Verhältnissen waren, daß man nichts Anmutigeres sehn konnte; ihr Körper war wie von rötlichem Kristall, so daß es schien, als flösse und spielte in ihnen sichtbar das bewegte Blut. Sie lachten das fremde Kind an, und begrüßten es mit verschiedenen Beugungen; aber als Marie näher gehen wollte, hielt sie Zerina plötzlich mit Gewalt zurück, und rief: »Du verbrennst dich, Mariechen, denn alles ist Feuer!«

Marie fühlte die Hitze. »Warum kommen nur«, sagte sie, »die allerliebsten Kreaturen nicht zu uns heraus, und spielen mit uns?« »Wie du in der Luft lebst«, sagte jene, »so müssen sie immer im Feuer bleiben, und würden hier draußen verschmachten. Sieh nur, wie ihnen wohl ist, wie sie lachen und kreischen; jene dort unten verbreiten die Feuerflüsse von allen Seiten unter der Erde hin, davon wachsen nun die Blumen, die Früchte und der Wein; die roten Ströme gehn neben den Wasserbächen, und so sind die flammigen Wesen immer tätig und freudig. Aber dir ist es hier zu heiß, wir wollen wieder hinaus in den Garten gehn.«

Hier hatte sich die Szene verwandelt. Der Mondschein lag auf allen Blumen, die Vögel waren still und die Kinder schliefen in mannigfaltigen Gruppen in den grünen Lauben. Marie und ihre Freundin fühlten aber keine Müdigkeit, sondern lustwandelten in der warmen Sommernacht unter vielerlei Gesprächen bis zum Morgen.

Als der Tag anbrach, erquickten sie sich an Früchten und Milch, und Marie sagte: »Laß uns doch zur Abwechselung einmal nach den Tannen hinausgehn, wie es dort aussehen mag.« »Gern«, sagte Zerina, »so kannst du auch gleich dorten unsre Schildwachen besuchen, die dir gewiß gefallen werden, sie stehn oben auf dem Walle zwischen den Bäumen.« Sie gingen durch die Blumengärten, durch anmutige Haine voller Nachtigallen, dann stiegen sie über Rebenhügel, und kamen endlich, nachdem sie lange den Windungen eines klaren Baches nachgefolgt waren, zu den Tannen und der Erhöhung, welche das Gebiet begrenzte. »Wie kommt es nur«, fragte Marie, »daß wir hier innerhalb so weit zu gehn haben, da doch draußen der Umkreis nur so klein ist?« »Ich weiß nicht«, antwortete die Freundin, »wie es zugeht, aber es ist so.« Sie stiegen zu den finstern Tannen hinauf, und ein kalter Wind wehte ihnen von draußen entgegen; ein Nebel schien weit umher auf der Landschaft zu liegen. Oben standen wunderliche Gestalten, mit mehligen bestäubten Angesichtern, den widerlichen Häuptern der weißen Eulen nicht unähnlich; sie waren in faltigen Mänteln von zottiger Wolle gekleidet, und hielten Regenschirme von seltsamen Häuten ausgespannt über sich; mit Fledermausflügeln, die abenteuerlich neben dem Rockelor hervorstarrten, wehten und fächelten sie unablässig. »Ich möchte lachen und mir graut«, sagte Marie. »Diese sind unsre guten fleißigen Wächter«, sagte die kleine Gespielin, »sie stehen hier und wehen, damit jeden kalte Angst und wundersames Fürchten befällt, der sich uns nähern will; sie sind aber so bedeckt, weil es jetzt draußen regnet und friert, was sie nicht vertragen können. Hier unten kommt niemals Schnee und Wind, noch kalte Luft her, hier ist ein ewiger Sommer und Frühling, doch wenn die da oben nicht oft abgelöst würden, so vergingen sie gar.«

»Aber wer seid ihr denn«, fragte Marie, indem sie wieder in die Blumendüfte hinunterstiegen, »oder habt ihr keinen Namen, woran man euch erkennt?«

»Wir heißen Elfen«, sagte das freundliche Kind, »man spricht auch wohl in der Welt von uns, wie ich gehört habe.«

Sie hörten auf der Wiese ein großes Getümmel. »Der schöne Vogel ist angekommen!« riefen ihnen die Kinder entgegen; alles eilte in den Saal. Sie sahen indem schon, wie jung und alt sich über die Schwelle drängte, alle jauchzten und von innen scholl eine jubilierende Musik heraus. Als sie hineingetreten waren, sahen sie die große Rundung von den mannigfaltigsten Gestalten angefüllt, und alle schauten nach einem großen Vogel hinauf, der in der Kuppel mit glänzendem Gefieder langsam fliegend vielfache Kreise beschrieb. Die Musik klang fröhlicher als sonst, die Farben und Lichter wechselten schneller. Endlich schwieg die Musik, und der Vogel schwang sich rauschend auf eine glänzende Krone, die unter dem hohen Fenster schwebte, welches von oben die Wölbung erleuchtete. Sein Gefieder war purpurn und grün, durch welches sich die glänzendsten goldenen Streifen zogen, auf seinem Haupte bewegte sich ein Diadem von so helleuchtenden kleinen Federn, daß sie wie Edelgesteine blitzten. Der Schnabel war rot und die Beine glänzend blau. Wie er sich regte, schimmerten alle Farben durcheinander, und das Auge war entzückt. Seine Größe war die eines Adlers. Aber jetzt eröffnete er den leuchtenden Schnabel, und so süße Melodie quoll aus seiner bewegten Brust, in schönern Tönen, als die der liebesbrünstigen Nachtigall; mächtiger zog der Gesang und goß sich wie Lichtstrahlen aus, so daß alle, bis auf die kleinsten Kinder selbst, vor Freuden und Entzückungen weinen mußten. Als er geendigt hatte, neigten sich alle vor ihm, er umflog wieder in Kreisen die Wölbung, schoß dann durch die Tür und schwang sich in den lichten Himmel, wo er oben bald nur noch wie ein roter Punkt erglänzte und sich den Augen dann schnell verlor.

»Warum seid ihr alle so in Freude?« fragte Marie und neigte sich zum schönen Kinde, das ihr kleiner als gestern vorkam. »Der König kommt!« sagte die Kleine, »den haben viele von uns noch gar nicht gesehn, und wo er sich hinwendet ist Glück und Fröhlichkeit; wir haben schon lange auf ihn gehofft, sehnlicher, als ihr nach langem Winter auf den Frühling wartet, und nun hat er durch diesen schönen Botschafter seine Ankunft melden lassen. Dieser herrliche und verständige Vogel, der im Dienst des Königes gesandt wird, heißt Phönix, er wohnt fern in Arabien auf einem Baum, der nur einmal in der Welt ist, so wie es auch keinen zweiten Phönix gibt. Wenn er sich alt fühlt, trägt er aus Balsam und Weihrauch ein Nest zusammen, zündet es an und verbrennt sich selbst, so stirbt er singend, und aus der duftenden Asche schwingt sich dann der verjüngte Phönix mit neuer Schönheit wieder auf. Selten nur nimmt er seinen Flug so, daß ihn die Menschen sehn, und geschieht es einmal in Jahrhunderten, so zeichnen sie es in ihre Denkbücher auf, und erwarten wundervolle Begebenheiten. Aber nun, meine Freundin, wirst du auch scheiden müssen, denn der Anblick des Königes ist dir nicht vergönnt.«

Da wandelte die goldbekleidete schöne Frau durch das Gedränge, winkte Marien zu sich und ging mit ihr unter einen einsamen Laubengang. »Du mußt uns verlassen, mein geliebtes Kind«, sagte sie, »der König will auf zwanzig Jahr, und vielleicht auf länger, sein Hoflager hier halten, nun wird sich Fruchtbarkeit und Segen weit in die Landschaft verbreiten, am meisten hier in der Nähe; alle Brunnen und Bäche werden ergiebiger, alle Äcker und Gärten reicher, der Wein edler, die Wiese fetter und der Wald frischer und grüner; mildere Luft weht, kein Hagel schadet, keine Überschwemmung droht. Nimm diesen Ring und gedenke unser, doch hüte dich, irgendwem von uns zu erzählen, sonst müssen wir diese Gegend fliehen, und alle umher, so wie du selbst, entbehren dann das Glück und die Segnung unsrer

Nähe: noch einmal küsse deine Gespielin und lebe wohl.« Sie traten heraus, Zerina weinte, Marie bückte sich, sie zu umarmen, sie trennten sich. Schon stand sie auf der schmalen Brücke, die kalte Luft wehte hinter ihr aus den Tannen, das Hündchen bellte auf das herzhafteste und ließ sein Glöckchen ertönen; sie sah zurück und eilte in das Freie, weil die Dunkelheit der Tannen, die Schwärze der verfallenen Hütten, die dämmernden Schatten sie mit ängstlicher Furcht befielen.

»Wie werden sich meine Eltern meinethalb in dieser Nacht geängstigt haben!« sagte sie zu sich selbst, als sie auf dem Felde stand, »und ich darf ihnen doch nicht erzählen, wo ich gewesen bin und was ich gesehn habe, auch würden sie mir nimmermehr glauben.« Zwei Männer gingen an ihr vorüber, die sie grüßten, und sie hörte hinter sich sagen: »Das ist ein schönes Mädchen! Wo mag sie nur her sein?« Mit eiligeren Schritten näherte sie sich dem elterlichen Hause, aber die Bäume, die gestern voller Früchte hingen, standen heute dürr und ohne Laub, das Haus war anders angestrichen, und eine neue Scheune daneben erbaut. Marie war in Verwunderung, und dachte, sie sei im Traum; in dieser Verwirrung öffnete sie die Tür des Hauses, und hinter dem Tische saß ihr Vater zwischen einer unbekannten Frau und einem fremden Jüngling. »Mein Gott, Vater!« rief sie aus, »wo ist denn die Mutter?« – »Die Mutter?« sprach die Frau ahndend, und stürzte hervor; »ei, du bist doch wohl nicht – ja, freilich, freilich bist du die verlorene, die totgeglaubte, die liebe einzige Marie!« Sie hatte sie gleich an einem kleinen braunen Male unter dem Kinn, an den Augen und der Gestalt erkannt. Alle umarmten sie, alle waren freudig bewegt, und die Eltern vergossen Tränen. Marie verwunderte sich, daß sie fast zum Vater hinaufreichte, sie begriff nicht, wie die Mutter so verändert und gealtert sein konnte, sie fragte nach dem Namen des jungen Menschen. »Es ist ja unsers Nachbars Andres«, sagte Martin, »wie kommst du nur nach sieben langen Jahren so unvermutet wieder? wo bist du gewesen? Warum hast du denn gar nichts von dir hören lassen?« – »Sieben Jahr?« sagte Marie, und konnte sich in ihren Vorstellungen und Erinnerungen nicht wieder zurechtfinden; »sieben ganzer Jahre?« »Ja, ja«, sagte Andres lachend, und schüttelte ihr treuherzig die Hand; »ich habe gewonnen, Mariechen, ich bin schon vor sieben Jahren an dem Birnbaum und wieder hieher zurück gewesen, und du Langsame, kommst nun heut erst an!«

Man fragte von neuem, man drang in sie, doch sie, des Verbotes eingedenk, konnte keine Antwort geben. Man legte ihr fast die Erzählung in den Mund, daß sie sich verirrt habe, auf einen vorbeifahrenden Wagen genommen, und an einen fremden Ort geführt sei, wo sie den Leuten den Wohnsitz ihrer Eltern nicht habe bezeichnen können; wie man sie nachher nach einer weit entlegenen Stadt gebracht habe, wo gute Menschen sie erzogen und geliebt; wie diese nun gestorben, und sie sich endlich wieder auf ihre Geburtsgegend besonnen, eine Gelegenheit zur Reise ergriffen habe und so zurückgekehrt sei. »Laßt alles gut sein«, rief die Mutter; »genug, daß wir dich nur wiederhaben, mein Töchterchen, du meine Einzige, mein Alles!«

Andres blieb zum Abendbrot, und Marie konnte sich noch in nichts finden. Das Haus dünkte ihr klein und finster, sie verwunderte sich über ihre Tracht, die reinlich und einfach, aber ganz fremd erschien; sie betrachtete den Ring am Finger, dessen Gold wundersam glänzte und einen rot brennenden Stein künstlich einfaßte. Auf die Frage des Vaters antwortete sie, daß der Ring ebenfalls ein Geschenk ihrer Wohltäter sei.

Sie freute sich auf die Schlafenszeit, und eilte zur Ruhe. Am andern Morgen fühlte sie sich besonnener, sie hatte ihre Vorstellungen mehr geordnet, und konnte den Leuten aus dem Dorfe, die alle sie zu begrüßen kamen, besser Red und Antwort geben. Andres war schon mit dem frühesten wieder da, und zeigte sich äußerst geschäftig, erfreut und dienstfertig. Das fünfzehnjährige aufgeblühte Mädchen hatte ihm einen tiefen Eindruck gemacht, und die Nacht war ihm ohne Schlaf vergangen. Die Herrschaft ließ Marien auf das Schloß fordern, sie mußte hier wieder ihre Geschichte erzählen, die ihr nun schon geläufig geworden war; der alte Herr und die gnädige Frau bewunderten ihre gute Erziehung, denn sie war bescheiden, ohne verlegen zu sein, sie antwortete höflich und in guten Redensarten auf alle vorgelegten Fragen; die Furcht vor den vornehmen Menschen und ihrer Umgebung hatte sich bei ihr verloren, denn wenn sie diese Säle und Gestalten mit den Wundern und der hohen Schönheit maß, die sie bei den Elfen im heimlichen Aufenthalt gesehen hatte, so erschien ihr dieser irdische Glanz nur dunkel, die Gegenwart der Menschen fast geringe. Die jungen Herren waren vorzüglich über ihre Schönheit entzückt.

Es war im Februar. Die Bäume belaubten sich früher als je, so zeitig hatte sich die Nachtigall noch niemals eingestellt, der Frühling kam schöner in das Land, als ihn sich die ältesten Greise erinnern konnten. Allerorten taten sich Bächlein hervor und tränkten die Wiesen und Auen; die Hügel schienen zu wachsen, die Rebengeländer erhuben sich höher, die Obstbäume blühten wie niemals, und ein schwellender duftender Segen hing schwer in Blütenwolken über der Landschaft. Alles gedieh über Erwarten, kein rauher Tag, kein Sturm beschädigte die Frucht; der Wein quoll errötend in Ungeheuern Trauben, und die Einwohner des Ortes staunten sich an, und waren wie in einem süßen Traum befangen. Das folgende Jahr war ebenso, aber man war schon an das Wundersame mehr gewöhnt. Im Herbst gab Marie den dringenden Bitten des Andres und ihrer Eltern nach: sie ward seine Braut und im Winter mit ihm verheiratet.

Oft dachte sie mit inniger Sehnsucht an ihren Aufenthalt hinter den Tannenbäumen zurück; sie blieb still und ernst. So schön auch alles war, was sie umgab, so kannte sie doch etwas noch Schöneres, wodurch eine leise Trauer ihr Wesen zu einer sanften Schwermut stimmte. Schmerzhaft traf es sie, wenn der Vater oder ihr Mann von den Zigeunern und Schelmen sprachen, die im finstern Grunde wohnten; oft wollte sie sie verteidigen, die sie als Wohltäter der Gegend kannte, vorzüglich gegen Andres, der eine Lust im eifrigen Schelten zu finden schien, aber sie zwang das Wort jedesmal in ihre Brust zurück. So verlebte sie das Jahr, und im folgenden ward sie durch eine junge Tochter erfreut, welche sie Elfriede nannte, indem sie dabei an den Namen der Elfen dachte.

Die jungen Leute wohnten mit Martin und Brigitte in demselben Hause, welches geräumig genug war, und halfen den Eltern die ausgebreitete Wirtschaft führen. Die kleine Elfriede zeigte bald besondere Fähigkeiten und Anlagen, denn sie lief sehr früh, und konnte alles sprechen, als sie noch kein Jahr alt war; nach einigen Jahren aber war sie so klug und sinnig, und von so wunderbarer Schönheit, daß alle Menschen sie mit Erstaunen betrachteten, und ihre Mutter sich nicht der Meinung erwehren konnte, sie sehe jenen glänzenden Kindern im Tannengrunde ähnlich. Elfriede hielt sich nicht gern zu andern Kindern, sondern vermied bis zur Ängstlichkeit ihre geräuschvollen Spiele, und war am liebsten allein. Dann zog sie sich in eine Ecke des Gartens zurück, und las oder arbeitete eifrig am kleinen Nähzeuge; oft sah man sie auch wie tief in sich versunken sitzen, oder daß sie in Gängen heftig auf und nieder ging und mit sich selber sprach. Die beiden Eltern ließen sie gern gewähren, weil sie gesund war und gedieh, nur machten sie die seltsamen verständigen Antworten und Bemerkungen oft besorgt. »So kluge Kinder«, sagte die Großmutter Brigitte vielmals, »werden nicht alt, sie sind zu gut für diese Welt, auch ist das Kind über die Natur schön, und wird sich auf Erden nicht zurechtfinden können.«

Die Kleine hatte die Eigenheit, daß sie sich höchst ungern bedienen ließ, alles wollte sie selber machen. Sie war fast die früheste auf im Hause, und wusch sich sorgfältig und kleidete sich selber an; ebenso sorgsam war sie am Abend, sie achtete sehr darauf, Kleider und Wäsche selbst einzupacken, und durchaus niemand, auch die Mutter nicht, über ihre Sachen kommen zu lassen. Die Mutter sah ihr in diesem Eigensinne nach, weil sie sich nichts weiter dabei dachte, aber wie erstaunte sie, als sie sie an einem Feiertage, zu einem Besuch auf dem Schlosse, mit Gewalt umkleidete, sosehr sich auch die Kleine mit Geschrei und Tränen dagegen wehrte, und auf ihrer Brust an einem Faden hängend, ein Goldstück von seltsamer Form antraf, welches sie sogleich für eines vonjenen erkannte, deren sie so viele in dem unterirdischen Gewölbe gesehn hatte. Die Kleine war sehr erschrocken, und gestand endlich, sie habe es im Garten gefunden, und da es ihr sehr Wohlgefallen, habe sie es so emsig aufbewahrt; sie bat auch so dringend und herzlich, es ihr zu lassen, daß Marie es wieder auf derselben Stelle befestigte und voller Gedanken mit ihr stillschweigend zum Schlosse hinaufging.

Seitwärts vom Hause der Pachterfamilie lagen einige Wirtschaftsgebäude zur Aufbewahrung der Früchte und des Feldgerätes, und hinter diesen befand sich ein Grasplatz mit einer alten Laube, die aber kein Mensch jetzt besuchte, weil sie nach der neuen Einrichtung der Gebäude zu entfernt vom Garten war. In dieser Einsamkeit hielt sich Elfriede am liebsten auf, und es fiel niemanden ein, sie hier zu stören, so daß die Eltern oft in halben Tagen ihrer nicht ansichtig wurden. An einem Nachmittage befand sich die Mutter in den Gebäuden, um aufzuräumen und eine verlorene Sache wiederzufinden, als sie wahrnahm, daß durch eine Ritze der Mauer ein Lichtstrahl in das Gemach falle. Es kam ihr der Gedanke, hindurchzusehn, um ihr Kind zu beobachten, und es fand sich, daß ein locker gewordener Stein sich von der Seite schieben ließ, wodurch sie den Blick gerade hinein in die Laube gewann. Elfriede saß drinnen auf einem Bänkchen, und neben ihr die wohlbekannte Zerina, und beide Kinder spielten und ergötzten sich in holdseliger Eintracht. Die Elfe umarmte das schöne Kind und sagte traurig: »Ach, du liebes Wesen, so wie mit dir habe ich schon mit deiner Mutter gespielt, als sie klein war und uns besuchte, aber ihr Menschen wachst zu bald auf und werdet so schnell groß und vernünftig; das ist recht betrübt: bliebest du doch so lange ein Kind, wie ich!«

»Gern tat ich dir den Gefallen«, sagte Elfriede, »aber sie meinen ja alle, ich würde bald zu Verstande kommen, und gar nicht mehr spielen, denn ich hätte rechte Anlagen, altklug zu werden. Ach! Und dann seh ich dich auch nicht wieder, du liebes Zerinchen! Ja, es geht wie mit den Baumblüten: wie herrlich der blühende Apfelbaum mit seinen rötlichen aufgequollenen Knospen! der Baum tut so groß und breit, und jedermann, der drunterweg geht, meint auch, es müsse recht was Besonderes werden; dann kommt die Sonne, die Blüte geht so leutselig auf, und da steckt schon der böse Kern drunter, der nachher den bunten Putz verdrängt und hinunterwirft; nun kann er sich geängstigt und aufwachsend nicht mehr helfen, er muß im Herbst zur Frucht werden. Wohl ist ein Apfel auch lieb und erfreulich, aber doch nichts gegen die Frühlingsblüte: so geht es mit uns Menschen auch; ich kann mich nicht darauf freuen, ein großes Mädchen zu werden. Ach, könnt ich euch doch nur einmal besuchen!«

»Seit der König bei uns wohnt«, sagte Zerina, »ist es ganz unmöglich, aber ich komme ja so oft zu dir, Liebchen, und keiner sieht mich, keiner weiß es, weder hier noch dort; ungesehn geh ich durch die Luft, oder fliege als Vogel herüber; o wir wollen noch recht viel beisammen sein, solange du klein bist. Was kann ich dir nur zu Gefallen tun?«

»Recht lieb sollst du mich haben«, sagte Elfriede, »so lieb, wie ich dich in meinem Herzen trage; doch laß uns auch einmal wieder eine Rose machen.«

Zerina nahm das bekannte Schächtelchen aus dem Busen, warf zwei Körner hin, und plötzlich stand ein grünender Busch mit zweien hochroten Rosen vor ihnen, welche sich zueinanderneigten, und sich zu küssen schienen. Die Kinder brachen die Rosen lächelnd ab, und das Gebüsch war wieder verschwunden. »O müßte es nur nicht wieder so schnell sterben«, sagte Elfriede, »das rote Kind, das Wunder der Erde.« »Gib!« sagte die kleine Elfe, hauchte dreimal die aufknospende Rose an, und küßte sie dreimal; »nun«, sprach sie, indem sie die Blume zurückgab, »bleibt sie frisch und blühend bis zum Winter.« »Ich will sie wie ein Bild von dir aufheben«, sagte Elfriede, »sie in meinem Kämmerchen wohl bewahren, und sie morgens und abends küssen, als wenn du es wärst.« »Die Sonne geht schon unter«, sagte jene, »ich muß jetzt nach Hause.« Sie umarmten sich noch einmal, dann war Zerina verschwunden.

Am Abend nahm Marie ihr Kind mit einem Gefühl von Beängstigung und Ehrfurcht in die Arme; sie ließ dem holden Mädchen nun noch mehr Freiheit als sonst, und beruhigte oft ihren Gatten, wenn er, um das Kind aufzusuchen, kam, was er seit einiger Zeit wohl tat, weil ihm ihre Zurückgezogenheit nicht gefiel, und er fürchtete, sie könne darüber einfältig, oder gar unklug werden. Die Mutter schlich öfter nach der Spalte der Mauer, und fast immer fand sie die kleine glänzende Elfe neben ihrem Kinde sitzen, mit Spielen beschäftigt, oder in ernsthaften Gesprächen. »Möchtest du fliegen können?« fragte Zerina einmal ihre Freundin. »Wie gerne!« rief Elfriede aus. Sogleich umfaßte die Fee die Sterbliche, und schwebte mit ihr vom Boden empor, so daß sie zur Höhe der Laube stiegen. Die besorgte Mutter vergaß ihre Vorsicht, und lehnte sich erschreckend mit dem Kopfe hinaus, um ihnen nachzusehn; da erhob aus der Luft Zerina den Finger und drohte lächelnd, ließ sich mit dem Kinde wieder nieder, herzte sie, und war verschwunden. Es geschah nachher noch öfter, daß Marie von dem wunderbaren Kinde gesehen wurde, welches jedesmal mit dem Kopfe schüttelte oder drohte, aber mit freundlicher Gebärde.

Oftmals schon hatte bei vorgefallenem Streite Marie im Eifer zu ihrem Manne gesagt: »Du tust den armen Leuten in der Hütte Unrecht!« Wenn Andres dann in sie drang, ihm zu erklären, warum sie der Meinung aller Leute im Dorfe, ja der Herrschaft selber entgegen sei und es besser wissen wolle, brach sie ab, und schwieg verlegen. Heftiger als je ward Andres eines Tages nach Tische und behauptete, das Gesindel müsse als landesverderblich durchaus fortgeschafft werden; da rief sie im Unwillen aus: »Schweig, denn sie sind deine und unser aller Wohltäter!« »Wohltäter?« fragte Andres erstaunt; »die Landstreicher?« In ihrem Zorne ließ sie sich verleiten, ihm unter dem Versprechen der tiefsten Verschwiegenheit die Geschichte ihrer Jugend zu erzählen, und da er bei jedem ihrer Worte ungläubiger wurde und verhöhnend den Kopf schüttelte, nahm sie ihn bei der Hand und führte ihn in das Gemach, von wo er zu seinem Erstaunen die leuchtende Elfe mit seinem Kinde in der Laube spielen, und es liebkosen sah. Er wußte kein Wort zu sagen; ein Ausruf der Verwunderung entfuhr ihm, und Zerina erhob den Blick. Sie wurde plötzlich bleich und zitterte heftig, nicht freundlich, sondern mit zorniger Miene machte sie die drohende Gebärde, und sagte dann zu Elfrieden: »Du kannst nichts dafür, geliebtes Herz, aber sie werden niemals klug, so verständig sie sich auch dünken.« Sie umarmte die Kleine mit stürmender Eil, und flog dann als Rabe mit heiserem Geschrei über den Garten hinweg, den Tannenbäumen zu.

Am Abend war die Kleine sehr still und küßte weinend die Rose, Marien war ängstlich zu Sinne, Andres sprach wenig. Es wurde Nacht. Plötzlich rauschten die Bäume, Vögel flogen mit ängstlichem Geschrei umher, man hörte den Donner rollen, die Erde zitterte und Klagetöne winselten in der Luft. Marie und Andres hatten nicht den Mut aufzustehn; sie hüllten sich in die Decken und erwarteten mit Furcht und Zittern den Tag. Gegen Morgen ward es ruhiger, und alles war still, als die Sonne mit ihrem Lichte über den Wald hervordrang.

Andres kleidete sich an, und Marie bemerkte, daß der Stein des Ringes an ihrem Finger verblaßt war. Als sie die Tür öffneten, schien ihnen die Sonne klar entgegen, aber die Landschaft umher kannten sie kaum wieder. Die Frische des Waldes war verschwunden, die Hügel hatten sich gesenkt, die Bäche flössen matt mit wenigem Wasser, der Himmel schien grau, und als man den Blick nach den Tannen hinüberwandte, standen sie nicht finstrer oder trauriger da, als die übrigen Bäume; die Hütten hinter ihnen hatten nichts Abschreckendes, und mehrere Einwohner des Dorfes kamen und erzählten von der seltsamen Nacht, und daß sie über den Hof gegangen seien, wo die Zigeuner gewohnt, die wohl fortgegangen sein müßten, weil die Hütten leer ständen, und im Innern ganz gewöhnlich wie die Wohnungen andrer armen Leute aussähen; einiges vom Hausrat wäre zurückgeblieben. Elfriede sagte zu ihrer Mutter heimlich: »Als ich in der Nacht nicht schlafen konnte, und in der Angst bei dem Getümmel von Herzen betete, da öffnete sich plötzlich meine Tür, und herein trat meine Gespielin, um Abschied von mir zu nehmen. Sie hatte eine Reisetasche um, einen Hut auf ihren Kopf, und einen großen Wanderstab in der Hand. Sie war sehr böse auf dich, weil sie deinetwegen nun die größten und schmerzhaftesten Strafen aushalten müsse, da sie dich doch immer so geliebt habe; denn alle, so wie sie sagte, verließen nur sehr ungern diese Gegend.«

Marie verbot ihr, davon zu sprechen, und indem kam auch der Fährmann vom Strome herüber, welcher Wunderdinge erzählte. Mit einbrechender Nacht war ein großer fremder Mann zu ihm gekommen, welcher ihm bis zu Sonnenaufgang die Fähre abgemietet habe, doch mit dem Bedingnis, daß er sich still zu Hause halten und schlafen, wenigstens nicht aus der Tür treten solle. »Ich fürchtete mich«, fuhr der Alte fort, »aber der seltsame Handel ließ mich nicht schlafen. Sacht schlich ich mich ans Fenster und schaute nach dem Strome. Große Wolken trieben unruhig durch den Himmel und die fernen Wälder rauschten bange; es war als wenn meine Hütte bebte und Klagen und Winseln um das Haus schlich. Da sah ich plötzlich ein weißströmendes Licht, das breiter und immer breiter wurde, wie viele tausend niedergefallene Sterne, funkelnd und wogend bewegte es sich von dem finstern Tannengrunde her, zog über das Feld, und verbreitete sich nach dem Flusse hin. Da hörte ich ein Trappeln, ein Klirren, ein Flüstern und Säuseln näher und näher; es ging nach meiner Fähre hin, hinein stiegen alle, große und kleine leuchtende Gestalten, Männer und Frauen, wie es schien, und Kinder, und der große fremde Mann fuhr sie alle hinüber; im Strome schwammen neben dem Fahrzeuge viel tausend helle Gebilde, in der Luft flatterten Lichter und weiße Nebel, und alles klagte und jammerte, daß sie so weit, weit reisen müßten, aus der geliebten angewöhnten Gegend fort. Der Ruderschlag und das Wasser rauschten dazwischen, und dann war wieder plötzlich eine Stille. Oft stieß die Fähre an, und kam zurück und ward von neuem beladen, auch viele schwere Gefäße nahmen sie mit, die gräßliche kleine Gesellen trugen und rollten; waren es Teufel, waren es Kobolde, ich weiß es nicht. Dann kam im wogenden Glanz ein stattlicher Zug. Ein Greis schien es, auf einem weißen kleinen Rosse, um den sich alles drängte;

ich sah aber nur den Kopf des Pferdes, denn es war über und über mit kostbaren glänzenden Decken verhangen; auf dem Haupt trug der Alte eine Krone, so daß ich dachte, als er hinübergefahren, die Sonne wolle von dorten aufgehn, und das Morgenrot funkle mir entgegen. So währte es die ganze Nacht; ich schlief endlich in dem Gewirre ein, zum Teil in Freude, zum Teil in Schauder. Am Morgen war alles ruhig, aber der Fluß ist wie weggelaufen, so daß ich Not haben werde mein Fahrzeug zu regieren.«

Noch in demselben Jahre war ein Mißwuchs, die Wälder starben ab, die Quellen vertrockneten, und dieselbe Gegend, die sonst die Freude jedes Durchreisenden gewesen war, stand im Herbst verödet, nackt und kahl, und zeigte kaum hie und da noch im Meere von Sand ein Plätzchen, wo Gras mit fahlem Grün emporwuchs. Die Obstbäume gingen alle aus, die Weinberge verdarben, und der Anblick der Landschaft war so traurig, daß der Graf im folgenden Jahre mit seiner Familie das Schloß verließ, welches nachher verfiel und zur Ruine wurde.

Elfriede betrachtete Tag und Nacht mit der größten Sehnsucht ihre Rose und gedachte ihrer Gespielin, und so wie die Blume sich neigte und welkte, so senkte sie auch das Köpfchen, und war schon vor dem Frühlinge verschmachtet. Marie stand oft auf dem Platze vor der Hütte und beweinte das entschwundene Glück. Sie verzehrte sich, wie ihr Kind, und folgte ihm in einigen Jahren. Der alte Martin zog mit seinem Schwiegersohne nach der Gegend, in der er vormals gelebt hatte.

Der Runenberg

Ein junger Jäger saß im innersten Gebirge nachdenkend bei einem Vogelherde, indem das Rauschen der Gewässer und des Waldes in der Einsamkeit tönte. Er bedachte sein Schicksal, wie er so jung sei, und Vater und Mutter, die wohlbekannte Heimat, und alle Befreundeten seines Dorfes verlassen hatte, um eine fremde Umgebung zu suchen, um sich aus dem Kreise der wiederkehrenden Gewöhnlichkeiten zu entfernen, und er blickte mit einer Art von Verwunderung auf, daß er sich nun in diesem Tale, in dieser Beschäftigung wiederfand. Große Wolken zogen durch den Himmel und verloren sich hinter den Bergen, Vögel sangen aus den Gebüschen und ein Widerschall antwortete ihnen. Er stieg langsam den Berg hinunter, und setzte sich an den Rand eines Baches nieder, der über vorragendes Gestein schäumend murmelte. Er hörte auf die wechselnde Melodie des Wassers, und es schien, als wenn ihm die Wogen in unverständlichen Worten tausend Dinge sagten, die ihm so wichtig warener mußte sich innig betrüben, daß er ihre Reden nicht verstehen konnte. Wieder sah er dann umher und ihm dünkte, er sei froh und glücklich; so faßte er wieder neuen Mut und sang mit lauter Stimme einen Jägergesang:

»Froh und lustig zwischen Steinen
Geht der Jüngling auf die Jagd,
Seine Beute muß erscheinen
In den grünlebendgen Hainen,
Sucht' er auch bis in die Nacht.

Seine treuen Hunde bellen
Durch die schöne Einsamkeit,
Durch den Wald die Hörner gellen,
Daß die Herzen mutig schwellen:
O du schöne Jägerzeit!

Seine Heimat sind die Klüfte,
Alle Bäume grüßen ihn,
Rauschen strenge Herbsteslüfte
Find't er Hirsch und Reh, die Schlüfte
Muß er jauchzend dann durchziehn.

Laß dem Landmann seine Mühen
Und dem Schiffer nur sein Meer,
Keiner sieht in Morgens Frühen
So Auroras Augen glühen,
Hängt der Tau am Grase schwer,

Als wer Jagd, Wild, Wälder kennet
Und Diana lacht ihn an,
Einst das schönste Bild entbrennet,
Die er seine Liebste nennet:
O beglückter Jägersmann!«

Während dieses Gesanges war die Sonne tiefer gesunken und breite Schatten fielen durch das enge Tal. Eine kühlende Dämmerung schlich über den Boden weg, und nur noch die Wipfel der Bäume, wie die runden Bergspitzen waren vom Schein des Abends vergoldet. Christians Gemüt ward immer trübseliger, er mochte nicht nach seinem Vogelherde zurückkehren, und dennoch mochte er nicht bleiben; es dünkte ihm so einsam und er sehnte sich nach Menschen. Jetzt wünschte er sich die alten Bücher, die er sonst bei seinem Vater gesehn, und die er niemals lesen mögen, sooft ihn auch der Vater dazu angetrieben hatte; es fielen ihm die Szenen seiner Kindheit ein, die Spiele mit der Jugend des Dorfes, seine Bekanntschaften unter den Kindern, die Schule, die ihm so drückend gewesen war, und er sehnte sich in alle diese Umgebungen zurück, die er freiwillig verlassen hatte, um sein Glück in unbekannten Gegenden, in Bergen, unter fremden Menschen, in einer neuen Beschäftigung zu finden. Indem es finster wurde, und der Bach lauter rauschte, und das Geflügel der Nacht seine irre Wanderung mit umschweifendem Fluge begann, saß er noch immer mißvergnügt und in sich versunken; er hätte weinen mögen, und er war durchaus unentschlossen, was er tun und vornehmen solle. Gedankenlos zog er eine hervorragende Wurzel aus der Erde, und plötzlich hörte er erschreckend ein dumpfes Winseln im Boden, das sich unterirdisch in klagenden Tönen fortzog, und erst in der Ferne wehmütig verscholl. Der Ton durchdrang sein innerstes Herz, er ergriff ihn, als wenn er unvermutet die Wunde berührt habe, an der der sterbende Leichnam der Natur in Schmerzen verscheiden wolle. Er sprang auf und wollte entfliehen, denn er hatte wohl ehemals von der seltsamen Alrunenwurzel gehört, die beim Ausreißen so herzdurchschneidende Klagetöne von sich gebe, daß der Mensch von ihrem Gewinsel wahnsinnig werden müsse. Indem er fortgehen wollte, stand ein fremder Mann hinter ihm, welcher ihn freundlich ansah und fragte, wohin er wolle. Christian hatte sich Gesellschaft gewünscht, und doch erschrak er von neuem vor dieser freundlichen Gegenwart. »Wohin so eilig?« fragte der Fremde noch einmal. Der junge Jäger suchte sich zu sammeln und erzählte, wie ihm plötzlich die Einsamkeit so schrecklich vorgekommen sei, daß er sich habe retten wollen, der Abend sei so dunkel, die grünen Schatten des Waldes so traurig, der Bach spreche in lauter Klagen, die Wolken des Himmels zögen seine Sehnsucht jenseit den Bergen hinüber. »Ihr seid noch jung«, sagte der Fremde, »und könnt wohl die Strenge der Einsamkeit noch nicht ertragen, ich will Euch begleiten, denn Ihr findet doch kein Haus oder Dorf im Umkreis einer Meile, wir mögen unterwegs etwas sprechen und uns erzählen, so verliert Ihr die trüben Gedanken; in einer Stunde kommt der Mond hinter den Bergen hervor, sein Licht wird dann wohl auch Eure Seele lichter machen.«

Sie gingen fort, und der Fremde dünkte dem Jünglinge bald ein alter Bekannter zu sein. »Wie seid Ihr in dieses Gebürge gekommen«, fragte jener, »Ihr seid hier, Eurer Sprache nach, nicht einheimisch.« – »Ach darüber«, sagte der Jüngling, »ließe sich viel sagen, und doch ist es wieder keiner Rede, keiner Erzählung wert; es hat mich wie mit fremder Gewalt aus dem Kreise meiner Eltern und Verwandten hinweggenommen, mein Geist war seiner selbst nicht mächtig; wie ein Vogel, der in einem Netz gefangen ist und sich vergeblich sträubt, so verstrickt war meine Seele in seltsamen Vorstellungen und Wünschen. Wir wohnten weit von hier in einer Ebene, in der man rund umher keinen Berg, kaum eine Anhöhe erblickte; wenige Bäume schmückten den grünen Plan, aber Wiesen, fruchtbare Kornfelder und Gärten zogen sich hin, so weit das Auge reichen konnte, ein großer Fluß glänzte wie ein mächtiger Geist an den Wiesen und Feldern vorbei. Mein Vater war Gärtner im Schloß und hatte vor, mich ebenfalls zu seiner Beschäftigung zu erziehen; er liebte die Pflanzen und Blumen über alles und konnte sich tagelang unermüdet mit ihrer Wartung und Pflege abgeben. Ja er ging so weit, daß er behauptete, er könne fast mit ihnen sprechen; er lerne von ihrem Wachstum und Gedeihen, so wie von der verschiedenen Gestalt und Farbe ihrer Blätter. Mir war die Gartenarbeit zuwider, um so mehr, als mein Vater mir zuredete, oder gar mit Drohungen mich zu zwingen versuchte. Ich wollte Fischer werden, und machte den Versuch, allein das Leben auf dem Wasser stand mir auch nicht an; ich wurde dann zu einem Handelsmann in die Stadt gegeben, und kam auch von ihm bald in das väterliche Haus zurück. Auf einmal hörte ich meinen Vater von Gebirgen erzählen, die er in seiner Jugend bereiset hatte, von den unterirdischen Bergwerken und ihren Arbeitern, von Jägern und ihrer Beschäftigung, und plötzlich erwachte in mir der bestimmteste Trieb, das Gefühl, daß ich nun die für mich bestimmte Lebensweise gefunden habe. Tag und Nacht sann ich und stellte mir hohe Berge, Klüfte und Tannenwälder vor; meine Einbildung erschuf sich ungeheure Felsen, ich hörte in Gedanken das Getöse der Jagd, die Hörner, und das Geschrei der Hunde und des Wildes; alle meine Träume waren damit angefüllt und darüber hatte ich nun weder Rast noch

Ruhe mehr. Die Ebene, das Schloß, der kleine beschränkte Garten meines Vaters mit den geordneten Blumenbeeten, die enge Wohnung, der weite Himmel, der sich ringsum so traurig ausdehnte, und keine Höhe, keinen erhabenen Berg umarmte, alles ward mir noch betrübter und verhaßter. Es schien mir, als wenn alle Menschen um mich her in der bejammernswürdigsten Unwissenheit lebten, und daß alle ebenso denken und empfinden würden, wie ich, wenn ihnen dieses Gefühl ihres Elendes nur ein einziges Mal in ihrer Seele aufginge. So trieb ich mich um, bis ich an einem Morgen den Entschluß faßte, das Haus meiner Eltern auf immer zu verlassen. Ich hatte in einem Buche Nachrichten vom nächsten großen Gebirge gefunden, Abbildungen einiger Gegenden, und darnach richtete ich meinen Weg ein. Es war im ersten Frühlinge und ich fühlte mich durchaus froh und leicht. Ich eilte, um nur recht bald das Ebene zu verlassen, und an einem Abende sah ich in der Ferne die dunkeln Umrisse des Gebirges vor mir liegen. Ich konnte in der Herberge kaum schlafen, so ungeduldig war ich, die Gegend zu betreten, die ich für meine Heimat ansah; mit dem frühesten war ich munter und wieder auf der Reise. Nachmittags befand ich mich schon unter den vielgeliebten Bergen, und wie ein Trunkner ging ich, stand dann eine Weile, schaute rückwärts, und berauschte mich in allen mir fremden und doch so wohlbekannten Gegenständen. Bald verlor ich die Ebene hinter mir aus dem Gesichte, die Waldströme rauschten mir entgegen, Buchen und Eichen brausten mit bewegtem Laube von steilen Abhängen herunter; mein Weg führte mich schwindlichten Abgründen vorüber, blaue Berge standen groß und ehrwürdig im Hintergrunde. Eine neue Welt war mir aufgeschlossen, ich wurde nicht müde. So kam ich nach einigen Tagen, indem ich einen großen Teil des Gebürges durchstreift hatte, zu einem alten Förster, der mich auf mein inständiges Bitten zu sich nahm, um mich in der Kunst der Jägerei zu unterrichten. Jetzt bin ich seit drei Monaten in seinen Diensten. Ich nahm von der Gegend, in der ich meinen Aufenthalt hatte, wie von einem Königreiche Besitz; ich lernte jede Klippe, jede Schluft des Gebürges kennen, ich war in meiner Beschäftigung, wenn wir am frühen Morgen nach dem Walde zogen, wenn wir Bäume im Forste fällten, wenn ich mein Auge und meine Büchse übte, und die treuen Gefährten, die Hunde zu ihren Geschicklichkeiten abrichtete, überaus glücklich. Jetzt sitze ich schon seit acht Tagen hier oben auf dem Vogelherde, im einsamsten Gebürge, und am Abend wurde mir heut so traurig zu Sinne, wie noch niemals in meinem bisherigen Leben; ich kam mir so verloren, so ganz unglückselig vor, und noch kann ich mich nicht von dieser trüben Stimmung erholen.«

Der fremde Mann hatte aufmerksam zugehört, indem beide durch einen dunkeln Gang des Waldes gewandert waren. Jetzt traten sie ins Freie, und das Licht des Mondes, der oben mit seinen Hörnern über der Bergspitze stand, begrüßte sie freundlich: in unkenntlichen Formen und vielen gesonderten Massen, die der bleiche Schimmer wieder rätselhaft vereinigte, lag das gespaltene Gebürge vor ihnen, im Hintergrunde ein steiler Berg, auf welchem uralte verwitterte Ruinen schauerlich im weißen Lichte sich zeigten. »Unser Weg trennt sich hier«, sagte der Fremde, »ich gehe in diese Tiefe hinunter, dort bei jenem alten Schacht ist meine Wohnung: die Erze sind meine Nachbarn, die Berggewässer erzählen mir Wunderdinge in der Nacht, dahin kannst du mir doch nicht folgen. Aber siehe dort den Runenberg mit seinem schroffen Mauerwerke, wie schön und anlockend das alte Gestein zu uns herblickt! Bist du niemals dorten gewesen?« »Niemals«, sagte der junge Christian, »ich hörte einmal meinen alten Förster wundersame Dinge von diesem Berge erzählen, die ich töricht genug wieder vergessen habe; aber ich erinnere mich, daß mir an jenem Abend grauenhaft zumute war. Ich möchte wohl einmal die Höhe besteigen, denn die Lichter sind dort am schönsten, das Gras muß dorten recht grün sein, die Welt umher recht seltsam, auch mag sich's wohl treffen, daß man noch manch Wunder aus der alten Zeit da oben fände.«

»Es kann fast nicht fehlen«, sagte jener, »wer nur zu suchen versteht, wessen Herz recht innerlich hingezogen wird, der findet uralte Freunde dort und Herrlichkeiten, alles, was er am eifrigsten wünscht.« – Mit diesen Worten stieg der Fremde schnell hinunter, ohne seinem Gefährten Lebewohl zu sagen, bald war er im Dickicht des Gebüsches verschwunden, und kurz nachher verhallte auch der Tritt seiner Füße. Der junge Jäger war nicht verwundert, er verdoppelte nur seine Schritte nach dem Runenberge zu, alles winkte ihm dorthin, die Sterne schienen dorthin zu leuchten, der Mond wies mit einer hellen Straße nach den Trümmern, lichte Wolken zogen hinauf,

und aus der Tiefe redeten ihm Gewässer und rauschende Wälder zu und sprachen ihm Mut ein. Seine Schritte waren wie beflügelt, sein Herz klopfte, er fühlte eine so große Freudigkeit in seinem Innern, daß sie zu einer Angst emporwuchs. – Er kam in Gegenden, in denen er nie gewesen war, die Felsen wurden steiler, das Grün verlor sich, die kahlen Wände riefen ihn wie mit zürnenden Stimmen an, und ein einsam klagender Wind jagte ihn vor sich her. So eilte er ohne Stillstand fort, und kam spät nach Mitternacht auf einen schmalen Fußsteig, der hart an einem Abgrunde hinlief. Er achtete nicht auf die Tiefe, die unter ihm gähnte und ihn zu verschlingen drohte, so sehr spornten ihn irre Vorstellungen und unverständliche Wünsche. Jetzt zog ihn der gefährliche Weg neben eine hohe Mauer hin, die sich in den Wolken zu verlieren schien; der Steig ward mit jedem Schritte schmaler, und der Jüngling mußte sich an vorragenden Steinen festhalten, um nicht hinunterzustürzen. Endlich konnte er nicht weiter, der Pfad endigte unter einem Fenster, er mußte stillstehen und wußte jetzt nicht, ob er umkehren, ob er bleiben solle. Plötzlich sah er ein Licht, das sich hinter dem alten Gemäuer zu bewegen schien. Er sah dem Scheine nach, und entdeckte, daß er in einen alten geräumigen Saal blicken konnte, der wunderlich verziert von mancherlei Gesteinen und Kristallen in vielfältigen Schimmern funkelte, die sich geheimnisvoll von dem wandelnden Lichte durcheinanderbewegten, welches eine große weibliche Gestalt trug, die sinnend im Gemache auf und nieder ging. Sie schien nicht den Sterblichen anzugehören, so groß, so mächtig waren ihre Glieder, so streng ihr Gesicht, aber doch dünkte dem entzückten Jünglinge, daß er noch niemals solche Schönheit gesehn oder geahnet habe. Er zitterte und wünschte doch heimlich, daß sie zum Fenster treten und ihn wahrnehmen möchte. Endlich stand sie still, setzte das Licht auf einen kristallenen Tisch nieder, schaute in die Höhe und sang mit durchdringlicher Stimme:

»Wo die Alten weilen,
Daß sie nicht erscheinen?
Die Kristallen weinen,
Von demantnen Säulen
Fließen Tränenquellen,

Töne klingen drein;
In den klaren hellen
Schön durchsichtgen Wellen
Bildet sich der Schein,
Der die Seelen ziehet,
Dem das Herz erglühet.
Kommt ihr Geister alle
Zu der goldnen Halle,
Hebt aus tiefen Dunkeln
Häupter, welche funkeln!
Macht der Herzen und der Geister,
Die so durstig sind im Sehnen,
Mit den leuchtend schönen Tränen
Allgewaltig euch zum Meister!«

Als sie geendigt hatte, fing sie an sich zu entkleiden, und ihre Gewänder in einen kostbaren Wandschrank zu legen. Erst nahm sie einen goldenen Schleier vom Haupte, und ein langes schwarzes Haar floß in geringelter Fülle bis über die Hüften hinab; dann löste sie das Gewand des Busens, und der Jüngling vergaß sich und die Welt im Anschauen der überirdischen Schönheit. Er wagte kaum zu atmen, als sie nach und nach alle Hüllen löste; nackt schritt sie endlich im Saale auf und nieder, und ihre schweren schwebenden Locken bildeten um sie her ein dunkel wogendes Meer, aus dem wie Marmor die glänzenden Formen des reinen Leibes abwechselnd hervorstrahlten. Nach geraumer Zeit näherte sie sich einem andern goldenen Schranke, nahm eine Tafel heraus, die von vielen eingelegten Steinen, Rubinen, Diamanten und allen Juwelen glänzte, und betrachtete sie lange prüfend. Die Tafel schien eine wunderliche unverständliche Figur mit ihren unterschiedlichen Farben und Linien zu bilden; zuweilen war, nachdem der Schimmer ihm entgegenspiegelte, der Jüngling schmerzhaft geblendet, dann wieder besänftigten grüne und blau spielende Scheine sein Auge: er aber stand, die Gegenstände mit seinen Blicken verschlingend, und zugleich tief in sich selbst versunken. In seinem Innern hatte sich ein Abgrund von Gestalten und Wohllaut, von Sehnsucht und Wollust aufgetan, Scharen von beflügelten Tönen und wehmütigen und freudigen Melodien zogen durch sein Gemüt, das bis auf den Grund bewegt war: er sah eine Welt von Schmerz und Hoffnung in sich aufgehen, mächtige Wunderfelsen von Vertrauen und trotzender Zuversicht, große Wasserströme, wie voll Wehmut fließend. Er kannte sich nicht wieder, und erschrak, als die Schöne das Fenster öffnete, ihm die magische steinerne Tafel reichte und die wenigen Worte sprach: »Nimm dieses zu meinem Angedenken!« Er faßte die Tafel und fühlte die Figur, die unsichtbar sogleich in sein Inneres überging, und das Licht und die mächtige Schönheit und der seltsame Saal waren verschwunden. Wie eine dunkele Nacht mit Wolkenvorhängen fiel es in sein Inneres hinein, er suchte nach seinen vorigen Gefühlen, nach jener Begeisterung und unbegreiflichen Liebe, er beschaute die kostbare Tafel, in welcher sich der untersinkende Mond schwach und bläulich spiegelte.

Noch hielt er die Tafel fest in seinen Händen gepreßt, als der Morgen graute und er erschöpft, schwindelnd und halb schlafend die steile Höhe hinunterstürzte. –

Die Sonne schien dem betäubten Schläfer auf sein Gesicht, der sich erwachend auf einem anmutigen Hügel wiederfand. Er sah umher, und erblickte weit hinter sich und kaum noch kennbar am äußersten Horizont die Trümmer des Runenberges: er suchte nach jener Tafel, und fand sie nirgend. Erstaunt und verwirrt wollte er sich sammeln und seine Erinnerungen anknüpfen, aber sein Gedächtnis war wie mit einem wüsten Nebel angefüllt, in welchem sich formlose Gestalten wild und unkenntlich durcheinanderbewegten. Sein ganzes voriges Leben lag wie in einer tiefen Ferne hinter ihm; das Seltsamste und das Gewöhnliche war so ineinander vermischt, daß er es unmöglich sondern konnte. Nach langem Streite mit sich selbst glaubte er endlich, ein Traum oder ein plötzlicher Wahnsinn habe ihn in dieser Nacht befallen, nur begriff er immer nicht, wie er sich so weit in eine fremde entlegene Gegend habe verirren können.

Noch fast schlaftrunken stieg er den Hügel hinab, und geriet auf einen gebahnten Weg, der ihn vom Gebirge hinunter in das flache Land führte. Alles war ihm fremd, er glaubte anfangs, er würde in seine Heimat gelangen, aber er sah eine ganz verschiedene Gegend, und vermutete endlich, daß er sich jenseit der südlichen Grenze des Gebirges befinden müsse, welches er im Frühling von Norden her betreten hatte.

Gegen Mittag stand er über einem Dorfe, aus dessen Hütten ein friedlicher Rauch in die Höhe stieg, Kinder spielten auf einem grünen Platze festtäglich geputzt, und aus der kleinen Kirche erscholl der Orgelklang und das Singen der Gemeine. Alles ergriff ihn mit unbeschreiblich süßer Wehmut, alles rührte ihn so herzlich, daß er weinen mußte. Die engen Gärten, die kleinen Hütten mit ihren rauchenden Schornsteinen, die gerade abgeteilten Kornfelder erinnerten ihn an die Bedürftigkeit des armen Menschengeschlechts, an seine Abhängigkeit vom freundlichen Erdboden, dessen Milde es sich vertrauen muß; dabei erfüllte der Gesang und der Ton der Orgel sein Herz mit einer nie gefühlten Frömmigkeit. Seine Empfindungen und Wünsche der Nacht erschienen ihm ruchlos und frevelhaft, er wollte sich wieder kindlich, bedürftig und demütig an die Menschen wie an seine Brüder schließen, und sich von den gottlosen Gefühlen und Vorsätzen entfernen. Reizend und anlockend dünkte ihm die Ebene mit dem kleinen Fluß, der sich in mannigfaltigen Krümmungen um Wiesen und Gärten schmiegte; mit Furcht gedachte er an seinen Aufenthalt in dem einsamen Gebirge und zwischen den wüsten Steinen, er sehnte sich, in diesem friedlichen Dorfe wohnen zu dürfen, und trat mit diesen Empfindungen in die menschenerfüllte Kirche.

Der Gesang war eben beendigt und der Priester hatte seine Predigt begonnen, von den Wohltaten Gottes in der Ernte: wie seine Güte alles speiset und sättigt was lebt, wie wunderbar im Getreide für die Erhaltung des Menschengeschlechtes gesorgt sei, wie die Liebe Gottes sich unaufhörlich im Brote mitteile und der andächtige Christ so ein unvergängliches Abendmahl gerührt feiern könne. Die Gemeine war erbaut, des Jägers Blicke ruhten auf dem frommen Redner, und bemerkten dicht neben der Kanzel ein junges Mädchen, das vor allen andern der Andacht und Aufmerksamkeit hingegeben schien. Sie war schlank und blond, ihr blaues Auge glänzte von der durchdringendsten Sanftheit, ihr Antlitz war wie durchsichtig und in den zartesten Farben blühend. Der fremde Jüngling hatte sich und sein Herz noch niemals so empfunden, so voll Liebe und so beruhigt, so den stillsten und erquickendsten Gefühlen hingegeben. Er beugte sich weinend, als der Priester endlich den Segen sprach, er fühlte sich bei den heiligen Worten wie von einer unsichtbaren Gewalt durchdrungen, und das Schattenbild der Nacht in die tiefste Entfernung wie ein Gespenst hinabgerückt. Er verließ die Kirche, verweilte unter einer großen Linde, und dankte Gott in einem inbrünstigen Gebete, daß er ihn ohne sein Verdienst wieder aus den Netzen des bösen Geistes befreit habe.

Das Dorf feierte an diesem Tage das Erntefest und alle Menschen waren fröhlich gestimmt; die geputzten Kinder freuten sich auf die Tänze und Kuchen, die jungen Burschen richteten auf dem Platze im Dorfe, der von jungen Bäumen umgeben war, alles zu ihrer herbstlichen Festlichkeit ein, die Musikanten saßen und probierten ihre Instrumente. Christian ging noch einmal in das Feld hinaus, um sein Gemüt zu sammeln und seinen Betrachtungen nachzuhängen, dann kam er in das Dorf zurück, als sich schon alles zur Fröhlichkeit und zur Begehung des Festes vereiniget hatte. Auch die blonde Elisabeth war mit ihren Eltern zugegen, und der Fremde mischte sich in den frohen Haufen. Elisabeth tanzte, und er hatte unterdes bald mit dem Vater ein Gespräch angesponnen, der ein Pachter war und einer der reichsten Leute im Dorfe. Ihm schien die Jugend und das Gespräch des fremden Gastes zu gefallen, und so wurden sie in kurzer Zeit dahin einig, daß Christian als Gärtner bei ihm einziehen solle. Dieser konnte es unternehmen, denn er hoffte, daß ihm nun die Kenntnisse und Beschäftigungen zustatten kommen würden, die er in seiner Heimat so sehr verachtet hatte.

Jetzt begann ein neues Leben für ihn. Er zog bei dem Pachter ein und ward zu dessen Familie gerechnet; mit seinem Stande veränderte er auch seine Tracht. Er war so gut, so dienstfertig und immer freundlich, er stand seiner Arbeit so fleißig vor, daß ihm bald alle im Hause, vorzüglich aber die Tochter, gewogen wurden. Sooft er sie am Sonntage zur Kirche gehn sah, hielt er ihr einen schönen Blumenstrauß in Bereitschaft, für den sie ihm mit errötender Freundlichkeit dankte; er vermißte sie, wenn er sie an einem Tage nicht sah, dann erzählte sie ihm am Abend Märchen und lustige Geschichten. Sie wurden sich immer notwendiger, und die Alten, welche es bemerkten, schienen nichts dagegen zu haben, denn Christian war der fleißigste und schönste Bursche im Dorfe; sie selbst hatten vom ersten Augenblick einen Zug der Liebe und Freundschaft zu ihm gefühlt. Nach einem halben Jahre war Elisabeth seine Gattin. Es war wieder Frühling, die Schwalben und die

Vögel des Gesanges kamen in das Land, der Garten stand in seinem schönsten Schmuck, die Hochzeit wurde mit aller Fröhlichkeit gefeiert, Braut und Bräutigam schienen trunken von ihrem Glücke. Am Abend spät, als sie in die Kammer gingen, sagte der junge Gatte zu seiner Geliebten: »Nein, nicht jenes Bild bist du, welches mich einst im Traum entzückte und das ich niemals ganz vergessen kann, aber doch bin ich glücklich in deiner Nähe und selig in deinen Armen.«

Wie vergnügt war die Familie, als sie nach einem Jahre durch eine kleine Tochter vermehrt wurde, welche man Leonora nannte. Christian wurde zwar zuweilen etwas ernster, indem er das Kind betrachtete, aber doch kam seine jugendliche Heiterkeit immer wieder zurück. Er gedachte kaum noch seiner vorigen Lebensweise, denn er fühlte sich ganz einheimisch und befriedigt. Nach einigen Monaten fielen ihm aber seine Eltern in die Gedanken, und wie sehr sich besonders sein Vater über sein ruhiges Glück, über seinen Stand als Gärtner und Landmann freuen würde; es ängstigte ihn, daß er Vater und Mutter seit so langer Zeit ganz hatte vergessen können, sein eigenes Kind erinnerte ihn, welche Freude die Kinder den Eltern sind, und so beschloß er dann endlich, sich auf die Reise zu machen und seine Heimat wieder zu besuchen.

Ungern verließ er seine Gattin; alle wünschten ihm Glück, und er machte sich in der schönen Jahreszeit zu Fuß auf den Weg. Er fühlte schon nach wenigen Stunden, wie ihn das Scheiden peinige, zum erstenmal empfand er in seinem Leben die Schmerzen der Trennung; die fremden Gegenstände erschienen ihm fast wild, ihm war, als sei er in einer feindseligen Einsamkeit verloren. Da kam ihm der Gedanke, daß seine Jugend vorüber sei, daß er eine Heimat gefunden, der er angehöre, in die sein Herz Wurzel geschlagen habe; er wollte fast den verlornen Leichtsinn der vorigen Jahre beklagen, und es war ihm äußerst trübselig zumute, als er für die Nacht auf einem Dorfe in dem Wirtshause einkehren mußte. Er begriff nicht, warum er sich von seiner freundlichen Gattin und den erworbenen Eltern entfernt habe, und verdrießlich und murrend machte er sich am Morgen auf den Weg, um seine Reise fortzusetzen.

Seine Angst nahm zu, indem er sich dem Gebirge näherte, die fernen Ruinen wurden schon sichtbar und traten nach und nach kenntlicher hervor, viele Bergspitzen hoben sich abgerundet aus dem blauen Nebel. Sein Schritt wurde zaghaft, er blieb oft stehen und verwunderte sich über seine Furcht, über die Schauer, die ihm mit jedem Schritte gedrängter nahe kamen. »Ich kenne dich Wahnsinn wohl«, rief er aus, »und dein gefährliches Locken, aber ich will dir männlich widerstehn! Elisabeth ist kein schnöder Traum, ich weiß, daß sie jetzt an mich denkt, daß sie auf mich wartet und liebevoll die Stunden meiner Abwesenheit zählt. Sehe ich nicht schon Wälder wie schwarze Haare vor mir? Schauen nicht aus dem Bache die blitzenden Augen nach mir her? Schreiten die großen Glieder nicht aus den Bergen auf mich zu?« – Mit diesen Worten wollte er sich um auszuruhen unter einen Baum niederwerfen, als er im Schatten desselben einen alten Mann sitzen sah, der mit der größten Aufmerksamkeit eine Blume betrachtete, sie bald gegen die Sonne hielt, bald wieder mit seiner Hand beschattete, ihre Blätter zählte, und überhaupt sich bemühte, sie seinem Gedächtnisse genau einzuprägen. Als er näher ging, erschien ihm die Gestalt bekannt, und bald blieb ihm kein Zweifel übrig, daß der Alte mit der Blume sein Vater sei. Er stürzte ihm mit dem Ausdruck der heftigsten Freude in die Arme; jener war vergnügt, aber nicht überrascht, ihn so plötzlich wiederzusehen. »Kömmst du mir schon entgegen, mein Sohn?« sagte der Alte, »ich wußte, daß ich dich bald finden würde, aber ich glaubte nicht, daß mir schon am heutigen Tage die Freude widerfahren sollte.« – »Woher wußtet Ihr, Vater, daß Ihr mich antreffen würdet?« – »An dieser Blume«, sprach der alte Gärtner; »seit ich lebe, habe ich mir gewünscht, sie einmal sehen zu können, aber niemals ist es mir so gut geworden, weil sie sehr selten ist, und nur in Gebirgen wächst: ich machte mich auf dich zu suchen, weil deine Mutter gestorben ist und mir zu Hause die Einsamkeit zu drückend und trübselig war. Ich wußte nicht, wohin ich meinen Weg richten sollte, endlich wanderte ich durch das Gebirge, so traurig mir auch die Reise vorkam; ich suchte beiher nach der Blume, konnte sie aber nirgends entdecken, und nun finde ich sie ganz unvermutet hier, wo schon die schöne Ebene sich ausstreckt; daraus wußte ich, daß ich dich bald finden mußte, und sieh, wie die liebe Blume mir geweissagt hat!« Sie umarmten sich wieder, und Christian beweinte seine Mutter; der Alte aber faßte seine Hand und sagte: »Laß uns gehen, daß wir die Schatten des Gebirges bald aus den Augen verlieren, mir ist immer noch weh ums Herz von den steilen wilden Gestalten, von dem gräßlichen Geklüft, von den schluchzenden Wasserbächen; laß uns das gute, fromme, ebene Land besuchen.«

Sie wanderten zurück, und Christian ward wieder froher. Er erzählte seinem Vater von seinem neuen Glücke, von seinem Kinde und seiner Heimat; sein Gespräch machte ihn selbst wie trunken, und er fühlte im Reden erst recht, wie nichts mehr zu seiner Zufriedenheit ermangle. So kamen sie unter Erzählungen, traurigen und fröhlichen, in dem Dorfe an. Alle waren über die frühe Beendigung der Reise vergnügt, am meisten Elisabeth. Der alte Vater zog zu ihnen, und gab sein kleines Vermögen in ihre Wirtschaft; sie bildeten den zufriedensten und einträchtigsten Kreis von Menschen. Der Acker gedieh, der Viehstand mehrte sich, Christians Haus wurde in wenigen Jahren eins der ansehnlichsten im Orte; auch sah er sich bald als den Vater von mehreren Kindern.

Fünf Jahre waren auf diese Weise verflossen, als ein Fremder auf seiner Reise in ihrem Dorfe einkehrte, und in Christians Hause, weil es die ansehnlichste Wohnung war, seinen Aufenthalt nahm. Er war ein freundlicher, gesprächiger Mann, der vieles von seinen Reisen erzählte, der mit den Kindern spielte und ihnen Geschenke machte, und dem in kurzem alle gewogen waren. Es gefiel ihm so wohl in der Gegend, daß er sich einige Tage hier aufhalten wollte; aber aus den Tagen wurden Wochen, und endlich Monate. Keiner wunderte sich über die Verzögerung, denn alle hatten sich schon daran gewöhnt, ihn mit zur Familie zu zählen. Christian saß nur oft nachdenklich, denn es kam ihm vor, als kenne er den Reisenden schon von ehemals, und doch konnte er sich keiner Gelegenheit erinnern, bei welcher er ihn gesehen haben möchte. Nach dreien Monaten nahm der Fremde endlich Abschied und sagte: »Liebe Freunde, ein wunderbares Schicksal und seltsame Erwartungen treiben mich in das nächste Gebirge hinein, ein zaubervolles Bild, dem ich nicht widerstehen kann, lockt mich; ich verlasse euch jetzt, und ich weiß nicht, ob ich wieder zu euch zurückkommen werde; ich habe eine Summe Geldes bei mir, die in euren Händen sicherer ist als in den meinigen, und deshalb bitte ich euch, sie zu verwahren; komme ich in Jahresfrist nicht zurück, so behaltet sie, und nehmet sie als einen Dank für eure mir bewiesene Freundschaft an.«

So reiste der Fremde ab, und Christian nahm das Geld in Verwahrung. Er verschloß es sorgfältig und sah aus übertriebener Ängstlichkeit zuweilen wieder nach, zählte es über, ob nichts daran fehle, und machte sich viel damit zu tun. »Diese Summe könnte uns recht glücklich machen«, sagte er einmal zu seinem Vater, »wenn der Fremde nicht zurückkommen sollte, für uns und unsre Kinder wäre auf immer gesorgt.« »Laß das Gold«, sagte der Alte, »darinne liegt das Glück nicht, uns hat bisher noch gottlob nichts gemangelt, und entschlage dich überhaupt dieser Gedanken.«

Oft stand Christian in der Nacht auf, um die Knechte zur Arbeit zu wecken und selbst nach allem zu sehn; der Vater war besorgt, daß er durch übertriebenen Fleiß seiner Jugend und Gesundheit schaden möchte: daher machte er sich in einer Nacht auf, um ihn zu ermahnen, seine übertriebene Tätigkeit einzuschränken, als er ihn zu seinem Erstaunen bei einer kleinen Lampe am Tische sitzend fand, indem er wieder mit der größten Emsigkeit die Goldstücke zählte. »Mein Sohn«, sagte der Alte mit Schmerzen, »soll es dahin mit dir kommen, ist dieses verfluchte Metall nur zu unserm Unglück unter dieses Dach gebracht? Besinne dich, mein Lieber, so muß dir der böse Feind Blut und Leben verzehren.« – »Ja«, sagte Christian, »ich verstehe mich selber nicht mehr, weder bei Tage noch in der Nacht läßt es mir Ruhe; seht, wie es mich jetzt wieder anblickt, daß mir der rote Glanz tief in mein Herz hineingeht! Horcht, wie es klingt, dies güldene Blut! das ruft mich, wenn ich schlafe, ich höre es, wenn Musik tönt, wenn der Wind bläst, wenn Leute auf der Gasse sprechen; scheint die Sonne, so sehe ich nur diese gelben Augen, wie es mir zublinzelt, und mir heimlich ein Liebeswort ins Ohr sagen will: so muß ich mich wohl nächtlicherweise aufmachen, um nur seinem Liebesdrang genugzutun, und dann fühle ich es innerlich jauchzen und frohlocken, wenn ich es mit meinen Fingern berühre, es wird vor Freuden immer röter und herrlicher; schaut nur selbst die Glut der Entzückung an!« – Der Greis nahm schaudernd und weinend den Sohn in seine Arme, betete und sprach dann: »Christel, du mußt dich wieder zum Worte Gottes wenden, du mußt fleißiger und andächtiger in die Kirche gehen, sonst wirst du verschmachten und im traurigsten Elende dich verzehren.«

Das Geld wurde wieder weggeschlossen, Christian versprach sich zu ändern und in sich zu gehn, und der Alte ward beruhigt. Schon war ein Jahr und mehr vergangen, und man hatte von dem Fremden noch nichts wieder in Erfahrung bringen können; der Alte gab nun endlich den Bitten seines Sohnes nach, und das zurückgelassene Geld wurde in Ländereien und auf andere Weise angelegt. Im Dorfe wurde bald von dem Reichtum des jungen Pachters gesprochen, und Christian schien außerordentlich zufrieden und vergnügt, so daß der Vater sich glücklich pries, ihn so wohl und heiter zu sehn: alle Furcht war jetzt in seiner Seele verschwunden. Wie sehr mußte er daher erstaunen, als ihn an einem Abend Elisabeth beseit nahm und unter Tränen erzählte, wie sie ihren Mann nicht mehr verstehe, er spreche so irre, vorzüglich des Nachts, er träume schwer, gehe oft im Schlafe lange in der Stube herum, ohne es zu wissen, und erzähle wunderbare Dinge, vor denen sie oft schaudern müsse. Am schrecklichsten sei ihr seine Lustigkeit am Tage, denn sein Lachen sei so wild und frech, sein Blick irre und fremd. Der Vater erschrak und die betrübte Gattin fuhr fort: »Immer spricht er von dem Fremden, und behauptet, daß er ihn schon sonst gekannt habe, denn dieser fremde Mann sei eigentlich ein wunderschönes Weib; auch will er gar nicht mehr auf das Feld hinausgehn oder im Garten arbeiten, denn er sagt, er höre ein unterirdisches fürchterliches Ächzen, sowie er nur eine Wurzel ausziehe; er fährt zusammen und scheint sich vor allen Pflanzen und Kräutern wie vor Gespenstern zu entsetzen.« – »Allgütiger Gott!« rief der Vater aus, »ist der fürchterliche Hunger in ihn schon so fest hineingewachsen, daß es dahin hat kommen können? So ist sein verzaubertes Herz nicht menschlich mehr, sondern von kaltem Metall; wer keine Blume mehr liebt, dem ist alle Liebe und Gottesfurcht verloren.«

Am folgenden Tage ging der Vater mit dem Sohne spazieren, und sagte ihm manches wieder, was er von Elisabeth gehört hatte; er ermahnte ihn zur Frömmigkeit, und daß er seinen Geist heiligen Betrachtungen widmen solle. Christian sagte: »Gern, Vater, auch ist mir oft ganz wohl, und es gelingt mir alles gut; ich kann auf lange Zeit, auf Jahre, die wahre Gestalt meines Innern vergessen, und gleichsam ein fremdes Leben mit Leichtigkeit führen: dann geht aber plötzlich wie ein neuer Mond das regierende Gestirn, welches ich selber bin, in meinem Herzen auf, und besiegt die fremde Macht. Ich könnte ganz froh sein, aber einmal, in einer seltsamen Nacht, ist mir durch die Hand ein geheimnisvolles Zeichen tief in mein Gemüt hineingeprägt; oft schläft und ruht die magische Figur, ich meine sie ist vergangen, aber dann quillt sie wie ein Gift plötzlich wieder hervor, und wegt sich in allen Linien. Dann kann ich sie nur denken und fühlen, und alles umher ist verwandelt, oder vielmehr von dieser Gestaltung verschlungen worden. Wie der Wahnsinnige beim Anblick des Wassers sich entsetzt, und das empfangene Gift noch giftiger in ihm wird, so geschieht es mir bei allen eckigen Figuren, bei jeder Linie, bei jedem Strahl, alles will dann die inwohnende Gestalt entbinden und zur Geburt befördern, und mein Geist und Körper fühlt die Angst; wie sie das Gemüt durch ein Gefühl von außen empfing, so will es sie dann wieder quälend und ringend zum äußern Gefühl hinausarbeiten, um ihrer los und ruhig zu werden.«

»Ein unglückliches Gestirn war es«, sprach der Alte, »das dich von uns hinwegzog; du warst für ein stilles Leben geboren, dein Sinn neigte sich zur Ruhe und zu den Pflanzen, da führte dich deine Ungeduld hinweg, in die Gesellschaft der verwilderten Steine: die Felsen, die zerrissenen Klippen mit ihren schroffen Gestalten haben dein Gemüt zerrüttet, und den verwüstenden Hunger nach dem Metall in dich gepflanzt. Immer hättest du dich vor dem Anblick des Gebirges hüten und bewahren müssen, und so dachte ich dich auch zu erziehen, aber es hat nicht sein sollen. Deine Demut, deine Ruhe, dein kindlicher Sinn ist von Trotz, Wildheit und Übermut verschüttet.«

»Nein«, sagte der Sohn, »ich erinnere mich ganz deutlich, daß mir eine Pflanze zuerst das Unglück der ganzen Erde bekannt gemacht hat, seitdem verstehe ich erst die Seufzer und Klagen, die allenthalben in der ganzen Natur vernehmbar sind, wenn man nur daraufhören will; in den Pflanzen, Kräutern, Blumen und Bäumen regt und bewegt sich schmerzhaft nur eine große Wunde, sie sind der Leichnam vormaliger herrlicher Steinwelten, sie bieten unserm Auge die schrecklichste Verwesung dar. Jetzt verstehe ich es wohl, daß es dies war, was mir jene Wurzel mit ihrem tiefgeholten Ächzen sagen wollte, sie vergaß sich in ihrem Schmerze und verriet mir alles. Darum sind alle grünen Gewächse so erzürnt auf mich, und stehn mir nach dem Leben; sie wollen jene geliebte Figur in meinem Herzen auslöschen, und in jedem Frühling mit ihrer verzerrten Leichenmiene meine Seele gewinnen. Unerlaubt und tückisch ist es, wie sie dich, alter Mann, hintergangen haben, denn von deiner Seele haben sie gänzlich Besitz genommen. Frage nur die Steine, du wirst erstaunen, wenn du sie reden hörst.«

Der Vater sah ihn lange an, und konnte ihm nichts mehr antworten. Sie gingen schweigend zurück nach Hause, und der Alte mußte sich jetzt ebenfalls vor der Lustigkeit seines Sohnes entsetzen, denn sie dünkte ihm ganz fremdartig, und als wenn ein andres Wesen aus ihm, wie aus einer Maschine, unbeholfen und ungeschickt herausspiele. –

Das Erntefest sollte wieder gefeiert werden, die Gemeine ging in die Kirche, und auch Elisabeth zog sich mit den Kindern an, um dem Gottesdienste beizuwohnen; ihr Mann machte auch Anstalten, sie zu begleiten, aber noch vor der Kirchentür kehrte er um, und ging tiefsinnend vor das Dorf hinaus. Er setzte sich auf die Anhöhe, und sähe wieder die rauchenden Dächer unter sich, er hörte den Gesang und Orgelton von der Kirche her, geputzte Kinder tanzten und spielten auf dem grünen Rasen. »Wie habe ich mein Leben in einem Traume verloren!« sagte er zu sich selbst. »Jahre sind verflossen, daß ich von hier hinunterstieg, unter die Kinder hinein; die damals hier spielten, sind heute dort ernsthaft in der Kirche; ich trat auch in das Gebäude, aber heut ist Elisabeth nicht mehr ein blühendes kindliches Mädchen, ihre Jugend ist vorüber, ich kann nicht mit der Sehnsucht wie damals den Blick ihrer Augen aufsuchen: so habe ich mutwillig ein hohes ewiges Glück aus der Acht gelassen, um ein vergängliches und zeitliches zu gewinnen.«

Er ging sehnsuchtsvoll nach dem benachbarten Walde, und vertiefte sich in seine dichtesten Schatten. Eine schauerliche Stille umgab ihn, keine Luft rührte sich in den Blättern. Indem sah er einen Mann von ferne auf sich zukommen, den er für den Fremden erkannte; er erschrak, und sein erster Gedanke war, jener würde sein Geld von ihm zurückfordern. Als die Gestalt etwas näher kam, sah er, wie sehr er sich geirrt hatte, denn die Umrisse, welche er wahrzunehmen gewähnt, zerbrachen wie in sich selber; ein altes Weib von der äußersten Häßlichkeit kam auf ihn zu, sie war in schmutzige Lumpen gekleidet, ein zerrissenes Tuch hielt einige greise Haare zusammen, sie hinkte an einer Krücke. Mit fürchterlicher Stimme redete sie Christian an, und fragte nach seinem Namen und Stande; er antwortete ihr umständlich und sagte darauf: »Aber wer bist du?« »Man nennt mich das Waldweib«, sagte jene, »und jedes Kind weiß von mir zu erzählen; hast du mich niemals gekannt?« Mit den letzten Worten wandte sie sich um, und Christian glaubte zwischen den Bäumen den goldenen Schleier, den hohen Gang, den mächtigen Bau der Glieder wiederzuerkennen. Er wollte ihr nacheilen, aber seine Augen fanden sie nicht mehr.

Indem zog etwas Glänzendes seine Blicke in das grüne Gras nieder. Er hob es auf und sah die magische Tafel mit den farbigen Edelgesteinen, mit der seltsamen Figur wieder, die er vor so manchem Jahr verloren hatte. Die Gestalt und die bunten Lichter drückten mit der plötzlichen Gewalt auf alle seine Sinne. Er faßte sie recht fest an, um sich zu überzeugen, daß er sie wieder in seinen Händen halte, und eilte dann damit nach dem Dorfe zurück. Der Vater begegnete ihm. »Seht«, rief er ihm zu, »das, wovon ich Euch so oft erzählt habe, was ich nur im Traum zu sehn glaubte, ist jetzt gewiß und wahrhaftig mein.« Der Alte betrachtete die Tafel lange und sagte: »Mein Sohn, mir schaudert recht im Herzen, wenn ich die Lineamente dieser Steine betrachte und ahnend den Sinn dieser Wortfügung errate; sieh her, wie kalt sie funkeln, welche grausame Blicke sie von sich geben, blutdürstig, wie das rote Auge des Tigers. Wirf diese Schrift weg, die dich kalt und grausam macht, die dein Herz versteinern muß:

Sieh die zarten Blüten keimen,
Wie sie aus sich selbst erwachen,
Und wie Kinder aus den Träumen
Dir entgegen lieblich lachen.

Ihre Farbe ist im Spielen
Zugekehrt der goldnen Sonne,
Deren heißen Kuß zu fühlen,
Das ist ihre höchste Wonne:

An den Küssen zu verschmachten,
Zu vergehn in Lieb und Wehmut;
Also stehn, die eben lachten,
Bald verwelkt in stiller Demut.

Das ist ihre höchste Freude,
Im Geliebten sich verzehren,
Sich im Tode zu verklären,
Zu vergehn in süßem Leide.

Dann ergießen sie die Düfte,
Ihre Geister, mit Entzücken,
Es berauschen sich die Lüfte
Im balsamischen Erquicken.

Liebe kommt zum Menschenherzen,
Regt die goldnen Saitenspiele,
Und die Seele spricht: ich fühle
Was das Schönste sei, wonach ich ziele,
Wehmut, Sehnsucht und der Liebe Schmerzen.«

»Wunderbare, unermeßliche Schätze«, antwortete der Sohn, »muß es noch in den Tiefen der Erde geben. Wer diese ergründen, heben und an sich reißen könnte! Wer die Erde so wie eine geliebte Braut an sich zu drücken vermöchte, daß sie ihm in Angst und Liebe gern ihr Kostbarstes gönnte! Das Waldweib hat mich gerufen, ich gehe sie zu suchen. Hier nebenan ist ein alter verfallener Schacht, schon vor Jahrhunderten von einem Bergmanne aufgegraben; vielleicht, daß ich sie dort finde!«

Er eilte fort. Vergeblich strebte der Alte, ihn zurückzuhalten, jener war seinen Blicken bald entschwunden. Nach einigen Stunden, nach vieler Anstrengung gelangte der Vater an den alten Schacht; er sah die Fußstapfen im Sande am Eingange eingedrückt, und kehrte weinend um, in der Überzeugung, daß sein Sohn im Wahnsinn hineingegangen, und in alte gesammelte Wässer und Untiefen versunken sei.

Seitdem war er unaufhörlich-betrübt und in Tränen. Das ganze Dorf trauerte um den jungen Pachter, Elisabeth war untröstlich, die

Kinder jammerten laut. Nach einem halben Jahre war der alte Vater gestorben, Elisabeths Eltern folgten ihm bald nach, und sie mußte die große Wirtschaft allein verwalten. Die angehäuften Geschäfte entfernten sie etwas von ihrem Kummer, die Erziehung der Kinder, die Bewirtschaftung des Gutes ließen ihr für Sorge und Gram keine Zeit übrig. So entschloß sie sich nach zwei Jahren zu einer neuen Heirat, sie gab ihre Hand einem jungen heitern Manne, der sie von Jugend auf geliebt hatte. Aber bald gewann alles im Hause eine andre Gestalt. Das Vieh starb, Knechte und Mägde waren untreu, Scheuren mit Früchten wurden vom Feuer verzehrt, Leute in der Stadt, bei welchen Summen standen, entwichen mit dem Gelde. Bald sah sich der Wirt genötigt, einige Äcker und Wiesen zu verkaufen; aber ein Mißwachs und teures Jahr brachten ihn nur in neue Verlegenheit. Es schien nicht anders, als wenn das so wunderbar erworbene Geld auf allen Wegen eine schleunige Flucht suchte; indessen mehrten sich die Kinder, und Elisabeth sowohl als ihr Mann wurden in der Verzweiflung unachtsam und saumselig; er suchte sich zu zerstreuen, und trank häufigen und starken Wein, der ihn verdrießlich und jähzornig machte, so daß oft Elisabeth mit heißen Zähren ihr Elend beweinte. So wie ihr Glück wich, zogen sich auch die Freunde im Dorfe von ihnen zurück, so daß sie sich nach einigen Jahren ganz verlassen sahn, und sich nur mit Mühe von einer Woche zur andern hinüberfristeten.

Es waren ihnen nur wenige Schafe und eine Kuh übriggeblieben, welche Elisabeth oft selber mit den Kindern hütete. So saß sie einst mit ihrer Arbeit auf dem Anger, Leonore zu ihrer Seite und ein säugendes Kind an der Brust, als sie von ferne herauf eine wunderbare Gestalt kommen sahen. Es war ein Mann in einem ganz zerrissenen Rocke, barfüßig, sein Gesicht schwarzbraun von der Sonne verbrannt, von einem langen struppigen Bart noch mehr entstellt; er trug keine Bedeckung auf dem Kopf, hatte aber von grünem Laube einen Kranz durch sein Haar geflochten, welcher sein wildes Ansehn noch seltsamer und unbegreiflicher machte. Auf dem Rücken trug er in einem festgeschnürten Sack eine schwere Ladung, im Gehen stützte er sich auf eine junge Fichte.

Als er näher kam, setzte er seine Last nieder, und holte schwer Atem. Er bot der Frau guten Tag, die sich vor seinem Anblicke entsetzte, das

Mädchen schmiegte sich an ihre Mutter. Als er ein wenig geruht hatte, sagte er: »Nun komme ich von einer sehr beschwerlichen Wanderschaft aus dem rauhesten Gebirge auf Erden, aber ich habe dafür auch endlich die kostbarsten Schätze mitgebracht, die die Einbildung nur denken oder das Herz sich wünschen kann. Seht hier, und erstaunt!« – Er öffnete hierauf seinen Sack und schüttete ihn aus; dieser war voller Kiesel, unter denen große Stücke Quarz, nebst andern Steinen lagen. »Es ist nur«, fuhr er fort, »daß diese Juwelen noch nicht poliert und geschliffen sind, darum fehlt es ihnen noch an Auge und Blick; das äußerliche Feuer mit seinem Glanze ist noch zu sehr in ihren inwendigen Herzen begraben, aber man muß es nur herausschlagen, daß sie sich fürchten, daß keine Verstellung ihnen mehr nützt, so sieht man wohl, wes Geistes Kind sie sind.« – Er nahm mit diesen Worten einen harten Stein und schlug ihn heftig gegen einen andern, so daß die roten Funken heraussprangen. »Habt ihr den Glanz gesehen?« rief er aus; »so sind sie ganz Feuer und Licht, sie erhellen das Dunkel mit ihrem Lachen, aber noch tun sie es nicht freiwillig.« – Er packte hierauf alles wieder sorgfältig in seinen Sack, welchen er fest zusammenschnürte. »Ich kenne dich recht gut«, sagte er dann wehmütig, »du bist Elisabeth.« – Die Frau erschrak. »Wie ist dir doch mein Name bekannt«, fragte sie mit ahnendem Zittern. – »Ach, lieber Gott!« sagte der Unglückselige, »ich bin ja der Christian, der einst als Jäger zu euch kam, kennst du mich denn nicht mehr?«

Sie wußte nicht, was sie im Erschrecken und tiefsten Mitleiden sagen sollte. Er fiel ihr um den Hals, und küßte sie. Elisabeth rief aus: »O Gott! mein Mann kommt!«

»Sei ruhig«, sagte er, »ich bin dir so gut wie gestorben; dort im Walde wartet schon meine Schöne, die Gewaltige, auf mich, die mit dem goldenen Schleier geschmückt ist. Dieses ist mein liebstes Kind, Leonore. Komm her, mein teures, liebes Herz, und gib mir auch einen Kuß, nur einen einzigen, daß ich einmal wieder deinen Mund auf meinen Lippen fühle, dann will ich euch verlassen.«

Leonore weinte; sie schmiegte sich an ihre Mutter, die in Schluchzen und Tränen sie halb zum Wandrer lenkte, halb zog sie dieser zu sich, nahm sie in die Arme, und drückte sie an seine Brust. – Dann ging er still fort, und im Walde sahen sie ihn mit dem entsetzlichen Waldweibe sprechen.

»Was ist euch?« fragte der Mann, als er Mutter und Tochter blaß und in Tränen aufgelöst fand. Keine wollte ihm Antwort geben.

Der Unglückliche ward aber seitdem nicht wieder gesehen.

Liebeszauber

Tief denkend saß Emil an seinem Tische und erwartete seinen Freund Roderich. Das Licht brannte vor ihm, der Winterabend war kalt, und er wünschte heut seinen Reisegefährten herbei, so gern er wohl sonst dessen Gesellschaft vermied; denn an diesem Abend wollte er ihm ein Geheimnis entdecken und sich Rat von ihm erbitten. Der menschenscheue Emil fand bei allen Geschäften und Vorfällen des Lebens so viele Schwierigkeiten, so unübersteigliche Hindernisse, daß ihm das Schicksal fast in einer ironischen Laune diesen Roderich zugeführt zu haben schien, der in allen Dingen das Gegenteil seines Freundes zu nennen war. Unstet, flatterhaft, von jedem ersten Eindruck bestimmt und begeistert, unternahm er alles, wußte für alles Rat, war ihm keine Unternehmung zu schwierig, konnte ihn kein Hindernis abschrecken: aber im Verlaufe eines Geschäftes ermüdete und erlahmte er ebenso schnell, als er anfangs elastisch und begeistert gewesen war, alles was ihn dann hinderte, war für ihn kein Sporn, seinen Eifer zu vermehren, sondern es veranlaßte ihn nur, das zu verachten, was er so hitzig unternommen hatte, so daß Roderich alle seine Pläne ebenso ohne Ursach liegenließ und saumselig vergaß, als er sie unbesonnen unternommen hatte. Daher verging kein Tag, daß beide Freunde nicht in Krieg gerieten, der ihrer Freundschaft den Tod zu drohen schien, doch war vielleicht dasjenige, was sie dem Anscheine nach trennte, nur das, was sie am innigsten verband; beide liebten sich herzlich, aber beide fanden eine große Genugtuung darin, daß einer über den andern die gegründetsten Klagen führen konnte.

Emil, ein reicher junger Mann von reizbarem und melancholischem Temperament, war nach dem Tode seiner Eltern Herr seines Vermögens; er hatte eine Reise angetreten, um sich auszubilden, befand sich aber nun schon seit einigen Monaten in einer ansehnlichen Stadt, die Freuden des Karnevals zu genießen, um welche er sich niemals bemühte, um bedeutende Verabredungen über sein Vermögen mit Verwandten zu treffen, die er kaum noch besucht hatte. Unterwegs war er auf den unsteten allzu beweglichen Roderich gestoßen, der mit seinen Vormündern in Unfrieden lebte, und um sich ganz von diesen und ihren lästigen Vermahnungen loszumachen, begierig die Gelegenheit ergriff, welche ihm sein neuer Freund anbot, ihn als Gefährten auf seiner Reise mitzunehmen. Auf dem Wege hatten sie sich schon oft wieder trennen wollen, aber beide hatten in jeder Streitigkeit nur um so deutlicher gefühlt, wie unentbehrlich sie sich wären. Kaum waren sie in einer Stadt aus dem Wagen gestiegen, so hatte Roderich schon alle Merkwürdigkeiten des Orts gesehen, um sie am folgenden Tage zu vergessen, während Emil sich eine Woche aus Büchern gründlich vorbereitete, um nichts aus der Acht zu lassen, wovon er doch nachher aus Trägheit vieles seiner Aufmerksamkeit nicht würdigte; Roderich hatte gleich tausend Bekanntschaften gemacht und alle öffentlichen Örter besucht, führte auch nicht selten seine neu erworbenen Freunde auf

Emils einsames Zimmer, wo er diesen dann mit ihnen allein ließ, wenn sie anfingen ihm Langeweile zu machen. Ebensooft brachte er den bescheidenen Emil in Verlegenheit, wenn er dessen Verdienste und Kenntnisse gegen Gelehrte und einsichtsvolle Männer über die Gebühr erhob, und diesen zu verstehn gab, wie vieles sie in Sprachen, Altertümern, oder Kunstkenntnissen von seinem Freunde lernen könnten, ob er gleich selbst niemals die Zeit finden konnte, über diese Gegenstände seinen Gefährten anzuhören, wenn sich das Gespräch dahin lenkte. War nun Emil einmal zur Tätigkeit aufgelegt, so konnte er fast darauf rechnen, daß sein schwärmender Freund sich in der Nacht auf einem Balle, oder einer Schlittenfahrt erkältet habe, und das Bett hüten müsse, so daß Emil in Gesellschaft des lebendigsten, unruhigsten und mitteilsamsten aller Menschen in der größten Einsamkeit lebte.

Heute erwartete ihn Emil gewiß, weil er ihm das feierliche Versprechen hatte geben müssen, den Abend mit ihm zuzubringen, um zu erfahren, was schon seit Wochen seinen tiefsinnigen Freund gedrückt und beängstigt habe. Emil schrieb indes folgende Verse nieder:

Wie lieb und hold ist Frühlingsleben,
Wenn alle Nachtigallen singen,
Und wie die Tön in Bäumen klingen,
In Wonne Laub und Blüten beben.

Wie schön im goldnen Mondenscheine
Das Spiel der lauen Abendlüfte,
Die, auf den Flügeln Lindendüfte,
Sich jagen durch die stillen Haine.
Wie herrlich glänzt die Rosenpracht,
Wenn Liebreiz rings die Felder schmücket,
Die Lieb aus tausend Rosen blicket,
Aus Sternen ihrer Wonnenacht.

Doch schöner dünkt mir, holder, lieber,
Des kleinen Lichtleins blaß Geflimmer,
Wenn sie sich zeigt im engen Zimmer,
Späh ich in Nacht zu ihr hinüber.

Wie sie die Flechten löst und bindet,
Wie sie im Schwung der weißen Hand
Anschmiegt dem Leibe hell Gewand,
Und Kränz in braune Locken windet.

Wie sie die Laute läßt erklingen,
Und Töne, aufgejagt, erwachen,
Berührt von zarten Fingern lachen,
Und scherzend durch die Saiten springen;

Sie einzufangen schickt sie Klänge
Gesanges fort, da flieht mit Scherzen
Der Ton, sucht Schirm in meinem Herzen,
Dahin verfolgen die Gesänge.

O laßt mich doch, ihr Bösen, frei!
Sie riegeln sich dort ein und sprechen:
Nicht weichen wir, bis dies wird brechen,
Damit du weißt, was Lieben sei.

Emil stand ungeduldig auf. Es ward finsterer und Roderich kam nicht, dem er seine Liebe zu einer Unbekannten, die ihm gegenüber wohnte und ihn tagelang zu Hause, und Nächte hindurch wachend erhielt, bekennen wollte. Jetzt schallten Fußtritte die Treppe herauf, die Tür, ohne daß man anklopfte, eröffnete sich, und herein traten zwei bunte Masken mit widrigen Angesichtern, der eine ein Türke, in roter und blauer Seide gekleidet, der andere ein Spanier, blaßgelb und rötlich, mit vielen schwankenden Federn auf dem Hute. Als Emil ungeduldig werden wollte, nahm Roderich die Maske ab, zeigte sein wohlbekanntes lachendes Gesicht und sagte: »Ei, mein Liebster, welche grämliche Miene! Sieht man so aus zur Karnevalszeit? Ich und unser lieber junger Offizier kommen dich abzuholen, heut ist großer Ball auf dem Maskensaale, und da ich weiß, daß du es verschworen hast, anders, als in deinen schwarzen Kleidern zu gehn, die du täglich trägst, so komm nur so mit, wie du da bist, denn es ist schon ziemlich spät.«

Emil war erzürnt und sagte: »Du hast, wie es scheint, deiner Gewohnheit nach ganz unsre Abrede vergessen: sehr leid tut es mir (indem er sich zum Fremden wandte), daß ich Sie unmöglich begleiten kann, mein Freund ist zu voreilig gewesen, es in meinem Namen zu versprechen; ich kann überhaupt nicht ausgehn, da ich etwas Wichtiges mit ihm abzureden habe.«

Der Fremde, welcher bescheiden war und Emils Absicht gut verstand, entfernte sich.

Roderich aber nahm höchst gleichgültig die Maske wieder vor, stellte sich vor den Spiegel und sagte: »Nicht wahr, man sieht eigentlich ganz scheußlich aus? Es ist im Grunde eine geschmacklose widerwärtige Erfindung.«

»Das ist gar keine Frage«, erwiderte Emil im höchsten Unwillen. »Dich zur Karikatur machen, und dich betäuben, gehört eben zu den Vergnügungen, denen du am liebsten nachjagst.«

»Weil du nicht tanzen magst«, sagte jener, »und den Tanz für eine verderbliche Erfindung hältst, so soll auch niemand anders lustig sein. Wie verdrüßlich, wenn ein Mensch aus lauter Eigenheiten zusammengesetzt ist.«

»Gewiß«, erwiderte der erzürnte Freund, »und ich habe Gelegenheit genug, dies an dir zu beobachten; ich glaubte, daß du mir nach unsrer Abrede diesen Abend schenken würdest, aber –«

»Aber es ist ja Karneval«, fuhr jener fort, »und alle meine Bekannten und einige Damen erwarten mich auf dem heutigen großen Balle. Bedenke nur, mein Lieber, daß es wahre Krankheit in dir ist, daß dir dergleichen Anstalten so unbillig zuwider sind.«

Emil sagte: »Wer von uns beiden krank zu nennen ist, will ich nicht untersuchen; dein unbegreiflicher Leichtsinn, deine Sucht, dich zu zerstreuen, dein Jagen nach Vergnügungen, die dein Herz leer lassen, scheint mir wenigstens keine Seelengesundheit; auch in gewissen Dingen könntest du wohl meiner Schwachheit, wenn es denn einmal dergleichen sein soll, nachgeben, und es gibt nichts auf der Welt, was mich so durch und durch verstimmt, als ein Ball mit seiner fürchterlichen Musik. Man hat sonst wohl gesagt, die Tanzenden müßten einem Tauben, welcher die Musik nicht vernimmt, als Rasende erscheinen; ich aber meine, daß diese schreckliche Musik selbst, dies Umherwirbeln weniger Töne in widerlicher Schnelligkeit, in jenen vermaledeiten Melodien, die sich unserm Gedächtnisse, ja ich möchte sagen unserm Blut unmittelbar mitteilen, und die man nachher auf lange nicht wieder loswerden kann, daß dies die Tollheit und Raserei selbst sei; denn wenn mir das Tanzen noch irgend erträglich sein sollte, so müßte es ohne Musik geschehn.«

»Nun sieh, wie paradox!« antwortete der Maskierte; »du kömmst so weit, daß du das Natürlichste, Unschuldigste und Heiterste von der Welt unnatürlich, ja gräßlich finden willst.«

»Ich kann nicht für mein Gefühl«, sagte der Ernste, »daß mich diese Töne von Kindheit auf unglücklich gemacht, und oft bis zur Verzweiflung getrieben haben: in der Tonwelt sind sie für mich die Gespenster, Larven und Furien, und so flattern sie mir auch ums Haupt, und grinsen mich mit entsetzlichem Lachen an.«

»Nervenschwäche«, sagte jener, »so wie dein übertriebener Abscheu gegen Spinnen und manch anderes unschuldiges Gewürm.«

»Unschuldig nennst du sie«, sagte der Verstimmte, »weil sie dir nicht zuwider sind. Für denjenigen aber, dem die Empfindung des Ekels und des Abscheus, dasselbe unnennbare Grauen, wie mir, bei ihrem Anblick in der Seele aufgeht und durch sein ganzes Wesen zuckt, sind diese gräßlichen Untiere, wie Kröten und Spinnen, oder gar die widerwärtigste aller Kreaturen, die Fledermaus, nicht gleichgültig und unbedeutend, sondern ihr Dasein ist dem seinigen auf das feindlichste entgegengesetzt. Wahrlich, man möchte über die Ungläubigen lächeln, mit deren Imagination sich Gespenster und grauenhafte Larven, samt jenen Geburten der Nacht nicht vereinigen lassen, die wir in Krankheiten sehn, oder die uns Dantes Gemälde zeigen, da die gewöhnlichste Wirklichkeit um uns her die fürchterlichen verzerrten Musterbilder dieser Schrecken uns vorhält. Sollten wir in der Tat das Schöne lieben können, ohne uns vor diesen Fratzen zu entsetzen?«

»Warum entsetzen?« fragte Roderich, »warum soll uns das große Reich der Gewässer und der Meere gerade diese Furchtbarkeit vorhalten, an die sich deine Vorstellung gewöhnt hat, und nicht vielmehr seltsame, unterhaltende und possierliche Verkleidungen, so daß das ganze Gebiet nicht anders, als etwa wie ein komischer Ballsaal anzusehn wäre? Deine Eigenheiten aber gehn noch weiter, denn so wie du die

Rose mit einer gewissen Abgötterei liebst, so sind dir andre Blumen ebenso lebhaft verhaßt; was hat dir nur die gute liebe Feuerlilie getan, wie so manch andres Kind des Sommers? So sind dir manche Farben zuwider, manche Düfte und viele Gedanken, und du tust nichts dazu, dich gegen diese Stimmungen zu verhärten, sondern du gibst ihnen weichlich nach, und am Ende wird eine Sammlung von dergleichen Seltsamkeiten die Stelle einnehmen, die dein Ich besitzen sollte.«

Emil war im tiefsten Herzen erzürnt und antwortete nicht. Er hatte es nun schon aufgegeben, sich jenem mitzuteilen, auch schien der leichtsinnige Freund gar keine Begier zu haben, das Geheimnis zu erfahren, welches ihm sein melancholischer Gefährte mit so wichtiger Miene angekündigt hatte; er saß gleichgültig im Lehnsessel, mit seiner Maske spielend, als er plötzlich ausrief: »Sei doch so gut, Emil, und leih mir deinen großen Mantel.«

»Wozu?« fragte jener.

»Ich höre drüben in der Kirche Musik«, antwortete Roderich, »und habe schon alle Abend diese Stunde versäumt; heut kömmt sie mir recht gelegen, unter deinem Mantel kann ich diese Kleidung verbergen, auch Maske und Turban darunter verstecken, und wenn sie geendigt ist, mich sogleich nach dem Balle begeben.«

Murrend suchte Emil den Mantel aus dem Schranke, gab ihn dem Aufgestandenen, und zwang sich zu einem ironischen Lächeln. »Da hast du meinen türkischen Dolch, den ich gestern gekauft habe«, sagte Roderich, indem er sich einhüllte, »heb ihn auf; es taugt nicht, dergleichen ernsthaftes Zeug als Spielerei bei sich zu haben; man kann denn doch nicht wissen, wozu es gemißbraucht würde, wenn Zank oder anderer Unfug die Gelegenheit herbeiführte; morgen sehn wir uns wieder, lebe wohl und bleibe vergnügt.« Er wartete auf keine Erwiderung, sondern eilte die Treppe hinunter.

Als Emil allein war, suchte er seinen Zorn zu vergessen und das Betragen seines Freundes von der lächerlichen Seite zu nehmen. Er betrachtete den blanken schön gearbeiteten Dolch, und sagte: »Wie muß es doch dem Menschen sein, der solch scharfes Eisen in die Brust des Gegners stößt, oder gar einen geliebten Gegenstand damit verletzt?« Er schloß ihn ein, lehnte dann behutsam die Läden seines Fensters zurück und sah über die enge Gasse. Aber kein Licht regte sich, es war finster im Hause gegenüber; die teure Gestalt, die dort wohnte, und sich um diese Zeit bei häuslicher Beschäftigung zu zeigen pflegte, schien entfernt. Vielleicht gar auf dem Balle, dachte Emil, so wenig es auch ihrer eingezogenen Lebensart ziemte. Plötzlich aber zeigte sich ein Licht, und die Kleine, welche seine unbekannte Geliebte um sich hatte, und mit der sie sich am Tage wie am Abend vielfältig abgab, trug ein Licht durch das Zimmer und lehnte die Fensterläden an. Eine Spalte blieb hell, groß genug, um von Emils Standpunkt einen Teil des kleinen Zimmers zu überschauen, und dort stand oft der Glückliche bis nach Mitternacht wie bezaubert, und beobachtete jede Bewegung der Hand, jede Miene seiner Geliebten: er freute sich, wenn sie dem kleinen Kinde lesen lehrte, oder es im Nähen und Stricken unterrichtete. Auf seine Erkundigung hatte er erfahren, daß die Kleine eine arme Waise sei, die das schöne Mädchen mitleidig zu sich genommen hatte, um sie zu erziehn. Emils Freunde begriffen nicht, warum er in dieser engen Gasse wohne in einem unbequemen Hause, weshalb man ihn so wenig in Gesellschaften sehe, und womit er sich beschäftige. Unbeschäftigt, in der Einsamkeit, war er glücklich, nur unzufrieden mit sich und seinem menschenscheuen Charakter, daß er es nicht wage die nähere Bekanntschaft dieses schönen Wesens zu suchen, so freundlich sie auch einigemal am Tage gegrüßt und gedankt hatte. Er wußte nicht, daß sie ebenso trunken zu ihm hinüberspähte, und ahnete nicht, welche Wünsche sich in ihrem Herzen bildeten, welcher Anstrengung, welcher Opfer sie sich fähig fühlte, um nur zum Besitz seiner Liebe zu gelangen.

Nachdem er einigemal auf und nieder gegangen war, und das Licht sich mit dem Kinde wieder entfernt hatte, faßte er plötzlich den Entschluß, seiner Neigung und Natur zuwider auf den Ball zu gehen, weil es ihm einfiel, daß seine Unbekannte eine Ausnahme von ihrer eingezogenen Lebensweise könne gemacht haben, um auch einmal die Welt und ihre Zerstreuungen zu genießen. Die Gassen waren hell erleuchtet, der Schnee knisterte unter seinen Füßen, Wagen rollten ihm vorüber und Masken in den verschiedensten Trachten pfiffen und zwitscherten an ihm vorbei. Aus vielen Häusern ertönte ihm die so verhaßte Tanzmusik, und er konnte es nicht über sich gewinnen, auf dem kürzesten Wege nach dem Saale zu gehn, zu welchem aus allen Richtungen die Menschen strömten und drängten. Er ging um die alte Kirche, beschaute den hohen Turm, der sich ernst in den nächtlichen Himmel erhub, und freute sich der Stille und Einsamkeit des abgelegenen Platzes. In der Vertiefung einer großen Kirchentür, deren mannigfaltiges Bildwerk er immer mit Lust beschaut, und sich dabei der alten Kunst und vergangener Zeiten erinnert hatte, nahm er auch jetzo Platz, um sich auf wenige Augenblicke seinen Betrachtungen zu überlassen. Er stand nicht lange, als eine Figur seine Aufmerksamkeit an sich zog, die unruhig auf und nieder ging, und jemand zu erwarten schien. Beim Schein einer Laterne, die vor einem Marienbilde brannte, unterschied er genau das Gesicht, so wie die wunderliche Kleidung. Es war ein altes Weib von der äußersten Häßlichkeit, die um so mehr in die Augen fiel, weil sie gegen ein scharlachrotes Leibchen, das mit Gold besetzt war, höchst abenteuerlich abstach; der Rock, den sie trug, war dunkel, und die Haube ihres Kopfes glänzte ebenfalls von Gold. Emil glaubte anfangs eine geschmacklose Maske zu sehn, die sich hieher verirrt habe, aber bald war er beim hellen Scheine überzeugt, daß das alte braune und runzlichte Gesicht ein wirkliches und kein nachgeahmtes sei. Es währte nicht lange, so erschienen zwei Männer in Mänteln gehüllt, die sich dem Orte mit behutsamen Schritten zu nähern schienen, indem sie öfter von den Seiten schauten, ob ihnen niemand folge. Die Alte ging auf sie zu. »Habt ihr die Lichter?« fragte sie hastig und mit einer rauhen Stimme. »Hier sind sie«, sagte der eine, »der Preis ist Euch bekannt, macht die Sache gleich richtig.« Die Alte schien Geld zu geben, welches der Mann unter seinem Mantel nachzählte. »Ich verlasse mich darauf«, fing die Alte wieder an, »daß sie ganz nach der Vorschrift und Kunst gegossen sind, damit die Wirkung nicht ausbleibt.« »Seid ohne Sorgen«, sagte jener, und entfernte sich schnell.

Der andre, welcher zurückgeblieben, war ein junger Mann; er nahm die Alte bei der Hand und sagte: »Ist es möglich, Alexia, daß dergleichen Zeremonien und Formeln, diese seltsamen alten Sagen, an welche ich nie habe glauben können, den freien Willen des Menschen fesseln, und Liebe und Haß erregen könnten?« »So ist es«, sprach das rote Weib, »aber eins muß zum andern kommen, nicht bloß diese Lichter, in der Mitternacht des Neumonden gegossen, mit Menschenblut getränkt, nicht die Zauberformeln und Anrufungen allein können es ausrichten, sondern noch manches andre gehört dazu, das der Kunstverständige wohl kennt.« »So verlaß ich mich auf dich«, sagte der Fremde. »Morgen nach Mitternacht bin ich Euch zu Diensten«, antwortete die Alte; »Ihr werdet ja nicht der erste sein, der mit meiner Kundschaft unzufrieden ist; heute, wie Ihr gehört habt, bin ich für jemand anders bestellt, auf dessen Sinn und Verstand unsere Kunst gewiß nachdrücklich wirken soll.« Die letzten Worte sagte sie mit halbem Lachen, und beide gingen auseinander und entfernten sich nach verschiedenen Richtungen. Emil trat schaudernd aus der dunkeln Nische hervor und erhob seine Blicke zum Bilde der Jungfrau mit dem Kinde; »vor deinen Augen, du Holdselige«, sagte er halblaut, »erfrechen sich die Greuel ihre Abrede zu treffen, um ihren abscheulichen Betrug zu verhandeln, doch so, wie du dein Kind in Liebe umfängst, so hält uns alle die unsichtbare Liebe in fühlbaren Armen, und unser armes Herz klopft in Freude wie in Angst einem größeren entgegen, das uns niemals verlassen wird.« Wolken zogen über die Spitze des Turms und das schroffe Dach der Kirche hinweg, die ewigen Sterne schauten funkelnd und mit freundlichem Ernst hernieder, und Emil wandte sich entschlossen von diesen nächtlichen Schauern und gedachte der Schönheit seiner Unbekannten. Er betrat wieder die belebten Gassen, und lenkte nach dem hellerleuchteten Ballhause ein, von welchem ihm Stimmen, Wagengerassel, und in einzelnen Pausen die lärmende Musik entgegenschallten.

Im Saale verlor er sich sogleich im flutenden Getümmel, Tänzer umsprangen ihn, Masken schössen an ihm hin und her, Pauken und Trompeten betäubten sein Ohr, und ihm war, als sei das menschliche Leben selber nur ein Traum. Er ging durch die Reihen, und nur sein Auge blieb wach, um jene geliebten Augen und jenes schöne Haupt mit den braunen Locken aufzusuchen, nach dessen Anblick er sich heut inniger sehnte als sonst, und dem angebeteten Wesen doch innerlich Vorwürfe machte, daß es sich in diesem stürmenden Meer der Verwirrung und Torheit untertauchen und verlieren könne. »Nein«, sprach er zu sich selbst, »kein Herz, welches liebt, wird sich diesem wüsten Brausen öffnen wollen, in welchem Sehnsucht und Tränen verhöhnt und mit dem schmetternden Gelächter wilder Trompeten verspottet werden. Das Säuseln der Bäume, das Rieseln der Quellen, Lautenschlag und edler Gesang, welcher voll aus dem bewegten Busen strömt, sind die Töne, in welchen Liebe wohnt. So aber donnert und jubelt die Hölle in der Raserei ihrer Verzweiflung.«

Er fand nicht, was er suchte, denn zu dem Glauben, daß sein geliebtes Angesicht sich vielleicht unter eine widrige Maske verborgen habe, konnte er sich unmöglich bequemen. Schon war er dreimal den Saal auf und ab gewandert und hatte alle sitzenden und unmaskierten Damen vergeblich gemustert, als sich der Spanier zu ihm gesellte und sagte: »Schön, daß Sie doch noch gekommen sind; Sie suchen vielleicht Ihren Freund?«

Emil hatte ihn ganz vergessen; er sagte aber beschämt: »In der Tat, ich wundre mich, ihn hier nicht zu treffen, denn seine Maske ist kenntlich genug.«

»Wissen Sie, was der wunderliche Mensch treibt?« antwortete der junge Offizier; »er hat weder getanzt, noch sich lange im Saale aufgehalten, denn er fand sogleich seinen Freund Anderson, der vom Lande hereingekommen ist; ihr Gespräch fiel auf die Literatur, und da dieser das neulich herausgekommene Gedicht noch nicht kannte, so hat Roderich nicht eher geruht, bis man ihm eins der hintern Zimmer aufgeschlossen hat, dort sitzt er mit seinem Gefährten bei einer einsamen Kerze und liest ihm das ganze Werk vor.«

»Das sieht ihm ähnlich«, sagte Emil, »denn er besteht ganz aus Laune. Ich habe alles angewandt, und selbst freundschaftliche Zwistigkeiten nicht gescheut, um es ihm abzugewöhnen, immer ex tempore zu leben und sein ganzes Dasein in Impromptus auszuspielen: allein diese Torheiten sind ihm so ans Herz gewachsen, daß er sich eher vom liebsten Freunde, als von ihnen trennen würde. Das nämliche Werk, welches er so liebt, daß er es immer bei sich trägt, hat er mir neulich vorlesen wollen, und ich hatte ihn sogar dringend darum gebeten; wir waren aber kaum über den Anfang, indes ich ganz den Schönheiten hingegeben war, als er plötzlich aufsprang, mit der Küchenschürze umgetan zurückkehrte, mit vielen Umständen Feuer anschüren ließ, um mir Beefsteaks zu rösten, zu welchen ich kein Verlangen trug, und die er sich am besten in Europa zu machen einbildet, ob sie ihm gleich die meisten Male verunglücken.«

Der Spanier lachte. »Ist er nie verliebt gewesen?« fragte er.

»Auf seine Weise«, erwiderte Emil sehr ernst; »so, als wollte er über sich und die Liebe spotten, in viele zugleich, und nach seinen Worten bis zur Verzweiflung, die er aber insgesamt in acht Tagen wieder vergessen hatte.«

Sie trennten sich im Getümmel, und Emil begab sich nach dem abgelegenen Zimmer, aus welchem er seinen Freund schon von fern laut deklamieren hörte. »Ah, da bist du ja auch«, rief ihm dieser entgegen; »das trifft sich gut, ich bin nur eben über die Stelle hinüber, bei der wir neulich unterbrochen wurden; setze sich, so kannst du mitzuhören.«

»Ich bin jetzt nicht in der Stimmung«, sagte Emil, »auch scheint mir diese Stunde und dieser Ort wenig geschickt zu einer solchen Unterhaltung.«

»Warum nicht?« antwortete Roderich; »es muß sich alles nach unserm Willen bequemen, jede Zeit ist gut dazu, sich auf eine edle Weise zu beschäftigen. Oder willst du lieber tanzen? Es fehlt an Tänzern, und du kannst dich heut mit einigen Stunden Herumspringens und einem Paar ermüdender Beine bei vielen dankbaren Damen ziemlich beliebt machen.«

»Lebe wohl«, rief jener schon in der Tür, »ich gehe nach Hause.«

»Noch ein Wort!« rief ihm Roderich nach: »ich verreise morgen in aller Frühe mit diesem Herrn auf einige Tage über Land; ich spreche aber noch bei dir vor, um Abschied zu nehmen. Schläfst du, wie es wahrscheinlich ist, so bemühe dich nur nicht, aufzuwachen, denn in drei Tagen bin ich wieder bei dir. – Der wunderlichste aller Menschen«, fuhr er fort, gegen seinen neuen Freund gewandt, »so schwerfällig, mißlaunig, ernsthaft, daß er sich jede Freude verdirbt, oder vielmehr, daß es für ihn keine Freude gibt. Alles soll edel, groß, erhaben sein, sein Herz soll an allem Anteil nehmen, und wenn er selbst vor einem Puppenspiele stände; wenn sich dergleichen nun nicht zu seinen Prätensionen verstehen will, die wahrlich ganz unsinnig sind, so wird er tragisch gestimmt, und findet die ganze Welt roh und barbarisch; da draußen verlangt er ohne Zweifel, daß unter den Masken einem Pantalon und Policinell das Herz voll Sehnsucht und überirdischer Triebe glühe, und daß der Arlechin über die Nichtigkeit der Welt tiefsinnig philosophieren soll, und wenn diese Erwartungen nicht eintreffen, so treten ihm gewiß die Tränen in die Augen, und er wendet dem bunten Schauspiel zerknirscht und verachtend den Rücken.«

»Er ist also melancholisch?« fragte der Zuhörer.

»Das eigentlich nicht«, antwortete Roderich, »sondern nur von zu zärtlichen Eltern und sich selbst verzogen. Er hatte sich angewöhnt, regelmäßig wie Ebbe und Flut sein Herz bewegen zu lassen, und bleibt diese Rührung einmal aus, so schreit er Mirakel und möchte Prämien aussetzen, um Physiker aufzumuntern, diese Naturerscheinung genügend zu erklären. Er ist der beste Mensch unter der Sonne, aber alle meine Mühe, ihm diese Verkehrtheit abzugewöhnen, ist ganz umsonst und verloren, und wenn ich nicht für meine gute Meinung Undank davontragen will, muß ich ihn gewähren lassen.«

»Er sollte vielleicht den Arzt gebrauchen«, bemerkte jener.

»Es gehört mit zu seinen Eigenheiten«, antwortete Roderich, »die Medizin durch und durch zu verachten, denn er meint, jede Krankheit sei in jeglichem Menschen ein Individuum, und könne nicht nach altern Wahrnehmungen, oder gar nach sogenannten Theorien geheilt werden; er würde eher alte Weiber und sympathetische Kuren gebrauchen. Ebenso verachtet er auch in andrer Hinsicht alle Vorsicht und alles was man Ordnung und Mäßigkeit nennt. Von Kindheit aufist ein edler Mann sein Ideal gewesen, und sein höchstes Bestreben, das aus sich zu bilden, was er so nennt, das heißt hauptsächlich eine Person, die die Verachtung der Dinge mit der des Geldes anfangt; denn um nur nicht in den Verdacht zu geraten, daß er haushälterisch sei, ungern ausgebe, oder irgend Rücksicht auf Geld nehme, so wirft er es höchst töricht weg, ist bei seiner reichlichen Einnahme immer arm und in Verlegenheit, und wird der Tor von jedwedem, der nicht ganz in dem Sinne edel ist, in welchem er es sich zu sein vorgesetzt hat. Sein Freund zu sein, ist aber die Aufgabe aller Aufgaben, denn er ist so reizbar, daß man nur husten, nicht edel genug essen, oder gar die Zähne stochern darf, um ihn tödlich zu beleidigen.«

»War er nie verliebt?« fragte der Freund vom Lande.

»Wen sollte er lieben?« antwortete Roderich, »er verachtete alle Töchter der Erde, und er dürfte nur bemerken, daß sein Ideal sich gern putzte, oder gar tanzte, so würde sein Herz brechen; noch schrecklicher, wenn sie das Unglück hätte, den Schnupfen zu bekommen.«

Emil stand indessen wieder im Getümmel; aber plötzlich überfiel ihn jene Angst, der Schreck, der so oft schon in solcher erregten Menschenmenge sein Herz ergriffen hatte, und jagte ihn aus dem Saale und Hause, über die öden Gassen hinweg, und erst auf seinem einsamen Zimmer fand er sich und seine ruhige Besinnung wieder. Das Nachtlicht war schon angezündet, er hieß dem Bedienten sich niederlegen; drüben war alles still und finster, und er setzte sich, um in einem Gedichte seine Empfindungen über den Ball auszuströmen. –

Im Herzen war es stille,
Der Wahnsinn lag an Ketten;
Da regt sich böser Wille,
Vom Kerker ihn zu retten,
Den Tollen loszumachen:
Da hört man Pauken klingen,
Da bricht hervor mit Lachen
Trompetenklang und Krachen,
Dazwischen Flöten singen,
Und Pfeifentöne springen
Mit gellendem Geschrei
Zwischen dröhnenden tönenden Geigen
In rasender Wut herbei,
Das wilde Gemüt zu zeigen,
Und grimmig zu morden das stille kindliche Schweigen. –

Wohin dreht sich der Reigen?
Was sucht die springende Menge
Im windenden Gedränge? –
Vorüber! Es glänzen die Lichter,
Wir tummeln uns näher und dichter,
Es jauchzt in uns das blöde Herz;
Lauter tönet,
Grimmer dröhnet
Ihr Zimbeln, ihr Pfeifen! betäubet den Schmerz,
Er werde zum Scherz! –

Du winkst mir, holdes Angesicht?
Es lacht der Mund, der Augen Licht;
Herbei, daß ich dich fasse,
Im Schweben wieder lasse;
Ich weiß, die Schönheit bald zerbricht,
Der Mund verstummt, der lieblich spricht,
Dich faßt des Todes Arm.
Was winkst du, Schädel, freundlich mir?
Kein Kummer mir, nicht Angst und Harm,
Daß du so bald erbleichest hier,
Wohl heut, wohl morgen.
Was sollen die Sorgen?
Ich lebe und schwebe im Reigen vorüber vor dir. –

Heut lieb ich dich,
Jetzt meinst du mich;
Ach, Not und Angst sie lauern
Schon hinter diesen Mauern;
Und Seufzer schwer und tränend Leid
Stehn schon bereit,
Dich zu umstricken;
Froh laß uns blicken
Vernichtung an und grausen Tod;
Was will die Angst, was will uns Not?
Wir drücken
Im Taumel die Hand;
Mich rührt dein Gewand,
Du schwebst dahin, ich taumle zurück –
Auch Verzweiflung ist Glück.

Aus diesem Entzücken,
Und was wir heut lachten,
Entsprießt wohl Verachten
Und giftiger Neid;
O herrliche Zeit!
Wenn ich dich verhöhne,
Winkt dort mir die Schöne,
Und wird meine Braut;

Die andere schaut
Noch kühner darein;
Soll dies' es denn sein? –

So taumeln wir alle
Im Schwindel die Halle
Des Lebens hinab,
Kein Lieben, kein Leben,
Kein Sein uns gegeben,
Nur Träumen und Grab:
Da unten bedecken
Wohl Blumen und Klee
Noch grimmere Schrecken,
Noch wilderes Weh;
Drum lauter ihr Zimbeln, du Paukenklang,
Noch schreiender gellender Hörnergesang!

Ermutiget schwingt, dringt, springt ohne Ruh,
Weil Lieb uns nicht Leben
Kein Herz hat gegeben,
Mit Jauchzen dem greulichen Abgrunde zu! –

Er hatte geendigt und stand am Fenster. Da kam sie gegenüber herein, so schön, wie er sie noch nie gesehn hatte, das braune Haar aufgelöst wogte und spielte in mutwilligen Locken um den weißesten Nacken; sie war nur leicht bekleidet und schien noch vor Schlafengehn zu später Nachtzeit einige häusliche Arbeiten verrichten zu wollen, denn sie stellte zwei Lichter in zwei Ecken des Zimmers, ordnete den Teppich auf dem Tische, und entfernte sich wieder. Noch war Emil in seinen süßen Träumereien versunken, und wiederholte sich in seiner Phantasie das Bild seiner Geliebten, als zu seinem Entsetzen die fürchterliche, die rote Alte durch das Zimmer schritt; gräßlich leuchtete von ihrem Haupt und Busen das Gold im Widerschein der Lichter. Sie war wieder verschwunden. Sollte er seinen Augen trauen? War es kein Blendwerk der Nacht, welches ihm seine eigne Einbildung gespenstisch vorübergeführt hatte?

Aber nein, sie kehrte zurück, noch gräßlicher als zuvor, denn ein langes greises und schwarzes Haar flog wild und ungeordnet um Brust und Rücken; das schöne Mädchen folgte ihr, blaß, entstellt, die schönsten Brüste ohne Hülle, aber das ganze Bild einer Statue von Marmor ähnlich. Sie hatten zwischen sich das kleine liebliche Kind, welches weinte und sich an die Schöne bittend schmiegte, die nicht zu ihm herniedersah. Das Kindlein hielt flehend die Händchen empor, streichelte Hals und Wange der blassen Schönen. Sie aber hielt es fest am Haar und mit der andern Hand ein silbernes Becken; die Alte zuckte murmelnd das Messer und durchschnitt den weißen Hals der Kleinen. Da wand sich hinter ihnen etwas hervor, das beide nicht zu sehen schienen, sonst hätten sie sich wohl ebenso inniglich wie Emil entsetzt. Ein scheußlicher Drachenhals wälzte sich schuppig länger und länger aus der Dunkelheit, neigte sich über das Kind hin, das mit aufgelösten Gliedern der Alten in den Armen hing, die schwarze Zunge leckte vom sprudelnden roten Blut, und ein grün funkelndes Auge traf durch die Spalte hinüber in Emils Blick und Gehirn und Herz, daß er im selben Augenblick zu Boden stürzte.

Leblos traf ihn Roderich nach einigen Stunden.

Am heitersten Sommermorgen saß in grüner Laube eine Gesellschaft von Freunden um ein schmackhaftes Frühstück versammelt. Man lachte und scherzte, alle stießen freudig oft mit den Gläsern auf die Gesundheit des jungen Brautpaares an, und wünschten ihm Heil und Glück. Bräutigam und Braut waren nicht zugegen, denn die Schöne war noch mit ihrem Schmucke beschäftigt, und der junge Ehemann lustwandelte, seinem Glücke nachsinnend, einsam in einem entfernten Baumgange. »Schade«, sagte Anderson, »daß wir keine Musik haben sollen; alle unsere Damen sind unzufrieden und haben noch nie so sehr zu tanzen gewünscht, als gerade heut, da es nicht geschehn kann; aber es ist ihm zu sehr zuwider.«

»Ich kann es euch wohl verraten«, sagte ein junger Offizier, »daß wir dennoch einen Ball haben werden, und zwar einen recht tollen und geräuschigen; alles ist schon eingerichtet und die Musikanten sind schon heimlich angekommen und unsichtbar einquartiert. Roderich hat alle diese Einrichtungen getroffen, denn er sagt, man müsse ihm nicht zu viel nachgeben, und am wenigsten heut seine wunderlichen Launen anerkennen.«

»Er ist auch schon viel menschlicher und umgänglicher als ehemals«, sagte ein anderer junger Mann, »und darum glaube ich, wird ihm diese Abänderung nicht einmal unangenehm auffallen, ist doch diese ganze Heirat so plötzlich gegen unser aller Erwarten eingetreten.«

»Sein ganzes Leben«, fuhr Anderson fort, »ist so sonderbar, wie sein Charakter. Ihr wißt ja alle, wie er im vorigen Herbst auf einer Reise, die er machen wollte, in unsrer Stadt ankam, sich den Winter hier aufhielt, wie ein Melancholischer fast nur in seinem Zimmer lebte, und sich weder um unser Theater noch andre Vergnügungen kümmerte. Er war beinah mit Roderich, seinem vertrautesten Freunde, zerfallen, weil dieser ihn zu zerstreuen suchte, und nicht jeder seiner finstern Launen nachgeben wollte. Im Grunde war seine übertriebene Reizbarkeit und Verstimmung wohl Krankheit, die sich in seinem Körper zubereitete; denn, wie euch nicht unbekannt ist, wurde er vor vier Monaten vom heftigsten Nervenfieber befallen, so, daß wir ihn alle schon aufgeben mußten. Nachdem seine Phantasien ausgeraset hatten, und er wieder zu sich kam, hatte er sein Gedächtnis fast ganz eingebüßt, nur seine früheren Kinder- und Jugendjahre waren ihm gegenwärtig, und er konnte sich durchaus nicht erinnern, was während seiner Reise oder vor seiner Krankheit sich mit ihm zugetragen habe. Er mußte alle seine Freunde, selbst den Roderich, von neuem kennenlernen; nur nach und nach ward es lichter in seinem Innern, und die Vergangenheit und was ihm widerfahren, trat wieder, jedoch immer nur schwach beleuchtet, in sein Gedächtnis zurück. Sein Oheim hatte ihn zu sich in das Haus genommen, um ihn besser zu verpflegen, und er war wie ein Kind, und ließ alles mit sich machen. Als er zum erstenmal ausfuhr, und bei der Frühlingswärme den Park besuchte, sah er abseits vom Wege ein Mädchen in tiefen Gedanken sitzen. Sie sah auf, ihr Blick traf den seinigen, und wie von einer unbegreiflichen Begeisterung ergriffen, ließ er anhalten, stieg aus, setzte sich zu ihr, faßte ihre Hände, und ergoß sich in einen Strom von Tränen. Man war von neuem für seinen Verstand besorgt; aber er wurde ruhig, heiter und gesprächig, ließ sich bei den Eltern des Mädchens vorstellen, und hielt sogleich beim ersten Besuch um ihre Hand an, die sie ihm auch zusagte, da die Eltern ihre Einwilligung nicht verweigerten. Er war glücklich und ein neues Leben ging in ihm auf; mit jedem Tage ward er gesunder und zufriedener. So besuchte er mich vor acht Tagen auf meinem Landgute hier; es gefiel ihm über die Maßen, und zwar so, daß er nicht ruhte, bis ich es ihm verkaufen mußte. Es lag nur an mir, seine Leidenschaftlichkeit zu meinem Vorteil und seinem Schaden zu benutzen, denn was er will, will er heftig und plötzlich vollendet. Sogleich machte er seine Einrichtungen, ließ Geräte herschaffen, um hier noch die Sommermonate zu wohnen, und so sind wir denn alle heut zu seiner Hochzeit in meinem ehemaligen Wohnsitz versammelt.«

Das Haus war groß und lag in der schönsten Gegend. Die eine Seite sah nach einem Flusse und angenehmen Hügeln hinüber, rundum von mannigfaltigen Gebüschen und Bäumen umgeben, unmittelbar davor lag ein Garten mit duftenden Blumen. Hier waren die Orangen- und Zitronenbäume in einem großen offenen Saale aufgestellt, und kleine Türen führten zu Vorratskammern, Kellern und Speisegewölben. Von der andern Seite breitete sich ein grünender Wiesenplan aus, an welchen ohne andre Verbindung ein Park grenzte; hier bildeten die beiden langen Flügel des Hauses einen geräumigen Hof, und auf dreien übereinanderstehenden Säulenreihen verbanden breite offene Gänge alle Zimmer und Säle des Gebäudes, wodurch der Wohnsitz von dieser Seite einen reizenden, ja wunderbaren Charakter erhielt, indem sich beständig Figuren in mannigfaltigen Geschäften in diesen geräumigeren Hallen bewegten; zwischen den Säulen und aus jedem Zimmer traten neue Gestalten hervor, und erschienen oben oder unten wieder, um sich in andern Türen zu verlieren; auch versammelte sich Gesellschaft dort zum Tee oder Spiel, und dadurch gewann von unten das Ganze das Ansehn eines Theaters, vor welchem jedermann mit Lust verweilte, und in Gedanken die seltsamsten und anziehendsten Begebenheiten oben erwartete.

Die Gesellschaft der jungen Leute wollte eben aufstehn, als die geschmückte Braut durch den Garten ging und zu ihnen trat. Sie war in violettem Sammet gekleidet, ein funkelnder Halsschmuck wiegte sich auf dem glänzenden Nacken, kostbare Spitzen ließen den weißen schwellenden Busen durchschimmern, das braune Haar ward durch den Myrten- und Blumenkranz reizender gefärbt. Sie grüßte alle freundlich, und die Jünglinge waren von der hohen Schönheit überrascht. Sie hatte Blumen im Garten gepflückt, und wandte sich jetzt nach dem innern Hause, um nach der Ordnung des Mahles zu sehen. Man hatte in dem untern offnen Gange die Tafeln hingestellt: blendend schimmerten die Tische mit den weißen Gedecken und Kristallen, eine Fülle mannigfarbiger Blumen glänzte aus zierlichen Gefäßen herunter, duftende grüne und bunte Kränze schlangen sich um die Säulen, und reizend war der Anblick, als die Braut sich jetzt mit holdseliger Bewegung zwischen dem Schimmer der Blumen neben den Tischen und Säulen wandelnd bewegte, das Ganze prüfend überschaute, und dann verschwand, und höher hinauf noch einmal wiedererschien, um ihr Zimmer zu öffnen. »Sie ist das reizendste und schönste Mädchen, das ich je gekannt habe!« rief Anderson aus: »unser Freund ist glücklich!«

»Selbst ihre Blässe«, nahm der Offizier das Wort, »erhöht ihre Schönheit: die braunen Augen blitzen über den bleichen Wangen und unter den dunkeln Haaren so mächtiger hervor; und diese wunderbare fast brennende Röte der Lippen macht ihr Angesicht zu einem wahrhaft zauberischen Bilde.«

»Der Schein stiller Melancholie«, sagte Anderson, »welcher sie umgibt, umfließt sie wie mit hoher Majestät.«

Der Bräutigam trat zu ihnen, und fragte nach Roderich; sie hatten ihn alle schon längst vermißt und konnten nicht begreifen, wo er sich aufhalten möchte. Alle gingen, um ihn zu suchen. »Er ist unten im Saal«, sagte endlich ein junger Mensch, den sie ebenfalls fragten, »zwischen allen Bedienten und Kutschern, denen er Kartenkünste macht, die sie nicht genug bewundern können.« Sie traten hinein und unterbrachen die schallende Verwunderung der Dienerschaft, indes sich Roderich nicht stören ließ, sondern frei in seinen magischen Kunststücken fortfuhr. Als er geendigt hatte, ging er mit den übrigen in den Garten und sagte: »Ich tue es nur, um diese Menschen im Glauben zu stärken, denn diese Künste bringen ihrer Kutscher-Freigeisterei auf lange einen Stoß bei, und helfen zu ihrer Bekehrung.«

»Ich sehe«, sagte der Bräutigam, »daß mein Freund unter seinen übrigen Talenten auch das eines Scharlatans nicht zu geringe achtet, um es auszubilden.«

»Wir leben in einer wunderlichen Zeit«, antwortete jener: »man soll heutzutage nichts verachten, denn man weiß nicht, wozu es zu gebrauchen ist.«

Als die beiden Freunde sich allein befanden, wandte sich Emil wieder in den dunkeln Baumgang und sagte: »Warum bin ich an diesem Tage, welcher der glücklichste meines Lebens ist, so trübe gestimmt? Aber ich versichere dich, sowenig du es auch glauben willst, es paßt nicht für mich, mich in dieser Menge von Menschen zu bewegen, für jeden Aufmerksamkeit zu haben, keinen dieser Verwandten von ihrer und meiner Seite zu vernachlässigen, den Eltern Ehrfurcht zu beweisen, die Damen bekomplimentieren, die Ankommenden empfangen, und die Dienstboten und Pferde gehörig zu versorgen.«

»Das macht sich ja alles von selbst«, sagte Roderich; »sieh, dein Haus ist recht auf dergleichen eingerichtet, und dein Haushofmeister, der alle Hände voll zu tun und alle Beine voll zu laufen hat, ist recht wie dazu geschaffen, alles ordentlich zu betreiben, um die allergrößte Gesellschaft aus Verwirrung zu erretten und mit Anstand zu bewirten. Überlaß das ihm und deiner schönen Braut.«

»Heute morgen, noch vor Sonnenaufgang«, sagte Emil, »wandelte ich durch das Gehölz; mir war feierlich zumute, ich fühlte recht im Innern, wie mein Leben nun bestimmt sei und ernst werde, wie diese Liebe mir Heimat und Beruf erschaffen hat. Ich kam dort der Laube vorüber; ich hörte Stimmen: es war meine Geliebte in einem traulichen Gespräch, ›Ist es nun‹, sagte eine fremde Stimme, ›nicht so gekommen, wie ich gesagt hatte? Gerade so, wie ich wußte, daß es geschehen würde? Ihr habt Euren Wunsch, darum seid nun auch froh.‹ Ich mochte nicht zu ihnen treten; nachher ging ich der Laube näher, doch hatten sich beide schon entfernt. Aber ich sinne und sinne: was wollen diese Worte bedeuten?«

Roderich sagte: »Sie mag dich vielleicht schon längst geliebt haben, ohne daß du es wußtest; du bist desto glücklicher.«

Eine späte Nachtigall erhub jetzt ihren Gesang und schien dem Liebenden Heil und Wonne zuzurufen. Emil wurde tiefsinniger. »Komm mit mir, um dich aufzuheitern«, sagte Roderich, »in das Dorf hinunter, da sollst du ein zweites Brautpaar sehn, denn du mußt dir nicht einbilden, daß du heut allein Hochzeit feierst. Ein junger Knecht ist in Langeweile und Einsamkeit mit einer altern garstigen Magd zu vertraut geworden, und der Pinsel hält sich nun für verpflichtet, sie zu seiner Frau zu machen. Jetzt müssen sie beide schon geputzt sein; diesen Anblick wollen wir nicht versäumen, denn er ist ohne Zweifel interessant.«

Der Trauernde ließ sich von dem schwatzenden heitern Freunde fortziehn, und sie kamen bald zu der Hütte. Eben trat der Zug heraus, um sich nach der Kirche zu begeben. Der junge Knecht war in seinem gewöhnlichen leinenen Kittel, und prangte nur mit einem Paar ledernen Beinkleidern, die er so hell als möglich angestrichen hatte; er war von einfältiger Miene und schien verlegen. Die Braut war von der Sonne verbrannt, nur wenige letzte Spuren der Jugend waren an ihr sichtbar; sie war grob und arm aber reinlich gekleidet, einige rote und blaue seidne Bänder, schon etwas entfärbt, flatterten von ihrem Mieder, am meisten aber war sie dadurch entstellt, daß man ihr die Haare steif mit Fett, Mehl und Nadeln aus der Stirn gestrichen und oben zusammengeheftet hatte, auf dieser Spitze des aufgetürmten Haars stand der Kranz. Sie lächelte und schien fröhlich, doch war sie verschämt und blöde. Die alten Eltern folgten; der Vater war auch nur Knecht auf dem Hofe, und die Hütte, der Hausrat sowie die Kleidung, alles verriet die äußerste Armut. Ein schielender schmutziger Musikant folgte dem Zuge, der greinend auf einer Geige strich und dazu schrie, diese war halb aus Pappe und Holz zusammengeleimt, und statt der Saiten mit drei Bindfaden bezogen. Der Zug machte halt, als der neue gnädige Herr zu den Leuten trat. Einige mutwillige Dienstboten, junge Burschen und Mägde schäkerten und lachten, und verspotteten das Brautpaar, vorzüglich die Kammerjungfern, die sich schöner dünkten und sich unendlich besser gekleidet sahen. Ein Schauer erfaßte Emil, er blickte nach Roderich um, dieser war aber schon wieder entlaufen. Ein naseweiser Bursche mit einem Tituskopf, der Bediener eines Fremden, drängte sich, um witzig zu erscheinen, an Emil und rief: »Nun gnädiger Herr, was sagen Sie zu dem glänzenden Brautpaar? Beide wissen noch nicht, wo sie morgen Brot hernehmen sollen, und heut nachmittag werden sie doch einen Ball geben, der Virtuos dort ist schon bestellt.« – »Kein Brot?« sagte Emil; »gibt es so etwas?« – »Ihr ganzes Elend ist dem Volke bekannt«, fuhr jener schwatzend fort, »aber der Kerl sagt, er bleibe dem Wesen dennoch gut, wenn sie auch nichts zubrächte! O ja freilich, die Liebe ist allgewaltig! das Lumpenpack hat nicht einmal Betten, sie müssen sogar diese Nacht auf der Streu schlafen; das Dünnbier haben sie sich zusammengebettelt, worin sie sich besaufen wollen.« Alle umher lachten laut, und die beiden verspotteten Unglücklichen schlugen die Augen nieder. Emil stieß zornig den Schwätzer von sich; »nehmt!« rief er aus, und warf in die Hand des erstarrten Bräutigams hundert Dukaten, welche er am Morgen eingenommen hatte. Die Alten und die Brautleute weinten laut, warfen sich ungeschickt auf die Knie und küßten ihm Hände und Kleider, er wollte sich losmachen. »Haltet euch damit das Elend vom Leibe, solange ihr könnt!« rief er betäubt. »O auf zeitlebens, mein gnädigster Herr, sind wir glücklich!« schrieen alle.

Er wußte nicht, wie er fortgekommen war; er fand sich allein, und eilte mit wankenden Schritten in den Wald. Die dichteste einsamste Stelle suchte er auf, und warf sich auf einen Rasenhügel nieder, indem er den ausbrechenden Strom seiner Tränen nicht mehr zurückhielt. »Mir ekelt das Leben!« schluchzte er in tiefer Bewegung; »ich kann nicht froh und glücklich sein, ich will es nicht! Empfange mich bald, du freundlicher Boden, verbirg mich in deinen kühlen Armen vor den wilden Tieren, die sich Menschen nennen! O Gott im Himmel, wie verdien ich es, daß ich auf Daunen ruhe und Seide trage, daß mir die Traube ihr kostbarstes Blut spendet, und alles mir Ehre und Liebe dringend anbietet und darbringt? Dieser Arme ist besser und edler als ich, und das Elend ist seine Amme, und Hohn und giftiger Spott sein Glückwunsch. Sündlich dünkt mir jeder Leckerbissen, den ich genieße, jeder Trunk aus geschliffenem Glase, mein Ruhen auf weichen Betten, das Tragen von Gold und Geschmeide, da die Welt viel tausendmal tausend Unglückliche umherjagt, die nach dem weggeworfenen vertrockneten Brote hungern, die nicht wissen, was Labsal ist. O jetzt versteh ich euch, ihr frommen Heiligen, ihr Verschmähten, ihr Verhöhnten, die ihr alles, bis auf euer Gewand, der Armut ausstreutet, einen Sack um eure Lenden gürtetet, und selbst als Bettler die Schmähungen und Fußstöße erdulden wolltet, mit denen roher Übermut und reiche Schwelgerei das Elend von ihren Tafeln weisen, selbst elend wurdet ihr, um nur diese Sünde des Überflusses von euch zu werfen.«

Alle Gebilde der Welt schwankten wie ein Nebel vor seinen Augen! Er nahm sich vor, die Verstoßenen als seine Brüder anzusehn, und sich von den Glücklichen zu entfernen. Lange hatte man schon im Saale seiner zur Trauung gewartet, die Braut war in Sorge, die Eltern suchten ihn im Garten und Park: Endlich kam er ausgeweint und leichter zurück, und die feierliche Handlung ward vollzogen.

Man begab sich aus dem untern Saal nach der offnen Halle, um sich zu Tische zu setzen. Braut und Bräutigam gingen voran, und die übrigen folgten im Zuge; Roderich bot seinen Arm einem jungen Mädchen, die munter und geschwätzig war. »Warum nur die Bräute immer weinen und bei der Trauung so ernsthaft aussehn«, sagte diese, indem sie zur Galerie hinaufstiegen.

»Weil sie in diesem Augenblick am lebhaftesten von der Wichtigkeit und dem Geheimnisvollen des Lebens durchdrungen werden«, antwortete Roderich.

»Aber unsre Braut«, fuhr jene fort, »übertrifft noch an Feierlichkeit alle, die ich jemals gesehn habe; sie ist überhaupt immer schwermütig, man sieht sie nie recht heiter lachen.«

»Dies macht ihrem Herzen um so mehr Ehre«, antwortete Roderich, gegen seine Gewohnheit verstimmt. »Sie wissen vielleicht nicht, mein Fräulein, daß die Braut vor einigen Jahren ein allerliebstes verwaistes Kind, ein Mädchen, zu sich genommen hatte, um es zu erziehn. Dieser Kleinen widmete sie alle ihre Zeit, und die Liebe des zarten Geschöpfes war ihr süßester Lohn. Dieses Mädchen war sieben Jahr alt geworden, als sie sich auf einem Spaziergange in der Stadt verlor, und aller angewandten Mühe ungeachtet, noch nicht wieder hat aufgefunden werden können. Diesen Unfall hat sich das edle Wesen so zu Gemüt gezogen, daß sie seitdem an einer stillen Melancholie leidet, und durch nichts von dieser Sehnsucht nach ihrer kleinen Gespielin kann abgezogen werden.«

»Wahrhaftig, recht interessant!« sagte das Fräulein; »das kann sich in der Zukunft recht romantisch entwickeln, und zum angenehmsten Gedichte Gelegenheit geben.«

Man ordnete sich an der Tafel; Braut und Bräutigam nahmen die Mitte ein, und sahen in die heitere Landschaft hinaus. Man schwatzte und trank Gesundheiten, die munterste Laune herrschte; die Eltern der

Braut waren ganz glücklich, nur der Bräutigam war still und in sich gekehrt, genoß nur wenig, und nahm an den Gesprächen keinen Anteil. Er erschrak, als sich musikalische Töne durch die Luft von oben herniederwarfen; doch beruhigte er sich wieder, da es sanfte Hörnertöne blieben, die angenehm über die Gebüsche hinwegrauschten, sich durch den Park zogen, und am fernen Berge verhallten. Roderich hatte sie auf die Galerie über die Speisenden gestellt, und Emil war mit dieser Einrichtung zufrieden. Gegen das Ende der Mahlzeit ließ er seinen Haushofmeister kommen, und sagte zur Braut gewendet: »Liebe Freundin, laß auch die Armut an unserm Überflusse teilnehmen.« Er befahl hierauf, eine Anzahl Flaschen Wein, Gebackenes, und verschiedene Gerichte in reichlichen Portionen dem armen Brautpaar hinüberzusenden, damit ihnen dieser Tag auch ein Freudentag sein könne, dessen sie sich nachher gern erinnern möchten. »Sieh, Freund«, rief Roderich aus, »wie schön alles in der Welt zusammenhängt! Mein unnützes Umtreiben und Schwatzen, das du so oft an mir tadelst, hat doch nun diese gute Handlung veranlaßt.« Viele wollten dem Wirte über sein Mitleid und gutes Herz etwas Artiges sagen, und das Fräulein sprach von schöner Gesinnung und Edelmut. »O schweigen wir!« rief Emil zornig, »es ist keine gute Handlung, ja überhaupt keine Handlung, es ist nichts! Wenn Schwalben und Hänflinge sich von den weggeworfenen Brosamen dieses Überflusses nähren, und sie zu ihren Jungen in die Nester tragen, sollte ich nicht eines armen Mitbruders gedenken, der mein bedarf? Wenn ich meinem Herzen folgen dürfte, so würdet ihr mich ebensogut wie manchen andern verlachen und verspotten, der in die Wüste zog, um nichts mehr von der Welt und ihrem Edelmut zu erfahren.«

Man schwieg, und Roderich erkannte in den glühenden Augen seines Freundes den heftigsten Unwillen; er besorgte, daß er sich in seiner Verstimmung noch mehr vergessen möchte, und suchte schnell das Gespräch auf andere Gegenstände zu lenken. Doch Emil war unruhig und zerstreut geworden; hauptsächlich wendeten sich seine Blicke oft nach der obersten Galerie, auf welcher die Bedienten, die das letzte Stockwerk bewohnten, vielerlei zu schaffen hatten. »Wer ist die widerliche Alte, die dort so geschäftig ist, und so oft in ihrem grauen Mantel wiederkommt?« fragte er endlich. »Sie gehört zu meiner Bedienung«, sagte die Braut; »sie soll die Aufsicht über die Kammerjungfern und Jüngern Mägde führen.« »Wie kannst du solche Häßlichkeit in deiner Nähe dulden?« erwiderte Emil. »Laß sie«, antwortete die junge Frau, »wollen die Häßlichen doch auch leben, und da sie gut und redlich ist, kann sie uns von großem Nutzen sein.«

Man erhob sich von der Tafel, und alles umgab den neuen Gatten, wünschte nochmals Glück, und drängte dann mit Bitten um die Erlaubnis zum Ball. Die Braut umarmte ihn äußerst freundlich und sagte: »Meine erste Bitte, Geliebter, wirst du mir nicht abschlagen, denn wir haben uns alle darauf gefreut: Ich habe so lange nicht getanzt, und du selbst hast mich noch niemals tanzen sehn. Bist du denn gar nicht neugierig darauf, wie ich mich in dieser Bewegung ausnehme?«

»So heiter«, sagte Emil, »habe ich dich noch niemals gesehn. Ich will kein Störer eurer Freude sein, macht, was ihr wollt; nur verlange keiner von mir, daß ich mich selbst mit linkischen Sprüngen lächerlich machen soll.«

»Wenn du ein schlechter Tänzer bist«, sagte sie lachend, »so kannst du sicher sein, daß dich jedermann gern in Ruhe lassen wird.« Die Braut entfernte sich hierauf, um sich umzuziehn und ihr Ballkleid anzulegen. »Sie weiß es nicht«, sagte Emil zu Roderich, mit dem er sich entfernte, »daß ich aus einem andern Zimmer in das ihrige durch eine verborgene Tür kommen kann, ich werde sie beim Umkleiden überraschen.«

Als Emil fortgegangen war, und viele der Damen sich auch entfernt hatten, um die zum Tanz nötigen Veränderungen des Putzes zu treffen, nahm Roderich die jüngeren Leute beiseite und führte sie auf sein Zimmer. »Es wird schon Abend«, sagte er hier, »bald ist es finster; jetzt geschwind jeder in seine Verkleidung, um diese Nacht recht bunt und toll zu verschwärmen. Was ihr nur ersinnen könnt; geniert euch nicht, je ärger, je besser! Je scheußlicher die Fratzen sind, die ihr aus euch hervorbringt, je mehr will ich euch loben. Da muß es keinen so widerlichen Höcker, keinen so ungestalten Bauch, keine so widersinnige Kleidung geben, die nicht heute paradiert. Eine Hochzeit ist eine so wundersame Begebenheit, ein ganz neuer ungewohnter Zustand wird den Verheirateten so plötzlich wie ein Märchen über den Hals geworfen, daß man dieses Fest nicht verwirrt und unklug genug anfangen kann, um nur irgend für die Eheleute die plötzliche Veränderung zu motivieren, so daß sie wie in einem phantastischen Traum in die neue Lage hinüberschwimmen, darum laßt uns nur recht in diese Nacht hineinwüten, und nehmt keine Einrede von denen an, die sich verständig stellen möchten.«

»Sei ohne Sorge«, sagte Anderson, »wir haben einen großen Koffer voll Masken und toller bunter Kleidungsstücke aus der Stadt mitgebracht, du wirst dich selbst darüber verwundern.«

»Aber seht her«, sagte Roderich, »was ich von meinem Schneider eingekauft habe, der diesen kostbaren Schatz schon in Läppchen verschneiden wollte! Er hat diese Tracht von einer alten Gevatterin erhandelt, die damit gewiß bei Luzifer auf dem Blocksberge Gala gemacht hat. Seht dieses scharlachrote Mieder, mit diesen goldenen Tressen und Franzen, und diese goldglänzende Haube, die mir unendlich ehrwürdig stehen muß, dazu nehm ich diesen grünseidenen Rock mit safrangelbem Besatz und diese scheußliche Maske, und führe nachher als altes Weib den ganzen Chor der Karikaturen in das Schlafzimmer. Macht, daß ihr fertig werdet! wir wollen dann feierlich die junge Frau abholen.«

Die Hörner musizierten noch, die Gesellschaft wandelte im Garten, oder saß vor dem Hause. Die Sonne war hinter trüben Wolken untergegangen, und die Gegend lag im grauen Dämmer, als plötzlich unter der Wolkendecke der scheidende Strahl noch einmal hervorbrach und rings die Gegend, vorzüglich aber das Gebäude mit seinen Gängen, Säulen und Blumengewinden, wie mit rotem Blute besprengte. Da sahen die Eltern der Braut, und die übrigen Zuschauer den abenteuerlichsten Zug nach dem obern Corredor schweben: Roderich als die rote Alte voran, und ihr nachfolgend Bucklichte, dickbauchige Fratzen, ungeheure Perücken, Tartaglias, Policinells und gespenstische Pierrots, weibliche Figuren in ausgespannten Reifröcken und ellenhohen Frisuren, die widerwärtigsten Gestalten, alle wie aus einem ängstlichen Traum. Sie zogen gaukelnd und sich drehend und wackelnd, trippelnd und sich brüstend über den Gang, und verschwanden dann in eine der Türen. Nur wenige der Zuschauer waren zum Lachen gekommen, so hatte sie der seltsamste Anblick überrascht. Plötzlich brach ein gellender Schrei aus den innern Zimmern, und hervor stürzte in das blutige

Abendrot die bleiche Braut, im weißen kurzen Kleide, um welches Blumenranken flatterten; der schöne Busen ganz frei, die Fülle der Locken in Lüften schwebend. Wie wahnsinnig, die Augen rollend, das Gesicht entstellt, stürzte sie über die Galerie, und fand in ihrer Angst verbündet keine Tür und Treppe, und gleich darauf, ihr nachrennend, Emil, den blanken türkischen Dolch in hoch erhobener Faust. Jetzt war sie am Ende des Ganges, sie konnte nicht weiter, er erreichte sie. Die maskierten Freunde und die graue Alte waren ihm nachgestürzt. Aber schon hatte er wütend ihre Brust durchbohrt, und den weißen Hals durchschnitten, ihr Blut strömte im Glanz des Abends. Die Alte hatte sich mit ihm umfaßt, ihn zurückzureißen; kämpfend schleuderte er sich mit ihr über das Geländer, und beide fielen zerschmettert zu den Füßen der Verwandten nieder, die mit stummem Entsetzen der blutigen Szene zugeschaut hatten. Oben und im Hofe, oder von den Galerien und Treppen heruntereilend, standen und rannten die scheußlichen Larven in mannigfaltigen Gruppen, höllischen Dämonen ähnlich.

Roderich nahm den Sterbenden in seine Arme. Mit dem Dolche spielend hatte er ihn im Zimmer seiner Gattin gefunden. Sie war fast angekleidet bei seinem Eintreten; beim Anblick des roten widrigen Kleides hatte sich seine Erinnerung belebt, das Schreckbild jener Nacht war vor seine Sinne getreten; knirschend war er auf die zitternde, fliehende Braut zugesprungen, um den Mord und ihr teuflisches Kunststück zu bestrafen. Die Alte bestätigte sterbend den verübten Frevel, und das ganze Haus war plötzlich in Leid, Trauer und Entsetzen verwandelt worden.

Der Pokal

Vom großen Dom erscholl das vormittägige Geläute. Über den weiten Platz wandelten in verschiedenen Richtungen Männer und Weiber, Wagen fuhren vorüber und Priester gingen nach ihren Kirchen. Ferdinand stand auf der breiten Treppe, den Wandelnden nachsehend und diejenigen betrachtend, welche heraufstiegen, um dem Hochamte beizuwohnen. Der Sonnenschein glänzte auf den weißen Steinen, alles suchte den Schatten gegen die Hitze; nur er stand schon seit lange sinnend an einen Pfeiler gelehnt, in den brennenden Strahlen, ohne sie zu fühlen, denn er verlor sich in den Erinnerungen, die in seinem Gedächtnisse aufstiegen. Er dachte seinem Leben nach, und begeisterte sich an dem Gefühl, welches sein Leben durchdrungen und alle andern Wünsche in ihm ausgelöscht hatte. In derselben Stunde stand er hier im vorigen Jahre, um Frauen und Mädchen zur Messe kommen zu sehn; mit gleichgültigem Herzen und lächelndem Auge hatte er die mannigfaltigen Gestalten betrachtet, mancher holde Blick war ihm schalkhaft begegnet und manche jungfräuliche Wange war errötet; sein spähendes Auge sah den niedlichen Füßchen nach, wie sie die Stufen heraufschritten, und wie sich das schwebende Gewand mehr oder weniger verschob, um die feinen Knöchel zu enthüllen. Da kam über den Markt eine jugendliche Gestalt, in Schwarz, schlank und edel, die Augen sittsam vor sich hingeheftet, unbefangen schwebte sie die Erhöhung hinauf mit lieblicher Anmut, das seidene Gewand legte sich um den schönsten Körper und wiegte sich wie in Musik um die bewegten Glieder; jetzt wollte sie den letzten Schritt tun, und von ohngefähr erhob sie das Auge und traf mit dem blauesten Strahle in seinen Blick. Er ward wie von einem Blitz durchdrungen. Sie strauchelte, und so schnell er auch hinzusprang, konnte er doch nicht verhindern, daß sie nicht kurze Zeit in der reizendsten Stellung knieend vor seinen Füßen lag. Er hob sie auf, sie sah ihn nicht an, sondern war ganz Röte, antwortete auch nicht auf seine Frage, ob sie sich beschädigt habe. Er folgte ihr in die Kirche und sah nur das Bildnis, wie sie vor ihm gekniet, und der schönste Busen ihm entgegengewogt. Am folgenden

Tage besuchte er die Schwelle des Tempels wieder; die Stätte war ihm geweiht. Er hatte abreisen wollen, seine Freunde erwarteten ihn ungeduldig in seiner Heimat; aber von nun an war hier sein Vaterland, sein Herz war umgewendet. Er sah sie öfter, sie vermied ihn nicht, doch waren es nur einzelne und gestohlene Augenblicke; denn ihre reiche Familie bewachte sie genau, noch mehr ein angesehener eifersüchtiger Bräutigam. Sie gestanden sich ihre Liebe, wußten aber keinen Rat in ihrer Lage; denn er war fremd und konnte seiner Geliebten kein so großes Glück anbieten, als sie zu erwarten berechtigt war. Da fühlte er seine Armut; doch wenn er an seine vorige Lebensweise dachte, dünkte er sich überschwenglich reich, denn sein Dasein war geheiligt, sein Herz schwebte immerdar in der schönsten Rührung; jetzt war ihm die Natur befreundet und ihre Schönheit seinen Sinnen offenbar, er fühlte sich der Andacht und der Religion nicht mehr fremd, und betrat dieselbe Schwelle, das geheimnisvolle Dunkel des Tempels jetzt mit ganz andern Gefühlen, als in jenen Tagen des Leichtsinns. Er zog sich von seinen Bekanntschaften zurück und lebte nur der Liebe. Wenn er durch ihre Straße ging und sie nur am Fenster sah, war er für diesen Tag glücklich; er hatte sie in der Dämmerung des Abends oftmals gesprochen, ihr Garten stieß an den eines Freundes, der aber sein Geheimnis nicht wußte. So war ein Jahr vorübergegangen.

Alle diese Szenen seines neuen Lebens zogen wieder durch sein Gedächtnis. Er erhob seinen Blick, da schwebte die edle Gestalt schon über den Platz, sie leuchtete ihm wie eine Sonne aus der verworrenen Menge hervor. Ein lieblicher Gesang ertönte in seinem sehnsüchtigen Herzen, und er trat, wie sie sich annäherte, in die Kirche zurück. Er hielt ihr das geweihte Wasser entgegen, ihre weißen Finger zitterten, als sie die seinigen berührte, sie neigte sich holdselig. Er folgte ihr nach, und kniete in ihrer Nähe. Sein ganzes Herz zerschmolz in Wehmut und Liebe, es dünkte ihm, als wenn aus den Wunden der Sehnsucht sein Wesen in andächtigen Gebeten dahinblutete; jedes Wort des Priesters durchschauerte ihn, jeder Ton der Musik goß Andacht in seinen Busen; seine Lippen bebten, als die Schöne das Kruzifix ihres Rosenkranzes an den brünstigen roten Mund drückte. Wie hatte er ehemals diesen Glauben und diese Liebe so gar nicht begreifen können. Da erhob der Priester die Hostie und die Glocke schallte, sie neigte sich demütiger und bekreuzte ihre Brust; und wie ein Blitz schlug es durch alle seine Kräfte und Gefühle, und das Altarbild dünkte ihm lebendig und die farbige Dämmerung der Fenster wie ein Licht des Paradieses; Tränen strömten reichlich aus seinen Augen und linderten die verzehrende Inbrunst seines Herzens.

Der Gottesdienst war geendigt. Er bot ihr wieder den Weihbrunnen, sie sprachen einige Worte und sie entfernte sich. Er blieb zurück, um keine Aufmerksamkeit zu erregen; er sah ihr nach, bis der Saum ihres Kleides um die Ecke verschwand. Da war ihm wie dem müden verirrten Wanderer, dem im dichten Walde der letzte Schein der untergehenden Sonne erlischt. Er erwachte aus seiner Träumerei, als ihm eine alte dürre Hand auf die Schulter schlug, und ihn jemand bei Namen nannte.

Er fuhr zurück, und erkannte seinen Freund, den mürrischen Albert, der von allen Menschen sich zurückzog, und dessen einsames Haus nur dem jungen Ferdinand geöffnet war. »Seid Ihr unsrer Abrede noch eingedenk?« fragte die heisere Stimme. »O ja«, antwortete Ferdinand, »und werdet Ihr Euer Versprechen heut noch halten?« »Noch in dieser Stunde«, antwortete jener, »wenn Ihr mir folgen wollt.«

Sie gingen durch die Stadt und in einer abgelegenen Straße in ein großes Gebäude. »Heute«, sagte der Alte, »müßt Ihr Euch schon mit mir in das Hinterhaus bemühn, in mein einsamstes Zimmer, damit wir nicht etwa gestört werden.« Sie gingen durch viele Gemächer, dann über einige Treppen; Gänge empfingen sie, und Ferdinand, der das Haus zu kennen glaubte, mußte sich über die Menge der Zimmer, sowie über die seltsame Einrichtung des weitläufigen Gebäudes verwundern, noch mehr aber darüber, daß der Alte, welcher unverheiratet war, der auch keine Familie hatte, es allein mit einem einzigen Bedienten bewohne, und niemals an Fremde von dem überflüssigen Räume hatte vermieten wollen. Albert schloß endlich auf und sagte: »Nun sind wir zur Stelle.« Ein großes hohes Zimmer empfing sie, das mit rotem Damast ausgeschlagen war, den goldene Leisten einfaßten, die Sessel waren von dem nämlichen Zeuge, und durch rote schwerseidne Vorhänge, welche niedergelassen waren, schimmerte ein purpurnes Licht. »Verweilt einen Augenblick«, sagte der Alte, indem er in ein anderes Gemach ging. Ferdinand betrachtete indes einige Bücher, in welchen er fremde unverständliche Charaktere, Kreise und Linien, nebst vielen wunderlichen Zeichnungen fand, und nach dem wenigen, was er lesen konnte, schienen es alchemistische Schriften; er wußte auch, daß der Alte im Rufe eines Goldmachers stand. Eine Laute lag auf dem Tische, welche seltsam mit Perlmutter und farbigen Hölzern ausgelegt war und in glänzenden Gestalten Vögel und Blumen darstellte, der Stern in der Mitte war ein großes Stück Perlmutter, auf das kunstreichste in vielen durchbrochenen Zirkelfiguren, fast wie die Fensterrose einer gotischen Kirche, ausgearbeitet. »Ihr betrachtet da mein Instrument«, sagte Albert, welcher zurückkehrte, »es ist schon zweihundert Jahre alt, und ich habe es als Andenken meiner Reise aus Spanien mitgebracht. Doch laßt das alles, und setzt Euch jetzt.«

Sie setzten sich an den Tisch, der ebenfalls mit einem roten Teppiche bedeckt war, und der Alte stellte etwas Verhülltes auf die Tafel. »Aus Mitleid gegen Eure Jugend«, fing er an, »habe ich Euch neulich versprochen, Euch zu wahrsagen, ob Ihr glücklich werden könnt oder nicht, und dieses Versprechen will ich in gegenwärtiger Stunde lösen, ob Ihr gleich die Sache neulich nur für einen Scherz halten wolltet. Ihr dürft Euch nicht entsetzen, denn, was ich vorhabe, kann ohne Gefahr geschehn, und weder furchtbare Zitationen sollen von mir vorgenommen werden, noch soll Euch eine gräßliche Erscheinung erschrecken. Die Sache, die ich versuchen will, kann in zweien Fällen mißlingen: wenn Ihr nämlich nicht so wahrhaft liebt, als Ihr mich habt wollen glauben machen, denn alsdann ist meine Bemühung umsonst und es zeigt sich gar nichts; oder daß Ihr das Orakel stört und durch eine unnütze Frage oder ein hastiges Auffahren vernichtet, indem Ihr Euren Sitz verlaßt und das Bild zertrümmert; Ihr müßt mir also versprechen, Euch ganz ruhig zu verhalten.«

Ferdinand gab das Wort, und der Alte wickelte aus den Tüchern das, was er mitgebracht hatte. Es war ein goldener Pokal von sehr künstlicher und schöner Arbeit. Um den breiten Fuß lief ein Blumenkranz mit Myrten und verschiedenem Laube und Früchten gemischt, erhaben ausgeführt mit mattem oder klarem Golde. Ein ähnliches Band, aber reicher, mit kleinen Figuren und fliehenden wilden Tierchen, die sich vor den Kindern fürchteten oder mit ihnen spielten, zog sich um die Mitte des Bechers. Der Kelch war schön gewunden, er bog sich oben zurück, den Lippen entgegen, und inwendig funkelte das Gold mit roter Glut. Der Alte stellte den Becher zwischen sich und den Jüngling, und winkte ihn näher. »Fühlt Ihr nicht etwas«, sprach er, »wenn Euer Auge sich in diesem Glanz verliert?« »Ja«, sagte Ferdinand, »dieser Schein spiegelt in mein Innres hinein, ich möchte sagen, ich fühle ihn wie einen Kuß in meinem sehnsüchtigen Busen.« »So ist es recht!« sagte der Alte; »nun laßt Eure Augen nicht mehr herumschweifen, sondern haltet sie fest auf den Glanz dieses Goldes, und denkt so lebhaft wie möglich an Eure Geliebte.«

Beide saßen eine Weile ruhig, und schauten vertieft den leuchtenden Becher an. Bald aber fuhr der Alte mit stummer Gebärde, erst langsam, dann schneller, endlich in eilender Bewegung mit streichendem Finger um die Glut des Pokals in ebenmäßigen Kreisen hin. Dann hielt er wieder inne und legte die Kreise von der andern Seite. Als er eine Weile dies Beginnen fortgesetzt hatte, glaubte Ferdinand Musik zu hören, aber es klang wie draußen, in einer fernen Gasse; doch bald kamen die Töne näher, sie schlugen lauter und lauter an, sie zitterten bestimmter durch die Luft, und es blieb ihm endlich kein Zweifel, daß sie aus dem Innern des Bechers hervorquollen. Immer stärker ward die Musik, und von so durchdringender Kraft, daß des Jünglings Herz erzitterte und ihm die Tränen in die Augen stiegen. Eifrig fuhr die Hand des Alten in verschiedenen Richtungen über die Mündung des Bechers, und es schien, als wenn Funken aus seinen Fingern fuhren und zuckend gegen das Gold leuchtend und klingend zersprangen. Bald mehrten sich die glänzenden Punkte und folgten, wie auf einen Faden gereiht, der Bewegung seines Fingers hin und wider; sie glänzten von verschiedenen Farben, und drängten sich allgemach dichter und dichter aneinander, bis sie in Linien zusammenschössen. Nun schien es, als wenn der Alte in der roten Dämmerung ein wundersames Netz über das leuchtende Gold legte, denn er zog nach Willkür die Strahlen hin und wider, und verwebte mit ihnen die Öffnung des Pokales; sie gehorchten ihm und blieben, einer Bedeckung ähnlich, liegen, indem sie hin und wider webten und in sich selber schwankten. Als sie so gefesselt waren, beschrieb er wieder die Kreise um den Rand, die Musik sank wieder zurück und wurde leiser und leiser, bis sie nicht mehr zu vernehmen war, das leuchtende Netz zitterte wie beängstiget. Es brach im zunehmenden Schwanken, und die Strahlen regneten tropfend in den Kelch, doch aus den niedertropfenden erhob sich wie eine rötliche Wolke, die sich in sich selbst in vielfachen Kreisen bewegte, und wie Schaum über der Mündung schwebte. Ein hellerer Punkt schwang sich mit der größten Schnelligkeit durch die wolkigen Kreise. Da stand das Gebild, und wie ein Auge schaute es plötzlich aus dem Duft, wie goldene Locken floß und ringelte es oben, und alsbald ging ein sanftes Erröten in dem wankenden Schatten auf und ab, und Ferdinand erkannte das lächelnde Angesicht seiner Geliebten, die blauen Augen, die zarten Wangen, den lieblich roten Mund. Das Haupt schwankte hin und her, hob sich deutlicher und sichtbarer auf dem schlanken weißen Halse hervor und neigte sich zu dem entzückten Jünglinge hin. Der Alte beschrieb immer noch die Kreise um den Becher, und heraus traten die glänzenden Schultern, und so wie sich die liebliche Bildung aus dem goldenen Bett mehr hervordrängte und holdselig hin und wider wiegte, so erschienen nun die beiden zarten, gewölbten und getrennten Brüste, auf deren Spitze die feinste Rosenknospe mit süß verhüllter Röte schimmerte. Ferdinand glaubte den Atem zu fühlen, indem das geliebte Bild wogend zu ihm neigte, und ihn fast mit den brennenden Lippen berührte; er konnte sich im Taumel nicht mehr bewältigen, sondern drängte sich mit einem Kusse an den Mund, und wähnte, die schönen Arme zu fassen, um die nackte Gestalt ganz aus dem goldenen Gefängnis zu heben. Alsbald durchfuhr ein starkes Zittern das liebliche Bild, wie in tausend Linien brach das Haupt und der Leib zusammen, und eine Rose lag am Fuß des Pokales, aus deren Röte noch das süße Lächeln schien. Sehnsüchtig ergriff sie Ferdinand, drückte sie an seinen Mund, und an seinem brennenden Verlangen verwelkte sie, und war in Luft zerflossen.

»Du hast schlecht dein Wort gehalten«, sagte der Alte verdrüßlich, »du kannst dir nur selber die Schuld beimessen.« Er verhüllte seinen Pokal wieder, zog die Vorhänge auf und eröffnete ein Fenster; das helle Tageslicht brach herein, und Ferdinand verließ wehmütig und mit vielen Entschuldigungen den murrenden Alten.

Er eilte bewegt durch die Straßen der Stadt. Vor dem Tore setzte er sich unter den Bäumen nieder. Sie hatte ihm am Morgen gesagt, daß sie mit einigen Verwandten abends über Land fahren müsse. Bald saß, bald wanderte er liebetrunken im Walde; immer sah er das holdselige Bild, wie es mehr und mehr aus dem glühenden Golde quoll; jetzt erwartete er, sie herausschreiten zu sehn im Glänze ihrer Schönheit, und dann zerbrach die schönste Form vor seinen Augen, und er zürnte mit sich, daß er durch seine rastlose Liebe und die Verwirrung seiner Sinne das Bildnis und vielleicht sein Glück zerstört habe.

Als nach der Mittagsstunde der Spaziergang sich allgemach mit Menschen füllte, zog er sich tiefer in das Gebüsch zurück; spähend behielt er aber die ferne Landstraße im Auge, und jeder Wagen, der durch das Tor kam, wurde aufmerksam von ihm geprüft.

Es näherte sich dem Abende. Rote Schimmer warf die untergehende Sonne, da flog aus dem Tor der reiche vergoldete Wagen, der feurig im Abendglanze leuchtete. Er eilte hinzu. Ihr Auge hatte das seinige schon gesucht. Freundlich und lächelnd lehnte sie den glänzenden Busen aus dem Schlage, er fing ihren liebevollen Gruß und Wink auf; jetzt stand er neben dem Wagen, ihr voller Blick fiel auf ihn, und indem sie sich weiterfahrend wieder zurückzog, flog die Rose, welche ihren Busen zierte, heraus, und lag zu seinen Füßen. Er hob sie auf und küßte sie, und ihm war, als weissage sie ihm, daß er seine Geliebte nicht wiedersehn würde, daß nun sein Glück auf immer zerbrochen sei.

Auf und ab lief man die Treppen, das ganze Haus war in Bewegung, alles machte Geschrei und Lärmen zum morgenden großen Feste. Die Mutter war am tätigsten so wie am freudigsten; die Braut ließ alles geschehn, und zog sich, ihrem Schicksal nachsinnend, in ihr Zimmer zurück. Man erwartete noch den Sohn, den Hauptmann mit seiner Frau und zwei ältere Töchter mit ihren Männern; Leopold, ein jüngerer Sohn, war mutwillig beschäftigt, die Unordnung zu vermehren, den Lärm zu vergrößern, und alles zu verwirren, indem er alles zu betreiben schien. Agathe, seine noch unverheiratete Schwester, wollte ihn zur Vernunft bringen und dahin bewegen, daß er sich um nichts kümmere, und nur die andern in Ruhe lasse; aber die Mutter sagte: »Störe ihn nicht in seiner Torheit, denn heute kommt es auf etwas mehr oder weniger nicht an; nur darum bitte ich euch alle, da ich schon auf so viel zu denken habe, daß ihr mich nicht mit irgend etwas behelligt, was ich nicht höchst nötig erfahren muß; ob sie Porzellan zerbrechen, ob einige silberne Löffel fehlen, ob das Gesinde der Fremden Scheiben entzweischlägt, mit solchen Possen ärgert mich nicht, daß ihr sie mir wiedererzählt. Sind diese Tage der Unruhe vorüber, dann wollen wir Rechnung halten.«

»Recht so, Mutter!« sagte Leopold, »das sind Gesinnungen eines Regenten würdig! Wenn auch einige Mägde den Hals brechen, der Koch sich betrinkt und den Schornstein anzündet, der Kellermeister vor Freude den Malvasier auslaufen oder aussaufen läßt, Sie sollen von dergleichen Kindereien nichts erfahren. Es müßte denn sein, daß ein Erdbeben das Haus umwürfe; Liebste, das ließe sich unmöglich verhehlen.«

»Wann wird er doch einmal klüger werden!« sagte die Mutter; »was werden nur deine Geschwister denken, wenn sie dich ebenso unklug wiederfinden, als sie dich vor zwei Jahren verlassen haben.«

»Sie müssen meinem Charakter Gerechtigkeit widerfahren lassen«, antwortete der lebhafte Jüngling, »daß ich nicht so wandelbar bin wie sie oder ihre Männer, die sich in wenigen Jahren so sehr, und zwar nicht zu ihrem Vorteile verändert haben.«

Jetzt trat der Bräutigam zu ihnen, und fragte nach der Braut. Die Kammerjungfer ward geschickt, sie zu rufen. »Hat Leopold Ihnen, liebe Mutter, meine Bitte vorgetragen?« fragte der Verlobte.

»Daß ich nicht wüßte«, sagte diese; »in der Unordnung hier im Hause kann man keinen vernünftigen Gedanken fassen.«

Die Braut trat herzu, und die jungen Leute begrüßten sich mit Freuden. »Die Bitte, deren ich erwähnte«, fuhr dann der Bräutigam fort, »ist, daß Sie es nicht übel deuten mögen, wenn ich Ihnen noch einen Gast in Ihr Haus führe, das für diese Tage nur schon zu sehr besetzt ist.«

»Sie wissen es selbst«, sagte die Mutter, »daß, so geräumig es auch ist, sich schwerlich noch Zimmer einrichten lassen.«

»Doch«, rief Leopold, »ich habe schon zum Teil dafür gesorgt, ich habe die große Stube im Hinterhause aufräumen lassen.«

»Ei, die ist nicht anständig genug«, sagte die Mutter, »seit Jahren ist sie ja fast nur zur Polterkammer gebraucht.«

»Prächtig ist sie hergestellt«, sagte Leopold, »und der Freund, für den sie bestimmt ist, sieht auch auf dergleichen nicht, dem ist es nur um unsre Liebe zu tun; auch hat er keine Frau und befindet sich gern in der Einsamkeit, so daß sie ihm gerade recht sein wird. Wir haben Mühe genug gehabt, ihm zuzureden und ihn wieder unter Menschen zu bringen.«

»Doch wohl nicht euer trauriger Goldmacher und Geisterbanner?« fragte Agathe.

»Kein andrer als der«, erwiderte der Bräutigam, »wenn Sie ihn einmal so nennen wollen.«

»Dann erlauben Sie es nur nicht, liebe Mutter«, fuhr die Schwester fort; »was soll ein solcher Mann in unserm Hause? Ich habe ihn einigemal mit Leopold über die Straße gehen sehn, und mir ist vor seinem Gesicht bange geworden; auch besucht der alte Sünder fast niemals die Kirche, er liebt weder Gott noch Menschen, und es bringt keinen Segen, dergleichen Ungläubige bei so feierlicher Gelegenheit unter das Dach einzuführen. Wer weiß, was daraus entstehn kann!«

»Wie du nun sprichst!« sagte Leopold erzürnt, »weil du ihn nicht kennst, so verurteilst du ihn, und weil dir seine Nase nicht gefällt, und er auch nicht mehr jung und reizend ist, so muß er, deinem Sinne nach, ein Geisterbanner und verruchter Mensch sein.«

»Gewähren Sie, teure Mutter«, sagte der Bräutigam, »unserm alten Freund ein Plätzchen in Ihrem Hause, und lassen Sie ihn an unserer allgemeinen Freude teilnehmen. Er scheint, liebe Schwester Agathe, viel Unglück erlebt zu haben, welches ihn mißtrauisch und menschenfeindlich gemacht hat, er vermeidet alle Gesellschaft, und macht nur eine Ausnahme mit mir und Leopold; ich habe ihm viel zu danken, er hat zuerst meinem Geiste eine bessere Richtung gegeben, ja ich kann sagen, er allein hat mich vielleicht der Liebe meiner Julie würdig gemacht.«

»Mir borgt er alle Bücher«, fuhr Leopold fort, »und, was mehr sagen will, alte Manuskripte, und, was noch mehr sagen will, Geld, auf mein bloßes Wort; er hat die christlichste Gesinnung, Schwesterchen, und wer weiß, wenn du ihn näher kennenlernst, ob du nicht deine Sprödigkeit fahrenlassest, und dich in ihn verliebst, so häßlich er dir auch jetzt vorkommt.«

»Nun so bringen Sie ihn uns«, sagte die Mutter, »ich habe schon sonst so viel aus Leopolds Munde von ihm hören müssen, daß ich neugierig bin, seine Bekanntschaft zu machen. Nur müssen Sie es verantworten, daß wir ihm keine bessere Wohnung geben können.«

Indem kamen Reisende an. Es waren die Mitglieder der Familie; die verheirateten Töchter, so wie der Offizier, brachten ihre Kinder mit. Die gute Alte freute sich, ihre Enkel zu sehn; alles war Bewillkommnung und frohes Gespräch, und als der Bräutigam und Leopold auch ihre Grüße empfangen und abgelegt hatten, entfernten sie sich, um ihren alten mürrischen Freund aufzusuchen.

Dieser wohnte die meiste Zeit des Jahres auf dem Lande, eine Meile von der Stadt, aber eine kleine Wohnung behielt er sich auch in einem Garten vor dem Tore. Hier hatten ihn zufälligerweise die beiden jungen Leute kennengelernt. Sie trafen ihn jetzt auf einem Kaffeehause, wohin sie sich bestellt hatten. Da es schon Abend geworden war, begaben sie sich nach einigen Gesprächen in das Haus zurück.

Die Mutter nahm den Fremden sehr freundschaftlich auf; die Töchter hielten sich etwas entfernt, besonders war Agathe schüchtern und vermied seine Blicke sorgfältig. Nach den ersten allgemeinen Gesprächen war das Auge des Alten aber unverwandt auf die Braut gerichtet, welche später zur Gesellschaft getreten war; er schien entzückt und man bemerkte, daß er eine Träne heimlich abzutrocknen suchte. Der Bräutigam freute sich an seiner Freude, und als sie nach einiger Zeit abseits am Fenster standen, nahm er die Hand des Alten und fragte ihn: »Was sagen Sie von meiner geliebten Julie? Ist sie nicht ein Engel?« – »O mein Freund«, erwiderte der Alte gerührt, »eine solche Schönheit und Anmut habe ich noch niemals gesehn; oder ich sollte vielmehr sagen (denn dieser Ausdruck ist unrichtig), sie ist so schön, so bezaubernd, so himmlisch, daß mir ist, als hätte ich sie längst gekannt, als wäre sie, so fremd sie mir ist, das vertrauteste Bild meiner Imagination, das meinem Herzen stets einheimisch gewesen.«

»Ich verstehe Sie«, sagte der Jüngling; »ja das wahrhaft Schöne, Große und Erhabene, so wie es uns in Erstaunen und Verwunderung setzt, überrascht uns doch nicht als etwas Fremdes, Unerhörtes und Niegesehenes, sondern unser eigenstes Wesen wird uns in solchen Augenblicken klar, unsre tiefsten Erinnerungen werden erweckt, und unsre nächsten Empfindungen lebendig gemacht.«

Beim Abendessen nahm der Fremde an den Gesprächen nur wenigen Anteil; sein Blick war unverwandt auf die Braut geheftet, so daß diese endlich verlegen und ängstlich wurde. Der Offizier erzählte von einem Feldzuge, dem er beigewohnt hatte, der reiche Kaufmann sprach von seinen Geschäften und der schlechten Zeit, und der Gutsbesitzer von den Verbesserungen, welche er in seiner Landwirtschaft angefangen hatte.

Nach Tische empfahl sich der Bräutigam, um zum letztenmal in seine einsame Wohnung zurückzukehren; denn künftig sollte er mit seiner jungen Frau im Hause der Mutter wohnen, ihre Zimmer waren schon eingerichtet. Die Gesellschaft zerstreute sich, und Leopold führte den Fremden nach seinem Gemach. »Ihr entschuldigt es wohl«, fing er auf dem Gange an, »daß Ihr etwas entfernt hausen müßt, und nicht so bequem, als die Mutter wünscht; aber Ihr seht selbst, wie zahlreich unsre Familie ist, und morgen kommen noch andre Verwandte. Wenigstens werdet Ihr uns nicht entlaufen können, denn Ihr findet Euch gewiß nicht aus dem weitläufigen Gebäude heraus.«

Sie gingen noch durch einige Gänge; endlich entfernte sich Leopold und wünschte gute Nacht. Der Bediente stellte zwei Wachskerzen hin, fragte, ob er den Fremden entkleiden solle, und da dieser jede Bedienung verbat, zog sich jener zurück, und er befand sich allein. »Wie muß es mir denn begegnen«, sagte er, indem er auf und nieder ging, »daß jenes Bildnis so lebhaft heut aus meinem Herzen quillt? Ich vergaß die ganze Vergangenheit und glaubte sie selbst zu sehn. Ich war wieder jung und ihr Ton erklang wie damals; mir dünkte, ich sei aus einem schweren Traum erwacht; aber nein, jetzt bin ich erwacht, und die holde Täuschung war nur ein süßer Traum.«

Er war zu unruhig, um zu schlafen, er betrachtete einige Zeichnungen an den Wänden und dann das Zimmer. »Heute ist mir alles so bekannt«, rief er aus, »könnt ich mich doch fast so täuschen, daß ich mir einbildete, dieses Haus und dieses Gemach seien mir nicht fremd.« Er suchte seine Erinnerungen anzuknüpfen, und hob einige große Bücher auf, welche in der Ecke standen. Als er sie durchblättert hatte, schüttelte er mit dem Kopfe. Ein Lautenfutteral lehnte an der Mauer; er eröffnete es und nahm ein altes seltsames Instrument heraus, das beschädigt war und dem die Saiten fehlten. »Nein, ich irre mich nicht«, rief er bestürzt: »diese Laute ist zu kenntlich, es ist die spanische meines längst verstorbenen Freundes Albert; dort stehn seine magischen Bücher, dies ist das Zimmer, in welchem er mir jenes holdselige Orakel erwecken wollte;

verblichen ist die Röte des Teppichs, die goldene Einfassung ermattet, aber wundersam lebhaft ist alles, alles aus jenen Stunden in meinem Gemüt; darum schauerte mir, als ich hieherging, auf jenen langen verwickelten Gängen, welche mich Leopold führte; o Himmel, hier auf diesem Tische stieg das Bildnis quellend hervor, und wuchs auf wie von der Röte des Goldes getränkt und erfrischt; dasselbe Bild lachte hier mich an, welches mich heut abend dorten im Saale fast wahnsinnig gemacht hat, in jenem Saale, in welchem ich so oft mit Albert in vertrauten Gesprächen auf und nieder wandelte.«

Er entkleidete sich, schlief aber nur wenig. Am Morgen stand er früh wieder auf, und betrachtete das Zimmer von neuem; er öffnete das Fenster, und sah dieselben Gärten und Gebäude vor sich, wie damals, nur waren indes viele neue Häuser hinzugebaut worden. »Vierzig Jahre sind seitdem verschwunden«, seufzte er, »und jeder Tag von damals enthielt längeres Leben als der ganze übrige Zeitraum.«

Er ward wieder zur Gesellschaft gerufen. Der Morgen verging unter mannigfaltigen Gesprächen, endlich trat die Braut in ihrem Schmucke herein. Sowie der Alte ihrer ansichtig ward, geriet er wie außer sich, so daß keinem in der Gesellschaft seine Bewegung entging. Man begab sich zur Kirche und die Trauung ward vollzogen. Als sich alle wieder im Hause befanden, fragte Leopold seine Mutter: »Nun, wie gefällt Ihnen unser Freund, der gute mürrische Alte?«

»Ich habe ihn mir«, antwortete diese, »nach euren Beschreibungen viel abschreckender gedacht, er ist ja mild und teilnehmend, man könnte ein rechtes Zutrauen zu ihm gewinnen.«

»Zutrauen?« rief Agathe aus, »zu diesen fürchterlich brennenden Augen, diesen tausendfachen Runzeln, dem blassen eingekniffenen Mund, und diesem seltsamen Lachen, das so höhnisch klingt und aussieht? Nein, Gott bewahr mich vor solchem Freunde! Wenn böse Geister sich in Menschen verkleiden wollen, müssen sie eine solche Gestalt annehmen.«

»Wahrscheinlich doch eine jüngere und reizendere«, antwortete die Mutter; »aber ich kenne auch diesen guten Alten in deiner Beschreibung nicht wieder. Man sieht, daß er von heftigem Temperament ist, und sich gewöhnt hat alle seine Empfindungen in sich zu verschließen; er mag, wie Leopold sagt, viel Unglück erlebt haben, daher ist er mißtrauisch geworden, und hat jene einfache Offenheit verloren, die hauptsächlich nur den Glücklichen eigen ist.«

Ihr Gespräch wurde unterbrochen, weil die übrige Gesellschaft hinzutrat. Man ging zur Tafel, und der Fremde saß neben Agathe und dem reichen Kaufmanne. Als man anfing die Gesundheiten zu trinken, rief Leopold: »Haltet noch inne, meine werten Freunde, dazu müssen wir unsern Festpokal hier haben, der dann rundum gehn soll!« Er wollte aufstehen, aber die Mutter winkte ihm, sitzen zu bleiben. »Du findest ihn doch nicht«, sagte sie, »denn ich habe alles Silberzeug anders gepackt.« Sie ging schnell hinaus, um ihn selber zu suchen. »Was unsre Alte heut geschäftig und munter ist«, sagte der Kaufmann, »so dick und breit sie ist, so behende kann sie sich doch noch bewegen, obgleich sie schon sechzig zählt; ihre Gesicht sieht immer heiter und freudig aus, und heut ist sie besonders glücklich, weil sie sich in der Schönheit ihrer Tochter wieder verjüngt.« Der Fremde gab ihm Beifall, und die Mutter kam mit dem Pokal zurück. Man schenkte ihn voll Weins, und oben vom Tisch fing er an herumzugehn, indem jeder die Gesundheit dessen ausbrachte, was ihm das Liebste und Erwünschteste war. Die Braut trank das Wohlsein ihres Gatten, dieser die Liebe seiner schönen Julie, und so tat jeder nach der Reihe. Die Mutter zögerte, als der Becher zu ihr kam. »Nur dreist!« sagte der Offizier etwas rauh und voreilig, »wir wissen ja doch, daß Sie alle Männer für ungetreu und keinen einzigen der Liebe einer Frau würdig halten; was ist Ihnen also das Liebste?« Die Mutter sah ihn an, indem sich über die Milde ihres Antlitzes plötzlich ein zürnender Ernst verbreitete. »Da mein Sohn«, sagte sie, »mich so genau kennt, und so strenge meine Gemütsart tadelt, so sei es mir auch erlaubt, nicht auszusprechen, was ich jetzt eben dachte, und suche er nur dasjenige, was er als meine Überzeugung kennen will, durch seine ungefälschte Liebe unwahr zu machen.« Sie gab den Becher, ohne zu trinken, weiter, und die Gesellschaft war auf einige Zeit verstimmt.

»Man erzählt sich«, sagte der Kaufmann leise, indem er sich zum Fremden neigte, »daß sie ihren Mann nicht geliebt habe, sondern einen andern, der ihr aber ungetreu geworden ist; damals soll sie das schönste Mädchen in der Stadt gewesen sein.«

Als der Becher zu Ferdinand kam, betrachtete ihn dieser mit Erstaunen, denn es war derselbe, aus welchem ihm Albert ehemals das schöne

Bildnis hervorgerufen hatte. Er schaute in das Gold hinein und in die Welle des Weines, seine Hand zitterte; es würde ihn nicht verwundert haben, wenn aus dem leuchtenden Zaubergefäße jetzt wieder jene Gestalt hervorgeblüht wäre und mit ihr seine entschwundene Jugend. »Nein«, sagte er nach einiger Zeit halblaut, »es ist Wein, was hier glüht!« »Was soll es anders sein?« sagte der Kaufmann lachend, »trinken Sie getrost!« Ein Zucken des Schrecks durchfuhr den Alten, er sprach den Namen Franziska heftig aus, und setzte den Pokal an die brünstigen Lippen. Die Mutter warf einen fragenden und verwundernden Blick hinüber. »Woher dieser schöne Becher?« sagte Ferdinand, der sich seiner Zerstreuung schämte. »Vor vielen Jahren schon«, antwortete Leopold, »noch ehe ich geboren war, hat ihn mein Vater zugleich mit diesem Hause und allen Mobilien von einem alten einsamen Hagestolz gekauft, einem stillen Menschen, den die Nachbarschaft umher für einen Zauberer hielt.« Ferdinand mochte nicht sagen, daß er jenen gekannt hatte, denn sein Dasein war ihm zu sehr zum seltsamen Traum verwirrt, um auch nur aus der Ferne die übrigen in sein Gemüt schauen zu lassen.

Nach aufgehobener Tafel war er mit der Mutter allein, weil die jungen Leute sich zurückgezogen hatten, um Anstalten zum Balle zu treffen. »Setzen Sie sich neben mich«, sagte die Mutter, »wir wollen ausruhen, denn wir sind über die Jahre des Tanzes hinweg, und wenn es nicht unbescheiden ist zu fragen, so sagen Sie mir doch, ob Sie unsern Pokal schon sonstwo gesehn haben, oder was es war, was Sie so innerlichst bewegte.«

»O gnädige Frau«, sagte der Alte, »verzeihen Sie meiner törichten Heftigkeit und Rührung; aber seit ich in Ihrem Hause bin, ist es, als gehöre ich mir nicht mehr an, denn in jedem Augenblicke vergesse ich es, daß mein Haar grau ist, daß meine Geliebten gestorben sind. Ihre schöne Tochter, die heute den frohesten Tag ihres Lebens feiert, ist einem Mädchen, das ich in meiner Jugend kannte und anbetete, so ähnlich, daß ich es für ein Wunder halten muß; nicht ähnlich, nein, der Ausdruck sagt zu wenig, sie ist es selbst! Auch hier im Hause bin ich viel gewesen, und einmal mit diesem Pokal auf die seltsamste Weise bekannt geworden.« Er erzählte ihr hierauf sein Abenteuer. »An dem Abend dieses Tages«, so beschloß er, »sah ich draußen im Park meine

Geliebte zum letztenmal, indem sie über Land fuhr. Eine Rose entfiel ihr, diese habe ich aufbewahrt; sie selbst ging mir verloren, denn sie ward mir ungetreu und bald darauf vermählt.«

»Gott im Himmel!« rief die Alte und sprang heftig bewegt auf, »du bist doch nicht Ferdinand?«

»So ist mein Name«, sagte jener.

»Ich bin Franziska«, antwortete die Mutter.

Sie wollten sich umarmen, und fuhren schnell zurück. Beide betrachteten sich mit prüfenden Blicken, beide suchten aus dem Ruin der Zeit jene Lineamente wieder zu entwickeln, die sie ehemals aneinander gekannt und geliebt hatten, und wie in dunkeln Gewitternächten unter dem Fluge schwarzer Wolken einzeln in flüchtigen Momenten die Sterne rätselhaft schimmern, um schnell wieder zu erlöschen, so schien ihnen aus den Augen, von Stirn und Mund jezuweilen der wohlbekannte Zug vorüberblitzend, und es war, als wenn ihre Jugend in der Ferne lächelnd weinte. Er bog sich nieder und küßte ihre Hand, indem zwei große Tränen herabstürzten, dann umarmten sie sich herzlich.

»Ist deine Frau gestorben?« fragte die Mutter.

»Ich war nie verheiratet«, schluchzte Ferdinand.

»Himmel!« sagte die Alte, die Hände ringend, »so bin ich die Ungetreue gewesen! Doch nein, nicht ungetreu. Als ich vom Lande zurückkam, wo ich zwei Monden gewesen war, hörte ich von allen Menschen, auch von deinen Freunden, nicht bloß den meinigen, du seist längst abgereist und in deinem Vaterlande verheiratet, man zeigte mir die glaubwürdigsten Briefe, man drang heftig in mich, man benutzte meine Trostlosigkeit, meinen Zorn, und so geschah es, daß ich meine Hand dem verdienstvollen Manne gab; mein Herz, meine Gedanken blieben dir immer gewidmet.«

»Ich habe mich nicht von hier entfernt«, sagte Ferdinand, »aber nach einiger Zeit vernahm ich deine Vermählung. Man wollte uns trennen, und es ist ihnen gelungen. Du bist glückliche Mutter, ich lebe in der Vergangenheit, und alle deine Kinder will ich wie die meinigen lieben. Aber wie wunderbar, daß wir uns seitdem nie wiedergesehen haben.«

»Ich ging wenig aus«, sagte die Mutter, »und mein Mann, der bald darauf einer Erbschaft wegen einen andern Namen annahm, hat dir auch jeden Verdacht dadurch entfernt, daß wir in derselben Stadt wohnen könnten.«

»Ich vermied die Menschen«, sagte Ferdinand, »und lebte nur der Einsamkeit; Leopold ist beinah der einzige, der mich wieder anzog und unter Menschen führte. O geliebte Freundin, es ist wie eine schauerliche Geistergeschichte, wie wir uns verloren und wiedergefunden haben.«

Die jungen Leute fanden die Alten in Tränen aufgelöst und in tiefster Bewegung. Keines sagte, was vorgefallen war, das Geheimnis schien ihnen zu heilig. Aber seitdem war der Greis der Freund des Hauses, und der Tod nur schied die beiden Wesen, die sich so sonderbar wiedergefunden hatten, um sie kurze Zeit nachher wieder zu vereinigen.